Im Frühjahr 1951 erscheint ›Der Erwählte‹. Nach 40 Jahren wendet sich der Autor wieder ›Felix Krull‹ zu, zweifelnd an Wert und Sinn dieses Romans. Im April 1952 wird die Arbeit am ›Krull‹ unterbrochen, Thomas Mann schreibt ›Die Betrogene‹, sein letztes erzählerisches Werk. Nachlassende Konzentration und Erschöpfung hinterlassen ihre Spuren auch in den Tagebüchern. Den Irritationen des Alltags und den politischen Kontroversen hält Thomas Mann kaum noch stand. Das Unbehagen in Amerika wächst, mit ihm die Lockung Europas.

Thomas Mann, geboren am 6. Juni 1875 in Lübeck, entstammte einer Kaufmannsfamilie. Seit 1893 wohnte er in München und war seit 1894 freier Schriftsteller. 1929 erhielt er den Nobelpreis für Literatur. Er verließ 1933 Deutschland und lebte zuerst in der Schweiz am Zürichsee, dann in den USA, wo er 1939 eine Professur in Princeton annahm. 1941 bis 1952 lebte er in Kalifornien, danach wieder in der Schweiz. Er starb in Kilchberg bei Zürich am 12. August 1955.

Unsere Adresse im Internet: www.fischer-tb.de

THOMAS MANN

TAGEBÜCHER
1951–1952

Herausgegeben
von Inge Jens

Fischer Taschenbuch Verlag

Ungekürzte Ausgabe
Veröffentlicht im Fischer Taschenbuch Verlag,
einem Unternehmen der S. Fischer Verlag GmbH,
Frankfurt am Main, Oktober 2003

Druck und Bindung: Clausen & Bosse, Leck
Printed in Germany
ISBN 3-596-16068-5

VORWORT

Der vorliegende Band dokumentiert – wiederum lückenlos – die letzten 18 Monate von Thomas Manns amerikanischem Exil, die Übersiedlung nach Europa sowie die ersten Versuche, sich auf dem alten Kontinent noch einmal einzurichten.

Der Entschluß, das Land zu verlassen, das ihm 16 Jahre lang freundliches Asyl gewährt hatte und dessen Bürger Thomas Mann 1944 nicht ohne Stolz geworden war, kam nicht von ungefähr. Das amerikanische Vorgehen in Korea (dem man an der Westküste näher war als im Osten), die »menschenverachtende« Politik eines – seines – Gemeinwesens, auf dessen Humanität er sich glaubte verlassen zu können, die Grausamkeit des unter Aufbietung aller technischen Vernichtungsmöglichkeiten geführten Eroberungskrieges, das demütige Sich-Einlassen auf die stets »falschen«, da korrupt nur auf den eigenen Vorteil bedachten Verbündeten – Syngman Rhee und Tschiang Kai-schek an der Spitze –, all das bedeutete für Thomas Mann »Vorspiel« zu einem Weltbrand, den eine demoralisierte und sich selbst entfremdete Menschheit anzuzetteln im Begriffe war, ohne sich um die Folgen – die Auslöschung aller auf der Basis humanen Miteinanders beruhenden Existenzformen – Rechenschaft abzulegen. Daneben schreckte ihn die wachsende Illiberalität des innenpolitischen Klimas: Prozesse wie der gegen den China-Experten Owen Lattimore oder das Todesurteil gegen die angeblichen Atomspione Ethel und Julius Rosenberg; die immer ungenierter und gnadenloser durchgeführten Verhöre der McCarthy-Agenten vom ›Committee on Un-American Activities‹; die öffentliche Ächtung Andersdenkender, die rücksichtslos und undifferenziert »linken Verschwörergruppen« zugeordnet wurden; die durch Verschärfung der Einwanderungsgesetze und Erschwerung der Aufenthaltsmodalitäten bewußt geschürten Ressentiments gegen alle »Fremden«; die Gleichsetzung schließlich von »fremd« und »feindlich gesinnt« – all diese Perversionen von Grundwerten, die er einst an diesem Land bewundert hatte, erinnerten den in seinem amerikanischen Patriotismus beinahe narzißtisch gekränkten Neubürger zunehmend an den im Deutschland der frühen dreißiger Jahre aufkommenden Faschismus. »Leiden, Seelenqual, Grauen, Fluchttrieb« (TB 9. 4. 1951): Die Aufzeichnungen aus den Jahren 1950/1951 zeigen, wie die Überlegungen zunehmend um den »Gedanken einer wiederholten Emigration« zu kreisen begannen, und wie diese Überlegungen von Anfang an bewußt in eine Beziehung zu der Situation von 1933 gebracht wurden.

Irrte Thomas Mann sich, wenn er das Damals mit dem Heute verglich? Wenn er darauf verwies, daß Menschen wie er, Mittler zwischen den Fronten, Versöhner, die angesichts der mit Konfrontation verbundenen tödlichen Gefahren nach Verbindendem suchten, statt Trennendes zu fördern, im Amerika der beginnenden fünfziger Jahre nicht minder gefährdet waren als in Deutschland nach 1930?

Die um ihres Stellvertretungscharakters willen ausführlich dokumentierte »Tillinger-Affäre«, die Verleumdung Thomas Manns als Kommunist und »Fellow-traveller«, als Unterstützer und Propagator der »falschen«, da das eigene Land angeblich mit Tod und Verderben bedrohenden Ideologie, war – obwohl sie im publizistischen Bereich blieb – so harmlos nicht: Thomas Mann geriet auf Grund der Denunziationen in die ›Congressional Records‹ (s. TB 22. 6. 1951), sah sich offiziell »listed«, d. h. in den Dossiers des ›Committee on Un-American Activities‹ registriert und in seinem Tun und Schreiben durch Hoovers und McCarthys Spitzel überwacht. Was das konkret hieß, war ihm – zumindest als Bedrohung – ständig gegenwärtig: Hollywood mit den schon zum Alltag gehörenden Verdächtigungen und Verfolgungen von unangepaßten und »rote« Rollen (z. B. von sympathischen Kommunisten) nicht zurückweisenden Schauspielern war nah. Es ist anzunehmen, daß Thomas Mann die Berichte, mit denen der ›Aufbau‹ die Hintergründe für eine Reihe von unerwarteten Todesfällen (s. TB 22. 5. 1952, Anm. 1) analysierte, sehr genau las. Sie mögen nicht ohne Einfluß auf den vom Frühjahr 1951 an immer häufiger geäußerten Wunsch geblieben sein, sich eines Tages nicht mit amerikanischem Boden vermischen zu müssen, sondern in der »alten Erde« ruhen zu dürfen. Und ein Drittes kam hinzu: die sich steigernde Unsicherheit in bezug auf die Arbeit. Die Geschichte des Hochstaplers Felix Krull war mehr aus Ratlosigkeit und Mangel an neuen, überzeugenden Projekten als der Lust, den einmal begonnenen Vorwurf zu Ende zu erzählen, wieder aufgenommen worden. Schon im November 1950, also noch in der Überlegungs- und Sichtungsphase, hatte Thomas Mann notiert: »Die Krull-Papiere [. . .]. Immer Zweifel. Frage mich, ob diese vom Sehnsuchtsmotiv her bestimmte Musik noch meinen Jahren entspricht. Jugendliche Conception. Maja-Ideen. Betrug gegen Betrug. Schopenhauerisch-metaphysischer Einschlag. Ist es noch gemäß?« (29. 11. 1951) – Die Einträge des vorliegenden Bandes zeigen, wie diese Zweifel blieben und sich verstärkten: »Schrieb weiter [. . .]. Was soll's?« (2. 5. 1951) »Meine Sorgen wegen des Romans. ›Faust muß in die Welt geführt werden.‹ Aber ich besitze nur wenig Welt.« (22. 7. 1951) »Das Schlimmste, was mich quält, ist der Unglaube an die Krull-Memoiren und das Nichtwissen, was tun.« (11. 8. 1951), schließlich sogar: Das Werk der Langeweile, »vor dem [ich] keine Achtung habe«. (4. 1. 1954). Amerika, so scheint es, war diesem europäischen Roman nicht günstig; wie wenig, zeigt – ex positivo – der Eintrag am Tag – es war der 29. 10. 1952 –, als Thomas Mann den Hausschlüssel für die Wohnung in Erlenbach überreicht bekam: Da ist – nach Monaten, ja, nach Jahren des Zweifels und der Müdigkeit – plötzlich noch einmal die Rede von einer »fast jugendlichen Neuigkeitsfreude und selbst einiger Hoffnung auf Produktivität«.

Noch weniger als für den Schelmenroman aber konnte Kalifornien die geeignete Atmosphäre für die Abfassung jener Erzählung von der ›Betrogenen‹ sein, die ganz in deutschem Milieu spielt. Düsseldorf: Hans Mayer hat auf die der Novelle zugrundeliegende Begegnung des Autors mit dem Düsseldorfer Klaus Heuser anno 1927 verwiesen – kein Wunder, daß Thomas Mann in einem Brief an seinen amerikanischen Verleger Alfred Knopf sowohl die Fortsetzung des ›Krull‹ als auch das für die Entwicklung jener Düsseldorfer Geschichte so wichtige rheinische Ambiente als Grund für sein »Außenbleiben« angibt: »For a year at least we are going to live the same way we did fifteen years ago and we have rented a little house in Erlenbach-Zürich, quite near to our former residence in Küsnacht. I hope to terminate there quietly the memoirs of Felix Krull and a long short story [›Die Betrogene‹].«

»For a year at least ...«: Es ist bezeichnend für die Analogie zu 1933, daß Thomas Mann auch jetzt, 1952, den Bruch mit Amerika nicht in der Form eines – insgeheim oft durchgespielten und ersehnten – Protests, sondern sozusagen beiläufig, getarnt als nur temporäre, wenn auch längere Entfernung aus rein privaten Gründen, deklariert. »Gestern abend wieder viel über die vorläufig unlösbare Frage unserer Rückkehr oder Nicht-Rückkehr«, heißt es noch fast drei Monate nach der Ankunft in Europa – einer Zeit, die angefüllt ist mit der planmäßigen Suche nach einer angemessenen und dauerhaften Bleibe, »Erikas Lage [Die US-Behörden hatten ihr das ›Reenter Permit‹ verweigert], die zu protestierendem Außenbleiben auffordert, die Schwierigkeit des Hausverkaufs und unserer Installierung hier etc. – Sorge, Unsicherheit, Unruhe.«

In der Tat war die Lage nicht beneidenswert. Zwar hatte die Schweiz – noch nach Kalifornien hin – Entgegenkommen und erträgliche steuerliche Bedingungen signalisiert, ja, sogar konkrete Hilfe bei der Wohnungsbeschaffung angeboten, aber das noch unverkaufte Haus in Pacific Palisades erzwang Wohlverhalten gegenüber dem Land, dessen Gesetzen der US-Bürger

Thomas Mann untertan war und auf dessen Reisepaß er angewiesen blieb, um ein freizügiges Leben führen zu können. Paßentzug oder Beschlagnahmung des Besitzes durch die kalifornischen Behörden lagen durchaus im Bereich des Möglichen – ganz abgesehen davon, daß es nicht tunlich erschien, den neuen Lebensabschnitt mit der Hypothek zu beginnen, ein politisch unzuverlässiger, Ostparolen gegenüber anfälliger Kantonist zu sein.

Der Leser der Tagebücher und Dokumente hat bisweilen den Eindruck, als habe Tochter Erika diesen Sachverhalt schneller und klarer als ihr Vater gesehen. Ein Vergleich verschiedener Originalverlautbarungen Thomas Manns – beispielsweise des Briefes an Morikawa (Seite 399) oder der Erwiderung an die Zeitschrift ›Echo der Woche‹ (Dok. 59, S. 852–854) – mit den schließlich abgesandten Schreiben, aber auch der Eintrag vom 14. 2. 1951 in Sachen ›Times‹-Entgegnung (»Nach dem Thee Erika Antwort an Knopf diktiert. Auf ihr Zureden einiges von dem Gesagten wieder gestrichen«) zeigen, daß vor allem Erika es war, die ihren Vater sowohl in Amerika als auch – und besonders – in Europa immer wieder davon abhielt, »sich um Kopf und Kragen zu reden«, zu deutsch: ehrlich zu sagen, was er dachte.

Mehr als bisher bekannt, zeigen die vorliegenden Tagebücher, in welchem Maße Erika Mann für das politische Image ihres Vaters in der Öffentlichkeit verantwortlich zeichnete. Im Gegensatz zu Thomas Mann, den seine unüberwindbare Abneigung gegen jede Form von Totalitarismus und das Beharren auf einer über den Parteien stehenden Mittlerrolle zum Unterzeichner von Friedensappellen sozusagen prädestinierte, und der in dem Augenblick, da er sich (auf massiven Druck von Alfred Knopf und Agnes E. Meyer hin) öffentlich von dieser Rolle lossagte, mit schlechtem Gewissen und gerechtfertigt nur durch die Notwendigkeit, die materielle Existenz zu sichern, agierte, vertrat die Tochter – um den Vater zu decken und einen Dissens mit der vorherrschenden Meinung zu verhindern – von vornherein den »realistischen«, auf Anerkennung der gegebenen Machtverhältnisse bedachten Part. Sie strich – diesmal im Verein mit ihrer Mutter – die amerikakritischen Zitate aus dem Brief an Walter Ulbricht (s. TB 15. 6. 1951), sie redigierte (dank des Hasses auf den als persönlichen »Feind« empfundenen Thomas Mann-Kritiker Tillinger, den sie mit ihrem Vater teilte, in diesem Fall allerdings nur unzureichend) die Replik für den ›Aufbau‹, sie schließlich verfaßte im Dezember 1952 das ›Bekenntnis zur westlichen Welt‹, das eben jene Welt dann als den endgültigen Bruch Thomas Manns mit östlichen Vereinnahmungsversuchen feierte. Die Geschichte, die 1949 mit dem Besuch in Frankfurt und Weimar und dem Anspruch begonnen hatte, sich zugunsten der *einen* deutschen Kultur über alle real existierenden Grenzen hinwegsetzen zu können, sollte mit der Versicherung »Ich lebe im Westen – durchaus nicht versehentlich –, keineswegs zufälligerweise. [...] Ich bin amerikanischer Bürger« doch noch einen freundlichen Ausklang finden.

So war's gedacht. Aber bereits der Tagebucheintrag vom 12. 12. 1952 nennt diese kalmierende Erklärung einen »mir fremden« Text und zeigt somit in aller Deutlichkeit, daß das »Bekenntnis zur westlichen Welt« keineswegs jene Konfession war, als die es in der Öffentlichkeit ausgegeben wurde, sondern lediglich die Korrektur der durch AP verbreiteten Behauptung, TM habe sich geweigert, während der Wiener Pressekonferenz auf die entsprechende Frage eines Journalisten der »Idee der westlichen Demokratie den Vorzug zu geben vor der kommunistischen Diktatur«. Verlangt wurde ein Schwarz-Weiß-Bekenntnis, eine Freund-Feind-Stellungnahme. Man weigerte sich, zur Kenntnis zu nehmen, daß Thomas Manns vermeintliche »Un-American activities« auf dem Versuch beruhten, die »Idee der westlichen Demokratie« vor jenen fundamentalistischen Rettungsaktionen zu bewahren, die er aufgrund seiner Erfahrungen nur als Manifestation faschistisch-totalitärer Tendenzen ansehen konnte.

Also kein bedingungsloses »Bekenntnis zum Westen« – aber selbstverständlich genauso wenig – ja, zuallerletzt – ein Freibrief für die Praktiken eines Kommunismus, dessen zunehmende Entfernung vom Ideal einer humanen Sozialgemeinschaft TM sehr genau sah. Davon legt nicht zuletzt der Brief an Walter Ulbricht vom Juni 1951, dessen Geschichte im vorliegenden Band aus eben diesem Grunde mit Hilfe bisher unbekannter Dokumente zu rekonstruieren versucht wird, Zeugnis ab: »Der Kommunismus hat –«, heißt es dort, »das ist die Wahrheit – mit dem Faschismus die totalitäre Staatsidee gemeinsam, aber er will doch wahrhaben, und wir möchten es mit ihm wahrhaben, daß sein Totalitarismus sich von dem faschistischen himmelweit unterscheidet, einen ganz anderen ideologischen Hintergrund, ganz andere Beziehungen zum Menschheitsgedanken hat, und darum sollte er Sorge tragen, jede Möglichkeit der Gleichsetzung und geflissentlichen Verwechslung auszuschließen, sollte [. . .] Kruditäten und formlose Grausamkeiten meiden, die ihn äußerlich, [. . .] aber das heißt: praktisch, auf das Niveau des Faschismus herabsetzen, und [. . .] nicht dem Frieden dienen, sondern nur helfen, eine ohnehin schon weitgehend demoralisierte [. . .] Menschheit zum Kriege vorzubereiten.« Thomas Mann hat diesen programmatischen Text, der – Ausdruck konkreter Humanität – in ein Gnadengesuch für sieben Häftlinge des DDR-Straflagers Waldheim mündet, niemals veröffentlicht. Aber er hatte ihn – auch in englischer Übersetzung – bei seinen »files« liegen, um ihn zur Hand zu haben, wenn man ihn im Zeichen Joe McCarthys zwingen sollte, seine Mittlerrolle zu rechtfertigen. –

Nun, es kam nicht so weit – auch in Europa nicht, wo Thomas Mann die Schwierigkeiten dieser Rolle – nicht zuletzt durch die geographische Nähe der deutsch-deutschen Probleme – noch einmal in neuer, unerwarteter Form erfuhr. Bereits im Frühjahr 1951 hatte die Korrespondenz zwischen Gottfried Bermann Fischer und ostdeutschen Kulturrepräsentanten eine

Situation sichtbar werden lassen, deren Absurdität gerade den auf geistige Vermittlung zwischen den politisch getrennten Deutschen bedachten Thomas Mann besonders hart treffen mußte: Die Bürger der DDR hatten keine Möglichkeit, seine Bücher zu erwerben, ostdeutschen Studenten blieb es versagt, sich kritisch mit den ›Buddenbrooks‹ oder dem ›Joseph‹ zu beschäftigen; Absolventen der Bildungsanstalten in der DDR waren – wie Hans Mayer dem entsetzten Autor eindringlich schilderte – den Ausführungen ihrer Dozenten auf Treu und Glauben ausgeliefert. So kam es zu der Paradoxie, daß Thomas Mann seinen Verleger beschwor, diesem entwürdigenden Zustand umgehend abzuhelfen – und sich, freier, von den Honoraren seiner Werke lebender Autor, der er war, den Argumenten Bermanns doch nicht entziehen konnte: Die billigen Ost-Ausgaben würden unweigerlich auch den Westen überfluten und Buchhändlern wie Verleger unzumutbare Verluste zufügen. Dieser Konflikt wurde aktualisiert, als die Erschwerung der deutsch-deutschen Handelsbeziehungen sowie eine von Walter Ulbricht persönlich unterzeichnete Anweisung, für Lizenzen ausländischer Bücher keinesfalls mit Valuta zu zahlen, den Verhandlungsspielraum auf die Alternative: Honorare ausschließlich in einer für Westbürger nutzlosen Währung oder Verzicht auf Verbreitung Thomas Mannscher Werke in der DDR reduzierte. So entstand eine für die westlichen Partner ökonomisch unzumutbare und ideologisch beklemmende, ja, unlösbare Situation, aus der sich der Osten mit Hilfe einer ebenso bewegenden wie – unter dem Gesichtspunkt der Rechtsstaatlichkeit – höchst bedenklichen Argumentationskette zu befreien suchte: Ein vom ZK gebilligter Vorschlag Willi Bredels, den Erich Wendt in einem eindrucksvollen Brief an den Autor vom 29. 4. 1952 zu begründen suchte, verfügte den lizenzlosen Nachdruck Thomas Mannscher Werke für das Gebiet der Deutschen Demokratischen Republik. Während der Westen von »Freibeuterei« sprach, verteidigte das Landgericht Berlin den Vorgang unter Berufung auf die durch das Potsdamer Abkommen verbürgte geistige Einheit der Deutschen Nation, die es unter allen Umständen zu erhalten gelte und für deren Fortdauer es unabdingbar sei, daß allen Deutschen die gleichen Bücher zur Verfügung stünden.

Der Vorgang, der – neben der Affäre Tillinger und der Geschichte des Ulbricht-Briefes als dritter exkursartiger Schwerpunkt der vorliegenden Edition – gleichfalls an Hand bisher nicht oder nur unzureichend bekannter Dokumente – nachgezeichnet wird, spiegelt ein Stück deutsch-deutscher Geschichte, in dem Thomas Mann nicht zufällig die auslösende Rolle zufiel: die Rolle des Repräsentanten und Garanten deutscher Einheit, die ihm selbst dann noch zugeschrieben wurde und der er in der Tat auch dann noch gerecht wurde, als sich an seiner Person die Geister schieden und dem oberflächlichen Betrachter zunächst mehr Divergenzen denn Verbindungen ins Auge fielen.

Von dieser Rolle hat er sich nicht abbringen lassen und sie auch in den letzten, in Europa verbrachten Jahren seines Lebens ausgefüllt, so gut es ging: in Frankfurt, wo er im November 1952 Gerhart Hauptmanns gedachte und damit zeigte, daß es eine Tradition gab, die durch die zwölf Jahre Hitlerherrschaft nur temporär unterbrochen worden war; in München, wo er sich dankbar feiern ließ als einen, den man – im Gegensatz zu 1949 – nicht mehr als Fremden empfand, sondern über dessen Nahsein man sich freute: »Im Verhalten des deutschen Publikums zu mir [hat sich seit dem Jahre 1949] doch vieles zum Freundwilligeren verändert.« (an Rudolf Bach, 12. 12. 1952); in Wien, wenig später, wo er – dem Enthusiasmus und der Verleumdung gleichermaßen ausgesetzt – unter Beweis stellte, daß ein Neuanfang möglich war, wenn er im Zeichen des Eingedenkens, nicht aber des Vergessens und Verdrängens geschah – ein Neuanfang, der sich, auch im Privaten, am Damals messen ließ: »Bedeutender denkwürdiger Tag in der Epoche meiner Aufzeichnungen seit Arosa 1933« –

noch einmal der Eintrag aus Anlaß der Unterzeichnung des Mietkontrakts für die Wohnung in Erlenbach am 29. Oktober 1952 – »Neunzehn Jahre seit wir München verließen, das wir eben wieder festlich besuchten. 14 Jahre Amerika und nun Rückkehr in die Schweiz [...]. Sind unterdessen allerdings zu alten Leuten geworden.« Und ein Brief an den Weggefährten Kuno Fiedler ergänzte 14 Tage später: »Ich liebe die Landschaft hier herum, und wir haben uns [...] für Wiederaufnahme der Lebensform von 1933–38 entschlossen. 1933 schrieb uns Annette Kolb: ›Nach Deutschland kehre ich nicht zurück.‹ Ich citiere das jetzt immer, mutatis mutandis, und sage: ›Nach Amerika kehre ich nicht zurück.‹«
»Nach Amerika kehre ich nicht zurück« – nicht ins Land, das 1952 für Thomas Mann mit der liberalen Roosevelt-Ära nichts mehr gemein hatte und im Spirituellen allenfalls durch Diskussionen mit den wenigen noch verbliebenen Weggefährten oder jene typischen Emigranten-Debatten Teilnahme beanspruchte, die, wie die ebenso rührende wie obsolete, da in internen Querelen versandende Empörung über die gefälschte Nietzsche-Autobiographie ›My Sister and I‹ (s. die ab 10. 3. 1952 in den Anmerkungen publizierten Dokumente) in Deutsch-Kalifornien von sich reden machten.
So moderat der Abschied nach außen hin war, im Innern dominierte Schroffheit: »Reue über die Nicht-Rückkehr unmöglich« (17. 12. 1952). Alte Gefährten waren tot oder hatten das Land verlassen; kein Wunder, daß auch für den, der einmal als Kaiser der Emigration gegolten hatte, des Bleibens nicht länger war.
Verläßliche Ehrung, Anerkennung, die von Verständnis zeugte, war für Thomas Mann nur noch in Europa zu erwarten. Nur hier konnte die Tristesse des Alters (»o wehe, wie hast Du die Tage verbracht«, das Leben »voller Mattigkeit«, »Schreibunlust«, »Bangigkeit und dem Gefühl der Ausweglosigkeit«: 21. 12. 1952) jedenfalls manchmal durch eine Freude unterbrochen werden, die neuen Lebensmut gab – so, wie es

die Verleihung des Kreuzes der Ehrenlegion tat, auf die Thomas Mann ungeduldig gewartet hatte. Sie galt ihm mehr als ein Orden. Er trug die Rosette als Zeichen der neuen Eingemeindung in Europa nach den Jahren des Exils: »un hommage rendu par la France«. Entgegen aller Gewohnheit wurde die offizielle laudatio ausführlich zitiert: »... rendu [...] à l'exceptionnelle valeur et à la signification mondiale de votre œuvre littéraire ainsi qu'à la lutte que vous n'avez cessé de mener dans l'intérêt de la liberté et de la dignité humaine.« (TB 23. 12. 1952)
Für eine Weile zumindest erschien die Welt in freundlichem Licht, und der Heimgekehrte sah sich, ungeachtet aller Ost-West-Querelen, als Anwalt von Freiheit und Menschenwürde bestätigt.

Die Edition der nachfolgenden Tagebuchtexte folgt Prinzipien, über die ich in den früheren von mir verantworteten Bänden ausführlich Rechenschaft gegeben habe. Die das Manuskript charakterisierenden Eigenheiten, auf die im letzten Band hingewiesen wurde, treten in der handschriftlichen Vorlage der vorstehenden Eintragungen noch stärker als bisher hervor. Unkorrektheiten der Satzkonstruktionen, das Vergessen von Namen und Buchtiteln im Augenblick der Niederschrift, die stereotype Wiederholung orthographischer Eigenheiten, bzw. Fehler (»Manschurei«, »schwühl« usf.) sowie Auslassungen werden unübersehbar. Parallel dazu nimmt das Bestreben nach starrer Strukturierung des Textes, z. B. durch die Benutzung roter Tinte für Sonntage und Monatsanfänge, zu. Insgesamt ist eine nachlassende Konzentration unverkennbar. Das gilt jedoch nicht für die Schrift, die nach wie vor gut leserlich bleibt. Und was den Duktus der Notate angeht, so gibt ihnen bisweilen gerade die rasche, ja spontane Artikulation einen besonderen Reiz – freilich, dank der Verkürzungen, gelegentlich auch die Aura des Vieldeutigen, ja, Kryptischen: »Verunglückte Abend-Musik, irgendwarum schlecht untergebracht, ohne Publikum, mattklingend. Der ewigen ›Emulation‹ Szene bin ich satt.« (16. 3. 1952) Man muß lange grübeln und zahlreiche Kenner der historischen amerikanischen Kulturszene fragen können, um die Abbreviatur – hoffentlich richtig – zu entschlüsseln.

Ein Glück in solcher Lage für die Editorin, daß es auch diesmal nicht an Mit-Dechiffrierern und, vor allem, Korrektoren gefehlt hat.

Für Richtigstellungen und Ergänzungen habe ich zu danken: Friedrich Martin Balzer, Maria Bartelt, Peter Dettmering, Karl Eh, Thomas Feitknecht, Albrecht Gerber, Heinz Gildhoff, Bernd Hamacher, Gert Heine, Hanno Helbling, John H. Herz, Bernhard Hilpert, Fernand Hoffmann, Klaus W. Jonas, Hanjo Kesting, Albrecht Knaus, Ulrich Kocher, Dieter Kuhn, Herbert Lehnert, Hans Lüdes, Elisabeth Mann Borgese, Hans K. Matussek, Hans Mayer, Volker Michels, Jürgen Peiffer, Klaus Hubert Pringsheim, H. S. Reiss, Peter Röske, Karlheinz Schauder, Bernhold Schmid, Dietrich Seckel, Heinrich Senfft, Pia Steuer-Bommer, Heiner Stiebeling, Werner K. Tantsch, Otto Weippert, Jürgen Zibell und Roland Zirkler.

Was den vorliegenden Band betrifft, so fühle ich mich – oft zum wiederholten Male – vielen Ratgebern in aller Welt verpflichtet. Der erste Dank gilt, wie immer, Golo Mann, dessen Anerkennung mir auch weiterhin ein wichtiges Moment für die Fortsetzung meiner Arbeit bleiben wird. Tatkräftige Hilfe bei den vielen zeit- und geduldaufwendigen, gelegentlich auch ermüdenden Recherchen fand ich – wie nun seit Jahren schon mit stets ungeminderter Herzlichkeit und Solidarität – bei den Mitarbeiterinnen des Thomas Mann-Archivs in Zürich, bei Yvonne Schmidlin, Cornelia Bernini und Rosmarie Hintermann; und wenn wir alle nicht mehr weiterwußten, war da immer noch Hans Wysling, dessen Wissen in Sachen Thomas

Mann (fast) unerschöpflich und dessen Erfahrung nach wie vor unersetzlich ist.

Als kaum minder beschlagen erwiesen sich die anderen Zürcher Helfer, Thomas Sprecher, Heinrich Rumpel vom Oprecht Verlag und, in erster Linie, Hanno Helbling, der viel kriminalistischen Spürsinn bemühte, um auch dort noch Klarheit zu schaffen und Beziehungen herzustellen, wo das Gewirr der Fäden schier unauflöslich schien oder meine Recherchen sich hoffnungslos festgefahren hatten. Daß der Leser erfährt, wer Bruno Bruhn war, dessen Wiedersehen Thomas Mann am 25. 10. 1952 zu einer so anrührenden und für den vorliegenden Zeitraum wohl singulären Reminiszenz veranlaßte, ist ihm, dem Historischen Archiv der Firma Fried. Krupp A.G. in Essen, und dem zweiten Helfer für Schweizer und Münchener Belange, Albert von Schirnding, zu danken. Weiter gehören in diese Reihe der Unentbehrlichen Frauke Bartelt, Leiterin der Thomas-Mann-Sammlung Hans-Otto Mayer in Düsseldorf, die es mir durch prompte Übersendung der richtigen Dokumente ermöglichte, meine ungezählten Fragen und Bitten in informative Kommentare zu verwandeln, und – natürlich – Georg Potempa, der mir mit nimmermüder Freundlichkeit und großer Selbstverständlichkeit von seinen Schätzen gab, was immer ich brauchte.

Ferner wäre ich – was die kalifornischen Dinge angeht – nicht weit gekommen, wenn sich Harald Höbusch nicht der Mühe unterzogen hätte, sowohl die ›Los Angeles Times‹ als auch die diversen kleineren Blättchen durchzusehen, um die Mordgeschichten dingfest zu machen, an denen sich Thomas Manns Pitaval-Sinn entzündete, aber auch, um die authentischen Berichte über die spektakulären Hollywood-Hearings und -Prozesse herauszusuchen, die zu kennen unabdingbar ist, wenn man Thomas Manns Ekel und Schrecken über die Vorgänge in seinem Land recht verstehen will. Ähnliche Verstehenshilfen verdanke ich – vorwiegend dort, wo es um amerikanische Verfassungsfragen und die rechte Interpretation von Topoi des politischen Lebens der USA ging – Herbert Lehnert in Irvine. Die Rekonstruktion universitärer Vorgänge oder Veranstaltungen sowie die Identifikation von Personen aus diesem Bereich sind u. a. das Verdienst von Harold von Hofe, Richard Exner und, wieder einmal, meines treuen und unermüdlichen Ratgebers und Korrektors Klaus W. Jonas. Auch Ossip K. Flechtheim antwortete prompt auf Fragen nach Freunden aus seiner New Yorker Zeit, und Walter Hinderer schließlich machte sich auf die Suche nach den Dokumenten in Sachen des Thomas Mann noch in seinen letzten kalifornischen Monaten beschäftigenden »Nietzsche-Schwindels«.

Der amerikanischen Sphäre zuzuordnen sind auch die Auskünfte, mit denen mir Elisabeth Mann Borgese und Klaus Hubert Pringsheim Thomas Manns Leben in Pacific Palisades veranschaulichten. Alle diese »Geheimen Räte« gaben mir nicht nur Informationen, sondern vermittelten mir in zum Teil langen Diskursen auch ein Gefühl für das kalifornische Ambiente, die freundschaftlichen und interessensmäßigen Bindungen, die öffentlichen Usancen und das private Reglement, das so hilfreich für das rechte Verständnis der Tagebuchnotizen ist.

Aber auch im europäischen Raum fehlte es nicht an Helfern und höchst kompetenten »Zuträgern«: In der österreichischen Nationalbibliothek besorgte mir Irmelin Hoffer für die Kommentierung der Wiener Tage unentbehrliche Presseberichte, während ihre Kollegin Brigitta Wutscher die Personnage, bis hin zur Agentur Cieplik, ausfindig machte. Für die Romania gab Henning Krauß, für spezielle England betreffende Fragen John H. Flood vom German Department der London University Auskunft. Jean Paul Boyer und Urs Widmer verdanke ich das Wissen über ihre Väter Jean Boyer und Walter Widmer, Leonore Gräfin Lichnowsky die Kenntnis ihrer eigenen Biographie.

Für den Nachweis der häufig nur durch spärlichste Hinweise oder – schlimmer noch – falsche und irreführende, da mißver-

standene Titel charakterisierten Filme, die den Kino-Besessenen Thomas Mann entzückten oder verärgerten, war, wie immer, Peter W. Jansen mein unentbehrlicher Gewährsmann; zur Klärung der die Pringsheim-Sammlungen betreffenden Probleme trug Gunnar Matthiessen Wesentliches bei.
Was den deutschen Bereich angeht, so übermittelte mir Klaus Jodeit aus Lübeck alles Wissenswerte über Thomas Manns Jugendfreunde und Klassenkameraden, halfen Eckard Heftrich, Helmut Koopmann, Thilo Koch, Heinz Saueressig und Michael Zimmermann bei der Suche nach speziellen Thomas Mann-Dokumenten, Peter-Paul Schneider sowie Volker Michels in Sachen Heinrich Mann und Hermann Hesse. Die Recherchen wegen der verschiedenen PEN-Veranstaltungen und des am 28. 2. 1952 erwähnten Protestbriefes leitete Ursula Setzer für mich in die Wege. Ihr verdanke ich auch die Protokolle der Pariser Sitzung. Johannes Poethen, Eckart Kleßmann und Hans Schumann halfen, kryptische Vortragseinladungen an Thomas Mann zu erhellen; Curt Vinz schließlich beantwortete mir – als damals beteiligter Juror – Fragen zum René Schickele-Preis, mit dem Hans Werner Richters Buch ›Sie fielen aus Gottes Hand‹ ausgezeichnet wurde – ein Roman, über dessen Auslandswirkung mich Toni Richter informierte.
Für Auskünfte, die das Gebiet der Neuen Bundesländer tangieren, fand ich bereitwillige und kompetente Helfer in meinem unermüdlichen Sherlock Holmes, dem Galeristen Peter Röske aus Berlin, dem Leipziger Verleger und erfahrenen Rechercheur Roland Links, dem zuverlässigen Archiv-Fachmann Volker Kahl und, last but never least, in meinem alten Freund, dem Zeitzeugen Stephan Hermlin. Auch Hans Mayer, Briefpartner Thomas Manns und Herausgeber der zwölfbändigen »legalen« DDR-Ausgabe, befragbar auf fast allen Gebieten, von Problemen der Musik und Jurisprudenz bis zu Usancen ostdeutscher Verlags- und Kulturpolitik, gab Antwort, wo immer er konnte: zu Biographien von Thomas Mann-Besuchern bis zu Reaktionen des Meisters selbst.

Darüber hinaus sei dankbar die Hilfe der vielen Archivare, Bibliothekare, Dramaturgen und Publizisten utriusque generis erwähnt, die meine oft absonderlichen und sehr speziellen Fragen, die dazu nicht selten abgelegene Gebiete betrafen, mit großem Verständnis und stets kollegial beantworteten: Mitarbeiter des Deutschen Literaturarchivs in Marbach (Friedrich Pfäfflin, Peter-Paul Schneider, Petra Plättner), des St. Annen-Museums in Lübeck, des Instituts für Zeitgeschichte, des Staatsarchivs (Herr Weber) und des Bayerischen Hauptstaatsarchivs (Herr Saupe) in München, der Stiftung Archiv der Akademie der Künste (Aune Renk, Dagmar Wünsche) und der Stiftung Archiv der Parteien und Massenorganisationen der DDR im Bundesarchiv (ehemals Zentrales Parteiarchiv) sowie der Staatsbibliothek in Berlin, des Deutschen Zeitungsarchivs in Dortmund, des Instituts für Weltwirtschaftsforschung in Kiel, der Arno Schmidt-Stiftung in Bargfeld, der Buchhandlung Bouvier in Bonn, der Handschriftenabteilung der Staatsbibliothek München (Ursula Hummel), des Staatsarchivs (Ulf Bollmann) und der Handschriftenabteilung der Staats- und Universitätsbibliothek Carl von Ossietzky (Harald Weigel) in Hamburg, der Protokollabteilung der Hamburgischen Senatsverwaltung, der Universitätsbibliothek und des Deutsch-Amerikanischen Instituts in Tübingen (Karl Ströbel), des Schweizerischen Literaturarchivs, Bern (Thomas Feitknecht) und der Indischen Botschaft in Bonn. Für theatergeschichtliche Auskünfte bin ich Peter Lufft und Kirsten E. Lehmann in Braunschweig, Barbara Norminton von den Münchener Kammerspielen und Hans Jürgen Pullem vom Frankfurter Schauspielhaus verpflichtet.

Ein besonderer Dank gebührt neben Hans Ulrich Wipf vom Stadtarchiv in Schaffhausen, der mich über den Werdegang des langjährigen Stadtpräsidenten Bringolf unterrichtete und mir gleichzeitig eine bisher unbekannte Korrespondenz zwischen Thomas Mann und Walter Bringolf aus dem Jahre 1955 zur Verfügung stellte, der Exilabteilung der Deutschen Bibliothek in Frankfurt (Mechthild Hahner und Ursula Butt), sowie den Archiven der deutschen Rundfunkanstalten, deren Rechercheure in oft langwierigen und mühevollen Suchaktionen alte Tonträger, Bänder und Karteikarten ausgruben, mit deren Hilfe sich bereits verloren geglaubte Ereignisse rekonstruieren und Thomas Manns oft vage Zeit- und Ortsangaben präzisieren ließen. Hier halfen mir besonders M. Schlenker von der Hauptabteilung Archive und Dokumentation beim Hessischen Rundfunk, Jörg Hucklenbroich vom Historischen Archiv des Süddeutschen, Hartmut Poessel vom Schallarchiv des Norddeutschen und Christof Ihn vom Schallarchiv des Bayerischen Rundfunks sowie der Leiter des Deutschen Rundfunkarchivs in Frankfurt, Felix-Joachim Leonhard.

In diesem Zusammenhang darf auch die Hilfe zahlreicher Zeitungsarchive nicht unerwähnt bleiben. Gedankt sei in erster Linie der ›Welt‹ in Hamburg, der ›Rhein-Neckar-Zeitung‹ in Heidelberg, dem ›Freitag‹ in Berlin und den ›Salzburger Nachrichten‹, die mich großzügig mit Photokopien bedachten. Zusätzliche, weit über das Übliche hinausgehende Auskünfte haben mir – unter Aufbietung persönlichen Engagements und kriminalistischer Verve – Hans Peter Jaeger-Fischer von der ›Luzerner Zeitung‹, Karl Lüönd von der ›Züri Woche‹ und Barbara Perlmutter aus New York zukommen lassen – und wenn sich ein Zeitungsarchiv einmal als nicht kompetent ausgab, sprangen Helfer vor Ort in die Bresche, so wie es in Basel Christine Flitner tat.

In den Anmerkungen und den Texten des Anhangs sind eine Reihe von Originalbriefen und -Aufzeichnungen Thomas Manns publiziert, die bisher als verschollen galten oder von deren Existenz nichts bekannt war. Sie wurden der Herausgeberin von den Empfängern und Besitzern der Schriftstücke großzügig und mit der Erlaubnis, sie der Öffentlichkeit zugänglich zu machen, zur Verfügung gestellt und tragen nicht wenig dazu bei, den dokumentarischen Charakter der vorliegenden Edition zu vergrößern. Für diese Bereicherung bin ich

Marianne Hoppe, Adelheid Mette, Marianne vom Rath, Heinz Flügel, Elmar Faber, William A. Koshland, der Schulleiterin der Grundschule Trebitz/Elbe, Frau K. Müller, Eberhard Spangenberg, Ludwig Muth, Tuja Krieger, Helga Schwarz-Stötzer, Günther Schwarberg und Klaus Budzinski aufrichtig und herzlich dankbar.

Überflüssig zu sagen, daß diese Edition ohne den Beistand ortsansässiger Literaturkenner – genannt seien Anni Carlsson und Paul Hoffmann – und anderer Tübinger Helfer, an erster Stelle mein Computer-Spezialist und Logistiker Michael Brandt, dann Uwe Karbowiak, Peter Weit und Sigrid Berg, nicht in der gesetzten Zwei-Jahres-Frist fertig geworden wäre.

Vor allem aber danke ich dem Dreier-Team des S. Fischer Verlags, der Anciennität entsprechend zunächst Hellmut Freund, dessen Scharfsinn sich exemplarisch am Aufspüren jener obskuren Schrift ›Veronika Dankeschön‹ bewährte, die ich für einen Illustrierten-Roman hielt, ehe mich Hans Mayer auf die Idee brachte, daß die Initialen des Titels, V. D., für »Venereal Disease« stünden. Und dann war es Hellmut Freund, der in ›Veronika Dankeschön‹ eine in Soldatenzeitungen publizierte Comic-Warn-Sequenz für die von deutschen »Fräuleins« gefährdeten G.I.s ausmachte, gezeichnet von einem amerikanischen Cartoonisten, Freund des deutschen Photographen Hanns Hubmann. Dank darüber hinaus an Wolfgang Kloft, der wieder und wieder die entlegensten Namen (nebst allen dazugehörigen Zusammenhängen) und vergessensten Titel aufzuspüren verstand, die Register-Recherchen benutzte, um falsche Zuordnungen zu revidieren (unter Aufweis der richtigen, versteht sich), und schließlich für das Register verantwortlich zeichnet. Dank schließlich an Corinna Fiedler, die das Manuskript in vielfachen Korrekturgängen mit scharfem Blick für Wiederholungen und Versehen und mit Hilfe konstruktiver Verbesserungsvorschläge druckfertig machte; Dank auch an Matthias Birkelbach für die Koordination der Herstellung.

Der allerletzte Dank aber gilt noch einmal den Lesern, die – oft mit kaum glaublicher Spezialkenntnis des Thomas Mann-Ambientes realer und fiktionaler Natur – addenda und corrigenda beitrugen: Ihrer sei für jetzt und im voraus auf das herzlichste gedacht. Der Editorin ist es beruhigend zu wissen, daß die trotz aller Sorgfalt, Mühe und Hilfestellung kaum vermeidbaren Versehen nicht für Zeit und Ewigkeit stehenbleiben.

Tübingen, 1. August 1993 Inge Jens

1951

P. P. Montag den 1. Januar 1951

Kalte Nacht. Sonne. Leibesverstimmung und nervöse Erschütterung. Gestern Abend im »Werdenden« am Schluß noch etwas weiter. Bedauern, daß als Folge der vielen Unterbrechungen die Intrigue mir unklar bleibt. – Begann gestern, bevor die Gäste kamen, Brief an Frido. – Verbrachte den Vormittag damit, diesen Brief zu Ende zu schreiben. (Erzählung von Erikas Broadcast). Ging allein mit dem Pudel, der in ein Swimming Pool sprang und gerettet werden mußte. Nachmittags Reihe von Kurzbriefen an verschiedene Leute. Abends in »Dichtung und Wahrheit«. Schweizer Landschaften, die, für die Dichtung nutzbar, im Gedächtnis haften. Die Ablehnung des Übertritts nach Italien als Treue gegen Lilli zu deuten, von der sich zu trennen aber doch schon beschlossene Sache ist. Dabei größter Übermut. Mißverständnis der wohlgesitteten Schweiz als freies Naturgebiet.

P. P. Dienstag den 2. I. 51

Sonnig und sehr frisch. Frühstück auf der Terrasse, dann aber Heizung. – Swing gestern wieder über die Aussichtslosigkeit des Krieges gegen China. Dieses soll aber von den U.N. als »Aggressor« erklärt werden. – – Am alten Roman. (Geschwister-Bild). – Rundgang mit K. u. dem Pudel. – Enorm viel Post, Briefe und Bücher-Packete. Korrektur des »Shaw« von Inspiré. Die ganzen Korrekturen des »Erwählten« in Luftpost-Enveloppes, von denen noch eine, der Anfang, fehlt. Erregend. Hatte viel zu öffnen u. zu lesen und schlief danach zu lange. Schrieb an Kesten. Interessant ein Brief von Sternfeld (London) über seine Eindrücke in Deutschland.

P. P. Mittwoch den 3. I. 51

Gestern spät zu Bette. – Kühl und halb sonnig. – Seoul geräumt. Syngman Rhee flieht. Man hofft, weiter südlich eine Front zu halten. Wozu, fragt man sich vergebens. – Gestern in der »Nation« bemerkenswerter, europäisch gedachter Artikel von Sartre über die Politik Amerikas. Die Redaktion nimmt leichten Abstand davon. Ich finde ihn sehr höflich. – – Besorgte die Korrektur für »Inspiré«. Schloß dann die Neubearbeitung von Buch II, Kap. 4 ab. – Ging allein Amalfi Drive. Klaus Pr. zum Lunch. Rest der Gregor-Korrekturen, die ich nachmittags zu lesen begann. Zum Thee van Leydens. Ihre Fluchtpläne. – Erika bettlägrig nach abermaliger Behandlung ihrer hartnäckigen Infektion, einer Landesspezialität. Stand abends auf. Hörten drollige Vorträge der »Wiener Sängerknaben«.

P. P. Donnerstag den 4. I. 51

Bedeckt, Regen im Anzug. Rasiert u. fertig angezogen. – Weiterer Rückzug hinter Seoul. Die Schiffe warten. Die numerischen Verhältnisse durchaus keine Rechtfertigung für das Weichen. – Vormittags, nachmittags und abends Korrektur gelesen. Mittags zum Haarschneiden. Lunch im Swiss Chalet. Bedienerin aus Zürich, die vor Aufregung die Suppe zu bringen vergaß. – Nachmittags Regen.

P. P. Freitag den 5. I. 51

Wieder klarer Himmel. Die Arbeit bestand in Korrekturlesen. Mittags in der Corona-Gegend bei zu starker Sonne gegangen. Angegriffen. Zum Abendessen Walters zu dritt, ohne Erika, deren »Wort im Gebirge« wir aber zu großer Erheiterung laufen ließen. Walter außer sich über Taft, der aber außenpolitisch so ganz unrecht nicht hat. – Verabschiedung von W.'s, die zu Konzerten nach New York, später nach Edinbourgh gehen. Sichtlich zweifelt er an seiner physischen Fähigkeit, die Anstrengungen durchzuführen.

P. P. Sonnabend den 6. I. 51

Gestern spät zu Bette. Warmes Sommerwetter. Beim Kaffee erneutes Gespräch mit K. über die Frage unseres Verbleibens. Zweifel und Sorgen. Erika unzufrieden mit unserem Hang, die

Dinge gehen zu lassen, selbst aber durch ihren herabgesetzten Gesundheitszustand keine sehr feste Stütze. K. besorgt um meinen Seelenzustand, wenn wir den Boden unter den Füßen verlieren, d. h. fahren lassen. Schweizer Steuer-Problem. Frage der Erneuerung der Pässe. – – Korrektur. – Mit K. in P. P. – Klaus Pr. u. Sohn zum Lunch. – Korrektur. – Geschlafen. Beendete die Korrektur mit geteilten Gefühlen und schrieb an den Verlag. Hörte »Walküre«. Las »New Statesman«. Dazu Radio-Meldungen über höchst aufsässiges Verhalten der englischen Presse.

P. P. Sonntag den 7. I. 51

Falscher Wind, Sonnenbrand. – Kaffee aus einer neuen Maschine, Coffee Master, von Medi geschenkt. – Eisenhower nach Europa. – U.S. suchen Boykott China, diplomatisch und ökonomisch, zu erreichen, finden aber wenig Beifall. 16 Staaten haben Pecking anerkannt. Wer immer isolierter dasteht, sind wir hier. – – Begründung der Paß-Erneuerung besprochen. – – Briefe an die Herz [und] an Sternfeld (London). Allein gegangen bis zum Alten Haus. Nachmittags K. Briefe diktiert an Sabatier und seinen Chef, zu denen die Servicen mich ermahnte. Las in den Erinnerungen von Prof. R. Kriß, auf Zuchthäuser Bezügliches. – K. beendet die Übertragung der Korrekturen.

P. P. Montag den 8. I. 51

Andauer des sonnigen Sommerwetters. (Die Nächte kalt mit elektr. Öfchen im Schlafzimmer.) – Konfuse und lügenhafte Meldungen über den Rückzugskrieg in Korea. – Expedition der Roman-Korrektur nach Frankfurt in zwei Couverts. Das andere Exemplar geht an Eisner nach Prag. – – Begann am 6. Kapitel des Krull zu schreiben. Ging bis zum Alten Haus, geholt von Erika. Zeitschriften. Nach dem Thee Brief-Besprechungen. Telegramm nach N.Y. zur Konferenz über die von Warschau. Schrieb an Basler. Die Zeitschriften hielten mich von rechter, nützlicher Lektüre ab. Die Magd Perline nahm Abschied.

P. P. Dienstag den 9. I. 51

Das gleiche Wetter. Die stereotype, lichtlose Congreß-Rede wird gelobt. Aushilfe-Mädchen für heute. – Schrieb an Kap. 6 des alten Romans weiter. Ging allein bei Sonne u. Seewind. Freudige Aufnahme des Wagner-Artikels bei der N.S.R.[.] Diktierte nach dem Thee der Kahn eine Reihe von Briefen u. schrieb dann noch 3 Danksagungen für Bücher. Las abends in »Dichtung und Wahrheit« und mußte sehr lachen über gewisse stilistische Artigkeiten, die fertige Parodie sind. Schönheit der Betrachtungen dabei.

P. P. Mittwoch den 10. I. 51

Regen. Dunkel u. künstliches Licht. – Ein Wiener Professor setzt auseinander, daß es eine Kostenfrage von 40 Milliarden Dollars ist, mit Hydrogen-Bomben alles Leben auf der Oberfläche der Erde auszutilgen. Nur Wassertiere könnten überleben. Im Laufe von ca 2 Billionen Jahren würde das Pflanzen- und Tierleben sich wieder von vorn entwickeln. So wären wir wieder an derselben Stelle, und die Austilgung des Kommunismus wäre umsonst gewesen. – – Schrieb seltsam am 6. Kapitel weiter. Ging mit K. u. dem Pudel in der Nähe. Telegramm von den Leuten der Peaceful Alternatives wegen Dinner Meeting und großer politischer Rede. Absage entworfen. Brief an die Direktrice des Third Programme, Kallin. – Sehr kühl. Vorhänge, Heizung. Las in »Dichtung und Wahrheit«. Graf Thoranc.

P. P. Donnerstag den 11. I. 51

Kühl, neblig. Erika zum Frühkaffee. Unbestätigte Meldungen über den Beschluß, Korea zu evakuieren. – Weiter an der Überarbeitung des »Totenvogel«-Kapitels. Regensturm. Unmöglich zu gehen. Fuhr ½2 mit K. zum Swiss Chalet zum

Lunch. Wilde Wasser auf den schlecht gebauten Straßen. Unzivilisiert und verboten. – Dank vom Münchener Staatstheater.

Der »Figaro Litéraire« mit dem mangelhaft übersetzten Shaw-Aufsatz und Bild meines Schreibtisches. – Büchersendungen. – Brief an W. Rilla, London, mit »Meine Zeit« und Bild auf Wunsch. – In »Dichtung und Wahrheit«.

P. P. Freitag den 12. I. 51

Gegen Morgen Störung durch verdächtigen Brandgeruch der Heizung. Untersuchung ergebnislos. Außerdem Blätter-Verstopfung des Ablaufs auf meinem Balkon und stehendes Regenwasser dort. Abhilfe. Aber feuchte Flecke an der Decke des Arbeitszimmers. – Mysteriöse und offenbar irreführende Nachrichten über die Verwerfung eines amerik. Cease fire-Vorschlags für Korea durch die Russen. – Überreizte Redereien Trumans. – – An dem Roman weiter. Schloß einige Blätter von vor 40 Jahren in das neue Manuskript ein. Ging allein mit dem Pudel in der Nähe. Golo zum Wochenende. Defekt der oberen Heizung. Motor zur Reparatur. Aushilfe mit elektr. Öfchen. Leichte Kalamität. – Nachmittags etwas Handschriftliches. Den »Simpl. Simplicissimus« als sehr angelegene Lektüre wieder vorgenommen. Zum Abendessen Neumanns, deren Abreise nach Europa nahe bevorsteht. Ihre Lage ist einfacher, da sie ihre kleine Wohnung mit Bibliothek hier einfach behalten.

P. P. Sonnabend den 13. I. 51

Beendete gestern abend Dostojewskys »Werdenden«. Willkommener Sonnenschein. Früh mit K. über unsere Zukunft. Mein Vorschlag, Erika zum Quartiermachen nach Madeira voranzuschicken, wenn sie Reenter Permit erhält. Beim Frühstück mit Erika ebenfalls. Der Präsident fordert 140 Billionen bis Mai 1952. Der Hauptanteil an den Steuern müsse von den mittleren und kleinen Einkommen kommen. Eindruck, daß dies Land dem Wahnsinn in die Arme taumelt. Dabei hängt alle Welt von ihm ab. – Entschiedene Erklärung der sämtlichen Minister der britischen Dominions zugunsten der Verständigung mit Rußland und China. – – Am Sechsten Kapitel gegen das Ende. (Rósza.) Benutze das fast leere letzte Manuskript-Blatt aus München, vorzügliches, kleinkarriertes Papier. – Fahrt nach Pacific Palisades. – Kam der japanische Artikel, Asahi Shimbun, mit Dankschreiben. Ferner das Interview mit Åke Sandler in »Morgon Tidningen«. Unkontrollierbar. – Briefe von der Servicen und Becher wegen gemeindeutscher Schriftsteller-Demonstration für Einheit u. Frieden. Diplomatisch zu antworten. – Manuskript-Besprechungen mit Erika. – Im »Simplicius«. – Interessante Schweizer Heine-Anthologie, herausgegeben von Stössinger. – »Siegfried«. Die Liebesszene nach der Erweckung eigentümlich unlyrisch und steif geführt. Die der »Götterdämmerung« entschieden frischer. Großartig die Szene Wotan-Siegfried.

P. P. Sonntag den 14. I. 51

Willkommener Sonnenschein bei Heizungsausfall oben. Frühstück auf der Terrasse. Kein Mädchen. Der Neffe, dessen Verlobung gescheitert, zum Frühstück. Mit ihm Zusammensetzung des gereinigten Master Shaver. – – Auf dem schönen alten Blatt weiter gegen Kapitelschluß, den ich damals aufgab. – Gegangen u. mit K. im Swiss zu Mittag gegessen. Weitere Besprechungen mit Erika. Einiges notiert für den Vortrag am 17ten Abends im Simplicius. Greuel und Verwahrlosung des 30jährigen Krieges. Dabei die Verwandtschaft von Eichendorffs »Taugenichts« unverkennbar. Eingestreute Lieder. Thema für Germanisten.

P. P. Montag den 15. I. 51

Lese im Abendstuhl Kafkas »Prozeß«. – Konferenzen in Tokyo. Generalsentlassungen in Korea. Man scheint dort ausharren und die Mandschurei bombardieren zu wollen. Feldzug

Tafts gegen Truman wegen der Entsendung von Truppen nach Europa. Eisenhower dort werbend. Strikedrohung im Ruhrgebiet. – – Schloß das 6. Kapitel von Buch II ab. Einordnung des Teiles von Kap. 4. – Ausfahrt nach Corona del Mare. – Kapriziöser und keineswegs unwissender Brief von F. Lion, hauptsächlich den Hochstapler betreffend. Zu Jaloux: »C'est l'être le plus souffrant du monde.« – Nach Tische Interview mit mexikanischen Journalisten. Aufnahmen. Ermüdend, – woran Erika meiner zu großen Gewissenhaftigkeit die Schuld gibt. – Nach der Nachmittagsruhe Aufzeichnungen für die Vorlesung übermorgen. – Der entlassene General war Stabschef bei Chiang kai Chek und wird wahrscheinlich zu diesem kommandiert. Das Formosa China in den Krieg zu ziehen, der nach den Tokyoer Beschlüssen weiter gehen soll, allem Anschein nach von Amerika allein, ohne Zustimmung und »Auftrag« der U.N. geführt. Man kann neugierig sein, ob diese ihre Truppen in Korea lassen. Bedeutende amerik. Verstärkungen für März angekündigt.

P. P. Dienstag den 16. I. 51

Regen nachts. Erika zum Kaffee. Gespräch über die Geschichte Ludwig und Wagner in München. Die sehr niedrigen Intrigen der Hofleute. (Pfistermeister.) Ludwig sensitive Vorwegnahme einer Empfänglichkeit, die damals von den Wenigsten geteilt wurde und sich dann über die Welt verbreitete. Charakteristisch für Wagner, daß er nach der lange verschobenen, vollendeten Tristan-Aufführung mit Schnorr v. Carolsfeld erklärte, nun solle der Tristan nie wieder gespielt werden. Die beiderseitige Hysterie nach dieser Aufführung. Ludwig in Bayreuth. Entsetzen und Flucht. – – Gestern Eintritt der neuen Negerin, stattlichen, nubischen Ansehens. – – Aufzeichnungen für den Vortrag. Arrangement des Vorlese-Materials. Einiges gelesen für Krull. Ging mit dem Pudel in der Nähe. Zeitschriften, überflüssige Lektüre, Zeitverschwendung. Schrieb an L. Lewisohn, nicht fertig. – Die obere Heizung wiederhergestellt. Es schmerzt mich, daß Erika ihre geliebte Mutter enerviert und deprimiert, ja reizt durch ihre große Bitterkeit.

P. P. Mittwoch den 17. I. 51

Sonne. Mangelhaftes nervöses Befinden. – Der Roman. Lektüre von Material. Versuche mit Kommendem. – Rundweg mit K. und dem Pudel. – Sehr drolliger Brief von Frido mit Zeichnung. – Mit dem Thee Rasur und Toilette. 7 ¼ Imbiß von Eiern u. Schinken. Dann Fahrt mit Erika und den »Mädchen« zum Fairfax-Tempel. Überfüllter Saal, erregte Feststimmung bei den Unternehmern. Vorreden. Rabbi Sonderling über die Josephsgeschichten. Neumanns, Marcuse, Albersheims, die Kahn etc. [.] Leute auf den Stufen des Podiums sitzend. Einleitungsansprache und Vorlesung von »Die Kinder«. Nach der Pause »Die Fischer von St. Dunstan«. Las gut, und es gab viel Heiterkeit. Zudrang von Leuten. Der Eine bestand darauf, mir ein Huldigungsgedicht (Akrostichon) zu rezitieren und überreichte es, rot gebunden. Die gewohnte Plumpheit des Philosophen Marcuse, den alles nur sehr amüsiert hatte. Wenn es gottlob zum Lachen ist, so ist es doch nicht *nur* zum Lachen. – Großer Abend für den Club. »Kaffee und Kuchen« abgelehnt. Heimfahrt mit den »Mädchen«. Chokolade u. Biskuitrolle. Las noch im Simplicius. Kritik der Zeit durch das reine Torentum. Unflätigkeit.

P. P. Donnerstag den 18. I. 51

Regen. Zufrieden mit der Erfüllung der gestrigen Verpflichtung. – »Verwerfung« des amerik. Cease fire-Vorschlages durch die Chinesen, während offenkundig die durchaus vernünftigen Vorschläge der Chinesen von dieser Regierung verworfen worden sind. – Zugleich im Namen der U.N. noch dazu, was eine Lüge. Die Verlegenheit, Verantwortungslosigkeit und Korruption ist übergroß. Es ist, wie ich an L. L. schrieb, der angewandte Analpha[be]tismus. Niemand denkt etwas zu Ende. Überreizung und wilder Einsatz eines riesigen Vermögens für den hellen Unsinn. – – Schrieb einige Zeilen am neuen, siebenten Kapitel. 12 Uhr bei nassem Wetter Fahrt Down town zu Amte in Sachen der Erneuerung unserer Pässe. K. zurückgewiesen, da ihre Photographieen nicht das rechte Format hatten. Nach langem Anstehen mein Paß durch den japanischen, sehr häßlichen kleinen Beamten unter Schwüren besorgt. Spätes Lunch im Brown Derby am Wilshire. Zu Hause eine Stunde geschlafen. Erika arbeitet mit der Kahn an der Katalogisierung. Schrieb an dem Brief an Lewisohn, wohl überflüssiger Weise. 7 Uhr Fahrt mit Erika u. K. im Regen zu Feuchtwangers. Vorzügliches Abendessen. Viel über die Politik. Über die Annahme seines »Goya« durch den Buchklub trotz antikatholischer Tendenz. Mitternacht zu Bette.

P. P. Freitag den 19. I. 51

Heftiges Geschlechtsleben in letzter Zeit. – Heute Sonne, aber weiterer Regen in Aussicht. – Erbärmlichkeit der Zeitung. – Schrieb etwas weiter an II, 7. Kam mit dem Gehen nicht weit, da Herr Guillemin zum Lunch da war. Etwas zweifelhafter, aber nicht unangenehmer Mann. Hat sich kühner Weise verheiratet. – Bewegter Brief von Albersheim über die Lesung. Dr. X., Erikas Arzt, der auch dabei war, am Telephon über mein »vorzügliches Aussehen«. – Nachmittags Beantwortung von Korrekturfragen nach Frankfurt, K. diktiert. Der Brief an Lewisohn, zu lang und vertraulich, soll durch knapperen ersetzt werden. – Im Simplicius. Narrenfreiheit als Kalb. Erbitterte Zeitkritik.

P. P. Sonnabend den 20. I. 51

Gut geschlafen. Sonne. Die Schwarze fand sich erst ½ 10 Uhr ein und geht schon wieder, nicht unerwünscht. – Sehr komische Rede Trumans über Stalin als Tyrann, wie Alexander I, Carl II, »Tarquin« und Ludwig XIV, die es alle darauf abgesehen hätten, das gemeine Volk zu unterdrücken. Bei uns sei der

Staat für das Glück des Volkes da. So sieht er aus! Hitler hat nie dümmer gequatscht. – – An II, 7 weiter. Es ist eine Reise aufs Geratewohl. Was dabei passieren wird, ziemlich unbekannt. Die Vormittage, einer nach dem anderen, müssen es bringen. – Ausfahrt nach S. Monica. Dankesbriefe vom Jewish Club und dem Third Programme. Nachmittags K. Briefe diktiert an die Servicen und Schweizer. Ausfertigung und Ergänzung des Korrektur-Briefes nach Frankfurt. Hörte abends Fragmente der Götter Dämmerung. Las im Simplicius. – Nach Tische Mr. Fritschman.

P. P. Sonntag den 21. I. 51

Erwachte zu oft. Der rechte Arm rheumatisch. – Fritschman gestern: bestes Amerikanertum. Ist »optimistisch«, weil die Opposition gegen die amerik. Politik im Wachsen. – Leicht bedecktes Wetter. Protest Rußland[s] gegen die westdeutsche Aufrüstung. Die deutsche Presse kühl gegen Eisenhowers Propaganda. Betrüblich, daß er sich dazu hergibt. – Die U.N. Aggressionsklage gegen China recht zaghaft infolge westeuropäischer Hemmungen. – – An II, 7 weiter. Marschiert gegen das Alte Haus, von Erika geholt. Nach Tische Zeitschriften, Bilder der »Schönheit« darin, die zum Seufzen und zum »Ja, ja!« Anlaß geben. Nachmittags, nach festem Schlaf, Brief an Medi, worin ich sie dringend zu einem, wenn auch kurzen, Besuch bei uns einlade. »Meine Zeit« an sie und ihren Mann. Abends gute records im Radio gehört, Meistersinger-Quartett und Italienisches. Weiter im Simplicius.

P. P. Montag den 22. I. 51

Früh wach. Kaffee vor 8. Seit gestern ohne Mädchen. Weiche Frühlingsluft. An II, 7 weiter. Anziehend. Etwas gegangen, dann Lunch in Hotel Miramar, recht lustlos. Mit der Post mehrere Schwierigkeiten, die mit Erika zu besprechen waren. Unterstützung von Paulings Emergency Peace Movement; Vorschlag einer Volksbefragung. Sonderbare Anmeldung eines reichen jungen Liberal, der Gelder bereit stellen will zur Verbringung von Künstlern u. Schriftstellern mit Leftist leanings in die Schweiz vor (oder bei?) Kriegsausbruch. Mit Zurückhaltung zu behandeln. – Brief von Reisiger. Brief von der Sat. Rev. of Litt. über den Erfolg des Wagner-Artikels dort. – Die »Neue Schw. Rundschau« mit diesem Artikel auf deutsch. – Nachmittags lange geschlafen. Fing Brief an, den Moni für den schwermütigen Sohn ihrer Wirtin erbat. Hat den Faustus deutsch und englisch u. den Zbg. siebenmal gelesen. – Gespräch über die Intransigenz Amerikas in Sachen China und den offenkundigen Willen zum Kriege. Wie vorauszusehen war, setzt die Richtung McArthur-McCarthy sich vollkommen durch. Die Regierung würde auch sonst hinweggefegt werden. Radio meldet jedoch, daß die Majorität der U.N. Assembly auf einer Verschiebung der Aggressionserklärung und genauer Prüfung der chinesischen Vorschläge besteht.

P. P. Dienstag den 23. I. 51

Sonnig, mild. Erika zum Kaffee. Bereitete mir das Frühstück, da K. 9 Uhr zum Zahnarzt mußte. – Erstmalige, nie dagewesene Überstimmung Amerikas in der Allgem. Versammlung in Sachen des Aufschubs und der Prüfung. Der wütende Austin ergeht sich in recht ordinären und unverschämten Worten, die seiner Sache nicht nützen. Die chinesischen Vorschläge unter Nehrus Einfluß gemildert. Verwerfung und Aggressionserklärung nach der ausbedungenen Frist dennoch möglich. – – An II, 7 weiter. Anziehend. Ausfahrt nach P. P. bei Sommerwärme. Die Fenster offen den ganzen Abend. Schrieb nachmittags ausführlich an Bermann über die schwebenden Fragen: Schutzumschlag für Gregor, Defizit der mimeogr. Ausgabe hier. Abends im »Simplicius«. Seine Mädchen-Rolle, reizendes Kapitel. – Erika wieder zur Behandlung beim Arzt. Möchte ihr von dieser zehrenden u. herabsetzenden Infektion geholfen werden. Auch ihre psychische Bitterkeit würde es mindern. Ihre Arbeitsleistung mit den Manuskripten ist groß u. dankenswert. – Einstimmige Kundgebungen von Senat und Congreß zugunsten der Verdammung Chinas. Wer wagt noch, dagegen zu stimmen?

P. P. Mittwoch den 24. I. 51

Sommerwärme. Die Terrasse zum Frühstück kaum zu benutzen. Atlee erklärt im Unterhaus eine Politik sorgfältigen Abwartens für geboten. Churchill warnt vor einem englisch-amerikanischen Zwiespalt, – der schon da ist. Nicht umsonst hat England sich von der Marschall-Hilfe frei gemacht. – – Seit gestern neue Aushilfe. Deutsche Frau. – – An II, 7 weiter. – Ausfahrt bei Hitze nach S.M. Allee. – Aus der Schweiz der Faust-Band der Goethe-Ausgabe, höchst vollständig. Las darin. – Diktat zahlreicher Briefe nachmittags. Artikel des New Statesman »Can we save America from herself?«

P. P. Donnerstag den 25. I. 51

Hitze. – Kolossales Polizei- u. Militär-Aufgebot in Paris, um »kommunistische« Kundgebungen gegen Eisenhower zu unterdrücken. – Selbstmord der Leon. Mendelssohn. – Schweres Stück Elephantenzahn von den »Mädchen« zum Geschenk. – Etwas am Roman. Record-Hitze. In einer S. Monica-Allee. – Erkundigung des State Department nach dem deutschen Text des Wagner-Aufsatzes. Etwas eigenmächtig rigoroses Telegramm Erikas. – Brief von Medi, die im Februar kommen will. – Im »Simplicius«, sehr interessiert. Die Teutsche Helden- und Weltordnungsutopie des »Jupiter«. – Abends Abkühlung. – Brief an den seelenkranken jungen Jacoby in Chicago.

P. P. Freitag den 26. I. 51

Absurder Temperatursturz. Früh wach. Erschüttertes System. An II, 7. – Allein bis zum Alten Haus. – Brief der Ag. Meyer mit langem, unsigniertem Artikel aus London Times Litt. Supplement, von dem sie begeistert ist und ich garnicht, obgleich einige einsichtige Bemerkungen darin sind. Manches falsch, manches widerwärtig, wie die Abschätzung meiner polit. Haltung, die als plump, simpel, trivial hingestellt wird. Wenn ich katholischen Faschismus machte, das würde ihr feiner dünken. Kein tieferes Wort über die geistige Wendung im Zbg., über Joseph als Menschheitslied. »Lotte« nur eben berührt. Lang, aber unzulänglich. Schickte die Drucksache mit kühlem Brief zurück. – Den ganzen Tag unwohl. Nahm viel Kohle. – Golo zum Wochenende. Hörten abends neue L.P. Platten. Vorwiegend schlecht. Wie doch mit jedem techn. Fortschritt ein Rückschritt verbunden. Das Klavier winselnd und schleppernd wie vor 20 Jahren. Frauenstimmen kreischen wieder. Parsifal-Vorspiel leidlich, aber man muß es kennen, um zu verstehen.

P. P. Sonnabend den 27. I. 51

Gestern zeitig zu Bett. Ausgiebig geschlafen. Kühl, nebeldunkel. – Fixierung der Preise nach letztem hohen Stand. Teuerung einfach. – – An II, 7 (Paris). – Allein gegangen, wenig. – Interessanter, wenn nicht ganz sympathischer, Aufsatz von Aldous Huxley in der N.R. über die Ernährungskrise auf Erden. – In dem deutschen »Silberboot« recht rührendes Fragment aus Klaus' Autobiographie. – O. M. Graf sendet ein Heft der »Deutschen Blätter«, einer guten Zeitschrift mit einem Artikel von ihm über deutsche Literatur u. ihre »Unteilbarkeit«, meiner ernstlich gedenkend. Dazu herzlicher Brief. Ein guter, warm empfindender Mann, soviel besser als die dummklugen Analytiker.

P. P. Sonntag den 28. I. 51

Nebeldunkel. Erika beim Kaffee. Über Klaus' Hast und Flüchtigkeit, d. h. Ungeduld beim Schreiben. – Bevan von einem Earlssohn im nobelsten Herrenklub Londons in den Hintern getreten. Entfernung des Earls aus dem Club. – Immer weitere Verzögerung der Aggression-Erklärung gegen China, obgleich

Austin schwört, sie habe garkeine Konsequenzen. – – Arbeit an II, 7 (Hotel). – Rundgang mit K. – Der charakterlich unmögliche, neurotische Pudel, der weggegeben werden soll und wahrscheinlich zu Krischna Murti kommen wird, schlich nachmittags scheu zu mir ins Arbeitszimmer, legte Kopf und Pfote auf, und wir hatten ein längeres trauriges Zwiegespräch. – Im Simplicius, mit Freude. Abends »Holländer« Musik, Erik-Szene und das schöne Duett. Abstand zwischen der Kommunheit Dalands und der Hysterie aller anderen, einschließlich Eriks. Vergleich des Holländers mit Hans Heiling als Liebhaber. Sentas religiöser Ehrgeiz: »Durch mich und keine andere!« – Danksagungen auf Karten an Graf u. a..

P. P. Montag den 29. I. 51

Seit 6 Uhr morgens Regen und große Dunkelheit. – Die holländische Regierung wegen milit. Unbereitschaft von Eisenhower gestürzt. – Experimentelle Atombomben-Explosionen, weiße und orangefarbene Leuchterscheinungen, Grunderschütterungen und Fensterscheiben-Druck. Zahlreiche Anrufe bei der Polizei. Klagende Frauen. – Vormarsch auf das vernichtete Seoul wieder einmal aufgehalten. Mac Arthur sehr beglückt durch eine Inspektion der Front. – – Die Dienstbotenlage höchst schwierig. Mit K. über die Kosten, die unsere Verhältnisse übersteigen. Zugeherin dreimal die Woche? Gründe zum Verlassen des Landes noch mehr wirtschaftlich als politisch. – – Erika mit Golo gestern über Koestler, dem sein Renegatentum eine reiche Besitzung eingetragen hat. – Gearbeitet an II, 7. – Ohne Regen etwas draußen. – Sehr viel belastende Post: Philologen-Briefe aus Deutschland, Schreib-Zumutungen aus Italien. Artikel von Harold Nicolson im »Spectator« über »Meine Zeit«, anständig. Bericht im »Aufbau« über die Vorlesung im Tempel. Vom vielen Lesen erregt, ruhelos. – Zeitschriften. – Erika zur Behandlung, dann im Bette. Mahlzeiten mit Golo, der morgen früh abfährt. – Aushilfsmädchen. Abends wieder Lektüre von allerlei Drucksachen. 3 Artikel der Meyer über den drohenden Ruhr-Strike. Intelligent im Interesse der Aufrüstung.

P. P. Dienstag den 30. I. 51

Neblig, dunkel. Kein Mädchen. – Sabatier meldete gestern, daß der franz. Faustus im 15. Tausend steht und bald neu gedruckt werden wird. Bei einer Rundfrage unter Schriftstellern nach wichtigen Büchern fast immer an erster Stelle genannt. – Arbeit an II, 7. – Nach Westwood zum Haarschneiden. Lunch, schlecht, im Restaurant gegenüber dem ½3 schon geschlossenen Swiss. – Briefe von Albin Michel, von Rilla, London, der sich über das von der Meyer gefeierte Geschwätz im Times Supplement empört und antworten will. Bestätigt den großen Erfolg des Shaw-Vortrags in London. – Schrieb noch nach dem Thee an dem Kapitel etwas weiter. Zum Abendessen Neumanns, die bald nach Europa gehen. Nach dem Kaffee auf Verlangen erste Vorlesung aus dem Felix Krull, Reise nach Paris und erste Szenen dort. Eindruck von Frische, nicht von Aufgewärmtheit. Viel Belustigung.

P. P. Mittwoch den 31. I. 51

Unruhig geschlafen. Neues Mädchen. Tapezierer an Vorhängen arbeitend. Der Pudel zur Toilette abgeholt. – Endlich Rot China branded as aggressor, gegen die Stimmen der Asiaten, ohne den Beschluß weiterer Maßnahmen. Aufnahme in den Security Council nun jedenfalls ausgeschlossen. General-Offensive der sogen. U.N. Kräfte in Korea. Nach Mc. Arthur geht es nicht um dieses, sondern um ein »freies China«. – Der Roman ist ein Weiterschlendern unter Schwierigkeiten, ein Sich machen und Entstehen von Tag zu Tag. – – Müde. Sehr wenig am Kapitel. – Zur Fußpflege nach S. Monica. Danach etwas gegangen. – Kamen Exemplare der »Sat. R. of Lit.« mit dem Wagner-Aufsatz. – Nachmittags Briefe an die Meyer (deutsche Artikel von ihr) und an W. Rilla, London, über den Supplement-Artikel. – Aussuchen von Briefen Bruno Franks für die »Deutsche Schiller-Gesellschaft«. Besprechungen mit Erika über den Abschluß der Mt.-Organisation für Yale. Notizbücher. Poesie-Album von 1888/89. Zahl der für 25 Jahre nach meinem Tode zu versiegelnden Tagebuch-Hefte. – Etwas im »Simplicius«. – Der Pudel wunderschön gebadet und geschoren.

P. P. Donnerstag den 1. II. 51

Klare, starke Sonne. ½8 Uhr auf, da nicht mehr schlafen konnte. – Der erste Monat dieses Jahres vorüber. Was wird es noch bringen? Mir scheint, ich vergaß, einzutragen, daß mein neuer Paß schon mit erstaunlicher Promptheit eingetroffen. Dies gibt zunächst ein gewisses Gefühl von Bewegungsfreiheit. – – Etwas mehr am Kapitel. Gegangen und danach zum Lunch im Swiss Chalet. Geringe Post. Nachmittags Diktat zahlreicher Briefe, Antworten an deutsche Germanisten etc.. Danach Karte an Moni und an Kahler zu schreiben begonnen. Abends Lohengrin-Platten. Gespräch über das Nicht zu Ende Gedachte der Sagen (Holländer, Lohengrin).

P. P. Freitag den 2. II. 51

Wetter klar wie gestern. Eisenhowers Report an den Congreß. Seine Stimme behält etwas Menschliches. Er erklärt den totalen Krieg immerhin für den wahrscheinlichen »Selbstmord unserer Civilisation«. Hängt aber dem Glauben an, daß der Friede nur durch schleunige Hochbewaffnung zu bewahren. Warnt dann wieder vor überschneller Aufrüstung, die Wirtschaft und civiles Leben gefährden könnte. Ist gegen erzwungene Aufnahme der Deutschen in seine europ. Armee. Tritt im Übrigen für Europas guten Willen zur Selbstverteidigung ein. Empfiehlt mehr Waffen- als Truppensendungen dorthin. Der Gedanke, daß Amerikas »Verteidigung« ebenso auf Weltherrschaft und Imperialismus hinausläuft, wie die russische »Aggression« liegt ihm offenbar fern. Glaubt an die »Freiheits«parole. – – Geschrieben an II, 7. – Mit K. Corona del

Mare. In dem Garten dort überm Meer tief geatmet. Recht angegriffen u. hinfällig den ganzen Tag mit Leibspannung und Appetitlosigkeit. – Brief von Basler mit Akten eines Briefwechsels zwischen Hesse und einem Deutschen, mich betreffend. Der alte Freund schlägt drein wie ein junger Kämpe. – Die »Neue Rundschau« mit einem Aufsatz »Geist und Teufel« über Valéry und mich. Sonst recht snobisch und supergescheit. Adorno über Benjamin. Dieser selbst über Historie. Man müßte es wohl studieren, würde aber nichts davon behalten. – Brief an Adorno beendet. – Materialstudien für Krull. (Alte Zeitungsausschnitte.) – Unwohl bis zum Abend.

P. P. Sonnabend den 3. II. 51

Andauernde Klarheit. – Neue Nuclear tests mit bengalischem Licht, leichtem Erdbeben und gelegentlichem »sunburn« eines Farmers. Unfug. Unfug. – Basler schrieb von den fürchterlichen Lavinen-Verschüttungen in den Schweizer Alpentälern. – Erschüttertes System. Für heute angenommene Photographen abgesagt. – – Gearbeitet am Kapitel. – Gegangen allein mit dem Pudel bei sehr schönem Wetter. – Den ganzen Tag sehr unwohl, gequält und reizbar. – Affaire »New York Times« mit Überschrift »Robeson, Mann join new Peace Crusade«. (Prof. Morrison) Anfrage von »Time«, die Erika beantwortete. Begann Letter to the Times Editor. – Abends einige Kapitel im »Simplicius«.

P. P. Sonntag den 4. II. 51

Affaire New York Times-Robeson. Schrieb den letter to the Editor; gab mich aber dann noch etwas mit dem Roman ab. Ging allein mit dem Pudel. Erregter Warnungsbrief Knopfs. Las nach Tisch den Brief vor. Erika übersetzte ihn mit ein paar Milderungen in 3 stündiger Arbeit u. schrieb ihn ab. Begleitbrief, ernst, an die Times. Durchschläge an Knopf und an Prof. Morrison mit der persönlichen Erklärung meines Rücktritts. Viel Geschäftigkeit, mit der der Zwischenfall hoffentlich abgetan ist. Habe einmal für allemal erklärt, daß ich überhaupt keine sponsorship mehr übernehmen und nichts mehr zeichnen werde. – Schrieb an Basler. Las im Simplicius. – Der Leib gebessert.

P. P. Montag den 5. II. 51

Leicht bedeckt. Früh wach. Wiedereintritt der Magd Perline. Mit K. über Juwelenpreise. – Am Kapitel. – Allein gegangen Amalfi Drive. – Aufgeregter Brief von Mrs. Meyer wegen der »Crusade«. – Schrieb kurz an sie und an ein über die Lage verzweifeltes deutsches Fräulein. – Brief und politisches Manuskript von Guillemin, der sich mit seiner amerik. Frau schon überworfen. Der Aufsatz ist sehr vernünftig u. also nicht unterzubringen. – Von Indiana University Schrift über Goethes Verhältnis zu Stendhal, interessant.

P. P. Dienstag den 6. II. 51

Warm, sonnig. – Beendete gestern Abend den »Prozeß«, wohl das kurioseste Buch der Weltliteratur. – Frühstück auf der Veranda. – An II, 7 gegen das Ende. – Allein gegangen mit dem recht vernünftigen Pudel. – Neuer hysterischer Brief von der Meyer. Verrate das Land der Wohltaten. Stupid und widerwärtig. – Nachmittags Briefdiktate an die Kahn. Danach handschriftlich an Guillemin über sein Manuskript. Weiter im Simplicius noch spät. Die Schweiz als Friedensparadies zur Zeit des 30-jährigen Krieges.

P. P. Mittwoch den 7. II. 51

Neblig bedeckt. – Heute sollte mein Brief in N. Y. Times erscheinen. – Die alberne Zeitung voll von Berichten über das dritte u. größte atomische Explosionsexperiment in Nevada. Lästerlicher Unsinn. – Mc Arthur verlangt aufs neue Angriff von Chiang-Truppen auf das Hauptland. – Gestern beförderte Erika die Gesamtliste der für Yale bestimmten Manuskripte und räumte das organisierte Material in Handkoffern beiseite, sodaß das Wohnzimmer frei ist. – – Schloß II, 7 ab und paginierte. Ging nur wenige Schritte. Klaus Pr. zum Lunch, der den Wagner-Aufsatz sehr lobte. – Las über Paris. – Schrieb an Remak, Ind. Univ., über seine Studien. – Geschlafen nachmittags. – Verständiger Brief der Lowe-Porter über die Times-Affaire, vorbildliches und wirklich freundschaftliches Gegenstück zu dem hysterischen Gebahren der Meyer.

P. P. Donnerstag den 8. II. 51

Neblig bedeckt u. kühl. – Schlechter Appetit, müde. – Begann II, 8 zu schreiben. Müde. Etwas auf der Promenade, dann Lunch im Miramar. Nach 6 Uhr Fahrt mit Erika nach Beverly Hills ins Cinema. Kauften unterwegs die N. Y. Times von gestern, die meinen Brief nicht enthielt. Sahen »Trio« nach S. Maugham, unbedeutend. Verspätetes Abendessen. Schrieb nachher Briefe an Frau Voßler und einen New Yorker Romanisten wegen eines Dante-Citats im Faustus.

P. P. Freitag den 9. II. 51

Klares, mildes Wetter. Sorge wegen des Ausbleibens meines Briefes. – Etwas weiter am neuen Kapitel. – Mit K. in Pacif. Palisades. – Golo mit Lux zum Wochenende. – Erika zur ärztlichen Behandlung. Nachher im Bett. Auch in den gestrigen N. Y. Times mein Brief nicht erschienen. Empörung darüber. Telegramm an das Blatt. Es gibt nichts Gemeineres als eine Zeitung. – Schrieb an Mrs. Lowe und sandte ihr den Brief. Bereitschaft, Fragen zu beantworten und mich mit der Übersetzung bekannt zu machen. Äußerte tiefsten politischen Pessimismus. – Las abends in dem Buch The Origins of Totalitarianism von Hanna Arendt. Belesen und scharfsinnig, aber halb wahr und maßstablos, auch was mich betrifft. Verstimmung und der Überdruß am Ganzen sehr sonderlich. Dünkel und kritische Frechheit: »Respectable intellectuals« gleich mir hätten um 1900 Gobineau's Abstammung von Odin ernst genommen. – Ich las noch im Simplicius.

P. P. Sonnabend den 10. II. 51

Sehr neblig, kalt und dunkel. Wusch das Haar mit Schaumwasser und rasierte mich sorgfältig, um in schwer erträglichen Jahren auf mich zu halten. Schrieb etwas weiter. Ging allein kurze Zeit. Bei Tische Klaus Pr. und Golo. Nachher lange Serie von Aufnahmen durch »Vogue«-Photographen. Bestanden. Legte mich früh, fand aber keine Ruhe. Auf das Telegramm an die Times einfach keine Antwort. Düsterer und erbitterter Stimmung. Abneigung gegen alles, was an mich herantritt, wie die Werbung für Babs Ehren-Doktorat bei der West-Berliner Universität und für eine amerik. Unruh-Society. Nachricht durch die Kahn, daß der Bericht in Time Magazine über die Crusade-Affaire halbwegs anständig sein soll. – Vor 7 mit K. zu Révy's, Abendessen mit Marcuses. Über Wagner, Shaw und Hamsun, dessen Greisenbuch »Auf überwachsenen Pfaden« Révy mir lieh. Mit der Frau, deren klares Schweizer Gesicht ich liebe, über ihr Land. Ein Steuerabkommen zwischen ihm und Amerika soll in Arbeit sein. Recht angenehmer, ablenkender Abend. Zu Hause noch mit Golo und Erika.

P. P. Sonntag den 11. II. 51

Recht gut geschlafen. Nebel. Gestern Abend noch in Hamsuns törichtem, aber nach alter Art reizvollem Tagebuch. – Etwas weiter am Kapitel. Mit K. gegangen u. von Erika abgeholt. Diese formuliert eine kürzere Erklärung für U. Pr. oder ein anderes Bureau. Der Artikel in Time im Ton des Blattes, aber nicht perfid und eher nützlich. – Nachmittags Brief an Slochower. Unruh-Gesellschaft abgelehnt. Monteux-Konzert, zu schnelle Holländer-Ouvertüre. Las in dem Hamsun weiter. Leicht idiotisch-poetisch.

P. P. Montag den 12. II. 51

Nachts Regen, morgens sonnig. In Korea der 38. Br. Grad wieder einmal überschritten. Die amerik. Gasolin-Bomben verheerend. – Schrieb am Kapitel. Ging allein eine halbe Stunde. Telegramm von Knopf, daß er es war, der die Veröffentlichung in den Times aufgehalten. (?) Erklärung an United Press durch Erika hinausgegeben. – Innere Wut und Polemik, namentlich gegen die alberne Meyer, höchst abträglich. – Von Wallenberg in N.Y. 60 Schlußbogen des »Erwählten« zum signieren. – Hübscher Bericht über den Shaw-Vortrag in »New Statesman«. – Ein paar Briefdiktate mit der Kahn. Zum Abendessen Feuchtwangers. Erikas »Emergency« wurde zu großer Erheiterung vorgeführt. Feuchtwanger sehr behaglich und sympathisch. Radio-Nachrichten über neue klägliche Mißerfolge in Korea. Atlee im Unterhaus gegen die Überschreitung des 38. Grads, von dem man ohnehin wieder weit zurückgeschlagen. War zum Schluß überwältigend müde.

P. P. Dienstag den 13. II. 51

Klares Wetter. Tief geschlafen. – Gearbeitet. Allein etwas gegangen. Umbrochene Bogen des »Erwählten«. Telegr. Fragen aus Frankfurt telegraphisch beantwortet. Angenehme Briefe des Theologen Moering in Brehna, Sachsen-Anhalt, und von H. E. Jacob. – Den Hamsun beendet. Die 60 Schlußbögen der mimeogr. N. Yorker Ausgabe des »Erwählten« abends signiert.

P. P. Mittwoch den 14. II. 51

Bedeckt und kühl. Der Brief von Knopf. Hat im Einvernehmen mit der Meyer meinen Brief an die Times unterdrückt, weil er, nun plötzlich[,] zuviel aus der Sache machte und ohnedies dergleichen Dinge rasch vergessen werden. Meine »politische Naivetät« – an die sie noch denken werden. Meine Erbitterung zu überwinden und zu arbeiten versuchen. – Schrieb etwas weiter. Ausfahrt nach Corona del Mare. Post unbedeutend. Im »Simplicius«, der zu sehr ins Phantastisch-Scientifische ausartet. Nach dem Thee Erika Antwort an Knopf diktiert. Auf ihr Zureden einiges von dem Gesagten wieder gestrichen. Werde es wohl auch der Meyer nicht sagen, es lohnt nicht. Muß aber ihren Besuch entweder verhindern oder aufs streng Unpolitische reduzieren. – Nach diesem Diktat zu müde, um noch etwas zu tun. Früh ins Schlafzimmer.

P. P. Donnerstag den 15. II. 51

Sonnig. Mit K. über unsere Entschlüsse fürs Frühjahr oder den frühen Sommer. Gegen den, übrigens schwierigen, Verkauf des Hauses. Am besten noch, es womöglich nach etwelcher Restaurierung zu vermieten und für ein Jahr nach Europa zu gehen. (Gastein, Schweiz, auch Madeira). Die Kosten der Auffrischung des Hauses aber recht hoch und das Vermieten für ein Jahr fraglich. Dies auch mit Erika zu besprechen. – Landung süd-koreanischer Horden im Norden des Landes an mehreren Stellen, z. T. nahe der sibirischen Grenze. Neue Provokation Mc. Arthurs zur Herbeiführung des Allgemeinen Krieges. – Etwas weiter am Kapitel (Gespräch mit Stürzli). – Allein gegangen Amalfi Drive. – Sehr sympathischer Brief von Pr. Morrison, der herzlich zu beantworten. Die »Freunde« – welcher Unterschied! – Von der Herz zwei Ausgaben des Statesman mit guten Artikeln. Mich beschäftigt auch mit der französischen Publikation der Venezianischen Kulturgesellschaft. – Medi, die in 8 Tagen kommt, über ihr Eheleiden und Aussichten auf getrennte Tätigkeiten für sie beide in Princeton.

P. P. Freitag den 16. II. 51

Schrieb um und etwas weiter. Ging allein bis zum Alten Haus. Fuhr zurück mit K. und Frau Katzenellenbogen, die zum Lunch kam. – Klares Wetter. – Sonderbarer Brief von Knopf über sein Verhalten in der Times-Affaire. Stellungnahme gegen das Essaybändchen in jenem Konkurrenzverlag. Bin ganz uninteressiert. – »Nietzsche, Etudes et Témoignages« mit einem Aufsatz von Leibrich über mein Verhältnis [zu Nietzsche.] »Herbstblätter« von Gide, deutsche Sammlung, mit dem Vorwort zu »Achtung, Europa!« Schönes über Goethe. – Recht unwohl. Die Nachmittagsruhe erfrischte mich etwas. Es tat mir wohl, an Frido zu schreiben über seine »Bürgschaft«-Platte.

P. P. Sonnabend den 17. II. 51

Gestern und heute mit Erika und K. über die zur Restauration des Hauses zu tuenden Schritte. – Der Schreiner richtet meine Schranktüren im Arbeitszimmer. – Klares Wetter. – Stalin über die Desintegrierung der U.N. und ihre rein instrumentelle Benutzung durch Amerika. – Am Dialog mit Stürzli weiter. – Gegangen und dann zum Lunch im Chalet. – Stupider Artikel im »Aufbau« über den Fall Times-Crusade. Netter Bericht Marcuse über die Vorlesung im Club-Blättchen. – Nachmittags die Kahn zum Diktat von Briefen an Knopf, Morrison u. a.. Brief-Entwurf Erikas an einen meine Entschlüsse Beklagenden. – Handschriftliches auch noch. Zum Abendessen Klaus Pr.. Müde und unwohl hielt ich mich im Arbeitszimmer und las die »Nation«.

P. P. Sonntag den 18. II. 51

Zeitig wach, ½8 auf. Gehe, den Hund hinauszulassen, die Vorhänge aufzuziehen, zu lüften, die Uhren in Ordnung zu bringen. Früh sonnig, dann Bewölkung. Abends keine Nachrichten mehr hören! Die Zeitung mit flüchtigem Widerwillen durchblättert. – – –

P. P. Dienstag den 20. II. 51

Gestern die Nachricht vom Hinscheiden André Gide's. – Arbeit am Kapitel gestern und heute. Gegen Mittag Fahrt zu Dr. Obermayer. Da die Leukoplathia in der linken Wange sich verschlimmert hatte, willigte ich in die Ausbrennung mit der elektrischen Nadel. Anaesthetisierung und Operation langwierig und bei ohnedies mangelhaftem Nervenzustand sehr anstrengend. Irgend lebhaftere Schmerzen blieben aber nachher aus. Nichts Heißes zu essen u. zu trinken, kein Fruchtsaft. Weglassung der Zahnprothese. Suppe und etwas Omelette. Schlechter Geschmack im Mund. Rauchen nicht verboten, aber auch nicht erfreulich. – »Orphic Influences in the Magic Mountain« von Thirlwall, Germanic Review. –

P. P. Mittwoch den 21. II. 51

Gestern Abend sehr müde. Saß mit der Decke über den Knieen und hörte Haydn und Mozart. Wie mechanisch und nach dem Cliché ist oft die Musik des 18. Jahrhunderts. – Erika hatte auch ihre anti-infektiöse Operation gehabt und kam erst spät etwas herunter. Keine Schmerzen, nur Unbequemlichkeit. Aß Suppe mit passiertem Fleisch. Kam im Stuhl sehr bald zu Schlaf. – Heute die Prothese eingesetzt. Normales Frühstück, nur Weglassung des Orangensaftes. – Den Chinesen geht es sehr schlecht in Korea. Die Berliner Friedenskonferenz ist für Amerika sicher ein bloßes Alibi. Sie soll keine Ergebnisse haben. – –

P. P. Freitag den 23. II. 51

Seit gestern regnerisch und windig. Nach der Arbeit gestern auf der Promenade spaziert, dann im Miramar gegessen. Die Hostess had read something but didn't remember the title. – Keine Post, Washington Day. Diktierte der Kahn ein paar Briefe. Noch wunder Mund. Niesen schmerzhaft und abträglich. – Französischer Brief, trop âgé et trop fatigué pour participer à une conférence internationale. Das aus Deutschland bestellte Erasmus-Buch sehr angelegen. Die Figur eminent gegenwärtig. Sollte es mit dem Krull nicht weiter gehen, so bleibt dieser Stoff. – Hörten Lieder (»Hast ein Reh du lieb vor allen«). Höchste Originalität der Vertonung. Erinnerte Platens »Unwiderruflich dorrt die Blüte«. Hörten Frido, der die »Bürgschaft« recht wie ein Schulbub spricht. Aber die Sprechweise ist eben sehr lieb. – Bibi's große Erfolge in Deutschland. Zudrang in München. – An dem endlosen Kapitel weiter (Magazin). – Eintreffen des Stadtplan von Flinker. Andersen-Portrait von Frau Freud-Marlé. – Abendgesellschaft bei uns: Rimstykes und Reinhardts. Recht angenehm. Aufenthalt im Studio, Vorweisen meiner Manuskripte. Frau Reinhardt, gealtert, übt immer noch starken Reiz auf mich aus, wie sie es vor 8 Jahren tat. Gäste sehr seßhaft. Zog mich 11 Uhr zurück. – »Simplicius«, Schicksal eines Werkes. Höchst frommer Ausgang. Verleugnung seines Sündenlebens. Längst vorher Ausartung aus dem Realistisch-Zeitkritischen ins Allegorisch-Phantastische. Entstehungsgeschichte wäre zu studieren. – Lion schickt Aufsatz über seinen »Racine«. – Neue mythol. Schriften von Kerényi.

P. P. Sonnabend den 24. II. 51

Sonnig. Morgens vollständig angekleidet. Frühstück auf der Terrasse. – Arbeit. – Brief an Lion. – Der Mund schlecht. Caroline Newton zum Lunch. Gab ihr den »Erwählten« zu lesen.

P. P. Sonntag den 25. II. 51

Sonnig. K. früh zum Bahnhof, um Medi zu holen. Frühstückte allein auf der Terrasse. Amerk. Drohung, China zu bombardieren, wenn es dieselben Waffen anwendet wie »wir«. Eindringliche Note Rußlands an England. – Ankunft Medis vor 10 Uhr. Mit ihr auf der Terrasse. Die Princetoner Aussichten für sie und den Mann, der aber anmaßende Forderungen stellt. – Arbeit. – Ausfahrt mit Medi. – Caroline zum Thee. – Brief an Frau Bernhard-Cohn. – Erika sehr leidend. Ich gleichfalls, da die Schleimhaut entzündet. Zweifel ob der Eingriff weise war. – Abends Musik und Erikas immer erheiterndes »Wort im Gebirge«. – Kodein.

P. P. Montag den 26. II. 51

Sonnig. Medi zum Kaffee. Backe und Nervenzustand schlecht von morgens an. Obermeyer heut nicht erreichbar. – Von

Pierre Cot telegraphische Aufforderung, in das Direktionskomitee einer neuen Zeitschrift »Le chemin de la Paix« einzutreten. Absage. – Arbeit. Leiden an der Mundentzündung. – Allein etwas gegangen. Viel Post. Brief von Bermann, optimistisch im Allgemeinen, besonders über die Aufnahme des »Erwählten«, über den Buchhändler sich begeistert, wenn auch dümmerlich, äußern. – Erika endlich bei meiner Ärztin, die das Gewebe durch Stümperei in desolatem Zustand findet, aber sofort leichte Linderung bringt. – Las sehr vernünftige außenpolitische Schrift von James Warburg. – Regen. –

P. P. Dienstag den 27. II. 51

Regen drohend. – Arbeit. – Fahrt zu Dr. Obermeyer, der im Gegensatz zu mir außerordentlich zufrieden war. Falsche Vorspiegelung rascher Heilung. Wenn es nur eine Sache der Geduld ist, will ichs zufrieden sein. – Bilder der auf meine Kosten reparierten Herderkirche in Weimar. Cranachs Altarbild, restauriert, mit »rührendem Lamm«. – Längerer Brief an Mrs. Lowe-Porter. Beantwortung von Gregorius-Fragen. – Zum Abendessen Caroline. Nachher Vorlesung für sie, Medi, K. und Erika der Stanko- und Stürzli-Szenen. Heiterkeit.

P. P. Mittwoch den 28. II. 51

Klares Wetter. Medi zum Kaffee. Über Borgeses zügellose Erpressungsversuche. (Hutchins.) In ihrer Abwesenheit mit dem Rechtsanwalt. Wirres Gemüt. – Franz. Forderung einer Äußerung über Gide. – – Arbeit. – Ausfahrt nach P. P. – Zeitschriften »Monat«, »Merkur«, »Accent«. – Gegen Abend und nach dem Abendessen Charakteristik Gides für Paris geschrieben. Abschrift durch Erika, mit der ich allein war, da K. und Medi zu einem Konzert in der Stadt.

P. P. Donnerstag den 1. III. 51

Regen. – Der Mund plagt mich weiter. – Beim Kaffee Streichung des Schlußsatzes des gestrigen statements über »Jahre«

und »Dogma«[,] gestrichen auf K.'s Anraten, um politische Spitze zu vermeiden. – Kaviar zum Frühstück. – Silone im »Monat« leidenschaftlich gegen die Grausamkeit der sibirischen Zwangsarbeit. Ebendort Artikel von Alfred Weber über Jünger und mich – zu meinen Gunsten. – Arbeit. – Lunch mit K. und Medi im Swiss. Von Dr. Weber, N. Zürcher Z., Vorabdruck der »Fischer v. St. D.« und Nekrolog auf Gide. Beitrag für ein In Memoriam verlangt. – Beschäftigung mit dem [von] Wolf geschickten engl. Paracelsus Buch. Abends Lieder und »Holländer«-Platten mit Medi gehört. Die Ouvertüre unverhältnismäßig und mit späterer Chromatik überladen. Der Monolog großartig.

P. P. Freitag den 2. III. 51

Morgens mit K. u. Medi Silones Meditationen über die russische Technik der »Seelenzertrümmerung« besprochen. Abstoßendes Problem. (Prager Schauprozesse). – Sonnig und warm. – Arbeit. – Mittags fuhr Medi mich nach Westwood zum Haarschneiden. – Nachmittags Brief und Gide-Beitrag an Dr. Weber, N.Z.Z.[.] Daß das Zeitalter einem asketischen Dogmatismus gehören zu wollen scheint. Hinnehmendes Ablehnen des Totalitarismus. – Golo zum Wochenende. Abends auf Wunsch Vorlesung des Totenvogel Kapitels (II, 6). Hatte Scheu davor getragen, fand aber dann selbst, daß es vielleicht dichterischer ist, als das Nachfolgende. Allmähliches Verlassen oder doch Abmildern des parodistischen Stils. Angenehme Überraschung und Zufriedenheit.

P. P. Sonnabend den 3. III. 51

Sonnig. – Gemahnt an mein morgiges Erscheinen in der Unitarian Church. Erika bereitet den Text vor. – Ihre Bemerkungen über den homosexuellen Untergrund des Romans. Nun, freilich wohl. – Arbeit an der Szene beim Uhrmacher. – Spazierfahrt bei sehr schönem Wetter im offenen Wagen mit K. und Medi nach P. P. und hinab zum Meer während wir im

Radio eine vorzügliche Aufführung des Pagliacci hörten. – Abends Abschiedssouper für Medi mit Crêpes Suzettes und Champagner. Hörten Holländer-Platten nach dem Kaffee.

P. P. Sonntag den 4. III. 51

10 Uhr Fahrt mit der wohlstudierten Ansprache zur Stadt und zur Unitarian Church, Medi chauffierend. Fritchman und die anderen Redner. Der Saal gefüllt. Sympathischer Chor mit Solo und Orgel, polyglott, russisch, chinesisch. Hübsche Idee. Die beiden Redner vor mir salopp und miserabel. Ein Banause von Arzt, der in Deutschland gewesen war, um die dortige Medizin zu demokratisieren. Bismarck habe sie »sozialisiert«. – Lieferte meine Ansprache gut. Es wollte beinahe Applaus geben. Zum Lunch zu Hause. Sehr müde, schlief nachmittags in nächtlicher Weise. Thee mit Medi und Verabschiedung von ihr; Zurückgabe an ihren wilden Mann. Sie fuhr mit Golo. – Schrieb an W. Herzog Glückwunsch an A. M. Frey zum Siebzigsten. – Monteux dirigiert Freischütz und Götterdämmerung wenig stilvoll. – Zeitig zu Bette.

P. P. Montag den 5. III. 51

Trüb. Nebelreißen. Arbeit. Rundgang mit K. – Viele Briefe. Broch für den Nobel-Preis? K. Jonas über seine Bibliographie. Prof. K. Löwenstein mit einem wenig einleuchtenden Brief an die N.Y. Times. Zeitschriften. Oberflächliche Beschäftigung mit Schriften von Kerényi, die mich z. Z. nichts angehen. Auch in der Erasmus-Biographie. Mit Erika Studium der Pariser Stadtkarte. Flinkers haben eine kaum brauchbare Metro-Karte geschickt. Quartier und Straße im Mt. zu ändern. – Nach Tische Besuch von einem Mitglied des Israel-Orchesters (Violonist) nebst Freundin.

P. P. Dienstag den 6. III. 51

Regen. – Seit Wochen vollständiges und ungewohntes Versagen der geschl. Potenz. Drastischste (und betrüblichste? Der

Teufel hol's!) Äußerung des seit der Europareise spürbaren Altersschubes. Da ich es ablehne, ohne Vollerektion zu masturbieren, scheint das Ende meines physischen sexuellen Lebens gekommen. Im Halbschlaf träumte ich, daß ich von Franzl W., dem Letztgeliebten, als von dem Repräsentanten der ganzen angebeteten Gattung, mit einem Kuß Abschied nähme. Nach einem Blick in seine braunen Augen, die er schmelzen lassen konnte. Übrigens hatte er den zu dicken Kopf der oberbayerischen Rasse. Ob die Wirklichkeit mich *je* tauglich gefunden hätte, ist eine Frage für sich. – Senat stimmt für die Einberufung der 18jährigen. – Minister-Konferenz in Paris mit russischen Vorschlägen, die die Franzosen hoffnungsvoll finden, und die »uns« sehr erschrecken. Wir werden alles tun, um einen Erfolg zu verhindern und Mühe haben, unsere Verantwortung für das Scheitern zu verschleiern. – – Arbeit. Gegangen bis zum Alten Haus. Nachmittags von Herzklopfen gestört. Diktierte der Kahn einige Briefe und händigte ihr Roman-Manuskript zum Abschreiben ein. Anruf Bermanns aus New York. – Erika hat leider über Verschlimmerung ihres Leidens zu klagen. Neue Vitamin[e] morgens, ziemlich lästig. – Über Erasmus.

P. P. Mittwoch den 7. III. 51

Sonniges Wetter. K.'s Zweifel an der Richtigkeit unserer Übersiedelungspläne für Mai. Große Ravage. Atmosphäre dort nicht viel besser. Als alte Leute zurückgezogen leben können wir auch hier. Erikas Zustand nicht ermutigend. (Dies mein Haupteinwand.) – Arbeit. – Mit K. über den Umweg bis zum Alten Haus; von Erika geholt. – Brief von Eisner, enthusiastisch über den Gregor, mit Ersuchen um hiesige Angriffsdokumente, von denen gleich eines zur Hand war. – Nachmittags Gespräch mit K. und E. über unsere Zukunft. Wenig Handschriftliches. Zum früheren Abendessen Klaus Pr., mit dem K. dann zum Israel-Orchester-Konzert fuhr. Langes Gespräch mit Erika, weiterhin, über die Probleme. Restaurierung des Hauses, Geldaufnahme, Verpackungen zum Verbleiben hier und für Europa. Wir reisen ab, wohnen vorläufig im Waldhaus Dolder, Erika bleibt zum Vermieten des Hauses hier (Verkauf vorgesehen). Umschau nach einem kleinen Haus nahe Zürich. Der Aufruhr wäre unverhältnismäßig, wenn wir von vornherein entschieden nur für ein Jahr gingen. Vermutung, daß ich, wenn wir in der Schweiz einmal niedergelassen sind, gar keine Lust zur Rückkehr in ein Land haben werde, in dem es, mit oder ohne Krieg, immer drückender und gefährlicher werden muß. Dieses Haus auf jeden Fall zu groß und kostspielig für eine auf 3 Personen geschrumpfte Familie. Bei alldem keine Illusionen über die Atmosphäre der Schweiz. K.'s Müdigkeit, mein Alter – und so hin und wider viele Erwägungen, auch die Steuer-Verhältnisse betreffend. – Noch ein Jahr abwarten? E. glaubt nicht, daß wir nächstes Jahr noch für länger als einige Monate wegkönnten.

P. P. Donnerstag den 8. III. 51

Morgens mit K. über das gestrige Gespräch. – Sie will an Frau Oprecht schreiben. – – Arbeit. Etwas gegangen, dann Fahrt zum Lunch im Ynez Inn nahe dem Ozean. Kaum zu wiederholen. Rückfahrt am Meere hin. – Bücher-Zueignungen an den Amtsgerichtsrat a. D. Bauer in Eutin. Danksagungen. Abends Vokal-Musik. Die Lehmann in ihrer Frische.

P. P. Freitag den 9. III. 51

Das Erlöschen der »Potenz« – voreilige Bemerkung. – Bedecktes Wetter. Erika mit ihrem Juckleiden trotz der Seletz recht übel daran. – Ungeheuere Verluste der Chinesen, wohlgezählt und immer gemeldet, wenn weiter nichts zu melden ist. Erstaunlich, daß noch welche übrig. McArthur kündigt Stalemate in Korea an, wenn ihm nicht erlaubt wird, die Mandschurei zu bombardieren. – Arbeit an II, 8. – Rundgang allein. – Zum Lunch Anna Mahler, Bildhauerin, und der Schwager. – Große Karte von Paris, aber nur das Centrum umfassend. – Bilder für Rev. Fritchman, Dr. Seletz u. a. – »Sat. Review of L.« wünscht eine weitere Buchbesprechung. Ein anderer Weigerungsbrief, Aushängebogen zu lesen. – »Lob der Torheit«. »Eugénie Grandet«.

P. P. Sonnabend den 10. III. 51

Sonne, falscher Wind. Erika recht schlecht daran. – Tito beklagt sich über Beunruhigung durch die russ. Satelliten an seinen Grenzen. Von dort kann jeden Augenblick der Krieg kommen. Dabei nach Aussage R. Swings in Washington größtes Durcheinander der gegenseitigen Diffamierungen, Gegeneinander Arbeiten der Ämter etc. [.] Klagt über den Verfall des öffentl. Vertrauens. – – Arbeit, 8, gegen das Ende. – Ausfahrt mit K. unter Fidelio-Musik aus New York unter Walter. Hielten Corona del Mare und hörten die Ouvertüre N° 3, das beste Musikstück der Welt. – Erikas Juckleiden erbarmungswürdig quälend, mit brennendem Alkohol bekämpft. Sorge. – Kluger politischer Brief von Dr. A. M. Butler in Boston. Ebenfalls politischer Brief aus Lübeck im Anschluß an meine U. P.-Erklärung und Time Magazine. Blöd verzerrte Zeitungswiedergaben in Deutschland. Schrieb nachmittags und nach dem Abendessen längere Antwort. – K. müde von Sorgen. Ich auch.

P. P. Sonntag den 11. III. 51

Klar. Warmer Frühling. Frühstück auf der Terrasse. – In Paris Streit um die Agenda. Geringe Aussicht auf Einigung. – – Arbeit am Kapitel gegen das Schlußgespräch. (Komische Besichtigungen.) Ging weit über das Alte Haus, von Erika geholt. Mahl ohne Mädchen. Nachmittags Brief an Alfred Neumann nach Hamburg. Abends der Musik zugehört. Die Unerfreulichkeit Sibelius'. Isaak Stern exekutierte Bartok. Später Record eines 13jährigen Phänomens, das Capricen von Paganini mit unglaublicher Fertigkeit spielte.

P. P. Montag den 12. III. 51
Klares, fast sommerliches Wetter. Auf der Terrasse. Eisenhower sehr herzlich für die Atombombe. – Schloß das 8. Kap. von II ab, vorbehaltlich topographischer Korrekturen. – Hitze. Mit K. in einer Santa Monica Allee. Übergroße Post. Frage-Briefe aus Deutschland und Japan, die schlecht und recht zu beantworten. Schrieb bis zum Abendessen den Brief an Neumann zu Ende. In der »Nation«, mit sonst guten Beiträgen, ein skandalös beschimpfender Nekrolog auf André Gide von »unserem Pariser Korrespondenten«, offenbar einem Kommunisten. Ein Brief an den Editor wäre notwendig. Es werden hoffentlich welche geschrieben werden. Auch Erika, trotz Klaus, war empört.

P. P. Dienstag den 13. III. 51
Hitze. – Erika hatte nach der gestrigen Behandlung eine bessere Nacht. – Moskauer Demonstration unter Stalin gegen Kriegshetze, die mit hohen Strafen bedroht wird. Der Kriegskonformismus der hiesigen Propaganda-Maschine angeprangert – in leider durchaus zutreffenden Worten, die wiedergegeben wurden, als ob sie heller Wahnsinn wären. – – Nahm die topogr. Korrekturen vor. Paginierung bis Blatt 82. Erst ½2 ausgefahren zum Lunch im Swiss Chalet. Nach dem Thee lange schwierige Briefe, literarisch und politisch (an Arn. Zweig) der Kahn diktiert. Danach sehr abgespannt. Das Diktieren mir äußerst unnatürlich. – Philosophische Abhandlung über Gesinnungs- und Erfolgsethik von D. Baumgardt, Washington. – Erika etwas besser.

P. P. Mittwoch den 14. III. 51
Die Nacht kühl. Störung durch die Ohren. Heute erneute Hitze. – Geschrieben vormittags und bis in den Abend langen politischen Antwort-Brief an Dr. Butler, Boston. Erika übernimmt die Übersetzung. Auch die nächsten Tage noch werden mir durch solche Plagen genommen. – An Erika entzückter

Brief von Feist über den »Erwählten«. – »Eugénie Grandet«. – Erst spät abends Abkühlung.

P. P. Donnerstag den 15. III. 51

Fortherrschen der Sommerhitze. Erdbeben in Mitteleuropa. Seoul von den Verbündeten kampflos wieder genommen. Ende des Krieges am 38. Br. Grad? In den U.N. hofft man es. – – Zweifel und Beschlüsse wegen des Agenten für den Verkauf des zweiten Grundstücks. – – Gestern Abend in einem deutschen Roman, »Frühwind der Freiheit«; K.Z.-Lager, Darstellung homosexueller Leidenschaften, die sich dort entwickeln. – – Botschaft zur Heinrich-Feier in Berlin geschrieben, dazu längeren Brief an den japanischen Studenten Morikawa, den nachmittags beendete. N° 1 und 2 der mimeographierten Ausgabe des »Erwählten« trafen aus New York ein. Darin gelesen. Las auch wieder in dem deutschen K.Z.-Roman, einem recht guten Buch. Mittags bei Seewind gegangen. Abkühlung im Lauf des Tages. Die Hitze gebrochen. Abends Heizung.

P. P. Freitag den 16. III. 51

Neblig bedeckt und kühl. Heizung. Kampfloser Vormarsch in Korea. Spekulationen über die Absichten der Chinesen. Wird man die Selbstbeherrschung haben, diesmal am 38. Br. Gr. halt zu machen? – – Briefliche Räumungsarbeiten 3 Stunden lang. Allein gegangen. Golo zum Wochenende. Nachmittags wieder Briefliches. Abends Vorlesung des 8. Kapitels, 2. Hälfte. Unterhaltend. Diskussion, mehr zwischen Erika und Golo über die Frage eines Briefes an Time zur Klarstellung meiner Haltung. Unentschieden. Neue Entstellungen, Häkeleien und Störungen zu erwarten.

P. P. Sonnabend den 17. III. 51

Dunstig, kühl. Begann das 9. Kapitel des II. Buches, das mit diesem wohl schließen wird. – Mit K. auf der Promenade Ocean Avenue. Angenehmes Wetter. Die Post unbedeutend.

Warte auf die Festschrift des Residenztheaters. Nachmittags mit Erika Durchgehen der Übersetzung des Briefes an Prof. Butler. Zum Abendessen Révy's mit Golo und Klaus Pr.. Im Gespräch Eindruck, daß sich einem längeren, nicht touristischen Aufenthalt in der Schweiz unüberwindliche steuerliche Schwierigkeiten entgegenstellen. – Brief an Peter Pr. zum 70. Geburtstag.

P. P. Sonntag den 18. III. 51

Klar, kühl. Frühstück auf der Terrasse mit dem Schwager. Ödigkeit der Zeitung. Über das Nutzlose und Unsinnige, mit dem Kriege überhaupt zu rechnen. – Taft wirft der Truman-Administration Korruption vor. Alsob die deren Spezialität und Erfindung wäre. – – Etwas weiter am Kapitel. Zögernd. – Allein gegangen, von Golo geholt. Zu Tische noch der Schwager, der nachmittags mit Golo abfuhr. Handschr. Brieferledigungen. Mahlzeiten ohne Mädchen. Abendmusik mit dem Charfreitagszauber und der »Moldau«. Wagnis nach Wagners Rhein, leidlich originell.

P. P. Montag den 19. III. 51

Klar und warm. Die Ohren nicht in gutem Zustand. Frühstück an einem neuen Rolltisch auf der Terrasse. Ausfertigung von Erikas nun sehr guter Übersetzung des Briefes an Butler. – Neue Absage der Magd. – Am Kapitel 9 weiter. Zum Lunch mit K. im Miramar. Antwort von Frau Oprecht: Aufenthalt in der Schweiz möglich bei vierteljährlicher Aus- und Wiedereinreise. Kein recht würdiger Zustand. – Vom Fischer Verlag: daß der Erwählte versandt und die Auflage von 10 000 so gut wie vergriffen. – Nachricht von der Meyer aus Honolulu, daß sie am 27. eintrifft und ich sie im Bel Air besuchen soll. – Dank von Weber, N.Z.Z., für den Gide-Beitrag. – T.M.-Grundschule in Trebitz, Elbe. – Dankesbrief von Prof. Eppelsheimer. – – Nachmittags Durcharbeitung, Milderung des Briefes an den Tokyoter Studenten. – Manuskript aus Göttingen über mein Verhältnis zu Tolstoi. – Erika bei der Ärztin. Sie wird auf die Fahrt nach N.Y. zum Lehrerkongreß verzichten, da mutmaßlich bald ein operativer Eingriff geraten sein wird.

P. P. Dienstag den 20. III. 51

Dunstig, nicht zu warm. Am Kapitel weiter. Champagner-Déjeuner bei Fritzi Massary in kleinem Kreis, ohne Erika. Recht freundlich. Nachricht aus Paris über den noch zunehmenden Erfolg des Faustus, von dem neue Auflage bevorsteht. Merkwürdig. Auch die anderen Verleger, mit älteren Büchern kommen hierdurch wieder in Bewegung. – Aus München erfreulicher Artikel über die Neuausgabe des »Zbg« (Neue Zeitung.) – Am Telephon Agnes Meyer, im Bel Air abgestiegen. Meldete mich für morgen Nachmittag an. – Brief an den Verfasser von »Im Frühwind der Freiheit«. Eingeschränktes Lob.

P. P. Mittwoch den 21. III. 51

Bedeckt. Die Ven. Blinds meines Schlafzimmers seit gestern in Reparatur. Morgens fertig angekleidet. Nach der Arbeit zum Haarschneiden nach Westwood. 5 Uhr zum Bel Air Hotel, die Meyer zu besuchen. Eine Stunde allein mit ihr beim Thee, dann K. dazu noch für allzulange Zeit, da Florence erwartet wurde, die aber verzog. Zerrüttet vom Dreschen leeren Strohs und vom Markieren einer geistigen Anwesenheit, die nicht vorhanden. Waren erst gegen ½ 8 wieder zu Hause. Entnervt durch das unwissende oder nicht wissen wollende Gerede einer in verdummendem Reichtum gehüllten[?]. (3 Wochen auf teuersten Belle-vue-Terrassen in Honolulu. Dort eine liebenswürdige »Aristokratie«, der alles gehört. [)] Das einzige Positivum der Frau ihre Stellung gegen die katholische Kirche. – Es kam die Münchener Res. Theater-Festschrift, worin mein Beitrag tatsächlich der einzig lesbare. Öde. – Blätterte in dem Manuskript über Tolstoi und was ich von ihm habe. – K. nach dem Abendessen zur Stadt, einem jüdischen Dilettanten-Konzert beizuwohnen, das ihr Bruder dirigierte. Ich ging früh hinauf. Meine Jalousien repariert.

P. P. Donnerstag den 22. III. 51

Gestern in »Eugénie Grandet« weiter. – Kühles Wetter. – Frühstück mit Klaus Pr., der übernachtet hatte. – Widerwärtige Investigationen in der Hollywooder Filmwelt. – Arbeit. Weiter Spaziergang. Nach Tische Alexandriner-Studium, »Hernani« und »Die Mitschuldigen«. Gegen Abend Brief an den Verfasser von »Tolstoi und Th. M.« in Göttingen. Zum Abendessen, sehr gut, bei Feuchtwangers. Der prachtvolle Blick von ihrer Terrasse bei Vollmond. Angenehme Plauderei. Sprach von meinen Erasmus-Wünschen und -Ideen, deren Realisation zu versuchen, wenn ich mit dem Krull nicht weiter weiß. Das gegenwärtige erotische Kapitel, Apotheose des Jünglings, beschäftigt mich stark und drängend. – Die Maler im Hause tätig.

P. P. Freitag den 23. III. 51

Klares Wetter. Früher auf, um für die Arbeit Zeit zu gewinnen. – ½12 Fahrt zu den Ärzten Obermayer und Kully. Behandlung bei diesem. Die Leucoplathia hat sich mikroskopisch als völlig harmlos erwiesen. Hätte auch damit in die Ewigkeit eingehen können. – Tat nachmittags nichts mehr. Las in den Tagesaufzeichnungen vom Dolder und Suvretta Hause, im Hernani und den »Mitschuldigen«. – Abends wiederholter heftiger Reizhusten durch Verschlucken mit nichts.

P. P. Sonnabend den 24. III. 51

Sonnig, sehr warm. Rasur und Bad, fertig angekleidet. Frühstück auf der Terrasse. Drohend-herrisches Friedensangebot Mc. Arthurs an die »Roten«, denen der Angriff auf Mandschurei bevorsteht. – – An der Szene mit Mme Houpflé.

½1 nach S. M. zur Fußpflege. Dann auf der Promenade gegangen. Unter der erotischen Spannung des Kapitels. – Wie zu erwarten Briefe in der Nation gegen den monströsen Gide-Nekrolog. Als Verfasser stellt sich Alex. Werth heraus. Desto schlimmer für ihn. – Zum Thee Ernst Křenek und Frau, etwas lähmend. Englische Unterhaltung aus Rücksicht auf sie. – Warmer Wind kam auf. – Brief von Lion; Bericht über seine verschiedenen kritischen Arbeiten. Nimmt bei Balzac für den Kapitalismus Partei, bei Zola für den integralen Sozialismus, »donc pour tous les goûts«. –

P. P. Sonntag den 25. III. 51 Ostern

Neblig, kühl. Frühstück im Zimmer. Heizung. Zur Arbeit drängend. – Nicht unerregt bei dieser. Nachher etwas gegangen. – Im »Lob der Torheit«. – Prächtige Blumen zum Fest von Mrs. Meyer und von Dieterles. – Anruf Angells, daß Caroline Newton mit 2000 Dollars den Kauf der Collection durch Yale eröffnen möchte. Als Items vorgeschlagen die »Vertauschten Köpfe« und die »Entstehung«. Auf Erikas Rat, Reduzierung der Idee auf eine »Pledge«, durch die keine Verzettelung und Entwertung bewirkt wird. Caroline sehr rührend. – Starker Brief Erikas an Freda Kirchway über den Werth'schen Schandnekrolog, auch in meinem Namen. – Erika am Telephon mit Angell. Caroline wälzt erregte Pläne. Denkt daran, ihr Vermögen zu liquidieren, um die Sammlung um 40 000 Dollars für Yale zu kaufen! Dies die Summe, auf die sie sie hat schätzen lassen. – Schrieb einen Dank an die Meyer und einen Brief an Basler. Sehr gut vorgetragenes Parsifal-Vorspiel von Monteux. Debussy und Strauß mit feinem Geschmack.

P. P. Montag den 26. III. 51

Morgens sehr kühl. Frühstück im Zimmer. Arbeit, sinnlich vertieft. Mit K. in P. P.. Ergebnislose Erörterung der Zukunftsfragen. – Dankbrief an Car. Newton. Brief an den

Fischer Verlag mit 14 Adressen, an die der »Erwählte« zu versenden. – »New Statesman and Nation«.

P. P. Dienstag den 27. III. 51
Arbeit, sinnlich vertieft. – Zu Heinrichs 80. Geburtstag mit K. und Blumen auf den Friedhof. Die Grabstätte, der das Monument noch fehlt, schwer zu finden. Wir legten den Blumenschmuck nieder und besichtigten nahebei den Stein, der schön und würdig ist, dessen englische Inschrift mir aber nicht gefällt. – Auf Umwegen bei Wind und Nebel im offenen Wagen nach Hause gefahren. Überraschend und erfreulich warmer Glückwunsch-Eil-Brief von Knopf über »The good sinner«, wie das Buch nun wohl endgültig auf englisch heißt. Ein gleicherweise preisender Brief über den Roman von W. Berendsohn. Knopf: »As sheer narrative, it seems to me to be perhaps your best work.« Will Daten über die Entstehung über »Aue von Hartman«. – Brief Erikas an Freda Kirchway »approved« und abgesandt. – Von der Kahn die Abschrift von Kapitel 6 und 7. Gab ich Kap. 8. – Zum Abendessen Lotte Walter. Die Triumphe ihres Vaters in New York.

P. P. Mittwoch den 28. III. 51
Arbeit, sinnlich vertieft. Allein gegangen. In »Hernani«. Nachmittags langes Gespräch mit dem intelligenten Journalisten Swirsky über ordinären Angriff auf mich durch United Press, frei nach dem Revolverblatt »The Fireman«. Widerwärtig. S. will es durch ein Interview ausbalancieren. – Abends »Laune des Verliebten[«].

P. P. Donnerstag den 29. III. 51
Swirsky am Telephon mit Erika. Soll seine Sache würdig gemacht haben. – Nach dem Rasieren fertig angekleidet. – China weist Mc. Arthurs »Anregungen« als dreisten Bluff zurück. Verstärkter Widerstand gegen den Vormarsch. Erklärung, daß der Krieg nicht enden wird, ehe die Amerikaner Korea verlas-

sen haben. Das kann 10 Jahre dauern – wenn es könnte. – – Arbeit. Alexandriner, französisch und deutsch. – Gegangen. Lunch im Swiss Chalet. Im Arbeitszimmer geruht, da oben die Maler. – Im [Santa Monica Evening Outlook] Nachmittags das Interview neben dem idiotischen Angriff. – Einiges Handschriftliche, Karten, an L. Mazzucchetti, Amann etc. – Brief von Frau Niekisch (Dinter), jetzt in Kiel, schwärmerisch anhänglich. Erinnerung an 1933. – Erbitterte und exzitierte Reden Erikas abends gegen Amerika. Sehr viel Wahres daran und doch betrübend, besonders für K., die es nur schwer erträgt.

P. P. Freitag den 30. III. 51

Beim Kaffee über Erika, für die ernstlich Gefahr besteht, hier zugrunde zu gehen. England für sie das Rechte, wenn nicht die schlechte Nahrung wäre. Sollte man ihr Indien anraten? – Swirsky telephoniert, daß auch U.P. selbst sein Interview bringt. – Text wird vorgelegt. Zeugt von Furcht vor Citat[?] – Arbeit, verzögert durch die Verse, die den Jüngling preisen. – Mit K. Corona del Mare. Wechselnde Kühle u. Sommerwärme. Freundlicher Brief an Frau Nikisch in Kiel. Erika bei der Ärztin, dann bei Lotte Walter, Abendessen mit K. allein. Telegramm an Bermann: schwere Beunruhigung durch das Ausbleiben des Copy rights.

P. P. Sonnabend den 31. III. 51

Kaffee mit Erika. Die Affairen, die mich, eine wie die andere, in tiefster Seele gleichgültig lassen. – Arbeit gegen das Ende von II, 9. – Allein gegangen. Nicht wohl, angegriffen, Magenverstimmung. – Der Schund-Text des »Freeman«, den ich nicht ansah. Erika für Beleidigungsklage, zunächst Rücksprache mit einem Rechtsanwalt über die Möglichkeiten. Frage, *wo* der Prozeß geführt werden würde. – Abends sehr müde und unwohl. Saß und hörte der »Fledermaus« zu.

P. P. Sonntag den 1. IV. 51

Klares Wetter. Morgens mit K. über die Frage des libel Prozesses, die Fälschung des Pariser Bildes etc. Zweifel, ob ich gut tue, die andere Seite vollständig zu desavouieren und bloßzustellen. – Kühl, aber Frühstück auf der Terrasse, eilig, zur Arbeit zu kommen. – –

P. P. Montag den 2. IV. 51

Konnte gestern weder vormittags noch nach dem Thee mit dem Schluß des Liebeskapitels zustande kommen, der sich der Prosa weigerte und kategorisch wieder Alexandriner, halb französisch, halb deutsch, verlangte. Arbeite sie im Lauf des Abends beim Musikhören und beim Zubettegehen, im Stillen aus und schloß heute nach dem Frühstück das Kapitel mit wenigen Zeilen ab. – Bei alldem immer viel von den politischen Widerwärtigkeiten die Rede, dem Tillinger, der U.P., der französischen Bildfälschung, der »Message« nach Warschau, der möglichen, vielleicht notwendigen Klage. – – Meine Gesundheit recht zweifelhaft, äußerst nervös und schwankend. Doch stehe ich den Tag durch wie gewöhnlich, ungewiß nur, ob ich außerordentlichen Bewegungen und Abenteuern gewachsen wäre. – – Brief an Reisiger bis zum Spaziergang. Viel Briefpost, darunter doch wenigstens eine Schmähung. – Golo zu Osterferien. – Nach dem Thee den Brief an Reisiger beendet. – Festlicher und erregender Abend. Champagner bei Tisch zu Ehren von Golos Geburtstag. Nach dem Kaffee Vorlesung des 20 Seiten langen Liebeskapitels. Eindruck von Merkwürdigkeit, Originalität, Komik, und Poesie. Las sehr ruhig und unterhaltend diese Apotheose des Jünglings. Gespräch über das Erotische nachher. Kleine Ausstellungen zu beobachten. Wohlsein, Beruhigung nach dem tour de force dieses Abschnitts. Aber was noch? Der Roman kann es kaum weiter bringen. Mir hat er eigentlich damit Genüge getan.

P. P. Dienstag den 3. IV. 51

Gestern Abend recht sehr erregt. Nicht leicht den Schlaf zu finden. Heute dunkel und kühl. In Korea massieren sich eine halbe Million Chinesen. Einmal war es schon eine ganze. – Korrekturen an dem gestern gelesenen Kapitel. »Ce cœur te gardera dans ton moment bénit.« – Mit K. in dem Park um den Uplifters Club. Erika zu langem Besuch bei dem Rechtsanwalt Kenny, der den Gedanken an einen Verleumdungsprozess (der gegen den »Freeman« zu gewinnen wäre) verwirft, weil er mein Leben verkürzen würde. Glaube ich wohl. Brief an den »Fr.« notwendig. Dann Schluß, kein Wort mehr, keine Unterschrift, vollständige Abwendung von den Händeln und Handlungen dieses Landes, unverbrüchliche Teilnahmslosigkeit. Um keinen Preis länger Zielscheibe für Dreckwürfe sein. – Schweizer schickt per Luftpost große Kritik des »Erwählten« aus der N.Z.Z. von Weber. Sonderbar aus Faszination und Abneigung gemischt, deren Ausdruck plump übertrieben. Richtig die Charakterisierung als Spätwerk, Summe, etwas Letztes, Äußerstes, nach dem nichts mehr kommt. Habe nichts dagegen, ein Spätester und Letzter, ein Erfüller zu sein. Damit repräsentiert man das Abendland. Denn wo seine Frührot-Werke? Bin einer der Letzten, vielleicht der Letzte, der überhaupt weiß, was ein Werk ist. – Ein paar Diktate mit der Kahn. Danach Brief an Dr. Beutler, Frankfurt, zur Einweihung des wiederhergestellten Goethe-Hauses. – Zum Abendessen ein Schüler Golos, manierlicher junger Mann aus gutem Hause. – Kummer über Erika[s] körperlichen und seelischen Zustand, der zu einem für ihre Mutter schwer erträglichen Verhalten führt und so ihr Unglück noch vergrößert. Ihre Treue zu uns, und wie sie es als Aufgabe ihres Lebens betrachtet, uns zu helfen und dienen, ist für mich rührend genug, um tiefen Schmerz um sie zu empfinden. – – Regen.

P. P. Mittwoch den 4. IV. 51

Trübes Wetter. Morgens mit K. über Erika. Sie hatten gestern Abend noch langes, nicht gutes Gespräch. – Arbeit für den Knopf-Verlag über die Ursprünge des »Holy Sinner«. – Nur einige Schritte gegangen. – Es kamen Exemplare des »Erwählten«, hübsch ausgestattet. Die zweite Auflage wird verschickt, eine dritte ist in Vorbereitung – trotz dem Preise von 15 D.M. – Kamen ferner Exemplare von »Inspiré[«] mit dem Shaw-Vortrag. Dazu viele Bücher. – Herzliche Widmung des Buches an Erika, die recht hat zu sagen, daß Weber den Fehler begeht, mich mit Adrian zu verwechseln – »Listed« von Un-American Committee. Lächerlich. Anruf der Los Angeles Times; Mitteilung meiner Erklärung vom 12. Februar. – Widmungen des Romans an Agnes Meyer und die gute Caroline. Verstimmung zwischen Golo und Erika wegen seiner (mir sehr erfreulichen) Guggenheim-Fellowship. Beigelegt.

P. P. Donnerstag den 5. IV. 51

Dunkel. Regen. In den L.A. Times die Commit[t]ee-Albernheit. – Verschärfung der politischen Lage, da China Flugzeuge einsetzt, Mc. Arthur die mandschurischen Basen anzugreifen droht und die Russen Truppen an der mandsch. Grenze massieren. – –

P. P. Sonnabend den 7. IV. 51

Schloß gestern den Gregorius-Kommentar für Knopf ab, las ihn vor und gab ihn zur Abschrift. – Entsetzliches Todesurteil über zwei Scientists, die während des Krieges, Atom-Détails den verbündeten Russen mitteilten. Die Begründung zeugt von nicht mehr gesundem Sinn. Es ist gefährlich, unter solchen Menschen zu leben. – Erika las ihren Brief an den »Freeman« vor. Gut. Vom Rechtsanwalt gebilligt. – Ging mit K. belästigende Korrespondenz durch und schrieb an Dr. Weber, N.Z.Z.

P. P. Montag den 9. IV. 51

Leiden, Seelenqual, Grauen, Fluchttrieb. Redaktion des Briefes an das Schandblatt durch Erika und Swirsky, der von 7 bis Mitternacht da war. Gestern ausgefertigt. Brief an den »Aufbau« abgegangen. Aufarbeitung vieler Briefe, womit auch heute noch fortzufahren, da zum Weiterversuchen der Arbeit der Mut und die Laune fehlen. – K. dem Entschluß zu vorläufigem Fortgehen näher gekommen. – Scharfe Stellungnahme Englands gegen Mc. Arthur und seine Disziplinlosigkeit. Truman ratlos zwischen der Wut der China Lobby und dem Druck der Außenwelt, der direkt auf Entlassung oder Maßregelung des Generals zielt. – – Weitere Brief-Erledigungen vor- und nachmittags. Etwas Beschäftigung mit Kommendem im Roman. Ausfertigung von Widmungsexemplaren des »Erwählten« für Verwandte und Freunde. Brief von Blanche Knopf über das Buch. »I read it hardly breathing and did not move. I was so enthralled . . .« Brief von Basler nebst herzlicher Anzeige im »Bücherblatt« und dem Citat guter Worte von Hesse darüber. Aus Frankfurt Kollektion deutscher Kritiken, scheeläugig, tückisch, hämisch und ordinär. – Erika ins Hospital zur Operation, Ausschneidung einer Lymphstauung.

P. P. Dienstag den 10. IV. 51

Erika, schlecht untergebracht, ohne Nahrung, seit gestern Nachmittag, hat stundenlang auf die Ärztin zu warten. – Mc. Arthur wird natürlich nicht angerührt werden, fordert im Gegenteil mehr Truppen. Republ. Presse verhöhnt das State Department, weil es einige Rücksicht nimmt auf die Empörung der Verbündeten und ihr Widerstreben gegen Ausbreitung des Koreanischen Krieges. – – Korrektur des bisher Abgeschriebenen. Einige Beschäftigung mit dem Nächstzutuenden. – Erika in lautem Zimmer, nicht allein, operiert und, wie es scheint, von Schmerzen leidlich freigehalten. Teleph. Kontakt mit der Selitz, den nurses, dem Hospital. – Mit K. nach Westwood ins Cinéma: Sehr hübscher Film »Born yesterday«, vortrefflich gespielt, originelle Darstellerin, die vom U.A. Committee citiert wurde u. zugleich den Academy Award erhielt; neu, anmutend, komisch und reizvoll. – Verspätetes Abendessen. Nachricht, privat und durchs Radio, daß Truman Mc. Arthur seiner sämtlichen Ämter entsetzt hat. Größte Aufregung im Lande.

P. P. Mittwoch den 11. IV. 51

Mildes, heiteres Wetter. Die Zeitung voll Aufruhr gegen die Absetzung des hero. Genugtuung in Europa. Truman und Acheson, die die U.N. zusammenhalten wollten, wird es schlecht ergehen. Die Stimme des Volks, soweit mitgeteilt, namenlos dumm. »Does that mean general war?« Was ja für den Augenblick gerade vermieden werden sollte. Außerdem wollte man nicht alle Verbündeten verlieren. – – Schrieb eine Seite des neuen Buches und Kapitels: III, 1, um den Anfang zu machen. Ging über das Alte Haus. Lunch mit Klaus Pr.. Viel über die Entlassung des Generals. – Brief von Alv. Johnson, insistierend wegen Broch. Schwierig. Begann Brief darüber. – Radio-Rede Trumans, Verteidigung. Appeasement der Dummheit, keineswegs trostreich.

P. P. Donnerstag den 12. IV. 51

Leicht neblig, kühl. Der Lärm über die Entlassung dauert fort. Die Telegraphenämter überbeschäftigt. Gerede über das »Impeachment« Trumans und Achesons. Mc. Arthur in 3 Wochen vor dem Congress. – Ohne Mädchen. Erwägungen mit K., daß es mit der verschwenderisch bezahlten und nutzlosen domestic help unmöglich so weiter gehen kann. – Brief K.'s an Bermann wegen des unheimlich ausbleibenden Copy-Rights und wegen des Ausbleibens der deutschen Honorare. Finanzielle Beengung. – Wendete den ganzen Vormittag an die Niederschrift eines Briefes an den unerbittlichen Johnson. Hatten dann Lunch im Swiss. Nach dem Thee diktierte ich der Kahn den Brief, dazu eine Liste von einigen 20 »basic books«, die man verlangt hatte. Mehreres Weitere. Schrieb danach an Basler. – Abschrift des 8. Kapitels. – Lese abends das Frühwerk von Hamsun »Hunger« – Adorno's Buch »Minima Moralia« kam.

P. P. Freitag den 13. IV. 51

Der Mc. Arthur-Lärm geht weiter. Taft und die Republikaner toben zusammen mit dem unwissenden Volk. Der Adlatus des Märtyrers schwört, nie habe der eine Erweiterung des Krieges gewollt. Übrigens soll er schon in eine große Industrie-Gesellschaft mit 100 000 Dollars Jahresgehalt eingetreten sein. Man empfiehlt Truman die Abdankung, um die Einigkeit wiederherzustellen. – – Korrigierte die Abschrift von II, 8. Schrieb am Neuen einige Zeilen weiter. Ging über das Alte Haus. Nachmittags Brief nach Halle an den Mann der Kulturbund-Landeskonferenz. – Golo zum Wochenende. – Interessanter Druck über Faustus und Alexander, von H. J. Mette, Deutsche Vierteljahresschrift für Literaturwissenschaft. Dichtung als Warnung, Pindar. Über meinen Traditionalismus Gutes und Gelehrtes.

P. P. Sonnabend den 14. IV. 51

Seit gestern Erneuerung des arthritischen Hüftweh. Wieder-Gebrauch der von Wolf verordneten Pastillen. – Erika hat unter den Folgen ihr[er] Tumor-Operation schwer und peinlich zu leiden. Ihre Rückkehr nach Hause noch unabsehbar. – Hektische Vorbereitungen in San Francisco zum Empfange Mc. Arthurs. Anberaumung eines Joined meetings der beiden Häuser für ihn in Washington mit Trumans Zustimmung. Explosive Auseinandersetzung erwartet über die polit. Gegensätze, die zu seiner Entlassung führten. – Kühl und neblig. Wärmebedürfnis. – Etwas weiter an III, 1. – Ausfahrt nach Corona del Mare. – K. bei Erika, deren Zustand das Verlassen des Hospitals am Montag erlaubt. – Beschäftigung mit den Büchern Kriegers, der Eintreten verlangt. Sagt tapfere Dinge, aber mißlich bleibt die Sache, was wenigstens den Roman angeht. – Mißlich ebenfalls die Kulturbund-Angelegenheit in Halle. Schrieb den Brief zu Ende, nicht zu meiner Zufriedenheit. – Bermann am Telephon. Copyright soll gesichert sein. Auch Aussicht auf Freigabe der deutschen Honorare. Der Wagner-Artikel aus S.R.L. als Vorwort für die deutsche Ausgabe der Briefe? (?) – Mit K. über Bibi und seine Zukunft. – Dinner-Radio-Rede Trumans gegen seine republ. Kritiker, ohne Mc. Arthur zu nennen. Im Übrigen – Emergency und Trostlosigkeit. Kampf für Freiheit und Glück. Versprach sich oft. – – I Pagliacci, vortrefflicher Opernwurf.

P.P. Sonntag den 15. IV. 51

Trüb, kühl. Das Mädchen spät. Golo fort. Red China begrüßt die Entlassung Mc. Arthurs. Was beweist, daß es falsch war. – Etwas weiter am Kapitel. – Mit K. gegangen. – In dem Roman von Krieger, der Qualitäten hat, die aus meiner Sphäre fallen. – Brief nach Wien über Huzulen-Märchen. Brief an Mette, Hamburg, über seine Faustus-Alexander-Schrift. – Nachricht, daß die N.Y. Times Auszüge aus dem Aufbau-Artikel auf englisch gebracht haben. – Mit K. Änderung des Briefes nach Halle und Telegramm dorthin mit Ablehnung der Wahl ins Ehrenpräsidium. – Abends Musik. Schlechtes Meistersinger-Vorspiel unter Wallenstein. – Das Hüftweh durch die Pastillen gebessert, aber eine Reizung fortbestehend. – Erika soll morgen nach Hause kommen.

P.P. Montag den 16. IV. 51

Zeitung handelt fast nur von Mc. Arthur. Hysterischer Empfangslärm angekündigt: Lärm-Instrumente und Kirchenglokken. – Mit der Arbeit kaum vorwärts; ohne jede Stimmung und Erfindung. Erika traf ein, von Rimskys gebracht, mit ihrer Freundin Ellen, die vorläufig bei ihr bleibt. Vom »Aufbau« der Brief nebst miserabler Wiedergabe in Times und Gegenerklärung des »Freeman«. Tillinger antwortet dem »Aufbau«;

werde kommentieren müssen. Ekelhaft. Freeman scheint meinen Brief unterdrücken zu wollen, was durch den Anwalt festzustellen ist. Besprechung mit Erika. – Einiges Handschriftliche abgetan.

P. P. Dienstag den 17. IV. 51

Gestern Abend heftiger Hustenanfall durch Luftröhrenreiz bei Einnahme der antirheumatischen Pastille. Erschöpfung danach. – In falscher Richtung weitergeschrieben. Überlegte nachher besseren Weg. – Mittags nach Westwood zum Haarschneiden. – Rechtsanwalt Kenny telegraphiert an den »Freeman« und erhält zur Antwort, daß man [von] meinem Brief 600 Worte bringen will. – Brief von Kahler, der dringlich von der Übersiedlung nach Europa abrät. – Handschr. Erledigung und Organisation der liegenden Post. Abends in Adornos »Minima Moralia«. – Nahmen den Kaffee bei Erika, die viel Besuch hatte.

P. P. Mittwoch den 18. IV. 51

Wilder Empfang Mc. Arthurs in San Francisco. – –

P. P. Sonnabend den 21. IV. 51

Heftige Arbeit gestern und vorgestern an der Schlußreplik auf Tillingers Geschmier im »Aufbau«. Las die 7 Seiten gestern Nachmittag E. und K. vor. Kleine Änderungen zu besorgen. Dann Diktat an die Kahn. George telegraphiert, daß er selbst editorial zu dem Falle schreiben und in gleicher Nummer Jacobs Besprechung des »Erwählten« bringen will. Viele Sympathie-Briefe und keine einzige Schmähung. – Meine leidenschaftliche polemische Anstrengung war groß. – Viel zu beantwortende Post hat sich wieder angehäuft. Auf Kahlers Brief, einen aesthetischen Aufsatz der Hamburger, eine sehr herzliche Besprechung des »Erwählten« in der »Neuen Zeitung« von Goes ist zu reagieren. Von Krieger zu schweigen. – Gestern Abend Lotte Walter zum Essen und bei Erika, der es langsam besser geht. – Ein guter Schlaf rettet mich. Nachmittags jetzt zwei Bellergal, um zur Ruhe zu kommen. Lese nach »Hunger« auch Hamsuns »Mysterien« wieder mit Vergnügen. – Schrieb Briefe. Wiederholte Konferenzen mit E. wegen des Textes. E. diktiert ihn der Kahn, und ich fertige aus, zusammen mit der zwischen Schönberg und mir verabredeten Absage an die S.R.L. wegen Aufnahme unseres Briefwechsels in die Anthologie der Zeitschrift. – Nachzitternde Erregung. In Adornos Buch; zu müde, um viel zu verstehen von diesen Concentrationen, auf die mich zu konzentrieren unmöglich. – »Othello« von Verdi mit halbem Ohr.

P.P. Sonntag den 22. IV. 51

Bürgerkrieg und Gesinnungsprügelei, im Senat physisch, gehen weiter im Lande nach dem Mc. Arthur-Rausch. Enthüllungen der N.Y. Times über die Verhandlungen des Präsidenten mit dem General im Pacific, wobei dieser versichert, daß die Chinesen nicht intervenieren würden. Billigung von Mc. A.'s Entlassung bei den U.N., ohne Hoffnung, daß der Friede in Korea dadurch näher gebracht ist. Immer auffallenderes Annehmen einer pazifistischen Haltung durch den Vatikan. Osserv. Romano: »Der Kommunismus kann nicht mit ammunition besiegt werden.« – Wo irgendwelche Klugheit ist, da wird man anti-amerikanisch. – – Erika hatte zu meinem Kummer sehr schlechte Nacht durch Überanstrengung gestern. – – Schrieb Briefe an Krieger, die Hamburger, Holmberg, u. a.. Zum Kaffee und Thee bei Erika. Gelesen in Adornos Buch. Zerstreut und äußerst nervös. Fühle mich gefangen in einer Welt des Unheils, aus der kein Entkommen. Abends Musik. Beim Lohengrin-Vorspiel in Tränen.

P. P. Montag den 23. IV. 51

Morgens längeres Gespräch mit K. über die Lage und all ihre Schwierigkeiten. Erikas persönliches Problem fällt schwer ins Gewicht, erlaubt z. B. nicht eine einfache Badereise nach

Europa (Gastein oder Ragaz) gegen meine rheumatischen Schmerzen in Hüfte und Arm. K. begünstigt am meisten das Vermieten des Hauses für ein Jahr und hält die Ravage des Ausräumens für überwindbar. – Die Zeitung nicht angesehen. E. wünscht stärkere Wendungen gegen den Amoralismus der Kommunisten, falls George vorstellig werden sollte. – Weitere Erledigung persönlicher Briefe. Bleibt genug zu diktieren. Gegangen Amalfi Drive. George telegraphiert, daß einige Stellen meiner Antwort legal anfechtbar sind und bringt nach Abstellung den Aufsatz in der übernächsten Ausgabe. – Englischer Artikel Lessers über den »Erwählten«, wunderliche philologische Quellenforschung. Erstmalige Analyse der Fischersprache. Das Ganze höchst trocken aber spaßhaft. – Zeitschriften. – Wiederholt bei Erika. – Etwas in Erasmus' Schriften. Zustand meiner Nerven etwas besser. – Aus Wiesbaden Nachricht über die Verhaftung des Verlegers Langewiesche in der Ostzone. Verlangen nach Intervention oder doch Erkundigung etwa bei Becher. – Dringender Brief des Berliner »Aufbau«-Verlages wegen Gewährung von Lizenz-Ausgaben in der deutschen Ostzone. Versicherung, daß jede Ausfuhr nach der Westzone unterbunden und das Geld transferiert werden würde. Bei Bermann reklamieren.

P. P. Dienstag den 24. IV. 51

Umgeschrieben das Letzte am Roman. Fuhren aus nach Pacific Palisades. Besprechung des »Erwählten« für die »Nationalzeitung« von Basler, etwas peinlich gegen Weber gerichtet. Reizender Brief von Reisiger über das Buch, geschrieben in äußerstem Entzücken, herzerwärmendes Dokument. – Nachmittags zu lange geschlafen. Brief mit K. an Bermann wegen ostdeutscher Lizenzausgaben. An Becher wegen der Verhaftung des Buchhändlers Langewiesche. Handschriftlich an Basler.

P. P. Mittwoch den 25. IV. 51

Regen. – Erwägungen immer wieder, ob ich nicht besser tue, die Entgegnung an den »Aufbau« überhaupt zurückzuziehen und ihn durch einen kurz ablehnenden Brief an den Herausgeber zu ersetzen. – Unter dem Offensivdruck der Chinesen ist der 38. Br. Grad wieder einmal rückwärts überschritten und das in Trümmern liegende Seoul wieder einmal geräumt worden. – – Konnte nur ganz wenig weiterschreiben. Ungünstige Stelle. Immer wieder doch scheint mir das ganze keinen rechten Sinn zu haben, – höchstens dennoch wieder, wie in Leverkühns Fall, als übertragenes Abbild meines Lebens. – Regen. Ging mittags nicht aus. Kaffee bei Erika. Nach dem Thee mit K. etwas gegangen. Im New Yorker gelesen über den Rocket-Erfinder von Braun und seine Raum-Schiffahrts-Pläne. Nach dem Mars wird die Fahrt über 200 Tage dauern, nach dem Mond nur 100. Dieser ist vorzuziehen, da seine Oberfläche vollständiger bekannt, als die der Erde.

P. P. Donnerstag den 26. IV. 51

Dunkel und zum Regen geneigt auch heute. – In Paris Gromyko heftig ausfallend. Die Sitzung beinahe suspendiert, Swing wieder einmal erschrocken über die europäische Rebellion gegen die Politik Amerikas. – Das Bombardement der chinesischen Basen in Mandschurien wird nun doch von U.S. bei den U.N. angemeldet. – Etwas geschrieben an III, 1. Gegangen und danach im Swiss gegessen, ohne Appetit. – Sendung von M. George; hundert Einwände [aus] wahrscheinlich berechtigter Angst gegen mein Manuskript. Mit Erika und K. darüber. An Händen und Füßen gebunden, bin zu der Erklärung geneigt, daß ich auf das mir zustehende Schlußwort verzichte. Niederdrückender Ekel und Elendsgefühl. Der Kahn Einiges diktiert. Dann, auch nach dem Abendessen, Brief an Lesser über seine gelehrte Analyse. Amerikanischer Roman »Night Air« von Dowd.

P. P. Freitag den 27. IV. 51
Mc. Arthur in Chicago, triumphal. Verlangt, daß dem Hinschlachten der Boys durch den Angriff auf die Mandschurei ein Ende gesetzt werde. – Erika macht einen Versuch, meine Antwort nach den Wünschen des »Aufbau« umzuschreiben. Unglaube an die Möglichkeit. – Es beschäftigt mich die Idee eines schaurig-monotonen Schuldbekenntnis im russischen Stil. – – Das Wetter ist klar heute. – Schrieb etwas weiter am Kapitel. Fuhren aus nach Corona del Mare. – An George kurze Nachricht, daß die politische Lage und die offenkundige Nichtigkeit von Tillingers »Antwort« mich bestimmen, auf das Schlußwort zu verzichten. – An Dr. Oesterling, Stockholm, wegen eines von Bonnier geplanten Novellenbandes, in den »Wälsungenblut« aufgenommen werden soll. – Handschriftlich an Stresau, Göttingen. – Hübscher Artikel von der Hamburger über den »Erwählten« in der Göteborger Handels Tidningen. – B. Russell (im »Monat«) – das seichteste und platteste Philosophieren, das sich erdenken läßt. Der Polonius unter den Philosophen. – Sehr, sehr angegriffen und müde.

P. P. Sonnabend den 28. IV. 51
Dunkelheit wieder. – »Geordneter Rückzug« in Korea. Zwei Hauptstraßen auf Seoul abgeschnitten. Taft verlangt aggressivere Politik und die Entlassung Achesons zur Einigung des Landes. Im State Dep. gebe es starke kommunistische und pro-chinesische Einflüsse. – Besuch Mc. Arthurs in Los Angeles wird zu noch unbestimmtem Termin erwartet u. soll ein Fest ohne gleichen werden. – – Am Kapitel gebessert und etwas weiter geschrieben. – Rundgang allein. – Erika zum Lunch unten, mit Klaus Pr.. Der »Aufbau« schickt extra den Quark des Tillinger nebst dem feigen und schwächlichen Editorial, das G., einigen Vorbehalt markierend, dazu geschrieben. Mein kurzer Verzicht geht ab. – Schrieb an die Hamburger. – Zum Abendessen Lotte Walter mit Erika. – Einsetzen der mir unsympathischen »Sommerzeit«. Vorstellen der Uh-

ren um eine Stunde. Las etwas in dem amerik. Bohême-Roman von Dowd. – Nachmittags schwerer Regen.

P. P. Sonntag den 29. IV. 51

Nach der neuen Zeit um ½ 9 aufgestanden. Kaffee getrunken und gebadet. Klares Wetter – so weit. Die Zeitung zu ekelhaft, um sie näher anzusehen. – Schrieb etwas weiter. – Föhnsturm. Ging mit K. in einer S. Monica-Allee. – Erika bei den Mahlzeiten. Doch hat die letzte Behandlung sehr ungünstig gewirkt. Unberechenbarkeit der Hautleiden. – Die lange Helligkeit – unsympathisch. Schrieb an einem Brief an Reisiger. Hörte Musik abends und las etwas in dem amerik. Roman. Nervöses Verschlucken wieder einmal beim Thee und heftige Hustenreizung. Lese spät in Hamsuns »Mysterien« weiter, was nicht viel Sinn hat.

P. P. Montag den 30. IV. 51

Blau und föhnig. – Mac Arthur-investigation auf Grund der geheimsten Papiere steht bevor. Ermahnungen Einzelner zur Einigkeit angesichts der Weltkrise werden kühl aufgenommen. Zuerst der Bürgerkrieg. – Schrieb etwas weiter. Ging bis zum Alten Haus. Der »Aufbau« mit H. E. Jacobs wohlgemeint preisender Besprechung des »Erwählten«. Will ihm danken. Schrieb an Reisiger, ihn beglückwünschend zu seiner Empfänglichkeit. Dann über meinen fast angstvollen Wunsch, nach den 4, 5 Jahren in europäischem Boden (Schweiz) zu ruhen und nicht in dem hier. Las nur in Zeitschriften. Erika sehr elend.

P. P. Dienstag den 1. V. 1951

Neblig bedeckt, eher zum Aufklaren geneigt. Erika verbrachte wieder eine schlaflose, von Jucken gepeinigte Nacht. – Wie schreit[et] das Jahr vor! Bald werde ich mein 76. vollenden. Wahrscheinlich hier. – Schrieb etwas weiter. – Mit K. auf dem Steg. See- und Fischgeruch. – Erika durch eifrige Behandlung leicht gebessert, schlief einige Stunden. – Nachmittags Brief an H. E. Jacob. Nervöse Übelkeit. E. besuchte mich. Las in »Night Air«. Trank Pfefferminzthee, den etwas besser hinunterbringe, als den ewigen faden Kamillenthee. Wartete im Stuhl K.'s Rückkehr ab.

P. P. Mittwoch den 2. V. 51

Morgens wieder Erwägung der Erasmus-Novelle, die sinnvoller sein möchte, als die Krull-Memoiren, die mir zu sehr des Hintergrunds entbehren und auch kaum zu erfinden sein werden. Treibe sie aber noch ein Stück weiter. – Frühstück zu dritt mit Klaus Pr., der übernachtete. – Schrieb weiter: Schottischer Schloßherr und Übergang zum Kellnerdienst. Was soll's? – Ging Amalfi Drive, weit hinab. – Manuskript vom Hessischen Rundfunk, Frankfurt über den Gregorius. Bezieht es auf Deutschland. Bei allem muß man an Deutschland gedacht haben. – Ausgewählte Schriften von Suhrkamp, edel und etwas öde. – Bei Erika, die nachmittags Behandlung hatte. Ihr Zustand sehr schlecht und quälend, – was nicht den meinen bessert. – »Mysterien« zum Teil recht verstaubt. – »New Statesman«.

P. P. Donnerstag den 3. V. 51

Erika wieder sehr schlechte Nacht. Bedrückend. – Demokraten verhindern öffentliches Hearing Mac Arthurs. – Suchte gestern Bücher zur Erasmus-Novelle heraus und legte sie gesondert. – – Entschuldigungsbrief, eingehend, an die Gruppe von Literaturstudenten, die persönlichen Kontakt mit mir wünschte. Einiges über Translation und über die irrtümliche Beurteilung meines Stils als »olympisch«, [pompous] und »ponderous«. Versteckte Ironisierung der Tradition verwirrend. – Etwas gegangen; danach Lunch im Swiss. – Manuskript von L. Dalberg: »Emerson and the Magic Mountain«, kurios. Die Kahn mit Abschrift des Mme Houpflé-Kapitels, von dem sie begeistert. »Grandios!« Mit zitternder Hand getippt.

War sehr amüsiert über ihre Erklärung, daß sie den Geschmack der Frau für junge Leute nicht teilt, daß ihr aber doch für die Abschrift »der Vollmann mit dem Vollbart« ganz verleidet worden sei. Lächerlich, wie ihr naiver Enthusiasmus für das Kapitel mir moralisch wohltat, mich ermutigte. – Dr. Mann bei Erika zur Kalk-Injektion. Billigt die Behandlung durch die Seletz. Langwierigkeit solcher Fälle. E. beim Abendessen. Las in Dalbergs Manuskript. Kritischer Patriotismus für Amerika, konfrontiert mit meinem auf »Kultur« gerichteten Europäismus.

P. P. Freitag den 4. V. 51

Klar und kühl. Mac Arthur vor dem Senatskomitee. Erstaunlicher Ausdruck seines Ekels und Entsetzens über die Zerstörung von Korea, des Volkes, des Landes. »I vomited«. Folglich? Muß man aggressive red China gänzlich so zurichten. Dieses militärisch schwach und die Russen nicht bereit zum all-out-war. – Truman drückt sein Vertrauen aus in das Urteil des Volkes, wenn alle Dokumente bekannt geworden. – K. berichtet von einer ungeheuerlichen Radio-Rede des Schauspielers R. Montgommery im Auftrag einer Hutfabrik. Berstend von Haß, populärem Unsinn, den Bürgerkrieg wild anheizend. Entsetzliche Niedrigkeit. – – Schrieb etwas lebhafter. Mit K. in Pacif. Palisades. Starke Sonne. Buchwidmung von Carossa: »Ungleiche Welten«. Las in seinen Lebenserinnerungen, rein und etwas schwächlich. – Nachmittags Golo. – Verschlimmerung der Schmerzen in Schulter und Arm rechts. Schwierigkeit beim Anziehen des Mantels etc.. Zum Abendessen bei Walters. Er hatte den »Erwählten« gelesen und zeigte sich erfüllt davon. Er ißt beneidenswert. Nach Tische Albrecht Joseph, der als Metallarbeiter sein Brot verdient. Telephon mit Bermann, der nach Europa zurückkehrt. Tritt wegen Lizenzen mit dem Berliner »Aufbau« in Verhandlungen. – Todes- und Fluchtgedanken umringen mich immer dichter, sodaß ich wieder von der Sehnsucht sprach, in der Schweiz zu sterben und dort, nicht hier, begraben sein. – Neue Geschichte: sie verweigern Szighetti das Bürgerrecht, weil er im Jahre 44 durch die russ. Botschaft Noten-Material von Prokofjew empfing. Geisteskrank. – Unsäglich müde.

P. P. Sonnabend den 5. V. 51

Schwermütig von morgens an. George schickt das Mt. zurück und legt das Blatt mit meinem »Verzicht« und einem ganz würdigen Schlußwort von ihm selbst [bei]. – – Etwas geschrieben und verbessert. Über das Alte Haus gegangen. Brief an M. George, zurückgehalten zur wahrscheinlichen Änderung, da zu offenherzig. Gelesen in Carossas Erinnerungen. Falsche Angaben über mich zu monieren. Lotte Walter zum Abendessen. Später etwas »Zauberflöte« gehört. Auch Lieder, Frido's Neujahrswunsch und Erikas »Wort im Gebirge«. Spät zu Bette.

P. P. Sonntag den 6. V. 51

Früh mit K. über das Vorhaben, Erika nach Chicago in Billings Hospital zu schicken, wenn ein vertrauenswerter Spezialist dort vorhanden. Bin dem Plan geneigt, Erika nicht abgeneigt. – Beruhigungstelegramm gestern an Knopf, der wegen der deutschen Ausgabe klagte und das Buch für »public domain« hielt – sonderbarerweise. Verhandlung mit ihm wegen Vorschuß u. Honorarverteilung auf mehrere Jahre. – Abschluß der Befragungen Mc. Arthurs. Äußerungen für Abschaffung des Krieges und für zerschmetternde Fortsetzung des Korea-Abenteuers Hand in Hand. – – Gekürzte Fassung des Briefes an M. George. Dann etwas gearbeitet. Mit K. im Club-Park. Mit Erika über den Chicago-Plan. Golo vermutet, daß sie auch mit Benzidrin exzediert. – Mehreres Handschriftliche. Brief an Frau H. E. Jacob. – Medi telephonisch über ihr und Borgeses Entzücken beim Lesen des »Erwählten«. Absicht B.'s, für den Corriere d.S. darüber zu schreiben. Wiederholte Erfahrung der Gebundenheit an das Abgetane durch den Eindruck, den es macht. Bedürfnis, diesen durch Nachlesen zu kontrollieren. Sollte nicht sein. – Abends das Seat[t]le-Orchester.

P. P. Montag den 7. V. 51

Gestern wieder erst lange nach Mitternacht zu Bette. »Wahrheit und Dichtung« sehr reizend zu lesen. – – – –

P. P. Mittwoch den 9. V. 51

Wenig gearbeitet. Kein Antrieb. – Brief an Carossa, ausklingend in den Wunsch, in der Schweiz begraben zu sein. – Von Bermann deutsche Kritiken des »Erwählten« – gräuliche Lektüre. Die halsstarrige Unempfänglichkeit, der auflauernde böse Widerwille sind monströs. Aber auch die warme Besprechung im »Bund« war dabei. – An Coudenhove, condolierend zum Tode Ida Rolands. – Daß Erika morgen nach Chicago fliegt, ist entschieden. – Eintritt einer neuen schwarzen help anstelle Perlines. Anleitung der Person sehr ermüdend für K.. – Verhör Marschalls, das wenig Interesse erregt. Seine Argumente gegen Mac Arthur schon abgeleiert. In Korea wieder Rückzug der »Roten« und Luftkämpfe zu ihrem Nachteil. Man wird es auf die Dauer schon schaffen. – – In L. Dalbergs Emerson-Magic Mountain-Manuskript gestern Abend. Sein kritischer Amerika-Patriotismus sympathisch. Das Buch gewinnt bei längerem Lesen. Erstaunt, mich mehr als Proust und Joyce als Repräsentant europäischer Tradition hingestellt zu sehen. – – Etwas gearbeitet. (Kellner im Saal.) – Gegangen über das Alte Haus. – Deutsche Bücher mit der Post. – Brief an L. Dalberg vorbereitet. – In Carossas Erinnerungen, abschließend. Wohlgeschrieben. Aber das Urteil »Nicht zu billigen« kommt immer wieder – obenauf bei all diesem bauernschlauen sich Durchhelfen als stiller deutscher Dichter. – Erika bei der Seletz, der sie die Reise nach Chicago plausibel gemacht.

P. P. Donnerstag den 10. V. 51
Erika morgens beim Kaffee und beim Frühstück. – Nebel. – Etwas im Speisesaal gearbeitet. Gegangen und dann mit K. zum Lunch ins Miramar. Appetitlos. Aufsatz von Berendsohn aus »Edda« über Faustsage und Dichtung. Mein Roman »die einzige Faustdichtung von origineller Größe neben der Goethes«. – In Adorno's »Moralia«. – Nach dem Thee der Kahn eine Reihe Briefe diktiert. An Dalberg. Zum Abendessen Erikas Freundinnen aus Ohi, die sie ¾ 10 zum Flugplatz fuhren. Abschied unter Segenswünschen. – Fühlte mich krank. Ein akuter Ausschlag hinterm Ohr, heiß, juckend, um sich greifend, beunruhigte mich. Auch K. hatte Fieberattacke von mehr als 38°.

P. P. Freitag den 11. V. 51
Nebel. – K.'s Fieber, mit Empirin bekämpft, vorläufig vorüber. Meine Hautreizung über Nacht beruhigt. – An III, 1, allmählich gegen das Ende. Gegangen über das Alte Haus. K. nach Tische zu Bette. Briefe von Schweizer und Belzner über den Erwählten. Thee bei K., die 4 stündig Empirin nimmt u. die Attacke zu überwinden scheint, ohne daß für Haushilfe Sorge zu tragen wäre. – Signierte bis zum Abendessen die Hälfte der 350 Schlußbogen der Jubiläumsausgabe von »Buddenbrooks«. – Aß allein. Bei K., zurückgehende Temperatur. – Anruf Erikas aus Chicago. Überlaufen von Ärzten, ermüdet von diktierten Lebens- und Krankenberichten. Die Weißkittel wollen auch politisieren. – Las unverzeihlicher Weise wieder im Gregorius, veranlaßt durch die Briefe.

P. P. Sonnabend den 12. V. 51
Blau, windig. K. fieberfrei u. außer Bett. Abholung des Pudels zum Scheren. – Republik. Convention, bei der zügellos auf die Administration geschimpft wurde. Ein Senator »übernahm sich im Fluchen« und wurde ohnmächtig. – – Etwas weitergeschrieben. Grotesken Schluß bedacht. – Gegangen über das

Alte Haus. Zu Tische Klaus Pr. und Sohn, der recht schneidige Artikel gegen Mac Arthur im Lokal-Blatt veröffentlicht. – Vortrags-Mt. von Dr. E. Hennings (Frau) über die Faust-Geschichte von Simon Magus bis zu mir. – Thee bei K. oben. Signierte die 2. Hälfte der 350 Schlußbogen von »Buddenbrooks«, um es abzutun. Las Einiges in Strindbergs Prosa-Schriften. Bedauere, sein Luther-Drama nicht zu besitzen. Geschichte der Reformation von d'Aubigne seine Quelle.

P. P. Sonntag den 13. V. 51

K. gottlob gesund und aktiv. – Golo bei Abschluß seines Hauptkollegs von den Studenten gefeiert und mit Brandy beschenkt. Sein Ed ist im Anzuge, was ihn abhalten wird, nach Europa zu gehen und auch sonst unbequem ist. – – Die Verhöre Marschalls ziehen sich in ihrer Albernheit unabsehbar hin. Er verliert die Stimme. – – Schrieb weiter. Ging ziemlich weit hinab. Schrieb Briefe an die Hamburger und an Belzner. Abends die letzte Saison-Darbietung höherer Musik. Kommt nun sommerlicher Unsinn. War beeindruckt von Ravels »Valse«, Auflösung einer Welt, mich persönlich ansprechend. – Plötzlicher Regen.

P. P. Montag den 14. V. 51

Klar, wärmer. Frühstück auf der Terrasse. Das Mädchen Lila tritt schon wieder aus, in Familienangelegenheiten nach Alabama berufen. Senatoren fangen an, zu finden, daß die endlosen Verhöre zu nichts führen. Ankündigungen eines baldigen Endes des koreanischen Krieges. (?) – – Schrieb weiter. Mit K. Corona del Mare. – Übermengt mit Sachen: Seminar-Arbeiten, Vorträge, Besprechungen (G. Agoston begeistert in der Staats Z.), Zeitschriften. Spät niedergelegt. Sehr schlechter Magen, schwarze Zunge. Sehr angegriffen und müde. Einiges Handschriftliche. Abends Kohle hinuntergewürgt.

P. P. Dienstag den 15. V. 51
Demi tasse Kaffee. Kohle zum Frühstück. Drohender Krieg zwischen Iran und England. Sah das Bild eines Boxers mit so feinem, intelligentem Gesicht wie noch nicht da war. Wird wohl geschlagen werden. – Bedeckt. Nach dem Bad fertig angezogen. – – Von Hamsuns »Mysterien« genug. Will wieder Conrad lesen und »Chadschi Murat«. – – Geschrieben. Kein Mädchen. Lunch im Swiss. Aß nur Suppe und Custard. – Nachmittags Brief an Biermann-Ratjen, Hamburg. – Telephon mit Erika, die erregbar unzufrieden. Ärzte scheinen einander zu widersprechen. Operation abgelehnt. Hautspezialist macht sich anheischig, die Juckplage zu beseitigen. Regelm. Besuche von Medi und Peter Pr.. – Las nichts als Zeitschriften. Gute Artikel im Statesman. – Bedenkliche Verschlimmerung der Rektal-Reizung. Zinksalbe. Der Magen schlecht. Schulter und Arm schmerzhaft. – Ließ mir mittags das Haar schneiden.

P. P. Mittwoch den 16. V. 51
Geschrieben von Twentymans. Gegangen zum Alten Haus. Klaus Pr. zum Lunch. Schenkte ihm den »Erwählten«. Hesse wieder über diesen, diesmal an Lesser. Neue Sendung deutscher Kritiken, meistens positiver, vereinzelt äußerst widrig, wie das Contra in »Literar. Welt«. Die Greisenlüsternheit! – – Brief an Frau Dr. Hennings in Hamburg über ihre Essays. – Zum Abendessen Feuchtwangers. Las das Totenvogel-Kapitel, das als die Dinge neu machend gelobt wurde.

P. P. Donnerstag den 17. V. 51
Wetter jetzt morgens neblig bedeckt, mittags sonnig aufhellend und sehr angenehm. Von Kaffee morgens nur demi tasse. Magenbeschwerden leidlich gebessert nach viel Kohle. – Blöde Aufregung über die Weigerung Bradleys, über seine Gespräche mit Truman vor Mac Arthurs Entlassung auszusagen. Die gewaltigen amerik. Inselbefestigungen in Asien, in die For-

mosa unbedingt einzubeziehen. Es ist der naivste und dreisteste Imperialismus, der je da war. – – Geschrieben von Twentymans. Mit K. auf der Promenade, dann Lunch im Miramar. Brief von Knopf in Sachen der Honorar-Verteilung. Nachmittags der K[ahn] diktiert und Abgeliefertes ausgefertigt. Einige Exemplare des Erwählten. An Kahn eines gewidmet. Gelesen mit Interesse in »Night Air«. – Innere und wohl kindische Polemik gegen gewisse deutsche Kritiken. – Abends das »Lied von der Erde«, Mahlers glücklichstes Werk. – Es geht weder sehr gut mit dem Arm, noch mit dem Magen, noch mit dem rückw. Übel.

P. P. Sonnabend den 19. V. 51

Gestern u. heute an der Twentyman-Episode. Aber was soll es? – Gestern langer Brief an Held, München, im Interesse Bibis. Auch Dankesbrief nach Wien an Dr. Waldstein. – Heute die Yale-Gazette an Reisiger. Sollte gehen an Weber, Zürich und an Belzner. – Heute Mittag bei Dr. Mann wegen des schlimmen Arms. Durchleuchtung danach in einem nahen Institut. Resultat Montag. Hernach auf dem Steg. Seegeruch. Ein paar liebliche Gestalten. – Golo da. Das letzte Telephongespräch mit Erika ermutigter und ermutigender.

P. P. Sonntag den 20. V. 51

Verkauf des Nebengrundstücks für einige 10 000 Dollars geordnet bis auf die Frage der Sales tax. Es wäre dann nicht nötig, von Knopf Sofortzahlung zu verlangen. Unsere Einnahmen im letzten Jahr waren schmal, unsere Ausgaben groß durch die Auffrischung des Hauses u. durch Erikas Krankheit. Sehr wünschen, daß der Verkauf des »Nachlasses« sich realisiert. – (Die Gazette an die Meyer.) – Die chinesische Offensive natürlich schon wieder aufgehalten. Wann und wie soll der Unsinn enden? – – Geschrieben an III, 1 gegen das Ende. – Ausfahrt nach P. P. Park. – Beendete »Night Air«. Amerikanische Trostlosigkeit. Viel wahrhaftig Erfahrenes. – Zu Mittag die Gemme nebst Golo. Bei diesem zu Hause »Ed« eingetroffen, ohne Geld von Casablanca hergelangt. G. will morgen mit dem Frühesten zu ihm. – Nachmittags dem Broker den Verkaufskontrakt über das Grundstück unterzeichnet. 11 000, die sich auf 10 200 reduzieren. So muß nicht an Knopf geschrieben werden. – Die »Gazette« an die Meyer. Soll es nur wenigstens lesen. – Langer Brief an Erika, mit eilender Hand in ungemalter Schrift. Ermahnung zum Schluß, da Medi zufolge der Hautarzt Störung der Heilung durch die Drogen fürchtet. – In Adornos Buch. Der nach-Nietzsche'sche Aphorismus, sprachlich entromantisiert, verschärft und überschreitend durch das soziologische Element. Beständige Kritik der Kultur-Industrie u. der falschen Gesellschaft. Aber welches ist die richtige. Kommunismus deutlich abgelehnt, obgleich der Fascismus mit Recht verhaßter.

P. P. Montag den 21. V. 51

Schloß das lange 1. Kapitel des III. Buches ab. Ging etwas hinab. – Resultat der Röntgen-Aufnahmen: leichte Kalkablagerung in der Schulter, kaum der Bestrahlung wert. – Lästige Briefe aus Deutschland. – K. erkältet. Erika am Telephon vertrauensvoller. Auch Brief von ihr. – Las nur Zeitschriften. – Nachher »Lord Jim« noch einmal, abwechselnd mit »Dichtung u. Wahrheit«.

P. P. Mittwoch den 23. V. 51

Gestern nichts geschrieben. Überlegungen wegen eines Nachtrags über den Cirkus im abgeschlossenen Kapitel. – Zur Stadt, auf der Bank of America mit dem Agenten Price zur Leistung von Unterschriften. Besorgungen. – Schweizer schickte den »psychologischen« Artikel über den »Erwählten«, N.Z.Z., von Arnim Kesser. Nun ja. Es kam auch das Buch von Hatfield, Serie »Makers of Modern Literature«, worin Mehreres las. Nun ja. – K. stark erkältet. – Heute sonnig. – Schrieb an dem Cirkus-Nachtrag. – Ging Amalfi Drive ganz hinunter.

Der fahrende Milchmann bewunderte es, wie weit ich gekommen sei. – Schrieb an Hermann Kesten zum Dank für einen netten Brief über den »Erwählten«. – Das Buch an L. Marcuse. – Kummer über K.'s schweren Katarrh. – In dem Buch von Hatfield. Unglaubliche Bemerkung über den Freud-Vortrag und seine »Taktlosigkeit«.

P. P. Donnerstag den 24. V. 51

Hell, wärmer. K.'s Erkältung gottlob gemildert. – Schrieb an »Cirkus«. Bis zum Blvd. gegangen, dann Lunch im Swiss, mit mehr Appetit als gewöhnlich. Nachmittags der Kahn sehr lange und anstrengend diktiert: An Hatfield, nach Hamburg, München und an jenen Trottel, der mich unvorteilhaft mit Jaspers verglich und für Tillinger eintrat. Bescheid gegeben. Der Hauptbrief an Hatfield über sein Buch. Sehr müde nachher. Der Musik zugehört, aber gelangweilt von 55 Minuten Schubert-Impromptu's.

P. P. Freitag den 25. V. 51

Konnte von ½ 6 an nicht mehr schlafen. Stand 7 ¼ auf und K. bereitete früher als sonst den Kaffee, nachdem ich unten gewesen, »gelüftet und geheizt«, dem Hund eine Citrone geworfen, die Zeitung geholt. Auffindung der Leiche des Kindes, das einem Sexualverbrecher zum Opfer gefallen. Große Gegen-Offensive, wie zu erwarten, der Amerikaner in Korea. Neues Vordringen über den 38. Grad. Vielleicht wird diesmal aufgeräumt und ein triumphaler Friede diktiert. Gefahr in Oel-Persien. Die Briten bereiten militärische Intervention vor. Iran erklärt, das werde den Weltkrieg binnen 24 Stunden bedeuten. – Geschrieben am »Cirkus«. – Etwas gegangen. – Dedikationen des »Erwählten« an Walter, Bouchet, Kerényi. – Etwas Briefliches. – Zum Abendessen Walters mit Klaus Pr., der gute Aussichten hat, nach Japan zu kommen. Walters glückliche Lebenslage. Niemand hat es besser. Gemütliche Plauderei mit Geschichtchen.

P. P. Sonnabend den 26. V. 51

Etwas länger geschlafen. Vor 8 Uhr auf. Frühstück mit dem Schwager-Gast. Der junge Mc Cracken, ein gut gewachsener Half wit, nach Auffindung der Kindsleiche mit seiner Bettdecke feierlich des Mordes angeklagt. Er hat unterhaltende Tage und wird vor der Menge sorgfältig geschützt, die aber garnicht nach Lynchgelüste aussieht auf den Bildern, von denen die Zeitung voll ist. Mutter, Vater, Großvater des Kindes und Zeugen, alle kollapsen unaufhörlich und werden von dikken Polizisten gestützt. Alles beständig photographiert. Fernsehbilder 1½ Stunden lang. – Triumphaler Vormarsch nach Nord-Korea hinein. Verzweiflungs-Selbstmorde unter den Chinesen (angeblich). – – Am »Cirkus«. Vorhaben, das Kapitel in zwei zu teilen. – Ausfahrt mit K. u. ihrem Bruder nach P. P. Park. Jener noch zu Tische. Genugtuung über einen der guten u. tapferen Artikel, die Dorothy Thompson jetzt schreibt. – Nachmittags etwas Handschriftliches über »Faustus«. Gelesen, z. T. Gutes, in der ostdeutschen Zeitschrift »Sinn und Form«. – Sehr müde. Verstimmt über die wieder so sehr gesteigerten nervösen Schlingbeschwerden, namentlich bei Flüssigkeiten, Thee, Bier, sogar Suppe, am hinderlichsten abends.

P. P. Sonntag den 27. V. 51

Nebelgrau. – Erika, die zur wilden Abreise drängte, wird sich Medi zufolge doch wohl bereden lassen, die Hospitalbehandlung noch nicht abzubrechen. – In Korea »wilde Flucht« von 60 000 Chinesen. – Am »Cirkus«, Andromache. – Gegangen mit dem Hund bis zum Boulevard. – In Goethes Leben, wohltuend. – Brief an Dr. Muth, Köln, über Faustus. Dann an Mrs. Meyer. – Deprimierende Schlingbeschwerden abends. Fuhr fort mit dem Lesen in Wahrheit und Dichtung.

P. P. Montag den 28. V. 51

Hell. – Déroute und Übergabe bei den Chinesen, wie es scheint. Wie konnte es anders kommen. – Eilbrief von Peter Pr., der Erika völlig recht gibt und für ihre Heimkehr unter Protest gegen die dortige Mißwirtschaft plädiert. Wir erwarten sie. – Am »Cirkus«. – Ausfahrt nach Corona del Mare. – Von Knopf lustiger Umschlag für »The Holy Sinner«. – Von Bab seine trockene Besprechung des »Erwählten« aus der Staatszeitung. – Geschrieben an die Meyer u. Knopf. Zeitschriften. – Spät nachts Erika zurück, die ich nicht mehr sah.

P. P. Dienstag den 29. V. 51

Morgens Erika. Mit ihr Frühstück auf der Terrasse. Viel Bericht, über die Klinik und das Borgese-Paar. – Am »Cirkus« (Löwen). – Nach S. Monica zur lange vernachlässigten Fußpflege. Empfindlich. Gegangen nachher, müde. Nach Tisch und nach dem Thee lange bei Erika. Ausfertigung jüngst diktierter Briefe. Las gute Artikel in Harper's Magazine. Britische Anti-Korea-Stimmung.

P. P. Mittwoch den 30. V. 51

Morgen-Dunkel, das sich aber mittags wieder ins Blaue lösen wird. Daß »meine« Jahreszeit gekommen ist, wird nur durch die widrigen Zeitumstände und manches Übelbefinden nicht recht fühlbar. Allerdings schöner Blumenflor überall. – Major victory in Korea wird gefeiert. 10000 Gefangene. Das Land für Generationen zerstört. – Weiter, gegen das Ende der Einschaltung. – Längerer kommentierender Brief an J. Bab über den »Erwählten«. – Abends Eroica, mächtiges Werk. – In Goethes Leben. Die Literatur seiner Zeit, freundlich. Charakterisierung seines eigenen Verhaltens zu den Menschen: gutmütig, treuherzig, gewinnend. – Die Damen im Hause.

P. P. Donnerstag den 31. V. 51
Der Mai zu Ende! Fast der halbe Kalender ist umgelegt! Ridgeway, der Kommandierende in Korea, erklärt, der Endsieg sei nicht in Aussicht. Der Artikel der Thompson erstaunlich kritisch und das Ganze verwerfend. – – Schloß die beiden ersten Kapitel von Buch III ab. Schrieb die Einschaltung zu Ende und arrangierte. – Mit K. auf der Promenade, dann Lunch im Miramar. Nachmittags der Kahn eine Reihe von Briefen diktiert. Abends des Längeren bei Erika. Über unsere Reise nach Europa, unser mögliches Wegbleiben, meinen Wunsch nicht hier begraben zu sein – aber die unendlichen Schwierigkeiten. Entsetzlich der Gedanke, hier den Kriegsausbruch zu erleben. Hingehalten werden durch die Arbeit. – In »Dichtung und Wahrheit«. – Enthusiastischer Brief von Révy über den »Erwählten«. – Guter Artikel im New Statesman u. N.

P. P. Freitag den 1. VI. 51
Anbruch meines Monats. Gefühl von Festlichkeit. Sauber rasiert, frisches Hemd. Der Himmel klar. Frühstück auf der Terrasse. Die Zeitung voll des entsetzlichsten Stumpfsinns. – Am 1. Juni hatte, wenn ich mich nicht täusche, Ida Springer Geburtstag. Wäre jetzt wohl 100 Jahre alt. – Sonderbarer Traum gegen Morgen, daß der alte Pringsheim mich bei irgend einem Wiedersehen, sei es daß wir oder eher sie von der Reise kamen, auf die Wange küßte. Ich dachte, nun ja, er ist ja über neunzig. – – Die Russen, sagt Shermann, der Flottenchef, könnten dem Korea-Krieg ein Ende machen, wenn die U.S. einen genügen[d] starken »diplomatischen Druck« ausübten. Können wir das aber? Nein, wir sind noch nicht stark genug. So die Wechselreden. – Es ist Juni. Voriges Jahr hatten wir schon Chicago, New York, Schweden, Paris hinter uns und waren in Zürich. – – Gestern geldliche Überlegungen mit Erika. Wenn nach dem Verkauf des Grundstücks für 10 000 der »Nachlaß«-Verkauf für 30 000 zustande käme, wir das Haus für 50 000 verkauften und »The Holy Sinner« auch

50 000 brächte, so hätten wir 140 000 Dollars, womit viel Freiheit gegeben wäre. – – – Umnummeriert, verbessert und geträumt. Gegangen über das Alte Haus. Golo zu Besuch. Zum Kaffee bei Erika. Die »Neue Rundschau« mit Dingen von und über Kafka. Seine Moquerie über K. Kraus immer gut. »Nur ein gerissener Wilddieb kann ein sehr guter Waldhüter sein«. – – Handschr. Kleinigkeiten abgetan. Zum Kaffee nach dem Abendessen kam Erika herunter, und ich las für die Drei das Cirkus-Kapitel, das einhellig als »vorzüglich« befunden wurde. Einwand Erikas gegen die Nichtsnutzigkeit des »Netzes«, das in der Tat ein Schutz ist. Zweifelhaft. E. ist durch Andromache an Michelangelos Vittoria Colonna-Bildnis gemahnt. Hatte nicht daran gedacht, ist aber wahr. – Ein gewissermaßen festlicher Tag.

P. P. Sonnabend den 2. VI. 51

Gestern Abend spät entfiel mir im Stuhl das Buch und ich schlief ein. Heute klar und sommerwarm. Die Rektal-Angelegenheit ziemlich bedenklich. Frühstück auf der Terrasse. Verhör Achesons. Das Unerhörte stellt sich heraus, daß er 1949 Formosa »abgeschrieben« hat! – Nichts geschrieben. Las nur Reisebilder-Notizen aus dem Material. Extrem müde den ganzen Tag. Hitze. Mittags Fahrt nach P. P. Park. Viele Briefe. Amann u. a. schreibt von einer bösartigen Kritik des »Erwählten« im London Times Lit. Supplement. Offenbar derselbe haßgebundene Anonymus (er soll Hellmann heißen), der immer zur Stelle ist u. auch den Faustus heruntermachte. – Der »New Leader« scheint Erikas Brief an »Argus« abgedruckt zu haben, obendrein unter Weglassung der Kritik seiner »Satire«. – Schrieb an Fiedler zum Dank für seine Besprechung. – Abends allerlei in der »Neuen Rundschau«, was sofortigem Vergessen anheimfällt. – Der Dichter Waldemar in Bern schickt Roman-Manuskript, dem noch eines mehr folgen soll. Was ist da zu tun?

P. P. Sonntag den 3. VI. 51

Leicht dunstig, kühler. Das Rektal-Leiden störend. Besuch bei der Seletz scheint notwendig. – Kein Glaube an das Korea-Friedensgerede. Die U.N. möchten, aber Acheson darf nicht mögen. Ist mit Mc. Carthy im Lift zusammengetroffen u. geht nun zu Fuß die Treppen hinunter. – – Begann das 3. Kapitel von Buch III zu schreiben. Mittags auf der Promenade. Zum Lunch mit Golo die Gemme. Kaffee mit ihnen bei Erika. – Etwas kühler, aber im Schlafzimmer noch sehr heiß. Schrieb an Dr. Amann. Las abends im »Monat«. Tendenziös mit einiger Alibi-Geistigkeit. Amerik. Propaganda.

P. P. Montag den 4. VI. 51

Neblig. Willkommene Abkühlung. Zum Frühkaffee Erika nach wenig Schlaf. Blaß aussehend und mager. K. über ihre Haßausbrüche gegen den Chicagoer Hautspezialisten und auch gegen Medi, die nicht hat zulassen wollen, daß E. ihm einen hemmungslosen beleidigenden Brief sandte. Kummervoll. – – Arbeitete träge und schlecht. Ging über das Alte Haus. Enorm viel Post. Geburtstagsbriefe. Hatte 18 Stück zu lesen, z. T. lange, zum Teil hübsche, wie von Käte Rosenberg und Reisiger, Fiedler, dazu Niekischs und all die anderen. – Zeitschriften. – Recht schlimmer Zustand des Rektalleidens. Anzumelden. – Kaffee und Thee bei Erika. – Ein paar Danksagungen. Entlastung von dicken Briefen durch eine Karte.

P. P. Dienstag den 5. VI. 51

Nachts erheblich gestört [durch] das Leiden. – Nebliger Morgen. – Hatte vorm Kaffee die Zeitung. Koussewitzky gestorben. Beeindruckt von einem jungen Mann mit amputiertem Arm, den man ohne Geld und Papiere auf der Landstraße gefunden, und der nichts von sich weiß. Liegt im General Hospital, psychiatrische Abteilung. »Amnesia«. – – Besser gearbeitet. – Ausgefahren nach Corona del Mare. – Wieder mancherlei Post. Hübsche Arbeit eines irischen Muster-Studenten deutscher Herkunft über mein Verhältnis zu Goethe. – ½ 6 Uhr nach Beverly Hill zur Dr. Seletz. Peinliche aber guttuende Behandlung, angreifend. In 8 Tagen zu wiederholen. – Telephonische Nachricht von Lisl Frank, die zum Geburtstag gratulierte, daß der »Holy Sinner« für September vom Book of the Month gewählt ist. Bedeutet gewiß 25 000 Dollars und ist sehr angenehm, auch sonst erfreulich. – Brief und Gaben von Medi u. ihren Töchterchen.

P. P. Mittwoch den 6. VI. 51

Mein 76. Geburtstag. Morgens mit K., die mich vorm Frühstück einbescherte: schöner Schlafrock, silbergrau mit rot, und andere gute Dinge. Aufmerksame Gaben von Erikas Damen, die während des Frühstücks begrüßte und bedankte. Anzahl von Telegrammen aus der Schweiz und von hier. Knopf bestätigt die Annahme durch den Buch-Club. – Kühl, bedeckt, windig. – Schöne hohe Gladiolen bei meinen Gaben. – – Etwas geschrieben. Mit K. in P. P.. Weitere Glückwunschbriefe. Zum Thee Lotte Walter mit Platten und Mrs. Kahn mit Blumen. Karten an Medi und Moni. Zum Abendessen Feuchtwangers und der Schwager nebst Golo und Erika. Champagner. War müde, mochte nichts trinken. Feuchtwanger, zwar alt und spitz aussehend, gefiel mir gut durch Artigkeit und Wohlbeschlagenheit. Erzählte von den Romanen Kürnbergers, namentlich einem anti-amerikanischen von 1832.

P. P. Donnerstag den 7. VI. 51

Unwohl. Deprimiert von quälenden Träumen. Frühstück mit dem Schwager, appetitlos. – Schrieb etwas weiter. Ging zum Boulevard, und wir hatten dann Lunch im Swiss. Kordiale Begrüßung durch den »thürkischen Wirt«, Post zu lesen. Hesse über Greuelgeschichten, die man auf seinen Geburtstagsglückwunsch an Becher gründet. Immer das Gleiche. – Geschlafen. Die Kahn war da, ich diktierte aber nicht, sondern überließ Einiges an K. und erledigte anderes handschriftlich.

Die Kahn zum Abendessen. Nachher wurden Lieder und neue Platten gespielt. – Absicht, die Buch-Klub-Wahl nach Deutschland u. der Schweiz zu melden.

P. P. Freitag den 8. VI. 51

Etwas frischer. Vernichtendes Bombardement der chinesischen Rückzugs- und Sammlungsbasen, aus geringer Höhe, metzelnd, ohne Möglichkeit der Gegenwehr. Da wird nichts zu machen sein. Herstellung von Atombomben am laufenden Band. Auch die H-Bombe soll erfreuliche Fortschritte machen. – Gespräche über die Fraglichkeit der Verteilung meiner amerk. Einkünfte auf zuviele Jahre angesichts fortschreitender Entwertung des Dollars. – – Schrieb etwas weiter. Vor 1 Uhr Fahrt zu dritt mit Erika zu Fritzi Massary. Lunch bei ihr mit Reitlers. Brachte ihr den »Erwählten«, empfing von ihr Flasche Champagner, party size. Gutes Mittagsmahl, war aber appetitlos. Reitlers angenehme Leute. Zu Hause frische Unannehmlichkeit: »Aufbau«, New York, übersendet (in der Hoffnung, daß ich antworte) Angriff auf meinen Glückwunschbrief zu Bechers Geburtstag von einem Vertreter der amerik. »Neuen Zeitung«. Conformistische Angeberei. Nicht zu beachten. – Schrieb nachmittags an Brantl. Organisierte Briefe. – Erika mit uns abends. Hörten die Achte von Beethoven und die Violin-Sonate von César Frank.

P. P. Samstag den 9. VI. 51

Nachts im »Lord Jim« weiter. Prächtig erzählt. Morgens mit K. über unsere Reisevorsätze für Mitte Juli. Als einfache Ferienreise gedacht, aber versuchend, sondierend. – Gen. Marshall in Japan und Korea, unklar, ob zum Bereden des Friedens oder verschärften Krieges. – Schrieb am Kapitel (Umkleidezimmer). – Mit K. nach Corona del Mare. Aufenthalt in der Anlage überm Meer. – Las in der »N. R.« Kafka's frühes Romanfragment »Hochzeitsvorbereitungen auf dem Lande[«]. Hörten abends eine unbekannte Verdi-Oper »Nebukadnezar«.

Heftiger Hustenanfall nach längerer Zeit wieder einmal durch Speichelfluß in die Luftröhre. – Schrieb an Basler und Nikisch's.

P. P. Sonntag den 10. VI. 51

Andauer der geheimen Gespräche Marshalls in Tokyo u. Korea. Besorgnis der »südkoreanischen Regierung«, es möchte sich um ein cease fire handeln! Drohungen des Syngman Rhee. Propaganda-Reise Mc. Arthurs nach Texas. Truman ordnet Untersuchung der Tätigkeit der China Lobby an. – – Brief prinzipieller Art an den Ministerpräsidenten Ulbrich begonnen. – Erkältet, geschwollener Hals. Nachmittags Briefe an Käte Rosenberg, Belzner, Weber (Zürich) u. andere. Oktett von Schubert, schwaches Werk.

P. P. Montag den 11. VI. 51

Brief an den Min. Pr. Ulbrich. Zum Thee Prof. Zweigler aus Göttingen. Brief an Rob. Weil, Belfast, über seine Goethe-Arbeit zur Erlangung des Bac. Litt. »T.M.'s Writings on G.«

P. P. Freitag den 15. VI. 51

Schloß gestern Nachmittag den über 8 Quartseiten langen Brief an den stellvertr. Ministerpräsidenten Ulbrich ab, der mir in den letzten Tagen so große Mühe machte. Las ihn abends K., Erika und der Kahn vor. Tilgung einiger Stellen notwendig, auch nach eigener Einsicht. Im Ausland nicht zu sagen. – In die vergangenen Tage fiel eine Behandlung bei der Seletz, strapazierend und unzuträglich zunächst, nun aber günstig nachwirkend. Verordnung einer Oel-Crême, die abends esse, ohne daß sie bisher die Opstipation gebessert. – Gestern Lunch bei Reitlers. – Uferlose Briefschulden. Heute Morgen Organisation zum Diktat u. zur Eigenbehandlung. – Einige Lektüre in Guérards Buch über Gide. – Manuskript über »L.i.W.« von Hilscher in Berlin. – Unsere Abreise auf den 4. Juli angesetzt, da am 10. der kleine französische Dampfer nach Le Havre geht. – – Brief an den schwärmerischen Waldemar in Bern, Bitte, mir das Lesen seines Romanmanuskripts zu erlassen. Andere Erledigungen. Mittags zu Desmond, Bestellung eines dunkelblauen Anzugs, eines weißen Dinner-Jackets und einer Hausjacke. Nachmittags Striche und Korrekturen in dem Brief an Ulbrich, der nun an die Kahn zur Abschrift geht. – Gelesen in den Proofs von Guérards Gide Buch. Heranziehen des »T.i.V.«

P. P. Sonnabend den 16. VI. 51

Dunkel, leichter Regen. Mc. Arthur wieder vor den Senat berufen. Redet in Texas über die Rettung vieler amerik. junger Leben durch das Bomben der Man[d]schurei etc. – – Schrieb wieder einmal am Roman, dem 3. Kap. des III. Buches weiter. – Fuhr aus mit K. nach Corona del Mare. Diktierte ihr nachmittags eine Anzahl Briefe, um etwas Luft zu schaffen. – Eintreffen Golos mit seinem Ed, der recht begeistert von Europa erzählte. Man hörte Musik, Tenor-Platten, Tauber, Roswange. – Mitteilung K.'s, das[s], wie zu erwarten gewesen, Tillinger die »Aufbau«-Veröffentlichung über meinen Glückwunsch aufgegriffen und auch das Radio Meldung davon gemacht hat. Widriger Chock. Aber solange der Book of the Month nicht den »Erwählten« fallen läßt soll es mir gleichgültig sein.

P. P. Sonntag den 17. VI. 51

Dunkel, wie immer jetzt morgens. Wunschvolle Zeitungsnachrichten über politische Opposition in Ostdeutschland und Rußland. – Schrieb am Kapitel weiter. Danach mit K. auf der Promenade. Ihr Bruder u. sein Sohn zum Essen. Golo aus mit Ed.. Nachmittags einiges Handschriftliche. Brief an Knopf. Lesen in Guérards Buch. Abends Vorlesung des Twentyman-Kapitels. Leichte Ware. Muß so mit hingehen. – Abschrift des Minister-Briefes.

P. P. Montag den 18. VI. 51
Gute Wirkung der Oel-Crême, die jetzt abends nehme. – Französische Wahlen: die Kommunisten nehmen zahlenmäßig zu, verlieren an Sitzen. – Mc Carthy's Conspiracy-Rede gegen Marschall wirkungslos. – In Bonn Demonstrationsmarsch kommunistischer Jugend gegen das alliierte Hauptquartier von der Polizei zusammengeschlagen. – – Geschrieben am Kapitel. Gegangen hinab bis zum Sitz an der Straße. Von S. Fischer neue deutsche Kritiken des »Erwählten«. Unbekömmliche Lektüre, grausig zum Teil. Hat je ein solcher Widerspruch geklafft zwischen den Reaktionen auf ein Buch? Helles Entzücken und speiender Widerwille stehen einander unbegreiflich schroff gegenüber. – Briefe von Amann und der Mazzucchetti. Borgeses Artikel in »Mondo« erschienen und ihr zufolge zu pathetisch. – Vor 7 mit K., Erika und Golo nach Beverly Hills ins Cinéma. Sehr guter englischer Film »4 Days before Noon«, Atomic scientist Problem, die Evacuation technisch vorzüglich gemacht. Die Handlung moralisch schwankend. – Späteres Abendessen. Nachher Lesen in dem Gide-Buch. – Bekam nachmittags von Dr. Mann die erste von einigen Injektionen von Vitamin B mit Hormon.

P. P. Dienstag den 19. VI. 51
Dunkler Morgen. Erika Besuch von der F.B.I. in Sachen Angell-B. Uhse. – Schuldige Briefe an Neumann, die Herz und Erledigung einer Anzahl von Kleinigkeiten, um zu räumen. Gegangen bis zum Alten Haus. Deutsche Briefe, beglückt, über den »Erwählten«, Braungart, Benedikt u. a.. Zum Thee Agnes Meyer, ging schonend vorüber. Rühmt sich des Anteils, den die »W. Post« an der Absetzung Mc. Arthurs gehabt. – Lesen in Guérards Buch. Die Notwendigkeit, vor der Abreise noch rechtzeitig darüber zu schreiben, beunruhigt mich.

P. P. Mittwoch den 20. VI. 51

Nichts als Briefe geschrieben. Mittags mit K. nach P. P. ausgefahren. Zum Thee der Antiquar Rosenthal mit Prof. X. von Wien. – Freundliche Anzeige des »Erwählten« im Manchester Guardian. – Bekam weitere Injektion von Dr. Mann. – In »Daily News« Mitteilung, daß ein Congreßman Johnson dem Hause mitgeteilt hat, ich sei zwar ein Literary giant, aber ein beharrlicher Radikal-Linker und ließe es an politischer Weisheit fehlen. Sogar meine Loyalty könne man bezweifeln. Der Gedanke, daß ich von der Reise zum Verhör durch das Unam. Committee zurückgerufen werden könnte, ist etwas beunruhigend. – Las das Gide-Buch fast zu Ende. Habe nicht viel Lust zu dem Gegenstande. Seine Neigung zur katholischen Conversion einerseits und zum Kommunismus andererseits charakteristisch für die Zeit und die Krise der Freiheit, die auch er repräsentiert.

P. P. Donnerstag den 21. VI. 51

Beharrlichkeit des morgens trüben und mittags aufklärenden Wetter. Nervös unbehaglich die neue politische Exponiertheit, die so leicht zu vermeiden gewesen wäre. – Vorbereitende Beschäftigung mit der Gide-review. Ging allein. Guter Brief von Fritsch anläßlich der persecutions. Diktierte der Kahn Danksagung und etwas Weiteres. – K. von Obermayer an einem Geschwulst operiert, dessen Art geprüft sein will. Sie hatte einige Schmerzen, war aber zum Abendessen außer Bett. Lotte Walter und ihr Mann als Gäste.

P. P. Freitag den 22. VI. 51

Excerpt-Notizen zur review. – Nach Westwood, die neuen Kleidungsstücke anprobiert und mitgenommen. Danach zum Haarschneiden. Danach, 2 Uhr, Lunch im Swiss Chalet. Der Wirt berichtet, daß er verkaufen und sich zur Ruhe setzen will. – Erika berichtet, daß jener kalif. representative die ganze Denunz[i]ation des New Leader und meinen Brief an Becher dem Congr. Record hat einverleiben lassen. – Nach 7 zu Feuchtwangers mit Erika und Golo zum Enten-Abendessen. Nach dem Kaffee las er aus seinem Jean Jacques-Roman ein Kapitel über die Confessions vor. K.'s Neigung zum Einschlafen durch Erika sehr komisch gestört.

P. P. Sonnabend den 23. VI. 51

Bemühungen um die Gide review. Allein gegangen. Nachricht von einem schlimmsten Artikel des Time Magazine, der alle Sünden und Angriffe summiert und implicite die Vorladung vor das Unamerican Committee nahe legt. Muß darauf gefaßt sein. Abmahnungen daran gibt es freilich auch. Es ist ein Sturm, aber er kann sich legen. Das Geschrei in der überall gelesen[en] Wochenschrift ist freilich auch für Europa unangenehm. – Briefe an Kahler (zum Tode Brochs) und Car. Newton. Nachmittags Besuch von zwei Literarhistorikern von Yale.

P. P. Sonntag den 24. VI. 51

Montag, Dienstag, Mittwoch den 27.

Mühsame Arbeit an dem Gide-Aufsatz. – Ein paar häßliche Reiz-Hustenanfälle. – Noch eine ermüdende Behandlung bei der Seletz. – Cease fire-Redereien, mißtrauisch und widerwillig, über Korea. Malik krankheitshalber nicht zu sprechen. – Gute Schrift der Quaker über die Weltlage, wohltuend. – »Le temps dans l'œuvre de T.M.« von G. Bianquis in »Journal de Psychologie«, intelligent und erfreulich. – Besser noch und mich herzlicher angehend Besprechung des »Élu« in »Hommes et Mondes« von Boucher. Sehr warm und empfänglich. Sollte in Deutschland und der Schweiz gelesen werden. – – –

P. P. Sonnabend den 30. VI. 51

Schloß gestern Vormittag den Artikel für N.Y.T.B.R. ab auf der 11. Seite, sehr ungewiß, ob das Blatt etwas wird damit anfangen können. Zur Abschrift an die Kahn. – Artikel über den »Erwählten« von Borgese in »Corriere della Sera«. – Einladung von Atlantic Monthly u. Simon u. Shuster, beizutragen zu einer Serie über den »High Moment« im Leben großer Männer. Goethe für mich. Ungeklärt. Vielleicht in New York zu besprechen. – Sechster »shot« Vitamin B und Hormon von Dr. Mann. – Gestern Klaus Pr. zum Abendessen; Vorlesung aus seinem Japanbuch. – Ridgeway mit Verhandlungen über Waffenruhe beauftragt. – Schrieb gestern an Borgese u. Prof. Bouchet. – Wenige Tage trennen uns von der Abreise. Eisenbahn und Hotelreservationen gemacht. Welche Bücher mitnehmen? Worauf zunächst konzentrieren, auf das 16. Jahrhundert? den Krull? eine Goethe-Erzählung? Was taugt aus seinem Leben als folgenreicher Wendepunkt? – – – Korrekturen am Roman, III, 1. – In Santa Monica zur Fußpflege. Nachher gegangen. Drückende Wärme. – In »Dichtung und Wahrheit«. – Handschr. Erledigungen. – Zum Abendessen bei Walters, ohne Erika. Television-Vorführung höchst langweilig. Zuviel gegessen. Verabschiedung bis zum Herbst.

P. P. Sonntag den 1. VII. 51

Gestern den ganzen Tag von tiefer physischer und seelischer Müdigkeit. Unvermögen des Hoffens. Die Reise eher gefürchtet, aber das Bleiben im drückenden Einerlei wäre wohl noch schlimmer, obwohl ich hier wenigstens das Arbeitsmaterial um mich habe, das ich brauche, wenn ich den Novellen-Essay über einen Wendepunkt in Goethes Leben machen will. Unklarheit über das Thema. Die Übersiedelung nach Weimar mit den vorangehenden Ereignissen wohl am entsprechendsten. »Verwirrung und Entscheidung«. Aber das ist schon alles sehr hübsch in den Memoiren. Arbeitsunsicherheit hat großen Anteil an meiner leidenden seelischen Verfassung. Nagende

Zweifel, ob es »Sinn« hat, den Krull-Roman fortzusetzen. Geistiger Hintergrund fehlt bis auf das Künstlertum, das abgeschmackt ist. Laszivität und moralisierende Unmoral werden in der Welt nicht anklingen und unschicklich gefunden werden. Dabei das »Ernste« und »Würdige«, der Erasmus-Luther-Hutten-Plan höchst nebelhaft. Zweifel, ob ich den Fleiß, die Energie dazu noch aufbringe. – – Aussichten auf eine Waffenruhe in Korea verfliegen rasch, da die Chinesen einfach der Ansicht sind, daß »wir dort nichts zu suchen haben[«] und den Abzug aller fremden Truppen im Voraus als Friedensbedingung proklamieren. Ein geeinigtes kommunistisches und ein geeinigtes amerikanisches Korea stehen als Ziele einander von vornherein unversöhnlich gegenüber. Amerika wird doch wohl in den großen Krieg mit China hineingezwungen werden, obgleich es »the wrong enemy« ist. – – An 2 und 3 von III des Romans. Kürzungen, Änderungen, etwas weiter. – Mit K. ausgefahren nach P. P.. – Zu Tische Klaus Pr. mit Sohn u. Eva Hermann. – 6 Uhr Fahrt mit Erika u. K. über Land nach Dieterles Farm. Cocktail im Garten. Angenehmes Haus, schöner Bibliotheksanbau mit Vorführungseinrichtung. Dinner mit [Lücke i. Ms.] als weiteren Gästen. Vorführung eines recht sehenswerten Films: Floß-Expedition nach dem Muster der Primitiven über den St. Ozean nach den Südseeinseln. Fisch-Ungeheuer.

P. P. Montag den 2. VII. 51

Mit K. den Manuskriptkoffer, der in der Bank versorgt werden soll, im Auto verstaut. Begann [mit] der Gepäckversammlung, Bücher, Behälter, Mappe. – Am laufenden Kapitel etwas fortgeschrieben. Allein gegangen über das Alte Haus. Zu Mittag Fritzi Massary. Mit Erika Brief an Brown von N. Y. T. B. R.. Durchsicht des Manuskripts u. Expedition. – Bücher-Handkoffer; Schwierigkeit der Auswahl bei Arbeitsunsicherheit. Zum Thee Dr. Angell. – Abends Zeitschriften.

P. P. Dienstag den 3. VII. 51
Unter der abendl. Lektüre gestern amüsanter Brief eines Javaners »Why I don't like America« in »Christian Science Monitor«. Kräftig und deutlich. – Nach Goethe-Büchern geklettert. – Besuch von Révy, seinen Hamsun zu holen u. Abschied zu nehmen. – Brief-Erledigungen. Mittags gegangen. Reise-Bibliothek mit Studien-Material verschiedener [Lücke im Ms.] und Hand-Mappe mit Manuskripten gepackt. Mit K. nachmittags Anzüge, Wäsche, Schuhe. Weiteres Briefliche. Golo zur Verabschiedung, fährt morgen früh. Abends Hustenreiz und Kopfschmerzen.

P. P. Mittwoch den 4. VII. 51
Zur gewohnten Stunde auf und Kaffee getrunken. Es ist mit Bedacht die Handtasche zu packen und zu rasieren. Denke mittags nicht auszugehen. Unser Zug geht um 9 Uhr, aber da wegen des National-Feiertags starker Verkehr vorauszusehen, werden wir schon um 7 Uhr hier abfahren.

Europa-Reise

Chicago, Samstag den 7. VII. 51, Hotel Shoreland
Die Reise hierher ist mit dem erdenklichsten Comfort (Drawing-Room im Super Chief) *überstanden*. Nicht wohl und voller Sorgen und Unfreude. Das Leben im Zug, das Balancieren und Gestoßenwerden ärgerlich anstrengend. Aber guter Schlaf beide Nächte. Beendete mit Ergriffenheit »Lord Jim«, Liebe und Bewunderung. Begann »Nostromo« wieder zu lesen. Eine deutsche internationale Avant-Garde-Zeitschrift »Das Lot« interessiert mich wegen ihres vollkommenen Nihilismus und ihre thematische Bevorzugung des Verbrechens. – Gestern 3 Uhr Ankunft hier, Medi mit Nika am Bahnhof. Im Hotel einiges Auspacken, dann geruht. Vor 7 zu Fuß bei klarem Wetter zu Borgeses, Family party mit Peter und Frau. B. elegisch und düster. Furchtbarer Haß auf Amerika. Champa-

gner zum Anstoßen auf unsere Europa-Reise. Sprach von meinen Zweifeln den Goethe-Auftrag betreffend, resultatlos natürlich. Medi fuhr uns ½11 Uhr nach Hause. Über den Schlaf nicht zu klagen, aber die Stimmung nervös gedrückt und freudlos. Frühstückte schlechten Kaffee, da der Thee noch schlechter, Bad und Rasur. Medi zu Besuch. Über den schwierigen Gatten. Liest ihr die Kreuzersonate vor. Möchte ihr jede eigene Berufstätigkeit nehmen. – Der Verlag schickte weitere Besprechungen des »Erwählten«, vorwiegend positiv. Scheußlichkeit von Gläser. –

Chicago, Sonntag den 8. VII. 51

Feuchte Hitze. Heute Morgen Gewitter, das nichts änderte. Gestern Mittag etwas ausgegangen u. auf einer schattigen Bank gesessen. Lunch mit Medi im Hotel. Nachher in Teilhabers »Goethe«. Zum Thee bei Peter und Frau, wohin Medi uns fuhr. Zurück per Taxi, Dinner mit Borgeses als Gästen bei uns. Nachher mit Medi im Zimmer. Ausfüllen der Anhänge-Adressen für das Schiff. »Nostromo«. – –

Dampfer »De Grasse«, Mittwoch den 11. VII. 51

Abreise vom Shoreland am 8. nachmittags. Aufregendes Malheur, daß meine Handtasche mit hundert Unentbehrlichkeiten im Schlafzimmer zurückblieb. Hatte im Schlafwagen nichts zum Einnehmen, und erst gegen Abend in New York, nach vielen Umständlichkeiten, bekam ich das Stück zurück, als wir alle, Gumpert, Moni, K. und ich mit einem Porter des St. Regis zum Gr. Central gefahren waren.

Der 9te verging in N.Y. in einer schönen Suite. Hatten Lunch mit Knopfs, und ich sah nachmittags bei uns den editor Brackway wegen des Goethe-Beitrags für Atlantic Monthly. Times Book Review entzückt von dem Gide-Aufsatz. Abendessen mit Gumpert u. Moni in dem bekannten Keller-Lokal jenseits 5. Avenue.

Gestern ½10 Uhr vorm. Abfahrt mit unseren 12 Stück Gepäck vom St. Regis mit jovialem Chauffeur zum Hafen. Einschiffung. Sehr unwohnliche Kabine. Liegestühle auf dem Sonnendeck. Gewohntes Ausbleiben von Gepäckstücken. Hatten die späten Mahlzeiten, wechselten aber zu den früheren ½12 und ½7. Bekamen guten Vierertisch, an dem wir heute lunchten. Meldung, daß Knopf 2 Flaschen Champagner bestellt. Wann sollen wir sie trinken? – Das Wetter heiter, das Meer still. Meine Empfindlichkeit gegen die Sonne und alles Beschwerliche sehr groß. Viel gequält durch Nicht-Alleinsein. Ob ich je nur[?] wieder reise? Fühle mich zu alt und müde dazu.

An Bord, Sonntag den 15. VII. 51

Die Tage vergehen – schlecht bestanden großenteils. Entsetzlich überreizt und gequält meistens. Schreibe in dem Deckstuhl, den auf dem Promenadendeck genommen, da oben die Sonne nicht ertrug. Die See ruhig die ganze Zeit. Luft anfangs sehr feucht und schwühl, jetzt feucht und kühl bei behangenem Himmel. Den Captain's Cocktail, zu dem wir geladen, floh ich, da das herrschende Französisch nicht ertrug. Habe morgens Kaffee u. eine Brioche im Bette, da unser Lunch schon ½12. Diner ½7. Las in dem Goethe-Buch (»Eros u. Sexus«), lese jetzt über Alt-Weimar im Hinblick auf die Arbeit, von der ich nicht weiß, ob ich sie mache. – Gestern, während ich ruhen wollte, Lärm, Halten des Schiffes, Gelaufe, Anbordnahme eines an Apendizitis Erkrankten von einem franz. Kriegsschiff, der bei uns von amerik. Chirurgen operiert wurde. – Beim Thee auf Deck mit Prof. Ohlmeyer von Tübingen. Luden ihn zum Diner, damit er uns bei Knopfs Champagner helfe, den aus Anlaß des Nationalfeiertags zu trinken hatten. Weihte meinen weißen Smoking ein. – Sahen vorgestern Film »Westpoint« mit gutem Hauptdarsteller und einem reizend hübschen Haupt-Kadetten, der mit seinem besserer Dinge würdigen Mund lauter Unsinn zu reden und zu singen hatte. In der Schiffswirklichkeit kaum ein Gesicht, etwa einmal eine nackte Gestalt. – Es wird regnen. – Wir sollen am 19. abends in Plymouth sein. –

Zürich, Baur au lac, Sonntag den 22. VII. 51

Die Seereise *überstanden* mit Captain's dinner, nachfolgendem Cabaret und allem. Andauernd stille See. Beschäftigte mich mit Weimar und der Stein in Hinsicht auf den Beitrag, den aber wohl verweigern werde wegen schlechter Bezahlung für große Mühe. Viel Qual. Am schlimmsten die letzte, schlaflose Nacht. Betrunkener Pöbel. Ankunft am 19. in Le Havre. Viel Photographieren und Signieren. Zusammensein mit Prof. Ohlmeyer aus Tübingen, der uns half Knopfs beide Champagnerflaschen zu leeren. Schrieb an ihn und an Dieterles. – In *Le Havre* R. Schweizer mit Zürcher Fähnchen u. Feldstecher. Erika an Bord. Der Wagen nicht bereit. Fuhren mit dem Zuge nach *Paris,* Hotel Scribe, angenehme Unterkunft. Am 20. vor 11 mit der Minx bei schönstem Sommerwetter Weiterfahrt Richtung Dijon. Der Wagen, schwer bepackt, machte zwischendurch mit Wasserschwierigkeiten zu schaffen. Sitzen im Feldstuhl in einer Garage am Wege. Abendessen und Übernachten in »La Cloche« in *Dijon*. Übermüdet. Mußte ½2 nochmals Thee und Sekonal nehmen. Gestern den 21. morgens vor 10 Uhr weiter. Herrliches Grün des Landes, da der Frühsommer naß gewesen. Fahrt den ganzen Tag. Nach Passieren der Grenze Mittagessen in *Neuchatel,* See-Terrasse. Weiter nach *Bern,* wo wir im Appartment House bei *Strichs* einkehrten und Thee tranken. Erika fuhr vortrefflich. Wiederholtes Wasser-Nachfüllen. Ankunft in Zürich 8 Uhr. Bis man sich von Californien komfortabel hierher gemüht! Alle drei recht erschöpft. Herzlicher Empfang im Hotel. Viel Post wartend, die zu lesen widerte. Abendessen in K.'s Zimmer: Bouillon mit Ei, Bündnerfleisch, Emmenthaler. K. erkältet; Empirin[.] Erika überanstrengt, auch ich schlecht auf den Beinen. – Exemplare der Jubiläumsausgabe von Buddenbrooks.

Leidlich gut geschlafen. Milchkaffee gefrühstückt. Besprechung einiger Briefe mit K.. In Gastein, wo unser Kommen sehr affichiert, werden mancherlei Leute sich einfinden ... Peter de Mendelssohn enthusiastisch über den »Erwählten«. – Durch Gret-Bibi dringende Einladung zu einer Wohltätigkeitsvorlesung in Salzburg. Auspacken gestern Abend u. heute Morgen. Die Uhren in Ordnung gebracht. Froh eine Woche der Seßhaftigkeit vor mir zu haben bei entleerten Koffern und geordneten Dingen. – Auf der Reise mit K. und Erika über den Krull und meine Sorgen wegen des Romans. »Faust muß in die Welt geführt werden«. Aber ich besitze wenig Welt. »Nostromo«, worin auf dem Schiff las, imponiert mir höchlichst. – Das Zuchthaus Kombination aus Kaserne und Entziehungssanatorium. – Besorgnis, daß Krull dem »Immoralisten« zu nahe kommt. – Die innere Haupt-Tendenz geht ja doch auf ein Leben in Einsamkeit und Verschwiegenheit; beglänztes Leiden. Nur keine ausgedachte Welt wie im »Schlaraffenland«.

Zürich, Dienstag den 24. VII. 51

K.'s 68. Geburtstag. Beglückwünschte sie morgens von Herzen. Emmy Oprecht, die schon gestern da war, sandte große Chokolade-Packung. Kabel von Moni. – Die ersten Tage und Nächte hier sehr schwühl und feucht. Wiederholte Gewitter brachten Abkühlung. K. leider stark erkältet, durch die Wagenfahrt oder die Hitze. Besserung in letzter Nacht durch heißen Thee mit Rum u. Empirin. – Untätiges Dasein, unbefriedigend. Nicht einmal zur Erledigung von Briefen aufgerafft. War gestern zum Haarschneiden bei Bachmann und kaufte von den guten Cigarren u. Cigaretten in der Bahnhofstraße. Aßen vorgestern Abend auswärts und gestern hier im »Grill«. – Begegnungen mit Feist. – Anruf Bermanns aus Oesterreich. – Versuche im Gange, den »Grünen Baum« gegen günstigeren Aufenthalt mit Bade-Gelegenheit [einzutauschen]. – Intriguierende Einladung durch »Caroline« von einem Quaker-College nahe Philadelphia, dort Anfang Oktober einige Wochen zu verbringen, für 1000 Dollars, einen Vortrag über Goethes Faust zu halten und mit den Buben zu schwatzen. Höchst problematisch, wenn auch wahrhaft gut gemeint u. in gewisser Weise anziehend. – Gestern kam von der Kahn die Abschrift der beiden letztgeschriebenen Krull-Kapitel. Soll im Salzburger Mozarteum daraus vorlesen. Nehme Ankunft in Paris und den Cirkus dafür in Aussicht. – – K.'s Husten geht mir sehr nahe. – K. verbrachte den Tag im Bett. Dort hübsche, von Erika besorgte Gaben. Viele Blumen. Lunch zu dritt im Zimmer. Ging vorher einige Schritte mit Feist. – Gelesen in dem Roman »Habichte« von Lenz, in Hinsicht auf den Schickele-Preis. Zum Diner mit Oprechts im Speisesaal stand K. auf. Champagner. Kaffee in der Halle. – Schlechter Appetit und Nervenschwäche. Der Tag war dunkel. Beratungen über unsere Reise. Zuerst nach München, zu Bibis und nach Salzburg zu gehen und erst Mitte August nach Gastein, wo man günstigere Unterkunft (mit Bädern) für uns sucht. (Handelskammer) – Schrieb wenigstens längeren Brief in der Collegefrage an Caroline und ein paar Karten. – Zuviel Kaffee.

Zürich, Mittwoch den 25. VII. 51

Morgens Thee und Ei. Neue Post, die längst nicht mehr zu bewältigen. Aufforderung der S.R.L., über Schönberg zu schreiben. Auffallend viel dergleichen. – Gebadet. Trübes, sehr kühles Wetter. Erkältet.

Zürich, Freitag den 27. VII. 51

Stark erkältet. Heftiger Schnupfen und Husten, etwas bekämpft mit allerlei Mitteln, die Dr. Katzenstein mir zukommen ließ. Wir aßen am Mittwoch im Grill mit ihm zu Abend. Gestern den Vormittag sehr matt im Bett verbracht. Zum Lunch A. M. *Frey.* Mit ihm im Garten Aquavit und Kaffee. Angenehmer Mann, dessen Gespräch mir wohltat. Einige

Korrespondenz erledigt. Abendessen im Zimmer. Erika abwesend in Luzern mit dem Wagen. Anmeldung in München bei Walterspiel, streng privat. – Die Agoston in der N.Y. Staatszeitung gegen Muschg. In der »Münchener Woche« ein »Willkommen in Europa«. – Gestern Vormittag Interview mit einem jungen Schreiber von der »Zürcher Woche«. Gelesen in dem Roman von S. Lenz. Nicht schlecht. – – Heute helleres Wetter. Nicht gebadet. Thee und Honig. – Briefe geschrieben. Einkäufe mit K., erfreulich und solide: Hut, und Mütze, Unterwäsche, Ledergürtel. – Lunch mit Feist im Hotel. Kaffee im Garten. Erika aus Luzern zurück. Zum Abendessen abgeholt von Schweizer in seine nette Wohnung. Freundlicher Abend. Der Katarrh sehr beeinträchtigend. Rauchen verböte sich als genußlos und schädlich. S. brachte uns in seinem Wagen heim.

Zürich, Sonnabend den 28. VII. 51

Sonniges Wetter. ½ 9 Uhr auf. Sehr angegriffen und niedergedrückt von dem Katarrh. Wollte nachmittags nichts als schlafen, raffte mich aber auf, um unten Dr. Hirsch vom Verlag in Frankfurt und den Schriftsteller Kordan zu sehen, die Besuch machten. Sehr sommerlich und warm nun wieder. Kaffee mit K. im Garten. Der Michelangelo-Aufsatz auf italienisch. Erinnerung an die Emotionen von vorigem Jahr. Zum Abendessen kamen Strichs aus Bern. Aßen im Restaurant hier und saßen nachher in der Halle. Gespräch über Schiller, George, Sartre. Großes Interesse eines gelehrten Mittelalter-Spezialisten für den »Erwählten«. Über Muschg, dem Strich in seiner Kritik vorgehalten, daß er alles von mir habe, und der ihm schrieb, er wolle sein Verhalten nachprüfen. Komisch. – Las in dem kleinen Roman von Duff Cooper: »Operation Heartbreak«.

Zürich, Sonntag den 29. VII. 51

Helles, warmes Wetter, das hoffentlich bis morgen hält. Vorbereitungen zur Abfahrt nach München. Sonderbar. Strenges Inkognito in der Anmeldung betont.

Strobl am Wolfgangsee, »Grand Hotel«, Donnerstag den 2. VIII. 51

Kam die heiße Fahrt von Zürich nach *München* mit Mittagessen in Bregenz. Überschreiten der Grenze; Wiederbetreten deutschen Bodens eindrucksvoller als mit der Bahn vor 2 Jahren. München sonderbarer Traum, selbstverständlich und fremd. Schlemmerhaftes Essen des Siegerlandes bei Walterspiel. Verbrachten den nächsten Tag in der Stadt, fuhren durch Schwabing, Bogenhausen, Herzogpark. Sahen das zerstörte, entstellte Haus. Waren abends in dem häßlichen neuen »Residenztheater« und sahen mäßige Aufführung von »Egmont«. Photograph und Journalist.

Gestern Vormittag Abfahrt bei großer Hitze. Mittags langer Aufenthalt bei Neumanns in Bad Reichenhall. Das Bürgermeister-Paar, Photographiererei u. Interview. Gewittrige Weiterfahrt auf gewundener Straße hierher, wo erst ½ 8 Uhr eintrafen. Kein Privatbad, keine Toilette. Mißlich. Etagenbad von Engländern mit Beschlag belegt. Protest. – Die kleine Familie kam. Küßte wieder den lieben Frido. Frugales Abendessen bei ihnen. Späße des Kleinen. Frido zeigte mir seine Soldaten. Spielte Stückchen auf dem Klavier, eines von ihm. – Fühlte mich krank und übermüdet.

Heute Morgen Milchkaffee. Rasiert und gewaschen. Kam Gret mit den Bübchen. Frido zärtlich. Hofft, daß wir ihm in Ischl ein Fahrrad kaufen. Erika fährt aber um 12 nach Gastein wegen Quartiers. Anrufe von Lisl Frank und Bermann.

Den Vormittag bei Bibis im Garten am See. Bootshaus, Baden der Kinder. Schatten, Wermut, etwas Lektüre in dem Buch von Cooper. Aßen mittags mit ihnen Palatschinken. Ruhe in einem oberen Zimmer des geräumigen alten Hauses.

Nachher Thee im Garten. Grets Schwester, die Sängerin. – Ausflug mit dem lärmenden Motorschiff nach St. Wolfgang. Hitze. Blick durch die steinernen Bögen des Kirchumganges auf den See. Die eisige Kälte des Inneren hinderte mich, den Altar zu sehen. Rückfahrt im Taxi. – Mit Frido Hand in Hand manchmal unterwegs. Die seine soviel größer und kräftiger geworden, als einst, wie er Echo war. Müsse, sagte er, ja auch Oktaven damit anschlagen können. Fragte, warum ich nicht mit ihm badete. Zu alt und entwöhnt, zu erkältet. Traurig, daß ihm kein guter Kamerad sein kann. Auch vor der Fahrt auf den Schafsberg (1800 m), die er vorschlug, muß ich zurückschrekken. Die Bronchial-Erkältung u. der Schnupfen wollen nicht weichen, schwarze Zunge gibt infektiösen Charakter zu erkennen. Unterlasse dabei nicht das Rauchen. – Im Hotel heftige Begegnung mit dem Rezeptionschef wegen des vermieteten Bades. Große Gereiztheit, die übrigens bewirkte, daß er später für übermorgen die Freigabe des Bades anmeldete. Fertigte Liesl Frank, die mit ihrem Mann schon zweimal dagewesen war, fast brutal ab. Dann Heißhunger beim Essen und Magenüberladung nach mehreren halb ausgefallenen Mahlzeiten. Kaffee in der Halle. Später Gret und Bibi.

Strobl, Freitag den 3. VIII. 51

Schlecht geschlafen, schwer geträumt. Magenbeschwerden, Natron, viel Husten. 8 Uhr auf. Milchkaffee und Honig. – In Zürich empfangenes Buch über Astrologie, gesandt vom Zeichner der Horoskope. Etwas alberne Interpretation des meinen. Erfreulich die Rolle, die Merkur (Hermes) darin spielt. – – – – –

Strobl, Sonntag den 5. VIII. 51

Von Erika, aus Gastein zurück, Nachricht über eine teuere, aber bequeme Wohnung, Haus Gerke, mit Termalbädern im Badezimmer. Voraussichtlich für den 15. zu haben. Vorher nach Salzburg demnach, wo am 14. ½ 6 Uhr Vorlesung im

Mozarteum stattfinden soll. – Feuchte Hitze, nachmittags gewittrig, die letzten Tage. Gestern Vormittag mit K., Gret und Frido in Bad Ischl zu Einkäufen: ein Fahrrad zu 800 Schillinge für den beglückten Kleinen, ein »Trottinett« und anderes für sein Brüderchen. Für mich weiße Leinenschuhe. – Nachmittags Spaziergang mit den Bübchen. K. und ich wanderten nach dem Abendessen auf Einladung der Frau Thimig zum Freilichttheater und sahen ein paar Szenen des »Sommernachttraums«, von Absolventen der Reinhardt-Schule gespielt. Furcht vor Erkältung, dabei Amüsement über einiges drollig Gespielte. Schöne Waldszenerie. Frau Dr. Schuh mit Tochter aus Zürich. Gingen nach ¾ Stunden im Dunkeln zurück. Müde, leidend[,] der Bronchial-Katarrh im Ablaufen. Empfinde doch alldergleichen als Zumutung.

Heute bedeckt und kühl. Nach dem Morgenkaffee gebadet. Schrieb dann Brief an Feuchtwanger über seinen »Goya«. – – – Nach der Korrespondenz Spaziergang mit [K.]. Zu Mittag bei den Kindern mit der Schwester-Sängerin. Aßen wegen leichten Regens im oberen Zimmer (Glasveranda). – Buch von Schneditz (Salzburg), Briefe an Trakl von Freunden. – Beratung mit Erika über das Programm für Salzburg, das, wenn ich den Cirkus mit lesen will, schwer auf die rechte Seitenzahl zu bringen. – Abends Fahrt mit Liesl Frank und ihrem Mann nach St. Wolfgang, wo im »Weißen Rößl« zu Abend aßen. Viel Gutes über den »Erwählten«. Neugier auf die Übersetzung.

Strobl, Montag den 6. VIII. 51

Vormittags Fahrt mit K. allein über St. Gilgen nach Unterach am Attersee zu Bermanns Villa nicht weit davon. Versagen des Horns unterwegs im ungünstigsten Augenblick. Reparatur. Enge gewundene Straßen, Omnibusse, Radfahrer, Fußgänger. Nervenprobe, zur Not bestanden. Hitze. Bei Bermanns Pfarrer Goes, später der Kapellmeister Proforaska. Wermut auf der Veranda. K. badete. Zum Essen viele Kinder und deren

Freunde. Nachher Bach-Platten. Machten uns um 4 Uhr zur Heimfahrt auf. Enger Paß mit schlechter Straße. Zu schwerer Anzug. Strapaze. Keinen Sinn für die »Schönheit«. – Zu Hause Nachricht durch Erika, daß die Gasteiner Wohnung erst am 19. zu haben. Versuch, für den 15. Unterkunft im »Kaiserhof« zu finden. – Zum Abendessen bei uns im Hotel Gret mit den Kindern. Bibi unwohl. Erika in Salzburg, mit der Giehse. Peinlich ungezogenes Benehmen des kleinen Toni, der in eine Erziehungsanstalt für »schwierige« Kinder gehörte. Eß- und Trinkfreude Fridos. War froh, als sie weg waren. Las im Zimmer unter dem Waschtischlicht in dem Buch über Trakl. Nachher in »Nostromo«.

Strobl, Dienstag den 7. VIII. 51

Schlecht geschlafen. Andauer des heißen Wetters. Vorm Kaffee gebadet in dem öffentl. Bad, das von seinen Okkupanten befreit ist. – – – – –

Strobl, Freitag den 10. VIII. 51

Wechselndes Wetter, gestern, auch vorgestern viel Regen. Schrieb die Einleitung zur Vorlesung in Salzburg, die nun, nach einem Gespräch mit Prof. Preußner hier im Hotel, auf den 13. abends angesetzt ist. – Allerlei Post, oft den »Erwählten« betreffend. Mehrfach bei den Kindern zu Mahlzeiten. Frido »Träume« erzählt. Gestern Abend Fahrt nach St. Gilgen zum Abendessen mit Mittlers. Wohnungen in Salzburg und Gastein gesichert. Dort hatte Michael am 8. ein Orchesterkonzert. – Telegr. Aufforderung gegen die Behinderung französischer u. englischer Jugendlicher am Weiterreisen nach Berlin durch die amerk. Besatzungsbehörden zu protestieren. Warum protestieren nicht Frankreich und England? – – – – – Unterhaltung mit Pfeiffer-Belli bei Bibi's.

Strobl, Samstag den 11. VIII. 51
Gestern Gewitter. Fortdauernder Regen. Waren vormittags noch im Garten bei Bibi's, aßen im Hotel am offenen Verandafenster zu Mittag, wobei ich mich neuerdings erkältete. Nachmittags Maniküre und Rasur; zur Bereitschaft. Abschrift der Einleitungsworte. Las in Kafka's nachgel. Skizzen u. Aphorismen. Zum Abendessen bei den Kindern. Rehbraten. Nachher spielte Frido seine Klavierstückchen in dem blauen Schlafrock, den er in P. P. immer trug. Spielte ernst und genau und wirkte sehr rührend. Vormittags übte ich Stock-Balancieren mit ihm auf der Wiese. Hat ein feines Näschen, schöne Augen, liebliche Wangen. Pietät für ihn im Gedenken an Echo. – Schmähkarte von einem anonymen »Professor« in Wien: »Wir Salzburger«. – Abends leidend, heißer Kopf, Husten.

Heute 8 Uhr auf. Des schlechten Wetters wegen führt Erika ihren Plan, mit der Garderobe nach Salzburg voranzufahren u. zurückzukehren, nicht aus. Es muß gepackt und aufgebunden werden wie gewöhnlich. Warme Kleidung. – Die Nacht war unruhig. Hatte 4 Uhr noch einmal Thee mit Empirin und Sekonal. Wachte auch nachher oft auf. Matte Gesundheit. Bin froh, hier wegzukommen, wo mich namentlich die Bad- und Toilette-Verhältnisse erbitterten. Anspruch auf Komfort. In Gastein werden wir es teuer und elegant haben. Weiter, weiter. Das Schlimme, was mich quält, ist der Unglaube an die Krull-Memoiren und das Nicht wissen, was tun. –

Salzburg, Sonntag den 12. VIII. 51, Eigen. Haus Waldburg.
Gestern während des Aufpackens mit Frido bei der Bar. Wermut. Er möchte gern mit uns nach Californien. Abschied von ihm und seinen Eltern. Fahrt nach S. ohne Regen. Mittagessen in der »Traube«, dann hierher. Hübsche, private Wohnung. Im Hause sonst nur Furtwängler und Frau. Auspacken und Ruhe. Hin und her wegen der Opernkarten für den

»Othello« abends. Smokingtoilette. Fahrt zum Festspielhaus. Prof. Preuß. Im Direktionszimmer. Führung zu den Plätzen, die sich als so blödsinnig schlecht und erniedrigend erweisen, daß ich nach der ersten Szene voller Entrüstung aufbrach. Ratlosigkeit, weil Erika mit dem Wagen fort war. Aßen im Peterskeller zu Abend, nach einem Apéritiv vor dem Cafe Toselle. Warteten nachher in der Vorhalle der Oper. Macloy im Hause. Aufgebot von M. P.. Riesiger Cadillac. Viele Zaungäste. Machten uns fort, fuhren nach Hause. – Heute sehr schönes, klares Wetter. Frühstückte Thee u. Ei mit K. in unserem hochpersönlich eingerichteten Wohnzimmer. Machten später einen Spaziergang in der ländlichen Gegend. Zum Mittagessen fuhren wir auf den Geisberg. Gutes Restaurant auf halber Höhe; der Garten voll besetzt. Wiedersehen mit dem alten Gustav Waldau und seiner Frau, der Hagen. Seine Freude über meine Erinnerungen an ihn in der Festschrift des Residenztheaters. Sie schworen, meine Vorlesung besuchen zu wollen. – Nach der Heimkehr geschlafen. Dann Thee getrunken. – Das Berg-Panorama mit Blick bis auf die Hohen Tauren, war außerordentlich schön. – Ein paar handschr. Dinge erledigt. Gelesen in einem übersandten Buch von einem Dr. Rohlfs »Irrationales u. rationales Erkennen«. Mediale Erlebnisse, unsagbar öde. Abendessen in einem ländlichen Wirtshaus nahebei. Schlechter Appetit, aber guter, freundlicher Platz. Begegnung mit Frau Karlweis und Mme Girodoux.

Salzburg-Aigen, Montag den 13. VIII. 51

8 Uhr auf. Frühstück auf dem Balkon. Einladung zur Première von »Wozzek«, die ablehnen müssen. – In der Stadt zum Haarschneiden. Dann im »Café Bayer«. Mittagessen mit der Giehse im Wirtshausgarten in Aigen. Nachmittags geschlafen. Abends die Vorlesung in der Aula Academica. Trotz akustischer Schwierigkeiten ehrenvoller Verlauf. (Gekürztes Reise-Kapitel und Cirkus). Autogrammjäger-Gedränge, Wal-

dau's u. a.. Im »Hirschen« nachher mit Bibi und Gret, Tutti Fischer, Homolka, der Giehse, Viertel u. a.. Mit W. über die Unmöglichkeit der russ. »Kulturpolitik«. Er hat alle ostberliner Angebote abgelehnt, kann sich aber auch nicht nach Amerika wagen u. verliert seine Staatsbürgerschaft.

Salzburg-Aigen, Dienstag den 14. VIII. 51

10 Uhr Generalprobe von Bergs »Wozzek« im Festspielhaus. Vorzügliche Inszenierung und Aufführung unter Böhm. Aufs lebhafteste teilgenommen. Stärkster und interessantester europäischer Eindruck. Professor Preußner, die Giehse, im Foyer wieder viele Autogramme zu geben und weiteren zu entkommen. – Sehr gut bereitetes Mittagessen bei uns zu Hause. Abweisung der aufdringlichen Frau Specht. 3 Uhr Gespräch mit dem Korrespondenten der »Oberösterr. Nachrichten«. – Mich etwas übernommen. Magenbeschwerden. 7 Uhr Fahrt zum Stadttheater, wo wir, in der ersten Parkettreihe, sehr hübsch inszenierte und animierte Aufführung von Kleists »Zerbrochenem Krug« sahen. Nachher Abendessen in größerem Kreise mit Viertel, Homolka, der Giehse u. a.. Nett, Künstlervolk, raffte mich zusammen und war aufgeräumt. Müdigkeit der Giehse, die sehr der Erholung bedarf. Spät zu Bette.

Salzburg-Aigen, Mittwoch den 15. VIII. 51

8 Uhr auf. Das Reisewetter wieder heiter. Packen. Auch diese Station liegt zurück. Werden 12 Uhr nach Gastein abfahren. –

Badgastein, Donnerstag den 16. VIII. 51, Hotel Kaiserhof.

Gestern sehr schöne, landschaftlich z. T. großartige Fahrt mit Mittagspause in ländlicher Post-Wirtschaft. Ankunft hier etwa 4 Uhr. Erika schlechtes Zimmer. Die unsrigen komfortabel, aber Unsicherheit der Warmwasserversorgung. Viel Post, die zu lesen, geschweige zu beantworten, mich widert. Fiel, während K. auspackte, auf der Chaiselongue in Schlaf. Hatten Thee nach ½ 6 und Diner im Speisesaal nach 7 Uhr. Kaffee in der Halle. Begrüßung durch den Direktor, der sagte, daß Gastein nie so überlaufen u. überfüllt gewesen sei. Daß wir an diesem boom ganz zufällig teilnehmen mußten! – Bei Zeiten zu Bette und ruhig geschlafen. Nach dem Frühstück gebadet u. danach der großen Kühle wegen noch wieder ins Bett gegangen. Las Briefe, warf manches weg. Glückwunsch nach Lübeck zum 700jährigen Gedenken der ruinierten Marienkirche ist zu schreiben. – Verfroren, möglichst warme Kleidung. – Mit K. und E. bei Dr. Huber nahebei. Besprechungen, Untersuchungen und Nachrichten. Pries meine Condition. Las nach dem Lunch in dem Kafkaband; dachte an den Krull. Ruhe auf der Chaiselongue. Mit K. auf der Promenade in den Ort. Regen. Einkauf von Wermut, wollenen Socken, Borwasser. Zu Hause umgekleidet. Nach dem Diner Kaffee in der Halle. Menge Post von Haus Gerke herübergeschickt. Brief von Kerényi über den »Erwählten«, aufgeregt. Weitere deutsche Zeitungsausschnitte, mit einem Auge gelesen.

Gastein, Freitag den 17. VIII. 51

¾ 8 Uhr auf. Noch dunkel und hängende Wolken. Kalt. 9 Uhr 20 zum ersten Bade unten gerufen, das durchaus angenehm war. Vergnügen an dem tiefen Bassin, das Wasser nicht zu warm. Blieb 10 Minuten darin, während der letzten den Schlauch mit naturwarmem Wasser für die Schulter benutzend. Fuhr im Lift zurück, ging wieder zu Bette nach Vorschrift und schlief bis ½ 12. Kein Regen. Ging mit K., die auch gebadet, etwas spazieren. Lunch im Speisesaal und Kaffee in der Halle. Die Verpflegung ausgezeichnet. Trotzdem läßt immer mein Appetit zu wünschen. Wir würden gern in diesem Hotel bleiben, das aber bis Ende des Monats ausverkauft ist. Kurhaus Gerke mag seine Vorzüge haben, doch sind die Mahlzeiten außer Hause zu nehmen. – Nachmittags aufs neue etwas geschlafen. Danach Ausfahrt mit Dr. Jacobson zum

»Grünen Baum«, wo im Garten Thee tranken. Schöne Gebirgslage. Sind aber froh, nicht dort zu wohnen, was höchst unpraktisch gewesen wäre. – Diner. Bis ¾10 in der Halle. »Die Neue Rundschau«. »Salzburger Nachrichten« mit freundlichem Bericht über die Vorlesung. Bericht über den Vortrag eines frommen Gelehrten über »Offenbarung und Mythos«, worin der Mythos verurteilt und, unterm Beifall des Publikums, die Mythisierung der Josephsgeschichte verworfen wird. Ähnlich wie im Falle Muschg, hat der Professor viel von mir profitiert.

Gastein, Sonnabend den 18. VIII. 51

Öfters erwacht, da tags zuviel geschlafen. Gewölk erfüllt das Tal, doch Neigung zur Klärung. Bad. Danach Bettruhe ohne Schlaf. Auch nachmittags nicht geschlafen. 5 Uhr Wiederzusammentreffen mit dem Ehepaar Nikisch. Mit ihnen Jause nahebei. Erinnerungen. Diner zu »Kaisers Geburtstag« im Abendanzug. Nichts gelesen, nichts getan.

Gastein, Sonntag den 19. VIII. 51

Unruhig geschlafen. 3 Uhr nochmals eingenommen. Im Stuhl. Gewaltige Wolke unter uns, darüber blau. Sehr kalt. Verfroren. Kein Bad. Schrieb Wunschbrief nach Lübeck zur St. Marien-Gedenkfeier. Packen für die Übersiedelung nach Kurhaus Gerke.

Gastein, Haus Gerke, den 20. VIII. 51

Der Umzug gestern nach dem Lunch vollzogen. Reizende Zimmer, jeder ein Bad, das Thermalbad in einem davon. Installierung. Erstes Wiederinstandsetzen der Schweizer Kalender-Uhr bei gründlichem Auspacken für länger. Entleerung der Handmappe von Briefwust. Ziemlich klares Wetter. War vormittags allein spazieren gegangen. Thee zu Hause. Abendessen auswärts in überfüllter Gaststube (Hotel Straubinger). Fremde Leute am Tisch. Unglaublicher Zudrang, aber vorzügliches Essen: Halber Rehrücken mit Preißelbeeren, Buillon mit Ei und Mark. Erika, neuerdings unpäßlich, verließ uns bald. Begegnung mit dem Schriftsteller Lothar und seiner party. Zu Fuß nach Hause und noch etwas gelesen: Brief von Ferd. Lion über Erasmus; Aufsätze von Broch und Adorno in der »Rundschau«; jener klug über Hofmannsthal, dieser über Huxleys Brave new world, kritisch.

Heute Morgen 7 Uhr Thermal-Bad. Zurück ins Bett. Dort Frühstück ½9 Uhr. Bis gegen 10 liegen geblieben. Dann Rasur und Toilette. – Mit K. zu Besorgungen in der Stadt. Sehr warm. Sonne, die Feindin. Soll scheinen, aber nicht auf mich. – Allerlei Post. Von Oprecht Einladung, am 24. September im Schauspielhaus zu lesen. Buchsendung von Ernst Lothar. Hatten zum Thee die Jacobson noch einmal bei uns. Diner im Speisesaal des Straubinger. Nachher Lektüre, Statesman. – Klaus Pr., unterwegs nach Japan, sandte erbitterte Artikel Dorothy Thomsons, der einmal schreiben sollte. – Brief an Lesser, London.

Gastein, Dienstag den 21. VIII. 51

Der Morgen nach dem gestrigen Modell. Das Bad sehr angenehm. ½10, nach dem Frühstück, angekleidet. Andauer des klaren Wetters, das mittags wieder sehr warm werden wird. – Zuweilen innere Anläufe zur Sympathie mit der Weiterarbeit am Krull. – Von gestern nachzutragen: in der Stadt Begegnung mit Frau Hauptmann, Sohn Benvenuto und pflegender Sekretärin. Längeres Gespräch, in der Sonne stehend. Benvenuto entzückt vom »Erwählten«. – Knopfs Zuversicht den Erfolg betreffend. Erscheinen erst gegen Mitte September. – Hatten nachmittags Nikischs zum Thee bei uns. Exzessive Treuherzigkeit. – Bergtouren Erikas, erfreulich. – Sie brachte uns abends zum Diner zum Straubinger und holte uns wieder ab. – Las in dem Buch von Lothar, Pariser Aufzeichnungen aus der Hitlerzeit.

Gastein, Mittwoch den 22. VIII. 51
Fünftes Bad. Jetzt einen Tag zu unterbrechen. – Seit gestern Nachmittag wolkig bedeckt, auch gewitter-regnerisch. – Mittags Spaziergang mit K. Schluchtweg, Wasserfall. Mittagessen im Wirtsgarten wie gewöhnlich. Die N.Y. Times B.R. mit meinem Gide-Artikel. »Schweizerische Musikzeitung« mit dem Brief an Preetorius über Wagner. Bericht der Zürcher »Tat« über die Salzburger Lesung. – Immer Post, Leute, die angereist kommen wollen. – Diner im Speisesaal Straubinger mit Erikas israelitischer Freundin, die sehr für einen Besuch des Landes eintrat, der freudig aufgenommen werden würde. – Mit E. Lothar, dem ich über sein Buch sprach. – Hatten nach dem Thee Besuch von der Tochter Dora Rauchs, Witwe und ihren argentinischen Freunden. Abfällig über das Regime Perron. Mißwirtschaft, Lüge.

Gastein, Donnerstag den 23. VIII. 51
Kein Thermalbad. 8 Uhr im Bett gefrühstückt. Wannenreinigung. Bedecktes Wetter, milde Luft. – Beim Doktor. –

Gastein, Sonntag den 26. VIII. 51
Am Freitag überraschendes Eintreten Frido's bei mir. Heinz Pr. und Frau hatten ihn von Strobl mitgebracht. Gemeinsames Lunch und Scherze mit dem Kleinen im Gasteiner Hof. Sie fuhren 5 Uhr nach Salzburg zurück. Wir waren abends bei den »Wiener Sängerknaben«. Lieblicher Gesang von Kirchenmusik und Liedern, dazwischen alberne Verkleidungssingspiele für die Amerikaner. – Organisation und Beseitigung von Briefen. Gestern etwas Arbeit: für die Baseler Oper 1½ Seiten über die »Meistersinger«. – Las in D. Straußens »Hutten«. – Manuskript über Verhältnis zu Nietzsche, nicht gut. – Wetter wechselnd, wie ich mich wechselnd schlecht fühlte, zuweilen sehr schlecht. Die Bäder, zu erregend, schränkte ich auf 10, 12 Minuten ein, während der Doktor 20 vorgeschrieben. – Conrads »Nostromo«, bewundernswert. – Gestern Lunch in

der Friedrichslaube mit Mr. Stern aus New York. Zum Thee Lisl Frank und Gatte. – – Besuch von Frau Gerh. Hauptmann mit Pflegerin. Danach mit Nikischs auf der Promenade der »andern Seite«. Nachmittags viele Karten geschrieben. Abendessen wie gewöhnlich im Speisesaal Straubinger.

Gastein, Montag den 27. VIII. 51

Gondel-Drahtseil-Fahrt zu vieren mit der melancholischen Edith, auf den, ich glaube Stubenkogel. Kalter Sprühregen. Antipathie gegen die Gipfelkahlheit. Baldige Rückfahrt mit K. und Spaziergang auf unseren Wegen. In der »Friedrichslaube« und im Straubinger. Einige Briefe geschrieben: an Faesi und nach Brno an Prof. Tramer über seine Arbeit. – Im »Hutten«.

Gastein, Donnerstag den 30. VIII. 51

Gestern und vorgestern in rascher Anstrengung für die N.Y.H.Tr. Book Review, Author's Number, eine längere Confession geschrieben, von der nicht einmal weiß, ob sie nicht, im Original abgeschickt, zu spät kommt. Das ist sogar wahrscheinlich, aber ich denke, irgendwie wird sie untergebracht. – Gestern hübscher kritischer Brief von Lion (Arosa) über den »Erwählten«. – Gestern Abend Diner mit Frau Hauptmann u. ihrer Pflegerin im Hotel gegenüber dem Kurhaus. Begrüßung durch den Wirt; Wiener Spezial-Menu. Die alte Dame sehr angeregt. Viel von Hauptmann. Ihr völliges Akzeptieren der Peeperkorn-Figur, die schließlich die überragende des Buches sei. Verbot an einen Professor dagegen zu polemisieren. – Erika verspätete sich, da sie sich auf einer Hochtour mit Edith verirrt hatte. Kontradizierte zu viel. – Telegramme an Schweizer (Gereimt[)] und an die H. Tribune.

Fertigstellung u. Korrektur der Abschrift. – Wieder gebadet nach gestriger Unterbrechung. – Sehr klares, warmes Wetter. –

Gastein, Sonnabend den 1. IX. 51

Gestern Abend Gewitter. Aßen in der Elisabeth-Stube, und Erika holte die *Giehse* vom Bahnhof ab, die Quartier bei uns gefunden. – Manche Korrespondenz erledigt, z. B. Brief an Eudo B. Mason in Edinburgh, der mir hübsch über den »Erwählten« geschrieben. Ebenso Adorno. Dieser will befremdender Weise Beziehungen zu Klaus' Schicksal spüren. Jener beanstandet das Fehlen der Priesterweihe. – Dank von Basel. Einladung zu den »Meistersingern«. – Unsinnige Manuskripte. – Thermalbad von etwas über 10 Minuten täglich. – Manchmal in Straußens »Hutten«. – Spannung, was Herald Tribune tun wird. – In der Politik steht eigentlich alles zum Schlimmsten. (Persien. Kesang.) Dennoch der allgem. Krieg vorderhand nicht zu erwarten. – Befriedigende Nachricht vom Hotel Majestic in Lugano, wohin wir am 6. für 6 Tage fahren wollen. –

Gastein, Sonntag den 2. IX. 51

Gestern trübes Wetter. Nahm morgens Kaffee. Fühlte mich wieder einmal von den Bädern recht angegriffen, besonders als nachmittags Schneditz und Frau, sehr gesprächig, zum Thee da waren. Obendrein photogr. Aufnahmen auf dem Balkon. Nachher Abendessen zu viert mit der Giehse, zu dem ich mich gut gekleidet. – Kauften auf dem Spaziergang für K. eine hübsche Jacke mit Rückenfalte und schwarzer Bordierung. – Die Untätigkeit, bis auf das Aufarbeiten von Korrespondenz, schafft Mißbehagen, aber der Gedanke an den Krull Zweifel und Sorge. Das Kellner-Kapitel ist umzuarbeiten, ich denke im Waldhaus Dolder. – Setzte heut mit dem Baden aus. Frühstückte ½ 9 Uhr wieder Kaffee. Bedecktes Wetter. – Gestern ahmte die Giehse sehr komisch das Betragen der Thimig als Regentin im Egmont nach. Heute kommen Nikischs zum Thee. Ich will ein Reinigungsbad nehmen. – E. mußte mit Edith auf einen Berg. Hatten gefährliche Begegnung mit einem Aggressiv-Irren. Wir gingen einen der Schluchtwege, hatten Mittag in der Friedrichslaube. Getröpfel, dann Besserung. – Verabschiedung von den Nikisch. Einige Korrespondenz. Abendessen mit der Giehse bei Straubinger. Krammetsvögel zum ersten Mal seit vielen Jahren. – Die Reuchlin-Affaire. Crotus. Hutten. Charaktere. Briefe der Dunkelmänner. Wie sehr war Luther vorgearbeitet worden! – –

Gastein, Montag den 3. IX. 51

Die letzten Tage hier beginnen. Badete wieder. Nachher der übliche wirre Halbschlaf mit überflüssigen Gedanken und Versen: »Du sollst ruhen und dich wärmen, nicht ob alten Krams dich härmen.« – Kaffee-Frühstück. Wolkiges Wetter. Plan, nächstes Jahr die Wohnung ohne K.'s diesjähriges Zimmer wieder zu mieten. – – Mit Blumen zu Frau Hauptmann, Pension Regina. Wermut mit ihr und der Helferin. Langdauerndes Geplauder. Späte Bilder von H.. Gewaltig, dann erschöpft. Über mancherlei Personen, zuletzt Hülsen, gründlich abgetan. – Dunkel und Regen. Nach der Verabschiedung, zur Segnung gestaltet, Lunch mit K. in der Elisabeth-Stube. Guter Brief von Neumann über den »Erwählten« aus Zürich, gelungen im Ausdruck. Brief von Carossa, bei dem Bertram zu Besuch. Dieser will ebenfalls schreiben, was ihm sauer fallen mag. – Ein Teil der deutschen Presse rügt meine Nicht-Erwähnung bei der St. Marienfeier. Mein Brief an die L.N. wird angeführt. (Stillschweigen über mich aus Rücksicht auf Adenauer). – Die Giehse gab uns dreien im Hotel Elisabeth ein feines Diner. Stellte das Management wegen Nicht-Erfüllung sorgfältiger Bestellungen zur Rede.

Gastein, Dienstag den 4. IX. 51

Bedeckt. Gebadet. Rasiert. Anmeldung Bermanns. Zum Haarschneiden an der Promenade, Mittag in der »Laube«. Dazu dann Bermanns. Mit ihnen in meinem Zimmer nachher. – Telephon mit Schönberger-Salzburg wegen Band-Aufnahme. – Abendessen zu fünfen mit der Giehse und »Edith«

im Gasteiner Hof. – Gute Artikel im Statesman. Jugoslawische Kritik an der Entartung des russischen Kommunismus. –

Gastein, Mittwoch den 5. IX. 51

7 Uhr letztes Bad. Danach im erregten Halbschlaf Vollerektion und sonderbar hoffnungsvolles Liebesgefühl. – Schönstes Wetter. – Der unsichere Besuch aus Salzburg störend. –

Lugano, Villa Castagnola, Sonntag den 9. IX. 51

Am 6. nach Verabschiedungen und Aufnahmen vorm Hause, Abfahrt von Gastein. Bei schönstem Wetter herrliche Fahrt über die Groß Glockner-Straße. Mächtige Natur-Eindrücke. Bewegt. 2500 m Höhe. Mittag in Heiligenblut. Spuren der Lawinenzerstörung. Abends Ankunft in *Bozen,* wo im »Greifen« sehr freundlich aufgenommen. Wachstum der Stadt auf 90 000 Einwohner. Abendessen im Garten und tiefer Schlaf.

Am 7. sehr anstrengende Fortsetzung der Reise gegen den Comer See und Lugano. Entnervendes Auf und Ab von Paß zu Paß. Mittag sauberes Gasthaus in [Lücke i. Ms.]. Leichter Regen streckenweise. Die Straßen oft schlecht und steinig. Die Landschaft am schönsten gleich hinter Bozen. Ankunft vor 8 Uhr. Aufsuchen des schlecht gelegenen Hotel »Majestic«. Große Unzufriedenheit mit der Lage und den Zimmern. Abendessen in einem Speisesaal mit entsetzlicher Luft. Nichts ausgepackt. Schlaf der Erschöpfung.

Gestern den 8. früh machten K. und E., während ich im schattigen Garten beim Swimming pool saß, hier Quartier. Gepäck von Hotel zu Hotel geholt. Einzug hier vor Tische. Aufenthalt in der von 1933 vertrauten Halle. Punkt wo Leben und Tagebuch sich mit alten Zeiten berühren und Wiederkehr begehen. Der jammernde Fulda damals, der sich dann in Berlin-Dahlem vergiftete. Die Stationen der 18 Jahre seitdem, das Leben und Leisten ... – Bequemer Tisch im Speisesaal. – In Kafkas Tagebüchern. Unheimlich, seltsam, leidend, oft sehr komisch (Kellermanns Vorlesung). Niemals bitter. Fremd einer Gegenwartsbeschimpfung wie der von Paul Ernst und auch der von Kraus. Sonderbarste Anläufe zu Erzählungen. Variierende Wiederholungen. – Fuhren 5 Uhr nach Montagnola zu Hesses. Herzliches Wiedersehen. Freundin aus London. Erika beim nahen Arzt wegen eines Lippen-Abszesses. Heitere Unterhaltung. Hesse sehr gut gekleidet. Buch-Sammlung seiner Briefe. Blieben bis zur Dämmerung. Abendessen hier. Kaffee auf der Terrasse. Abendkühle.

Reichlich geschlafen, z. T. im Lehnstuhl. Das Doppelzimmer angenehm, mit eigener Terrasse, auf der heute frühstückten. Auch E. gut versorgt. – Lob des Hillman-Minx-Wagens, der bei schwerer Belastung ohne Murren Vorzügliches leistete. – Die Herz in Tränen über unsere Ausschaltung Londons, schickt unverschämte Third Program-Reviews des »Erwählten« mit Briefwechsel zwischen ihr und dem Referenten. Kein Glück in London. Mißtrauen gegen das Erz-Engländertum dieser verwunderlichen kritischen Germanisten. –

Lugano-Castagnola, Mittwoch den 12. IX. 51

Packtag schon wieder. Warme, weiche Hochsommertage liegen zurück. Viel in Montagnola bei Hesses, mittags und nachmittags, die uns liebevoll aufnahmen, beide herzlich amüsabel. Schönheit und Bevorzugtheit ihres Sitzes. Seine elegante Kleidung. Über Kafka, unter anderem, dessen grundwunderliche, oft sehr komische Tagebücher, einzigartiges Dokument, wir gleichzeitig lesen. – Kerényi mit seiner sympathischen Frau bei uns zum Lunch. Viel Preisendes über den »Erwählten«. – Der Katarakt Mühlestein (mit Frau) zum Thee. Fieberhaft enthusiastisch über die Etrusker. Betrachten von Photographieen etruskischer Kunst, eindrucksvoll. – Arbeit bestand in einem längeren Brief an die Herz, eigentlich an Mr. Gray vom Dritten Programm, über seine Besprechung des »Erwählten«. – Gestern zum Diner im Parkhotel bei Walters. Edinbourgher Glorie. Da ein Mittag und Nachmittag bei Hesses voraufgegangen, übernommen; schlechte halb schlaflose Nacht. Heute Morgen Glückwunsch mit Blumen zu hinterlassen, zu W.'s 75. Geburtstag geschrieben. Immer schreiben! – Der Wagen schmuck gewachst und bedient. Rüsten uns zur Fahrt über den Gotthard. – K.'s etwas unheimliche Idee, E. Ludwigs Haus bei Locarno zu kaufen, das für 30 000 Franken feil sein soll. Auch Walter zieht, wenn das Steuerabkommen perfekt wird, Übersiedelung in die Schweiz ernstlich in Betracht. – Hesse prächtig über die Verlogenheit des amerik. Idealismus. – –

Lugano, Donnerstag den 13. IX. 51

Reisemorgen. Etwas dunstig. Gestern noch einmal zum Thee bei Hesses und herzliche Verabschiedung von ihnen. Ihm und mir wünschte ich »Frieden und Heiterkeit«, was er bekräftigte.

Zürich, Waldhaus Dolder, Freitag den 14. IX. 51

Gestern – Fahrt über den Gotthard wieder, vom Wetter begünstigt, wie die große Geröll-Öde in 20 200 m Höhe, Mittag wieder in Andermatt. Schön im Grünen nach Göschenen. Vierwaldstädter See, Brunnen, Axenstraße, Zug, Einfahrt nach Zürich, wieder der heitere See und hierher, wo ½ 6 Uhr eintrafen, begrüßt vom Direktor und dem Unterherrn, der ein Verehrer ist und, bedenklicherweise[,] den »T.i.V.« zehnmal gelesen hat. Zimmer im 2ten Stock, 46/47, schlicht, aber nach einigen heute vorgen. Korrekturen praktisch. Erika, durch Schuld der konfusen Emmi Oprecht, zunächst garnicht, dann vorläufig schlecht bedacht. – Erstaunliche Hitze jenseits des Gebirges, Föhnsturm. Noch abends unnatürlich warm. Saßen lange auf der unteren Terrasse beim Kaffee. Äußerst müde von der Fahrt, dem Höhenwechsel, aber dankbar für die wiederholten Eindrücke. Ausgezeichnete Bewährung des kleinen englischen Wagens. Erika als unübertreffliche Fahrerin, vollen Vertrauens wert. Ruhte während der Nachmittagsfahrt etwas auf dem Luftkissen, konnte aber nicht lange die Augen geschlossen halten.

Heute nach tiefem Schlaf Frühstück in K.'s Loggia. Umstellungen und Ergänzungen in meinem Zimmer. Aussicht auf Gärten, Stadt und See. Regen seit frühem Morgen. – Gestern und heute mancherlei Post. Gleich zu schreiben für das Weiterbestehen des Schauspielhauses. – Medi berichtet von triumphaler Besprechung des »Erwählten« in »Chicago Sun«. – –

Zürich, Sonnabend den 15.IX.51

Gestern Regen den ganzen Tag und starke Abkühlung. Mit K. in der Stadt zu Besorgungen: Koffer-Reparaturen, Cigarren, Parfumerieen. – An dem Brief zugunsten des Schauspielhauses, falsch angelegt. – Erikas Beschluß, vorerst nach Wien zu gehen. Sie regelt unseren direkten Rückflug mit Swiss Air. 13 Stunden! Die natürlich völlig verschoben und verwirrt werden. Ich nenne es »Mitternachtssonne mit Frühstück«. – Ruhiger Abend. Kaffee in der Halle. Dann in Kafkas Tagebüchern. Dann in Tolstois »Vater Sergej«. – – Heute morgen den Brief an Seelig-Tagesanzeiger zu Ende geschrieben. Abschrift durch K. – Brief von Golo mit bebilderter Besprechung des »Erwählten« aus Herald Tribune, sehr hübsch und freundlich. Seine Polemik gegen Koestler. – Noch trüb bedeckt, Kühle. – Bearbeitung des Herald Tribune-»Bekenntnisses« für die Münchener Illustrierte. – – Mittags Spaziergang mit K.. Angegriffener Kopf vom Steigen. Nach Tisch nicht wohl; geblähter Leib. Besser nach einer Stunde liegen. – Besprechung englischer Briefe mit E.. Weißer Cincano mit Bibi [und] Gret, die zum Abendessen kamen. Forellen. – Meldung vom Tode Fritz Buschs.

Zürich, Sonntag den 16.IX.51

Klares, frisches Wetter. Gut geschlafen. Bettag, viel starkes Glockengeläut. Frühstück in K.'s Loggia. Übergab ihr das für München eingerichtete Manuskript. – Im »Statesman« gestern düsterer besorgnisvoller Artikel »The Point of no Return«. Der Gegensatz zwischen dieser Anschauungsweise und den amerikafrommen Artikeln der N.Z.Z. – Kraß. – In dieser Feuilleton von Weber über Gides nachgelassene Bekenntnisse, besonders über das Verhältnis zu seiner Frau. Die Szene im Zug mit den écoliers nebenan. »Du sahst aus wie ein Verbrecher oder wie ein Verrückter«. – – Handschr. Korrespondenz, Ansichtskarten. Gegen Mittag Ausflug mit Lunch in Düten. Kleines Gasthaus im Orte Tugsig vor Brugg, genannt »Zum Frohsinn«. Dort, nach Waldspaziergang mit K., Mittagessen, wobei das Wirtspaar sich nach und nach zu uns setzte. Sehr drollige Unterhaltung. Er, Bienenvater, gegen Stiche immun, verkaufte uns Honig. Der Genuß sei erst allmählich zu steigern, mit einem Theelöffel voll zu beginnen. Der Honig gut. – Abendessen im Hotel mit Feist. Gab mir »Letterature Moderne« mit dem Michelangelo-Aufsatz in italienischer Übersetzung. (»Nel vostro fiato son le mie parole«!). – Mit Feist beim Kaffee in der Halle. Sein Verlangen nach einer Stellung im Fischer Verlag.

Zürich, Montag den 17. IX. 51

Trübe, regnerisch. Nahm Kaffee ½ 8 Uhr vorm Baden. Unter der Post Dank von Walter. Erika fährt zum Einholen deutschen Geldes über die Grenze. Erfreuliche Abrechnung aus Prag. – Schrieb Karten, auch an Frau Hauptmann und Niekischs; kurze Briefe. Trotz Regen etwas gegangen. Lektüre der N.Z.Z. [.] Die »Europäische Armee«, Ende der französischen. Russische Werbungen für ein einiges, unbesetztes Deutschland. Veteranenkonvente in Deutschland. Afrika-Corps. – Erika, die Abenteuer braucht, über die Grenze in Geld-Angelegenheiten. Kam zum Schluß des Abendessen wohlbehalten zurück und erzählte. – In Kafkas Tagebüchern.

Zürich, Dienstag den 18. IX. 51

Etwas unruhig geschlafen. Morgens starke Erektion. Lächerlich, die Genugtuung. – Brief von Adorno. – Kabel von Agnes Meyer: »All reviews wonderful Congratulations«. – – Abflug Erikas nach Wien. – Zum Lunch Üxküll. Zum Thee Fahrt in die Dufourstraße zu Trebitschs. Zum Diner allein. Hernach auf falsche Art Domino gespielt. Englische Dame gab Ratschläge. – In Kafkas Aufzeichnungen. »Erinnerungen an die Kalda-Bahn.« – Mit K. über das Programm für den 24.. Etwas andres und mehr, als in Salzburg. Ankunftskapitel weiter ohne Schluß. – Sehr kühl.

Zürich, Mittwoch den 19. IX. 51

½ 8 auf. Kaffee vorm Bade. Kühler, ziemlich klarer Herbstmorgen. – Beschäftigung mit dem Krull-Manuskript. – Empfang eines Journalisten aus Israel in der Halle. Recht feiner Typ. – Waldspaziergang mit K.. Sehr kalt, verfroren. Nachmittags unterm Federbett. – Nach dem Thee ein paar Brief-Diktate an K. und Ansichtskarten. – Braver Aufsatz von Beidler über »Bayreuth« in »Das literarische Deutschland«, stattliche Zeitschrift. – Die indische Familie trägt zuviel das Kind herum, das sie lieber im Bett lassen u. mit warmer Milch nähren sollten, da es offenbar unter der Kälte leidet. Der alleinstehende junge Araber vom Irak, mit dem wir beim Abendessen einige Worte wechselten, genießt die Kühle. – Kafka hält mich andauernd gefesselt. – Undeutlicher u. offenbar gefärbter Bericht über eine Rede Senator Mc Masons, die defensive Verwendung der Atomwaffe betreffend.

Zürich, Donnerstag den 20. IX. 51

Morgendliche Voll-Erektion, aus gewissem Grunde besonders erheiternd. Sind es die Bäder? – Klares, kaltes Wetter. – Umarbeitung am Kellner-Kapitel. – Mit K. zum See; dort gegangen und vorm Kaffee, wie früher so oft, Wermut getrunken. – Nachmittags im Bett. Vor 7 zum Abendessen bei Oprechts mit Korrodi.

Zürich, Freitag den 21. IX. 51

Nebel, kalt. Morgens Kaffee im Bett. Reviews des Holy Sinner aus S.R.L. und Time Magazine. – Das Lese-Manuskript für Korrodi bereit gemacht, der reportieren will. – In der Halle Herr Heim aus Friedrichshafen, in Sachen seiner Arbeit über mein Verhältnis zur Musik. – Mittags einige Sonne. Mit K. auf der See-Promenade. Danach Lunch bei der alten Frau Reif, der ich Rosen brachte. Nachmittags im Bett. K. holte die Schwägerin Lala vom Bahnhof zu drei oder viertägigem Besuch. Thee mit ihr, Gret und Frido, der mich mit einem Kuß begrüßte, und dem ich einen »Traum« von meinem Schaukelpferd Achill erzählte. Abends zu dritt mit der gutmütigen Frau.

Zürich, Sonnabend den 22. IX. 51

Kalt, Nebel. Das Mt. zurück von Korrodi, der es »mit höchstem Vergnügen gelesen«. – Von Knopfs Bureau Besprechungen. St. Spender in N.Y. Times zögernd-preisend. – Nachricht von Fiedler. Telephon mit Hirschfeld über die Regie. – Vorwort zur Vorlesung. – Mit K. am Zürichberg spazieren. – Lunch mit der Schwägerin und Feist. Danach Basler in Uniform. – Thee im Bette. Frühes Abendessen. Mit der Schwägerin in der Oper: »Zar und Zimmermann«, saubere, beschwingte Aufführung. – Schlimme Nase. Penecillin-Salbe. – Tief beeindruckt von Tolstois »Der Teufel«. Lese »Chadschi Murad«.

Zürich, Sonntag den 23. IX. 51

Morgennebel. Das Hotel seit gestern geheizt. Kaffee vor dem Bade. Nackenschmerzen, Empirin. – Mit dem Krull-Manuskript. – Ausfahrt mit der Schwägerin nach dem Greifensee. – Nachmittag Meldung von der Ablehnung der Schauspielhaus-Vorlage mit einem Mehr von 248 Stimmen. Unerwartet. Änderung des Vorworts. Trauer bei Oprechts und im Theater. Zum Abendessen Trebitschs, mit denen das und die Rolle der

Rieser viel besprochen wurde. Gesiegt hat Duttweiler, der moderne Typ. – Lungen-Resektion George's VI.

Zürich, Montag den 24. IX. 51

Neue Fassung des Vorspruchs. 11 Uhr mit Bermann in der Halle zu geschäftl. Besprechung, Abrechnung etc.. Mit ihm zur Stadt. Haarschneiden bei Bachmann. Zum Lunch Motschan aus Basel. Nachmittags im Bett. Rasiert, Smoking-Toilette. Kleiner Imbiß mit Bier um 7. Dann Fahrt mit der Schwägerin zum Schauspielhaus. Hirschfeld, Künstlerzimmer, Blumenbühne. Zuspruch von Leuten. Auftreten, Vorspruch stehend, dann Einleitung und Lesung der Reise-Ankunfts- und Cirkus-Abschnitte bei größter Aufmerksamkeit und Heiterkeit des ziemlich voll besetzten Hauses mit seiner vorzüglichen Akustik, die mir ein gutes, behagliches Lesen erleichterte. Größter Vortragserfolg seit dem Fitelberg-Kapitel, zahlreiche »Vorhänge«. Nachher das Zimmer voll von dankenden Gratulanten, Freunden: Tochs, Schweizer und Motschan, Joachim Maaß, Oprechts, Frau Moser und Gret, Bermanns, Direktor Wälterli[n] etc.. Unbekannte, z. T. lästig. Autogramme. Helles Entzücken. Zufriedenheit bei einiger Erschöpfung. Fahrt zur Kronenhalle, wo an zwei Tischen vergnügte Nachfeier. Nahm eine Brühe mit Ei, etwas Emmenthaler, dunkles Bier und Kaffee. Teils neben Tutti Fischer, teils mit Emmy Oprecht. Zwölf Uhr zu Hause. K. glücklich über den Verlauf. Enverloppe.

Zürich, Dienstag den 25. IX. 51

Ziemlich unruhiger Schlaf. 4 Uhr nachgenommen. K. frühe auf, um die Schwägerin zur Bahn zu bringen. – Nebel. – 8 Uhr Kaffee-Frühstück. – Verfolge mit Teilnahme die Nachrichten über das Befinden Georges VI.. – Das Lese-Manuskript für Bermann und die Rundschau instand zu setzen. – B. übergeben, der 11 Uhr mit J. Maaß kam. – Mit K. in der Nähe gegangen. – Zum Lunch K. Fiedler, netter, antilutherischer

Christ, zu dem später noch sein Amtsbruder u. Freund Brändli aus Schaffhausen kam. Liberale Theologen. Über Barth, den Orthodoxen mit kommunistischen Neigungen. – Zum Thee bei Beidlers mit der Attenhofer und ihrem Mann und anderen. Über ihre Gastspiele als Diseuse nach Auflösung des Cornichon. Über die verlorengegangene Joseph-Statue. – Anruf Preetorius, der auf dem Rückweg von St. Moritz nach München, mit uns dinierte. Herzlich. Recht lebhafte Unterhaltung. Sehr müde. In der N.Z.Z. abends Korrodis Bericht über die Vorlesung. Seltsam hölzern und unverständlich zum Teil. Als Ergänzung Brief von seinem Nachfolger Weber. K. lobt hauptsächlich die Vortragskunst, auf die ich selbst in diesem Fall das meiste Gewicht lege. – Dankesbrief der Herz für meine Äußerungen über Mr. Grays Kritik.

Zürich, Mittwoch den 26. IX. 51

Dunkel, Nebelreißen. – Brief von Helbling über die Vorlesung. – Neuer Koffer; der alte mit unnötigen Kleidungsstükken, wie auch viele Bücher voranzusenden. – Regentag. Längerer Besuch von F. Hardekopf in der Halle. – Zum Mittagessen bei Trebitschs. – Nachmittags Gret mit den Bübchen. Während dessen Wiedereintreffen Erikas mit kl. Geschenken für uns. Frido zeichnete sie, K. und mich sehr drollig. Abends mit Erika. – George VI. schwer gefährdet. – Guter Bericht Rychners in der »Tat«. – Besuch von dem kleinen Duby. Hübsche Augen. Schüler-Interview.

Zürich, Donnerstag den 27. IX. 51

Helleres Wetter. – Kondolationsbrief an Frau Fritz Busch. Dank an Rychner. Gebrauchsbrief an Hardekopf mit 100 Franken. – Spaziergang am See. Nach Zollikon zum Mittagessen bei Faesis. Der Professor genesend von seiner Stein-Operation mit Schluckauf-Episode. – Ausfertigung von E. geschriebener englischer Briefe. – Ins Schauspielhaus zur Première von Christopher Fry's »Dame will nicht ins Feuer«

keck shakespearisierend, satirische Lyrik, etwas Weltuntergang, englische Komik. Hübsche Aufführung, reizende Schauspieler. Pause im Restaurant. Nachher Souper mit dem Übersetzer Feist im Grill des Baur au lac. Sehr spät. – Signierung zahlloser Bücher für Oprecht. – Karte an Fry.

Zürich, Freitag den 28. IX. 51

Nebel. Wenig und unruhig geschlafen. Meine Leistungsfähigkeit anerkennenswert. – Von Oprecht teleph. Meldung über ein Haus oberhalb Luganos. Erika will inspizieren. – Mit K. einige Straßen spazieren. Zum Grand Hotel Dolder. Ausschau und Erinnerung. Durch den Wald zurück. Erika zum Lunch auswärts. Sie fährt Sonntag nach Lugano zur Inspizierung jenes Hauses. – Signierung der 2. Hälfte der Oprecht'schen Bücher. Brief an Schuh. Zum Kaffee nach dem Lunch der Stadtpräsident von Schaffhausen (Nationalrat), gescheiter, freisinniger Mann, der fast zwei Stunden blieb. Gespräch über die Weltlage. Besorgnisse an hohen Stellen der Schweiz, die amerik. Politik möchte (fast unvermeidlich) zum Kriege führen. Dabei die Fehler, Plumpheiten, Selbstbloßstellungen der Russen. – Geschlafen. – Zum Abendessen Emmy Oprecht und R. Schweizer. Freundschaft. Abschied, Wunsch der Wiederkehr für immer. – Packen. Viel voran.

Zürich, Sonnabend den 29. IX. 51

Reisetag gekommen. Regen und Dunkelheit. Räumen, Pakken. Gesuch der Münchener »Deutschen Woche« um Äußerung zum deutschen Einigungshandel. Ich reise ab. – Noch Büchersignierungen für Rascher. – – – – – – – – – – –

Ende der Europa-Reise

New York, St. Regis, Montag den 1. X. 51

Sonnabend in Zürich waren wir beim Kaffee nach dem Lunch noch mit Feist. Blieb etwas allein in der Halle. Fertigmachen des Gepäcks. Fuhr 4 Uhr mit Erika voran nach Kloten. K.

folgte mit Gret und den Bübchen. Besorgung des Gepäcks mit leichtem Übergewicht. Aufmerksamkeiten der Swiss Air. Emmy Oprecht und R. Schweizer mit Fähnchen. Die Verabschiedenden durften mit zur schönen großen neuen Maschine. Plätze im Hintergrund. Herzlicher Abschied. Erika Sonntag nach Lugano wegen des Hauses. Steuervertrag mit Amerika perfekt. – Abflug. Regen. Ausgezeichnet betreut. Gefühl des Vertrauens. Die Stewardeß berühmte Jodlerin. Niedergehen in Genf. Abends in Shannon, Ireland. Thee u. Portwein. Im Flugzeug gutes Diner mit Bier und Kaffee. 8 Stunden bis Newfoundland, die rasch vergingen, da im Stuhle fast ausgezeichnet schlief. Dort, in dem bekannten Gander, ca. 9 Uhr Frühstück, Oat-Meal und Kaffee. Nach einer Stunde Weiterflug. Trostlosigkeit der Sumpf- und Lachen-Landschaft, leer und nutzlos, dieses Teils von Canada. In Gander sehr kalt. Der Tag blau aufgehellt. Flogen über erleuchtetem Wolkenmeer. Noch 4 Stunden. Zurückstellen der Uhren. Im Flugzeug noch zweites Frühstück mit Kaffee. Ankunft im New Yorker Flughafen. Dort unangenehmste Stunden der rapiden Reise. Überfüllung des Zollamtes, Verstreuung des Gepäcks, Schleppen, Warten. Die Kontrolle harmlos. Vermißte Erika, die gewiß ebenso gut hätte mitkommen können. Journalisten. Aufnahmen. Sprach warnend über Oesterreich. Lange Taxi-Fahrt zur Stadt. Im Regis: Nägel. Vertraute Wohnung im 6. Stock. Doch sehr müde. Lunch mit Kesten im Aiglon gegenüber. Geruht. Moni. Abends mit ihr gegessen in dem angenehmen Lokal jenseits der 5. Avenue. – Seltsamkeit der raschen Versetzung, obgleich ja doch allerlei Stationen zu überwinden waren.

Heute nach 8 Uhr gebadet. Blaues Wetter. Die Zimmer aber immer künstlich zu erleuchten. Die Wärme des Air conditioned-Mechanismus ebenso wenig zu regulieren wie die Kälte. Zum Frühstück, Thee, Eier und Honig. Den Orange Juice gab es schon im Flugzeug wieder. – Wollen ½ 6 nach Chicago weiterfahren. – Kesten sprach davon, daß der Sinner best-seller sei. – In den Times gestrige Aufnahme, sagt Dr. Jacobson. – Schrieben gestern im Flugzeug Karten an Frido und Toni. Ich an Frido. (»So haben wir es eingeteilt«.) – Telephon mit Agnes Meyer. Lunch mit Moni und der Jacobson. Nachmittags vor der Abreise Gumpert.

Chicago, Shoreland, Dienstag den 2. X. 51

Gestern ½5 Abreise zum Gran Central, Commodore Vanderbild. Drawing room. Wie immer bei Abreise sehr erschöpft, besonders da K. am Bahnhof nervöse Panik wegen der Billets verursachte und ich unnötiger Weise dem Taxi nachlief. Alles war da. Lag auf der Bank. 50 Minuten Warten auf Plätze im Diner. Demütigend. Man müßte reisen wie der Duke of Windsor. Abends in Kafkas Reise-Aufzeichnungen. Fremd, aber fesselnd. Leidliche Nacht. Früh Kaffee. Hier Medi mit dem Wagen. Bequeme Wohnung. Erzählungen beim Frühstück im Restaurant mit Oat meal und Eiern. Auspacken, Wechsel der Wäsche. Mit Medi über das Experimentieren mit der Schweiz. Erika. – Sehr sommerliches Wetter. Sollen wir übermorgen reisen oder erst Freitag? – Hier ist gut Ausruhen. – Der Sinner soll unglaublich populär sein. Freundliche Besprechungen in »Nation« und – »New Leader« ! – – Lunch mit Medi im Hotel. Die Lektüre der Kafka'schen Tagebücher beendet. Geschlafen. Zum Thee Medi mit den Kindern. Einen oder den anderen Brief. Das Wetter sehr warm; schlaffe, feuchte Luft, sehr unangenehm. Unsere Abreise trotzdem auf Freitag festgesetzt. Auch das Dinner im Speisesaal mit Medi, die vorher eine lecture vor Geistlichen gehalten. Abends in »L'envers du journal de Gide«. Polemik eines jungen Begehrten, der Nein sagte. Neigung G.'s, seine homosexuellen Abenteuer als das Glück hinzustellen.

Chicago, Mittwoch den 3. X. 51

Warme, langweilige Nacht, unruhig. ½8 Uhr auf und gebadet. Blaues Wetter. War Regen u. scharfe Abkühlung angesagt, traf aber nicht ein. Langes Warten auf das Frühstück. Widmungen des »Erwählten« an James Frank und Dr. Solnitz. – Spazierfahrt mit Medi Downtown am See, da es zum Gehen zu heiß. Lunch mit ihr und Emmerke-Peter im Hotel. Schrieb Brief an Goes, um etwas zu tun. Las nach dem Thee in »L'envers du Journal«. Die feuchte Hitze eine wahre Kalamität. Hautjucken durch den Schweiß. ½7 Uhr zu Fuß zu Medi zur Dinner Party mit Peters. Redfields, James Frank, der sein Widmungsexemplar bekam. Redfields liberal und kritisch gegen Amerika. Nach dem Essen mehr Leute noch: junger Norweger, vom State Department hierher geladen und ziemlich entsetzt. Junger amerik. Professor der Humanities, gescheit und bestimmt redend, sehr gebildet. Mit Peter Pr. über sein physik. Buch und seine Zukunft. Zuviel allgemeine Bildungsinteressen, um den Fanatismus aufzubringen, der den Nobel Preis-Gelehrten macht. Gute Leistungen, aber keine eklatante Entdeckung. – Die Hitze andauernd arg. Nasses Gesicht. Medi fuhr uns nach Hause. Froh, die Kleider loszuwerden. Las noch etwas in dem französischen Buch.

Chicago, Donnerstag den 4. X. 51

Recht gut geschlafen. K. ebenso. Das Wetter unverändert. Wieder fast einstündiges Warten auf das Frühstück. Beschluß, uns morgen Bed tea zu machen. Mit Medi, die mit K. zu Besorgungen zur Stadt fuhr. – Beschäftigung mit dem Roman-Manuskript. Gebessert und geschrieben an dem Kellner- und dem laufenden Venosta-Kapitel. – Ausfahrt mit Medi. Im naturhistorischen Museum. Höchst lebhafter und fruchtbarer Eindruck. Das Ur-Leben. Schwämme, die 50 Millionen Jahre überlebt haben. Querschnitte von ebenfalls sehr frühen Muscheln in feinster Ausarbeitung des Gehäuses. Frühestes organisches (Pflanzen)-Leben in der Meerestiefe. Dort fing alles an. Die Erde noch leer, mit baumähnlichen Farrenschaften, weich. Wunderschöne zoologische Modelle aller Art. Skelette der Reptil-Monstren und gigantischen Tiermassen, die, allzu plump, die Erde beherrschten. Eier gebärende Säugetiere mit Tragtaschen. Menschenaffen. Höhle mit Neanderthal-Menschen. Der Mann, plumpnackig, mit blutigem Kniee, haarig nicht sehr. Das Baby im Arm des Weibes am heutigsten. Bewegt. Etwas wie biologischer Rausch. Gefühl, daß dies alles meinem Schreiben und Lieben und Leiden, meiner Humanität zum Grunde liegt. – Mittagessen im Garten von Jacques. Dicke Handleserin u. Wahrsagerin mit kleinen, feinen Händen. Wollten sie konsultieren, gelangte aber nicht mehr zu uns. – In dem Gide-Buch. Die lügenhafte Aufrichtigkeit. Das menschliche Versagen. – Maniküre. Beginn des Wiederpakkens. – Abendessen mit Medi u. den Kindern im Hotel. Die Kleine sehr drollig mit ihrem englischen Geplapper. Die Größere feine, südlich blasse Züge, stiller. Nika antwortet auf die Vorhaltung, sie sei zu laut gewesen: »They liked my jokes«. – Feuchte Hitze immer. Las noch in dem Gide-Buch. ½ 12 zu Bette.

Chicago, Freitag den 5. X. 51

Schon 7 Uhr auf. Mochte nicht länger schlafen. Der Reisetag. Das Wetter blau-neblig und etwas kühler. Klang des Nebelhorns auf dem See. Kaffee und Oat-meal. Etwas schwarze Zunge von der Hitze und zu großen Mahlzeiten. Tabletten. – Gestern von Medi den »New Leader« mit bemühtem, wesentlich doch ablehnenden Artikel über den »Sinner« von Einem, der als »well-known commentator on T.M.« vorgestellt wird. Psychologie! »Self flagellation« von Anfang bis zu Ende. Diesmal erniedrige »ich mich« zum Murmeltier. Mache übrigens aus einer Tragödie eine Farce. Welches die Sünde, für die ich mich kasteie? Vielleicht meine »Ironie«? Tief! – –

Zug »City of Los Angeles«, Sonnabend den 6. X. 51

Gestern mit Medi nochmals im Museum of natural history, im Basement, wo weitere Bilder frühmenschlichen, z. T. noch kaum menschlichen Lebens eindrucksvoll dargestellt: Die »ersten Europäer« (Süd-Frankreich, glaube ich), noch klein, flaumig behaart, bei einander hockend, von vor X Millionen Jahren. Die Künstler der Höhlenmalereien und Steinritzereien einsam bei ihrer merkwürdig triebhaften Arbeit, sehr rührend. Jagd auf Wildschweine mit Wolfshunden, Speeren. Fischer am Meer mit Flachsnetzen (franz. Schweiz). Sonnenkult zwischen Steinsäulen, die eine Art von offenem Tempel bilden; Priester, stark gebauter Mann, bringt mit erhobenen Armen der aufgehenden Sonne ein Blumenopfer dar. Etruskische Steinsärge etc.. Bewegt von alldem. Gingen noch durch die Unterführung ins Aquarium hinüber und schritten es ganz ab, vertieft in den Anblick dieser nach einem Grundprinzip so vielfach abgewandelten Geschöpfe, rudernder Schildkröten, den Schild mit grünem Moos bewachsen, glotzende Teleskop-Augen, Kiemenarbeit, langsam schnappende Mäuler, kleine Haie mit spitzen Zähnen, flunderflache und plumpe, rundliche Wesen, winzige, zusammen mit großen, die offenbar unaggressiv, höchst putzsüchtige in kompliziertem federartigen roten Schmuck, das größere und reichere davon vielleicht das Weibchen. Unermüdet von diesem Schauen. Keine Kunstgalerie könnte mich so interessieren. – Zu Medi; Dry Martini. Prof. Naef und Frau. Diese blieb zum Lunch, während er weg mußte. Die Frau etwas wunderlich-übergesprächig. – Im Hotel Beendigung des Packens. Las und ruhte etwas im Stuhl. 5 Uhr Aufbruch, Aufladen. Fahrt mit Medi zum Bahnhof, der durch Umleitung, Sperrungen, schwer zu erreichen. Stellte sich heraus, daß der Zug statt 6 ¼ erst 7 ¼ ging. Noch ein Martini im Restaurant. Medi ließ die Fahrscheine revalidieren (?). Begleitete uns in den Drawing Room. Nahm bewegten Abschied, hätte uns gern länger gehabt. Ihr Mann kehrt nächstens aus Italien zurück. Absicht in Mailand zu siedeln, wenn wir ins Tessin ziehen sollten. – Starke Abkühlung. Übrigens Air-conditioned. Abendessen im nicht stark besetzten Speisewagen, vom Manager und Kellner wiedererkannt von früheren Reisen. Unannehmlichkeit, daß es in Bezug auf morgen immer eine Stunde früher. – Beendete das Buch über oder gegen Gides Journal. Verstimmt gegen ihn durch sein allzu direkt sexuell aggressives Verhalten gegen die Jugend, ohne Achtung, Ehrerbietung vor ihr, ohne sich seines Alters zu schämen, unseelisch, eigentlich lieblos. Ich – und einem geliebten Jungen irgend etwas zumuten! Undenkbar! *Seine* Verehrung durch Niederträchtigkeiten stören! Befremdung. – Früh schlafen.

Heute 7 Uhr auf. Schneelandschaft bei blaßblauem Himmel. Kaffee-Frühstück im Speisewagen. Langer Tag steht bevor, ist es aber auch, der die eigentliche Reise bildet. – In dem gestern abend gekauften »New Yorker« Besprechung des »Sinner«, so nachlässig, faul, abschätzig, nichtig, daß es eine Schande ist. »Surprisingly *good* fun« ist der Gipfel. Völlig unzugänglich. »Anat. France« mit Germanic approach. Mag das Blatt, das ich einst gern hatte, garnicht mehr sehen. –

Noch im Zuge, Sonntag den 7. X. 51

Der gestrige Tag schwer zu überwinden. Das Betäubende des Fahrens, müde Augen, schläfrig, immer Sitzen, keine freie Luft. Dabei ja dankenswert komfortabel. Hatten Lunch im Diner, ließen das Dinner aber ins Coupé kommen. Las etwas im Material, nachher viel in »1001 Anekdoten«, recht alberne Beschäftigung. Vom Höhenwechsel taube und juckende Ohren. Mit K. über die Museumseindrücke und das problematische Buch über Gides Journal. Zweifelhafte Burschen. – Bald zu warm, bald zu kalt. Nachts im Unterzeug unter zwei Decken und Plaid geschlafen. Viel geniest.

Zu Hause. Heute vor 7 Uhr auf, aber zu spät, um im Diner Platz zu finden. Bestellten Frühstück in den room. Kalifornien. Blauer Himmel. Ankunft 9 Uhr. Draußen Hitze! Golo mit dem Wagen da. Heimfahrt. Die vielen neuen Häuser, die unterdessen hier fertig geworden. Die Mädchen. Die neue Hilfe, russisch-französisch. Unendliche Post, Bücher, Drucksachen. Bibi, der heute Abend Konzert hat. Sherry-Imbiß.

Das Haus angenehm wie je. Gluthitze. Die Kugeluhr geht! Die anderen in Bewegung gesetzt. Die Blättermasse des Kalenders umgelegt. Einiges gesichtet. Sitze, da ich dies notiere, wieder in meiner Sofaecke. Wie merkwürdig! Wievieles durchlebt! Welche Strecken durchmessen! Getan – nicht viel, aber meinen Mann gestanden, und wenn ich mich frage, woran am liebsten zurückdenke, so ist es der Vorlese-Abend im Zürcher Schauspielhaus. – – Langsame Installierung. Lunch mit den »Mädchen«, die nach dem Kaffee und einem Besuch des von seinem Auto-Unfall noch matt aussehenden kessen Klaus Hubert wegfuhren. – Gluthitze. – Las Briefe, lange, deutsche und englische, z. T. liebevoll. Warf viel weg. Organisiert unter K, HK und P. – Das neue Mädchen, Madame X., stutzig. – Zur Theezeit auf der kleinen Terrasse Abkühlung. Etwas im Garten in der Dämmerung gegangen. Abendessen mit K. und Golo. Nachher wieder Lesen von Briefen.

Pacif. Palisades, Montag den 8. X. 51

Nachts bei offenen Fenstern. Erregt. ½ 8 auf. Die Hitze nicht ganz so stark wie gestern. 8 Uhr wieder mit Vergnügen den Frühkaffee. Gebadet. Leichte Kleidung. Frühstück auf der Terrasse, wieder Flakes und trockenen Speck zum Ei. Besuch von Mr. Zifferen, der den »Joseph« zum Vertrieb als Filmagent erbittet. Aber natürlich. – Basler schrieb, daß N. S. R. den Gide-Aufsatz zu bringen wünscht. – Golo berichtet, daß Bibis gestriges Konzert erfreulich verlaufen. – Ausräumen der Mappen.

P. P. Dienstag den 9. X. 51

Gestern Überarbeitung und Übersetzung des Gide-Artikels für N. S. R.. Nicht ausgegangen, nur in der Dämmerung einige Schritte im Garten. Gelesen Arbeit über Hoffmann und mich von Michael. – Nach Tische Besuch von Yalta Menuhin, niedliches Kind. – Anwandlungen von innerer Kühnheit, die Memoiren betreffend, die ich gern so nenne, weil ihr einziger Reiz darin besteht, mein Leben, wie in den Faustus hineinzulegen, – selbst unbekümmert um »Form« und Objektivität. – Buch über amerik. Homosexualität, von einem Beteiligten. – Behagen an Haus und Garten. K. hat ihre liebe Not mit der Russin. Auspacken des Silbers. Perline hat diese und jene Kleinigkeit mitgehen heißen.

Heute ¾8 auf, Kaffee getrunken und nicht gebadet. Luftbad, während ich den elektrischen Shaver reinigte. Beim Frühstück auf der Terrasse leichter Regenschauer. Interesselosigkeit für die Zeitung. – Aufzeichnung von Items, die einen deutschen Essayband abgeben könnten. Einiges Bessere, das aus den alten Bänden nicht in »Adel des Geistes« eingegangen, vielleicht einzubeziehen, wie öfters von außen gewünscht. – Briefe an Amann und W. F. Michael. – Seewind. Mittags zum erstenmal wieder ausgiebig gegangen, bis zum »Sitz an der Straße«. Daher beim Lunch besseren Appetit. – Bekümmert über leichte Risse im Elfenbein der neuen Stockkrücke. – Den Gide-Artikel an Basler ausgefertigt. – Sehr viel zu lesen. Wiederholt den Picaro-Aufsatz von Seidlin durchgesehen, die stimulierenden Stellen unterstreichend. Gesichtspunkte, die ich brauche, wenn ich mit dem Krull vorwärts kommen will. – Der Band Hesse-Briefe, rein und angenehm zu lesen. – Das Buch über Homosexualität, scheint langweilig. – Entschiedene Abkühlung. Abends wärmer gekleidet.

P. P. Mittwoch den 10. X. 51

Gestern spät zu Bette. – Warmer Spätsommertag, aber nicht wüstenheiß. – Mit der Korrespondenz, vormittags und nachmittags. Erfreuter Brief an Seidlin über die animierenden »Gesichtspunkte«. Mittags gegangen ein Stück über den Boulevard. Noch etwas in dem Buch über Homosex., es dann beiseite getan. – Zum Abendessen Walters; zugegen Golo und Bibi. Hilfsmädchen. Zu Walter rühmend über das Chicagoer Museum. Geschenk: ausnehmend gelungene Aufnahme von

Mahlers Kinder-Totenliedern unter W.. Führten sie auf, wobei W. der Genießendste war. Mitdirigieren. Vorzüglicher Klang, vokal und instrumental. Sehr ausgesprochen spätromantische Musik. Der Gebrauch des Horns. Sehr gut der Wettergraus, mit geringen Mitteln dargestellt. Wirkung der Pizzicati. Äußerst »Mahlerisch« das Ganze. Ein gewisses durch sein Werk gehendes »Schönheits«-Klischee, aufsteigend zu einem Vorfall. – Las nach Abfahrt der Gäste noch in Hesses Briefen. Gute, liebenswürdige Dinge darin. Vermeidung des Höflichen, das man bei mir finden würde. Gewisse Strenge im Umgang mit den Leuten.

P. P. Donnerstag den 11. X. 51

Wieder spät zu Bette. 8 Uhr Kaffee. Elektrisch rasiert. Helles, nicht heißes Wetter. Elisabeth von England mit Prinz-Gemahl festlich in Canada. Man hört nichts über die deutsche Frage. – Das russische Mädchen aus. K. verzweifelt an ihren Fähigkeiten. – – Schrieb etwas weiter an dem Dialog Felix-Venosta auf der Hotelterrasse. – Mit K. etwas auf der Promenade, dann Lunch im Miramare. – Nachmittags die Kahn. Viele Briefe diktiert, entnervendes Geschäft. Sie blieb zum Abendessen ohne Mädchen, – dem morgen gekündigt wird. – Abends in Hesses Briefen, unter denen mehr, als ich dachte, an mich gerichtet. – Äußerst müde.

P. P. Freitag den 12. X. 51

Nebelig-sonnig nach sehr kühler Nacht. Velvet Hausjacke. Schwankend zwischen dem Roman und den Briefschulden. – Schrieb an Dr. Auerbach in New Haven in Sachen »Mimesis« und »S.R. of Literature«. (»Mystère d'Adam«). Es nahm den Vormittag. Nachmittag Weiteres. Trotz schönem Wetter nur wenig zum Gehen gekommen. Las Hesses Briefe zu Ende und will ihm schreiben. Golo nach Claremont. Abendessen allein mit K..

P. P. Sonnabend den 13. X. 51

Prächtiger Spätsommermorgen. Letzter Tag der »verzerrten Dame«, die von extremer Untüchtigkeit. Viele Meldungen von helps. Neue Offensive in Korea. Interessenlos. Das sind blutige Dauermanöver, die man fortzusetzen wünscht. Endgültige Bewilligung von einigen 56 Milliarden Aufrüstungsgeldern. Ankündigung von Kürzungen der Civil-Belieferung. Wohin soll das alles führen? Man weiß es im Stillen nur zu gut. – Geschrieben am Kapitel. Ausgefahren nach Corona del Mare. – Die diktierten Briefe ausgefertigt. – Brief an Hesse; verfehlt. – Abends traf Erika ein, stark erkältet. Über ihre Reise, das Tessiner Haus, den Verleger Blancvalley, der Klaus' Bücher bringen will. – Die Russen scheinen ihre kühnen deutschen Pläne fallen gelassen zu haben. – In dem Heine-Buch Marcuses. Gescheit. – Müde!

P. P. Sonntag den 14. X. 51

Nachts Störung durch die Ohren. Das Wetter hell und angenehm. Brief an Hesse: über seinen Briefband u. a.. – Weiteres Handschriftliche nachmittags. Gegangen über das Alte Haus. Golo wieder da. Mit ihm und den Frauen Gespräch über das Tessiner Haus, und wie bei einer Investierung von 3 bis 4000 Franken für Anbau und Installierung, alles einzurichten wäre. Müßten zuvor es sehen – also zunächst ohne festen Sitz nach Europa fahren, nachdem hier abgebrochen. Wagnis. – Gelesen in Kerényis »Mythologie«.

P. P. Montag den 15. X. 51

Kühl, neblig. Wollene Weste. Den chines. Kommunisten scheint es schlecht zu gehen. Kollaps wird angekündigt. Auch Unruhen in Nord-Korea, wo man gegen einen neuen Kriegswinter demonstriert. Nun, man wird auf die Dauer kaum Freude haben an dem Siege. – Ägypten halsstarrig in Sachen des Suez-Kanals. – Ein portugiesischer Cardinal berichtet, dem Papst Pius sei während des anno santo dreimal die Jungfrau Maria erschienen. Gemahnt erheiternd an Gregorius. – – Von ½ 10 bis 1 Uhr am Kapitel. – Etwas gegangen. – Mädchen Olga läßt sich gut an. – Brief an Lesser über seine letzte Sendung. – Bibi von San Francisco, wo er erfolgreich konzertierte. Hörten seine Křenek-Platte mit Y. Menuhin. Lese-Musik. Hörten nachher Stokowskys abscheuliches, zerweichtes Tristan-Arrangement. – In »The Gods of the Greeks«.

P. P. Mittwoch den 17. X. 51

Gestern Korrespondenz. Schrieb an einen jungen Deutschen nahe Heidelberg, von dem ein ungewöhnlich sympathischer Brief vorlag. – Das Mt. des Briefes an N.Y. Herald Tr. an die Akademy mit Widmung. – Nach Westwood gestern zum Haarschneiden. Das letzte Mal war bei Bachmann am Tage der Vorlesung; es sind erst 3 Wochen. – Besprechung des Holy Sinner in »Nation«. Vorzug der Kürze. Hahnebüchene Äußerungen über den Zauberberg und Joseph. – Hörten abend[s] noch einmal die »Kindertotenlieder«. Ramuz' Tagebücher eher langweilig. Schrieb außer den Briefen über Kerényis »God of the Greeks« an den Verlag. Zu übersetzen. – Abends im Stuhl in Defoes Dirnenbuch. –

Wetter heute leicht bedeckt und angenehm. Auf meinem Balkon ein halb-flügger kleiner Spatz, der nicht über die Balustrade gelangen kann. Brotkrumen und Wasser. Ein großer (vielleicht die Mutter) kommt und nimmt davon. – Frühstück auf der Terrasse mit Erika, die ein Kinderbuch über Sängerknaben schreiben will. – Jetzt immer ½ 8 Uhr auf. Schrieb bis 1 Uhr am Kapitel. Ging Amalfi Drive ganz hinab, bevor K. kam. – Bibi ungeheuer fleißig, allein u. mit Yalta. Kommt kaum zu den Mahlzeiten. – Vergaß die unterschriftlose Anzeige von Maxim. Brantls Tod zu erwähnen. Geb. 1881. Wieviele überlebt man. – Nachmittags zwei Briefe an junge Deutsche. – Abends in »Rede und Antwort«. Der Friedrich-Essay, durchaus amüsant, verdorben durch den Schluß.

P. P. Donnerstag den 18. X. 51

Sommerlich. ½ 8 Maniküre, Kaffee, Rasur. Fertig angekleidet. Wilde Rede Mc Arthurs gegen die Administration, die den Sieg in Korea durch Zurückhaltung militärischer Machtmittel verzögere und den Sozialismus herbeiführe. – Gestern von Hardekopf »Glanz und Elend der Kurtisanen«. Auch Smollet ist zu lesen. – – Geschrieben an der Verabredung der Reise. ¾ 12 Fahrt im offenen Wagen bei großer Hitze Downtown zu Kully. Reinigung der überkrusteten Trommelfelle, die schon lange alle Conversation sehr leise hatten erscheinen lassen. Langes Ausspühlen und Behandlung mit Alkohol und »Purple«. Öffnung und Klärung des Gehörs bis zum Unbehagen über die Lautheit der Stimmen. Lunch im Wilshire Hotel. – Ostdeutsche Lyrik u. Erzählung, womit wenig anzufangen weiß. Von dem Schickele-Preis Sekretariat, das bei Desch erschienene Buch von Werner Richter »Sie fielen aus Gottes Hand«. Beschäftigung damit, Zweifel. Buch von Stuckenschmied über Schönberg. Beschäftigung auch damit. Dazu mehrere Briefe geschrieben. Nachmittags sehr angegriffen von der Fahrt und Behandlung. Ruhe im Arbeitszimmer.

P. P. Freitag den 19. X. 51

Der Tag macht Anstalten, noch heißer zu werden, als der gestrige. Die neue Negerin Olga intelligent. Ägyptisch-englische Kämpfe um den Suezkanal. – Geschrieben am Kapitel. Animierter. Anflug von Ideen. – Nach S. Monica zur Fußpflege. Von dort etwas gegangen. – Brief an Stuckenschmied, Berlin, über Schönberg. Danksagung an Selden Rodman. – Buch von Weinberg (Ecuador), politisch mit »Einführung« von mir, Mißbrauch eines kühlen Privatbriefes. – K. und Golo zur musik. Soirée bei Menuhins. Mit Erika über eine Sammlung von Klaus' essays. Auch über »Altes und Neues« von mir. – In dem Buch »Sie fielen aus Gottes Hand«. Nachkriegs-Zeitbilder, nicht schlecht.

P. P. Sonnabend den 20. X. 51

Feucht und kühl. K. berichtet über den Verlauf des gestrigen Abends. – Heizung zum ersten Mal. – Geschrieben am Kapitel. – Mit K. in Pacif. Palisades. – In Mühlestein[s] Etrusker-Buch. – Nachmittags die Kahn. Diktate an Wolff wegen Mühlestein, an »Thames and Hudson« wegen Kerényi, an die Lowe u.v.a.. – Abgemüdet. – Hörte abends der Musik zu. André Chénier von Giordano. Schickte den »H.S.« an das Jewish Hospital in Denver.

P. P. Sonntag den 21. X. 51

Sehr kühle Nacht. Mäßige Sonne. Weitere Kämpfe um den Suez-Kanal. Die blutigen Übungen in Korea gehen weiter. Unsicher das Ergebnis der bevorst. englischen Wahlen. Bevins starker Einfluß mit seiner Auffassung, daß Amerikaner übertriebene Angstpropaganda mit der russischen Aggression betreiben. Das State Department gibt ein Leaflet heraus des Inhalts, das Ziel der Russen sei Weltherrschaft. Und welches das ihre. Aber sie müssen sich wohl weißwaschen. – Etwas am Kapitel. – Gegangen über das Alte Haus. – Zum Lunch, durch Golo eingeführt, Dr. X., Bürgermeister von Eßlingen bei Stuttgart. Schwäbelnder Politiker, Sozialdemokrat, gut geschnittenes schwäbisches Gesicht. Ist für deutsche Miliz nach Schweizer Muster mit Civilberuf auch für die Offiziere. – »Estrangeiro«, Roman von H. E. Jacob, brasilianisch. – Brief an einen stud. rer. pol. im Rheinland. – Nach dem Abendessen, von Erika gefahren, nach S. Monica zu Bibi's und Yalta Menuhins Konzert (Schulsaal). Hindemith, Bach, Schumann, Ravel, Honegger. Erfreulicher Verlauf. Bei ihnen backstage. Lobte ihr gutes Zusammenspiel. Die Schumann-Stücke mir das Liebste. – Zu Hause Chokolade getrunken und den Brief nach Deutschland beendet.

P. P. Montag den 22. X. 51

Heller Morgen. Das unflügge Vögelchen noch wohlauf. Mit K. beim Kaffee über das Besorgniserregende der Konstellation Bibi-Gret-Yalta und deren Gatte. Kann kaum zu Gutem führen. – Der Vatikan will sich eine Flotte und Luftflotte zulegen. Kriegerische Erregung in Ägypten. – In England Möglichkeit einer Ministerpräsidentschaft Bevins, – die vieles ändern würde. Friede Wahlparole von Labor. – – Am Verabredungsdialog. – Gegangen zum Alten Haus. – Jacobs Roman. Warum kommt mir der Vortrag immer banal vor? – Nachmittags K. diktiert an einen klagenden deutschen Jugendschriftsteller, der recht mittelmäßig. Anderes selbst geschrieben. Abends mit K. allein. Erika mit den Damen. Auch Bibi u. Golo fort. Dieser geht übermorgen nach Europa, was ich und K. bedauern. – Zeitschriften. Im Aufbau mit Interesse über die Verteidigungstaten des New Yorker Anwalts Leibowitz. – Außergewöhnlich unrasiert. Frido würde es tadeln. Ist im Hause der Schweizer Großeltern unbeliebt wegen Egoismus. – In Erwartung von Nationalrat Oprechts Antwort wegen des Steuergesetzes. – Hörte abends Tschaikowsky's Pathéthique. Toscanini spielt sie besser als ich dachte.

P. P. Dienstag den 23. X. 51

Schöner, warmer Morgen. Rasiert. Frühstück mit K. und E. auf der Terrasse. Spannung auf das Ergebnis der englischen Wahlen. Persien und Ägypten ein Geschenk für die Torys. – Weiter am Kapitel. – Mit K. auf der Ozeanpromenade. – Golo mit Bibi von seinem College zurück, wo dieser eine erfreulich verlaufene Matinée hatte. – Nachmittags ein paar handschr. Briefe. Abschiedsabendessen für Golo mit der Gemme, leider ohne Erika, die sich bei Fritzi Massary mit einem Cognac versehen, nicht verträglich mit ihrem Schlafmittel. Champagner und Kaffee. Hörten eine in jeder Beziehung mißtönige Platte, Aufnahme aus den Crime-Skandalprozessen. Moralisierendes Geschäft. – Gelesen Novellen-Manuskript von Hatvary,

New York University: »The Mask«. Nicht schlecht und nicht sehr gut. – Anmeldung von F.B.I.-Herren bei Erika für morgen.

P. P. Mittwoch den 24. X. 51

Kühler. – Der Unsinn der Zeitung. – Beim Frühstück Verabschiedung von Golo, der sich nach seinem Besuch in Heidelberg in den Schwarzwald zurückziehen will, um sein Buch zu schreiben. Will im März wiederkommen, falls wir bleiben. – Seit gestern Bohr-Lärm gegenüber, störend. – Am Kapitel. Die Reiseroute feststellen. – 1 ½ stündige Befragung Erikas durch die beiden F.B.I.. Bezahlte Stalin-Agentin oder doch Partei-Mitglied? Nicht zu glauben. Zum Teil insolent: »In one word, you are satisfied, that nobody can prove it?« Aber schließlich Dank für cooperatives Verhalten. Absurd. – Ganz hinabgegangen. Erika in der Stadt. Beide Mahlzeiten allein, da E. abends bei Marcuses. Schrieb an H. E. Jacob über seinen Roman. Las abends in Tolstois Briefen an Tschertkow aus späten Jahren. Zum Teil kindisch, womit nicht die Ehrfurcht verletzt werden soll. – Regengüsse.

P. P. Donnerstag den 25. X. 51

Morgens wieder klar. Frühstück ohne Mädchen. Herumraten am Ergebnis der englischen Wahlen. Churchill natürlich der Kandidat Amerikas. – Am Kapitel. Nun gehemmt durch technische Reisefragen, Kosten, Anordnung der Tour, Technik der Creditbriefe etc.. – Gegangen bei rauhem Wind. Dann mit K. Lunch im »Français« an der Promenade. Nachmittags die Kahn. Ungeduldig und schlecht diktiert. Viel ausgefertigt. Abendessen ohne Mädchen mit H.K.. Hörten 9 Uhr das Radio über die englischen Wahlen. Der Sieg Churchills so gut wie ausgemacht. Untüchtigkeit, Schwäche, Mangel an Persönlichkeiten, dazu die Mißlichkeiten in Persien und Ägypten, deren Meisterung man sich wohl von dem Alten eher erwartet, haben dies Ergebnis herbeigeführt. Bevin erschien doch wohl als zu kühnes Experiment. Die absolute Stimmenzahl bedeutet übrigens keine »smashing defeat«. Aber absolute Gefolgschaft für Amerika gesichert. Entsprechendes Triumphieren hierzuland. »Die sozialistische Episode in England beendet«. Wäre Einer dagewesen, der England an die Spitze Europas als dritter Macht gestellt hätte! – Einige Besprechung der Reiseroute mit K. und E. – Müde. – In Tolstois Briefen. Frühe Fluchtgedanken. Ohnmacht, seine Daseinsform zu durchbrechen. Spricht von seiner *heidnischen Natur*, die mit Christi Lehre verkoppelt ist. Ungeheuer einsichtsvoll.

P. P. Freitag den 26. X. 51

Nach dem Verlassen des Bettes um 6 Uhr Bronchial-Asthma und keine rechte Ruhe mehr. – Wetter klar und kühl. – Die amerikanischen Kommentare zum Tory-Sieg erspare ich mir. – – Brief an Herrn Lambert wegen Technik des Kreditbriefes etc.. Kam kaum noch zum Manuskript. Mit K. Corona del Mare. In Tolstois Briefen. Oft schrecklicher Traktätchenstil. Über die Frauen. Stimmt noch nicht zur Kreuzersonate. Es ist zwischen den beiden großen Romanen und der bewundernswerten »Auferstehung«, und er ist erst 55. Hält »besitzlos« noch Jahrzehnte in dem »wahnsinnigen« Herrenhaus aus. Sein strenger Antirevolutionarismus. »Der Christ hat kein Eigentum, sie aber wollen das Eigentum abschaffen«. Das heißt, er überträgt das Seine auf seine Frau u. versetzt sie damit in schwersten Sündenstand. Die Revolutionäre, die »die Welt ändern wollen«, würden ihn aus dem Lasterleben, das zu ändern er ohnmächtig ist, befreien. »Naiv« genügt nicht; es ist oft wirklich kindisch. Aber ich verstehe seine Freude an dem sprachlichen Fund »Sweet rationality«. – – Noch etwas Handschriftliches. Abends Platten gehört. Schluß der Götterdämmerung mit feierlichsten Momenten und das geniale »Harold in Italy«, woran mich die Einheit bei reicher Variabilität erfreute.

P. P. Sonnabend den 27. X. 51

Klarer Morgen, nicht warm. Churchill mit V-Zeichen. Vom König berufen. Labor, dessen popular votes in der Majorität oder doch gleich, bleibt stark. Aber das neue Regime wird von Amerika ganz anders unterstützt werden. Vor allem wird es *nehmen*, was das vorige nicht mehr wollte. – Am Kapitel. – Gegangen bis zum Alten Haus. – Die Rundschau-Korrektur der Fragmente. – N. Y. Herald Tribune mit meinem Beitrag, verstümmelt. – Brief und Artikel vom alten Guérard; Dank für seinen Sohn. »Monat« und »Nation«. – Brief an den Verleger der Tolstoi-Briefe. – Abends der Fliegende Holländer, verstümmelt. – »Moll Flanders«.

P. P. Sonntag den 28. X. 51

Klar und wieder sehr warm. Rasiert; ist man bärtig geworden, kann man es kaum erwarten. – Churchill bildet sein Kabinett mit Eden als Außenminister. Es wird eingeräumt, daß die Labor-Stimmen überwogen, daß das Land zweigeteilt und von einer Minorität regiert werden soll, die manche nicht für »workable« halten. Aber der Alte bei seiner Fahrt zum König stürmisch begrüßt. – – Am Kapitel. – Warm, aber genügend Seewind; ging bis zum Alten Haus. Nach Tische der Photograph Hupmann aus München mit amerik. Assistenten, Autor von »Veronika Danke schön«. Aufnahmen im Living room, Studio und Garten. – Eintragungen in die Bücher des kleinen Eastman und seiner Laura. – Erledigung der Rundschau-Korrektur. – K. zu Bibi's Konzert in der Universität Down town. Aß mit Erika allein. Hörte das Radio-Konzert von Opernfragmenten. Langweilig. Las dummer Weise in dem unsympathischen »Monat«. Unbekömmlich. Besser wäre der französische Hexameron oder dergl.. – Wartete K.'s Rückkehr ab. Ehrenvoller Verlauf des Konzerts, bei dem Bibis zähe Arbeit sich belohnte.

P. P. Montag den 29. X. 51

Schlief gestern bei »Moll Flanders« im Stuhle ein und wechselte erst 3 Uhr ins Bett hinüber. Sehr prächtiger Morgen. Gebadet und auf der Terrasse gefrühstückt. Die Zeitung voll von Greueln. Atomisches Explosionsexperiment, das mit Stolz als »satanisch« bezeichnet wird. Lange verschoben wegen ungünstigen Wetters. – – Am Kapitel. – Mit K. auf der Promenade. – Nachmittags die Kahn. Unbefriedigende Diktate. – Kam langer deutscher Brief (Hilscher, Berlin O.) wegen des Erwählten und seiner Absichten. – Erika las abends aus den Anfängen ihres Kinderbuches von den »Zugvögeln« vor. Angenehm. Hilfsbrief von dem Münchener Schleifer, auch hübsch. – Im Aufbau bewundernde Kritik Grafs von Feuchtwangers Goya. Tolstoi! – Las in den franz. Geschlechtsschwänken. Derbe Kost. – B. Kellermann ist gestorben mit 72.

P. P. Dienstag den 30. X. 51

Trübes Wetter, sich noch verdunkelnd. – Der Papst spricht zu Gynäkologen und Hebammen ausführlich gegen jede Geburtenkontrolle. Ist für eine Frau die Konzeption lebensgefährlich, so hat sie sich zu enthalten. Tut sie's nicht, muß sie sterben. Hart für die Gynäkologen. – Am Kapitel, gelangweilt. – Aufhellung. Bis zum Alten Haus gegangen. – In den Fabliaux. Genug. – Glückwunsch zur Wiedereröffnung des Frankfurter Schauspielhauses. – Zum Abendessen Feuchtwangers. Wieder gefiel er mir in seiner behaglichen Heiterkeit, Interessiertheit, Belesenheit. Sprach über Autographen sehr hübsch. Diskussion über die Verbundenheit von Kapitalismus und katholischer Kirche und die Zukunft beider, die er zu kurzfristig sieht, obgleich die Axt an ihre Wurzel gelegt ist. Glaubt, daß Amerikas kalter [Krieg?] nicht mehr länger als 2 Jahre dauern kann, ohne zum Kriege oder einer wirtsch. Katastrophe zu führen, die den Sozialismus mit sich bringt. Sehr zweifelhaft.

P. P. Mittwoch den 31. X. 51

Bewegung meines Zeitgefühls durch das Datum. – Leicht bedeckt. – Frühstück mit Erika. Der skandalöse Charakter der amerik. Gesellschaft. Die Pest der Columnisten. – Am Kapitel, jetzt gegen das Ende. – Mit K. oberhalb des Ozeans in P. P.[.] Unbedeutende Post. Las weiter in »Moll Flanders«. – Sah mich nachmittags in »Rede u. Antwort« um. Es ist schade um den Friedrich-Essay. Die »Sendung« müßte getilgt, freie Charakteristik des großen Mannes gewahrt werden. Auch die Russische Anthologie wäre die Reinigung zeitlicher Spitzen wert. – Mit K. zum Abendessen bei Walters, mit Anna Mahler und Dr. Joseph. Heitere Unterhaltung. Mit meinem Duzfreund kann man gut über den Fliegenden Holländer, sonst aber, seiner Öligkeit wegen, über nichts sprechen. Die reine Aufrichtigkeit Churchills. Etc.[.]

P. P. Donnerstag den 1. XI. 51

Leicht bedecktes, kühles Wetter. Maniküre und Rasur. 9 Uhr Frühstück. – Erzählte gestern, dem Verbleib so manches Jugendbekannten nachhängend, von Franz Sucher. Walters Schwärmerei für Rosa-Isolde. – Elizabeth und Gemahl in Washington. Amerik. Begeisterung für royalties. – Besserung der Aussichten auf koreanischen Waffenstillstand durch Nachgiebigkeiten der Kommunisten. – Am Kapitel gegen das Ende der Verabredung. – Etwas gegangen, dann Lunch im Swiss. Mit dem Wirte Max, der verkaufen will. – Japanische Ausgaben von Krull, Gesetz, Mario, Vert. Köpfe. – Nachmittags u. zum Abendessen die Kahn. Diktierte nicht, fertigte aus und versuchte an den Ostdeutschen Hilscher über den Erwählten zu schreiben. – In dem Buch »Musikantengeschichten« Autobiographisches von Kuhnau und Dittersdorf.

P. P. Freitag den 2. XI. 51

Klarer Himmel. – Gestern Anruf der Frau Dieterle wegen eines Exposés zu einem geplanten Lutherfilm. Hoch bezahlt. Zu überlegen und Näheres zu hören. Können für unsere Pläne nicht genug Geld haben. – Schloß die Kap. 3 und 4 umfassende Partie des III. Buches ziemlich mürrisch ab. – Hitze, Sonnenglut. Mit K. auf der Promenade. War unwohl, appetitlos und zornig den ganzen Tag. Junge Leute waren nachmittags da, die mit advertisements, gezeichnet von bekannten Namen, den Frieden propagieren wollen. Es machte mir Mühe, englisch zu sprechen. Zum Abendessen Lotte. Wollte vorlesen, gab es aber auf.

P. P. Sonnabend den 3. XI. 51

Die Hitze dauert an. Entschlossen nicht auszugehen. Börsensturz in England seit Churchills Machtergreifung, insbesondere seit er Begegnung mit Truman zum Zweck verstärkter American Aid vorbereitet. Sein Name mit der Idee des Krieges verbunden – und der Amerikas auch. – Niedergang eines hell leuchtenden Riesenmeteors mit glühendem Schweif, am ganzen westlichen Himmel sichtbar. Unsicher, ob er auf der Erde gelandet. – Brief an den jungen Literarhistoriker Hilscher über den »Erwählten«, unfertig. – Las im Garten das »Ad« der jungen Amerikaner zugunsten einer Weltregierung, gut gemeint und unmöglich. – Las »Moll Flanders«. – Bibi kehrte abends zurück. Ich sollte lesen, verschob es aber, da er früh zu Bett gehen mußte. Er hat Engagements nach Neuseeland. – Hörte abends Verdis »Othello« zu. Sein Portrait im Cylinder, von einer Première kommend, bei Walters, sehr eindrucksvoll. – Im Dunkeln, vorm Abendessen, Ausgang mit K..

P. P. Sonntag den 4. XI. 51

Klarer Himmel, doch scheint die Hitze nachzulassen. – Ankündigung einer Friedensrede Trumans, auch auf die allgem. Wahlen in Deutschland und auf Korea bezüglich. Vorträge Dorothy Thompsons gegen den Koreanischen Krieg. Amerika sollte sich um sich selber kümmern. Dafür gäbe es reichliche Gründe. – – Schrieb den Groß-Brief an Hilscher (Berlin O) zu

Ende. Ging gegen das Alte Haus. Zu Mittag Eva Hermann. Während der Mahlzeit teleph. Schreckensnachricht von Yalta M.'s Gatten, daß auf der Fahrt zum Konzert die hysterische Spannung zwischen ihr und Bibi zu einer häßlichen Entladung gekommen ist. Yalta überm Auge verwundet, beim Arzt und bettlägrig. Bibi zunächst abgängig. K., die mir innig leid tat, mit Eva zu im Geräuf zu Schaden Gekommener, während Erika hierblieb und Anrufe Bibis und des Gatten abnahm. Dieser betrachtet B. als mental case und läßt über Fortsetzung des ausgedehnten Konzertprogramms (nach Ausfall des gestrigen Auftretens) nicht mit sich reden. Die Lage sehr schwierig, ohne [daß] der Zügellose und durch extreme Anstrengungen Überreizte, sich schon Rechenschaft davon gäbe. Auch die Frau verängstigt. Ratlosigkeit. – Besserte nachmittags am Schluß des Kapitels, schrieb einen kurzen Brief und las in »Moll Flanders«. Nach dem Essen rasche Vorlesung des ganzen 3. und 4. Kapitels von III in Gegenwart Bibis, der mit Erikas Mittel geschlafen hatte. Man amüsierte sich sehr und gab seinen Beifall dem, was ich aus der Sache gemacht. Gefühl der Zufriedenheit.

P. P. Montag den 5. XI. 51

Leicht neblig, kühl. Frühstück mit E. und K.. Bibi hat seinen Entschuldigungsbrief besorgt, der aber, [nach] einem Telephon-Gespräch K.'s mit dem Mann, geringe Aussicht auf Erfolg hat. Die Tournee fällt ins Wasser. Was soll mit dem fatalen jungen Menschen werden, dessen ganze nächste Zukunft auf die Zusammenarbeit mit der »sister of« gestellt war, der es aber, verwildert auch [durch] die Huldigungen, die ihm von der Familie M., selbst von Yehudi, entgegengebracht wurden, an intelligenter Selbstbeherrschung unglaublich hat fehlen lassen. – Eisenhower in Washington. Westliche Peace Offensive im Gange. Alibi und Quark. – – Beschäftigung mit dem Krull-Material. Notizen. Etwas gegangen. – Yalta's Familie gibt maßlos an mit Michaels freilich unmöglichem

Benehmen. Angst vor ihm, Drängen auf seine schleunige Abreise. Seine Flugkarte unterwegs. Alle Konzerte, einschließlich der europäischen, abgesagt. Bibi niedergeschlagen, faßt aber das Ganze als Kinderei auf, was die Dinge in nicht ganz geheuerer Weise zu leicht nehmen heißt. K. legt ihm auf, sich in Zürich Katzenstein anzuvertrauen. Gestehe mir, daß ich froh sein werde, wenn er weg ist. Sein Wesen ist mir nicht lieb, einschließlich seines Lachens. Aber ich redete ihm bei Tische gut zu und sagte, er brauche die Verbindung mit Yalta nicht. – Briefe von Weigand und der Meyer, die wissen will, wo im Joseph das Wort steht: »Gott ist die Unterscheidung«. Man muß Lesser fragen. – Schrieb an Prof. Weigand, zu ausführlich. – Abends Erika magenleidend, und K. wird von einer Wiederkehr ihres Blasenkatarrhs behelligt. Zusammenhang mit der Bibi-Katastrophe naheliegend. – In »Moll Flanders«.

P. P. Dienstag den 6. XI. 51

Bibis Flugkarte trifft ein. Er kann also abends reisen. Der Begleitbrief des Gatten ihm besser vorzuenthalten. – »Peace Offensive« – ganz offen so genannt, was an Katerlieschen erinnert. – Hitze, Sonnenbrand. Las im Material. Anstrengungen der Phantasie. Ging nur wenig; kein Wind. Nach Tische Verabschiedung von Bibi, den Erika um 5 Uhr zum Flugplatz brachte. Gesteht ihr, daß er, allein im Auto, seinen Gefühlen durch Schreien Luft gemacht habe. Seine Lage durch eigenes Verschulden sehr schwierig u. vorderhand aussichtslos. – Handschr. Briefe an Weigand, Mrs. Meyer, Lesser. Las abends bei der Musik die »Nation«.

P. P. Mittwoch den 7. XI. 51

Kühler, leicht bedeckt. – Churchill im Unterhaus gegen den Glauben an die Unvermeidlichkeit des Krieges und gegen den verschwenderischen und Haß zeugenden Kalten Krieg. Zugleich mit Auriol dringt er auf eine Zusammenkunft Trumans,

Churchills, Stalins (und Plevens), für die Paris vorgeschlagen wird. (Auch Stockholm würde es tun.) Stelle mir vor, daß Stalin in Westeuropa krampfhaft gefeiert werden würde. Amerika dürfte mit seiner »Peace offensive« hineinfallen, weil die andern sie ernst nehmen. – – Gelesen im Material. Etwas aufgeschrieben. – Mit K. auf dem Steg, wo es mir wieder gut gefiel. – Unverschämter Anruf des Atorneys der Yalta-Leute. Fragt nach Michael, der sobald er sich im Lande zeigte, wegen Irrsinns festgesetzt werden müßte. Erika will ein ernstes Wort mit ihm reden. Erpressungsversuche nicht ausgeschlossen. – Brief an Amann, Riemer betreffend. – Beendete die Lektüre von »Moll Flanders«. Ihr schließliches Glück so »unmoralisch«, willkürlich-gnadenhaft und ironisch wie der Ausgang von Grigorß' Geschichte. Von ihrer Reue und Gottgefälligkeit zu erzählen, wäre »weit weniger amüsant« als die Geschichte ihrer Laster und Verbrechen. Hübsch! – Hörten die Rede Trumans über den Kontroll- und Abrüstungsvorschlag Frankreichs, Englands und Amerikas an die U.N.. Sehr zweifelhaft, wie ernst gemeint er ist. Annahme durch Rußland in dieser Form unwahrscheinlich. Fortsetzung des Korea-Krieges betont.

P.P. Donnerstag den 8.XI.51

Kühler. Rußland ist »challenged« durch den Antrag. – Mit K. über das sehr verdächtige Benehmen jener Familie. Telegramm von Bibi aus Paris, wohin hoffentlich Gret ihm entgegengekommen. – Bestellung eines spanischen und portugiesischen Diktionärs. – Gelesen und versucht. Wiederheranziehung von Kammerers »Allgem. Biologie«, in der ich tagüber begierig las. – Ging über das Alte Haus, worauf wir zum Miramar zum Essen fuhren. Kaufte im Gift Shop dort eine drollige plastische Gruppe »Duck«, in Biskuitmasse hergestellt von einer tschechischen Nonne, als Geburtstagsgeschenk für Erika, für zehn Dollars. – Nachmittags die Kahn zu zahlreichen Diktaten.

P. P. Freitag den 9. XI. 51

Erikas 46. Geburtstag. Einbescherung vorm Frühstück. Heiterkeit über die Sängerknäbchen der Nonne. Russische Zurückweisung des westlichen Kontroll- u. Abrüstungsplans. Rede-Duell zwischen Vischinsky und Acheson. Einigkeit darin, daß die Welt den Frieden will. Mir ist ziemlich gewiß, daß der Plan bei den Verhandlungen mit Amerika stark gelitten hat. – – Am Schreibtisch bis gegen 1 Uhr, fixiert auf das biologische Motiv. – Mittags Bericht Erikas über ihren Besuch bei dem Rechtsanwalt der Menuhins, den sie die andere Seite der Sache hat sehen und ziemlich betroffen zurückgelassen hat. – Brief an Emmy Oprecht wegen der »Künstler«-Klausel im schweiz.-amerk. Steuerabkommen. Zum Geburtstags-Abendessen Erikas Freundinnen, die »Mädchen«. Champagner. Kaffee. Geschenk für mich: neuer Lampenschirm für meinen Schreibtisch. – Beim Lesen Entdeckung, daß die Heizung nur kalte Luft liefert. Wohltat des elektr. Öfchens im Schlafzimmer.

P. P. Sonnabend den 10. XI. 51

Kühl. – Die Oel-Crême, die den Verdauungstrakt schmeidigt, das Beste, das mir in diesem Punkt je empfohlen. Aussicht auf Ausheilen der chronischen Verletzungen im unteren Teil des Darms. – Wenig Aussicht auf baldige Reparatur der Heizung. Elektr. Öfchen im Arbeitszimmer. – Komischer Brief Erikas an die L.A. Times unter falschem Namen über den amerik. Abrüstungsvorschlag, nach dem Muster der Letters to the editor. – Biologische Notizen, Lektüre und Erfindungsversuche. Gegangen gegen das Alte Haus. Versagen der Heizung. Elektrischer Ofen und Kaminfeuer. Schrieb nach Frankfurt wegen eines Buches über die Europ. Veränderungen im 16. Jahrhundert. Peinlicher Artikel von Schleifer über Vickos Buch. Replik notwendig. – Las in Lukasz' »Realisten des 19. Jahrhunderts.« Gut über Heine. Zu wenig ästhetische Reiz-Empfänglichkeit. – Unwohl und müde.

P. P. Sonntag den 11. XI. 51

Morgensonne verbirgt sich bald. Kühl. – Taft hat gute Aussichten Präsident zu werden. Ein Grund mehr zur Auswanderung. Brief vom Nationalrat traf gestern ein. Hätten die Einkommensteuer wie bisher in Amerika zu entrichten, die Vermögens (Haus-)Steuer in der Schweiz. Frage der Niederlassungsberechtigung. – –

Einschl. *Montag* Affaire des Tölpels Schleifer, mein notgedrungener Brief an die Münchener Zeitung, gestern Umarbeitung der ersten Niederschrift. An Erika zur Abschrift. Privat an Schleifer. Zum Abendessen Prof. Marcuse und Frau. Recht angenehme Unterhaltung. – In Lukács »Realisten«. Fontanes »Schach von Wutenow«. Verwandtschaftliche Gefühle. – K.'s Blasenkatarrh, ausgelöst zweifellos durch den Choc der Affaire Bibi, mit Hilfe von Medikamenten gebessert. Große Müdigkeit als Nachwirkung. – Die Heizung wiederhergestellt.

P. P. Dienstag den 13. XI. 51

Sonne, Wärme. – Katastrophe von Santa Fé-Zügen im Schnee. Wieder frei zur Beschäftigung mit den Memoiren. – Begann aufs Geratewohl das 5. Kapitel von III zu schreiben. – Nach Westwood zum Haarschneiden. – Viel Post nach den Feiertagen. Aufsatz von Hatfield über den deutschen realistischen Roman. Wieder über »Simplicissimus« und das »Picaresque«. Widmung: »Dem größten Realisten der deutschen Literatur«. Schrieb ihm über den Realismus aller guten Kunst und meinen in Joseph und dem Erwählten. Merkwürdig die thematische Berührung mit Lukács, für den Realismus freilich nur Gesellschaftsbezogenheit ist. Auch in dessen Buch wieder, über Kleist. Nennt mich im Vorwort »die größte Gestalt der bürgerlichen Literatur unserer Zeit«. Aber was heißt das? Fragwürdigkeit der marxistischen Terminologie. – Erfreulicher Artikel von Lubinsky über unsere Schweizer Vorfahren in der New Yorker »Schweizer Zeitung«. – Las weiter in Fontanes »Schach«. Personenzeichnung zu blaß oder unvorhanden. Dialog zu literarisch und nicht-mundgerecht.

P. P. Mittwoch den 14. XI. 51

Gestern auch Brief an Bermann über die Reduktion meiner Tantième wegen Papierteuerung. Dann über die Idee eines Essaybandes »Altes und Neues«. Prinzipielle Anfrage. – Sonne, klares Wetter. – Rußland wird in der »Assembly« in 4 Punkten mit mechanischer Majorität geschlagen. Anerkennung des kommunistischen China endgültig verneint. (Und dann »wohl vorbereitete« Abrüstungsanträge!) – – Geschrieben, nicht viel und nicht ganz richtig am Kapitel. – Ausgefahren nach Pacif. Palisades ob dem Meere. – Nach Tische Besuch von deutschem Radio-Direktor, von Dep. of St. eingeladen, sehr »erstaunt« über das, was er in Amerika sieht, und was so sehr an manches Deutsche erinnert. – Aufsatz von Schirokauer über Hartmanns »Armen Heinrich«, apologetisch gegen Goethe. Falsche Übersetzungen. – Etwas Handschriftliches. 7 Uhr mit Erika zu Warner Brs.: Erfolgsfilm »Streetcar Desire« nach einem Stück von Tenn. Williams, brutal, hysterisch, symbolistisch, die Sinnlichkeit recht lebhaft ansprechend, besonders durch den immerfort exponierten prachtvollen Torso eines jungen Ehemannes, primitiv und von bezwingendem Sex appeal. Das Ganze recht hohl und übermäßig ausgespielt, Bedeutung vortäuschend. Publikum lacht jauchzend, obgleich es ein Trauerspiel sieht. Atmosphäre New Orleans. – Abendessen ½ 11 Uhr. Danach Zeitschriften. Sehr spät zu Bette.

P. P. Donnerstag den 15. XI. 51

Erst gegen ½ 9 auf. Rasiert und fertig angekleidet. Große Zeitungshetze gegen die Chinesen wegen Tötung Hunderter von Kriegsgefangenen. »Subbarbarians«. Kongreßmänner verlangen sofortige Anwendung der Atombombe in Korea. – Verbessert, geschrieben. Etwas gegangen, dann Fahrt zu dritt zum Lunch bei Rimski's hoch in den Wüstenbergen. Anwesend noch polyglotte, musikalisch kultivierte Countess. – Briefe von Hesse, Weigand, Prof. Adams, der aus Europa die »Entstehung« mitgebracht und sie signiert haben möchte. – Geschlafen. Mrs. Kahn für den Abend. Fertigte Briefe aus. Las in »Nation« sehr guten Artikel über Collier's idiotische Kriegsausgabe. Aber dergleichen ist machtlos.

P. P. Freitag den 16. XI. 51

Sonne und stürmischer Wind. Frühstück im Zimmer. Etwas am Kapitel. Gegangen, langsam, bei Falschwind u. stechender Sonne, nur bis zum Boulevard. Gelesen noch Lukács über Kleist. Nachmittags geschlafen. Die L.A. Times veröffentlichen tatsächlich den Jux-Brief von Erika. Große Erheiterung. – Nach Übersetzungswesen geschrieben an J. T. Gömöri, Budapest. – Zum Abendessen bei Feuchtwangers, der nach dem Kaffee ein Kapitel aus seinem Jean Jacques las. Tod Voltaires kurz vor Rousseaus verm. Ermordung. Über jenen: ein Erasmus mit Dreyfuß-Prozessen. Über Lukács und die »soziologische« Rationalisierung und Zurechtbiegung seiner ästhetischen Sympathieen. Meine Einbeziehung in den »gesellschaftlichen« Realismus auf die Dauer nicht haltbar. – Über die Aussichtslosigkeit des Koreanischen Krieges.

P. P. Sonnabend den 17. XI. 51

Mit »Schach« gestern fast zu Ende. – Wind beruhigt. Noch starke Sonne. – Nichtigkeit des Atrocity-Lärms gegen die Chinesen. – Prompte Zurückweisung eines russischen Abrüstungsvorschlags mit Verbot der Atom-Waffen. – – Schrieb etwas weiter am Kapitel. War mit K. auf der Promenade. Hitze. Kondolenzbriefe an Frau Révy und die Wittwe Gauß in Princeton. Babb von Yale gibt Nachricht, daß der Verkauf der Sammlung gescheitert und alles Material an mich zurückgeht. Verstimmung. Brief auch an ihn, von Erika geschrieben. Beendete »Schach von Wuthenow«, sehr beeindruckt.

P. P. Sonntag den 18. XI. 51

Andauer des Falschwindes bei starker Sonne. – Lese immer mit Interesse, was der Vatikan zu verlautbaren für möglich hält. Das Sonnenwunder und die Marienerscheinungen, zur Bekehrung Rußlands mahnend. Pius XII. hat sie auch im Heil. Jahr an einer oder fünf verschiedenen Daten gesehen. – Etwas weiter am Kapitel. – Ausfahrt nach Corona del Mare. – Noch gelesen in Lukács' Buch u. es beiseite gestellt. – Geschlafen. – Nach dem Thee Brief an die Zürcher »Weltwoche« über Kerényis »Mythologie« als Weihnachtsbuch. – Beim Abendessen Gespräch mit Erika über »Effi Briest«, wodurch veranlaßt ich abends stundenlang darin las, die ganzen Schlußteile. Tiefste Bewegung und Bewunderung. Die Kritik an der Grausamkeit des Gesellschaftssystems jedem menschlichen Anspruch genügend. Die Neigung zum Plebejischen: Roswitha »ist uns über«. Spott über »Zwicker«, der die soziale Revolution für »überholt« hält. Reue und Resignation Innstettens. Effi's Tod, Rollo, die zweifelnden Eltern, – ersten Ranges alles, beglückend, beschämend und zum Weinen schön.

P. P. Montag den 19. XI. 51

Nachts im Stuhl etwas in Balzacs »Glanz und Elend«. Erging mich beim Kaffee preisend über »Effi Briest«. – Bedecktes Wetter. Etwas am Kapitel. Gegangen bei drohendem Regen, der dann auch nachmittags und abends in starken Schauern niederging. Zum Thee lange Sitzung mit den beiden jungen Amerikanern Cremer und Hoffmann in Dingen des World Government advertisement. Ratschläge, Änderungen, schonende Hinweise im Gefühl, daß kein rechtes Verständnis vorhanden und es überhaupt zu spät ist. Die Wendung hätte zur Zeit Henry Wallace's kommen können, der aber zu unfähig war. – Versprechen moralischer Unterstützung. – Schrieb ablehnend nach Deutschland wegen Ehrenpräsidentschaft beim deutschen P.E.N.. Um Gotteswillen. – Gelesen in

Goethes Gesprächen und Feldzug in Frankreich. – Die Anzeige von Franks »Politischer Novelle« ist, ach, zu schreiben!

P. P. Dienstag den 20. XI. 51

Trüb. Neuer Regen zu erwarten. – Schrieb für Deutschland (Liesl Frank) die Anzeige der neuen Auflage der »Politischen Novelle«. – Regengüsse; verließ das Haus nicht. Beendete nach Tisch den Schriftsatz auf der zweiten Seite. Diktierte K. nach dem Thee fünf oder sechs Briefe, darunter einen an Prof. Mayer, Leipzig, dessen Buch in 15 000 Exemplaren verkauft ist, und der für das Frühjahr eine neue verbesserte Auflage vorbereitet. (Beantwortung seiner Erkundigungen nach der Fortsetzung des Krull.) – Las abends lange in Fontanes Briefen an seine Familie.

P. P. Mittwoch den 21. XI. 51

Müder Kopf von morgens an. Dunkeles Wetter noch weiter. Ging mittags etwas voran, fuhren dann nach S.M. zur Fußpflege. Aufsatz von Golo im »Monat« gegen Taylor. Nach Tische Besuch von deutschem Journalisten, Redaktor der Frankfurter »Gegenwart«. Unersprießlich. – Abrechnung von Bonnier mit einem Saldo von annähernd 300 Dollars für 1950. Besser als nichts. Am stärksten wurde »Joseph in Ägypten« verkauft, demnächst »Faustus«.

P. P. Donnerstag den 22. XI. 51

Thanksgiving Day. Lästig. Halb-trüb, Schauer zu erwarten. Viele, viele tausend Truthähne nach Korea, wo es um die amerk. Luft-Überlegenheit mißlich stehen soll. – Gestern vor 7 zum Restaurant Chasen am Wilshire zum Souper als Gäste der Dieterles. Schädigende Champagner-Cocktails, lustloses Essen, politische und Steuer-Gespräche. Colliers-Skandal und kapitalistische Korruption ohne Grenzen, z. T. sensationell enthüllt. Frau D. überzeugt, daß die Teller-, cylindrischen und »Meteor«-Erscheinungen tatsächlich Warnungskundgebungen von vorgeschrittenen Planeten (Mars) gewesen seien.

Behauptet auch, daß man, von Amerika abwesend, zwei Jahre hier steuerfrei ist. Verbindung mit ihrem Steueranwalt. Schätzung unseres Hauses dringend. Da nur Krieg (mit Lynch-Hysterie) oder katastrophale Depression als Alternativen bevorstehen, Abzug höchst ratsam. Meine Veranschlagung, daß wir trotz aller doppelten Schätzung nicht mehr als 35 000 Dollars für das Haus bekommen werden, als absurd verlacht. Annahme, daß im Kriegsfall die Schweiz wieder neutral bleiben würde. – Wachsendes Übelbefinden und tiefste Unstimmung. Zu Hause gleich hinauf und noch etwas in Balzacs »Kurtisanen« gelesen. Beim Zubettegehen und vorm Einschlafen nervöser Schüttelfrost. Erwachen um 3 Uhr und Nachnahme einer Gyral-Tablette. – – Etwas am Kapitel (Begegnung mit Kuckuck). Etwas mit K. gegangen, bevor wir im Swiss das übliche Festtagsdinner einnahmen. Volles Lokal. Nachmittags lange geschlafen. Diktatbriefe ausgefertigt und ergänzt. Abends lange in Fontanes Briefen. Las auch etwas daraus vor. Zwischendurch der »Schöpfung« zugehört, die im ersten, biblischen Teil (7 Tage) packt. Die Lobgesänge des Paares langweilig. – Medis Besuch in Aussicht. Politische Begegnung mit einem englischen M.P., wahrscheinlich von der world government-Gruppe.

P. P. Freitag den 23. XI. 51

Klares Wetter. Regenperiode scheint vorüber. In Korea Bereitschaft zu einem Waffenstillstandsabschluß – bei 30 tägiger Frist für die blutige Feststellung der Demarkationslinie. Widerwärtig. Den »Appeasement!« Schreienden wird gesagt, daß, wenn nichts zustande kommt, die Man[d]schurei bombardiert werden wird. Man wird es sich überlegen. – Schrieb etwas weiter an dem schwer zu komponierenden Eisenbahn-Dialog. – Ging über das Alte Haus. – Schöner, warmer Artikel von Basler in der N.Z. »50 Jahre Buddenbrooks«. Aufsatz von Slochower im »Jewish Forum« über Hiob (und den Joseph als zeitgenössische Bestätigung des hebräischen Mythos und seiner Sendung). – Erstaunlicher Manuskript-Brief eines jungen Deutschen (H. Rückriegel) aus England. Rührendste Huldigung. – Die Kahn nachmittags. Reihe mühseliger, widerwilliger und unbefriedigender Diktate. Sie blieb zum Abendessen. Wieder lange in Fontanes Briefen, worin vergebens nach einer Äußerung über »Effi Briest« suche.

P. P. Sonnabend den 24. XI. 51

Morgens mit K. schwankendes Gespräch über das Für und Wider unserer Übersiedelung nach der Schweiz. Das Problem Erika. Sie verkümmert hier, was mir am Herzen nagt. Aber fraglich, wie weit K. und ich dem neuen, späten Wechsel gewachsen. – K. zur kirchl. Trauung der jungen mexikanischen Aushilfe Jenny. Frühstückte allein. – – Falsch geschrieben. – Mit K. auf dem Steg. – Freudige Zustimmung Bermanns zu dem Plan des Essay-Bandes. – Deutsche Bücher: eines »Dich ruft Pan« von Eipper neckisch poetisierende Biologie und Paläo-Zoologie, schlecht. – Briefe an Basler und »José« Chapiro. Seine Erasmus-Übersetzungen. – Erika leidend im Bette. Abendessen mit K. allein. – »Der Bajazzo«, eine sehr gute Oper. Erinnerung, jedesmal, wie ich als junger Mensch in München vor den »Vier Jahreszeiten« den Drehorgelmann Leoncavallo dem Kutscher des Einspänners ein solches Trinkgeld geben sah, daß der tief den Hut zog.

P. P. Sonntag den 25. XI. 51

Klares Wetter. Im Osten Regen, im Mittelwesten Frost. Bevorzugt ist diese Küste, und doch liebt man das Klima nicht u. hält es nicht lange darin aus. – Ohne Mädchen, angenehm. Die dicke Zeitung voller Hetzereien und Dummheiten. Die Warnung Rußland[s], seine Nachbarstaaten aggressiv zu bewaffnen, vom St. Department als »nonsense« bezeichnet. – – Etwas neu geschrieben. Ungunst des Gegenstandes und Unzufriedenheit mit meinen Geisteskräften. Ging zum Alten Haus. Zum Essen der junge Ed Klotz, der Golos Wagen hat stehlen lassen. Kummer über Erika, ihre Schlaflosigkeit, ihr schlechtes Aussehen, ihre Enttäuschungen. Die Drucklegung von Klaus' Werken schreitet nicht fort, ihre Erwartungen, die eigenen Bücher betreffend, werden nicht erfüllt. – Nichts Rechtes gelesen. Brief an Slochower, Brooklyn.

P. P. Montag den 26. XI. 51

Morgens mit K. neuerdings über das schmähliche Machwerk von Colliers, das ich nicht lese. Anständiger das von der Meyer gesandte Buch des Engländers Crankshaw, das ich gestern ansah. Charakteristisch die Änderung des Titels für Amerika. (»Cracks in the Kremlin Wall« heißt nur ein Kapitel.) – Erika etwas ausgeruhter. – Das zweite schwere Eisenbahnunglück hierzulande in wenigen Wochen. Hat wohl auch etwas zu sagen. – – Polizeiliche Meldung, daß Golos Wagen gefunden ist. – – Fließender geschrieben. – Mit K. in P. P. – Viel Post zu lesen. – Vom Verlag überraschend freundliche Besprechung des »Erwählten« aus Deutschland. Sympathie christlicher Blätter. Über die Jubiläumsausgabe von »Buddenbrooks«. 1,800 000 Exemplare in deutscher Sprache. Verwunderung darüber, daß das Historisch werden des Buches ihm nichts an Frische nimmt. Gedenken an die Zeiten, in denen ich es schrieb. – Bei den Deutschen, so hämisch sie oft sind, doch schließlich einzig Verständnis. Hier fremd und unerkannt. – Schrieb an die Herz wegen des Verzichts in Yale und des »Statesman«, den wir selbst abonnieren wollen. – Anruf von Yalta M.'s Ärztin, die sich Briefe von Michael verbittet. Dieser töricht in seinem Gezappel nach Wiederherstellung des alten Zustandes, der keineswegs haltbar gewesen wäre.

P. P. Dienstag den 27. XI. 51

Klares, warmes Wetter. K. telephoniert mit Yalta M., die ihren Willen bestätigt, nichts mehr von Bibi zu hören. Gut. – Ein bekannter Journalist spricht öffentlich über »The decline of the American Republic«. – Man scheint den Koreanischen

Krieg beenden zu wollen. Die »Roten« bei den Waffenstillstandsverhandlungen offenbar sehr nachgiebig. – – Am Kapitel, lange und tastend. – Allein etwas gegangen. Viel Post zu lesen. Lange deutsche Briefe über den »Erwählten«. Stürmisch-hochgestimmter Brief von A. Krieger aus der Schweiz mit Anliegen für eine »Monatsgabe«, deren Mitarbeiterkreis recht unkenntlich, wie der ganze Mann. Zweifel. – Zum Thee Architekt Davidson und Frau. Veranschlagt das Haus auf 70000 Dollars. (Mit 90 zu beginnen, was aber lächerlich.) – Las abends kleine kritische Plauderprosa Fontanes. Trocken, aber offener, klarer, aufrichtiger Blick, z. B. auf Goethe und Keller. Über Keller Legenden manches, was auch gegen den Erwählten gesagt wird.

P. P. Mittwoch den 28. XI. 51

Klares Wetter, kühler. Frühstück auf der Terrasse. Neues Stocken der Waffenstillstandsverhandlungen. – Geschrieben. – Auf der Promenade ziemlich ausgiebig gegangen. – Beschwerliche Sache aus amerikanisch Frankfurt: »Voice of the Free World«, Herausforderung mich mit Senator Mc Carran u. Adenauer dem Board of honorary advisers anzuschließen! Test und Tücke, etwas anderes kann es nicht sein. Frage: ob stillschweigend zu vernichten oder, unter Berufung auf meine erklärte Zurückhaltung von aller Politik, abzusagen. – Brief aufgesetzt an den Bundespräsidenten Heuß zur Unterstützung des Hilfsgesuchs, das der amputierte Journalist O. Galley an ihn gerichtet. – Las die »Nation«, die voll von Bloßstellungen amerk. Korruption. Dann wieder in Fontanes Briefen.

P. P. Donnerstag den 29. XI. 51

Gestern wieder zu spät zu Bette. – Klares Wetter. Frühstück mit Erika auf der Terrasse. Gestern in Gesellschaft hat sie von einem Fabrikanten österr.-ungarischer Herkunft, der Einblick in die Herstellung von amerik. Kriegsmaterial hat, viel gehört über die unglaubliche Schlechtigkeit dieser Massenfabrikate.

Militärs können garnicht glauben, daß diese Dinge überhaupt brauchbar sind. Der Rüstungs-Boom ist alles; mit dem Kriege kann es nicht ernst gemeint sein. – – Geschrieben (verbesserungsbedürftig). Gegangen und anschließend Lunch im French Restaurant. – Nachmittags und über den Abend die Kahn. Abschrift von Kap. 3 und 4 des III. Buches. Briefe an den Bundespräsidenten und an den Petenten; Durchschlag an ihn. Brief an Dr. Wolf, kühle Antwort auf sein exaltiertes Schreiben. Viel auszufertigen. Beseitigung eines Haufens altlagernder Manuskripte; vorübergehender Tumult. Viel noch in dieser Richtung zu tun. – In Fontanes Briefen. Manches über die Entstehung von »Effi Briest« angestrichen. Das Geschwisterpaar auf der Hotelterrasse in Thale. Spielhagens taktloser Aufsatz über »E. B.« und die »Wahlverwandtschaften«. Die »Heldin« lebte noch.

P. P. Freitag den 30. XI. 51

Stark neblig. Austausch mit K. über das Quälende der Atmosphäre dieses Landes, andererseits der Klein- und Einheit der Welt, in der es kein Entkommen mehr gibt. Immerhin die europäische Luft adäquater und die Erde vertrauter, darin zu ruhen. – – Geschrieben. Ein Fehler, daß der Dialog mit Kukkuck wie der vorhergehende bei Tisch stattfindet. – Allein ungefähr bis zum Alten Haus gegangen. Mittag ohne Erika. Sturmlauf des Gründgens gegen Klaus' Diatriben. Drohungen durch Pamela W. und Rieß. – Hübscher Brief von Professor Wilson in Davidsen über seine Zuneigung zu Zbg. und Faustus, den er mein größtes Buch nennt, auf Grund seiner Kenntnis Deutschlands. Brief von Knopf, seine Enttäuschung ausdrückend über den 28 000-Verkauf des »Sinners«, während er erwartet hatte, daß das Buch [»]would sweep the country«. – Nötigung, Neujahrsgruß an große japanische Preßagentur zu schreiben (zum Nutzen des Schwägerleins). Verhaßt, aber nicht abzuschlagen. – Schrieb an Gronicka über »Don Carlos« (nicht zu Ende). Schloß die Lesung der Fontane-Briefe ab.

Sein höfliches und offenbar gelangweiltes Verhältnis zu Spielhagen, der ihn seinerseits liest u. preist. Kenn ich, kenn ich. Hat den »Stechlin« als alter müder Mann in *einem* Winter geschrieben. Unfaßlich! Seine Tageseinteilung: Bis 3 Uhr Arbeit, dann Mittagessen, *dann* Spaziergang im Tiergarten, dann später Schlaf, um Kräfte für die Lektüre der Voss. Zeitung zu sammeln. – Abends Musik gehört: sehr gute Aufnahme von Tschaikowskys Vierter unter Kousewitzky.

P. P. Sonnabend den 1. XII. 51

Nicht ausgeschlafen. Neblig. – Heute Abend: Herr und Frau Albersheim, Frau Reitler, Herr Rimsteig. – Geschrieben, versessen auf das Biologische und zu lang. – Gegangen. – Exemplare der Book of the Month Club News mit den Artikeln über den »Sinner«, illustriert. – Die »Neue Schweizer Rundschau« mit dem Gide-Aufsatz. – Schrieb ein paar kurze Briefe. – Abends die Gesellschaft bei uns. Gutes Essen. Yalta M.'s Mann verbreitet die Mordgeschichte, berichtet Albersheim. – Regen.

P. P. Sonntag den 2. XII. 51

Nachts Sturm. Morgens Föhnsonne. – Gearbeitet, sehr unzufrieden und gereizt. Mit K. ausgefahren. Weigerung, die Redensarten für Japan zu schreiben. Übernahme durch Erika. Nach Tische das »Hotel in Castilien« von der Klipstein. Brief darüber an K. Wolff. Längerer Brief an Krieger wegen des Beitrags für seine »Monatsgabe«. Abends las Erika aus ihrer hübschen Domspatzen-Geschichte vor. – Balzac zu romantisch-kolportagehaft. Lese aber weiter in den »Kurtisanen«. Der phantastisch aufgeblasene und, im Vergleich mit Tolstoi, noch wilde Gesellschaftsroman. Zeitiger zu Bette.

P. P. Montag den 3. XII. 51

Geschrieben am biologischen Gespräch, möglichst aufgeräumt. Gegangen und mit Frau Katzenellenbogen zum Lunch nach Hause. Dank vom Prinzen Wilhelm v. Schweden unter der Post. Gelesen in Wahls Historie »Canossa«. Überraschend. Brief an das Radio Free World, ablehnend. Von Erika Entwurf für Japan. Brief an K. Desch, der das Erscheinen von Lessers Buch für nächsten Herbst gemeldet. Abends wieder mit Interesse in dem Canossa-Buch. Zwischen Geschichte und Belletristik würde ich mich doch lebhafter bewegen. Aber das Hin und Her des Kampfes zwischen Heinrich und Gregor ist packend.

P. P. Dienstag den 4. XII. 51

Wetter halb trüb, unsicher. Frühstück mit Erika. Wieder einmal eine amerk. Landung in Korea 30 Meilen hinter der »roten« Front, im Schutz der Schiffsgeschütze. – Geschrieben. Im Gestrüpp. Schlecht. – Etwas gegangen. – Zur Geschichte seit Arosa 1933: Der Haus-Agent war da und schätzte das Haus auf 75 000 Dollars. Glaubt, es in einigen Monaten verkaufen zu können. Erwartet unseren Auftrag. – – Ein paar Danksagungen geschrieben. – In Wahls »Heinrich IV«. – Regen.

P. P. Mittwoch den 5. XII. 51

Viel Regen. Morgens Föhnsonne. Beim Frühstück mit K. über das Für und Wider der Umsiedelung. Auftrag an den Agenten unter Mentalreservationen beschlossen. Ich möchte weniger leben, als sterben und ruhen in der Schweiz. – – Gearbeitet. Umkomponiert an dem Kapitel, an dem Starrsinn mich festzuhalten zwingt. – Mit K. in P. P. Park bei föhnigem Wind. Dunkles Meer. – Las biologische Schrift von Mampell, auch ein Roman-Kapitel von ihm. Schrieb ein paar Briefe über Bücher (Wahl, Piper). – »Statesman« mit Artikel über den Colliers-Unfug. – K. bei ihrem Rechtsanwalt in der Bibi-Menuhin-Sache. Der Gatte an Bibi's Schwiegereltern, ungeheuerlich. Grets Haltung und Schreibweise vorzüglich. Auch Brief von Frido, von seinem Rade hauptsächlich handelnd. – K. erkältet.

P. P. Donnerstag den 6. XII. 51
Häßliche Wetterlage. Föhnig, aber Abende u. Nächte sehr kalt. Erkältet auch meinerseits. – Geschrieben u. gegangen bevor wir im Swiss Chalet aßen. Zu rasche, ruhelose Bedienung. – Neudruck des »Faustus«, guter Umschlag. Nachmittags die Kahn; Diktate. Hörten abends Münchener Valentin-Platten, über die zu Tränen lachen kann. – Las in Goethe »Campagne in Frankreich«. – Den Kontrakt mit Price noch nicht unterschrieben.

P. P. Freitag den 7. XII. 51
Blaues, aber falsches Wetter, Sturm, sehr kalt. – – –

P. P. Mittwoch den 12. XII. 51
Tage der Schwermut, der Verdüsterung, des Unwillens gegen die Abgeschmacktheit dessen, was ich mit quälender Mühsal komponierte, und was höchstens in seiner besonderen Anwendung etwas wie Merkwürdigkeit und Gefühlsbedeutung hat gewinnen können. Große Müdigkeit. – Schrieb einen Brief an Fr. Strich in Bern, der überflüssig wurde durch das Eintreffen einer ausführlichen Antwort von Bundesrat Nobs über Aufenthaltsbewilligung, Steuerverhältnisse etc. [.] Die Auskünfte befriedigend und erfreulich der Zusatz: »Der Kanton Tessin, wie die Schweiz, werden es sich zur Ehre anrechnen, daß Sie zu uns kommen wollen.« – Auch von Herrn Lambert ausführliche Mitteilungen über früheres Reisewesen (Cook), Creditbrief-Techniken etc. [.] Übrigens nicht viel nutze. – Viele Bücher und beschwerende Briefe. Gedichtbände von P. Supf. Beschäftigender Fall des Dostojewsky-Krieger-Romans »Der seltsame Liebesbund«, mit dem gestern einige Stunden verbrachte. Las G. Heard's »Is Another World Watching« zu Ende. Reizvolle Spekulation. Fuhr abends fort mit Balzacs oft schwer erträglichen Kurtisanen-Geschichten. Blasebalg-Romantik. Nucingen, Vautrin Herrera ärgerlich in der »Größe«. – Aufsätze von Dr. Anni Carlsson, einer über den alten Ham-

sun anl. der »Überwachsenen Pfade«. Fehlt Kritik des Kulturpolitischen, von dem sein Dichtertum doch durchtränkt ist. – Das Kapitel Felix-Kuckuck also gestern abgeschlossen. Tiefste Zweifel ob die Laune finden werde, die Arbeit durchzuführen. Gedachte, prüfend vorzulesen, aber eine mich ebenfalls schwer bekümmernde Krise in Erikas Schlaflosigkeitsleiden fiel dazwischen. Dr. Mann bei ihr. Ausgiebigste Injektion, die dann auch lange, wenn auch unterbrochene, Ruhe bewirkt hat. Sorge, wie es weitergehen soll. Verweigerung von Luft und Bewegung tragen zum Schlimmen bei, sind selbst Ausdruck des Schlimmen. Und ich selbst? Was soll ich tun, wenn ich an den, mag sein, unwürdigen und undurchführbaren Krull-Scherzen verzweifle? – Eine Party hatten wir auch: Rimsteiks, Lotte Walter, die jungen Reitlers. Ließ es müde über mich ergehen. Unklarheit der Zukunft, Problem der Ablösung von Amerika wirkt mit. Hörte von einem Angriff des Tillinger in »American Mercury«: »The case T.M.« aber schon im Oktoberheft erschienen. Meine Wahl unter die 50 »Immortals« hat es nicht verhindert. – – Wie unheimlich und enervierend das Wetter zur Zeit! Taifunartiger Sturm vom Lande; gestern Regengüsse. – Alles in Allem: Belastung, Furcht und Müdigkeit der Seele. – Ging nur wenig. – Man muß es weiter versuchen. Der Körper hält sich bei, wie mir scheint, schwindenden, Geisteskräften jung für 76 Jahre. Und doch meine ich nach der Schweiz zu gehen, nicht um dort zu leben, sondern um dort zu sterben. – – – Herzlicher Brief an Bundesrat Nobs in Bern, vormittags und nachmittags. Abends für K. und Erika Durchlesung des Wagon-Restaurant-Kapitels. Durch ihre Reaktion oberflächlich getröstet. Das spezifische Fluidum anerkannt. Die Grundidee des Romans nichts Geringeres als die Liebe in ihrer sinnlichen Übersinnlichkeit. Das Unmoralische dazu in Kontrast. – Ermutigende Äußerungen auch von mehreren Seiten (Kesten) über die in der Rundschau erschienenen Teile. – Spät noch in dem Dostojewsky-Krieger-Roman. Seltsamer Fall! Mystifikation? –

P. P. Donnerstag den 13. XII. 51

Klares Wetter. Wohltat der Help-losigkeit. – Briefe: an P. Supf, Partenkirchen, über seine Gedichte und namentlich an H. Kesten, New York, in Sachen des Schickele-Preises. Sprach ihn, um zu einem Resultat zu kommen, E. W. Richter für den Roman »Sie fielen aus Gottes Hand« zu. – Ging mit K. auf der Promenade, worauf wir im Miramar aßen. – Erhielt das Buch »Neugestaltung Europas im 16. Jahrhundert« durch den S. Fischer Verlag. – Las weiter in dem unseriösen Dostojewsky-Roman. – Nach dem Abendessen Erikas Freundinnen, von denen die Eine, Ellen, verheiratet einst mit dem Schauspieler Förster-Larrinaga, dann mit dem Pianisten Magnus Hennings, ihre Tochter aus zweiter Ehe, Renée, mitbrachte. Jungenhaftes Ding in Hosen und mit losem, kurzem Haar, blond, mit schiefen Augen, salopp, verdorben, reizvoll. Spricht fehlerhaftes Deutsch und kommunes Englisch. Arbeitet in einer Majolika-Fabrik. Weiße Hände, mit denen sie ihr wirres Bubenhaar kämmt, nicht um es ordentlicher zu machen. Zunehmende Nonchalance und Gesprächigkeit mit etwas rauher Stimme. Beeindruckt auf den ersten Blick und fortan. Die Mutter, die sie noch kaum in Gesellschaft gesehen, etwas erschrocken. –

P. P. Freitag den 14. XII. 51

Besserte am letzten Kapitel. Gegangen bei schönem Wetter. Langer Brief von Fiedler über ein Grundstück im Tessin. Manuskript-Belästigungen. Konvolut von Dokumenten über die College-Aufführung der Dramatisierung von »Buddenbrooks« in Leeds, Scotland. Neue Michelangelo-Übersetzungen von Mühlestein. Die »Neue Rundschau« mit den Fragmenten. Hinten Betrachtungen über den Erwählten von Editha Klipstein. Verstehe kein Wort. Warum konnte man nicht etwa Reisiger zum Schreiben einladen. – Äußerst müde, erregt und gequält. Tief getroffen von etwas, was ich über Jakob Burckhardt las, daß seine Produktionskraft vor seinen körperlichen Kräften geschwunden sei. Heftiger Widerwille gegen das Diktieren. Überließ K., das Notwendigste mit der Kahn zu tun und diktierte nur einen Dankesbrief für ein amerk. Novellenbuch. Las in der Rundschau Aufsatz über den englischen Romancier Henry Green von Burschell. Nennt ihn einen Künstler, der in der ganzen zeitgenössischen Literatur nicht seinesgleichen hat. – Aufsatz über Ranke und Burckhardt. Das Heft hat hohes Niveau und soliden Charakter.

P. P. Sonnabend den 15. XII. 51

Ich esse, um mich zu nähren und um rauchen zu können. Mein Glaube an meine zukünftige Leistungsfähigkeit ist gering. Ich bin wütend über Anforderungen, Belästigungen, zittere vor Erschöpfung, wenn ich ausnahmsweise gezwungen war, ein Telephongespräch zu führen. Das Lagernde an Briefen und Manuskripten beschwert mich mit Ekel und Verzweiflung. Meist graut mir vor allem. Ich habe fast keine anderen als peinliche Erinnerungen, und die Zukunft scheint nur Versagen zu bergen. Mein Leben scheint mir eines Umsturzes, wie er geplant ist, nicht mehr wert zu sein. Wenn ich in die Schweiz gehe, tue ich es nicht, um dort zu leben, sondern um dort zu sterben. Aber der Körper ist noch sehr widerstandsfähig. – Am Kapitel umgeschrieben, um Besserung zu erzielen. – Mit K. ausgefahren nach Corona del Mare. Sie sprach von dem Druck, den die Ungewißheit der Lage offenbar auf mein Nervensystem ausübe. Der Tessin mir im Grunde unlieb. Wiederkehrendes Bedauern, daß es uns damals nicht gelang, den Platz oberhalb des Zürichsees zu erwerben. – Schrieb ein paar kurze Briefe. Las in der Rundschau den Radio-Vortrag von H. Green, dem, ich weiß nicht recht warum, so große Bedeutung für die technische Zukunft des Romans beigelegt wird. Fuhr fort mit dem sonderbaren Krieger'schen Dostojewsky. – Im Radio Humperdincks »Hänsel und Gretel«. Hübscher Grundton. Naivste Wagner-Reminiszenzen (Meistersinger).

P. P. Sonntag den 16. XII. 51
Das Wetter jetzt ruhig und heiter. In der blöden Zeitung die Politik fast verdrängt von der Shooting-Geschichte Walter Wanger. Das Opfer ohne Rücksicht auf seinen Zustand verhört. Wanger auf freiem Fuß gegen 5000 Dollars Kaution. Die Kommunisten müssen sitzen, weil man 50 000 von ihnen fordert. – Schrieb um, suchte zu bessern. Ging nur bis zum Boulevard. Schlief nachmittags und schrieb nach dem Thee einige einseitige Briefe. Ein anderer Agent war da, der die baulichen Schwächen des Hauses kritisierte und es nur auf 70 000 Dollars schätzte. Bin sicher, daß wir auf keinen Fall mehr bekommen würden. – Las weiter in dem Krieger'schen Dostojewsky. Spät im Balzac. Wild romantisierender Realismus. Geld, Gesellschaft, Intrigenkolportage.

P. P. Montag den 17. XII. 51
Schlief bis 4 Uhr im Stuhl. Reines Wetter. – Erfuhr gestern von jungem Amerikaner, der vorsprach, Staatswissenschaftler, Neffe des L. Lewison, daß hier irgendwo (durch Tillinger) aus meinem Brief an den ostdeutschen Ministerpräsidenten zitiert worden ist. (Amer. Mercury?) Dunkel, wie der Text hierher gelangt. Natürlich hat man die Kritik unterschlagen. – – Über 50 Personen umgekommen bei einem durch Motorbrand abgestürzten Flugzeug der billigen, »unscheduled« Klasse. – – Es gibt keine brauchbaren Füllfederhalter mehr. – – Wangers Opfer, Lang, will nicht klagen, offenbar um die Frau zu schonen. W. hat ihn zielbewußt entmannt. Gute novellistische Idee. Es sieht noch aus, alsob die Sache nicht vor Gericht käme. – – Schloß das 5. Kap. von III noch einmal ab. Ging Amalfi Drive ganz hinunter. Dachte an einen Essay über das »Sein«. Schrieb nachmittags einige Briefe, u. a. an Fiedler. Beendete den »Seltsamen Liebesbund«. Eins der merkwürdigsten Leseerlebnisse. Absicht, an Krieger darüber zu schreiben. Zu schreiben ist auch an das englische College über die Dra-

matisierung von »Buddenbrooks«, die K. abends las. – Wieder stürmischer Wind.

P. P. Dienstag den 18. XII. 51

Himmel getrübt. Schlechtbefinden. Mangelnder Arbeitsmut. Was soll werden? – – Brief an Lesser, London. – Mit K. nach Brentwood, dort gegangen und das einst bewohnte Haus rekognosziert. – Las allerlei nach Tische, legte mich sehr spät nieder u. trank erst um 6 Uhr Thee. Korrespondierte nachher noch etwas. Zum Abendessen Walters. Gespräch über die Schweiz, die Steuerfrage und diesen ganzen Komplex. Später am Abend, um etwas zu bieten, Vorlesung der Cirkus-Episode. Schnitt die Aufnahme rasch ab durch Wechsel des Gesprächsgegenstandes.

P. P. Mittwoch den 19. XII. 51

Gestern Abend noch lange mit Zeitschriften. Viel zu spät zu Bett, nach Lektüre in Balzacs »Kurtisanen«. Müde heute. Das Wetter trüb. Im Mittelwesten mörderische Kälte. – Der Vormittag hinzubringen. Wahrscheinlich mit Briefschreiben. Die Ratlosigkeit betr. den äußeren Lebensrahmen zusammen mit der Arbeitsratlosigkeit – etwas zuviel, zu elend. Man zögert, auf seine Lage das Wort »verzweifelt« anzuwenden, tut es aber heimlich doch. – – Brief an Alfr. Neumann, Florenz, vormittags und nachmittags. Beitrag zu einer Handschriftensammlung, Goethe-Citat, unter Verleugnung der lateinischen Briefschrift und Wiederaufnahme der alten Manuskript-Schreibweise, von hier. – Gelesen in den Lebenserinnerungen von H. Driesch, Reisebilder. – Brief an den Minister Högner in München in Sachen unseres Hauses und seiner Befreiung von den wilden Bewohnern. – Hörte abends die Traubel Wagner-Singen, Orchester unter Toscanini. Erzählung der Isolde vom Kahn, der klein und schwach. Der Ausdruck heroisch beleidigten Weibtums nicht zu übertreffen. Riesen-Akzente.

P. P. Donnerstag den 20. XII. 51
Blau, falscher Wind. Vormittags u. nachmittags Brief an Arn. Krieger, Locarno, mit großem Bild u. Betrachtungen über den Dostojewski-Roman. – Nicht viel gegangen. – Gelesen in einem vom Straßburger Prof. Fuchs übersandten Lehrbuch »Deutsche Prosa seit der Vorklassik«, worin Stücke aus T.i.V. und Goethe und Tolstoi. Vorzügliche Muster aus Rancke (Luther) und Mommsen (Cäsar). – Las ferner noch spät in dem Buch »The Universe and Dr. Einstein«. Beständige innere Versuche, das letztgeschriebene Kapitel technisch und auch gedanklich umzugestalten. – – –

P. P. Freitag den 21. XII. 51
Gestern sehr spät schlafen gegangen. – Blau, warme Sonne. – –

P. P. Sonntag den 23. XII. 51
Trübe, ungewisse Zeit in jedem Betracht. Den Beschluß über den Verkauf des Hauses mit einer gewissen Schlaffheit hinausgeschoben. Die Arbeitsperspektive dauernd verdunkelt. Spekulation über die Umarbeitung des Jüngstgeschriebenen. Las das Buch »The Universe and Dr. Einstein[«] von Barnett. Schrieb nichts als Briefe, deren es, gewissermaßen glücklicher Weise – viele zu erledigen gab. K. diktiert wurde nur die Danksagung für das Material über die Aufführung von »Buddenbrooks« in dem Schottischen Educational Center. – An diesem Tage hatten wir Kinder schon Weihnachtsabend. – Das Wetter ist klar und sonnig, mittags warm. Ich versäumte nicht ganz, mir Bewegung zu machen. – Oft aufsteigende Angst, daß ich nicht mehr schreiben kann, während der Körper verhältnismäßig jugendlich aushält. Gräßliche und zugleich komische Vorstellung. – – Felix' Einführung in Ideen von *Leben*, einschl. des Menschen, anorganischem *Sein* und *Nichtsein*, mit dem auch Raum und Zeit aufhörten. Alles geht ohne genaue Grenze in einander über: der Mensch ins Tierische,

dieses ins Pflanzliche, das Organische ins unorganische Sein, das Sein ins Nichtsein. Alles hat angefangen und wird aufhören, es wird wie vorher raum- und zeitloses Nichts sein. Das *Leben* auf Erden eine *Episode*, so vielleicht alles *Sein ein Zwischenfall* zwischen Nichts und Nichts. Wie und wann trat im Nichts die erste Schwingung des Seins auf? Dies etwas Neues. Ebenso das Plus zum Anorganischen, das man Leben nennt, ein Hinzukommendes ohne ein Neues an Stoff. Etwas drittes Hinzukommendes, im Tierisch-Organischen ist das Menschliche. Das Übergängliche ist gewahrt, aber ein Unbestimmbares, wie bei der Wendung zum »Leben«, tritt hinzu. – – – Schrieb Briefe und Karten. Schrieb etwas dem Obigen Ähnliches an Dr. Amann im Anschluß an seinen Riemer-Aufsatz. Ging bis zum Alten Haus, von Erika geholt. Las tagüber die »Klassische Walpurgisnacht« mit dem »Alles ist aus dem Wasser entsprungen«.

P. P. Montag den 24. XII. 51 Weihnachtsabend

Leichter Nebel. Beim Frühstück heftiges Verschlucken. Konnte kaum wieder zu Atem kommen. – Makrokosmische Exzerpte. – Wenig gegangen. – Viel Post: von Albr. Goes, der Servicen, Agnes Meyer, Kesten etc. – Schrieb an Kesten. – Nachmittag 38° Fieber. Feuchtwangers u. Lotte Walter kamen zum brennenden Baum. Champagner-Souper. Nachher Marcuses. Blieb bis ½ 11 dabei. Erika ließ ihre Amerika-Satiren hören. – Von Feuchtwangers die Köstlin'sche Luther-Biographie, die Overbeck besessen. Lenz' Gesammelte Werke. Platten und nützliche Dinge.

P. P. Dienstag den 25. XII. 51 Weihnachtstag.

Morgens fieberfrei. Schwarze Zunge zum Zeichen der Infektion. Im Bett gefrühstückt. Leichte Schädelschmerzen. Sehr matt. Stand ½ 11 auf, da das Bett nicht mag. Erwarte, daß Temperatur wiederkehrt. Die Nacht war ruhig. – Betrachtete die Geschenke. Etwas exzerpiert. Sonst nichts geschrieben.

Nicht ausgegangen. Nur ganz leichte Übertemperatur, aber sehr matt u. müde. Lag auf dem Sofa. Ging nachmittags zu Bette. Ca ½ 5 Uhr Erdbeben mit Schwanken des Bettes, Knakken und Anklingen. Keine Ruhe. Was mir im Bette fehlt, ist das Keilkissen. Sollte beschafft werden. – Las über Luther. Hörte abends naiv-schönes Weihnachtsoratorium von [Lücke i. Ms.] und Volkslieder, gesungen von [Lücke i. Ms.]. Traurigkeit des Volksliedes.

P. P. Mittwoch den 26. XII. 51

Keine Temp.-Erhöhung. Stand also auf, trank Kaffee wie gewöhnlich und rasierte mich. – K. und ich ergriffen von einer erstaunlich mutigen Rede, die Rev. Fritschman beim Bankett einer Rechtsanwaltsorganisation gehalten. Vorzüglicher Mann. – Der Waffenstillstand in Korea wird verschleppt, weil man im Grunde weiß, daß die Wiederaufnahme des Krieges nachher den Weltkrieg bedeuten würde. – Elend, verdüstert, aussichtslos. Sehnsucht nach Erlösung. Schrieb an den Verfasser von »The Universe« wegen einer vermeintlich falschen Rechnung, die sich dann aber als richtig herausstellte. Ging mittags etwas in der Nähe mit K.. Aber die Sonne schadete mir sehr. Kein Fieber. Besser, ich hätte welches. Stockende Infektion. Nachmittags ruhelos. Wenn ich meinen Entschluß kundgebe, das Haus zu verkaufen, so wühlt K. die Gegenargumente auf. – Knopf schreibt, daß er »Buddenbrooks« an einen Verlag als Taschenausgabe verkauft hat, wofür ich 5000 Dollars und mehr erhalten werde. Auch eine deutsche Verfilmung von »K.H.« scheint vor dem Abschluß zu stehen. – Zum Abendessen Erikas Freundinnen. Champagner. Appetitlos, müde und leidend. Früh hinauf. Am besten ist schlafen. Erwache ungern.

P. P. Donnerstag den 27. XII. 51

Caviar zum Frühstück. Ernähre mich hauptsächlich mit dieser Mahlzeit, da bei den weiteren ohne Eßlust. – Warmes, sonniges Wetter. – Werde mich wieder mit dem Material zu dem neu zu schreibenden Kapitel beschäftigen, obgleich ich es für ganz ausgeschlossen halte, daß ich das Buch je bewältige, besonders da ich es nicht als der Mühe würdig empfinde. – – Noch Notizen für die Umgestaltung des Kapitels. Fühlte mich etwas besser. Aßen im Miramar. Schrieb einige Danksagungen, was mich wieder sehr ermattete. Las über Luther, die Politik der Zeit, den jungen Karl V. (Gute Figur).

P. P. Freitag den 28. XII. 51

Dunkel, Regen, künstl. Licht. – Gestriger Bericht Erikas über eine Besprechung von Neider's »Stature« durch den jungen Toynbee im »Observer«. Scheint originelle Einsichten in meine Existenz aufzuweisen. »Der einsame Kosmopolit«. Einsamkeit schon als Deutscher. Die »hysterischen Mannites«, die ich nicht recht ausmachen kann. Sah selbst getreue, nie von sich abweichende Isoliertheit. – – Begann etwas mit der Neufassung des Kapitels. Ging einige Schritte. Schrieb Karte an Frido zu Neujahr und etwas anderes. Las die Besprechung der »Stature« von Toinby, kein schlechtes Stück Kritik mit mancher unalltäglicher Einsicht. »The isolated world citizen«. »The peculiar atmosphere which surrounds him«. »His great novels ... are very different from each other. But none of them at all resembles any other novel of our time«. »He is the nearest thing we have to a universal writer.« »Yet he remains apart!« »Often verbose and clumsy; a political moralist who is often platitudinous; but a great and dignified and humorous product of our age.« – Die melancholische Rolle der deutschen Literatur. – – Las abends Weiteres über die Geschichte des 16. Jahrhunderts. (Ritter).

P. P. Sonnabend den 29. XII. 51

Die ganze Nacht Regen. Schwere Dunkelheit. Es regnet weiter. Deckenschaden im Arbeitszimmer durch Dachgetropf auf den Balkon oben. – 10 Uhr zu Dr. Wolf zur Untersuchung.

Natürlich liegt organisch nichts vor. Für Mittwoch Erprobung des Verdauungstrakts angesetzt – notorisch lästig und bestimmt überflüssig, da alles nervös und psychisch. Früher stimmte die Bestätigung meiner körperlichen Tüchtigkeit mich heiter, ich glaube, sie tut das nicht mehr. – Briefe von Professor Marck, Rilla (London) und Kahler. Cigarren von Knopf. Diktierte neuen insistenten Brief in Sachen ostdeutscher Ausgaben an Bermann. Schrieb selbst etwas. Las abends Weiteres in dem Buch von Ritter.

P. P. Sonntag den 30. XII. 51

Unendlicher Regen. Viel Wasserschaden. Stürme im Atlantischen Ozean. – Schrieb an der Neufassung des Kapitels. Ging etwas in der Nähe mit K.. – Viel Regen und Sturm. Entwurzelung eines Eukalyptus im Garten. – Nach Tische Besuch eines der vielen deutschen Gaststudenten namens Barth, mit Blumen, sonst unergiebig. – Brief an Rilla (London). – Erika abends bei Marcuse, der klagt, daß alle deutschen Studenten seine Vermittlung eines Besuches bei mir verlangen. – Gutes Konzert aus St. Francisco unter Monteux mit Menuhin. – Bekannte, daß der Artikel von Toynby mich nachhaltig beschäftigt. – Las Weiteres über die Geschichte der Reformation. Zwingli, Luther im Grunde doch immer wieder als entsetzlich empfunden. – Erkältet, verfroren, müde. Draußen ungewöhnliche Kälte.

P. P. Montag den letzten

Reiner Himmel. Lebhaft vorhaltende Männlichkeit erwies sich bei Nacht. – Schrieb an der Neufassung der Begegnung mit Kuckuck. – Ging etwas aus. – Kein Mädchen. Koteletts u. Ice Creame allein mit K.. Langer Brief von Prof. Hans Mayer: entzückt von den Stücken in der Rundschau. Dann über den öffentl. Lese-Eifer in der Ostzone und den starken Verkauf guter Bücher. Seine Übersetzung von »Tom Jones«. 15 000 Exemplare in 14 Tagen. Russische Radio-Sendung auf deutsch über Sowjet-akademisches Studium deutscher Gegenwartsliteratur. Von mir stehen »Faustus« und »Lotte« im Vordergrund. – Zur Sylvesterfeier bei Feuchtwangers. Champagner. Las nach dem Kaffee das Mme Houpflé-Kapitel. Merkwürdiges Stück. Doesn't resemble at all any other novel of our time. Feuchtwanger außerordentlich interessiert und angetan. Ich selbst auf meine Art bewegt. Erika auf der Heimfahrt über das Erz-Päderastische (»Schwule«) der Szene. Soit. – Das Jahr schloß in gehobener Stimmung, als die war, die seine letzten Wochen beherrschte. – Waren 12 Uhr zu Hause. Böllerschüsse und Geknatter.

1952

P. P. Dienstag den 1. I. 52
8 Uhr Kaffee. Die gestrige Vorlesung wohltätig. – Das Jahr, das beginnt, mag einschneidende Veränderungen bringen. – Gestern Nacht, nach tagelanger Lähmung durch die Infektion, heftige Darm-Entleerung durch Cas Evac und Champagner. Nach einiger Lektüre in Balzacs »Kurtisanen« schlief bis 3 Uhr im Stuhl. – – Schrieb am Umzukomponierenden. War mit K. auf der Promenade. Bücherwidmungen an Kahler. Kondolation an die Witwe Horch in N. Y.. Las Vorträge von Gundolf über Hutten, Klopstock, Arndt, gesandt von Lesser.

P. P. Mittwoch den 2. I. 52
Klar, kalter Wind. Geschrieben am Kapitel. Gegangen bis vors Alte Haus. Brief an Kahler (unfertig). Vernichtung überalterter Briefe. Gelesen Geschichte der Reformation.

P. P. Donnerstag den 3. I. 52
Morgens fertig angezogen. Hörte zum ersten Mal von einer Presse-Meldung, daß 4 geräumige Concentrationslager hierzulande für den »Notfall« vorbereitet werden. – Gearbeitet am Kapitel. – Gegangen und im French zu Mittag gegessen. – Unter den Briefen überraschende Erkundigung E. Week's von »Atlantic Monthly« nach dem Zbg.-Vortrag. Nochmalige sehr erfreuliche Antwort von Bundesrat Nobs, der Abschriften meines Briefes an den Bundespräsidenten u. den Direktor der Eidgen. Steuerverwaltung geschickt hat. – Knopf schickt zweibändige soziologische Kunstgeschichte von A. Hauser. Das 2bändige Werk über die Geschichte des Imperialismus von Hallgarten wartet auch. – In dem Buch von G. Ritter Weiteres. Heinrich VIII und Cromwell.

P. P. Freitag den 4. I. 52
Andauer des klaren Wetters. Die sanfte Olga muß gehen wegen Erkrankung ihrer Mutter. Sie weint – Vishinsky will den Koreanischen Waffenstillstand vor den Sicherheitsrat bringen,

was als teufliches Manöver abgelehnt wird. – Arbeit am Kapitel. Brief an W. Hallgarten (Washington) über sein Buch.

P. P. Sonnabend den 5. I. 52

Am Kapitel vom Sein. – Gegangen über das Alte Haus. – Mit der Post viele deutsche Bücher. Las in Gesprächen mit Kafka von Janouch. – Briefliche Angaben für einen New Yorker »Forscher« über Bücher, die die meinen behandeln. – Die Kahn nachmittags und zum Abendessen. Beseitigung lästig lagernder alter Manuskriptsendungen. – Die sanfte Olga hält Fare well-speech.

P. P. Sonntag den 6. I. 52

Gestern Nacht in Balzacs Courtisanen gegen das Ende. Sein Schelten auf die Humanität der Gerichtsbarkeit. Die Bagno-Romantik. Gibt es so etwas wie Vautrins gewaltige Leidenschaft für den kleinen Rubenpré? Ist zu groß und hart, um Weiber zu lieben und liebt sie vermittelst des Kleinen. Groß gedacht. Soziale Verwerfung des Verbrechertums bei romantischer Verherrlichung des »eisernen« Typs. – – Churchill in Washington.

P. P. Dienstag den 8. [I.] 52

An dem Kompositionsmonstrum weiter mich gemü[h]t. – Merkwürdigkeit: Einige Zeilen von mir an Grotewohl bringen dem Musiker Schleifer sofort eine gute Stellung an der Akademie ein. – Seit gestern neues Mädchen, Alte, die schon einmal da war. – Strom von Büchern. Las in Gesprächen mit Kafka. Frommer Jude, doch sehr fremd. – Essays über Rilke von Schneditz. Duineser Elegie über Cirkusleute. Parallele zum Cirkuskapitel. Las im »Monat« Camus über Nietzsche.

Eisenhower wird republik. Präsidentschaftskandidat. Deutschland beschließt Aufstellung eines Volksheers von 1 Million Mann. Sturz der Pleven-Regierung durch die Sozialisten, de Gaullisten und Kommunisten. Gaullistische Regierung in Aussicht. Revolte gegen die ruinöse Rüsterei, durch die auch England vor dem Bankrott steht. Isolierung und Perhorreszierung Amerikas schreiten fort.

Gestrige Nachmittagsleistung: Brief an Knopf über die »Social History of Art«. – Brief des deutschen Bundespräsidenten Heuß mit Reden von ihm. – Zu Révys zum Abendessen heute. – Überlastet mit Büchern und notwendigen Danksagungen. – Brief von Adorno heute, voller Entzücken über die Rundschau-Kapitel. – Die Münchener »Deutsche Woche« mit meinem Brief über Vikkos Buch.

P. P. Mittwoch den 9. I. 52

Bei Révys gestern mit Lustigs und Peter Eysoldt. – Nahm gegen Morgen noch Sekanol, das nicht mehr recht ausschlief. – Klares Wetter. – Churchill und Truman beschließen, den Waffenstillstand zu beschleunigen. – Am Kapitel. Wenig gegangen. Brief von Krieger über seine Dostojewsky-Bearbeitung. Bücher, Zeitschriften. Schrieb an Adorno. Hörten abends Meistersinger-Platten, schlecht.

P. P. Donnerstag den 10. I. 52

Früh nüchtern zur Magen-Röntgen-Untersuchung in Beverly Hills. Weißer Trank und verschiedene Aufnahmen. Einkehr im Hause Walter, wo den Brief an Adorno zuende schrieb. ½ 12 von K. wieder geholt zu neuen Aufnahmen. Danach Kaffee und Toast im Drive in gegenüber. Sehr müde und angegriffen von der Unregelmäßigkeit. Schrieb aber gegen Abend mehrere Danksagungen für Bücher und Schriften. Abends gelesen in »Nation« und »New Statesman«. In diesem sehr guter Artikel über das Buch von Kennan (Mr. X.) über die amerik. Außenpolitik.

P. P. Freitag den 11. I. 52

Gleich nach dem Frühstück wieder nach Beverly Hills zu Schluß-Aufnahmen. Es scheint nicht, daß Greifbares vorliegt.

10 1/4 zu Hause. Unruhe: Klavierstimmer und Wiederanbringen der Ven. Blind im Arbeitszimmer. – Etwas vorwärts. Etwas gegangen. Das Knopf-Referat über den »Erwählten« für Krieger bestimmt und adaptiert. Zur Abschrift. – Hautentzündung der Rectum-Gegend, behandelt. – Lotte Walter zum Abendessen.

P. P. Sonnabend den 12. I. 52

Nacht gestört durch das Juckleiden. Behandlung. Obstipation durch den Weißtrank, beängstigend. – Regen, Dunkel. – Etwas vorwärts. Unmöglich zu gehen. Sich steigernder Regensturm. Die Yale-Rede für Krieger zur Auswahl. Brief an ihn. Brief an den Berliner »Sonntag« wegen Beethoven. Zum Abendessen der Pianist Rebner, um nachher Schuberts Klaviersonate mit dem Variationen-Schlußsatz uns vorzutragen. Gut. – Müde. Furchtbare Verhärtung des Stuhles.

P. P. Sonntag den 13. I. 52

Das Rektalleiden ließ Ruhe zur Nacht. – Trübe. – Gestern Buch von Bertram: »Nardone«, esoterische Eklektik, schön, Privatdruck. – Etwas vorwärts. – Zu Tische Mareks aus N. Y. und Eva Hermann. Zum Thee Bob Nathan mit seiner neuen Frau. Danach Brief an Klaus Unruh in Bonn über meine »Weltanschauung«, kurz und hübsch.

P. P. Montag den 14. I. 52

Die Nacht ruhig. Früh erwacht. Gebadet. Das Leiden nicht quälend. Hoffe, die Ärztin vermeiden zu können. – Etwas weiter, so gut es geht. Kurzer Rundweg mit K.. Die Durchsicht der Post nahm die Zeit bis 4 Uhr. Geschlafen. Reduktion des Artikels über die Wagner-Briefe für den Londoner Observer besorgt. Yale-Rede und Unruh-Brief an Krieger. Abends gelesen über Calvin. – Regen. – Beendete Balzacs Kurtisanen. Kühnes Gesellschaftsbild, übertrieben, romantisch.

P. P. Dienstag den 15. I. 52
Regen die ganze Nacht und weiter. Rasieren beschränkt durch einen Furunkel, der durch eine Salbe des Dr. Mann zurückgeht. – »Lady's Home Journal« insistiert auf Beantwortung der Frage »Why was I born?« Einstein hat geantwortet, sehr sozial. – – Etwas vorwärts. Dunkel und Regen. Ging nicht aus. Zu Tische Louis Fischer, sehr loyal-antirussisch. Sein Buch über Ghandi. – Geschlafen. Nach dem Thee K. die review für den Observer ins Stenogramm diktiert. – Langer Brief von Feist über Grundstück- und Baukosten in der Schweiz. – Exzessiver Regensturm abends.

P. P. Mittwoch den 16. I. 52
Bedeckt; weiterer Regen in Aussicht. Gebadet und zeitig angezogen. Etwas vorwärts. ½12 zu Dr. Wolff. Besichtigung der Magen- und Darmaufnahmen. Verhältnisse bringen eine gewisse Verlangsamung des Transportes mit sich. Will aber nicht viel sagen. Verordnung einer Vitamin-Medizin. Empfehlung, das Rauchen »einzuschränken«, – an dessen Abschaffung ich ohnedies oft denke. Bedeutete aber eine vollkommene Veränderung meines Tages und Lebens. – Vitamin-Injektionen für nächste Woche in Aussicht genommen. – Nachrichten von Todesfällen und Millionen-Schädigungen durch die Wasserfluten des Regensturms. Schimpflichkeit des Straßenbaus. – Die Herz sandte Besprechung der »Stature« in London Times B. R.. Fertigstellung des Artikels für »Observer«. Brief an »Ladies' Home Journal«, englisch. (Schlecht.) – Brief an Bertram über sein Buch. – Die Symphonie von César Frank. – Der Artikel von St. Spender über die »Stature« im New Statesman von fast zügelloser Bosheit. Woher und warum nur dieser Haß und Hohn? Wodurch fordere ich sie heraus?

P. P. Donnerstag den 17. I. 52
Trübes Wetter. Mein Zustand immer müde und von ungläubigem Arbeitsausblick. – Zögernd weiter bis kurz vor Schluß des

Kapitels, das künstlerisch wohl ganz unstatthaft. – Strömender Regen. Zum Lunch im Swiss Chalet. Gefährlicher Zustand der Straßen. – Nach dem Thee Brief an Prof. Lengyel über den Zbg. [.] Empfahl Weigand, in dessen Buch einiges mit Erstaunen nachlas. Spricht von dem magischen Wortgewebe. Auf der Höhe meines Lebens hatte ich mein Ideal der magischen Intellektualität, inspiriert von Wagner, erreicht. – Liebevolle Absage an Haverford College, von Erika geschrieben. Viel anderes ausgefertigt. Den Brief an Ladies' Home Journal neu und einfacher geschrieben. – Regnet immer weiter. – Abends, Aufnahme der Rede Churchills vor dem Congress. Prahlerisch und unterwürfig. Kein Beitrag zum Frieden. Zuversichtliche Drohungen ohne ein originelles Wort. Atombombe als Friedensgarantie. Erika ging fort. Die Stimme etwas katarrhalisch, aber nicht greisenhaft. Oftmaliger Applaus der ungebildeten Memberschaft. – Las über Ignaz von Loyola u. die Gründung seines Ordens. Auch eine Figur!

P. P. Freitag den 18. I. 52

Unterbrechung des Regens. Die Zahl der Umgekommenen auf 6 gestiegen. Heute die Schulen geschlossen. Viele Straßen gesperrt. Viele Evakuierungen, wo der Schlamm in die Häuser drang. – Einwand gegen Churchill: daß er die Beziehungen zum komm. China nicht abbricht. Taft lobt mit Recht seine humoristische Behandlung der englischen Sprache. – Vishinsky erklärt, daß der korean. Waffenstillstand nicht zustande kommen wird. – – Der Krieg wird kommen, man will ihn hier zweifellos und zwar noch dieses Jahr. Wir haben Grund zur Eile. – – Eine französische Regierung unter einem Radikal-Sozialisten ist zustandegekommen. – – Schloß zum zweiten Mal, in größerer Fülle u. nach Ausglättung dialogischer Ungeschicklichkeiten, das Fünfte Kapitel des III. Buches ab – nicht eben mit Stolz. – Machte bei leichtem Regen Rundweg mit K.. – Neuer Brief von Frey über die »Entstehung des Dr. F.«, die ihn als Autobiographie mit dem jeweiligen Werk als Centrum nachhaltig beschäftigt. – – Nachmittags nichts getan. Nach dem Abendessen Vorlesung der neuen Kapitel-Fassung für K. und Erika. Eindruck der Großartigkeit. Das Originellste die Idee von den drei Urzeugungen. Humanistische Naturwissenschaft. Als Pan-Erotik Hintergrund und psychologische Basis des Ganzen. Saß nachher allein im Wohnzimmer, rauchte und nahm den Thee mit Neuro-Trasentin.

P. P. Sonnabend den 19. I. 52

Klarer Himmel! Erstaunlich. Man ist sehr stolz auf seine 7 oder 8 Ertrunkenen, obgleich es ein Skandal ist. – Churchill opfert den Oberbefehl im Atl. Ozean für tausend Tonnen Stahl. – – Längere Briefe an A. M. Frey (Zürich) und Frau Drevermann (Zürich). Mittags Ausfahrt mit K.. Wetterzerstörungen. Gegangen Corona del Mare. – Buch über Goethe von Croce. – Kummer um Erika, die körperlich und seelisch sehr übel dran ist. Muß etwas Eingreifendes geschehen. Reserven, wie sich auf der Reise zeigte, sind vorhanden. – Hörte abends einiges aus der »Götterdämmerung«.

P. P. Sonntag den 20. I. 52

Da »klare Himmel« vorhergesagt waren, ist es etwas bedeckt. Das Badewasser sehr gelb. – Ohne Mädchen. – Beschäftigung mit dem Krull-Material, dann mit der Auswahl und Anordnung des Essaybandes. Dies auch nachmittags. Wenig gegangen, keine Briefe geschrieben. Gelesen in Croce's »Goethe«, worin die *leichte* Behandlung des II. Faust mir Spaß machte. Die deutsche Goethe-Exegese kommt schlecht weg. – Appetit bei den Privatmahlzeiten.

P. P. Montag den 21. I. 52

Helles Wetter. Komposition des Essay-Bandes »Altes und Neues«. Schwierig. Mit Vorwort zu versehen. Auch nachmittags, nach dem Diktat einiger Briefe, hiermit beschäftigt. Mittags gegangen bis zum Alten Haus. Hörte abends Tschaikowskys Pathéthique. Schwermut des Knabenliebhabers, geneigt zum allzu Süßen. Aber der 3. Satz erstaunlich und der Schluß in der Tat sein Sterben. – Zeitschriften.

P. P. Dienstag den 22. I. 52

Klares Wetter. Denunziationsskandal der Ärzte und Rechtsanwälte. Die Angeberin, Parteifunktionärin in 1940, wollte sich offenbar retten. – Churchill, bei Baruch wohnend, schwer erkältet, vielleicht nur verstimmt. – Anordnung von »Altes und Neues« vermeintlich fertig gestellt. Im Gespräch mit Erika aber und an Hand ihres Katalogs zeigt sich, daß eine ganze Anzahl weiterer Items unterzubringen sind. Einiges mit Bermann zu beraten. Das Vorwort erst nach dieser Übereinkunft zu schreiben. Vorläufig zum Roman zurückzukehren. – Gelesen im »Monat« und »Statesman«. Dieser spricht sehr überzeugend, was Churchill dem Congress hätte sagen sollen, – und was er ihm nicht gesagt hat. Der Krieg mit China scheint nicht mehr aufzuhalten. Er nähert sich schnell, und es ist zweifelhaft, ob wir vorher wegkommen.

P. P. Mittwoch den 23. I. 52

Mild und leicht bedeckt. – Fast tägliche Flugzeug-Katastrophen. – Proteste gegen die Veröffentlichung der Enthüllungen jenes F.B.I.-Spitzels, der sich in die kommun. Partei einschlich und nun mit den Ergebnissen seiner Spionage Hunderttausende verdient. – Gestern Kontrakt mit dem Hausverkauf-Agenten »exklusive« unterschrieben. – Brief von Schweizer, aus dem hervorgeht, daß in der Schweiz das Gerücht unserer Niederlassung dort schon verbreitet ist. – – Der Roman. Vorbereitungen zu Weiterem. Mittags bei Dr. Wolff. Es kam das Memoirenbuch von Trebitsch. Nachmittags die Kahn. Mehrere Diktate wieder einmal. Sie blieb zum Abendessen. – Durchsicht von Erikas Dokumenten-Katalog für den Essayband. An Bermann darüber. Dieser schließt mit dem Aufbau-Verlag über »Buddenbrooks« und »Lotte in Weimar«

ab. Las abends in »Dichtung und Wahrheit«. – Fahre fort mit dem Vitamin-Phosphor-Medikament und verzichte auf Injektionen, die mir Zeit rauben würden.

P. P. Donnerstag den 24. I. 52

Beim Frühstück gelesen über die Vorladung der 15 Atorneys vor das Un-American Committee [und] über das »vitriolic«, d. h. geharnischte statement des Anwalts Kenny. – Begann, das 6. Kapitel von III zu schreiben. – Mittags zur Fußpflege. Danach Lunch im Miramar. Unterdessen die »Hostess« des Agenten im Wohnzimmer sitzend bis 3 Uhr. Nach ihrem Weggang zwei impertinente Damen, die offenbar aus bloßer Neugier das Haus besichtigten. – Zum Thee deutsche Studenten und Studentinnen mit einem amerk. Guide, vom State Department geprüft und eingeladen. Empfing sie mit Erika, dazu dann K. – Schrieb entschuldigend an »Sinn und Form« wegen Gogol. Las in »Dichtung und Wahrheit[«]. – Regen.

P. P. Freitag den 25. I. 52

Die ganze Nacht Regen. Dauert an. Dunkel. Die Zeitung ausnehmend öde. Dieselben anti-russischen Hetzereien, monoton, ad infinitum. Daß das Publikum es lesen mag! – – Eine Seite weiter an III, 6. – Rundgang, allein, vor Tische. Magd zur Aushilfe. Zum Kaffee S. Rodman mit seiner polnischen Frau. Photogr. Aufnahmen. – Las in Trebitschs Erinnerungen. Einfach, aber gewinnend. – Vor 7 Uhr zum Dinner bei Rechtsanwalt Kozlitz und Frau, zusammen mit einem andern amerikanischen Paar, dessen männlicher Teil sehr dumm. Erstaunlich der Gleichmut, die Unwissenheit, mit der diese Amerikaner die Situation betrachten. Keine tiefer dringende Frage. There is a momentum toward peace, that will prevail. – War leidlich gesprächig, obgleich sehr müde. Las zu Hause noch Weiteres bei Trebitsch. Dann in den »Dämonen«. Bequemlichkeit von Dostojewskys Technik.

P. P. Sonnabend den 26. I. 52

Klares Wetter. Gut geschlafen. Schrieb weiter am Kapitel. Ging Amalfi Drive, bevor wir, da ohne Magd, zum Lunch im Swiss Chalet fuhren. – Schrieb nachmittags an Trebitsch herzlich über sein Buch, nicht fertig. Zum Abendessen Marcuses. Ganz angenehme Unterhaltung. M.'s gemütliches Berlinertum. Die Geschichte von Roths schlichter Frau, die er durch Auferlegung eines Damen-Ideals in den Wahnsinn trieb. Heiratete dann eine schöne Negerin. – Über seine Arbeit »Anfänge des europäischen Pessimismus«. Übereinkunft daß erst der Nihilismus (das Thema Nietzsches) der eigentliche Pessimismus und Schopenhauer noch Idealist sei.

P. P. Sonntag den 27. I. 52

Blauer Himmel, Landwind. – Taft erklärt die gegenw. amerik. Außenpolitik für katastrophal und zum Kriege führend, »Korea« für einen Krieg von blutiger Überflüssigkeit. Da hat er recht. – – Schrieb erst den Brief an Trebitsch fertig, dann am Kapitel. Ausfahrt nach P. P. überm Meer. Sehr warm. Zum Mittagessen Lotte Walter. Nachmittags Brief an Jacob, New York. (»Kgl. Hoheit«). Ein kleines Briefbuch, »Sommer in Lesmona«, eingesandt von Bierman-Ratjens beschäftigte mich abends. – Besorgnis wegen der Ausbürgerung von Personen, die mit amerik. Paß zu lange außer Landes bleiben. – Radio-Serie »This I believe«, 600 Worte. Auszeichnende Einladung. Sollte wohl nicht von der Hand gewiesen werden.

P. P. Montag den 28. I. 52

Klar und sehr warm. – Etwas am Kapitel. – Zum Haarschneiden nach Westwood. »Jim«, der mich seit 10 Jahren bedient, schalt bitter auf den Krieg in Korea. – Beunruhigende Artikel im »Aufbau« über Ausbürgerung bei zu langem Meiden des Landes und über das Bevorstehen eines neuen verschärften Mc Carran-Aktes. – Atlantic Monthly nimmt freudig den Vortrag über den Magic Mountain an und schickt 300 Dollars. – Aufforderung von B.B.C. Third Programm zu einem Vortrag über The artist and Society, im Mai zu halten. – Brief an Philipps in Deutschland, Remscheid. – Abends wieder in den »Mädchenbriefen« mit menschlicher Teilnahme, ja Ergriffenheit gelesen. Nachher ist eine Gegenwirkung gegen diese Art von Rührung, durch Dostojewsky-Lektüre, geraten.

P. P. Dienstag den 29. I. 52

Föhnig bedeckt. – Eine Seite weiter. – Zu wenig gegangen. – Kluge Artikel im »Statesman« über Churchills Verhalten hier, China etc. – Nachmittags ein paar Briefe, von denen der Substanziellste der an R. Schweizer. – Überlegungen für die Vorträge. – Las abends die »Mädchenbriefe« zu Ende, bewegt von ihrer Lebensechtheit und auch ihrer unwillkürlichen Gesellschaftskritik. Die von Geld und Diners geblendeten Eltern! Der boshafte Trick des Lebens, daß Percy ein Jahr nach der Hochzeit der Kleinen ein großes Vermögen erbt. – Möchte, daß die Frauen das Buch lesen u. habe es auf den Wohnzimmer-Tisch gelegt.

P. P. Mittwoch den 30. I. 52

Etwas weiter am Kapitel, gestört vom Gedanken an die Neben-Aufgaben. – Gegangen über das Alte Haus. – Vier Kisten mit dem Ausstellungsmaterial von Yale; schrecklich. – Gescheites Buch von Lion über den französ. Roman des 19. Jahrhunderts. – Nachmittags die Kahn. Diktate, Ausfertigungen, zahlreiche Einzeichnungen für K. W. Jonas u. a.. Kluge, freundliche Schrift, unter Jonas' Büchern, »Herm. Hesse und Th. M.«, Vortrag, in Stuttgart gehalten. Den Deutschen zur Lehre. Gatte der Attenhofer. – Buch von K. Kersten über Peter den Großen und die Fragwürdigkeit historischer Größe.

P. P. Donnerstag den 31. I. 52

Heiteres Frühlingswetter nach kühler Nacht. – Schrieb einen Teil der philosophischen Radio-Äußerung »This I believe«. – Ging über das Alte Haus. – Vorzügliche Aufstellungen des

Faculty Graduates Committee for Peace, Universität Chicago: »Report on Germany«. Kann aber die Billigung nicht unterschreiben, da in des Teufels Küche käme hier und drüben. – Brief an Biermann-Ratjens über die Marga-Briefe. – Sorge wegen des Verkaufs des Hauses, an dem das Dach und anderes bemängelt wird. »Cheap house«. Der Preis zu hoch. Wann werden wir in die Schweiz gelangen? Frage, die sich hauptsächlich auf Erika bezieht. Ihre Schlaflosigkeit ruinös; Behandlung des Leidens hier kaum zu finden. Großer Kummer über dies Daniederliegen so schöner Energieen.

P. P. Freitag den 1. II. 52

Klar und kühl. Erika schlaflos. Ihr Entschluß, sich von Dr. Mann noch einmal in Schlaf versetzen zu lassen, dann die Mittel ganz aufzugeben und es mit Hypnose zu versuchen. – Knappes Vertrauensvotum für die Churchill-Regierung im Unterhaus. Gewaltige Kürzung der Einfuhr, selbst der Gesundheits- oder Krankenpflege. – – Schrieb das Kuckuckstatement für Columbia zu Ende. Ausfahrt zur P. P.-Post und zu einigem Spaziergang. Erika put to sleep von Dr. Mann. – Cocktail-Party bei Nathans in ihrem hübschen Landhaus. Allerlei Leute. Zum Abendessen Feuchtwangers. Ich las meinen Radio-Aufsatz, der natürlich zu »hoch« ist, aber als neues Stück für den Essayband taugt. F. las Hörenswertes aus seinem Rousseau, (der gewaltsame Tod und seine Vertuschung, gut erzählt[)]. – Beendete den Brief an Biermann-Ratjen nachher noch.

P. P. Sonnabend den 2. II. 52

Heiteres, kühles Wetter. – Beginn des Prozesses gegen die 15 kommunistischen Führer im Staat Californien. Kampf der Verteidiger um die Jury. Vollkommene Fairness wird dargestellt. 10 Jahre Gefängnis drohen den Angeklagten für ihre Absicht, die Regierung der V. St. mit Gewalt zu stürzen. – – Am Kapitel weiter. – Bis zum Boulevard gegangen. – Erika bettlägrig. Bei ihr Kaffee. – Abschrift von This I believe. Die von der Bank geholten Manuskripte. Den Nachmittag und Abend mit der Durchsicht verbracht. Viel Sucherei nach fehlenden Dokumenten. Budapester Rede, Achtung Europa.

P. P. Sonntag den 3. II. 52

Viel geträumt in der Nacht, wohl gegen Morgen. Merken, Entgegenkommen, Zusammenwandel, nicht übermäßig glücklich. Es bleibt die Erinnerung des Arm in Arm mit Umfassen des Handgelenks. – Korrektur der Abschrift für K.N.X. [.] – Smith aus London über den Zusammenbruch der deutsch-französischen Cooperation durch deutsche Überforderung. Der englische Bankerott. Der Unsinn, der Unsinn! Ein Drittel der amerik. Ausgaben hätte den Frieden und die Wohlfahrt finanziert. Wie ist soviel Verblendung und Angst vor der Dummheit möglich! – – Den ganzen Vormittag mit Prüfung des Essay-Band-Inhalts verbracht. – Mit K. bei prächtigem Wetter auf der Promenade. – Nachmittags verschiedene Korrespondenz erledigt. – Gelesen in Lions »Französischem Roman«, über Flaubert, Zola. Beeindruckt von der französischen Kultur-Perspektive und -Tradition. Ein deutscher Schriftsteller oft nichts Rechtes. – – Der Traum ist im Grund nicht von schlechterer Substanz, als das wirkliche Erlebnis, das sich auch abschwächt und verfliegt, in die Vergangenheit sinkt u. auch nur noch Traum ist. Auch dieselbe Art von »Erlebnisstolz« kann der Traum erzeugen, wie die Wirklichkeit, und ist ihr durchaus verwandt in der Mischung von Glück und Peinlichkeit. Die Traumgestalt, nach deren Identität ich vergebens suchte und suche, hatte meine Neigung (Schwäche) durchschaut und nötigte mich im Traum, oder vom Traum, zur Wirklichkeit, wodurch gerade der Traum den Charakter und den Stoff des Lebens gewann. Dies beschäftigte mich den ganzen Tag. – Abends mit Genuß das Monteux-Konzert gehört: Zauberflöte-Ouvertüre, »Scherzo« aus Tsch.' Pathétique, Après-midi d'un Faune. Vorzügliches Orchester.

P. P. Montag den 4. II. 52

Dunstig und sehr warm. – H. Ickes gestorben, Laute aus der Zeit des New Deal. »Schonende« Nachrufe. – – Geschrieben am Kapitel. Gegangen ziemlich weit hinunter. Mimosenblüte. – Aufsatz über Gogols »Nase« in »American Imago«. – Abhandlung über »Activité économique et conscience bourgeoise dans les Buddenbrooks« von P. P. Sagave, Universität Straßburg. – Erika außer Bett. – Nachmittags einiges Handschriftliche. – Auspacken der aus Yale eingetroffenen Kisten: Büste, Ehrendokumente, unnötige Rücksendungen von Übersetzungen. – Abends mit Erika Bestimmungen und Zweifel über den Essay-Band. Enervierend »Kunst des Romans«. Notwendige Abschriften. – Urkomischer Brief von Frido über Bergtour mit Golo und den Eltern. Lachten Tränen.

P. P. Dienstag den 5. II. 52

Folge klarer Himmelstage. Gereizte Nerven; Notwendigkeit der Vorsicht und Selbstbeherrschung. – Plötzlicher Optimismus in Sachen des Korea-truce. Mißtrauen. – Beginn des Calif. Kommunisten-Prozesses oder Vorspiele dazu. Idiotisch. – – Redaktionsarbeit an den Ges. Aufsätzen. Noch nicht beendet. – Hitze. Mit K. auf der Promenade. – Zum Thee der Theologe Keller von Zürich mit Sohn und Schwiegertochter (amerikanisch). Der Alte nicht übel, wenn auch voller Bewunderung für amerik. Frankness und Publicity. Alsob die Korruptionsaufdeckungen nicht bloße Politik wären, die Rechten träfen und irgendetwas änderten. – Mühsames, vergebliches Suchen unter alten Zeitungsausschnitten nach dem »Pester Lloyd« mit meiner Budapester Rede. Unauffindbar. – Einsicht, daß »Das deutsche Wunder« wegen Überkreuzung mit der Frankfurter Rede wegfallen muß. – Zu lange in alten Papieren gelesen.

P. P. Mittwoch den 6. II. 52
Andauer des klaren Wetters. Frühstück nach langer Zeit wieder auf der Terrasse. – Schrieb am Roman. Ging bei schwer erträglicher Sonnenglut. – Erikas Zustand hoffnungsvoll gebessert. – Zum Thee der Schauspieler Kalser, verzweifelt über seine Einsperrung hier und wütend auf Amerika. – Organisation von Briefen und Schriften zum Diktat. – Tod Georg's VI von England. Elisabeth II., von Afrika unterwegs nach London.

P. P. Donnerstag den 7. II. 52
Bedeutend kühler. Über den englischen Tronwechsel und den Beginn des Kommunistenprozesses hier. – Redaktion der Budapester Rede und der lecture über den Roman. – Auf der Promenade. Mittagessen im Miramar. (Leichte Attraktion.) – Nachmittags der Kahn längere Reihe von Diktaten. Abends zu lange gelesen: erst in Lions intelligentem Buch, dann in einem brutalen amerk. Roman namens »Verdammt in alle Ewigkeit«.

P. P. Freitag den 8. II. 52
Der engl. Tronwechsel. Vorbereitungen zur Bestattung. Alle Könige nach London. Schöne Rede Churchills. Die Queen eingetroffen. Windsor beklagt sich, daß er allein (zu Schiff) reisen muß. – Natürlich ein Mr. X als Renegatenzeuge im Kommunisten-Prozeß – als »Überraschung«. Für wen? Die Verteidiger hätten es voraussagen sollen. – – Geschrieben am Roman. – Gegangen zum Alten Haus. – In der »Neuen Rundschau« über Heidegger, einen mir schrecklichen Geist. – Brief an Haas wegen des kl. Artikels über Lyrik. Erika tritt sehr für den polit. Aufsatz »Kultur und Politik« aus der National Zeitung, Basel ein, geschrieben unmittelbar vor Ausbruch des Hitlerkrieges. – Zum Abendessen Dieterles mit ihrer alten Dame. Viel Gespräch über Amerika und das Entkommen. Auch sie wollen entschieden hier »nicht sterben«. Eintreten für die

»Forch« statt des Tessin, was ganz nach meinem Sinn. Blieben bis ¾ 11. Heißer Kopf. – Vor ihrer Ankunft hatte Brief an F. Lion über sein Romancier-Buch beendet.

P. P. Sonnabend den 9. II. 52

Unruhig geschlafen. – Kühl; frühstückten aber auf der Terrasse. – Die ceremonielle Eidesleistung Elisabeth II. – Die U.N., d. h. die U.S., lehnen allgem. Besprechungen über asiatische Probleme 3 Monate nach Schließung des Waffenstillstandes ab. Kaum glaublich, daß es überhaupt zu einem truce kommt. Zum Frieden jedenfalls nicht. Wird der einen Seite von der anderen überhaupt das Lebensrecht abgesprochen und wird sie als untermenschlich behandelt, so ist keine Verständigung möglich. – Am Roman. – Gegangen bis zum Alten Haus. – Frau Katzenellenbogen zu Tische. – Lesser sendet lange Briefe, die er an meine Kritiker, auch an Guérard über sein Gide-Buch und wieder über mich schrieb. Gemischte Gefühle. – Kurze Briefe an Moni (über ein Feuilleton von ihr) und Krieger, da er nichts hören läßt. – Die Übersetzung von »This I believe«. Sehr schlecht. Mit Erika verbessert.

P. P. Sonntag den 10. II. 52

Früher zu Bett, besser geschlafen, aber etwas Kopfschmerzen. – Ohne Mädchen. Frühstück im Zimmer. Viel Komik in der Zeitung. Protest Spaniens gegen Trumans Äußerung er sei nicht besonders fond of the Spanish government und vermisse die »Freiheit der Religion«! – Über die traurige Kindheit des Kronprinzen Charles, der mit 3 Jahren schon die Würde und Ruhe eines doppelt so alten Knaben zeige! – – Bedecktes Wetter. – Termin für das B.B.C. Broadcast Ende März. Muß zuerst in Angriff genommen werden, vor dem Vorwort zum Essayband. – – Am Roman. – Rundweg allein. – Häusliche Mahlzeiten. – Hörte abends mit Genuß das Natur-Konzert (Primrose-Brillanz[,] Tschaikowsky.) – Brief an Lesser über seine Sendung. (Nicht fertig geworden.) – Gespräch über die

Roman-Szene, bei dem Erika moniert, daß in Portugal Damen, auch Mutter und Tochter, nicht ohne männliche Bedeckung ein Café besuchen können. Hinzufügung eines Chaperauneurs notwendig. Alten Gelehrten sofort ausgedacht.

P. P. Montag den 11. II. 52

Am Garteneingang »das Zeichen« angebracht. Etwas bedrükkend und aufregend. – Las gestern im »Statesman« Artikel über Korea und den neuen Krieg gegen Land und Leute von einem engl. war correspondent. Unendlich beschämend für diese hier. – – Schrieb den Brief an Lesser zu Ende und änderte dann am Kapitel. – Ging bei Wind und drohendem Regen. »Little Dirty« mit uns im Auto. – Viel Post zu lesen. Nachmittags Brief an den Berliner Aufbau-Verlag diktiert. (Bermanns Rigorosität.) – Viele Ausfertigungen. – Lotte Walter zum Abendessen. – Viel eingelaufene Lektüre. – Korrektur vom Londoner »Observer«.

P. P. Dienstag den 12. II. 52

Nachts geplagt vom Rektal-Leiden und verstimmtem Magen. Schwere Träume. – Blau und windig. – Die Mißstimmung der Bevölkerung gegen den Korea-Krieg selbst aus den Blättern ersichtlich. – Bestattungsfeierlichkeiten in London. Name der neuen Königin hebt die Stimmung. – Die sehr berechtigte chinesische Forderung allgemeiner Verhandlungen über die asiatische Frage strikt abgelehnt. Zeigt wie sehr Truman und Acheson Gefangene des Mc Carthyism sind. – – Am Roman etwas weiter. – Ausgefahren nach Corona del Mare. – Erhielt Kafkas »Amerika«, nach dem mich verlangte, vom Schocken Verlag. – Brief an Adorno, dankend für seine Sendung. – Abends American Party (Nathans, Kozlitzens und P. Eysoldt-Bernays). Qualvoll-komische Seßhaftigkeit der Gäste; konnte gegen ½ 12 nur [durch] eine Intrigue Erikas mit dem jungen Eysoldt gesprengt werden. Erschöpfung und Heiterkeit.

P. P. Mittwoch den 13. II. 52

Klarer Himmel. – Trumann erklärt, sich opfern und kandidieren zu wollen, um den Frieden zu bringen. Wenn er es könnte, hätte ers schon getan. – Geschrieben am Kapitel. Gegangen weit hinab. – Erfreulicher und wahrhaft gesitteter Brief vom Regierungsrat Lepari, Polizei-Departement in Bellinzona. Es ist schön zu sehen, wie herzlich die Schweizer Behörden meine »Rückkehr« begrüßen. – Liebenswürdiger Artikel von W. H. McClain über den »Erwählten« in den »Monatsheften«, Univ. of Wisconsin. – Schrieb ihm nachmittags, nachdem ich geschlafen. – Lektüre des »Statesman« und der »Nation«. – Über St. Zweig zum 10jährigen Todestag auch zu schreiben.

P. P. Donnerstag den 14. II. 52

Klar und schön wie gestern. Beim Frühstück beängstigendes Steckenbleiben eines nicht genug gekauten Stückes gebr. Specks in der oberen Speiseröhre, im Schlund. Widerwärtige Nervosität meines Schluckapparats, quälend. – – Am Roman. – Gegangen Amalfi, dann auf der Promenade. Lunch im Café Français. – Recht reizender Brief eines Siebzehnjährigen namens Abramson in Brooklyn, kundiger Stylist, sonst schlechter Schüler, huldigend, betont zaghaft und einschmeichelnd, behauptet Joseph ähnlich zu sehen – und zu sein. Aufbewahrenswert. – Geschlafen nachmittags. Dann die Kahn, der eine Reihe von Briefen diktiert, auch an den kleinen Josef auf seine Frage, ob ich »glücklich« bin. Ferner an Dr. de Campagnolle über Wagner und sehr herzlich an den Regierungsrat in Bellinzona. – Abends etwas Beethoven gehört und im »Aufbau« über die »Axe Madrid-Buenos Aires [«] gelesen. Die Faszisierung Süd-Amerikas von Spaniern und Deutschen gemeinsam mit guter Aussicht betrieben.

P. P. Freitag den 15. II. 52

Andauer des heiteren Wetters. Bestattungsfeierlichkeiten in London. Poem Masefield's. Der Kommunistenprozeß, stürmisch. – Am Roman. – Gegangen über das Alte Haus. – Brief von Herrn Sagave, Straßburg über sein Buch für 1953: »Réalité sociale et pensée religieuse dans les romans de T. M.« – In Kerstens »Peter der Große«. – Nach dem Thee zu dritt nach dem ferneren Beverly Hills ins Cinéma: sehr unterhaltender englischer Goldraub-Film mit dem glänzenden Komödianten Guinnan. – Späteres Abendessen. Noch in Kerstens Buch.

P. P. Sonnabend den 16. II. 52

Die Blätter voll von Bildern des historischen Beisetzungspomps in London. Neuer »Double life«-witness im Kommunistenprozeß. – Am Roman. Nachmittags über St. Zweig zum 10. Todestag.

P. P. Sonntag den 17. II. 52

Trüb, leicht regnerisch. – Schrieb das über Zweig zu Ende. Dann am Roman. Gegangen bei Sturm. Korrektur und Expedition der Beiträge über »Buddenbrooks« und Zweig. Begleitbriefe. Abends Musik gehört und in der »Rundschau« einiges Interessante gelesen. Rüstow über Jonien und Sparta, frische Philologie. – Abhandenkommen der Handschrift von »This I believe«. Sucherei.

P. P. Montag den 18. II. 52

Komischer Traum von Schweizer als Goethe maskiert. – Wetter wieder klar. – Deutschland vorläufig vom Atlantischen Bunde ausgeschlossen, darf aber mitreden über die Freisprechung von 1000 Kriegsverbrechern. – Chinesen wollen Rußland zu den truce-Beratungen hinzuziehen. Töricht. – – Am Roman. Auf der Promenade bei Sturm. Mittags Eva Hermann. Zum Thee Fritzi Massary. Brief an Sagave. In den Schriften des Wolfgang Borchert †, englisch.

P.P. Dienstag den 19. II. 52
Am Roman, III, 5 gegen das Ende. – Zum Alten Haus. – Nicht notiert vor einigen Tagen der lange Brief von Pauli-Melcher (»Mädchenbriefe«) über ihr und »Percys« Schicksal. Ging von Hand zu Hand. – Bermann über die Weigerung des »Aufbau« anders als in Ostmark zu zahlen. Briefe diktiert an ihn und den Verlag, daß unter diesen Umständen die Angelegenheit unbestimmt zu verschieben ist. – Korrektur und Expedition von »Lob der Vergänglichkeit« an die deutschen Abiturienten. Viele Ausfertigungen. Über den »Erwählten« an den besorgten E. Hilscher in Berlin. – Kafkas »Amerika«, doch wieder seltsam einnehmend. – Der New Statesman – trostreich, aber unfähig der Narretei zu steuern. – R. Straußen[s] »Don Quijote« – recht rührend.

P.P. Mittwoch den 20. II. 52
Bedeckt. – Frankreich ohnmächtig gegen den amerik. Druck in Sachen der deutschen Aufrüstung – von seiner eigenen Verausgabung in Asien. Wollte England sich stemmen. Käme Bevan zur Macht. Die Käuflichkeit Europas sehr schmerzlich. Und widerwärtig, daß Acheson sich in jedem Fall hinter seinen idiotischen Congress verstecken kann, der nichts mehr bewilligt, wenn nicht – –. – – Fand in der Zeitung hübsches Bild von Zouzou. – Am Kapitel gegen das Ende. – Gegangen bei frischer Winterluft. – Die gekürzte Besprechung der Wagner-Briefe an den »Observer«. – Nachmittags geschlafen. Thee im Schlafzimmer. Schrieb Brief an E. Hilscher zu Ende. Fahrt zu dritt zum »Circle Theater«, zur Première von Feuchtwangers »The Devil in Boston«. 3 Akte, von denen einer auch wohl genügt hätte. Witch hunt-Drama mit schlechtem Ausgang für den Fanatiker. War F.B.I. zugegen? Viele Bekannte, Chaplin. Recht gutes Spiel, recht gute Regie. Begrüßung des Autors und des Direktors. 12 Uhr zu Hause. Chokolade. Danach noch in »Amerika«.

P.P. Donnerstag den 21.II.52
Gestern sehr spät zu Bette (wohl gegen 2 Uhr). Darum beim Frühstück starker Appetit. Die Zeitung voller Albernheiten. – Das Kapitel fast zu Ende. – Vorausgegangen, dann Lunch im Swiss. Nachmittags der Kahn einen Brief diktiert über eine relativistische Äußerung des Supreme Court. Citat aus »Coming Victory«. – Selbst geschrieben an die gute Magda Pauli-Melchers in Hamburg. – Kabel abgefaßt zu der dummen Preis-Überreichung in München. Das Buch in England abgelehnt. – Mrs. Kahn zum Abendessen. – In Kafkas »Amerika«. – Infantile Eifersuchtsäußerungen Erikas gegen K.. Schmerzlich, aber nicht zu schwer zu nehmen. – In »Commentary« über Deutschland, sehr objektiv.

P.P. Freitag den 22.II.52
Andauernd sehr kühles Wetter. – Schloß Kap. 5 des III. Buches ab und besserte an den Portraits von Mutter und Tochter. – Ausfahrt nach Corona del Mare. – Große Möbel- und Teppich-Reinigung, etwas unbequem und an Auflösung erinnernd. Keine Post; Washington Day. Las im alten Münchener Empirestuhl in Kafkas »Amerika«. Höchst merkwürdiges Werk. Die Ansteckungsgefahr erheblich. – Nachmittags kleinere Korrespondenzen erledigt. Zum Abendessen Lotte Walter. Erika verlas deutsch-chilenischen Brief über die Estruth, die Courts-Mahler und ihresgleichen. Fabelhaft. – Die Unruhen in Japan gegen die Kolonisierung, gewiß nicht rein kommunistisch. Ankündigung der Errichtung eines »Polizeistaates«. – In Lissabon etwas fragwürdige Einigung über die »Europäische Armee«. – Grotesker Brief Moni's an Kordan wegen eines 10 Dollar-Ausstandes. Krankhafte Geschmacklosigkeit. Aber sehr schmerzlich auch Erikas übergroße Bitterkeit und Reizbarkeit, sobald von diesem Lande die Rede. Mußten die arme Lotte W. gegen sie in Schutz nehmen.

P. P. Sonnabend den 23. II. 52

Bedecktes Wetter. Die Zimmer wieder aufgeräumt. – Noch am Kapitel gebessert. Material zum Essay-Band. B.B.C. Vortrag. – Sehr wenig gegangen. Nicht wohl in Darm und Magen. Menge von Briefen, nur diktatweise abzutun. Geschrieben kurz an den Komponisten von Serachs Lied. Abends Vorlesung des vollendeten Kapitels für K. und Erika. Vergnügen an Lebendigkeit und Ausdruck. Mme Kuckuck echt, Zouzou zeitlich und örtlich gewagt. Das Hotel frei umzubenennen. Im Ganzen Zufriedenheit. Bedauern, daß ich vorerst nicht dazu komme, weiter zu abenteuern.

P. P. Sonntag den 24. II. 52

Klarer Himmel. – Ist es möglich, daß die U.S. unter den europ. Staaten 300 Milliarden Dollar zur Aufrüstung und gleichzeitigem viertem Keep going verteilen wollen? Radio-Nachricht, verrückt. – – Noch am Kapitel gebessert. Dann neue Aufstellung des Inhalts von »Altes und Neues«. Gesamtmaterial an Erika zur Revision. Nachmittags noch beschäftigt damit, Brief an Knopf diktiert, der sich wegen der Überlassung der Krull-Fragmente an Hudson Review aufregt. Hörte abends dem Sonntagskonzert zu und las noch lange in »Amerika«, mit einigen kritischen Gefühlen. Nicht immer kann er ganz glücklich gewesen sein.

P. P. Montag den 25. II. 52

Hitzige Sonne. – Frühstück draußen. – Die Zeitung voller Albernheiten. Das Lissaboner Dokument allgemein als völlig unrealistisch und absurd behandelt. Unglaubliche Blamage, – – die als Blazing victory gefeiert wird. – – Vorbereitungen zu »Der Künstler und die Gesellschaft«. – 12 Uhr Fahrt zu Dr. Cooper. Übereinkunft, daß Anfertigung einer neuen Zahn-Prothese wegen zu schwachen Bisses ratsam ist. – Nachmittags, um etwas zu räumen, K. eine Reihe von Briefen diktiert. – Nichtssagende Nachricht von Krieger. Kabel an ihn wegen des Yale-Textes. – Von Hesse an Erika reizend-komischer und schrulliger Artikel über seine Post aus der N.Z.Z. – Abends Zeitschriften.– Indiana-University-Professor schickt Aufsatz über Goethe »Iphigenie« mit guten Worten über den »Erwählten«.

P. P. Dienstag den 26. II. 52

Dunkel und kühl. – Begann den Vortrag zu schreiben, aufs Geratewohl. – Ging etwas, erschlaffende Luft. – Post geringfügig. – Besprechungen mit Erika wegen des bunten Essaybandes. – Nachmittags ein paar Korrespondenzen erledigt. Abends Party: Reinhardts, Révys und Albrecht Joseph. Erheiterung über Erikas »Wort im Gebirge«. Im Ganzen behaglich. – Lüsternheit der Frau Reinhardt auf das Haus.

P. P. Mittwoch den 27. II. 52

Geschrieben an dem Vortrag für B. B. C.. – Ausfahrt nach P. P., dort allein gegangen. – Zu Tische *Martin Buber*. Angenehmer Eindruck. – Zum Thee junger Mann vom Münchener Rundfunk. – Las versch. Artikel in der »Neuen Schweizer Rundschau«, gesandt von R. Kayser. – Fingerverletzung, schmerzhaft, indem K. und ich gleichzeitig die Schiebetüren zweier Schränke im Studio öffneten.

P. P. Donnerstag den 28. II. 52

Rektal-Beschwerden. Der Finger nicht schlimm. Klarer Himmel. Geschrieben am Vortrag. Gegangen über das Alte Haus. Anschließend Lunch im Miramar. – Der deutsche Text der Yale-Rede, den ich vermißte. – Mit Erika Protest-Brief gegen den frechen deutschen Antrag, das Londoner Pen-Centrum deutscher Schriftsteller im Ausland aufzulösen. – Brief von Golo mit guten literarischen Beilagen von ihm. Hat aber Bibi und Gret in den Kopf gesetzt, Frido nach Salem auf die Schule zu schicken. Nach ein paar Diktaten, von der Kahn aufgenommen, schrieb ich an Bibi energisch gegen die Idee, Frido in jenem Milieu aufwachsen zu lassen. – Abends lange in Platens Gedichten.

P. P. Freitag den 29. II. 52

Regen. – Am Vortrag. – Lunch bei Fritzi Massary mit Walters, Herrn Lambert u. Schwester, Lothar Frank. – Nachmittags Brief an Braungart in München: sein illustr. Buch über den Schweizerisch-amerikanischen Maler Benziger – kaum zu glauben. Portraitierte in einer Glattmanier, die es schon damals nicht mehr gab, die ganze New Yorker Haute volée. – In Kafkas »Amerika«. – Im »Statesman«.

P. P. Sonnabend den 1. III. 52

Mein Gott, die Zeit! – – Nachts Sturm und Regen. – Acheson preist laut die Errungenschaften von Lissabon. »Figures« gibt er nicht. Domestic. – – Am Vortrag. – Gegangen gegen den Sturm; sehr schädlich. – Korrektur von »Atlantic«. Galleys eines Buches von Stone über die Ursprünge des koreanischen Krieges, ausgezeichnet dokumentiert, die verdächtige Wahrheit. Aber ich soll das auf dem Umschlag bestätigen? – – Adams schickt die »Entstehung« zur Widmung an einen spanischen Chirurgen. – Zu dritt zum Buffet-Dinner bei Eva Hermann mit Rimsteiks, Feuchtwangers, ihrem kleinen Franzosen, Albr. Joseph. Vollständig appetitlos und matt. Mit Feuchtwanger über Krieg oder Orwell-Frieden. Seine kommunistische Gedankenlinie scheint mir nicht verläßlich. Der amerk. Zusammenbruch steht in weiter Ferne. Stetige Weiterentwicklung zur fascistischen Diktatur mir wahrscheinlicher – damit sich zeige, was mit »Freiheit« gemeint war. – Der kleine Franzose, eigentlich ohne Attraktion, hat hübsche Augen und intelligentes Mienenspiel. – Nachts in »Amerika«.

P. P. Sonntag den 2. III. 52

Gestern beim Zubettgehen nervöser Schüttelfrost. – Heller Himmel, ruhigere Luft. – Sehr müde. – Am Vortrag. – Auf der Promenade. – Mit großem Interesse in dem Buch von Stone (Galleys) über Korea. Freute mich abends an der Musik. Las weiter in »Amerika«.

P. P. Montag den 3. III. 52

Heller Himmel. Kein Sturm so weit. Gut geschlafen. – Am Vortrag. Mittags nach Westwood zum dringlich gewordenen Haarschneiden. (Sohn des alten Jim). – Überhäuft mit Lektüre. Hugo Wolf-Biographie von F. Walker. Interessantes in versch. Zeitschriften. (Nation, mutig). – Zum Abendessen Albrecht Joseph. Seine vitale Lust am Essen, Trinken, Rauchen. Zu dick. Sprach sehr anerkennend über die hübschen Augen des kleinen Franzosen (heißt er Jean Louis?), mit dem er sich lange unterhalten. Ist aber zweifellos frauenliebend. Geistige Teilnahme sehr lebhaft. War gekommen, um das Kuckuck-Kapitel aus dem Krull zu hören. War außerordentlich angetan davon. Unterhaltung über seine Bedeutung für das Buch. Über den Essayband. Später über Victor Hugo (Del Vayo in der »Nation«) und die Gunst seiner Zeit, verglichen mit heute.

P. P. Dienstag den 4. III. 52

Gestern Nacht weiter in »Amerika«, dann sehr tief geschlafen bis ¾8. – Todbringendes Flugzeugunglück in Frankreich durch Zusammenstoß mit einer Gruppe von *Wandervögeln*. – Erika verabschiedet sich bis übermorgen zu einem Ausflug mit ihren Freundinnen. – – Am Vortrag, bald ermüdend. – Etwas gegangen. Nach Tische Post und Zeitschriften. – Abends bei Walters, die reisen. Später Albr. Joseph, noch sehr erfüllt von der gestrigen Vorlesung. Television-Vorführung eines Disputes über das Verbot der kommunistischen Partei, für und gegen. Gräßlicher Eindruck. *Fort.*

P. P. Mittwoch den 5. III. 52

Mangelhaft geschlafen. Störung durch die Ohren. – Helles Wetter, sehr kühl. Müde. – Truman appelliert durch Voice of

America an die unter kommunistischer Herrschaft schmachtenden Völker, bietet ihnen Freundschaft und Frieden, wenn sie die Demokratie einführen. – Arbeitsunfähig. Las über de Maistre bei Brandes. Fuhr aus mit K. nach Corona del Mare. Schrieb nachlässig an Dr. R. Kayser anläßlich seines Aufsatzes in N.S.R.. Nach dem Abendessen kam der Grammophon-Fachmann, um den Klang der Long Play records zu korrigieren. Las in dem deutschen Blatt »Die Gegenwart« und im »New Statesman«. Spät in »Amerika«, dessen Drauflosträumen mir paßt.

P. P. Donnerstag den 6. III. 52

Die große Annehmlichkeit (für mich), ohne Magd zu sein. Besser geschlafen. Spannkräftiger, aber für die Anforderungen nicht ausreichend. – Am »Vortrag« denn doch weiter heute. – Lunch im Swiss nach einigem Gehen. – Dinner Party bei Nathans. Bunte Gesellschaft. Sehr unzuträgliche Affaire. Warum gehe ich? – Regen. Erika von Santa Barbara zurück.

P. P. Freitag den 7. III. 52

Strömender Regen die ganze Nacht und weiter. Dunkelheit, künstl. Licht beim Frühstück u. zum Schreiben. – Am Vortrag weiter, persönlich, zu persönlich. – Bei unsicherem Wetter weit gegangen. – Brief-Diktat an Mr. Morton über »Asphalt and Desire«. – Interessantes Manuskript »Hamlet, Shakespeares ›Faust‹-Tragödie« von Dr. Elsa Hennings, Hamburg.

P. P. Sonnabend den 8. III. 52

Am Vortrag gegen das Ende. Tauglichkeit zweifelhaft. – Gegangen bis zum Boulevard. Zum Thee bei Davidsons mit Mrs. Lawrence-Jaffee und ihrem gegenwärtigen italienischen Gatten. Besichtigung des praktischen kleinen Hauses. Politik. – Zu Hause die Kahn mit der Abschrift des Kuckuck-Kapitels und Speyers »Andrai und der Fisch«. Blieb zum Abendessen. Nachher bei Aida-Musik noch in dem Manuskript der E. Hennings gelesen.

P. P. Sonntag den 9. III. 52

Sehr kalte Nacht. Klares Wetter. Kein Mädchen. – An dem Vortrag weiter, den nachmittags abschloß. Skrupel aber wegen des zu optimistischen Schlusses. Noch zu ändern. – Mittags gegangen. Widerwille gegen Briefschreiben. Gelesen über Pascal und Courier in dem interessanten Buch von Auerbach über französische Bildung. Monteux-Konzert. Die Arie der Delila, im »Faustus« als Beispiel sinnlicher Schönheit gefeiert.

P. P. Montag den 10. III. 52

Nebeldunkel. Beendete gestern Abend die Lektüre von Kafka's »Amerika«. Curiosum besonderen Ranges. – Zum Frühstück ein Stück Benzidrin, um gegen die »Impressions« etwas gewappnet zu sein. – 10 Uhr also, bei Regen, zu Cooper. Langweilige aber harmlose Prozedur. War 1 ¾ Stunden dort. Weitere Besuche folgen. Abgespannt, aber Nachwirkung des Benzidrins verhinderte Nachmittagsruhe. Zwei Briefe nach dem Thee: an Seelig, Zürich, und in Sachen des Nietzsche-Schwindels »My sister and I«. – Auerbachs französische Aufsätze sehr gut.

P. P. Dienstag den 11. III. 52

Klarer Himmel. – Gerüchte von bevorst. Verwendung der Atombombe in Korea! – Militärrevolution auf Kuba. Flucht des Präsidenten. – Gelder gehen ein aus Japan und Norwegen. – Neue Vorschläge der Russen für Friedensschluß mit Gesamtdeutschland, Zurückziehung aller Okkupation, Neutralisierung Deutschlands bei angemessener Bewaffnung, endgültige Anerkennung der Potsdamer Ostgrenzen. Dies für niemanden annehmbar. – – Schluß des Vortrags neu geschrieben, fraglich ob besser. – Brief an Preetorius. – Gegangen zum Alten Haus. – Leibrich über die »Considération« in »Langues Modernes«. – »New Statesman«. – Diktierte K. einen Brief an A. Krieger über die »Monatsgabe« und sein Ansinnen, für ihre finanzielle Rettung zu sorgen. Es ist eine große Albernheit. – Zu müde um vorzulesen. Hörte abends Musik. Francescati, der erste Geiger der Zeit.

P. P. Mittwoch den 12. III. 52

Helles Wetter. – Bei Vorwahlen Eisenhower vor Taft. – Bei Cooper zum Probieren. – Vorher und nachmittags Briefschreiberei. Abends Dinner Party bei Ed. Knopf und Frau, rein amerikanisch: ein Psychiater, die hochschwangere Tochter und ihr Mann, der Chef der »Daily News«. Liberale Atmosphäre. Sprach höflich über Amerika. Ging nach der Heimkehr um 11 gleich ins Schlafzimmer, um die »Dämonen« weiterzulesen. Schreibe an die Verfasserin von »Hamlet und Faust«.

P. P. Donnerstag den 13. III. 52

Morgens hell, dann schnelle Verdunkelung. – Die Zeitung schwätzt wieder von dem »Military Satellite«, der die Erde umkreisen, alles sehen und bombardieren wird. Ein German Genius, der Erfinder von Hitlers V 2 wirds für Amerika machen. Nicht zu sagen, was für ein Mist die dicke Morgenzeitung ist. Bin ihrer so müde. – – Brief an Lion. – Lunch im French Café. Vorher auf dem Steg. Kalter Seewind. – Nachmittags die Kahn. Einige Briefdiktate. Sie blieb zum Abendessen, u. ich las nachher »Der Künstler und die Gesellschaft« vor. Was neu daran, ist das Beste. Zur Abschrift. – Prüfung des Vorworts zu Erikas Buch über Nazi-Erziehung. Muß ihr zuliebe wohl aufgenommen sein.

P. P. Freitag, den 14. III. 52

Außerordentlich kalt. Schrieb den Brief an Lion zu Ende. Versuchte mich dann an dem Vorwort zu »Altes und Neues«. Ging bei Sprühregen etwas in die Nähe mit K.. Las in der Hugo Wolf-Biographie von Walker. Sandte den »Faustus« mit Widmung an den Pfarrer Krause im Taunus, Homburg, der gut davon spricht. Kam ins Lesen und fand es sehr merkwürdig. – Vorhersage schwerer Regenstürme und außergewöhnlicher Schneefälle in den Bergen. Einsetzen des Regens abends. – Mit Erika über Kafkas »Amerika«, das sie gerade beendet. Über die Traumkomik. Sie meint, daß die Hübschheit Karls, sein Unverhältnis zu Frauen, die Eifersucht des Onkels etc. auf Homosexualität deuten. Ich glaube mehr an jüdische Keuschheit.

P. P. Sonnabend den 15. III. 52

Die ganze Nacht Regen, der andauert bei rauschendem Wind und Dunkelheit. – Brutalitätsanklagen u. Untersuchungen gegen die Polizei. Warum auf einmal? Korruptionsaufdeckungen müssen doch einen Grund haben. – Schrieb an dem Vorwort. – Unendlicher Regen, zeitweise exzessiv. Verließ das Haus nicht. Machte mittags Maniküre. K. tollkühn unterwegs. Der Sunset ein reißender Strom. – Diktierte nachmittags eine Menge deutscher Briefe. Nach dem Abendessen spielte Erika Lieder. – Las die »Nation«, dann weiter in den »Dämonen«.

P. P. Sonntag den 16. III. 52

Nachts wilder Wind und Donnergroll. Morgens Aufklärung. Diskussionen über die Verwendung der Atombombe in Korea. Unwahrscheinlich. – Der Fleisch-Gangster-Skandal in Chicago, bipartisan, Mob-Politik und Morde. Heitere, großzügige Wirtschaft. Der Profit ist Gott. – Die klägliche Lage Frankreichs, das den Krieg in Indochina nicht beenden darf. Die längst verhaßte Dollar-Diktatur. Mehr und mehr wird es zur Verlegenheit werden, mit einem amerk. Paß zu reisen. – Am Vorwort weiter. Etwas gegangen. Nachmittags u. abends Brief an Leibrich (Sèvres) über die »Betrachtungen« und Heinrich. Auch über die Frage, ob der von ihm gepriesene Friedrich-Aufsatz von 1914 in die Sammlung aufgenommen werden soll. – Ausfertig[ung]en. – Etwas in der mysteriösen Autobiographie Nietzsches. – Verunglückte Abend-Musik, irgendwarum schlecht untergebracht, ohne Publikum, mattklingend. Der ewigen »Emulation« Szene bin ich satt.

P. P. Montag den 17. III. 52

Blauer Himmel. Gleich fertig angekleidet. Gearbeitet am Vorwort. Mittags im offenen Wagen zu Cooper; Anprobe, die mir Hoffnung auf günstigere Verhältnisse macht. – Abschrift des Kunst- und Gesellschaftsvortrags; Durcharbeitung und weitere Arbeit am Vorwort. Sehr müde zum Abend, den Markuses bei uns verbrachten. M. höchst gemütlicher Erzähler. Hatte große Freude an Erikas »Wort im Gebirge« über Horkheimer. Viel über die Nietzsche-Mystifikation. Gab ihm das Buch, die Briefe Werners und Nietzsche-Material von Brann und Podach. – Spott über das Land, wo jeder stärkere Regen eine Katastrophe.

P. P. Dienstag den 18. III. 52

Neblig bedeckt. – Am Vorwort. – Gegangen ziemlich weit hinab. – Gekürzte Fassung von »This I believe« kam. Fragwürdig. – Zum Thee Prof. Hermanns mit jungem amerk. Schüler, Dichter, Atheist. H. las zuviel vor. Tauschten Besorgnisse wegen des Landes hier. Betonte mein wachsendes Désinteressement. – Im »New Yorker«, hübsches Interview (Profile) mit Alexandra Tolstoi. – Brief an W. Hirte in Leipzig.

P. P. Mittwoch den 19. III. 52

Trüb, aber zum Aufklären geneigt. – K. verliest Brief der Närr, der wegen unserer, von ihm betriebenen, Reise nach Japan insistiert. Verstimmt darüber. Hineinpfuschen in unsere Sorgen. Ob, wann und wie wir hier wegkommen eine viel vordringlichere Frage. Hierbleiben Erikas wegen ganz unmöglich, und ich selbst bin des Landes unaussprechlich müde. – – Am Vorwort. Bei Cooper zum Probieren. Ungeduldig, die neue Garnitur zu bekommen. – Viel phantasiert über den Gedanken, uns auf dem Münchener Grundstück ein neues Haus zu bauen. Mit Erika in Sachen der Essay-Sammlung und des ärmlich gekürzten CBS-speeches, den aber wohl halten werde. – Etwas handschr. Korrespondenz. – Tauber-Platten abends.

P. P. Donnerstag den 20. III. 52

Ohne Mädchen, angenehm. Blauer Himmel und falscher Wind. Eisenhowers Aussichten im Wachsen. Schlauer Favorit, der nichts sagt, auch nichts zu sagen weiß, und nicht kommt, bis er gewählt ist. – – Am Schluß des Vorworts. Etwas gegangen, dann Lunch im Swiss. Schlechter Kaffee. – Nachmittags der Kahn mehreres diktiert, dann selbst geschrieben an Kerényi. – Abends Problem der Widmung der Luxusausgabe von »Okkulte Erlebnisse«. Erheiterung über die Notwendigkeit lästerlichen Dick-Auftragens. – Hatzfelds Ges. Gedichte, recht rührend. Revision des alten Aufsatzes über ihn, der aufgenommen werden sollte.

P. P. Freitag den 21. III. 52

Der unangenehme Antisemitismus in Dostojewskys »Dämonen«. – Wieder hell und föhnwindig. Das Wetter will sich nicht ordnen. – Skandalöse Untersuchung polizeilicher Brutalität, durchaus S. S.-Stil. Aber gegen die Unterwelt braucht man brutes, – die sich meist gut mit ihr verstehen, auch gemeinsame Sache mit ihr machen. – Fest in der Holywooder Filmindustrie, Verteilung von »Oscars«. Die dummen Gesichter! – – Schloß das Vorwort ab. Auszug des Neuen aus dem Vortrag als Artikel für das Buch. – Etwas gegangen. – Früheres Mittagessen und frühere Ruhe. Zu Fritzi Massary zur Geburtstagsfeier. Überbrachte ihr »Okkulte Erlebnisse« als persönliche Gabe zu dem seidenen Reise-Schlafrock, den wir gespendet. Viele Menschen. Kaffee, Champagner, Brötchen und Kuchen. Mit Marcuse über die falschen Nietzsche-Memoiren. Die Schauspielerin Wehrbezirk etc.. Blieben von 5 bis 6. – Halsschmerzen. Erkältung, fiebrig, angegriffen. Schrieb den Brief an Kerényi zu Ende und sandte den Vortrag zur Übersetzung an Mrs. Heller. Las einiges in einem Buche »Man and his Gods« von Homer S. Smith. – Empirin.

P. P. Sonnabend den 22. III. 52

Unablässiger Föhnsturm, widrig. Ruhig geschlafen. Der Hals schlecht. Mit heißem Natronwasser gegurgelt. Nicht gebadet; rasiert. – Anderwärts sind die Stürme mörderisch. – Immer weiter Verfolgungen Lattimores, bei denen Senator McCarran die Hauptrolle spielt. – Peace treaty mit Japan, genannt »Act of faith«. Das Land wird vor russichem Einfall gewarnt. Daß immer und ewig amerik. Truppen dableiben mögen, hat es erbeten, und der Herzenswunsch wird faithfully gewährt. – – Noch Beschäftigung mit den neuen Manuskripten. Den gekürzten Vortrag zur Abschrift fertig gemacht. Für London muß E. ihn anders kürzen. – Ausgefahren nach Corona del Mare, angegriffen von der Erkältung. – Las in »Man and his Gods« über Darwin. – Brief an J. Lesser mit »This I believe«. – Zum Abendessen Révys. Nachher Albrecht Joseph. Unterhaltungsprogramm: Erikas Horckheimer-Sendung, zu großer Heiterkeit, und ihr Gedicht zum Geburtstag der Massary. Danach Krull-Vorlesung. Die kleine Frau R. bestand auf dem »Unanständigen«. Las also das Houpflé-Kapitel zu lebhafter Verwunderung.

P. P. Sonntag den 23. III. 52

Gestern Nacht weiter in den »Dämonen«. – Klares Wetter, wärmer. Die Zeitung idiotisch. – Beschäftigung mit dem Roman-Manuskript. Verbesserungen in dem gestern Gelesenen. – Ging bis zum Boulevard. – Sandte nachmittags das Kuckuck-Kapitel nebst Brief an Agnes Meyer. Schrieb an Dr. Heinitz in London. Las in »Man and his Gods«, markierte Stellen über die Herkunft des Menschen. Das Buch 19tes Jahrhundert bis zum Exzeß. Freidenkertum, Bibelkritik, Sturmlauf gegen die Genesis, Darwin, Huxley und Strauß. War alles zeitlich notwendig und im Recht, hat aber einen merkwürdig altmodischen Aspekt angenommen. – Abends etwas Musik.

P. P. Montag den 24. III. 52

Dunstig-mild. Frühling. – Eilbriefe von Brandeis-University (Lewisohn) und dem Civil Rights Congress mit Ansprüchen, abzuwehren. – Mit dem Roman-Mt. [.] Eine Stelle in III, 5 läßt mir keine Ruhe, wurde umgeschrieben, nicht endgültig. – In müdem Zustande zu Cooper: einstündige Anpassungsarbeit, äußerst enervierend und den Rest des Tages schwer schädigend. Verletzung der Backenschleimhaut. Die alte Garnitur vorläufig wieder angelegt. – Viel Montagspost. Zeitschrift »Südamerika«, z. T. wichtig. Dazu ein Buch von *Tieren* von Franke in Buenos Aires. – In »Nation« über die Heuchelei des Friedensvertrages als »Treaty between free peoples.« – Zeitig zur Ruhe.

P. P. Dienstag den 25. III. 52

Nachtruhe gut nach einiger Dostojewsky-Lektüre. K. zum Arzt mit der armen Erika, deren Gesichtshaut sich, nach einer Verbrennung mit Höhensonne, infiziert hat und bei starker Schwellung Fieber und Juckqual verursacht. Neue Verstärkung des Schlafmittelgebrauchs. Kummer. – – Am Roman. Änderung am letzten Kapitel (VI). Neues Portrait der Zouzou. Bilder-Anschauung fürs Museum. – Der Arzt beruhigend über Erikas subjektiv sehr quälenden Zustand. – Nach Westwood zum Haarschneiden und Rasieren. Nach Tische Lesen der Post. – Brief an Hatzfeld (Positano). – Abendessen im Hause Lambert-Reitler mit Verwandten und Fritzi Massary. Recht angenehm. Fuhren um 10 Uhr. Erika recht übel daran.

P. P. Mittwoch den 26. III. 52

Heiterer Frühlingstag wieder. Setzte die neue Garnitur ein zum Versuch mich zu gewöhnen. – – –

P. P. Freitag den 28. III. 52

Mühe mit der Korrektur des Portraits der Zouzou. Müde und deprimiert, auch – und vielleicht hauptsächlich – durch Erikas Krankheit, die übrigens jetzt in langsamer Besserung. Nervosität durch die neue Denture. – Gestern Gang auf der Promenade bei beschwerlicher Hitze. Dann Mittagessen im Miramar, mit geringem Appetit. Aus Frankfurt neue Besprechungen des »Erwählten«, holländisch, französisch, deutsch; mit der üblichen Pein gelesen. – Nachmittags die Kahn: Diktat einiger englischer Briefe und Übergabe des Vorworts, des gekürzten Vortrags und der Verbesserung im Kuckuck-Kapitel zur Abschrift. – Las Zoologisches u. Reisebilder in der Zeitschrift »Südamerika«[.]

P. P. Sonnabend den 29. III. 52

Fing gestern an das Siebte Kapitel von III zu schreiben. Ging bei genügend Seewind. Nachmittags drei Briefe. Las in »Man and his Gods« und stellte es beiseite. – K. erkältet, etwas Temperatur. Bleibt heute Vormittag im Bett. E. etwas gebessert. – Brief und Dokumente vom Berliner »Aufbau« kamen gestern, falsche Darstellung, insistierend. Zu beantworten. – Heute kühler, leicht neblig. – Erregt über Joliot-Curies' Kundgebung über die Einsetzung der »bakteriologischen Waffe« durch die Amerikaner in Korea. E. glaubt nicht daran. – Gespannt auf den Ausgang der Klage McCarthy's gegen Sen. Benton; auch auf das Schicksal der McCarran-Gesetzesvorlage. Zwei Proben darauf, wie weit die Entwicklung gediehen. – – Schrieb von 10 bis ½ 1 etwas weiter am neuen Kapitel und fand es langweilig und verheißungslos. – Ging über das Alte Haus. Das Hündchen Dirty, das wir verloren geglaubt, fand sich zu meiner Erheiterung wieder ein und begrüßte mich freudig. – K. nachmittags zu Bette. Thee bei ihr. Schwierigkeiten mit der neuen Denture. Auch die Augen, die zum Lesen schlecht dienen, machen mir Sorge. – Schrieb an Großhut (New York). Hörte abends den »Zigeunerbaron« von Joh. Strauß. Erika macht aufmerksam auf die unrichtige Stelle im Kuckuck-Kapitel, wo der große Wal außer acht gelassen ist.

P. P. Sonntag den 30. III. 52

Neblig bedeckt. Sehr kühles Wetter angekündigt. – K. außer Bett. E.'s Besserung sehr zögernd. – Die politische Sensation: Dinner-Erklärung Trumans, daß er genug getan hat und als Präsidentschaftskandidat ausscheidet. Ist höchst zufrieden mit seinem »record« und wünscht diesen nicht zu beschädigen durch das, was kommt: Krieg oder depression. So »Life«, unumwunden. – – Etwas weiter am neuen Kapitel. Rundgang in der Nähe, allein. – K. gebessert. E. wieder von Magenübel befallen. – Gelesen über den Blau-Wal. Am 5, III. noch zu bessern. – Nachmittags längerer Brief an Max Brod diktiert, im Interesse von Klaus Pr.. – Hörte abends gern die Musik aus San Francisco. Las in dem Roman des Griechen N. Kazantzakis, der in Antibes lebt. Christlicher Kommunismus, Allusionen auf die Passionsgeschichte. – Die »Dämonen«[.]

P. P. Montag den 31. III. 52

Trüb, ziemlich dunkel. – Erfuhren gestern, daß die Nachricht von unserem Vorhaben, in die Schweiz zu ziehen, in der Presse zu lesen war. – Preiskrönung (national) der Aufnahme eines Times-Photographen, die einen Vater bei der Leiche seines überfahrenen Kindes knieend zeigt, während im Hintergrunde die Mutter von jemandem getröstet wird. Höchst widerwärtig. – – Wenig weiter am Kapitel. Ernste Sorgen wegen der Zukunft des Unternehmens. Verlangen nach würdigeren Gegenständen. – Ging ziemlich weit hinab. Las guten Aufsatz von Golo über die falsche Anwendung politischer Erfahrung in der deutschen Zeitschrift »Außenpolitik«. Schrieb ein paar kurze Briefe. Die Tagesleistung unbefriedigend. Geistige Ermüdung als vages Bedürfnis nach neuen Dingen. Verehrungsbrief eines Corporals, übersee wahrscheinlich. – An den verbannten ung. Intellektuellen zu schreiben. Solche Verschickungen sollen, wie es scheint, auch im russischen Deutschland eingeführt werden.

P. P. Dienstag den 1. IV. 52

Kindisches Vergnügen einen neuen Monat zu beginnen; aber was hilft's. – Mildes Frühlingswetter. – Etwas weiter am Kapitel. – Nach S. Monica zur sehr dringlich gewordenen Fußpflege. – Der New Statesman über die liederliche Behandlung des russischen Deutschland-Planes. Der Berliner »Aufbau« mit Auszügen aus »Faustus« zur Beethoven-Feier. – Teilnehmender u. diplomatischer Brief an den ungarischen Verschickten. Angebot, in Budapest zu intervenieren. – Geistiger Notbrief eines deutschen Studenten. Frage nach »ewigen Gesetzen der Menschheit« etc. [.] Schwer zu beantworten. – Studierte Brief und Dokumente des Janka vom Ost-Berliner Aufbau-Verlag. Am Schluß bedenkliche Drohung, meine Bücher nach dortiger »Entscheidung« vertraglos herauszubringen. Beantwortung dringend. – In der Hugo Wolf-Biographie.

P. P. Mittwoch den 2. IV. 52

Neblig-dunkel. – Einige Zeilen geschrieben. – Lange, ermüdende Sitzung bei Cooper zu Korrekturen, die nicht viel genutzt haben. Das Machwerk kein Erfolg. – Spätes Mittagessen. – Englische Ausgabe von Hatfields Buch, vernünftige Arbeit. – Thee im Schlafzimmer. Danach K. den heiklen Brief nach Berlin O diktiert, der zugleich für Bermann bestimmt ist. Warnung vor Gewaltschritten. – Ohne Erika zu Albr. Joseph und Frau zum Abendessen, mit dem Ehepaar Lustig. Bei Zeiten nach Hause.

P. P. Donnerstag den 3. IV. 52

Seit gestern Mittag Aufklärung des Wetters. – Gestern Abend noch lange in den »Dämonen«. Nebelwogen modernster politischer Ideen. – Am Kapitel; nicht vorwärtsgekommen. Die

Hemmung durch Zweifel und Abneigung zu stark. – Lunch im Swiss. Nachmittags der Kahn einiges diktiert. Abschrift des Vorworts. Beim Abendessen Besprechung der Arbeitskrise, der Zweifel, ob ich wirklich die letzten Jahre meines Lebens an diesen Gegenstand wenden soll; Umgang mit dem Gedanken, es als erweitertes Fragment liegen zu lassen. *Vielleicht* noch die Lissaboner und argentinischen Abenteuer auszuführen. – Mit Erika über das Vorwort. – In der Hugo Wolf-Biographie. Seine traurige Torheit in Dingen der Opernlibretti. Sein Leiden unter dem grenzenlos beneideten Wagner. Der Eindruck von Nietzsches »Fall Wagner«. Die scheinbar erfolgreiche Mannheimer Première des »Corregidor«. – Hitze.

P. P. Freitag den 4. IV. 52

Sehr warmer Tag. – Die Memoiren sind kein »Faust«, an den man die letzten Kräfte seines Alters [wendet]. Die ganze Zeit verlangt mich nach einem würdigen Gegenstande, dessen Bewältigung abzusehen. Der Entschluß zum Abbrechen wahrscheinlich achtbarer, als die zwangvolle Vollendung. – – Verbesserungen am Vorwort. Dann Briefe. Hitze. Nicht ausgegangen. Brief von der Lowe über ihren Roman, mit dem mich werde beschäftigen müssen. Anruf Bermanns in Aufregung über die ostdeutschen Beschlüsse, gegen die er nichts machen kann. Daher nachgiebig gestimmt. – Abends Marcuses. Beratungen über die Nietzsche-Mystifikation, seinen Artikel u. dessen Placierung. Vereinigung von Experten zum Protest? – Sehr müde. Bedrückt von meiner kritischen Arbeitssituation. Wenn ich aufgebe – und ich muß es, glaube ich, – was hat an die Stelle zu treten? – Nach der Hitze einfallender Nebel und plötzlich starke Abkühlung.

P. P. Sonnabend den 5. IV. 52

Kühl. Frühstück im Zimmer. K. findet, daß wir die Europa-Reise, bei reichlichen Einnahmen dieses Jahr, jedenfalls machen und namentlich die Gasteiner Kur wiederholen sollen.

–– Wendete den Vormittag an den Versuch, dem an der Weltlage leidenden Studenten in Halle zu antworten. Umsonst. Will ihm einfach etwas schicken wie »Lob der Vergänglichkeit«. – Sehr bedrückt vom Gefühl der Kraftlosigkeit. Gegangen ziemlich weit. Gelesen von Hugo Wolfs Krankheit. Unheimlich berührt. Mit Erika ihre Kürzungen des Londoner Vortrags durchgesprochen. Gab ihr dann meine Buch-Bearbeitung, und sie warf die Frage auf, ob diese nicht auch die Lösung für London sei. Unentschieden. – Spät niedergelegt. Thee im Schlafzimmer. Zum Abendessen ohne Erika bei Feuchtwangers. Rehbraten. Über das für die Konservativen vernichtende Wahlergebnis in England. Las noch nach 10 Uhr leicht und schnell das Verabredungskapitel in 50 Minuten vor, das sehr reizvoll wirkte und auch etwas für Zürich wäre. Tat mir wohl. Spät nach Hause.

P. P. Sonntag den 6. IV. 52

Bedeckt u. kühl. Beim Früh-Kaffee Erinnerung K.'s an eine ältere Münchener Aristokratin, die sich leidenschaftlich in den jungen Hauslehrer ihres Sohnes verliebt. Wunderbarer Weise tritt, nach ihrem entzückten Glauben kraft der Liebe, noch einmal Menstruation ein. Ihr Weibtum ist ihr zurückgegeben – es war im Grunde noch nicht tot, denn wie hätte sonst auch dies junge, mächtige Gefühl sie ergreifen können? Zu diesem faßt sie unter dem Eindruck der physiologischen Segnung, Verjüngung, Auferstehung, frohen und kühnen Mut. Alle Melancholie, Scham, Zagheit fällt davon ab. Sie wagt zu lieben und zu locken. Liebesfrühling, nachdem schon der Herbst eingefallen. Dann stellt sich heraus, daß die Blutung das Erzeugnis von *Gebärmutter-Krebs* war – auch eine Vergünstigung, da die Erkrankung gewöhnlich nichts von sich merken läßt. Furchtbare Vexation! War aber die Krankheit der Reiz zur Leidenschaft u. täuschte sie Auferstehung vor? (In welchem Stadium des Krebses tritt solche Blutung ein? Ist der Fall noch operierbar? Tod oder Selbstmord aus tiefster Beleidigung durch die Natur oder Verzicht und Grabesfriede.) – – Beim Frühstück Smith aus London über den eklatanten Labor-Sieg und die wachsende Anhängerschaft Bevans. Überfüllte Versammlungen, Broschüre von ihm gegen die Unsinnigkeit der amerikanischen Politik in Asien. Die Rüstungen führen zum Ruin, der dem Kommunismus dient. Der Indo-China-Krieg Frankreichs für verloren erklärt. – Der Flieger-Sohn des Generals van Fleet in Korea »vermißt«. Die falsch idealistischen Redensarten bei dieser Gelegenheit. – – – Notwendige Änderungen an III, 5. Wenig gegangen. Geschrieben an den Hallenser Studenten und ihm »Lob der Vergänglichkeit« geschickt. – Plötzlicher Tod Rudi Ladenburg von Mrs. Shenstone aus Princeton gemeldet. Tötlicher Virus. – Die neue Schweizer Gulliver-Ausgabe, von Hesse eingeleitet. – Über die Geschichte der *»Achilleis«* in Gräfs Sammlung gelesen. – Musik unter Monteux.

P. P. Montag den 7. IV. 52

Regen, Dunkelheit. – Warum muß Achill sterben, wie er weiß? – Stalin und der indische Botschafter über die Notwendigkeit von Besprechungen zur Verständigung. – Erika gestern wieder von Erbrechen heimgesucht. – K. meint, die von E. gekürzte Form des Vortrags sei besser beizubehalten. – – Die Änderungen an III, 5. – Regen den ganzen Tag; ging nicht aus. Nach Tisch Zeitschriften. Zum Thee J. Chapiro mit Frau, danach deren Bruder Albr. Joseph, Ch. sehr zäh und anspruchsvoll. Müde nachher. Abends in der Ilias. – –

Dienstag den 8. IV. 52

Nochmalige Rückkehr zu III, 5. Dann an 6 weiter versucht. 12 Uhr Fahrt zu Cooper in offenem Wagen. Abschleifen des Randes des oberen Einsatzes. Erleichterung. – Luzerner Zeitung mit gutem Leitartikel des »Außenpolitikers«. Ziemlich unverhohlen antiamerikanisch. – Briefe geschrieben an Frau Prof. Ladenburg und Mrs. Lowe. – Zum Abendessen Renée, Nina's und des Schauspielers Tochter. Reizvolles Geschöpf. – Nachher Zeitschriften. – Im 3. Band der »Dämonen«. Der Haß auf Turgenjew krankhaft.

P. P. Mittwoch den 9. IV. 52

Museumsbesuch, geändert. – Gegangen ziemlich weit hinab. Brief von Lesser mit Beilage an Hatfield über sein Buch. Einer, der nichts durchgehen läßt. Ein Glaubender. Es ist gewiß schön. – K. nahm Briefe auf. Ich begann einen an den guten Goes. – In der Odyssee und der Achilleïs. Geistige Modernität dieser, interessant. »Schrecklich blicket ein Gott da, wo Sterbliche weinen.«

P. P. Donnerstag den 10. IV. 52

Regen. Dunkel. Schwarze Zunge. Der Frühkaffee wäre besser abzuschaffen. Ausnehmende Albernheit der Zeitung. – Weitere Änderung des Kapitels. Wegen Nässe nicht ausgegangen. Las die Achilleis zu Ende und schlug einiges nach. Unklar bleibt, wie Achill mit Polyxena verlobt sein konnte, bei andauerndem Kriege, in dem er fällt. – Zum Thee Mr. Kaufmann, eigens aus San Francisco gekommen. Vollständig unmöglich. – Schrieb an Goes zu Ende. Abends Parsifal, der 1. Akt ganz. Die Tempelszene schwer auszuhalten. Kundry das Beste.

P. P. Freitag den 11. IV. 52 (Charfreitag)

Helleres Wetter. Die Nacht sehr kalt. – Einführung ins Vorwort. Am Kapitel ändernd weiter. Gegangen übers Alte Haus. In Kerényi's Mythologie. Brief an Lesser begonnen. (Krull-Krisis.) Abends Parsifal, Akt II. Bayreuther Theater-Aufnahme, schwach. Lauschte aber angespannt u. machte mir Gedanken. – In »Dichtung und Wahrheit.« Mit Erika »This I believe« gelesen.

P. P. Sonnabend den 12. IV. 52

Pariser Radio Diffusion will Interview zu einem Vortrag von 45 Minuten über den Faustus. – Etwas am Kapitel. Gegangen. Mit der Post Pegasus-Ehrenzeichen am Bande von der Acad. of Arts und Letters. Brief von Agnes Meyer, auch den Nietzsche-Schwindel betreffend. Buch von Lion über französische Philosophie. – Die Kahn; einige Diktate. Unzufriedenheit mit der dummen Walfisch-Stelle im 5. Kapitel. – Erika beim Abendessen viel über ihre ziemlich einleuchtende Hypothese, daß Nürnberg der Urheber der Nietzsche-Fälschung war. – III. Akt Parsifal. Aufmerksam angehört. Dann in »Dichtung und Wahrheit«.

P. P. Sonntag den 13. IV. 52

Demi tasse morgens.– Verdauungsdilemma. Oel und Laxativ bekommt mir schlecht, aber ohne sie verhärtet der Stuhl sich in gefährlicher, verwundender Weise. Grad der Sparsamkeit schwer zu treffen. – Beim Frühstück Mißgeschick des Steckenbleibens von dürrem gebackenem Speck in der oberen Speiseröhre, besonders unangenehm und langwierig. Neigung des Schlundes zu nervöser Kontraktion. Weiches Ei vorzuziehen. – Taft fordert Eisenhower auf, seine »views« kundzugeben. Er wird und muß aber wohl heiter-pythisch bleiben. Viele Taschentücher bei Abschiedszusammenkunft in Paris. Mongommery warnt den alten Kriegskameraden vor der Politik. – Wetter bedeckt. – Am Kapitel. Etwas gegangen. In Lions Buch. Nachmittags Brief an Agnes Meyer. Späteres Abendessen. Ankunft Medi's mit den Kindern per Flugzeug, von Erika eingeholt. Den Abend mit ihr.

P. P. Montag den 14. IV. 52

Helles, windiges Wetter. Medi zum Frühkaffee. Frühstück mit ihr. Am Kapitel. Mit Medi und einem Kinde ausgefahren nach Pacif. Palisades. Aufsatz über das Griechische im »T. i. V.« aus Germanic Review von F. H. Mautner. Die Übersetzung des

Vortrags, leidlich fehlerhaft. Sonst viel zu lesen. Brief an Dr. Werner in Sachen des Nietzsche-Schwindels. Brief des Schwiegersohns Dr. Levys, Rosenthal.

P. P. Dienstag den 15. IV. 52

Hell. – Mit Medi über das Problem unseres Bleibens oder Umsiedelns. Würde ich von der Reise gern zurückkehren? Erika eine schwere Frage für sich. Außer der Schweiz, die freilich kompakt pro-amerikanisch (mit vereinzelten Ausnahmen) bietet der europ. [Kontinent] keinen festen Boden. Auch ohne Krieg wilde Erschütterungen dort möglich. Krieg wohl freilich schon ausgeschlossen, da der Zusammenbruch der Marshall-Plan und Atlantic Pact-Politik offenkundig. – Am Kapitel. – Gegangen. – Eva Hermann zu Tische. Ärger über fette Saucen. – Brief von Basler. Dringendes Angebot des Manesse-Verlages unter der Annahme, daß vollständiger Bruch mit Bermann erfolgt sei. Zu schön um wahr zu sein. – Geschrieben an Mautner (T.i.V.) und Caroline Newton. Dieser ein Bild mit Niko. – Bücher von Bermann. Zeitschriften, unzuträgliche Lektüre, die von Besserem abhält. Der amerikanische Monat. Golo wehrt wirkungsvoll Angriffe ab auf seine Kritik Reichenbachs. Verteidigt die Philosophie gegen den wissenschaftl. Positivismus. Geht zu weit in seiner Verachtung und Denunziation des Marxismus.

P. P. Mittwoch den 16. IV. 52

Klares Wetter. Morgens mit Medi. Am Kapitel. Mit Medi u. der Kleinsten ausgefahren nach Corona del Mare. Brief von Reisiger zu Ostern. Las in Kafkas Erzählungen. Zum Thee Bekannte Medis, schwedischer Professor und Frau, die etwas an Alfred Manns Frau aus Antwerpen erinnerte. Schrieb an Basler. Mit Erika Lesung der »Vergänglichkeit« aufs Band. Abends mit ihr die verbesserte Fassung des Londoner Vortrags durchgegangen. Sie hatte viel Arbeit mit der miserablen Übersetzung. So steht es mit der englischen Fassung aller meiner Essays!

P. P. Donnerstag den 17. IV. 52

Leicht dunstig. Der Magen etwas gebessert. – Am Kapitel. – Etwas gegangen. Brief von Adorno über die Lage, Europa, Amerika [,] die Frage unserer Übersiedlung. Brief von Lion, der äußerst gespannt ist auf »meinen Erasmus«. – Stundenlang Neu-Installation des Radio- und Grammophon-Apparats durch Leonard und Gehilfen Tom Ingersoll, netter Junge, der sich den »Schopenhauer« inskribieren ließ. Die Kahn. Ausfertigungen und Handschriftliches. – Von Kafka »Die Verwandlung« und »In der Strafkolonie«. Dieses eindrucksvoll visionär.

P. P. Freitag den 18. IV. 52

Nebel. Nach dem Frühstück Fahrt nach Hollywood zum K.N.X. Studio und zur Aufnahme von »This I believe«. Die Zeit getroffen, zweimal gelesen. Aufforderung für Television. (?). Waren 11 Uhr wieder zu Hause. – Arbeit nicht mehr möglich. Begann Brief an Reisiger, den nachmittags beendete. Nach dem Abendessen mit Medi nach Beverly Hills ins Kino: Japan[isch]er Erfolgsfilm, an dem nicht das mindeste Gefallen fand.

P. P. Sonnabend den 19. IV. 52

Nebeldunkel. Frühstück mit Kindern und Kindeskindern. Am Kapitel. Gegangen weit hinab, geholt von Medi. Zu Tische Ed Klotz. Nachher Herr Kayser, Volksschullehrer und Collegegast aus Schwaben. »Höhepunkt seiner Amerika-Reise«, aber für mich ermüdend. Geschlafen. Geschrieben nur an Fischer, damit Reisiger die ihm fehlenden Joseph-Bände bekommt und eine Frau in Ost-Deutschland »L. i. W. «[.] Nach dem Abendessen eine Partie Casino mit Medi und den Kindern. Las dann für Medi das Verabredungskapitel.

P. P. Sonntag den 20. IV. 52
Helles Wetter. Weiche Eier zum Frühstück u. etwas westf. Schinken. Besuch der niederländischen Königin in L.A. u. Hollywood. Am Roman. – Mit Kind u. Kindeskind auf der Ocean Promenade. – Las in J. Maaß' Erzählung »Schwierige Jugend«. – Nachmittags Brief an Adorno, nicht fertig. Abends den »Wozzek« gehört auf dem neuen Apparat, der sehr schön klingt.

P. P. Montag den 21. IV. 52
Am Kapitel. Zum Haarschneiden nach Westwood. Lawine von Post. Viel Arbeit. Erster Teil von Marcuses Artikel gegen den Nietzsche-Schwindel im »Aufbau«. Hudson Review mit Besprechung des »Holy Sinner«. Den Brief an Adorno zu Ende geschrieben. Brief an Dr. Benedikt zu seinem Manuskript, das 4 Monate bei mir lag; ablehnend. Abends Musik. Lohengrin wieder einmal. Archibald Douglas.

P. P. Dienstag den 22. IV. 52
Helles Wetter. Dieses Jahr sind die Einnahmen ausnehmend gut, in Europa und hier. Dabei ist merkwürdig wie die Sorgen und Zweifel wegen der Umsiedlung denen wegen des Romans entsprechen. – Heute früh wach. Kaffee mit K. und Medi, die etwas unwohl. – An dem Museumskapitel. – Allein etwas gegangen. – Wieder viel Post. Mühlestein schickt 40 Shakespeare-Sonette in seiner Übersetzung. Die »Neue Literarische Welt« mit Dingen von mir und über mich. H. Brandenburg über meine Münchener Zeit, eher peinlich. – K. Briefe diktiert an Bermann, Hatfield, Knopf. Nach Tische waren 3 Japaner da, die lange saßen und viel Rat und Weisheit hören wollten. War sehr erschöpft danach. – Brief von Kerényi. Sehr komischer College-Aufsatz über »Death in Venice«.

P. P. Mittwoch den 23. IV. 52

Hell und warm. – Am Schluß des Kapitels. – Ausgefahren mit K. und Medi und der Kleinen nach P. P.. – Zum Thee ein weiterer Japaner. Plan eines Weltfluges von Europa zurück über Indien und Japan. Darüber auch Brief von Dr. Chakravarty mit Äußerungen über den Eindruck, den der »Faustus« auf die indische Intelligenz und persönlich auf Nehru gemacht. – Mühselige Widmungen an eine deutsch-holländische Schülerin von Kansas University auf Wunsch des Inders und an Leonard (Bild mit Lobschreiben über den »Bel Canto«-Apparat.) Durchsicht des Londoner Vortrags.

P. P. Donnerstag den 24. IV. 52

Medis 34. Geburtstag. Morgendliche Gratulation. – Nebel. – Organisation von Diktatbriefen. – Am Schluß des Kapitels, stockend. Etwas gegangen. Lunch en famille im Fisch-Restaurant auf dem Steg. Die N. Rundschau mit gutem Artikel über Bismarck von W. Richter. Die Kahn; Diktate. Sie blieb zum Abendessen mit Eva Hermann. Champagner zu Medis Ehren. Nachher Unterhaltung mit Erikas »Wort im Gebirge« u. anderen Scherz-records. Medi beschenkt mit hübschen Kleidern.

P. P. Freitag den 25. IV. 52

Morgens Regen. Über den Plan der Weltreise. Gastein wäre dabei auf August zu verlegen. Gut, wenn der Verkauf des Hauses nebst »Lift« der Möbel u. Bücher sich in unserer Abwesenheit vollzöge. Aber auch hier Unentschlossenheit. Erika widerstrebt vorläufig der großen Reise, – die übrigens, mit einem Aufenthalt in Hawai, in einem Monat zu absolvieren wäre. Gedanke an den Roman spielt eine Rolle. – Seit gestern beständige Anrufe von Presse und Agenturen wegen meines »Bruchs mit Amerika«. Beschwichtigungen. – Krise meines Lebens, zuweilen wie Auflösung wirkend, mir immer fühlbar. – – Schluß-Kadenz des Museumkapitels. – Etwas gegangen. – Manuskript von Windham. Dedizierte Drucksachen verschiedener Art. – Zeitig zur Ruhe. Thee im Schlafzimmer. Nach 5 Uhr Fahrt mit Medi, Marcuses abzuholen. In ihrem Wagen zur Universität in L.A.. Heftiger Regen. Viele Bekannte dort. Beim Dinner placiert zwischen dem alten Prof. Carlson und der Frau des Dean Druel. Reden, introductions, bows. Sagte auch mein Sprüchlein mit joke. Nachher nebenan die lecture Marcuses über The Rise of Pessimism. Schlimme Berliner Aussprache, die aber mit völliger Duldsamkeit hingenommen wurde. Übrigens unfehlbar anregend. Hatten schöne bequeme Ehrenstühle. Fuhren wieder mit Marcuses zurück, dann nach Hause, wo noch einen Imbiß nahmen: Chokolade und Toast. Las dann noch einiges in der »Rundschau«, rauchend.

P. P. Sonnabend den 26. IV. 52

Etwas helleres Wetter. Letzter Tag von Medis Aufenthalt. Kaffee und Frühstück mit ihr. Truman bekommt recht in seinem Streit mit der Stahlindustrie, die nicht weiß, wie ihr geschieht. Big business wird bald von dem ganzen rearmament und der gegenwärtigen Politik genug haben. Wendung in Sicht. – Abschluß des Museumskapitels und Umarbeitung des Zouzou-Portraits im vorigen. – Mit Medi und dem Kinde Gogoi auf der Promenade. – Lange zu lesen an Prof. Weigands ungeheuer eingehender Analyse des »Erwählten« in der Germanic Review. Peinliche Ehre: Torheiten über das Sprachliche, aufgefaßt als Emigrantendeutsch. »His Sprachgefühl ist slipping« ist ja auch Messingsch. Viel Lob dabei, aber viel bedrückende Müßigkeit. Die Lektüre nahm Stunden. – Zum Thee der Schauspieler Kalser, der endlich seine Ausreise-Erlaubnis zu erhalten hofft. – Abends Vorlesung für Medi des Kuckuckkapitels, von dem sie begeistert war. »Das Schönste, was ich geschrieben!« Seine Gefährlichkeit für das Buch, das dadurch zu sehr in die Höhe getrieben wird. Dennoch Zusammenhang mit den Anfängen, worin das Verlangen nach dem Allsein auch schon immer anklingt. – Verabschiedung von Medi und den Kindern, die morgen in aller Frühe reisen. Vorstellen der Uhren um eine Stunde. Spät zu Bette.

P. P. Sonntag den 27. IV. 52

In den Dämonen nachts gegen das Ende. Romanhafte Aufregung auf die Spitze getrieben. Schrecknis von Kirillows Tod. – Ziemlich helles Wetter. Medi und die Kinder fort. Unausgeschlafen. Smith aus London über die Verworrenheit der europäisch-amerikanischen Lage. Adenauer kämpft gegen die russische Einheitsförderung um sein vatikanisch-amerikanisches Westdeutschland. Acheson will den Beitritt Deutschlands zum Atlantic Pact allem anderen voranstellen, – aus dem man, sagt Adenauer, auch wieder austreten könne. Der Krieg jedenfalls als unmöglich abgeschrieben. Rüstungsmüdigkeit hier zeichnet sich ab. Welthandel, das einzig Mögliche, wird auch hier wohl bald offen verlangt werden. – – Portrait der Zouzou. Kap. 6 und 7 von Buch III bei Seite gelegt. Etwas gegangen und von Erika geholt. Die Weigand'sche Philologie doch eigentlich ein Ärgernis. – Den ganzen Tag sehr müde. Hörte aber etwas Musik. Las in der »Nation«. Nachmittagstätigkeit beschränkte sich auf einiges Probieren mit Erika von Lesestücken aus Tonio Kröger und Joseph für die Plattenaufnahme.

P. P. Montag den 28. IV. 52

Bedeckt, kühl. Andauernde Müdigkeit. Zweifel, ob es Vernunft hat, die Weltreise zu unternehmen. – Brief an Lion über sein Buch. Gelesen nichts als Zeitschriften. Nachmittags geschlafen. Das Dämchen von Caedmon Publishers zum Thee. Festsetzung des Programms. Unzufrieden abends mit dem Klang des Apparats bei Radiosendung. Reklamation. – Halsentzündung.

P. P. Dienstag den 29. IV. 52

Immer bedeckt und kühl. Gebadet trotz Halsentzündung. ½10 Uhr Fahrt mit Miss Roney nach Hollywood zur Plattenaufnahme vermischter Prosa. Las mit Unterbrechungen u. mit heißem Kaffee traktiert: das 1. Kapitel von »Tonio Kröger«, »Lob der Vergänglichkeit« und »Die Buße« aus dem »Erwählten« zur Befriedigung der Unternehmerin, die bald mehr haben will. Die Prozedur nahm den ganzen Vormittag in Anspruch. Check. – Las etwas in Windhams Manuskript. Begann Brief an Weigand. Abends Gäste: Josephs und Chapiros. War sterbensmüde und litt nach Tische schwer unter dem unaufhörlichen Auf mich Einreden Chapiros, während zwei andere Gespräche schwirrten. Erika brachte Erleichterung durch Vorführung ihrer Motzknödel-Dialoge.

P. P. Mittwoch den 30. IV. 52

Helles, windstilles Wetter. – Die Weltreise kommt mir doch wie Wahnsinn vor. – Stahlarbeiter-strike, da die Maßgabe Trumans für ungesetzlich erklärt wird. Oel-strike auch, glaube ich. – Vormittags der Brief an Weigand. – Nachmittags Lese-Probe des Londoner Vortrags mit Erika.

P. P. Donnerstag den 1. V. 52

Klares Wetter. – Nehme wieder das Vitamin-Phosphor-Medikament. – Die Stahlindustrie vorläufig der Regierung zurückgegeben, bis der Supr. Court entscheidet. Aber der Strike dauert an. – Der Brief an Weigand, vormittags und nachmittags. – Franz. Übersetzungen aus dem »Erwählten« in »La Table Ronde«. – Die Kahn zum Thee. Diktierte nicht. Abendessen mit ihr ohne Erika, die wieder leidend. Großer Kummer und Sorge. Ich selbst erkältet, Schnupfen, Halsweh. – In Windhams Manuskript, ziemlich langweilig.

P. P. Freitag den 2. V. 52

Warm. – Schrieb den Brief an Weigand zu Ende, danach, wie längst vorgenommen, an den schwerkrankenden, wohl sterbenden Oprecht. – Ging bis zum Boulevard, geholt von K. mit Ch. Neider, den wir zum Lunch hatten. Seine Unterhaltung gefiel mir. – Langer Brief von Adorno, philosophisch insistierend wegen der Durchführung des Krull. – Durchsicht zu erledigender Briefe. Gelesen in Windhams merkwürdig zahmem Roman. – Erika etwas besser. Lecture-Probe mit ihr.

P. P. Sonnabend den 3. V. 52

Kühler. – Schluß der »Dämonen«, mit dem Schlafe kämpfend gestern Nacht. Die Faszination Stawrogins verblaßt gegen Ende. Aber seine von Gleichgültigkeit durchkreuzte Kraft sehr interessant. Entfernte Erinnerung an Adrian L.. – – Maniküre, Rasur. Frühstück auf der Terrasse. Jetzt immer zwei weiche Eier. – – Excerpte über Gebärmutter und Menstruation. Versuche, eine Form für die Geschichte der Betrogenen zu finden. Danach über die Umgegend von Lissabon. – Mit K. auf der Promenade. – Wieder Hinzukommen vieler Briefe. In Windhams Roman. Gegen Abend Brief an Mühlestein über die Sonette begonnen. Vor 7 Uhr zu Révys; Abendessen mit Marcuses. Über die Nietzsche-Fälschung; konservative Haltung in der Literatur, die »Betrachtungen«, den Friedrich u. dergl. [.] Erkältet, heiser, etwas fiebrig. Zu Hause Empirin zum Thee.

P. P. Sonntag den 4. V. 52

Peau de Chagrin wieder begonnen gestern Nacht. Klares Wetter. – Gestern Nacht technisch schwer zu erklärende Unfug-Störung durch das Telephon, 1½ Stunden lang. Erika mit der Polizei und Luther Heilig. K. beunruhigt. – – Brief an Mühlestein, dann einige Beschäftigung mit dem Manuskript. Unlust den Umgang mit Kuckucks weiterzuspinnen. Gegangen zum Alten Haus trotz störendem Wagenverkehr bei dem schönen Wetter. – Äußerte, daß man die Geschichte der »Betrogenen« erzählen sollte. – Brief an Mampell. – Abends Meistersinger-Vorspiel, das immer zugleich ein Gedenken an Nietzsche ist. – Beendet die Lektüre von Windhams Roman. Entschieden begabt. Sehr düster gegen die Ehe. Eindruck, daß es sich um ein bemerkenswertes Werk handelt, dessen Zurückweisung tadelnswert. Der Dog Star war äußerlich schärfer, aggressiver, provokativer. Aber man sollte den Radikalismus dieses Buches nicht unterschätzen, besonders da er sich mit viel Naturblick verbindet. Die Katastrophe kraß genug, aber vorher viel Feines, wie Wolkenschatten über die Seele Huschendes.

P. P. Montag den 5. V. 52

Kühl, klar, leicht dunstig. Nachts wieder der Telephon-Unfug, dem durch Aushängen begegnet. – Erika gestern besser. – Vormittags Brief an Dr. Rosenthal mit medizinischen Anfragen über Gebärmutter-Krebs. Danach Notizenarbeit über den Gegenstand. – Gegangen zum alten Haus. Überraschender Artikel von Belzner in der Rhein-Neckar-Zeitung über »Adel des Geistes«. Melancholisch-resignierter Brief dazu, den nachmittags beantwortete. Erledigung einer Anzahl von Briefen mit K.. – Törichtes Sich wichtig machen des A. Werner im »Aufbau« im Anschluß an Marcuses Artikel mit Citaten aus meinen Briefen. Marcuse, bei Erika, schreibt viel zu wütende Antwort, die er auf unseren Rat abkühlt. Ich selbst verspreche, ihm seine alleinige Autorschaft zu bescheinigen. – Gelesen in dem von Schuh gesandten Briefwechsel Hofmannsthal-Strauß.

P. P. Mittwoch den 7. V. 52

Gestern Vormittag Brief an den New Yorker »Aufbau« in Sachen Werner-Marcuse. Gut. – Weit gegangen. – Spanische Ausgabe des »Faustus« mit verballhornten Namen z. T. – K. Brief an Bermann diktiert. Selbst einen geschrieben an eine Beglückte in Frankfurt. – Kleists Novellen; Marquise von O..

P. P. Donnerstag den 8. V. 52

Gestern Aufzeichnungen zur »Betrogenen«. – Nach Westwood, bei Desmond's Bestellung eines neuen Anzugs, grau. – Brief von Bermann über seine Schritte gegen den »Aufbau«-

Verlag. Zugleich Nachricht, ausgehend von A. Zweig, daß die »illegale« Ausgabe von Buddenbrooks sofort in 30 000 Exemplare verkauft worden ist und 70 000 Vorbestellungen vorliegen. Ganz wie ich es mir vorgestellt habe. Nachschrift an Bermann, daß ich nicht die geringste Lust habe, zu klagen. – Arbeit mit Erika an der Redaktion des Essay-Bandes; fortzusetzen. – Von Mondadori seine Ausgabe des »Erwählten«, »L'eletto«. Die Verspartieen ganz außer acht gelassen. – Kleists Novellen.

Spät zu Bette; schon auf dem Sofa geschlummert. Las im »Monat«, der so Stalin-besessen ist wie der »New Leader«, höfliche Polemik zwischen [Golo und] dem Historiker Taylor.

Heute das Wetter dunstig. – Seit gestern Erörterung der Frage, ob Erika nicht besser tun wird, schon Ende dieses Monats, vorm Ablaufen ihres Passes, nach Europa voranzufahren. –– Änderungen am Vorwort zum Essayband und Ordnung des Aufsatzes über Hesse. Langweilig. Dann noch etwas Beschäftigung mit der »Betrogenen«. – Brief von A. Placzek von der S.R.Literature, auf seinen Artikel hinweisend. – Gegangen. Der Kahn Briefe diktiert. In Kleists Novellen (Findling, Zweikampf). – Schrieb Briefe. Verwirrung, Zweifel, Sorgen, Lähmung. Schwerer Seelenzustand all die Zeit. Mit K. in Pacif. Palisades, am Rande über dem Meer hingegangen. Erwägungen über die Zukunft. – Erika sehr matt aussehend von Schlaflosgkeit. – Briefe nur vom N.Y.er Bureau der B.B.C. – Weitere Kleist'sche Novellen langweilig. Will Goethe'sche Erzählungen lesen. – Nachmittags noch etwas Korrespondenz erledigt. – ½9 Gäste zu musikalischer Soirée. Rebner mit seinen Leuten, ausgezeichnete Musiker. Révy's, Lustigs, Florence Homolka, Frau des Geigers (Judge), Frau Feuchtwanger, Neider, Mrs. Nathan-Bingham. Prächtiges Zusammenspiel bei Beethoven opus 1 und einem Brahms-Trio. Bewirtung. Schluß schwer herbeizuführen. Hilde Kahn gab nach ½12 das Zeichen. Feuchtwanger fehlte wegen Heuschnupfen. Hat seinen »Rousseau« beendet. – Moni hat Umschlagtext für die deutsche Platte verfaßt. Leichte Beunruhigung.

P.P. Sonnabend den 10. V. 52

Gut geschlafen. – Absicht setzt sich durch, doch schon früher, Ende dieses Monats hier aufzubrechen, mit Swiss Air nach Zürich zu fliegen und zuerst in der Schweiz zu verweilen. – Aufzeichnungen zur »Betrogenen«. – Gegangen bei schönem Wetter, ziemlich weit hinab. – Manuskript von Bauer, Hamburg. »Das Nessoshemd«, mythologisches Drama. Zögerndes Urteil. Mehrere deutsche Briefe. – Nachmittags mit Erika an dem »Essayband« Weiteres geordnet. Etwas Handschriftliches. – Der Lautsprecher schlecht fürs Radio. – Frage, ob wir schon Ende des Monats reisen sollen.

P.P. Sonntag den 11. V. 52

Andauer des klaren Wetters. Ohne Mädchen, was immer angenehm. – Die Lebensfragen lasten auf dem Gemüt. Morgen Beratung mit Dr. Wolff über die Weltreise. Für die N.A. Akademie some remarks vorzubereiten. – – Aufzeichnungen zur »Betrogenen«. Gegangen u. von Erika geholt. Mit dieser nachmittags Leseprobe des Londoner Vortrags. In den Erzählungen deutscher Ausgewanderter. Bei Tische über die Verwandtschaften der damal. Zeit mit der gegenwärtigen. E., wieder unpäßlich, früh hinauf. – Widmung eines Bildes an W. Rebner, zum Dank.

P.P. Montag den 12. V. 52

Bei Wolff. Rät ab. Auch wegen der vielen Impfungen. Riesen-Meteor (oder was?) explodiert über Seattle. – Dem Chemiker Dr. Pauling wird der Paß verweigert zu einer Reise nach London zu einem wissensch. Kongreß. Es würde nicht im besten Interesse der U.S. sein. Unheimlich, zur Eile mahnend. – Um den Anfang der Geschichte bemüht. Viele Briefe: Rosenthal schreibt ausführlich, aber unnötig rückfragend. Hätte gern gleich geantwortet, mußten aber, von Neider abgeholt, der Foundation, weit an der Bergstraße, einen Besuch abstatten. Erst Neiders Häuschen, dann Thee-Empfang im Hauptgebäude; Verwaltung u. Künstler. Gäste versch. Nationalität. Der deutsche Maler Feiß zeigt seine Bilder, mit Farben gemalt, die mit Honig und Meerwasser angemacht sind. Vorführungen in seinem Atelier. Abstrakte u. mehr gegenständliche Bilder. Verschiedene Arten von Rohren und Federn zur Arbeit. Waren erst zum Abendessen zurück.

P. P. Dienstag den 13. V. 52

Schönes, warmes Wetter. Nach 9 Uhr Fahrt zum Mutual Broadcasting, wo ich nach einigem Warten den Artist and Society-Vortrag schlecht und recht (abwechselnd) aufs Band las, zwanglos und nicht sehr gut in Form. Habeant. ½ 12 Uhr zurück. – Längerer Brief an Rosenthal (Gebärmutter- oder eher Eierstockkarzinom.) – Nachmittags noch einmal mit Erika Einiges wegen des Essaybandes. – Von Agnes Meyer den Artikel von Prof. Kaufmann, Princeton, über den Nietzsche-Unfug, mit erstaunlicher Einleitung, an »Lotte in Weimar« anknüpfend. Ungeheuer taktvoll und passend. Im Übrigen von süffisanter Gelehrteneitelkeit: Sein Buch über Nietzsche ist die Quelle von allem. – Geschichten von Tschechow. – Zum Thee der deutsche Konsul Dr. Hertz mit Frau, Hamburger.

P. P. Mittwoch den 14. V. 52

Heiteres Dauer-Wetter. – Es droht Benzin-Einschränkung. Der andauernde Telegraphisten-Strike sehr lästig, schon wegen der Termin-Verabredung mit Gastein. – Schrieb einige Zeilen vom Anfang der Geschichte. – Zum Haarschneiden in Westwood. – Brief von Bermann über die östliche Affaire, beleidigt. Beantwortet durch Diktat nachmittags. Mißbilligung der Gewalttat, aber Ablehnung, mich an der Klage zu beteiligen in dem Augenblick, wo die Handlungsweise des Ostverlages eine gewisse ideelle Rechtfertigung dadurch erfährt, daß die Bücher eingesogen werden wie die Luft vom Vacuum. – Brief der Mazzucchetti, die das Ergehen des römischen Preises an mich fast als gewiß hinstellt. Kann noch politisch verhindert werden. – Golo schickt Ausschnitt aus dem Münchener »Echo der Woche«, worin ich in Europa willkommen geheißen werde, der geplante Wegzug aber auf Verfolgungen durch das Un-American Committee u. politische Verbitterung zurückgeführt wird. Widerspruch notwendig. – Abends nur gesessen und Musik gehört (Boris Godunow.)

P. P. Donnerstag den 15. V. 52

Die Koreanische Geschichte mit den Generälen, die den kommunistischen Kriegsgefangenen Versprechungen gemacht haben, läuft peinlich weiter. – Neblig bedeckt, kühl. – Brief an das Münchener »Echo der Woche«. – Gegangen u. mit K. im Chalet gegessen. Besitzerwechsel. – Die Kahn nachmittags. Diktat eines Briefes an Windham und anderes. Die Herz schreibt, daß die Aufnahme des »Holy Sinner« bei der Londoner Presse durchweg miserabel ist. Beispiel aus dem »Observer«. Nervös und deprimiert. Wünsche sehr die römische Auszeichnung, befürchte aber, daß sie durch amerik. Einfluß verhindert werden wird. – Las in »Schwierige Jugend« von Maas, das mir mißfällt. – Ausfertigungen. Das Essayband-Material fertig gestellt und zur Absendung nach Frankfurt oder Old Greenwich bereit.

P. P. Freitag den 16. V. 52

Schrieb den Brief an »Echo der Woche« über mein Verhältnis zu Amerika zu Ende; hübscher kleiner Aufsatz. – In Westwood, den fertigen Anzug probiert u. einen leinenen bestellt. Kauf einer Cigarrenspitze. – Viel Post zu lesen. Artikel von Arnold Brecht über »U.S. Defense in Europe«, patriotisch, aber nicht ohne Einsicht und milde Warnungen. – Kurzer Brief an Brann und Agnes Meyer. – Erika zu meinem Kummer wieder sehr schlecht daran. Blieb im Bett. Marcuses besuchten sie abends. Er rät zur Strenge in meiner Antwort an den Aufbau-Verlag. – Nachricht, daß Albert Bassermann sterbend nach Zürich geflogen ist, um dort bestattet zu werden. Nicht klar, ob er schon unterwegs oder gleich nach der Ankunft gestorben ist. Volles Verständnis.

P. P. Sonnabend den 17. V. 52

Nebeldunkel und Aufklärung. – Japanischer Fensterputzer. – Beunruhigung durch die römische Angelegenheit. – Brief an Frau Nikisch wegen Düsseldorf u. Sprachlich-Rheinischem. Danach Arbeit am Anfang. Ausfahrt nach Corona del Mare. Der Brief ans Echo im Rat von Marcuse, K. und Erika verworfen. Zusammenziehung. Auch diese nicht rätlich. Erika will wenige sachliche Zeilen als Alternative vorlegen. Mir ist offenbar nicht gegeben, mich aus der verlogenen Situation befriedigend herauszuziehen. Gefühl der Auflösung, der Ratlosigkeit, des Abstiegs und Ruins erschüttert mehr und mehr meinen Nervenzustand, – nicht des Todes, leider, da meine Physis aushält. Will jedenfalls in diesen Blättern die schwarze Entwicklung weiter verfolgen. – Gepeinigt durch schlechten Musikklang. Zog mich zurück und las einiges Politische, dann in Erzählungen von Tschechow.

P. P. Sonntag den 18. V. 52

Säuberung des Gesichtes vom weißen Bart, wohltuend. – Klares Wetter. Das sonntägliche Aufziehen der Uhren. Kopfschmerzen beim Husten. Empirin. – Längerer, strenger Brief an Wendt, Direktor des Aufbau-Verlags, um zur Legalisierung der Lage zu mahnen. Geht an Bermann, dem nachmittags dazu schrieb. – Nur wenig gegangen. Trug den neuen graublauen Anzug. Erikas Kurzfassung des Briefes ans Münchener »Echo« akzeptiert u. gezeichnet. Las »Schwierige Jugend« von Maaß zu Ende. Verworrene Wirrnis. – Maniküre. – Abends Feuchtwangers. Er las nach Tische aus seinem abgeschlossenen Rousseau-Roman Revolutionsszenen, Hinrichtung des Königs. Nicht schwer.

P. P. Montag den 19. V. 52

Nebel und Sonnendurchbruch. – Tory-England gibt alle »Holds« in China auf. Unklar, ob das die Annullierung aller Moskauer Abschlüsse bedeutet. Depression der Textil-Industrie in Manchester. Die verschlossenen Märkte, die Lahmlegung des ganzen Welthandels. Die beiden Kolosse machen sich verhaßt, aber dieser hier noch mehr als Rußland. – Mit K. beim Frühstück Botanisches, zu Frau von Tümmlers Naturliebe. – Schrieb etwas an der Novelle. Ging nahe zum Alten Haus. Viel Post. Nachricht von Mühlestein aus Florenz, daß der Preis der römischen Akademie mir dank dem Eintreten des Prof. Bandinelli endgültig zugesprochen ist. Veröffentlichung im Juni. – Beschwerlicher Brief, hochtönend, von Krieger. Guter, verständiger Artikel von Belzner über die illegalen ostdeutschen Ausgaben. Dazu auch Hesse, erzürnt, auf einer nicht per Luft beförderten Postkarte. – Schrieb nachmittags an L. Mazzucchetti und an Mühlestein, um den Termin, Dauer der erwarteten Ansprache, in welcher Sprache sie zu halten, in Erfahrung zu bringen. Außerdem Kleinigkeiten. – Der »Aufbau« mit den Briefen von Marcuse und mir.

P. P. Dienstag den 20. V. 52

Gedenke meiner früheren römischen Tage mit Heinrich und der Umstände, unter denen ich die Stadt wiedersehen soll. Spiel mit dem Gedanken, eine Privat-Audienz beim Papst nachzusuchen. – Veröffentlichung der »Daily News« über die Slum-Wohnungsschande in Los Angeles. Häuser, in denen kinderreiche Familien *ein* Zimmer für 45 Dollars pro Monat bewohnen. Besitzerin lebt in Hollywood. Riesige Geldauswürfe für Rüstung u. äußere Macht, während Vorlagen für Housing-Verbesserung niedergestimmt werden. – – Etwas Arbeit an der Novelle. – Ausgefahren nach P. P.. Tagüber sehr müde und bedrückt. Hörte abends Musik und ging früh hinauf.

P. P. Mittwoch den 21. V. 52

Der Wettercharakter z. Z. immer neblig am Morgen mit späterer Aufklärung in unserer Lage. – Viele Dinge zu bedenken: die Anforderungen des evangelischen »Eckart«; das Pariser Faustus Interview; die Beschwerungen, mit denen der hochtönende Krieger mich kränkt. – Etwas weiter an der Novelle. Weit gegangen. Nach Tisch, zum Kaffee auf der kleinen Terrasse Ch. Neider und sein Freund, der Maler, der zahllose Aufnahmen mit seiner Kamera machte. Nachmittags kurze Briefe. Zum Abendessen Dieterles mit Mutter. Viel über seine Reise nach Israel, der Eindruck, den Fortschritt und Civilisation auf die Araber machen. Über Amerika, von Europa aus gesehen. – Ich war sehr, sehr müde, mußte aber doch wieder herzlich [lachen] über Erikas Bandaufnahme über Horckheimers Frankfurter Erhöhung.

P. P. Donnerstag den 22. V. 52

Starker Nebel. Heizung – Tod des jungen Schauspielers Garfield durch »Heart attack«. Wie Dieterle gestern warnte: Zusammenbruch unter politischer Hetze, wie bei Medi Christians u. anderen. – Monis Umschlag-Artikel zu meiner Lesung, erträglich. – Arbeit an der Novelle. Zur Fußpflege nach S.M.. Lunch im Français. Nachmittags die Kahn zum Diktieren. Überflog den Zeitungsroman des Mannheimer Schauspielers Waldemar. Hörte vorzügliche Tristan-Platte. Arge Beschwerden denkerischer Art in der sonst zauberhaften Liebesszene. Das mystische »So stürben wir« wundervoll. Vollständige Vorwegnahme des Liebestodes. –

P. P. Freitag den 23. V. 52

Tschechows »Schatten des Todes«, vorzüglich. – Der Morgen stark neblig. Zeitung verdient keinen Blick. – Briefe an die Meyer (über ihr Manuskript) und an den »Eckart«, dem aushilfsweise »Lob der Vergänglichkeit« schicke. – Telephon mit Bermann in Old Greenwich wegen der westdeutschen Veröffentlichungen aus meinen Briefen an den Berliner »Aufbau«. Dadurch eines Druckmittels beraubt. – Neue gräuliche Belastung durch das umfangreiche Schreiben eines West-Berliner philologischen Pedanten, der hundert Auskünfte für seine Dissertation von mir verlangt und mir außerdem einen Aufsatz vorschreibt gegen die Greuel des Totalitarismus. – Problem des französischen Faustus-Interviews.

P. P. Sonnabend den 24. V. 52

Unsere Abreise auf den 23. Juni festgestzt. Erika fährt Ende des Monats. – Die in koreanische Gefangenschaft geratenen Generäle degradiert u. gemaßregelt. Ein korean. Vorratslager durch Bomben vernichtet, bei schweren Verlusten an amerik. Flugzeugen. – An der Novelle, mühsam. Etwas gegangen. Brief an Bauer (Hamburg) über sein mythologisches Drama. Abend bei Lustigs, Beverly Hills, mit Révys, Marcuses, Dr. Joseph u. a. Wenig gegessen. Staune über den Appetit von Leuten wie Marcuse. Erzählte Révy auf Wunsch die Novelle. Mit ihm über Theater und Schauspieler, Bassermann, Hase, Possart, Kainz. Deutsche Kabaret-Platten. Erst ½12 nach Hause.

P. P. Sonntag den 25. V. 52

Gestern schmeichelte mir Révy's Ausruf »Sie sind ein guter Schauspieler!« als ich das Kainz-Hamlet'sche »Den König, meinen Vater??« nachmachte. Auch Lustigs Entzücken über meine kleine Replik im »Aufbau« über die Nietzsche-Fälschung. Bin so wund, daß alles lindert und momentan erheitert. – Dichter Morgennebel. – An der Novelle, etwas belebter. Ging bis zum Boulevard, von Erika geholt. Diese verbrachte den ganzen Nachmittag und Abend bei ihrer Freundin Nina, die nach einer Uterus-Estirpierung beständig blutet u., um nicht im Schlaf zu verbluten, eine Wärterin für

18 Dollars die Nacht braucht. Blut-Transfusionen. – Las im Stuttgarter Merkur die Erzählung von Frey, dazu anderes, das mir teils imponierte, mich auch zum Teil unheimlich und böse anmutete. Ein Aufsatz über politische Gnostik, anfangend mit den Puritanern, verweist alles Utopische und damit doch auch wohl alles Fortschrittliche – denn wo wäre dies ohne Utopie und ohne den Drang das Irdische dem Göttlichen anzunähern – ins Reich gnostischen Irrsinns. Der Begriff der »Zerstörung« vag und ohne Wortsinn gehandhabt. Alsob nicht vieles zerstörenswert wäre. – Mit K. den Brief an Wendt redigiert. Diktierte ihr dann Antworten auf einige der französischen Fragen zum »Faustus«, schlecht und recht.

P. P. Montag den 26. V. 52
In Bonn das Abkommen über die Aufstellung von 2 Millionen Mann europäischer Armee, (davon 400 000 Deutsche!) bei westdeutscher Souveränität, nach »Überredung« der Franzosen signiert, wenn auch gottlob noch längst nicht ratifiziert. Die Okkupation, offiziell aufgehoben, muß von den Besatzungsmächten bezahlt werden, was England nicht will und kann und der Congress wahrscheinlich auch nicht wollen wird. Drohung ostdeutscher Aufrüstung durch die Russen. Überhaupt schärfste Krise. – Früh wach und auf. Dunkel. – Etwas an der Novelle. Fahrt zu Kully, der in den Bahamas. Behandlung durch den Assistenten oder Compagnon. Aus London Beifälliges über das recording. Briefe geschrieben an Frey, Waldemar, F. Neumann. Zeitschriften.

P. P. Dienstag den 27. V. 52
Pessimistische Apathie des deutschen Publikums bei Unterzeichnung des Militarisierungs-Aktes. – Ridgway gegen eine große Offensive in Korea, die zu verlustreich wäre. Ende durch Sieg nicht möglich, nur Hinhaltung des Krieges. – Sygman Rhee in Süd-Korea erklärt Martial law und nimmt Verhaftungen vor. Offenbar von Solchen, die nicht mehr mit-

tun wollen. – – Angegriffener Magen und Darm. Wachsende Appetitlosigkeit. Problem der Hausbewohnung in unserer Abwesenheit. Problem Medi-Moni in New York. Wohl doch Aufenthalt in Chicago. Problem unseres Verbleibens wenn das Haus bis zum Herbst nicht verkauft ist. – – An der Novelle. – Gegangen. – Der »Wendepunkt« von Klaus, dessen Grab in Cannes, wie Breitkopf schrieb, in gutem Stande gehalten wird. Las viel in dem Buch, bewegt von den späteren Teilen, dann doch recht gequält von Vielem. Eine kranke Literaten-Existenz, angezogen von allem Faulen, was schon recht wäre, wenn es dabei auch einen Sinn für das Gesunde, Lebengesegnete, Heilvolle gäbe. Wo ist ein Interesse an Goethe, Tolstoi, kurz an der Kraft und irgendwelcher Erquickung durch sie? Ergreifend Lob und Preis für Mielein. Fürchte für Erika, daß es mißfallen wird.– Diese beim Diagnostiker. Infektion der Schilddrüse. Kaum zu behandeln durch Medikamente. Seinem Ablauf zu überlassen, wobei auf den Klimawechsel zu hoffen. E., sehr erschöpft von den Untersuchungen, hütet das Bett. – Bemerkenswerter Brief Joliot-Curie's an Austin, den amerik. Delegierten bei den U.N. – Las auch den New Statesman. Schrieb einen englischen Brief nach Paris wegen »Journal du Voleur« von Jean Genet.

P. P. Mittwoch den 28. V. 52

Russische Reaktionen, Gegenhandlungen nach dem feindseligen Akt der Vertragsunterzeichnung. No man's Zone von Lübeck bis Hof. Bedrohliche Lage. Dabei ganz Westeuropa nahe dem Bankerott infolge der widersinnigen amerk. Politik von Zollchikanen bei gleichzeitigem Verbot mit dem Osten zu handeln. Das ganze Verteidigungstheater illusionär und undurchführbar, nichts als Herausforderung. – – Einen Absatz weiter an der Novelle. – Ziemlich weit gegangen. – Die franz. Übersetzung meiner Äußerung über Faustus. – Dissertationsmanuskript aus Deutschland über die Musik bei Rolland, Hesse und mir. – »Psyche« von E. Neumann, interessant. –

Mit Erika über Klaus' Buch. Das fehlende Gegengewicht gegen die Morbidität. – Caviar zum Abendessen.

P. P. Donnerstag den 29. V. 52

Früh mit K. über die glückliche Kindheit der Geschwister in Tölz und München. Unsere eigenen wechselnden Verhältnisse. – Gestern Ansatz zu einer Gratulation für Hesse (N.S.R.). – – –

P. P. Sonntag den 1. VI. 52

Dieser Tage, bei möglichster Förderung der Novelle, das gewagte statement an Kenny über die verfolgten, mit Gefängnis bedrohten atorney's (fehlt nur die Paß-Entziehung). Dann Studium, eher flüchtig, der französischen Antworten auf das Faustus-Interview, die gestern im Office mit eleganter Aussprache und einigem Zungenstolpern aufs tape sprach. – Schwerste Post-Belastung. Lange Geburtstagsbriefe aus Deutschland, auch ein u. der andere herzliche Brief aus Amerika. – Kommunistische Anti-Ridgway-riots in Paris, anschließend, von der konservativen Regierung angeordnet, systematisches, mit Kriegsmitteln unternommenes Vorgehen der Polizei im ganzen Land gegen die Partei, Erstürmung ihrer Häuser, Fortführung von Papieren (soweit nicht verbrannt), um den Charakter der Demonstrationen als Versuch revolutionären Umsturzes beweisen zu können. Verhaftung der Führer, auch des Direktors der »Humanité«. Weiterer Verlauf nicht abzusehen. – Erika, die heute Nachmittag in recht elendem Zustand abreist, muß Paris zunächst meiden, weiß noch nicht, ob Zürich oder Holland ihr nächste Ziel sein wird. – Gestern 4 Briefe handschriftlich. – Marcuse angetan von dem »guten« Vortrag. – Briefwechsel mit Frau Nikisch über Rheinisches; nicht viel nütze. – »Psyche« von E. Neumann. Kahlers Essayband mit dem erhebenden Faustus-Aufsatz und vielen guten, redlichen Aussagen. – Tschechow-Erzählungen abends. – –

Etwas an der Novelle (Düfte der Natur). Gegangen allein. Erika berichtet von einem unglaublich schmutzigen Angriff des Verlegers Roth auf mich allein, der vom »Aufbau« zurückgewiesen. – Gegen 6 Abschied von Erika, die nach N.Y. fliegt, ohne zu wissen, wohin sich von da [zu] wenden, da die wilden Unruhen in Paris einen Aufenthalt dort verbieten. 24 stündiger Generalstreik angekündigt. Entließ die recht Leidende schweren Herzens. Sie weiß nicht, ob sie dies Haus je wiedersieht, noch werden wir es wissen, wenn wir reisen. – Brief-Diktat an den tölpelhaften Prof. Hermann mit der Weisung sein Kapitel über den Besuch bei uns zu eliminieren. Das Gesamtmanuskript zurück. – Schrieb an Seelig (Zürich). Las »Psyche« zu Ende. – Medi telephoniert, daß auch Borgese über meine Petrarca-Auszeichnung unterrichtet. 8000 Dollars, willkommen, denn Geld ist eine Sicherung u. Beruhigung für die kommenden wirren Zeiten. – Familienbeschluß, den Brief an Kenny zurückzuziehen. K. wird ihn morgen aufsuchen. Mir ist nur zu klar, daß es längst den Aufruhr nicht mehr lohnt, der sich gegen mich erheben würde. – An der Novelle. Nur wenig gegangen. Las den »Aufbau« mit der geharnischten Erklärung der Tochter Lévy's. – K. bringt den Brief von Kenny zurück, der bereitwillig verzichtet. – Nach dem Thee Wolfgang Reinhardt, recht lange, in Sachen eines Maria Magdalena-Films. Nachher keine Tätigkeit mehr. – Geburtstagsbriefe.

P.P. Dienstag den 3. VI. 52

Gedanke, das Haus dem deutschen Consul Hertz für ein Jahr zur Miete anzubieten. – Gearbeitet an der Novelle. Gegangen bis zur Wegkreuzung. Kamen wieder Geburtstagsbriefe. Nachmittags Diktate an K.: Unwirsch an den Philologen B. Richter in Berlin; wiederholt an Mühlestein. Selbst geschrieben an Prof. Kaufmann in Princeton. Abends Zeitschriften. Wie so häufig nach Anstrengungen Hustenanfall durch das Rinnen von Speichel in die empfindliche Luftröhre.

P. P. Mittwoch den 4. VI. 52

Morgens gewogen: einige Pfund abgenommen, was mich bei meinem schlechten Appetit nicht wundert. – Heller Himmel schon morgens. Frühstück auf der Terrasse. Brief von C. Newton über Joseph in Aegypten u. zum Geburtstag. – An der Novelle vorwärts gestrebt. Gegangen »oben herum« bis zum Boulevard. Geburtstagsbriefe. Stadtplan von Düsseldorf von Dr. Oberloscamp. Auch Buch über die Stadt. Dabei läßt der Stil garnicht viel »Lokalfarbe« zu. – Nachmittags Briefdiktate an K.. Noch einmal an Mühlestein. Entpolitisierung des Briefes an den Berliner Philologen, da man sich in keines Menschen Hände geben darf. Nach dem Abendessen Auswahl von Büchern für die Reise-Bibliothek, die vorangeschickt wird. Gelesen danach über Gogols Dramen in »Sinn und Form«. Husten wiederum durch die Anstrengung, aber nicht schlimm. – Widmungen an den italienischen Übersetzer.

P. P. Donnerstag den 5. VI. 52

Sehr dunkler Morgen. Pünktlich ½ 8 Uhr auf und nach dem Kaffee gebadet. Hierbei, wie immer, schon das Pensum überdacht. – Geschrieben an der Novelle. Mit K. in Westwood zur Abholung des neuen leichten Anzugs. Dann Lunch im Miramar. – Geburtstagsbriefe. Erika in Zürich! Briefe von Frido und Toni zum Geburtstag. Freute mich sehr. Werde den Brüderchen vor allen anderen danken. Schrieb schnell aber warm an Erich Kahler über sein Buch. Hilde Kahn über den Nachmittag und Abend. Ließ sie in 3 Packeten die Tagebücher von 1933 bis 51 verpacken und verkleben, die auf die Bank kommen sollen. Werde sie mit dem von E.'s Freundinnen geschenkten Lack und Petschaft versiegeln und darauf schreiben: »Daily notes from 33–51. Without literary value, but no to be opened by anybody before 20 years after my death.« – H. K. schenkte schöne Aufnahme des anderen Schubert-Trios. Abends gespielt. Danach »Einsam an trüben Tagen[«].

P. P. Freitag den 6. VI. 52

Mein 77. Geburtstag. O grundwunderliches Leben! Morgens mit K. über die Zukunftsfragen, Erika, das Haus, die Schweiz und alles. Die Zweifel, das Abraten von Freunden, die Schwierigkeiten. K.'s Leiden unter E.. Meine Dankbarkeit für sie u. meine Besorgnis ihretwegen, die leicht ihrem Bruder folgen könnte. Gewiß will sie nicht länger leben, als wir. Fortsetzung des Gesprächs beim Frühstück. Dies Haus, gut. Aber mein irrationaler Wunsch nach der alten Erde. Möchte mich nicht mit dieser vermischen, sondern meinen Stein in der Schweiz haben. – Freundliche Bescherung. Seidene Hemden aus Japan, Pyjamas, Krawatten, Tisch-Feuerzeug, rohseidende Steppdecke, Chokolade, Rosen aus dem Garten. Das Wetter wieder dunkel und kühl. – Gestern als wir vom Miramar zurückkehrten brachte der Japaner, Toyio mit Vornahmen[,] eine Menge guter Aufnahmen von mir und K. in Großformat. Der Berliner Aufbau-Verlag schickte Abrechnung über fast 70 000 Ostmark. – Wenig an der Erzählung, zerstreut. Ging bis zur Wegkreuzung. Geburtstagsbriefe, ein recht zu Herzen gehender. Die Ost-Ausgabe von »Buddenbrooks« und Festartikel dazu in Ost-Blättern. Bild wie »Werktätige« die Bücher von Hesse und mir anschauen. Die Herz hat an zwei Abend[en] den 3. Programm-Vortrag gehört. Das N.Y. Bureau der »Diffusion« schreibt höchst befriedigt über das Faustus-Interview. – Schrieb mit Freude an die Bübchen in Strobl, besonders an Frido. – Zum Abendessen die Gäste: Révys, Feuchtwangers, Albrecht Joseph, die Gemme. Hatte Husten von Eau de vie und aß fast nur von den Crêpes Suzettes. Champagner mit stout gemischt. Nach dem Kaffee Vorlesung des Kuckuck-Kapitels, das großen Eindruck machte. So verging der Geburtstag.

P. P. Sonnabend den 7. VI. 52

Während der Arbeit überrumpelndes Telegramm von der Accademia in Rom über die Zuerteilung des 5 Millionen Lire-

Preises und dem 12. VI. als unmöglichem Überreichungstermin. War mit K. in P. P. überm Meer und [wir] verabredeten night letter mit Ergriffenheit und Dank u. dringender Bitte um Aufschub bis Juli oder September. Nach Tische redigiert. Mehr Briefe und Telegramme. Nach dem Thee zu Feuchtwangers und in ihrem Auto über die schöne Topanga-Paß-Straße zu Dieterles Farm. Dort im Garten Kollation. Der schöne, gute Hund. Friedliche, unsüdliche Gegend. In der Bibliothek dann Vorführung des uns aus London geschickten Oliver Twist-Films. Hübsch. Zuviel Renn-Verfolgungen. Der kleine Junge niedlich und mit spezifisch englischer boy-Liebe gesehen. Der reiche Großvater sympathisch. Dachte an Frido. Nachher Suppe, kaltes Abendessen und Kaffee. Dieterle erregt und sorgenvoll wegen der nun auch ihn berührenden und bedrohenden Investigations. Ich ging zu weit in der Erwähnung meiner neun Doktor-Degrees, auch des römischen Preises. Heimfahrt, wohl eine Stunde, bei klarem Vollmond.

P. P. Sonntag den 8. VI. 52

Tief und gut geschlafen, auf dem neuen Keilkissen. Kaviar und Eier zum Frühstück. Smith aus Berlin über die Lage dort, die zu Schlimmem führen kann. Verschärfung seit dem Bonner Vertrag. Kein Kommentar dazu. – Nach kühler Nacht das Wetter klar. – Geschrieben. Danach bis zum Blvd. gegangen. Unwohl. Dickdarmreizung. Leidend und trotz guter Kost appetitlos den ganzen Tag. Dankeskarten. Hörten abends neue Platten, Mahler und Brahms, gesungen von der Anderson. – Telephon mit Peter Eysoldt wegen Übernahme des Hauses während unserer Abwesenheit. Auch der junge Pringsheim-Neffe kommt dafür in Betracht.

P. P. Montag, den 9. VI. 52

Morgens keinen Kaffee, sondern Thee. Andauer des Unbehagens im Leib, Mattigkeit. Die Tage um den Geburtstag boten und verlangten zuviel. – Fortdauer des Gefangenen-Skandals in Korea. – Geschrieben und ziemlich weit gegangen, da der Leib gebessert. Aber nach Tische wieder sehr angegriffen. – Dissertationsmanuskripte über den »Erwählten« und über das Thema »The role of Love in the works of T.M.« Auch ein Mt. über »Faustus«. – Sehr mäßig gegessen. – Briefe von Révy und Frau Nikisch über Düsseldorf, unbedeutend. Der »Aufbau« über den östlichen »Bücherraub«, der mir im Grunde ganz gleichgültig ist. – Las abends interessiert in der philolog. Studie über den »Erwählten« von E. Hilscher.

P. P. Mittwoch den 11. VI. 52

Die Tagebuch-Packete habe mit der Aufschrift versehen: »Daily notes from 1933 to 51. Without literary value but not to be opened by anybody before 20 years after my death.« – Gestern an der Erzählung und nicht ausgegangen sondern rasiert. Unwohl und müde, schlechter Leib, Suppe und roher Schinken. Energielos. Böser Rückstand mit Briefschulden. Zum Thee Herr u. Frau de Mendelssohn aus London. Las abends nur flüchtig den »Statesman« und den New Yorker.

Heute Morgen dunkel und kühl. Befinden eher schlechter als gestern u. außerordentlich müde. Verkrampfter Zustand des Leibes. Hatte Thee und aß zum Frühstück doch nicht ohne Appetit ein Ei, rohen Schinken u. etwas Honig. K. wollte, daß ich im Bett bliebe, aber ich mochte nicht. Ließ dagegen Dr. Wolf anrufen. – Sehr widerwärtig die Schlacht gegen die verzweifelten koreanischen Kriegsgefangenen mit Tanks und Flammenwerfern, gegen Pfeil und Bogen. Das Verhalten der Truppen »superb«. Prahlerische Bilder im Blatt, ohne Scham. – Ein heimkehrender General und Oel-Industrieller erklärt, daß man mit Korea nie fertig werden wird. Trotz Entrüstung des State Department bleibt er bei seiner Meinung. Unter öffentlichem Druck werde man sich schließlich zurückziehen müssen. – Der groteske Sygman Rhee-Skandal. Als gemeiner »Diktator« entlarvt, plötzlich, nach 6 Jahren. – Ein Pilot ist 26 000 m hoch geflogen, noch niemand war so hoch. – – Gearbeitet. ½ 1 zu Dr. Wolff. Das alte Lied: Querdarmverkrampfung, Magen-Schwäche. Rezepte: lösende Tabletten, Salzsäure, Diät. Sollte mehr Fleisch essen, was ich nicht mag. Aber ich mag nur Suppe und Kaviar. – Nicht mehr ausgegangen. Brief der Accademia, der nur wiederholt. Schrieb nachmittags freundlich an Hilscher. Las in der anderen Dissertation The rôle of Love. Auch nicht übel, doch weniger erwärmend.

P. P. Donnerstag den 12. VI. 52

Heizkissen abends; im Bette gelesen. Klares Wetter von früh an. Der Leib noch kaum gebessert. Kein Stuhl. – Steht jetzt fest, daß der junge Pringsheim das Haus bezieht. Schon unterwegs. – Gestern die Tagebuch-Packete versiegelt. – Geschrieben. Langsam gegangen bei prächtigem Seewind, der meinem schlechten Zustand nicht hilft. Die Kahn nachmittags. Diktierte viel. Appetitlos. Mühsames Essen. Spielten später Platten, zum Schluß den Archibald Douglas, den so sehr gern habe.

P. P. Freitag den 13. VI. 52

Gestern Abend und noch vorm Einschlafen: Chadchi Murad. Das ist es! Wie blicke ich auf! Wie schäme ich [mich] der albernen »Literaturpreise«! – Kein Thee morgens, da K. verschlafen hatte. Frühstück im Freien: ein Ei und etwas klein geschn. roher Schinken. Die Zunge nicht sehr belegt, der Leib etwas aufgetrieben und nur leicht schmerzhaft, aber völlige Schwächung und Unlust des Magens, obgleich auch der Rauchgeschmack nicht wie bei Infektion alteriert. Müde. – Klares, kühles Wetter. Wie bevorzugt ist man hier vor New York, wo dumpfe, feuchte Hitze herrscht. – Geschrieben. Gegangen ziemlich weit hinunter. Gesessen am Schattenrand. – In »Chadschi Murad«. Nachmittags einige Post erledigt. Den Glückwunsch an Hesse für die N.S.R. zustande gebracht. – Am späten Abend Ausgehen des Lichtes für längere Zeit. Kerzenbehelf. – Bücher-Dedikationen.

P. P. Sonnabend den 14. VI. 52

Das prächtige Wetter wird helfen. Auch scheint es ein bißchen zu gehen, wenigstens mit der Energie, wenn auch kaum mit dem schwachen Magen. Die Salzsäure scheint den Geschmack zu beeinträchtigen. Selbst der Caviar schmeckt mir nicht recht. – Geschrieben an der Erzählung. (Einführung Ken Keatons.) Gefahren zur Promenade, dort gegangen. Die Abschrift des Briefes an Hesse vielfach mit roter Tinte durchregiert und verbessert. Hörte Flotows »Martha«, begabt, mit hübschen Einfällen, oft konventionell, aber mit ein paar nur bis zur Ermüdung ausgebeuteten melodischen Schlagern. – Las Hadschi-Murad zu Ende. Wundervoll. –

P. P. Sonntag den 15. VI. 52

Klarer, kühler Morgen. Gesundheit etwas besser. Frühstück im Freien, worauf doch die Heizung im Zimmer ganz wohl tat. Smith aus London über die glänzende Lage und Zukunft Deutschlands. Seine Hegemonie in Europa ganz unvermeidlich, auch die Führung durch Industrielle und Generäle. Wird auch als einziges unabhängiges Land in Europa bald auf der Nase spielen. Nicht gesagt, daß sehr leicht der 3. Weltkrieg von Deutschland eines Tages ausgehen mag. Nur Deutschland kann die Aufrüstung wirtschaftlich nichts anhaben. – Schrieb weiter. Ging nur wenige Schritte herum. Sehr sonnig. Zum Mittagessen Peter Eysold-Bernays. Angenehmer Mensch. Trank wieder ein Täßchen Kaffee. Schrieb nachmittags an den Doktoranden in New Haven über seine Dissertation »The rôle of Love«. Las »Vater Sergius«, auch unvergleichlich. Es gehen von Tolstoi die größten Kraftströme auf mich aus, von jeher.

P. P. Montag den 16. VI. 52

Ein bewundernswerter Frühlings- oder Frühsommertag folgt dem anderen. Frühstück auf der Terrasse. Unermüdliches Locken der Vögel, bei dem alle verfügbaren Register gezogen werden. – An der ostdeutschen Grenze heftige Unruhen gegen Berliner Evakuierungs Orders. Kämpfe gegen die Polizei. – Schrieb weiter. (Ken.) Ging nicht aus. Das schwangere Mädchen krank. K. überbeschäftigt. Bereitete mir gutes Mittagsmahl. Viel Post, lange Briefe aus der Ostzone und immerfort Bücher von dort. Schrieb an Goes nachmittags. Las »Göttliches und Menschliches«. Schrift »À propos du rôle de la musique dans le ›Doktor Faustus‹«, von Jean Boyer, Faculté des Lettres, Toulouse. Las in Verbindung damit abends in der »Entstehung«, mich zu erinnern. War wohl eine große Zeit? –

P. P. Dienstag den 17. VI. 52

Früh Kaffee demi tasse. Bedeckt und kühl. An der Erzählung schnell geschrieben. (Ken.) Gegangen bei sonnigem Mittagswetter bis zum Schattensitz. Las die französische Arbeit über die Musik im Faustus. Trocken. Etwas geschlafen. Schrieb nach dem Thee vier Briefe: an die Mazzucchetti, die Meyer, Mühlestein und [?]. Bedauern über die mangelnde römische Publicity. – Abends in Fontanes Gedichten. Sehr reizend zum Teil. Löwe hat im »Douglas« 2 Strophen ausgelassen. – Tolstoi, Göttliches u. Menschliches.

P. P. Mittwoch den 18. VI. 52

Der Morgen wieder neblig-dunkel. Wiedererscheinen der schwangeren Magd. Eine zum Ersatz engagierte kam nicht. Aber K. ist doch wieder etwas entlastet. – Gestern Abend schien ich Fieber zu haben, aber das Thermometer beruhigte uns. Ich schlief gut, nahm eine demi tasse, badete und frühstückte Orangensaft mit Salzsäure, 2 Eier, etwas gekochten Schinken und Honig. – Geschrieben. Bis zum Blvd. gegangen. Von Prof. W. Kaufmann sein Nietzsche-Buch mit Brief. Kondolenzschreiben an die Baronin Yxküll, deren Mann dahingegangen. Widmung des Gesamt-Joseph an die »Hadassah« für ihren Bazar. Abends Einkofferung der versiegelten Tagebücher und anderer Manuskripte zur Verwahrung auf der Bank. Befinden immer recht hinfällig. »Göttliches u. Menschliches« zu Ende gelesen.

P. P. Donnerstag den 19. VI. 52

Morgens fertig angekleidet. Nur leichte Nebelbedeckung. – Geschrieben. Mit einem bestellten Taxi nach Westwood zum Haarschneiden. Verabschiedung vom alten Jim. Dieterles schicken schöne Rosen und einen Handkoffer. Nachmittags die Kahn. Übergabe des Krull-Kapitel III, 6 zur Abschrift. Diktate an Bandinelli und andere. Handschriftl. an Dr. Amann. Nach dem Abendessen Vorlesung (auf Wunsch) der Erzählung »Die Betrogene« bis zum Auftauchen des Ken. Schön. Einwand gegen das physiologische Gespräch zwischen Mutter und Tochter. – In Kaufmanns »Nietzsche«.

P. P. Freitag den 20. VI. 52

Agnes Meyer erbittet telegraphisch Details über Rom für ihr Blatt. – Briefe an Mrs. M. und an Manfred George in der Römischen Sache. Dann Bearbeitungen im Mt. nach gestrigen Erfahrungen. Mittags Ankunft des Neffen Loel aus New York, der das Haus bewohnen wird. Etwas gegangen und zurückgefahren von der Gemme, die mit dem Neffen zum Lunch kam. Dessen naive Plauderhaftigkeit. Seine ausgesprochenen und sehr anständigen Überzeugungen. – Nachmittags Papiere vorbereitet, überflüssige Briefe beseitigt. Abends mit Bewunderung die vollendet gute Aufnahme der Tristan-Fragmente: Isoldes Erzählung und Liebesduett, gehört. Die Erotisierung Schopenhauers denn doch eine Zumutung, zu lang, musikalisch wenig inspiriert. Man ist froh, wenn es zu dem »So stürben wir« kommt. Die völlige Antizipation des Liebestodes nur mit klanglichen Vorbehalten und Aufsparungen. – Las in Kaufmanns »Nietzsche«.

P. P. Sonnabend den 21. VI. 52

Etwas weitergeschrieben. Gegangen zum Boulevard und vom Neffen geholt. Nach Tisch auf der kleinen Terrasse. Schrecken darüber, daß Käufer oder doch Interessenten für das Haus sich jetzt plötzlich zeigen, herbeigeführt von begeisterten Agenten. Was tun, wenn gerade jetzt der Verkauf, und sogar ein günstiger, an uns herantritt? Wir hätten nur 4 Wochen Zeit zur Räumung. – Reise-Vorbereitungen. Einsammeln von Papieren, auch des Krull-Materials, und Verstauung in den Mappen. – Abends widerwärtige Erfahrung mit dem bei Fischer erschienenen Buch einer Malerin namens Lou Albert-Lasard, »Wege mit Rilke«. Unsinniges über »Vorträge« von mir in München während des 1. Weltkrieges, bei deren einem Heinrich zu Rilke gesagt haben soll: »Mein Bruder hat druckfähigere Gedanken als ich«. Habe überhaupt keine Vorträge gehalten, sondern saß abgesondert und vergrub mich in das Problem des Deutschtums. Hätte ich aber einen gehalten, so wären Heinrich und Rilke hineingegangen!! Meines Wissens kannten sie einander garnicht. Ich hätte mich »von der patriotischen Welle fortreißen lassen«. Eine gute Kennzeichnung. Weiter reicht es dann nicht. Alles vom Zauberberg über die Emigration, den Joseph[,] den Faustus nicht[s] bekannt. Meine Gedanken waren 1918 so wenig »druckfähig«, wie die Heinrichs 1914 waren. Er schrieb übrigens den von Haß starrenden Zola-Aufsatz, der eigentlich die »Betrachtungen« hervorbrachte. Zuletzt schrieb er mir in die ostdeutsche Ausgabe seines »Untertan«: »Meinem großen Bruder, der den Dr. Faustus schrieb.« Jene hysterische Gans weiß nichts von alldem. – Vom Deutschtum waren damals mehr Seelen ergriffen, als meine: Dehmel, Scheler mit seinem »Deutschen Krieg«, auf seine Art Hofmannsthal mit seinem »Gott erhalte«. Hesses Demian mit seinem Gefühl einer ungeheueren Wende, »und für die, die am Alten hingen, wird das Neue schrecklich sein.« Schicksalsergriffenheit, war das soviel gemeiner und blinder als der landläufige und nach dem verloren gegangenen Krieg triumphierende Pazifismus, der »Madame Legros« »verstand« und applaudierte? – Die Erinnerung wird wieder wach, wie Heinrich nach dem Zusammenbruch spazierend an meinem Hause, durch die Silberpappel-Allee, vorüberging und voller Genugtuung vor sich hin lächelte. Er hatte »gesiegt«. Dabei soll er, nach allen Haß-Entladungen viel über unser Zerwürfnis geweint haben. Und zuletzt: »Mein großer Bruder«. – Rilke stellt ihn in einem Brief über Flaubert, der nur ein Sammler gewesen sei, H. dagegen ein Verschwender. Was an seinen Büchern Abneigung hervorrufe sei dem Roman als Halbkunst-Form zur Last zu legen. – – –

P. P. Sonntag den 22. VI. 52

Nachklingen und quälendes Fortwirken des gestrigen widrigen Lese-Eindrucks. – Grauer Himmel. – Etwas an der Erzählung. Gegangen »oben herum« zum Boulevard u. vom Neffen geholt. Reise-Vorbereitungen. In Kaufmanns »Nietzsche«, Brief an Dr. R. Hirsch, S. Fischer, wegen des Essaybandes und über das Rilke-Buch. Zum Abendessen bei Feuchtwangers. Immer wieder Amerika, Rußland, Europa. »Dort tut man das Richtige auf scheußliche Manier und hier das Scheußliche auf eine uns relativ erträgliche Manier – noch.« – Erzählte von Frau v. Tümmler. Abschied.

P. P. Montag den 23. VI. 52

Früh Zurechtlegen von Garderobe und Dingen der Handtasche. Erregt. Werden mittags zur Fußpflege fahren, zum Thee Walters empfangen. Werde noch etwas arbeiten. Abreise zum Flughafen morgen früh.

Chicago, Shoreland, Donnerstag den 26. VI. 52

Dienstag vom Neffen zum Flugplatz gebracht. Sehr kurze Fahrt, mit tail wind, von 5 Stunden. Wohltat der Höhenluft, Stoßen überm Gebirge. Abstieg in die feuchte Hitze hier chokkierend. Medi mit Gehilfen am Air port. Im Hotel gute

Zimmer, aber die Hitzewelle in die wir geraten, und die bis heute andauert, macht das Leben fast unmöglich. Weder Schreiben noch auch nur Lesen. Borgeses bei uns zum Abendessen.

Gestern Vormittag Wiederbesuch des Museums. Entzücken über die Tiere gleichwohl. – Zum Thee bei Peter und Frau. Dieser ohne sie mit uns abends bei Borgeses.

Die Nächte leidlich. Heute das Gleiche. Rinnender Schweiß. Fliegen um Mittag nach New York. Abkühlung angesagt.

New York, Freitag den 27. VI. 52. St. Regis

Gestern am späteren Vormittag von Medi zum Flugplatz gebracht. Verabschiedung von dem lieben Kind und den Kleinen. Die Maschine ging nicht sehr hoch, nur gerade über den Wolken. Flugdauer etwa 3 Stunden, verkürzt durch Lunch, wovon aber nur Butterbrot, etwas Apfelkuchen und Kaffee nahm. Die Hitze hier noch böser als in Chicago, enorm und extravagant. Bermann am La Guardia-Flugplatz. Wartete in der Halle auf Gepäckerledigung. B. fuhr uns zur Stadt. Air conditioned Zimmer. Abtrocknen, Hemdwechsel, wollene Jacke. Tranken Thee mit Bermann. Mancherlei Gespräch. Über den neuen, sehr »starken« Roman von [Joachim Maass]. Über »Die Betrogene«. – Verließen nicht mehr die gekühlten Räume. Draußen die Hölle. Etwas ausgepackt. Hatten 9 Uhr leichtes Abendessen. – Brief von Kahler aus London. Das wichtigste Vorkommnis: Anruf des Atorney Jacobs, der uns in Californien gesucht hatte. Meldung, daß Erikas Gesuch um Reenter permit ohne Angabe von Gründen abgelehnt ist. Sehr ernst. Seinem Wunsch, Lärm zu schlagen, abgeneigt. Versuch eines Briefes an Senator Lehmann könnte gemacht werden. Unmöglich, überrascht zu sein, und doch ist es ein Chock.

Zeitig zu Bette gestern u. noch etwas in Tolstois »Kosacken« gelesen. Dann in der Kühle tief und lange geschlafen nach den Zumutungen, geweckt durch das Telephon erst um 9.

Bad, Frühstück von Eiern und Kaffee, Rasur, frische Wäsche. Allerlei Abmachungen. – Das Veto des Präsidenten gegen den McCarran-Akt selbstverständlich überrannt. Wie sollte das Schlechte nicht siegen. – Nervöse Spannung und Erregung. Katja zu Jacob's Socius zur Unterredung über Erika und unser Verhalten. – – Der Anwalt empfiehlt Briefe an mehrere Senatoren; will sie entwerfen. – Lunch mit Moni und ihrem Freunde dem italienischen Musiker dalla Piccola in dem Restaurant Gotham nahebei, jenseits der 5. Avenue. – Zum Thee Gumpert. Dann Miss [Roney] mit der Tonio Kröger-Platte. Inzwischen Telephon mit Agnes Meyer in Mount Kisco. Dann Bermann. Mit ihm und Moni Abendessen am selben Platz, wo ein Tisch reserviert war. Nachher gelesen in dem Nietzsche-Buch.

New York, Sonnabend den 28. VI. 52

Die Mc. Carran-Bill auch im Senat angenommen. Depression. Langer Schlaf. Gestern war nach einem keineswegs üppigen Abendessen der Magen überfüllt. Morgens Thee und Eier. Wenig Geschmack. – Nach dem Frühstück angekleidet.

Zürich, Dienstag den 1. VII. 52. Baur au lac.

Das Ziel erreicht. – Vorgestern vor 9 Uhr nach Fertigstellung des Gepäcks vom Agenten der K.L.M. abgeholt und zum neuen (zu eng gebauten) New Yorker Flugplatz gefahren. Dort bevorzugte Abfertigung. Der Linien-Baron geleitet uns mit dem Agenten zum Fahrzeug. Aufmerksame Bedienung. Aufstieg ca 10 Uhr. Ruhiger, schneller Flug. Champagner-Diner. Umsturz der Zeit. Niedergang im kanadischen Gander. Die bekannte Öde. Regen. Die Wartehalle. Spätes, unvollkommenes Dunkelwerden. Nacht fast ausfallend. Keine Ruhe im Stuhl (wider Erwarten). Zerren in den Beinen. Früh Orangensaft. Wegen dicken Gewölks kein Niedergehen. Direkter Weiterflug nach *Amsterdam*. Dort gute Hilfe mit dem Gepäck. Frühstück. Zwei Stunden Wartezeit statt einer. Zweistündiger

Weiterflug nach Zürich. Geschlummert und darüber den Imbiß, wie gestern schon das Souper versäumt. Verpflegung auf den europ. Flugzeugen unvergleichlich besser als auf den amerikanischen. Ankunft in Kloten um Mittag. Der höhere Zollbeamte wartend. Bevorzugte Abfertigung. Golo und Emmi Oprecht. Mit Golo zum Hotel. Erika im Sanatorium bei Bern, wie sie uns per Kabel nach dem New Yorker Flugplatz meldete. K. packte gleich aus. Apéritiv mit Golo im Garten. Lunch mit ihm an gewohntem Tisch. Lauter bekannte Gesichter. Ein neues: hübscher Kellnerjunge. – Starke Hitze, wenn auch nicht mit Chicago u. New York zu vergleichen. Nachmittags Ruhe. Fernere Einrichtung in den bequemen Zimmern im 2. Stock, auf den Kanal gehend wie immer. ½8 Dinner mit Golo im Speisesaal. Dazu Emmi Oprecht. Viel über Erika und unsere Zukunftspläne. Tessin oder Nähe Zürichs? – Erkundigung nach Golos Buch. Gegen 11 zur sehr notwendigen Ruhe. Tolstoi.

Kurz nach 8 auf. Frühstück am Fenster-Tischchen. Andauer des klaren, sehr warmen Wetters. Aufbügeln zweier verdrückter Anzüge. Die Füllfedern in Unordnung. – Das Letzterfahrene in Amerika: Annahme des Mc. Carran-Einwanderungsgesetzes im Senat und der unglaubliche Latimore-Skandal. Natürlich Mc. Carthy hinter dem angeblich betrunkenen Informer. – – Besorgungen, Papierwaren etc. Erschöpfung durch das Gehen in der Hitze. Den ganzen Tag recht elend. Erika zum Lunch von ihrer Anstalt bei Bern. Scheint auf gutem Wege. Golo wiederholt. Zum Thee F. Lion. Über Schopenhauer. Abends Ausflug mit Golo und M. Gasser nach Regensdorf, wo wir im Gasthaus zu Abend aßen. Apetitlos u. äußerst müde. Schönes Land. Wiese und Wald.

Zürich, Mittwoch den 2. VII. 52

Gut geschlafen. ½9 Uhr auf. Gebadet vorm Frühstück. Rasiert. Einkauf weiß-gelber Schuhe. Bei Prof. Mäder wegen meines Halses. Trockene Entzündlichkeit. Inhalation. – Sehr starke Hitze. – Mahlzeiten im Speisesaal. Tolstoi-Lektüre. Zum Thee Neumanns. Recht problematische Gesundheit des armen Alfred. Mit ihnen im Garten. – Keine Bewegung. Schwer lastende, immerfort schweißtreibende Hitze. Schrieb an Weber (N.Z.Z.) und erhielt umgehend Antwort. Abends beim Kaffee im Garten. Leichte Gewitterbildung.

Zürich, Donnerstag den 3. VII. 52

Leichte Bedeckung ohne Abminderung der Hitze. Überall 35-40° im Schatten. Gestern Nacht sehr spät und schwer eingeschlafen. Zweite Sekonal-Kapsel. Dann erst 9 Uhr erwacht. Vergnügen an den guten Laurens-Cigaretten in der Blechschachtel. Telephonate mit Flims und Vulpera; keine Unterkunft, besonders da auf eigener Toilette bestehen muß. – Gegen Mittag mit dem Minx-Wagen hinauf zum Dolderwalde. Dort im Schatten auf Bänken. Zimmerbestellung im Waldhaus. Lunch im Hotel. Golo hiezu, der sich eine Jacke von mir holen mußte. – Tolstoi gelesen. Den für abends geplanten Ausflug wegen drohenden Unwetters aufgegeben. Dieses entlud sich nicht. – Im Abendblatt die Nachricht vom römischen Preis. – Prospekte mit Gebirgsorten. Berner Oberland oder Arosa? – Vorübergehend kühlere Luft von den Gewitterwolken. Verbrachten den Abend bei der Tanzmusik im Garten mit Emmy Oprecht. – Tolstois unglaublich intensive kaukasische Erinnerungen.

Zürich, Freitag den 4. VII. 52

Gut und lange geschlafen. Bild von der holländ. Linie. Las die N.Z.Z. Bericht über Hesse-Feier im Schauspielhaus. – Bei Dr. Mäder zur Behandlung, Pinselung und Inhalation. Einkauf von Cigarren. Enorme Hitze. Nach Tische »Sewastopol«. Nachmittags Durchsicht mitgebrachter Briefe. Vieles beseitigt. Schrieb an Fiedler. Telephonate Katjas mit Gebirgsorten; Abweisungen; schließlich für Dienstag gemietet in Kandersteg, Berner Oberland, Hotel Regina-Waldrand. – 7 Uhr abgeholt von M. Gasser, Golo und Emmy Oprecht. Zum Restaurant am See, wo Oprecht, auf dessen traurig verändertes Aussehen wir vorbereitet waren, uns erwartete. Abendessen zu Sechsen. Gemütlich und appetitlos. Wein und Bier. Heimfahrt ½ 11.

Zürich, Sonnabend den 5. VII. 52

Schon ½ 8 Uhr auf und gebadet. Thee mit einem Ei. Bildwidmung an Ferrarini. Brief an Agnes Meyer begonnen. Nationalrat Oprecht mit Sekretärin und Photographen, in Sachen der Zbg.-Ausgabe der Gutenberg-Gemeinde. Zahlung. Getränk im Garten. Aufnahmen. Verabredung einer Vorlesung. Gegen 12 mit dem Wagen zu Mäder. Inhalation. Nach dem Lunch die reichhaltigen Wochenend-Ausgaben der N.Z.Z. – Schwer feuchte Wärme andauernd. Bedrückend. Beendete den Brief an die Meyer mit Bericht über »Die Betrogene«. Diner mit Golo. Danach mit dem Wagen zu Neumanns, die hübsch und luftig wohnen. Kaffee und Bier auf ihrem Balkon. Erzählte auch ihnen die Novelle. Gegen 11 nach Hause, froh die Kleider loszuwerden.

Zürich, Sonntag den 6. VII. 52

Unruhige Nacht. Nässendes Ohr. Bei K. zur Auswaschung mit Alkohol. Ypral nach dem Sekonal. Dann einige Stunden guten Schlafes. Zum Frühstück Milchkaffee, Toast und Butter. Unentwegt blauer heißer Himmel. – Durch Golo das bebilderte George-Buch von Boehringer, mit allen Mignons. Pénible. »Der Meister« gleicht im Alter ganz einem alten Weib. – Schrieb längeren kritischen Brief an Prof. Kaufmann über sein Buch und brachte so doch etwas zustande. – Mit dem Wagen zum Wald oberhalb des Waldhauses. Etwas Kühlung. Zum Lunch A.M. Frey, ziemlich nichtssagend, aber sympathisch. Gelesen in den Heften des »Merkur«, die er mitbrachte. Desperate Liebesbriefe Kafkas. – Telephon. Belästigung durch einen deutschen Portraitisten. – Beginn des

Packens. – Nach dem Diner Katzensteins. Mit ihnen, fern der Musik, im Garten. Über Erika. Über die Frage Tessin oder Zürich. Beste Lösung wäre, dort ein Haus, hier ein Absteige-Quartier zu haben. – In dem George-Buch, unter Widerständen. Hofmannsthals ehrerbietige Ablehnung. Georges »tiefer Schmerz«. Dann war H. »der Verworfene«. Narrheit. Die deutsche totalitäre Tyrannei, die sich da vorbildete. Wolters, Derleth, die gläubigen Jünglinge –

Zürich, Montag den 7. VII. 52

Unterm Laken gut geschlafen. 9 Uhr auf. Café complet. – Nachdenken weiter über das George-Vorkommnis, seine Würde als konservative Revolution und Auflehnung gegen die Geschäftsdemokratie, seine Reinheit und Unerträglichkeit, auch Albernheit, die Schönheitsfeste mit Wolfskehl als Homer, den mangelhaften Epheben etc. – – Sorge, ob die Erzählung etwas wird. Wort Michelangelos: »Das Wissen eines großen Mannes erkennt man daran, daß er eine Sache – er verstehe sie noch so gut – mit furchtsamer Sorgfalt malt.« (!) – Gestern ein Brief über den »Erwählten«, das Buch gegen leichtsinnige deutsche Kritik verteidigend (Süskind). Das Herumreiten auf dem Wort »Parodie«, das ich den Leuten in die Hand gegeben. – – Abends reizvoller Wagen-Ausflug nach Kloster Fahr. Die Barock-Kirche. Im Garten gebackene Fische und viel leichten hellroten Wein.

Dienstag den 8. VII. 52

Wagenfahrt nach Bern und zu Erikas Erholungsheim. Der Doktor und seine Frau, die es mit dem Zureiter hat. Gutes Mittagessen dort. Mit Erika Weiterfahrt nach *Kandersteg.* Wärmere Kleidung. Gewitter.

Kandersteg, Mittwoch den 9. VII. 52

Gestern 5 Uhr Ankunft hier. Gewitter. Primitive Zimmer mit gutem Bad. E. fuhr wieder ab. Auspacken und Abendessen im

Speisesaal. Kaffee in der Halle. Sehr müde. Gut geschlafen. Kühl und wolkig. Sehr schlechter Kaffee zum Frühstück. Zu starke Wirkung des Oels. Schlecht auf den Beinen. Schrieb an H. Oprecht u. den Münchener »Merkur«. –

Kandersteg, Freitag den 11. VII. 52
Gestern Krankheitstag. Darmkatarrh, wenig Nahrung, viel im Bett. Schrieb aber nachmittags 3 Briefe und ging zum Abendessen hinunter: Suppe und etwas Forelle. Die Wirte sehr aufmerksam, müssen ihnen aber für nächsten Dienstag aufsagen, da die Zimmer zu klein und mesquin u. gerade unter meinen Gesundheitsverhältnissen nicht ausreichend. K. mietete bessere im X-Hotel u. benachrichtigte Erika. Nahm viel Kohle, französisches Präparat. Nach dem gestrigen dick-wolkigen Tag heute Klarheit, Sonne, Pracht der Berge und des Gletschers gegenüber. Selbst bereiteter Thee und ein Ei. Ohne Geschmack genossen. Der Präsident der Lincei schrieb, sandte den Text der Verleihung und Einiges über die Geschichte der Accademia. –

Kandersteg, Sonnabend den 12. VII. 52
Gestern recht elender Tag. Suppe und Zwieback, ein paar Cigaretten. Übelbefinden nach ein paar Schritten in den Wald. Fehlen von Promenadenwegen; grobe Steine. – Studio Zürich (Job) verlangt wieder nach einem Vortrag. S. Fischer Verlag berechnet den Essayband auf einige 730 Seiten, was also tunlich. – Nachmittags einige Korrespondenz. Etwas Regen. – Las den Band Tolstoi zu Ende, worin »Die Kosacken« das bei Weitem bedeutendste Stück. Rührend das entzückte Wohlgefallen an hübschen jungen Leuten – bei diesem ganz-und-gar Manne. Beschreibung des jüngeren Koselzow (Wolodja) in »Sewastopol«, den »man immer hätte ansehen mögen«. Es ist Freude an der Natur. Diese nennt er wirklich einmal, summarisch, die »Offenbarung alles Schönen und Guten« und begreift nicht, daß die Menschen sich vor ihrem Angesicht

schlecht benehmen mögen. Früher Einfluß Rousseaus? – »L'Elu« in »Nouvelles Littéraires«. »La vaste sotie, à la fois réaliste et métaphysique, dont rêvait André Gide, ne serait-ce pas T.M. qui l'a écrite avec cet Elu?« – – Nachts 4 Uhr erwacht. Konnte nicht wieder einschlafen, da Tristan-Musik machte und die Probleme bedachte. Zweites Sekonal. – Klarer Morgen, dann wieder Bedeckung. Frühstückte Thee, Ei und Honig. Leib und Magen noch mangelhaft. – Lese wieder Tschechow. Leichte Ware, verglichen mit dem großen Tolstoi. –

Kandersteg, Sonntag den 13. VII. 52

Zustand gestern etwas weniger schwer. Ging etwas mit K., auf Bänken ausruhend, gegen den Ort und war zu den Mahlzeiten unten. Tranken dünnen Kaffee nach dem Lunch im Garten. Einige Post. Netter Brief des jungen Busoni, bes. über den »Joseph«. Hesse-Heft der N.S.R. mit meinem Brief, den K. sehr hübsch fand, und den auch nicht umhin kann, dem meisten anderen Huldigungsgerede vorzuziehen. Gut und schön die Rede von Prof. Karl Schmid. – Die Chicagoer Convention ausgegangen in die Nomination Eisenhowers im ersten Wahlgang. Mit Hilfe Dewys und Stassens. Es wird einen bösen kalifornischen Vice-Präsidenten geben, wenn man im November nicht doch noch Überraschungen erlebt. Taft wäre nie gewählt worden; Eisenhower wahrscheinlich. – Einige Briefdiktate nach Zürich, Rom, Frankfurt. – Brief eines deutschen Ausgebombten und Kranken, der mir nach dem Anblick der Bilder von Haus und Garten schreibt, ich sei »ein Götterliebling, aber nur in diesem Leben« und mich dazu ersucht, seine halb idiotischen Schriften zum Druck zu befördern. Man nehme sie ihm nicht ab, »zumal er vollständig mittellos sei«. Enorm. – – Geschichten von Tschechow. – Gestern Nachmittag Regen. Heute wolkig und sehr kühl. Habe eingenommen, gebadet u. mich sehr warm gekleidet. –

Kandersteg, Montag den 14. VII. 52
Der gestrige Tag verging bei halber Besserung des Befindens und normaleren Mahlzeiten, viel Kohle, Kaffee nach dem Lunch und ein paar Schweizer Cigarren. Vor- und nachmittags etwas Bewegung. Ging leichter und fester, ermüdete aber doch schnell. Nach Einnehmen Funktionieren des Darms. Schrieb ein paar Kleinigkeiten. Auf dem Tennisplatz eine erfreuliche Gestalt in Rot mit bloßen Beinen und hübschen Bewegungen. Empfand, wie notwendig sinnliche Beteiligung und Freude für die Produktion sind, hatte aber nicht viel Aussicht auf die Novelle. Unter den 30 jungen College-Schotten, die hier sind, nichts, was beunruhigen könnte. – Wechselnder Himmel. – Gute Geschichten von Tschechow. – Saßen abends etwas in der zu kalten Halle bei Meistersinger-Musik. – Der Morgen heute trüb und kühl. Die Schotten wissen nicht, ob sie mit ihrem vorbereiteten Lunch den vorgesetzten Ausflug antreten sollen oder nicht. Stehen frisch gewaschen und gekämmt herum und gähnen. Auf meine Jahre wirkt Jugend unbeschreiblich rührend, bedingt auch neiderweckend, hauptsächlich wohl wegen der Zähne und des Appetits. – Frühstückte mit leidlichem Appetit. Morgen ziehen wir um mit Erika. Man muß früher, ½ 8 Uhr aufstehen, das Geschriebene nachlesen und weitermachen. – – Spaziergänge zum Wasserfall und, nachmittags, an der schnell fließenden Kander entlang. Nachher keinerlei Tätigkeit mehr. Abends in der sehr kalten Halle bei Kaffee und Tschechow Geschichten.

Kandersteg, Dienstag den 15. VII. 52
Gut geschlafen. Aber ein Teelöffel Mineralöl gestern Abend hat wieder viel Störung, Übelbefinden, Magenschwächung angerichtet. Nach der Wirkung wieder niedergelegt. Packen. Glückwunsch an Klaus Pr.. Eintragung ins Gästebuch. – Blauer Morgen, aber baldige Bewölkung. Zum Gehen nicht in der rechten Verfassung. – Gestern treuherziger Brief vom Neffen in P. P.. Hat die Plattensammlung geordnet. Hält alles wohl.

Kann noch nicht glauben, daß wir an den schönen Platz nicht zurückkehren wollen. Zweifle auch manchmal, und die Zukunft scheint mir so wirr. Habe stark abgenommen, sodaß mit dem Gürtel nicht auskomme und Hosenträger benutzen muß. – Nun also erst einmal bessere Zimmer. –

Kandersteg, Hotel Viktoria, den 16. VII. 52, Mittwoch

Erika kam gestern mit dem Wagen kurz nach 4. Packen zog sich hin durch die vielen Kleinigkeiten. Sie fuhr uns ca ½6 hierher und brachte dann das Gepäck. Also schönere Zimmer, Balkon, die Aussicht schön. Aber üble Waschtisch-Kalamität, kein Ablauf, was heute Morgen durch den Schweizer Mechaniker notdürftig behoben wurde. Sonst das Haus zu österreichisch. – Hatten mäßiges Dinner gestern im Speisesaal und gingen danach, obgleich ein Zauberkünstler sich anbot, hinauf, wo ich noch in der N. Rundschau einen Teil des großen Abrechnungsbriefes Kafkas an seinen Vater las, eine dokumentarische Merkwürdigkeit. Heute 7¼ auf und gebadet. Während des Frühstücks, das mir nicht sehr schmeckte, Arbeit am Waschtisch. Das Zimmer zum Lesen und Schreiben leidlich eingerichtet. –

Kandersteg, Sonnabend den 19. VII. 52

Dieser Tage kam aus Paris »L'Elu«, hübsche Übertragung, wenn auch nicht ohne Mißgriffe. – Besserung des Befindens, langsam, bei sehr angreifbarem Kopf. Etwas lebhafterer Appetit oder doch geringere Abneigung gegen das Essen. Ausfahrten mit K. zum Wald, dort etwas gegangen und auf Bänken verweilt. Wunderschöne, märchenhafte Plätze, Szenerien von Fels, Wasser und Fichten. Einmal Prof. Laufenburger von Paris zum Kaffee im Garten. An den Vormittagen einige mühsame Beschäftigung mit der Erzählung. Nachmittags eine Reihe kurzer Brief-Diktate. – Las in der »Neuen Rundschau« Naturwissenschaftliches und Literarisches, auch Literatenhaftes, das mich abstieß. Unbehagen vor dem deutschen kritischen Kulturleben, mit dem die irritierende Berührung nicht mehr gewöhnt bin. Zu distanzieren. Im »Merkur« Erinnerungen an Hofmannsthal von W. Haas. Hofmannsthals fast wütende Abneigung gegen Heinrich – politisch *und* künstlerisch, da er in einem Brief z. B. die Erzählung »Liane und Paul« als vollkommen miserabel heruntermacht. Empfand einen gewissen Schrecken und eine gewisse Genugtuung; denn wie habe ich selbst unter alldem gelitten! Gewiß stand ich schlecht um 1914 und nachher. Aber H's »Aktivismus« war ein Tiefstand, der nur schlechte Werke hervorbrachte – bis zum Henri IV. – – Gestern nachmittags Einkauf von Hausschuhen in der Geschäftsstraße. – Heute Morgen großes Schießen im Walde. – – Etwas weitergeschrieben. – Hübscher Dankesbrief von Hesse. Der Vormittagsspaziergang schön, Wald, Wildwasser, Brücken. Auch nachmittags gegangen. Der Kopf stärker. Beim Diner wunderbares Bild des Gletschers, der durch ein Wolkenloch gerade von der Sonne beleuchtet wurde, wobei das Mythische, Göttersitzartige der Hochberge sich mit seltener Phantastik ausdrückte. – Benediktiner abends mit K. und E.

Kandersteg, Sonntag den 20. VII. 52

Las nach dem Thee bei mir im Zimmer K. und E. fast alles Geschriebene der Novelle, mehr als 30 Seiten. Man war angetan. Erika sagte großen Bucherfolg voraus, riet übrigens auch zur Dämpfung des Physiologischen, das nicht zart genug zu behandeln ist, um nicht den Geschmack zu verletzen. – Die Lesung große Anstrengung hier in der Höhe. Abends mühsames Essen und Schläfrigkeit. Der Tag war sehr schön und sommerlich gewesen. Fahrt und Spaziergang vormittags an der Nordseite des Tals. Viele Touristen und Wanderer, Familien unterwegs. Nach Tische saßen wir lange im Garten und gingen dann nicht mehr aus. – Kirchengeläut.

Kandersteg, Montag den 21. VII. 52

Schlief unruhig unter wiederholtem Erwachen, offenbar erregt von der Vorlesung. Wetter nun bedeckt, aber noch nicht regnerisch. Am Manuskript gebessert u. etwas weiter versucht. Erika, kummervoller Weise, aufs neue erkrankt an Brechdurchfall und Koliken. Bettlägrig u. ohne Nahrung den ganzen Tag. Soll sich um eine Hausinfektion handeln. Eine Dame im Spital, eine lag ohnmächtig auf dem Korridor. Leichte Besserung Erikas gegen Abend. – Tschechows »Taugenichts«. Briefe diktiert und Karten geschrieben. Schwieriges Essen beim Diner. Nur das Rauchen bereitet einiges Behagen. – Las jüngst auch das Stück der Gertrude Stein »Ein sehr junger Mann sagt Ja«, von Rosenthal übersandt, fesselnd. – Schweizer Sennisblätter-Präparat, vorsichtig genommen. Französische Kohletabletten, leicht zu nehmen. – In Chicago Beginn der demokr. Convention. Würdigere Formen, aber Ratlosigkeit. Governor Stevenson von Illinois tritt als Hauptkandidat hervor. Von Eisenhower sagt man, er werde keinen Krieg machen, da er Europa kennt u. sich für Asien nicht interessiert, werde aber depression bringen. – Im Walde las K. mir einen Brief Medi's des Inhalts, sie bringe es nicht über sich, die Scheidung vollziehen zu lassen und habe ihrem Anwalt aufgesagt. Ich empfinde das eher als Erleichterung.

Kandersteg, Dienstag den 22. VII. 52

Sonniges Wetter. Erika gebessert, aber sehr schwach und noch bettlägrig. Ich nahm Kohle, zwei weiche Eier und etwas Honig zum Frühstück, ohne viel Appetit, aber immerhin. – – Geschrieben. – Fuhren zur Nordwand und verfolgten, hoch übers Tal steigend, die prachtvolle Tunnel-Straße (jetzt sehr staubig), die den Sturzlauf der Kander aufwärts begleitet. Lärm der über Felsgestein brausenden, oft von ihm eingezwängten Wasser. – Erika entschieden gebessert, nahm abends Suppe und Forelle zu sich. – Briefe diktiert an Mlle Servicen über ihre tradition, an Rosenthal über seinen Picasso u. das Stück der

Stein, und mehr dergleichen. Nach dem Diner bei Erika. – Las die National-Zeitung. Artikel über das Buch eines Jesuitenpaters über die kommunistische Religion. Naphta nach 25 Jahren. – Etwas Gewitter.

Kandersteg, Mittwoch den 23. VII. 52

Erwachte recht wohlgemut. Warme Sonne. Erika, genesen, mit der Sesselbahn in die Berge. Ich schrieb den Monolog zu Ende. Fuhren zum »Blausee« hinab: höchst lächerlich, wimmelnd von Entré zahlendem Publikum, das sich alberner Weise auf dem Weiher in überfülltem Kahn gondeln läßt. Restaurant. Der »Felsenweg«, der zurückführt, wie ein Oktoberwiesen-Jux. Auch von sächsischer Schweiz hat das Ganze etwas. 'Habt. – Beim Kaffe italienisch-holländische-französische Besucher. – Brief von Agnes Meyer mit der Preis-story aus Washington Post. Ihre gesellschaftliche Deutung von Rosaliens Schicksal. – Durch Basler langer Brief von Lesser über das Kuckuck-Kapitel und Briefe von ihm an alle möglichen Leute meinetwegen. Viel zu lesen. Schrieb an Basler. Preisenden Brief an die Servicen mit Ausstellungen, z. T. schwerwiegend, unterzeichnet. – Gewitterregen. – Verschlimmerung des Halses; Gurgeln mit Emser Salz. Würgende Appetitlosigkeit beim Abendessen, bedenklich, da kaum den Gürtel noch brauchen kann. Bei E. Einbescherung K.'s mit Kleinigkeiten, auch einem Kodak.

Kandersteg, Donnerstag den 24. VII. 52

K.'s 69. Geburtstag. Schöner Morgen. Saß vorm Frühstück auf dem Balkon. Sprachen über den Ablauf des Lebens, der keineswegs huschend war, sodaß man sich fragen müßte: Wo sind die Jahre geblieben. Ist eine lange, langsame, erlebnis- und auch leistungsreiche Zeit seit unserer Heirat und den Tölzer Tagen. – Geschrieben nur ein paar Zeilen. Kritischer Punkt. – Ausgefahren und im Walde ziemlich hoch gestiegen. Auf einer Bank Briefe gelesen. – Nachmittags Dr. Blum, Waldau, Bern, Erikas Arzt. Thee mit ihm und Unterhaltung über seine »Psychologie der Arbeit«. Später mit ihm in meinem Zimmer. Bericht über meine Beschwerden, Untersuchung und beruhigender Befund. Verordnung appetitanregender und vitaminhaltiger [Präparate]. Fern davon, ein kranker Mann zu sein. Er fuhr dann ab nach dem Blausee zu seiner Frau und dem »Zureiter«, einem skandalösen Paar. – Brief von Reisiger. – Starke Abkühlung. Warm umgekleidet. Champagner-Diner zu dritt, mit Forellen, Huhn und Geburtstagstorte an blumengeschmücktem Tisch. Mußte trotz aller Tröstungen stark würgen. Kaffee in der Halle. Von Erika erheitert, fühlte mich recht übel. Blum schiebt viel auf das Psychische, Unsicherheit und Nomadendasein. E. versicherte, wenn bis November, nach der Präsidentenwahl, das Haus nicht verkauft sei und wir zurückwollen (K. will im Grunde), sie sich die Wiedereinreise sicher werde zu verschaffen wissen.

Kandersteg, Freitag den 25. VII. 52

Früh sonnig; rasche Vernebelung. Nachts auf wegen schweren Magens. Natron genommen. Im Stuhl von 3 bis ½4. Besuch K.'s. Dann weitergeschlafen. Gebadet. Zum Frühstück Kohle, ein Ei und Zwieback. – Sehr kühl. – Der Pianist in der Halle spielte gestern Abend die »himmlische« Arie der Delila, die nun wieder nicht los werde. – Brief an Reisiger. Dann noch etwas am Manuskript. – Waldgang aufwärts mit K.. Schwieriger Bachbett-Übergang. – Strichs von Bern zu Besuch. Heiteres Mittagessen und Kaffee im Rittergarten. – Nachmittags fuhr mit K. zum Hotel Waldrand zum Thee. Freundliche Wiederbegrüßung. Gang den raschen Fluß entlang. – Abendessen wieder mit Strichs, die im Adler wohnen, und Kaffee in der Halle. Aß wenig vom Fleischgericht, konnte aber viel Flammerie bewältigen. Sehr müde abends.

Kandersteg, Sonnabend den 26. VII. 52
Nachts etwas zu oft erwacht. Der Morgen wieder sonnig auf Widerruf. – – Der gesprungene, wunde Daumen will unterm Pflaster nicht heilen. Essigs. Tonerde. – Zögernd weiter am Mt. – Im Wald. – Strichs noch zum Lunch und Kaffee. Heitere Unterhaltung. Am Nachbartisch im Saal Schweizer Familie guter Rasse, sympathisches Gesicht der Mutter, Knabe, 16 oder 17jähriger, von ernster, anständiger Schönheit, vormittags ländlich, abends städtisch gekleidet. Der andere unschön. Militärperson dabei. – Ein Gast schrieb aufgeregt, weil er mich unerwartet gesehen. – Nahm Vitamin-Seim zum Thee. Schmeckt wie Grigorß' Erdmilch und verursachte Übelkeit. Aß beim Dinner nur das Vorgericht und den Nachtisch. Nachher mit E. bei K.[.] Amüsement über den österreichischen Kellner, der mir fürbittend »ein *kleines* Escaloppe« angeboten. – Sagte Gaselen und Sonette. – Trockenpulver, desinfizierend, für den wunden Daumen noch das Beste. – – Der Riesenbau der neuen Moskauer Universität. Große amerik. Flugbasis in Grönland. Die Eskimos von Thule werden 1500 km. weiter südlich umgesiedelt. Von dort Moskau im Direktflug zu bombardieren, wie ebenso direkt ausgesprochen u. betont wird. –

Kandersteg, Montag den 28. VII. 52
Nach einer Reihe prächtiger Tage, gestern ins Föhnige übergehend, heute tiefer Wettersturz, Dunkelheit, Regen, künstliches Licht im Zimmer. – Ereignis: Governor [Stevenson] zum demokr. Präsidentschaftskandidaten nominiert, – das relativ Beste, was geschehen konnte. Nicht ohne Aussicht, Eisenhower zu schlagen. – – Ging auch gestern an der Erzählung etwas weiter. Störung durch flechtenartige Verwundung des rechten Daumens, die unter Pflaster nicht heilen wollte. Trockenpuder. – – Geschrieben. Am späteren Vormittag Dr. Anna Jacobson, von Gstad heraufgekomen. Regen. Spaziergang mit ihr in den Wald. Lunch und Kaffee mit ihr in der Halle. Sie reiste

befriedigt um 4. Nachmittags engl. Brief an den Reviewer in Cape Town und Karte an Prof. Kaufmann, Buffalo, dankend für seinen Aufsatz über »Universelle Repräsentation.« – Zeitungen gelesen. In der »Weltwoche« Artikel über G. v. Lukász, rücksichtsloser Weise und unautorisiert L. als Modell zum Naphta bloßstellend. Erwägung einer Replik. – ½6 zum Coiffeur zum Haarschneiden und Waschen. Im Speisesaal Gespräch mit den Stockers aus Basel, dankend für herzlichen Brief und den »Choc«. – Mächtige Wolkenlagerungen, Neuschnee auf den Gipfeln, sehr kühl.

Kandersteg, Dienstag den 29. VII. 52

Sonne. Die Nacht sehr unruhig. Auf um 2 und 4 Uhr. Wiederholter Thee mit Hypral-Calcium. Dann im Stuhl wieder eingeschlafen. – Nähr- und Stärkungsmittel gehen am Geschlechtlichen aus. – Wir fahren übermorgen nach Luzern, von da mit dem Zug nach Lugano, wo Kahler sich einfinden will. – – Geschrieben. – Erika in den Bergen bis zum späten Nachmittag, was mich freut. – Schöner Spaziergang an der Kander, die schnell hinter Erlen strömte. – Nach dem Lunch im Garten mit den Cohens und Mme X, die mir für eine Widmung ein Paar wollene Lang-Socken aus eigener Fabrik verehrte. Zwischenträger immer der österreichische Schlankerl-Kellner Otto. – Über Rom und die Vorzüge dortigen Siedelns. Hotel. – Kurzgeschichten von Tschechow. – Nach dem Thee diktiert und selbst geschrieben: Karten und einen Brief an einen Lunau, mit dem U.III b zusammensaß. Hupe, Schubring, + Julius Harms, + Emanuel Fehling, Franz Sucher (+?). – – E. berichtet von großartigen Eindrücken.

Kandersteg, Mittwoch den 30. VII. 52

Gut geschlafen. – Sonnig. – Kleine Grieskörner im Salz, die ich immer als »unverdautes Futter« in den Eiern fand. – K. mit Erika in die Berge. – Erscheinungen der leuchtenden Flugkörper an verschiedenen Orten, auf den Radarschirmen sich anzeigend, vergebens mit höchster Geschwindigkeit verfolgt, nehmen kein Ende. Ein Mysterium, das noch aufzuhellen. Glaube nicht, daß es sich um eine Geheimwaffe handelt. – –

Lugano, Villa Castagnola, Freitag den 1. VIII. 52
Gefühl, daß mir diese Aufzeichnungen seit 1933 nicht so notwendig waren. – Gestern bei schönstem Wetter angenehmste Fahrt in der Minx mit E. über Interlaken, wo wir durchs Fernrohr auf die Jungfrau blickten, nach *Luzern.* Dort Mahlzeit im Bahnhofsrestaurant, während E. Gepäck und Billets besorgte. Sie blieb zurück, fährt heute nach Zürich, dann nach Deutschland. Weiterfahrt zu zweit mit dem Zuge in Gesellschaft mit einem freundlichen französischen Herrn. Warm. Viel in Tunnels. Lange Fahrt. Ankunft 5 Uhr, unangenehm, da Mangel an Trägern. Spazierstock vergessen und angemeldet. Mit dem Hotelwagen. Hier freundlicher Empfang. Hübsches Doppelzimmer im 2. Stock mit propperem Bad. Thee. Kahler meldet sich. Mit ihm gesprächig in der Halle. K. dazu. Diner mit ihm im Speisesaal. Kellner u. Mädchen zutraulich. Kaffee im Garten. Saßen bis nach 10. Einige Seiten Tolstoi »Kindheit«. Schlief ohne Unterbruch bis ½ 8. Badete, was stets den Finger verschlimmert. Der Tag trübe, leichter Regen. Dann Erhellung der Bedeckung und sehr milde, zu weiche Luft. – Nach dem Frühstück etwas Beschäftigung mit dem Manuskript. Um 10 Uhr abgeholt von der verwitweten Besitzerin des Hauses in Barbengo u. in ihrem Auto dorthin gefahren. Geht hoch hinauf, doch lohnt die Aussicht dann nicht recht die Steigung, obgleich der Garten groß und voll schöner Bäume. Sorgfältige und interessierte Inspektion des Hauses, das Stil und Würde, aber z. T. (Schlafzimmer) durch das gegenüber Liegende eingeengt ist. Erwägung der Einteilung, der Ein- und Umbauten, der Hinzufügung einer Oelheizung. Das Arbeitszimmer geräumig und ansprechend. Hübsch bemalte Decken und Milchglastüren. Charaktervoller Wohnsitz. Die 60 000 Franken Anzahlung (bei 20 000 Hypothek) wären durch den Lincei-

Preis zu beschaffen. Könnten aber in Verlegenheit kommen, wenn das kalif. Haus in Jahr und Tag nicht verkauft wird. – Die Frau brachte uns zurück; sicherte uns ein Vorkaufsrecht zu. Saßen nachdenklich auf Liegestühlen im Garten. Schlummerte etwas. Déjeuner. Bald nach dem Kaffee machte K. sich zu einer weiteren Inspektion in benachbarter Ortschaft auf. Las mit Wohlgefallen in Tolstois »Kindheit«, ruhte etwas auf dem Bett und trank Thee. – Der Tumult, wenn der »Lift« aus P. P. (Möbel und unendliche Bücherkisten) eintrifft, ist unvorstellbar. Zur Installierung wäre energische Hilfe nötig. In P. P. vor 11 Jahren besorgte Golo das Aufstellen der Bibliothek. – –

Lugano, Sonnabend den 2. VIII. 52

K. kehrte gestern Abend von Agno mit dem Bescheid zurück, daß das dortige Haus nicht in Betracht kommt. Es bleibt also bei der Möglichkeit Barbengo mit ihren Vorteilen und Nachteilen. In Verbindung mit einem angenehmen Absteigequartier in Zürich, wo von Zeit zu Zeit eine Woche zu verbringen, wäre das Haus mit seinem Garten recht zu eingezogenem Leben. Doch gilt es noch, sich in der Nähe Zürichs umzusehen. – Wir hatten nationalfeiertäglich dekoriertes Diner, tranken Kaffee auf der Terrasse, die mit Lampions behangen und gingen einige Schritte linkshin am See, wo viel mit Feuerwerkskörpern geknallt wurde. Raketen und Leuchtkugeln. Illuminierte Schiffe auf dem See. Feuer auf dem Bergkegel. – Zeitig hinauf. – – Ziemlich unruhig geschlafen. Morgens Gewitter und Regen. Abfahrt von hier um ¾ 12.

Zürich, Waldh. Dolder, Sonntag den 3. VIII. 52

Abscheuliche Reise in überfülltem Zuge gestern mit schlechtem, weit entferntem Speisewagen, zu dem man sich durch unendliches, die Gänge füll[end]es Volk durchzukämpfen hatte. Platz-Reklamationen, Ärgernisse. Ein großer Fehler, nicht mit eigenem Lunch I. Klasse gefahren zu sein. Wie ich hasse, mich zwischen Menschen herumdrücken zu müssen, ist nicht zu sagen. Erschöpft, wütend und angewidert. Ankunft mit ½ stündiger Verspätung nach 4 Uhr. Fahrt zum Hotel, das sich wieder aufs angenehmste bewährt. Gutes, luftiges, praktisches Doppelzimmer mit Bad für die nächsten 5 Tage. Viel Post durchzusehen. Gewitter. Auspacken. Brief aus Rom wegen der Transferierung des Betrages. Brief von W. Eber wegen Beitrag aus dem Krull und Vorlesung im Pen Club. Aßen ½ 8 im vertrauten Speisesaal zu Abend und tranken Kaffee in der vertrauten Halle. Das nicht störende Publikum international, indisch, französisch, englisch sprechend. – Las in »Kindheit«. – Telephon mit Neumanns; Telegramm an die Gehrke in Gastein, die nicht die Verabredung bestätigt. – Samstagläuten.

Schlief etwas unruhig. Freundlicher Morgen, schöner Blick auf Stadt und See. Starkes Läuten. Gebadet. – Mit dem Manuskript. – Waldspaziergang. Auch nachmittags im Walde. Dann Gewitter und gewaltiger Regenguß. Zum Abendessen Neumanns. Seine strenge Diät: Yogurt, ein weiches Ei, Gesundheitsbrot. Gespräch über die beiderseitigen Probleme bei Tisch und in der Halle. Gingen 10 Uhr. – Tolstoi gelesen.

Zürich, Montag den 4. VIII. 52

Heiterer Morgen. Nach dem Frühstück u. Ankleiden den Vortrag durchgesehen. Senator Benton meldet Empfang ablehnenden Bescheides wegen Erika. Brief von Reisiger wegen seines Besuches in Gastein oder Salzburg. Weitere Post. – ½ 11 Fahrt mit der Minx zum Studio Zürich. Dr. Job. Aufnahme von »Der Künstler in der Gesellschaft«, 35 Minuten. Gut gesprochen, obgleich nicht in guter Verfassung; Stimme klar gehalten bis einen herauszuschneidenden Husten. Buch-Dedikationen an Job und verschiedene Angestellte nachher. Kompromiß-Honorar von 400 Franken. Heimfahrt. Nicht wohl; angegriffen von der Konzentration. Nach Tisch Tolstoi. Warten auf Erikas gemeldeten Anruf aus München. K. gehindert, ihre Besorgungen zu machen. Ca 5 Uhr Verbindung und

Verständigung. K. ablehnend über das Barbengo-Haus. Aber wohin? E. nicht nach Berlin; kommt auf meinen Wunsch übermorgen zur Reise. – Schweres Herz den ganzen Tag, das auch mit den gewohnten Darm-Beschwerden zu tun hat. Mehr Leichtsinn wäre erfordert! – Gegen Abend mit K. im Wald. Nachher allein auf einer Bank im Garten, lesend. Nach dem Diner in der Halle, lesend. Merkwürdigkeit des vollbesetzten Hauses, ohne daß es im Saal, Halle, Lift irgendwelches Gedränge gäbe. Ägypter, Ungarn, Slawen, vereinzelt Amerikaner.

Zürich, Dienstag den 5. VIII. 52

Nachts Thee und Sekonal wiederholt. Dann gut geschlafen. Klarer Morgen. Mit der Toilette viel zu tun: Bad, Rasieren, Maniküre. Zu zerstreut zum Arbeiten, auch die äußeren Umstände ungünstig. – Vormittags zur Stadt zur Pediküre. Gute Arbeit. Von da zu Dr. Mäder. Keine Verschlimmerung, der Kehlkopf in Ordnung, die Austrocknung der Schleimhaut im Rachen stabil. – Einkauf von braunen Schuhen und Rauchwaren. Wärme, ja Hitze. – Nachmittags untätig. ½7 von Oprechts abgeholt. Gepäck, das bei ihnen lagerte. Fahrt zu einem Gartenrestaurant nicht weit von hier als ihre Gäste. Hühnchen. Zuviel Kaffee. O. knochenmager mit Spitzbauch, mißlich zu sehen. Aß aber kräftig und rauchte Stumpen. Nach 10 Uhr Heimfahrt. Tolstoi.

Zürich, Mittwoch den 6. VIII. 52

Gestern allerlei Post. Einladung des italien. Dichters Moravia zu einem Symposium in seiner Zeitschrift über Kunst und Kommunismus. – Die Nacht unruhig. Schlechter Leib. Trank noch einmal Thee. Schöner, frischer Morgen. Kohle zum Frühstück. K. zur Stadt in Geschäften. – Schuh sendet aus Bayreuth das Danae-Szenarium mit Widmung. – K. vormittags in der Stadt. Dann mit mir zum Einkauf einer hellen Mütze und Schreibpapier. – Warmer Tag, von mir recht nutzlos hingebracht. K. packend, Hilfe ablehnend. – Las viel Tolstoi. Die »Jugendjahre« neu für mich. Etwas Einsicht in das Material zur Novelle. Nachmittags, überraschend, Erika, die von München geflogen war. Besprechung des Aktuellen. Diner mit ihr. Nachher Besuch von Dr. Katzenstein, den in ihrem Zimmer begrüßten.

Zürich, Donnerstag den 7. VIII. 52

Wider alles Erwarten nach gestriger Abkühlung durch fernes Gewitter heute tief dunkel und strömender Regen. Übles Reisewetter, übel zum Aufladen. Früh auf. Das Packen, sehr kompliziert, geht weiter. Brief von Medi über ihre Probleme und Kalamitäten. Auch sie verhetzt, sorgenvoll und müde. 1933 in anderer Form. – Post aus P. P. – Wärmere Kleidung als vorgesehen.

München, 4 Jahreszeiten, 8. VIII. 52

Gestern nach quälender Packerei Abfahrt vom Waldhaus nach 11 Uhr. Lange, sehr ermüdende Fahrt, Fähre über den Bodensee, Grenzüberschreitung in Konstanz, Mittagessen in Markdorf, auf Ulm, die Autostraße nach Augsburg, wo im letzten Augenblick Benzin fassen konnten, Einfahrt in München durch Nymphenburg. Das Hotel, unverändert, ausgenommen die Verlegung des Speisesaals. Zimmer nach dem Hof im 1. Stock. Therese Gie[h]se. Mit uns beim Abendessen. Rehbraten. Übermüdet. Nicht leicht eingeschlafen.

½ 9 auf. K. hatte gottlob ruhige Nacht, ohne Husten, der gestern aufkommen wollte. Nach dem Frühstück rasiert und den Vortrag durchgesehen. Vom Südd. Rundfunk mit Erika abgeholt und dort mit Konzentration den Vortrag gesprochen. Der Regisseur meinte, es werde über das Politische Aufregung geben. Man sei hier dem kommun. Bereich zu nahe. Also Presse-Angriffe zu erwarten, – von denen ich nichts zu merken hoffe. – Erika blieb dort zu einem Dialog. Photogr. Aufnahmen dort u. schon vorm Hotel. – Mittagessen mit Vikkos Nelly in der Torgelstube. Nachher ging K. bald zu Besorgungen, Rechtsanwaltsbesprechungen etc. aus; auch wegen ihres Vaters Sammlung. Ich sah den Salzburger Vortrag durch, ruhte und nahm Thee. Episode mit dem boy, der das Geld für die Theaterbillets haben wollte und bis K.'s Rückkehr warten mußte. – Ging mit einem Presse-Photographen auf die Maximilianstraße zu Aufnahmen. Empfing das junge Ehepaar Schwarzberg aus Düsseldorf in der Halle zu einem Interview. Sympathische, ernst bemühte u. besorgte Leute. Ersuchte um das Manuskript. – Langer bewegter Brief eines Müncheners, Dr. P.A. Loos. – Rosen von Pfeiffer-Belli. – Brief von Desch, daß Lessers Buch im Herbst erscheinen soll. – Mit K. und E. zu Fuß zur »Kleinen Komödie« beim Max-Monument. Maughams Stück »Finden Sie, daß Konstanze etc.« mit der Poppe in der Hauptrolle. Mit ihr durch die Gie[h]se schon bekannt. Reizende Frau, etwas nervös und outriert, aber mit schauspielerisch sehr guten Momenten. Die Aufführung überhaupt hübsch. Im Foyer und Garten allerlei Ansprachen. Zu Fuß auf Umwegen nach Hause. Zerbrochene Trottoirs. Müde. Abendessen mit der Giehse, ohne Appetit wegen Müdigkeit. Dazu Frau Poppe, die sich gern beglückwünschen ließ. War Jahre lang Gründgen's Frau, hat ein hübsches Kind von einem Engländer. Sehr eingenommen von ihr. Küßte ihr zum Abschied die Hand. – Spät.

München, Sonnabend den 9. VIII. 52

½9 auf. Der Tag bedeckt u. schwül wie der gestrige. Gebadet. Packen. Noch wieder Aufnahmen und Anhaltungen. Abfahrt ca 11 Uhr. Autobahn München-Salzburg bei arger Hitze. Mittagessen unterwegs in einem Wirtsgarten – von der Giehse gestiftetes Lunch, dazu Suppe und Bier. Grenzübertritt. Ankunft Salzburg vor 4, einiges Suchen nach dem Wege nach Hellbrunn und dem Hotel-Schlößl, Begegnung mit den Révys, während Erika in der Hof-Apotheke war.

Salzburg, Sonntag den 10. VIII. 52. Maria Theresia-Schlößl
Gestern Ankunft hier um 4 Uhr. Vorläufig Zimmer ohne Bad, aber sehr hübsch und der Park erfreulich. Ruhe auf der Couch bis 5. Thee vorm Hause. Später im Liegestuhl im Garten. Allerlei Post nun aus Wien. Kommunistisches Ehepaar schickt ein Buch über China. – 7 Uhr zum Abendessen mit Gret in der »Traube«. Mit ihr dann zum Festspielhaus, »Reitschule«, wo Bibi als Duo-Solist an einem Serenaden-Mozart-Abend teilnahm. Schöner Verlauf. Bibis Ton zu klein. Nervosität seines Gebahrens. – Heimfahrt bei Regen. Überaus müde.

Heute gegen ½ 9 Uhr auf. Heiterer Himmel. Nach Frühstück und Rasieren Umzug in ein Zimmer mit Bad. Änderung am Vortrag. Erika telephoniert nach München die notwendigen Änderungen an dem Schwarzberg'schen Interview. – Aus Bern hübsches Interview der Strich-Schülerin (Kandersteg). Zum Thee Herr Pfeiffer-Belli und Freund. Vorher Dr. Perl. – – Am Abend dieses Tages Vortrag »Der Künstler u. die Gesellschaft« im vollbesetzten großen Saal des Mozarteums. Außerordentlich festlicher Verlauf. Nachher Abendessen in der »Traube« mit Golo, Bibi und Gret, Session, der Schwester-Sängerin Grets. Das Mozarteum hatte gute Einnahme.

St. Wolfgang, Pension Appenbach, Dienstag den 12. VIII. 52
Gestern schon 7 Uhr auf, da keine Verdunkelung. Frühstück im Garten des »Schlößl«. Machte vorher Spaziergang in den Park, was mich an meine Frühgänge im Herzogpark erinnerte. Wiederum Packen. Lunch im Freien. Danach Besuch von dem Kommunisten Dr. Jensen, Arzt, mit seiner chinesischen Frau. Mit ihnen im Garten. Kontrolle seiner Vortragsnotizen an Hand des Mts. Gespräch über das Jesuitische im Kommunismus. Seine Überzeugung, daß ich in Ost-Deutschland »volle Freiheit« genießen würde. – ½ 6 Abfahrt mit der schwer bepackten Minx bei vollkommen klarem Wetter. Schönste Strecke hierher im goldenen Nachmittagslicht. Österreichi-

sche Sommerfrischen. Ankunft hier ca 7 Uhr. Gret mit den Buben zur Stelle. Frido in der Badehose, gewachsen, voller Freude und Zärtlichkeit. Seine hübschen blauen Augen. Die Gefühlsnachwirkung der Echo-Zeit ist unauslöschlich. Die Leutchen ruderten über den See nach Strobl zurück. Wir haben großes Zimmer mit mehrfachem Blick auf den See, Nebenraum und Bassin-Bad. Aßen im Garten zu Abend. Fast nur Amerikaner. Session. Nachher Cigarre und Benediktiner im Zimmer. Sehr müde, nicht mehr gelesen.

Heute 8 Uhr auf. Klarstes Wetter. Nach dem Frühstück, das wegen starker Sonne nicht auf dem Balkon nehme, Rasieren u. Ankleiden. Golo sprach vor. 11 Uhr die Bübchen, mit dem Motorboot gekommen. Mit ihnen geplaudert, sie mit Süßigkeiten beschenkt. Frido den Hof gemacht. Sie sind mit K. in den Ort und bleiben zum Mittagessen. – Man badete mittags am Steg, und ich saß im Schatten und las Tolstoi. – Hitze. – Mittagessen im Zimmer mit den sehr artigen Kindern, die Erika um ½3 nach Strobl brachte. – Sehr schlechter Kaffee. Lektüre, Ruhe. Brief an K. Kersten (Umfrage über die gegenwärtige Arbeit). Golo zu Besuch. Abendessen mit ihm und Leonore Lichnowsky auf der Terrasse, wo längere Zeit verweilten. Schon im Schlafzimmer, von Bibi angerufen, dessen erster Vortrag in Salzburg befriedigend verlaufen, und der mit Gret und dem Musiker Fortner zu einer Unterhaltung im unteren Salon kam. – Über Tolstois Schilderungen seines Jünglingsalters oft sehr amüsiert. Bewundernswerte Naturschilderungen von größter Genauigkeit des Gedächtnisses.

St. Wolfgang, Mittwoch den 13. VIII. 52

Kurz nach 7 Uhr auf. Leicht bedeckt und etwas schwühl. Gebadet in dem großen Bassin und auf dem leider etwas rußigen Balkon gefrühstückt. (Eigener Thee.) – Mißlichkeit, daß vor dem Trinken des laufenden Wassers gewarnt wird. Verdorbene Quelle. – – Vormittags gearbeitet. Kurzer Spaziergang mit K. bei drückender Schwüle am See nach St. Wolfgang. Im Zimmer am kühlsten. Schrieb noch etwas, während K. ihr Bad im See nahm. – Auf der Landstraße gefährlicher Verkehr. – Mittagessen im Zimmer wegen der großen Hitze. Schlechter Kaffee. – Tolstois Kindheitserinnerungen. – Etwas geschlafen. – 5 Uhr Frido. Von Briefen einiges beseitigt und beantwortet. Ein paar Karten geschrieben. 7 Uhr mit Frido nach Strobl. Dort im Garten bei Wermuth, während Bibi draußen seinen morgigen Vortrag memorierte. Abendessen im oberen Zimmer. Erwägungen über das Internat, in das die Kinder zu geben, während die Eltern in Amerika sind. Englisch? (Erika) Schweiz (Geheeb)? Bodensee? – Teilnahme für Grets schlechtes Aussehen u. stilles Wesen. Sie hat es nicht leicht mit dem nervösen, von egocentrischem Ehrgeiz besessenen, tyrannischen Vater ihrer Kinder. Der Pestalozzi-Kalender, das historisch-geographische Lehrbuch der Buben. Erraten von Persönlichkeiten und Daten. – Nach 10 Heimfahrt.

St. Wolfgang, Donnerstag den 14. VIII. 52

Das gestern sich bildende Gewitter verging. Heute wieder Bläue und leichter Wind. Bedauern über die Russigkeit des Balkons. Unlust, die Schwierigkeiten der Novelle zu überwinden. Das Schlimme ist, daß ich weder an Rosalie noch an Ken viel Anteil nehme. Auch noch Unklarheit über den medizinischen Verlauf. –– Etwas gearbeitet. Frido kam. Mit ihm in den Ort. Einkauf einer Badehose u. eines Kammes. Mit Frido allein zum Konditor u. ihn mit Eis und Kuchen traktiert. Später Erika mit ihm nach Salzburg. Kamen Karten für die 2. Aufführung von »Danae«. Mittagessen mit Golo. Nachmittags Brief an Lesser in London. Zum Abendessen nach Strobl. Später dazu Golo und Leonore Lichnowsky.

St. Wolfgang, Freitag den 15. VIII. 52

Nach 7 Uhr auf. Im Laken zum Steg und gebadet. Längst davon entwöhnt, schien mir das Wasser im ersten Augenblick sehr kalt, dann empfand ich es angenehm und frühstückte mit

Appetit. Bereiten uns unseren eigenen Thee. – Meine Sorge sind hämorrhoidale Beschwerden. Kombination von Oel und Cas-Evac. – – Gearbei[te]t mehrere Stunden. Zu Bibi's in den Garten. Stuhl im Schatten, wo aber die Knäbchen mich keinen Augenblick allein ließen. Mit Frido über Politik (!), die Kaiser Wilhelm I und II, die Kriege etc. – Heinz Pr. und Frau. Die Gräfin L.. Mittagessen. Nachher fort. Absurde Hitze. Turbulente, verstopfte Landstraße dank dem Festtag. Gelesen und geruht. Dann mit »Heinzchens« und Erika auf der Terrasse Kaffee getrunken, da der Thee garzu miserabel. Schlummerte später im Sessel ein. Brauendes Gewitter, ferner Donner, etwas Regen. Las Tolstois späte Kindheits- und Jugenderinnerungen zu Ende, die zur vollen Selbstbiographie nicht mehr gediehen. Greisenschwäche und Einfalt, vergeßliche Wiederholungen, dabei große Genauigkeit der Personal- und Naturerinnerungen. Die »Ameisenbrüder« merkwürdiges Symbol für seinen Kommunismus der Liebe. – Starker Wind.

St. Wolfgang, Sonnabend den 16. VIII. 52

Unruhig geschlafen. Früh wach. 8 Uhr aufgestanden. Bedeckt und regnerisch, aber die Luft noch warm. Badete im Bassin. Gearbeitet, aber wenig vorwärts gekommen. Frido kam, badete mit K. und E., aß mit uns zu Mittag. Ruhte bei Zeiten auf der Chaiselongue, besprach englisch-sprachige Angelegenheiten mit E.[.] Diktierte dann mehrere dringende Briefe (Job, Berner Studenten, Regisseur Schuh in Salzburg, Bürgermeister von Eßlingen u. a. m.) Starkes Gewitter und Regen. Golo, der den improvisierten Besuch Laski's aus Berlin ankündigt. Mißtrauen Erikas, die den Mann als amerk. Agenten und Spion betrachtete. Kränkend für Golo. Fuhren im Regen nach Strobl. Im Wagen heftiges Rencontre zwischen Erika und dem schon gereizten Golo wegen der Gräfin Lichnowsky. Wegbleiben Golos vom Abendessen. Nach einigen Vorhaltungen, Worten von mir, die meiner Trauer über ihre auch in Europa andauernde Bitterkeit Ausdruck geben, Fortgehen auch

Erikas, die mit Taxi-Droschke nach Hause zurückkehrte. Etwas Erheiterung durch die Bübchen. K. nach der Rückkehr noch bei Erika. Trüber, bedrückender u. kummervoller Zustand. – Begann Dostojewskys »Werdejahre« wieder einmal zu lesen. Zeitbloms erste Seiten merklich davon beeinflußt, was ich nicht wußte.

St. Wolfgang, Sonntag den 17. VIII. 52

8 Uhr aufgestanden. Stark abgekühltes, bedecktes Wetter. Wollene Weste. Sorge wegen der Kinder. Wollte Erika sich zu einem bißchen lockeren Geltenlassen verstehen! – – Wenig am Manuskript. Mit K. ein Stück auf der Landstraße gefahren, dann hübschen Weg überm See gegangen. Zum Mittagessen Laski und Golo (ohne Erika). Holten die beiden vom Steg ab. L. gefiel mir wenig. Ein angeregter, aber beschränkter Mann, der in seiner amerikanischen Propaganda-Sphäre lebt und denkt und sich auch noch für einen Hamlet hält. Selbst Ed's Urteil ist freier und besser. Ansuchen um einen Beitrag für den »Monat«. – Um 5 Uhr zum Kaffee das Ehepaar Dr. Schuh, viel erfreulicher. Dazu R. Sessions, der deutsch nicht stockender sprach, als englisch. – Erika tätig für mich mit engl. Briefen und der Zubereitung der englischen Kurzfassung von »K. u. Ges.« für eine neue amerk. Kultur-Zeitschrift, deren Namen ich vergaß. – Mit E. abends nach Strobl. Viel Regen und starke Abkühlung. Freundliches Abendessen. Vorher und nachher mit den Bübchen.

St. Wolfgang, Montag den 18. VIII. 52

½ 8 Uhr auf. Bedeckt und kühl. Bad im Bassin. Problem eines Zusammenseins mit Golo u. seiner Gräfin. Er kehrt übermorgen nach Californien zurück. Ich bin ganz froh, nach Gastein zu kommen, wo ein bekanntes Heim und ein eigenes Zimmer mich erwarten. – Etwas am Manuskript. Ausfahrt und Spaziergang zu viert mit den beiden Buben. Auch Mittagessen mit ihnen, nach welchem sie mit dem Motorboot nach Strobl zurückkehrten. – Post. Las den »Statesman«. Schrieb, während K. zu packen begann, an die Herz und an die Berner Studentenschaft. 7 Uhr Golo und Leonore L.. Mit ihnen im kleinen Salon. Erika gutwillig dazu. Abendessen zu fünft. Sonderbare pädagogische Ereiferung der Gräfin-Professorin. Sonst friedlich. Etwa ½ 10 Uhr Verabschiedung. Der spätere Nachmittag und Abend sehr klar und schön.

St. Wolfgang, Dienstag den 19. VIII. 52

Wieder Regen und Dunkel. 8 Uhr auf. Die Karten für »Danae« zeigen sehr mindere Plätze. – Packen. Mein Schreibtisch noch klar.

Gastein, Haus Gerke, Donnerstag den 21. VIII. 52

Die »Reise« schreitet fort. Was wird aus ihr werden? – Am 19. Abreise-Tag. Sesson und Frau kamen zum Abschied nehmen. Die kleine Familie dann und Golo. Herzlicher Abschied von allen. Wir aßen noch dort zu Mittag. Es regnete nicht zum Aufpacken. Fahrt bei brauenden Wolken, z. T. bei Regen, die Seen entlang nach *Salzburg*. Abgestiegen im »Stein«. Gutes, sauberes, solides Hotel. Freude an dem Blick aus unseren Fenstern auf die verkehrsreiche Hauptbrücke, die Barockkirche, die Burg, Berg und Wald. Schlief auf der Chaiselongue, erschöpft, wie von jeder Abreise. Thee und Schinken. Smoking-Toilette. Erika fuhr uns zum *Festspielhaus*. Die Plätze gut. *»Danae«* ist sehr schön inszeniert und wurde prächtig aufgeführt und gesungen, ist aber kein glückliches Werk, von Gregor schlecht gedichtet, wirr und schwer verständlich. Pompöse Oper mit Einschlägen der Leichtigkeit, die Hofmannsthal träumte. Applaus-Nummern. Sehr lang und ermüdend. In der Pause mit Schuhs. Kaffee im Foyer. Kehrten zu Fuß ins Hotel zurück und aßen dort zu Abend. Erika, die in Pam. Wedekind[s] Kabaret gewesen war, kam dazu. Übermüdet um 1 Uhr zu Bett und einige Stunden fest geschlafen.

Gegen 11 Uhr Abfahrt von Salzburg, das mir sehr gut gefallen. Fahrt, teilweis bei Regen, über Land, wo wir zu Mittagessen (ich hatte sehr schlechte Omeletts Confiture, schwer zu kauende Pfannkuchen) und wo ein hübscher junger Student sich Inskription in ein mir unbekanntes Buch über mich erbat – hinauf die bekannte Straße über Dorf- u. Hofgastein hierher. Eines von vielen »Heimen«. Frau Gerke und Fräulein Liesl. Vorläufige, aber auch schon erfreuliche Zimmer. Guter Arbeitsplatz. Gepflegtheit. Wartete viel Post. Das Merkwürdigste ein Brief von A. Zweig mit dem Durchschlag eines vergessenen Briefes von mir an Hauptmann über Peeperkorn, recht hübsch, vom Jahre 1925, den man zum 90. Geburtstag in »Sinn und Form« abdrucken möchte. – Ruhte u. schlief etwas im Bette, hinter den Vorhängen. K. rührend tätig mit Auspakken und Einräumen. 7 Uhr bei Regen und schmutzigem Boden zum Abendessen im »Stübl« des Gasteiner Hofs. Uns wiederbegrüßende Kellnerin. Erika hatte Zimmer für Reisiger besorgt, der etwas zu früh schon heute Nachmittag eintrifft. Rehrücken. Las vor Schlafengehen im Dostojewsky. – Durchfall vom Oel und Rektal-Jucken.

Schlief recht gut im Vorhangbett und frühstückte Thee und Ei um ½ 9. – Wetter sehr frisch, aber einiges Blau zeigend. – Spaziergang mit K. auf gewohntem mittleren Waldwege. Mittagessen im Garten der »Friedrichslaube«, auch gewohnt. Zu Hause Post gelesen. Ruhe auf der Chaiselongue. Thee. Nach 5 Uhr Eintreffen des Old Reisi boy, der am Bahnhof in der Benommenheit einen spitzbärtigen alten Herrn für mich gehalten und begrüßt hatte. Unterhaltung mit ihm und Erika, die ihn später zu sich nahm. Er war sehr erschöpft und zog es vor, allein in seinem Hotel etwas essen. Wir fuhren bei strömendem kalten Regen zu Straubinger u. aßen im Speisesaal, wo wir begrüßt wurden, wo aber es fast immer kleine Anstände und Ärgernisse gibt. – Zu Hause in Novellen von Kipling, in R.'s Übersetzung. Forsch. Die Seeschlange. Die beste Geschichte von der Welt. Der Regen nachts noch heftiger. Frösteln.

Gastein, Freitag den 22. VIII. 52

7 Uhr erstes Termalbad von 12 Minuten. Wieder ins Bett. Frühstück ½ 9 Uhr dort. Setzte mich aber, da ich das Essen im Liegen verabscheue. – Kalt! – Wieder brauende Regenwolken. – Spaziergang mit Reisiger. Mittagessen mit ihm u. Erika in der »Laube«. Nachmittag einige Tätigkeit in Form von Brief-Erledigungen. Danksagungen. Abmachung mit E. Oprecht wegen Wiederholung des Vortrags im Zürcher Schauspielhaus. An die Wiener Agentur prinzipiell zusagend für November oder Dezember. – Ein sehr wohlfeiles und splendides Haus am Comersee, an der Schweizer Grenze, ist aufgetaucht. Recherchen. – Abendessen zuviert im »Gasteiner Hof«. Reisi erheiternd nach alter Art.

Gastein, Sonnabend den 23. VIII. 52

7 Uhr Bad. ½ 9 Frühstück. Toast statt des Semmelteigs. Der Himmel heller. Befinden frischer. Beschäftigung mit dem Manuskript. Beim Badearzt; Geschwätz und Verordnungen. Hauptsache sei, daß mein Gewicht stabil bleibe, was, fürchte ich, bei meinem schlechten Appetit, den Kau- und Schluckschwierigkeiten schwer zu erreichen sein wird. – Mit Reisiger etwas gegangen. Sonne. Mit ihm im Freien gegessen. (»Laube«) – Allerlei beschwerliche Post, teils absurd. Besuchs-Anmeldungen. Copie della relazione concernente il Premio Feltrinelli. – Nachmittags im Bette geschlafen. Nach dem Thee Reisiger zur Vorlesung des Kuckuck-Kapitels aus dem Krull. Die Wirkung ziemlich lahm. Erika dazu. Hatte schmerzliche Auseinandersetzungen gegeben zwischen ihr und K. über die Trübungen der jüngsten Tage: Golo, die Lichnowsky, Lasky, ihre Schärfe, düstere Übertreibung, Bitterkeit, das unduldsame Verhältnis zu ihren Geschwistern. Unmutig und kummervoll macht sie sich das Leben zur Qual, ist aber lebendig und hilfreich aktiv, liebreich gegen uns. Abendessen bei ihr am von ihr reservierten Tisch im »Gasteiner Hof«. Staunen über Reisigers gesegneten Appetit und Neid darauf.

Ich mag fast nichts als Suppe, Eis, Kaffee. – Zuletzt etwas in Dostojewskys »Jüngling«.

Gastein, Sonntag den 24. VIII. 52

Kein Bad. 8 Uhr kam das Frühstück mit sonntäglichem Milchbrot. Wieder regennaß. Gearbeitet am 1. Dialog Mutter-Tochter. Unterbrochen durch den Besuch Dr. Goeken's aus Wuppertal, Theolog. Wünscht Besprechung über »Joseph«. – Zeitschrift »Eckart« mit »Lob der Vergänglichkeit«. – Mit Reisiger gegangen. Lunch zu viert in der »Laube«. Der Rest des Tages wie immer. Elektr. Öfchen, wohltuend. Ankunft von Erikas Freundin Löwenberg. E. mit ihr. Wir aßen mit Reisiger im Hotel Straubinger. Regen.

Gastein, Montag den 25. VIII. 52

Regen, Dunkel. Früh gebadet. Gearbeitet. Sehr angegriffen und müde. Mit Reisiger. Empfing nachmittags den Studenten Bernt Richter in Sachen seiner Dissertation über mein Verhältnis zur »deutschen Katastrophe«. Netter junger Mensch. Kam zu nichts anderem mehr. Abendessen zu fünft mit Erika u. der Löwenberg, die mir einen Aschenbecher schenkte. Aß mit Appetit gebratenen Fisch u. einen Pfannkuchen. – Steigen des Barometers.

Gastein, Dienstag den 26. VIII. 52

Dunstig-bläulich. Wieder früh gebadet. Zu wenig Zeit zum Arbeiten. Rektaljucken, Zinksalbe. Zweifel, ob ich die ermüdenden Bäder fortsetzen soll. – Gearbeitet ohne in Arbeitsverfassung zu sein. Müde, nervös, benommen. Mit Reisiger beim Bellevue vorbei auf die andere Seite des Tals gefahren, dort gegangen, wobei Begegnung mit Reinhardts erster Frau, und in einem Wirtsgarten gutes Ochsenfleisch gegessen. Erika mit der Löwenberg auf einem Ausflug. Nachmittags nur kurze Korrespondenzen. Nachrichten aus Wien. Abends mit Reisiger zu Fuß zum Gasteiner Hof zum Abendessen mit Brathuhn und Schaumnockerln. – Im Dostojewsky.

Gastein, Mittwoch den 27. VIII. 52

Mit Auswurf das Kissen verunreinigt. Der zweite klare, sonnige Tag. Einladung der Stadt Linz. Etwas gearbeitet. Mit Reisiger zum Grünen Baum. Glühende Sonne. Mahlzeit dort. – Irrungen mit Dr. Goeken, Philolog und Theolog. Das Gespräch über den »Joseph« mit ihm wollte allerlei Mißverständnisse wegen mit dem Telephonlosen nicht zustande kommen. Schrieb mehrere Briefe. Abends mit Reisiger im Stübl des Gasteiner Hof. Erst zu dritt, dann Erika dazu, zurückkehrend von ihrem weiten Marsch (mit Übernachten in einer Hütte) nach Salzach. Bericht über die veranstalte[te]n Mystifikationen (Edith Löwenberg als reiche Engländerin, E. als ihre bayrische Führerin). Heiterkeit. Baltische Geschichten. Vor unserm Haus dann Verabschiedung von Reisiger mit dem ins Auge fassen eines Wiedersehens in der Schweiz.

Gastein, Donnerstag den 28. VIII. 52

Kein Bad. Nach dem Frühstück zur Waage im oberen Bade-Zimmer. Gewichtsverlust bestätigt. Ist nach einer Woche zu kontrollieren. Erika bringt Reisiger zum Bahnhof. K. holt Dr. Goeken. Gespräch mit ihm über den Joseph zur Stütze seiner Arbeit für den »Eckart«. – Herzlicher Brief von Preetorius; Einladung des »Norddeutschen [Verleger]- und Buchhändlerverbandes[«] in Hamburg. Aufsatz von Frey über unsere Wiederbegegnung im St. Galler Tageblatt (auch im Zürcher Tagesanzeiger). – Etwas noch gearbeitet. Mit K. den schönen Promenadeweg gegangen und in ungewohntem Hotel-Garten gespeist. Nach dem Thee Brief-Diktate. Bericht über den Salzburger Vortrag in der »Rhein-Neckar-Zeitung«. – Abends mit Edith Löwenberg zuviert im Gasteinerhof-Stübl.

Gastein, Freitag den 29. VIII. 52

Wieder gebadet. Kräftigeres Befinden. Andauer des schönen Wetters. Gearbeitet im Fauteuil. Mit K. zu lange, 1½ Stunden, gegangen, zu spät eine Bank gefunden und sehr erschöpft. In der »Laube« Forelle gegessen. Bericht von Preußner über das finanzielle Ergebnis in Salzburg. Brief des Berliner »Aufbau«, der nun auch den Faustus und Lotte unaufhaltsam herausbringt u. fragt, wohin er die Autoren-Exemplare schicken soll. – Todmüde nachmittags; geschlafen. Brief an Lesser über seinen apologetischen Broschürenplan. Besser nicht. Zum Abendessen in der neu gewachsten Minx, mit Edith L.. Diese berichtet, zu meiner Überraschung, von dem großen Interesse des englischen Publikums an meinen Büchern, der Presse zum Trotz. – Rasche Fortschritte in dem Roman Dostojewskys.

Gastein, Sonnabend den 30. VIII. 52

Gebadet. Regt den Kopf auf zu nutzlosen Gedanken. Zuviel dumme peinliche Erinnerungen. Mein Leben voll davon, mit Lichtblicken der Genugtuung dazwischen. – Tief beeindruckt dieser Tage von einem Gedicht der Ricarda Huch aus letzter Zeit: »Tief in den Himmel verklingt« – »Geh' schlafen, mein Herz, es ist Zeit! Kühl weht die Ewigkeit.« – – – Gearbeitet. Mit K. gegangen, aber bald zur Umkehr gedrängt, da schon nach 10 Minuten der Kopf so müde, daß mir die Augen zufallen und tiefe Unlust, eine Sterbensverdrießlichkeit mich beschleicht. Lag zu Hause auf der Chaiselongue. Vom »Aufbau« »Dr. Faustus« und »Lotte in Weimar« mit liniengerechten Umschlagtexten. »Siebentes Kapitel« statt »Das siebente«. – Sehr drollige Aufsätze von Toni, von Frido censiert. – Sehr angegriffen und voller Abneigung gegen alle Unternehmungen, ja Schrecken davor, den ganzen Tag. Drückende Schwüle. Nachmittags fernes Gewitter und kühlere Luft. Schrieb an Goes und Preetorius. Das Gegenteil von Eßlust, ja Furcht vor dem Kauen und Schlucken, das so mühsam und immer zu Unnehmlichkeiten u. Beängstigungen führen kann. Beim Abendessen im »Stübl« las ich Tonis komische Aufsätze vor und sprach das Gedicht der Huch. – Las Unsinn in den Salzburger Nachrichten.

Gastein, Sonntag den 31. VIII. 52

8 Uhr auf nach öfterem Erwachen. Reinigungsbad vorm Frühstück. Das »Talkathon« in Amerika, barbarische Kinderei. Eisenhower hat die Wiederwahl Mc Carthy's in den Senat »endorsed«, des Verleumders Marshalls, wie Stevenson höhnt. – Gearbeitet am Dialog Mutter u. Tochter. Mit Kaiserhof-Lift zur Promenade hinauf, dort gegangen, dann Mittagessen in der »Laube«, im Zimmer. Regen, dann Gewitterguß. Viel im Dostojewsky. Schrieb an Frey und noch etwas. Markuses eingetroffen. Ebenfalls die Giehse, die in meinem vorjährigen Zimmer übernachtet, das morgen wieder beziehen soll. Abendessen mit ihr und der Löwenberg im Stübl. Erika geplagt von einem schmerzhaft geschwollenen Auge (durch Sonnenreizung), das sie morgen in ärztliche Behandlung geben muß.

Gastein, Montag den 1.IX. 52

Thermal-Bad. Hängende Wolken, aber nicht kalt. Gearbeitet. In leichtem Regen mit K. gegangen nach dem überflüssigen Besuch beim Doktor Huber. Der Wald sehr schön mit dem Wolkendunst zwischen den Stämmen. Mittagessen in der »Laube«. Danach war der Umzug in die neuen Zimmer durch die Mädchen geschehen. Ärgernis des schlecht laufenden Wassers am Waschtisch. Ungünstigerer Schreibtisch. – Zum Thee das Ehepaar Schneditz. Photogr. Aufnahmen auf dem Balkon. Empfehlung einer literarischen Vorlesung in Salzburg auf der Reise Linz-Wien. – Später Marcuses. Abendessen mit ihnen, der Giehse und Edith L., sieben Personen also, im Gastein-Stübl. Müde von zuviel Gesellschaft. – Den zweiten Band des »Jünglings« begonnen. Verstehe die Intrigen garnicht und kann mir Namen u. Personen z. T. nicht mehr merken, bin aber doch gefesselt.

Gastein, Dienstag den 2. IX. 52

Helleres Wetter. Termal-Bad im Bassin. Arbeit. Der Dialog exzessiv. Spaziergang auf der anderen Seite. Rehrücken im

Elisabeth-Stübl. Halsschmerzen, gegurgelt. K. Briefe diktiert nach Wien und Linz. Weiterer Regen. Abends mit Marcuses in der Gasteiner Stube. Sein unendliches, langsam-behagliches Schwätzen. Erregt und müde. Verzagte Gedanken. Leiden. Rektal-Jucken. Dostojewsky.

Gastein, Mittwoch den 3. IX. 52
Kein Bad. 8 Uhr das Frühstück. Wohltuend. K. beschließt, ich solle die Bäder aufgeben, die mich zu sehr erregen, ermüden und sich jedenfalls mit dem Arbeiten nicht vertragen. – Mysteriöses Verlegen der Cigarettenspitze, die sich in dem Augenblick, wo ich nach dem Mädchen geklingelt, an sehr sichtbarem Platze fand. Tücke des Objekts. – Schlechtes Wetter. Pumphosen, deren Verschnallung schwierig. – Über das Haus, den Winter, Amerika, Erika, das zu mietende Haus immer wieder schwankende und sorgenvolle Gespräche. (Bücher, Wintermäntel.) – Gearbeitet (schwierig). Gegangen über den lauten Sturzbach und im Garten der »Laube« gegessen. (Schwierig.) Etwas geschlafen. ½6 bis ½7 Besuch von dem jungen Werner, kindlicher Gelehrter, arm, strebsam, eifrig, nett. – Im Straubinger abends mit Erika und ihren beiden Damen. Eintrag ins Fremdenbuch.

Gastein, Donnerstag den 4. IX. 52
8 Uhr auf. Wannenbad vorm Frühstück. Danach hinauf und im Pyjama vollkommene Stabilität des Gewichtes seit voriger Woche festgestellt. – Herbstkühle, aber zunächst wohl kein Regen. – Gearbeitet. Mittags Fahrt nach [Lücke i. Ms.] Zusammentreffen beim Kurhaus mit Marcuses und ihrer Gesellschaft (Herald, Mattrey der Tänzer). Spaziergang am Fluß. Auf einer Bank Lektüre des »Klappentextes« für Lessers Buch. Verbesserung der Briefstelle von mir. Im Garten Forellen gegessen. Das Dessert in der Glasveranda. Mit Marcuse, der dazu kam, über den höchst widerwärtigen Fall Auerbach, den Selbstmord nach der Verurteilung, den nachgelassenen Brief

etc. Andererseits jüdische Über-Empfindlichkeit und Deckung der Talentlosigkeit durch Judentum. Nicht jede schlechte Kritik erklärt sich aus Antisemitismus. – Regen bei Sonnenschein. Zu Hause Dostojewsky. Zum Thee feines Gebäck, von Erika besorgt. Gibt es nicht in Amerika. – Briefe an Desch und Flügel vom Eckart. Abends mit der Giehse und Edith L. im Gasteiner Stübl. Kommt mir vor, alsob seit Aufgabe der Bäder mein Appetit sich bessert. – Las zu Hause Echo's Geschichte im Faustus. – Oel.

Gastein, Freitag den 5. IX. 52

Nachts gestört von den Ohren. Wetter neblig-wolkig, unsicher wie gestern. Kaffee zum Frühstück. – Gearbeitet. Mit K. den oberen Promenadenweg. Vorher Besuch eingelassen: Ehepaar aus Osnabrück, Jurist, der Adenauer einen großen Mann nennt. Die Frau beklagt, ihre Kinder in D. aufwachsen lassen zu müssen. Sehr blond und deutsch dabei. Beim Abschied hatte der Mann Thränen in den Augen. Haben meine Kriegssendungen gehört. – Mittagessen in der »Laube« (Zimmer). – Bücher-Voraussendungen. – Chateaubrief von Reisiger. Telegramm von Cieplek, Wien, daß der »Mittlere« für 2 Abende reserviert. – Abendessen zu 7 Personen (mit der Giehse, Marcuses und Edith L.) in der Gasteiner Stube. Regen. Verabschiedung von denen, die morgen reisen.

Gastein, Sonnabend den 6. IX. 52

8 Uhr auf. Wannenbad. Thee und Ei. Immer das gleiche, graue, halb regnerische Wetter. – Gearbeitet, wenig. Paginiert bis 53. – Die Photokopie des Briefes an Hauptmann. Danach nachmittags die schlechte Abschrift korrigiert und Brief an A. Zweig diktiert. Überraschendes Schreiben von Mme de Dostojewsky aus Menton, Schwiegertochter D.'s. – Gegangen bei regnerischem Wetter den mittleren Waldweg, über die Brücke des Wasserfalls und ein Stück weiter. Schlechtes, mühsames Lunch in der Laube. Thee mit Erika, die von ihren

Solo-Mystifikationen Reisender am Bahnhof erzählt. Fremdenführerin. Stiftet politische Verwirrung bei Reichsdeutschen. Sonderbarer Trieb. Beim Abendessen mit der Giehse in der Elisabeth-Stube ihre Wut und Verachtung beim Bericht über die idiotisch schlechte Tarnung kommunistischer Propaganda-Blätter. – Nervöser hier als irgendwo sonst. Aber die Schönheit der Waldschluchten. – Strömender Regen als wir heimfuhren.

Gastein, Sonntag den 7. IX. 52

Wetter immer das gleiche. ½ [?] Kaffee-Frühstück. Starke Wirkung des Oels. Gearbeitet. Mit K. bei leichtem Regen gegangen und in der »Laube« gegessen. Der Ort unzugänglich wegen Volksgetümmels: Trachtenfest, Musik, Umzug und Böllerschüsse. Natürlich viel Nazitum einschlägig mit Beziehungen zu diesem Hause. – Nachmittags Ausfertigung der Abschrift des Hauptmann-Briefes. Brief an Basler für eine warme Besprechung des »Wendepunkt«, den Korrodi verworfen. Drucksachen an die Herz. Abendessen mit der Giehse und Th. F. Čokor in der Gasteiner Stube. Unterhaltung mit dem von mir geachteten Schriftsteller: Seine Gedichte, die Wiener Vortragsabende unter der Aegide des P.E.N., sein Entwurf eines Romans aus dem 16. Jahrhundert. Dazu laute Harmonika und Zitter-Musik. Zitterte vor Anstrengung. Bin nirgends so nervös wie hier. Schrieb darum an Basler, die radiumgeschwängerte Luft sei Sport genug, und ich werde froh sein, wenn wir wieder in dem vernünftigen Waldhaus Dolder säßen. – Dostojewsky[.]

Gastein, Montag den 8. IX. 52

Unruhig geschlafen, viel erwacht. 4 Uhr Thee mit Schweizer Tablette. Thee-Frühstück ½ 9. Das Wetter beharrlich dunkel und kalt. Etwas Bronchial-Katarrh. – Arbeit. – Auf der jenseitigen Promenade. Unfehlbar Frau Heims. – Lunch im »Elisabeth«, wo warm geheizt war. – Nachmittag an Reisiger u. an

Schumann in Stuttgart. Abendessen zu dritt mit der Giehse im »Elisabeth«, da Erika mit Csokor. Immer Regen. Versagen meines elektr. Öfchens. Schlimmer Streich. –

Gastein, Dienstag den 9. IX. 52

Morgens 3°. Nun denn doch etwas geheizt. Wannenbad. Nach dem Frühstück noch einmal gewogen: eher kleine Zunahme. Räumen, Packen, trug dies und das herzu. Bin froh, hier wegzukommen. Kommen wir je wieder, nehmen wir Pension im Kaiserhof. – Gearbeitet (Triumpfszene). Regen, Kälte. Mit K. etwas in den Ort u. ein Stück zur oberen Promenade gegangen, dann im Elisabeth geluncht. – Beendete »Ein Werdender«. Nicht wohl vom Abführen. Aß abends im Gasteiner Stübl nur Suppe und Ei. Nahm keinen Kaffee. Las in Mereschkowskys 50 jährigem Buch »Tolstoi und Dostojewskij«. Die vielen Anstreichungen. Große Kritik, aber aufgenommen und nicht mehr so packend. Sehr kalt, im Bette nicht mehr gelesen. – In das neue Fremdenbuch des Hauses schrieb ich auch, ohne Andeutung der Wiederkehr. Die Führung zu habsüchtig. Laues Wasser, und man ließ uns frieren. – Beschwerliches Telegramm des Frankfurter Schauspielhauses, zur Eröffnung der Hauptmann-Festwoche zu sprechen. – Viel Schnee auf den Bergen. Aussicht auf gutes Reisewetter.

Gastein, Mittwoch den 10. IX. 52

Reisetag. Ziemlich klarer Himmel. 8 Uhr auf. Behilflich in einigen Stücken. Fahren um ½ 11. Bin froh, wegzukommen. – –

Zürich, Waldh. Dolder, Freitag den 12. IX. 52

Mittwoch Vormittag bei schönem Wetter Abschied von »Gerke«. Die Frau, von angenehmem Äußeren, mit den Kindern. Gebirgsblumensträuße. Mann zum Aufladen. Abfahrt. Freude an der Landschaft. Gasteiner Ache, Salzach, Inn – ich liebe die Flüsse. Mittagessen in der »Forelle« bei Traunstein. Ankunft München, nicht von Nymphenburg, sondern von der

Isar her, Max Monument, Vier Jahreszeiten. Gutes Zimmer, luxuriöses Bad. Bettruhe. Lukullisches Diner im Restaurant als Walterspiels Gäste. Rosen etc. Große Aufmerksamkeit. Gestern verzögerte sich die Abfahrt zu sehr. Erika beim Friseur. Wurde fast 12. Auf meinen Wunsch Fahrt zum Herzogpark, Besuch bei den Fundamenten des niedergelegten Hauses. War bewegt und gedankenvoll. Dann Weiterfahrt durchs traumhaft Wohlbekannte, nach Pasing und so fort. Regen den ganzen Tag. Mittagessen in Buchloe. Die Grenzen, deutsch, österreichisch, schweizerisch. Thee-Einkehr danach jenseits der Schweizer Grenze. Weiterfahrt in den Abend hinein über St. Gallen und Winterthur. Naß, langwierig, ermüdend. Respektvolle Leistung Erikas. Ankunft hier um 9 Uhr abends. Mahlzeit von Rühreiern und Schinken im Speisesaal, Kaffee. Nachher geraucht in der Halle. Habe die »Toten Seelen« begonnen, deren Spott und Bitterkeit sehr frisch ist. – Müde, verfroren. Gegen 12 zu Bett unter dicke Decken mit Wärmflasche.

Heute ½9 auf. Regen, kalt. Bunte Post gestern und heute. Kaffee-Frühstück. Laurens-Cigaretten. Vorläufig gemeinsames Zimmer. Packerei und vorläufige Ordnung. –

Zürich, Sonnabend den 13. IX. 52

Gestern den ganzen Tag, als Reaktion auf die Reise, sehr unwohl, nervös und deprimiert. Enttäuscht durch die Mitteilung Oberküfer, daß die versprochenen Einzelzimmer vorläufig besetzt bleiben. Tohuwabohu in unserem Gemeinschaftszimmer N° 1, nahe beim Speisesaal. Post und Zeitungen. Amerik. Politik. Regen. Vormittags in der Stadt zum Haarschneiden bei Bachmann und zum Einkauf von Caruso's und Khedive 12, Grand Format, was mir einiges Vergnügen machte. Mahlzeiten im Speisesaal. Ruhelos nachmittags und leider heftig gegen K.. Sehnsucht nach eigenem Refugium. Sorge um die Zukunft. Gelesen in »Tote Seelen«. Keine Energie mich mit der Post zu beschäftigen. K. teilte einiges mit aus französischen Besprechungen des »Élu«, von dem gegen 9000 Stück verkauft. – Abends die Halle sehr besetzt. Kein Licht zum Lesen.

Gut geschlafen. Anrufe von Oprecht und Schweizer. Wetter zunächst etwas heller. Will mich auf die annoncierte Büchergilden-Vorlesung vorbereiten, den Vorspruch schreiben. – Vorwort zur Lesung des Kuckuck-Kapitels. – Mit K. im Walde gegangen, aufwärts. – Nach dem Lunch in der Halle. Die Zeitung über die Kapitulation Eisenhowers vor Taft. Briefe: Studentenschaft Bern, Mazzucchetti, Accademia wegen Transferierung, Knopf etc. – Auf der Chaiselongue geruht. – Mit Erika zu Neumanns, die zur Übersiedlung nach Lugano packen. Raten uns zum Tessin für den Winter. Von mir übersehener langer gelehrter Artikel in der N.Z.Z. »Das Mittelalter in T.M.s ›Erwählten‹« von Bruno Boesch. Abends gelesen. Interessante Studie, – merkwürdig – ein Jahr nach Erscheinen des Buches. – Besuch nachmittags von Dr. Hans Oprecht, dessen Bruder bettlägrig. Verabredungen für den Vortragsabend am Mittwoch. – Klares Wetter. – Erregten abends Ärgernis durch das Belegen eines Tisches vor Tische. Nicht zu wiederholen.

Zürich, Sonntag den 14. IX. 52

Gut geschlafen. 8 Uhr auf. Helldunstiges, kühles Wetter. Schrieb die Einleitungsworte zu Ende und diktierte dann notwendige Briefe an K., besonders einen strengen an Bermann wegen der Verschleppung der neuen »Joseph«-Ausgabe. – Umzug in die Einzelzimmer im III. Stock unter K's Aufsicht. Ging allein einige Straßen und saß auf einer sonnigen Bank an der Tramlinie. Besitzergreifung von dem 3 fenstrigen Zimmer vom vorigen Jahr. Eigene Ordnung gut. Nach Tische mit Erika in der Halle und in »Tote Seelen« gelesen. Ruhe auf der Chaiselongue. Nach dem Thee Besuch von Motschan aus Basel. 7 ¼ abgeholt von Schweizer und Frau. Opulentes Abendessen im französischen Café, Eden au lac.

Zürich, Montag den 15. IX. 52

Schweres Einschlafen, nächtliche Exzitation. Wiederholter Thee mit roter Kapsel. Dann ruhig geschlafen. 9 Uhr Kaffee-Frühstück. K. zur Stadt. Der Wagen zum Überholen. – Brief an Dr. Br. Boesch zum Dank für seinen Aufsatz. – Spaziergang mit K. im Gebiet des Grand Hotel. Schönste Kur-Promenaden. Auftauchende Idee die Monate bis zum Frühjahr nach der Italien-Reise hier im Waldhaus zu verbringen. – Sonne. Scheint in die Zimmer. Nach Tische in der Halle Zeitungen. Näheres vom Frankfurter Schauspielhaus. Muß wohl annehmen. – Entwicklung eines sonderbaren Blut- oder Lymphebeutels unter der linken Brust, juckend, auch schmerzhaft, entzündlich. Begann als juckender Pickel, furunkelartig, verhärtete sich, wuchs, und heute entdeckte ich verdutzt im Spiegel die schwarze, bewegliche Zyste. Der Chirurg Dr. Piedermann, von Katzenstein empfohlen kam, war befremdet, hatte nie dergleichen gesehen. Im Augenblick war kein Operationssaal frei. Es verlief so, daß wir um 7 zu Abend aßen und nach 8 nach Hirslanden fuhren. Dort unter der Obhut von 2 Schwestern auf dem Operationstisch unter starkem Licht. Feststellung, daß in dem Blutbeutel ein zappelndes Insekt eingeschlossen war. Seltenes Vorkommnis, vom Doktor u. den Schwestern nie gesehen. Anaesthetisierung und Operation. Entfernung weiterer verhärteter Haut aus Besorgnis, daß Eier vorhanden sein könnten. Verpflasterung. Der Doktor fuhr uns nach Hause. Abgespannt. Rauchend las ich noch etwas. Nahm stärkeres Sekonal und ging zu Bette. – Die Schwarze Spinne von Gotthelf.

Zürich, Dienstag den 16. IX. 52

Schlief bis 4 Uhr, lag dann wach bis 5. Heftiges, beunruhigendes Jucken (nicht Schmerzen) der Wundstelle. K. machte noch einmal Thee, den ich mit Ypral und den vom Doktor erhaltenen schmerzstillenden Mitteln nahm. Schlief auf der Chaiselongue allmählich wieder ein. Spät auf und Kaffee gefrühstückt. Hartnäckige Konstipation. Allerlei Postbeschwerung. Das morgen zu lesende »Fünfte Kapitel« macht mir Sorgen wegen seiner Länge, die Erika einzuschränken sucht. Belästigt durch Telephonanrufe: Goes, Gasser; schlecht in der Lage zu disponieren. – Keine Schmerzen, nur Jucken. Die Theorie ist, daß ich mir das Eindringen der Zecke in Gastein von Eichhörnchen geholt. Tierischer Herkunft soll es jedenfalls sein. – Zerstreut und unruhig. – Briefdiktate. Kühles, trockenes, angenehmes Herbstwetter ohne Sonne. Mit K. gegangen nach dem Hotel Sonnenberg. Nach Tische mit Erika die Kürzungen des Kuckuck-Kapitels durchgegangen. Sehr gut. – Zum Thee in der Halle Lavinia Mazzucchetti und Albr. Goes. Nach dem Abendessen am reservierten Tisch. Las die Oltener Goethe-Rede von Goes. – Jucken.

Zürich, Mittwoch den 17. IX. 52

Nachts 3 Uhr wieder von höllischem Jucken geweckt. Thee mit Tabletten und Phanodorm-Calcium. Rauchte eine Cigarette. Allmähliche Beruhigung der Plage auf der Chaiselongue. Dort eingeschlafen und später gewechselt. Schlaf bis gegen 8. Klarer Himmel. Kaffee-Frühstück ½ 9. Maniküre. Gestern stark abgeführt ohne böse Folgen. Die üblichen Bücher- und Briefsendungen. – Beschäftigung mit der Vorlesung und einige handschr. Korrespondenz. Einstündiger Spaziergang mit K.. Nach dem Lunch in der Halle. Das Jucken gottlob im Rückgang. Etwas nervös geruht. Thee. Toilette. Dr. H. Oprecht mit Frau in der Halle empfangen. Abrechnung, Honorar: 300 Franken statt 500, obgleich der Saal bis auf den letzten Platz ausverkauft. Hm. Telegraphische Einladung zu einer deutschen Vortragstournee. Nichtsda. –

Zürich, Donnerstag den 18. IX. 52

Der gestrige Abend hätte nicht glücklicher verlaufen können. Fahrt mit Oprecht zum Kongreß-Haus. Beträchtlicher Zudrang. Prof. Schmied und Frau (Attenhofer). Sonst allerlei

Bekannte. Wartezimmer und Eintritt. Manuskript in neuer, von Erika besorgter Mappe. Andauernder Empfang. Außerordentlich schöne Einführungsrede des Prof. Schmid. Dann Vorwort über das Buch und gutgelaunte Lesung des von E. geschickt gekürzten Kapitels. Gute Akustik. Große Aufmerksamkeit und Heiterkeit. Starker, andauernder Beifall, mehrfache Hervorrufe. Aufrichtige Begeisterung auf allen Seiten, hervorgerufen durch Vortragsbravour mehr als durch das Kapitel, das nicht so gut ist. Erfrischungstafel Intimerer unten im Restaurant. Beidlers, Schuhs, Webers, Frau Kerényi, Trebitsch, Dr. Jacobson u. a. Erika mit Elizabeth Montague. Chokolade, Brötchen, Kaffee. Die Attenhofer mir gegenüber. Über Vortragskunst. Mit Weber über Boesch. Schrift von diesem über den »Erwählten«. Viele Ansprachen, viel zu Signieren. Wirbel. Heimfahrt gegen 12. Cigarre und Ausklang. – Regen.

Die Nacht ruhig bis ½7. Erneutes, ausgebreitetes, aber schwächeres Jucken. Befriedigter Lendemain. Morgen. Thee-Frühstück. Viel Post aus Californien, z. T. dringend. Sorge um die Hauptmann-Rede, die besser vor allem anderen sicher stelle. – Wolkig und regnerisch. – Vormittags beim Arzt zum Abnehmen des Pflasters. Gemeine Zecke. Operation, recht teuer, wäre kaum nötig gewesen. – Umtausch der Manuskript-Mappe in Schweinsleder. Anstößig das mittägliche Schließen fast aller Geschäfte. Regen. Nach Tische mit Erika in der Halle. Dazu Dr. Weber: Besuch des Pen-Clubs, später, und Abdruck der unvorhandenen Hauptmann-Ansprache in der Beilage. – Nachmittags ein paar Kleinigkeiten erledigt. Unterbrochen darin durch den Besuch der gerade eingetroffenen kleinen Familie aus Strobl. Frido sehr groß und hübsch. Verlangt nach einem Luftgewehr. Seine Mutter dagegen. Diner mit Erika. Abends noch Ausfertigungen und Signierungen. Regen.

Zürich, Freitag den 19. IX. 52

Ruhige Nacht. Gegen ½ 9 auf. Post von Frey und dem Verlag Fischer, der versichert, die zweibändige Joseph-Ausgabe erscheine noch diesen Monat. – Andauernder Regen. Die Temperatur soll morgens nur 7 Grad gewesen sein. – Kindische Ungeduld auf den Bericht in der Zeitung. – Dunkelheit. – Wieder gebadet. – –

Zürich, Sonnabend den 20. IX. 52

Gestern angefangen, die Hauptmann-Rede zu schreiben. Nachmittags Journalistin in der Halle. Erledigung kleiner Korrespondenz. Abends im Schauspielhaus: »Die vier Obersten«, Theater-Jux russisch-englischer Provenienz, Schauspielerstück ohne viel Chance für den Schauspieler, oft leer und langweilig. Abendessen vorher im Pfauen.

Heute 8 Uhr auf. 9 Uhr Dr. Piedermann zum Herausnehmen der Na[h]t. Dann abgeholt von Schweizer zur Privat-Vorführung des vorzüglichen englischen Films »The man in the white suit«. Glänzende Erscheinung mit Guinnes in der Hauptrolle. – Verfroren. Kirsch und Wermut nachher in einem Café mit K., Erika, Schweizer u. seinem Mitarbeiter. Rarer Vormittag. – Schöne, erfreuliche Besprechung der Vorlesung in der N.Z.Z. von Weber. – Zum Lunch Dr. Jacobson. – Das Wetter klarer und kalt nach gestrigem Gewitter und Hagel. Als wir gestern vom Mittagessen bei Trebitschs heimkamen legte ich mich ins Bett und wärmte mich unterm Plumeau. – Etwas verwirrtes, verbummeltes Leben. – Mit der Jacobson. Dann Herr Matheson aus Olten wegen der Luxusausgabe des »Gesang vom Kindchen« – prachtvolles Papier, Leder, Halbleder – Honorar 1000 Franken. – Zum Abendessen Frau Oprecht und Elizabeth Montagu. Forellen. Nachher auch der Nationalrat mit Frau. Ein Haus an der Forchstraße zu vermieten. Lob von Webers Artikel. Schrieb ihm nachmittags. – Sorge um die Hauptmann-Rede. – Schweizerlein sendet Kirsch und Wermut. Treue Seele.

Zürich, Sonntag den 21. IX. 52

Der gestrige Tag überladen. Wiederholtes Erwachen nachts. ½2 noch einmal Thee u. Sekonal. – Telegramm von Bermann mit Versicherungen. – Versuche mit der Hauptmann-Rede; müder widersetzlicher Kopf. – Ausgefahren, das Haus in der Forchstraße zu besichtigen. Unerfreulich. Weiterfahrt nach den Grundstücken der Forch. Hätten wir eines! – Kalter Wind. – Nach Tisch in der Halle Gogol. Zu Bette. Kalter Sturm, pfeifend und heulend. – Brief an Reisiger, um Tips und Assistenz bittend. Nach dem Abendessen Bibi und Gret in der Halle.

Zürich, Montag den 22. IX. 52

8 Uhr auf. Gebadet. Der Hiß-Mörder Nixon als Nehmer von Bestechungsgeldern schwer kompromittiert. Eisenhower in schwieriger Lage. Presse verlangt das Ausscheiden des Vice-Präsidenten in spe aus der Campagne. – Gestern Abend wieder viel über die vorläufig unlösbare Frage unserer Rückkehr oder Nicht-Rückkehr, Erikas Lage, die zu protestierendem Außenbleiben auffordert, die Schwierigkeit des Hausverkaufs und unserer Installierung hier etc. – Sorge, Unsicherheit, Unruhe. – Schlechte Nachrichten von Kitty Neumann über Alfred, der schwere Herzanfälle hatte. Kummer. – Dunkel und wilder Föhn. Zug durch die Fenster meines Eckzimmers. – Die Hauptmann-Rede. – Regen; unmöglich auszugehen. Nach Tisch mit den »Toten Seelen« in der Halle. Zu Bette dann. K. bei ihrem Arzt und zu Besorgungen. Bestellte mir Thee und schrieb an R. Bach, Frankfurt. K. kam heim mit Fußverletzung nach Fall über eine Schwelle. Ging nur mühsam zum Abendessen, gestützt. – Fr. Oprecht schickte Hauptmanns Werke zum Nachlesen und die »Entstehung«. – Schlug abends einige Stellen, Verse, Szenen auf.

Zürich, Dienstag den 23. IX. 52

Das Wetter etwas freundlicher. Kaffee zum Frühstück. Sehr trübe Nachrichten aus Lugano über Alfr. Neumanns Zustand, der wenig Hoffnung läßt. Im Hospital. Brief von Golo: Chancen Stevenson-Eisenhower 50–50. St. würde, wenn gewählt, mit einer giftigen Opposition zu schaffen [haben]. – Einladung nach Hof, Hauptmann-Vortrag, abzulehnen. – Olten schreibt, daß »Ges. v. Kindchen« aus drucktechnischen Gründen nicht möglich. Will dafür das Kuckuck-Kapitel. – Gearbeitet an der Rede. Allein eine halbe Stunde gegangen. Nach Tisch in der Halle. Nachmittags K. Briefe diktiert. Zum Abendessen zu dritt bei M. Gasser. Eine Freundin und zwei Freundchen. Grammophonplatten; am besten die Massary. Finstres Hitler-Lied von 1932.

Zürich, Mittwoch den 24. IX. 52

8 Uhr auf. Schönes Wetter. Gebadet. Fahrt, nüchtern, zu Katzenstein zur Blutentnahme (Senkungsprobe). London-House zur Bestellung eines Marengo Anzuges. Handschuhe aus Ziegenleder. Danach einen Regenschirm und einen Spazierstock aus Malacca-Rohr mit Ring für Initialen gekauft. Auch Briefpapier. – Frühstück nach der Blutentnahme im Hotel Baur en ville. – Allerlei Post zu lesen. – Reisiger schickt Bücher mit Daten über Hauptmann. – Nachmittags die Bübchen, bevor sie ihr Berner Pensionat beziehen. Getränkt und gespeist. – Zum Abendessen Trebitsch, über beide Ohren verliebt in Erika, plauderhafter alter Schwerenöter, gutherzig.

Zürich, Donnerstag den 25. IX. 52

Heiteres Wetter. Stadt und See im Morgenlicht. Wieder Brief von Kitty Neumann. Der Zustand läßt geringe Hoffnung. Liegt kalt, fast bewußtlos, kann und darf meinen Brief weder hören noch sehen. Sehr, sehr traurig. – Seit gestern Aufgeben der italienischen Reise als ein Zuviel für mich erwogen und fast beschlossen. München, Wien, Frankfurt, Bern reichlich für meine Jahre und meine Ermüdbarkeit. Quälende Scheu vor dem fremden Sprachbereich. – Über Wien Briefe vom Klub und vom Unternehmer. Wird großer Festtrubel, zwei Abende und Diner des Pen. Aufregung genug. Aber K. möchte zu Medi nach Fiesole; E. geht am 2. Oktober nach München. Frage der Anordnung, daß ich hier nicht allein bleibe. – Hauptmann-Brief von Reisiger. – Studium. Tagüber viel in den Peeperkorn-Kapiteln des »Zbg.«, den zufällig zur Signierung bekam. Sein bestes Portrait! Davon zu sprechen. – Von Mondadori, vielmehr der Mazzucchetti, »Romanzo d'un Romanzo«. – Nach Tische beide Male früh hinauf, um zu lesen. – Pfeifender Föhn, Regen.

Zürich, Freitag den 26. IX. 52

Nachts pfeifender Föhn und Regen. Morgens schärfstes Föhnbild der Landschaft. – Unruhig geschlafen. – Wieder Briefe von Kitty Neumann über ihren Mann, der meist im Coma liegt, und mit dem es schmerzlicher Weise wohl zu Ende geht. Erika hält sich zur Fahrt nach Lugano bereit, stellvertretend. – Brief von Medi von erholsamer Schiffsreise. Moni mit ihnen. Borgese hat schweren chronischen Bronchial-Katarrh. Hält aber lecture auf dem Schiff. – – Plage mit der H.-Rede. Allein ein paar Straßen gegangen. K. beim Zahnarzt. Basler in N.S.R. schön über den »Wendepunkt«. Kurze Briefe an Reisiger und Lesser. Leichtes Abendessen im Zimmer. Mit Erika zum Schauspielhaus, Loge: »Danton« von Büchner. Gute Inszenierung, aber provinzielle Besetzung. Kühnes, vortreffliches Stück, das mir seinem Geiste nach ungeheuer sympathisch. Bibi dazu, von Bern kommend, wo er die Bübchen im Pensionat abgeliefert. Haben doch geweint. Kaffee in der Pause. Nachher bei K., die mit leichter Nierenaffektion das Bett hütete. – Hübsche Briefe, deutsch, englisch und italienisch über Faustus und Joseph. Der eine von dem ital. Übersetzer Arseni.

Zürich, Sonnabend den 27. IX. 52

Beruhigung des Föhns. Besseres Licht. Tief geschlafen. K. etwas angegriffen. Leichte Besserung von Neumanns Zustand. – An der verfluchten Rede. – Nicht ausgegangen. Rasender Föhnsturm u. Regen. Stiebende Blätter, stürzende Dachziegel, Fällung von Bäumen u. Telegraphenstangen, Versagen des Lichtes. Aufenthalt in meinem Zimmer unmöglich, da eine Ober-Fensterscheibe vom Sturm eingedrückt wird. – Beim Lunch und Kaffe mit der türkisch verheiratet gewesenen Dame, deren Söhnchen neu-griechisch, türkisch, französisch und Schwyzerdütsch »spricht«. Die Frau über asiatische Kunst, Jung, mythische u. astrologische Dinge. – Das Fenster rasch repariert. Das Unwetter fortdauernd. Meine Chaiselongue in K.'s Zimmer geschafft, wo ich ruhte. Nach dem Thee Briefdiktate: die römische Reise in Briefen an die Mazzucchetti u. Bandinelli abgesagt. Handschriftliches. Zum Abendessen Katzensteins. Gute, freundliche Leute. Dokument meiner Blutanalyse, komisch. War verstimmt wegen meiner Behinderung im Essen. Deprimierend zu sehen, wie die anderen ihre Teller leeren. Im Bette »Tote Seelen«.

Zürich, Sonntag den 28. IX. 52

Föhnlage andauernd. Zugiges Zimmer. – Gestern Abend Telephon mit Medi, die gerade in Fiesole eingetroffen. Wird uns Ende Oktober besuchen. – An der Rede. Spaziergang mit K.. In der Halle einen jungen weißblonden schwedischen Dichter empfangen, der das Mysterium dem Volke nahe bringen will und sich mit dem Stammbüchlein genau verhielt wie der Schüler im »Faust«. Beinahe hätte ich geschrieben: »Eritis sicut etc.« – Nachmittags Ausfertigungen u. Handschriftliches. Mit K. nach Zollikon zum Abendessen bei Mosers. Der Alte, aus Belgien zurück, Geld scheffelnd für sein Straßenbau-Patent im Dienst des Atlantic Pact, höchst optimistisch über die herrschende »Entspannung« und die Zeiten des Friedens und der Prosperität, der wir dank der Aufrüstung entgegengehen. – Zu Hause bei Erika. – Ein Tag angenehmen Wetters.

Zürich, Montag den 29. IX. 52

Morgens rasiert. Kitty telephoniert weinend: Es stehe sehr schlecht, er sei schon ganz kalt, es gehe zu Ende. Bitter traurig. Heer schreibt aus Lugano in einem günstigeren Augenblick. Sonst eine Anzahl Briefe zu lesen. – Fühle, daß ich eigentlich auch fahren müßte, nicht nur Erika. – – Geschrieben an der Hauptmann-Rede, flüssiger. – In der Stadt, bei Scholl: Einkauf einer Alluminium-Schreibunterlage mit Klammer und eines hölzernen Briefbeschwerers. Dann zu Bachmann zum Haarschneiden. Teuerer Einkauf eines elektr. Rasierapparates. – Zum Thee in der Halle Bermann. Besprechung der ostdeutschen Aktion zur Verwertung der Honorare. Auch der deutsche K.H.-Film. Verabredungen für Frankfurt. – Toilette, nervöses Abendessen und Abfahrt mit Erika zum Schauspiel unter Zurücklassung K.'s, die besser das Bett hütet. Sehr guter Verlauf des Vortrags, den ich mit Worten über die betrübenden Nachrichten aus Lugano einleitete. Las matt zu Anfang und belebte mich dann, spürte herzliche Gefolgschaft. Viel Lob und Gratulation nachher. Geselligkeit im Oberstock des Pfauen-Cafés. Schweizer, Trebitsch, Hirschfelds, die Jacobson u. a. Chokolade, Sandwich, Bier. Nach 11 Uhr zu Hause und bei K.

Zürich, Dienstag den 30. IX. 52

Nach dem Frühstück Anruf in Lugano. N. hat gegen alles Erwarten die Nacht überlebt. War gestern schon blau u. kalt. Heute wird leichte Besserung gemeldet. Spricht zwischenein und erwähnt Absicht, nach Norwegen zu reisen. Fortwährende Betreuung, Injektionen etc. – – An der Rede, flüssiger. Waldspaziergang mit K.. Nach Tische Besuch vom Schwager Grets mit einem Architekten wegen eines Hauses am Zürichberg. Verabredung. Nachmittags eigenh. Korrespondenz. Bilder-Widmungen. Abends mit Erika, die am 2. nach München reist. – Nichts aus Lugano.

Zürich, Mittwoch den 1. X. 52

Nebliges Herbstwetter, milde Luft. Elektrisch rasiert. Porridge zum Frühstück. Bericht über den Vortrag bleibt aus. – An der Rede. Der Architekt holt uns ab zur Besichtigung des Hauses an der Privat-Straße bei der Hofstr. am Zürichberg. Zu groß; sehen uns dort nicht. – Erika in Tränen, da der Tod Hans Feists am Herzschlag (während einer Première) gemeldet. Hat viel zu telegraphieren und zu telephonieren. Ich mochte den nebelhaften Mann; die Nachricht erschütternd auch für mich, besonders im Zusammenwirken mit denen aus Lugano, die schauerlich sind. Überleben eines Todeskampfes, der eine Nacht dauerte. Abwehren jeder Nahrung, phantasierte bei schwach, aber regelmäßig arbeitendem Herzen. Die Frau zu bedauern. Oft flieht sie von dem eigentlich schon Gestorbenen. – Oprecht nun wohl endgültig bettlägrig. – Nachmittags Briefdiktate. – Reisiger vermittelt Einladung nach Stuttgart. – Telephoniert mit Bundesrat Nobs. – Abends mit Erika über die Wohnproblematik, die mich fortwährend beschäftigt. Apartment? Kommen lassen von Möbeln per Lift? – – In Mereschkowskys Buch. – Brief von Dr. Weber. – Erika will, daß mit Korrodi ausdrücklich breche.

Zürich, Donnerstag den 2. X. 52

Elektr. rasiert. Kaffee und Eier. Meine Schweizer Armbanduhr zur Reparatur, Federbruch. Brauche die Repetieruhr. – Einsatz der Doppelfenster gestern, mit dem Nachteil, daß man die Läden nicht mehr schließen kann. – An der Rede. – Fahrt nach Meilen zu Bundesrat Nobs. Sein Häuschen. Dann mit ihm zu der närrischen Frau mit den 2 Häusern, von denen sie das, das für uns wohl passen würde, nicht hergibt. Will sich nicht demütigen vor dem Gelde und solcher Unsinn. Verfroren und müde. Noch wieder bei Nobsens, Telephon mit einem Agenten. Apperitiv. Direkte Heimfahrt und hier Rühreier und rohen Schinken gegessen. Vor allem eine heiße Suppe. Fange an, zu merken, daß der erste europäische Winter nach so vielen Jahren kein Spaß sein wird. Im Bett. Nicht zu erwärmende Füße. Wärmeflasche. Abends mit Erika, die viel mit der Sterbensaffaire Feists zu schaffen hat. Kein Testament, hadernde Verwandte. – Neuer Plan für uns. Verbleiben im Waldhaus bis Ende November (inzwischen Vortragsreisen). Unabhängig vom Verkauf des kalifornischen Hauses Ankauf eines Grundstücks und Beauftragung eines Architekten mit dem Entwurf eines neuen. Im Winter Aufenthalt im Süden. Bestellung des Lifts nicht zu früh und nicht zu spät.

Zürich, Freitag den 3. X. 52

Nacht gestört durch die Ohren. K. bei mir. Zweiter Thee mit Sekonal. 3/4 8 auf. Beim Frühstück durch Frau Heer Nachricht vom *Tode Neumanns diese Nacht.* Telegramm an die Witwe. Kranzbestellung. – Man hat der Frau, als man sie rief, zunächst eine andere Leiche gezeigt. Aufschrei: »Das ist er ja garnicht!!« Das Ende sanft, im Schlaf. Vorher viel Schreckliches, Schluckauf viele Stunden lang, Phantasien. Fragt nach mir, warum ich »nach Hirslanden« komme. »Für 200 Franken mit Katja telephoniert«. – – An der Rede. Mit K. etwas gegangen. Nachmittags Dr. X., Psycholog, zur Aufnahme von Handabdrücken. Abends mit Erika. Ihr Nachruf auf Feist, sehr gute Charakteristik. Briefe von Medi und C. Newton, die erfüllt von »Joseph in Aegypten«. Medi empfiehlt Rom für den Winter. – Die Oprecht'schen Bücher, ein Waschkorb voll schon zu Ende signiert. Schrieb an die Feuilleton-Redakteure der Neuen Zeitung und der N.Z.Z. Las weiter im Mereschkowsky.

Zürich, Sonnabend den 4. X. 52

1/2 8 auf. Elektr. rasiert. Graues und kaltes Wetter. An der Rede gegen das Ende. Zur Stadt: den Kranz für Neumann besichtigt. (»Dem lieben unvergeßlichen Freund« ohne e ist unbefriedigend.) Dann bei Dr. Mäder zur Untersuchung und zum Inhalieren. Keine Verschlechterung. Die Schluckverhemmung größten Teils nervös, wie ich wußte. In der Sonne auf der Bahnhofstraße. Zu Hause mit Oberküfer über unser längeres Verbleiben. Die Zeitung über Eisenhower an der Seite McCarthy's. Wo viele Deutsche leben, preist er Adenauer. Ganz Politiker. – Absage nach Stuttgart und etwas Handschriftliches. Abends im Mereschkowsky. Die Bestimmung der »Seele« als Instanz zwischen Körper und Geist im »Faustus« stammt, wie ich merke, nach 50 Jahren unbewußt dorther. – 3 Uhr Abreise Erikas nach München.

Zürich, Sonntag den 5. X. 52

Wieder dicke Regenwolken. Kaffee und Eier im Glas nach dem Bade. Erquickender Nachtschlaf. – Schloß die Hauptmann-Rede auf dem 13. Blatt ab und las sie sogleich K. vor, die sie gut hieß. – Hinunter an den See, wo wir uns in der Sonne ergingen. Hatte Freude am europäischen Herbst, der Verfärbung der Blätter, der feuchten, würzigen Luft, dem Spiel von Wolken und Sonne. – Beschäftigung jetzt mit liegengebliebener Post. ½7 R. Schweizer zu einem Gespräch über seinen Mütter-Film. Forellen-Abendessen mit ihm. Nachher in der Halle.

Zürich, Montag den 6. X. 52

Neblig. Thee und Eier, wobei an Salten und Karl Krauß denken muß. Schweizer schickt eine Reserve-Armbanduhr. – Schrieb Briefe, vormittags und nachmittags. Spaziergang im Wald. – K. zu meinem Kummer aufs neue von Blasenkatarrh geplagt. – Der signierte Bücherhaufen wurde abgeholt. – Beendete die »Toten Seelen« und las weiter in »Tolstoi und Dostojewsky«.

Zürich, Dienstag den 7. X. 52

Nebel. – Gebadet. – Ein Haus für uns zu bauen würde nach K.'s Eruierungen ca 100 000 Franken kosten. Dazu das Grundstück. – – –

Zürich, Donnerstag den 9. X. 52

Arbeite dieser Tage Briefschulden auf, schrieb an Manuskript-Sender. Dienstag hatten wir Trebitsch und Frau zum Abendessen. Gestern rief Bermann aus Frankfurt an: am 10. November öffentliche Vorlesung dort aus dem Krull. – K. übergab gestern die Abschrift der Hauptmann-Rede. Bedenken wegen der Peeperkorn-Passage. – Haus-Angebot in Locarno, anziehend. K. wird wohl hinfahren. – Aus P. P. will ich Bücher kommen lassen, auch die Reihe der Lexika. – Heute blaunebliges Wetter. – K.'s Befinden gebessert. – Gestern in der Stadt zur Fußpflege. – Gelesen im Mereschkowsky. – Absicht, Katzenstein wegen meiner Schluckbeschwerden zu konsultieren. – – Durch Schweizer Nachricht von dem eben erfolgten *Ableben Emil Oprechts*. Eine Erschütterung nach der anderen, ein Verlust an gewohnter Umgebung nach dem anderen. – Änderungen an der Hauptmann-Rede. Noch nicht gut. – Nötigung, am Montag bei der Cremation zu sprechen. – Mit K. am See in der Sonne gegangen. Sehr schöner Herbsttag. Aber Verwirrung und Belastung. – Das Buch von Lesser. Fürchte, daß es langweilig ist. Das Faustus-Kapitel flau.

Zürich, Freitag den 10. X. 52

Gestern Nacht Feststellung stark u. hart geschwollener Drüsen am Hals, aber ohne Krankheitsgefühl. – Abermalige Änderungen an der Rede. Zu Mäder, der Verstopfung der Speicheldrüsen diagnostiziert. Inhalation und Rotbestrahlung. Verordnung von Umschlägen nachts. – Bestellung eines Kranzes für Oprecht. (70 Franken). – Am See gegangen. Föhnwind. – Nach Tische Besuch von Basler zur Verabredung unseres Besuches morgen. Diesen aber abends wegen Bedrängnis und aus Gesundheitsgründen (die für K. und mich gelten), abgesagt. – In Lessers Buch. Es kam auch der »Wagner« von Adorno. Besuch von Schweizer zur Besprechung des Programms der nächsten Tage.

Zürich, Sonnabend den 11. X. 52
Nachts Medizinalumschlag. Störend – Morgens nebeldunkel. Schreiben der Gedächtnisrede für Oprecht.

Zürich, Sonntag den 12. X. 1952
Vormittags Trauerfeier im Schauspielhaus. Streichorchester und 4 Reden. (Der alte, fromme Buchhändler.) Schöne Bühne. Nachher etwas am See. – Strichs zum Abendessen. Las in meinem Zimmer die Hauptmann-Rede vor, die guten Eindruck machte.

Zürich, Montag den 13. X. 52
Vormittag bei Regenwetter mit Schweizers zum Crematorium. Fülle von Trauergästen. Orgel, Rede Prof. von Salis, Streicher [-]Musik, dann meine Abschiedsworte. War sehr bewegt. Von Schweizers im Regen nach Hause gefahren. Viel Post. Die Pocket-Ausgabe von »Buddenbrooks«. – Nach dem Thee zu Katzenstein zur Besprechung meiner Eß-Plagen. Die Trockenheit sehr stark. Verordnet Glycerin-Bonbons und, zur besseren Ernährung Traubenzucker. – Marcuses zum Abendessen. War müde, wahrhaftig.

Zürich, Dienstag den 14. X. 52
Starker, sonniger Föhn. ½10 Besuch beim Präsidenten der Schw. Verrechnungsstelle, Schwab. Freundwillige Abmachungen. Allein mit Taxi nach Hause und an Bundesrat Nobs geschrieben. 12 Uhr Dankesbesuch von Emmy Oprecht mit Schwager und Freundin. – Heulender Föhn, Blätterstieben und Regen. Abends mit Trebitschs beim reichen Nachbarn in der Sonnenbergstraße. Bewanderter, unterrichteter Mann, Bescheid wissend über Amerika, reist wieder für Monate nach Washington. Fürchtet den Krieg, der ausbrechen mag durch amerikanische Nervosität, die es nicht mehr aushält. – Endphase des amerik. Wahlkampfs. Mc.Carthy per Television und Radio gegen Stevenson als Freund von Alger Hiß. Truman

äußerst scharf gegen Eisenhower. Die blödsinnige und erfolgreiche Television-Komödie des Ehepaares Nixon als Bettelleute. – Wohltuend schönes Haus.

Zürich, Mittwoch den 15. X. 52

K. in aller Frühe fort nach Locarno zur Besichtigung des Occasion-Hauses. Stand gegen 8 auf, frühstückte Kaffee, Eier und Wurst in K.'s Zimmer. Süße alles nur noch mit Dextropur. – Brief von Desch über Lessers Buch. An wen Exemplare? Einladung in den Verlag. Briefe von Bandinelli und der Mazzucchetti. – Der Sturm gestillt. Nebeldunkel.

Zürich, Freitag den 17. X. 52

K. kehrte Mittwoch Abend gegen 10 Uhr abends von L. zurück. Das Ergebnis zweifelhaft, mit Wahlfällen. Ich schrieb einen zu verlesenden Nachruf für Neumann. Gestern bei Mäder zur Inhalation und Rotbestrahlung. Nachher zu Kitty Neumann, die wir zum Lunch mitnahmen. Gelesen in der »Neuen Rundschau«. Brief nach Frankfurt an Bach von den Städt. Theatern. Vorbereitung der München-Fahrt. Packen heute nach dem Frühstück. Reisen mit dem Flugzeug um 1 Uhr. – Post aus P. P.

Zürich, Mittwoch den 22. X. 52

Sind gestern Nachmittag nach 3 Uhr von *München* zurückgekehrt. Es war ein turbulentes u. seltsames Abenteuer. Freitag mit Taxi nach Kloten. Günstigster Flug in 50 Minuten. Mit dem Omnibus nach den »4 Jahreszeiten«. Erika. Blumen überall im Zimmer. Jugendbilder für die Presse bestimmt. Abends in den »Kammerspielen«, Direktionsloge: Das italienische Stück »Philomela X«, ein die Familie verherrlichendes Prostituierten-Drama mit der Giehse in der effektvollen Hauptrolle. Souper nachher mit der Giehse und Erika bei Walterspiel. Sonnabend vormittags Spaziergang allein zum Maximilianeum, Betrachtung der Brücke, der Athene, der Isar und der Anlagen. Freundlich sonniges Wetter. Mittagessen in der Torgelstube mit Nelly Mann. Großer Trubel mit der Kartenvergebung bei ausverkauftem Hause. Besuche, Gespräche. Den Abend bei Heinz Pringsheim und Frau in ihrer Wohnung an der unteren Königinstraße verbracht. – Sonntag den 19. vormittags die Vorlesung des Kuckuck-Kapitels im Schauspielhaus. Eingeführt von Schweickart. Langdauernde Begrüßung. Gespannteste und heiterste Aufnahme. Schließlich immer wieder Hervorrufe, die auch der eiserne Vorhang nicht beendete. »Wiederkommen!« »Dableiben!« – Nachmittags Besuch im Hause des Herrn Fink in der Kaulbachstraße. Schöne Musik-Reproduktion in seinem geschmackvollen Vorführungssaal, erstaunlich und genußreich. Am Sonntag stark besuchter Empfang beim Verleger Desch. Vorlesung aus Lessers Buch. Diskussion über die Stellung des Schriftstellers. – Swiss Air für Montag ausverkauft. Gingen abends wieder ins Theater, in die Loge und sahen in Gesellschaft Schweigharts des jungen Schweizers sympathisches Hörspiel »Nächtlicher Besuch«, dann Büchners »Wozzek« in vorzüglicher Darstellung, mit dem höchst gewinnenden und ergreifenden Herrn Blech in der Titelrolle. Bestes Erlebnis des Aufenthalts! Am Dienstag Vormittag viele Besuche, Photographierereien, Gymnasiasten, Portraitzeichner etc. Langer Besuch von Prof. Held mit kombiniertem Thema: Anstellung Bibi's und Wiederansiedelung in München in von der Stadt erstelltem Hause. Meine geheime Halb-Neigung dazu. – Bermann (mit Töchtern und Hirsch) bewirtete uns mehrfach. Korrekturen des Essay-Bandes. Frankfurter Programm. – Gestern Mittag Abreise mit Taxi zum Bahnhof, dann Omnibus zum Flugplatz. Gute, ruhige Fahrt mit Lunch. »Heimkehr« in die Zimmer 45/47. Unendliche Briefe und zu lesende Papiere. Auf der Chaiselongue geschlafen. Nach dem Diner Zeitungen. Adornos »Wagner«, gehässig-interessant. – Gut geschlafen. Leicht nebliges Herbstwetter. Vor mir der wundervolle Hermes des Praxiteles, Karte der Jacobson aus Athen. – – Schon morgen nach *Bern*. –

Zürich, Sonnabend den 25. X. 52

Kehrten gestern Nachmittag ½6 Uhr von *Bern* zurück. Fahrt dorthin am Donnerstag im Wagen bei feuchtem Wetter in 2 ½ Stunden. Schöne Wohnung mit geschenktem Salon im »Bellevue«. Abends abgeholt von den Studenten zum Vortrag »Der Künstler u. d. Gesellschaft« in der Aula der Universität. Nebensaal mit Lautsprecher, wo ich Besuch machte. Hatte beim Sprechen zeitweise mit versagender Stimme zu kämpfen, las aber gut, und der Vortrag bewährte sich wieder. Im Zimmer nachher: Bruno Bruhn als noch schöner Greis, 83, mit seiner Frau. Erwähnung der Begegnung mit Ina in München. Erwähnung des Leo Putz. Leichtes Zittern des ehemaligen Prachtjünglings und Lieblings aller Frauen. Er liebte Lula. Fragte nach ihrem Tode, den ich umschrieb. »Sie war eine Mimose«. – Vergänglichkeit, Leben, Zeit. Bewegt. War da froh, diesem einst Glänzenden so anders gegenüberzutreten, als in meinem Elend von damals ... »Colloquium« an langer Tafel mit Strichs u. vielen jungen Leuten noch. Fragen, Auskünfte. Trank Chokolade. Schließlich heimgefahren von Erikas Doktor.

Gestern mit gepacktem Wagen bei Strichs im Apartment House zum Mittagessen. Liebe Leute. Er war von dem Vortrag sehr angetan. Sagte, Lessing habe sein Stück ursprünglich »Nathan der *Gute*« nennen wollen. Fuhren um 3 Uhr bei nassen Straßen wieder ab über Lenzburg und das schöne Bremgarten bei Dunkelwerden hierher. – Bei der unterdessen eingetroffenen Erika. Schreckliche Ansammlung von Post. Drei Sendungen von Korrekturen des Essay-Bandes, um die mich absolut nicht kümmern mag. Diner und Kaffee mit Erika. Die verblüffende Idee der Giehse, daß Golo Emmy Oprecht heiraten soll! In ihrer Komik sehr ernst zu nehmen. – Übermüdet. Schlundreiz. Schwer eingeschlafen. Schließlich, wie gottlob auch K., gute Nacht. Die korrigierten Abschriften der Hauptmann-Rede zu kontrollieren ist erste Arbeit. Dann Brief wegen der Korrekturen, die Erika am 1. November im Groben vornehmen wird. Das Genauere in Frankfurt zu besorgen. – – Für eine Mietswohnung will das Haus Möbel-Pfister uns das gesamte Ameublement leihen, bis das Unsrige aus Californien kommt. – – Ging mittags etwas bei Regen in den Wald. Rotes, nasses Laub bedeckt den Boden, ist an den Bäumen dünn geworden. – Schrieb an Marianne Hoppe, die mir einen Band Reuter schickte, und an H. W. Brann in New York. Vor mir der Hermes des Praxiteles (Karte der Jacobson); anbetungswürdig. – Viel in Adornos Wagner, höchst geistvoll und scharfsinnig, für die unbändige Interessantheit des Gegenstandes zeugend in aller Negativität. Die Instrumentation. Das Verdecken alles Gemachtseins. Die absolute Illusion. Hierin bin ich keineswegs Wagnerianer. – – K. besichtigt eine kleine möblierte Stadtwohnung u. lehnt sie ab. – Beratungen über die Modalitäten der bevorstehenden Reisen. Eisenbahn dem Fliegen vorzuziehen bei dem Wettercharakter dieses Herbstes. – Mit Erika abends beim Kaffee. – Die Copien des Hauptmann-Vortrags korrigiert und zum Versandt bereit gemacht.

Zürich, Sonntag den 26. X. 52

Unverbesserlich dick grauer Himmel, Dunkel, Regen. Gebadet und Eier, Lachsschinken, Got[h]aer Wurst zum Frühstück gegessen. – So dunkel, daß Schreibtischlampe nötig. – Las gestern eine Besprechung von Klaus' »Wendepunkt«, geschrieben von Süskind. Anständig; obgleich Erika sie besser nicht sieht. Übrigens hat dieser Jugendfreund selbst nie etwas zustandegebracht. – An Weber mit dem Vortrag. Ausführlich an Hirsch wegen der Korrekturen u. der Rundschau. – Mit K. im Wald, Blätterrieseln wie ein Danae-Regen. Schöne sonnige Durchblicke für diese Stunde. – In Adornos »Wagner« mit Genuß und Neugier. – Organisation von Briefen. In aller Eile ein greuliches Interview der »Weltwoche« über Lyrik bearbeitet. – Zum Abendessen Emmy Oprecht. Verabredung mit ihr für Mittwoch zur Wohnungsbesichtigung (in Erlenbach hinter Küsnacht.) – Klarer Mond.

Zürich, Montag den 27. X. 52

8 Uhr auf. Zunächst klar, dann wieder fallender Nebel. Stark gefrühstückt. – Bei der guten Dame von der Fremdenpolizei: Aufenthaltsbewilligung. Dann auf dem amerik. Consulat, vom guten Mulatten Vice-Consul die Carte grise für Wien, falls wir [nicht] mit dem Zuge fahren. – Sonne. Wermut am See und Spaziergang dort. Angenehm. – Viel Post, Drucksachen. Im »Merkur« über Bernanos. Fesselnd. Nachmittags mehrere Briefdiktate, kleine Erleichterung. Anderes beseitigt oder vorbereitet. Erika abends mit den »Mädchen« auswärts. In Adornos Wagner weiter. Höchst amüsant, mit Fragezeichen.

Zürich, Dienstag den 28. X. 52

K. morgens zum Arzt zur Blutuntersuchung. Frühstückte allein. Von Weber höchst positive Reaktion auf die Hauptmann-Rede. Von Cieplik-Wien Telegramm, daß beide Abende gleich nach Eröffnung des Vorverkaufs fast ausverkauft. Insistiert auf Wiederholung des Krull-Kapitels im großen Saal für Lehrer und Jugend. (?) – Dank von Kitty Neumann für den Nachruf, der, von Schweighart verlesen, die Hörer bewegt hat. – Nekrolog für Hans Feist. – In den Wald gefahren; schön. – Unwohl durch Abführen. Nachmittags durch die Wäscherin gestört. Müde. Abends mit Erika; aktuelle Beratungen.

Zürich, Mittwoch den 29. X. 52

Fest geschlafen. – Heulewind, Regen. – Wien insistiert wegen der Groß-Veranstaltung am 25. November. – Buch-Korrekturen häufen sich. – Gestern von Reisiger: »Salamis«. – Beendete den Adorno, der einen guten Schluß hat. – An wen habe ich nicht alles zu schreiben! Wann werde ich wieder arbeiten? Habe das Gefühl, mich aufzubrauchen, weil ich mehr als Repräsentation nicht mehr zustandebringe. – Vormittags, nach Abschluß des Feist-Nekrologs in der Stadt zur Aufnahme von Photos für den amerikanischen Paß-Ersatz. Um 2 Uhr, nach

Tische, zu dritt mit Erika nach Erlenbach hinter Küsnacht, zur Höhe, wo wir vorm Pfisterschen Hause Emmy Oprecht und den Architekten Muhl, Erbauer des in Aussicht genommenen Hauses an der Glärnischstraße. Mit ihnen dorthin bei Regen und verschlossener Aussicht, die aber unsere sehr günstigen Eindrücke nicht stören konnten. Das Haus, nämlich die beiden oberen Etagen (das Kellergeschoß oder Flach-Parterre bleibt hausmeisterlichen Mietern überlassen) ist das, was wir gesucht haben, als Lage weit schöner als das ehemalige in Küsnacht, und praktischer, dabei neu. Wir waren einig in entschlossener Zustimmung, über die Emmy Oprecht sehr glücklich. Im Pfister'schen Hause, wo wir (in Abwesenheit der Hausfrau) Thee hatten, wurde mit dem sympathisch-entgegenkommenden Architekten die Abmachung getroffen. Wir mieten die Stockwerke am 15. Dezember für 9000 Franken, die Garage eingeschlossen. Ein Freundschaftspreis. Übergebung des Hausschlüssels.

Bedeutender denkwürdiger Tag in der Epoche meiner Aufzeichnungen seit Arosa 1933. Neunzehn Jahre seit wir München verließen, das wir eben wieder festlich besuchten. 14 Jahre Amerika und nun Rückkehr in die Schweiz »zur Verbringung des Lebensabends«. Sind unterdessen allerdings zu alten Leuten geworden. Sehe aber doch dem Leben dort nahe Zürich, in bequemen [Räumlichkeiten?] und einer meinem Herzen nahe Wald- und Wiesenlandschaft mit Vertrauen, fast jugendlicher Neuigkeitsfreude und selbst einiger Hoffnung auf Produktivität entgegen. – Viel ist zu tun und beschaffen, die Herbeiholung dessen, woran uns in dem Californischen Hause gelegen ist, der Möbel und Büchermassen. Eine vorläufige Möblierung durch die Firma Pfister gratis gesichert. Mit dem Abtransport aus P. P., der Zusammenstellung des Lifts soll Gret Moser unter Abkaufung ihres jobs betraut werden. – Abends Gespräch über all das mit Erika.

Neues Telegramm von Presto-Cieplik, Wien. Es ist nicht anders: Am 25. November muß das Kuckuck-Kapitel im großen Konzerthaus-Saal wiederholt werden. Die Freunde sorgen sich um mich und warnen vor Überanstrengung.

Sehr läppischer, wenn auch wohlgemeinter Bericht der »Neuen Zeitung« über die Münchener Vorlesung. Stil von Moni. Schrieb diesem Mann und noch etwas Kurzes (an den Schriftsteller Heer). Las die Zeitungen: über das Tohuwabohu in Amerika, das Scheitern der Saarverhandlungen, Schilderungen von Ost- und West-Berlin etc.

Zürich, Donnerstag den 30. X. 52

Föhnig klar. Zunehmende Bewölkung. Die Seele voll von den gestrigen Beschlüssen und Abmachungen. – Mit fliegender Feder Brief an Adorno über sein Buch. – Zwei Luftbriefe von K. an Gret M. in P. P. in Sachen des Transports, von mir bekräftigt. – K. und Erika zur Trauerfeier für Feist, wobei auch mein Abschiedswort verlesen. Abends des Längeren mit Erika. Teilte meiner Meinung nach Gutes aus dem Schlußteil von A.'s Wagner mit. – In Reisigers »Salamis«.

Zürich, Freitag den 31. X. 52 (Allerseelen)

Heuleföhn, Regen. Seelisch besserer Dinge, entschieden. Frühstück bei mir, da bei K. die Heizung versagte. Gestern Mittag Besuch von Muhl in der Halle und Unterzeichnung des Mietskontraktes bis April 1954. Danach ging ich allein ¾ Stunden. – – Den Brief an Adorno beendet und besorgt. Spaziergang mit K.. Sehr harte Winterluft, die mich angriff. Es schneit in der Höhe. Zum Lunch Alex. Frey. Ich wurde müde, fror, ging nachmittags zu Bett, was mir wohltat. Zum Thee in der Halle Herr v. Vegesack, Balte. Hat die Einverleibung Österreichs begeistert begrüßt, auch München und ein Geburtstagsgedicht auf Hitler geschrieben. War aber auch im Gefängnis und erfuhr Bücher-Konfiskationen. Konfus, aber nicht unsympathisch. – Frido trat bei mir ein. Erika hatte die Kinder im Wagen aus Bern mitgebracht (beschwerliche Fahrt, Truppenmanöver), und der alte Moser nahm sie für die Feiertage mit nach Zollikon. Popularität Tonis. Frido tritt als nüchtern zurück, bleibt mir aber doch eine goldene Herzenssache. – Erika etwas bei Tisch, aß dann im Bette. – Noch einiges in Reisigers Buch.

Zürich, Sonnabend den 1. XI. 52 (Allerheiligen)
Kalt, leicht bedeckt. Gebadet. Beim Frühstück über meine bedauerliche Unkenntnis der gegenw. amerikanischen Literatur, die durchaus kritisch-pazifistisch. – Der Brief von Fleets über die Vernachlässigung der süd-koreanischen Aufrüstung, von Eisenhower verlesen. Aufregung! Die Rede Ramske's, der sich nicht schlecht explaniert! Der deutsche Geheimbund-Skandal, vom bayerischen Högner vorm Landtag bloßgestellt. Amerikaner, schwer kompromittiert, scheinen auf nichts zu achten. – – Brief an Reisiger, mit fliegender Hand, über »Salamis« und über unseren neuen Lebensabschnitt. – Spaziergang mit K. bei recht schönem Wetter. Nach Tische die Zeitungen. Nach dem Thee zahlreiche Brief-Diktate an K.. Abends mit Erika. Nachher in Eislers Faustus-Libretto.

Zürich, Sonntag den 2. XI. 52
Kimmerische Dunkelheit. Regen. Künstliches Licht. Vorbereitung des Durchschlags des Kuckuck-Kapitels für den Oltener Liebhaberdruck. – Vormittags Brief an Frau H. Eulenberg mit eilender Hand. Nachmittags einen ebensolchen an Hanns Eisler über seine Oper. Mittags mit K. eine halbe Stunde gegangen. – Viele Ausfertigungen. – Übergab Erika die Essay-Band-Korrekturen. – Halsschmerzen und schwarze Zunge, unwohl, aber kein Fieber. Las in K. Mampells »Wohlgeboren Wolfgang Wundersam«. Begabt, versprechend.

Zürich, Montag den 3. XI. 52
Nachts Störung durch die Ohren. Waschung. Heulewind, Dunkel. Regen. Ein verfluchter Herbst. Durch die Nacht doch gestärkt und leidlich hergestellt. Post und Zeitung. In Amerika letzte Reden. Neue Korrekturen. – Brief an Mampell über

seinen Roman. 11 Uhr zu Mäder, einem herzlich angenehmen Mann. Fand die Schlundtrockenheit etwas gebessert. Ist gegen Hormon-Injektionen. Behandlung mit Infra-Rot und Emser-Inhalation. – Papierschere, gutes Briefpapier, neue Cigarettenspitze von Dunhill. Freude an neuen Gegenständen. – Das Wetter schauderhaft. Niemand will solchen Herbst erlebt haben. – Nachmittags im Bett. Maniküre. Bilder von Schneditz. Jugend-Zeichnung (1925) von Prof. Stanger (Penzberg). – 7 Uhr Zimmer-Imbiß. Zu dritt ins Schauspielhaus, wo Frau Attenhofer ihren Chanson-Abend gab. Politisch zahm und gefällig, auch zu schwache Singstimme, aber liebenswürdig und parodistisch begabt. Bei ihr hinter der Szene. Schwäche für sie seit je.

Zürich, Dienstag den 4. XI. 52

½8 auf. Besseres Wetter. Kaffee. Vormittags Fahrt nach Erlenbach. Zusammenkunft im Hause mit dem Architekten u. dem Schreiner zur Bestellung der Bücher-Regale im Arbeitszimmer und Besprechung anderer Dinge. Nach Hause ein Stück zu Fuß. – Briefchen nach München über Ida Hofmann. Nachmittags im Bett. 7 Uhr Imbiß im Zimmer und ins Theater, das schon begonnen hatte. Unsere Loge. »Le Diable et le bon Dieu« von Sartre. Sonderbarer philosophisch-pathetischer Riesenschinken, altmodisch gespielt, von ½8 bis ½12 dauernd. Wir schlossen in der zweiten Pause ab und hatten Abendessen mit den Trebitsch im Oberstock des Cafés. Marksuppe, Gänseleber, Bier und Kaffee. Spät nach Hause. Kalte Nacht. Gespannte Erwartung des amerik. Wahlergebnisses.

Zürich, Mittwoch den 5. XI. 52

Noch klar. Reifspuren. Schon in der Frühe die *Wahl Eisenhowers* so gut wie feststehend. Später definitiv bestätigt. Hatte es durchaus vorweggenommen. Die Zeit lang und barbarisch genug, war zu kurz, als daß E. sein großes Prestige ganz hätte verwirtschaften können. Stevenson war in stetigem Aufholen.

Seine Wahl aber hätte mich fast gleichermaßen beunruhigt, denn der Wutkrampf der endgültig geschlagenen Partei hätte zu allem Möglichen, auch zum faschistischen Staatsstreich führen können. Gesiegt hat das Verlangen nach a change, auch die Hoffnung, daß E. den Korea-Krieg zu beenden wissen wird. Etwas schauerlich das Ganze. Nixon möglicher Nachfolger, Taft »assistent president«. Mc. Carthy, der erklärt, Acheson habe den Korea-Krieg angezettelt, in Flor.[.] Die Folgen für uns nicht vorauszusehen. K. läßt lieber gleich die Pässe erneuern. Mit meiner Ausbürgerung, rückbezüglich auf die Weimarer Reise etc. immerhin zu rechnen. – Überdenken der Einladung des Südd. Rundfunks zu einer europäisch repräsentativen Neujahrsbotschaft. – – Brief über Ida Hofmann in ihrer und meiner Jugend. Zärtlich. – Gang mit K. auf schönen Waldwegen. – Die Blätter über die Eisenhower-Wahl. Es ist natürlich nicht gut, aber die republik. Niederlage wäre vielleicht schlimmer gewesen. Die McCarthy bilden so möglicherweise eine geringere Gefahr. Öffentliche Vorstellung eines neuen, blitzblanken Amerika, mythische Idee des Anbruchs neuer Zeit des Glückes. – Diktate an K. und Handschriftliches. Brief an Knopf über unser längeres Ausbleiben. – Abendessen mit des verstorb. Nebel sympathischer kleiner Schweizer Sekretärin, die mit Erika arbeitet.

Zürich, Donnerstag den 6. XI. 52

Hin und Her des Wetters. Wieder Föhnsausen. – Kabel von Gret und Bibi. Firma für den Transport gewonnen, die Kosten ca 1200 Dollars, was nicht erschreckend. Die Kinder gutwillig tätig. – Brief an Agnes Meyer, vorsichtig unterrichtend. – In der Stadt, namentlich zur Erneuerung unserer Pässe auf dem amerk. Consulat. – Miserables Wetter. Wärmte mich nachmittags im Bett. Abends allein mit K. da Erika mit dem greisen Liebhaber im Eden au lac soupierte. – In der polyglotten amerk. Kultur-Propaganda-Zeitschrift »Perspektiven«. Erzählungen, die ich nicht bestaunen muß. Über »Pragmatismus« (Kant und Amerika). Hierüber auch J. Barzun, der mich in der »Nation« so verächtlich behandelte.

Zürich, Freitag den 7. XI. 52

Seit gestern und die ganze Nacht monströses Wetter. Wütender Sturm und Regen. Dauert an. Erstaunlich und angreifend. – Der »Bund« will etwas über Fritz Strich. – Die »Neue Zeitung« preisend über die Hauptmann-Rede, die sie in extenso bringt. – Nachricht gestern vom Tode der alten Frau Fischer. Heute Telegramm an Tochter u. Schwiegersohn. – Von Mondadori über die Fertigstellung des Ballets »Mario u. der Zauberer«. – Niederlassungsgewährung in der Schweiz unter Überspringung bloßer Aufenthaltserlaubnis. – Nobel-Preis für Literatur geht an François Mauriac. – Brief über Strich sogleich begonnen. – In der Stadt während einer Wetterpause. Kaufte Hosenträger u. Smokingschleife, Cigarren und eine schöne Weckuhr in blauem Leder für den Nachttisch. Ferneres mit K.. Einnahme von etwas zartem Lachsschinken zwischendurch wohltuend. – Plumpe Meldungen der deutschen Presse über meine endgültige Niederlassung in der Schweiz. Anfrage aus Hamburg, von K. abschwächend beantwortet. Schwierig, keine Seite zu kränken. – – Nachmittags Strich-Brief beendet. Packen. – In Kafkas Briefen an »Milena«. – Appetitlos. – Erika zum Geburtstag einbeschert.

Zürich, Sonnabend den 8. XI. 52

Finster, aber nicht stürmisch. Gestern war Hagel und Gewitter. ¾8 Uhr auf. Packen der Handtasche mit den vielen Dingen des täglichen Bedarfs. Zug nach Basel geht 10 Uhr.

Frankfurt

Zürich, Mittwoch den 12. XI. 52

Gestern Abend abgeholt von Erika mit dem Wagen, zurück von dort. Reiches Abenteuer, gut bestanden. Am *Sonnabend*

Fahrt nach Basel, von da mit dem Motorzuge nach Frankfurt, wo mit 1½ stündiger Verspätung (infolge Kühlwasserrohr-Defekts), gezogen von einer Lokomotive, eintrafen. Am Bahnhof Bach vom Theater, Dr. Hirsch, die Bermann-Töchter. Appartement im Frankfurter Hof. Abends Hauptmanns »Iphigenie in Delphi«. Applaus bei Eintritt. Frau Hauptmann, Benvenuto im karrierten Smoking. Oberbürgermeister Kolb. Fortwährende Photographiererei. Das Stück noble ennui. Schönes Bühnenbild, gute Sprecher. Nachher Imbiß im Hotel. *Sonntag 9.* Regenwetter. Kauften Gummischuhe. Das Zimmer voller Blumen. Nach 10 Uhr abgeholt zum Theater, wo eigentlich die Lautsprecher-Anlage versucht werden sollte. Verzichtete aber. Viele Begrüßungen beim Intendanten Buckwitz. Eintritt, Applaus, erste Reihe. Die Hauptmanns, der Oberbürgermeister, Blitzlicht-Aufnahmen. Orchester. Musik von Bach, geleitet von dem jungen ungarischen Dirigenten, früher in München, dessen Namen nicht weiß. Vorspruch von Buckwitz, dann meine Rede, die mit echter Freude aufgenommen wurde. Gute Akustik des großen Rängehauses. Endloser Beifall. Kuß der Witwe coram publico. Die Rezitationen anticlimax, mit Ausnahme des von Müthel gut gelesen[en] 8. Stückes des »Till Eulenspiegel«. Nachher festliches Mittagessen im Frankf. Hof. Zwischen den Frauen Kolb und Hauptmann. Reden des Oberbürgermeisters u. des hessischen Kultusministers. – Abends aßen wir mit Mittlers. – *Montag* (10.) vormittags im Verlag. Rundgang durchs Haus, Begrüßung der Angestellten, dann Lunch in der oberen Wohnung. Abends die Kuckuck-Vorlesung in der überfüllten Aula der Universität. Einführungsrede von Rektor Horckheimer, philosophisch. Beim Kapitel das Publikum oft in Lachen aufgelöst. Beifall ohne Ende. Schweres Durchkommen durch die Massen. Wieder im Rektorat. Nebenan Bücher-Signierungen. Danach der menschenreiche Empfang im Verlag. Beutler, Bach, Buckwitz, dessen hübsche Frau, auch Dr. Jacobson, J. Maas, hundert andere. Leider weiß ich oft nicht, mit wem ich spreche, erkannte nur den Pianisten, der in P.P. bei uns spielte. Blieben lange. Noch nach dem Kaffee Champagner. Nach Hause gefahren, spät zu Bett. – *Dienstag* (11.) vormittags Besuche von Frau Klippstein und Benv. Hauptmann (wegen Sonderausgabe der Rede bei seinem Verleger). Abreise (gefahren von den Bermann Mädchen) zum Zuge 2 Uhr. Mittagessen im Speisewagen. Nachher Cigarre, in Kafkas Briefen und geruht. Herumsprechen meiner Gegenwart im Zuge. Der Schweizer Zollbeamte bittet, »obgleich es ihm nicht erlaubt ist« um ein Autogramm. In Basel um 5. Weiterfahrt nach Zürich. Thee im Speisewagen. Ankunft ca ½7. Erika mit dem Wagen da. Abendessen mit ihr. Erzählungen. Vorsicht in Wien gegen das Andringen der Kommunisten, die auch in Frankfurt das Erdenkliche versuchten. – Abends sehr erschöpft. Husten.

Gut geschlafen. Heute Morgen stilles Schneetreiben. Menge von Briefen. Verwirrter Zustand. Die Wiener Verpflichtung mit ihren Gefahren bedrückt mich sehr.

Zürich, Freitag den 14. XI. 52

Gestern Hauptmann-Korrektur von der N.Z.Z.[.] Besorgt. Von Rychner Goethe »Divan« mit seiner Einleitung. Bedankt. – Zahllose Briefe angehäuft. Schwerer Schnupfen entwickelt sich und erreicht heute ermüdenden Höhepunkt. – Der edle Wein aus Frankfurt kommt. Vom Berl. »Aufbau« großer Huldigungsdruck zu Arnold Zweigs 65. Geburts[tag]. – Schöner Wintertag. Mittags etwas gegangen. Lunch mit der recht irrsinnigen Kerstin Strindberg. Nachmittags im Bette. Abendessen im Zimmer. – Enormer Taschentuch-Verbrauch. Benommener Kopf. – Die Zersetzungssymptome im Sekretariat der U. Nations. Rücktritte und Selbstmord.

Zürich, Sonnabend den 15. XI. 52

Schwerer, ermüdender Schnupfen. Kein Fieber. Die Nacht verhältnismäßig ruhig. – Kundgebungen von Radio-Hörern über die Hauptmann-Rede. »Weltwoche« mit Interview über Lyrik. Korrektur der Rundschau-Kapitel. In Herald Tribune und hier 3 Bücher zu Weihnachten zu nennen, wo ich nichts Neues gelesen habe. – Gestern Brief von der Meyer (»– daß man sich auf das amerik. Volk immer verlassen kann«). Heute von Knopf, seelenruhig. – Die Äußerungen Trygve Lies über die Gründe des Selbstmordes A. Fellers werden als »unverantwortlich« zurückgewiesen. Natürlich. Stupide Mörder. – – Erscheinen der Hauptmann-Rede. – Brief von Flinker wegen Signierungen, u. a. für Minister Schumann. – In der Stadt. Behandlung bei Mäder (Penecellin-Inhalation, Nasentropfen). Den neuen Wintermantel von P.K.Z. geholt. Hut und Pelzmütze gekauft. – Nachmittags elend. Schwerer Katarrh, etwas Temperatur. Fuhr aber mit zu Emmy Oprecht, wo es einen Abend mit von Salis', Webers, Nationalrat Oprechts und Direktor X. vom Pfister-Geschäft gab. Weber und Erika ein Herz und eine Seele. Der Pfister-Mann fuhr K. und mich bei Zeiten nach Hause.

Zürich, Sonntag den 16. XI. 52

Nachts Thee u. zusätzliches Sekonal gegen den Husten. Befinden leidlich. Rauchen schädlich. Kaffee getrunken. Klares Winterwetter. Brief-Arbeit; Korrekturen (Rundschau-Kapitel). – Mit K. etwas in der Kälte gegangen. Katarrh scheint in allmählichem Rückgang bei einigem Husten. Aber der Rauch-Geschmack ist hin. – Las nur Zeitungen. Die Krise im Sekretariat der U.N. beschäftigt mich sehr. – Besuch vom Architekten. Besprechung der Bibliotheksanlage in meinem Arbeitszimmer. Eine Einschränkung bedeutet das gemeins. Badezimmer. – Reisevorbereitungen. Brief an Fiedler. Den »Hauptmann« an Reisiger u. die Herz. Abends sehr abgespannt.

Zürich, Montag den 17. XI. 52

Nachts 2 Uhr Thee u. Sekonal. Nebliger ruhiger Frostmorgen. Beisetzung des Abr. Feller in New York in Anwesenheit Acheson. Der Friedenspreis-Neger hält die Rede. Das Ganze doch leicht demonstrativ. Ein Märtyrer. – Nach dem Frühstück Packen. – –

Wien, Mittwoch den 19. XI. 52, Hotel Sacher

Das Abenteuer ist in vollem Gange, und ich wollte, es wäre vollendet. Am Montag nach Tische von Erika zum Flugplatz Kloten gefahren. 1½ stündige Verspätung des Fahrzeugs von London. Warten im Restaurant unter Entschuldigung des Linienpersonals, das große Aufmerksamkeit zeigte. Am Tisch Schweizer Mann, Lokomotivführer, der bei Entdeckung meiner Identität in große Aufregung geriet. Begegnung mit Schweizer und dem Autor des »Man in the white suit«. Abfahrt in großer neuer Maschine ca 5 Uhr. Thee und Sandwiches. Ruhige 2 stündige Fahrt. Bei der abendlichen Ankunft (rauher Wind) Photographen, Agent Ciplek, Csokor, Dr. Berger vom Fischer Verlag. Lieber kleiner Junge, Sohn eines Verehrers namens Staeps, überreichte Blumen beim Zoll. Fahrt im Berger'schen Auto zum Hotel, altmodisch-europäisch. Hohes Zimmer. Abendessen mit Csokors und Bergers in einem Restaurant nahebei. – Gestern, Dienstag, 9 Uhr auf. Nach dem Frühstück gerüstet zur Presse-Konferenz unten im Hotel in einem Sitzungssaal, den ungef. 40 Personen füllten. Csokor eröffnet. Ich verlese Erikas statement, das, beruhigend, auch durch Radio verbreitet wird. Rede- und Antwort 2 Stunden lang, zuweilen gemütlich, oft eiertanzartig, schonend nach »beiden Seiten« hin, wobei aber die Schonung der östl. Seite stets schwer wiegt. Im Ganzen befriedigender Verlauf. Mittagessen allein mit K. im Hotel. Appetitlos. – Nachmittags im Bett. Dann Rüstung zum Vortrag. Abgeholt von Bergers. Dazu »Ellen«. Wieder »Mittlerer Konzerthaussaal«. Seltsam. Längst ausverkauftes Haus. Csokor spricht Einführung. Endloser Begrüßungsbeifall. Stimme hielt beim Vortrag gut aus. Schonende Weglassung. Die Ezra Pound-Stelle genügte, um Applaus hervorzurufen. Schließlich Hervorrufe ohne Ende. Sturm von Autogramm-Forderungen, schießlich abgebrochen. Mit Bergers im Speisesaal des Hotels Suppe und Omelette. Der schwerste Tag vorüber. Telegramm an Erika.

Heute Morgen ein paar Pressestimmen, eine freundlich, eine feindlich. Csokor meldet, daß das sozialdem. Regierungsblatt sehr günstig. Langes Programm von Verabredungen, Veranstaltungen, Besuchen liegt vor. Es wird sich abwickeln. Nur ist die Erkältung leider kaum im Rückgang, und der Rauchgeschmack fehlt. – –

Wien, Donnerstag den 20. XI. 52

Gestern Stunde öffentlicher Bücher-Signatur in der großen Buchhandlung am Graben. Dichter Zudrang. – Abends Uraufführung des Monstre-Oesterreich-Films im Apollo-Theater, in Gegenwart der Regierung. Ehrenplätze im Balkon. Ödes Schaustück von unerträglich alberner Handlung. Nachher mit Dr. Berger im Hotel.

Nachts starker Husten. K. bestellt einen Arzt durch General Deutsch. Feststellung eines recht tief reichenden Bronchialkatarrhs. Verordnungen. Weiteres Verhalten abzuwarten. Vorderhand mit Csokor und Beamten Höflichkeitsbesuch beim Oberbürgermeister im Rathaus. Empfang und Bewirtung. Danach im Hotel die nurse mit Apparat zum Inhalieren von Penecellin und Emser Salz. Scheint wohltuend. – Im Speisesaal gegessen, Weiches. Gestörte Ruhe. Husten. Fiebrig. Besuch des Dirigenten Koslik.

Wien, Freitag den 21. XI. 52

Tage der Krankheit, in denen der Inhalationsapparat eine bedeutende Rolle spielt. Dr. Polterauer kommt mehrmals. Penecellin- und Calcium-Spritzen. Heute Mittag Fahrt nach Grinzing: Lunch bei Staatssekretär a. D. Deutsch mit dem französischen Gesandten und seiner unangenehmen Frau. – Massen von Büchern zum Signieren. Achtlosigkeit auf Briefe Zeichen von Mattigkeit. Kein Geschmack. Tief belegte Bronchien.

Wien, Sonnabend den 22. XI. 52

Ärztliche Behandlung. Ausfahrt bei klarem, aber windigem Wetter mit Bergers über Grinzing nach dem Kahlenberg. Dort im Cobenzl-Pavillon zu Mittag gegessen. Hübscher Blick im Dunst auf Kloster Neuburg, den Fluß, die Stadt. – Zu Hause Bettruhe. ½ 8 abgeholt von Csokor zum Pen-Club-Empfang. Fülle von Menschen und Vorstellungen. Hitze. Diner in prachtvollem Saal des alten Palais. Neben Grete Wiesenthal. Rede Csokors. Meine Antwort über Sein und Tun im Gegensatz zum Meinen und Schreien. Regierungsvertreter. Italienische, französische, englische Delegierte. Kamen spät los. Dr. Polterauer hatte die Inh.-Maschine gebracht und kehrte noch um ½ 12 wieder, um eine Penecelin- und eine Calcium-Injektion zu machen.

Wien, Sonntag den 23. XI. 52

9 Uhr auf. Zu wenig Zeit. Komme nicht zum Rasieren mit der Klinge, sondern säubere mich elektrisch. Schlaf gegen Morgen von Husten gestört.

Zürich, Waldh. Dolder, Donnerstag den 27. XI. 52

Der Wirrwarr von Krankheit, Anforderungen, Leistungen nahm seinen Fortgang. Vorlesung des Kuckuck-Kapitels im Mozart-Saal, von Husten unterbrochen, ein frenetischer Erfolg. Nicht minder die Wiederholung des Vortrags im Großen Saal am 25. mit gutem Lautsprecher vor 2000 Personen. Kam, weil ich ins Künstlerzimmer gegangen, nicht oft genug heraus. Der alte Waldau, der mich küßte. Dazwischen das Schlechtbefinden, das Inhalieren, die Injektionen, die unsinnig vielen Büchersignierungen. Mittagessen bei dem Physiker Thirring mit bräutlicher Tochter u. einem Psychologie-Professor. Sehr hilfreich immer mit ihrem Wagen das Ehepaar Berger vom Fischer-Verlag. Feindliche Ignorierung des Aufenthalts durch die Amerikaner, wohl auf Grund eines denunziatorischen Artikels von Thorberg. Die kommunistische Presse zu freundlich. Annäherungsversuch kommunistischer

Jugend. Zuletzt die Russen selbst, die mich zum Besuch eines Gala-Konzertes von Sowjet-Künstlern [einluden]. Wegen meiner Gesundheit bedauernd abgelehnt. Schließlich war alles bestanden. Bergers fuhren uns am 26. ½ 11 Uhr zum Flughafen. Das Wetter sehr naß und neblig. Verzögerung des Abflugs. Dann nach ca 2 ½ Stunden durch die Wolken in Kloten gut gelandet. Verschlechterung meines Zustandes durch den Flug. Im Hotel Thee. Unendliche Bücher, unendliche Post. Kein Absehen der Erledigung. Brief von Flinker über Schumanns Besuch im Laden und die Zusicherung der Ehrenlegion. Als wir beim Abendessen saßen Eintreffen Erikas von München. Grausig berührt von der Nachricht, daß ihre Kinderbücher nicht erscheinen werden. Austausch von Erlebnissen. E. fand mein Durchhalten heldenmütig.

Nachts keuchender Husten mit ängstigend belegter Luftröhre. Muß an Großmamas qualvollen Emphysem-Tod denken. Wie sehr müßte ich Heinrich um seinen innerlichen Gehirntod beneiden, wenn mir dergleichen verhängt wäre. – Vormittags Anruf des guten Fräuleins von der Fremdenpolizei, daß die »Niederlassung« endgültig bewilligt. Freundliches Gespräch mit ihr. – Applaudierende, zurufende Menschenmassen, Stolz der Schweiz, mich zu gewinnen – und in Einem damit die widrigsten Anfeindungen. Oft Sehnsucht fort aus dieser verrückten, geifernden Welt, – aber nicht unter Atemnot! – – Föhnwind. – Versuche mit einem Verdunstungsapparat auf der Dampfheizung. – Nichtstun, Erschöpfung, Unfähigkeit an irgend etwas die Hand zu legen. Entwarf immerhin Widmung an den Minister Schuman, der übrigens jeden Augenblick mit dem Gesamtkabinet stürzen kann. – Abends mit Erika.

Zürich, Freitag den 28. XI. 52

Mildes Föhnwetter. Nachts Unruhe und einiger Husten. Zustand nervös und reizbar. – Besuch Medis u. ihrer Kinder für morgen gemeldet. – – Äußerung Marcuse's: »Wie lange wird er noch die gesamte Welt-Journaille in Brot setzen?« Richtig. Nur war eben die Wiener Presse-Konferenz nicht zu vermeiden und auch nicht die besonnene Beantwortung einiger politischer Fragen. Daß solche immer als Fallen gemeint sind, wußte ich. – – Lesen, Halblesen und Beseitigen von Briefen. – Signieren von Büchern für Flinker, z. T. persönlich an franz. Germanisten u. a. – Die halb unverständlichen, vag interessanten Briefe Kafkas an Milena. – Der Kellner Erich, der im Zürcher Radio den Vortrag gehört, zu Erika: »Ich war erschrocken – nicht böse sein – erschrocken, weil plötzlich einer die Wahrheit sagt. Das kann man doch garnicht mehr!« Wohl erfaßt.

Zürich, Sonnabend den 29. XI. 52

Ein sonniger Tag. Nachts Rektal-Jucken und Schleimrasseln in der Luftröhre. Schlief etwas im Stuhl. Böse die Geschwulst am oberen Kiefer. Mußte ¾ 11 Uhr zu Zahnarzt Guldener, der Druckstelle feststellte, etwas abschliff, übrigens die Prothese guthieß. Nachher Wermut im Café am See und etwas gegangen in der Sonne. Wohltuend. Nachmittags geschlafen. Organisation von Briefen. Ankunft Medis mit ihren Kindern, von Erika geholt. Abendessen zu Sechsen. Nachher mit Medi viel über E. und Golo, E. und sie, E.'s (ganz begreifliche) Verfinsterung und »Bösheit«. Die Redaktion von Fords »Perspektiven«, deutsche Ausgabe, würde sie finanziell unabhängig machen. Sie wird es nicht annehmen. – Besprechung der heiter-praktischen Idee von Golos Heirat mit Emmy Oprecht.

Sonntag den 30. XI. 52. Zürich, Waldhaus

8 Uhr auf. Milder dunkler Wintermorgen, altgewohnt und neu. Die Nacht war fast ungestört. Noch Andauer der Mund-Wundheit. – Brief und Sendung an Leibrich, Paris, in Sachen des Büchleins, mit dem er beauftragt werden soll. – Leiden unter der unsinnigen Überheiztheit der Zimmer bei sehr milder Außenluft. – Besuch im Erlenbacher Haus mit K., Medi

und den Kindern. Falsches Fahren zunächst. Medi sehr entzückt. Ich erregt und bedrückt, Gott weiß, warum. Der Einzug binnen 14 Tagen scheint mir unmöglich. Nachmittags ruhelos. Zum Thee in der Halle Trebitsch, in Erika greisenhaft verliebt. – Brief-Organisation und -Beseitigung.

Montag den 1. XII. 52, Zürich

Nacht durch Jucken etwas gestört. Gewagte Behandlung mit Alkohol. – Mild und regnerisch. Begeisterungsbrief einer akademischen Frau in Krefeld. Grübeleien über die verlangte repräsentative Neujahrsbotschaft. Wohl unmöglich. – Golo drüben unglücklich. K. möchte ihn bei uns aufnehmen, aber Erika dürfte es nicht ertragen. Schon ist sie leidend, weil es ihr so schwer fällt, mit Medi freundlich zu sein. Schlimm und traurig. – Erledigung und Beseitigung von Briefen. Ging allein im Sprühregen etwas spazieren. Erika in Anspruch genommen von der psychiatrischen Versorgung der irren Kerstin Strindberg, die in eine Kilchberger Anstalt gelockt werden mußte, da ihr sonst die Verbringung in ein schwedisches Irrenhaus drohte. An E. geht es aus, weil es sie anzieht, und weil sie es auch am besten macht. – In Kestens »Casanova«. – Ausgang der Saar-Wahlen nach Frankreichs Wünschen.

Zürich, Dienstag den 2. XII. 52

Dasselbe dunkle und nasse Wetter wie gestern. Mit K. über Möglichkeiten der Neujahrsbotschaft. Unfruchtbarer Vormittag. In der Stadt bei Dr. Mäder zur Inhalation und Infra-Rot-Behandlung. Die Trockenheit des Schlundes gebessert. Etwas zu Fuß gegangen. Nachmittags Reihe von Brief-Diktaten und Handschriftliches (Faesi, Vegesack). Den Neujahrsvortrag endgültig abgefaßt. Erika besucht Kerstin Strindberg in der Anstalt. Dann Besprechung mit mir von Verlagsrückfragen den Essayband betreffend. Abends mit Medi, die morgen reist. – Casanovas Flucht aus den Bleikammern.

Zürich, Mittwoch den 3. XII. 52
½8 Uhr auf. Altvertrautheit und Neuheit des dunklen Wintermorgens. Verabschiedung von Medi und den Kindern, die K. zur Bahn fährt. Briefe aus Wien. – Erste Wiederbeschäftigung mit der Novelle. Gefühl beginnender Erholung. Mit K. etwas spazieren. Nachmittags Schneegestöber. Schöner Advent-Kranz mit Kerzen von R. Schweizer. Von Widmer Büchersendung, z. T. lesenswert. Einiges Handschriftliches. In Kestens »Casanova«.

Zürich, Donnerstag den 4. XII. 52
Die Gegend in Schnee. Nachts beunruhigt durch rückfällige Verstärkung des Katarrhs. K. und Erika unternehmen nach dem Frühstück die Fahrt zur Pfister-Möbelfabrik, wovon ich mich ausschließe. Frage der Anschaffungen kompliziert durch die Möbel-Erbschaft von Feist. Starke Neigung, das neue Heim hinter meinem Rücken, ohne mein Hinsehen herrichten zu lassen, so gut und rasch es eben geht. Überzeugung, daß wir zu Weihnachten noch im Hotel sein werden. Die Bübchen, die zu uns kommen sollen, hier freilich nicht recht aufgehoben. – Beschäftigung mit der Novelle. Die Feder wieder daran gesetzt. K. und E. den ganzen Tag fort. Ging allein bei leichtem Schneefall etwas spazieren, aß allein, las, ruhte und schrieb etwas an die »Weltwoche«. Zum Abendessen Rückkehr der Frauen und Bericht über die gemachten Anschaffungen. Dann, während des Essens, Medi in aufgelöstem Zustande am Telephon: Borgese mit Gehirntrombose im Todesschlaf. Noch läßt der Arzt einige Hoffnung. Transport ins Hospital vorgesehen. Erörterung der Lage. Medis Zukunft im Falle von B.'s Hinscheiden. Das bedrückende Problem von Erikas Verhältnis zu ihr – und überhaupt zu den Geschwistern. Sorge.

Zürich, Freitag den 5. XII. 52

½8 auf. Beim Frühstück wieder Medi. Borgese um Mitternacht gestorben. Notwendigkeit von K.'s Abreise heute Mittag. Ich schrieb entschuldigend an das Niederlassungs-Amt, wo unser Besuch zu verschieben. Dann einen Brief herzlicher Teilnahme und des Trostes an Medi. Die nächste Zukunft immer verworrener, Tage des Alleinseins stehen bevor, dem Telephon ausgesetzt. Die Mitfahrt würde mich zu sehr zurückwerfen. – Unfughafte Meldungen der Ass. Press drüben über meine Wiener Äußerungen. Drängen M. Georges aus einem Gemisch von Anhänglichkeit und journalistischer Spekulation. Erika entwirft Antworten an ihn und die A.P. – – Zerstreutheit und Erregung. Vor dem Mt. der Novelle. Mittags Abreise K.'s von E. gefahren. Ging etwas bei kaltem Wind. Beklommenheit des Alleinseins. E. besuchte mich bei Tisch. Nachmittags Menge von schlechten Brief-Diktaten an Frl. Hirsch, ehem. Sekretärin von Feist. Abendessen mit Erika und anschließendes Gespräch mit ihr in der Halle, hauptsächlich über die Einrichtung. Problem der Platten. Meinung, daß das Haus etwa am 20. zum Einzug bereit sein wird.

Zürich, Sonnabend den 6. XII. 52

Recht gut geschlafen. 8 Uhr auf. Frostwetter. Trank Kaffee in K.'s Zimmer. Telegramm und Brief von Flinker mit der Nachricht meiner Ernennung zum Officer de la Légion d'honneur. Persönlicher Brief von Schumann zu erwarten. Frage des Termins der Überreichung des ordres, die persönlich durch den Minister erfolgen soll. Verlautbarung im Journal officiel in wenigen Tagen. Freue mich Amerikas wegen, auch Deutschlands wegen und der Schweiz. – Brief von Willoughby, Universität London wegen Abdruck der Hauptmann-Rede in »German Life and Letters«. – Brief von Preetorius wegen seiner Festschrift-Einladung zum »Lohengrin« in Mailand. – – Etwas an der Novelle. – Eine halbe Stunde bei Frost u. leichtem Schneefall gegangen. – Zum Kaffee Besuch von Erika. Ihr statement gegen die A.P.-Agentur. Zu lang. Gekürzt. – Bedeutender Brief von Adorno über meine Reaktion auf sein Wagner-Buch. – Zum Thee Besuch von Lav. Mazzucchetti. Über Borgese. Der Corriere über die Ehrungen u. die Bestattung, die schon morgen stattfindet. Über »Fiorenza« und Verlagsangelegenheiten. – Abendessen mit Erika. Für Golo Aussicht, mit Hilfe Hans Oprechts als Extra-Ordinarius für Soziologie hierher berufen zu werden. Ihre Zufriedenheit über die Pariser Ernennung. – Hatte Brief von Kerstin Strindberg aus der Anstalt. – Interessantes Buch: »Dichtung der Krise, Mythos und Psychologie« von Rob. Mühlher. – Nahm den Abendthee mit Neuro-Trasentin und Xpral-Calcium in K.'s Zimmer, während ich bei mir lüftete.

Zürich, Sonntag den 7. XII. 52

½8 Uhr auf. Das Dunkel! – Bad. Thee-Frühstück in K.'s Zimmer. Die Mazzucchetti berichtete gestern, daß W. Speyer vor ein paar Tagen gestorben ist. – Etwas an der Novelle. Ging ¾ Stunden vor Tische in der Kälte. E. zum Kaffee. Besprechung ihrer (meiner) Repliken an A.P. und Manfred George. – Briefchen an K. Strindberg. Brief an Preetorius. Las einiges mehr in dem Buch von Mühlher, worin, nämlich in dem Kapitel über C.F. Meyer, »Fiorenza« und die »Betrachtungen« nicht wenig zu Ehren kommen. Mit Meyer als »Manierist« eingereiht und als Anti-Aesthet.

Zürich, Montag den 8. XII. 52

Verschlechterung wieder des Katarrhs. Morgens schwer belegte Luftröhre. Mediziniert. – Eier mit Wocester-Sauce zum Thee. – Dunkel, Kälte. – Etwas an der Novelle (aus der ich vorlesen und über die ich mich beraten muß). – Mit Erika in der Stadt bei Frostwetter. Einkauf gefütterter Wildlederschuhe und warmer Handschuhe. Viel Geld ausgegeben. Bei Scholl: Reparatur eines alten Desk-Halters, Tinte. Herr Scholl wurde avisiert zur Begrüßung und ließ mich, nach Churchill, in sein Gästebuch schreiben. – Wermut bei Huguenin. – Nachmittags Versuch an Mühlher zu schreiben. Der Kopf zu träge. – Viele Ausfertigungen. – Abends mit Erika. K. kehrt morgen zurück.

Zürich, Dienstag den 9. XII. 52

Das Wetter gleich gestern. Schrieb an Mühlher. Brief von der Servicen: Hommage à Emile Zola von Gazette verlangt. – Briefe an Mühlher und Loos. – ½ Stunde gegangen. – Nach Tische mit E., die dann K. vom Bahnhof einholte. Traf nach anstrengender Reise nach 4 Uhr ein und berichtete von den Vorgängen u. Umständen in Fiesole. Begeisterte Anhänglichkeit nun Medi's sowohl wie der Kinder an den Entschlafenen, der im Tode von allen Seiten hochgefeiert wurde. Wollen in Italien bleiben. – Ruhte von ½5 bis ½6. Auch nachher mit den Frauen. Erika plädiert für Sondierung (durch H. Oprecht), ob ich das Schweizer Bürgerrecht erhalten kann, bevor mir etwa das amerikanische auf Grund der Hetze gegen mich entzogen wird. Erörterung dieser Dinge peinvoll für mich. Abends durch E's Überreiztheit und Bitternis gegen ihre Geschwister traurige Trübungen. Noch spät langes, aber heilloses Gespräch K.'s mit E.. Kummer.

Zürich, Mittwoch den 10. XII. 52

Früh tiefes Dunkel. Wenig Morgenschlaf. Sorgen. ½8 Uhr. Frühstückte allein, da K., um einzuschlafen, wiederholt hatte einnehmen müssen und ich sie ruhen lassen wollte. Weckte sie ¾9 Uhr. Bänglicher Zustand. – Briefe und Karten. – In der Stadt mit K. zum Haarschneiden. Dann Lunch im Grand Hotel Dolder mit Mondadori, seiner spanisch-italienischen, englisch sprechenden Freundin und der Mazzucchetti. Appetitlos. Nach der Ruhe und dem Thee 1½ stündige *Vorlesung* des mittleren Teil[s] der »Betrogenen« für K. und E.. Tiefe Tröstung durch die nur in Kleinigkeiten bedingte, lebendige Zustimmung beider zu dem Gebotenen, desgleichen heute sonst niemand vermöge. Klärendes Gespräch über den Fortgang. Gehobene Stimmung. Aber beim Dinner wieder wenig zu mir genommen. – Las in einem Goethe-Buch von Falk Gutes über das Verhältnis zu Schiller.

Zürich, Donnerstag den 11. XII. 52

Frost. Nachts sehr unruhig, erregt. Nachnehmen von Sekonal. Csokor schreibt, schickt seinen »Pilatus« und eine Besprechung meines Wiener Aufenthaltes von Mühlher in einer katholischen Zeitschrift. – Der Brief von Schuman bleibt aus. – Brief an Flinker u. anderes. – In der Stadt bei Amte im Kreishaus, Zahlung für die Niederlassung. Höflichkeit der Beamten. Händedruck. – Im London-Haus zur Bestellung eines dunklen Winteranzugs mit heller Weste. – Nachmittags Diktat an K.. Absagen auf deutsche Einladungen: Marburg, Heidelberg. – Nach dem Abendessen mit Erika Gespräch über meine Situation zwischen der Schweiz und Amerika, meine Verlautbarungen dort, Schwierigkeit der Sondierung bei Oprecht nach der Versicherung, ich wolle amerikan. Bürger bleiben. Gespräch führte weiter, als ich gewollt hatte, in die Wirren hinein und quälte mich. – Weichere Luft, Regen.

Zürich, Freitag den 12. XII. 52

Nachts 4 Uhr schlaflos. Chokolade und Cigarette. Mit K. über mein Leiden an dem gestern Besprochenen und Erwägung des zu Tuenden. Zurückziehung von E.'s Text an George, der mir fremd? Abgelehnt. Beschluß, die amerik. Staatsbürgerschaft hinzuwerfen, wenn ich vor das Un-American Committee citiert werden sollte. Oprecht wird über Bermann und die Bücher-Produktion im Osten anzuhören und wegen der Möglichkeit der Schweizer Einbürgerung höchstens ganz theoretisch zu befragen sein. Keine Beruhigung, legte mich aber gegen 5 Uhr u. schlief noch ein paar Stunden. – Ablehnung eines unverschämten Angebots auf das kalif. Haus. Verlangen 55 000, wovon 40 in bar. – Sorgen, Zerstreutheit, Unfähigkeit zu künstlerischer Arbeit. Bangigkeit u. Gefühl der Ausweglosigkeit. – Tag voller Mattigkeit. Mit K. mittags eine halbe Stunde gegangen. – Besonders appetitlos. Etwas handschr. Korrespondenz. Ausfertigen. Verfroren. Beschäftigung mit der verlangten Äußerung über Zola. (Im Wagner-Aufsatz gelesen.) – Brief über Hofmannsthal, Dokumente. Briefwechsel mit George. – ½11 zu Bette.

Zürich, Sonnabend den 13. XII. 52

Besser geschlafen. Föhnsturm, Regen. Tiefer Barometerstand. Allerlei Post: Briefe von Willoughby und Preetorius. Etwas Herzliches aus Amerika. – Ausgeschrieben für die Zola-Äußerung. – In der Stadt. Langwierige Anprobe im London House. Gefütterte Hausschuhe besorgt. – Nachmittags Besuch von H. Oprecht in meinem Zimmer in Sachen Bermann, der Buchherstellung im Osten, Verbindung Bermanns mit »Toth« etc. Anklingen der Schweizer Einbürgerungsfrage – zurückgestellt. Hiesige Aussichten für Golo. – Zola.

Zürich, Sonntag den 14. XII. 52

8 Uhr auf. Etwas hellerer Himmel. Gebadet. Kaffee mit Traubenzucker, ein Ei, Zwieback, Grahambrot, Honig. K. zur Inspektion nach Erlenbach. Meine Bücherborte aufgestellt. – Tag verging mit nutzlosen u. bedrückenden Versuchen, etwas Schickliches über Zola zustande zu bringen. – Elende Angebote auf das Haus in P. P. beschäftigten uns verstimmend. – Las in Stendhal »Chartreuse«.

Zürich, Dienstag den 16. XII. 52

Dicker Schnee u. weiteres Gestöber. Wind. – Gestern nicht weniger fruchtlos als Sonntag. Abends hatten wir R. Schweizer zum Essen, um ein Motion Picture Television-Angebot für Novellen mit ihm zu besprechen. – Heute ernsteres Angebot auf das Haus, immerhin mit 35 000 Dollar in bar u. monatl. Zinszahlungen fürs Weitere. – Gestern Briefe diktiert, sehr widerwillig. Allerlei Post immer, aber nicht das, worauf ich halb kindischer, halb wohlbedachter und dringender Weise *warte.* – Schweizer berichtete gestern, daß auch Chaplin sich in der Schweiz niederlassen will, was mir Freude machte. In der Presse sind wir zusammen genannt worden im Sinne des »Thank you, Mr. Hitler.« –

Zürich, Mittwoch den 17. XII. 52

Brachte gestern das »Fragment über Zola« schlecht und recht zustande und las es K. und E. vor. – Nasses Schlackerwetter. Zur Pediküre, die nur verstärkte, bis heute anhaltende Empfindlichkeit der Zehe bewirkte. – Fortwährend Bücher: Aus Ost-Berlin Ausgaben von Turgenjew und Puschkin; auch Zeitungsartikel über das Meine, dort Erschienene. – Karl Kraus' Nachlaß-Buch über das Dritte Reich; altbacken, überholt, abgenutzt, Ich-befangen und das Deutsch nicht so unübertrefflich, wie seine Schule tut. – Lattimore von der Grand Jury des siebenfachen Meineids angeklagt. Wenig Zweifel, daß er verurteilt werden wird. Entwicklung zum Faschismus mit langen Schritten. Dabei kühnes Auftreten einer Zeitschrift wie »Nation«. Ungefährlich, aber zur Abrechnung vorgemerkt von der Meute. Reue über die Nicht-Rückkehr unmöglich. – Frankfurter Studenten wollen für ihr Blatt Unterredung über »Faustus«. – Prof. Havliks Zitaten-Manuskript, peinlich. – Weihnachtsgruß an Agnes Meyer. – Vergebliches Warten auf Nachrichten aus Paris. – Der »Bund« mit meinem Geburtstagsbrief für Strich, faksimiliert. – Neuer Schneefall, aber häßlicher Sturm. K. mit Erika mit Bücher-Transporten ins Haus zur Beaufsichtigung der Anbringung der Beleuchtungskörper. – Brief von Frido, der beim Weihnachtstheater die Hauptrolle spielt und so gern möchte, daß jemand von uns dabei sei. Erika wird morgen fahren in Verbindung mit Teppich-Besorgungen bei Pfister, halbwegs. – Es spielt der Ankauf eines zweiten Wagens. Wahl zwischen Peugeot und Fiat. –

Zürich, Freitag den 19. XII. 52

Gestern nur ein paar Briefe und Karten. »O wehe, wie hast Du die Tage verbracht!« – Schlimmer Fuß, verstärkte Erkältung. Mittags etwas Luft geschöpft. Mit K. und E. unentschlossen über ein neues telegr. Angebot für das P. P. Haus: 50 000 Dollars mit 35 000 in bar. Spät sogar Anruf der Käuferin. Über mögliche Sperr-Maßnahmen Amerikas gegen uns. Bangigkeit, besonders wenn ich mich allein weiß, wie nachmittags, als E. nach Bern zu Fridos Spiel gefahren und K. in jugoslavischen Verlagsangelegenheiten bei Emmy Oprecht war. Ein neuer Wagen, Fiat, ist gekauft. Frage mich immer, ob meine Abgelebtheit, Lebensmüdigkeit, eigentliche Hoffnungslosigkeit all den Aufwand von Mühe für die Neuinstallierung noch lohnen. Mag nicht essen, bin so vielfach inkommodiert und gequält. – Schöpfte mittags etwas frische Luft. Las Aufsätze im Münchener »Merkur«. – Heute helleres Wetter. War aber schon nach Bad und *ohne* Genuß eingenommenem Frühstück müde und verdrießlich. – Die Wohnung in unverantwortlich unfertigem Zustand; ungereinigt, der Herd nicht montiert, kein Strom, kein Wasser, kein Telefon. Scharfe Reklamation beim Architekten gestern. – – Beschäftigung mit dem Mt. der Novelle. Spaziergang mit K.. Sonnig zum ersten Mal wieder. Nachmittags Wiedereintreffen Erikas. Berichtet über ihre gefährliche Fahrt nach Bern im Schneesturm, über das Buben-Weihnachtsspiel mit Frido als Jungfrau Maria (!), Tonis Popularität u.s.f.[.] Über ihre Teppich-Einkäufe auf der Rückfahrt. *Beschluß der Annahme des Hauskauf*-Angebot (50 000 Dollars mit 35 000 sofortiger Barzahlung). *Formulierung des Kabels* durch E.. Erleichterung von einer Last und Wundgefühl endgültiger Hingabe auf Nimmerwiedersehen. – Zum Abendessen Kitty Neumann, auf dem Wege nach Florenz. Wiederholtes über ihres Mannes Sterben. Plan einer Buchhandlung in Schwabing. Über Chaplin, dessen Frau aus Amerika 5 Millionen Dollars in Wertpapieren geholt hat. – In der »Nation« offener Brief des Franzosen Cl. Bourdet an das offizielle Amerika. Warnung vor wachsendem Haß.

Zürich, Sonnabend den 20. XII. 52

Schwarze Luft, Regen. – Schweizer Fremdenausweis. – Vom Fischer Verlag »Lob der Vergänglichkeit« als Festgruß für unsere Leser, 1952/1953. – Telegramm Golos, auf Entschluß dringend und befürwortend. – Etwas geschrieben an der Novelle. Mittags allein im Schneebrei etwas gegangen. Um diese Zeit Sonnenblicke. – Versuchte nachmittags an Prof. Havlik schonend zu schreiben. – Mein Abnehmen, das Alter, zeigt sich darin, daß die Liebe von mir gewichen scheint und ich seit langem kein Menschenantlitz mehr sah, um das ich trauern könnte. Mein Gemüt wird nur noch freundlich bewegt vom Anblick der Creatur, schöner Hunde, Pudel und Setter. – Schmerzlich juckende Entzündungen in der Rektalgegend, nachts mit dem Ohren-Alkohol zu betäuben. – Engagement eines Aushilfe-Mädchens für die ersten 1–2 Wochen in Erlenbach. – Emmy Oprecht hat am Telephon die Nachricht, daß wir das Haus für 50 000 Dollars abgestoßen mit enttäuschtem Schweigen aufgenommen. Wirklich ist der Besitz verschleudert. Aber die laufenden Kosten nehmen ein Ende und die Sorge um Verfall und Entwertung. – »Chartreuse de Parme«.

Zürich, Sonntag den 21. XII. 52

Nachts Störungen durch Husten und Jucken. ½ 8 noch vollkommen Nacht. Unglaublich miserables Wetter. Heulender, pfeifender Sturm und Regen. – Keine Lust zum Frühstück. Die Eier hier sind mir widerlich. Für Trüffelwurst, die K. besorgt, keinen Geschmack. Auch kaum für die Cigaretten. Was ich brauche, ist eine Freude. Die endliche Bestätigung aus Paris würde mich entschieden beleben, ich weiß es. Aber sie bleibt aus. – Die Sonntagsglocken mischen sich in den gehässigen Lärm der Böen. – Morgen ist hier eine Weihnachtsfeier.

– Das schöne Haus in Californien ist fort. – Schrieb bei schrekkenerregendem finsteren Regensturm den Brief an Havlik; dann an Dr. Hirsch, Frankfurt, an den das Mt. geht. – Kein Ausgehen. – Auch nachmittags Einiges handschriftlich abgetan. O wehe, wie hast Du die Tage verbracht. – Der excessive Sturm legte sich am späteren Tage. Mit K. und E. Besprechungen über die vorläufige Einrichtung, die morgen beginnt. – Die Verlagsgabe »Lob der Vergänglichkeit« an Prof. Keller D.D. gesandt, der einen geistlich zusprechenden Brief sandte und meine Demut lobte, meine Unberauschtheit durch den Erfolg. Nun ja.

Zürich, Montag den 22. XII. 52

Dunkel und windstill. K. früh zur Stadt zu weiteren häuslichen Besorgungen. Frühstückte allein Kaffee und Spiegelei. Das Heraufkommenlassen von Cigaretten, wenn sie zu Ende sind, ist sehr bequem. – Schrieb einige Zeilen an der Novelle. Ging ¾ Stunden spazieren. K. in Erlenbach, Erika den ganzen Tag dort. Die Arbeiter von Pfister mit Möbeln, Teppichen, Pflanzen. Böser Zwischenfall: Absage des engagierten Mädchens. Ohne ein solches zur Hilfe unsere Übersiedelung vor den Festtagen unmöglich. Erika berichtet Vertrauenerweckendes von meinem Arbeits- und Schlafzimmer, Deprimierendes vom Wohnzimmer, das zu klein, vorläufig mit zu plumpen Sitz-Möbeln gefüllt ist, und in dem man die Bücherschränke aus P. P. nicht wird stellen können, nicht allein ihrer Höhe, sondern auch wegen des Mangels an Wandraum. – Viel Wäsche vorzeitig dorthin geschafft. – Weingeschenk von Dieterles. In Lausanne bestellte Havanna-Cigarren größten Kalibers von Knopf. – Aßen 7 Uhr, ohne Erika. 9 Uhr Weihnachtsfeier des Hotels für die Angestellten und ihre Angehörigen. Brennender Baum, gedeckte Tafel, Chorgesang von Weihnachtsliedern. Trebitsch und Frau wohnten dem mit uns bei. Sie und Beidlers versuchen, uns ein Aushilfsmädchen zu verschaffen. – Las in »Chartreuse de Parme« u. finde das Buch ausnehmend langweilig. Nur der unrealistische Rede-Dialog interessiert mich. – Sehr unruhig und besorgt. Berner Meldung über meine angebliche Lobpreisung der Wiener Friedenskonferenz. Die stupiden Fälscher.

Zürich, Dienstag den 23. XII. 52

Schlief länger als gewöhnlich. Dichter Schneenebel. Frühstückte wieder Kaffee und Spiegelei. Serbische Ausgabe von »Mario u.d. Z.« Brief von L. Leibrich, der mit dem Bande über mich in den »Classiques du XXe Siècle« beauftragt ist. – Schrieb wieder in Unruhe an der Novelle einige Zeilen. Zu künstlich. – Ein neues Mädchen ist gefunden. Der Umzug wird fortgesetzt. Er soll morgen Mittag oder nach Tische vollzogen werden. Erika schon seit Vormittag im Hause. K. folgte ihr bald nach dem Lunch. Anruf Fridos, den wir mit seinem Brüderchen für morgen Abend ins Haus luden. Seine Einsilbigkeit und Kühle. Im Internat schätzt man seinen Charakter nicht sehr. Auch hält er sich dort wie hier zu minderwertigen Freunden. Möglich, daß aus dem innig gefeierten Echo nichts sonderlich Erfreuliches wird. Doch werde ich gewiß morgen wieder seine Augen und seine Gestalt lieben. – Allein nachmittags. Ruhte schlecht im überheizten Zimmer. Mit der Nachmittagspost wurde mir die Freude zuteil, nach der mich verlangte. Der Brief, bedruckt mit »Affaires Étrangères« und »Le Ministre« ist da. Die amtliche Mitteilung: ». . . le Gouvernement français vous a conféré la Croix d'Officier dans l'Ordre de la Légion d' Honneur. . . . un hommage rendu par la France à l'exceptionelle valeur et à la signification mondiale de votre oevre littéraire ainsi qu'à lutte que vous n'avez cessé de mener dans l'intérêt de la liberté et de la dignité humaine«. Dazu handschriftlicher Dankesbrief Schumans für die Widmung des »Erwählten«. Übrigens hat das Kabinett Pinay demissioniert. – Von der Servicen Lobpreisung des »Fragments über Zola«. »Une chose magistrale«. Und doch habe ich mich nur eben aus der Affaire gezogen. – Schrieb an Lesser, der eine Verteidigung meiner Charakteristik Nadlers im Faustus geschickt hatte. N.'s saure Reaktion im Nachwort seiner 1950 neu erschienenen Literaturgeschichte. So schreiben völkische Gelehrte deutsch! Ein witzig gemeinter, pfuscherischer Gallimathias. K. kehrte verspätet, erst nach 8 Uhr zurück. War auf der schlechten, noch ungewalzten Anfahrt zur Garage mit einem Rad in den Graben geraten. Austausch von Neuigkeiten. Im Hause die Hilfe der (sektirerischen) Magd, der Münchener *Marie* und der Freundinnen Erikas. Manches ausgepackt und eingeräumt. Der Aufenthalt soll nicht gerade kränkend sein. – Spät zu Bett.

Zürich, Mittwoch den 24. XII. 52. Heil. Abend.
8 Uhr auf. Nebel, aber windstill u. kein Regen. K. früh zur Stadt. Frühstückte allein. – K. kehrte erst ½ [?] von ihren Besorgungen zurück, hatte, was noch an Pack-Arbeit blieb arg unterschätzt. Schwerer Tag, auch für mich. Wir aßen 1¼ Uhr, nahmen Abschied von den Saal-Angestellten. Dann ging es weit[er] bis 5 Uhr. Es folgte das Beladen des Autos. Vieles noch zurückgelassen und zurückgeblieben. Endlich vor 8 Uhr (anstatt mittags) Abfahrt im überlasteten Wagen über Zollikon. – –

Erlenbach, Donnerstag den 25. XII. 52. Weihnachtstag
Trafen gestern am späten Nachmittag im neuen Haus ein. Freundliches Abendwetter mit Stern. See und Berge gut zu schauen. Erika, Marie und das alte Aushilfsmädchen. Teppiche und geliehene Möbel. Weihnachtsbaum im Wohnzimmer. Bücherschränke im Arbeitszimmer erfreulich. Saß in meinem Schlafzimmer beim elektr. Ofen, erschöpft, mit abenteuerlichen Gefühlen. 7 Uhr holte E. die Bübchen. Der schlanke Frido meine Wonne. Er war zärtlich. Aufgetischte Geschenke für die Kinder. Später Abendessen mit ihnen. Sie wurden ½11 Uhr wieder fortgebracht. – Blumen, Geschenke von Wein und Genußmitteln. Tief ermüdet. Ca ½1 zu Bette. Gute Nachttischlampe.

Nachts verschlimmerte Erkältung, rasselnde u. beengte Luftröhre. Nahm gegen Morgen den lösenden Saft u. schlief nur schwer wieder ein. Rektal-Jucken, mit Alkohol betäubt. Zu starker Reiz. – ½9 auf. Thee und Spiegelei im Eßzimmer. K. hatte Kaviar besorgt, der sich als ungenießbar erwies durch unbegreiflichen Mißgeschmack. – Es fehlen die Weine von Dieterles und Liqueurs. – Unsinnige Menge von Bücher-Pakketen und Briefen, die mich den ganzen Vormittag beschäftigen. Packpapiermassen in den Keller. Wie das alles je zu beantworten, schwer zu denken. – Der Himmel klar. Kam aber nicht hinaus. Trank Eierkognac. – Die größte Wirrnis wird noch kommen, wenn der Tisch eintrifft. – – Aber es ist gut, wieder einen rechten Schreibtisch in besonderem Arbeitszimmer zu haben. Überhaupt Zufriedenheit mit der privacy. – Aßen gut und einfach zu Mittag und tranken Kaffee im Wohnzimmer. Sah Papiere durch und ruhte auf dem Bett. Zum Thee die Damen Oprecht und Pfister. Vorläufiges Einräumen von Büchern. – Die Kleinheit des Wohnzimmers erregt Bedenken. Bedürfte eines Ausbaus. Frage, ob die alten Bücherschränke zu stellen (niedriger zu machen) sein werden. – Entwurf eines Briefes an Schumann. Etwas mißlich, da ja die Regierung in Neubildung begriffen. – Früher zu Bette.

Erlenbach, Freitag den 26. XII. 52. Zweiter Weihnachtstag
Nachts viel gehustet. Schwer belegte Luftröhre. K. zeitweise bei mir. ¾8 Uhr Kaffee mit dickem Rahm, köstlich. Frost; die Wiesenhügel bereift. Dichter Nebel. – Im Schlafzimmer elektrisch rasiert. Zum Frühstück unten Thee, Spiegelei und trokkenen Speck, sehr wohlschmeckend. Höchst nützlich die elektrischen Kraftstrom-Öfen. – Schrieb den Brief an Schumann zu Ende. Ging mit E. etwas in der Nähe. Nachmittags den Brief ins Reine geschrieben. Telephon mit Schweizer. Beratungen immer über das Wohnzimmer. Oben ist alles geräumig genug (vorläufig), aber das Problem jener Beschränktheit wäre nur durch Neubau lösbar.

Erlenbach, Sonnabend den 27. XII. 52
¾8 Kaffee im Vorzimmer. Gebadet. Nebliger, aber nicht finsterer Himmel und Windstille. Die Oelheizung gut. K. fehlen die amerikanischen Closets und Geräumigkeiten. Auch der Verbrennungsofen, der Garbage disposer. – Schrieb den für die Übersetzung bestimmten Dankesbrief an das Pariser Ministerium. Briefe an Fiedler, von Salis, Lion. Allein etwas gegangen. Gegen Abend Eintreffen der Bübchen zu 6 tägigem Aufenthalt. Las viel in der »Chartreuse«. Besuch von Muhl; Monierungen. Neue Briefe zu den lagernden. Klagen und Vorhaltungen ostdeutscher Sozialisten.

Erlenbach, Sonntag den 28. XII. 52
Nachts Husten. Saft und Thee. Kälte, Nebel. – Die Briefe, deutsch und französisch gingen nach Paris ab. Organisation lagernder Korrespondenz. Schrieb an Feuchtwanger. Zum Thee Emmy Oprecht und Frau Düby mit Sohn. Geschenk guter Vorhangstoffe. – Merkwürdig, daß ich vorgestern vergaß zu notieren, daß sich der (schlechte) Verkauf des Hauses drüben durch unsere Langsamkeit zerschlagen hat. – Die Bübchen sehr lieb und artig, aber natürlich Unruhe bringend. – Chartreuse de Parme. – Spaßige Bandaufnahme Erikas mit den Kindern. – Sehr blauer, heiterer Tag. Ging mittags eine halbe Stunde. – Beklommener Seelenzustand immer und Erkältung.

Erlenbach, Montag den 29. XII. 52
½8 auf nach ruhiger Nacht. Nach dem Kaffee rasiert. Frühstück 9 Uhr mit den Kindern. Himmel grau bedeckt. Sonnenloser Frost. Beschäftigung mit der Novelle. Darin unterbrochen durch den Ortsdoktor, den E. Oprecht überflüssigerweise bestellt. Abhorchung und kleine Verordnungen. Ging bei dem grauen Frost etwas aus mit den Buben, die mir aber unbequem waren. Fühlte mich den ganzen Tag entsetzlich schlecht, beherrscht von Angst und Grauen. Die Neue Rundschau mit

dem Krull-Kapitel zu Anfang und einem Stück aus Golos geschichtsphilosophischem Buch am Schluß. Dazwischen eine Menge einschüchternden Geistreichtums. Curtius über Du Bos! – Allerlei Glückwünsche. Weber schickt die Notiz über die Ehrung aus der N.Z.Z.

Erlenbach, Dienstag den 30. XII. 52

Nach dem Kaffee gebadet. Das Wetter wie gestern, grau und kalt. Die Zeitung: Bidault versucht das Kabinet zu bilden. Aß zwei Spiegeleier. Die beiden Marien messen die Vorhangstoffe an den Fenstern aus. Einige Beschäftigung mit der Novelle. 11 Uhr zur Stadt, was mir ganz gut tat. Ließ mir das Haar schneiden und waschen. Bestellte bedrucktes Briefpapier bei Scholl, kaufte Couverts versch. Größe und Ansichtskarten. – Las in der Rundschau eine Geschichte von Huxley. Schrieb nachmittags Karten. Noch Blumen und Glückwünsche. Abends »Chartreuse«; spannender Roman, den ich aber nicht bewundern kann. – Erwägung, daß K. und ich, wenn der »Lift« hereinbricht, für zwei Tage ins Waldhaus gehen sollten.

Erlenbach, Mittwoch den 31. XII. 52

Dasselbe Graudunkel immer, mit mäßiger Kälte. Beim Frühstück erschien der Doktor und brachte allerlei Medikamente. – Die Bübchen, die heute mit den anderen Großeltern »Aschenputtel« sehen, wünschen bis Sonntag zu bleiben. Frido fühlt sich wohler hier. – Schrieb etwas weiter an der Novelle. Ging mit K. den schönen Waldweg gegen Herliberg. Viel Post, Briefe von Reisiger, Flinker etc. Nach dem Thee, zu dem der junge Moser u. seine Frau dawaren, fertigte ich eine größere Anzahl der Neujahrsgabe »Lob der Vergänglichkeit« an Freunde hüben und drüben aus. Abends Wiederanzünden des Baumes. Aufenthalt mit den Enkeln im unzulänglichen Wohnzimmer. Ging hinauf, nachdem ich zum Vieille Cure meine Cigarre geraucht. Beschäftigte mich noch mit der Neuausgabe von Musils »Mann ohne Eigenschaften«.

ANHANG

KORREKTUREN UND ERGÄNZUNGEN

Zum Band 1946–1948

Anmerkungen

TB 2.8.1946, Anm.6, Seite 407: Das Geburtsjahr von Karl Haushofer ist 1869 (nicht 1849).

TB 11.11.1946, Anm.1, Seite 473: Robert Krasker war der Kameramann des Films ›Brief Encounter‹, nicht, wie fälschlich notiert, ein mitagierender Schauspieler.

TB 19.11.1946, Anm.4, Seite 479: Der verschollen geglaubte Brief TMs an Alfred Einstein, mit dem er auf ein Schreiben vom 14. 11. 1946 antwortet, befindet sich in einer Kopie im Düsseldorfer Archiv.

TB 24.12.1946, Anm.4, Seite 501: Bei dem damals nicht ermittelten Gedichtband handelt es sich vermutlich um: Theodor Ernst Echtermeyer (1805–1844), ›Auswahl deutscher Gedichte für gelehrte Schulen‹ von 1836, 3. Aufl. 1842.

TB 21.5.1947, Anm.5, Seite 573: TMs Vortrag fand nicht im King's College, sondern in der Beveridge Hall des Senate House der University of London statt.

TB 28.5.1947, Anm.4, Seite 575: Es muß natürlich Käthe Rosenberg, nicht Rosenthal heißen. Der Registereintrag S. 1021 ist entsprechend zu korrigieren.

TB 28.5.1947, Anm.12, Seite 576: Das Geschäft des Zürcher Optikers Zwicker befand sich nicht in der Bahnhof-, sondern in der Poststraße.

TB 29.10.1947, Anm.4, Seite 644: Vermutlich handelt es sich um die Lübecker Malerin Anna Dräger, verh. Mühlenpfordt (1887–1984).

TB 21.11.1947, Anm.11, Seite 657: In der dritten Zeile sollte vor ›American Legion‹ die Erklärung »Army-Veteranen-Organisation« eingefügt werden.

TB 7.1.1948, Anm.3 und 4, Seite 687: Die Anmerkung muß lauten: »*Brief und Aufsatz von K. vom Rath:* Der Kunsthistoriker und spätere Stadtrat von Frankfurt am Main, Dr. Karl vom Rath

(1915–1986), hatte TM am 2. 12. 1947 auf eine Reihe von Fehlern (u. a. die von TM besonders hervorgehobenen »Rechnungsfehler«) im *Faustus*-Roman aufmerksam gemacht: »1. Auf S. 468 [gemeint ist immer die Stockholmer Ausgabe] schreiben Sie, daß Raimund, der dritte Sprößling der Schneideweins, 1922 geboren wird. Auf S. 698 hingegen wird er bereits 1913 geboren./ 2. Leverkühn ist (nach S. 772) am 25. 8. 1940 bzw. wenige Tage vorher gestorben. Am 27. Mai 1943 beginnt Zeitblom seine Biographie (S. 10), das sind also genau 2¾ Jahre. Im üblichen Sprachgebrauch bezeichnet man einen solchen Zeitraum (abgekürzt) mit 3 und nicht mit 2 Jahren, wie Zeitblom es S. 10 tut./ 3. Auf S. 212 steht, daß Leverkühn zu Beginn des Winter-Semesters 1905 nach Leipzig ging, das ist also etwa Oktober, wenn nicht November. Seite 237 schreibt Zeitblom, daß Adrian Esmeralda nach einem Jahr wieder sieht, und S. 238 wird dieser Zeitpunkt auf Mai 1906 festgelegt, was auch mit dem Eintritt der Katastrophe im Mai 1930, also 24 Jahre später, übereinstimmt. Demnach muß Leverkühn schon vorher, also im Mai 1905, nach Leipzig gegangen sein – oder die Aussage Zeitbloms, Adrian habe ›ein ganzes Jahr lang‹ (S. 237) Esmeralda nicht gesehen, trifft nicht zu./ 4. Auf S. 355 sagt der Teufel zu Adrian, daß sie schon 5 Jahre miteinander im Vertrag wären. S. 358 sagt er: mehr als 4 Jahre. Da Leverkühn Esmeralda im Mai 1906 traf, muß der Bericht also 1911 und nicht 1912 abgefaßt sein. Es geht m. E. nicht an, daß ein Philologe wie Zeitblom sich S. 344 über das Datum der Abfassung Gedanken macht – nach den Angaben des Teufels kommt nur der Sommer 1911 in Betracht./ [. . .]« Für dieses Schreiben und eine mitgeschickte zehnseitige eigene Kritik über das Buch, die den Roman vor allem als ›pro-deutsches‹ Werk interpretiert, bedankte sich TM mit dem Reg. III, 48/19 nachgewiesenen Brief vom 8. 1. 1948: »Sehr geehrter Herr vom Rath, vielen Dank für Ihre schöne Sendung, besonders auch für die Hinweise auf Irrtümer. Einige davon waren schon festgestellt und für künftige Neudrucke, auch schon für die innerdeutsche Ausgabe zur Verbesserung vorgesehen. Auf ein paar andere, z. T. Druckfehler, machen erst Sie mich aufmerksam. Am ärgerlichsten sind die chronologischen Schnitzer. Ich wurde mitten im Buch durch längere Krankheit, eine Lungen-Operation, unterbrochen, schrieb dann die zweite Hälfte sehr rasch und hatte schon immer das dunkle Bewußtsein, daß ich rechnerisch nicht achtsam genug gewesen./ Ihr Referat über den Roman ist überaus dankenswert und wird vielleicht helfen, zu verhindern, daß die Deutschen ihn mir übelnehmen. Das Werk ist mir näher gegangen, hat tiefer an mir gezehrt, als jedes frühere und ist bei aller Übertragenheit dennoch von einer fast wilden Direktheit, – eine merkwürdige Erscheinung bei einem Spätwerk. Ins Deutschtum habe ich mich tief dabei eingewühlt, was der Hauptgrund für die tiefe Bewegung, ja Erregung sein mag, die das Buch in der Schweiz hervorgerufen hat./ Geschrieben wurde es am Pazifischen, nicht am Atlantischen Ozean. Und wenn Sie Ihre Arbeit der Presse übergeben, wäre ich dafür, daß Sie aus der Charakteristik des Stils so abschrekkende Bezeichnungen wie ›geschraubt‹ und ›maniriert‹ weglassen. Soo schlimm ist es ja wirklich nicht, und diese Vokabeln sind, wie mir scheint, aus einer zu niedrigen Sphäre genommen./ Mit wiederholtem Dank/ Ihr sehr ergebener/ Thomas Mann.«

TB 11.1.1948, Seite 689/690: Als Anmerkung 5 sollte angefügt werden: »*Neger-Diener Rochester:* Der schwarze, seinen Herrn terrorisierende Butler in der Jack-Benny-Show.«

TB 25.4.1948, Seite 741: Als Anmerkung 3 wäre folgendes hinzuzufügen: »›*Deutsche Gedichte ...*‹: ›Kleinere deutsche Gedichte des XI. und XII. Jahrhunderts‹, hrsg. v. Albert Waag, Halle 1916. S. auch TB 6.11.1949, Text und Anm. 3.«

TB 25.10.1948, Seite 817: Nach Anm. 1 ist einzufügen: »2] *Gas-Konzert:* Das u. a. auch von einem Gas-Konzern gesponserte, von TM recht regelmäßig gehörte abendliche Konzert.«

TB 31.12.1948, Anm. 3, Seite 859: Das dort erwähnte Schreiben an Roger Sessions ist nicht verschollen, sondern in dem Band enthalten: ›The Correspondences of Roger Sessions‹, edited by Andrea Olmstead, Northeastern University Press, Boston 1992.

Zum Band 1949–1950

Tagebuchtext

TB 10. 9. 1949, Seite 96: In Zeile drei muß es natürlich »von« (nicht »an«) Frido heißen.
TB 16. 9. 1949, Seite 98: Statt »Reichsbericht« muß es selbstverständlich »Reisebericht« heißen.
TB 18. 6. 1950, Seite 202: Das Sigle darf nicht »La«, sondern muß »Ha« (= Hanno Helbling) gelesen werden.

Anmerkungen

TB 2. 1. 1949, Anm. 2, Seite 331: Klaus Hubert Pringsheim. Der spätere Politikwissenschaftler war Ende 1948 zum Staff Sergeant befördert worden und wurde 1952 aus der Armee entlassen.
TB 3. 1. 1949, Anm. 1, Seite 332: Das Correggio-Bild hängt in der Gemäldegalerie der Staatlichen Museen der Stiftung Preußischer Kulturbesitz zu Berlin.
TB 23. 1. 1949, Anm. 1, Seite 348: In der letzten Zeile ist nach »aufgetreten zu sein« folgender Einschub zu machen: »[da Gieseking am Auftreten gehindert wurde, trifft TMs Eintrag ›nach gefeiertem New Yorker Konzert‹ nicht den genauen Sachverhalt.]«
TB 24. 1. 1949, Seite 350: Nach Anmerkung 4 ist mit der Nummer 5 ein neuer Hinweis einzufügen: *»von Bukofzer:* Publiziert bei Bernhold Schmid, ›Manfred Bukofzers Briefwechsel mit Thomas Mann‹, ›Festschrift für Horst Leuchtmann zum 65. Geburtstag‹ (Hrsg. von Stephan Hörner und Bernhold Schmid), Tutzing 1993.« Die folgenden Anmerkungen müssen umnumeriert werden.
TB 24. 1. 1949, Anm. 6, Seite 350/351: Sechste Zeile vom Ende der Anmerkung gerechnet: Nicht »Mager«, sondern »Meyer«.

TB 27.1.1949, Anm. 1, Seite 352: Die Abkürzung ERP bedeutet ›European Recovery (nicht Rescue) Program‹.

TB 11.2.1949, Anm. 1, Seite 364: Der Spion Sorge heißt selbstverständlich Richard (und nicht, wie der expressionistische Schriftsteller, Reinhard). Der Name ist auch im Register, S. 767, entsprechend zu ändern. Richard Sorge wurde 1895 geboren.

TB 15.2.1949, Anm. 1, Seite 367: Karl Jaspers war nicht »Rektor« der Universität Heidelberg, an der er jedoch wieder von 1945 bis 1948 lehrte.

TB 20.2.1949, Anm. 7, Seite 371: Das Märchen ›Eisenhans‹, das TM seinem Enkel vorlas, ist nicht mit dem ›Froschkönig‹ identisch. Es handelt sich um das eigenständige Märchen ›Der Eisenhans‹ im zweiten Band (Nr. 50) der TB 18.2.1949, Anm. 6 nachgewiesenen Sammlung.

TB 7.3.1949, Anm. 2, Seite 380: Das TM an Leverkühns Violinkonzert erinnernde Klavierkonzert könnte auch Rachmaninows zweites Konzert, c-Moll, op. 18 von 1901 sein.

TB 8.4.1949, Anm. 1, Seite 401: Der Brief TMs an Albrecht Goes stammt vom 3.10. (nicht 9.) 1949.

TB 12.4.1949, Anm. 1, Seite 402: TMs Gastgeber, Provost Clarence Dykstra, war ab 1948 »Chief Executive« der University of California at Los Angeles (UCLA) mit dem Titel »Vice President and Provost«.

TB 14.4.1949, Anm. 4, Seite 403: Francis Biddle war von 1941 bis 1945 Bundesgeneralanwalt (Attorney General) der Vereinigten Staaten und 1945/1946 Richter bei den Nürnberger Prozessen.

TB 15.4.1949, Anm. 1, Seite 403: Die Anmerkung muß lauten: »An den Washingtoner Politikwissenschaftler John Herz (geb. 1908). Die apostrophierte ›Faustus‹-Besprechung, ein Brief von John Herz an TM, war in der Zeitschrift ›Perspectives‹ erschienen.«

TB 22.4.1949, Anm. 6, Seite 405: Der Originaltitel von Joseph Conrads Roman lautet ›The Arrow of Gold‹, nicht ›The Golden Arrow‹.

TB 28.4.1949, Anm. 6, Seite 406: Stresaus Buch über Joseph Conrad war bereits 1937 in Berlin erschienen.

TB 22.5.1949, Seite 409: Zwischen den Anmerkungen 1 und 2 muß eine weitere eingefügt werden: »2] *Sigtuna:* Hier ist die Modellschule in der an einem schmalen nördlichen Arm des Mälarsees gelegenen schwedischen Stadt Sigtuna gemeint.« Die folgenden Anmerkungen müssen umnumeriert werden.

TB 2.6.1949, Anm. 9, Seite 413: TM führte das erwähnte Interview nicht mit Dr. Walter Meier, sondern mit dem Redakteur und, von 1941 bis 1972, Chefredakteur der ›Schweizer Illustrierten Zeitung‹, Dr. Werner Meier (1914–1978).

TB 9.6.1949, Anm. 2, Seite 415: Die Einladung nicht der Basler, sondern der Berner Studenten ist im TMA erhalten.

TB 9.6.1949, Seite 415: Zwischen Anmerkung 2 und 3 wäre ein Hinweis auf die Bedeutung von »capacity« im Sinne von »voller Saal« einzufügen. Die folgenden Anmerkungen sind umzunumerieren.

TB 17.6.1949, Anm. 3, Seite 419: Vermutlich Turgenjews ›Okkulte Erzählungen‹, übersetzt von Johannes von Guenther, München/Berlin 1924.

TB 17.6.1949, Anm. 4, Seite 419: Das von TM gesehene Gozzi-Stück heißt ›Re [nicht Il] corvo‹.

TB 19.6.1949, Anm. 1, Seite 419: Die Anmerkung ist zu ändern: »Vermutlich Otto Molden, der Sohn des Verlegers und Herausgebers der Wiener Tageszeitung ›Die Presse‹ und Mitinitiator der internationalen Hochschulwochen in Alpbach.«

TB 24.6.1949, Anm. 4, Seite 421: Mit den »beiden Marien« sind die langjährige Hilfe im Hause Mann, Marie Fröhlich, geb. Färber, sowie Marie Benzinger gemeint. Marie Fröhlich/Färber begleitete die Familie Mann von München über Sanary nach Küsnacht, heiratete dort einen Schweizer und etablierte sich nach dessen frühem Tod in Zürich als Schneiderin. Auch Marie Benzinger war ehemals Hausmädchen der Familie Mann in München und blieb ihr bis zur Emigration nach Amerika treu. Inzwischen gleichfalls mit einem Schweizer verheiratet, arbeitete Frau Benzinger nach dem Weggang der Manns bei Emmie Oprecht.

TB 12.7.1949, Anm. 10, Seite 425: Hans von Hülsen war nicht Sekretär von Gerhart Hauptmann.

TB 14.7.1949, Anm. 1, Seite 425: Der TM/HM-Briefwechsel sollte nach der erweiterten Neuausgabe von 1984 zitiert werden. Dann müßten die Seitenangaben für diesen letzten bekannten Brief an den Bruder lauten: 326/327.

TB 14.7.1949, Anm. 2, Seite 425: Erika Manns Pfeffermühlen-Kollege aus der frühen Münchener Zeit hieß nicht Arthur, sondern Albert Fischel. Der Name ist auch im Register, Seite 732, entsprechend zu ändern. – Mit dem »Pfeffermühlen-Freund« ist aber nicht Fischel, sondern der Pianist und Komponist Magnus Henning (s. TB 13. 12. 1951, Anm. 7) gemeint.

TB 21. 7. 1949, Anm. 10, Seite 428: Lala (niemals Lalla) Pringsheim, geb. Koszler.

TB 23. 7. 1949, Anm. 5, Seite 429: Die dritte Zeile vom Ende der Seite aus gerechnet muß heißen: »... als er TM in einem u. a. von der ›Schwäbischen Landeszeitung‹ am 1. 8. 1949 publizierten Offenen Brief vom 28. 7. 1949 ins Gewissen redete: ...«

TB 4. 8. 1949, Anm. 3, Seite 435: Georges (nicht George) Motschan.

TB 4. 8. 1949, Anm. 8, Seite 436: Ernst (gen. Putzi) Hanfstaengl (nicht Hanfstängl).

TB 4. 8. 1949, Anm. 17, Seite 440: Paul Wandel war nicht Außenminister der DDR, sondern von 1949 bis 1952 Volksbildungsminister, 1953 bis 1957 Sekretär des ZK der SED; 1958 bis 1961 Botschafter seines Landes in Peking, 1961 bis 1964 stellvertretender Außenminister, danach Präsident der Liga für Völkerfreundschaft.

TB 19. 8. 1949, Seite 442: Nach Anmerkung 1 sollte ein Hinweis auf den Eintrag »Couch-Fahrer« erfolgen: »TM meint ganz offensichtlich ›Coach-Fahrer‹, d. h. Benutzer der coach class, der zweiten Wagenklasse also.« Die übrigen Anmerkungen sind entsprechend umzunumerieren.

TB 21. 8. 1949, Anm. 2, Seite 443: Die Nummer des ›Volksrecht‹, in der Paul Olbergs ›Offener Brief an Thomas Mann‹ abgedruckt wurde, war 212 (nicht: 112).

TB 22. 8. 1949, Anm. 5, Seite 444: Diese Anmerkung ist neu zu formulieren. Thomas Mann, Klaus Jonas, Harry Matter und, natürlich, die Herausgeberin, irrten – wenn auch in unterschiedlicher Weise. Thomas Mann verwechselte offensichtlich einen Artikel von Max von Brück, ›Münchener Sommer‹, ›Die Gegenwart‹, Bd. 4, No. 16 v. 15. 8. 1949, mit dem TB 21. 7. 1949, Anm. 5 nachgewiesenen Sieburg-Artikel ›Frieden mit Thomas Mann‹ in der Nummer 14 vom 15. 7. 1949 – auf den das Epitheton »hysterisch« keinesfalls zutrifft. Eher ist anzunehmen, daß TM sich über die respektvollen, glänzend geschriebenen, aber hier und dort etwas mokanten Impressionen Max von Brücks erregte. – Klaus Jonas und Harry Matter weisen in ihren Bibliographien nicht nur den Artikel ›Frieden mit Thomas Mann‹, sondern, zwei Nummern später angeblich gleichfalls in der ›Gegenwart‹ erschienen, wiederum von Friedrich Sieburg verfaßt, eine Studie ›Thomas Mann zur Goethefeier in München‹ nach – und diese Studie gibt es – dies auch der Editorin ins Stammbuch geschrieben – leider nicht.

TB 30.8.1949, Anm. 5, Seite 447: Die Zeichnung von Mopp wurde der Herausgeberin vom Besitzer dieses Dokuments in einer Photokopie zur Verfügung gestellt. Es handelt sich um eine TM-Porträt-Bleistiftzeichnung, die die Widmung trägt: »Der Freundin Alma zum 31. August 1949.«

TB 17.9.1949, Anm. 7, Seite 456: Joseph W. (nicht S.) Angell.

TB 17.9.1949, Anm. 9, Seite 456: Thomas Manns Briefpartnerin war Marie Amélie Freiin von Godin (1882–1955).

TB 6.10.1949, Anm. 3, Seite 465: Nico Rosts Buch ›Goethe in Dachau‹ trägt den Untertitel ›Literatur und [nicht um] Wirklichkeit‹.

TB 6.10.1949, Anm. 4, Seite 465: In der Rost-Biographie fehlen die Lebensdaten: 1898–1967.

TB 15.10.1949, Anm. 1, Seite 471: Nach »Smith Act of conspiracy von 1940 für schuldig befunden« ist der Wortlaut wie folgt zu ändern: »Das Gesetz erklärte Werbung, Fürsprache, Beratung oder Lehre in Wort oder Schrift mit dem Ziel des gewaltsamen Sturzes der Regierung des Bundes der Staaten oder der Städte für ungesetzlich. Zuwiderhandlungen konnten mit einer Geldstrafe von bis zu $ 10 000, zehn Jahren Gefängnis oder beidem geahndet werden. Unter den zwölf Geschworenen bei der im TB vermerkten Verhandlung befanden sich acht Frauen, von denen zwei Farbige waren.«

TB 26.10.1949, Seite 475: Das Stichwort »San Diego« fehlt und wäre als Anmerkung 1 einzufügen. Der erläuternde Text muß heißen: »Thomas Mann hielt seinen Vortrag vermutlich am San Diego State College (heute San Diego State University).« Die übrigen Anmerkungen müssen umnumeriert werden.

TB 11.11.1949, Seite 484: Nach Anmerkung 4 ist neu einzufügen: »5] *Armistice day:* Tag zur Erinnerung an den Waffenstillstand 1918. Heute Veterans day.«

TB 12.11.1949, Anm. 1, Seite 484: Bertolt Brecht schrieb keinen

»Einakter« ›The Jewish Wife‹; die aufgeführte Szene war eine Episode aus dem Drama ›The Master Race‹.

TB 16.11.1949, Seite 487: Nach Anmerkung 1 sollte eingefügt werden: »2] *Ohi*: Der von TM wahlweise Ohi oder Ohy geschriebene Ort (s. auch TB 8.12.49, 6.9.50, 21.9.50, 30.9.50, 26.10.50 und 18.11.50) heißt korrekt Ojai und ist eine kleine Stadt in den Bergen nordwestlich von Los Angeles, die als Künstlerkolonie bekannt wurde.« Bei den von TM erwähnten »Damen« handelt es sich um Ellen Erby und Nina Engelhardt (s. TB 17.1.1951, Anm. 2).

TB 3.12.1949, Anm. 2, Seite 492: Statt »›Weltbühne‹, VI. Jg., 1949« muß es heißen: »IV. Jg., 1949«.

TB 8.12.1949, Seite 496: Als Anmerkung 1 sollte ergänzt werden: »*Exterminator:* Kammerjäger.« Die übrigen Erläuterungen sind umzunumerieren, eine letzte unter der Ziffer 10 hinzuzufügen: »*die R.*: Die Sängerin Delia Reinhardt; s. TB 7.10.1949, Anm. 2.«

TB 2.1.1950, Anm. 3, Seite 505: Hinter dem Stichwort *Mr. Oswald* ist zu ergänzen: Victor A. Oswald, ein Kollege von Golo Mann in Claremont College, später Professor of German an der UCLA.

TB 4.1.1950, Anm. 3, Seite 508: Der bibliographische Nachweis von Kerényis Aufsatz ist zu präzisieren: »›Eranos-Jahrbuch‹, Bd. XV, 1947 [1948].« Daran anschließend sollte es heißen: ». . . In der Zürcher Bibliothek befindet sich ein Sonderdruck des Aufsatzes, in dem sich TM u. a. – und zwar mit besonderer Stärke – folgende Verse angestrichen hat: [Folgen die Verse, wie auf S. 508 gedruckt, mit dem Übersetzungsnachweis] (Lukrez, ›De rerum natura‹, Buch V, Verse 807–829, in der Übersetzung von Hermann Diels).«

TB 31.1.1950, Anm. 1, Seite 523: Die Erläuterung zu Anm. 1, *Weimarer Band »Lotte in Weimar«*, muß heißen: »Vgl. den Bericht von Georges Motschan: ›Professor Dörfner erwartete den Besucher in seiner Wohnung/Werkstätte, wo er Thomas Mann ein Schmuckstück erlesenster Art als sein ganz persönliches Geschenk überreichte: *Lotte in Weimar* von Hand und in feinstes Kalbleder gebunden, hellblau eingefärbt mit Goldschnitt und mit der Aufschrift in goldenen Lettern. Der Dichter freute sich aufrichtig über die wunderschöne Arbeit und bedankte sich sehr herzlich für die feinsinnige Gabe, der er einen Ehrenplatz in seiner privaten Bibliothek im fernen Kalifornien einzuräumen gedenke.‹ (Motschan, a. a. O. 135)«

TB 2.2.1950, Seite 524: Es fehlt die Anmerkung »2] *Fürst Eulen-*

burg: Der Diplomat und Politiker Philipp Fürst zu Eulenburg und Hertefeld (1847–1921), einer der interessantesten und engsten Vertrauten Wilhelms II., war nach seinem Ausscheiden aus dem preußischen Dienst 1903 von Maximilian Harden in der ›Zukunft‹ scharf wegen Meineids und Homosexualität angegriffen worden. Der Skandal war beträchtlich, ohne daß die Vorwürfe jemals geklärt werden konnten.«

TB 4.2.1950, Anm. 1, Seite 525: Die Anmerkung muß beginnen: »Der deutsche Physiker Klaus Fuchs (1911–1988)« usw.

TB 19.2.1950, Anm. 4, Seite 531: Statt des »Nicht ermittelt« muß es heißen: »Max-Leopold Langenschwarz, ›Europäische Geheimnisse eines Mediatisirten: Metternich und Europa, Wien und Österreich‹, Hamburg: Boomann, 1836 [richtig: Sankt Gallen: Wartmann und Scheitlin].«

TB 28.3.1950, Anm. 7, Seite 541: Der Titel des angegebenen Marbacher Katalogs No. 40 lautet: ›S. Fischer, Verlag. Von der Gründung bis zur Rückkehr aus dem Exil‹.

TB 4.4.1950, Anm. 1, Seite 545: Das Magazin heißt ›Weekly News [nicht New] Magazine‹.

TB 7.4.1950, Anm. 5, Seite 547: Der dort erwähnte Sänger kann nicht der damals noch zu junge Pascal Borer gewesen sein.

TB 27.5.1950, Seite 556: Als Anmerkung 6 sollte unter dem Stichwort *Postkarte* folgender Text angefügt werden: Die Postkarte, datiert 23.5.1950, stammte von Arno Schmidt: »Rowohlt sandte mir Ihre Beurteilung. Schade! Sie ist bedauerlich flach. [...] Als Gegengabe will ich Ihnen mein Urteil über Ihr Werk senden: ein begabter Dichter, weich und faltig. Zweierlei fehlt ihm: naturwissenschaftliche Kenntnisse [...] und das Erlebnis folgender Urphänomene: Soldat sein müssen, Krieg, Kriegsgefangenschaft, Hunger. Also kennt er ausreichend nur die friedliche Seite des Menschen. Ein Glücklicher. Dies bezeichnet seine Stellung in unserer Literatur: ›Die Stimme eines Sängers, die zwar keinen großen Umfang hat und nur wenige Töne enthält, aber diese gut und vom schönsten Wohlklang. [...]‹« Der gesamte Text ist – zusammen mit der von Hesse dem Verleger Ernst Rowohlt übersandten Kritik von Schmidts ›Leviathan‹ – im vierten Band der von Volker Michels herausgegebenen ›Gesammelte[n] Briefe‹ Hesses (von 1949 bis 1962), Frankfurt am Main 1986, abgedruckt.

TB 1.6.1950, Seite 557: Nach Anmerkung 1 fehlt das Stichwort *College-Plan:* Leo Matthias hat in seinen Memoiren, ›Es hing an einem Faden‹, Hamburg 1970, 376/377 über den Plan und dessen Scheitern berichtet: »Nach dem Kriege fuhr ich dreimal nach Europa. Als ich zum drittenmal hinfuhr, verfolgte ich einen Plan. Amerikanische Studenten hatten mir immer wieder versichert, daß sie gern in Europa studieren würden, die Sprachschwierigkeiten aber unüberwindbar seien. Das gab mir den Gedanken, in Europa mit amerikanischem Geld eine Universität zu gründen, an der europäische Professoren in englischer Sprache dozierten. Mit sechstausend Studenten-Unterschriften der Universitäten Harvard, Yale, Princeton, Brown, Columbia usw. fuhr ich nach [...] Bellinzona. Mein Vorschlag wurde [...] enthusiastisch aufgenommen, da der Kanton keine Universität besitzt. Man stellte mir für die Universität Schloß Trevano bei Lugano zur Verfügung und überdies 200 000 Franken für Renovierungsarbeiten. [...]« Nachdem die Vorarbeiten weit gediehen, der geeignete Präsident gefunden und »einige Millionen Dollar« in Aussicht gestellt waren, beendete ein Veto des damaligen Secretary of State, John Foster Dulles, den schönen Plan. Dulles ließ wissen, daß die USA »an einer solchen Universität nicht interessiert« seien, und Leo Matthias blieb nur, bedauernd zu resümieren: »Ein gutes Projekt, dessen Realisierung viel dazu beigetragen hätte, junge Amerikaner davon zu überzeugen, daß Europa ein Begriff für die alte, aber nicht für die veraltete Welt ist, war ins Wasser gefallen. Wie zu Jeffersons Zeiten befürchtete man, Amerikaner könnten vom ›europäischen Bazillus‹ infiziert werden.«

TB 23.6.1950, Seite 565: Den Anmerkungen sollte ein Hinweis auf die Verschreibung TMs im vierten Satz des Tagebuchtextes »weniger Schmerzen ... weniger Schmerzen« vorangestellt werden.

TB 3.7.1950, Anm. 2, Seite 567: Es sollte heißen: »Der Theologe und wissenschaftliche Schriftsteller ...«

TB 3.7.1950, Anm. 4, Seite 567: TM bat Alfred Neumann, er möge seiner Frau Kitty von dem »Schlankerl« (nicht Schlankal) Franz Westermeier erzählen.

TB 3.7.1950, Anm. 14 und 15, Seite 568: Es ist in der Tat unmöglich, daß Franz Westermeier, der 1931 geboren wurde, noch Ganghofer und Thoma gekannt haben will. Vermutlich liegt ein Mißverständnis von seiten TMs vor.

TB 7.7.1950, Anm. 1, Seite 569: Die zweite Zeile der zweiten Strophe des zitierten Hölderlin-Gedichts lautet: »Hohe Jugend [nicht Tugend] versteht, wer in die Welt geblickt.«
TB 7.8.1950, Anm. 4, Seite 582: Statt des »Nicht ermittelt« muß es heißen: »Der promovierte Jurist und freie Schriftsteller Hans Wolfgang Schwerin, ein Enkel von Paul Ehrlich und Vetter von Klaus Pinkus, dem Freund und Briefpartner Heinrich Manns, war vor den Nationalsozialisten in die USA geflohen und lebte auch nach dem Kriege vorwiegend in New York.«
TB 19.8.1950, Anm. 2, Seite 584: Mit »Blitz« sind vermutlich eher die nächtlichen Luftangriffe der Deutschen auf London in den Jahren 1940/1941 gemeint.
TB 30.8.1950, Seite 585: Nach Anmerkung 1 wäre einzufügen: *Duttweiler:* Gottlieb Duttweiler (1888–1962), Gründer und Leiter des Migros-Konzerns, hatte einen eigenen Buchklub ›Ex libris‹ gegründet. S. dazu Gottfried Bermann Fischer an TM, 1. 9. 1950: »Das Abkommen mit der Büchergilde über die ›Buddenbrooks‹ besteht [...] schon seit Anfang dieses Jahres. Erikas Information, daß diese nur durch eine Drohung mit dem neuen Duttweilerschen Buchklub bereit gewesen ist, die ›Buddenbrooks‹ herauszubringen, entspricht nicht den Tatsachen.« (TM/GBF, 543)
TB 18.9.1950, Anm. 2, Seite 593: Die Anmerkung muß heißen »›International Organization of World Federalists‹, Paris, eine Bürgerrechtlervereinigung, in deren Chicago-Sektion beide Borgeses intensiv tätig waren.«
TB 24.9.1950, Anm. 3, Seite 597: Die Anmerkung muß lauten: »Der Präsident, dessen Veto aussichtslos gewesen wäre, da das Gesetz in beiden Häusern des Kongresses mit einer über die zur Überstimmung eines Vetos nötige Zweidrittelmehrheit hinausgehenden Stimmenzahl angenommen worden war, verurteilte das seiner Meinung nach für den Fortschritt der Demokratie gefährliche Gesetz« usw.
TB 29.9.1950, Anm. 1, Seite 599: Die Anmerkung muß heißen: »Das Schreiben ist – zunächst o. D. – Reg. III, 50/1, dann, mit richtiger Datierung, unter den Korrekturen Reg. IV, 620 nachgewiesen. Es ist nach wie vor verschollen.«
TB 29.9.1950, Anm. 3, Seite 599: Die Anmerkung muß heißen: »Die anonyme mittelalterliche – die Legende um den Kölner Erzbischof Anno (gest. 1075) einbeziehende – geistliche Geschichtsdichtung,

niedergeschrieben vermutlich zwischen 1077 und 1081 durch einen Mönch des Klosters Siegburg.«

TB 3.10.1950, Seite 601: Als Anmerkung 1 ist zu ergänzen: *Netter Brief eines deutschen Primaners:* Wie der Briefschreiber, Karlheinz Schauder, der Herausgeberin mitteilte, hat TM noch am gleichen Tag handschriftlich geantwortet: »Lieber Herr Schauder, haben Sie Dank für Ihren Brief und für Ihre sympathische kleine Studie über den ›Faustus‹. Sie ist wirklich sehr gescheit und sauber geschrieben, und es leuchtet mir durchaus ein, daß Sie aufgrund dieser und anderer Arbeiten den Preis für ausgezeichnete Leistungen im Deutschen erhalten haben. Mit Ihnen freue ich mich darüber und finde es sehr gut und schön, daß ein reiner und gewissenhafter Gebrauch der Muttersprache bei Ihnen so geehrt und gefördert wird. Mit allen guten Wünschen Thomas Mann.« (s. dazu Karlheinz Schauder, ›,Ein paar kurze Schreiben.' Die Geschichte eines Briefes von Thomas Mann‹, ›Wasgaublick‹, Jg. 20, No. 2, Februar 1992, 68/69.)«

TB 17.10.1950, Anm. 1, Seite 609: Krischnamurti starb 1986 (nicht 1985).

TB 28.10.1950, Anm. 1, Seite 614: Der Brief an Ernst Moering ist abgedruckt in dem Artikel von Renate Moering, ›Ein unbekannter Brief Thomas Manns aus dem Jahr 1950 an einen evangelischen Pfarrer‹, ›Wirkendes Wort‹, Jg. 37, 1987, 359–363.

TB 6.11.1950, Anm. 1, Seite 617: Der Brief TMs an die Grundschule in Dardesheim über Halberstadt hat sich gefunden. Er ist datiert 5.11.1950 und hat folgenden Wortlaut: »Liebe junge Freunde,/ es tut mir wahrhaft leid, dass ich euch so lange auf meinen Dank für eueren schönen Brief habe warten lassen, der auch von dem Herrn Schulleiter unterzeichnet war. Ich war vier Monate lang auf weitläufigen Reisen, in diesem Lande [USA] und in Europa, und das Unglück wollte, dass euer Brief hier liegen blieb und mir erst jetzt vor Augen kam./ Ungern stelle ich mir vor, dass ihr aus meinem Schweigen geschlossen haben könntet, ich sei unempfänglich für den Wunsch, den ihr mir in euerem Schreiben ausdrückt, d. h. für euerer und euerer Lehrer Vorhaben, euere Schule auf meinen Namen zu taufen. Ich bin eben keineswegs gleichgültig gegen diesen Gedanken, sondern freue mich aufrichtig darüber und danke euch herzlich dafür, dass ihr ihn fasstet. Wenn ihr mir also euere Sympathie bewahrt habt und auch heute noch an dem Vorhaben festhaltet, euere Schule nach mir zu nennen, so stimme ich dem mit grossem Vergnügen zu und werde dieser Kollektiv-Patenschaft immer gern gedenken./ Ein kleines Bild lege ich bei. Ein grösseres zu senden wäre zu schwierig und unsicher./ Mit herzlichen Grüssen und allen guten Wünschen/ Thomas Mann.« – Das beigelegte Bild trägt die Widmung: »Der Grundschule ›Thomas Mann‹ von ihrem Paten Thomas Mann.«

TB 16.11.1950, Anm.3, Seite 620: Die Anmerkung muß in der letzten Zeile nach »Alec Guinness« ergänzt werden: »und Dennis Price, den TM hier gemeint haben dürfte, in Hauptrollen.«

TB 25.11.1950, Anm.5, Seite 624: Mit dem »homosexuellen Roman« ist nicht der *Krull*, sondern das am 22., 23. und 24.11.1950 erwähnte Buch von Gore Vidal gemeint.

TB 29.11.1950, Seite 627: Nach Anmerkung 5 ist folgende Ergänzung zu machen: »6] *Fairy Bar:* Schwulen-Bar.« Anmerkung 6 muß in Nummer 7 geändert werden.

TB 18.12.1950, Anm.2, Seite 637: Statt ›Asahi-Shin-Bun‹ sollte es besser ›Asahi Shimbun‹ (shimbun = Zeitung) heißen. Die gleiche Korrektur ist auf Seite 705, Überschrift von Text 30, zu machen.

TB 24.12.1950, Anm.4, Seite 639: Der Germanist Hermann J. Weigand wurde 1892, nicht 1898 geboren.

TB 30.12.1950, Anm.2/3, Seite 642: Die Angabe »Chefredakteur der ›Neuen Schweizer Rundschau‹« in Anm. 2 sollte in Anm. 3 nach den Daten eingefügt werden, so daß der Text hieße: »den TM als Chefredakteur der ›Neuen Schweizer Rundschau‹ und Herausgeber der ›Manesse-Bibliothek der Weltliteratur‹ kannte.«

Texte

Text No.8, TB 20.4.1949, Seite 658: Die Anmerkung, auf die sich das Dokument bezieht, ist nicht »9«, sondern »1«.

Text No.14, TB 6.11.1949, Anm.4 und 25.12.1949, Anm.1, Seite 669: Der Hinweis »nicht publiziert« ist nur bedingt richtig. Dr. Friedrich-Martin Balzer wies die Editorin darauf hin, daß der Text bereits – von Christian Brückner gelesen – durch den WDR ausgestrahlt worden sei. Der damals zuständige Redakteur der Abteilung ›Kunst und Wissenschaft‹, Dr. Hans-Götz Oxenius, stellte auf Anfrage folgende Hinweise zur Verfügung: Der von Bernt Richter im TMA aufgefun-

dene Text wurde – allerdings falsch, nämlich »1952«, datiert – am 17. 6. 1976 im Dritten Programm des WDR-Hörfunks, morgens 11.30, gesendet. Durch Vermittlung von Heinrich Böll hatte Golo Mann seine Einwilligung dazu gegeben.
Text No. 22, TB 9. 4. 1950, Anm. 3, Seite 691: Der Text ist unter dem Titel *[Harlow Shapley zu Ehren]*, allerdings falsch (1944) datiert, in GW XIII, 863-865 publiziert.

SIGLENVERZEICHNIS

GW I–XIII	Thomas Mann, Gesammelte Werke in zwölf (dreizehn) Bänden, Frankfurt am Main 1960 (1974).
Loewy	Thomas Mann, Ton- und Filmaufnahmen. Ein Verzeichnis, zusammengestellt und bearbeitet von Ernst Loewy, hrsg. vom Deutschen Rundfunkarchiv. TM, Gesammelte Werke in dreizehn Bänden, Supplementband, Frankfurt am Main 1974.
Br. I–III	Thomas Mann, Briefe (I) 1889–1936, (II) 1937–1947, (III) 1948–1955 und Nachlese, hrsg. von Erika Mann, Frankfurt am Main 1961–1965.
Reg. I–V	Die Briefe Thomas Manns. Regesten und Register, Band I–III bearbeitet und herausgegeben unter Mitarbeit von Yvonne Schmidlin (Thomas Mann-Archiv Zürich) von Hans Bürgin und Hans-Otto Mayer. Band IV und V bearbeitet und herausgegeben von Hans Bürgin und Hans-Otto Mayer, überarbeitet und ergänzt von Gert Heine und Yvonne Schmidlin. Frankfurt am Main 1976–1987.
D.ü.D. I–III	Dichter über ihre Dichtungen, hrsg. von Rudolf Hirsch und Werner Vordtriede. Bd. 14/I–III Thomas Mann, hrsg. von Hans Wysling unter Mitwirkung von Marianne Fischer, München/Frankfurt am Main 1975–1981.
TB 18–21, 33/34, 35/36, 37–39, 40–43	Thomas Mann, Tagebücher ... hrsg. von Peter de Mendelssohn, Frankfurt am Main 1977–1982.
TB 44–46, 46–48, 49/50	Thomas Mann, Tagebücher ..., hrsg. von Inge Jens, Frankfurt am Main 1986, 1989 und 1991.

TM/HM	Thomas Mann/Heinrich Mann, Briefwechsel 1900–1949, hrsg. von Hans Wysling. Erweiterte Neuausgabe, Frankfurt am Main 1984.
HH/TM	Hermann Hesse/Thomas Mann, Briefwechsel. Erweiterte Neuausgabe, hrsg. von Anni Carlsson und Volker Michels, Frankfurt am Main 1975.
TM/PA	›Thomas Mann, Briefe an Paul Amann 1915–1952‹, hrsg. von Herbert Wegener, Lübeck 1959. Veröffentlichungen der Stadtbibliothek Lübeck, Neue Reihe, Band 3.
TM/GBF	Thomas Mann, Briefwechsel mit seinem Verleger Gottfried Bermann Fischer, hrsg. von Peter de Mendelssohn, Frankfurt am Main 1973.
TM/EB	Thomas Mann an Ernst Bertram. Briefe aus den Jahren 1910–1955, hrsg. von Inge Jens, Pfullingen 1960.
TM/RF	Thomas Mann/Robert Faesi, Briefwechsel, hrsg. von Robert Faesi, Zürich 1962.
TM/OG	Thomas Mann, Briefe an Otto Grautoff 1894–1901 und Ida Boy-Ed 1903–1928, hrsg. von Peter de Mendelssohn, Frankfurt am Main 1975.
TM/KK	Thomas Mann/Karl Kerényi, Gespräch in Briefen, hrsg. von Karl Kerényi, Frankfurt am Main 1960.
TM/AM	Thomas Mann/Agnes Meyer, Briefwechsel 1937–1955, hrsg. von Hans Rudolf Vaget, Frankfurt am Main 1992.
TM/AN	Thomas Mann/Alfred Neumann, Briefwechsel, hrsg. von Peter de Mendelssohn, Heidelberg 1977.
TM/CN	The Letters of Thomas Mann to Caroline Newton, Privately Printed by Princeton University Press, Princeton 1971.
TM/JP	Dichter oder Schriftsteller. Der Briefwechsel zwischen Thomas Mann und Josef Ponten 1919–1930, hrsg. von Hans Wysling unter

	Mitwirkung von Werner Pfister, Bern 1988, Thomas Mann-Studien, Achter Band.
Briefw. Aut.	›Thomas Mann, Briefwechsel mit Autoren‹, hrsg. von Hans Wysling, Frankfurt am Main 1988.
KM Br./Antw. I, II	Klaus Mann, Briefe und Antworten, hrsg. von Martin Gregor-Dellin, 2 Bände, München 1975.
EM Br./Antw. I, II	Erika Mann, Briefe und Anworten, hrsg. von Anna Zanco-Prestel, 2 Bände, München 1984/85.
KM TB	Klaus Mann, Tagebücher, 6 Bände, 1931–1949, München 1989–1991.
Bl.TMG	Blätter der Thomas Mann-Gesellschaft, Zürich.
Bürgin	Hans Bürgin, Das Werk Thomas Manns. Eine Bibliographie, unter Mitarbeit von Walter A. Reichart und Erich Neumann, Frankfurt am Main 1959.
Potempa	Georg Potempa, Thomas Mann-Bibliographie. Das Werk. Mitarbeit Gert Heine, Morsum/Sylt 1992.
Hansen/Heine	Frage und Antwort. Interviews mit Thomas Mann 1909–1955, hrsg. von Volkmar Hansen und Gert Heine, Hamburg 1983.
TMS V	Hans Wysling, Narzißmus und illusionäre Existenzform. Zu den Bekenntnissen des Hochstaplers Felix Krull. Thomas-Mann-Studien, hrsg. vom Thomas Mann-Archiv der Eidgenössischen Technischen Hochschule in Zürich, Band V, Bern 1986.
Bild und Text	Bild und Text bei Thomas Mann. Eine Dokumentation, hrsg. von Hans Wysling unter Mitarbeit von Yvonne Schmidlin, Bern und München 1975.
AtV	›Und leiser Jubel zöge ein‹. Autoren- und Verlegerbriefe 1950–1959, hrsg. von Elmar Faber und Carsten Wurm, Aufbau Taschenbuch Verlag (TB 100), Berlin 1992.

NYT	New York Times.
LAT	Los Angeles Times.
WP	Washington Post.
NYHT	New York Herald Tribune.
TLS	Times Literary Supplement.
SRL	Saturday Review of Literature.
NVZ	Neue Volkszeitung, New York.
NSR	Neue Schweizer Rundschau.
NZZ	Neue Zürcher Zeitung.
DVjs	Deutsche Vierteljahrsschrift für Literaturwissenschaft und Geistesgeschichte, Stuttgart.
MfdU	Monatshefte für deutschen Unterricht, Madison, Wisconsin.
TMA	Thomas Mann-Archiv der Eidgenössischen Technischen Hochschule, Zürich.
KMA	Klaus Mann-Archiv, München.
EMA	Erika Mann-Archiv, München.
HOM	Thomas Mann Sammlung »Dr. Hans-Otto Mayer«, Düsseldorf.
Marbach	Deutsches Literaturarchiv, Marbach am Neckar.

ANMERKUNGEN

1951

1. 1. 1951

1] *Im »Werdenden«:* In F. M. Dostojewskis Roman ›Ein Werdender‹ 3
(›Der Jüngling‹). TMs Exemplar (s. TB 49/50, 567) ist in der Zürcher Nachlaßbibliothek erhalten.

2] *an Frido:* Der Brief an TMs Enkel Fridolin, gen. Frido (geb. 1940), den ältesten Sohn des Geigers, Solobratschisten und späteren Germanistik-Professors Michael Mann (1919–1977) und seiner Frau Gret, geb. Moser (geb. 1916), ist nach Reg. IV, 589, verschollen.

3] *Erikas Broadcast:* TMs älteste Tochter, die Schauspielerin, Journalistin und Schriftstellerin Erika Julia Hedwig Mann-Auden (1905–1969), stellte gelegentlich Tonbandaufnahmen erfundener Rundfunkreportagen her, bei denen sie, mit jeweils verstellter Stimme, sowohl die Rolle des Ansagers oder Kommentators »Herrn Rossgoderer« als auch die seiner Gesprächspartnerin, einer gewissen Frau Motzknödel, übernahm. Einige Bänder dieser von der »oberbayrischen Rundfunkstation ›Das Wort im Gebirge‹« produzierten Sendungen sind im TMA erhalten.

4] *»Dichtung und Wahrheit«:* TM las in der Artemis-Ausgabe: Johann Wolfgang von Goethe, ›Gedenkausgabe der Werke, Briefe und Gespräche 28. August 1949‹, hrsg. von Ernst Beutler, 27 Bände, Artemis-Verlag, Zürich, Band 10, ›Aus meinem Leben: Dichtung und Wahrheit‹, Einführung und Textüberwachung Ernst Beutler.

2. 1. 1951

1] *Swing:* Der amerikanische Journalist Raymond Gram Swing 3
(1887–1968), dessen politischen Rundfunk-Kommentaren TM große Bedeutung zumaß. Die hier gemeinte Sendung ließ sich nicht mehr ermitteln.

2] *Geschwister-Bild:* GW VII, 345/346.

3] *K.:* Die von TM im gesamten TB verwendete Abkürzung für den Vornamen seiner Frau Katia, geb. Pringsheim (24. 7. 1883–25. 4. 1980).

3 4] *»Shaw« von Inspiré:* TMs für die BBC geschriebener Essay *Bernard Shaw* erschien auf deutsch in der Basler Zeitschrift ›Inspiration‹, Jg. 2, H. 23, März 1951, 19–22; GW IX, 794–803.

5] *an Kesten:* P. P. 2. 1. 1951, Reg. IV, 51/2: »Ich [...] schreibe [...] ein bisschen an den Memoiren des Hochstaplers weiter, weil es mir Spass macht, über all das inzwischen Getane hinweg an ein vor 40 Jahren Liegengebliebenes anzuknüpfen. Es ist aber eben wohl inzwischen zuviel geschehen, und der gute Felix durch Joseph längst überhöht. Trotzdem hat die Idee der wechselseitigen Illusionierung von Welt und Betrüger etwas Reizvolles für mich behalten.« (D. ü. D. I, 323.)

6] *Kesten:* Der Schriftsteller Hermann Kesten (geb. 1900), ein Freund von Klaus Mann, war 1949 aus dem Exil nach Europa zurückgekehrt und lebte in der Schweiz. S. auch TB 46–48, 456.

7] *von Sternfeld:* London, 26. 12. 1950: »[...] Das Bild, das Westdeutschland heute einem Besucher bietet, der einmal hier zu Hause war, ist mehr als zwiespaeltig, zumal wenn er aus einem Lande kommt, in dem das ganze Leben von dem Willen diktiert wird, durch ruecksichtslose Sparsamkeit und Enthaltsamkeit wirtschaftlich wieder festen Boden fuer die nationale Existenz zu schaffen. Aus einem Staate, in dem sechs Jahre nach gewonnenem Kriege die wichtigsten Lebensmittel wie Fleisch, Zucker, Tee etc. noch rationiert sind, kam ich in ein Land des Ueberflusses, des Wohllebens, der Eleganz, der Sorglosigkeit, der Leichtlebigkeit, allerdings auch, um gerecht zu sein, des Fleisses, der Zielstrebigkeit, der Energie. Es ist unvorstellbar, wie heute drueben gearbeitet wird. Das ganze Sued- und Westdeutschland, von Hamburg bis Muenchen, ist eine einzige riesige Baustelle, auf der Tag und Nacht in drei Schichten gearbeitet wird. Die Bau-Industrie ist immer Schluesselindustrie gewesen, denn durch sie werden Dutzende von andern Industrien in Bewegung gesetzt. Es gibt kaum ein Handwerk, das heute in Deutschland brach liegt; Maurer, Zimmerleute, Tischler, Dachdecker, – Architekten, Innenarchitekten, Stahl- und Eisenfirmen und viele andere Betriebe sind heute ueberbeschäftigt. Das Geld rollt und wird ebenso leicht ausgegeben, wie es verdient wird. Die Restaurants und Weinlokale sind voll von Menschen, in den eleganten Cafes und Konditoreien ist kaum ein Platz zu bekommen, Torten und Schlagsahne werden in kaum noch normal zu nennenden Mengen verzehrt. Die Geschaefte zeigen einen

Luxus und einen Geschmack, wie er in England seit einem Jahrzehnt unbekannt ist. [. . .] An Sparen denkt kein Mensch, man wuenscht, das Leben zu geniessen. Dies gilt vor allem fuer die Mittelklassen. [. . .]/ Am charakterlosesten fand ich die mittlere Schicht des deutschen Buergertums. Sie spielt heute mit dem Gedanken der Demokratie, ohne auch nur zu ahnen, was darunter zu verstehen ist. Innerlich sind diese Menschen ganz dem Nationalismus verschrieben, selbst dem Nationalsozialismus. Gewiss, sie haben manches am Hitler-Regime auszusetzen (mir als Juden gegenueber wurde natuerlich meist Kritik an der Behandlung meiner Rassegenossen geuebt), aber im Ganzen merkt man, wie zufrieden sie mit den Erfolgen gewesen sind, die Hitler erzielt hat. – Weit besser fand ich die Lage in der Arbeiterschaft. Hier fand ich ehrliche Kerle, die zugaben, Parteimitglieder gewesen zu sein, und die mir erklaerten, warum sie es waren. Nicht aus Ueberzeugung, sondern weil ihnen nichts anderes uebrig blieb, wenn sie nicht arbeitslos werden wollten. – / [. . .] In Wiesbaden machte ich die Tagung des PEN-Zentrums Deutschland mit und habe den meisten Arbeitssitzungen beigewohnt. Die Tagung war dadurch interessant, weil Joh. R. Becher ihr beiwohnte. [. . .] An der Tagung nahmen rund 26 deutsche Schriftsteller teil [folgen die Namen]. Ausser Becher war aus der Ostzone der Lyriker Hermlin erschienen. Die ganze Tagung war ganz auf Harmonie zwischen Ost und West abgestimmt, etwas zu sehr sogar, wie mir scheint. Es waere besser gewesen, wenn die trennenden Probleme offen diskutiert worden waeren. Aber man ging wie die Katze um den heissen Brei um diese Dinge herum und das, was in dieser ruhigen Atmosphaere ohne Krach haette eroertert werden koennen und muessen, blieb unausgesprochen. Es ist kein Kunststueck vorauszusagen, dass es dafuer bei der naechsten Tagung im Fruehjahr in Berlin zu einem Riesenkrach kommen wird. Es muss anerkannt werden, dass Becher sich in den Sitzungen ausgezeichnet benommen hat und von einer Konzilianz war, die ueberraschend wirkte. [. . .]« (Im TMA) – TM las diesen Brief, wie aus der Antwort vom 7. 1. 1951 hervorgeht, seiner Familie und Bruno Walter nebst Tochter vor.

8] *Sternfeld:* Der Prager Journalist Wilhelm Sternfeld (1888–1973) 3
floh nach 1938 nach England und setzte in London seine in der damaligen CSR begonnene Flüchtlingshilfe ›Thomas Mann Society for Aid of Emigré Writers‹ zusammen mit Ludwig Quidde und Kurt

R. Grossmann im Rahmen einer ›Thomas Mann-Gruppe‹ fort. Nach dem Krieg engagierte er sich besonders für die Erforschung der deutschsprachigen Exilliteratur. (S. Sternfeld/Thiedemann, ›Deutsche Exil-Literatur 1933–1945. Eine Bio-Bibliographie‹, Heidelberg/Mannheim 1962, 2. erw. Aufl. Heidelberg/Mannheim 1970.)

3. 1. 1951

3 1] *Seoul geräumt:* Im Zuge ihrer am 1. 1. 1951 längs des 38. Breitengrades begonnenen Offensive erreichten nordkoreanische und chinesische Truppen die südkoreanische Hauptstadt Seoul, aus der sich die UN-Truppen kampflos zurückzogen. Der Präsident Syngman Rhee floh in die Hafenstadt Pusang.

4 2] *Artikel von Sartre:* Jean-Paul Sartre (1905–1980), ›The Chances of Peace‹, ›Nation‹, vol. 171, 1, No. 27 v. 30. 12. 1950, 696–700.

3] *Neubearbeitung von Buch II, Kap. 4:* GW VII, 336–349. Am 25. 11. 1950 hatte sich TM entschlossen, die Arbeit an den mehrfach zugunsten anderer Arbeiten (*Der Tod in Venedig, Doktor Faustus*) unterbrochenen *Bekenntnissen des Hochstaplers Felix Krull* wieder aufzunehmen (vgl. TB 49/50, 294–298, 311/312 mit den dazugehörigen Kommentaren); am 26. 12. 1950 vermerkte er im Diarium: »Schrieb merkwürdiger Weise zum erstenmal wieder nach 40 Jahren am ›Hochstapler‹ weiter, nämlich am Schluß des abgebrochenen 4. Kapitel des II. Teils, vor der Militär-Untersuchung.« Eine genau belegte Analyse der Um- und Weiterbearbeitung des Textes gibt Hans Wysling in seiner Dokumentation der ›späte[n] Arbeitsperiode (1951–1954)‹, Abschnitt 4 ›Das Manuskript‹, in TMS V, 516–536.

4] *Klaus Pr.:* TMs Schwager, der Komponist, Dirigent und Musikpädagoge Klaus Pringsheim (1883–1972). Der seit 1931 in Tokio wirkende Zwillingsbruder von Frau Katia Mann hatte 1937 seine Stellung aus politischen Gründen verloren und war 1946 zu seinem Schwager nach Kalifornien emigriert. (S. TB 46–48, 418.)

5] *Gregor-Korrekturen:* Für den Druck von TMs im Oktober 1950 beendetem Roman *Der Erwählte.*

6] *van Leydens:* Der aus den Niederlanden stammende Maler Ernst (van) Leyden (1892–1969), den TM 1937 bei Emil Ludwig in der Schweiz kennengelernt hatte, mit seiner Frau Karin.

5. 1. 1951
1] *Walters zu dritt:* Der Dirigent Bruno Walter (1876–1962), TMs langjähriger Freund und Münchener Herzogpark-Nachbar, der nach 1946 in Kalifornien wiederum ganz in seiner Nähe wohnte, vermutlich mit seiner Tochter Lotte, verh. Lindt (1903–1970) und seinem Schwiegersohn, dem Schauspieler Karl Ludwig Lindt (1902–1971). 4
2] *»Wort im Gebirge«:* S. TB 1. 1. 1951, Anm. 3.
3] *Taft:* Robert A. Taft (1889–1953), republikanischer Politiker, seit 1939 Senator von Ohio, 1948 und 1952 Mitbewerber um das Amt des Präsidenten, hatte in seiner Rede zur Eröffnung der außenpolitischen Debatte die gegen kommunistische Offensivpläne gerichteten Maßnahmen, speziell die Korea-Strategie der US-Regierung und des Präsidenten, scharf und grundsätzlich angegriffen.
4] *Edinbourgh:* So in der Handschrift.

6. 1. 1951
1] *Frage unseres Verbleibens:* Die Tagebucheintragungen seit dem Sommer 1950 zeigen sehr deutlich, wie der Plan einer erneuten Emigration – diesmal zurück in die Schweiz – in TMs Denken immer konkretere Formen annahm. Vgl. dazu TB 49/50, X–XIII. 4
2] *Klaus Pr. u. Sohn:* Klaus Pringsheim (s. TB 3. 1. 1951, Anm. 4) und sein Sohn Klaus Hubert (geb. 1923). Klaus Hubert Pringsheim, später Politikwissenschaftler, war 1945 als Sergeant aus der US-Armee entlassen worden. Er lebt heute als Professor emeritus der McMaster University, Hamilton, in Orleans, Ontario, Canada. 5
3] *an den Verlag:* Das Schreiben an den S. Fischer Verlag ist nach Reg. IV, 588, verschollen.
4] *»Walküre«:* Richard Wagners 1856 vollendetes Musikdrama, der zweite Teil seines »an drei Tagen und einem Abend« aufzuführenden Bühnenfestspiels ›Der Ring des Nibelungen‹. TM besaß Gesamtaufnahmen des 1. (Bruno Walter mit den Wiener Philharmonikern und Lotte Lehmann, Lauritz Melchior und Emanuel List) und des 3. Aktes (Arthur Rodzinski und das New York Philharmonic Orchestra, mit Helen Traubel, Herbert Janssen und Irene Jessner in den Hauptpartien).
5] *»New Statesman«:* Die von TM hochgeschätzte Londoner Wochenschrift ›The New Statesman and Nation‹, die er zunehmend häufig las.

7. 1. 1951

5 1] *Medi:* TMs jüngste Tochter, die englischsprachige Schriftstellerin und Wissenschaftlerin Elisabeth Veronika Mann Borgese (geb. 1918), im Familienkreis ›Medi‹ genannt, hatte 1939 den italienischen Historiker und Literaturwissenschaftler Giuseppe Antonio Borgese (1882–1952) geheiratet. Zur Zeit des TB-Eintrags lebte sie mit ihrem Mann und ihren zwei Töchtern Angelica (geb. 1940) und Domenica (geb. 1944) in Chicago.

2] *Eisenhower nach Europa:* Am 6. 1. 1951 verabschiedete Präsident Truman den General Dwight D. Eisenhower (1890–1969) zur ersten Europa-Inspektionsreise in seiner Eigenschaft als Oberster Befehlshaber der Atlantik-Pakt-Streitkräfte. (Zu Eisenhower s. auch TB 44–46, 351.)

3] *Boykott China[s]:* S. TB 12. 1. 1951, Anm. 1; TB 21. 1. 1951, Anm. 3; TB 23. 1. 1951, Anm. 7.

4] *Pecking:* So im Manuskript.

5] *an die Herz:* An Ida Herz, P. P. 8. 1. 1951, Reg. IV, 51/5.

6] *die Herz:* Die Nürnberger Buchhändlerin Ida Herz (1894–1984), eine frühe Bewunderin und seit 1925 eine persönliche Bekannte TMs, die bis zum Tode dem Hause Mann verbunden blieb. Ihre bedeutende, oft durch Gaben TMs unterstützte Sammlung befindet sich heute im Zürcher Archiv. (S. TB 46–48, 426.)

7] *an Sternfeld:* (Im Manuskript steht »an an Sternfeld«.) An Wilhelm Sternfeld, P. P. 7. 1. 1951, Reg. IV, 51/3; Dank für den »getreuen« Bericht über seine Deutschlandreise: »Es ist ein vorzüglicher Brief, gewissenhaft, gesunden Gefühles voll, gerecht und mit höchster Wahrscheinlichkeit vollkommen zutreffend. [...] Es ist ein Dokument, persönlich und sachlich genommen, und sollte eigentlich gedruckt werden.«

8] *an Sabatier:* Das Schreiben an den französischen Journalisten André Sabatier ist, wie das »an seinen Chef«, den Verleger Robert Esménard (1905–1982), Schwiegersohn von Albin Michel und Leiter des gleichnamigen Verlags, nach Reg. IV, 588, verschollen.

9] *die Servicen:* TMs langjährige französische Übersetzerin Louise Servicen (1896–1975).

10] *Erinnerungen:* Rudolf Kriss, ›Im Zeichen des Ungeistes‹, München-Pasing 1948. S. dazu TM an Rudolf Kriss, P. P. 9. 1. 1951, Reg. IV, 51/8: »Ich habe viel zu lesen und muss über manches Zuge-

sandte hinweggehen. Aber Ihre Erinnerungen haben mich gleich gefesselt, und mit fortwährender menschlicher Teilnahme habe ich sie von Anfang bis zu Ende aufgenommen. Sie sind wahrlich geprüft worden – und haben bestanden.« (Kopie im TMA)
11] *Prof. R. Kriß:* Der Volkskundler Rudolf Kriss (1903–1973).

8. 1. 1951
1] *Eisner:* TMs tschechischer Übersetzer, der Prager Journalist und 5
Kritiker Paul (Pawel) Eisner (1889–1958).
2] *6. Kapitel des Krull:* GW VII, 372–385. Zur Bearbeitung des alten Manuskripts und zu den neuen Passagen, hier: die Seiten 372–376, s. TMS V, 519/520.
3] *Telegramm nach N. Y.:* Nach Angabe in Reg. IV, 588, verschollen.
4] *an Basler:* An Otto Basler, P. P. 8. 1. 1951, Reg. IV, 51/4, Teilabdruck in Bl. TMG No. 5, 1965, 10. Der dort fehlende Eingangspassus lautet: »Dank für das Heft der N[euen] S[chweizer] R[undschau] mit Ihren schönen, warmherzigen Worten über unseren armen Abhandengekommenen. Sie haben besonders Erika wohlgetan. ›Inspiré‹ hat mir die Korrekturen des Shaw-Aufsatzes geschickt. Ich habe die Rezension mit einem Bild versehen, und von Trebitsch hat sie ein Shaw-Portrait bekommen. Die deutsche Fassung des Artikels über die Wagner-Briefe habe ich der NSR angeboten. So arbeite ich unermüdlich für die Bereicherung von Schweizerzeitschriften.«
5] *Basler:* Der Schweizer Lehrer und Essayist Otto Basler (1902–1984) aus Burg im Aargau stand seit 1930 in freundschaftlicher Beziehung zu TM. Eine Auswahl der umfangreichen Korrespondenz zwischen beiden wurde 1965 in Bl. TMG No. 5 publiziert.

9. 1. 1951
1] *Congreß-Rede:* In einer von beiden Parteien begrüßten Rede zur 6
Lage der Nation (»State of the Union«) am 8. 1. 1951 hatte der Präsident erneut die von der Sowjetunion ausgehenden Gefahren beschworen, denen nur mit Einigkeit und Stärke zu begegnen sei. Dazu sei es notwendig, die Freie Welt ökonomisch und militärisch zu unterstützen.
2] *Aufnahme des Wagner-Artikels:* TMs Besprechung der Burrell-

Edition ›Letters of Richard Wagner‹, N. Y. 1950 (s. TB 49/50, 628), erschien unter dem Titel ›Briefe Richard Wagners‹ im Januar 1951 in der ›Neuen Schweizer Rundschau‹, N. F., Jg. 18, H. 9, 517–525.

3] *Kahn:* TMs Sekretärin Hilde Kahn, später, ab 1953, verheiratete Reach, geb. Goldschmidt (geb. 1917). (S. TB 46–48, 362.)

10. 1. 1951

6 1] *Ein Wiener Professor:* Nicht ermittelt.

2] *Telegramm [..] der Peaceful Alternatives:* Nicht unter den im TMA bewahrten Dokumenten. Der Zusammenhang geht jedoch aus dem Antwortschreiben TMs an Robert J. Havighurst, P. P. 11. 1. 1951, Reg. IV, 51/11 hervor, das im Anhang, Dok. 1, S. 755 abgedruckt ist. – Bei dem ›Committee for Peaceful Alternatives‹ handelte es sich offensichtlich um eine wesentlich von Albert Einstein mitbestimmte Friedensinitiative, die auch für das von TM im TB 18. 12. 1950 (TB 49/50, 308) erwähnte »Memorandum« verantwortlich zeichnete, das in den Anmerkungen auf S. 636 noch als nicht auffindbar bezeichnet wurde. Inzwischen hat sich der Text des von Einstein formulierten ›Public statement to the people of the U. S. and our government‹ gefunden; er ist – da er Georg Potempa bei seiner Publikation der von TM mitunterzeichneten Aufrufe noch nicht zur Verfügung stand – gleichfalls im Anhang, Dok. 2, S. 755/756 wiedergegeben. – Aus einem im TMA erhaltenen Brief des amerikanischen Philosophen und Politologen John Somerville (geb. 1905, vgl. TB 49/50, 581), New York, 23. 2. 1951, geht hervor, daß TM irgendwann im Laufe des Januar oder der ersten Februarhälfte zum ›Honorary Chairman‹ des Committee ernannt worden war: »I was so glad to see you had become Honorary Chairman of the Committee on Peaceful Alternatives. It made me happier than ever to have been a sponsoring member, and I know that it will help the Committee very greatly. The more strained the situation grows, the more necessary is all the work for peace. I have just finished an article [...] in refutation of General Eisenhower's report to the joint Houses Congress.«

3] *Absage:* S. Anm. 2.

4] *an die Direktrice des Third Programme:* Das Schreiben an Anna Kallin ist nach Reg. IV, 588, verschollen. Vgl. jedoch TMs Schreiben vom 12. 12. 1950 (im TMA, Mp VIII, 155, Ue1, No. 2), in dem es

anläßlich der Aufnahme des Shaw-Nachrufs (s. TB 2. 11. 1950) generell um Vertragsmodalitäten für die Publikationsrechte bei von der BBC aufgenommenen TM-Texten geht.
5] *Graf Thoranc:* François de Théas Comte de Thoranc, die Hauptgestalt des dritten Buches von Goethes ›Aus meinem Leben. Dichtung und Wahrheit‹.

11. 1. 1951
1] *Überarbeitung des »Totenvogel«-Kapitels:* Die Überarbeitung der 6
aus dem alten Manuskript übernommenen Rosza-Szene nebst Einleitung, die den »Komm mit«-Ruf der »unter Laternen hinstreichend[en]« »anrüchigen Schwesternschaft« mit dem Seelen lockenden Ruf der »vom Volksmund« »Totenvogel, auch Leichenhündchen« genannten »kleine[n] Sorte von Eulen und Käuzchen« (GW VII, 375/376) vergleicht. Wysling hebt in TMS V, 519/520 als wesentliche Veränderung des neuen Manuskripts die nach dem *Lotte*-Roman ins Traumhafte erhöhte Kutschenfahrt von Krull und Rosza (GW VII, 379–381) hervor.
2] *vom Münchener Staatstheater:* Der Dank des Residenztheaters 7
für TMs Festschrift-Beitrag *Erinnerungen ans Münchner Residenztheater*, GW XI, 517–521, befindet sich nicht unter den im TMA verwahrten Archivalien.
3] *»Figaro Litéraire« mit [..] Shaw-Aufsatz* :TMs Nachruf auf Bernard Shaw war in der Übersetzung von Louise Servicen unter dem Titel ›G. B. Shaw, prophète gouailleur d'une humanité émancipée des ténèbres‹ am 6. 1. 1951, 1,8, im ›Figaro Littéraire‹ erschienen.
4] *mangelhaft übersetzten:* Im Manuskript steht »mangelhaften übersetzten«.
5] *an W. Rilla:* An Walter Rilla, P. P. 11. 1. 1951, Reg. IV, 51/16.
6] *W. Rilla:* Der Schauspieler und Schriftsteller Walter Rilla (1894–1980).
7] *»Meine Zeit«:* TMs im Frühjahr 1950 geschriebener Vortrag (GW IX, 302–324).

12. 1. 1951
1] *amerik. Cease fire-Vorschlag:* Am 11. 1. 1951 legte die ›3-man Ko- 7
rea Truce Commission‹, bestehend aus je einem Vertreter Indiens, des Irans und Kanadas, den UN einen neuen, 5 Punkte umfassenden Waf-

fenstillstandsplan vor, der neben dem Abzug aller ›non-Korean Forces‹ eine UN-Kommission zur Regelung der Fernost-Fragen unter Beteiligung Rot-Chinas vorsah. Diesem Plan widersprachen nicht nur viele Mitglieder des amerikanischen Senats (s. TB 15. 1. 1951, Anm. 2), sondern auch die UdSSR und Frankreich, das seine Nichtbeteiligung an der Fernost-Kommission rügte. Rot-China, das zunächst eine sorgfältige Prüfung der Punkte zugesagt hatte, protestierte erst am 17. 1. 1951 durch seinen Außenminister Tschou En-lai und verlangte als Voraussetzung für jede derartige Initiative den Abzug aller »foreign troops«. Anderenfalls wäre die Feuereinstellung nichts als eine Atempause für die amerikanischen Truppen, die zudem »endless discussions without solving other problems« zur Folge hätte. Die USA nahmen die offizielle Ablehnung ihres Vorschlags zum Anlaß, die Generalversammlung aufzufordern, Rot-China als Angreifer zu brandmarken.

2] *Redereien Trumans:* Vor dem amerikanischen Kongreß hatte der Präsident auf Vorhaltungen von Senator Taft und dem republikanischen Abgeordneten Coudert einmal mehr sein Recht verteidigt, auch ohne Zustimmung des Hauses Truppenkontingente überall dorthin zu entsenden, wo sie seiner Meinung nach zur Erfüllung des amerikanischen Auftrags, die Freiheit zu verteidigen, unabdingbar seien.

3] *Schloß einige Blätter [...] ein:* Die Begegnung mit Rosza bis zur Kutschenfahrt, GW VII, 376–380, und die von 381 bis 383 Mitte reichende Biographie Roszas nebst Krulls Rechtfertigung seiner Verbindung zu ihr. Zu den Einzelheiten s. TMS V, 520.

4] *Golo:* Der Historiker Golo (eigentlich Angelus Gottfried Thomas) Mann (geb. 1909), TMs zweiter Sohn, lehrte 1951/1952 in Claremont/Kalifornien und war häufig Gast in Pacific Palisades.

5] *»Simpl. Simplicissimus«:* TM las den Roman von Grimmelshausen im Hinblick auf sein Vorhaben, den *Krull* in die Nachfolge des Abenteurer- und Schelmenromans zu stellen. Vgl. dazu Hans Wyslings Interpretation ›Die Bekenntnisse als Schelmenroman (Grimmelshausen)‹, TMS V, 271–288, besonders die – an Hand der von TM in seinem Band angestrichenen Passagen vorgenommene – deutende Zusammenstellung Grimmelshausenscher Motive und Szenen, deren Spur, ja Übernahme sich im *Krull* verfolgen lassen, a.a.O. 277–285. Die genauen Nachweise finden sich in den dazugehörigen Anmerkungen, a.a.O. 378/379. – TMs ›Simplicius‹-Ausgabe ›Des Hans Jakob von Grimmelshausen abenteuerlicher Simplicius Simplicissimus. Neu an den Tag gegeben und in unser Schriftdeutsch gesetzt von Engelbert Hegaur‹, München 1909, ist in der Zürcher Bibliothek erhalten.

6] *Neumanns:* Der Erzähler und Dramatiker Alfred Neumann (1895–1952) und seine Frau Katharina, gen. Kitty (1903–1979), seit den zwanziger Jahren Nachbarn der Manns im Münchener Herzogpark, lebten – seit ihrer Flucht aus Südfrankreich – in Kalifornien, wiederum unweit der Manns. Sie schickten sich jedoch an, jedenfalls von Zeit zu Zeit nach Europa zurückzukehren. Näheres s. TB 46–48, 381.

13. 1. 1951

1] *Entschiedene Erklärung:* Die Delegierten der ›British Common- 8
wealth Prime Minister's Conference‹ hatten zum Abschluß ihrer Londoner Konferenz erklärt, »that they would ›welcome any feasible arrangement for a frank exchange of views‹ with Premier Stalin and Mao Tse-tung« (NYT 13. 1. 1951, 1:3), und die Erklärung durch ein Begleitkommuniqué ergänzt, das ihre Vorstellungen von einer friedlichen Verständigung in fünf Punkten konkretisierte. (NYT 13. 1. 1951, 3:2)

2] *das fast leere Manuskript-Blatt:* TMS V, 520 zeigt, wie TM nach der Erweiterung des ursprünglichen Textes (GW VII, 383–384 Mitte) und nach Ausstreichung des einzigen vor 40 Jahren geschriebenen Wortes (danach bricht das Manuskript ab), den Schluß des Kapitels auf dem letzten alten Schreibpapierbogen notiert.

3] *Artikel:* S. TB 18. 12. 1950 und den Abdruck der Neujahrsbotschaft nach Japan für die Zeitung ›Asahi Shimbun‹, in TB 49/50, 707–708.

4] *Interview:* ›Thomas Mann skriver roman på ett amerikanskt motiv‹, ›Morgon-Tidningen‹, Stockholm, 8. 12. 1950.

5] *Åke Sandler:* Der schwedische Journalist Åke Sandler, der als Doktorand im Department of History an der University of Southern California nach 1945 gelegentlich Übersetzungshilfen für TM geleistet hatte.

6] *[von] Becher:* Berlin, 8. 1. 1951; Begleitbrief zu einem Schreiben der in der Deutschen Demokratischen Republik lebenden Schriftsteller ›An alle Schriftsteller im Westen unseres Vaterlandes‹: »[. . .] In dem gegenwärtigen, mit Explosionsstoffen überreich geladenen Weltzustand, wo es um die Frage ›Sein oder Nichtsein‹ der gesamten Menschheit geht, erscheint es uns unverzeihlich, wenn man den Zusammenschluss der geistigen Kräfte unseres Vaterlandes durch kleinliche Bedenken, Vorurteile oder unhaltbare Behauptungen zu verhindern trachtet. Wir fühlen uns gezwungen, hier vor aller Öffentlichkeit zu erklären, dass kein wie immer geartetes Ressentiment, dass nichts, aber auch nichts, was uns vielleicht literarisch in den vergangenen Zeiten einander entfremdet oder gar miteinander in Konflikt gebracht hat, uns abhalten wird, jedem die Hand zu reichen, der ebenso aufrichtig wie wir den Frieden und die Einheit Deutschlands will. Dieser Wille zum Frieden ist für uns die oberste Instanz, der wir alles andere unterordnen./ Die PEN-Club-Tagung in Wiesbaden [s. auch TB 2. 1. 1951, Anm. 7] hat gezeigt, dass bei einigermassen gutem Willen deutsche Menschen verschiedensten politischen und literarischen Charakters sehr wohl an einem Tisch Platz finden können und imstande sind, ein anständiges menschliches Gespräch über das, was sie geistig bewegt, zu führen./ Wir können nicht annehmen, dass die Entfremdung deutscher Menschen untereinander schon soweit gediehen ist, dass man uns, die wir auf dem Boden der Deutschen Demokratischen Republik leben, irgendwelche geheimnisvollen übernatürlichen Kräfte zuschreibt, mit denen in Berührung zu kommen für jeden Menschen, der im Westen wohnt, lebensgefährlich sei. An solch eine psychotische Form der Selbstentfremdung deutscher Menschen wollen wir nicht glauben. Darum wenden wir uns an alle Schriftsteller im Westen unseres Vaterlands und bitten Sie, auch Ihrerseits zu überlegen, welche Möglichkeiten Sie sehen, mit uns zusammen dem gemeinsamen Ziel aller Deutschen zu dienen: der Erhaltung des Friedens und der Wiedervereinigung unserer Heimat./ [. . .]« Becher verband die Übersendung des Rundbriefes mit der Bitte, TM möge die in dem Schreiben ausgesprochenen »Bemühungen, ein gemeinsames Gespräch zu führen« mit »einigen zustimmenden Worten« unterstützen. (Alle Dokumente im TMA)

7] *Becher:* Der Lyriker, Essayist und maßgebliche Kulturfunktionär der DDR Johannes R[obert] Becher (1891–1958). S. TB 49/50, 347.

8] *Schweizer Heine-Anthologie:* ›Mein wertvollstes Vermächtnis. Religion, Leben, Dichtung‹. Herausgegeben von dem aus Prag stam-

menden und TM seit 1937 bekannten Journalisten Felix Stössinger (1889–1954).
9] *»Siegfried«:* Von ›Siegfried‹, dem am »zweiten Tag« aufzuführenden, 1871 beendeten Teil von Wagners Bühnenfestspiel ›Der Ring des Nibelungen‹, auf dessen Szene III, 3 der Text verweist, fanden sich keine Aufnahmen in TMs Platten-Nachlaß.
10] *die der Götterdämmerung:* Im zweiten Teil des ›Vorspiels‹ zum letzten Stück der Tetralogie ›Der Ring des Nibelungen‹, der 1874 beendeten ›Götterdämmerung‹.
11] *Wotan-Siegfried:* ›Siegfried‹, III, 2.

14. 1. 1951
1] *Neffe:* Klaus Hubert Pringsheim, s. TB 6. 1. 1951, Anm. 2. 8
2] *den ich damals aufgab:* S. TB 13. 1. 1951, Anm. 2.
3] *Eichendorffs »Taugenichts«:* TM besaß die Novelle in der ihm von Ernst Bertram geschenkten Erstausgabe, die in der Zürcher Bibliothek steht: Joseph von Eichendorff, ›Aus dem Leben eines Taugenichts und Das Marmorbild. Zwei Novellen nebst einem Anhange von Liedern und Romanzen‹, Berlin 1826.

15. 1. 1951
1] *Kafkas »Prozeß«:* TM besaß Franz Kafkas ›Gesammelte Schriften‹, Berlin 1935, als deren dritter Band ›Der Prozeß‹ erschien. Das Buch befindet sich jedoch nicht in der Zürcher Bibliothek. 8
2] *Feldzug Tafts:* Die Kongreß-Debatte hatte sich wesentlich um zwei Probleme gedreht: 1. das verfassungsmäßige Recht des Präsidenten, mehr Truppen ins Ausland zu verschicken; 2. die Cease-Fire-Vorschläge der UN-Kommission. Zu Punkt 1 erreichte der Kongreß nach heftigem Widerspruch, bei dem der republikanische Senator von Ohio, Robert A. Taft, als Wortführer auftrat, einen Kompromiß: Einer Truppenentsendung nach Europa habe der Senat zuzustimmen, ohne damit das grundsätzliche Entscheidungsrecht des Präsidenten anzuzweifeln. In der Diskussion um Punkt 2 (s. TB 12. 1. 1951, Anm. 1) hatte Taft die eventuelle Annahme der Vorlage als »the most complete surrender to which the U. S. has ever agreed« und als die Zerstörung der gesamten moralischen Grundlage der UN bezeichnet.

9 3] *Strikedrohung:* Die Streikdrohung der 750000 Arbeiter in der Kohle-, Eisen- und Stahlindustrie des Ruhrgebiets konnte durch das Versprechen der Regierung, den Werktätigen weitgehende Mitbestimmung in den führenden Gremien dieser Schwerindustrien zu gewähren, noch einmal abgewendet werden.

4] *Einordnung des Teiles von Kap. 4:* S. TMS V, 518: »Die neuen Manuskriptblätter zum 4. Kapitel erhielten jetzt, mit roter Tinte, die Nummern 1–8.«

5] *von F. Lion:* Das Schreiben des aus dem Elsaß stammenden Literaturkritikers und Essayisten Ferdinand Lion (1883–1965), o.O. 8. 1. 1951, befindet sich im TMA. Zu Lion s. TB 46/48, 488.

6] *Jaloux:* Der französische Schriftsteller und Kritiker Edmond Jaloux (1878–1949), der in den zwanziger und dreißiger Jahren viel über TM publiziert hatte. Der Passus, auf den sich TM hier beruft, steht in dem Anm. 5 nachgewiesenen Brief von Lion: »Ich erinnere mich, dass, als Jaloux vor vielen Jahren mich über Ihr Wesen ausfragte, ich ihm sagte [folgt das Zitat]. – Vielleicht ist Macht und vieles andere notwendig, um einen Ausgleich zu schaffen und dieses Wesen am Leben zu erhalten.«

7] *Interview:* Nicht ermittelt.

8] *Vorlesung:* Aus dem *Erwählten,* im Fairfax Tempel. S. TB 17. 1. 1951.

9] *Der entlassene General:* Nach Meldungen der amerikanischen Presse wurde an diesem Tag nur ein Offizier im Generalsrang, nämlich Maj. Gen. Robert McClure, entlassen, von dem die LAT zu berichten wußte, daß er »at one time« »deputy chief of staff« bei Marschall Tschiang Kai-schek war. Bei TMs Sinn für absurde Situationen ist es anzunehmen, daß dieser Befehlshaber gemeint ist, der sich unbeliebt gemacht hatte, weil er auf Grund seiner im Zweiten Weltkrieg erworbenen pazifischen Erfahrungen von seinen Soldaten verlangte, sich Bärte wachsen zu lassen, um, vor allem bei Nachtkämpfen, die Unterscheidung zwischen GIs und potentiellen asiatischen (= glattgesichtigen) Feinden zu erleichtern.

10] *Chiang kai Chek:* Der im Bürgerkrieg zwischen den Kommunisten und den Anhängern der Kuomintang-Regierung geschlagene und 1949 mit dem Rest seiner Truppen nach Taiwan geflohene chinesische Politiker und Marschall Tschiang Kai-schek (1887–1975) war seit 1950 Staatspräsident der nationalchinesischen Regierung.

11] *Tokyoer Beschlüsse:* Das amerikanische Hauptquartier für den pazifischen Bereich befand sich in Tokio.

16. 1. 1951

1] *Geschichte Ludwig und Wagner:* Der Besuch einer Münchener 9
Aufführung von Richard Wagners Oper ›Lohengrin‹ im Februar 1861 hatte in dem damals 15jährigen Kronprinzen und späteren König Ludwig II. von Bayern (1845–1886) den dringenden Wunsch geweckt, den Komponisten persönlich kennenzulernen. Einen Monat nach seiner Thronbesteigung, im März 1864, schickte er deshalb seinen Kabinettssekretär Franz Seraph von Pfistermeister mit einem Porträt, einem Ring und einer Einladung zu dem sich in schwierigsten finanziellen und persönlichen Umständen befindenden Wagner, der noch am gleichen Tag nach München aufbrach. – Die schwärmerische Hingabe des 18jährigen Königs an den 51jährigen Komponisten, den er mit Zuwendungen überschüttete, seine Pläne für ein monumentales, von Semper zu erbauendes »Festspielhaus«, die teure ›Tristan‹-Uraufführung 1865 unter Hans von Bülow, zu dessen Frau man Wagner unerlaubte Beziehungen vorwarf – all das hatte eine Fronde von Beamten der Ministerialbürokratie (mit dem Außenminister Ludwig von der Pfordten an der Spitze), des Hofadels und des Klerus auf den Plan gerufen, die unter patriotischen Vorwänden gegen den landfremden »Revolutionär und Lutheraner« intrigierten und die Träume des Königs zunichte machten. Wagner mußte Ende 1865 München verlassen, auch Pfistermeister hatte zu gehen; der König, der Verwirklichungsmöglichkeiten für seine Pläne mehr und mehr beraubt, realisierte 1868 noch die Uraufführung der ›Meistersinger‹ und nahm – gemeinsam mit dem Komponisten – die überwältigenden Ovationen in seiner Loge entgegen, wandte sich jedoch ab Ende der sechziger Jahre (zumal nach den Zerwürfnissen mit Wagner über die ›Rheingold‹- und ›Walküre‹-Aufführungen) mehr und mehr dem Bau seiner Schlösser Linderhof und Neuschwanstein zu. Zu Proben und zur dritten Aufführung des ›Ring‹-Zyklus, mit dem die Festspiele am 13. August eröffnet worden waren, reiste er 1876 ein letztes Mal nach Bayreuth, wo er 1874 den Weiterbau des Festspielhauses ermöglicht hatte, obwohl er die Opern ›seines‹ Komponisten bereits seit zwei Jahren nur noch in Separatvorstellungen genoß. (Genaueres über diese TM immer wieder faszinierende Geschichte bei Man-

fred Eger, ›Richard Wagner und König Ludwig II.‹, ›Richard Wagner-Handbuch‹, hrsg. v. Ulrich Müller und Peter Wapnewski, Stuttgart 1986, 162–173.)

2] *Schnorr v. Carolsfeld:* Ludwig Schnorr von Carolsfeld (1836–1865) und seine Frau Malvina, geb. Garrigues (1825–1904) sangen die Titelpartien in der Uraufführung von ›Tristan und Isolde‹. Die Leistung von Ludwig Schnorr beeindruckte den Komponisten so stark, daß er die Münchener Aufführung für vollendet erklärte und sich Wiederholungen nicht vorstellen mochte.

3] *an L. Lewisohn:* P. P. 17. 1. 1951, Reg. IV, 51/19. In der mir vorliegenden Photokopie aus der Sammlung Hans-Otto Mayer ist der Brief – vielleicht ein Abschreibfehler – mit 27. 1. 1951 datiert: »[. . .] Sie haben sehr recht, zu sagen, dass es heute um anderes geht, als um Kunst und Wissenschaft, aber Sie haben mich auf verblüffende Weise missverstanden, wenn Sie meinen, ich dächte an eine neue Veränderung meines Lebens, weil ich in Europa bessere Kritiken habe! Erstens ist das fraglich, denn ich bin ja überhaupt ›umstritten‹ (übrigens auch von mir selbst). Aber mit Kultur und ›Analphabetismus‹ hat es nichts zu tun, wenn manchmal solche Gedanken mich anwandeln – oder doch nur insofern als ein gewisser angewandter Analphabetismus, verbunden mit grosser Macht, tatsächlich zu entsetzlichen Dingen führen kann – und zu führen im Begriffe ist. Sie scheinen wenig darauf acht zu geben, was in diesem Lande vor sich geht, was seit dem Tode Roosevelts aus ihm geworden ist, und auf welchen Wegen es wandelt oder stolpert. Es sind Wege des Wahnsinns und des Verderbens, und offenkundig wird es ja mehr und mehr allein gelassen von seinen Freunden, auf niemanden kann es rechnen, alle wenden sich mit Grauen, bis auf ein paar politische Schurken wie Franco, Chiang und Syngman Rhee, die es für die Stützen der ewigen Ordnung hält. Aber auch die unheimlichste Isolierung glaubt es sich leisten zu können. Es wirft 140 Milliarden Dollars aus, um die asiatische Revolution – ein Naturereignis – zu stoppen und in Europa den notwendigsten Sozialismus zu verhindern. Ueberall in der Welt unterstützt es das Schlechte, Verrottete, den Völkern verhasste (!) – und kein Staatsmann weit und breit, keiner auch nur annähernd vom Range Pandit Nehru's, lauter Feiglinge, die aus Angst vor ihrem MacCarthy [!] handeln, niemand, der imstande ist, einen Gedanken zuende zu denken. Wenn wir nun China *und* Russland zugerichtet haben wie jetzt

Korea, was dann? Wird damit der Communismus aus der Welt geschafft sein? Und wie werden ›wir‹ aussehen, moralisch und physisch? Sie sprechen von der blutigen russischen Diktatur. Warten Sie nur, bis hier die faschistische Machtergreifung kommt, die nicht weit around the corner ist. Sie kommen mir wirklich vor wie die deutschen Juden, die auch im Lande blieben und sich redlich nährten, denn ›wir leben doch in einem Rechtsstaat!‹ Sind Sie auch nur sicher, dass Ihre Universität es noch lange treiben kann? Die ganze Jugend wird ja eingezogen, den Lehrern wird vorsorglich gekündigt, und alle Colleges bereiten sich darauf vor, zu schliessen. Der Analphabetismus wird kräftige Fortschritte machen im nächsten Menschenalter! Als Aufforderung zum Auswandern ist das alles nicht gemeint, denn wo hin soll man wandern? Mangel und Elend wird es überall geben, und dieses Land hat Gewicht genug, die ganze Welt mit sich ins Verderben zu reissen. [. . .]« (Kopie HOM)

4] *L. Lewisohn:* Der amerikanische Schriftsteller und Übersetzer 9
Ludwig Lewisohn (1882–1955), Professor an der Brandeis University, war einer der ersten gewesen, die in den USA auf TM aufmerksam gemacht hatten. (S. auch TB 46–48, 700.)

17. 1. 1951

1] *von Frido:* Strobl, 9. 1. 1951; im TMA. 10

2] *»Mädchen«:* Nina Engelhardt und Ellen Erby, Freundinnen von Erika Mann.

3] *zum Fairfax-Tempel:* S. dazu den Bericht des ›Aufbau‹ über TMs Lesung, TB 29. 1. 1951, Anm. 5.

4] *Rabbi Sonderling:* Jacob Sonderling (1878–1964), nach einer Promotion in Tübingen, 1904, und seiner Ordination in Brünn, 1905, Rabbiner in einer der ersten Reformgemeinden Hamburgs und 1923 in die USA ausgewandert, lehrte von 1926–1930 in New York, dann, bis 1932, in Rhode Island und Providence. Seit 1934 war er Rabbi der Society for Jewish Culture am Hollywooder Fairfax-Tempel.

5] *Marcuse:* Der Literaturkritiker, Essayist und Philosophiehistoriker Ludwig Marcuse (1894–1971) lehrte nach seiner Flucht über Frankreich in die USA seit 1940 an der University of Southern California in Los Angeles. Näheres TB 44–46, 413.

6] *Albersheims:* Der Wiener Pianist und Musikwissenschaftler Gerhard Albersheim (geb. 1902), seit 1940 Lehrer am Konservatorium und an der University of Southern California in Los Angeles, mit seiner Frau Erna. (S. TB 44–46, 674.)

7] *Einleitungs-Ansprache:* Das Manuskript der Ansprache befindet sich im TMA. Es ist im Anhang, Dok. 3, S. 757/758 wiedergegeben.

8] *»Die Kinder«:* Das 3. Kapitel des *Erwählten*, GW VII, 20–32.

18. 1. 1951

10 1] *»Verwerfung«:* S. TB 12. 1. 1951, Anm. 1.

2] *Vorschläge der Chinesen:* Tschou En-lai hatte in seinem Schreiben einen Vier-Punkte-Gegenvorschlag unterbreitet: 1. Abzug aller fremden Truppen (wobei er offenließ, ob mit ›fremd‹ auch die rotchinesischen ›Freiwilligen‹-Verbände gemeint seien); 2. Abzug der Amerikaner aus Taiwan und Lösung des Formosa-Problems; 3. Teilnehmer der Verhandlungen sollten Rot-China, die UdSSR, die USA, Großbritannien, Frankreich, Indien und Ägypten sein. Der rechtmäßige Platz Rot-Chinas als Mitglied der Vereinten Nationen sollte zu Beginn dieser Sieben-Nationen-Konferenz festgestellt werden. 4. Die Konferenz habe in Rot-China stattzufinden.

3] *wie ich an L. L. schrieb:* S. den TB 16. 1. 1951, Anm. 6 zitierten Brief an Ludwig Lewisohn.

11 4] *siebentes Kapitel:* Über Krulls Reise nach und seine ersten Begegnungen in Paris, GW VII, 385–403.

5] *Katalogisierung:* S. TB 31. 1. 1951, Anm. 7.

6] *Feuchtwangers:* Der Schriftsteller Lion Feuchtwanger (1884–1958) und seine Frau Marta, geb. Löffler (1891–1988) lebten seit 1941 in Pacific Palisades, unweit von Katia und Thomas Mann (s. TB 46–48, 361).

7] *»Goya«:* Feuchtwangers Roman ›Goya oder Der arge Weg der Erkenntnis‹, Frankfurt am Main 1952, war unter dem Titel ›This is the Hour‹ 1951 bei der Viking Press in New York erschienen und vom ›Book-of-the-Month Club‹ zum Buch des Monats gewählt worden. S. Feuchtwanger an Arnold Zweig, Pacific Palisades, 22. 1. 1951: »Der ›Goya‹ wird im ›Book of the Month-Club‹ erscheinen, das bedeutet, daß er unter die Leute kommt. Aber ein Jammer bleibt es, daß bestenfalls auf hundert englische und amerikanische Leser ein deutscher kommt.« (›Briefwechsel‹, Fischer Taschenbuch 5784, 99).

19. 1. 1951

1] *Herr Guillemin:* Der einstige Ullstein-Redakteur Bernard Guillemin (1898–?) mußte 1934 Deutschland verlassen und war 1944 über Jugoslawien und Süditalien in die USA gelangt (s. auch TB 44–46, 495). 11

2] *von Albersheim:* Los Angeles, 17. 1. 1951; im TMA.

3] *Dr. X.:* Nicht ermittelt.

20. 1. 1951

1] *Rede Trumans:* Während der Debatte um die konstitutionellen Rechte des Präsidenten hatte Truman in einer Rede vor dem Senat am 19. 1. 1951 die Geschichte bemüht, um den – von ihm rühmend hervorgehobenen – unbezweifelbaren Freiheitswillen des demokratischen Amerika mit seinen eigenen (kostenaufwendigen und nicht unumstrittenen antikommunistischen) politischen Entscheidungen zur Deckung zu bringen. Nachdem er zunächst den Krach (»row«) über sein Recht, Truppen nach Europa zu schicken, »jokingly« mit den Einsprüchen des Karthagischen Senats gegen Hannibals Absicht, Elefanten nach Italien zu bringen, verglichen hatte, hob er noch einmal die alle Diktaturen verbindende Ideologie hervor: »There is no difference between dictators in any police state that ever existed in the history of the world. They are all alike. They are all for the enslavement of the individual for the benefit of the state. We believe that the state exists for the benefit of the individual, and that is what we are fighting for.« Um diese These zu untermauern, hatte der Präsident eine kurze tour d'horizon durch die Geschichte unternommen: »There isn't any difference between Hitler and Mussolini and Tarquin in ancient Rome, the tyrants of Sparta, Charles I of England, and Louis XIV and Stalin. They are all just alike. Alexander I of Russia was just as much a dictator as any other that ever existed. They believed in the enslavement of the common people.« (NYT 20. 1. 1951, 1:7, 4:6, 7) 11

2] *an die Servicen:* P. P. 21. 1. 1951; Reg. IV, 51/26. 12

3] *[an] Schweizer:* An Richard Schweizer, P. P. 21. 1. 1951; Reg. 51/25.

4] *Schweizer:* Der »Zürcher Freund« (*Entstehung*, Kap. XIV, GW XI, 273), Drehbuchautor und Verwaltungsrats-Präsident des Zürcher Schauspielhauses, Richard Schweizer (1900–1965), den TM bereits

aus den Zürcher Tagen vor Kriegsausbruch (s. TB 6.8. und 13. 9. 38) gut kannte. (Zu Schweizer s. TB 46–48, 376.)
5] *Korrektur-Brief:* Das Schreiben an den S. Fischer Verlag ist nach Reg. IV, 588, verschollen.
6] *Fritschman:* Der unitarische Geistliche Stephen H. Fritchman stand TM persönlich und politisch nah. Näheres TB 46–48, 819.

21. 1. 1951

12 1] *»optimistisch«:* Wie wenig Anlaß für Fritchmans Optimismus bestand, geht aus einem Los Angeles Special der NYT vom 13. 9. 1951, 33:8, hervor, das von einer Vorladung des Pfarrers vor ein vom republikanischen Abgeordneten Donald Jackson präsidiertes Gremium des Un-American Committee berichtet: »A Unitarian minister was castigated today as ›one who has given aid and comfort to the Communist cause for many years, and whose activities in that respect have extended from one coast to another‹. [. . .] Rev. Mr. Fritchman has ›a long and startling record of activity in behalf of more than fifteen well-known Communist-front organizations‹.« Fritchman beschuldigte nach dem hearing den Ausschuß »of striking at both, American democracy and unfettered religion«.
2] *Protest Rußland[s]:* Die Sowjets warnten am 20. 1. 1951 Frankreich und England, die Unterstützung des Atlantik-Pakts und der deutschen Wiederaufrüstung seien eine schwere Verletzung der Kriegsfreundschaft und der Nicht-Angriffs-Abkommen mit der Sowjetunion.
3] *U. N. Aggressionsklage gegen China:* Der Kongreß hatte am 19. 1. 1951 eine Resolution verabschiedet, die von den UN verlangte, Rot-China unverzüglich zum Aggressor in Korea zu erklären.
4] *an Medi:* An Elisabeth Mann Borgese, P. P. 21. 1. 1951; Reg. IV, 51/23; Br. III, 182/183: »[. . .] Gestern besuchte uns Fritchman von der Unitarian Church und sagte, er sei sehr optimistisch. ›Warum denn?‹ Weil die Opposition gegen die amerikanische Politik überall im Wachsen sei und alles sich von uns abwende. Ja, so herum bin ich auch optimistisch.« (183)
5] *Meistersinger-Quartett:* Das Quintett III, 4, vor dem Beginn der ›Festwiese‹ in Richard Wagners ›Die Meistersinger von Nürnberg‹.

22. 1. 1951

1] *Unterstützung von Paulings Emergency Peace Movement:* TM hatte einen vom 20. 1. 1951 datierten Brief des ›Initiating Committee‹ der ›American Peace Crusade‹ erhalten, in dem die unterzeichnenden Wissenschaftler und Politiker Philip Morrison (Atomphysiker), Linus Pauling (Chemiker), W. E.B. DuBois (Soziologe), Ernest de Maio (Gewerkschaftspräsident), Charles P. Howard (republikanischer Rechtsanwalt und Publizist), Clementina Paolone (Gynäkologin und Vorsitzende der Vereinigung ›American Women for Peace‹) und Lucius C. Porter (Philosoph) für TMs Teilnahme an einer der beigelegten Grundsatzerklärung Nachdruck und Einfluß verleihenden »immediate and dramatic action« warben – eben jenem unter dem Etikett ›American Peace Crusade‹ laufenden Werbefeldzug für Vernunft und Verständigung statt Diffamierung und Krieg. – Der Text dieses ›Statement of Principles of the American Peace Crusade‹, den TM auf Grund des Einladungsbriefs unterzeichnete, bildet die Basis, auf die sich alle folgenden Angriffe stützten. Er ist im Anhang, Dok. 4, S. 759–761 wiedergegeben. 12

2] *Leftist leaning:* Linksdrall.

3] *von Reisiger:* Stuttgart, 10. 1. 1951; im TMA.

4] *Wagner-Artikel:* TMs Essay über die Wagner-Briefausgabe der Burrell-Collection (GW X, 791–801) war in der englischen Übersetzung von Judith Heller unter dem Titel ›Wagner without Blue Pencil‹ am 20. 1. 1951 in der SRL, 7–9, erschienen.

5] *Moni:* TMs zweite Tochter Monika Lanyi-Mann (1910–1992). Näheres s. TB 46–48, 489.

6] *McCarthy:* Der Jurist Joseph McCarthy (1909–1957), seit 1946 republikanischer Senator, Vorsitzender des 1938 zur Untersuchung staatsfeindlicher, vorwiegend kommunistischer Umtriebe eingesetzten ›House Committee on Un-American Activities‹, war in den frühen fünfziger Jahren der umstrittenste Kommunistenjäger in den USA.

23. 1. 1951

1] *Überstimmung Amerikas:* Die von dem US-Botschafter bei den Vereinten Nationen, Warren R. Austin (1877–1963), in der Absicht, Sanktionen gegen Rot-China voranzutreiben, vorgetragene Sieben- 13

Punkte-Resolution wurde durch einen von Indien angeführten asiatisch-arabischen Block abgelehnt.

2] *Nehru:* Der indische Ministerpräsident (seit 1947), Jawaharlal, genannt Pandit, Nehru (1889–1964).

3] *an Bermann:* An Gottfried Bermann Fischer, P. P. 23. 1. 1951, Reg. IV, 51/27; TM/GBF, 569/570 (fragmentarisch).

4] *Bermann:* TMs Verleger Gottfried Bermann Fischer (geb. 1897), ursprünglich Arzt, hatte nach seiner Heirat mit der ältesten Tochter des Verlagsgründers Samuel Fischer (1859–1934), Brigitte, genannt Tutti (1905–1991) seinen Beruf aufgegeben und war in den Verlag seines Schwiegervaters eingetreten, dessen Werk er trotz großer Schwierigkeiten fortsetzte. 1969 zog sich das Ehepaar Bermann Fischer aus der verlegerischen Tätigkeit zurück. (Näheres TB 46–48, 358/359.)

5] *mimeogr. Ausgabe:* S. TB 12. 2. 1951, Anm. 3.

6] *Mädchen-Rolle:* Im 2. Buch, Kapitel XXV, in TMs Ausgabe 172–177.

14 7] *Einstimmige Kundgebungen:* Am 23. 1. 1951 verabschiedete der US-Senat eine die Kongreß-Entschließung vom 19.1. eher übertreffende Resolution, in der die UN aufgefordert werden, Rot-China unverzüglich als Aggressor zu brandmarken und den Kommunisten zu erklären, daß man sie als Vertreter Chinas in der UN nicht akzeptieren werde.

24. 1. 1951

14 1] *Attlee erklärt:* England werde die Verdammung Rot-Chinas mittragen, sagte der britische Premier Clement Richard Attlee (1883–1967) im Unterhaus, es werde jedoch gegen die von den USA vorgesehenen Sanktionen stimmen.

2] *Churchill warnt:* Der britische Oppositionsführer hatte im Anschluß an die Rede des Premiers vor den Gefahren gewarnt, die dem Lande drohten, »if any serious divergence should arise between British and American policy«. Er war durch den Zwischenruf eines Labour-Abgeordneten »We don't want to be dragged into war!« unterbrochen worden.

3] *Faust-Band:* Der fünfte, von Ernst Beutler besorgte Band der Artemis-Ausgabe.

4] *Artikel:* ›Can we save America from herself?‹ , ›The New Statesman and Nation‹, No. 1033 v. 23. 12. 1950, 641.

25. 1. 1951

1] *Leon. Mendelssohn:* Die Pianistin und Schauspielerin Eleonora von Mendelssohn (geb. 1900), 1938 von Österreich in die USA geflohen, hatte am 24.1. in New York Suizid begangen. S. auch TB 49/50, 594. 14

2] *Helden- und Weltordnungsutopie:* Im IV. Kapitel des 3. Buches, in TMs Ausgabe S. 215–222. Vgl. auch die in TMS V, 281–283 abgedruckten Textstellen.

3] *an [..] Jacoby:* Der Brief – vermutlich an den TB 22. 1. 1951 erwähnten »schwermütigen Sohn« von Monika Manns Wirtin – ist nach Reg. IV, 588, verschollen.

26. 1. 1951

1] *Artikel aus London Times Litt. Supplement:* ›The Artist and The Real World‹, TLS, 5. 1. 1951, 1–3: eine vom Druck der Rede *Meine Zeit* ausgehende, ebenso kenntnisreiche wie originelle, manchmal ironische und oft witzige Betrachtung (s. TM/AEM 1086) Erich Hellers über das Verhältnis des Künstlers zur Realität im Werk TMs. Daß TM selbst die Benutzung seines ureigenen Stilmittels Ironie zur Darstellung gewisser Konstellationen seines künstlerischen Werdegangs nicht unbedingt entzückte, wird klar, wenn man sich den Tenor des Essays an Hand einiger Thesen vor Augen hält: »Highly ironical, too, is the history of Thomas Mann's style: the more radically he renounced his earlier German nationalism, the more untranslatably German became his books. [...] This also accounts for the slightly anomalous reputation of Thomas Mann's later works abroad. In translation they command respect without affording much spontaneous pleasure. [...] It is a style which consists so largely of allusion and suggestion, quotation and parody, that some of Thomas Mann's critics have asked whether his work carries sufficient substance of its own to be counted among the great achievements of world literature.« Die von TM besonders apostrophierte abschätzige Beurteilung seiner politischen Haltung befindet sich auf S. 3 der Publikation: »It is significant that Thomas Mann in so many of his works exposes the questionable moral status of the artist's position ›outside life‹ – with 14 the utmost respect for it, but even then with irony and some moral doubts, in the case of Goethe as presented in *Lotte in Weimar* – without ever reaching beyond the somewhat simple-minded recommendation that a concern for ›life‹, an interest taken in its social and political affairs, may serve as a remedy for the moral disease, as though the self-conscious application of a moral insight could cure what is, on the evidence even of Thomas Mann's own writings, a state of deep spiritual disorder. Thus it is not surprising that there is usually a note of unconvincing naivety, indeed awkwardness and clumsiness, in his political declarations. They often sound like the appeals of a Hamlet who, having discovered that the world is out of joint, makes himself the spokesman of a committee for the prevention of royal assassinations. It is, to this day, Tonio Kröger's guilty conscience which compels Thomas Mann to play from time to time the part of a Lübeck senator, exhorting the citizens of a ruined city and world to fulfil their municipal duties.«

15 2] *mit kühlem Brief:* P. P. 26. 1. 1951; TM/AEM 749/750.

27. 1. 1951

15 1] *Fixierung der Preise:* Um dem ungebremsten Steigen der Lebenshaltungskosten seit dem Beginn des Korea-Krieges zu begegnen, verordnete die Regierung auf Weisung des Economic Stabilizer Eric Johnston am 26. Januar ein zeitweiliges Einfrieren der meisten Preise und Löhne.

2] *Aufsatz von Aldous Huxley:* ›Die zweifache Krise‹, ›Die Neue Rundschau‹, Jg. 61, 1950, H.2 , 299–326.

3] *In dem [. . .] »Silberboot«:* Klaus Mann, ›Im Schatten eines großen Vaters. Aus einer Autobiographie‹, ›Silberboot‹, Jg. 4, H. 3, März 1949, 159–165.

4] *O. M. Graf:* Der bayerische Romancier Oskar Maria Graf (1894–1971), 1918 zur revolutionären Gruppe um Kurt Eisner gehörig, floh 1933 nach Wien und lebte seit 1938 in New York. S. *Für Oskar Maria Graf*, 1954, GW X, 538, und TB 46–48, 417.

5] *Artikel [. . .] über deutsche Literatur:* Oskar Maria Graf, ›Die Unteilbarkeit der deutschen Literatur. Eine nicht gehaltene Rede‹, ›Deutsche Beiträge‹, Jg. 4, H. 6, Dez. 1950, 432–448.

28. 1. 1951

1] *Bevan:* Der britische Labour-Politiker Aneurin Bevan 15
(1897–1960), ursprünglich Bergarbeiter, Gewerkschaftler, Abgeordneter, Gesundheitsminister, 1951 kurzzeitig Arbeitsminister, dann außenpolitischer Experte seiner Partei.

2] *Earlssohn:* UP berichtete am 27. 1. 1951 aus London, daß der 43jährige Tory John Fox-Strangway, »second son of the Earl of Ilchester, planted his foot stoutly on Mr. Bevan's posterior and gave the Minister a push to his car«. Worte seien, getreu dem Wahlspruch der herzoglichen Familie ›Deeds Without Words‹, während des Vorgangs beim Verlassen des exklusiven ›White Club‹ »on fashionable St. James Street, founded in 1693« nicht gewechselt worden; der Täter habe jedoch seine Club-Mitgliedschaft zurückgegeben. (NYT 28. 1. 1951, 2:5)

3] *Austin schwört:* Der US-Botschafter bestand während der UN- 16
Sitzung vom 27. 1. 1951 auf Brandmarkung Rot-Chinas und sofortigen Überlegungen zur Frage der Bestrafung. Er fügte jedoch hinzu, daß derartige Überlegungen »would not commit any member to any particular measure in advance of an Assembly vote on the collective measures«. Wenn die Kommunisten einlenkten, wären überhaupt keine Erwägungen über Sanktionen notwendig.

4] *Krischna Murti:* Der indische Weisheitslehrer Jiddu Krishnamurti (1895–1986) lebte unweit der Manns in Pacific Palisades.

5] *Erik-Szene:* TM bezieht sich in seinen Überlegungen auf die großen Duette zwischen Erik und Senta im zweiten Aufzug und am Schluß von Richard Wagners Oper ›Der Fliegende Holländer‹, sowie auf Sentas Arie »Wohl kenn ich dich! Wohl kenn ich dein Geschick;/ ich kannte dich, als ich zuerst dich sah!/ Das Ende deiner Qual ist da! Ich bin's,/ durch deren Treu dein Heil du finden sollst.«

6] *Hans Heiling:* Die Titelfigur der gleichnamigen Oper von Heinrich Marschner (1795–1863).

7] *an Graf:* An Oskar Maria Graf, P. P. 28. 1. 1951; Reg. IV, 51/40: »Dank für Ihren schönen Aufsatz. Sie haben so eine gute, warme, gewinnende Art zu schreiben, daß einem das Herz aufgeht. An Ihnen ist kein Falsch, das fühlt man. Glauben Sie mir, ich lege großen Wert auf Ihre Freundschaft! So ein bejahendes Wort von Ihnen ist besser, als die Analysen der Nichts-als-Gescheiten.«

29. 1. 1951
In der Handschrift fälschlich mit »50« datiert.

16 1] *holländische Regierung [...] gestürzt:* Aus Solidarität mit dem amtierenden Außenminister Dirk U. Stikker, dessen liberale Indonesienpolitik von der eigenen (liberalen) Partei die Unterstützung versagt wurde, trat das gesamte Kabinett des niederländischen Premiers Willem Drees zurück und löste damit eine siebenwöchige Regierungskrise aus, die erst am 14. März durch Wahl einer neuen Regierung beendet werden konnte.

2] *Atombomben-Explosionen:* Am 27. und 28.1. sowie am 1. 2. 1951 fanden im Auftrag der Atomic Energy Commission auf dem Air Force-Testgelände in der Wüste von Nevada Versuche mit Nuklear-Bomben statt.

3] *Koestler:* Der ungarisch-deutsche Journalist und langjährige Berater des Ullstein-Verlags, Arthur Koestler (1905–1983), Mitherausgeber des ›Monat‹, war 1931 der KP beigetreten, hatte am Spanienkrieg teilgenommen, 1937 die Partei verlassen und sich zu einem überzeugten Antikommunisten entwickelt.

4] *Artikel von Harold Nicolson:* Der ›Spectator‹-Abdruck konnte nicht ermittelt werden. Deutsch erschien der Artikel unter dem Titel ›Thomas Manns Selbstbekenntnis‹, ›Englische Rundschau‹, Kulturbeilage zur ›Brücke‹, No. 6, 1951, 1–3.

5] *Bericht im »Aufbau«:* [Marcus]-e., ›Thomas Mann erzählt‹, ›Aufbau‹, vol. XVII, No. 4 v. 26. 1. 1951: »Der Fairfax Tempel war überfüllt. In einer Ansprache spendete der Hausherr, Rabbiner Dr. *Sonderling*, dem Roman-Werk ›Joseph und seine Brüder‹ das höchste und klügste Lob: er sagte nicht, Thomas Mann habe ihm die Bibel wieder nahegebracht – sondern, er habe sie ihm wieder geheimnisvoll gemacht./ [...] Thomas Mann ist ein glänzender Vorleser, weil er sich so gut dabei unterhält. Sein Vergnügen ist ansteckend. Er spielt da ein ganzes Theater: akustisch; er ist ein lustiger Menschenstimmen-Imitator. Was er nun an diesem Abend in die blaue Luft setzte – blau, obwohl im Tempel nicht geraucht werden durfte – war ein Mannsches Mittelalter: übermütig-leger nach Hartmann von der Aue. Die Farben sind garantiert echt. Die Mischung ist ebenso echt, nur eine lange Reihe von Jahrhunderten jünger; jugendlichster Thomas Mann. [...]«

17 6] *3 Artikel der Meyer:* Die Artikel sind von H. R. Vaget in seiner

Edition TM/AEM, 1087, aufgeführt. Die von TM hier besonders apostrophierte Abhandlung über den drohenden Ruhr-Streik war am 28. 1. 1951 unter dem Titel ›Ruhr Magnates and Schuman Plan‹ in der ›Washington Post‹ erschienen.

30. 1. 1951
In der Handschrift versehentlich mit »50« datiert.
1] *der franz. Faustus:* ›Le Docteur Faustus. Roman‹, Paris 1950. *17*
2] *Albin Michel:* Im Verlag Albin Michel erschienen seit 1949 TMs Werke in französischer Sprache.
3] *Geschwätz im Times Supplement:* S. TB 26. 1. 1951, Anm. 1, und an Walter Rilla, P. P. 31. 1. 1951, Reg. IV, 51/42: »Ich habe ihn [den Artikel] mit etwas verzerrter Miene gelesen.«
4] *Shaw-Vortrag in London:* S. Brief an Agnes Meyer, 31. 1. 1951, Reg. IV, 51/41; Br. III, 187; TM/AEM 750/751: »Ich hatte einige erfreuliche Nachrichten in den letzten Tagen. Mein Shaw-Vortrag im Third Programme von B. B. C. scheint ein wahrer ›hit‹ gewesen zu sein – ganz gegen mein Erwarten.«
5] *Reise nach Paris:* Den Anfang von I,7: GW VII, 385–403.

31. 1. 1951
1] *branded as aggressor:* Im Manuskript steht »brandet«. Zur Sache s. TB 23. 1. 1951, Anm. 7. *17*
2] *Security Council:* In der Handschrift steht »Consel«:
3] *General-Offensive:* Nahe Seoul hatte ein Angriff der 8. US-Armee die ›Reds‹ in die Defensive gebracht.
4] *an die Meyer:* S. TB 30. 1. 1951, Anm. 4.
5] *an W. Rilla:* S. TB 30. 1. 1951, Anm. 3.
6] *Briefe Bruno Franks:* Der Vorsitzende der Deutschen Schillergesellschaft, Erwin Ackerknecht, hatte TM in einem Schreiben vom 12. 1. 1951 um Briefe für eine geplante Bruno-Frank-Gedächtnisausstellung gebeten. TM antwortete am 4. 2. 1951, Reg. IV, 51/44: »Bruno Frank und ich haben meistens nachbarlich mit einander gelebt, und ein sehr umfangreicher Briefwechsel liegt nicht vor. Ich sende Ihnen mit gewoehnlicher Post eine kleine Anzahl sehr schoener und charakteristischer Schreiben von seiner Hand. Auf die Dauer wuerde ich mich ungern davon trennen, und so bitte ich Sie, Ihrem Vorschlag gemaess, Photokopien davon herstellen zu lassen und mir

die Originale baldmoeglichst zurueckzusenden.« (Marbach) – Ob TM die Briefe damals wirklich abschickte, läßt sich nicht mehr rekonstruieren. – Nach Mitteilungen aus Marbach besitzt das Deutsche Literaturarchiv fünf Originalbriefe Bruno Franks an TM, die jedoch erst von Frau Liesl Frank-Mittler am 11. 1. 1964 gestiftet wurden. Hingegen vermerkt das Akzessionsjournal am 6. 3. 1951 den Erhalt sämtlicher Briefe von Bruno Frank an Klaus Mann, deren Originale, entgegen dem aus TMs Begleitschreiben ablesbaren Wunsch, in Marbach verblieben. Eine Korrespondenz, aus der der Erhalt und das Retournieren der Schreiben Franks an TM zu schließen ist, liegt nicht vor.

18 7] *Mt.-Organisation für Yale:* TM beabsichtigte, einen Teil seiner Manuskripte der Yale University zu verkaufen. Über das Scheitern des Projektes unterrichten die TB-Eintragungen der folgenden Wochen.

8] *Tagebuch-Hefte:* TM änderte die Sperrfrist später in ›20 Jahre‹. S. Peter de Mendelssohns Einleitung zu TB 33/34.

1. 2. 1951

18 1] *an Moni:* Verschollen, s. Reg. IV, 588.

2] *an Kahler:* An Erich von Kahler, P. P. 1. 2. 1951, Reg. IV, 51/43; Bl. TMG No. 10, 1970, 51.

3] *Kahler:* Der in Prag geborene Historiker und Kulturphilosoph Erich von Kahler (1885–1970), den TM seit 1919 kannte und mit dem er seit seiner Princetoner Zeit freundschaftlich verbunden war. (S. TB 46–48, 422.)

2. 2. 1951

1] *Eisenhowers Report:* Die Rede zur Information des Kongresses am 1. 2. 1951 wurde als ›Radio/TV Address to the Nation‹ über alle amerikanischen Sender übertragen.

19 2] *von Basler mit Akten eines Briefwechsels:* Burg/Aargau, 26. 1. 1951; im TMA. Die Beilagen bestehen aus dem Schreiben eines jungen TM-Bewunderers und einer als Antwort auf »törichte Briefe« mehrfach versandten Epistel Hesses: »Sehr geehrter Herr,/ Ich erhielt Ihren Brief und hätte mich über ihn gefreut, wenn er nicht die Abhandlung über meinen lieben Kollegen und Freund Th. Mann enthielte./ Ihr Deutsche habet diesen Mann ausgebürgert, um seine

Habe bestohlen, am Leben bedroht und auf jede Weise verfolgt und beschimpft – und nun steht Ihr da und wäget ab, ob man ihm diesen Schritt verzeihen oder jenes Wort von ihm gelten lassen könne! Da stehn uns armen Ausländern die Haare zu Berge. Statt Eurer Kritiken und Beschimpfungen solltet Ihr diesem Mann auf den Knien Abbitte tun. Aber bekanntlich ist ja in Deutschland kein Mensch mitschuldig an dem, was Ihr seit 1933 über die Welt und Euch selbst gebracht habt./ Da Ihr es nicht tuet, schäme ich mich an Eurer Stelle dieser unverzeihlichen Dinge./ Es grüsst Sie Ihr/ H. Hesse.«

3] *Aufsatz »Geist und Teufel«:* Kurt Leonhard, ›Der Geist und der Teufel. Anmerkungen zu zwei neuen Variationen des Faust-Themas‹, ›Die Neue Rundschau‹, Jg. 61, 1950, H. 5, 588–602.

4] *Adorno über Benjamin:* T. W. Adorno, ›Charakteristik Walter Benjamins‹, ›Die Neue Rundschau‹, a.a.O. 571–584.

5] *über Historie:* Walter Benjamin, ›Über den Begriff der Geschichte‹, ›Die Neue Rundschau‹, a.a.O. 560–570.

6] *an Adorno:* Nach Reg. IV, 588, verschollen.

7] *Materialstudien:* Vgl. das Interview mit der Zürcher ›Weltwoche‹ vom 3. 12. 1954: »*Material?*/ Nun ja, Zeitungsausschnitte, Notizen, Produkte meines ›Kritzelns‹, Bilder.« Einige der Materialien sind in dem Band ›Bild und Text bei Thomas Mann. Eine Dokumentation‹, hrsg. von Hans Wysling unter Mitarbeit von Yvonne Schmidlin, Bern und München 1975, 82–153 enthalten. S. ferner die Zusammenstellung der Anschauungsmaterialien in TMS V, 515.

3. 2. 1951

1] *Nuclear tests:* S. TB 29. 1. 1951, Anm. 2. Die Versuchsserie wurde *19*
mit zwei weiteren Explosionen am 2. und 6. 2. fortgesetzt.

2] *Affaire:* Der Bericht, den die ›New York Times‹ am 1. 2. 1951 über die TB 22. 1. 1951 erwähnte und im Anhang, Dok. 5, S. 762 dokumentierte Friedensinitiative unter der im TB erwähnten Überschrift brachte, zitierte aus der Grundsatzerklärung und hob, um die kommunistische Lenkung der Aktion zu denunzieren, vor allem auf die »other listed sponsors of the Pilgrimage« – in erster Linie natürlich auf den sich offen als Kommunist bekennenden schwarzen Sänger und Schauspieler Paul Robeson – ab, die (unter Auslassung der eigentlichen Initiatoren) namentlich aufgeführt wurden. Der Artikel war der Anlaß für TMs Brief an den Herausgeber der NYT

(s. Anm. 5) und, nachdem die Publikation des Briefes auf Betreiben von Alfred Knopf unterblieb (s. TB 8. 2. 1951, Text und Anm. 2, TB 9. 2., Anm. 1 und TB 12. 2., Anm. 2), für die UP-Erklärung vom 12. 2. 1951 (s. Anhang, Dok. 10, S. 767), daß er von nun an auf jedwede Unterstützung politischer Aktionen verzichten werde.

3] *Prof. Morrison:* Der Atomphysiker Philip Morrison (geb. 1915) gehörte zum Initiativ-Komitee für die ›American Peace Crusade‹ und hatte TM um Unterstützung der Aktion gebeten. S. auch TB 22. 1. 1951, Anm. 1.

4] *von »Time« [...] beantwortete:* Beide Dokumente befinden sich nicht unter den im TMA verwahrten Archivalien.

5] *Letter to the Times Editor:* P. P. 4. 2. 1951, Reg. IV, 51/47. Der deutschsprachige Entwurf für dieses bislang nur in der englischen Version bekannte Schreiben (s. z. B. TM/AEM 753–755) befindet sich im TMA und ist im Zusammenhang mit den anderen Dokumenten über den Vorgang im Anhang, Dok. 6, S. 763–765 abgedruckt.

4. 2. 1951

19 1] *Warnungsbrief Knopfs:* Das Schreiben, datiert New York, 2. 2. 1951, fand sich im Knopf-Archiv, New York und ist, gemeinsam mit TMs Antwort, P. P. 4. 2. 1951, Reg. IV, 51/50, im Anhang, Dok. 7 und 8, S. 765/766 abgedruckt.

2] *Begleitbrief [...] an die Times:* P. P. 4. 2. 1951, Reg. 51/48.

3] *Erklärung meines Rücktritts:* An Philip Morrison, Cornell University, P. P. 4. 2. 1951, Reg. IV, 51/52. Text im Anhang, Dok. 9, S. 766.

20 4] *an Basler:* P. P. 4. 2. 1951, Reg. IV, 51/45; Br. III, 189.

5. 2. 1951

20 1] *von Mrs. Meyer:* TM/AEM 751/752 enthält ein Schreiben mit Briefkopf Washington, Crescent Place, N. W., das mit dem TB 4. 2. 1951, Anm. 1 nachgewiesenen und im Anhang, Dok. 7, S. 765 wiedergegebenen Brief von Alfred Knopf identisch ist.

2] *an sie:* An Agnes E. Meyer, P. P. 5. 2. 1951, Reg. IV, 51/57, TM/AEM 752: »Ihr Schrecken über den Times-Artikel ist nur zu begreiflich. Ich kann Sie nur auf die Erklärung [s. Anhang, Dok. 6, S. 763/765] verweisen, die ich dem Editor eingesandt habe. [...]/ Ich habe mich noch einmal hinters Licht führen lassen – zum letzten mal.

Von nun an wird es von mir keine sponsorship und keine Unterschrift mehr geben, für nichts und in keinem Fall./ [...]«
3] *an ein [...] deutsches Fräulein:* Nicht ermittelt.
4] *Brief und politisches Manuskript von Guillemin:* Beide Dokumente befinden sich nicht in TMs Zürcher Nachlaß. Bei dem Manuskript dürfte es sich um Bernard Guillemins als Manuskript vielfach versandten Artikel ›The Philosophy of Peace‹ handeln, der TM wenig später noch einmal in drei Kopien von John Somerville zugeschickt wurde. (S. den TB 10. 1. 1951, Anm. 2 nachgewiesenen Brief.)
5] *Schrift:* Henry H. Remak (geb. 1916), ›Goethe on Stendhal: Development and Significance of his Attitude‹, ›Goethe Bicentennial Studies‹, Indiana University, Bloomington, Hum. Sect. No. 22, 1950.

6. 2. 1951
1] *von der Meyer:* Vermutlich hat TM diesen Brief im Zorn ver- *20*
nichtet; s. das TB 9. 2. 1951, Anm. 2 nachgewiesene Schreiben an Helen Lowe-Porter: »Ihr Brief, in seiner freundschaftlichen Besonnenheit und Nachdenklichkeit, bildet ein musterhaftes Gegenstück zu dem hysterischen Geschrei, das Mrs. Meyer beim Erscheinen des perfiden Times-Artikel erhob. *Ihr* kam *nicht* der Gedanke, dass seine Korrektheit ›a little unlikely‹ sei. Sie beeilte sich, mich des Verrats an dem Lande zu bezichtigen, das mir ›so grosse Wohltaten erwiesen hat‹. Wer das Schreckliche, das in seinem Lande geschieht, schrecklich nennt, war noch immer ein Verräter. So war es in Deutschland, und so ist es jetzt hier. Diese von ihrer Klasse und ihrem Reichtum bornierte Person glaubt in ihrem banalen und falschen ›Patriotismus‹, mich schulmeistern zu dürfen. Sie wird an mich denken.«
2] *an Guillemin:* Das Schreiben an Bernard Guillemin ist nach Reg. IV, 588, verschollen.

7. 2. 1951
1] *an Remak:* An Henry H. Remak, P. P. 7. 2. 1951, Reg. IV, 51/59; *21*
Br. III, 189.
2] *Brief der Lowe-Porter:* New York, 4. 2. 1951: »I saw in the press that you have joined the ›American Peace Crusade‹, and I admired the courage of your act – if, indeed, it has been correctly reported, which seems a little unlikely. If the account is correct, then I am sure you

acted with full knowledge of the fact that coupled with Paul Robeson's name any peace movement is bound to be referred to in quotation-marks and your adhesion to it to brand you as a ›communist‹. Yet I find it just conceivably possible that you have decided to resolve by this act the dilemma which confronts every ›non-communist radical‹ – these are days when practically every label in the political field is a double entendre, so I must use quotes here too, however literally and unequivocally the words are meant. Along with many other Americans I have felt keenly the impossible position in which we are placed. Is there any hope – have *you* any hope? – that such an act as yours can achieve for us a platform of non- (or even anti-) communist protest against the policies of our country?« (Im TMA)
3] *Lowe-Porter:* TMs amerikanische Übersetzerin Helen Tracy Lowe-Porter (1877–1963), die zwischen 1924 und 1951 fast sein gesamtes Werk ins Englische übertrug (s. TB 44–46, 415).

8. 2. 1951

21 1] *Begann II, 8:* GW VII, 403–434: Krulls Begegnungen mit Stanko und Stürzli.
2] *meinen Brief nicht enthielt:* Vgl. A. A. Knopf an TM, New York, 6. 2. 1951: »[. . .] I have spoken to Arthur Sulzberger and have asked him to make a point of having your letter brought to his personal attention./ More than that I cannot say now except a hearty ›Amen‹ to the last part of the last paragraph of your letter to the Editor of the *Times.*« (Im Knopf-Archiv, New York) Sulzberger antwortete Knopf am selben Tag: »The point of my real concern in the matter of Thomas Mann's letter is whether the publication of this letter as he has sent it to you might not do him more harm than good. It depends on how sound the people whose names he lists in his second paragraph really are. While I do not happen to be in a position to know, my suspicions are aroused and if they are justified the publication of the letter in its entirety would certainly tend to make a bad matter worse.« (Im Knopf-Archiv)
3] *»Trio«:* Der 1950 in England unter der Regie von Ken Annakin und Harold French nach drei Kurzgeschichten von Somerset Maugham (›The Verger‹, ›Mr. Knowall‹ und ›Sanatorium‹) gedrehte Film mit James Hayter, Nigel Patrick, John Laurie und Finley Currie in den Hauptrollen.

4] *an Frau Voßler:* An Emma Voßler, P. P. 8. 2. 1951, Reg. IV, 51/68.

5] *an einen New Yorker Romanisten:* An Erich Berger, P. P. 8. 2. 1951, Reg. IV, 51/61: ».. . die Dante-Anführungen auf S. 251/52 des ›Doktor F[austus]‹ habe ich nicht, wie das italienische Motto des Buches, von Dante direkt, sondern aus einem Bande Ihres verewigten Kollegen Carl Vossler mit Uebersetzungen von allerlei romanischer Poesie. Von ihm stammt auch die Fassung des Verses ›so sehet wenigstens, wie schön ich bin‹. [TM läßt seinen Korrespondenten wissen, daß er das o.g. Buch nicht greifbar und deshalb an Frau Voßler geschrieben habe.] Es muß sich zeigen, ob ich eine Konfusion angerichtet habe, oder ob, wie ich doch glauben möchte, die Verse bei Dante zu finden sind.« (Kopie im TMA)

9. 2. 1951

1] *Telegramm:* Nach Reg. IV, 588, verschollen, auch im Knopf-Archiv nicht mehr vorhanden. Wie wichtig TM die Publikation seines Briefes war, geht jedoch auch aus einem Schreiben an Knopf, P. P. 8. 2. 1951, hervor, das sich im New Yorker Verlags-Archiv befindet: »[. . .] The article in the New York Times on the so-called Peace Crusade has depressed me greatly, and I can only hope that Mr. Sulzberger will have the decency to publish my ›letter to the editor‹ in full. I have been deceived once more – for the last time. The promise made at the end of my statement is meant very seriously.« 21

2] *an Mrs. Lowe:* An Helen Lowe-Porter, P. P. 9. 2. 1951, Reg. IV, 51/69: »[. . .] Ich bin tief angewidert und deprimiert von alldem, und wenn Sie mich nach meinen Hoffnungen fragen, so kann ich nur sagen: ich habe keine. Die Kräfte, die dem Unheil wehren wollen, sind einflusslos und unbeholfen, die grosse Menge apathisch, fatalistisch und systematisch verdummt, die Arbeiter politisch unerzogen, und das Verhängnis nimmt stur und nach den niedrigsten Gesetzen seinen Lauf. Kein gutes Buch und kein Wort der Wahrheit, das noch geäussert werden darf, wird es aufhalten. Ich fürchte, dies Land wird furchtbare Lektionen zu lernen haben./ [. . .]«

3] *The Origins of Totalitarianism:* Erschienen bei Harcourt, Brace and Comp., New York 1951.

4] *Hanna Arendt:* Die Politikwissenschaftlerin und Soziologin Hannah Arendt (1906–1975) war – nach einem Philosophiestudium bei

Martin Heidegger, Edmund Husserl und Karl Jaspers – 1933 nach Frankreich und 1940 in die USA geflohen, wo sie zunächst als freie Schriftstellerin und Publizistin, dann als Dozentin für Politikwissenschaft, und ab 1959 Professorin, in Princeton lebte.

5] *was mich betrifft:* Hannah Arendt erwähnt in ihrem Buch TM an zwei Stellen: einmal in Verbindung mit dem emotionsbetonten Nationalismus der deutschen Dichter zu Beginn des Ersten Weltkriegs (Teil II, Kap. 10, Abschnitt 2), dann, und auf diese Stelle bezieht sich TM im vorliegenden Eintrag, in Teil II, Kapitel 6, ›Race-Thinking Before Racism‹, Abschnitt 3, ›The New Key to History‹ (in der deutschen Übersetzung ›Gobineau‹ überschrieben): Hannah Arendt stellt Gobineau in die Tradition der europäischen Dekadenz-Betrachtungen des 19. Jahrhunderts und analysiert seine Mischung aus Aristokratismus und Untergangsstimmung, die bei ihm jedenfalls »manchmal in den besten Passagen« jene große Verzweiflung der Dichter erreicht habe, die wenige Dekaden später »the frailty of all things human« besangen, *»les neiges d'antan«*, den Schnee von gestern. »As far as Gobineau himself was concerned, this affinity is rather incidental; but it is interesting to note that once this affinity was established, nothing could prevent very respectable intellectuals at the turn of the century, like Robert Dreyfus in France or Thomas Mann in Germany, from taking this descendant of Odin seriously. Long before the horrible and the ridiculous had merged into the humanly incomprehensible mixture that is the hallmark of our century, the ridiculous had lost its power to kill.« (a.a.O. 172)

6] *Gobineau's Abstammung von Odin:* Gobineau hatte, wie Hannah Arendt nachwies, von sich behauptet, er könne »seine eigene Abstammung über skandinavische Piraten bis zu Odin zurückdatieren«. (a.a.O. 172, Anm. 32)

10. 2. 1951

22 1] *Bab:* Der Schriftsteller, Kritiker, Dramaturg und Theaterhistoriker Julius Bab (1880–1955) war 1940 über Frankreich in die USA gelangt.

2] *Bericht in Time-Magazine:* ›Communists. The Way of the Dupe‹, ›Time‹, 12. 2. 1951, 13: »[...] At the Mann home in California, Mann's daughter Erika rushed forth with a voluble explanation. About two weeks ago, she said, 75-year-old Dr. Mann got a letter from ›a

Cornell University physicist whom we know‹, inviting Mann to become a sponsor for a peace organization. The language was ›highly civilized‹, and the seven names on the letterhead seemed ›flawless‹. The names of Robeson, Fast *et al.* did not appear. ›Otherwise, Dr. Mann would not have read further‹, said Miss Mann flatly./ The letter sounded innocuous – it took two nations to start a war; it was all right to be firm with Russia, but we must lead the way in creating an atmosphere of wanting world peace. This aim seemed ›praiseworthy‹ to Dr. Mann, and he wrote that he would be delighted to lend his name, but did not feel he could help as an organizer. That was the last he had heard until the announcement appeared./ It was the typical story of a Communist dupe – and Thomas Mann had shown himself to be only too susceptible to the Communist shell game. The Warsaw Peace Conference had elected Dr. Mann to its presidium *in absentia*, and Mann had had to cable a protest and his explanation: he had written France's Communist Dr. Joliot-Curie refusing to attend the conference but expressing his sympathy for Joliot-Curie's efforts for peace. Mann had refused to sign the Stockholm petition, but had sent a recorded message to Chicago's Mid-Century Conference for Peace taken over by the same gang./ Mann, in a time when everyman must keep his wits about him, had not been paying strict attention. [. . .]«

3] *Révy's:* Der TM aus München bekannte Schauspieler und Regisseur Richard Revy (1885–1965) wohnte mit seiner Frau Alma Jo nahe den Manns in Westwood.

4] *»Auf überwachsenen Pfaden«:* Das Buch des norwegischen Romanciers und Nobelpreisträgers Knut Hamsun (1859–1952) war 1949 unter dem Titel ›Auf verwachsenen Pfaden‹ in deutscher Übersetzung in München erschienen. Zu TM und Knut Hamsun s. auch *Die Weiber am Brunnen* (1922), GW X, 617–624 und *Knut Hamsun zum siebzigsten Geburtstag* (1929), GW X, 459–464.

11. 2. 1951

1] *Erklärung für U. Pr.:* S. Reg. IV, 51/73. Das Dokument ist im 22
Anhang, Dok. 10, S. 767 abgedruckt.

2] *an Slochower:* An Harry Slochower, P. P. 11. 2. 1951, Reg. IV, 51/72: »Ich habe in letzter Zeit sehr widerwärtige Erfahrungen gemacht. Die smear-story der N. Y. Times, die meinen Namen in der

Ueberschrift mit dem Robesons verkoppelt, werden Sie gesehen haben. Der Brief, den ich an den editor richtete und in dem ich den wahren Hergang mitteilte, ist von dem Blatt bis heute wortlos unterdrückt worden. Unanständigkeit auf allen Seiten. Ein des Kommunismus völlig unverdächtiges Comité mit Namen von Gelehrten, Missionaren etc. wendet sich an einen in der Sache des Friedens, und gibt man seinen Namen, so findet man ihn auf einer Sponsorenliste, die von grell kommunistisch gefärbten Namen wimmelt. Diese waren denn auch wohl die eigentlichen Initiatoren. Ich werde mich überhaupt an keiner wie immer gearteten Kollektiv-Aktion mehr beteiligen!« (Kopie im TMA)

3] *Slochower:* Der aus Österreich stammende Literarhistoriker und Psychologe Harry Slochower (1900–1985) lehrte ab 1928 am Brooklyn-College, New York und veröffentlichte mehrere Arbeiten über TM.

4] *Unruh-Gesellschaft abgelehnt:* Zusammenhang nicht ermittelt.

5] *Monteux:* Der französische Dirigent Pierre Monteux (1875–1964), seit 1917 vorzugsweise in den USA tätig, leitete von 1936 bis 1952 das San Francisco Symphony Orchestra, in dem Michael Mann zeitweise als Bratschist spielte.

12. 2. 1951

22 1] *38. Br. Grad [...] überschritten:* Ein später widerrufener Bericht, südkoreanische Truppen hätten am 11. 2. 1951 den 38. Breitengrad in Richtung Norden überschritten, brachte den USA eine Warnung des englischen Premierministers ein, der vor dem Unterhaus betonte, seine Regierung habe signalisiert, daß sie keine neue Invasion Nord-Koreas ohne die »with fullest comprehension of the political implications« gegebene Zustimmung der anderen UN-Mitgliedsstaaten dulden würde.

2] *Telegramm von Knopf:* »The Times has held off printing your letter at my request. Mailing you airmail special full explanation. Alfred.« (Im Knopf-Archiv)

3] *Wallenberg:* Die Druckerei Wallenberg and Wallenberg, New York, druckte zur Erlangung des amerikanischen Copyrights, wie schon im Fall des *Doktor Faustus* (s. TB 49/50, 621), auch den *Erwählten* in einer mimeographierten deutschen Ausgabe in einer Auflage von 50 Stück.

4] *Bericht über den Shaw-Vortrag:* ›The New Statesman and Nation‹, vol. XLI, No. 1038 v. 27. 1. 1951, 97, ›Radio Notes‹: »As a whole, the English treated the death of Shaw with a graceless perfunctoriness: to some extent, therefore, the brilliant stroke of imagination that prompted the B. B.C. to record in California the views of the greatest living novelist on his greatest contemporary in the drama redeems us from the general charge of philistine churlishness. Dr. Mann's talk had, of course, its double interest. There was the content, Mann on Shaw; and here, it seemed to me, Dr. Mann quite magisterially ›placed‹ his subject; this, or something like it, one felt while listening, will be the judgment of posterity. From its very nature the talk was such as no living Englishman or Irishman, however eminent, could have given, and therein lay its value. But then there was one's interest in Dr. Mann himself, his speaking voice, method of delivery, even his mispronunciations of English words, and so on.« 23

5] *Erikas »Emergency«:* Das Band mit Erika Manns kabarettistischer Darbietung ›National Emergency‹ ist im TMA erhalten.

6] *Attlee im Unterhaus:* S. Anm. 1.

13. 2. 1951

1] *Fragen aus Frankfurt [...] beantwortet:* Im TMA fanden sich keine Dokumente hierzu; das Deutsche Literaturarchiv in Marbach besitzt ein Telegramm von TM an den S. Fischer Verlag vom 15. 2. 1951 mit Anweisungen für letzte Korrekturen zum *Erwählten* in der Stockholmer Ausgabe; es lautet: »Notiz einverstanden nach Inhaltsverzeichnis. Werimbald[,] Finuf[,] Schwerter[,] Thron richtig. Seite 19 Anschauwe[,] 79 Reimwort auf frieden liden statt Leiden. Mann.« 23

2] *Briefe des [...] Moering:* Zwei Briefe von Ernst Moering, Brehna, Kreis Bitterfeld, 18.10. und 8. 11. 1950, befinden sich im TMA. Ernst Moering (1886–1973) war zunächst Pfarrer in Breslau, ab 1927 dort Direktor der Städtischen Volksbüchereien und Lesehallen. 1933 wurde er entlassen, kam für mehrere Wochen ins KZ und arbeitete ab 1938 in verschiedenen Buchhandlungen in Berlin.

3] *H. E. Jacob:* Der Schriftsteller und Journalist Heinrich Eduard Jacob (1889–1967) war, nach einer Konzentrationslager-Haft 1938/39 in Dachau und Buchenwald, 1940 in die USA entkommen und lebte in New York.

14. 2. 1951

23 1] *von Knopf [...] an Knopf:* New York, 12. 2. 1951, im TMA. Das Schreiben mit Knopfs Erklärung, warum er den Abdruck des TM-Briefes verhinderte, ist zusammen mit einer weiteren Nachricht, New York, 13. 2. 1951, und TMs abschließender Reaktion, P. P. 14. 2. 1951, Reg. 51/77 (»I now consider the incident to be closed«) im Anhang, Dok. 11, 12 und 13, S. 767–771 abgedruckt. Zu dem kurzen ›Nachspiel‹, einem abermaligen Briefwechsel zwischen Knopf und TM, s. TB 17. 2. 1951, Anm. 4.

2] *gestrichen:* Im TMA ist kein Konzept vorhanden.

15. 2. 1951

24 1] *Landung:* Ungeachtet der britischen Warnungen, daß eine Überschreitung des 38. Breitengrades alle Hoffnungen auf friedliche Lösungen zunichte machen würde, waren südkoreanische Truppen am 14. 2. 1951 bei Wosan, weit nördlich dieser Linie, gelandet.

2] *Gespräch mit Stürzli:* GW VII, 410–418.

3] *Publikation:* Vermutlich die Nummern 1 und 2 der von der ›Società Europea di Cultura‹ in Venedig herausgegebenen französischsprachigen Zeitschrift ›Comprendre‹. S. den im TMA archivierten Brief des Generalsekretärs der Gesellschaft, Professor Umberto Campagnolo, Venezia, 23. 1. 1951.

16. 2. 1951

24 1] *Frau Katzenellenbogen:* Estella Katzenellenbogen (1886–1991!), die Mutter von TMs zeitweiligem Sekretär Konrad Katzenellenbogen (später Kellen, geb. 1913); Näheres s. TB 49/50, 380/381.

2] *von Knopf:* New York, 13. 2. 1951: »Your letter of February 8th is very disturbing. It is true that I have been in correspondence with Mr. Harry T. Moore, but this has only been in connection with a manuscript of his own which we declined, and some business connected with D. H. Lawrence. He has certainly not mentioned your name in any communication to me. If he had, I would have written you at once. [...] / We are still your publishers and if you have a book in mind which you would like to see done over here, for heaven's sake tell me about it and send me the manuscript as soon as it is available.« (Im Knopf-Archiv)

3] *Konkurrenzverlag:* Wie aus TMs Brief an Knopf, P. P. 8. 2. 1951, hervorgeht, hatte Harry T. Moore von der Beacon Press in Boston den Wunsch geäußert, ein schmales Bändchen »with several of my lectures, above all ›The Years of my Life‹ (›My Time‹)« zu publizieren.

4] *Aufsatz von Leibrich:* Louis Leibrich, ›Thomas Mann et Nietzsche‹, in ›Nietzsche 1844–1880. Etudes et Témoignages‹, Paris 1950, 221–229.

5] *»Herbstblätter« von Gide, deutsche Sammlung:* André Gide, 25
›Herbstblätter‹, übersetzt von Wilhelm Maria Lüsberg und Richard Herre, Stuttgart 1950. Darin, S. 206–211, unter dem Titel ›Zu einigen Schriften Thomas Manns‹ das Vorwort zur französischen Ausgabe von *Achtung, Europa!*, Paris 1937.

6] *Schönes über Goethe:* In der ›Meditation über Goethe‹, a.a.O. 140–151.

7] *an Frido:* Nach Reg. IV, 589, verschollen.

8] *»Bürgschaft«-Platte:* S. Loewy I, 81, S. 104. Eine Kopie der Aufnahme hat sich im TMA erhalten. S. auch TB 22. 2. 1951, Anm. 5.

17. 2. 1951

1] *Stalin über die Desintegrierung:* Im Manuskript steht »des Desin- 25
tegrierig«. – In einem Interview mit der ›Prawda‹, dem ersten offiziellen Statement zur Weltpolitik seit zwei Jahren, hatte – so die NYT – das sowjetische Staatsoberhaupt erklärt, daß Krieg zum gegenwärtigen Augenblick »cannot be considered inevitable«, da »aggressive forces [. . .] billionaires and millionaires who regard war as an item of income which gives them colossal profits are thirsting for a new war.« »Peace will be preserved«, fügte Stalin hinzu, if »the peoples will take the cause of preserving peace into their own hands.« Die Lage spitze sich zu; die UN-Truppen würden in Korea geschlagen werden, denn sie »don't believe in their cause and won't fight«. Grund für diese Situation sei die Tatsache, daß die UN »is ›headed for disintegration‹, for it is turning into a ›weapon of aggression.‹«

2] *Artikel im »Aufbau«:* ›Ein politischer Anschlag auf Thomas Mann‹, ›Aufbau‹, vol. XVII, No. 7 v. 16. 2. 1951: Ausgehend von der Klage darüber, »dass Ideen, Konzepte, Begriffe, heute eine derartige Aushöhlung erfahren haben, dass man, wenn zwei dasselbe Wort gebrauchen, sinnloserweise auch glaubt, dass sie denselben Inhalt meinen«, geht der nicht genannte Berichterstatter dem Betrug nach, der insbesondere mit dem Wort ›Frieden‹ getrieben werde: »Das wurde besonders anlässlich der bekannten ›Stockholmer Friedens-Petition‹ deutlich, mit der der internationale Kommunismus nicht den Frieden auf dieser Welt schlechthin, sondern den Frieden, wie ihn sich die russische Regierung vorstellt, fördern wollte. Nun ist das Wort Friede ein erhabener Begriff, die Sehnsucht aller Gutwilligen, und es ist sehr leicht, gutwillige und ethisch denkende Menschen mit ihm in eine Falle zu locken./ So etwas ist in diesen Tagen Thomas Mann passiert. Er bekam einen Brief, in dem eine Anzahl hervorragender Gelehrter, an ihrer Spitze der berühmte Physiker Philip Morrison von der Cornell-Universität, den noch berühmteren Autor zu einer Beteiligung an der Rettung des Friedens in dieser Zeit aufforderte. Nicht aufgezählt waren die Namen, mit denen Thomas Mann sich plötzlich in den Zeitungen zusammengekuppelt sah, und die sich dann als die eigentlichen Urheber dieses Friedensrundbriefes herausstellten. Sie liessen keinen Zweifel daran, dass es sich um eine kommunistische Aktion handelte. Mann protestierte sofort und energisch gegen diese hinterlistige Einspannung seiner Persönlichkeit./ Die extremen Elemente auf beiden Seiten unserer politischen Front versuchen immer dasselbe. Sie suchen nach Namen, hinter deren Reputation und Weltgeltung sie sich verstecken können. Mit dem Wort ›Frieden‹ haben sie sicherlich das verführerischste Wort gefunden, das es gibt. Diesmal aber ist ihnen der Anschlag, einen Mann von solcher moralischer Statur wie Thomas Mann in die Falle zu locken, daneben gegangen. Dass er ihnen beinahe gelungen wäre, verschärft nur den Rückschlag, den sie durch die Blosstellung ihrer Taktik durch das Opfer selbst erlitten haben.«

3] *Bericht Marcuse:* Ludwig Marcuse, ›Thomas Mann Abend‹, ›Mitteilungsblatt Jewish Club of 1933 Inc.‹, L. A., Calif., vol. V, No. 1, Febr. 1951: »[...] Thomas Mann ist Feuer und Flamme fuer seine Geschichte und spielt sie von A bis Z, ein ganzes Ensemble./ [...] In einer der vorgelesenen Scenen fragt sich der irische Moench, der die Geschichte vortraegt: was habe ich eigentlich mit dieser Welt zu tun, die nicht meine Welt ist – mit Jagen und Turnieren und den sonstigen Gepflogenheiten dieser ritterlichen Herrschaften? Ja, was hat Thomas Mann, der wahrscheinlich noch nie einen Spatz vom Dach geschossen und noch nie eine (nicht-metaphorische) Lanze durch den (nicht-metaphorischen) Panzer eines Kollegen gejagt hat, mit dem allem zu tun? Ihn lockt es, fernes Leben in die Naehe zu bringen; und wenn es dann da ist, findet er es reichlich komisch und nimmt ihm sein totes Es ist. Und hat dabei einen Genuss, den wohl Kinder haben, wenn sie den eifrig erbauten Turm umpurzeln lassen. Uebrigens hat sich Heraklit so den lieben Gott vorgestellt – in einer Zeit, als er noch garnicht lieb war./ [. . .]«

4] *an Knopf:* Die Existenz dieses Schreibens ist nirgendwo nachgewiesen; vgl. TB 14. 2. 1951, Anm. 2. Im Knopf-Archiv existiert hingegen ein Brief von Knopf an TM, »mail special delivery«, New York, 16. 2. 1951, der TM beschäftigt haben dürfte, und den er – vielleicht – diktatweise zu beantworten versuchte. Knopf hatte geschrieben: »Fortunately your letter of February 14th [s. Dok. 13] reaches me just before I am leaving and I have time to reply to it. I think I can explain the reason why I acted as I did and that under the circumstances you will forgive me./ At first, I was concerned that the *Times* should print your letter and I phoned Arthur Sulzberger – we are college classmates – and asked him to be sure that your letter be brought to his attention so that they would be sure to print it, since I wanted your wishes to be complied with./ Then, re-reading the letter more carefully and sleeping over it, I got a horrible feeling that the people listed in it by you were not, shall I say, reliable. My difficulty was that I did not know this for a fact. So I asked Mr. Sulzberger to have them checked up and to report to me about them. I naturally assumed that in an organization as great as *New York Times* this would not take very long. I see now that I should have written you, or wired you immediately telling you what was passing through my mind and what I had done as a result./ But one delay led to another and when I finally did wire you assuming responsibility for your letter not having up to that time appeared in the *Times,* Mr. Sulzberger had not yet been able to give me the information I asked for. This only came through to me from him on February 13th and I wrote you immediately by Air Mail Special Delivery a letter [Dok. 12] which I assume you had not received when you wrote me yours of February 14th./ Of course, I took a great deal on myself and I hope you will forgive me. But I still feel it would have been very damaging indeed had the *Times* printed that letter in full./ I will ask you to keep the details that I have set forth above confidential as I feel that I was acting with Mr. Sulzberger in a purely personal way and that in fairness to 25 him, our exchanges should never become public./ Finally, I am delighted that you now feel the incident is closed./ You see I am not myself too well informed regarding the identity of people whose careers have made the use of their names dubious. I have just seen so many friends burn their fingers in this way so often that I have become very, very cautious./ We will be away from the office the next three weeks, but Mr. Koshland will know where we are every night.« – TM antwortete am 20. 2. 1951, Reg. IV, 51/91, resigniert und versöhnlich: »There is nothing more to be said about the Times-crusade matter. I am beginning to recuperate from this affair which, for several days, made me utterly sick. I received an extremely sympathetic letter from Professor Morrison to whom I had sent my letter to the Times editor. But, of course, the fact remains that any peace movement in which communists participate or whose origin is supposedly communistic is hopelessly compromised from the beginning. You may rest assured that I shall keep my promise not to participate in any collective action in the future.« (Kopie im TMA)

5] *[an] Morrison:* An Philip Morrison, P. P. 18. 2. 1951, Reg. IV, 51/84. Das Schreiben ist in der Urfassung und in der von Erika Mann überarbeiteten und abgeschickten Version im Anhang, Dok. 14 und 15, S. 771–774 wiedergegeben.

6] *an einen meine Entschlüsse Beklagenden:* Nicht ermittelt.

20. 2. 1951

25 1] *Hinscheiden André Gides:* André Gide war am 19. 2. 1951 im Alter von 81 Jahren in Paris gestorben.

2] *Dr. Obermayer:* Hautarzt in Los Angeles (s. TB 49/50, 519).

3] *Leukoplathia:* S. TB 23. 3. 1952, Anm. 1.

26 4] *»Orphic Influences in the Magic Mountain«:* John Thirlwall, ›Orphic Influences in the ‚Magic Mountain' or Plato, Christ and Peeperkorn‹, ›Germanic Review‹, 25/1950, 290–298.

21. 2. 1951

26 1] *Berliner Friedenskonferenz:* Vom 21. bis 25. 2. 1951 fand unter Beteiligung von 40 Nationen in (Ost-)Berlin eine Welt-Friedens-Konferenz statt, die mit einem Aufruf zur Einheit und Demilitarisierung Gesamtdeutschlands und der Bildung eines ›Peace-Pact-Movement‹ zu Ende ging, das die Aufgabe erhielt, zur Vermeidung eines dritten

Weltkriegs bei der UN in New York auf den sofortigen Beginn von Friedensverhandlungen hinzuwirken.
2] *Moskauer Minister-Konferenz:* Im Rahmen des Notenaustauschs über die Modalitäten einer Vier-Mächte-Außenminister-Konferenz in Moskau hatten die drei Westmächte für den 5. März ein Vorbereitungstreffen in Paris vorgeschlagen, auf dem vor allem die Tagesordnungspunkte festzulegen seien, die in erster Linie Fragen des gegenwärtigen Waffenpotentials und der Abrüstungskontrolle sowie den russischen Maßnahmen gegen den Atlantikpakt gelten sollten.

22. 2. 1951
1] *Französischer Brief:* Das Schreiben des Pariser Gymnasialprofes- *26*
sors Pierre Cotet befindet sich nicht unter den im TMA verwahrten Schriftstücken.
2] *Erasmus-Buch:* S. TB 9. 3. 1951, Anm. 5.
3] *»Hast ein Reh du lieb vor allen«:* Joseph von Eichendorff, ›Zwielicht‹ (»Dämmrung will die Flügel spreiten . . .«, 2. Strophe: »Hast ein Reh du lieb vor andern,/ laß es nicht alleine grasen . . .« Vertonung durch Robert Schumann in ›Liederkreis‹ , op. 39, No. 10 (1840).
4] *Platens »Unwiderruflich dorrt die Blüte«:* Die erste Zeile der dritten Strophe von August von Platens aus der Sammlung ›Lieder und Romanzen. Aus dem Jahre 1823‹ stammendem Gedicht vom 5. September (»Ich möchte gern mich frei bewahren«), betitelt ›Antwort‹: »Unwiderruflich dorrt die Blüte,/ Unwiderruflich wächst das Kind,/ Abgründe liegen im Gemüte/Die tiefer als die Hölle sind.«
5] *Frido, der die »Bürgschaft« [...] spricht:* S. TB 16. 2. 1951, Anm. 8.
6] *(Magazin):* GW VII, 418.
7] *Stadtplan:* Im TMA.
8] *Flinker:* Der 1938 aus Wien über die Schweiz nach Frankreich geflohene Buchhändler, Publizist und Verleger Martin Flinker (1895–1986), der 1947 am Quai des Orfèvres in Paris eine neue, bald sehr renommierte Buchhandlung eröffnet hatte. Näheres s. TB 46–48, 621.
9] *Andersen-Portrait:* Lily Freud-Marle, H. C. Andersen, Brustbild, optisch-mechanische Reproduktion. Im TMA.
10] *Frau Freud:* Die österreichische Schauspielerin und Rezitatorin *27*

Lilly Freud-Marle (1880–1970), eine Nichte Sigmund Freuds, lebte seit 1939 in London.

11] *Rimstykes:* Der Erika Mann befreundete literarische Agent Rombout van Riemsdyck und seine Frau, die Malerin Lucile van Riemsdyck.

12] *Rheinhardts:* Vermutlich der Filmproduzent Wolfgang Reinhardt (1908–1979), älterer Sohn von Max Reinhardt und Else Heims, mit seiner Frau Lally, geb. Siebert.

13] *Aufsatz über seinen »Racine«:* Wohl über Ferdinand Lion, ›Les rèves de Racine‹, Paris 1948.

14] *Schriften von Kerényi:* Karl Kerényi, ›Labyrinth-Studien. Labyrinthos als Linienreflex einer mythologischen Idee‹, 2. erw. Aufl. Zürich 1950; ›Albae Vigiliae‹, N. F., H. 10, mit Widmung des Verfassers an TM in der Zürcher Bibliothek; und: ›Die Entstehung der olympischen Götterfamilie‹, ›Paideuma. Mitteilungen zur Kulturkunde‹, Frankfurt 1950, Bd. 4, 127–138; gleichfalls im TMA erhalten.

15] *Kerényi:* Der ungarische Philosoph und Religionswissenschaftler Karl Kerényi (1897–1973), mit dem TM seit 1934 in brieflichem Austausch stand und den er 1935 in Budapest persönlich kennengelernt hatte. S. TB 44–46, 565.

24. 2. 1951

27 1] *an Lion:* Der Brief an den Literaturkritiker und Essayisten Ferdinand Lion (1883–1965) ist nach Reg. IV, 589, verschollen.

2] *Caroline Newton:* Die amerikanische Psychoanalytikerin Caroline Newton (1893–1975), eine der treuesten Förderinnen TMs in den USA. Näheres s. TB 46–48, 360.

25. 2. 1951

27 1] *Amerk. Drohung:* Der Generalstabschef der amerikanischen Armee, General Collins, hatte auf einer Pressekonferenz erklärt, daß, falls die Kommunisten größere Angriffe zur See oder durch Flugzeuge gegen die UN-Streitkräfte unternähmen, die US-Luftwaffe die Mandschurei und China schwer bombardieren würde.

2] *Note Rußlands:* Im Verlauf eines sich in Abständen wiederholenden Schlagabtausches hatte die UdSSR Großbritannien erneut beschuldigt, das anglo-sowjetische Freundschafts- und Nichtangriffsabkommen von 1942 durch den NATO-Beitritt verletzt zu haben. Diesmal stand die Unverhältnismäßigkeit der durch die Allianz vervielfachten Truppenstärke des Westens gegenüber der auf den Vorkriegsstand reduzierten sowjetischen Streitmacht im Mittelpunkt der Vorhaltungen.

3] *an Frau Bernhard-Cohn:* P. P. 25. 2. 1951, Reg. IV, 51/98.

4] *Frau Bernhard-Cohn:* Grete Cohn, geb. Kaufmann (1892–1968), die Witwe des 1939 über Holland in die USA emigrierten ehemals Berliner Rabbiners und Dramatikers Emil Bernhard Cohn (1881–1948).

26. 2. 1951

1] *von Pierre Cot:* Das Telegramm des von 1940 bis 1944 im ameri- 28
kanischen Exil lebenden französischen Juristen und radikalsozialistischen Politikers Pierre Cot (1895–1977) ist im TMA erhalten: »Vous demande accepter participer comite direction revue internationale le chemin de la paix dont j'assume personellement la charge et qui sera expression toutes tendances pacifiques dans le monde sans exception. stop Votre appui permettrait donner revue autorite souhaitable stop Espere acceptation vous serais reconnaissant telegraphier reponse mon adresse. [...]«

2] *Absage:* Das Konzept des von Erika Mann verfaßten Antworttelegramms, P. P. 26. 2. 1951, 51/99, befindet sich im TMA: »Greatly honored but could not possibly render myself corresponsible for magazine 5000 miles away thanks, regrets, best wishes TM.«

3] *dümmerlich:* So in der Handschrift.

4] *Ärztin:* Die von TM hochgeschätzte Dr. Rachelle Seletz (S. TB 46–48, 453).

5] *Schrift:* Das Buch ›Faith, Purpose and Power‹, N. Y. 1950 oder, wahrscheinlicher, ›Victory Without War‹, Franklin and Marshall College and Current Affairs Press, 1951.

6] *James Warburg:* Der Bankier, Wirtschaftsfachmann und Politologe James Paul Warburg (1896–1969).

27. 2. 1951

1] *Bilder:* S. dazu den Brief von Heinz Wilfried Sabais an TM, Berlin, 28
9. 2. 1951: »Ich kann Ihnen heute abschließend berichten, dass die von Ihnen im August 1949 für den Wiederaufbau der Herderkirche zu

Weimar gestifteten Mittel sinngemäss verwendet wurden. Damit glaube ich, Ihren Auftrag der Verwaltung und Rechenschaftslegung erfüllt zu haben./ Die beiliegenden Photos informieren Sie über den – jetzt schon überholten – Stand der Arbeiten. Die Beschreibung des Cranachschen Altarbildes, das aus den Mitteln Ihrer Stiftung restauriert wird, stammt von Herrn Dr. Scheidig, dem Direktor der Staatl. Kunstsammlungen in Weimar, der mir für die künstlerisch vertretbare Vollendung der Restauration freundschaftlich bürgt./ Ich selbst musste kürzlich aus Weimar fliehen, da mich die sowjetische NKWD zu Agentendiensten erpressen wollte.[...]« (Im TMA) Die erwähnten Bilder waren nicht mehr auffindbar.

2] *auf meine Kosten:* TM hatte das Geld des ostdeutschen Goethe-Nationalpreises für den Wiederaufbau der Herderkirche in Weimar gestiftet.

3] *an Mrs. Lowe-Porter:* P. P. 27. 2. 1951, Reg. IV, 51/100; D. ü. D. III, 380.

4] *Stanko- und Stürzli-Szenen:* S. TB 8. 2. 1951, Anm. 1.

28. 2. 1951

28 1] *Hutchins:* Robert Maynard Hutchins (1899–1977), von 1945 bis 1951 Kanzler der Universität Chicago und Freund der Borgeses, mit denen gemeinsam er in der World Government-Bewegung arbeitete.

2] *Äußerung über Gide:* [*Zum Tode André Gides*], GW X, 523; s. auch TB 1. 3. 1951, Anm. 10.

3] *»Accent«:* ›Accent‹, A quarterly of new literature, Urbana, Ill.

1. 3. 1951

28 1] *Streichung des Schlußsatzes:* Statt des vorletzten und letzten Satzes der Druckfassung hatte TM ursprünglich geschrieben: »Der Hafen, der Unterschlupf, die Bindung ans Dogma ist heute die Lokkung und das Genüge so Vieler. Der, den wir betrauern, war ein Musterbeispiel freien Menschentums.«

2] *Silone:* Der italienische Schriftsteller Ignazio Silone, eigentl. Secondo Tranquili (1900–1978).

3] *im »Monat«:* Ignazio Silone, ›Wer Ohren hat zu hören‹, ›Der Monat‹, Jg. 3, H. 29, Februar 1951, 451–453.

4] *Artikel von Alfred Weber:* ›Flucht in die Wildnis. Randbemerkungen zu Ernst Jüngers politischen Schriften‹, ›Der Monat‹, a.a.O. 542–545: Die Verurteilung eines politischen Verhaltens, das ein »so eminent und fast ausschließlich gegenwartsbezogener ›politischer‹ Mann« wie Ernst Jünger angesichts des Hitlerschen Totalitarismus an den Tag legte, im Gegensatz zu »eben jener klaren Absage in entscheidender Stunde mit allen persönlichen Konsequenzen, die ihr folgten«, die einen so »unpolitischen Menschen wie Thomas Mann« während der NS-Zeit auszeichnete.

5] *Alfred Weber:* Der Nationalökonom und Soziologe Alfred Weber 29
(1868–1958) war 1933 von allen universitären Pflichten zurückgetreten, lehrte jedoch seit 1945 wieder in Heidelberg, wo er bereits zwischen 1907 und 1933 gewirkt hatte.

6] *Von Dr. Weber:* Zürich, 26. 2. 1951; im TMA.

7] *Dr. Weber:* Der Feuilletonredakteur der NZZ, Werner Weber (geb. 1919); s. TB 49/50, 421.

8] *Vorabdruck:* ›Die Fischer von St. Dunstan‹, NZZ, 24. 2. 1951, Literaturbeilage.

9] *Nekrolog:* Werner Weber, ›André Gide‹, NZZ, 20. 2. 1951 (Fernausgabe).

10] *Beitrag:* Der TB 28. 2. 1951, Anm. 2 nachgewiesene Nachruf auf Gide erschien am 17. 3. 1951 (Fernausgabe) auf der Gedenkseite der NZZ ›André Gide zum Gedächtnis‹.

11] *Wolf:* Wahrscheinlich der in Beverly Hills praktizierende Arzt Dr. Erich Wolff; s. TB 46–48, 686.

12] *engl. Paracelsus-Buch:* Nicht ermittelt.

13] *Monolog:* ›Die Frist ist um‹, Monolog des Holländers im ersten Aufzug von Richard Wagners ›Der Fliegende Holländer‹ (1843).

2. 3. 1951

1] *Silones Meditationen:* In dem TB 1. 3. 1951, Anm. 3 nachgewiese- 29
nen Beitrag.

2] *an Dr. Weber:* An Werner Weber, P. P. 2. 3. 1951,Reg. IV, 51/104; Br. III, 190/191.

3] *Totenvogel Kapitel:* Die Beschreibung des Dirnenwesens in Kapitel II, 6. S. TB 11. 1. 1951, Anm.1.

3. 3. 1951

29 1] *Text:* [*Ansprache vor der Unitarischen Kirche*]. GW XIII, 800–803.

2] *Szene beim Uhrmacher:* GW VII, 421–430.

30 3] *Pagliacci:* Ruggiero Leoncavallos (1857–1919) Oper ›Pagliacci‹ (›Der Bajazzo‹, 1892).

4. 3. 1951

30 1] *an W. Herzog:* Das Schreiben an Wilhelm Herzog, P. P. o. D. (Poststempel 5. 3. 1951), Reg. IV, 51/105 – eine Hommage für A. M. Frey – erschien in der Beilage der ›Basler Nachrichten‹ vom 28. 3. 1951. Es ist im Anhang, Dok. 16, S. 774/775 abgedruckt.

5. 3. 1951

30 1] *Broch für den Nobel-Preis?:* Die Bitte von Alvin Johnson, The New School for Social Research, New York, 28. 2. 1951, TM möge sein Votum an das Stockholmer Nobelpreis-Komitee durch eine entsprechende Eingabe unterstützen, ist im TMA erhalten.

2] *K. Jonas über seine Bibliographie:* Von Klaus Jonas, New Brunswick, 27. 2. 1951: »Ich habe an die 2.500 kritische Arbeiten über Ihr Werk – Bücher, Dissertationen, Essays und Buchbesprechungen – gesichtet und klassifiziert und will sie nach dem beigefügten Plane bibliographisch zusammenstellen, um dadurch einen Überblick über die große Zahl der veröffentlichten und unveröffentlichten Studien zu Ihrem Werk zu verschaffen und späteren Germanisten eine Grundlage für weitere Forschungen zu geben.« (Kopie im TMA)

3] *Prof. K. Löwenstein mit einem [...] Brief:* Von Karl Loewenstein war in der NYT vom 1. 1. 1951, 16:6 ein Leserbrief mit einem 10-Punkte-Programm ›To Meet the World Crisis‹ erschienen. Es ist anzunehmen, daß Löwenstein diesen Brief an TM gesandt hatte.

4] *Erasmus-Biographie:* TM besaß die Biographie des Niederländers J[ohan] Huizinga, ›Erasmus‹, in der Übersetzung von Werner Kaegi, Basel 1941. Das in der Zürcher Bibliothek erhaltene Buch weist Anstriche von TMs Hand auf.

5] *zu ändern:* S. TB 13. 3. 1951, Anm. 2.

6] *Violinist:* Nicht ermittelt.

6. 3. 1951

1] *Franzl W.:* Der junge Kellner Franz Westermeier. Näheres s. TB 31
49/50, Eintragungen von Juli/August 1950 mit den entsprechenden Anmerkungen.

2] *Senat stimmt:* Am 9. 3. 1951 autorisierte der Kongreß den Präsidenten, im Bedarfsfall eine sechsmonatige Wehr- und Einberufungspflicht für alle über Achtzehnjährigen zu verfügen, von der man allerdings jährlich 75 000 ›specialized students‹ ausnehmen wollte, die erst nach Absolvierung ihrer Studien eingezogen werden sollten.

3] *Minister-Konferenz:* S. TB 21. 2. 1951, Anm. 2.

8. 3. 1951

1] *Frau Oprecht:* Emmie Oprecht (1899–1990), die Frau des Schwei- 32
zer Verlegers Emil Oprecht (1895–1952), Protektorin vieler nach Zürich emigrierter Schriftsteller und Schauspieler. Während der Zeit des Nationalsozialismus in Deutschland war die Oprechtsche Buchhandlung in der Rämistraße 5 ein Treff- und Stützpunkt der emigrierten Intellektuellen gewesen.

2] *Amtsgerichtsrat a.D. Bauer:* Nicht ermittelt.

3] *Die Lehmann:* Die Sopranistin Lotte Lehmann (1888–1976); s. TB 44–46, 690.

9. 3. 1951

1] *Stalemate in Korea:* In offener Gegnerschaft zu den auf Begren- 32
zung des Fernost-Krieges ausgehenden Weisungen des Präsidenten hatte General MacArthur bei einem Frontbesuch am 7. 3. 1951 erklärt, daß der koreanische Krieg bestenfalls ein militärisches Patt (»stale-mate«) erreichen würde, wenn man ihn weiterhin zwinge, durch Verzicht auf die strategische Bombardierung Chinas und auf den Einsatz der in Formosa bereitstehenden nationalchinesischen Truppen »to fight a half-way war against Red China«.

2] *Anna Mahler:* Die Bildhauerin Anna Mahler (1904–1988), eine Tochter Alma Mahler-Werfels und Gustav Mahlers.

3] *Dr. Seletz:* S. TB 26. 2. 1951, Anm. 4. 33

4] *»Sat. Review of L.« wünscht:* Die Anfrage befindet sich nicht unter den im TMA verwahrten Schriftstücken. S. jedoch TMs Schreiben an Roland Gelatt, The Saturday Review of Literature, P. P.

11. 3. 1951, Reg. IV, 51/120, in dem er es ablehnt, das Buch ›What the Jews Believe‹ zu rezensieren.
5] *»Lob der Torheit«:* ›Das Lob der Torheit. Eine Lehrrede des Erasmus von Rotterdam‹, in: ›Erasmus. Auswahl aus seinen Schriften‹ von Anton Gail, Düsseldorf 1949, 151–273. Der Band mit Anstreichungen TMs steht in der Zürcher Bibliothek.
6] *»Eugénie Grandet«:* In der Zürcher Bibliothek befindet sich keine Ausgabe von Honoré de Balzacs Roman (1833).

10. 3. 1951

33 1] *Tito beklagt sich:* In einem ausführlichen Weißbuch hatte das jugoslawische Außenministerium die Sowjetunion beschuldigt, seit zwei Jahren auf dem Balkan weitreichende und ernsthafte militärische Vorkehrungen getroffen zu haben und jetzt Angriffsoperationen gegen Jugoslawien vorzubereiten.
2] *Aussage R. Swings:* Nicht ermittelt.
3] *von Dr. A. M. Butler:* Das Schreiben des Bostoner Kinderarztes Allan M. Butler, der sich offenbar um das Zustandekommen einer dezidiert nicht-kommunistischen Friedensinitiative bemühte, befindet sich nicht unter den im TMA bewahrten Schriftstücken. S. jedoch TMs TB 14. 3. 1951, Anm. 1 nachgewiesene ausführliche Antwort.
4] *Brief aus Lübeck:* Nicht mehr zu ermitteln.
5] *U. P.-Erklärung:* S. TB 11. 2. 1951, Anm. 1 und Dok. 10 im Anhang, S. 767.
6] *Antwort:* Nach Angaben in Reg. IV, 588, ist das Antwortschreiben verschollen. Auch Nachfragen im Lübecker Archiv brachten kein Ergebnis.

11. 3. 1951

33 1] *Streit um die Agenda:* S. TB 21. 2. 1951, Anm. 2.
2] *Komische Besichtigungen:* GW VII, 432/433.
3] *an Alfred Neumann:* P. P. 11. 3. 1951, Reg. IV, 51/121; Br. III, 191/192 (fragmentisch); TM/AN 89–91 (vollständig, jedoch fälschlich 22. 3. 1951 datiert).
4] *Sibelius:* Der finnische Komponist Jean Sibelius (1865–1957).
5] *Isaak Stern:* Der amerikanische Geiger russischer Herkunft Isaac Stern (geb. 1920).

6] *Bartok:* Der seit 1940 in den USA lebende ungarische Komponist Béla Bartók (1881–1945).
7] *13jähriges Phänomen:* Vermutlich der amerikanische Violinist Michael Rabin (1936–1972).
8] *Capricen:* Niccolò Paganini (1782–1840) »24 Capricci« op. 1 für Solo-Violine.

12. 3. 1951
1] *Eisenhower [...] für die Atombombe:* Der General hatte, wie erst 34
am 11. 3. bekannt wurde, vor einer Senatskommission erklärt, er würde die Atombombe sofort (»instantly«) einsetzen, wenn er annehmen könnte, »›the net‹ advantage of its use ›was on his side‹«.
2] *beschimpfender Nekrolog:* S. TB 24. 3. 1951, Anm. 3.

13. 3. 1951
1] *Demonstration [...] gegen Kriegshetze:* Der Oberste Sowjet hatte 34
am 12. 3. 1951 ein Gesetz verabschiedet, das die Verbreitung von Kriegspropaganda mit hohen Strafen (bis zu 25 Jahren Zuchthaus) belegte. Ähnliche »peace defense«-Gesetze hatten – einem Vorschlag von Ilja Ehrenburg auf der Warschauer Friedenskonferenz folgend – bereits Albanien, Ungarn, Polen, die Tschechoslowakei und die DDR verabschiedet.
2] *topogr. Korrekturen:* Im Manuskript, Blatt 49, deutlich erkennbar: Der Dialog GW VII, 408 lautete in der Urform: »›Quatre-vingt dix, Rue du Croissant.‹/ ›Rue du Croissant, quatre-vingt dix?‹/ ›Ja, kannst Du nicht hören? Du steigst nach Montmartre hinauf, kreuzst die Rue d'Aboukir und die Rue Réaumur, dann kommst Du an der Rue Saint Joseph vorbei direkt dahin. Es ist eine wohnliche kleine Straße.‹« – Entsprechend wurde auch die Passage GW VII, 421, 2. Absatz, Z. 5 geändert: »Es waren gewiß drei Viertelstunden, die ich brauchte, um den Friedhof Montmartre zu erreichen« usf. Ursprünglich hieß der Text: »...um die Rue d'Abouquir zu erreichen, der meine Erkundigungen gegolten hatten. Da war denn auch, kaum daß ich ihren Verkehr durchquert hatte, die Rue Réaumur, und als ich die überkreuzt, sah ich sehr bald nach Stankos zuverlässiger Angabe, nach rechts die Rue Saint Joseph abzweigen, von der es wenige Schritte waren bis zur gleichlaufenden Rue du Croissant.« Vgl. dazu auch TMS V, 521.

3] *an Arn. Zweig:* An Arnold Zweig, P. P. 14. 3. 1951, Reg. IV, 51/126. Das Schreiben ist im Anhang, Dok. 17, S. 775/776 abgedruckt.

4] *Philosophische Abhandlung:* David Baumgardt, ›Gesinnungsethik oder Erfolgsethik‹ in: ›Philosophische Studien‹, Berlin 1949, 91–109.

5] *D. Baumgardt:* Der Philosoph David Baumgardt (1890–1963) lehrte von 1924 bis 1935 an der Berliner Universität. 1935 floh er zunächst nach Spanien, dann weiter nach England, wo er an der University of Birmingham unterrichtete, und von dort 1939 in die USA. Neben seiner Lehrtätigkeit an der Columbia University in New York bekleidete er von 1941 bis 1954 das Amt des Consultant in Philosophy and Political Theory an der Library of Congress, Washington.

14. 3. 1951

34 1] *an Dr. Butler:* An Allan M. Butler, P. P. 18. 3. 1951, Reg. IV, 51/133; die nach Angaben von TM durch Erika geschriebenen grundsätzlichen Erwägungen, die in vielem dem Brief an Arnold Zweig ähneln, sind im Anhang, Dok. 18, S. 777–779 wiedergegeben.

35 2] *Feist:* Der Übersetzer Dr. Hans Feist (1887–1952), ursprünglich Arzt, seit den zwanziger Jahren mit Klaus und Erika Mann befreundet, hatte nach seiner Übersiedlung von Berlin nach München viel im Haus Mann verkehrt, wo man ihn wegen seiner undeutlichen Ausdrucksweise auch »Nebel« nannte. Er war bei Kriegsausbruch in die Schweiz emigriert und 1945 nach Berlin zurückgekehrt. Zu Feist vgl. auch TB 49/50, 330.

15. 3. 1951

35 1] *Seoul [...] genommen:* Im Zuge des im Januar begonnenen Gegenangriffs südkoreanischer und amerikanischer Truppen unter General Ridgway war Seoul am 14.3. kampflos wieder eingenommen worden.

2] *Verkauf des zweiten Grundstücks:* TM hatte im März 1945 (s. TB 8.3.1945) ein neben seinem Haus gelegenes zweites Grundstück erworben, das er jedoch im Mai 1951 wieder verkaufte. S. Brief an Erika Mann, P. P. 20. 5. 1951, Reg. IV, 51/246: »Gerade haben wir mit dem Broker den Verkaufsvertrag unterzeichnet für 11.000, wovon allerlei abgeht, sodaß es eigentlich nur 10.200 sind. Aber so brauchen wir wenigstens nicht an Knopf zu schreiben, der die ersten 5.000 erst bei Erscheinen bezahlen will und immer stiff und cool wird, wenn man außer der Zeit Geld verlangt.« (Br. III, 206–208)

3] *»Frühwind der Freiheit«:* Heinrich Christian Meier, ›Im Frühwind der Freiheit‹, Düsseldorf 1954.

4] *Botschaft zur Heinrich-Feier:* An Alfred Kantorowicz, P.P. 16. 3. 1951, Reg. IV, 51/131: »Ihre Nachrichten über die Ehrungen, die die Deutsche Akademie der Künste und der Berliner Magistrat dem Andenken meines verewigten Bruders Heinrich am 27. März darzubringen gedenken, dem Tage, an dem er sein 80. Lebensjahr vollendet haben würde, haben mich tief gerührt, und ich möchte Ihnen meine innerste Anteilnahme ausdrücken an diesen hochherzigen Kundgebungen. Sie können dazu beitragen, im deutschen Volk – und zwar im ganzen deutschen Volk – die Erkenntnis zu verbreiten, welchen Schatz es an dem kühnen Lebenswerk dieses vornehm-einsamen und dabei der Demokratie leidenschaftlich ergebenen Geistes besitzt, eines Geistes voll stolzen Schönheitsdranges und gesellschaftlicher Vision, der in allem Glanz seines Künstlertums nichts wollte, als dienen, bessern, helfen, den Weg des Guten weisen. Spät wird ihm Dank dafür, denn die Verbindung des Dichters mit dem politischen Moralisten war den Deutschen zu fremd, als daß sein kritisches Genie über ihr Schicksal etwas vermocht hätte, und noch heute, fürchte ich, wissen wenige von ihnen, daß dieser Tote einer ihrer größten Schriftsteller war. Möge Ihre Feier ein Zeichen dafür sein, daß nun, da er aus der Zeit gegangen, seine Zeit gekommen ist!« (Kopie im TMA)

5] *Heinrich-Feier in Berlin:* Die am 27. 3. 1951, dem 80. Geburtstag Heinrich Manns, im Beisein des Staatspräsidenten Wilhelm Pieck, des Volksbildungsministers Paul Wandel und zahlreicher weiterer Vertreter der Regierung und des diplomatischen Korps in den Räumen der ›Deutschen Akademie der Künste‹ zu Berlin eröffnete Gedenkausstellung für den am 12. 3. 1950 Verstorbenen. Die Festansprache hielt Akademiepräsident Arnold Zweig, den Festvortrag über ›Das Vermächtnis Heinrich Manns‹ Alfred Kantorowicz. Über das Echo der Veranstaltung berichtete Alfred Kantorowicz, der als Leiter des Heinrich-Mann-Archivs TM um die – später »unter Glas auf dem Ehrenplatz neben der von Prof. Gustav Seitz geschaffenen Heinrich-Mann-Büste ausgestellte« – Grußbotschaft gebeten hatte, TM in einem Schreiben vom 12. 4. 1951: »Die Ausstellung findet ganz besonderes Interesse bei der studierenden Jugend Berlins und zwar sowohl des westlichen wie auch des östlichen Teils unserer zerrissenen Hauptstadt. Beinahe täglich erscheinen ganze Klassen der Arbeiter- und Bauernfakultät der Humboldt-Universität, auch Schulklassen der Oberschulen, die Studenten der Philosophie und Literatur und Mitglieder der Frauenverbände. Es ist eine herzstärkende Freude, die lebhafte Anteilnahme der jungen Menschen zu beobachten. Unser Staatspräsident Wilhelm Pieck schrieb nach einer sehr eingehenden Besichtigung der Ausstellung als erster in das Gästebuch des Heinrich-Mann-Archivs: ›Meine aufrichtige hohe Anerkennung der Akademie der Künste für die wertvolle Arbeit, die sie mit der Ausstellung der Werke Heinrich Manns unternommen hat, und mit der sie den großen nationalen Dichter dem deutschen Volke nahebringt und so ihm den Kampf um den Frieden als die größte Aufgabe stellt.‹/ Volksbildungsminister Wandel trug sich als zweiter ein: ›Die Ausstellung der Akademie ist ein neuer Beweis dafür, daß, wenn Heinrich Mann heute unter uns wäre, er dort stehen würde, wo jeder aufrechte Deutsche heute stehen muß – im Lager des unversöhnlichen Kampfes für den Frieden. Die Ausstellung ist auch wertvoll als Ausdruck unserer Verpflichtung und unseres Willens, das Werk Heinrich Manns lebendig zu halten, lebender, wirkender werden zu lassen, als es je zuvor war.‹/ Und nun folgen Tag für Tag die vielen enthusiastischen Inschriften der zahllosen Besucher der Ausstellung./ Es ist geplant, die Ausstellung [...] auch in den Großstädten der Deutschen Demokratischen Republik zu zeigen, in Dresden, Leipzig, Halle, Schwerin, Rostock, Magdeburg, Weimar und anderen Orten. Die jeweiligen Eröffnungen [...] sollen verbunden werden mit Feierlichkeiten und Ansprachen berufener Persönlichkeiten des kulturellen Lebens, die das Vermächtnis, das Heinrich Mann uns hinterlassen hat, der Jugend der ganzen Republik nahebringen sollen. [...] [Mir bleibt noch], Ihnen mitzuteilen, daß in diesen Tagen als erster Band der im Auftrag der Deutschen Akademie der Künste herausgegebenen ausgewählten Werke Heinrich Manns ›Die kleine Stadt‹ erschienen ist. Ein Exemplar wird heute oder morgen an Sie abgesandt werden.« (Im TMA und im Heinrich Mann-Archiv der Akademie der Künste, Berlin)

6] *Botschaft:* TMs Gruß, der bisher nur in DDR-Publikationen gedruckt wurde, ist identisch mit dem unter Anm. 4 zitierten Brief.

7] *an [...] Morikawa:* An Toshio Morikawa, 20. 3. 1951, Reg. IV, 35
51/137. Der Brief ist in seiner Endfassung unter dem Titel *[An einen jungen Japaner]* in GW XII, 968–970 aufgenommen. Zu TMs Arbeit an dem Brief-Essay vgl. TB 19. 3. 1951 und das eigenhändige Konzept vom 15. 3. 1951 im TMA, das die »Milderungen« – d.h. in diesem Fall: die Kürzung um den Schluß – erkennen läßt: Der gestrichene Passus (den TM übrigens zum Teil dann in seiner nie gedruckten Replik an Tillinger wiederverwandte, s. TB 21. 4. 1951 und Dok. 32, S. 804–809) lautete: »Als Bürger Amerikas kann ich nur wünschen, dass es diesem Lande vergönnt sein möge, ›freedom and happiness‹ mit andern Mitteln zu verbreiten, als mit Jelly Gasolin-Bomben und durch die Ausrottung ganzer Bevölkerungen, und die Vorstellung eines ›Korea‹ in Weltformat – denn das würde der Krieg sein, den Schurken und blinde Dummköpfe wollen – erfüllt mich mit Entsetzen./ Wenn Sie und Ihre Freunde keinen Angriff auf die Humanität durch einen Imperialismus dulden wollen, der die Worte Freiheit und Demokratie nur noch lügnerischer Weise im Munde führt, so bin ich ganz auf Ihrer Seite. Wie charakteristisch für den Zustand der Demokratie ist die Geschichte von der Bronzestatue, mit der ihr jungen Leute das Andenken der im Eroberungskrieg Geopferten ehren wolltet, und deren Aufstellung man verbot, weil sie ein Symbol des Krieges sei! Man stellt sich, als wollte man Kundgebungen für den Krieg verhindern, während man in Wahrheit Kundgebungen gegen den Krieg zu verhindern trachtet. Was für eine Pädagogik ist das, diese Aushö[h]lung der Worte und Begriffe! Was für eine Generation wird herangezogen, die man lehrt, eine Konstitution für ein Stück Papier zu halten und praktisch nicht anzuwenden!/ Ich muß abbrechen. Es war gut, daß Sie mir schrieben und mir Gelegenheit gaben, ein Vertrauen zu festigen, das zu Unrecht wankend geworden wäre.« (TMA)

17. 3. 1951

1] *9. Kapitel des II. Buches:* GW VII, 434–450; Krulls Erfahrungen 35
als Liftboy und mit Madame Houpflé.

2] *Festschrift des Residenztheaters:* ›Zweihundert Jahre Residenz- 36
theater in Wort und Bild. Festschrift zur Eröffnung am 28. Januar 1951, hrsg. von Alois Joh. Lippl‹, München 1951. TMs Beitrag *Erinnerungen an das Residenztheater* ist unter dem Titel *Erinnerungen ans Münchner Residenztheater* in GW XI, 517–521 abgedruckt.

3] *an Peter Pr.:* An Peter Pringsheim, P. P. 17. 3. 1951, Reg. IV, 51/132; Br. III, 193/194.

4] *Peter Pr.:* Der Physiker Peter Pringsheim (1881–1963), älterer Bruder von Katia Mann, lebte seit 1940 in den USA und war am Argonne National Laboratory in Chicago tätig. Nach seiner Emeritierung, 1947, siedelte er in die Heimat seiner Frau, Belgien, über.

18. 3. 1951

36 1] *Charfreitagszauber:* ›Karfreitagszauber‹ im dritten Aufzug von Richard Wagners Bühnenweihfestspiel ›Parsifal‹ (1882).

2] *»Moldau«:* Die Sinfonische Dichtung ›Die Moldau‹ aus dem Zyklus ›Mein Vaterland‹ des tschechischen Komponisten Bedřich Smetana.

3] *Wagners Rhein:* Die von TM besonders geliebten (s. TB 28. 11. 1944) Es-Dur-Dreiklänge aus Richard Wagners ›Rheingold‹.

19. 3. 1951

36 1] *[von] T. M.-Grundschule:* Nicht unter den in Zürich archivierten Dokumenten. Hingegen gelang es, TMs Antwort vom 26. 3. 1951 ausfindig zu machen. Sie ist im Anhang, Dok. 19, S. 779/780 abgedruckt. – Eine Kopie aus der Schulchronik des Jahres 1951 gibt Auskunft über den weiteren Gang der Ereignisse. Sie sei zur Veranschaulichung der Tatsache, daß es offensichtlich durchaus nicht immer opportun war, sich auf TM zu berufen, zitiert: »Ein unerfreuliches Kapitel war im letzten Schuljahr die Namensgebung unserer Schule./ In einer Konferenz im September 1950 faßte unser Kollegium den Beschluß, unserer Schule den Namen des großen deutschen Schriftstellers Thomas Mann zu geben. Die erste Reaktion der Landesregierung Sachsen-Anhalt war: Genehmigt, sobald Zustimmung Thomas Manns vorliegt./ Thomas Mann willigte – wie er schrieb – mit Freuden darein, daß unsere Schule seinen Namen trage. Nicht so der ›Heilige Bürokratius‹ in Halle und Berlin. Nachdem Halle und Berlin nicht weniger als achtundzwanzig Schreiben gewechselt hatten, wurde festgestellt, daß infolge der Unterbesetzung der Lehrerstellen die Namensgebung zur Zeit nicht erfolgen könne./ Das nach 16 Monaten./ (Thomas Mann hat übrigens einen Tag, nachdem er unseren Brief erhalten hatte, sofort geantwortet.)«

2] *Prof. Eppelsheimer:* Der Bibliothekar und Literaturwissenschaftler Hanns Wilhelm Eppelsheimer (1870–1972).
3] *Milderung:* S. TB 15. 3. 1951, Anm. 5.
4] *Manuskript aus Göttingen:* Erich Schober, ›Thomas Mann und Tolstoi‹, Diss. Göttingen 1950. Typoskript im TMA. S. dazu TM an Erich Schober, P. P. 14. 1. 1948; Reg. III, 48/26.

20. 3. 1951
1] *Fritzi Massary:* Die Operettendiva Fritzi Massary (1882–1969), *37*
Witwe Max Pallenbergs und Mutter von Liesl Frank, war über Wien und London 1938 in die USA geflohen und lebte in Beverly Hills.
2] *Aus München [...] Artikel:* Konrad Stemmer, ›Der Zauberberg und noch jemand‹, ›Die Neue Zeitung‹, 10. 2. 1951, 15.
3] *an den Verfasser:* An Heinrich Christian Meier, P. P. 20. 3. 1951, Reg. IV, 51/136; Br. III, 194.

21. 3. 1951
1] *Ven. Blinds:* Venetian Blinds (Jalousien). *37*
2] *Florence:* Die Photographin Florence Homolka (1911–1962), älteste Tochter von Agnes E. Meyer, geschiedene Frau des 1935 nach England und 1939 in die USA emigrierten österreichischen Schauspielers Oskar Homolka (1898–1978).

22. 3. 1951
1] *Investigationen:* Mit dem Verhör der Hollywood-Schauspieler *38*
Larry Parks und Howard da Silva sowie der Schauspielerin Gale Sondergaard hatte das House Committee on Un-American Activities die ›Communism-in-Hollywood‹-hearings von 1947 (s. TB. 46–48, 172–178 mit den dazugehörigen Anmerkungen 636–644, sowie TMs statement a.a.O. 908) wieder aufgenommen. Während Larry Parks zu Protokoll gab, er sei von 1941 bis 1945 Mitglied der kommunistischen Partei gewesen, und dem Committee eine Liste von Personen überreichte, die gleich ihm der KP angehört hätten, verweigerten die beiden anderen die Aussage. Die LAT brachte seitenlange Berichte, besonders über das Ermittlungsverfahren gegen Parks.
2] *Alexandriner-Studium:* Für die großenteils in Alexandrinern gesetzte Liebessuada Madame Houpflés. S. auch TM an Louise Servicen, Kilchberg, 19. 2. 1955, Reg. IV, 55/70 (D. ü. D. I, 375/376): »Die

größte Schwierigkeit [...][der Übersetzung des *Krull*] liegt wohl in dem erotischen Abenteuer mit Madame Houpflé, alias Diane Philibert, besonders in der Wiedergabe der teils deutschen, teils französischen Alexandriner, die die Dichterin produziert. Nun möchte ich Sie für alle Fälle darauf aufmerksam machen, daß diese Improvisationen mit einer Stelle beginnen, die ein Zitat aus Victor Hugo's ›Hernani‹ ist. Dies ›Comment à ce propos‹ stammt aus dem dritten Akt von Hugo's Drama, der ›Le Vieillard‹ heißt: [folgt das Zitat] und Diane kommt dadurch in poetische Stimmung. Freilich ändert sie das ›mais vite! habillez-vous‹ in ›*des*habillez-vous‹.« Ähnlich, fast vier Jahre später, Kilchberg, 18. 3. 1955, an Lavinia Mazzucchetti, Reg. IV, 55/70 (D. ü. D. I, 376).

3] *»Hernani«:* Victor Hugos fünfaktiges Drama ›Hernani oder die kastilianische Ehre‹ (1830). Hans Wysling belegt TMS V, 541 die Variation eines Hugo-Verses (Hernani, III/1, 797–800) durch Madame Houpflé (GW VII, 442). D. ü. D. I, 376, Anm. 1 weist die Hugo-Stelle ebenfalls nach.

4] *»Die Mitschuldigen«:* Goethes von 1769 bis 1783 in drei Fassungen geschriebenes Lustspiel.

5] *an den Verfasser:* Der Brief an Erich Schober (s. TB 19. 3. 1951, Anm. 4) ist nach Reg. IV, 589, verschollen.

6] *Das [...] erotische Kapitel:* Die Szene mit Madame Houpflé in II, 9.

23. 3. 1951

38 1] *Leucoplathia:* TM meint Leucoplakie, einen chronischen, oft präkanzerosen Reizzustand der Schleimhaut, bei ihm, als starkem Raucher, speziell des Mund- und Wangenepithels.

2] *Tagesaufzeichnungen:* Die der Liebe zu dem Kellner Franz Westermeier geltenden Aufzeichnungen vom Juli/August 1950.

24. 3. 1951

38 1] *Friedensangebot:* Ehe er Tokio zu einer neuen Front-Inspektion verließ, hatte General MacArthur bestätigt, daß Süd-Korea von roten Truppen gereinigt sei, und gleichzeitig, an die Adresse der gegnerischen Militärs gerichtet, gesagt, daß »die Roten« aller zur Führung moderner Kriege notwendigen industriellen Ressourcen entbehrten und deshalb »must by now be carefully aware that a decision of the

UN to [expand] military operations to [Chinese] coastal areas and interior bases would doom Red China to the risk of imminent military collapse«. Dieser Warnung fügte er das Angebot hinzu, daß er, im Rahmen seiner militärischen Befugnisse, »stand ready at any time to confer in the field with the commander-in-chief of the enemy forces in an earnest effort to find any military means whereby the realization of the political objectives of the UN in Korea, to which no nation may take just exceptions, might be accomplished without further bloodshed«.

2] *Szene mit Mme Houpflé:* GW VII, 440–450.

3] *Briefe in der Nation:* In der ›Nation‹, vol. 172, No. 12 v. 39
24. 3. 1951, 287/288, erschienen unter der headline ›Gide Judged ... or Misjudged?‹ zwei Leserbriefe, die sich auf eine Glosse von Alexander Werth im Editorial ›The Shape of Things‹ der ›Nation‹, vol. 172, No. 10 v. 10. 3. 1951, 215, bezogen. In dieser von TM als ›Nekrolog‹ bezeichneten Spalte war zu lesen gewesen, daß Gide in der englischen Presse »as a sort of French equivalent of G. B.S. – the Grand Old Man of French literature« gewürdigt worden sei, während »to the young generation of French intellectuals and university students, Gide was, above all, the D. O. M. – the Dirty Old Man – of French literature. This was not because he had been for years the best alibi for every Gide-reading and non-Gide-reading homosexual, but because his precious ›sincerity‹ and ›intellectual integrity‹ had an exhibitionist and narcissistic quality that was odious to the entire generation, regardless of their politics.« Werth hatte mit der Feststellung geschlossen: »In the obituaries tribute was paid to Gide as a stylist, but no French critic even remotely suggested that he was ›France's greatest writer‹. As a man, he was most unlovable, with his monumental vanity and thin-lipped meanness.«

4] *Alex. Werth:* Der Journalist Alexander Werth (1901–1968).

5] *Ernst Krenek und Frau:* Der österreichische Komponist und Musikschriftsteller Ernst Křenek (1900–1991) war 1938 in die USA geflohen, lebte seit 1947 in Los Angeles und war seit 1950 in zweiter Ehe mit Gladys, geb. Nordenstrom verheiratet.

25. 3. 1951

39 1] *Dieterles:* Der Filmregisseur Wilhelm (William) Dieterle (1893–1972), ursprünglich Schauspieler und Regisseur bei Max Reinhardt, lebte mit seiner Frau, der Schauspielerin Charlotte Hagenbruch, seit 1930 in Hollywood.

2] *Angell:* Der 1936 bis 1938 in Yale, später an einem der Claremont Colleges lehrende amerikanische Anglist und Militärhistoriker Joseph Warner Angell (1908–1989) hatte im Februar 1938 die ›Thomas Mann Collection‹ in Yale initiiert (s. TB 24./25. 2. 1938).

3] *»Pledge«:* hier: Bürgschaft.

4] *an Freda Kirchway:* Das Schreiben an die ›Nation‹-Herausgeberin ist verschollen.

5] *an die Meyer:* An Agnes E. Meyer, P. P. 25. 3. 1951, Reg. IV, 51/141; TM/AEM 755.

6] *an Basler:* P. P. 25. 3. 1951, Reg. IV, 51/139. Über die Yale-Affäre und die Arbeit am *Krull:* »Wenn ich nicht mehr weiter weiß, möchte ich eine richtige Conrad Ferdinand Meyer-Novelle über Erasmus – Hutten – Luther schreiben. So ist der alte Kopf noch immer voller Pläne.« (Kopie im TMA)

26. 3. 1951

39 1] *an Car. Newton:* An Caroline Newton, P. P. 26. 3. 1951, Reg. 51/143; TM/CN 51/52.

40 2] *an den Fischer Verlag:* Das Schreiben an den Verlag in Frankfurt ist nach Reg. IV, 589, verschollen.

27. 3. 1951

40 1] *englische Inschrift:* Auf dem schwarzen rechteckigen Stein des ›1847 Woodlane Cemetery‹ steht die Inschrift : HEINRICH MANN / BORN MARCH 27, 1871 / PASSED ON MARCH 11 [sic!], 1950.

2] *von Knopf:* New York, 26. 3. 1951: »I have just read the HOLY SINNER and must rush you my hearty congratulations. Once again you have pulled it off in the style of the great master. I found the book utterly entrancing. As sheer narrative, it seems to me to be perhaps your best work. How it will impress American readers [. . .] Apart, of course, from the hard core of the easily-shockable./ [. . .] Now, if you want to do something that I think will help all of us here who will have to work at the book, write me at a little length about its origin –

just where and when you discovered the story on which the novel is based, possibly a bit about Aue von Hartman [sic], anything in fact that will help us place the story in historical perspective. I know that this will be of assistance to me and I think it will also help all of the men who will be working at Sales, Publicity, Advertising and the like.« (im TMA)

3] *von W. Berendsohn:* Von Walter A. Berendsohn, o. O. [Stockholm], 22. 3. 1951; im TMA.

4] *Berendsohn:* Der 1933 nach Dänemark, 1943 nach Schweden geflohene, ehemals in Hamburg lehrende Germanist Walter A. Berendsohn, der sich als einer der ersten der Erforschung der Exilliteratur zuwandte. Näheres s. TB 46–48, 589.

5] *Lotte Walter:* Bruno Walters ältere Tochter Lotte (1903–1970), verh. Lindt.

28. 3. 1951

1] *Journalist Swirsky:* Über den Journalisten Sidney B. Swirsky, den TM seit 1946 kannte (s. TB 26. 1. 1946), war nichts Näheres in Erfahrung zu bringen. 40

2] *Angriff auf mich:* S. TB 29. 3. 1951, Anm. 2 und Dok. 20 und 21 im Anhang, S. 780–783.

3] *»The Fireman«:* Fälschlich für die Zeitschrift ›The Freeman‹, s. TB 31. 3. 1951, Anm. 1.

4] *Interview:* S. TB. 29. 3. 1951, Anm. 2. »Angriff« und »Interview« sind im Anhang, Dok. 20 und 21, S. 780–783 wiedergegeben.

5] *»Laune des Verliebten«:* TM las Goethes 1767 geschriebenes ›Schäferspiel in Versen und einem Akt‹ vermutlich wieder im Hinblick auf die Verwendung des gereimten Alexandriners.

29. 3. 1951

1] *China weist [...] zurück:* S. TB 24. 3. 1951, Anm. 1. 40

2] *das Interview neben dem idiotischen Angriff:* Im ›Santa Monica Evening Outlook‹ vom 29. 3. 1951, 1, 2 und 7, standen die UP-Meldung von Lyle C. Wilson und das Interview von Sid Swirsky auf der ersten Seite. S. Anhang, Dok. 20 und 21, S. 780–783. 41

3] *an L. Mazzucchetti:* Die Karte an TMs italienische Übersetzerin, Lavinia Mazzucchetti (1889–1963) ist nach Reg. IV, 589, verschollen.

4] *[an] Amann:* An Paul Amann, P. P. 29. 3. 1951, Reg. IV, 51/148; TM/PA 71.

5] *von Frau Niekisch:* Von Grete Nikisch, Kiel, 23. 3. 1951; im TMA.

6] *Niekisch (Dinter):* Die Opernsängerin Grete Merrem-Nikisch, Frau des TM seit Beginn der zwanziger Jahre bekannten ehemals Leipziger Juristen Arthur Philipp Nikisch (1888–1968), einem Sohn des Dirigenten Arthur Nikisch (1855–1922).

30. 3. 1951

41 1] *sein Interview:* S. TB 29. 3. 1951, Anm. 2.

2] *Verse, die den Jüngling preisen:* GW VII, 442. S. auch TB 22. 3. 1951, Text und Anm. 6.

3] *an Bermann:* Nicht in TM/GBF; s. jedoch GBF an TM, New York, 2. 4. 1951; TM/GBF 573/574.

4] *Ausbleiben des Copy rights:* Vgl. den Anm. 3 nachgewiesenen Brief: »Knopf weiß, daß das Erscheinen seiner Ausgabe *vor* der deutschen keinen Schutz darstellt. Ich kann nur wiederholen, was ich schon so oft sagte, daß er immer nur *seine Übersetzung* schützen kann und daß er damit keinen Schutz erzielt gegen die Veranstaltung einer *anderen* Übersetzung vom deutschen Original, sofern *dieses Original nicht selbst* durch Eintragung ins Copyright-Register in Washington geschützt ist./ Durch die Veranstaltung der mimeographierten Ausgabe schütze ich also Knopfs Interessen, ohne daß er bisher auch nur einen Finger gerührt hätte oder sich um ein amendment zum Copyright-Gesetz bemüht hätte.«

31. 3. 1951

41 1] *Schund-Text:* Eugene Tillinger, ›Thomas Mann's Left Hand‹, ›The Freeman‹, New York, 26. 3. 1951, 397/398: Eine Polemik, die noch einmal alle Unterschriften und Hilfen auflistet, die TM »with amazing consistency« jeder stalinistischen Organisation habe angedeihen lassen, »that carries the word ›peace‹ in its title«. Das TM von Tillinger vorgehaltene ›Sündenregister‹ mutet an, als sei es aus den einschlägigen Dossiers des ›Committee on Un-American Activities‹ zusammengestellt. Es beginnt mit einer Sponsorenschaft der ›Win the Peace‹-Group, 1946, listet die führende Rolle bei der ›Peace Conference‹, 1948, und die Unterstützung der ›Cultural and Scientific

Conference for World Peace‹ 1949 in New York auf, veröffentlicht und interpretiert TMs angebliche Unterschrift unter den Stockholmer Appell, 1950, zitiert aus dem Interview mit Charles Morgan, läßt kein Gerücht der ostdeutschen Presse über die Zugehörigkeit TMs zum Präsidium der Warschauer Weltfriedenskonferenz aus, publiziert das durch AP veröffentlichte Dementi vom 19. 11. 1950 und konterkariert es sofort durch passende Zitate aus dem Brief an Joliot-Curie, denen das fabula docet auf dem Fuße folgt: »It should be noted that this letter of praise was written at a time when reports from London about the British Government's objections to the meeting of the World Peace Congress in Sheffield were carried on the front pages of the American press. If Thomas Mann really had intended to refute any connection with the World Peace Congress, he could have written Joliot-Curie to this effect. Instead, the novelist preferred to express his ›sympathy‹ and ›respect‹ for the work of an undisputed instrument of Stalinist propaganda.« – Doch damit nicht genug: »In a series of lectures«, so Tillingers weitere Vorhaltungen, »delivered [. . .] in his native German in Zurich, Stockholm and other European cities, as well as in New York City, Thomas Mann proclaimed ›humanistic communism‹ as his answer to the world's ills. [. . .] [And] even after the aggression in Korea, as late as August 23, 1950, in a lecture at the Yale Library in New Haven, he said, he ›did not think that Russia was preparing for war.‹« Folgerichtig habe er auch den Atlantik-Pakt verurteilt und es geschehen lassen, daß »the German Red bosses, Wilhelm Pieck and Otto Grotewohl, hail him as ›intrepid fighter against warmongering and against anti-Bolshevism‹ [and] East German Communist trade unions greet him as ›brother-in-arms, a living protest against Americanism, boogie-woogiedom and cultural barbarism‹«.
Tillingers Fazit: Es wäre besser gewesen, der große Romancier TM hätte sich aus der Politik herausgehalten. Da er es aber offensichtlich als seine Pflicht ansehe, politische Botschaften zu erlassen, politische Appelle zu unterzeichnen und politische Skandale (causes) zu unterstützen, müsse er sich mit einigen »pertinent questions« konfrontieren lassen: »Have you taken a definite stand on Korea?/ Have you condemned Chinese Communist aggression?/ Have you ever spoken out against Soviet slave labor camps?/ Have you endorsed the anti-Communist Berlin Congress for Cultural Freedom?/ Have you ever said a word about the brutal behavior of the Soviet representatives in

the United Nations?/ Have you ever protested against the loss of freedom of millions of non-Soviet citizens in the satellite countries?/ Have you ever raised your voice against the religious persecutions behind the Iron Curtain?/ Do you still believe that ›anti-Bolshevism is the fundamental folly of our time‹?«

2] *»Fledermaus«:* TM hatte Platten mit der Operette ›Die Fledermaus‹ (1874) von Johann Strauß zu Weihnachten 1950 bekommen. S. TB 24. 12. 1950.

1. 4. 1951

42 1] *libel:* Verleumderisches Schriftstück.

2] *Fälschung des Pariser Bildes:* Verschiedene Zeitungen – darunter auch der ›Freeman‹ in seiner TB 31. 3. 1951, Anm. 1 nachgewiesenen Ausgabe – hatten ein Photo veröffentlicht, das – als Faksimile – TMs Unterschrift unter den Stockholmer Friedensaufruf zeigt. TM selbst erklärte das Bild in seinem wenig später (s. TB 9. 4. 1951, Anm. 1) veröffentlichten Verteidigungsartikel ›Ich stelle fest...‹ als Fälschung: nämlich als Ausschnitt aus einer Photomontage, die er leicht als Falsifikat erweisen könne. Er trage auf dem Bild einen Anzug, den er zwar 1949, nicht aber 1950 mit nach Europa genommen habe. Auch die schwarze Krawatte, die auf dem Bild zu erkennen sei, enthülle das Falsifikat: Nicht 1950, sondern nur 1949, nach dem Tod seines ältesten Sohnes, habe er einen solchen Schlips getragen. Zu TMs wiederholten Dementis und ihrer Glaubwürdigkeit vgl. TB 49/50, 586, aber auch den Text der nie gedruckten Erwiderung im Anhang, Dok. 31 und 32, S. 797–809.

2. 4. 1951

42 1] *Tillinger:* Der aus Wien stammende und bis 1933 in Berlin tätige Journalist Eugen(e) Tillinger (1907–1966) war über Wien, Prag und Paris in die USA gelangt, wo er für verschiedene Nachrichtenagenturen arbeitete und sich u.a. darauf kaprizierte, TM des Pro-Kommunismus zu überführen. Vgl. außer den Eintragungen dieses Bandes auch TB 16. 12. 1949, Text und Anm. 1, sowie die Nachweise in TM/AEM, 1090.

2] *»Message« nach Warschau:* Eine der vielen östlichen Falschmeldungen, TMs Unterstützung der zweiten Weltfriedenskonferenz in

Warschau betreffend. Zum Zusammenhang s. TB 31. 3. 1951, Anm. 1.

3] *an Reisiger:* An Hans Reisiger, P. P. 2. 4. 1951, Reg. IV, 51/152; Br. III, 196/197 (fragmentarisch), Bl. TMG 8, 1968, 26/27.

3. 4. 1951

1] *Rechtsanwalt Kenny:* Robert Walker Kenny (1901–1976), von 1943 bis 1947 Attorney General of California. *43*

2] *Kritik [...] der NZZ:* Werner Weber, ›'Der Erwählte'. Zum neuen Roman Thomas Manns‹, NZZ, 31. 3. 1951 (Morgenausg.): »[...] Der ›Erwählte‹ wird zu einer einzigen gewaltigen Parodie; das ist so abgründig ernst zu verstehen wie nur möglich [...]./ Ein solches Unternehmen schließt Größe und Gefahr fast gesetzmäßig in sich ein. Es gibt in diesem Werk keine schwache Stelle; es gibt nur großartig Abstoßendes und großartig Hinreißendes. [...] Vor allem Kniffligen aber möchte man einfach sagen, es habe in diesem Werk ein Mann, der im Leben schon lang und bei vielem mit Neugier dabeigewesen sei, die Dinge auserzählt, die seine fernen Vorgänger noch näher bei den Mythen beließen. Dies Auserzählen kann Widerlichkeit zur Folge haben: es gerät in ihm zuweilen ein im letzten Grunde tief bürgerliches Insistieren und Nicht-mehr-Aufhören-Können in eine peinlich-quälende Schäbigkeit gegenüber dem Elementaren des Mythischen. Es kann aber auch das reine Entzücken hervorbringen: dazu sind etwa die Kapitel zu zählen, in denen der Knabe Gregorius in seinen Jahren auf der Insel der Fischer geschildert wird. [...] Doch das sind nur Punkte in einem erzählerischen System, das Meisterschaft am äußersten Rand der Größe zeigt; das heißt: es ist nicht einzusehen, wie in der vom ›Erwählten‹ markierten künstlerisch-geistigen Richtung noch ein Weiteres möglich sein könnte. [...]«

3] *an Dr. Beutler: Glückwunsch zur Einweihung des wiedererstellten Goethe-Hauses in Frankfurt am Main am 10. 5. 1951,* in ›Frankfurter Neue Presse‹, 11. 5. 1951.

4] *Dr. Beutler:* Der Literarhistoriker Ernst Beutler (1885–1960) war von 1925 bis zu seinem Tode Leiter des Goethe-Museums und des Freien Deutschen Hochstifts in Frankfurt am Main.

4. 4. 1951

44 1] *Arbeit [...] über die Ursprünge:* S. dazu den TB 27. 3. 1951, Anm. 2 zitierten Brief von Alfred A. Knopf an TM. Eventuell arbeitete TM an dem Text, der unter dem Titel *Ueber ›The Holy Sinner‹* im TMA erhalten und als *Bemerkungen zu dem Roman ›Der Erwählte‹* in GW XI, 687–691 abgedruckt wurde. Darüber hinaus existiert noch ein mit »Thomas Mann« unterzeichnetes einseitiges Typoskript, das mit dem Klappentext des innerhalb der Stockholmer Ausgabe erschienenen *Erwählten*-Bandes identisch ist. In welchem Zusammenhang diese Texte mit dem von Knopf erbetenen Statement stehen, ist nicht nachprüfbar, da der von TM an seinen amerikanischen Verleger übersandte kurze Abriß weder in New York noch in Zürich erhalten ist. Zum Problem vgl. auch D. ü. D. III, 382, Anm. 119.

2] *zweite Auflage [...] dritte:* Gottfried Bermann Fischer hatte in einem Brief, New York, 2. 4. 1951, TM/GBF 573/574, geschrieben: »Die deutsche Ausgabe ist kurz vor Ostern erschienen und scheint sehr gut zu gehen. Nach Berichten aus Frankfurt ist die erste Auflage von 10.000 Exemplaren vergriffen, und die zweite Auflage wird bereits ausgeliefert. Eine dritte ist in Arbeit.«

3] *mit Adrian zu verwechseln:* S. dazu den Anfang der TB 3. 4. 1951, Anm. 2 nachgewiesenen Kritik von Werner Weber, in der der Rezensent darauf verweist, wie lohnend es sei, »besonders jenen Teil im XXXI. Kapitel des ›Faustus‹ noch einmal zu durchgehen, in welchem davon berichtet wird, daß sich Adrian den ›Gesta Romanorum‹ zuwandte«, in Sonderheit jener Stelle, die die Beweggründe für diese Hinwendung nennt: »›Es war ein geistiger Reiz, nicht ohne einen Einschlag von Bosheit und auflösender Travestie, da er dem kritischen Rückschlage entsprang auf die geschwollene Pathetik einer zu Ende gehenden Kunstepoche.‹ Die hier genannten Stellen«, fährt Weber fort, »bezeichnen knapp den geistigen und seelischen Boden, aus dem das jüngste Werk, ›Der Erwählte‹, hervorgegangen ist und auf dem es lagert.«

4] *»Listed«:* S. TB 5. 4. 1951, Anm. 1.

5] *Anruf [...] Mitteilung:* S. den Bericht der LAT vom 5. 4. 1951, 1, 20: »Novelist Thomas Mann was not available for comment last night but at his home The Times was referred to a statement issued by him last Feb. 12. At that time he said:/ ›I wish publicly to announce my resignation as an initial sponsor of the American Peace Crusade.

When I agreeed to co-sponsor said organization I had not been told that by doing so I should be collaborating with men such as Paul Robeson, Howard Fast, Ben Gold, etc./ Without questioning the sincerity of anyone's desire for peace but considering the prevailing mood and atmosphere, I am convinced that any peace movement generally believed to be Communist inspired or controlled is bound to hurt rather than help the cause of peace in this country.‹«

5. 4. 1951

1] *In den L. A. Times:* Die LAT brachte auf der ersten Seite ihrer Ausgabe vom 5. 4. 1951 einen Artikel: ›Top Oscar Winners, Other Notables Named by Congress Committee‹, der neben den Namen der Schauspieler José Ferrer und Judy Holliday sowie der Physiker Linus Pauling und Philip D. Morrison unter der Rubrik »other names listed by the committee as affiliated with various peace organizations or Communist fronts« auch TM aufzählte – in der Gesellschaft von u.a. Albert Einstein, Lion Feuchtwanger, Harlow Shapley, Marlon Brando, Norman Mailer, Artur Schnabel, Frank Lloyd Wright und Mark van Doren. 44

7. 4. 1951

1] *Todesurteil:* Die LAT vom 6. 4. 1951 berichteten auf der ersten Seite über das Todesurteil für die angeblich der Atomspionage überführten Julius und Ethel Rosenberg: »A wartime husband and wife atom spy team were sentenced to death today – the first Americans in the nation's history so doomed for such treachery.« 44

2] *Brief an den »Freeman«:* The Editor of ›The Freeman‹, P. P. 8. 4. 1951, Reg. IV, 51/162. Das Schreiben – im wesentlichen die amerikanische Version des TB 9. 4. 1951, Anm. 1 nachgewiesenen deutschen Artikels – ist im Anhang, Dok. 22, S. 784–786 abgedruckt.

3] *an Dr. Weber:* An Werner Weber, P. P. 6. 4. 1951, Reg. IV, 51/157; Br. III, 200/201 (fragm.). Der fehlende letzte Absatz lautet: »Nun kam auch der Aufsatz über Oedipus in Indien [Emil Abegg, ›Oedipus in Indien. Zu Thomas Manns Roman ‚Der Erwählte'‹, NZZ 3. 4. 1951]. Ich sehe mit Rührung, wie angelegentlich und angeregt, nicht ohne die Nachhilfe einer hochstehenden Presse, die Schweiz sich um Neues von mir kümmert. Und doch ist es nicht einmal dies, was immer wieder Heimweh nach der Schweiz aufkommen lässt. Oft träume ich davon, meine letzten Lebensjahre dort zu verbringen und dort einmal, nicht hier, meine letzte Ruhestätte zu finden. Aber leicht wird es nicht einzurichten sein.« (Kopie im TMA)

9. 4. 1951

45 1] *an den »Aufbau«:* An die Redaktion des ›Aufbau‹, P. P. 8. 4. 1951, Reg. IV, 51/166; Br. III, 197–200. Das Schreiben erschien im ›Aufbau‹, vol. XVII, No. 15 v. 13. 4. 1951, 1,2; es wurde unter dem Titel ›Ich stelle fest. . .‹ in GW XI, 795–798 aufgenommen.

2] *Stellungnahme Englands:* Der Staatssekretär im britischen Außenministerium, Kenneth Younger, hatte sich in einer Rede scharf gegen die »unverantwortlichen Erklärungen« gewandt, die aus hochgestellten US-Kreisen über Korea und den Fernen Osten abgegeben worden seien. Diese Ausführungen wurden in der Presse allgemein als harsche Kritik an General MacArthur interpretiert.

3] *von Blanche Knopf:* New York, 6. 4. 1951; im TMA.

4] *von Basler:* Von Otto Basler, Burg, 5. 4. 1951; im TMA.

5] *Anzeige im »Bücherblatt«:* Otto Basler, ›Thomas Manns ‚Der Erwählte'‹, ›Bücherblatt‹, Zürich, 20. 4. 1951.

6] *Worte von Hesse:* Basler hatte TM wissen lassen: »Hesse hat mir in schöner Begeisterung über ›Gregorius‹ geschrieben. Er nennt es eine ›erstaunliche Dichtung‹, ›. . . jeder Satz ist ein Spass und ein Kunstwerkchen‹ . . . ›man sollte nicht glauben, dass in deutscher Sprache heute etwas so Munteres, Spassiges und sprachlich so Erfreuendes geschrieben werden könnte‹ . . . ›Ernst und Grösse hinter dem Spass‹.« (TMA)

7] *Kollektion deutscher Kritiken:* Vgl. TM an Otto Basler, P. P. 12. 4. 1951, Reg. IV, 51/174: »Die Deutschen schreiben in ihren Blättern scheeläugig und tückisch, ohne den Mut zum eigentlichen Verriß. Dabei kauft das Publikum das Buch begierig, obgleich es ca 15 D. M. kostet.« (D. ü. D. III, 386)

10. 4. 1951

45 1] *»Born yesterday«:* 1951 von der Columbia gedrehte Film-Komödie nach einem Theaterstück von Garson Kanin. Unter der Regie von George Cukor spielen Judy Holliday (auf die sich TMs Nachsatz bezieht, s. auch TB 5. 4. 1951, Anm. 1), William Holden und Broderick Crawford.

2] *Mc. Arthur seiner [...] Ämter entsetzt:* Im Rahmen der erbittert geführten großen Debatte um die Verstärkung der amerikanischen Militär-Präsenz in Europa hatte der republikanische Senator von Massachusetts, Joseph W. Martin Jr., am 5. 4. 1951 einen Brief General MacArthurs bekanntgegeben, in dem es hieß: »here [in Korea] we fight Europe's war with arms while the diplomats there [in der amerikanischen Regierung] still fight with words«; auf diese Weise – so das Fazit des Schreibens – »there is no substitute for victory«. Zusammen mit dem TB 24. 3. 1951, Anm. 1 nachgewiesenen Affront des Generals gegen die Politik des Präsidenten gab diese offene Herausforderung der von der amtierenden US-Regierung vertretenen NATO-Strategie den Ausschlag für Truman, in Übereinstimmung mit seinen zivilen und militärischen Beratern (joint chiefs) am 9. 4. die Ablösung MacArthurs zu verfügen. Der Präsident gab seine Entscheidung in der Nacht zum 11. 4. 1951 bekannt. Die Reaktion in weiten Kreisen der Republikaner, aber auch die der amerikanischen Öffentlichkeit entsprach durchaus den Eindrücken, die TM in den folgenden Tagen und Wochen notierte.

11. 4. 1951

1] *Acheson:* Der amerikanische Außenminister Dean Acheson 46
(1883–1971).

2] *III, 1:* GW VII, 451–465: Die Erzählung von Krulls Hotelalltag sowie der in Stankos Begleitung unternommenen Besuche von »Cafés und Zerstreuungslokalen«, an die sich in der Endfassung dann die Circus-Szene anschließt. S. dazu TMS V, 520.

3] *von Alv. Johnson* [...] *wegen Broch:* New York, 6. 4. 1951. Im TMA. Das Schreiben ist – zusammen mit der in Anm. 5 nachgewiesenen Antwort TMs vom 18. 4. 1951 sowie dem die Angelegenheit abschließenden Brief von Alvin Johnson, New York, 24. 4. 1951 – im Anhang, Dok. 23–25, S. 787–790 abgedruckt.

4] *Alvin Johnson:* Der Nationalökonom und Politologe Alvin Johnson (1873–1971), Präsident der New School for Social Research in New York, deren Mitbegründer er 1919 gewesen war, gehörte zu den Hauptförderern der nach 1933 in den USA Zuflucht suchenden deutschen Intellektuellen. Aus einem von ihm 1933 ins Leben gerufenen, von der Rockefeller Foundation getragenen Hilfsfonds unterstützte er – nach Aussagen von Hans Rudolf Vaget (s. TM/AEM 896) – an die 200 aus Deutschland geflohene Wissenschaftler.

5] *Begann Brief:* An Alvin Johnson, P. P. 18. 4. 1951, Reg. IV, 51/183; s. Anm. 3.

6] *Radio-Rede Trumans:* S. TB 10. 4. 1951, Anm. 2. In seinem offiziellen Statement am frühen Morgen des 11. 4. 1951 hatte der Präsident die Entlassung General MacArthurs begründet: »With deep regret I have concluded that General of the Army Douglas MacArthur is unable to give his wholehearted support to the policies of the United States Government and of the United Nations in matters pertaining to his official duties./ In view of the specific responsibility imposed upon me by the Constitution of the United States and the added responsibility which has been entrusted to me by the United Nations, I have decided that I must make a change of the command in the Far East./ [. . .]/ Full and vigorous debate on matters of national policy is a vital element of the constitutional system of our free democracy. It is fundamental, however, that military commanders must be governed by the policies and directives issued to them in the manner provided by our laws and Constitution. In the time of crisis this consideration is particularly compelling. [. . .]«

12. 4. 1951

46 1] *»Impeachment«:* Amtsanklage gegen einen hohen Staatsbeamten, in den USA besonders gegen den Präsidenten, mit dem Ziel der Amtsenthebung.

2] *Liste:* An Atwood H. Townsend, The American Library, P. P. 18. 4. 1951, Reg. IV, 51/186. Die Liste ist im Anhang, Dok. 26, S. 791/792 wiedergegeben.

3] *an Basler:* P. P. 12. 4. 1951, Reg. IV, 51/174.

4] *»Hunger«:* Knut Hamsun, ›Hunger‹, Bd. 1 der in der Zürcher Bibliothek erhaltenen ›Gesammelten Werke in 12 Bänden‹, München [1921–1925].

5] *»Minima Moralia«:* Theodor W. Adorno, ›Minima Moralia. Reflexionen aus dem beschädigten Leben‹, Frankfurt am Main 1951. TM hatte das Manuskript bereits im August 1946 gelesen.

13. 4. 1951

1] *Adlatus des Märtyrers schwört:* Maj. Gen. Courtney S. Whitney, Military Secretary von General MacArthur, hatte in einer ersten Stellungnahme zur Abberufung seines Vorgesetzten gesagt: »›Nothing could be further from the truth‹ than assertions that MacArthur had been an advocate of expanding the Korea war.« (AP-Bericht der LAT, 13. 4. 1951, 1:7,8) 47

2] *Brief nach Halle:* An Edgar Kirsch, P. P. 13. 4. 1951, Reg. IV, 51/177. Der Text ist im Anhang, Dok. 27, S. 792/793 abgedruckt.

3] *Interessanter Druck:* Hans Joachim Mette, ›Doktor Faustus und Alexander. Zur Geschichte des Descensus- und Ascensus-Motivs‹, DVjs, Bd. XXV, 1951, 27–39. Der Sonderdruck mit einer handschriftlichen Widmung des Autors an TM befindet sich in der Zürcher Bibliothek. S. auch TMs Urteil gegenüber Wladimir von Zalozieckyi in dem TB 15. 4. 1951, Anm. 1 nachgewiesenen Brief: »Den ›Doktor Faustus‹ angehend, so schickte mir gerade eben ein Hamburger Literaturgelehrter eine eindrucksvolle Abhandlung über die weiten Zusammenhänge des Volksbuches und meines Romans mit dem Alexander-Thema, dem Descensus- und Ascensus-Motiv und Pindarischen Warnungen vor Masslosigkeit. ›Es ist‹ sagt er ›eine über 2500 Jahre umspannende Tradition abendländischer Dichterexistenz in die T. M. sich mit seinem Faustus-Roman eingeordnet hat.‹ Hübsch!« (HOM)

14. 4. 1951

1] *Bücher Kriegers:* In der Zürcher Nachlaßbibliothek befindet sich lediglich ein Gedichtband Kriegers: ›Das schlagende Herz‹, mit einem Brief von Wilhelm Furtwängler als Vorwort, Einsiedeln 1951. Vermutlich handelte es sich bei den empfangenen Büchern jedoch um das »Manifest« ›Kraft aus Liebe‹, den »Roman aus unsern Tagen« ›Befreiung wunderbar‹, sowie das Dostojewskis ›Liebesheirat‹ variierende und weiterführende Erzählwerk ›Der seltsame Liebesbund‹, alle Einsiedeln 1951. 47

2] *Krieger:* Der Schriftsteller und »programmatische Moralist« Arnold Krieger (1904–1965).

3] *der Eintreten verlangt:* Krieger hatte in einem Brief aus Liebefeld-Bern, 10. 3. 1951, geschrieben: »Der Augenblick, auf den ich mit tätiger Leidenschaft gewartet, ist da, die beiden Bücher sind unter mancherlei Martern [...] fertiggeworden, und sie gehen gleichzeitig an Sie ab. Ich weiß, Sie werden teilnehmen, da Sie ja schon vom Innersten her teilhaben. [...] Ich bitte Sie nun sehr, unsere Bemühungen auch von Ihrer hochgelegenen, aber nicht gänzlich entlegenen Warte aus kraftvoll zu unterstützen. Sie haben einmal im ›Tagebuch‹ so sprühende und einleuchtende Worte über Hermann Kestens Buch ›Glückliche Menschen‹ ausgesprochen, daß ich wage anzunehmen, Sie würden über ein Werk, das Sie für unbedingt notwendig halten, für einen Beitrag der Versöhnung zwischen Ost und West alles tun, was diesem Buch, dieser Idee und damit dem Weltfrieden förderlich sein könnte. Wenn Sie öffentlich Ihre Stimme dafür erheben, so wäre dem Werk allein damit Bahn gebrochen. Seien Sie, hochverehrter, lieber Meister Thomas Mann, in dieser schicksalhaften Stunde für mich das, was der große Künstler und Musikkritiker Robert Schumann für Johannes Brahms war, und was als Schumanns unvergängliche Liebestat in die Geistesgeschichte einging.« (TMA)

48 4] *Kulturbund-Angelegenheit:* S. TB 13. 4. 1951, Anm. 2 und den im Anhang, Dok. 27, S. 792/793 abgedruckten Text.

5] *als Vorwort:* ›Briefe Richard Wagners. The Burrell Collection‹, Zürich, Conzett und Huber 1951. TMs ›Vorwort‹ erschien auf deutsch zunächst in der NSR, NF 18, H.9, Jan. 1951, 517–525.

6] *Bibi:* Kindername von Michael Mann.

7] *Radio-Rede Trumans:* Auf der jährlichen Dinner-Veranstaltung der Demokraten anläßlich des Jefferson Jackson Day in Washington beschwor der Präsident erneut die weltweite Verantwortung der USA und damit jedes einzelnen ihrer Bürger für die Verteidigung der Welt vor dem Kommunismus: »This is a time when all Americans should put their country first. [...] Our country is in deadly danger. We face a powerful and ruthless enemy. [...] We must meet this threat just as firmly as Jefferson met the threat of the Barbary pirates./ There is no higher purpose to which we can dedicate ourselves as democrats and Americans.« (NYT 15. 4. 1951, 12:1–8)

15. 4. 1951

1] *Brief nach Wien:* An Wladimir von Zalozieckyi, P. P. 15. 4. 1951, Reg. IV, 51/180: »Vielen Dank für die Mitteilung der merkwürdigen Huzulengeschichte. Einen Einschlag von ›Amfortas‹ hat sie ja auch mit ihrem Thema von der Bestrafung sinnlichen Sündenfalls durch Krankheit und Lähmung./ Was Sie von der langen Ahnenreihe sagen, gefällt mir sehr. Ich bin ein Traditionalist und ein Spätgekommener dem es zufällt, hundertmal erzählte Geschichten zum letzten Mal zu erzählen, abschliessend sozusagen: So die Josephs-Erzählung, die Faustus-Sage und kürzlich die Gregoriuslegende.« (HOM) *48*

2] *an Mette:* P. P. 15. 4. 1951. Der als verschollen registrierte Brief wurde der Herausgeberin von Frau Prof. Dr. Adelheid Mette zur Verfügung gestellt. Er ist als Dok. 28, S. 793/794 wiedergegeben.

3] *Auszüge [...] auf englisch:* ›Mann again denies he is a Communist‹, NYT 11. 4. 1951, 15:1: Eine Zusammenfassung der Tillinger-Angriffe und der – dem ›Aufbau‹ (s. TB 16. 4. 1951, Anm. 3) entnommenen – hauptsächlichen Gegenargumente TMs. Das Dokument ist wegen der Bedeutung, die ihm in den folgenden TB-Aufzeichnungen und den im Zusammenhang damit publizierten Schriftstücken beigemessen wird, im Anhang, Dok. 29, S. 794/795 wiedergegeben.

4] *Telegramm:* Nach Angabe in Reg. IV, 589, verschollen.

5] *Wallenstein:* Der amerikanische Cellist und Dirigent Alfred Franz Wallenstein (1898–1963) leitete von 1943 bis 1956 das Los Angeles Philharmonic Orchestra.

16. 4. 1951

In der Handschrift versehentlich mit »16. IX.« datiert.

1] *Rimskys:* Gemeint ist das Ehepaar van Riemsdyck (s. TB 22. 2. 1951, Anm. 11), dessen Namen TM in immer anderen Variationen schrieb. *48*

2] *Freundin Ellen:* Ellen Erby, vgl. TB 17. 1. 1951, Anm. 2.

3] *Vom »Aufbau«:* Von Manfred George, New York, 12. 4. 1952: »Lieber Herr Thomas Mann:/ In der Anlage finden Sie die Titelseite des heutigen Aufbau mit Ihrer Erklaerung. Ich habe mich sehr gefreut, sie so rechtzeitig zu erhalten, dass ich sie entsprechend einrichten und aufmachen konnte./ Gleichzeitig lege ich Ihnen einen Ausschnitt aus der New York Times bei [s. TB 15. 4. 1951, Anm. 3 und Dok. 29, S. 794/795], [. . .]. Wir hatten Ihre Erklaerung [s. TB 9. 4. 1951, Anm. 1] der Times gegeben und freuen uns, dass sie sie gebracht hat./ Weiterhin lege ich Ihnen die Uebersetzung der Erklaerung bei, die wir im vollen Wortlaut als press release an etwa 200 massgebende Zeitungen, Organisationen und Persönlichkeiten heute herausgehen liessen./ Ich meinerseits habe Auszuege zusammen mit einer entsprechenden Meldung an einige europaeische Blaetter geschickt.« (TMA)

48 4] *Wiedergabe in Times:* »Die Wiedergabe in den N. Y. Times ist ja kläglich und illoyal – wie nicht anders zu erwarten war nach vorhergegangenen Erfahrungen. Sie lässt alles Entscheidende aus und lässt mich einfach noch einmal leugnen, trotz widerstreitenden Dokumenten.« (TM an Manfred George, P. P. 16. 4. 1951, Reg. 51/181; Marbach)

5] *Gegenerklärung des »Freeman«:* Vermutlich sind die beiden letzten Absätze des TB 15. 4. 1951, Anm. 3 nachgewiesenen NYT-Berichts gemeint; s. Dok. 29, im Anhang S. 794/795.

6] *Tillinger antwortet:* Eugene Tillinger, ›Antwort an Thomas Mann‹, ›Aufbau‹, vol. XVII, No. 17 v. 27. 4. 1951, 5, 6, 20: Eine Rekapitulation der im ›Freeman‹ aufgestellten Behauptungen – speziell für die Leser des ›Aufbau‹, und der Versuch einer Widerlegung von TMs in seiner Erklärung ›Ich stelle fest. . .‹ vertretenen Argumente in sechs Punkten, die hier nicht gesondert aufgeführt zu werden brauchen, da sie weitgehend aus TMs TB 21. 4. 1951, Anm. 1 nachgewiesener ›Schlußreplik‹ zu erschließen sind. Den größten Raum in Tillingers Rechtfertigung nehmen die Auseinandersetzung mit TMs Verhalten gegenüber dem Stockholmer Appell, speziell das späte (»volle fünf und einhalb Monate später«) Dementi, sowie die Tillinger sehr störende angebliche Diskrepanz zwischen dem AP-Dementi hinsichtlich der Beteiligung am zweiten Weltfriedenskongreß (TB 49/50, 620–622) und dem Brief an Joliot-Curie (TB 49/50, 701/702) ein. Außerdem muß für die richtige Beurteilung von TMs ›Schlußreplik‹ angemerkt werden, daß der dort zitierte Beleg für Tillingers miserables Englisch auf einem Lese- oder Kopierfehler beruht. Im ›Aufbau‹-Text steht deutlich ›assumed‹ und nicht, wie von TM – allerdings, wie der Begleitbrief an George (s. Anhang, Dok. 30, S. 795/796) zeigt, bereits mit dem Vorbehalt eines möglichen Irrtums – unterstellt, ›assured‹. – Der ›Aufbau‹ konterkarierte den Abdruck der Tillingerschen

Replik durch einen einmontierten »Kasten«, dessen von der »Redaktion des ›Aufbau‹« verantworteter Text nicht nur die grundsätzliche Bedeutung zeigt, die man dort der Kontroverse zumaß, sondern mindestens in gleicher Weise das politische Klima erhellt, mit dem sich TM in den USA konfrontiert sah: »Wir bringen heute die Antwort Eugene Tillingers auf den Brief ›Ich stelle fest‹, den Thomas Mann am 13. April im ›Aufbau‹ veröffentlicht hat. Ein Schlusswort des Dichters wird im nächsten ›Aufbau‹ erscheinen./ Wir bringen die Antwort Herrn Tillingers, weil wir uns journalistisch dazu verpflichtet fühlen. Wir sind nämlich der Meinung, dass in Zeiten wie diesen ein Blatt wie der ›Aufbau‹ auch äusserlich ein Beispiel der äussersten Objektivität bieten soll. Nur in einer Sphäre strenger Sachlichkeit kann die überhitzte Temperatur politischer Erregung einmal wieder auf ihr normales Mass zurückgeführt werden./ Wir übersehen nicht alle Möglichkeiten, die sich für die parteipolitischen und sonstigen Verwirrer der öffentlichen Meinung aus einer völligen Konfusion der Begriffe ergeben. Wir haben uns aber immer dagegen gewehrt, uns vor irgendeinem Gessler-Hut des Konformismus zu beugen. Wir lieben dieses Land und ehren seine Prinzipien. Wir tragen frisch noch die Erinnerung an all jene Attentate auf die menschliche Freiheit in uns, die schliesslich in Europa zum Nazismus, Kommunismus und Faschismus geführt haben. Wir würden unwürdige Bürger dieses Landes sein, wenn wir seine Ideale nur als ein Aushängeschild, seine grosse Vergangenheit nur als ein Lesestück für Schulkinder, seine grossen Männer nur als Frontfiguren für kleine Phrasendrescher halten würden./ Die unwürdige Art, mit der heute Männer der Wissenschaft, der Literatur und der Künste in die politische Arena gezerrt und auf ihre privaten politischen Ansichten hin inquiriert werden, entspricht nicht den Notwendigkeiten, die in den Bereich nationaler Sicherheit fallen und die von uns auf das Eifrigste befürwortet werden. Wir sind für jede Massnahme, die der Sicherung der Demokratie dient, aber gegen jede, die, von totalitären Hirnen erdacht, diese Demokratie unterminiert. Wir sind deshalb gegen alle Bestrebungen, den Meinungszwang an die Stelle der Meinungsfreiheit zu setzen. Schon deshalb, weil solche ›thought control‹ aus dem Arsenal des Faschismus und Kommunismus stammt./ Was den Spezialfall der Thomas Mann-Kontroverse anlangt, so behalten wir uns vor, darauf noch zurückzukommen.«

49 7] *meinen Brief unterdrücken:* S. dazu TMs Anm. 4 nachgewiesenes Schreiben an Manfred George: »Der Brief, den ich an den ›Freeman‹ gerichtet habe, scheint unterdrückt werden zu sollen. Statt dessen schreibt Tillinger an Sie. Ich meine doch, seinen Brief aufzunehmen sind Sie höchstens dann verpflichtet, falls der ›Freeman‹ seinerseits den meinen bringen sollte. Das wird sich in etwa 10 Tagen zeigen. Ich denke aber nicht so lange zu warten, sondern durch meinen Anwalt beim ›Freeman‹ telegraphisch anfragen zu lassen, ob seine Aeusserung in den N. Y. Times bedeutet, dass er sich weigert, meinen Brief zu drucken. Dieser ist ausführlicher als meine Mitteilung an den ›Aufbau‹ und geht auch auf den Unsinn ein, ich hätte den Vortrag ›Meine Zeit‹ gleichsam hinter Amerikas Rücken, nur ›in my native German‹ bei Ihnen und in Europa gehalten, – während ich ihn doch zuerst auf englisch in der Universität Chicago vor tausend Amerikanern gehalten und ihn dann in der Jubiläumsausgabe von Harper's Magazine veröffentlicht habe. Gegen ein solches Lügen- und Fälschergewürm muss man sich verteidigen./ Ich muss gegebenen Falles sehen, dass ich den Brief an den ›Freeman‹ irgendwo anders, vielleicht in der ›Nation‹ veröffentlichen kann. Unterdessen erwarte ich den Brief des Tillinger an Sie.«

17. 4. 1951

49 1] *von Kahler:* Princeton, 14. 4. 1951: »[. . .] ich höre, und Ihr Brief deutet es ja auch an, dass Sie sich mit dem Gedanken tragen, nach Europa, in die Schweiz zu übersiedeln. Bitte, tun Sie es nicht! Ich kann nicht anders als davor warnen. Gewinnen würden Sie nichts dadurch, denn aus dem, was diesmal passiert, gibt es nun einmal kein Entrinnen. Leidet man hier unter der Verblendung einer stupiden, pervertierten Macht, so wird man drüben unter den ungeglaubten Illusionen einer schamvollen Ohnmacht leiden. Und wenn, was wir befürchten, wirklich unvermeidlich sein sollte, so wird es uns hier wie dort ereilen. Wozu also der Aufwand und die schädlichen und hämischen Missdeutungen, denen Ihr Fortgehen hier ausgesetzt wäre. Der einzige Platz, wohin zu gehen einen menschlichen und demonstrativen Sinn hätte, wäre Indien. Aber das wäre natürlich physisch für Sie eine allzugrosse Anforderung. Ich glaube, man muß bleiben und widerstreiten wo man ist.« (Im TMA)

21. 4. 1951

1] *Schlußreplik:* Das Manuskript dieser auf TMs Wunsch nie gedruckten Schlußreplik, an dem sich die Korrekturen von Erika Mann deutlich ablesen lassen, befindet sich im TMA, während das an George gesandte druckfertige Typoskript in der Marbacher Korrespondenz erhalten ist. Die Texte sind – zusammen mit TMs Schreiben an Manfred George, P. P. 21. 4. 1951, Reg. IV, 51/190 – im Anhang, Dok. 30–32, S. 797–809 abgedruckt. *49*

2] *editorial:* S. TB 16. 4. 1951, Anm. 6.

3] *Jacobs Besprechung:* Heinrich Eduard Jacob, ›Thomas Manns neuestes Werk‹, ›Aufbau‹, vol. XVII, No. 17 v. 27. 4. 1951, 11/12.

4] *Aufsatz der Hamburger:* Käte Hamburger, ›Zum Strukturproblem der epischen und dramatischen Dichtung‹, DVjs, Bd. XXV, 1951, 1–26.

5] *Besprechung des »Erwählten«:* Albrecht Goes, ›Die Geschichte von Gregorius auf dem Stein. Überlegungen und Bemerkungen zu Thomas Manns neuem Roman ‚Der Erwählte'‹, ›Neue Zeitung‹, 14. 4. 1951, 19.

6] *Hamsuns »Mysterien«:* Im ersten Band der TB 12. 4. 1951, Anm. 4 angegebenen Ausgabe.

7] *Absage an die S. R.L.:* An Roland Gelatt, P. P. 21. 4. 1951, Reg. IV, 51/189. Die zwischen TM und Arnold Schönberg getroffene Absprache bestätigt ein Brief Schönbergs an TM, Los Angeles, 20. 4. 1951: »Sehr verehrter Herr Mann:/ Ich habe dem Kontrakt der Saturday Review of Literature die Bedingung beigefügt, dass ich den Abdruck nur erlaube, wenn *Sie* damit einverstanden sind./ Wir beide haben die ›Streitaxt‹ begraben, so fände ich es also hässlich, die Sache wieder aufzuwärmen./ Wollen Sie also der Sat. Rev. mitteilen, dass wir beide es nicht wünschen! Ich bin so überladen mit Ansprüchen an meine Arbeitskraft./ Mit aufrichtiger Ergebenheit,/ Ihr/Arnold Schönberg.«

22. 4. 1951

1] *Bürgerkrieg und Gesinnungsprügelei:* In der LAT vom 21. 4. 1951 *50*
konnte TM auf der ersten Seite unter der Überschrift ›Senators Brawl in Hot Debate‹ einen ausführlichen Bericht über die Vorgänge in Washington lesen: »Five prominent Senators were embroiled in a name-calling, arm-falling ›fight‹ today after an overheated debate on

Gen. MacArthur's Far East policies.« (LAT 21. 4. 1951, Part I, 1, 4)
2] *Enthüllungen:* Die NYT behauptete am 21. 4. 1951, sie habe Zugang zu verläßlichen Dokumentationen des Treffens zwischen Truman und MacArthur auf der Insel Wake am 15. 10. 1950 erhalten, aus denen hervorgehe: 1. MacArthur habe dem Präsidenten versichert, weder die UdSSR noch China würden in Korea intervenieren (Rot-China griff im November in die Kämpfe ein); 2. Der Korea-Krieg sei spätestens bis zum Thanksgiving Day beendet und die Soldaten seien bis Weihnachten wieder in ihren Stützpunkten; 3. MacArthur habe sich beim Präsidenten für seine im August 1950 gemachte Forderung nach Besetzung Formosas durch amerikanische Truppen entschuldigt, die dem Präsidenten damals eine ›White House Rebuke‹ eintrug.
3] *Annehmen einer pazifistischen Haltung:* Der ›Osservatore Romano‹ hatte am 21. 4. 1951 die Entlassung MacArthurs ausdrücklich begrüßt, allerdings – etwas anders als das von TM referierte Zitat vermuten läßt – hinzugefügt: »The West cannot cope with communism unless social advances are coupled with rearmament« (so ›Facts on File‹, 1951, wo dieser Ausspruch nicht als Zitat nachgewiesen ist).
4] *an Krieger:* In Privatbesitz.
5] *[an] die Hamburger:* An Käte Hamburger, P. P. 22. 4. 1951, Reg. IV, 51/196.
6] *[an] Holmberg:* Das Schreiben an den schwedischen Skandinavisten und vergleichenden Literaturwissenschaftler der Universität Lund, Olle Holmberg (1893–1975), ist nach Reg. IV, 589, verschollen.

23. 4. 1951

51 1] *George telegraphiert:* »According reliable information Freeman will publish your answer. Your letter in Aufbau and Tillingers answer therefore do not cover same field. I intend to run in same issue very strong editorial against abominable witch hunt against you as well as review of your new book. Thus Tillinger's letter will be accompanied by two articles establishing true facts. Moreover final reply to Tillingers letter even if short and biting is essential. I too regret waste of your time on such trivialities but hope this will finally clear the air.« (Im TMA)
2] *Artikel Lessers:* Ein englischsprachiger Artikel, auf den TMs Cha-

rakteristik zuträfe, war nicht zu ermitteln. Vermutlich handelte es sich um das Manuskript des Kapitels ›Der Erwählte‹ aus Jonas Lessers TB 8. 8. 1952, Anm. 9 nachgewiesenem Buch ›Thomas Mann in der Epoche seiner Vollendung‹. Dort befindet sich auf Seite 515 der deutschen Ausgabe die von TM im TB apostrophierte Analyse: »Sein [d.i. TMs] Flüchtlingsleben in angelsächsischer Sprachsphäre ist sprachlich verewigt in dem gemischten Dialekt, den das Volk der ›normannischen Insel‹ Sankt Dunstan spricht . . .«

3] *Lesser:* Der 1938 nach Großbritannienn geflohene österreichische Philologe und Schriftsteller Jonas Lesser (1896–1968). Näheres s. TB 49/50, 402.

4] *Nachricht:* Das Schreiben von Erwin Filter befindet sich nicht unter den im TMA erhaltenen Dokumenten.

5] *Langewiesche:* Der Verleger Joachim Langewiesche (1906–1986). Zu TMs Bemühungen um die Freilassung des am 15. 3. 1951 Verhafteten s. die Zusammenfassung TB 24. 4. 1951, Anm. 5 sowie die im Anhang gedruckte Dokumentation No. 36–38, S. 815/816.

6] *Brief des Berliner »Aufbau«- Verlages:* Berlin, 17. 4. 1951: »[. . .] Wir nehmen die Gelegenheit wahr, um an ein Gespräch anzuknüpfen, das bereits bei Ihrem Weimarer Besuch eingeleitet wurde. Es handelt sich um die Frage der Herausgabe Ihrer Werke in der Deutschen Demokratischen Republik./ Vor einigen Wochen haben wir uns in dieser Frage an Herrn Bermann-Fischer gewandt (eine Kopie des Schreibens fügen wir zu Ihrer Orientierung bei). [. . .] Wir brauchen Ihnen nicht ausführlich zu erklären, wie tief wir es bedauern, dass die Kenntnis Ihrer Werke unserer Leserschaft nun schon über fünf Jahre nach Kriegsende vorenthalten ist. Dieser Zustand ist eine Folge der Spaltung Deutschlands. Aber wir glauben mit Ihnen darüber übereinzustimmen, dass diese unglückselige Spaltung sich nicht auf die Verbreitung Ihrer Werke erstrecken dürfte. Wir sind überzeugt, dass sich eine Lösung finden liesse. [. . .]/ Wir sind bereit, mit dem Bermann-Fischer-Verlag einen Generalvertrag über Lizenz-Ausgaben Ihrer Werke in der Deutschen Demokratischen Republik abzuschließen in ähnlicher Form, wie wir mit anderen Verlagen in Westdeutschland Lizenzverträge abgeschlossen haben. Wir sind auch bereit, besondere Wünsche von Ihrer Seite oder von seiten des Bermann-Fischer-Verlages zu berücksichtigen./ Sollte Ihnen oder dem Verlag Bermann-Fischer der Abschluss eines Generalvertrages augenblicklich unerwünscht sein, da noch keine Erfahrungen in der Zusammenarbeit bestehen, so möchten wir den Vorschlag machen, zunächst mit Einzelwerken zu beginnen, um solche Erfahrungen zu sammeln. Unser dringlichster Wunsch ist es, möglichst noch in diesem Jahr Ausgaben von den ›Buddenbrooks‹ und ›Lotte in Weimar‹ herauszubringen. [...]/ Was die materielle Seite unseres Vorschlages betrifft, so können wir versichern, dass wir unsere Verpflichtungen, die wir mit dem Verlag Bermann-Fischer eingehen würden, strikt einzuhalten in der Lage sind. Wir wissen auch, dass wir bei der Durchführung der Formalitäten und Zahlungen die grösste Unterstützung seitens unserer Behörden geniessen würden. Wir sind auch bereit, in jeder Weise dafür Sorge zu tragen, dass in unserem Gebiet erscheinende Ausgaben nur in diesem Gebiet verbreitet werden und den Ausgaben des Verlags Bermann-Fischer in Westdeutschland keine Konkurrenz bedeuten würden./ [...]« – Dieses von Erich Wendt, Walter Janka und Max Schroeder unterzeichnete Schreiben steht am Anfang einer Kette von deutsch-deutschen Verwicklungen, die sich zum Teil aus der 1991 im Aufbau Taschenbuch Verlag erschienenen Anthologie ›...und leiser Jubel zöge ein. Autoren- und Verlegerbriefe 1950–1959‹, hrsg. von Elmar Faber (dem ich für die frühzeitige Überlassung der damals noch unpublizierten Korrespondenz verpflichtet bin) und Carsten Wurm, erschließen lassen, und die TB 19. 2. 1952, Anm. 2 und 3, gestützt auf weitere, bisher nicht veröffentlichte Dokumente, im Zusammenhang dargestellt sind.

7] *reklamieren:* S. TM an Gottfried Bermann Fischer, P. P. 24. 4. 1951; TM/GBF 574/575.

24. 4. 1951

51 1] *Umgeschrieben:* Das Manuskript läßt die Korrekturen bzw. Striche in III, 1 deutlich erkennen. Die größte Änderung, die Streichung eines nicht mehr ganz zu rekonstruierenden Exkurses, betrifft GW VII, 454. Im 2. Absatz, 4. Zeile, nach: »diesem Arrangement von Leckerbissen für große Buffets« hieß es urspünglich: »auf das er, leidlich bezahlt, spezialisiert war und bei dem er wohl immer festgehalten sein würde. Sein Traum war, in die Hauptküche mit den beiden großen Kochherden, den vier Bratöfen, dem Grillapparat und dem Flambeau versetzt zu werden und es dort mit der Zeit – wenn nicht zum Küchenchef, so etwa doch zum Vice-Küchenleiter zu bringen,

der die Ordres aus dem Speisesaal von den Kellnern entgegennimmt und sie an die Schar des weißbemützten Personals weitergibt. Aber es war geringe Aussicht auf solches Vorwärtskommen, und schwarzseherisch sagte er auch mir voraus, daß ich ewig, wenn auch nicht immer als Volontär, an den Lift gebunden bleiben und nie den Betrieb [verbessert aus ›das Leben und Treiben‹] des Welt-Hauses unter einem anderen Gesichtswinkel, als diesem speziellen und beschränkten,« [kennenlernen würde]. Der Text bricht mit Ende der Manuskriptseite 110 ab; offenbar hat TM das Fortsetzungsblatt vernichtet. Blatt 111 beginnt mit der Druckfassung: ⟨»Er war mir gut, und auch ich konnte ihn leiden ...«⟩, die auf 111a halbseitig fortgesetzt wird, ehe TM, nach Streichung der ersten fünf Zeilen auf Blatt 112 (»Ein Wort hier noch zwischenein über den Cirkus – ich würde es meiner Feder nicht verzeihen, wenn sie ein solches Erlebnis nur eben streifte, ohne ihm etwas von der Farbe zu verleihen, die es in so hohem Maße besaß. Es war der berühmte Cirkus Stoudebecker, der sein geräumiges Zelt nah dem Théâtre Sarah Bernhardt an der Seine, am«) mit ⟨»Square St. Jacques ...«⟩ an den ursprünglichen Text (GW VII, 455, Abs. 3, Z.2) anschließen konnte.

2] *Besprechung:* Otto Basler, ›Thomas Manns ‚Der Erwählte'‹. ›National-Zeitung‹, Basel, 29. 4. 1951.

3] *gegen Weber gerichtet:* Vgl. TB 3. 4. 1951, Anm. 2. – Basler begann seine Kritik mit dem Satz: »Man tut gut, sich durch den Begriff ›Parodie‹, den Thomas Mann der Kritik – vielleicht etwas zu voreilig und *vor* der Erfahrung, die er selber mit dem mächtigen [...] Legendenstoff machen würde – in die Hände gespielt hat, nicht beirren zu lassen. Der parodistischen Elemente sind so wenige und sie sind in den Geist der Erzählung und ihre Sprache so innig verwoben, dass kaum mehr Anlass besteht, vom Ganzen als von einer Parodie zu sprechen.«

4] *von Reisiger:* Partenkirchen, 19. 4. 1951: »Ja, Lieber, was für eine Wohltat und Herrlichkeit, dieser ›Erwählte‹! Dass es *so* etwas jetzt auf der Welt gibt, macht sie einem wieder lebens- und liebenswert. [...] Gleich der wunderbare Anfang mit dem Glockenschwall über Rom, diesem vom ›Erzählgeist‹ angerichteten Gnaden- und Jubelgeläute – diese zum Entzücken untergründige Selbstvorstellung des erzählenden Irenmönches mit den heimlichen Spitzen gegen Rom u. auch gegen den Souveränitätsanspruch des päpstlichen Stuhls – köstlich, und auch historisch von grösster Wahrheit, denn die hochkultivierte irische Klerisei hatte wohl immer eine leise rancune gegen Rom. Und, von Anfang an, aber durchs ganze Buch, das mit ernsthafter Komik vorgebrachte Motiv des Erzählens als *Lebens*ersatz, zugleich ein vorzüglicher technischer Trick. – Nun, und *dann*!! – Von der Jugend der Geschwister an, die ich ja von Frankfurt her kannte, – ein Entzücken ums andere! [...] *Wer* kann so etwas heute, auf der ganzen Welt?! *Keiner.* Dieses souveräne Spiel mit der Sprache – in Komik sowohl wie bis zu Tränen ergreifender süssester Innigkeit – wie in dem altfranzösischen Liebesgeschwätz der Beiden etwa – diese Mitteilung von ironisiernder Kühnheit u. Delikatesse – diese Kraft der Charakterzeichnung mit ein paar Worten u. Strichen – der biedere Eisengrein mit seiner ins Weiblich-Organische vernarrten Ehehälfte – der Abbot, die Fischer mit ihrem köstlichen Platt und Poor People Stuff! – alle die halb verulkte, aber zugleich mit grösster Realität gemalte Rittertümlichkeit (*woher* Sie alle die *Kenntnisse*, gegenständliche wie sprachliche haben, wissen die Götter!) – der böse Fischer u. sein fromm ahnungsvolles Weib – (vorher die ganze, unerhört schöne Geschichte der Begegnung mit der Mutter-Gattin – der Zweikampf!! – die Hochzeit! –) die tolle Felsenromanze, wo einem tatsächlich vollkommen plausibel gemacht wird, dass der Büsser zum Murmeltier oder Igel einschrumpft – eine Passage, die ich *brennend* gern von Ihnen selber vorgelesen hören möchte – nun, was hilft das Aufzählen – es ist eins immer schöner und herz- und zwerchfellerschütternder als das andere! *Vollkommen* alles und makellos. Ein Kronjuwel das Ganze, der gesamten Weltliteratur. Und ein Werk höchster *Humanität* – natürlich nicht etwa um der ›Gnadenwahl‹ willen, die ist ja auch Märchen, Legende u. hochheiliger Spass – sondern um der wunderbaren, überlegenen *Heiterkeit* willen, die das ganze Werk ausstrahlt – keine jubelnde, sondern tief wissende Heiterkeit, deren Wesen *moralische* und *sprachliche Präzision* ist und von der eine wahrhaft heilende Kraft ausgehen kann auf die heutige erbitterte u. verbitterte Welt. Ich bin überzeugt, dass dieses Wunderwerk jetzt und in aller Zukunft von unzähligen Menschen *geliebt* werden wird – und möge Gott denen, die etwa noch blind für solchen Glanz sind, den Schleier von den Augen nehmen – denn: eine *ganze Menschheit*, die fähig wäre, *dieses* Werk in seiner vollen Schönheit u. befreienden Heiterkeit zu erkennen u. zu lieben – das wäre die endliche Erlösung der

Welt von allen Sturheiten, Vorurteilen, Fanatismen und *der* Sieg der höchsten geistigen u. sittlichen *Anmut*! [...]« (Im TMA)

5] *an Bermann:* S. TB 23. 4. 1951, Anm. 7. *51*

6] *An Becher:* An Johannes R. Becher, P. P. 25. 4. 1951, Reg. IV, 51/203. Das Becher-Archiv der ehemaligen Akademie der Künste der DDR stellte mir Dokumente zur Verfügung, die es ermöglichen, den Vorgang relativ genau zu rekonstruieren. Demnach schickte Becher gleich nach Erhalt der TM-Petition, am 4. 5. 1951, eine Kopie des Schreibens an den Justizminister der DDR, Max Fechner: »Ich brauche Ihnen die politische Wichtigkeit dieses Schreibens nicht auseinanderzusetzen und wäre Ihnen sehr dankbar, wenn diese Angelegenheit womöglich so zufriedenstellend geordnet werden könnte, wie es im Fall der Buchhändlerin Moony geschah, deren Begnadigung, wie ich jetzt auf einer Reise nach Westdeutschland feststellte, dort außerordentlich positiv gewirkt hat.« (Im Fall der Buchhändlerin Ursula Moony war es – wie aus einem Dankschreiben vom 8. 5. 1951 hervorgeht – Becher gelungen, am 11. 4. 1951 die Freilassung zu erwirken.) Am 10. Mai bestätigte Fechner Becher den Erhalt des Schreibens; er habe »die Eingabe der zuständigen Stelle mit der Bitte um sofortige Überprüfung befürwortend weitergeleitet«. Einen Monat später teilte er das Ergebnis seiner Recherchen mit, daß nämlich, nach seinen Feststellungen, »die Straftat des Beschuldigten nicht der Zuständigkeit der deutschen Gerichte« unterliege. Langewiesche sei nicht von deutschen Dienststellen inhaftiert worden und befinde sich zur Zeit in Haft in Potsdam. »Ich bedaure«, so der Minister, »Ihnen infolge dieser Sachlage nicht weiter behilflich sein zu können.« Eine Woche später machte Becher TM von dem Scheitern seiner Bemühungen Mitteilung. Der Verleger Langewiesche wurde – einer Mitteilung des Buchhändler-Börsenvereins zufolge – erst 1955 entlassen. – Der Briefwechsel zwischen TM und Johannes R. Becher in dieser Angelegenheit ist, nicht zuletzt, weil er im Zusammenhang mit der Interpretation des TMschen Schreibens an Walter Ulbricht (s. TB 10. 6. 1951, Text und Anm. 3 sowie die folgenden Eintragungen) von einigem Interesse ist, im Anhang, Dok. 36–38, S. 815/816 wiedergegeben.

7] *an Basler:* An Otto Basler, P. P. 24. 4. 1951, Reg. IV, 51/201.

25. 4. 1951

52 1] *Ungünstige Stelle:* Der Hinweis auf die autobiographische Komponente läßt die Annahme zu, daß TM bereits an der Kilmarnock-Szene arbeitete. S. TB 2. 5. 1951, Text und Anm. 1.

2] *über den Rocket-Erfinder:* Daniel Lang, ›A Romantic Urge‹, ›The New Yorker‹, 21. 4. 1951, 69–85.

3] *von Braun:* Der deutsche Physiker Wernher von Braun (1912–1977) war maßgeblich an der Entwicklung der ersten automatisch gesteuerten Flüssigkeitsraketen (V2) beteiligt. Nach seiner Übersiedlung in die USA, 1945, arbeitete er an der Konstruktion großer Trägerraketen und betreute u.a. die Vorbereitungen des US-Mondflugprogramms sowie die Planung von Weltraumstationen und Raumtransportern. Wernher von Braun erwarb 1955 die amerikanische Staatsbürgerschaft.

26. 4. 1951

52 1] *Gromyko [...] ausfallend:* Auf der 38. Sitzung des um die Agenda für das geplante Außenministertreffen bemühten Treffens der UN-Delegierten hatte sich Andrei Gromyko zu einer ›blistering response‹ (der vorsitzende britische Delegierte sprach später von »violent exortations«) auf die Anschuldigungen seines Kontrahenten, des US-Delegierten Philip C. Jessup, hinreißen lassen, der ihm vorwarf, sein Land habe systematisch den Aggressor Nordkorea unterstützt und ständig alle Friedensbemühungen der UN sabotiert. Demgegenüber beschuldigte Gromyko einmal mehr die USA, sie seien in Nordkorea eingefallen und hätten diesen Angriff sorgfältig und in der Absicht, Land für Militärbasen zu erobern, vorbereitet. Der Kommentar der NYT war lapidar: »The day's talk lasted only thirty-five minutes, but as far as registering any advance went they were all wasted.«

2] *Swing [...] erschrocken:* Der Kommentar von Raymond Gram Swing war nicht zu ermitteln.

3] *von M. George:* Ein Durchschlag dieses Schreibens, New York, 24. 4. 1951, fand sich im George-Nachlaß des Marbacher Literaturarchivs. Zum Inhalt s. TB 27. 4. 1951, Anm. 1.

4] *an Lesser:* An Jonas Lesser, P. P. 26. 4. 1951, Reg. IV, 51/206.

5] *»Night Air«:* Der Roman des amerikanischen Schriftstellers Harrison Dowd, der 1950 in New York erschienen war, befindet sich nicht in TMs Nachlaßbibliothek.

27. 4. 1951

1] *umzuschreiben:* George hatte in seinem TB 26. 4. 1951, Anm. 3 53
nachgewiesenen Schreiben zwei grundsätzliche Einwände gegen TMs Erwiderung erhoben: »Der erste besteht darin, dass ich [. . .] Ihrem Angreifer nicht die Ehre einer so ausfuehrlichen Polemik erwiesen haette. Ich haette gedacht, dass Sie ihn mit zehn Zeilen so ›von oben herab zudecken‹ wuerden, dass kein weiteres Wort mehr noetig waere. Auf der anderen Seite ist es mir begreiflich, dass Ihr gerechter Zorn Sie zu einem regelrechten Auspunkten veranlasst hat, obwohl ich nicht recht sehe, warum ein Riese soviel Schlaege fuehren muss, um einen Zwerg zu erledigen./ Mein zweiter Einwand bezieht sich auf einige allgemein-politische Ausfuehrungen, die mir im Gegensatz zu den langen Ausfuehrungen über die Qualitaeten des Herrn Tillinger zu kurz formuliert erscheinen, um nicht missverstanden zu werden.« Es folgen detaillierte monenda und Änderungsvorschläge, die Erika Mann offensichtlich zu berücksichtigen versuchte. Das ganze Schreiben ist im Anschluß an den Entwurf der TMschen ›Schlußreplik‹, Dok. 33, S. 810–812 abgedruckt.

2] *Schuldbekenntnis:* Im Manuskript verbessert aus ›Bekenntnisablegung‹.

3] *An George:* P. P. 27. 4. 1951, Reg. IV, 51/208: »Bitte senden Sie mir mein Manuskript zurück und teilen Sie Ihren Lesern mit, dass die politische Lage und die offenkundige Nichtigkeit von Tillingers ›Antwort‹ mich bestimmen, auf das mir zustehende Schlusswort in dieser Kontroverse zu verzichten.« (Marbach) Abgedruckt in ›Aufbau‹, vol. XVII, No. 18 v. 4. 5. 1951 (fragmentarisch). – Offensichtlich hatte TM zunächst einen anderen Absagebrief entworfen, von dem sich ein eigenhändiger Entwurf (ohne Unterschrift) im TMA befindet (Reg. 51/207). Er ist im Anhang, Dok. 34, S. 812/813 abgedruckt.

4] *An Dr. Oesterling:* »[. . .] Ich finde die Zusammenstellung ganz erfreulich, nur frage ich mich, ob man ›Wälsungenblut‹ nicht besser durch ›Unordnung und frühes Leid‹ ersetzt. ›Wälsungenblut‹ ist doch insofern überholt, als sein Thema, der Geschwister-Inzest, in meinem neuen Roman auf weit höherer Ebene gestaltet ist. Ich verstehe, es könnte seine Reize haben, das Thema gerade angesichts seiner neuen und höheren Behandlung innerhalb meines Werkes auf einer früheren, einer Vorstufe, zum Vergleich dargestellt zu sehen. Aber ein

Gegeneinwand ist wieder, daß die Geschichte leicht in einem antisemitischen Sinn mißverstanden und mißbraucht werden könnte, ein Einwand, der in unseren Tagen schwerer ins Gewicht fällt als zur Zeit ihrer Entstehung.« (Kopie im TMA)

5] *Oesterling:* Der schwedische Schriftsteller und Journalist Johan Anders Oesterling (1884–1981).

6] *Novellenband:* Der von Anders Oesterling herausgegebene Band ›Fem berättelser‹ (›Fünf Erzählungen‹) erschien 1952 bei Bonnier in Stockholm. Er enthielt – übersetzt von Nils Holmberg – die Novellen *Tristan, Der Tod in Venedig, Unordnung und frühes Leid, Mario und der Zauberer* und *Tonio Kröger.*

7] *an Stresau:* An Hermann Stresau, P. P. 27. 4. 1951, Reg. IV, 51/210; s. auch D. ü. D. III, 388.

8] *Stresau:* Der Schriftsteller – vorwiegend Verfasser biographischer Studien – und Übersetzer Hermann Stresau (1894–1964), dessen zum 80. Geburtstag Thomas Manns geplante Biographie 1963 bei S. Fischer erschien.

9] *Artikel von der Hamburger:* Käte Hamburger, ›Gregorius på stenen‹, ›Göteborgs Handels- och Sjöfarts-Tidning‹, 23. 4. 1951.

10] *B. Russell (im »Monat«):* Bertrand Russell, ›Gute und schlechte Ideen. Der geistige Werdegang des Menschen‹, ›Der Monat‹, Jg. 3, H. 31, April 1951, 19–34.

28. 4. 1951

53 1] *Taft verlangt:* Der republikanische Senator, zu dieser Zeit Sprecher der MacArthurs Anklagen unterstützenden Führung seiner Partei, sagte am 26. und 27. 4. vor dem Senat, »he distrusted the Joint Chiefs of Staff because they were ›absolutely under the control of the Administration‹«. Er verlangte, die USA müßten sich zwischen Acheson und MacArthur entscheiden, and »not be stopped by any hesitation about the possibility that the Russians may come into the war«. Er verlangte zum wiederholten Mal, die USA müßten ihre Schlachtschiff- und Luftflotte gegen Rot-China einsetzen und Formosa in seinem Bestreben, das chinesische Festland zu invadieren, unterstützen.

2] *Quark des Tillinger:* S. TB 16. 4. 1951, Anm. 6. – Zwei Briefe Tillingers an Manfred George in Sachen TM befinden sich bei der in Marbach archivierten Korrespondenz des ›Aufbau‹-Herausgebers. Im ersten Schreiben vom 20. 4. 1951 hatte sich Tillinger bitter über Verzögerungstaktiken des ›Aufbau‹ beschwert, seine Zustimmung zu Kürzungsvorschlägen des Blattes an Bedingungen geknüpft und verlangt: »Please keep in mind that it was not I who started the polemic in the ›Aufbau‹. Needless to say that I request the chance to reply again to Thomas Mann, in case he continues to smear me, and in case his text should be published in the same issue (the next one) as my reply. I therefore appeal to your journalistic fairplay, and request that you send me copy of Thomas Mann's eventual second statement in time, so that I be able to draft a quick and short answer for the very same issue. Otherwise, you'll have to drag the affair for another issue./ Independant of the fact, if Thomas Mann answers or not, I am counting now, for sure, that my reply, titled ›Antwort an Thomas Mann‹ be published in the next issue of ›Aufbau‹ (April 25th) on either page 3 or 5, as we had arranged it.« Georges gleichfalls erhaltene Antwort wirft noch einmal ein bezeichnendes Licht auf die ganze Kontroverse: »April 19, 1951/ Although I used to address you as ›Till‹ so far and you reciprocated in a similar way; and although our correspondence has always been in German – I must follow your lead and answer your letter in the way it was written. In other words, my reply begins only now:/ Dear Mr. Tillinger:/ I have your letter of April 20th. Inasmuch as today is April 19th, this seems to be a unique achievement of our postal service and I wish to congratulate you on it. [. . .] You say that ›otherwise you would not have agreed to the cuts and eliminations‹. May I point out that these ›cuts and eliminations‹ are of a very minor nature and were suggested by me not in the interest of Thomas Mann, but in your own interest, because they are in no way conclusive./ I do resent your allegation that my action was not fair. A week's delay will not change one iota in either Dr. Manns statement nor your reply. Furthermore, may I remind you that it is customary to conclude public discussions by publishing the reply together with a short statement from the person who wrote the first letter. I have no idea whether or not Dr. Mann intends to write such an answer at all but I am sure that if he does, he will not go into details. This would only suit me because I have no intention of dragging the matter out. If you have any further discussion with Dr. Mann, the ›Freeman‹ definitely is the proper place to publish it./ Let me conclude by saying how sorry for you and all of us I am that this whole thing had to happen. You know as well as I do that Thomas Mann is not a Communist and never has been one, nor that he caters to totalitarian ideas. You know as well as I do that Thomas Mann is a man of the highest personal integrity and enjoys the esteem of irreproachable intellectual leaders all over the world. I am fully convinced that he always has been, and still is, an outstanding and loyal fighter for democracy and filled with the deepest hate of all encroachment upon the spiritual and moral liberty of any individual./ Yours very truly,/ Manfred George/ Editor.«

3] *Editorial:* S. TB 16. 4. 1951, Anm. 6.

4] *an die Hamburger:* An Käte Hamburger, P. P. 28. 4. 1951, Reg. IV, 51/211: »reizend Ihr Bericht [...]. Man kann heute den Menschen ein Buch wohl nicht besser empfehlen, als indem man ihm nachsagt, es könne zur Erholung dienen von dem Grauen der Zeit. Was soll werden? Die Lage scheint ausweglos und unaufhaltsam gleiten wir in Nacht, Katastrophe und Barbarei hinein. Die vergiftete, krankhaft gespannte, mit Unheil geladene Atmosphäre hier drückt schwer auf mich, und meine produktive Laune, ohne die doch kein rechtes Leben, liegt danieder. Da ich aber noch nie ›guter Laune‹ war beim Arbeiten und mein sogenannter Humor eigentlich ein Kind der Verzweiflung ist, so suche ich auch jetzt weiterzuschreiben [...]«

29. 4. 1951

54 1] *an Reisiger:* An Hans Reisiger, P. P. 30. 4. 1951, Reg. IV, 51/213: Dank für das »Lob- und Preislied auf den ›Erwählten‹« (s. TB 24. 4. 1951, Anm. 4), das TM Reisigers »unverwüstliche[r] Fähigkeit und Bereitschaft zur Freude, zur Liebe, zum Enthusiasmus« zuschreibt. »Wie geht es Ihnen in dieser irren Zeit? Ich muß gestehen, daß ich recht niedergedrückt bin. [...] Wüßte man nur, wie noch in Hitlers Maienblüte, auf welche Seite man gehört mit seinem Nein und Ja. Die Kommunisten mit ihrem infantilen Amoralismus sind unmöglich, aber an die Zukunft dieser korrupten und offenbar verurteilten spätkapitalistischen Profitwelt kann man auch nicht glauben. Man sollte wohl nach Indien gehen, das den heute klügsten Staatsmann, Nehru, hat. Als er in San Francisco war, bin ich eigens hingefahren, um ihn zu besuchen, und es hat an Einladungen von ihm und seiner Schwester [...] nicht gefehlt. Aber für solche Verpflanzung bin ich nun doch zu alt. Man muß wohl sitzen bleiben und den

Genickfang abwarten, denn gut geht es nicht aus./ Wenn ich denke, dass ich nur noch vier, fünf Jahre – allenfalls – vor mir habe, so zieht es mich nach Europa, in dessen Boden (›und Deine Boden, Herr, verehren. . . [‹]) – nicht von Deutschland, das ich scheue und nicht mag, aber in der Schweiz – ich lieber ruhen möchte, als in diesem hier. [. . .]« (Kopie im TMA)

30. 4. 1951

1] *Mac Arthur-investigation:* S. TB 3. 5. 1951, Anm. 1. 54

2] *Jacobs [. . .] Besprechung:* S. TB 21. 4. 1951, Anm. 3.

1. 5. 1951

1] *an H. E. Jacob:* An Heinrich Eduard Jacob, P. P. 1. 5. 1951, Reg. IV, N 51/1. 54

2. 5. 1951

1] *Schottischer Schloßherr:* Nectan Lord Kilmarnock. Das Werben des schottischen Edelmanns um den schönen Jüngling Felix wurde in der Endfassung parallel zu der neuen, entdramatisierten und auf die Gefühle der Tochter Eleanor beschränkten Twentyman-Geschichte erzählt und bildet den Schluß des Kapitels III, 2, GW VII, 479–491. 55

2] *vom Hessischen Rundfunk:* Alfred Andersch hatte am 5. 4. 1951 in einer ›Den Freunden der Dichtung‹ betitelten Sendereihe des Hessischen Rundfunks eine Einführung in den *Erwählten* gegeben, deren Skript er vermutlich an TM schickte.

3] *Schriften von Suhrkamp:* Peter Suhrkamp, ›Ausgewählte Schriften zur Zeit- und Geistesgeschichte‹, Privatdruck zum 60. Geburtstag 1951; numerierte Auflage.

3. 5. 1951

1] *Demokraten verhindern:* In einer parteilich aufgeheizten Atmosphäre hatten sich die Senate Armed Services and Foreign Relations Committees bereit erklärt, die Entlassung MacArthurs hinter verschlossenen Türen zu untersuchen. Die hearings begannen mit der dreitägigen Vernehmung des Generals vom 3. bis 5. 5. 1951; ihr folgte die Anhörung des Verteidigungsministers, General Marshall, vom 7. bis 10. 5., danach die der »Joint Chiefs« und des Außenministers Dean Acheson. Der aus Sicherheitsgründen stark zensierte 55

Abschlußbericht ergab, daß wenige die politisch-militärischen Ansichten des Generals teilten, viele jedoch seine Zurückweisung des Insubordinations-Vorwurfs unterstützten. Am 17. August entschieden die Ausschüsse mit 20:3 Stimmen, keinen formellen Bericht über ihre Untersuchungen zu geben; acht der zwölf republikanischen Mitglieder publizierten jedoch drei Tage später Résumés, in denen sie für MacArthurs Position Partei ergriffen. Nur der republikanische Senator von Oregon, Wayne Morse, verteidigte die Maßnahme des Präsidenten und unterstützte seine Korea-Politik.

2] *Bücher zur Erasmus-Novelle:* Nicht ermittelt.

3] *an die Gruppe von Literaturstudenten:* An Kenneth Oliver, Occidental College, Los Angeles, P. P. 4. 5. 1951, Reg. IV, 51/225: »[. . .] A translation, though in itself a great achievement, may arouse quite erraneous impressions about the spirit of the original. For instance, I have occasionally heard the American critics call my style ›Olympian‹, ›pompous‹ and ›ponderous‹ – and at first would not trust my ears at these characterizations. None of these attributes are in the least pertinent, believe me! Complete lucidity, musicality, and a serenity which lightens what might be heavy, – this is what my prose has always tried to achieve. In addition to that, I admit, there is a playful tendency towards irony and subtle parody upon tradition. It is especially these elements which are jeopardized by the translation and may cause my English style to appear stilted.« (Zitiert nach dem Abdruck in MfdU, vol. 51, No. 7, Dec. 1959, 325–327; die Auslassung in der Handschrift des TB wurde nach vorstehendem Text ergänzt.)

4] *»Emerson and the Magic Mountain«:* Das Manuskript des amerikanischen Literarhistorikers Linden Dalberg (geb. 1912) befindet sich nicht in der Zürcher Nachlaßbibliothek.

4. 5. 1951

56 1] *Mac Arthur vor dem Senatskomitee:* Während des hearing am 3. 5. 1951 hatte der General ausgesagt: »The war in Korea has already almost destroyed that nation of 20.000.000 people. I have never seen such devastation. / I have seen, I guess, as much blood and disaster as any living man, and it just curdled my stomach, the last time I was there. After I looked at that wreckage and those thousands of women and children and everything, I vomited.« (LAT, 4. 5. 1951, 19:4)

2] *Radio-Rede des [. . .] Montgommery:* Leider ließen sich keine Belege für die Äußerungen des amerikanischen Schauspielers Robert Montgomery finden.
3] *Carossa: »Ungleiche Welten«:* Hans Carossa, ›Ungleiche Welten‹, Wiesbaden 1951. TMs Exemplar mit einer Widmung des Autors und handschriftlichen Anmerkungen TMs ist in Zürich erhalten.
4] *Albrecht Joseph:* Der Regisseur, Drehbuchautor und Übersetzer Albrecht Joseph (1901–1991) arbeitete nach seiner Emigration als Filmcutter und hatte gelegentlich Sekretärsdienste für Franz Werfel und Thomas Mann geleistet. Näheres s. TB 46–48, 376/377.
5] *sie verweigerten Szighetti das Bürgerrecht:* S. dazu den TB 6. 5. 1951, Anm. 3 nachgewiesenen, im Anhang, Dok. 35, S. 813/814 wiedergegebenen Brief an Manfred George. Einer Meldung der NYT vom 20. 6. 1951, 22:3 zufolge hat Szigeti nach einem hearing »requested by the Immigration Service Los Angeles« doch noch das Bürgerrecht zugesprochen bekommen. Das hearing – so die NYT – sei notwendig gewesen wegen »Szigeti's appearance at a Russian war relief benefit during the war years«.
6] *Szighetti:* Der ungarische Geiger Joseph Szigeti (1892–1973). Vgl. TB 46–48, 526/527.

5. 5. 1951
1] *Schlußwort:* [Manfred George], ›Die Polemik gegen Thomas 57
Mann‹, ›Aufbau‹, vol. XVII, No. 18 v. 4. 5. 1951, 4. – In diesem ›Schlusswort‹, das besonders den grundsätzlichen Aspekt der ganzen Affäre hervorhebt, zitiert George TMs TB 27. 4. 1951, Anm. 3 abgedruckten Verzicht und fährt fort: »Damit könnte für uns der Zwischenfall erledigt sein. [. . .] Aber ganz so ist es denn doch nicht./ Wir wollen nicht leugnen, dass uns bereits seit längerer Zeit diese unglückliche und unzweckmässige Art, Persönlichkeiten von hohem Rang und grossem Verdienst um die Menschheit in die staubige Arena des Tageskampfes zu ziehen und sie dort jener berühmten oder vielmehr berüchtigten Methode, dem sogenannten ›McCarthy Treatment‹ auszusetzen, das Herz verbrennt.« – Daß nicht alle Leute TMs Urteil »ganz würdig« für Georges ›Schlusswort‹ gelten lassen wollten, geht aus einem im Marbacher Nachlaß befindlichen Zettel hervor: »To Manfred von K[o]sh[land][?]: I am most unhappy about your Thomas-Mann-editorial:/ a) does he (Th. M.) mean, that the political

atmosphere doesn't allow him to speak his piece of mind?/ b) are people of his intellectual size sacrosanct. Can they commit any blunder – and no political writer would be allowed to write about it?/ c) If he opposed to communists and fellow traveler[s], Tillinger gave him an opportunity to say it clear./ d) I told Tillinger, I wouldn't never have attacked Thomas Mann, but that doesn't mean, Th.M. can commit any blunder and when attacked, we have to apologize because he is such a great man. I mean he is not a saint and he cannot be sacrosanct. Nobody in public life is – and the argumentation is very dangerous. / e) There exists in one of the Congressional Records a list about Thomas Mann, where all his connections with Communists are listed. Did you see the list?«

2] *zurückgehalten:* Von dem Schreiben an Manfred George existiert weder Handschrift noch Originaltyposkript, sondern nur noch eine Kopie der revidierten Fassung, die TB 6. 5. 1951, Anm. 3 nachgewiesen ist.

3] *Falsche Angaben über mich:* Die Seiten 94–98 waren TM gewidmet. Ausgehend vom *Briefwechsel mit Bonn,* stellte Carossa das Schicksal TMs zu Ende der Weimarer Republik und in den ersten Jahren unter dem Nationalsozialismus, so, wie er es erinnerte, dar. Die von TM beanstandeten »falschen Angaben« dürften sich auf den von Carossa erwähnten Brief an Reichsminister Frick aus dem Jahre 1934 beziehen: »So sah sich der Verfasser der ›Buddenbrooks‹ gleichsam über Nacht in die Verbannung gedrängt, und als er in der Meinung, er habe es trotz allem mit einigermaßen rechtlich empfindenden Menschen zu tun, seinen Stolz überwand und bei dem Reichsminister Frick anfragte, unter welchen Bedingungen eine Rückkehr für ihn möglich wäre, empfing er keine Antwort.« (a.a.O. 98) Zu den Gerüchten um den Frick-Brief s. TB 46–48, 579–581.

4] *Frido's Neujahrswunsch:* Nicht unter den im TMA erhaltenen Bändern.

5] *Erikas »Wort im Gebirge«:* S. TB 1. 1. 1951, Anm. 3.

6. 5. 1951

57 1] *Billings Hospital:* Im Billings Hospital in Chicago wurde TM im April 1946 an seinem Lungenkarzinom operiert. S. dazu die den TB-Band 46–48 einleitende Retrospektive.

2] *an Knopf:* Nicht mehr unter den beim Knopf Verlag in New York bewahrten Dokumenten.
3] *Gekürzte Fassung:* An Manfred George, P. P. 6. 5. 1951, Reg. IV, 51/226. Der Text ist im Anhang, Dok. 35, S. 813/814 abgedruckt.
4] *an Frau H. E. Jacob:* An Dora Jacob, P. P. 6. 5. 1951, N 51/2.
5] *zu schreiben:* Verwirklicht in der Besprechung: G. A. Borgese, ›L'ultimo Thomas Mann‹, ›Corriere della Sera‹, 5. 6. 1951, 3.

7. 5. 1951
1] *»Wahrheit und Dichtung«:* Im 10. Band der Artemis-Ausgabe: ›Aus meinem Leben: Dichtung und Wahrheit‹. *58*

9. 5. 1951
1] *an Carossa:* P. P. 7. 5. 1951, Reg. IV, 51/228; Br. III, 204–206 mit der Bitte um Korrektur der TB 5. 5. 1951, Anm. 3 zitierten, TMs Brief an das Innenministerium betreffenden falschen Angaben. *58*
2] *Besprechung im »Bund«:* Arnold Hans Schwengeler, ›Der Erwählte‹, ›Der Bund‹, Bern, 6. 4. 1951.
3] *gräuliche Lektüre:* So in der Handschrift.
4] *An Coudenhove:* Das Schreiben an den TM vermutlich durch die Herzogpark-Nachbarn Robert und Constance Hallgarten seit Mitte der zwanziger Jahre bekannten Schriftsteller und Politiker, den Gründer der Pan-Europa-Bewegung (1923), Richard Nikolaus Graf Coudenhove-Kalergi (1894–1972), ist nach Reg. IV, 589, verschollen.
5] *Ida Roland:* Die Schauspielerin Ida Roland war mit dem Grafen Coudenhove-Kalergi verheiratet gewesen.
6] *Verhör Marschalls:* S. TB 3. 5. 1951, Anm. 1.
7] *L. Dalbergs Emerson-Magic Mountain Manuskript:* S. TB 3. 5. 1951, Anm. 4.
8] *(Kellner im Saal):* GW VII, 469–472, in der Endfassung *vor* den Twentyman-Kilmarnock-Szenen.
9] *Carossas Erinnerungen:* ›Ungleiche Welten‹. S. TB 4. 5. 1951, Anm. 3.

10. 5. 1951
1] *Aufsatz von Berendsohn:* ›Faustsage und Faustdichtung (Bis zu Thomas Manns ‚Doktor Faustus')‹, ›Edda‹, Oslo, Frühjahr 1951. *59*
2] *An Dalberg:* An Linden Dalberg, P. P. 15. 5. 1951, Reg. IV, 51/239.

11. 5. 1951
In der Handschrift steht »11. 5. 41«.

59 1] *An III, 1:* S. TB 11. 4. 1951, Anm. 2 und TB 23. 5. 1951, Anm. 1.

2] *Jubiläumsausgabe:* Jubiläumsausgabe zum 50. Jahr des Erscheinens, S. Fischer 1951. 300 numerierte Exemplare erschienen in Ziegenleder gebunden und von TM signiert.

12. 5. 1951
In der Handschrift steht »12. 5. 41«.

59 1] *Republik. Convention:* Der Parteitag der Republikaner in Tulsa/Okl., bei dem die ›Presidential nominating convention‹ auf den 21. Juni 1952 in Chicago festgelegt wurde. Die NYT berichtete – offenbar im Gegensatz zur LAT – nur von heftigen Diskussionen um das MacArthur-Problem, ohne auf physische Formen der Auseinandersetzungen einzugehen.

2] *Grotesken Schluß:* Die später – vermutlich wegen Wiederholung der Konstellation im Verhältnis von Madame Kuckuck und Tochter Zouzou zu Felix – ausgeschiedene Urfassung der Twentyman-Episode. S. auch den Eintrag vom 16. 5. 1951: »Geschrieben von Twentymans«.

3] *Artikel gegen Mac Arthur:* Unter dem Pseudonym Claude H. Prince vermutlich im ›Monterey Peninsula Herald‹ erschienen. Es gelang jedoch nicht, den Leserbrief, um den es sich – nach Aussage von Klaus Hubert Pringsheim – hier handelt, nachzuweisen.

4] *Vortrags-Mt.:* Elsa Hennings, ›Unsterblicher Faust. Eine Genealogie von Simon Magus bis zum Faust-Roman Thomas Manns‹. Ein 27seitiges Typoskript befindet sich in der Zürcher Bibliothek.

5] *sein Luther-Drama:* August Strindberg, ›Die Nachtigall von Wittenberg. Eine deutsche Historie‹, München/Leipzig 1917. In der Zürcher Bibliothek erhalten.

6] *Geschichte der Reformation von d'Aubigne:* Théodore-Agrippa d'Aubigné (1552–1630), ›Histoire Universelle‹, Vol. 3 ›Europe‹.

13. 5. 1951
In der Handschrift steht »13. 5. 41«.

60 1] *Ed:* Ed Klotz, ein Student und Freund von Golo Mann. Gewisse Eigenschaften und Gesten des jungen Mannes benutzte TM später für die Beschreibung des Ken Keaton in der *Betrogenen*.

2] *Verhöre Marschalls:* S. TB 3. 5. 1951, Anm. 1.
3] *an die Hamburger:* An Käte Hamburger, P. P. 13. 5. 1951, Reg. IV, 51/235.
4] *an Belzner:* An Emil Belzner, P. P. 13. 5. 1951, Reg. IV, 51/234.
5] *Ravels »Valse«:* Das »choreographische Poem« ›La Valse‹ (1919/1929) von Maurice Ravel (1875–1937).

14. 5. 1951
1] *Ankündigungen:* General Marshall hatte im Resümee seiner Aus- 60
sagen bemerkt, er sei »increasingly confident«, daß der Koreakrieg für die USA befriedigend enden werde, wenn vielleicht auch nicht in der Weise eines militärischen Triumphes für die UN-Streitkräfte.
2] *G. Agoston:* Die amerikanische Schriftstellerin und Journalistin österreichisch-ungarischer Herkunft Gerty Agoston (geb. 1925).
3] *in der Staats Z.:* Gerty Agoston, ›Der unerschöpfliche Born. Zu Thomas Mann's neuem Roman ‚Der Erwählte', ›Staats-Zeitung und Herold‹, New York, 13. 5. 1951, Sonntagsblatt, C6.

15. 5. 1951
1] *Drohender Krieg:* Als Folge der iranischen Enteignungs- und Na- 61
tionalisierungs-Ansprüche auf die Anglo-Iranian Oil Co. hatte Großbritannien – ehe es sich auf amerikanischen Druck hin zu Verhandlungen bereit fand – erwogen, Luftlandetruppen zum Schutz des britischen Eigentums in den Iran zu entsenden. Die Lage spitzte sich erneut zu, als der Iran das britische Angebot – trotz der Drohung mit ›ernstesten Konsequenzen‹, die einer Gesprächsverweigerung folgen würden – ablehnte und seinerseits die Anglo-Iranian Oil Co. anwies, Fachleute zu benennen, die die Nationalisierung vorantreiben könnten.
2] *Conrad:* Der polnisch-englische Erzähler Joseph Conrad (ursprünglich Józef Teodor Konrad Korzeniowski, 1857–1924).
3] *»Chadschi Murat«:* Leo Tolstois Novelle ›Chadschi Murad‹ steht im fünften Band der in der Zürcher Bibliothek erhaltenen Gesamtausgabe: Leo Tolstoi, ›Dichterische Schriften‹, vom Verfasser genehmigte Ausgabe, hrsg. von Raphael Löwenfeld, Jena 1924–1928.
4] *an Biermann-Ratjen:* An Hans Harder Biermann-Ratjen, P. P. 15. 5. 1951, Reg. IV, 51/238.
5] *Biermann-Ratjen:* Der Romancier und Essayist Hans Harder

Biermann-Ratjen (1901–1969), von 1951 bis 1966 Senator und Präses der Kulturbehörde der Hansestadt Hamburg.

16. 5. 1951

61 1] *von Twentymans:* S. TB 12. 5. 1951, Anm. 2.

2] *Hesse [...] an Lesser:* Vgl. TM an Erika Mann, P. P. 20. 5. 1951, Reg. IV, 51/248; Br. III, 206–208: »Hesse schreibt nie an mich, aber an alle anderen Leute, so an Lesser in London: Fast immerwährende Schmerzen habe er, und das Alter drücke schwer, aber es gäbe auch festliche Erquickungen, wie das Lesen des ›Erwählten‹. Ich glaube, darauf kann man bauen.« (207)

3] *Contra in »Literar. Welt«:* Hans Hennecke/Heinz Risse, ›Für und Wider Thomas Mann‹, ›Das literarische Deutschland‹, Jg. 2, Nr. 8, 20. 4. 1951, 1/2, 9.

4] *Die Greisenlüsternheit:* Heinz Risse machte in seinem ›Contra‹-Beitrag kein Hehl daraus, daß er den ›Erwählten‹ »für ein Problem« hielte, »das den Psychologen mehr interessiert als den literarischen Kritiker«. Er begründete seine These in drei Punkten und kam zu dem Fazit: »Das Alter leidet, wie die Psychologen wissen, unter allerlei Mängeln; wer Neigung zur Ironie hat, in dem verstärkt sie sich mit den Jahren. [...] Wer das Basteln liebt, dessen Grundlage die Weisheit der Kompendien und Lexika ist, wird Filigranarbeit liefern, wenn ihm die Kraft für die weiten Würfe zu fehlen beginnt. Dies alles ist noch erträglich – die Peinlichkeit fängt an, wenn ein Greis von Dingen spricht, bei denen der Jüngere vermutet, daß er sie nur noch auf dem Papier zu schätzen vermag, weil sie *in natura* für ihn verloren sind. [...]«

5] *an Frau Dr. Hennings:* Das Schreiben an die Hamburger Juristin Dr. Elsa Hennings (1895–1973) ist nach Reg. IV, 589, verschollen.

6] *Totenvogel-Kapitel:* S. TB 2. 3. 1951, Anm. 3.

17. 5. 1951

61 1] *Weigerung:* Der General Omar N. Bradley weigerte sich mit Erfolg, während seines Zeugenverhörs am 17. 5. etwas über die geheimen Unterredungen preiszugeben, die im Vorfeld von MacArthurs Entlassung zwischen dem Präsidenten und seinen engsten Beratern stattgefunden hatten.

2] *Bradley:* Der amerikanische General Omar Nelson Bradley

(1883–1981) trug als Chef der Vereinigten Generalstäbe Mitverantwortung für die US-Operationen während des Korea-Krieges; Acheson wünschte die Ablösung MacArthurs durch Bradley, setzte sich jedoch nicht durch.

3] *»Lied von der Erde«:* Gustav Mahlers (1860–1911) Zyklus von sechs Gesängen für Alt- und Tenorsolo und Orchester ›Das Lied von der Erde‹ (1911).

19. 5. 1951

1] *an Held:* An Hans Ludwig Held, P. P. 18. 5. 1951, Reg. IV, 51/244. 62

2] *Held:* Der TM aus seinen Münchener Jahren gut bekannte Hans Ludwig Held (1885–1954) war von 1921 bis 1933 und von 1945 bis 1953 Direktor der Münchener Stadtbibliothek.

3] *an Dr. Waldstein:* Das Schreiben an den Wiener Ministerialrat, Lyriker und Essayisten Wilhelm Waldstein (1897–1974) ist nach Reg. IV, 589, verschollen.

4] *Yale-Gazette:* Die Beschreibung der TM-Ausstellung in Yale: Joseph W. Angell, ›The 1950 Thomas Mann Exhibition‹, ›Yale University Library Gazette‹, April 1951, 15/16.

20. 5. 1951

1] *Gemme:* TMs – Fontanes ›Mathilde Möhring‹ entliehener – Name 63 für die Zeichnerin Eva Herrmann (1901–1978). S. auch TB 49/50, 340.

2] *an Erika:* An Erika Mann, P. P. 20. 5. 1951, Reg. IV, 51/244; Br. III, 206–208.

21. 5. 1951

1] *Brief von ihr:* Im TMA befindet sich nur ein – deutlich 26. 5. 1951 63 datiertes – Schreiben von Erika Mann aus Chicago, das hier allerdings gemeint sein könnte.

2] *»Lord Jim«:* Der 1900 erschienene Roman von Joseph Conrad.

23. 5. 1951

1] *Nachtrag über den Cirkus:* Wysling (TMS V, 520) weist auf die 63 noch sichtbaren Radierspuren in der Blattbezifferung hin, an denen sich die ursprünglich andere Struktur des 1. Kapitels ablesen läßt. Der zunächst geplante Fortgang, der deutlich zeigt, daß der »Cirkus« ein »Nachtrag« ist, ist im Manuskript noch erkennbar: Blatt 111 unten (GW VII, 455, Abs. 2): »Soviel am Rande und als à propos. Mit Stanko also, dann und wann, eine Zeit lang, besuchte ich den Cirkus und die [Fortsetzung auf Blatt 123, ursprünglich Blatt 112] Cabarets, saß mit ihm nach Theaterschluß auf der Terrasse des Café de Madrid, wo es um diese Stunde sehr bunt und lehrreich zugeht, und fand eine gewisse Ähnlichkeit zwischen ihm und dem Zigeunerprimas, der da auf der Geige ein wildes Schmachten vernehmen ließ, während wir über den Kopf eines chinesischen Straßenjungen hinweg, der im Gedränge der Tische und Leute mit vier blitzenden Dolchen jonglierte, auf die unten vorüberwogenden Menschenmassen blickten. [Der nun folgende – im Manuskript noch gestrichene – Satz, GW VII, 464, Z. 6, zeigt, wie TM den »Circus«-Einschub in seine ursprüngliche, nun als Rahmen fungierende Handlung einmontiert:] Beim Flanieren hatte ich größere Augen als mein Begleiter für die weiträumige Herrlichkeit des Pariser Stadtbildes, gewisser glorreicher Perspektiven von unglaublicher Vornehmheit und Pracht, die es bietet, und mußte immer an meinen armen Vater und das bis zur Schwäche hingenommene ›Magnifique! Magnifique!‹ denken, mit dem er sich stets daran erinnert hatte. Stanko, etwas stumpf, besaß nicht die Gabe des Staunens und der Bewunderung, die doch aller Gaben beste ist, und ohne die keine Jugend sich zum Höheren bildet. Da ich von ihrem Besitz weiter kein Wesen machte, bemerkte er kaum den Unterschied in der Empfänglichkeit unserer Seelen. ⟨Was er aber allmählich bemerken mußte ...«⟩ Der Rest des Kapitels entspricht dem gedruckten Text (GW VII, 464, ab Z. 15).

63 2] *Artikel:* Armin Kesser, ›Dichtung und Sympathie. Zum Gregorius-Roman Thomas Manns‹, NZZ 19. 5. 1951, Fernausgabe, Bl. 4.

3] *Arnim Kesser:* Der Journalist Armin Kesser (1906–1965), Sohn des Dramatikers Hermann Kesser, 1922/23 Mitschüler Klaus Manns auf der Odenwaldschule, war 1933 in die Schweiz emigriert.

4] *Buch von Hatfield:* Henry Hatfield, ›Thomas Mann‹, 1951. Der Band erschien in der Reihe ›The Makers of Modern Literature‹ im Verlag New Directions Books, Norfolk, Conn. und ist in TMs Nachlaßbibliothek erhalten.

5] *Hatfield:* Der amerikanische Germanist Henry Hatfield (geb. 1912).

6] *an Hermann Kesten:* P. P. 23. 5. 1951, Reg. IV, 51/253. 64
7] *netten Brief:* New York, 19. 5. 1951: »mit dem grössten Spass habe ich Ihren muntern Inzestroman ›Der Erwählte‹ gelesen, ein Meisterstück in so vielem Betracht, und ein Schelmenstück dazu, [...] funkelnd vor jugendlichem Uebermut./ Das Ueberraschende bei all Ihren Büchern scheint mir, dass sie doch alle mit ihrer ausserordentlichen Kunstfertigkeit und Künstlichkeit für Kenner, für Artisten, für die Zunft und die ›Zünftigen‹ geschrieben sind, und wie gemacht, um das grosse Publikum zu entfernen und zu erkälten, und dass sie doch alle das grosse Publikum erreichen [...]/ Dass sie mit Heiterkeit das Entsetzen betrachten und die Religion mit Witz behandeln, bringt mir diesen Erwählten um so näher, als ich selber in meinen beiden letzten Romanen das selbe versucht habe [...]./ Es ist nicht nur in diesem Buch, aber hier besonders erfreulich, zu erleben, wie Sie mit höheren Jahren immer frecher und freier werden, ungleich aller gewöhnlichen greisenhaften Zahmheit und konventionellen Erstarrung. Und wie lustig ist der unüberbietbare und – glücklicherweise [–] unwiederholbare Spass, den Sie hier mit der deutschen Sprache aufführen, es ist die reinste Komödie der Sprache, wie ja der kleine Roman die reinste Komödie ist, eine kleine Weltposse, ein moralisches Ballett, ein wahrer ›Frommer Tanz‹.[...]« (TMA)
8] *Bemerkung über den Freud-Vortrag:* In seinen Ausführungen über TMs Essay ›Freud und die Zukunft‹ hatte Hatfield (a.a.O. 163) geschrieben: »Although it was first delivered as a speech in honor of Freud's eightieth birthday, it is extremely autobiographical and self-conscious. Mann devoted a great deal of attention to his own use of psychoanalytic insights in *Joseph,* and stressed that many of Freud's ideas had been anticipated by Novalis, Schopenhauer, Kierkegaard and Nietzsche. However tactless, the address was clearly not intended to disparage Freud's attainments, but many of the faithful who gathered for the celebration in Vienna must have been much annoyed.«

24. 5. 1951
1] *An Hatfield:* An Henry C. Hatfield, P. P. 28. 5. 1951, Reg. IV, 51/ 258. 64
2] *an jenen Trottel:* An Hanns Fischer, P. P. 28. 5. 1951, Reg. IV, 51/257: »Der Artikel ›Karl Jaspers und T. M.‹ war mir [...] schon vor

Augen gekommen. Ich war aber von vorn herein so sehr davon ueberzeugt, dass Jaspers ein berufenerer Denker ist als ich, dass ich der Sache nicht weiter nachging. Der Vergleich, die Zusammenstellung selbst interessierte mich nicht. [...]/ Was die verflossene, fuer mich vollkommen verflossene Affaire Tillinger betrifft, so will ich Ihnen nur sagen, dass ich ein Schlusswort, ein ziemlich langes und scharfes sogar, fuer den ›Aufbau‹ geschrieben hatte. Sobald aber mein Zorn und mein Ekel auf dem Papier standen, hatte ich genug, kassierte das Manuskript und ersetzte es durch jenen knappen Verzicht. Ich muss sagen, trotz Ihrem Brief an Manfred George bin ich dessen recht froh.

Haetten Sie es sehr klug und sehr schicklich gefunden, wenn ich mich mit einem gewoehnlichen Informer, einem inferioren Domestiken des Hasses noch laenger polemisch herumgeschlagen und das Piedestal, das er sich durch seine Schreiberei gegen mich erwirkt, noch weiter erhoeht haette?/ Jener Verzicht ist end- und allgemein gueltig. Er bezog sich nicht nur auf den besonderen Fall. Was ich gesagt und getan habe, wenn man bei meinen vier, fuenf sponsorships von Organisationen, denen sehr ansehnliche Leute angehoerten, von einem Tun sprechen kann, – was ich also gesagt und getan habe, geschah aus einem gewissen naiven buergerlichen Pflichtgefuehl; ich tat es ungefaehr so, wie wenn ich ›zur Wahlurne schritt‹. Aber ich habe genug. Von mir wird niemand mehr ein politisches Wort vernehmen. Ich bin nicht dazu geschaffen, als Zielscheibe fuer Dreckwuerfe zu dienen, und habe mich fuer immer zurueckgezogen, wenigstens nach außen hin, von den politischen Dingen. Dieses Land muss den Weg gehen, den es eben gehen muss, und wer ihm wohl will, kann nur hoffen, dass nicht allzu schwere Pruefungen es darauf erwarten.« (Kopie im TMA)

64 3] *mich [...] mit Jaspers verglich:* Hanns Fischer: ›Karl Jaspers und Thomas Mann‹, ›Staats-Zeitung und Herold‹, New York, Sonntagsblatt, 15. 4. 1951: Ein Vergleich von TMs *Meine Zeit* und Karl Jaspers', seiner Genfer Rede über den Humanismus entnommenem Essay ›Jeder muß sich entscheiden‹ unter politischen Aspekten: »Karl Jaspers und Thomas Mann, ein Fixstern und ein Wandelstern, demselben geistigen Kosmos entsprungen und ihm verpflichtet: wir verehren beide. Aber wenn der eine weiterzuwandern scheint in eine Zukunft, von der er zwar hofft, sie werde den Menschen ›Frieden und

Freiheit‹ bringen, indes wir von ihr nur wissen, daß sie dunkler und fragwürdiger sein werde als das fragwürdige Dunkel der Gegenwart, so scheiden wir ›mit abgewendetem Blick‹ wie Goethes Epimetheus und wenden uns der Fixsternwelt zu, die uns heller leuchtet. Was bleibt, ist der Glanz des dichterischen Worts. Aber auch der Kummer, da nicht glauben zu können, wo man liebt.«

25. 5. 1951

1] *Auffindung der Leiche des Kindes:* Die LAT vom 25. 5. 1951 gaben 64
in mehreren riesig aufgemachten Bildberichten ›Child Dead in Lonely Canyon Grave‹ Kunde von dem grausigen Fund. »Patricia Jean Hull's body, the head battered and gashed, was found shortly before noon yesterday in a shallow, leaf-covered grave deep in Santa Ana Mountains.«

Große Gegen-Offensive: Die neue Offensive der UN-Streitkräfte hatte am 22.4. begonnen; die Truppen überschritten den 38. Breitengrad und bezogen Stellung auf einer Linie, die leicht nördlich der Demarkationslinie lag. TMs Prognosen und Befürchtungen entsprachen auf lange Sicht jedoch nicht der Realität; vielmehr führte der Vorschlag des sowjetischen UN-Beauftragten, Jakow Malik, vom 23. 6. 1951, entlang des 38. Breitengrades das Feuer einzustellen, zu Waffenstillstandsverhandlungen, die am 10. 7. 1951 begannen und zwei Jahre lang fortgeführt wurden – Jahre, in denen es zwar immer wieder zu heftigen, aber doch begrenzten Kampfhandlungen kam, und in denen es keiner Seite gelang, die für einen endgültigen Sieg notwendigen Truppenkonzentrationen durchzuführen.

3] *Gefahr in Oel-Persien:* S. TB 15. 5. 1951, Anm. 1.

4] *Bouchet:* Der französische Germanist Maurice Boucher (1885–1977), den TM 1926 in Paris kennengelernt hatte. S. TB 49/50, 552.

26. 5. 1951

1] *der junge Mc Cracken:* Die Anklage gegen den 34jährigen Enter- 65
tainer und »Cow Boy« aus Santa Ana, Calif., Henry Ford McCracken, war in den LAT vom 26. 5. 1951 abermals Gegenstand von Bildreportagen und ausführlicher Berichterstattung, die den Pitaval-Leser TM, wie der TB-Eintrag zeigt, zu intensiver Lektüre verführten.

2] *Triumphaler Vormarsch:* S. TB 25. 5. 1951, Anm. 2.

3] *das Kapitel [. . .] zu teilen:* So geschah es. Kapitel III, 1 endete, wie TB 23. 5. 1951, Anm. 1 gezeigt, mit der Analyse des Verhältnisses zu Stanko; Krulls Aufstieg zum Saalkellner und die in den Twentyman- und Kilmarnock-Szenen beschriebenen amourösen Versuchungen bilden in der Endfassung des Romans den Inhalt des Kapitels III, 2.
4] *Artikel:* Eventuell Dorothy Thompson, ›Defense and the Public Schools‹, ›Ladies' Home Journal‹, vol. LXVIII, No. 5, May 1951, 11/12/211. – Dorothy Thompson schrieb 1951 regelmäßig interessante und couragierte Artikel in ›Ladies' Home Journal‹. Es ist jedoch zu bezweifeln, daß TM sich in seinen TB-Einträgen auf diese Abhandlungen bezieht – vermutlich eher auf die Kolumne ›On the Record‹; s. dazu TB 20. 8. 1951, Anm. 5.
5] *Dorothy Thompson:* Die TM seit Juni 1935 auch persönlich bekannte, fließend deutsch sprechende amerikanische Journalistin und politische Kommentatorin Dorothy Thompson (1894–1961); s. TB 44–46, 370.
6] *etwas Handschriftliches:* S. TB 27. 5. 1951, Anm. 3.

27. 5. 1951

65 1] *Andromache:* Die von Krull adorierte Artistin (»fille de l'air«) des Circus Stoudebecker.
2] *In Goethes Leben:* Vermutlich nicht im 4. Band der Artemis-Ausgabe: ›Der junge Goethe‹, sondern – s. den letzten Satz der Eintragung – in ›Dichtung und Wahrheit‹ (s. TB 1. 1. 1951, Anm. 4).
3] *an Dr. Muth:* An Ludwig Muth, P. P. 27. 5. 1951, Reg. IV, 51/254; s. auch D. ü. D. III, 391. Muth hatte sich im Auftrag eines Münchener philosophischen Gesprächskreises mit der Frage an TM gewandt, ob der ›Faustus‹ als Verkündigung des Endes aller Kultur zu verstehen sei. TM antwortete: »[. . .] Man darf Adrian Leverkühn nicht zu sehr als Symbol oder Allegorie nehmen – weder für ›Deutschland‹ (das stimmt ja hier nicht und da nicht) noch für die allgemeine Kulturkrise, von der er freilich ein Lied zu singen weiss. Er ist doch in erster Linie Mensch, Person, Individuum, ein kühler, hochmütiger Geist (der ›geschwinde Kopf‹, wie das ›verzweifelte Herz‹ stammen aus der Volkssage), der eigentlich zu gescheit ist für die Kunst und ›höllisch Feuer unter den Kessel‹ braucht, um seine Hemmungen zu überkommen, und damit aus Intelligenz Genie werde. Am charakteristischsten für seine Verfassung ist vielleicht der Brief, den er noch aus Halle an

Kretzschmar schreibt, worin er von seinem verdammten Lachkitzel spricht und von seinem fatalen Sinn für die Verbrauchtheit aller Mittel und Konvenienzen der Kunst, die ihm ›nur noch zur Parodie zu taugen‹ scheinen. Das ist etwas sehr Persönliches, aber er wird damit doch auch zu etwas wie einem ›Helden unserer Zeit‹, einem Menschen, der das Leid der Epoche trägt [...], der es erfährt, ›dass alles zu schwer worden ist und Gottes armer Mensch nicht mehr aus und ein weiss in seiner Not‹. Das bezieht sich zunächst auf die Kunst, aber eigentlich dann auf alles, die Zeit selbst, die soziale und politische Welt, die in einer hoffnungslosen ›Sackgasse‹ zu sein scheint. Der ›Faustus‹ ist ein *Roman des Endes* und arbeitet Idee und Gefühl des Endes mit allen Mitteln heraus. Aber gibt es denn ein Ende? Es gibt doch nur Uebergang, und ausserhalb des Romans glaube ich an die Sackgasse der Welt so wenig wie an meine eigene. Das Leben geht weiter, und die Kunst tut es auch. Wie? das wissen wir nicht, aber sie wird es schon zuwege bringen und zwar, ›wenn unter den Menschen solche Ordnung sich herstellt, die dem schönen Werk wieder Lebensgrund und ein redlich Hineinpassen‹ bereitet – ganz ohne höllische Hilfe. [...]«

4] *Dr. Muth:* Der gelernte Buchhändler und promovierte Germanist Ludwig Muth (geb. 1930) war später Werbeleiter im Herder-Verlag.

5] *an Mrs. Meyer:* An Agnes E. Meyer, P. P. 28. 5. 1951, Reg. IV, 51/260; TM/AEM 755–757; Auszug in D. ü. D. III, 392.

28. 5. 1951

1] *Déroute und Übergabe:* S. TB 25. 5. 1951, Anm. 2. 66

2] *Besprechung:* Julius Bab, ›Der Erwählte‹, ›Staats-Zeitung und Herold‹, New York, 20. 4. 1951.

3] *[an] Knopf:* Weder im TMA noch im New Yorker Knopf-Archiv vorhanden.

29. 5. 1951

1] *(Löwen):* GW VII, 461/462. 66

2] *Artikel in Harper's Magazine:* In der Mai-Ausgabe der New Yorker Monatsschrift (vol. 202, No. 1212) dürften TM die Artikel von John Fischer, ›The German Booby Trap‹, 79–82, und James Reston, ›Why We Irritate Our Allies‹, 31–34 interessiert haben; in der Juni-Ausgabe (vol. 202, No. 1213) vor allem John Fischer, ›Truman's Politburo‹, 29–36.

30. 5. 1951

66 1] *Major victory:* S. TB 25. 5. 1951, Anm. 2.

2] *an J. Bab:* An Julius Bab, P. P. 30. 5. 1951, Reg. IV, 51/261; Br. III, 208–210; s. auch D. ü. D. III, 392–394.

31. 5. 1951

67 1] *Ridgeway [...] erklärt:* Der neue Oberbefehlshaber der UN-Streitkräfte in Korea, General Matthew Bunker Ridgway (1895 bis 1993) hatte sich auf seiner ersten Pressekonferenz in Tokio am 30. 5. 1951 pessimistisch hinsichtlich eines baldigen Friedensschlusses in Korea geäußert. Die Roten hätten zwar eine schwere Niederlage erlitten, aber die Chinesen seien jederzeit in der Lage, mit neuen Truppeneinheiten einen neuen Angriff zu unternehmen. »For them [the Reds]«, hatte Ridgway gesagt, »there is no compromise and for us there is no choice.«

2] *Artikel der Thompson:* S. TB 26. 5. 1951, Anm. 4.

3] *arrangierte:* S. TB 26. 5. 1951, Anm. 3.

4] *von Révy:* Nicht unter den Dokumenten des TMA. S. jedoch TMs Dank an Richard Révy, P. P. 1. 6. 1951, Reg. IV, 51/264.

1. 6. 1951

67 1] *Ida Springer:* Für die Betreuung der Kinder zuständiges »Fräulein« in TMs Lübecker Elternhaus. Züge von ihr bewahrte TM in der Gestalt der Ida Jungmann in den *Buddenbrooks.* Aus einem Brief an Heinrich Mann, 18. 9. 1910, geht hervor, daß Ida Springer die Familie ihres einstigen Schützlings im Sommer 1910 noch in Bad Tölz besucht und – wie einst dem ihr in Lübeck Anvertrauten – nun dessen älteren Kindern aus der Märchensammlung ›Der Kinder Wundergarten‹ vorgelesen hat.

2] *der alte Pringsheim:* Katia Manns Vater, Geheimrat Alfred Pringsheim (1850–1941), Professor für Mathematik an der Universität München.

3] *Shermann:* US-Flottenchef Admiral Forrest Perceval Sherman hatte bei seinem hearing am 31. 5. gesagt, daß er glaube, Moskau könne, wenn es nur wollte, »the invaders in Korea« zurückrufen, daß er aber fürchte, »that the United States was not now strong enough to put the necessary diplomatic pressure on the Kremlin for that purpose«. (NYT 1. 6. 1951, 4:5)

4] *genügend starken [...] Druck:* Im Manuskript steht »genügten«.
5] *Umnummeriert:* Hans Wysling weist in TMS V, 520 darauf hin, 68
daß Radierspuren in der Blattbezifferung des Manuskripts deutlich erkennbar sind.
6] *von und über Kafka:* Im ersten Heft 1951 (Jg. 62, H. 1) der ›Neuen Rundschau‹: Franz Kafka, ›Hochzeitsvorbereitungen auf dem Lande‹, 1–17; Max Brod, ›Zur Textgestaltung der ‚Hochzeitsvorbereitungen auf dem Lande'‹, 18–20; Hans Joachim Schoeps, ›Theologische Motive in der Dichtung Franz Kafkas‹, 21–37; K. H. Volkmann-Schluck, ›Bewußtsein und Dasein in Kafkas ‚Prozess'‹, 38–48; Gustav Janouch, ›Erinnerungen an Franz Kafka‹, 49–64.
7] *Moquerie über K. Kraus:* In Janouchs ›Erinnerungen‹, a.a.O. 55: »Er zerpflückt die Journalisten wunderbar. [...] Nur ein gerissener Wilddieb kann ein so strenger Waldhüter sein.«

2. 6. 1951

1] *Verhör Achesons:* Im Rahmen der MacArthur hearings wurde der 68
US-Außenminister am 1. und 2. sowie am 4. und 5. Juni von der Senatskommission befragt, die bereits am ersten Tag gegen den Protest des Zeugen beschloß, ein bisher nur in Teilen bekanntes vertrauliches Memorandum des State Department vom 23. 12. 1949 publik zu machen, das die von TM erwähnten, in späteren Memoranden korrigierten Äußerungen enthielt.
2] *Reisebilder-Notizen:* Die im TMA erhaltenen Materialien sind in TMS V, 476–481 und, für die späte Arbeitsperiode, 487/88 wiedergegeben. Dabei weist Wysling besonders darauf hin, daß TM die Exzerpte, die er sich aus dem 1907 niedergeschriebenen südamerikanischen Reisetagebuch seiner Schwiegermutter Hedwig Dohm-Pringsheim gemacht hatte (auszugsweise zitiert 428–444), nun, in der späten Arbeitsepoche, »mit dem Stifte in der Hand« wieder durchlas.
3] *Amann [...] schreibt:* O.O. [Plattsburg, N. Y.], 30. 5. 1951: Dank für die »mannigfaltigen Freuden, Rührungen und Belustigungen« während der Lektüre des ›Erwählten‹: »Ich kam von dem Buch nicht los. Ich kann und will nicht objektiv kritisieren, wenn es so etwas gibt. Einem, der sich für einen objektiven Kritikus hält, würde ich sagen: wenn ich es liebe, was geht's dich an? und ich weiss, dass einer, der ein

Werk liebt, immer mehr darin sieht und bemerkt als die gerechte kalte Schnauze ... oder auch eine übelwollend ungerechte. Damit meine ich den Anonymus, der in der sonst trefflichen London Times Literary Supplement Ihr Buch abtun wollte, wie seinerzeit vielleicht derselbe kühle Dummkopf Ihren Faustus. Das wurde dann durch einen grossen, liebevoll eingehenden Essay wiedergutgemacht. May be dass diesem Avant-Gardisten mit dem Giftpfeile nach Besinnungsfrist eine würdigere Würdigung folgt.« (Im TMA)

68 4] *Kritik:* Hellmann, d.i. Eliza Marian Butler, ›View of the alcove‹, TLS, 27. 4. 1951, 257.

5] *Hellmann:* Die Germanistin und Literaturkritikerin Eliza Marian Butler (1885–1959).

6] *Erikas Brief an »Argus«:* Unter dem Titel ›Mr. Argus Faces up to Miss Mann‹ hatte der ›New Leader‹, vol. XXXIV, No. 22 v. 28. 5. 1951, 20/21, Erika Manns Antwort auf einen am 16. 4. 1951, No. 16, 15 in derselben Zeitschrift erschienenen Argus-Angriff ›Famous Novelist Denies He Was Ever Communist or Fellow Traveler‹ abgedruckt. Das Schreiben ist datiert vom 26. 4. 1951. Die TB-Aufzeichnungen erwähnen weder den Angriff des ›New Leader‹ noch Erika Manns Replik. Vermutlich mit gutem Grund: Argus' Kolumne ist eine höhnische Kontamination und Persiflage der TMschen Verlautbarungen aus den letzten Monaten. Sie enthält keine direkten Angriffe, sondern kleidet ihre Infamie in ein imaginäres Statement, dessen Ton und Intention dem Tenor der sonstigen Angriffe aus dieser Zeit eine neue Nuance hinzufügen: »[...] I do remember having signed the Stockholm Peace Appeal. But I did it only because I am a firm believer in peace and always ready to support any and all movements fighting for peace. Had Soviet Russia been guilty of any breach of peace I would have been the first to come out with a condemnation of Moscow's politics. Moreover, I do not think that the Stockholm Peace Appeal originated in Moscow. I know for a fact that the Stockholm Peace Appeal was inaugurated in Stockholm. There is not even a city in Sweden named Moscow. It is true, that I also sponsored several movements which have been declared subversive by the United States Justice Department. But at the time I sponsored them the Department of Justice had not yet made up its own mind, and, as we all know, one cannot afford to wait too long when fighting for the cause of peace. The fact that Eugene Dennis, Howard Fast, Paul Robeson and others

allegedly friendly to the Communist cause were also sponsors of the same organizations did not make any impression on me, because I thought they were Clare Luce, Cardinal Spellman, Eugene Lyons and other well-known anti-Communists. As soon as I realized that Dennis, Fast and Robeson were not Luce, Spellman and Lyons, I immediately requested the removal of my name from the list of sponsors. I presume they have done so, but with all the troubles the Communists are having now, with all the prosecutions, trials, loyality oaths etc., they might have forgotten. I will remind them again. / It is the basest form of slander and character assassination to accuse me of having willingly and knowingly joined all these Communist-front organizations. As a world-famous writer who is always in the foreground shaping public opinions, I am of necessity illiterate and do not know what is going on in the world. Consequently I do not know which organization is really Communist dominated and which is not./ [...] Nevertheless, I am determined henceforth not to sponsor any organization, movement, cause of crusade until I learn how to read and write and am able to discover for myself what it is all about.«
Erika Manns Replik vermeidet jede sachliche Auseinandersetzung mit dem Vorwurf und beschränkt sich statt dessen auf eine niveau- und geschmacklose Analyse der Argusschen Physiognomie, wie sie ein den ersten Artikel illustrierendes Photo zeigt. Aus TMs TB-Aufzeichnung geht allerdings hervor, daß die Replik offenbar um die »Kritik der Satire« gekürzt wurde. Doch wie dem auch sei: unter solchen Voraussetzungen war es Argus ein leichtes, sich in seiner Antwort an Erika Mann auf das von ihr vorgegebene Niveau zurückzuziehen: »Well, yes, any reader looking at my face knows exactly what to expect from my writing. As soon as the editors of ›The New Leader‹, or as you call it, ›New Fuehrer‹ saw it, they simply exulted. ›Here is our man!‹ they all cried ecstatically. ›And if he writes the way he looks he will bring great joy to our fascist readers: Heil Hitler! Heil Truman! Heil Levitas!‹«

7] *an Fiedler:* An Kuno Fiedler, P. P. 2. 6. 1951, Reg. IV, 51/265.

8] *seine Besprechung:* F. Kauz [d.i. Kuno Fiedler], ›Thomas Mann's ‚Erwählter'‹, ›Volksstimme‹, St. Gallen, 9. 5. 1951.

9] *Dichter Waldemar:* Der Schweizer Schriftsteller Charles Waldemar (geb. 1916) hatte TM seinen später, 1953, in Heidelberg erschienenen Roman ›Himmel und Hölle sind wir‹ im Manuskript zukommen lassen. TM antwortete am 15. 6. 1951: »Sie haben mir Ihr Romanmanuskript ›Himmel und Hölle sind wir‹ geschickt, aber ich kann es nicht lesen, jetzt nicht und so bald nicht – ich weiß nicht, wann ich dazu kommen würde. Haben Sie ein Einsehen: ich bin ein alter Mann, der die Arbeit, die er noch tun möchte, wachsender Müdigkeit abgewinnt. [...] Ein Vorwort zu Ihrem Werk könnte ich Ihnen doch nicht schreiben, denn das wäre sofort ein Präzedenzfall, an den zehn Andere heischend anknüpfen würden. Ich tue wirklich am besten, Ihnen, so schlecht und kümmerlich es aussehen mag, Ihr Manuskript wieder zuzustellen, in der Hoffnung, dass es eines Tages als gedrucktes Buch zu mir zurückkehren wird. Dann soll es, wenn ich lebe, gelesen und alles Rühmenswerte daran von Herzen gerühmt sein.« (Br. III, 210/211)

3. 6. 1951

69 1] *3. Kapitel von Buch III:* Die Einführung des Marquis de Venosta und seines Lebensstils, dem Krull, zunächst noch unabhängig von der Person des Edelmannes, den seinen – in gebührendem Abstand, versteht sich – annähert. GW VII, 491–498.

2] *an Dr. Amann:* An Paul Amann, P. P. 3. 6. 1951, Reg. IV, 51/266; TM/PA 71/72.

3] *im »Monat«:* Das Juniheft des ›Monat‹, Jg. 3, No. 33, Juni 1951, enthielt, neben einem Bericht über den Kongreß für kulturelle Freiheit in Bombay, dem Anfang eines großen Essays von George Fischer über den ›Fall Wlassow‹ und einem Kapitel aus Arthur Koestlers neuem Roman ›The Age of the Longings‹ (›Die leere Wohnung‹), u.a. einen Kierkegaard-Essay von Karl Jaspers, das Kapitel über ›Totalitäre Propaganda‹ aus Hannah Arendts Buch ›Die Ursprünge des Totalitarismus‹ und einen ›Brief aus New York‹ von Norbert Mühlen: ›Macht und Mythos der Wallstreet‹.

4. 6. 1951

69 1] *[von] Fiedler:* St. Anthönien, 15. 5. 1951; im TMA.

5. 6. 1951

69 1] *Koussewitzky:* Der aus Rußland stammende Kontrabaßvirtuose und Dirigent Serge Koussevitzky (geb. 1874), von 1924 bis 1949 Di-

rigent des Boston Symphony Orchestra, war am 4. 6. 1951 gestorben.
2] *Arbeit [...] über mein Verhältnis zu Goethe:* Robert Weil, ›Thomas Mann's Writings on Goethe. With special reference to his ‚Lotte in Weimar'‹, Unveröffentlichte B. Lit. (Bachelor of Literature) These des Trinity College, Dublin, 1951. TMs Exemplar, in das er den Begleitbrief eingeklebt hat, befindet sich in der Zürcher Bibliothek.
3] *Lisl Frank:* Liesl Frank (1903–1978), Tochter der Operetten- 70
diva Fritzi Massary und Witwe des Schriftstellers Bruno Frank (1887–1945).
4] *Töchterchen:* Angelica (geb. 1940) und Domenica (geb. 1944) Borgese.

6. 6. 1951
1] *an Medi:* An Elisabeth Mann Borgese, P. P. 6. 6. 1951, Reg. IV, 70
51/280; Br. III, 210.
2] *[an] Moni:* Der Brief ist nach Reg. IV, 589, verschollen.
3] *Romane Kürnbergers:* Gemeint ist vermutlich das »amerikanische Kulturbild« ›Der Amerika-Müde‹ von 1855. – Der wegen seines Liberalismus vielfach verfolgte österreichische Schriftsteller Ferdinand Kürnberger (1821–1879), dessen Romantitel auf das 1838 erschienene, Amerika als Gegenbild zu den stickigen Verhältnissen in Deutschland und Europa verklärende »moderne Lebensbild« ›Die Europamüden‹ von Ernst Adolf Willkomm (1810–1886) anspielt, wäre 1832 erst 11 Jahre alt, das Buch von Willkomm noch gar nicht erschienen gewesen.

7. 6. 1951
1] *Hesse über Greuelgeschichten:* In den Marbacher Hesse-Doku- 70
menten fand sich ein »Ende Mai« o. J. datiertes und »Vertraulich« überschriebenes Blatt, das in revidierter Form, unter der Überschrift ›Einigen Freunden mitgeteilt‹, TM – gleichfalls ohne Datum – von Otto Basler übersandt wurde: »Lieber Herr Thomas Mann. Im Namen und Auftrag d.O. [Hermann Hesse; die Mitteilung an die Freunde steht im Original Baslers Nachschrift voran] sende ich Ihnen dies Dokumentchen geistiger und moralischer Vernächtigung. Ähnliche Fallen und Fälle scheint man ja auch Ihnen drüben zuzubereiten: Hüben u. drüben bleibt trüben und hüben!« – Das Hesse-Rund-

schreiben hat folgenden Wortlaut: »Kürzlich brachte die ›Neue Zeitung‹, wohl das meistgelesene Blatt im Westen Deutschlands, unter dem Titel ›Wie's gemacht wird‹ [N. Z., 25. 5. 1951,4] eine perfide Anklage gegen den Dichter Joh. R. Becher, zu dessen Festschrift zum 60. Geburtstag ich ein Gedicht mit Widmung beigesteuert hatte. Es war mir dabei das Ungeschick passiert, dass ich das gleiche Gedicht einige Jahre vorher für eine andre Festschrift, zu Ehren des Malers Karl Hofer, weggegeben hatte – allerdings ist dies Vergessen dadurch entschuldigt oder doch verstehbar, dass die geplante Hofer-Festschrift niemals erschienen zu sein scheint, wenigsten bekam ich sie nie zu Gesicht./ Die Neue Zeitung nun erfand daraus die Greuelmeldung: Man habe in Ost-Berlin mein für Hofer bestimmtes Gedicht unterschlagen, und Becher habe es jetzt mit einer gefälschten angeblichen Widmung von mir, sich angeeignet. Dabei steht meine Widmung für Becher mit meiner faksimilierten Handschrift abgedruckt in dem Jubiläumsbuch, das zu Bechers Ehren erschien. Dem politischen Zweck zuliebe erfand man diese groteske Geschichte und druckte sie, natürlich, ohne mich etwa nach dem Sachverhalt zu fragen. Es kam ja nicht auf die Wahrheit an, sondern auf das Dreckwerfen gegen einen politischen Gegner (dem übrigens von zahlreichen andern deutschen Kollegen, die teils nichtkommunistisch, teils betont antikommunistisch sind, die gleiche Ehrung erwiesen wurde.)/ Leider muss ich auch dies noch sagen: in der Schweiz (wo die Feststellung der Wahrheit noch viel leichter gewesen wäre) hat als einziges grösseres Blatt der ›Bund‹ die Unanständigkeit begangen, jene Greuelmeldung abzudrucken.« – Die Verdächtigung Hesses als »Fellow traveler« des Kommunismus zeigt, daß TM als Adressat bösartiger Unterstellungen nicht allein war. Die Kampagne hatte – deshalb die ausführliche Kommentierung des »Falles« Hermann Hesse – System. Das beweist nicht zuletzt die Tatsache, daß lange vor der Publikation des Hesseschen Becher-Glückwunsches ein Artikel von Karl Silex, ›Hermann Hesse im roten Fahrwasser‹, erschienen war, auf den ein Leserbrief von Walter Meckauer im ›Aufbau‹, vol. XVII, No. 22 v. 1. 6. 1951, 20, aufmerksam machte.

8. 6. 1951

71 1] *Bombardement:* S. TB 25. 5. 1951, Anm. 2.

2] *Reitlers:* Das Haus des ehemals Wiener Privatbankiers Emil (Milan) Reitler und seiner Frau Lisa in Los Angeles war für viele südkalifornische Exilanten eine Art kultureller Treffpunkt.

3] *Angriff auf meinen Glückwunschbrief:* Ernest J. Cramer, Stellvertretender Chefredakteur der ›Neuen Zeitung‹, München, in der Rubrik ›Letters to the Editor‹: ›Thomas Mann und Johannes R. Becher‹, ›Aufbau‹, vol. XVII, No. 23 v. 8. 6. 1951, 9. Unter Bezug auf die Tillinger-Diskussion des ›Aufbau‹ macht der Schreiber geltend: »Vielleicht wird Thomas Mann, wenn man ihm von Bechers politischer Arbeit als Agent der Sowjets berichtet, sagen, daß er auch das nicht gewußt habe [...]. Wenn dem so ist, dann kann man Thomas Mann den Vorwurf nicht ersparen, dass er es versäumt, sich politisch zu informieren. Wenn ich von einem Protagonisten des Systems der Konzentrationslager sage, dass sein Wesen Selbstlosigkeit ist und rein wie eine Flamme, wenn ich ausserdem sage, dass ein aus dieser Selbstlosigkeit erwachsenes Gemeinschaftsethos ihn zum Kommunisten prädisponiert hat, dann darf ich mich nicht wundern, wenn irgend jemand hergeht und mir sagt, ich sei entweder auch ein Freund der Kommunisten oder von einer nicht zu überbietenden politischen Naivität./ Es lag an Thomas Mann selbst und an seiner Becher zugedachten Huldigung, dass Ihr Schlusswort [s. TB 5. 5. 1951, Anm. 1] kein Schlusswort bleiben durfte.«

4] *an Brantl:* An Maximilian Brantl, P. P. 8. 6. 1951, Reg. IV. 51/282: »[...] Was Ihre [Heinrich Mann-] Sammlung betrifft, so ist es natürlich schmählich, daß in ›West‹-Deutschland dafür nirgends ein Unterkommen sein wird. An Ihrer Stelle würde ich mich mit Prof. Kantorowicz [...] in Verbindung setzen. – Eine Totenmaske wurde nicht abgenommen. Es fehlt sehr an Bildern dank der Abneigung, sich photographieren zu lassen, die uns gemeinsam war.« (Kopie im TMA)

5] *die Achte von Beethoven:* TM besaß Ludwig van Beethovens (1770–1827) Symphonie in F-Dur, op. 93, in einer Einspielung des New York Philharmonic Symphony Orchestra von 1942 unter Bruno Walter.

6] *Violin-Sonate von César Frank:* TM besaß die Violin-Sonate in A-Dur des belgischen Komponisten César Franck (1822–1890) in einer Aufnahme mit Zino Francescatti und Robert Casadesus.

9. 6. 1951

71 1] *Gen. Marshall in Japan und Korea:* Am 8.6. besichtigte der US-Verteidigungsminister von Japan aus zum erstenmal die koreanische Front. Er dementierte Gerüchte, daß dieser Besuch Friedensverhandlungen gelte, und wies die Reporter an, sich wegen der Aussicht auf einen Waffenstillstand an Tschou En-lai und Mao Tse-tung zu wenden.

2] *(Umkleidezimmer):* GW VII, 496–498.

3] *in der »N. R.«:* S. TB 1. 6. 1951, Anm. 6.

4] *»Nebukadnezar«:* Giuseppe Verdis 1842 in Mailand uraufgeführte Oper ›Nabucco‹.

72 5] *an Basler:* An Otto Basler, P. P. 9. 6. 1951, Reg. IV, 51/285: »Ich habe [. . .] wegen meines Glückwunsches an Becher, den ich anständigerweise garnicht vermeiden konnte, die gröbsten Unannehmlichkeiten – und schweige dazu. Der Mann ging mir, als ich in Weimar war, nicht von der Seite, nannte mich bei den innigsten Namen, hielt bei der Goethe-Preis-Verteilung im Nationaltheater eine begeisterte Rede auf mich. Jetzt habe ich ihn einen reinen Menschen genannt und von ihm gesagt, daß ein außerordentlich entwickeltes Gemeinschaftsgefühl (das mir völlig abgeht) ihn zum Kommunismus praedestiniert habe, daß sein Kommunismus durchaus patriotisch gefärbt sei, ja, sich im Patriotismus erfülle. Unerhört! Verrat an der abendländischen Kultur.« (Kopie im TMA)

6] *[an] Nikisch's:* An Arthur und Grete Nikisch, P. P. 9. 6. 1951, Reg. IV, 51/284.

10. 6. 1951

72 1] *Drohungen:* Unter dem Slogan »Give us death rather than a humiliating truce« fand am 10. 6. in Pusang eine Demonstration gegen General Marshalls eventuelle Waffenstillstandsbemühungen statt. Der südkoreanische Präsident Syngman Rhee erklärte am 12. 6., jeder Waffenstillstand entlang dem 38. Breitengrad sei ›phony‹; das Ziel sei der Yalu-Fluß, d.h. die Mandschurische Grenze.

2] *Truman ordnet [. . .] an:* Da Gerüchte über subversive Tätigkeiten einer nationalchinesischen Lobby, z. B. den Versuch, im Juni 1950 den Sojabohnen-Markt der USA aufzukaufen (to corner), nicht verstummen wollten und die Stimmung durch Vermutungen über Aktivitäten von möglicherweise durch eine Rot-China-Lobby gelenkte verräterische Angestellte verschiedener US-Chinesischer (Handels-) Gesellschaften angeheizt wurde, stimmte der Präsident einer vom demokratischen Senator Brien McMahon und vom republikanischen Senator Wayne Morse wiederholt geforderten Untersuchung zu.

3] *an [...] Ulbrich:* An den stellvertretenden Ministerpräsidenten der DDR, Walter Ulbricht, P. P. 19. 6. 1951 (Datum des in der Stiftung Archiv der Parteien und Massenorganisationen der DDR im Bundesarchiv, ehemals Zentrales Partei-Archiv, Berlin, unter der Signatur IfGA, ZPA, JNLZ/28 registrierten Originals), Reg. IV, 51/286. Das von Alfred Kantorowicz am 15. 6. 1963 fragmentarisch in der ›Welt‹ veröffentlichte Schreiben ist erstmalig vollständig in der ›Neuen Rundschau‹, Jg. 101, Heft 2, 1990, 5–11, publiziert.

Was die Vorgeschichte dieses Briefes angeht, so liegt es nahe, anzunehmen, daß Thomas Mann, wie es seine Art war (und wie es u.a. die Geschichte seines großen »J'accuse«- Artikels ›Anläßlich einer Zeitschrift‹, s. TB 49/50, Anhangstext No. 14, 669–681 beweist), auch im Fall der ihn immer wieder beschäftigenden Angriffe auf seinen Besuch in Weimar (s. TB 49/50, 428–434) nach einer Gelegenheit suchte, um damals Versäumtes wieder gutzumachen.

Dieser Anlaß bot sich, als ihn – vermutlich Ende Mai/Anfang Juni 1951 – eine am 12. 5. 1951 in Stuttgart geschriebene Sammelpetition erreichte, in der die Angehörigen von sieben in DDR-Straflagern festgehaltenen Gefangenen um Hilfe für ihre »Männer, Brüder und Söhne« baten. »Wir wenden uns nicht nur an den Dichter und Schriftsteller vom Rang Thomas Manns«, schrieb, zugleich im Namen der sechs Mitunterzeichner, Walter Bacmeister, ein betroffener Vater, »wir appellieren hauptsächlich an Ihr Herz und menschliches Mitgefühl, das Sie uns gewiss nicht versagen werden.«

Aus dieser Petition – das bestätigt schon ein erster Vergleich zwischen der Bittschrift und dem Brief an Ulbricht – bezieht TM die Namen der Inhaftierten sowie die Informationen über die Zustände in den Lagern, über Straftaten und Strafmaße, die er im zweiten, konkreten Teil seines Schreibens verwendet.

An der Authentizität der Vorlage kann also kein Zweifel sein; nur ist damit noch nicht die Frage beantwortet, warum TM just diese

Petition zum Anlaß nahm, »einen Brief prinzipieller Art an den Ministerpräsidenten Ulbrich« (TB 10. und 11. 6. 1951) zu beginnen und vier Tage lang an ihm zu arbeiten. Schließlich war es nicht die erste Bittschrift, die er erhielt und weitergab. Nur geschah das im allgemeinen über Johannes R. Becher, an den TM sich noch wenige Wochen zuvor im Fall des Buchhändlers Joachim Langewiesche gewandt hatte (s. TB 23. 4. 1951, Anm.4 und die im Anhang, Dok. 36–38, S. 815/816 abgedruckten Schriftstücke).
Warum also gerade im Fall Bacmeister et al. ein so aufwendiges und grundsätzliches Schreiben an den zweithöchsten Mann im Staat? Es scheint, daß das knappe Referat über den Modus der Aburteilung und das im Vergleich zu den angeblichen Vergehen absurd hohe Strafmaß, um das es im Kern der Bacmeisterschen Petition geht, TM unabweislich an die Willkür-Verfahren der sogenannten Volksgerichtshöfe während der Zeit des Nationalsozialismus erinnerten. Eine solche Gleichstellung aber der realen Bedingungen, unter denen sich die im Prinzip als historisch sinnvoll akzeptierten gesellschaftlichen Veränderungen im Osten partiell vollzogen, mit Erscheinungsformen faschistischer Barbarei war für TM, wie das Tagebuch wiederholt bezeugt, zumal im Zeichen des Kalten Krieges und der Hexenjagd des »Committee on Un-American Activities« in den USA, unannehmbar.
Hier liegt offensichtlich der Grund dafür, daß TM in diesem einen Fall nicht, wie gewöhnlich, mit einer Bittschrift an den einflußreichen Kollegen Becher, sondern durch die Abfassung eines »Fürstenspiegels« reagierte. Die (im TMA erhaltene) Petition nahm ihn moralisch in die Pflicht: »Unsere Männer, Brüder, Söhne«, so die Quintessenz des Bacmeisterschen Schreibens, »befinden sich heute noch, nach Jahren, die sie in den KZ's zubrachten, in *Strafanstalten* der *Sowjetzone, also in Deutschland,* in Waldheim (Sachsen), Bautzen (Sachsen), Brandenburg usw. Sie sind mit den übrigen 3500 ehemaligen Insassen der KZ's der Sowjetzone etwa im April und Mai in Waldheim vor 12 grossen und 8 kleinen Strafkammern, die das Landgericht Chemnitz zusammengestellt hat (obgleich nach der Kontrollratsproklamation Nr. 3 Art. III die Wiedereinsetzung von Sondergerichten verboten ist) zu unmenschlichen Strafen von 15, 18 und 25 Jahren verurteilt worden. Von diesen dabei tätigen Volksrichtern hat keiner eine juristische Vor-

bildung aufzuweisen. Wir können beispielsweise die Namen von in diesen Strafprozessen tätigen Staatsanwälten anführen, die früher den Beruf eines Monteurs, eines Müllkutschers ausübten. Diese Gerichtsverfahren und Urteile sprechen Hohn jedem ordentlichen Verfahren. Kein Verteidiger wurde zugelassen, kein Entlastungszeuge gehört. Gefesselt wurden die Angeklagten dem ›Gericht‹ vorgeführt. Etwa 10 Verhandlungen fanden in *einer* Stunde statt. Die Urteile standen schon im voraus fest. Das Ergebnis dieser Verhandlungen war 6 bis 25 Jahre Zuchthaus, auch lebenslängliche Zuchthausstrafen wurden ausgesprochen. Die bis zu 5 Jahren dauernde Haftzeit in den KZ's wurde in keinem Fall angerechnet. Ein Berufungsverfahren wurde nicht zugelassen. *Keinem* unserer Angehörigen war eine kriminelle Tat zur Last gelegt./ Von den Häftlingen in Waldheim, Bautzen und Brandenburg sind im Laufe der Jahre viele an Tbc erkrankt. Wie viele von ihnen gemütskrank geworden, wie viele seelisch zerbrochen wurden, lässt sich von hier aus garnicht beurteilen. [...]/ Heute hat der Bundespräsident Heuss zur Kriegsgefangenenfrage gesprochen und an die Weltöffentlichkeit appelliert. Möge dieser Appell auch für unsere armen Gefangenen in den Zuchthäusern in der Ostzone gelten. Sie sind in der *Weltöffentlichkeit* so gut wie vergessen. Helfen Sie uns, diese Armen der Vergessenheit zu entreissen! Helfen Sie uns, nachdem bisher alle Instanzen versagt haben. Auf Ihr Wort wird in der ganzen gesitteten Welt gehört. Ihren Vorstellungen, Ihrer Fürsprache, Ihren Ermahnungen können die Sowjetmachthaber sich nicht entziehen. [...] Die Schritte, die Sie für unsere armen Gefangenen zu unternehmen gedenken, stellen wir Ihnen anheim. [...] Sie wissen den richtigen Weg selbst, die Verhältnisse in der Ostzone sind Ihnen ja nicht unbekannt.«

Nun, diese Verhältnisse waren TM – wie Dokumente der Zeit wieder und wieder bezeugen – in der Tat nicht unbekannt. Er täuschte sich keinen Augenblick über die konkreten Erscheinungsformen dessen, was er in dem Brief an Walter Ulbricht als den »harschen und opferreichen Versuch« bezeichnete, »aus der Auflösung neue und feste Ordnung erstehen zu lassen«. Aber er sah auch die andere Seite, den rüden Antikommunismus des nach-Rooseveltschen Amerika samt seiner europäischen Satelliten, und er fürchtete eine Konfrontation, die für ihn unweigerlich das Ende der Menschheit bedeutete. Darum sein nimmermüdes Plädoyer für einen »friedenswilligen Humanismus«, zu dessen Verwirklichung er Bundesgenossen in *beiden* Lagern suchte; deshalb sein Bestreben, ein totalitäres Regime, das beanspruchte, durch die Betonung des Sozialen zur Beförderung von Menschlichkeit beizutragen, auch dann noch – im Namen der Vernunft – vom per se barbarischen Faschismus abzuheben, wenn die Praxis beider Systeme bereits bedrohliche Ähnlichkeiten aufwies: »Wenn auch der Kommunismus den Frieden will – und ich glaube, daß er ihn will –, so sollte er alles tun, um einem Humanismus Vorschub zu leisten [verbessert aus ›einem in der Welt noch halbwegs lebendigen Humanismus Beistand und Stärkung zu leisten‹], und Rechtfertigung zu gewähren, der, ohne an das kommunistische Credo gebunden zu sein, sich dem militanten anti-Kommunismus verweigert und für den Frieden einsteht, indem er es der Zeit – der von sittlicher Arbeit der Völker an sich selbst erfüllten Zeit – anheimgibt, die Gegensätze auszugleichen und zu höherer Einheit aufzuheben, die heute in scheinbarer Unversöhnlichkeit zwischen den Welthälften klaffen, während doch die sie bewohnenden Völker im Grunde alle den gleichen Problemen und Aufgaben verpflichtet sind. Der Kommunismus, sage ich, sollte alles tun, diesem friedenswilligen Humanismus Hilfe zu leihen und so weit nur immer möglich alles vermeiden, was seinen Einfluß lähmen könnte. Der Kommunismus hat – das ist die Wahrheit – *mit dem Faschismus die totalitäre Staatsidee gemeinsam*; aber er will doch wahrhaben, und wir möchten es mit ihm wahrhaben, daß sein Totalitarismus sich von dem faschistischen himmelweit unterscheidet, einen ganz anderen ideologischen Hintergrund, ganz andere Beziehungen zum Menschheitsgedanken hat, und darum sollte er Sorge tragen, jede Möglichkeit der Gleichsetzung und geflissentlichen Verwechslung auszuschließen, sollte [...] *Kruditäten und formlose Grausamkeiten meiden, die ihn äußerlich, für das Auge, aber das heißt: praktisch, auf das Niveau des Faschismus herabsetzen, und nach ihrer innersten Natur, ihrer psychologischen Wirkung nicht dem Frieden dienen,* sondern nur helfen, eine ohnehin schon weitgehend demoralisierte, seelisch abgestumpfte und verhärtete Menschheit zum Kriege vorzubereiten.« (Die kursiv gesetzten Passagen sind von Ulbricht im Originalbrief am Rande angestrichen.)

Im Lichte dieser Utopie eines »friedenswilligen Humanismus« stellt

TM die in den Schicksalen der Gefangenen konkretisierte Inhumanität an den Pranger, in ihrem Namen bittet er um Gnade für die schuldig Gewordenen: »Glauben Sie nicht mit mir, daß alles, was auch nur indirekt dazu beitragen könnte, [...] Haß und Furcht zu mindern und das Bild der einen Seite der anderen weniger bedrohlich erscheinen zu lassen, – daß jede Geste der Milde und Menschlichkeit heute eine Tat für den Frieden, Trost und Unterstützung für alle wäre, die den Frieden wollen? Sie wissen vielleicht nicht, welches Grauen und welche Empörung [...] jene Prozesse mit ihren Todesurteilen – denn es sind lauter Todesurteile – auf dieser Weltseite hervorgerufen haben, wie nutzbar sie sind dem bösen Willen und wie abträglich dem guten. Ein Gnadenakt, großzügig und summarisch, [...] das wäre eine solche gesegnete, der Hoffnung auf Entspannung und Versöhnung dienende Geste, eine Friedenstat. Nutzen Sie Ihre Macht, um diesen Gnadenakt herbeizuführen! Darum bittet, das rät Ihnen ein alter Mann, in dessen Denken und Dichten die Idee der Gnade längst bestimmend hineinwirkt. Das deutsche Wort ›gnadenlos‹ hat einen eigentümlich doppelten Sinn. Es bedeutet zugleich ›unbarmherzig‹ und ›unbegnadet‹. Unbegnadet ist der starre Wahn, allein die ganze Wahrheit und das Recht auf unerbittliche Grausamkeit zu besitzen. Wer aber Gnade übt, der wird Gnade finden« [ursprünglich ›dem wird Gnade werden‹].
Das Tagebuch vom 16. 6. 1951 weist aus, daß Thomas Mann seinen Brief am 15. 6. 1951 beendete und ihn am selben Abend im Familienkreise zur Diskussion stellte. Die in diesem Eintrag annoncierten »Tilgungen« sind in der Handschrift erkennbar. Sie betreffen Passagen, die sich eindeutig gegen die Politik der USA richteten und somit unzweifelhaft unter die Rubrik »im Ausland nicht zu sagen« fielen. Die erste ist von Thomas Mann selbst ohne erkennbaren fremden Einfluß vorgenommen. Sie betrifft das Ende des letzten Satzes N. R. a.a.O., 6. Der gestrichene Text ist durch ⟨...⟩ bezeichnet. Der ursprüngliche Passus lautete »Es sind schwere Aufgaben [die das Gebot der Weltstunde an die Völker stellt], und jedes Volk sollte sich seinen eigenen widmen, seine Energieen sollten nach innen gewandt sein, nicht nach außen; sie sollten moralisch sein und selbstdisziplinär, nicht politisch ausgreifend und imperialistisch. Die machtpolitischen Antagonismen und Ambitionen, so sehr sie sich in ideologisch-messianischem Aufputz gefallen, sind fehl in der Zeit, sind wider das

Gebot ⟨; die verwüstenden Befreiungsaktionen bei anderen, die kriegerischen Unternehmungen zur Erzwingung [geändert aus ›im Namen‹] des Friedens und zur Erlösung fremder Völker von irgendeinem Joch sind es ebenfalls. Das alles fördert nur die Verwilderung und Verrohung, die Abstumpfung gegen die Leiden des Einzelnen und Millionen Einzelner, die allgemeine⟩ Entsittigung, von der ohnedies die Menschheit in ihren Übergangsnöten und Anpassungswehen bedroht ist.« (Druckfassung: »und was sie ins Werk setzen, kann nur die Entsittigung fördern, von der ohnehin ...«)
Die zweite Tilgung erfolgte am Ende des zweiten Absatzes N. R. a.a.O., 7. Hier ist der gesamte neue Text bis zum Absatzende von Erika Mann vorformuliert. Ursprünglich hatte Thomas Mann geschrieben: »Ich bin nach meiner Erziehung und Überlieferung, nach meiner ganzen geistigen Formung kein Kommunist. Daß ich kein Anti-Kommunist bin, nimmt man mir in meiner Sphäre, der bürgerlichen, bitter übel. Ich bin es aber darum nicht, weil mir der rabiate Anti-Kommunismus eine sehr schlechte Medizin gegen die Mutationsschmerzen der Zeit zu sein scheint; weil er eben nur ein ›Anti‹ ist und seine Wut zum guten Teil daher rührt, daß er das weiß, und daß er *nicht* weiß, welchem ›Pro‹ diese Wut nun eigentlich geweiht ist. ⟨Man sagt, der Freiheit. Aber gerade die Freiheit hat unter dem Druck [verbessert aus ›der Forderung‹] eines geforderten Notstands-Konformismus und der Gedankenkontrolle schon schwer gelitten, sie ist tatsächlich durch den Antikommunismus in vollem Abbau begriffen, und eine bedenklich fließende Linie nur trennt diesen vom Faschismus, mit dem zu liebäugeln, mit dem außenpolitische Freundschaft zu halten und gemeinsame Sache zu machen, die Demokratie sich eben durch ihren rot sehenden, angstblinden [verbessert aus ›blindwütigen‹] Antikommunismus verführen läßt. Man unterstützt aber den Faschismus, diese gemeinste Ausgeburt aller politischen Geschichte, nicht in der Außenwelt, ohne auch im Inneren seinem mörderischen Ungeist zu verfallen. Er ist die seelische Vorbereitung in das schauerlich [geändert aus ›wahnsinnigste‹ und ›abgründigste‹] uferlose und entmenschende Abenteuer des allgemeinen Krieges.⟩«
Diese Striche zeigen mit großer Deutlichkeit, daß TM dem von ihm proklamierten »friedenswilligen Humanismus« auch persönlich, als Schreibender, gerecht werden wollte. Er wollte die Dinge beim Na-

men nennen, aber die Waagschalen sollten sich nicht zugunsten einer Partei senken. Den gestrichenen Amerika-kritischen Passagen entspricht eine Tilgung, die deutlich macht, daß das Festhalten des Briefschreibers am humanistischen Ideal des Kommunismus noch lange keine Fraternisation mit dessen real existierenden Exponenten bedeutete: Die ursprüngliche Anrede »Sehr verehrter Herr Ministerpräsident« wurde in »Herr Ministerpräsident« geändert.

Die restlichen Varianten betreffen lediglich stilistische Verbesserungen, zeigen aber durch ihre Vielzahl, wie skrupulös TM an seinem Text gearbeitet hat und wie sehr es ihm dabei auf die optimale, eindeutige Formulierung ankam.

Die Handschrift befindet sich – zusammen mit der Kopie des abgesandten Schreibens – im Zürcher Thomas Mann-Archiv. Die Tatsache, daß sich dort auch noch eine Fassung des Textes ohne Briefkopf und Adressatenangabe sowie ein 24. 6. 1951 datiertes Schreiben an Judith Heller, eine Freundin Helen Lowe-Porters, fand, in dem Thomas Mann um eine Übersetzung des Ulbricht-Briefes bat, weil es ihm lieb sei, den Text auch auf Englisch bei seinen ›files‹ liegen zu haben – all dies (sowie die sorgfältige Aufbewahrung der englischen Version) legt die Vermutung nahe, daß TM sein Schreiben in einer doppelten Absicht verfaßt haben könnte: als Appell an die kommunistischen Machthaber und – was angesichts der sich häufenden öffentlichen Verleumdungen als Kommunist oder, bestenfalls, als Sympathisant naheliegend wäre – zur eventuell notwendig werdenden Verteidigung seiner selbst in den USA.

Eine englischsprachige Veröffentlichung des Briefes ist – jedenfalls zu TMs Lebzeiten – nicht nachweisbar; auch eine deutsche nicht. TM ist seiner im Eingangssatz geäußerten Absicht, sich »privat und persönlich an den mächtigen Staatsmann« zu wenden, treu geblieben. Die Mitwelt wußte nichts von dem Schreiben, das auch der Empfänger verständlicherweise nicht publizierte.

Ulbricht ließ allerdings Kopien anfertigen. Eine von ihnen gelangte offensichtlich in das Thomas Mann-Archiv der Akademie der Künste der DDR. Von dort nahm sie der Leiter dieses Archivs, Alfred Kantorowicz, 1957 bei seiner Flucht mit in den Westen und veröffentlichte am 15. Juni 1963, fast zwei Jahre nach dem Mauerbau also, große Auszüge daraus in der ›Welt‹. Allerdings irrte Kantorowicz, wenn er in einem Rundfunkkommentar unterstellte: »Ulbricht wird nur höhnisch und verständnislos gelacht haben, wenn der Dichter ihm in hoher Sprache verständlich zu machen suchte, daß das weitere Absinken des ›intellektuellen und moralischen Niveaus‹, daß das ›Vergessen der Menschlichkeit‹ und ›seelischer Werte, Rechtssinn, Güte, Duldung‹ in einer ›Nacht der Barbarei‹ [alles Zitate aus TMs Schreiben] unabsehbare, tödliche Gefahren für die Existenz der Menschheit selbst herausfordere.« Ulbricht hat mitnichten gelacht. Dazu war die Sache für ihn viel zu ernst: ein Brief des umworbenen Thomas Mann war in der DDR ein Politikum ersten Ranges. Als solches ist er dann auch behandelt worden. Die im früheren ›Archiv für die Geschichte der Arbeiterbewegung‹ gesammelten Dokumente erlauben trotz ihrer Spärlichkeit, die Reaktionen des Empfängers jedenfalls in Umrissen zu rekonstruieren.

Den ersten Hinweis gibt ein kurzes, inoffizielles Schreiben von Walter Ulbricht an den »Genossen Staatssekretär Erich Mielke, Berlin«. Es ist datiert 4. 7. 1951 und hat folgenden Wortlaut: »Lieber Genosse Mielke! In der Anlage Abschrift eines Briefes von Thomas Mann. Ich bitte um genaue Angaben über jeden der im Brief angeführten Fälle, damit ich Herrn Thomas Mann antworten kann. Mit sozialistischem Gruß! Walter.«

Ulbricht hat also durchaus eine Antwort erwogen und sofort nach Erhalt des Schreibens begonnen, die dafür nötigen Unterlagen anzufordern.

Wie ernst es ihm mit diesem Vorsatz war, und wie hoch er die Brisanz der Angelegenheit einschätzte, kann man daraus ersehen, daß er noch am selben Tag die sowjetische Schutzmacht von dem Wortlaut des TMschen Schreibens in Kenntnis setzte. Adressat war ein nicht näher bezeichneter »Genosse Semitschastnow« – vermutlich ein Offizier der Kulturadministration. »Werter Genosse Semitschastnow! Der bekannte Schriftsteller, Herr Thomas Mann, hat an mich als Stellvertretenden Ministerpräsidenten den in Abschrift beiliegenden Brief gerichtet. Ich übermittle Ihnen diesen Brief zur Information und werde eine gründliche Antwort ausarbeiten. Mit bestem Gruß! W. Ulbricht.«

Leider ist eine Antwort der Russen nicht vorhanden, so daß für diesen Sektor keine weiteren Vermutungen oder gar verbindlichen Aussagen mehr möglich sind. Hingegen lassen sich Mielkes Bemühungen noch ein Stückchen weiter verfolgen, da ein Dokument erhalten ist, das,

datiert Berlin, den 6. 7. 1951, auf 1½ DIN-A 4-Seiten »Angaben über die im Brief genannten Personen« macht: Name, Wohnort, ausgeübter Beruf, dann der verschieden umfangreiche Auszug aus der Urteilsbegründung nach dem Schema: »[X] hat die nationalsozialistische Gewaltherrschaft unterstützt. Des weiteren war er in der SS. aktiv tätig. Hauptverbrecher nach KG. 10, Art. II, Ziff. 1 und 2./ 18 Jahre, Strafbeginn 10. 2. 1950«, Angabe des Lagers; oder »Wegen illegalem Grenzübertritt und Spionage am 31. 12. 1949 zu 25 Jahren Arbeitslager verurteilt. Sitzt in [Y] ein« usf. Unter 5) und 6) wird mitgeteilt, »daß der Bruder von Annemarie Loh, der 15 Jahre Zuchthaus in Waldheim haben soll« »unter dem Namen Loh nach Durchsicht aller Unterlagen nicht auffindbar« sei, und »der mit Nachnamen ›Fritz‹ Genannte, wegen westlicher Propaganda [zu] 25 Jahre[n] Arbeitslager in Bautzen« verurteilt, »ebenfalls nicht auffindbar« ist.
Das letzte Dokument, eine kurze Antwort von Mielke beziehungsweise von seinem Büro: ein winziger Zettel im Format 11 x 6 cm, datiert 20. 8. [1951], »Betr. Antwort an Thomas Mann«, ist schwer zu bewerten. Der fünfzeilige Text läßt Ulbricht wissen: »Genosse Mielke teilte auf Anfrage mit, daß er den größten Teil des gewünschten Materials zusammen hat, einen Teil können sie nicht finden, weil die Angaben nicht konkret genug sind.«
Ob Ulbricht angesichts der mageren Informationen vom 6. 7. noch einmal nachfragte und die Auskunft wiederum nichts Neues ergab, oder ob eine zweite Behörde trotz langwieriger Recherchen (immerhin waren seit der Anfrage des Ministerpräsidenten 6 Wochen vergangen) auch nichts anderes zutage förderte: darüber läßt sich nur spekulieren. Die richtige Deutung ist indes auch ohne Belang angesichts der traurigen Geschichte, die aus den anderen Dokumenten und aus der Tatsache ablesbar ist, daß zumindest Arnold Bacmeister – vermutlich aber auch die anderen, wenn sie die Gefangenschaft denn überlebten – erst 1955 aus der Haft entlassen wurden.
Die verfügbaren Unterlagen lassen weiterhin den Schluß zu, daß Walter Ulbricht – entgegen seiner ursprünglichen Absicht – Thomas Manns Brief nicht beantwortet hat. Weder im Zürcher noch im Berliner Archiv existieren – über das Zitierte hinaus – Hinweise auf eine Antwort; und auch das Tagebuch erwähnt mit keiner Zeile den Empfang eines Schreibens des Ministerpräsidenten oder einer seiner Behörden.

72 4] *an Käte Rosenberg, Belzner, Weber:* Alle drei Schreiben sind nach Reg. IV, 589, verschollen.
5] *Oktett von Schubert:* Von Franz Schuberts Oktett F-Dur für Streicher und Bläser, op. 166 (1824) fand sich keine Aufnahme in TMs Plattennachlaß.

11. 6. 1951

72 1] *Prof. Zweigler:* Vermutlich ist der Jurist Konrad Zweigert (geb. 1911), 1951 Professor für Internationales und Privatrecht in Tübingen, gemeint.
2] *an Rob. Weil:* An Robert K. E. Weil, P. P. 11. 6. 1951, Reg. IV, 51/287; D. ü. D. II, 534.
3] *»TM's Writings on G.«:* S. TB 5. 6. 1951, Anm. 2.

15. 6. 1951

72 1] *Tilgung einiger Stellen:* S. TB 10. 6. 1951, Anm. 3.
2] *Guérards Buch über Gide:* Albert J. Guérard, ›André Gide‹, Harvard University Press, Cambridge, Mass. 1951. Ein gebundener Fahnensatz mit Anstreichungen TMs befindet sich in der Zürcher Bibliothek.
3] *Guérard:* Der Anglist der Universität Harvard, Albert Joseph Guérard (geb. 1914).
4] *Manuskript:* Eberhard Hilscher, ›Thomas Manns Goetheroman ‚Lotte in Weimar'‹. Typoskript im TMA.
5] *Hilscher:* Der Romancier, Essayist und Literarhistoriker Eberhard Hilscher (geb. 1927).
6] *an [...] Waldemar:* An Charles Waldemar, P. P. 15. 6. 1951, Reg. IV, 51/294. S. dazu TB 2. 6. 1951, Anm. 9.
7] *Heranziehen des »T.i.V.«:* Im 2. Kapitel ›The Spiritual Autobiographies‹ (in TMs Fahnen-Exemplar Fahne 40) heißt es: »Mann's Gustav von Aschenbach und Gide's Michel [aus ›Les nourritures terrestres‹] are driven of course by their latent homosexuality. But both men first oppose in themselves a love of savage life and anarchy for its own sake.« TM hat sich diese Stelle am Rand angestrichen.

16. 6. 1951

73 1] *Tauber:* TM besaß einige Schallplatten mit Aufnahmen von Richard Tauber (1891–1948), u.a. eine mit Operettenarien der zwanzi-

ger Jahre, eine mit Liedern von Schubert und Schumann (begleitet von Percy Kahn) und eine mit deutschen Volksliedern (begleitet von Mischa Spoliansky). S. TM an Mrs. Robert Bolster, P. P. 25. 11. 1949, Reg. 49/581: »[. . .] finally I am glad to answer your question after the singer on the old ›Lindenbaum‹ record mentioned in the ›Magic Mountain‹. Your guess is absolutely correct. The rendition was given by Richard Tauber, a Lieder singer of great taste, and though this excellent tenor turned his art to much that is inferior, he nevertheless also gave an inspired and faithful singing and acting performance of Tamino in Mozart's ›The Magic Flute‹.« (Kopie im TMA)

2] *Roswange:* In TMs Nachlaß fanden sich verschiedene Platten mit Opernarien, gesungen von dem deutsch-dänischen Tenor Helge Rosvaenge (1897–1972).

3] *aufgegriffen:* Eugene Tillinger, ›Thomas Mann and the Commissar‹, ›The New Leader‹, vol. XXXIV, No. 25 v. 18. 6. 1951, 6–8: der Angriff eines Mannes, der seine bisherigen Anwürfe durch TMs Glückwunschschreiben an Becher, das auf englisch und in einem deutschen Nachdruck der Publikation im ›Neuen Deutschland‹ (›Der Tag wird kommen / Von Thomas Mann‹) wiedergegeben wird, auf das schönste bestätigt sah: »Thus spoke Thomas Mann. I have purposedly reproduced the entire text of this unique letter, as it appears in the German Communist press, so that Thomas Mann cannot claim, as he usually does, that some sentences have been taken out of context.« Um der Angelegenheit zusätzliches Gewicht zu geben, publizierte Tillinger noch zwei Stalin verherrlichende Gedichte von Becher sowie – um zu zeigen, daß TM »has not always been an apologist for the Soviet regime« – einen Brief an das von Roger Baldwin präsidierte ›International Committee for Political Prisoners‹ aus dem Jahre 1925 (Reg. I, 25/53): »I wish you every success in your humanitarian enterprise aimed at softening the inhumanity which the Russian government practices [. . .] [and] authorize you to make every use of these lines which you may consider necessary.« Tillingers Fazit: »Thomas Mann's outburst extolling the notorious Stalinist agent Becher is beneficial to at least this extent: It explodes, once and for all, the great myth of Mann as a ›loyal fighter for democracy‹ and opponent of totalitarianism.«

17. 6. 1951

73 1] *Wunschvolle Zeitungsnachrichten:* Die LAT berichteten am 17. 6. 1951, part I, 24:2,3 von Sendungen einer russischen Untergrund-Radiostation, die erstmalig am 12. März mit der folgenden Botschaft zu hören gewesen sei: »You are listening to the underground radio station of Free Russia. This is the road of freedom. This is the start of the national revolution.« Das Programm sei in russischer Sprache in der UdSSR und in Ostdeutschland ausgestrahlt und seither mehrfach empfangen worden.

2] *an Knopf:* An Alfred A. Knopf, P. P. 17. 6. 1951, Reg. IV, 51/296.

18. 6. 1951

74 1] *Französische Wahlen:* Bei den Wahlen zur französischen Nationalversammlung ging die R. P. F. von General de Gaulle als Sieger hervor. Die Kommunisten verloren gegenüber 1946 nur 2,2% der Stimmen, erhielten aber, bedingt durch das komplizierte, sowohl gegen die Gaullisten als auch gegen die Kommunisten gerichtete neue Wahlrecht, statt bisher 181 nur 104 Sitze.

2] *Mc Carthy's [...] Rede:* Unter Zuhilfenahme von Zitaten aus 20 Büchern versuchte der republikanische Senator Joseph McCarthy in einer Mammutrede von nahezu drei Stunden zu beweisen, daß US-Verteidigungsminister George C. Marshall als ›Chief of Staff‹ während des Zweiten Weltkrieges und danach gemeinsame Sache mit Stalin gemacht und dabei den Frieden verspielt habe. McCarthy ließ durchblicken, sowohl Marshall als auch Acheson hätten sich des Komplotts zur Schwächung der USA mit dem Ziel einer eventuellen Eroberung durch die Sowjetunion schuldig gemacht. Präsident Truman sei sich über die in seinem Namen durchgeführten Aktivitäten der beiden nicht im klaren gewesen.

3] *Demonstrationsmarsch:* Die von der Frankfurter Allgemeinen Zeitung gedruckte AP-Nachricht meldete nichts von ›Zusammenschlagen‹, sondern berichtete lediglich, daß die rund 2500 Anhänger der Freien Deutschen Jugend, die mit ca. 40 Autobussen aus allen Teilen der Bundesrepublik zusammengekommen waren, um vor dem alliierten Hauptquartier auf dem Petersberg gegen die Remilitarisierung Westdeutschlands zu demonstrieren, von einem ›mehrere hundert Mann zählenden Aufgebot deutscher Polizei wieder in ihre Autobusse verladen‹ worden seien.

4] *deutsche Kritiken:* S. dazu den TB 13. 5. 1951, Anm. 4 nachgewiesenen Brief an Emil Belzner: »Ich freue mich, dass Sie es mit dem ›Erwählten‹ so freundlich vorhaben. Bermann hat mich eine ganze Menge deutsche Besprechungen lesen lassen – es war eine recht widerwärtige Lektüre, und eigentlich nur aus psychologischer Neugier habe ich sie durchgeführt. Es fehlt da meistens an Mut zum eigentlichen Verriss, aber ein Scheelblick und eine hämische Quängelei sind da, ein dummer Hohn über ›das grosse, lang erwartete Ereignis‹, eine willentliche Versperrtheit und hartnäckige Unempfindlichkeit, kurz, ein Mangel an Gutartigkeit – es ist geradezu interessant, nur etwas deprimierend. [. . .] Diese ›Engerlinge der Literatur‹, wie ein Schweizer Freund sie nannte, müssen schmälen und die fromme Einfalt der Legende gegen mich verteidigen, der ich ›in der Welt des Wunders nie zu Hause‹ war. Mit einem Wort, es sind lauter Nazis, die dank der Gunst (der Ungunst) der Zeiten wieder von sich hören lassen dürfen. Schliesslich werfen sie mir noch Verhunzung der deutschen Sprache vor, was nun wirklich, wie alles steht und liegt, der Gipfel komischer Unverschämtheit ist.« (Kopie im TMA)

5] *Borgeses Artikel:* In der Zeitschrift ›Il Mondo‹ ließ sich kein Artikel von Borgese nachweisen. Vermutlich ist die Besprechung ›L'ultimo Thomas Mann‹ im ›Corriere della Sera‹ vom 5. 6. 1951, 3 gemeint.

6] *»4 Days before Noon«:* TM meint den 1950 unter der Regie von John Boulding in Großbritannien gedrehten Film ›Seven Days to Noon‹; »a first rate thriller that does not pretend to a serious message, but yet will leave a query in the mind.«

19. 6. 1951

1] *Besuch von der F.B.I.:* Besuche von Mitarbeitern des Federal Bureau of Investigation, des amerikanischen Nachrichtendienstes, waren im Hause Mann keine Seltenheit. Die Tagebücher beweisen, daß der F.B.I. mehrfach sowohl bei Erika Mann als auch bei ihrem Vater Erkundigungen einzog, über die im Familienkreis offen gesprochen wurde und die Thomas Mann – gelegentlich sogar mit dem Fazit seiner Auskünfte (»Vor 12 Uhr Besuch von FBI-Gentlemen in Sachen Faber du Faur. Ungünstig geäußert«, 24. 10. 1944) – dem Diarium *74* anvertraute. Offizieller Anlaß für derlei Besuche waren, zumindest während des Krieges, meistens Recherchen über Emigranten, die sich um die amerikanische Staatsbürgerschaft beworben hatten. – So jedenfalls lautete bis vor kurzem die offizielle Lesart. Indessen hat der Literarhistoriker an der University of Florida, Alexander Stephan, in der Zeitschrift ›ndl. neue deutsche literatur‹, Berlin, Jg. 41, H. 487. 7/93, S. 124–142, einen Essay ›Die Akte Erika Mann‹ publiziert, der an Hand von – allerdings unvollständig und zufällig freigegebenen – FBI-Akten belegt, daß Erika Mann seit dem Frühsommer 1940 bis zu ihrer Übersiedlung nach Europa im Spätsommer 1952 »freiwillig« den US-Geheimdienst mit Informationen über Mit-Emigranten (s. vorliegenden TB-Eintrag und Anm. 2) versah – sehr bald allerdings auch selbst in die Phalanx derer geriet, über die man bei dieser Behörde Auskünfte sammelte (s. TB 23. und 24. 10. 1951). Zur Auseinandersetzung mit Stephans These s. Hans Rudolf Vaget, ›Nirgendwo Verrat‹, ›Frankfurter Allgemeine Zeitung‹, 29. 7. 1993, 21, und Inge Jens, ›Keine Agentengeschichte‹, ›Süddeutsche Zeitung‹, München, 23. 7. 1993, 11.

74 2] *in Sachen Angell – B. Uhse:* Joseph Angell und seine Frau Mary Jean hatten, »weil sie [für die ›spanische Sache‹] sonst nichts tun konnten«, Bodo Uhse Quartier gegeben, als er im Mai 1939 in den USA eintraf. Uhses Briefe an Almuth Heilbrunn (Bodo Uhse, ›Reise- und Tagebücher‹, Bd. 1, Berlin, Aufbau-Verlag, 1981, 405–469) belegen das Zusammensein auch mit Klaus und Erika Mann in New York sowie die Reise, die er im Gefolge der Angells nach Kalifornien unternahm, wo Angell seine Stelle im Pomona College antreten mußte, während Uhse auf sein Einreisevisum nach Mexiko wartete. Die Biographie des Schriftstellers Bodo Uhse (1904–1964) läßt es sehr plausibel erscheinen, daß das FBI sich für ihn interessierte: 1921 Kapp-Putsch-Beteiligter, später dann NSDAP-Mitglied (Anhänger des Strasser-Flügels), von 1927 bis 1930 Redakteur nazistischer Zeitungen. Nach Parteiaustritt, 1930, Zusammenarbeit mit der Bauernbewegung, dann Eintritt in die KPD. 1933 Emigration nach Paris, 1934 Aberkennung der deutschen Staatsbürgerschaft, 1936–1938 Teilnahme am spanischen Bürgerkrieg, 1939 Emigration in die USA, von dort, 1940, weiter nach Mexiko, wo er bis zu seiner Rückkehr nach Ostberlin, 1948, als Redakteur der Exilzeitschrift ›Freies Deutschland‹ arbeitete. In der DDR war Uhse zunächst beim ›Auf-

bau‹, später als Chefredakteur von ›Sinn und Form‹ sowie in verschiedenen kulturpolitischen Funktionen tätig.

3] *an Neumann:* An Alfred Neumann, P. P. 19. 6. 1951, Reg. IV, 51/302; TM/AN 93/94.

4] *[an] die Herz:* An Ida Herz, P. P. 19. 6. 1951, Reg. IV, 51/300: Dank »für den regelmässig eintreffenden N. S.and N., [. . .] dessen Lektüre mir immer ein rechter Comfort ist«.

5] *[von] Braungart:* Von Richard Braungart, München, 15. 5. 1951: »Ich besitze fast alle Bücher von Ihnen und habe mir im Laufe der Zeit ein kleines Archiv von Aufsätzen und Rezensionen angelegt, die sich mit Ihrer Person und Ihren Büchern beschäftigen. Nun möchte ich gern ein paar Bücher über Sie kennenlernen [. . .] [und] bitte Sie, mir ein paar Titel und Verlage von Büchern über Sie mitzuteilen, die Sie selbst für gut halten und mir also empfehlen können.« (TMA)

20. 6. 1951

1] *Antiquar Rosenthal:* Der Kunsthistoriker und Kunsthändler Dr. *75*
Erwin Rosenthal (1889–1981), der 1933 in die Schweiz, später nach Kalifornien emigriert war.

2] *Anzeige des »Erwählten«:* Nicht ermittelt

3] *›Daily News‹:* Im Manuskript steht nur »Dayly«.

4] *Mitteilung:* Der Bericht in den ›Los Angeles Daily News‹ konnte nicht ermittelt werden. Nachprüfbar war hingegen das Original-Statement des kalifornischen Kongreß-Abgeordneten, der nicht Johnson, sondern Donald L. Jackson hieß. Es ist protokolliert im ›Congressional Record – House‹ vom 18. 6. 1951, 6844: »Mr. Speaker, Mr. Thomas Mann, the eminent German author, is one of the world's most renowned literary luminaries and a resident of the district which I have the honor to represent. On the rise of Adolf Hitler, Mr. Mann sought and was granted political refuge in this country. It was presumed that in seeking sanctuary Mr. Mann sought not only to escape the slavery which Hitlerism would have imposed upon artists and other independent thinkers everywhere, but every other form of degradation and intellectual bondage as well./ However, with the passage of the years, it has become increasingly evident that the Stalinist form of physical and mental bondage holds no terrors for my distinguished constituent. To the contrary, Mr. Mann has become one of the world's foremost apologists for Stalin and company. Politically,

Mr. Mann indicates a preference for those on the far left, and he rarely misses an occasion to eulogize the mental strait-jacket performances of fellow apologists./ On May 22, 1951, Mr. Mann sent warm and cordial birthday greetings to an east-German Stalinist literary hack by the name of Becher. Mr. Becher's chief claims to fame would appear to be his consistent ability to tongue the boots of his political superiors. An example of Becher's literary capacity and intellectual honesty appears at par when he says: ›How happy must be the letter T as it is permitted to form a letter in the name of Stalin‹./ While none will deny that Mr. Mann is a literary giant, many will question his good judgment and his political wisdom. Some may even go so far as to question his loyalty to the principles of personal freedom of action under the law. Mr. Mann, under the laws governing our free society here in these United States, has the high privilege of existence under the Stars and Stripes. He is permitted a sacred and envied space in the ranks of free men and women who are devoted to individual liberty, and who mean to maintain that liberty at the cost of what Winston Churchill called blood, sweat and tears. Thousands of lives have already been lost in the mortal struggle against international communism and the leaders of that godless crusade. Mr. Becher is an artist whose devotion to Stalin and to communism is unquestioned and universally accepted. The American people do not share Mr. Mann's high regard for Mr. Becher, and the way of life to which he pays such high tribute. Our eminent guest within the gates of what we Americans consider to be a land of liberty and justice, will do well to lard his obvious sympathies for Communism and Communists with a few stripes of common sense and common gratitude. Mr. Mann should remember that guests who complain at the table of their hosts are seldom invited to another meal./ Mr. Speaker, I ask unanimous consent to include in the Appendix of the Record an article appearing in the June issue of the New Leader magazine, titled ›Thomas Mann and the Commissar‹. The article by Eugene Tillinger [s. TB 16. 6. 1951, Anm. 3] should receive the thoughtful consideration of every citizen dedicated to the maintenance of intellectual honesty and moral integrity.« – Der Tillinger-Artikel wurde im Appendix, A 3821 in extenso abgedruckt.

21. 6. 1951

1] *Gide-review:* S. TB 30. 6. 1951, Anm. 1. 75

2] *von Fritsch:* Von Stephen Fritchman, Glendale, 20. 6. 1951: »Just a word of understanding and strong support as you receive this criminally irresponsible criticism in the newspapers and endure Rep. Jackson's infantile efforts to prove his ›Americanism‹. Your dignity and impressive achievements make their efforts fruitless to destroy either your character or your work, but it seems more than flesh and blood should have to bear . . . for you have to endure this prosecution twice, and ironically enough in a land of freedom to which you came believing such brutality of spirit was being left behind./ Your loyalty to your friends and your public, whatever their politics, is continuing inspiration to all of us.« (Im TMA)

22. 6. 1951

1] *Erika berichtet:* Die ›Pacific Palisades Post‹ hatte in ihrer Ausgabe 75
vom 1. 6. 1951, 3, den von Erika Mann hier vermutlich gemeinten Bericht publiziert: »Pacific Palisades novelist Thomas Mann was attacked for his alleged sympathies with Red Communism this week both in an article by Eugene Tillinger appearing in the June issue of ›New Leader‹ and by Rep. Donald L. Jackson on the floor of the House of Representatives./ Tillinger made the charges that Thomas Mann had written a letter to the East German cultural director, Johannes R. Becher, praising him for his ›patriotic‹ Communism./ Mrs. Mann acknowledged that her husband had written a personal letter of birthday congratulations to Becher, ›such as many other non-Communist and anti-Communist German writers had written‹./ She denied emphatically, however, that the letter could be interpreted to mean that her husband shares Becher's political convictions./ Rep. Jackson, in a speech to the House, declared: ›Mr. Mann has become one of the foremost apologists for Stalin and Co. Thousands of lives already have been lost in a mortal struggle against international Communism and the leaders of that Godless crusade. Mr. Mann would be well advised to put himself on the side of the free men as opposed to tyranny and injustice.‹«

2] *Congr. Record:* S. TB 20. 6. 1951, Anm. 4. 76

3] *Jean Jacques-Roman:* Lion Feuchtwanger, ›Narrenweisheit oder Tod und Verklärung des Jean-Jacques Rousseau‹, Frankfurt am Main 1952. In der Zürcher Bibliothek.

23. 6. 1951

76 1] *Nachricht von einem schlimmsten Artikel:* ›The Company He Keeps‹, ›Time‹, 25. 6. 1951, 27: Im wesentlichen eine »Kurzfassung« des ›New Leader‹-Artikels (s. TB 16. 6. 1951, Anm. 3) mit dem bekannten Tenor: »Thomas Mann, one of the century's authentic literary giants, often uses his famous name for causes that have nothing to do with literature.« Lediglich der Schluß, Statements von Katia und Erika Mann, ist neu: »In Pacific Palisades, Calif., where Mann, now a U. S. citizen, is completing a new novel, his wife explained that her husband does not share Becher's political views but ›is convinced of Mr. Becher's idealism‹. Said daughter Erika ›Father feels badly that it is not possible to write a letter to a man any more without stirring up this kind of thing‹.«

2] *an Kahler:* An Erich von Kahler, P. P. 23. 6. 1951, Reg. IV, 51/308; Br. III, 213 (fragmentarisch); Bl. TMG 10, 1970, 53.

3] *zum Tode Brochs:* Der 1938 in die USA entkommene österreichische Erzähler und Essayist Hermann Broch (geb. 1886), ein enger Freund Erich von Kahlers in Princeton, war am 30. 5. 1951 gestorben.

4] *[an] Car. Newton:* An Caroline Newton, P. P. 23. 6. 1951, Reg. IV, 51/309; TM/CN 52/53.

24. 6. 1951

Das Datum ist mit roter Tinte hervorgehoben, ohne daß ein Eintrag erfolgte.

27. 6. 1951

76 1] *Cease fire-Redereien:* Der sowjetische Diplomat Jakow Alexandrowitsch Malik (1906–1980), von 1948–1953 Botschafter seines Landes bei den Vereinten Nationen, hatte am 23. 6. eine fünfzehnminütige Anklagerede gegen die USA überraschend mit dem Vorschlag für einen Waffenstillstand entlang dem 38. Breitengrad als Voraussetzung für einen Rückzug der Streitkräfte beider Seiten beendet, der in den folgenden Wochen zu intensiven Diskussionen innerhalb der UN führte.

2] *Schrift der Quaker:* Nicht ermittelt.

3] *»Le temps dans l'oeuvre de T. M.«:* Geneviève Bianquis, ›Le temps dans l'oeuvre de Thomas Mann‹, ›Journal de Psychologie normale et pathologique‹, vol. 44, 1951, 356–370. Die französische Germanistin Geneviève Bianquis (1886–1972) hatte verschiedene Werke Thomas Manns übersetzt.

4] *Besprechung [...] von Boucher:* Maurice Boucher, ›Lettres allemandes: ‚L'Élu'‹, ›Hommes et Mondes‹, Paris, vol. 22 (Juni 1951), 143–145.

30. 6. 1951

1] *Artikel für N.Y.T.B.R.:* Der Artikel, eine Besprechung des Buches 77
›André Gide‹ von Albert Guérard, erschien unter dem Titel ›Gide's Unending Search for Harmony‹ in der NYT vom 19. 8. 1951, VII, 1, 24/25. Die deutsche Fassung druckte die NSR, N. F., Jg. 19, H. 7, Nov. 1951, 437–444. Sie ist unter dem Titel *›André Gide‹ von Albert J. Guérard* in GW X, 802–810 aufgenommen.

2] *Artikel [...] von Borgese:* S. TB 18. 6. 1951, Anm. 5.

3] *[von] Simon u. Shuster:* Nicht unter den Dokumenten des TMA. S. jedoch TB 1. 7. 1951 und TM an Harry Slochower, P. P. 25. 11. 1951: »Es ist keine Rede von einem ›Werk über Goethe‹. Einen Augenblick, vorigen Sommer, *war* davon die Rede, als Harper's Magazine eine Serie von Aufsätzen über kritische Wendepunkte im Leben großer Männer plante. Mir wurde der Goethe-Beitrag vorgeschlagen, aber ich war nur sehr vorübergehend versucht, ihn zu liefern. J'ai vidé mon sac über dies Thema und ziehe es vor, gemächlich an den Krull-Memoiren weiterzuschreiben, – ohne recht überzeugt zu sein, daß ich sie diesmal vollenden werde.« (D. ü. D. III, 478)

4] *Ridgeway [...] beauftragt:* Nachdem die UN Kaesong als Ort für die Waffenstillstandsverhandlungen akzeptiert hatten, einigte man sich auf einen Austausch von Radiobotschaften zwischen den jeweils ranghöchsten Offizieren – auf UN-Seite General Matthew B. Ridgway, auf seiten der Kommunisten die Generale Kim Il Sung für die Nordkoreaner und Peng Te-huai für die Chinesen.

5] *an Borgese:* Das Schreiben an Giuseppe Antonio Borgese ist nach Reg. IV, 589, verschollen.

6] *[an] Prof. Bouchet:* So im Manuskript. – An Maurice Boucher, P. P. 29. 6. 1951, Reg. IV, 51/318.

7] *Korrekturen:* an III, 1. S. TB 24. 4. 1951, Anm. 1, und TB 23. 5. 1951, Anm. 1.

1. 7. 1951

77 1] *Novellen-Essay:* S. TB 30. 6. 1951, Anm. 3.

78 2] *Erasmus-Luther-Hutten-Plan:* Nicht ausgeführt. Zu dem Plan s. – neben den zum Thema gehörigen Tagebuchnotizen – den Brief an Erika Mann, P. P. 20. 5. 1951: »Sollte ich dann nicht mehr weiter wissen [bei der Arbeit am *Krull*], so will ich eine würdig-meisterhafte historische Novelle über Erasmus, Luther und Ulrich von Hutten schreiben – mit dem wir allerdings wieder bei der Syphilis wären. ›Er muß doch immer – – ‹« (Br. III, 207; D. ü. D. III, 560/561.) S. auch den TB 20. 8. 1951, Anm. 6 zitierten Passus aus einem Brief an Jonas Lesser.

3] *Änderungen:* Das Manuskript läßt die Änderungen der Kapitel III, 2 und III, 3 noch teilweise erkennen: Der Schluß des Blattes 126 – ursprünglich 115 – ist gestrichen. Der Anschluß an den Passus der letzten Zeilen von GW VII, 466: »⟨... des Austausches mit der Welt⟩« lautete in der ersten Fassung wie folgt: »...und ich hatte Mühe, der Versuchung zum vorzeitigen Ausbrechen zu widerstehen, der Lockung, mich in einen der Seitenpfade zu werfen, die sich wohl anboten, die man aber nicht genau genug auf ihr Wohin und wie weit prüfen konnte./ So war da ein hochgewachsener, vornehm grisonnierender...« Die Fortsetzung, ursprünglich wohl eine auf Blatt 116/117 notierte Kilmarnock-Fassung, fehlt; statt dessen ist auf einer halben Seite mit der Zählung 127 der später gedruckte Text notiert, der sich auf Blatt 128 – alte Zählung 118 – nach Streichung der zwei ersten Zeilen (»und eine so diskrete wie vernichtende Art hatte, Ungeschicklichkeiten des Personals nur im Vorbeigehen aus dem Mundwinkel zu rügen, – er also«) analog GW VII, 467, Z. 14 fortsetzt: »⟨[ließ] mich, auf eine Weisung der Direktion, wie ich annehmen muß, eines Vormittags zu sich rufen⟩«. Auch die Beschreibung von Krulls Servierdiensten (GW VII, 472/473) vor Beginn der Twentyman-Szene (GW VII, 474) scheint TM erhebliche Schwierigkeiten bereitet zu haben. Zwei ausgeschiedene Seiten, die sich im TMA erhalten haben und auf denen sich mit geringfügigen Änderungen der Drucktext 472/473 findet, sowie die Striche auf dem Manuskriptblättern 136/137 beweisen die im TB immer wieder erwähnten Umarbeitungen. Der noch erkennbare gestrichene Text der Blätter 136/137 (zu denken zwischen GW VII, 473, Ende des ersten und Beginn des dritten Absatzes »Um das Bild rein zu halten...«) lautet: »⟨denen, die es liebten, selbst vorzulegen,⟩ dieses in größerem Maßstabe bei dem um sieben Uhr einsetzenden und bis halb zehn oder länger dauernden [gestrichen: ›stets den Charakter eines Festessens habenden‹] Diner zu wiederholen und dabei dreimal am Tag in der Halle ausgedehnten Dienst zu tun. Hector hatte recht;/ Es war keine Pause zwischen dem von der Musik umwobenen Thee-Service und dem Diner, zu dem man in großer Toilette erschien, und das stets den Charakter eines Festessens hatte. Es war auch keine zwischen diesem und den Ansprüchen an meine Gewandtheit, meine Aufmerksamkeit, mein Gedächtnis, die mich nachher in der Halle erwarteten und die niemals vor 11 Uhr, oft erst gegen Mitternacht, endeten. Hector hatte recht: man ›schob mich vor‹, man nutzte das Wohlgefallen [verbessert aus ›die Sympathie‹] aus, ⟨das mir aus der überfütterten Luxusgesellschaft des Hauses [verbessert aus ›die das Publikum mir entgegenbrachte‹] entgegenschlug, will sagen: mich nutzte man aus [verbessert aus ›man nutzte mich aus, man‹], gab mich ihm preis, diesem, mich umbro- [Fortsetzung auf Blatt 140, dessen erste vier Zeilen den Schluß des zitierten Textes wiederholen und damit zeigen, daß Blätter ausgeschieden wurden] delnden Wohlgefallens und ließ es mein Kunststück sein, es sowohl durch schmelzendes Entgegenkommen anzuspornen, als es auch wieder,⟩ damit es nicht mißlich ausarte, ⟨durch sittige Reserve einzudämmen⟩ [verbessert aus ›in Grenzen zu halten‹]«. Auch III, 3 – GW VII, 491 – begann ursprünglich etwas anders: »Ich möchte den Lehrsatz aufstellen, daß Verlangen und Hingebung keineswegs eine scharfblickende Beurteilung dessen ausschließen, dem sie gelten. Die blendende Welt will ihrerseits geblendet sein, und wenn es mir mit der Zeit recht weitgehend gelang, ihr diesen Gefallen zu tun, so ließ die Beglückung, die mir das gewährte, mich selten [geändert aus ›niemals‹] vergessen, daß es sich da um einen Betörungsaustausch, ein Betrugsverhältnis auf Gegenseitigkeit handelte, und daß ich es in ihr mit einem Blendwerk zu tun hatte so gut, wie sie es mit einem solchen zu tun hatte in mir./ Diese große und schöne Welt, in der ich mich damals begehrend und begehrt, als gefälliger Aufwärter bewegte, – was war sie im Grunde? Zuweilen ⟨im Speisesaal oder in der Halle, wenn ich gerade, die Hände mit der Serviette auf dem Rücken, einige Minuten müßig stand und die von den Blaufräcken umschwänzelte und verpflegte Gesellschaft überblickte⟩, unterhielt ich mich mit dem Gedanken der Vertauschbarkeit. . .« Auch der zweite Versuch, auf der

Rückseite desselben Blattes 146 notiert, entspricht noch nicht der Druckfassung: »Mein inneres Verhalten zur Welt war, ⟨bei allem Verlangen nach Liebesaustausch mit ihr⟩ von jeher auffallend kühl und zu ⟨abschätzender Betrachtung⟩ geneigt. Nur damit sind die Gedanken zu erklären, die ich mir zuweilen machte, wenn ich gerade, ⟨im Speisesaal oder in der Halle, die Hände mit der Serviette auf dem Rücken, einige Minuten müßig stand und die von den Blaufräcken umschwänzelte und verpflegte Hotel-Gesellschaft überblickte.⟩ Was mich dann wohl beschäftigte, war der Gedanke der Austauschbarkeit.«

78 4] *Film:* Der 1951 mit dem ›Oscar‹ ausgezeichnete dokumentarische Filmbericht ›Kon-Tiki‹ von Thor Heyerdahl, Der Norweger war mit einem Inka-Floß von Peru nach Tahiti gefahren, um zu beweisen, daß der Pazifik bereits in grauer Vorzeit überquert werden konnte.

2. 7. 1951

78 1] *an Brown:* Der Begleitbrief an den Redakteur der NYT Book Review, Francis Brown (geb. 1903), ist nach Angaben in Reg. IV, 589, verschollen.

3. 7. 1951

79 1] *Brief eines Javaners:* Seyd Mohammad Sarodjo, M. S.: ›Why I Do Not Like the U. S.‹, ›The Christian Science Monitor‹, Boston, 25. 6. 1951. – In der Ausgabe vom 2. 7. 1951 antworteten ein Immigrant und ein amerikanischer Student unter der Überschrift ›They do Like the United States‹ auf diesen Artikel.

7. 7. 1951

79 1] *»Nostromo«:* Joseph Conrads Roman ›Nostromo‹ (1904) ist – von TM mit Anstreichungen versehen – in der von Ernst W. Freißler übersetzten deutschen Erstausgabe, Berlin 1927, in der Zürcher Bibliothek erhalten.

2] *Avant-Garde-Zeitschrift »Das Lot«:* ›Das Lot. Die Schriftenreihe internationaler Avantgarde‹, hrsg. von Alain Bosquet, Alexander Koval, Edouard Roditi; Karl H. Henssel Verlag, Berlin.

3] *Thematische Bevorzugung:* Das Mai-Heft 1951, Bd. 5, enthielt neben einem einleitenden Artikel von Edouard Roditi über ›Das Grausame in der Kunst‹ u. a. Beiträge wie Ambrose Bierce, ›Oleum canis‹ und Tennessee Williams, ›Begierde und der schwarze Masseur‹. Vor allem das Vorwort dürfte TM interessiert haben.

4] *Nika:* Domenica Borgese; s. TB 7. 1. 1951, Anm. 1.

5] *Kreuzersonate:* Gemeint ist Tolstois späte Erzählung ›Die Kreutzersonate‹.

6] *Scheußlichkeit von Gläser:* Ernst Glaeser, ›Ironische Legende? Zu dem neuen Roman von Thomas Mann‹, ›Stuttgarter Zeitung‹, 21. 5. 1951: »›Dr. Faustus‹ bleibt für mich das große und bekenntnisernste Selbstgespräch der bürgerlichen Welt am blutigen Rand ihrer Veränderung. Der Knochenfinger, mit dem dort das Spiel der frommen und unfrommen Lügen abgeklopft wird, beendigt tatsächlich eine Epoche. Es wäre besser gewesen, Thomas Mann hätte sich mit diesem großartigen Abgang begnügt./ Statt dessen psychologisiert er in Legenden herum, die nicht umsonst in der Literatur ihren apokryphen Charakter bewahrten. Er beredet die Uranfänge aller menschlichen Schuld und macht die unheimliche Vertreibung aus dem Paradies zu einer Kündigung des bürgerlichen Mietverhältnisses. Dabei bleibt nicht aus, daß sein Stil gewollt und verdrießlich wird. [. . .] Sein durch einen unheimlichen Fleiß gehärtetes Talent [. . .] sinkt im Erwählten unter jenen Respekt herab, den wir ihm [. . .] immer so herzlich zollten.«

7] *Gläser:* Der Dramaturg und Schriftsteller Ernst Glaeser (1902–1963). Näheres s. TB 44–46, 509/510.

8. 7. 1951

1] *Teilhabers »Goethe«:* Felix A. Theilhaber, ›Goethe, Sexus und 80
Eros‹, Berlin und Leipzig 1929. Der Romancier und Essayist Felix A. Theilhaber (1884–1956) mußte 1935 nach Palästina fliehen und lebte in Tel Aviv.

11. 7. 1951

1] *Gumpert*: Der Berliner Arzt und Schriftsteller Martin Gumpert 80
(1897–1955), den TM 1935 in Zürich kennengelernt (s. TB 2. 3. 35) und 1937 in New York wiedergetroffen hatte. Während TMs Princetoner Jahren intensivierte sich die Beziehung zu dem seit 1936 in New York praktizierenden Dermatologen. Gumpert, ein enger Freund von Klaus und, vor allem, von Erika Mann, ist das Urbild für die Figur des Mai Sachme in *Joseph, der Ernährer*.

2] *editor Brackway:* Nichts Näheres ermittelt.

15. 7. 1951

81 1] *schwühl*: So im Manuskript.

2] *»Eros u. Sexus«:* S. TB 8. 7. 1951, Anm. 1.

3] *Prof. Ohlmeyer:* Der Professor für Physiologische Chemie an der Universität Tübingen, Paul Ohlmeyer (1908–1977).

4] *Film »Westpoint«:* Das 1950 in den USA produzierte Musical ›West Point Story‹. Unter der Regie von Roy del Ruth spielten James Cagney, Virginia Mayo, Doris Day, Gordon Macrae, Gene Nelson, Alan Hale, Roland Winters, Jerome Cowan u. a.

22. 7. 1951

82 1] *an ihn:* Das Schreiben an Alfred A. Knopf ist, ebenso wie das an William und Charlotte Dieterle, verschollen. S. Reg. IV, 589.

2] *Strichs*: Der Berner Literarhistoriker Fritz Strich (1882–1963) und seine Frau Trudi. Näheres s. TB 49/50, 415.

3] *Jubiläumsausgabe:* S. TB 11. 5. 1951, Anm. 2.

4] *P. de Mendelssohn:* Der Schriftsteller, Publizist und Übersetzer Peter de Mendelssohn (1908–1982), ein Freund von Klaus und Erika Mann, Verfasser der gründlichen, leider über den ersten Band und zwei postum veröffentlichte Kapitel nicht hinausgekommenen TM-Biographie ›Der Zauberer‹ und Herausgeber der Tagebuchbände 1918–1921, 1933–1934, 1935–1936, 1937–1939, 1940–1943. Näheres s. TB 46–48, 716.

83 5] *über den »Erwählten«:* Es haben sich von Peter de Mendelssohn weder eine Rezension noch ein Brief über den *Erwählten* ermitteln lassen.

6] *»Immoralisten«:* André Gide, ›L'Immoraliste‹. TM besaß die in der Zürcher Bibliothek erhaltene Gide-Gesamtausgabe ›Oeuvres Complètes‹, ed. par Louis Martin-Chauffier, Paris 1933–1939.

7] *»Schlaraffenland«:* Von Heinrich Manns Buch ›Im Schlaraffenland. Ein Roman unter feinen Leuten‹, München 1900, steht kein Exemplar mehr in der Zürcher Bibliothek.

24. 7. 1951

84 1] *Quaker-College*: Gemeint ist das Haverford College, Haverford, Pa.

2] *Ankunft in Paris und [...] Circus:* Die später in der ›Neuen Rundschau‹ vorabgedruckten ›Roman-Fragmente‹ aus II, 7 und III/1, GW VII, 385–403 und 455–464.

3] *»Habichte«:* Siegfried Lenz, ›Es waren Habichte in der Luft‹, Hamburg 1951.
4] *Lenz:* Der Schriftsteller Siegfried Lenz (geb. 1926).
5] *Schickele-Preis:* Ein von 17 in- und ausländischen Verlegern gestifteter Literaturpreis. Die Jury bestand aus Curt Goetz, Hermann Kesten, Thomas Mann, Alfred Neumann und Bruno Walter. Der Preis in Höhe von DM 5000 wurde 1952 dem Mitinitiator und Wortführer der ›Gruppe 47‹, Hans Werner Richter (1908–1993), für seinen Roman ›Sie fielen aus Gottes Hand‹ zuerkannt – eine Entscheidung, die, zumal bei der ›Deutschen Akademie für Sprache und Dichtung‹, auf so heftige Kritik stieß (s. ›Neue Literarische Welt‹, Jg. 3, No. 6 v. 25. 3. 1952), daß Geldgeber und Juroren offensichtlich keine Lust mehr hatten, ihn ein weiteres Mal zu vergeben.
6] *an Caroline:* An Caroline Newton, Zürich, 24. 7. 1951, Reg. IV, 51/327; TM/CN 54/55.

25. 7. 1951
1] *Aufforderung der S. R. L.:* Vermutlich wurde TM von der ›Satur- *84*
day Review of Literature‹ um eine Würdigung des am 13. 7. 1951 gestorbenen Arnold Schönberg gebeten.

27. 7. 1951
1] *Dr. Katzenstein:* Der Neurologe Dr. Erich Katzenstein *84*
(1893–1961) und seine Frau, Dr. Nettie Sutro Katzenstein (1889–1967) waren alte Zürcher Bekannte TMs (s. TB 9. 4. 34). Näheres TB 46–48, 599.
2] *Frey:* Der aus München stammende, 1933 zunächst nach Salzburg, dann in die Schweiz emigrierte Schriftsteller Alexander Moritz Frey (1881–1957), mit dem TM »seit Jahrzehnten auf gutem Fuß« (GW X, 827) stand.
3] *bei Walterspiel:* Bei dem Hotelier und Gastronomen Alfred Wal- *85*
terspiel, Besitzer des Hotels ›Vier Jahreszeiten‹ in München.
4] *in der N. Y. Staatszeitung:* Nicht Gerty Agoston hatte gegen Walter Muschg geschrieben, sondern – auf der gleichen Seite wie Agostons Besprechung des *Erwählten* (s. TB 14. 5. 1951, Anm. 3) – Max Rieser in einem ›Dichter und Dichtkunst‹ überschriebenen zweiteiligen Diskurs über die ›Tragische Literaturgeschichte‹, ›Staats-Zeitung und Herold‹, New York, Sonntagsblatt vom 13. 5. 1951.

5] *In der »Münchener Woche«:* Karl Jakob Hirsch, ›Willkommen in Europa, Thomas Mann‹, ›Deutsche Woche‹, München, Jg. 1., No. 7 v. 28. 7. 1951, 13.

6] *Interview:* Walter P. Wyss, ›Thomas Mann auf der Durchreise in Zürich: ‚Ich bin kein Kommunist'‹, ›Zürcher Woche‹, 27. 7. 1951: »Achtmal hat nun der 76jährige berühmte Schriftsteller Thomas Mann seit seiner Emigration nach Amerika drüben die Koffer gepackt und ist wieder – wenn auch nur besuchsweise – nach Europa zurückgekehrt, mit dem er sich nach wie vor verbunden fühlt. ›Ich bin selbst in Amerika eben doch ein Europäer geblieben‹, meint der heute noch rüstig und jugendlich aussehende Dichter, dessen Haar nur von wenigen weissen Stellen durchzogen ist und der in seinem gutgeschnittenen blauen Sommeranzug auch äusserlich den Weltmann durchaus unterstreicht. ›Nicht dass es uns drüben nicht gefiele, wir haben uns in Kalifornien ganz gut eingelebt, nachdem ich auf dem Lande ein Haus bauen liess, das ganz unserem Geschmack entspricht und von dessen Arbeitszimmer ich einen herrlichen Blick auf den blauen Ozean, oder von der anderen Seite auf die weisse Bergkette der Sierra geniessen kann.‹ [. . .] Thomas Mann hat als Schriftsteller in der ganzen Welt Anerkennung gefunden. Umstritten hingegen ist, besonders in letzter Zeit, die Persönlichkeit Thomas Manns in bezug auf seine politische und weltanschauliche Einstellung, die öfters Erstaunen und Missbilligung bei seinen vielen Freunden in der Welt hervorrief. Sein Besuch in Weimar und die Entgegennahme des ostdeutschen Nationalpreises, seine Freundschaft mit bekannten kommunistisch gesinnten Schriftstellern, und vor allem sein Glückwunschtelegramm an Johannes R. Becher, den ›offiziösen‹ sowjetisch-deutschen Kulturpapst, liessen erhebliche Zweifel darüber aufkommen, auf welcher Seite der Dichter überhaupt stehe. Seine heute abgegebene Erklärung: ›Ich bin ein Mensch der Freiheit, ich bin kein Kommunist‹, mag deshalb sicherlich für seine Freunde eine Erleichterung und Genugtuung sein [. . .]«

28. 7. 1951

85 1] *Dr. Hirsch:* Rudolf Hirsch (geb. 1905) war seit 1950 Leiter des S. Fischer Verlags und Redakteur der ›Neuen Rundschau‹ in Frankfurt am Main. Näheres s. TB 49/50, 333.

2] *Kordan:* Der Journalist und Schriftsteller Wolfgang Cordan (1909–1966).
3] *auf italienisch:* ›La concezione dell'amore nella poesia di Michelangelo‹, übersetzt von Christina Baseggio, ›Letterature moderne‹, Milano, anno 1, no. 4, dic. 1950, 427–434; in der Zürcher Bibliothek.
4] *Roman von Duff Cooper:* Alfred Duff Cooper (1890–1954), ›Operation Heartbreak‹, London 1950.

2. 8. 1951
1] *selbstverständlich und fremd:* Im Manuskript steht »selbstver- *86*
ständlich in fremd«.
2] *Aufführung von »Egmont«:* Mit Werner Hinz als Egmont und Elfriede Kuzmany als Klärchen; Regie führte Arnulf Schröder; Beethovens Musik spielten die Münchener Philharmoniker unter Walter Knör.
3] *Photograph und Journalist:* Klaus Budzinski. Sein Kurzbericht erschien mit Bild in der ›Abendzeitung‹, München, v. 1. 8. 1951; die ausführliche Wiedergabe des damals geführten »Gesprächs« am 3. 9. 1992, 4, im ›Münchener Stadtanzeiger‹.
4] *Interview:* ›Thomas Mann in Bad Reichenhall‹, ›Südostkurier‹, Bad Reichenhall, 3. 8. 1951.
5] *Liesl Frank:* S. TB 5. 8. 1951, Anm. 5.
6] *Grets Schwester:* Elisabeth Brahn-Moser.

3. 8. 1951
Am Schluß der Eintragung stehen in der Handschrift 13 Gedankenstriche.
1] *Buch über Astrologie [...] Interpretation:* Nicht ermittelt. *87*

5. 8. 1951
1] *Frau Dr. Schuh mit Tochter:* Nelly Schuh, geb. Keller *88*
(1901–1976), die Frau des Zürcher Musikschriftstellers und -kritikers Dr. Willi Schuh (1900–1986), mit ihrer Tochter Franziska (geb. 1925), die, als Schülerin von Helene Thimig, an der ›Sommernachtstraum‹-Inszenierung als Regieassistentin beteiligt war.
2] *an Feuchtwanger:* An Lion Feuchtwanger, Strobl, 6. 6. 1951, Reg. IV, 51/340; Br. III, 216/217.

3] *Buch von Schneditz:* Wolfgang Schneditz (Hrsg.), ›Georg Trakl in Zeugnissen der Freunde‹, Salzburg 1951.
4] *Schneditz:* Der österreichische Journalist und Schriftsteller Wolfgang Schneditz (1910–1964).
5] *Liesl Frank und ihr Mann:* Liesl Frank (1903–1978), Tochter der Operettendiva Fritzi Massary und Witwe des Schriftstellers Bruno Frank (1887–1945), und ihr zweiter Mann, der Regisseur und Schauspieler Leo Mittler (1893–1958).

6. 8. 1951

88 1] *Pfarrer Goes:* Der evangelische Pfarrer und Schriftsteller Albrecht Goes (geb. 1908), mit dem TM seit 1947 korrespondierte und an dessen Urteil ihm viel gelegen war.
2] *Kapellmeister Proforaska:* Vermutlich ist der Dirigent Felix Prohaska (1912–1987), von 1945 bis 1956 Kapellmeister in Wien, gemeint.
89 3] *Giehse:* Die Münchener Schauspielerin Therese Giehse (1898–1975), eine enge Freundin von Erika Mann und Hauptmitwirkende ihres Kabaretts, war 1933 in die Schweiz geflohen. Nach der endgültigen Auflösung des ›Pfeffermühlen‹-Ensembles gehörte sie dem Zürcher Schauspielhaus an und kehrte nach dem Kriege nach München zurück.

10. 8. 1951

89 1] *Prof. Preußner:* Dr. Eberhard Preussner (1899–1964), seit 1939 von den Nazis beargwöhnter Lehrer am Mozarteum, war Leiter der internationalen Sommerakademie seines Instituts in Salzburg.
2] *Mittlers:* S. TB 5. 8. 1951, Anm. 5.
3] *Aufforderung gegen die Behinderung [...] zu protestieren:* Vermutlich im Zusammenhang mit dem vom 5. bis 14. August in Ost-Berlin unter großer internationaler Beteiligung abgehaltenen kommunistischen Welt-Jugend-Treffen.
4] *Pfeiffer-Belli:* Der Publizist und Feuilletonredakteur Erich Pfeiffer-Belli (1901–1990) mit seinem Sohn Christian (geb. 1940). Pfeiffer-Belli hat in der Sonntagsbeilage ›Propyläen‹ des ›Münchner Merkur‹ vom 18./19. 8. 1951 über diesen Besuch berichtet und die kurze Nachricht, die ihm TM am 8. 8. 1951 zukommen ließ, im Faksimile abdrucken lassen.

11. 8. 1951
1] *Kafka's nachgel. Skizzen:* Franz Kafka, ›Beschreibung eines 90
Kampfes. Novellen, Skizzen, Aphorismen aus dem Nachlaß‹, in: Franz Kafka, ›Gesammelte Schriften‹, Bd. V, 2. Ausgabe, New York 1946.

12. 8. 1951
1] *Furtwängler und Frau:* Der Dirigent und Komponist Wilhelm 90
Furtwängler (1886–1957), dessen Stellung in Deutschland zwischen 1933 und 1945 für TM zeitlebens ein Stein des Anstoßes blieb, mit seiner zweiten Frau Elisabeth.
2] *»Othello«:* Die Salzburger Aufführung in Anwesenheit des ame- 91
rikanischen Hochkommissars für Deutschland, John J. McCloy (1895–1989), dirigierte Wilhelm Furtwängler. In der Inszenierung von Herbert Graf sangen die Hauptpartien Ramón Vinay, Paul Schöffler und Dragica Martinis.
3] *Prof. Preuß:* Gemeint ist Eberhard Preussner, s. TB 10. 8. 1951, Anm. 1.
4] *Cafe Toselle*: Gemeint ist vermutlich das Salzburger Café Tomaselli.
5] *Gustav Waldau und seine Frau:* Der Münchner Schauspieler Gustav Waldau (eigentlich Gustav Freiherr von Rummel, 1871–1957) und seine Frau, die unter dem Künstlernamen Hertha von Hagen auftrat, waren in den zwanziger Jahren Nachbarn Thomas Manns im Herzogpark gewesen. S. TB 4. 2. 1919 mit der entsprechenden Anmerkung.
6] *Erinnerungen an ihn:* »Ich erinnere mich an eine Probe, in der Waldau zum Gaudium der Kollegen die ganze Zeit wie Possart sprach, ein Übermut, bei dem der Gewaltige ihn überraschte. ›Nun ja‹, artikulierte er schneidend, ›wenn man den ganzen Morgen den Herrn Intendanten kopiert, so kann man natürlich am Abend nichts.‹ Das glaubte er wohl selber nicht. Waldau konnte auch am Abend etwas, sogar sehr viel, und eine der unvergeßlich schönsten Vorstellungen [...] war die Premiere von Hofmannsthals liebenswertem Lustspiel ›Der Schwierige‹ mit Waldau – nie übertroffen – in der Rolle des Hans Karl Bühl.« (*Erinnerungen ans Münchner Residenztheater*, GW XI, 519)
7] *Tauren:* So in der Handschrift.

8] *Buch:* Günter Ralfs, ›Das Irrationale im Begriff‹, ›Heidelberger Abhandlungen zur Philosophie und ihrer Geschichte‹, IV, 1925.
9] *Dr. Rohlfs:* Der Philosophieprofessor an der Universität Hamburg, Günter Ralfs (1899–1960).
10] *Frau Karlweis:* Die seit 1939 in Kanada lebende österreichische Journalistin Marta Wassermann-Karlweis (1889–1965), die zweite Frau Jakob Wassermanns und Schwester des von TM hochgeschätzten, 1940 von Frankreich aus in die USA gelangten Wiener Schauspielers Oskar Karlweis (1894–1956).
11] *Mme Girodoux:* Vermutlich die Witwe des französischen Romanciers, Dramatikers und Diplomaten Jean Giraudoux (1882–1944).

13. 8. 1951

91 1] *Vorlesung:* Von TMs Lesung in der Aula Academica der Salzburger Universität zugunsten des Stipendienfonds der Internationalen Sommerakademie des Mozarteums existiert ein bei Loewy I, 78; 103–104 nachgewiesener Mitschnitt des Österreichischen Rundfunks.
2] *Homolka:* Der 1935 nach England und 1939 in die USA emigrierte österreichischen Schauspieler Oscar Homolka (1898–1978). Näheres TB 44–46, 650.
3] *Viertel:* Der österreichische Schriftsteller, Bühnen- und Filmregisseur Berthold Viertel (1885–1953). Näheres TB 44–46, 359.

14. 8. 1951

92 1] *Bergs »Wozzek«:* In der von Oscar Fritz Schuh besorgten Salzburger Inszenierung von Alban Bergs (1885–1935) 1925 in Berlin uraufgeführter Oper ›Wozzeck‹ sangen Josef Herrmann die Titelpartie und Christl Goltz die Marie.
2] *Böhm:* Der Dirigent Karl Böhm (1894–1981), von 1943 bis 1945 und von 1954 bis 1956 Direktor der Wiener Staatsoper.
3] *Frau Specht:* Nichts Näheres ermittelt.
4] *Gespräch:* Nicht ermittelt.
5] *Aufführung von Kleists »Zerbrochenem Krug«:* Unter der Regie von Berthold Viertel spielte Oscar Homolka den Dorfrichter Adam und Therese Giehse die Marthe Rull.

16. 8. 1951

1] *Glückwunsch nach Lübeck:* ›Thomas Mann grüßt St. Marien‹, ›Lübecker Nachrichten‹, 2. 9. 1951; GW XIII, 804/805. 93

2] *von Kerényi:* Ponte Brolla, 10. 8. 1951; TM/KK 172–174.

17. 8. 1951

1] *Dr. Jacobson*: Die Germanistin am Hunter College, Anna Jacobson (1888–1972). Näheres s. TB 44–46, 379/380. 93

2] *Bericht:* ›Dichterlesungen. Thomas Mann und Werner Bergengruen‹, ›Salzburger Nachrichten‹, 16. 8. 1951, 3/4: »›Ich brauche nicht zu sagen, wie sehr es mich freut, nach so langer Zeit vor einem Salzburger Publikum aus den eigenen Werken zu lesen, und zwar zu einem Zweck, der diese Freude nur erhöhen kann.‹ Mit diesen freundlichen Worten leitete der Dichter, dessen Elastizität und Frische niemanden die 76 Jahre glauben ließ, seine Lesung zugunsten des Stipendienfonds ein, Worte, die die Jahre der Abwesenheit und Entfremdung mit einem Schlag für wenige Stunden vergessen ließen. Fragmente aus einem Alterswerk, das einmal ein Jugendwerk war, waren es, die folgen sollten. [. . .] Mann erwies sich wiederum als Meister der Milieuschilderung und als großer Humorist, doch war es nicht nur das Erheiternde dieser Stunde, die ihm das zahlreich erschienene Publikum so stürmisch zujubeln ließ, sondern ebenso die Gelegenheit, den Dichter wiederzusehen, scheinbar unverändert und unverletzbar wiederzusehen, woran zu glauben diese kurze Weile ebenso herzliches Bedürfnis wie dankbare Freude war.« 94

3] *Bericht über den Vortrag eines frommen Gelehrten:* I. Leitenberger, ›Dichtung aus gläubiger Sicht‹, ein Bericht über Vorträge während der Salzburger Hochschulwochen, insbesondere über Romano Guardinis Ausführungen zu ›Mythos und Offenbarung‹: »Dem Mythos in seiner Zwielichtigkeit, seiner endgültigen Bannung des Menschen in die Welt seiner religiös gewordenen Hoffnungslosigkeit und seiner ausweglosen Schwermut in dem Abfall von Gott die Offenbarung gegenüberzustellen als Entzauberung der Welt und Gottes für den freien und in der Freiheit des Glaubens und der Liebe antwortenden Menschen galt Guardinis eigentliches Anliegen.« – Der von TM besonders apostrophierte (Schluß-)Passus lautete: »Der weniger spontan als demonstrativ wirkende Beifall des Publikums auf Guardinis Bemerkung, daß Thomas Manns Versuch, aus der Joseph-Tetralogie einen Mythos zu machen, einen Verfall des Wahrheitsgefühls darstelle, wirkte erst recht makaber – gleichsam als gelte die Ovation dem eigenen Begräbnis – durch den folgenden Satz des großen Gelehrten, daß dieser Thomas Mann einst das Ideal einer ganzen Jugend gewesen sei.«

20. 8. 1951

95 1] *Schriftsteller Lothar:* Der Staatsanwalt, Schriftsteller und Schauspielregisseur Ernst Lothar (ursprünglich Ernst Müller, 1890–1974) war 1938 in die USA emigriert. Von 1940 bis 1944 lehrte er in Colorado Vergleichende Literaturwissenschaft und kehrte 1945 nach Österreich zurück, wo er als Regisseur am Wiener Burgtheater und bei den Salzburger Festspielen tätig war.

2] *von Ferd. Lion:* O. O. [Arosa], 15. 8. 1951; im TMA.

3] *Aufsätze von Broch und Adorno:* Hermann Broch, ›Hugo von Hofmannsthals Prosaschriften‹, ›Neue Rundschau‹, Jg. 62, 1951, H. 2, 1–30; Theodor W. Adorno, ›Der entzauberte Traum. Zu Aldous Huxleys ‚Brave New World'‹, a.a.O., 74–96.

4] *Buchsendung:* Vielleicht Ernst Lothars Romane ›Die Tür geht auf‹, 1950, und ›Verwandlung durch Liebe‹, 1951; mit Sicherheit – s. TB 21. 8. 1951 – ›Die Zeugin. Pariser Tagebuch einer Wienerin‹, Wien 1951, das sich mit einer 20. 8. 1951 datierten Widmung des Verfassers an TM in der Zürcher Nachlaßbibliothek erhalten hat.

5] *erbitterte Artikel Dorothy Thomsons:* So im Manuskript. – Vermutlich einer der Kommentare in der Dorothy Thompson-Kolumne ›On the Record‹, die – alternierend mit Walter Lippmanns ›Today and Tomorrow‹, – in der NYHT erschienen. Denkbar wäre auch einer der regelmäßig in der Zeitschrift ›Ladies' Home Journal‹ gedruckten Essays, eventuell ›War and Revolution‹, ›Ladies' Home Journal‹, vol. LXVIII, No. 7, July 1951, 11/12.

6] *an Lesser:* An Jonas Lesser, Badgastein, 20. 8. 1951, Reg. IV, 51/351: »Möglicherweise schalte ich noch etwas ganz anderes [in die Arbeit am *Krull*] ein, eine Erzählung über Ulrich von Hutten und Erasmus«.

21. 8. 1951

95 1] *Frau Hauptmann:* Margarete Hauptmann, geb. Marschalk (1875–1957).

2] *Sohn Benvenuto:* Gerhart Hauptmanns jüngster Sohn, der Übersetzer Benvenuto Hauptmann (1902–1965).

22. 8. 1951

1] *N. Y. Times B. R.:* S. TB 30. 6. 1951, Anm. 1. *96*

2] *an Preetorius:* TMs Brief an Emil Preetorius, P. P. 6. 12. 1949 (*Wagner und kein Ende*, GW X, 925–927; Br. III, 113–116), war in der ›Schweizerische Musikzeitung‹, Zürich, Jg. 91, 1951, H. 7/8, 290 ff. abgedruckt worden.

3] *Bericht der [...] »Tat«:* Dr. H., ›Thomas Mann vollendet sich selbst. Fragmentarische Lesung eines Fragments – Thomas Mann bei den Salzburger Festspielen‹, ›Die Tat‹, Zürich, 18. 8. 1951.

4] *Erikas israelitische Freundin:* Edith Loewenberg, geb. Littmann.

5] *Tochter Dora Rauchs:* Dora Rauch, geb. Gedon (1883–1972), war eine Jugendfreundin von Katia Mann; sie hatte den Berliner Bildhauer Lorenz Rauch (1864–1921) geheiratet. Über die Tochter konnte nichts Näheres in Erfahrung gebracht werden.

6] *Regime Perron:* General Juan Domingo Perón (1895–1974), von 1946 bis 1955 und von 1973 bis zu seinem Tode Staatspräsident von Argentinien, übte seine Herrschaft im Stil eines Diktators aus.

26. 8. 1951

1] *1 ½ Seiten über die »Meistersinger«:* An den Intendanten des Basler Stadttheaters, Friedrich Schramm, Badgastein, 25. 8. 1951, Reg. IV, 51/359; unter dem Titel *[Meistersinger]* in GW X, 928/929. *96*

2] *»Hutten«:* David Friedrich Strauß, ›Ulrich von Hutten‹, Leipzig 1927. TMs Exemplar ist in der Zürcher Bibliothek erhalten.

3] *Manuskript:* Nicht ermittelt.

4] *Mr. Stern:* Gleichfalls nichts Näheres ermittelt. *97*

27. 8. 1951

1] *Edith:* Edith Loewenberg (s. TB 22. 8. 1951, Anm. 4). *97*

2] *an Faesi:* An Robert Faesi, Badgastein, 27. 8. 1951, Reg. IV, 51/365; Br. III, 217; TM/RF 98/99.

3] *an Prof. Tramer:* Das Schreiben – vermutlich an den Brünner Naturphilosophen Friedrich Tramer – ist nach Reg. IV, 589, verschollen.

30. 8. 1951

97 1] *Confession:* An Irita van Doren, Badgastein, 28. 8. 1951, Reg. IV, 51/369; Br. III, 218–221. TMs Beitrag erschien gekürzt am 7. 10. 1951, 4 u. 29, in der NYHT Book Review :›Some of the Authors of 1951, Speaking for Themselves‹.

2] *von Lion:* O. O. [Arosa], 27. 8. 1951: »Warum kümmern Sie sich um mein europäisches Stimmchen und um meine heillose Ja-Neinsagerei?/ Die Neins zu Ihrem ›Erwählten‹: eine Atmosphäre des Frühmittelalters stellt sich nicht ein, der Zeitblom No. 2 erzählt flink, graziös, leichtflüssig, und gerade der romanische Stil war der schwerflüssigste: ich sehnte mich nach Flauberts ›Saint-Julien‹. – Der schöpferische Keim des Werks ist wohl eins Ihrer Lieblingsmotive: dass ein Othello als Mohr sich unendlich anstrengen muss und dass die Letzten zu Ersten werden, oder dass die Schuldigsten die Herrschaft im Glanz erhalten. Doch wird dies nicht offenbar, die diversen Wälsungenblut-Verschuldungen werden wohl besprochen, aber sind vielleicht nicht tief genug empfunden worden, so dass die Hauptszene der Entdeckung zwischen dieser Jocaste und dem Oedipus mich nicht im geringsten ergriffen hat und für mich ein rhetorisch-virtuoses Kunststück blieb./ Dagegen das Ja: in der grossen Invektive gegen die Natur ist sogar die Totenklage des Jaakob übertroffen. Da spricht ein philosophischer Poet kongenial zu den 2 poetischen Philosophen, die er einst liebte. Und von der Szene der Busse als Menschtier ab geht es fortwährend höher bis zum Schluss./ ›Die Audienz‹ ist einfach grandios. Wer in Europa macht Ihnen Derartiges nach, es steckt voll von [unleserlich] und von Urworten orphisch. [. . .]/ Bleibe bis 15ten hier. Dann kurz Zürich. Möchte Sie aber nicht anrufen, erinnere mich, wie ich das letzte Mal wie eine Sardelle zwischen zwei Besucher gepresst wurde und – halte mich für eine Sardine. Nun, auch die ist ein kleiner Fisch. Sie dagegen sind ein Delphin, und zugleich der Arion, der drauf sitzt. Darüber gibt es eine schöne Fabel im ›Heinrich von Ofterdingen‹.« (Im TMA)

3] *an Schweizer:* An Richard Schweizer, Badgastein, 30. 8. 1951, Reg. IV, 51/370.

1. 9. 1951

1] *an Eudo B. Mason:* Im Manuskript deutlich »B« statt »C«. Gemeint ist das Schreiben an den in Edinburgh lehrenden Germanisten Eudo Colecestra Mason (1901–1968), Badgastein, 31. 8. 1951, Reg. IV, 51/373: »Es macht mir große Freude, daß der ›Erwählte‹ Sie interessiert hat. Als guter Katholik mögen Sie mir glauben, daß das kleine Werk es unter hundert Späßen mit der Idee von Sünde und Gnade ganz ernst meint. Von Ihren beiden Einwänden macht mir der erste noch am wenigsten Sorge. Ich wüßte nicht, daß mein guter Clemens einen Gegensatz zwischen Heiligkeit und Gnade konstruierte. Extreme Sündhaftigkeit, extreme Buße, das schafft Heiligkeit – durch die Gnade; und des Fischers Frau erkennt in dem Bettler den Heiligen. Auch hält Grigorß sich ganz im Sinne des hl. Chrysostomus für der Sünder größten, ein Titel, den die Zerknirschung seiner Mutter ihm streitig machen will. Ein christlicher Wettstreit!/ Um den zweiten Punkt, die Priesterweihe, steht es freilich schlimm. Ich habe mich irre führen lassen dadurch, daß sie bei Hartmann, und in der Legende überhaupt, nicht vorkommt; besonders aber durch die Tatsache (die Probus erwähnt), daß jeder Katholik, und besitze er auch nicht einmal die Weihen, zum Papst erhoben werden kann. Ich sehe wohl ein, daß er darum noch nicht die Messe zelebrieren darf. Aber andererseits, wo ist der Bischof, der dem Bischof aller Bischöfe die Weihen spenden dürfte? Ein Problem! Aber ein Märchen-Problem.« (D. ü. D. III, 399) 98

2] *über den Erwählten geschrieben:* Edinburgh, 29. 7. 1951. Im TMA.

3] *[von] Adorno:* Adornos Brief, Hirschegg/Allgäu, 25. 8. 1951, enthält eine ausführliche Analyse des *Erwählten,* den er in die Tradition von Kellers ›Sieben Legenden‹ stellt, die sich in TMs Roman auf eine »einzigartig quere Weise« fortsetze. Innerhalb der »Landkarte« von TMs Gesamtwerk stehe der *Erwählte* im Schnittpunkt der von *Unordnung und frühes Leid* und der *Joseph*-Tetralogie ausgehenden Geraden und habe ihn, Adorno, berührt »wie ein Requiem für Klaus und die ganze Seelenlage, für die er einsteht«, wobei dem legendären Element durch eine »eigentümlich verzaubernde Distanz« die Funktion der Rettung zugeschrieben werden könne. – Die abschließenden Überlegungen gelten der Behandlung des Inzest-Tabus, das TM mit Hilfe der Ironie aufgelöst und einer distanziert-heiteren Betrachtung anheimgegeben habe – ein Kunstgriff, der bei ihm, dem Leser, an jener Stelle, wo der Autor bekenne, daß ihm die Ermordung des Hundes weit fluchwürdiger erscheine als »die Sexualität der Ebenbürtigkeit«, Bedauern über die Tatsache ausgelöst habe, ein geschwisterloses Kind zu sein. – »Wenn der Roman verspielt heißen darf« – so Adornos Fazit, »dann in dem emphatischen Sinn von Spiel, dem der Freiheit.«

4] *Persien:* Die USA hatten am 30. 8. bekanntgegeben, daß sie ihre Versuche, im britisch-iranischen Ölkonflikt zu vermitteln, beendeten, nachdem sie die Zusicherung erhalten hätten, daß Großbritannien keinen Krieg mit dem Iran provozieren würde. Jetzt sei es an Persien, die nächsten Schritte zu tun.

5] *Kesang:* In Kaesong fanden seit Ende Juli die immer wieder unterbrochenen Waffenstillstandsverhandlungen statt. S. TB. 27. 6. 1951, Anm. 1.

2. 9. 1951

98 1] *Kellner-Kapitel:* Das spätere Kapitel III, 2. S. dazu TB 9. 5. 1951, Anm. 8.

2] *Egmont:* Goethes 1788 geschriebenes Schauspiel.

99 3] *Reuchlin-Affaire:* Der 1511 vorwiegend literarisch ausgetragene Streit zwischen Kölner Theologen und dem Humanisten Johannes Reuchlin (1455–1522) über die Judenfrage, an dessen Ende die Indizierung von Reuchlins polemischem Hauptwerk, dem ›Augenspiegel‹, durch die Inquisition stand.

4] *Briefe der Dunkelmänner:* ›Epistolae obscurorum virorum ad venerabilem virum Magistrum Ortvinum Gratium Daventriensem‹, eine von dem Erfurter Humanisten Crotus Rubeanus (1480–1545) unter Assistenz seiner Mitstreiter Hermann von dem Busche (1468–1534) und Ulrich von Hutten (1488–1523) verfaßte Sammlung fingierter Briefe, die, als humanistische Satire auf die spätmittelalterliche Theologie und Wissenschaft, in zwei Folgen, 1515 und 1517, erschienen und als Unterstützung der von Reuchlin 1514 herausgegebenen, an ihn gerichteten und seine Ansichten verteidigenden ›Epistolae clarorum virorum‹ gedacht waren.

3. 9. 1951

1] *Hülsen*: Der Schriftsteller und Journalist Hans von Hülsen 99
(1890–1968), ein früher Bekannter TMs und von 1908 bis 1934 (eine spätere Korrespondenz ist nicht nachweisbar) sein Briefpartner. Im Streit um den rechten Umgang mit dem literarischen Erbe Gerhart Hauptmanns hatte Hülsen gegen die Hauptmann-Erben Stellung genommen.

2] *von Neumann:* Von Alfred Neumann, Zürich, 31. 8. 1951; TM/AN 96/97: »[. . .] es ist die außerordentlichste, ja die äußerste – die außerordentlichst und äußerst einsame Meisterschaft im nicht geheuren Spiel, und es kommt mich noch nachträglich ein Lächeln an, wenn ich mich an Ihr gelegentliches Wort von der *Nebenarbeit* erinnere. Mein Gott, welch eine Nebenarbeit! Welch ein unheimlich Vergnügen vielmehr von Adrians ›parodistischem Sinn‹, die Kultursumme zu ziehen und zugleich, da man doch ein Midas-Magier ist, zu Gold zu machen, was man berührt. Das Wesen der höchsten Ironie, der sublimsten Heiterkeit, dennoch zur neugierigen Schau auf den Menschen (wenn auch nicht zur Menschenliebe) verurteilt, ist auf dem Berg seiner Kultur-Erfahrung, seines eigenen Werks und seines eigenen Lebens installiert und erzählt gottwunderliche Menschen-Mähr neu, eben als Summa seiner skeptisch-toleranten Moral-Theologie, ›nicht ohne einen Einschlag von Bosheit und auflösender Travestie‹. Diese Situation, die so außerordentlich und äußerst ist wie die einsame Meisterschaft seiner Ausdrucks-Fähigkeit und seines geistigen Amüsements, muß es mit sich bringen, daß es denen in der Niederung den Atem verschlägt, zuweilen, vor perplexem Entzücken oder Schauder – oder selbst nur vor literarischer Angst, in welche Folge dieses Äußerste noch gelangen kann. Nun, das hat man eigentlich immer gefragt – nach dem Zauberberg, nach dem Joseph, der Lotte und gar dem Adrian./ Ich alter Freund, Nachbar und Hörer weiß es überdies und zwinkre augurisch: Der Gottwunderliche führt simplicissime zu *Krull.*«

3] *Bertram:* Der Kölner Literaturwissenschaftler Ernst Bertram (1884–1957) war ein alter Freund TMs aus gemeinsamen Münchener Tagen. Als Pate von Elisabeth Mann (vgl. die Beschreibung im *Gesang vom Kindchen*) und als eine Zeitlang – vor allem während der Arbeit an den *Betrachtungen eines Unpolitischen*, die mit der von Ernst Bertram an seinem ›Nietzsche‹-Buch zusammenfiel – wichtigster Diskussionspartner TMs war er häufiger Gast im Familienkreis der Manns. TMs politische Entwicklung hin zur Bejahung der Demokratie und Bertrams immer stärkere Hinwendung zu deutschnationalem Gedankengut, die ihn schließlich zum Anhänger der Nationalsozialisten werden ließ, entfremdete die Freunde. Dennoch blieben sie einander in einer für TMs Leben wohl einmaligen, die Distanzierung transzendierenden »Anhänglichkeit« verbunden. Bei seinem ersten Aufenthalt im Nachkriegsdeutschland, in Frankfurt 1949, gab TM, dem Bericht des ihn chauffierenden Schweizer Chemikers Georges Motschan (s. TB 49/50, 413) zufolge, Weisung, Ernst Bertram, wenn er denn von Köln nach Frankfurt kommen sollte, unverzüglich zu ihm zu führen.

4] *will ebenfalls schreiben:* Ein Brief von Ernst Bertram hat sich nicht ermitteln lassen. Es ist aber denkbar, daß Bertram TM – vermutlich allerdings erst zu Weihnachten – sein Buch ›Die Fenster von Chartres‹, Privatdruck 1951, mit der Widmung »An Thomas Mann gedenkend 1951« schickte, für das sich TM dann am 16. 1. 1952 (s. TB 16. 1. 1952, Anm. 4) bedankte.

5] *Brief an die L. N.:* S. TB 16. 8. 1951, Anm. 1.

6] *aus Rücksicht auf Adenauer:* Aus den Berichten über das Jubiläum geht hervor, daß der Bundeskanzler die Festrede zur 700-Jahr-Feier von Sankt Marien hielt. Verschiedene Zeitungen rügten die Nicht-Einbeziehung TMs in das vierundvierzigköpfige ›Ehrenpräsidium‹; Belege für eine Hintansetzung aus Rücksicht gegenüber Konrad Adenauer konnten indes nirgends gefunden werden.

4. 9. 1951

99 1] *Schönberger:* TM meint vermutlich Ernst Schönwiese (geb. 1905), der von 1947 bis 1954 Literaturchef bei ORF Salzburg war und als solcher für die Aufnahme der fünfzehnminütigen Lesung aus dem *Krull* (Anfang von Kap. III, 2, GW 465–470) verantwortlich zeichnete. S. dazu auch Loewy, I, 79, 104.

100 2] *Jugoslawische Kritik:* K. Zilliacus, ›The Great Schism‹, ›The New Statesman and Nation‹, vol. XLII, No. 1069 v. 1. 9. 1951, 223/224: über die jugoslawische Kritik am wachsenden Staatskapitalismus und den volksverdummenden Zentralismus durch die immer stärker werdende Macht des Parteiapparats.

9. 9. 1951

1] *Fulda:* TM hatte den ehemaligen Akademie-Kollegen, den deutschen Dramatiker und Übersetzer Ludwig Fulda (1862–1939 durch Suizid in Berlin), zu Beginn der Emigration, während seines Aufenthaltes im Luganer Hotel Villa Castagnola, Ende März bis Ende April 1933, getroffen. Das gemeinsame Schicksal führte damals zu engerem Kontakt und intensiven Unterhaltungen: »Nachher mit Fulda's im ungestörten Spiel-Salon, rauchend. Stundenlanger Austausch über die unerhörte und schauerliche Lage, schließlich im Besonderen über den Gang der Dinge in der Akademie. Fulda's Gebrochenheit, seine kummervolle Gekränktheit als deutscher Jude. Er ist 71 und ohne Hoffnung. [...] Unerschöpfliches, nicht abzuschließendes Gespräch über den verbrecherischen und ekelhaften Wahnsinn, die sadistischen Krankheitstypen der Machthaber, die mit Mitteln von verrückter Schamlosigkeit ihr Ziel absoluter, unkritisierbarer Herrschaft erreicht...« (TB 27. 3. 1933) »Fuldas Klagen und jüdische Verzweiflung tragikomisch.« (TB 1. 4. 1933) *100*

2] *Kellermanns Vorlesung:* Franz Kafka, ›Tagebücher 1910–1923‹, Notiz vom 27. November 1910, in: Franz Kafka, ›Gesammelte Werke‹, hrsg. von Max Brod, Lizenzausgabe S. Fischer, Frankfurt am Main 1951, 26/27: »Bernhard Kellermann hat vorgelesen. ›Einiges Ungedruckte aus meiner Feder‹, so fing er an. Scheinbar ein lieber Mensch, fast graues, stehendes Haar, mit Mühe glatt rasiert, spitze Nase, über die Backenknochen geht das Wangenfleisch oft wie eine Welle auf und ab. Er ist ein mittelmäßiger Schriftsteller mit guten Stellen (ein Mann geht auf den Korridor hinaus, hustet und sieht umher, ob niemand da ist), auch ein ehrlicher Mensch, der lesen will, was er versprochen hat, aber das Publikum ließ ihn nicht, aus Schrekken über die erste Nervenheilanstaltsgeschichte, aus Langweile über die Art des Vorlesens gingen die Leute trotz schlechter Spannungen [!] der Geschichte immerfort einzeln weg mit einem Eifer, als ob nebenan vorgelesen werde. Als er nach dem ersten Drittel der Geschichte ein wenig Mineralwasser trank, ging eine ganze Menge Leute weg. Er erschrak. ›Es ist gleich fertig‹, log er einfach. Als er fertig wurde, stand alles auf, es gab etwas Beifall, der so klang, als wäre mitten unter allen den stehenden Menschen einer sitzengeblieben und klatschte für sich. Nun wollte aber Kellermann noch weiterlesen, eine andere Geschichte, vielleicht noch mehrere. Gegen den Aufbruch *101* öffnete er nur den Mund. Endlich, nachdem er beraten worden war, sagte er: ›Ich möchte noch gerne ein kleines Märchen vorlesen, das nur fünfzehn Minuten dauert. Ich mache fünf Minuten Pause.‹ Einige blieben noch, worauf er ein Märchen vorlas, das Stellen hatte, die jeden berechtigt hätten, von der äußersten Stelle des Saales mitten durch und über alle Zuhörer hinauszurennen.«

101 3] *Kellermann*: Der Schriftsteller Bernhard Kellermann (1879–1951), Kollege TMs in der Preußischen Akademie der Künste, aus der er 1933 ausgeschlossen wurde, war seit 1949 Volkskammerabgeordneter in der DDR und 1950 Gründungsmitglied der Deutschen Akademie der Künste in Ost-Berlin.

4] *Paul Ernst:* Der Schriftsteller Paul Ernst (1866–1933).

5] *Kraus:* Der österreichische Kulturkritiker und polemische Publizist, Herausgeber und seit 1911 einziger Autor der Zeitschrift ›Die Fackel‹, Karl Kraus (1874–1936), den TM im Februar 1914 anläßlich eines Münchener Vortrags kennengelernt hatte.

6] *Buch-Sammlung:* Hermann Hesse, ›Briefe‹, Berlin/Frankfurt am Main 1951.

7] *Third Program-Reviews:* Ronald D. Gray, ›‚Alleluia on a toy trumpet'. Thomas Mann's Novel ‚Der Erwählte'‹. Ein Typoskript dieser am 3. 7. 1951 von der BBC gesendeten Kritik befindet sich im TMA. Es wurde gedruckt in ›German Life and Letters‹, Oxford, n.S., vol. 5, No. 1, Oct. 1951, 57–61.

8] *Briefwechsel:* Im TMA – Konvolut ›Dritte an Dritte‹ – vollständig erhalten. Aus der Korrespondenz geht hervor, daß Ida Herz sich vom Rezensenten, einem Assistant Lecturer in German an der Cambridge University, ein Manuskript erbat, es erhielt, kopierte, und in einem langen, außerordentlich höflichen Schreiben vom 12. 8. 1951 dem Autor ihre Einwände mitteilte: »For instance you say on page 3 ›there is something also in the mood of times which makes such a choice suspect‹, I can understand that only as a rather injuring insinuation on Thomas Mann's integrity as an artist and man. I have known him for more than 25 years and never saw him sell his artistic conscience to success or ›the mood of time‹. In fact, he has suffered for the purity of purpose which he follows conscientiously in his artistic and in his civilian life [more] than any other living artist. There is something in the current literary attitude to Thomas Mann in this country which seems to acknowledge his greatness only grud[g]ingly, some of the reviewers barely hide their malice behind criticism which may sound very sharp and clever, but obviously expresses some resentiment, puzzling unfactual. I think in this connection particularly of certain reviews in the Times Literary Supplement. It seems that in this attitude the puritan limitations which are still very much alive in this country play a large part. [...]« Ronald Gray antwortete postwendend auf diesen »sympathetic and generous letter« und zeigte sich bereit, in der Druckfassung seines Artikels einigen der Herzschen Einwände Rechnung zu tragen: »Especially as you mention the possibility of sending a copy of the talk to Thomas Mann – I have learnt so much from him. I should not like to be misunderstood by him.« – Anfang September sandte Ida Herz dann die Kritik samt dazugehörigem Briefwechsel an TM, der, wie das TB vom 12. 9. ausweist, Ida Herz in einem langen Schreiben antwortete, das die Empfängerin am 22. 9. dann in einer Kopie an Mr. Gray weiterleitete: »As you can see, Thomas Mann examined your exposé in much greater detail than I did, and with greater precision too. No wonder! Isn't he a master in precision? I hope it will give you some satisfaction to read of the author's high opinion of your work, and I trust, you will take his criticism in good humour.« Was dann der Rezensent – wie aus dem Dankesbrief an Ida Herz vom 24. 9. hervorgeht – auch tat: »It was most encouraging and often painful to read his shrewd replies to my criticisms. I hope that anything I write in future will be tempered by what I have learnt from him. I have written him a short letter thanking him for his kindness, and hope this will reach him at Lugano.« TMs Brief ist in D. ü. D. III, 400–402 wiedergegeben.

12. 9. 1951

1] *Der Katarakt Mühlestein:* Der Schweizer Schriftsteller, Überset- 101
zer und Kulturhistoriker Hans Mühlestein, den TM aus seiner Münchener Zeit flüchtig kannte. Der Kontakt wurde erneuert durch Mühlesteins Übertragung von Michelangelos Sonetten: ›Ausgewählte Dichtungen‹, Italienische Originale und deutsche Umdichtungen von Hans Mühlestein, Celerina 1950, die TM zu seinem Michelangelo-Essay inspirierten. (S. dazu TB 49/50, 574.)

2] *an die Herz:* An Ida Herz, Lugano, 10. 9. 1951, Reg. IV, 51/382. S. TB 9. 9. 1951, Anm. 8.

102 3] *Glückwunsch:* An Bruno Walter, Lugano, 12. 9. 1951, Reg. IV, 51/383; Br. III, 221/222.

4] *E. Ludwig:* Der Schriftsteller Emil Ludwig (1881–1948) war bereits 1906 in die Schweiz emigriert und besaß ein Haus in Moscia bei Ascona.

14. 9. 1951

102 1] *20200 m Höhe:* So – vermutlich für 2200 m – im Manuskript.

2] *für das Weiterbestehen des Schauspielhauses:* An Carl Seelig, Zürich, 14. 9. 1951, Reg. IV, 51/384; Br. III, 222/223.

3] *Besprechung [...] in »Chicago Sun«:* Paul Engle, ›A Holy Sinner in Triumph‹, ›Chicago Sunday Tribune‹, 9. 9. 1951.

15. 9. 1951

103 1] *Tolstois »Vater Sergej«:* Im fünften Band der TB 15. 5. 1951, Anm. 3 nachgewiesenen Ausgabe.

2] *an Seelig:* S. TB 14. 9. 1951, Anm. 2.

3] *Besprechung [...] Herald Tribune:* Lewis Gannett, ›The Holy Sinner‹, NYHT 10. 9. 1951.

4] *Polemik gegen Koestler:* Der Brief von Golo Mann befindet sich nicht unter den Dokumenten des TMA.

5] *Bearbeitung:* S. TB 30. 8. 1951, Anm. 1. Ein Abdruck in der ›Münchner Illustrierten‹ konnte nicht nachgewiesen werden.

6] *Meldung vom Tode Fritz Buschs:* Der deutsche Dirigent Fritz Busch (geb. 1890), den TM 1923 als Dresdener Generalmusikdirektor kennenlernte, war am 14. 9. 1951 in London gestorben. Busch hatte Deutschland im Mai 1933 verlassen. Näheres TB 44–46, 57.

16. 9. 1951

103 1] *Im »Statesman«:* J. P. Hayes, ›The Point of No Return‹, ›The New Statesman and Nation‹, vol. XLII, No. 1070 v. 8. 9. 1951, 243–245; eine detaillierte Auflistung der mit dem westlichen Verteidigungsbündnis und der deutschen Aufrüstung verbundenen Gefahren für den Weltfrieden: »The essential fact is that the decisions of the next month or two – the rearmament of Japan, the likely rearmament of Germany, the adherence of Greece and Turkey to the Atlantic Alliance, and the entente between these two and Marshall Tito – will be

irrevocable. In the arming of Japan and Germany, Anglo American policy will create monsters which may show themselves beyond control. They will certainly appear in Russian eyes as a mortal threat to the Soviet Union; and Soviet policy will react. How far the reaction will go is not yet clear. But it cannot be less than the intensive rearmament of the Soviet Union itself and its satellites, including the Soviet Zone of Germany. [...]«

2] *Feuilleton von Weber:* Wb [Werner Weber], ›Ergänzungen zu Gides Autobiographie‹, NZZ (Fernausgabe) 16. 9. 1951, Bl. 6: ein Feuilleton zu André Gides ›Journal intime‹ und zu ›Et nunc manet in te‹: »In der Betrachtung ›Et nunc manet in te‹ versucht Gide, im Augenblick, da seine Frau nicht mehr lebt, festzuhalten, was sie gewesen war. [...] Es geschieht mit rücksichtslosen Mitteln. Der makellos reine Einfluß der Frau wird verzweifelt analysiert, und die Frage, warum er doch im Leben des Mannes nichts von all dem Unreinen, Verworfenen, Perversen hat verhindern können, wird ebenso verzweifelt gestellt. [...] Eine kleine Episode ist geeignet, in den Kampf dieser Seelen einzuführen. Gide las seiner Frau aus dem ›Immoraliste‹ vor. Man kam dabei zu folgender Stelle: ›Marceline gestand mir, daß sie schwanger war‹. Da unterbrach die Frau den Mann: ›Aber, mein Lieber, hier geht es nicht um ein Geständnis, hier geht es um ein vertraulich mitteilendes Wort; man gesteht einen begangenen Fehler ein, etwas Tadelnswertes; hier aber ist nur dieses Wort richtig: sie anvertraute mir...‹ Mit diesem zarten Einwand ist der brutale Riß zwischen den beiden angedeutet. Gide hat das Mütterliche nicht begriffen; sein Dämon (er selber gibt seiner Anlage diesen Namen) macht ihn zur Geißel des Mütterlichen. Das Grauen ist nun nicht darin zu sehen, daß einer das Werkzeug des Widernatürlichen wird; es ist darin zu erkennen, daß dieser Mensch seine Funktion ganz durchschaut. Es gibt dafür auch in diesen Aufzeichnungen Beispiele. Eines unter ihnen: die beiden sitzen im Zug von Biskra nach Algier. Im Coupé nebenan sind drei Schüler, die zur Schule fahren. Jedesmal, wenn der Zug hält, erhebt sich Gide, läßt des Fenster herab, lehnt sich hinaus; einer der Schüler tut am Fenster nebenan das gleiche. ›Ma main pouvait atteindre les bras d'un des trois écoliers ... je goutais de suppliciantes délices à palper ce qu'il offrait à ma caresse de duveteuse chair ambrée...‹ Die Frau ist Zeuge des Spiels; sie tut, als ob sie nichts sähe, tut, als ob sie ihren Mann nicht kennte. Später sagt sie,

104

mehr unter Trauer als mit Vorwurf: ›Tu avais l'air ou d'un criminel ou d'un fou.‹«

3] *in italienischer Übersetzung:* S. TB 28. 7. 1951, Anm. 3.

17. 9. 1951

104 1] *von Walter:* Von Bruno Walter, Lugano, 16. 9. 1951: »Ich bin mir des Glückes Euerer Freundschaft tief bewußt, es gehört zu den höchsten Lebensgütern mit denen das Schicksal mich begnadet hat, und freudig bekenne ich mich als Schuldner einer Beziehung, in der ich nie vergelten kann, was ich empfange.« (Im TMA)

2] *an Frau Hauptmann:* An Margarete Hauptmann, Zürich, 17. 9. 1951, Reg. IV, 51/389.

3] *[an] Niekischs:* An Arthur und Grete Nikisch, Zürich, 17. 9. 1951, Reg. IV, 51/390.

18. 9. 1951

105 1] *von Agnes Meyer:* Nicht mehr erhalten. S. jedoch TMs Antwort, Zürich, 18. 9. 1951, Reg. IV, 51/393; TM/AM 758: »Bin froh, daß Amerika mir wieder lächelt und lächle zurück.«

2] *»Erinnerungen an die Kalda-Bahn«:* Franz Kafka, ›Erinnerung an die Kaldabahn‹, in der TB 11. 8. 1951, Anm. 1 nachgewiesenen Ausgabe 422–435.

19. 9. 1951

105 1] *Aufsatz von Beidler:* Franz W. Beidler, ›Bedenken gegen Bayreuth. Eine kritische Jubiläumsbetrachtung‹, ›Das literarische Deutschland‹, Heidelberg, Jg. 2, No. 16 v. 20. 8. 1951, 1/2.

2] *Beidler:* Der Schriftsteller Franz W. Beidler (1901–1981), ein Enkel Richard Wagners. (S. auch TB 46–48, 442.)

3] *Bericht:* Der demokratische Senator von Connecticut, Brien McMahon (nicht, wie TM schreibt, Mc Mason), Vorsitzender der gemischten Kongreßkommission für Fragen der Atomenergie, hatte am 18. 9. im Senat eine großes Aufsehen erregende Rede gehalten, in der er die nahezu ausschließliche Verlagerung von konventionellen auf atomare Waffen vorschlug – im Rahmen einer Resolution über einen moralischen Kreuzzug für Frieden und Freiheit.

20. 9. 1951
1] *Umarbeitung:* An III, 2 und 3; s. TB 1. 7. 1951, Anm. 3. 105

21. 9. 1951
1] *Reviews:* Siegfried Mandel, ›Woven in a Medieval Tapestry‹, SRL, 8. 9. 1951, 19/29, und ›Pope Oedipus‹, ›Time‹, 10. 9. 1951, 102. 106
2] *Arbeit:* Karl Heim, ›Thomas Mann und die Musik‹, Diss. phil., Freiburg 1952.
3] *Frau Reif:* Die Pianistin Lilly Reiff-Sertorius (1866–1958). Sie und ihr Mann, der Schweizer Industrielle und Mäzen Hermann Reiff (1856–1938), waren Freunde von TMs Schwiegereltern und hatten in Zürich ein gastfreies Haus geführt, das auch TM und seine Familie – zumal während der frühen Emigrationsjahre – häufig besuchten. Reminiszenzen an das Haus Reiff hat TM dem XXXIX. Kapitel seines *Doktor Faustus* einmontiert (GW VI, 554/555).
4] *Schwägerin Lala:* Klaus Pringsheims Frau Klara, genannt Lala, geb. Koszler (1888–1978).
5] *Schaukelpferd Achill*: Vgl. dazu TMs Erinnerung in der autobiographischen Skizze *Kinderspiele,* GW XI, 327–329: »Mein Schaukelpferd [...] habe ich zärtlich geliebt, und ich wünschte wohl, ich könnte noch einmal den Arm um seinen Nacken legen. Es hieß Achill, ich selber taufte es so, und als ich es zum Geschenk erhielt, wollte es mir in seiner lebensvollen Größe wie ein schöner Traum erscheinen. Elegant gesattelt und gezäumt, hatte es das natürliche kindlich-rauhe Fell eines Fuchs-Ponys [...] und die treuherzigsten Glasaugen der Welt. Nicht aus Rittersinn liebte ich es, das weiß ich wohl, sondern aus Sympathie mit der Kreatur, mit seinem Fell, seinen Hufen und Nüstern [...]« (327)

22. 9. 1951
1] *St. Spender in N. Y. Times:* Stephen Spender, ›Mr. Mann's Tale of Agony and Love‹, NYT Book Review, 9. 9. 1951, 1, 24. 106
2] *Hirschfeld:* Der Dramaturg und spätere Direktor des Zürcher Schauspielhauses, Kurt Hirschfeld (1902–1964), der 1933 in die Schweiz emigriert war und den TM aus den ersten Zürcher Exiljahren gut kannte.
3] *Vorwort:* S. TB 24. 9. 1951, Anm. 1.
4] *»Zar und Zimmermann«:* Die Premiere von Albert Lortzings

(1801–1851) Oper ›Zar und Zimmermann‹ (1837) fand am 22. 9. 1951 im Zürcher Stadttheater statt. In der Inszenierung von Karl Schmid-Bloß und unter der musikalischen Leitung von Otto Ackermann sangen in den Hauptrollen Willy Ferenz, Manfred Jungwirth und Erna-Maria Duske.
5] *Tolstois »Der Teufel«:* Im 5. Band der TB 15. 5. 1951, Anm. 3 nachgewiesenen Ausgabe.

23. 9. 1951

106 1] *Schauspielhaus-Vorlage:* Der Stadt Zürich war es nicht gelungen, bei der Gemeindeabstimmung am 23. 9. 1951 eine Stimmenmehrheit für den Erwerb der »Pfauen«-Liegenschaft zu erringen, in deren Bühnenräumen das spätere Zürcher Schauspielhaus seit Winter 1926/27 seine Spielstätte hatte. Bei einem Stimmenverhältnis von 30 826 zu 30 578 fehlten den Befürwortern der Transaktion – trotz starker Unterstützung durch den Stadtpräsidenten, durch eindrucksvolle und publikumswirksame »Orientierungsabende« sowie durch die Leserbriefspalten der NZZ – 248 Stimmen.
2] *Rolle der Rieser:* Die schwierigen Rechtsverhältnisse erklärte die NZZ am 15. 9. 1951 ihren Lesern. Dem Bericht zufolge gehörten die Aktien der Pfauen A. G. (Inhaberin der Liegenschaft mit Hotel, Pfauentheater und Restaurant) nahezu vollständig (380 von 400) Frau Marianne Rieser, der Schwester Franz Werfels und Witwe des einstigen Direktors der Schauspielhaus A. G., des Weingroßhändlers Ferdinand Rieser. Die Schauspielhaus A. G., deren Aktien sich nach Riesers Tod vollständig im Besitz von Marianne Rieser befanden, die aber selbst keine Theatertätigkeit mehr ausübte, hatte das Theater für einen Jahreszins von SFr. 100 000 an die Neue Schauspiel A. G. vermietet, in deren Verantwortung der gesamte Spielbetrieb übergegangen war. Der Mietvertrag lief am 20. 6. 1952 aus, und Frau Rieser hatte eine Verlängerung abgelehnt. Durch diese Ablehnung fühlte sich die Stadt Zürich aufgerufen, zur Erhaltung ihrer renommierten Bühne am alten Ort zu versuchen, die Liegenschaft zu erwerben, über deren Preis sie sich in zweijährigem zähen Ringen mit der Eigentümerin hatte einigen können. (Zum glücklichen Ende der Affäre – den Gebäudekomplex erwarb die Schweizerische Bankgesellschaft, die ihn dann ihrerseits an die Neue Schauspiel A. G. verpachtete –

vgl. Thomas Sprecher, ›Thomas Mann in Zürich‹, Zürich 1992, 150–156).

3] *Duttweiler:* Der Kommunalpolitiker, Begründer des Schweizerischen Warenhaus-und Einkaufkonzerns Migros, Finanzier der Zürcher Tageszeitung ›Die Tat‹, Gottlieb Duttweiler (1888–1962), hatte in der Pfauen-Kampagne gegen einen Verkauf der Liegenschaften an die Kommune gestimmt. *107*

4] *George VI.:* George VI. (1895–1952), seit Dezember 1936 König von Großbritannien und Nordirland.

24. 9. 1951

1] *Neue Fassung:* Die geänderte Fassung des Vorspruchs anläßlich der Lesung im Zürcher Schauspielhaus am 24. 9. 1951 erschien im Programmheft ›Christopher Fry, Die Dame ist nicht fürs Feuer‹, 27. 9. 1951. Sie ist im Anhang, Dok. 39, S. 817 abgedruckt. *107*

2] *Motschan:* Der Schweizer Industriechemiker Georges Motschan (1920–1989), der TM 1937 als Schüler besucht und ihn 1949 in seinem Buick als »Chauffeur« auf der Deutschlandreise nach Frankfurt und Weimar begleitet hatte. S. neben TMs TB-Aufzeichnungen aus diesen Tagen Georges Motschan, ›Thomas Mann – von nahem erlebt‹, Verlag der Buchhandlung Mattussek, Nettetal 1988.

3] *Größter Vortragserfolg seit dem Fitelberg-Kapitel*: TM hatte das XXXVII. (Fitelberg-)Kapitel aus dem *Doktor Faustus* während seines ersten Europa-Aufenthaltes nach dem Kriege, im Sommer 1947, genau: am 8. 6., im Zürcher Schauspielhaus gelesen. Vgl. TB 2. 7. 1947, die in Flims niedergeschriebene Retrospektive der »tief befriedigende[n] Matinee im Schauspielhaus, wo ich Fitelberg und 111 las. Beifallsdonner.«

4] *Tochs:* Der österreichische Komponist Ernst Toch (1887–1964) lehrte seit 1936 an der University of Southern California in Los Angeles und lebte mit seiner Frau Lilly in Santa Monica.

5] *Joachim Maaß:* Der Schriftsteller Joachim Maass (1900–1972), den TM seit 1936 kannte und 1939 in New York wiedertraf, lehrte seit 1940 deutsche Literatur am Mount Holyoke College, Mass.

6] *Direktor Wälterli:* Der Schauspieler und Regisseur Oskar Wälterlin (1895–1961) war seit 1938 Direktor des Zürcher Schauspielhauses.

7] *Enverloppe:* So zweifelsfrei in der Handschrift. Gemeint ist vermutlich der Briefumschlag mit dem Honorar.

25. 9. 1951

107 1] *Lese-Manuskript für [...] die Rundschau:* Der Vorabdruck ›Thomas Mann, ‚Bekenntnisse des Hochstaplers Felix Krull'. Zwei neue Roman-Fragmente‹; 1. Reise und Ankunft (GW VII, 385–403), 2. Cirkus (GW VII, 455–464), erschien in der ›Neuen Rundschau‹, Jg. 62, 1951, H. 3, 1–23.

108 2] *Amtsbruder [...] Brändli:* Pfarrer Hans Brändli. S. den TB 14. 12. 1951, Anm. 1 nachgewiesenen Brief Fiedlers an TM: »Gedacht habe ich sehr viel an Sie. Und gefreut habe ich mich immer wieder über die zwei Stunden im Dolder. Mein Freund Hans Brändli war, als wir damals zurückfuhren, ganz zappelig vor Begeisterung. Und mit Bezug auf Ihre Gattin sagte er: ›Jetzt begreife ich natürlich!‹ Ich wage es gar nicht zu sagen, was darin alles enthalten lag.«

3] *Barth:* Der Schweizer Theologe Karl Barth (1886–1968) hatte sich früh bei den religiösen Sozialisten engagiert und war Mitglied der sozialdemokratischen Partei. Während des Kalten Krieges, also zur Zeit der Niederschrift dieser Tagebuch-Notiz, warnte Karl Barth wiederholt vor den gelegentlich primitiven Formen des westlichen Antikommunismus.

4] *Attenhofer und ihr Mann:* Die Schweizer Schauspielerin und Diseuse Elsie Attenhofer (geb. 1909) war ursprünglich Malerin und Bildhauerin gewesen und hatte 1934, angeregt durch TMs *Joseph*-Romane, eine überlebensgroße Statue des jungen Joseph modelliert, die TM am 18. 8. 1934 in ihrem Zürcher Atelier »in Augenschein nahm« (»Sehr merkwürdiger Eindruck«). 1934 trat Elsie Attenhofer erstmals im Zürcher politischen Kabarett ›Cornichon‹ auf, modellierte aber offenbar weiter an Gestalten aus den *Joseph*-Romanen (s. TB 3. 11. 1935). Elsie Attenhofer war seit 1940 mit dem Zürcher Literarhistoriker Karl Schmid (s. TB 13. 7. 1952, Anm. 4) verheiratet.

5] *Korrodis Bericht:* E. K., ›Vorlesung von Thomas Mann‹, NZZ, 27. 9. 1951 (Fernausgabe), Bl. 2: Im wesentlichen eine Nacherzählung der gelesenen Texte (»Hier pausierte Thomas Mann und deutete nur an, daß Krull im selben Hotel der Dame wiederbegegnet, der er das Kästchen entwendete, und die ihm ›verziehen‹ habe«) nebst einem bemüht würdigenden Schlußpassus: »Unter dem Gebraus des Beifalls stand Thomas Mann, der elegante Erzzauberer, vor uns, rückverwandelt in die eigene Person, mit etwas gebleichterem Scheitel, aber noch ohne den Schnee der hohen Jahre, elastisch und wie ein gebräunter Wandersmann, dem man gerne begegnete, da es nur ein Wiedersehen mit dem großen Künstler war. Das war wohl das Gute, das der Hochstapler Felix Krull ihm getan hat.«

6] *Brief von [...] Weber:* Von Werner Weber, Zürich, 25. 9. 1951: »Ich habe, sobald Ihre Vorlesung angekündigt wurde, meinen Freund Korrodi gebeten, er möchte doch über Ihren Abend schreiben. Gern hätte ich es selber getan; aber es war mir lieb, ihn gerade mit diesem Thema wieder als Beiträger des Feuilletons zu sehen, in dessen Spalten er, vor seinem Rücktritt oft, durch Jahrzehnte hindurch, mit Ihnen das Gespräch gehalten hat. Und wenn ich es selber dann beim Erscheinen des Krull samt Continuatio weiterführen darf, freut es mich doppelt.« (Im TMA)

7] *Mr. Grays Kritik:* S. TB 9. 9. 1951, Anm. 7.

26. 9. 1951

1] *von Helbling:* Von Carl Helbling, Zürich, 15. 9. 1951; im TMA. *108*

2] *Helbling:* Der Zürcher Literarhistoriker Carl Helbling (1897–1966) stand seit 1922 mit TM in Verbindung. Näheres TB 46–48, 592.

3] *F. Hardekopf:* Der Journalist, Übersetzer und ehemalige Reichstagsstenograph Ferdinand Hardekopf (1876–1954) war während des Zweiten Weltkrieges in einem Lager in Frankreich interniert, auf Intervention von André Malraux und André Gide jedoch wieder entlassen worden. Nach Kriegsende lebte er, wie während der Zeit von 1916 bis in die Mitte der zwanziger Jahre schon einmal, wieder als Übersetzer und Mitarbeiter der ›Neuen Schweizer Rundschau‹ in der Schweiz.

4] *Bericht Rychners:* r. [d.i. Max Rychner], ›Thomas Mann erzählt Felix Krull‹, ›Die Tat‹, Zürich, 26. 9. 1951: »Ungemein war das epische Behagen, das von der Geschichte und der zur Meisterschaft gelangten Kunst des Vortrages ausging. Auch in diesem Fall hat der Dichter zuerst die Person gedichtet, die dann wortführend zu sein hat. [...] Um die Moral haargenau wissend, schwebt er geisterhaft schnell über ihre Grenzen. [...] Höchsten Ernst wendet er an die Formulierung des Unernstes; ein Uebermaß von Gewissenswachheit in der

Darstellung geht zusammen mit der Schilderung gewissenloser Momente eines Lebens, das, der Moral entfremdet, dennoch ihr genau zugepaßt ist als eine ihrer negativen Erscheinungen. ›Die Welt will betrogen sein‹; mit dieser alten Erkenntnis macht Felix ernst; er anerkennt diesen Willen der Gesellschaft und dient ihm. Ein Spieler, ein Artist, einer der wenigen, von denen man nicht weiß, was er morgen tun und denken wird. Wie kunstvoll ist sein Lebensbericht!«

5] *Rychner:* Der Schweizer Literarhistoriker, Essayist und Kritiker Max Rychner (1897–1965). Näheres TB 46–48, 595.

6] *Duby:* Der Gymnasiast Pierre Düby, Sohn des Zürcher Anwalts (ab 1945 Bundesrichter) und Mitbegründers der Schauspiel AG Kurt Düby (1900–1951) und seiner Frau Erika (geb. 1904), einer Freundin von Emmie Oprecht und Katia Mann.

27. 9. 1951

108 1] *Frau Fritz Busch:* An Grete Busch, Zürich, 27. 9. 1951, Reg. IV, 51/399.

2] *an Rychner:* An Max Rychner, Zürich, 27. 9. 1951, Reg. IV, 51/401; Bl. TMG 7, 1967, 20.

3] *an Hardekopf:* An Ferdinand Hardekopf, Zürich, 27. 9. 1951, Reg. IV, 51/400.

4] *Faesis:* Der Schweizer Literarhistoriker Robert Faesi (1883–1972) stand seit 1914 mit TM, der bereits vor 1933 während Schweizer Vortragsreisen mehrfach sein und seiner Frau Jenny Gast in Zollikon gewesen war, in zunehmend engerer Verbindung.

5] *Première:* Die Premiere von Christopher Frys Schauspiel ›The Lady is not for Burning‹ in der Übersetzung von Hans Feist (›Die Dame ist nicht fürs Feuer‹) fand am 27. 9. 1951 im Zürcher Schauspielhaus statt. Unter der Regie von Oskar Wälterlin spielten u.a. Rolf Henniger, Anneliese Römer und Ernst Ginsberg.

109 6] *an Fry:* Die Karte an den englischen Dramatiker Christopher Fry (geb. 1907) ist nach Reg. IV, 589, verschollen.

28. 9. 1951

109 1] *an Schuh:* An Willi Schuh, Zürich, 28. 9. 1951, Reg. IV, 51/402: Dank für eine Studie über den ›Rosenkavalier‹, ›Trivium‹, 1951, H. 2: »Ich habe den Strauss Richard immer mit größtem Interesse leiden

können. ›Der Revolutionär als Sonntagskind‹ – es ist ein ganz einmaliger, eigentlich entzückender Fall. Und Hofmannsthal – sein Ruhm ist in ständigem Wachsen. Als er starb und wir den Widerschein dieses Blitzes ›als Blässe im Gesicht‹ trugen, sagte Schnitzler: ›Wir erleben die Geburt einer Unsterblichkeit.‹ Ein schönes Wort, das sich mehr und mehr bewahrheitet.« (Kopie im TMA)
2] *Stadtpräsident von Schaffhausen:* Der Sozialist und spätere sozialdemokratische Politiker Walther Bringolf (1895–1981) war 1932 zum Schaffhauser Stadtpräsidenten gewählt worden.

29. 9. 1951
1] *Rascher:* Max Rascher (1883–1962), Inhaber des Zürcher Verlags 109
Rascher & Cie.

1. 10. 1951
1] *Sprach [...] über Oesterreich:* Eine diesbezügliche Äußerung ließ 110
sich nicht ermitteln.
2] *Nägel:* Das dem Ehepaar Mann seit 1935 bekannte deutschschweizerische Hoteliersehepaar Naegel, seit 1949 Manager des von TM in New York bevorzugten Hotel St. Regis.
3] *Kesten:* Der Schriftsteller Hermann Kesten (geb. 1900), ein Freund von Klaus Mann, war 1949 aus dem amerikanischen Exil nach Europa zurückgekehrt und lebte – abgesehen von häufigeren Besuchen in den USA – in der Schweiz. S. auch TB 46–48, 456.
4] *In den Times:* NYT 1. 10. 1951, 9:2,3 mit der Unterschrift »Tho- 111
mas Mann, novelist, and his wife, leaving Idlewild Airport after flight from Switzerland.«
5] *an Frido*: Nicht unter den im TMA verwahrten Dokumenten.

2. 10. 1951
1] *wie der Duke of Windsor:* TM hatte am 1. 5. 1947 in Washington 111
und wenig später in New York erlebt, unter welchen Ehren und Annehmlichkeiten die Reise des Herzogs von Windsor, des ehemaligen Königs Edward VIII. (1894–1972), aus den USA zurück nach Europa verlief. Die Diskrepanz zwischen den ihm zugemuteten Unbeqemlichkeiten und den dem Herzog zu Gebote stehenden Fazilitäten hinterließ eine offenbar tiefgehende Kränkung. Vgl. auch TB 46–48, 122, 126 und 565, sowie TB 49/50, 61 und 411.

2] *Kafkas Reise-Aufzeichnungen:* Franz Kafka, ›Reisetagebücher‹, im Band ›Tagebücher 1910–1923‹ (s. TB 9. 9. 1951, Anm. 2), 589–682.

3] *Besprechungen in »Nation« und »New Leader«:* 1. Leslie A. Fiedler, ›Myth and Irony in Thomas Mann‹, ›The Nation‹, vol. 173, No. 15 v. 13. 10. 1951, 307–309; 2. John Franklin Bardin, ›Thomas Mann's Mythical Romance‹, ›New Leader‹, vol. 34, No. 39 v. 24. 9. 1951, 16–18.

4] *»L'envers du journal de Gide«:* F. Derais , H. Rambaud, ›L'envers du ‚Journal' de Gide et les secrets de la sincérité‹, Paris 1951.

3. 10. 1951

112 1] *James Frank:* Der Physiker James Franck (1882–1964; Nobelpreis 1925) war bis 1933 Professor in Göttingen gewesen; von 1938 bis 1947 lehrte er an der Universität Chicago. TM hatte Ende 1945 einen von James Franck maßgeblich mitverfaßten *appeal* unterschrieben, der für eine behutsame Politik gegenüber dem von Hunger und Wirtschaftschaos bedrohten Deutschland warb. Näheres TB 44–46, 755–761.

2] *Dr. Solnitz:* Vermutlich der 1951 in Chicago lehrende, 1939 von Berlin nach Großbritannien und 1944 in die USA geflohene Physiker Frank Theodore Solmitz (1924–1980).

3] *Emmerke-Peter:* Der in Chicago am Argonne National Laboratory tätige Physiker Peter Pringsheim (1881–1964), ein Bruder von Frau Katia Mann, und seine »Emmeke« genannte Frau Emilia Theodora, geb. Clément.

4] *an Goes:* Das Schreiben an Albrecht Goes ist nach Reg. IV, 589, verschollen.

5] *Redfields:* Wahrscheinlich der Chicagoer Anthropologe Robert Redfield (1897 – ?) mit seiner Frau.

6] *sein physik. Buch:* Vermutlich – das Buch befindet sich nicht im TMA – Peter Pringsheim/Marcel Vogel, ›Luminiszenz von Flüssigkeiten und festen Körpern. Wissenschaftliche Grundlage und praktische Anwendung‹. Berichtigte und auf den neuesten Stand ergänzte deutsche Ausgabe, Weinheim/Bergstraße 1951.

4. 10. 1951

1] *Venosta-Kapitel:* III, 4; GW VII, 499–522. 112

2] *naturhistorisches Museum:* Der Eintrag ist in der Handschrift von »Im naturhistorischen Museum« bis »biologischer Rausch« von TM an der Seite mit Bleistift angestrichen. – Zu den Aufzeichnungen der Eindrücke im naturhistorischen Museum (TB. 4. und 6. 10. 1951) vgl. das *Krull*-Kapitel III, 7, Krulls Besuch des »Museu Sciências Naturaes« von Lissabon, GW VII, 571–581 (s. dazu TMS V, 496–510 und 539/540), sowie den Brief an Hermann Hesse, P. P. 14. 10. 1951, Reg. IV, 51/416; Br. III, 224/225; HH/TM 161/162: »[. . .] Es sind da die Anfänge des organischen Lebens – im Meere, als die Erde noch wüst und leer war –, die ganze Tierwelt, Aussehen und Leben des Frühmenschen (auf Grund der Skelettfunde plastisch rekonstruiert) höchst anschaulich dargestellt. Die Gruppe der Neanderthaler (mit deren Typ eine Entwicklungslinie abbricht) in ihrer Höhle vergesse ich nie und nicht die hingebungsvoll hockenden Ur-Künstler, die die Felswände, wahrscheinlich zu magischen Zwecken, mit Tierbildern in Pflanzenfarben bemalen. Ich war völlig fasziniert, und eine eigentümliche Sympathie ist es, die einen bei diesen Gesichten erwärmt und bezaubert. « (225)

5. 10. 1951

1] *ablehnender Artikel:* S. TB 2. 10. 1951, Anm. 3. Der Rezensent, 113
John F. Bardin, hatte geschrieben: »[. . .] This author's entire career has been an attack upon the artist. From *Buddenbrooks* through *Death in Venice* and *The Magic Mountain* to *Doctor Faustus,* this theme has been Thomas Mann's obsession. It is as if by becoming an artist this man, in his own eyes, committed *the* crime against society and God. His career is an expiation, each novel a penance. He destroys his family in *Buddenbrooks,* destroys his sensibility as Hugo Aschenbach, immerses his common sense in the holocaust of war as Hans Castorp after riddling his body with tuberculosis, has himself thrown into the pit as Joseph, riddles his mind and tortured frame with syphilis as Adrian Leverkuhn . . . and, at last, as Gregorius he shrinks to a creeping, stinking creature that is suckled by the Rock. This is the same Mann who has at other times identified himself with Wagner and Nietzsche, Tolstoy and Freud, the Kaiser and, perhaps, Stalin. What is Thomas Mann's sin, what name can we give it, that requires

such overweening vanity and such terrible self-flagellation? Could it possibly be the sacrilege of irony?«

6. 10. 1951
Auch unter diesem Datum hat TM die – später im Museumskapitel des *Krull* verwendeten – Eindrücke von »nochmals im Museum of natural History« bis »Bewegt von alledem« unterstrichen und die Aquariumsimpressionen von »gingen noch durch die Unterführung« bis »könnte mich so interessieren« durch seitliche Bleistiftanstreichung markiert.

114 1] *Prof. Naef und Frau:* Professor John Naef und seine Frau Eleanor. Naef, ein Freund von Robert M. Hutchins, dem Kanzler der University of Chicago, war Gründer des ›Committee on Social Thought‹, eine der ersten Institutionen, die sich um die Einführung interdisziplinären Lernens an den Universitäten bemühten.

115 2] *Besprechung:* Anthony West, ›The Holy Sinner‹, ›The New Yorker‹, 6. 10. 1951, 114/115: »[. . .] It is hard to say what Mann can have had in mind when he embarked on the task of spinning this rigmarole out to the length of a novel. Anatole France's motive for doing this sort of thing was easy to understand – an anticlerical one – and his pseudo-pious chronicles were parodies of what the church was then circulating in provincial France. But Mann's tone is a teasing one, as if the medieval mind were being laughed at, and this seems oddly naive and unlike him. [. . .] Mann does its essence [gemeint ist das Wesen der Prä-Renaissance-Kultur] less than justice with such childish medievalisms as ›Say not that you have naught! But let us sit down in the window niche and causer cosily a little . . .‹ This is not far from the silliness of Mark Twain's Yankee, at the Court of King Arthur, mocking the past for its foolishness in not being the present.« Die Besprechung schließt mit dem Satz: »What is worth going back in time to get is worth the cleanest and sharpest language that can be written. However, Mann has his fun making his monkish narrator into a clumsy-minded clodhopper, and whatever the spirit of the Middle Ages may or may not have been, it is, in its slow way, surprisingly good fun.«

3] *Germanic approach:* Anthony West hatte zu Anfang seiner Besprechung geschrieben: »Though the approach is wholly Germanic, the game is the one Anatole France delighted in – the retelling with tongue in cheek of a pious medieval legend, spicing up a saintly life with lighthearted eroticisms.«

7. 10. 1951

Im Manuskript versehentlich mit »7. IX.« datiert.

1] *»1001 Anekdoten«:* N. O. Scarpi (d.i. Fritz Bondy) (Hrsg.), ›1001 Anekdoten‹, Zürich 1950. *115*

2] *Klaus Hubert:* TMs Neffe Klaus Hubert Pringsheim; s. TB 6. 1. 1951, Anm. 2. *116*

3] *K, HK und P:* Katia, Hilde Kahn und Persönlich: die Kategorien, unter denen TM seine Post ordnete.

8. 10. 1951

1] *Mr. Zifferen:* Der Journalist, Filmschriftsteller und spätere Berater des State Department in PR-Fragen, Lester Ziffren (geb. 1906), Nachbar und gelegentlicher »dogsitter« der Familie Mann. *116*

2] *Gide-Aufsatz:* TMs Besprechung ›Zu Albert J. Guérards ‚André Gide'‹ erschien in der NSR, N. F., Jg. 19, H. 7, November 1951, 437–444. Sie ist unter dem Titel *›André Gide‹ von Albert J. Guérard* aufgenommen in GW X, 802–810.

9. 10. 1951

1] *Arbeit [...] von Michael:* Das unveröffentlichte Manuskript des seit 1946 an der University of Texas in Austin lehrenden Germanisten Wolfgang F. Michael (geb. 1909 in Freiburg im Breisgau), ›E. T. A. Hoffmann und Thomas Mann‹, befindet sich nicht unter den Dokumenten des TMA. *116*

2] *Yalta Menuhin:* Die Pianistin Yalta Menuhin (geb. 1921), Schwester des von TM hochgeschätzten Geigers Yehudi Menuhin (geb. 1916).

3] *Buch über amerik. Homosexualität:* Vermutlich Donald Webster Cory, ›Homosexuality in America‹, New York 1951. *117*

4] *deutscher Essayband:* Verwirklicht in *Altes und Neues. Kleine Prosa aus fünf Jahrzehnten,* Frankfurt am Main 1953.

5] *an Amann:* An Paul Amann, P. P. 9. 10. 1951, Reg. IV, 51/405; TM/PA 72/73.

6] *[an] W. F. Michael:* An Wolfgang F. Michael, P. P. 9. 10. 1951, Reg. IV, 51/407.

7] *Picaro-Aufsatz:* Oskar Seidlin, ›Picaresque Elements in Thomas Mann's Works‹, ›Modern Language Quarterly‹, Seattle, vol. 12, 1951, No. 2, 183–200.

8] *Seidlin:* Der Schriftsteller und Germanist Oskar Seidlin, vorm. Koplowitz (1911–1984), ein Jugendfreund von Klaus Mann, unterrichtete seit 1940 an verschiedenen Universitäten der USA. (Näheres TB 46–48, 547.)

9] *unterstreichend:* TMs Arbeitsexemplar des Sonderdrucks ist im TMA nicht vorhanden.

10] *Band Hesse-Briefe:* S. TB 9. 9. 1951, Anm. 6.

10. 10. 1951

117 1] *an Seidlin:* An Oskar Seidlin, P. P. 10. 10. 1951, Reg. IV, 51/410; Br. III, 223.

2] *Aufnahme von Mahlers Kinder-Totenliedern:* Gehört hat TM wahrscheinlich die Einspielung von 1949 mit Kathleen Ferrier und den Wiener Philharmonikern unter Bruno Walter. Im Plattennachlaß fand sich von den zwischen 1901 und 1905 nach Gedichten Friedrich Rückerts komponierten ›Kindertotenliedern‹ Gustav Mahlers (1860–1911) jedoch lediglich eine Aufnahme mit Marian Anderson und dem San Francisco Symphony Orchestra unter Pierre Monteux.

11. 10. 1951

118 1] *Dialog Felix–Venosta:* Im Kapitel III, 4; s. TB 4. 10. 1951, Anm. 1.

12. 10. 1951

118 1] *an Dr. Auerbach:* An Erich Auerbach, P. P. 12. 10. 1951, Reg. IV, 51/411; GW XI, 691–693.

2] *Dr. Auerbach:* Der deutsche Literarhistoriker Erich Auerbach (1892–1957), bis 1935 Romanist der Universität Marburg, lehrte nach seiner Emigration bis 1947 in Istanbul, ab 1949 am Pennsylvania State College.

3] *in Sachen »Mimesis« und »S. R. of Literature«:* Siegfried Mandel, ein Leser sowohl von TMs ›Holy Sinner‹ als auch von Auerbachs Buch ›Mimesis. Dargestellte Wirklichkeit in der abendländischen Literatur‹, Bern 1946, hatte in einem Leserbrief, SRL v. 29. 9. 1951, 24, darauf aufmerksam gemacht, daß die von Auerbach zitierten Dialoge aus dem französischen Weihnachtsspiel des 12. Jahrhunderts, ›Mystère d'Adam‹, »make an appearance in ›The Holy Sinner‹«. Da darüber hinaus TMs Roman »a superb demonstration« der von Auerbach dargestellten Erzähltechnik sei, wäre es nach Meinung des Schreibenden interessant, zu erfahren, ob TM Auerbachs Werk bei der Niederschrift seines Romans gekannt habe: »If this is the case, it might have been chivalrous of Mann to make mention of Auerbach in the acknowledgement where he calls attention to the medieval German poet Hartmann von Aue, who – alas – unlike Auerbach, is no longer able to express his gratitude for the reference.« – Auerbach wies diese Plagiatsanschuldigung mit einem am 20. 10. 1951, 24 gleichfalls in der SRL abgedruckten Leserbrief witzig und nobel zurück: Erich Auerbach, ›Thomas Mann's Sources‹. Dies Vorkommnis bildete den Anlaß des Anm. 1 nachgewiesenen, auch in D.ü.D.III, 402–404 aufgenommenen Briefes.

13. 10. 1951

1] *Offensive:* Während die Delegationen der kämpfenden Parteien in *119*
Panmunjon versuchten, die Waffenstillstandsverhandlungen wieder aufzunehmen, hatten die UN-Truppen auf breiter Front kommunistische Stellungen angegriffen und überrollt – Aktionen, auf die, cum grano salis, die von TM benutzte Charakterisierung »blutige Dauermanöver« durchaus zutraf.

2] *Bewilligung:* Durch den Senat am 12. 10. 1951.

3] *an Hesse:* An Hermann Hesse, P. P. 14. 10. 1951, Reg. IV, 51/416; Br. III, 224/225; HH/TM 161/162.

4] *Blancvalley:* Der deutsche Verleger Lothar Blanvalet erwarb 1952 die Rechte an Klaus Manns ›Mephisto‹, verzichtete jedoch 1954 angesichts des massiven Einspruchs der Rechtsanwälte von Gustaf Gründgens auf eine Publikation. S. dazu die Dokumentation von Eberhard Spangenberg, ›Karriere eines Romans. Mephisto, Klaus Mann und Gustaf Gründgens‹, München 1982, 140–149.

5] *deutschen Pläne:* Vermutlich bezieht sich TM auf eine Nachricht in den LAT, 12. 10. 1951, 15 ›West Germans Favor Allied Peace Talks‹, der zufolge sich der parlamentarische Ausschuß für gesamtdeutsche Fragen für den Fortgang der Friedensverhandlungen mit den westlichen Alliierten ausgesprochen habe, um dadurch den ostdeutschen

Kommunisten und ihren russischen »sponsors« deutlich zu machen, »that they have failed in attempts to keep Western Germany from joining the western defense community«. Das ostdeutsche Parlament hatte sich für einen Verhandlungsstopp ausgesprochen und Einigungsgespräche mit den Westdeutschen unter Preisgabe einer Beteiligung am atlantischen Verteidigungsbündnis verlangt.

6] *Heine-Buch:* Ludwig Marcuse, ›Heinrich Heine‹, Hamburg 1951.

14. 10. 1951

119 1] *Kerényis »Mythologie«:* Karl Kerényi, ›Die Mythologie der Griechen. Die Götter- und Menschheitsgeschichten‹, Zürich 1951.

15. 10. 1951

119 1] *Ein portugiesischer Cardinal berichtet:* Federico Kardinal Tedeschini berichtete bei einer Homilie vor Pilgern zum Heiligtum von Fatima in Portugal, Pius XII. sei im Jahre 1950 viermal (!), und zwar am 30. und 31. Oktober sowie am 1. und 8. November, die Jungfrau Maria erschienen. (Am 1. November verkündete der Papst das Dogma von der leiblichen Himmelfahrt Mariens.) Der Kardinal sagte, »the Pope fixed his eyes on the ›shining sun‹ and witnessed ›the life of the sun under the hand of Mary. [. . .] The agitated sun was convulsed and transformed in a picture of life, in a spectacle of heavenly movements, and it transmitted silent but eloquent messages to the Vicar of Christ.‹« (›Facts on File‹, 1951, 335P/336A)

120 2] *an Lesser:* An Jonas Lesser, P. P. 15. 10. 1951, Reg. IV, 51/421; Br. III, 225–227.

3] *seine Krenek-Platte:* Sonate für Viola und Klavier (1948; No. 117 in Křeneks privater Katalogisierung); den Klavierpart spielt Yalta Menuhin (Deutsche Grammophon/Polydor).

4] *Stokowsky:* Der britisch-amerikanische Dirigent Leopold Stokowski (1882–1977), den TM auf seiner ersten Amerika-Reise, 1934, kennengelernt hatte, als beide die Überfahrt von Europa auf demselben Schiff machten. (S. TB 44–46, 388/389.)

5] *»The Gods of the Greeks«:* Karl Kerényi, ›The Gods of the Greek‹, London 1951.

17. 10. 1951

1] *an einen jungen Deutschen:* An Wilhelm Kamm, P. P. 120
16. 10. 1951, Reg. IV, 51/422: »Sie haben mir so lieb und gut geschrieben [...] und [ich] danke Ihnen für Ihr Vertrauen. Es ist mir eine Freude zu hören, dass zu Ihren tröstlichen und stärkenden Erlebnissen in dieser recht verfinsterten Zeit auch meine Bücher gehörten. Diese als dekadent und heillos oft verrufenen Hervorbringungen können gelegentlich also auch heilende Kraft bewähren, als ›Stahlbäder der Gesundung‹ wirken, wie Sie sich ausdrücken. Das ist ja schön. Denn den Menschen ein Gutes zu tun, ihnen leben zu helfen, wie sie mir geholfen haben zu leben, – die Absicht haben diese Bücher wirklich, und wenn sie auch viele Feinde haben, die sie gott- und glaubenslos nennen, so sind doch auch viele in aller Welt von ihnen angesprochen und spüren das Humane, die Sympathie darin, die etwas Wärmeres ist als blosse Artistik. So werde ich mich schliesslich doch wohl in dem Bewusstsein schlafen legen können, kein ganz schlechter Zeitgenosse und Erdenkamerad gewesen zu sein./ Von Schuld und Gnade weiss ich allerlei, mehr, als so mancher Theolog, und im ›Erwählten‹ meine ich es unter hundert Spässen ganz ernst damit. Ist es denn nicht auch die reine Gnade, dass es mir nach dem verzehrenden ›Doktor Faustus‹, einem Buch, das mich fast das Leben gekostet hätte, noch vergönnt war, dies in Gott vergnügte kleine Werk zustande zu bringen? Ein deutscher Kritiker schrieb tadelnd, ich stände darin mit Gott dem Herrn auf dem Neckfuss. Sei es darum. Ich bin so gut wie sicher, dass Er es nicht übel nimmt.« (HOM)

2] *an die Akademy:* (So im Manuskript) An Matthew Josephson, P. P. 15. 10. 1951, Reg. IV, 51/420: Schenkung des TB 30. 8. 1951, Anm. 1 nachgewiesenen Beitrags für die NYHT. Das Manuskript trägt die Widmung: »Dedicated to the American Academy of Arts and Letters«. TM wurde am 30. 11. 1951 als Mitglied in die Academy aufgenommen. S. TB 12. 12. 1951, Anm. 11.

3] *Besprechung [...] in »Nation«:* S. TB 2. 10. 1951, Anm. 3.

4] *Äußerungen über den Zauberberg und Joseph:* Der Rezensent Leslie A. Fiedler hatte geschrieben: »I consider Mann the master of many kinds of tedium – the most oppressive of them being the overelaboration of platitudes in the name of philosophy (as in much of ›The Magic Mountain‹) and a certain heavy handed after-dinner type of humor which he constantly confuses with valid irony (as in the Joseph stories).«

120 5] *Ramuz' Tagebücher:* Charles Ferdinand Ramuz (1878–1947), ›Dernières Pages 1942–1947‹, hrsg. v. H. L. Mermod, Lausanne 1949.

6] *über Kerenyis »God of the Greeks«:* So im Manuskript. Zur Sache s. TB 20. 10. 1951, Anm. 3.

7] *Dirnenbuch:* Von Daniel Defoe, ›Moll Flanders‹ ist in der Zürcher Bibliothek keine Ausgabe vorhanden.

8] *Kinderbuch:* Realisiert in den ›Zugvögel‹-Bänden. S. TB 2. 12. 1951, Anm. 4.

9] *Maxim. Brantls Tod:* Die Anzeige befindet sich nicht unter den in Zürich verwahrten Dokumenten. Der Münchener Jurist und Schriftsteller Maximilian Brantl (geb. 1881) war am 6. 10. 1951 in Prien am Chiemsee gestorben.

10] *Briefe an junge Deutsche:* U.a. an Georg Rudolf Philipps, P. P. 17. 10. 1951, Reg. IV, 51/423: »[...] Das Verhältnis der deutschen Jugend (wenn man von einer solchen Einheit sprechen kann) zu meinem Lebenswerk malen Sie doch wohl zu pessimistisch. Oft fehlt die Kenntnis, aber wo sie ist, da gibt es nicht nur Missverständnis und Ablehnung, sondern auch viel Sympathie und Erkenntlichkeit, wie so mancher Brief mir zeigt. Ja, es zeigt sich da die Fähigkeit zur Bewunderung, die die schönste Gabe der Jugend ist und mich selbst zu dem gemacht hat, was ich bin.« (Kopie im TMA)

11] *Friedrich-Essay:* Der Ende 1914 entstandene Essay *Friedrich und die große Koalition. Ein Abriß für den Tag und die Stunde* war von TM 1922 in den Band *Rede und Antwort. Gesammelte Abhandlungen und kleine Aufsätze* (118–191) aufgenommen worden. Der von TM jetzt beanstandete Schluß lautete: »Er war ein Opfer. Er meinte zwar, daß er sich geopfert habe: seine Jugend dem Vater, seine Mannesjahre dem Staate. Aber er war im Irrtum, wenn er glaubte, daß es ihm freigestanden hätte, es anders zu halten. Er *war* ein Opfer. Er mußte unrecht tun und ein Leben gegen den Gedanken führen, er durfte nicht Philosoph, sondern mußte König sein, damit eines großen Volkes Erdensendung sich erfülle.« Für den Abdruck in *Altes und Neues* wurde nichts geändert.

18. 10. 1951

1] *Rede Mc Arthurs:* Auf der Jahresversammlung der ›American Legion‹ am 17. 10. in Miami hatte der General die Verteidigungspolitik der USA hart angegriffen und die Regierung Truman beschuldigt, den Sieg in Korea zu verhindern, die ökonomische und militärische Stärke des Landes durch die Unterstützung Europas zu verplempern (to squander) sowie Amerika dem wirtschaftlichen Desaster und dem Sozialismus auszuliefern. 121

2] *»Glanz und Elend der Kurtisanen«:* Ferdinand Hardekopfs Übersetzung von Balzacs Roman war 1950 in Zürich erschienen. TM hatte in einem Brief an Hardekopf vom 27. 9. 1951 um die ihm in seiner »blauen Reihe« fehlende Übersetzung gebeten. Der von Hardekopf dedizierte Band ist in der Nachlaßbibliothek erhalten.

3] *Smollet:* Der schottische Dramatiker, Wundarzt und Journalist Tobias Smollett (1721–1771).

4] *Verabredung der Reise:* Im Venosta-Kapitel, III, 4, GW VII, 509–514.

5] *Ausspülen:* Im Manuskript steht »Ausspühlen«.

6] *Lautheit der Stimmen*: Nach »Stimmen« hat TM ein hochgestelltes Sternchen gesetzt. Vielleicht wollte er den Satz nach Beendigung der Niederschrift ergänzen, vergaß es jedoch.

7] *Ostdeutsche Lyrik u. Erzählung:* Vielleicht sind die 1951 in 1. und 1952, unter Weglassung der Haupttitel, in 2. Auflage in (Ost)Berlin erschienenen, von Michael Tschesno-Hell zusammengestellten Anthologien ›Neue deutsche Lyrik. Gedichte aus unserer Zeit‹ und ›Neue deutsche Erzähler. Geschichten aus unserer Zeit‹ gemeint.

8] *Werner Richter »Sie fielen aus Gottes Hand«:* S. TB 24. 7. 1951, Anm. 5. Hans Werner Richters Roman war 1951 in München erschienen. TMs Exemplar ist in der Zürcher Bibliothek erhalten.

9] *Stuckenschmied über Schönberg:* Hans Heinz Stuckenschmidt, ›Arnold Schönberg‹, Zürich/Freiburg im Breisgau 1951.

10] *Stuckenschmied:* Der Komponist, Musikkritiker und -schriftsteller Hans Heinz Stuckenschmidt (1901–1988).

19. 10. 1951

1] *Kämpfe um den Suezkanal:* Weil Ägypten den aus alten, inzwischen einseitig gekündigten Verträgen herrührenden Verpflichtungen gegenüber der britischen Garnison in Suez nicht nachgekommen war, 121 hinderten die Briten zunächst ägyptische Waffentransporte, später auch Lebensmittelkonvois an der Durchfahrt durch den Kanal. Die durch anti-englische und pro-russische Demonstrationen in Kairo und Alexandria zusätzlich belastete Situation war gleichzeitig durch Zwischenfälle im britisch besetzten Sudan sowie in der gesamten Suez-Zone gefährlich verschärft worden.

2] *an Stuckenschmied:* An Hans Heinz Stuckenschmidt, P. P. 19. 10. 1951, Reg. IV, 51/425; Br. III, 227/228.

3] *an Selden Rodman:* Das Schreiben an den Lyriker, Verleger und Kunstkritiker Selden Rodman (geb. 1909), Mitherausgeber von ›Common Sense‹, der sich vor allem als Förderer einheimischer Kunst auf den westindischen Inseln einen Namen gemacht hatte, ist nach Reg. IV, 589, verschollen.

4] *Buch von Weinberg:* Berthold Weinberg, ›Deutung des politischen Geschehens unserer Zeit entwickelt aus einer Wesensbetrachtung der Völker und der allgemeinen Bewegung der Zeit‹. Mit einem Geleitwort von Thomas Mann, New York 1951. S. dazu auch TB 46–48, 331 ff. und 835.

5] *Sammlung von Klaus' essays:* Verwirklicht erst von Martin Gregor-Dellin in drei Bänden, ›Woher wir kommen und wohin wir müssen. Frühe und nachgelassene Schriften‹, München 1980; ›Das innere Vaterland. Literarische Essays aus dem Exil‹, München 1986; sowie dem von Michael Grunewald beendeten Band ›Mit dem Blick nach Deutschland. Der Schriftsteller und das politische Engagement‹, München 1985.

20. 10. 1951

122 1] *Mühlestein[s] Etruskerbuch:* Hans Mühlestein, ›Die Kunst der Etrusker‹, Berlin 1929. TMs Exemplar ist in der Zürcher Bibliothek erhalten.

2] *an Wolff:* Das Schreiben an den Verleger Kurt Wolff (1887–1963) ist nach Reg. IV, 589, verschollen. Zu Kurt Wolff s. TB 46–48, 799.

3] *an »Thames and Hudson«:* An Walter Neurath, Thames and Hudson Publishers, Inc., New York. P. P. 27. 10. 1951; Reg. IV. 51/436. Vgl. TM/KK, 212, Anm. 97: »Der Verlag ›Thames and Hudson‹ erhielt einen schönen Brief von T. M. an das englisch lesende Publikum.« Das Gutachen ist im Anhang, Dok. 40, S. 817/818 wiedergegeben.

4] *an die Lowe:* An Helen Lowe-Porter, P. P. 25. 10. 1951, Reg. IV, 51/430.

5] *André Chenier:* ›Andrea Chénier‹, 1896 uraufgeführtes »musikalisches Drama mit geschichtlichem Hintergrund«; Text Luigi Illica, Musik Umberto Giordano (1867–1948).

6] *»H. S.«:* Die Übersetzung des *Erwählten: The Holy Sinner.*

21. 10. 1951

1] *Bevin:* Der britische Außenminister Ernest Bevin (1881–1951). *122*

2] *Leaflet:* Nicht ermittelt. Zur Zeit von TMs Notat hatten derartige Gerüchte und Schreckensszenarien offenbar Hochkonjunktur. S. die ›Collier's‹-Publikation ›Preview of a War We Don't Want‹, TB 26. 11. 1951, Anm. 1, sowie die These des Nachrichtenblattes ›U. S. News & World Report‹ vom 2. November 1951: »World War III, Russian style, is being lost by U. S., won by Russia, hands down. [. . .] Fifth column, revolution, assassination, propaganda, purges, satellite wars are Russia's weapons in the world's new war. Atom bombs may never be used. U. S. preparing for imaginary war of the future that Russia will not start, is losing real war. Russia now fights in her own way.«

3] *Dr. X., Bürgermeister von Eßlingen:* Dr. Dieter Roser (1911–1975).

4] *»Estrangeiro«:* Heinrich Eduard Jacob, ›Estrangeiro. ‚Der Fremdling'‹. Ein Tropen-Roman, Frankfurt am Main 1951.

5] *an einen stud. rer. pol.:* Nicht ermittelt.

6] *Honegger*: Der französisch-schweizerische Komponist Arthur Honegger (1892–1955).

22. 10. 1951

1] *Gatte:* Yalta Menuhin war mit Joel Rice verheiratet. *123*

2] *Der Vatikan:* Im Zusammenhang mit der Verlautbarung, der Vatikan sei einer »international convention covering ocean fleets of states that have no seaports« beigetreten, waren am 21. Oktober Pläne für eine eigene Flotte des Kirchenstaates bekannt geworden. (›Facts on File‹ 1951, 351 N/P).

3] *Verabredungsdialog:* In Kapitel III, 4.

4] *an einen [...] Jugendschriftsteller:* Nicht ermittelt.

5] *was ich und K. bedauern:* In der Handschrift steht: ›was ich mit K. bedauern‹.

6] *Im Aufbau:* Quentin Reynolds,›,Im Namen des Volkes.' Die großen Fälle des New Yorker Verteidigers Leibowitz‹, 1. ›Alibi aus der Luft‹, ›Aufbau‹, vol. XVII, No. 42 v. 19. 10. 1951, 1/2. Der Beginn einer Serie von 15 Folgen.

7] *Tschaikowsky's Pathétique:* Die Symphonie No. 6 h-Moll, op. 47 (1893) von Pjotr Iljitsch Tschaikowski (1840–1893). Vgl. auch TB 44–46, 555/556.

23. 10. 1951

123 1] *Aufnahme:* Vermutlich sind Aufnahmen von Verhören durch das ›Committee on Un-American Activities‹ gemeint.

2] *Novellen-Manuskript von Hatvary:* Unter den im TMA verwahrten Dokumenten befindet sich kein Manuskript des aus Ungarn stammenden, ab 1950 an der New York University lehrenden Anglisten George Egon Hatvary.

24. 10. 1951

124 1] *sein Buch:* Golo Mann arbeitete damals an einem zweiteiligen, nie beendeten geschichtsphilosophischen Werk ›Falsche Propheten‹ und ›Studien über Freiheit‹. Ein Kapitel ›Kontinuität und Spontaneität‹ erschien 1952 in der ›Neuen Rundschau‹, Jg. 63, 1952, H. 4, 612–629.

2] *an H. E. Jacob:* An Heinrich Eduard Jacob, P. P. 24. 10. 1951; Reg. IV, 51/428.

3] *in Tolstois Briefen an Tschertkow:* Lew Nikolajewitsch Tolstoi, ›Briefe an seinen Freund Wladimir Tschertkow aus den Jahren 1883–1886‹. Nach dem russischen Manuskript übertragen und hrsg. von Ludwig und Dora Berndl, Winterthur 1950. Das Buch steht in der Zürcher Bibliothek.

25. 10. 1951

124 1] *H. K.:* Hilde Kahn.

2] *Sieg Churchills:* Bei den Wahlen vom 25. Oktober gelang es der konservativen Partei unter Winston Churchill, die Mehrheit wiederzugewinnen. Am 26.10. übernahm der sechsundsiebzigjährige Churchill zum zweiten Mal das Amt des britischen Premierministers.

26. 10. 1951

1] *an Herrn Lambert:* Der Brief an den nicht ermittelten Empfänger – vermutlich im Zusammenhang mit der Arbeit am Rollentausch Krull–Venosta (s. GW VII, 524/525) – ist nach Reg. IV, 590, verloren. 125

2] *Kreuzersonate*: So, wie meistens, im Text.

3] *»Auferstehung«:* Im 4. Band der TB 15. 5. 1951, Anm. 3 nachgewiesenen Ausgabe.

27. 10. 1951

1] *Rundschau-Korrektur:* S. TB 24. 7. 1951, Anm. 2 126

2] *mit meinem Beitrag:* S. TB 30. 8. 1951, Anm. 1.

3] *an den Verleger:* Das Schreiben, vermutlich an den Verleger Albert Züst über die TB 24. 10. 1951, Anm. 3 nachgewiesene Tolstoi-Briefausgabe, ist nach Reg. IV, 590, verschollen.

4] *Brief und Artikel:* In der Handschrift steht »Brief an Artikel«. Offenbar hatte TM »and« statt »und« schreiben wollen.

5] *vom alten Guérard:* »Von dem 1906 aus Frankreich in die USA eingewanderte Historiker Albert Léon Guérard (1880–1959), Vater des TM bekannten Literarhistorikers Albert Joseph Guérard, befindet sich weder Brief noch Artikel im TMA.

6] *»Moll Flanders«:* S. TB 17.10.1951, Anm. 7.

28. 10. 1951

1] *Eden:* Der britische Politiker Robert Anthony Eden (1897–1977) war bereits von 1940 bis 1945 Außenminister im Kabinett Churchill gewesen. 126

2] *Photograph Hupmann:* Hanns Hubmann (geb. 1910), seit 1948 für die Illustrierte ›Quick‹ tätig.

3] *»Veronika Danke schön«:* Ein zur Warnung der in Deutschland stationierten GIs vor »Venereal Disease« als »Fortsetzungsgeschichte« in verschiedenen Soldatenzeitungen veröffentlichter Comic Strip von Don Sheppard. »Veronika« war die nach 1945 geläufige Bezeichnung für »Ami-Liebchen«, »Veronika Dankeschön« (V.D.) die Chiffre für die mit Veronika-Liebschaften verbundenen Gefahren.

4] *Der kleine Eastman und seine Laura:* John Eastman jr., gen. Jacky, ein großer TM-Verehrer und leidenschaftlicher Sammler seiner Werke, der seine umfangreiche Kollektion 1966 der Colby Library in

Waterville/Maine vermachte. John Eastman hatte sich, wie aus einem Glückwunschschreiben TMs vom 27. 10. 1951, Reg. IV, 51/433, hervorgeht, verlobt.

5] *französisches Hexameron:* ›Ein französisches Hexameron. 60 alte französische Novellen und Schwänke‹, ausgewählt, übertragen und mit einem Nachwort versehen von Walter Widmer, Stuttgart, Wien, St. Gallen 1948 (›Janus-Bibliothek der Weltliteratur‹).

29. 10. 1951

127 1] *[von] Hilscher:* Von Eberhard Hilscher, Berlin, 24. 10. 1951; im TMA.

2] *Hilfsbrief:* Nicht unter den Archivalien des TMA. Der Zusammenhang – Bitte um Vermittlung einer Anstellung in (Ost-)Berlin – ist jedoch aus einem 29. 11. 1951 datierten Brief TMs an Otto Grotewohl zu erschließen, der im Anhang, Dok. 46, S. 825 abgedruckt ist. Zum Erfolg dieses Schreibens vgl. TB 8. 1. 1952, Text und Anm. 1.

3] *Schleifer:* Der TM aus seiner Münchener Zeit bekannte Musiker und Dirigent Karl Schleifer (1906–1957).

4] *Kritik Grafs:* Oskar Maria Graf, ›Eindringlich, leuchtend und mächtig zugleich. Zu Feuchtwangers Roman ‚Goya'‹, ›Aufbau‹, vol. XVII, No. 432 v. 26. 10. 1951, 7.

5] *franz. Geschlechtsschwänke:* S. TB 28. 10. 1951. Anm. 5.

6] *B. Kellermann:* Bernhard Kellermann (geb. 1879) war am 17. 10. 1951 in Glienicke bei Potsdam gestorben.

30. 10. 1951

127 1] *Der Papst spricht:* In einer die bisherigen Verlautbarungen der Kirche zu Ehe und Sexualität zusammenfassenden Rede am 29. 10. 1951, deren Thesen er allerdings am 26. 11. erheblich modifizierte.

2] *Fabliaux:* S. TB 28. 10. 1951, Anm. 5.

3] *Glückwunsch:* An Harry Buckwitz, P. P. o. D., Reg. IV, 51/439: »Mit herzlicher Anteilnahme höre ich von der bevorstehenden Eröffnung des neu erstandenen Frankfurter Schauspielhauses. Lassen Sie mich Ihrem Theater Glück wünschen: gute Schauspieler, gute Stücke, eine wachsame aber nicht spielverderberische Kritik und volle Häuser! Die Kunst mag heiter sein oder ernst – es wird immer die Läuterung, Befreiung, Befriedung des Geistes von ihr ausgehen, deren wir Menschen von heute so bedürfen.« (TMA)

31. 10. 1951

1]*Die »Sendung«*: Vgl. TB 17. 10. 1951, Text und Anm. 11. 128

2] *Russische Anthologie:* TMs 1921 als Einleitung zur Februar-Ausgabe der ›Süddeutschen Monatshefte‹, Jg. 18, H. 5: ›Meisterwerke der russischen Erzählkunst‹, geschriebener Essay, den er 1922 in den Sammelband *Rede und Antwort* (227–243) aufnahm und nun – ähnlich wie den *Friedrich*-Aufsatz – für *Adel des Geistes* in Erwägung zog.

1. 11. 1951

1] *Franz Sucher:* TMs Klassenkamerad, der Schauspieler Franz Sucher (1874–?) Vgl. TM an den Schauspieler Ferdinand Gregori, München, 31. 6. 1917, Reg. I, 17/47: »Ich sah Sie ferner als Philipp im ›Carlos‹, zusammen mit Franz Sucher, dem Sohn Rosa Suchers, mit dem ich auf der Schule war. (Was mag aus ihm geworden sein? Er war ein deliziöser Thunichtgut.)« (D. ü. D. I, 150) 128

2] *Rosa-Isolde:* Die Sopranistin Rosa Sucher-Hasslbeck (1849 bis 1927) war eine bekannte Wagnersängerin und hatte verschiedentlich unter Bruno Walters Leitung gesungen. (»[. . .] ein Bild nur steht erschütternd vor mir: ›und Isolde, wie sie winkt, wie sie hold mir Sühne trinkt‹; so sehe ich die edle Gestalt der Rosa Sucher, vollkommen schön und beseelt in der Geste des Zutrinkens mit dem gegen Tristan gehobenen Becher. [. . .] Aber nicht nur für mich, für alle war ›die Sucher‹ schön und hoheitsvoll, hatte sie heroischen Stil in Ausdruck und Geste [. . .]« (Bruno Walter, ›Thema und Variationen‹, Frankfurt am Main 1950, 66.) S. auch TM an Otto Grautoff, München 2. 2. 1896; TM/OG 63–67: »Zum ›Künstlerkonzert‹ (gestatte die Anführungsstriche) wünsche ich Dir viel Vergnügen. Frau Sucher ist nachgrade wohl ein bischen passée und will sich deshalb in unverwöhnten Provinznestern frische Lorbeeren holen. Jedenfalls wirst Du dergleichen noch nicht gehört haben. Erzähle mir, was sie gesungen hat, und wie es war.« (66)

3] *Elizabeth und Gemahl:* Die damalige englische Kronprinzessin und spätere britische Königin Elizabeth II. (geb. 1926) mit ihrem Mann, Philip Mountbatten, Herzog von Edinburgh (geb. 1921).

4] *Japanische Ausgaben:* ›Sagishi Ferikkusu Kururu no Kokuhaku‹, übersetzt von Sato Koichi, Tokio 1951; ›Jukkai‹, übersetzt von Kato Shimei, Tokio 1948; ›Mario to Majutsushi‹, übersetzt von Takahashi

Yoshitaka, Tokio 1951; ›Shita no Shi‹, übersetzt von Yamanishi Eiichi, Tokio, 1946.

5] *an [...] Hilscher:* An Eberhard Hilscher, P. P. 3. 11. 1951: Reg. IV, 51/441. D. ü. D. III, 406–409.

6] *»Musikantengeschichten«:* ›Musikantengeschichten‹, zusammengestellt von Maximilian Spaeth, Verlag Bruno Henschel und Sohn, (Ost-)Berlin 1951. Die Anthologie enthält (363–372) auch TMs Novelle *Das Wunderkind.*

7] *Kuhnau:* Johann Kuhnau (1660–1722), von 1701 bis zu seinem Tode Thomaskantor in Leipzig und in dieser Stellung Vorgänger von Johann Sebastian Bach. Kuhnaus nicht unbedingt autobiographische, aber als Kulturbild interessante Erzählung a.a.O. 29–44.

8] *Dittersdorf:* Der Geiger und Komponist Karl Ditters von Dittersdorf (1739–1799) diktierte kurz vor dem Tode seinem Sohn eine 1801 bei Breitkopf & Härtel erschienene ›Lebensbeschreibung‹, aus der der Beitrag für die Anthologie (45–78) entnommen ist. Vor allem diese Memoirengeschichte scheint TM Eindruck gemacht zu haben. Vgl. dazu den Brief an Hermann J. Weigand, P. P. 5. 11. 1951, Reg. IV, 51/443; D. ü. D. III, 410–412.

2. 11. 1951

128 1] *Frau Dieterle:* Die Schauspielerin Charlotte Hagenbruch war seit 1922 mit dem Schauspieler und Regisseur Wilhelm (William) Dieterle (1893–1972) verheiratet, mit dem zusammen sie 1930 nach Hollywood ging.

2] *Lutherfilm:* Nicht verwirklicht.

129 3] *advertisements:* S. auch TB 3. 11. 1951 und 19. 11. 1951, Anm. 1.

4. 11. 1951

129 1] *Vorträge Dorothy Thompsons:* Nicht ermittelt.

2] *3. und 4. Kapitel von III:* GW VII, 491–522: Die Begegnungen und der Pakt mit dem Marquis de Venosta.

5. 11. 1951

130 1] *durch die Huldigungen:* Im Manuskript steht »auch« statt »durch«.

2] *Eisenhower in Washington:* Der Kurzbesuch des Generals beim Präsidenten hatte Gerüchte laut werden lassen, Truman habe Eisenhower angeboten, ihn zu unterstützen, wenn er sich im Namen der Demokraten um die Präsidentschaft bewerben wolle – eine Nachricht, die vom Weißen Haus energisch dementiert wurde.

3] *Westliche Peace Offensive:* Während einer UN-Vollversammlung im Palais de Chaillot in Paris machten die drei Westmächte – unterstützt durch einen international übertragenen Appell von Präsident Truman an die Russen – neue Vorschläge zu weltweiter Abrüstung und Friedensvereinbarungen zwischen Ost und West: 1. Erhebung aller Streitkräfte und Waffen, einschließlich der paramilitärischen, der Sicherheits- und Polizei-Einheiten. 2. Festlegung der von jedem Land abzurüstenden Bestände und der für Verteidigung aufzuwendenden Ressourcen. 3. Zuverlässige internationale Kontrolle der Abrüstungsschritte. 4. Beendigung des Korea-Krieges und friedliche Überwindung der die Welt trennenden Meinungsverschiedenheiten als Voraussetzung für die Realisierung der vorgeschlagenen Maßnahmen.

4] *[von] der Meyer:* Nicht in TM/AEM. S. jedoch TMs Antwort vom 6. 11. 1951, TM/AEM 758/759. *131*

5] *»Gott ist die Unterscheidung«:* S. TM an Jonas Lesser, P. P. 6. 11. 1951, Reg. IV, 51/444; Br. III, 228/229, und TMs Antwort an Agnes Meyer, P. P. 17. 11. 1951, TM/AEM 759/760: »[. . .] der Mann in London hat mich nicht enttäuscht. Prompt kam die Antwort. ›Gott ist die Unterscheidung‹ sagt Jaakob in seiner Hochzeitsnacht (Band I) zu Lea, die er für Rachel hält. Es ist nun freilich eine bittere Ironie, dass er das in einem Augenblick sagt, wo Menschenlist und Trug ihn der Gabe der Unterscheidung berauben. Das Malheur ist vorbereitet im vorangehenden Kapitel, in Anup's Erzählung vom Stumpfsinn der *Nacht.* ›Denn er war zum Zeugen gemacht und sie zum Empfangen, und sonst war der Nacht alles gleichgültig.‹ Im ›Erwählten‹ kehrt das als schamlose Gleichgültigkeit der Natur gegen den Irrtum wieder.«

6] *an Prof. Weigand:* An Hermann J. Weigand, P. P. 6. 11. 1951, Reg. IV, 51/443; D. ü. D. III, 410–412. Der Brief Weigands, auf den TM antwortet, befindet sich im TMA: »There is much that I have not got to the bottom of. If you have the patience to listen let me tell you how I have mulled and mused over the strophe spoken by Gregorius on Pages 287–288. (›Soll ich meines Lebens Grauen[‹]) Where could you have got that? The combination of alchemy and sich gewürdigt finde[n] recalls to mind, in a wholly subjective manner I am sure, one of Carl Gustav Jung's writings, Die Erlösungsvorstellung bei Zosimus. But last evening, returning on the train from New York after a memorial meeting for Hermann Broch (it would have been his 65th birthday) at the Bollingen Foundation (you get the connection) I recalled to mind a German *choral* that I learned in my childhood, ›Schmücke dich, O liebe Seele‹ which also consists of rhymed couplets, but has only an eight-line strophe, and all the rhymed syllables are double. Could you have taken a choral strophe, I wondered, modifying it for your own purposes, as you did Little Echo's prayers?/ As to that beautiful strophe, the punctuation of the lines/ Daß der Buhlgespons der Sünde/ Höchlichst sich gewürdigt finde,/ bothers me. In the text they are both preceded and followed by commas. It seems to me that you require at least a colon *after* the lines, setting off the two-line prayer at the end; or perhaps a colon also *before* these two lines, in which case you would have a dynamic rise culminating on ›allerorten‹.«

6. 11. 1951

131 1] *Katerlieschen:* Die Figur des Katerlieschen aus dem Grimmschen Märchen Nummer 59 wurde im Hause TM gern benutzt, um naiv-realitätsferne Äußerungen samt ihren Urhebern ad absurdum zu führen.

2] *[an] Mrs. Meyer:* An Agnes E. Meyer, P. P. 6. 11. 1951, Reg. IV, 51/445; s. TB 5. 11. 1951, Anm. 5.

3] *[an] Lesser:* An Jonas Lesser, P. P. 6. 11. 1951, Reg. IV, 51/444; Br. III, 228/229.

7. 11. 1951

131 1] *Churchill im Unterhaus:* In einer Rede vor dem britischen Unterhaus unterstützte der britische Premier den Vorschlag des französischen Präsidenten (s. Anm. 2), der geeignet sei, »to bridge the gap so that each can live its life, if not in friendship, at least without the fears and hatreds and fearful waste of the cold war.«

2] *Auriol:* Der französische Politiker Vincent Auriol (1884–1966), 1947–1954 Präsident der Vierten Republik, hatte sich in seiner Willkommensansprache vor den Delegierten der UN-Vollversammlung für ein Treffen von Stalin, Truman, Churchill und Pleven in Paris eingesetzt.

3] *Pleven:* René Pleven (geb. 1901) war von Juli 1950 bis Februar 1951 und von August 1951 bis Januar 1952 französischer Premierminister. 132

4] *an Amann:* An Paul Amann, P. P. 7. 11. 1951, Reg. IV, 51/446; TM/PA 73/74; »Riemers ›Mitteilungen über Goethe‹, herausgegeben von Pollmer (Insel 1921) steht merkwürdigerweise in zwei verschieden gebundenen Exemplaren in meiner Bibliothek, mit Bleistift-Anstreichungen Goethe'scher Aussprüche. Es ist ja das Seidler'sche Riemerportrait darin, das mir aber meiner Erinnerung nach nicht vorschwebte, als ich die Szene schrieb. Ich sehe, dass ich wenig von ihm wusste, z.B. nichts von Frau von Humboldt. Dass er sich mit August überworfen hatte, wusste ich, liess es aber aus, um seine Ranküne ›rein zu erhalten‹. Wie ich mir sein Bild eigentlich zurechtgemacht habe, wüsste ich kaum noch zu sagen. Ich habe ihn einfach als eines der ›Opfer‹ stilisiert mit seinem lobpreisenden Aufmucken. Ich finde immer noch, es ist die beste Szene des Buches.«

5] *Riemer:* Friedrich Wilhelm Riemer (1774–1845), Lehrer im Hause Wilhelm von Humboldts und Goethes, an dessen Edition der Werke letzter Hand er wesentlich beteiligt war. Nach Goethes Tod edierte Riemer den sechsbändigen ›Briefwechsel zwischen Goethe und Zelter 1796–1832‹ (1833/1834) und schrieb die für TM besonders ergiebigen ›Mitteilungen über Goethe aus mündlichen und schriftlichen Quellen‹, 2 Bände, 1841; Neuauflage hrsg. v. Arthur Pollmer, Leipzig 1921.

6] *Rede Trumans:* S. TB 5. 11. 1951, Anm. 2.

8. 11. 1951

1] *»Allgem. Biologie«:* Paul Kammerer, ›Allgemeine Biologie‹, Stuttgart und Berlin 1915. In der Zürcher Bibliothek erhalten. Hans Wysling druckt (TMS V, 497–502) TMs in der Vorbereitung auf das Kuckuck-Gespräch gemachten Exzerpte aus dem Buch. 132

9. 11. 1951

1] *Rede-Duell:* Bei seiner Erläuterung des westlichen Friedensplans vor der UNO am 8.11. hatte der amerikanische Außenminister die Russen scharf gerügt: »They call for a 5-power peace pact but refuse 133 to carry out our 60-power peace pact – the [U. N.] Charter.« Das hatte den sowjetischen Delegierten Wyschinski jedoch nicht gehindert, seine Gegenvorschläge durch eine Verhöhnung des westlichen Plans als »ludicrous [...] mere babble« einzuleiten. Er habe die ganze Nacht vor Lachen nicht schlafen können: die Berge kreißten, um eine Maus zu gebären. In der Sache wiederholte Wyschinski die Forderungen seines Landes nach Vernichtung aller Atomwaffen und international kontrolliertem Verzicht, neue zu bauen. Zur Durchführung dieser Beschlüsse schlug er eine Weltabrüstungskonferenz im Juni 1952 vor. Voraussetzung aller Verhandlungen sei nach wie vor ein in zehn Tagen zu realisierender Waffenstillstand in Korea und der Abzug aller »foreign forces« aus dem Land innerhalb von drei Monaten.

2] *das biologische Motiv:* Vgl. dazu die Quellenangaben in TMS V, 381 und 537–540.

3] *an Emmy Oprecht:* P. P. 9. 11. 1951, Reg. IV, 51/449: »Bevor wir aber [...] weitere Schritte [in Sachen Übersiedelung aus den USA in die Schweiz] tun, müssen wir sicher sein, dass wir nicht trotz dem Schweizerisch-Amerikanischen Abkommen in eine doppelte Besteuerung hineinrennen. Es heisst nämlich mit Bestimmtheit, das Abkommen enthalte eine Klausel, die *Künstler,* besonders konzertierende Musiker, aber auch andere, von dem Recht *ausnimmt,* ihr Einkommen in der Schweiz zu versteuern, wenn sie als amerikanische Bürger dort leben. Für Bruno Walter also z.B. kommt die Uebersiedelung in die Schweiz, an die er so ernstlich dachte, nicht mehr in Betracht. Was uns betrifft, so fragt es sich nun, ob das Gesetz, wie die Musiker etc., auch Schriftsteller unter die ›Künstler‹ rechnet. Es ist zu hoffen, dass das nicht der Fall ist, auch fast anzunehmen, denn wer denkt schon an Schriftsteller und Dichter!« (Im TMA)

10. 11. 1951

133 1] *Brief Erikas an die L. A. Times:* Erika Manns am 15. 11. 1951 unter den Initialen »L. M. S., Los Angeles« tatsächlich in den LAT, part II, 4 erschienener Brief trug den Titel ›Ending Arms Race‹ und lautete: »I sympathize with the writer of letter ›No Peace Progress‹ (Nov. 6) [...]. People everywhere will echo the sentiment. Couldn't we intensify our efforts for peace instead of spreading fear of air raids, etc.? When one thinks of the frightful waste in an arms race – 70 cents

of every tax dollar (or is it more?) going into the military – and, what's worse, cost of lives and health of the boys in Korea./ I think the answer is in universal disarmament and we must all take heart in, and back the President in, the move by the United States for reduction of armaments in all nations./ This must lead of course to total universal disarmament – the only safeguard against war.«

2] *nach Frankfurt:* Das Bittschreiben an den S. Fischer Verlag ist nach Reg. IV, 590, verschollen. Aus einem Eintrag TB 13. 12. 1951 geht hervor, daß TM das erbetene Buch von Gerhard Ritter (s. TB 13. 12. 1951, Anm. 4) erhalten hat.

3] *Artikel:* Karl Schleifer, ›Wiedersehen, Erinnerung und sanftes Dementi‹, ›Deutsche Woche‹, München, Jg. 1, No. 21 v. 31. 10. 1951. Im TMA.

4] *Vickos Buch:* Viktor Mann, ›Wir waren fünf. Bildnis der Familie Mann‹, Konstanz 1949.

5] *»Realisten des 19. Jahrhunderts«:* Georg Lukács, ›Deutsche Realisten des 19. Jahrhunderts‹, Aufbau Verlag, Berlin 1951.

6] *Gut über Heine:* Lukács' 1935 geschriebene Abhandlung ›Heinrich Heine als nationaler Dichter‹, ›Deutsche Realisten. . .‹, a.a.O. 89–146.

11. 11. 1951

1] *Brief an die Münchener Zeitung:* An die Redaktion der ›Deut- 134
schen Woche‹, München, P. P. 12. 11. 1951, Reg. IV, 51/450; ›Deutsche Woche‹, München, Jg. 1, No. 27 v. 12. 12. 1951, 11; unter dem Titel *[Richtigstellung]* in GW XI, 798–801.

2] *an Schleifer:* Das Begleitschreiben an Karl Schleifer ist nach Reg. IV, 590, verschollen.

3] *»Schach von Wutenow«:* Fontanes erstmals Leipzig 1883 erschienener Roman ›Schach von Wuthenow‹ befindet sich nicht in der Zürcher Bibliothek.

13. 11. 1951

1] *das 5. Kapitel von III:* Krulls Vorbereitungen für die als Marquis 134
de Venosta zu unternehmende Reise und sein Gespräch mit Professor Kuckuck im Speisewagen des Zuges nach Lissabon, GW VII, 522–548.

2] *Aufsatz von Hatfield:* Henry C. Hatfield, ›Realism in the German

Novel‹, ›Comparative Literature‹, Eugene, Oregon, vol. 3, No. 3, Summer 1951, 234–252.
3] *Schrieb ihm:* An Henry Hatfield, P. P. 19. 11. 1951, Reg. IV, 51/463; Br. III, 231/232.
4] *über Kleist:* Der 1936 geschriebene Essay ›Die Tragödie Heinrich von Kleists‹ in Lukács, ›Deutsche Realisten . . .‹, a.a.O. 19–48.
5] *Im Vorwort:* Lukács' 1950 geschriebenes grundsätzliches ›Vorwort‹, a.a.O. 5–17.
6] *Artikel von Lubinsky:* Kurt Lubinski, ›Thomas Manns Schweizer Ahnen‹, ›Amerikanische Schweizer Zeitung‹, New York, 7. 11. 1951.

14. 11. 1951

135 1] *an Bermann:* An Gottfried Bermann Fischer, P. P. 19. 11. 1951, Reg. IV, 51/461; TM/GBF 577/578.
2] *verneint:* Die Pariser UN-Delegierten hatten am 13.11. mit 37:13 Stimmen beschlossen, nicht über einen sowjetischen Antrag auf Sitz und Stimme für Rot-China zu verhandeln.
3] *deutscher Radio-Direktor:* Thilo Koch (geb. 1920), 1946–1960 Studioleiter des NWDR in Berlin, später bis 1964 Chefkorrespondent der ARD in Washington, hat in seinem Buch ›Ähnlichkeit mit lebenden Personen ist beabsichtigt‹, Hamburg 1970, 60–66 ausführlich über diese Begegnung am »14. November 1951, genau von 02:34 pm bis 03:27 pm« erzählt.
4] *Aufsatz von Schirokauer:* Arno Schirokauer, ›Die Legende vom armen Heinrich‹, MfdU, vol. 43, 1951, No. 6, 279–284.
5] *Schirokauer:* Der Germanist, Literaturwissenschaftler und zeitweilige Mitherausgeber der Zeitschrift ›Corona‹, Arno Schirokauer (1889–1954), war nach 1933 in die USA emigriert und lehrte an der Johns Hopkins University in Baltimore.
6] *Warner Brs.:* Die Film-Produktionsgesellschaft Warner Brothers in Hollywood.
7] *»Streetcar Desire«:* ›A Streetcar Named Desire‹, 1951 unter der Regie von Elia Kazan gedrehter Film nach dem gleichnamigen Theaterstück des amerikanischen Autors Tennessee Williams (1911–1983). In den Hauptrollen spielten Vivien Leigh, Marlon Brando, Kim Hunter und Karl Malden.

15. 11. 1951

1] *Zeitungshetze:* Der Chef der Militärgerichts-Abteilung bei der 8. US-Armee, Oberst James M. Hanley, hatte in einer – in Tokio und Washington heftig kritisierten – »summary of atrocity-reports« bekanntgegeben, die Kommunisten hätten im Verlauf des Korea-Krieges mindestens 5500 amerikanische und 290 andere nicht-koreanische Gefangene getötet; von den Chinesen wisse man, daß sie mindestens 2513 amerikanische, 57 türkische, 10 britische, 5 belgische und 75 gefangene Soldaten ungeklärter Nationalität umgebracht hätten. Das Gemetzel unter den Südkoreanern sei noch weit schlimmer gewesen: vorläufige Schätzungen sprächen von 11 000 Militär- und 250 000 Zivilgefangenen, die getötet worden seien. Während der Präsident erklärte, der Hanley-Report berichte – wenn er der Wahrheit entspreche – »the most uncivilized thing that had happened in the past century«, verlangten demokratische und republikanische Senatoren öffentlich den Einsatz der Atombombe auf dem Territorium der Roten in Korea. *135*

2] *von Hesse:* O. O. Ende Oktober 1951, HH/TM 162–164. *136*

3] *Prof Adams:* Vermutlich der Lungenchirurg am Billings Hospital in Chicago, William E. Adams (gest. 1973), der TM 1946 operiert hatte. S. TB 46–48, 358.

4] *in »Nation«:* D. F. Fleming, ›Collier's Wins World War III‹, ›Nation‹, vol. 173, No. 19 v. 10. 11. 1951, 392–395: »On October 27, 1951, *Collier's* magazine won World War III. The entire issue – ten months in the making – was devoted to the story of ›Russia's Defeat and Occupation, 1952–1960‹. Thirty-four celebrated authors collaborated in the winning of the war, all engaged on ›Operation Eggnog‹, a 60 000 word office blueprint of the conflict based on ›study and consultation with political, military, and economic thinkers, including high-level Washington officials and foreign-affairs experts both here and abroad‹. It was therefore a quasi-official American plan for World War III.« (392)

16. 11. 1951

1] *Die L. A. Times veröffentlichen:* S. TB 10. 11. 1951, Anm. 1. *136*

2] *an J. T. Gömöri:* An Jenö Tamás Gömöri, P. P. 15. 11. 1951, Reg. IV, 51/456; Br. III, 229/230.

3] *J. T. Gömöri:* Der ungarische Literat und Übersetzer Jenö Tamás

Gömöri (1890–1969) hatte 1910 einen Band mit Novellen TMs in ungarischer Übersetzung herausgegeben: ›A boldogság akarása‹ (›Der Wille zum Glück‹).

17. 11. 1951

136 1] *Atrocity-Lärm:* S. TB 15. 11. 1951, Anm. 1.

2] *an Frau Révy:* Das Schreiben an Alma Jo Révy ist nach Reg. IV, 590, verschollen.

3] *[an] die Wittwe Gauß:* So im Manuskript. – An Alice Gauss, P. P. o. D., Reg. IV, 51/458.

4] *Wittwe Gauß:* Alice Gauss, geb. Hussey, die Frau des Romanisten und langjährigen Princetoner Dekans Christian Gauss (1878–1951), der 1938 maßgeblich an der Berufung TMs nach Princeton beteiligt gewesen war.

5] *Babb von Yale:* Der langjährige Librarian der Yale University James Tinkham Babb (1899–1968).

6] *an ihn:* An James T. Babb, P. P. 17. 11. 1951, Reg. IV, 51/457: »You say that ›all of the material which I have loaned for your exhibition‹ is being shipped back to me. This shipment would not seem to include the manuscripts of the two last Joseph volumes [. . .] which the library borrowed prior to its exhibition. Since, however, the manuscripts [von TM handschriftlich in den ganz offensichtlich von Erika geschriebenen Brief eingefügt: ›including ‚Dr. Faustus'‹] will have to be put away and stored in a bank safe, I should be much obliged if you'd arrange for these two also to be shipped as soon as possible.« (Kopie im TMA)

18. 11. 1951

137 1] *Lese immer mit Interesse:* Am 10. November hatte der Papst in einer Rede vor der International Association of the Sporting Press die Journalisten davor gewarnt, dem Sport einen übermäßigen Anteil in ihrem Leben zuzuschreiben: »Sport should not degenerate into a matter of worship«, Sport sei eine gute Sache, geeignet, sich auf die körperliche und geistige Ertüchtigung des Menschen positiv auszuwirken, nur dürften sportliche Aktivitäten nicht dazu führen, Familienbande oder religiöse Pflichten zu vernachlässigen. (NYT 11. 11. 1951, 50:3) Es ist jedoch anzunehmen, daß TM sich hier auf einen Ukas der amerikanischen Bischöfe und Kardinäle vom

17. 10. 1951 bezieht, in dem die Geistlichen am Ende ihrer jährlichen dreitägigen Konferenz auf die alarmierenden Parallelen hinwiesen »between what they called the present moral crisis and that which destroyed the Roman Empire centuries ago«. Mit deutlichem Seitenhieb auf das politische Klima im Lande und die immensen Militärausgaben warnten die Kirchenmänner, »that moral degradation within the United States, even though barbarism threatened from without, likewise could bring the decline and disappearance of this country. ›The same fate will befall us if we do not awaken to the danger which threatens from within our own household. Mastery over material things will avail us nothing, if we lose mastery over ourselves‹, the group warned [. . .] Dishonesty, slander and defamation of character resorted by men in public life« seien eindeutig Verletzungen von Gottes Geboten. Im Reden und Handeln seien die Politiker an die gleichen »laws of justice and charity« gebunden, denen auch jeder andere in jeder anderen Tätigkeit unterworfen sei. (NYT 18. 11. 1951, 1:1)
2] *an die Zürcher »Weltwoche«:* TMs undatierter Brief an die Zürcher ›Weltwoche‹ wurde am 14. 12. 1951 im Rahmen der Rubrik ›Bücher zu Weihnachten. Vorschläge zu einem Buchgeschenk von . . .‹ als erste Empfehlung abgedruckt. Er ist unter dem Titel *Welches Buch würde ich zu Weihnachten schenken?* aufgenommen in GW X, 929/930.

19. 11. 1951
1] *Cremer und Hoffmann:* Gemeint sind die Studenten Dick Creamer und sein Freund Paul Hoffmann jr., die TM schon öfter in Sachen World Government besucht hatten. S. dazu TB 18. 10. 1949 und die TB 49/50, 668 publizierte ›Message to the Council of World Students‹. Das genaue Anliegen der Studenten geht aus einem Schreiben TMs an Albert Einstein, P. P. 15. 12. 1951, Reg. IV, 51/498, hervor: »In diesen Tagen wird Ihnen von Dick Creamer in Hollywood ein ziemlich umfangreiches Schriftstück zugehen, ein als Annonce zu veröffentlichender Aufruf für world government. Der junge Mann hat mich wiederholt besucht und ist zweifellos ein von den besten Absichten erfüllter Idealist. Ob ein derartiger Appell in unserer zweigeteilten Welt irgend einen Sinn haben kann, ist natürlich fraglich. Auch könnte er prägnanter abgefaßt sein. Ich habe ihn schon darum

137

nicht unterschrieben, weil ich prinzipiell meinen Namen unter keinen Aufruf mehr setze und dies auch öffentlich erklärt habe. Dagegen konnte ich es Mr. Creamer nicht abschlagen, bei Ihnen ein gutes Wort für ihn einzulegen, was ich, wenn auch mit einigen Einschränkungen, hiermit tue.« (Kopie im TMA) Ein ähnlich lautender Brief ging einen Tag später auch an Felix Frankfurter (Reg. IV, 51/500).

2] *zur Zeit Henry Wallace's:* TM denkt an die Jahre 1946–1948, als der von Präsident Truman wegen zur Unzeit vorgebrachter scharfer Kritik an der US-Außenpolitik (insbesondere gegenüber der UdSSR) entlassene Handelsminister Henry Agard Wallace (1888–1965), später Redakteur der Zeitschrift ›New Republic‹, für mehr »Democratic Progressivism« warb und schließlich, zu Beginn des Jahres 1948, für eine neue »Third Party« kandidierte, die sich – im Interesse des gefährdeten Weltfriedens – für eine Verständigung mit der UdSSR einsetzte. TM hatte seinerzeit sehr mit den Wallace-Bestrebungen sympathisiert, ihn öffentlich unterstützt und ihm schließlich seine Stimme gegeben. Vgl. zu diesem Komplex die im Register der TB 46–48, 1034 nachgewiesenen Diarien-Einträge nebst dazugehörigen Kommentaren.

137 3] *Schrieb [...] nach Deutschland:* TMs Brief an Johannes Tralow hat sich bisher nicht auffinden lassen. In der Staatsbibliothek Unter den Linden, Berlin, ist im Tralow-Nachlaß jedoch das Schreiben von Tralow an Thomas Mann erhalten. Es ist datiert »Gauting, 28. 10. 1951« und sei zur Erhellung der TM beschäftigenden »deutschen Dinge« mit freundlicher Genehmigung von Frau Helga Schwarz-Stötzer hier zitiert: »Hochverehrter Herr Mann/ Am 23./24. Oktober hatte das Zentrum Deutschland seine Jahresversammlung in Düsseldorf. Aus den geheimen Wahlen ging ein etwas veränderter Vorstand hervor, wobei mir zu meiner Überraschung das Amt des geschäftsführenden Präsidenten zufiel./ Es ging dabei um eine ganz einfache Alternative, um Verständigung und um Nichtverständigung. Die Verständigungswilligen siegten, und da ich weiß, daß Ihre Meinung sich mit der unsrigen deckt, möchte ich heute einen Schritt wagen, zu dem ich die jetzigen Verhältnisse abwarten mußte./ Ich möchte Sie nämlich fragen, ob Sie geneigt wären, eine Wahl als Ehrenpräsident des Zentrums Deutschland anzunehmen, falls die Wahl einstimmig erfolgen sollte, was ich für selbstverständlich halte./ Wie Ihre Reaktion auch ausfallen sollte, so verspreche ich Ihnen doch, sie in keiner

Weise zu Propagandazwecken zu mißbrauchen, zumal eine beschlußfähige Tagung ja erst wieder 1952 stattfinden kann. Ich möchte mich vertraulich erkundigen, weil ich ja begreiflicherweise unmöglich wünschen kann, daß sich das Zentrum Deutschland etwa einen Korb holt./ Mit dem Ausdruck meiner Verehrung/ Ihr Johannes Tralow.«

Ein gleichlautender Brief ging – wie aus den Berliner Beständen ersichtlich – an Hermann Hesse, der in einem freundlichen Schreiben »Ende Oktober 51« aus Montagnola eine Ehrenmitgliedschaft mit dem Hinweis ablehnte, daß er sogar die Einladung, dem Schweizer Zentrum beizutreten, nicht angenommen habe.

4] *Goethes Gespräche:* In der Artemis-Gedenkausgabe enthalten Band 22, Zürich 1949, Einführung und Textüberwachung Wolfgang Pfeiffer-Belli, ›Goethes Gespräche 1752–1817‹, Band 23, Zürich 1950, Einführung und Textüberwachung wie in Band 22, ›Goethes Gespräche 1817–1832‹ und Band 24, Zürich 1948, Einführung und Textüberwachung Ernst Beutler, ›Goethes Gespräche mit Eckermann‹. *138*

5] *Feldzug in Frankreich:* ›Kampagne in Frankreich‹, in ›Biographische Einzelschriften‹, Einführung und Textüberwachung Josef Kunz, Artemis-Gedenkausgabe Band 12, Zürich 1949, 237–425.

20. 11. 1951

1] *Anzeige:* Das Manuskript ist im TMA erhalten und wird im Anhang, Dok. 41, S. 818/819 wiedergegeben. *138*

2] *an Prof. Mayer:* An Hans Mayer, P. P. 21. 11. 1951, Reg. IV, 51/467. Der Text und das Schreiben von Hans Mayer, auf das er antwortet, sind im Anhang, Dok. 44 und 45, S. 821–824 wiedergegeben.

3] *dessen Buch*: Hans Mayer, ›Thomas Mann. Werk und Entwicklung‹, (Ost-)Berlin 1950.

4] *in Fontanes Briefen:* TM besaß ›Fontanes Briefe an seine Familie‹, 2 Bände, Berlin 1905, und: ›Briefe Fontanes‹, Zweite Sammlung: An die Freunde, hrsg. v. Otto Pniower und Paul Schlenther, 2 Bände, Berlin 1910. Beide Ausgaben sind in der Zürcher Bibliothek erhalten. Vgl. auch TM an Henry H. Remak, P. P. 18. 3. 1951, Reg. IV, 51/134: »Ich lese einen der Fontane'schen Spitzenromane doch jedes Jahr einmal wieder, nehme auch wohl die Familien- und Freundesbriefe wieder vor. Die aufsässige und ›sozialdemokratische‹ Stimmung des Siebzigers, auch sein zwiespältiges Verhältnis zu Bismarck kenne ich gut, habe schon als junger Mensch darüber geschrieben (›Der alte Fontane‹)«.(Kopie im TMA)

21. 11. 1951

138 1] *Aufsatz von Golo:* Golo Mann, ›Geschichtsschreibung als Realpolitik. Über J. A. P. Taylor und die Tragödie Mitteleuropas‹, ›Der Monat‹, Jg. 4, H. 38, November 1951, 130–140.

2] *Taylor:* Der britische Historiker und Publizist J[ohn] A[lan] P[ercivale] Taylor (1906–1990).

3] *Redaktor der [...] »Gegenwart«:* Vermutlich Robert Haerdter (geb. 1907). Vgl. seinen Bericht ›Besuch bei Thomas Mann‹, ›Gegenwart‹, Jg. VII, 1952, No. 156 v. 24. 5. 1952, 337/338, und TMs Brief an Haerdter, Kandersteg, 27. 7. 1952, Reg. IV, 52/228.

22. 11. 1951

138 1] *Truthähne:* Amerikanische Luftlandetruppen.

2] *Colliers-Skandal:* S. TB 26. 11. 1951, Anm. l.

139 3] *(Begegnung mit Kuckuck):* GW VII, 529 ff.

4] *»Schöpfung«:* Joseph Haydn (1732–1809), ›Die Schöpfung‹ (1795–1798), Oratorium in drei Teilen nach John Miltons ›Paradise Lost‹ in der Übersetzung von Gottfried van Swieten.

23. 11. 1951

139 1] *Eisenbahn-Dialog:* Der Dialog Felix–Professor Kuckuck im Speisewagen auf der Fahrt nach Lissabon.

2] *Artikel von Basler:* Otto Basler, ›Fünfzig Jahre ‚Buddenbrooks'‹, ›National-Zeitung‹, Basel, 14. 10. 1951.

3] *Aufsatz von Slochower:* Harry Slochower, ›The Hebrew Myth of a Chosen God‹, ›The Chicago Jewish Forum‹, vol. 10, No. 1, Fall 1951, 20–27: »Thomas Mann's Joseph story is a contemporary affirmation of the Hebrew myth and its universal mission. This epic was conceived and executed even as Hitlerism attempted to reduce the Jew to dust and ashes. This very attempt served as a shock which roused in many the memory of their tradition. It made possible the heroic resistance by the Warshaw ghetto and the Israeli war of liberation. The establishment of a Jewish homeland may signify that the Jobian story of the Jew in exile is at an end.«

4] *Manuskript-Brief:* Von Helmut Rückriegel, Manchester, 5. 10. 1951. Das Schreiben befindet sich zusammen mit dem Typoskript ›Thomas Manns politische Entwicklung und Wirkung‹ im TMA. *140*

5] *H. Rückriegel:* Der spätere Diplomat – 1985–1988 Botschafter der BRD in Bangkok, 1988–1990 in Irland – Helmut Rückriegel (geb. 1925) war 1951 Lektor an der Universität Manchester.

24. 11. 1951

1] *Zustimmung Bermanns:* Frankfurt am Main, 20. 11. 1951; TM/GBF 578/579. *140*

2] *»Dich ruft Pan« von Eipper:* Das Buch des Tier- und Reiseschriftstellers Paul Eipper (1891–1964).

3] *an Basler:* An Otto Basler, P. P. 24. 11. 1951, Reg. IV, 51/468.

4] *[an] »José« Chapiro:* An Joseph Chapiro, P. P. 24. 11. 1951, Reg. IV, 51/269: Dank für »die Colloquia mit Ihrem Kommentar und das Lob der Torheit, die nebst der Biographie das Maß Ihrer Verdienste um die englische Übersetzungs- und Bildungsliteratur voll machen werden. Schade, daß Sie nicht der deutschen Ihren Fleiß und Ihre Hingabe widmen können. Ich gestehe, daß es mir lieber wäre, das alles in Ihrem, unserem Deutsch lesen zu können. Es geht mich so nahe an und wird mir, trotz aller Gewöhnung, auf Englisch nicht so nahe kommen./ Was Sie über Luthers Einfluß auf den deutschen Charakter und also auf Deutschlands Schicksal sagen, ist vollkommen richtig. Daß die Deutschen sich immer weit mehr an Luther als an Goethe gehalten haben, darüber hat man mich auch schon seufzen hören.« (Kopie im TMA)

5] *Chapiro:* Der aus Kiew stammende Journalist und Literat Joseph (seit 1934 José) Chapiro (1893–1962), den TM aus seiner Münchener Zeit kannte, war 1933 nach Spanien, 1936 nach Paris und 1941 schließlich nach New York emigriert.

6] *Erasmus-Übersetzungen:* ›Erasmus and Our Struggle for Peace‹, Boston 1950. Der Band enthält ›Erasmus – Herald of a United World‹ by José Chapiro, und ›Peace Protests by Erasmus of Rotterdam, translated with an Introduction and Notes by José Chapiro‹.

25. 11. 1951

1] *Warnung Rußland[s]:* Der Text ist unklar. – Vielleicht nimmt TM Bezug auf die Anschuldigungen des sowjetischen Delegierten in Paris, die USA hätten eine Klausel des 1933 zwischen der UdSSR und den *140*

USA geschlossenen Anerkennungs-Vertrags dadurch verletzt, daß sie versuchten, mit Hilfe hoher – durch den sogenannten Mutual Security Act von 1951 aufgebrachter – Geldsummen, in den Ländern jenseits des Eisernen Vorhangs antikommunistische Untergrundorganisationen aufzustellen. Die USA hatten den Vorwurf scharf zurückgewiesen, der von den Russen beantragten Verhandlung des Vorwurfs durch die UN jedoch zugestimmt.

141 2] *an Slochower:* An Harry Slochower, P. P. 25. 11. 1951, Reg. IV, 51/470. Zum Inhalt s. auch TB 30. 6. 1951, Anm. 3.

26. 11. 1951

141 1] *Machwerk von Colliers:* Das am 27. 10 1951 erschienene Sonderheft von ›Collier's Magazine‹: ›Preview of the War We Do Not Want‹, Untertitel ›Russia's Defeat and Occupation, 1952–1960‹, enthielt 24 Artikel namhafter Schriftsteller und Journalisten, die in einem Horror-Szenario folgenden Kriegsablauf prognostizierten: 1952: Nach einem Mordversuch an Marschall Tito fällt die Rote Armee in Jugoslawien ein, der Westen erklärt der UdSSR den Krieg, das Atom-Bombardement von Rußland und den USA beginnt; in Europa stoppen UN-Streitkräfte den Vormarsch aus dem Osten mit Hilfe ihrer Atom-Artillerie. 1953: 10000 Kamikaze-Fallschirmjäger und reguläre Luftlandetruppen der USA zerstören die russischen Atomwaffenlager hinter dem Ural; Washington und Moskau werden mit Atombomben angegriffen. 1954: In der UdSSR und ihren Satelliten beginnen Aufstände, nachdem die UN aus russischen Flüchtlingen gebildete Luftlandetruppen zur Unterstützung von Dissidentengruppen in den betreffenden Regionen abgesetzt haben; UN-Truppen nehmen Warschau, erobern die Ukraine und erobern, als die Rote Armee zerfällt, Wladiwostok. 1955: der Krieg endet, die Besetzung der Ukraine und anderer Satellitenstaaten beginnt. In Moskau wird ein UNITOC – das ›United Nations Temporary Occupation Command‹ – gebildet. – Am Ausmalen des schwer errungenen, jedoch totalen Sieges der USA über die UdSSR nebst seinen verheerenden, im Endeffekt aber erwünschten Folgen für das vom Sowjetregime befreite und durch die Amerikaner wirkungsvoll unterstützte russische Volk beteiligten sich u.a. so renommierte Schriftsteller wie Robert E. Sherwood, Lowell Thomas, Arthur Koestler, Stuart Chase, Walter Reuther, J. B. Priestley, Erwin Canham, Walter Winchell, Allan Nevins und Senator Margaret Chase Smith. – Ein redaktioneller Vorspann erläuterte den »Sinn« dieser Szenarien: »(1) [to] warn the evil masters of the Russian people that their vast conspiracy to enslave humanity is the dark downhill road to World War III; (2) to sound a powerful call for reason and understanding between the peoples of the West and East – before it's too late; (3) to demonstrate that if The War We Do Not Want is forced upon us, we will win.«

2] *Buch des Engländers Crankshaw:* Edward Crankshaw, ›Cracks in the Kremlin Wall‹, New York 1951. Vgl. TM an Agnes E. Meyer, P. P. 7. 12. 1951: »Uebrigens ist das Buch von Crankshaw, das ich Ihnen verdanke, ein sehr besonnenes, offenbar wohl informiertes und lehrreiches Werk, unhysterisch und klarblickend, eine sehr nützliche Lektüre. Es ist ja ein Trost, bei diesem Engländer zu lesen, dass Russland nie angreifen wird, es garnicht kann, und dass ›the war we do not want‹ sich wohl nicht ereignen wird. Das war nun freilich ein ganz böser und schwer kompromittierender Fall, dies Spekulationsgeschäft mit dem ›war we do not want‹, und den wir doch offenbar wünschen müssten, da er so herrlich ausgehen würde. Wahrscheinlich übersehen Sie besser, als ich, was für Schaden dieses Heft angerichtet hat, von dem man wohl mit Tallerand sagen kann, dass es schlimmer als ein Verbrechen, nämlich eine Dummheit ist. Talleyrand meine ich. Nie werde ich mir die Orthographie dieses Namens merken!« (Br. III, 234; TM/AEM 761)

3] *Crankshaw:* Der britische Schriftsteller und Journalist Edward Crankshaw (1909–1984) war seit 1947 Korrespondent für Sowjetangelegenheiten beim ›Observer‹.

4] *an die Herz:* An Ida Herz, P. P. 26. 11. 1951, Reg. IV, 51/471: »Eine Nummer [des ›Statesman‹] müssen Sie mir bestimmt noch schicken [. . .] nämlich die, die den Artikel enthält über das ungeheuerliche Druckwerk, in dem Collier's den 3. Weltkrieg gewinnen.« (Im TMA)

27. 11. 1951

1] *Ein bekannter Journalist:* John T. Flynn hatte am 26. 11. 1951 im 141
Philharmonic Auditorium von Los Angeles einen Vortrag mit dem Titel ›The Decline of the American Republic‹ gehalten, in dem er eine Beschränkung der Militärausgaben und die Rückkehr Amerikas »to a sound economy« verlangte. Falls dies nicht gelänge, so der Redner,

are we »headed for the socialistic state under the guise of what is called planned economy« – eine Entwicklung, »[which] can only lead to financial disaster«. (LAT, 27. 11. 1951, 21)

142 2] *»Monatsgabe«:* Arnold Krieger plante, als ›Monatsgabe‹ eine Art Zeitschrift zu publizieren, von der im Jahr 1952 unter dem Titel ›Das eigentliche Leben‹ drei Folgen erschienen. S. dazu auch TB 11. 1. 1952, Anm. 1.

3] *Architekt Davidson:* Der aus Berlin emigrierte Architekt J. R. Davidson (1888–1977) hatte TMs Haus in Pacific Palisades erbaut. Näheres s. TB 44–46, 736.

4] *kritische Plauderprosa Fontanes:* TM las in Fontanes ›Aufsätze[n] zur Literatur‹, von denen sich keine Ausgabe mehr im TMA befindet.

5] *Über Keller Legenden:* Theodor Fontane, ›Gottfried Keller. Sieben Legenden‹.

28. 11. 1951

142 1] *»Voice of the Free World«:* Die »Herausforderung« befindet sich nicht unter den Zürcher Archivalien. Zu TMs Antwortbrief s. TB 3. 12. 1951, Anm. 4.

2] *Senator Mc Carran:* Der demokratische Senator Patrick A. McCarran (1876–1954) war in den Jahren 1943–1946 und 1949–1953 Chairman der ›Senate Judiciary Commission‹ und Initiator eines außerordentlich fremdenfeindlichen, Neubürger und politisch verdächtige Besucher restriktiven Verordnungen unterwerfenden und die Immigration wesentlich erschwerenden Gesetzentwurfs, der ›Mc Carran-Walter Immigration and Nationality Bill‹. S. dazu TB 29. 3. 1952 und 27. 6. 1952.

3] *an [...] Heuß:* Eine Kopie des Brief-Entwurfs an den damaligen Präsidenten der Bundesrepublik Deutschland, Theodor Heuss (1884–1963), Reg. IV, 51/475, befindet sich in der Thomas-Mann-Sammlung Hans-Otto Mayer, Universität Düsseldorf: »[...] Ich kann nur herzlich wünschen und hoffen, es möge in Ihrer Macht stehen, einem Menschen, der für den demokratischen Gedanken gelitten hat, und dessen Gesinnungen dem neuen Deutschland von Wert sein müssen, rettende Hilfe zu bringen.«

4] *Journalist O. Galley:* Der ehemalige Berliner Schriftsteller und Kritiker Otto Galley (1900–1955), ein Verehrer von TM, lebte 1951 als Theaterkritier in Braunschweig. – TM wandte sich an den Bundespräsidenten, weil man Galley wegen einer schweren Durchblutungsstörung hatte beide Beine amputieren müssen. »[Ich kenne] einige Theaterkritiken von ihm, die ich klug, kultiviert und charaktervoll geschrieben fand, und deren moralisches und literarisches Niveau es mir ganz begreiflich macht, daß der Verleger der ›Braunschweiger Zeitung‹ so an dem Mann festhält und der Kollege vom Berliner ›Tagesspiegel‹ sich für ihn einsetzt.« (Aus dem Anm. 3 nachgewiesenen Schreiben)

29. 11. 1951

1] *an Dr. Wolf:* Weder das Schreiben noch TMs Antwort konnten 143
ermittelt werden.

2] *»Effi Briest«:* Im Manuskript steht »Effi Brief«.

3] *Das Geschwisterpaar:* In: Theodor Fontane, Brief an Hans Hertz, Berlin, 2. März 1895: »[...] ich saß im Zehnpfund-Hotel in Thale, auf dem oft beschriebenen großen Balkon, Sonnenuntergang, und sah nach der Roßtrappe hinauf, als ein englisches Geschwisterpaar, er 20, sie 15, auf den Balkon hinaustrat und 3 Schritte vor mir sich an die Brüstung lehnte, heiter plaudernd und doch ernst. Es waren ganz ersichtlich Dissenterkinder, Methodisten. Das Mädchen war genau so gekleidet, wie ich Effi in den allerersten und dann auch wieder in den allerletzten Kapiteln geschildert habe: Hänger, blau und weiß gestreifter Kattun, Ledergürtel und Matrosenkragen.«

4] *Spielhagens [...] Aufsatz:* Friedrich Spielhagen (1829–1911), ›Einst und jetzt. ‚Die Wahlverwandtschaften' und ‚Effi Briest'. Eine Studie‹. In: F. Spielhagen, ›Neue Beiträge zur Theorie und Technik des Romans‹, Leipzig 1898. Vgl. dazu den Brief Theodor Fontanes an Julius Rodenberg, Berlin, 18. Februar 1896, in dem Fontane dem Herausgeber der ›Deutschen Rundschau‹ ein Kurzreferat über Spielhagens Essay gibt.

5] *Die Heldin:* Das »Vorbild« für Effi Briest, Elisabeth Edle und Freiin von Plotho, die Großmutter des Wissenschaftlers Manfred von Ardenne, lebte zum Zeitpunkt dieser Eintragung noch. Sie starb am 4. 2. 1952.

30. 11. 1951

143 1] *Sturmlauf:* Die Vorgänge, die das Erscheinen von Klaus Manns Autobiographie ›Der Wendepunkt‹ erheblich verzögerten und schließlich zur Streichung einiger gegen Gustaf Gründgens gerichteter Passagen des Buches führten, sind in allen Einzelheiten (einschließlich der Rolle von Curt Riess und angeblicher Proteste von Pamela Wedekind) in der TB 13. 10. 1951, Anm. 4 nachgewiesenen Dokumentation von Eberhard Spangenberg dargestellt. Spangenberg druckt a.a.O. 135/136 – aus dem amerikanischen Original – auch die in der deutschen Ausgabe eliminierten Texte ab.

2] *Gründgens:* Der Schauspieler, Regisseur und Intendant Gustaf Gründgens (1899–1963) war 1925–1928 mit Erika Mann verheiratet gewesen.

3] *Pamela W.:* Im Text steht Palema W. Gemeint ist jedoch mit Sicherheit die Schauspielerin Annapamela Wedekind-Regnier (1906–1986).

4] *Rieß:* Der Journalist und Schriftsteller Curt Riess (1902–1993), ein Freund von Klaus und Erika Mann. Näheres TB 46–48, 385.

5] *von Professor Wilson:* Davidson, N. C. 26. 11. 1951: »[. . .] I feel impelled to tell you how deeply I am enjoying my *fifth* reading of ›The Magic Mountain‹. I am sure that it must be gratifying for you to know that there are many, like myself, who find this book so inexhaustibly rich. I cannot imagine that I shall ever might have enough of it!/ I look forward during the Christmas vacation to a re-reading of Doctor Faustus, which I believe is your greatest book. The time I spent in pre-Hitler Germany – I was a Scottish theological student in Marburg – as well as my subsequent visits to Germany and my work there after 1945, have helped me better to understand the immense variety of this wonderful novel./ I am deeply and immeasurably indebted to you and would like once again to wish you the hard glory and the joy of wisdom and work.« (TMA) Der Umschlag trägt von der Hand TMs den Vermerk: »Holy Sinner schicken.«

6] *Professor Wilson*: Über Ian Wilson konnte nichts Näheres ermittelt werden.

7] *von Knopf:* Das Schreiben ist weder in Zürich noch in New York auffindbar. William Koshland teilte auf Anfrage jedoch mit, daß in vorhergehenden Briefen »AAK enthusiastically projected confidence for large sales.«

8] *Neujahrsgruß:* ›An die Kyodo News Agency‹, P. P. 4. 12. 1951. Der Text fand sich im TMA und ist im Anhang, Dok. 42, S. 819 wiedergegeben.
9] *an Gronicka:* An André von Gronicka, P. P. 30. 11. 1951, Reg. IV, 51/477; Br. III, 232/233.
10] *Gronicka:* Der Ordinarius für deutsche Literatur an der University of Pennsylvania André von Gronicka (geb. 1912).
11] *Kousewitzky:* Serge Koussevitzky (s. TB 5. 6. 1951, Anm. 1).

1. 12. 1951
1] *Herr und Frau Albersheim:* Der Wiener Pianist und Musikwissenschaftler Gerhard Albersheim (geb. 1902), seit 1940 Lehrer am Konservatorium und an der University of Southern California in Los Angeles, mit seiner Frau Erna. (S. TB 44–46, 674.) 144
2] *Frau Reitler:* Lisa Reitler. S. auch TB 8. 6. 1951, Anm. 2.
3] *Herr Rimsteig:* Rombout van Riemsdyck (s. TB 22. 2. 1951, Anm. 11).
4] *Artikel über den »Sinner«:* Henry Seidel Canby, ›The Dean of Novelists Recounts a Famous Medieval Tale of Romance, Sin and Expiation‹, ›Book-of-the-Month Club News‹, August 1951, 1–5, und Robert Pick, ›Thomas Mann‹, a.a.O. 6/7.
5] *Gide-Aufsatz:* S. TB 30. 6. 1951, Anm. 1.

2. 12. 1951
1] *»Hotel in Castilien«:* Editha Klipstein, ›Das Hotel in Kastilien‹, Berlin 1951. 144
2] *Klipstein:* Die Schriftstellerin Editha Klipstein, geb. Blass (1880–1953).
3] *an K. Wolff [...] an Krieger:* Beide Schreiben sind nach Reg. IV, 590, verschollen. Es ist jedoch, Reg. IV, 51/480, ein Brief an Peter Suhrkamp über Editha Klipsteins Roman verzeichnet, der es möglich erscheinen läßt, daß TM die beiden Verleger Wolff und Suhrkamp in seinem Notat verwechselte.
4] *Domspatzen-Geschichte:* Vermutlich eine Erzählung aus Erika Manns ›Zugvögel‹-Reihe: ›Wenn ich ein Zugvogel wär‹, München 1953, ›Till bei den Zugvögeln‹, München 1954, ›Die Zugvögel auf Europa-Fahrt‹, München 1955, ›Die Zugvögel singen in Paris und Rom‹, München 1956.

3. 12. 1951

144 1] *Prinz Wilhelm v. Schweden:* TM hatte den Prinzen Wilhelm von Schweden (1884–1965) als Schriftsteller und Präsidenten des schwedischen PEN-Clubs 1939 im Hause des Verlegers Karl Otto Bonnier kennengelernt und im Mai 1950 in Stockholm wiedergetroffen. Der Dank des Prinzen ist nicht unter den Dokumenten des TMA.

145 2] *Wahl:* Der Fabrikant und Historiker, Verfasser mehrerer Biographien, Dr. rer. pol. Rudolph Wahl (1894–1961).

3] *Wahls Historie:* Rudolph Wahl, ›Der Gang nach Canossa. Kaiser Heinrich IV.‹, 2. Aufl., München 1951. Der Band in der Zürcher Bibliothek enthält eine Widmung des Autors an TM.

4] *Brief an [...] Free World:* An K. O. W. Wahle, Coordinator in Charge, Voice of the Free World, Frankfurt am Main, P. P. 4. 12. 1951, Reg. IV, 51/484. Ein mit vielen Korrekturen Erika Manns versehener Entwurf befindet sich im TMA und ist im Anhang, Dok. 43, S. 820 abgedruckt.

5] *an K. Desch:* An Kurt Desch, P. P. 3. 12. 1951, Reg. IV, 51/481.

6] *Heinrich und Gregor:* Kaiser Heinrich IV. (1050–1106) und Papst Gregor VII. (zwischen 1019 und 1030–1085). Zum Investiturstreit und Heinrichs Gang nach Canossa, auf den TM hier anspielt, vgl. den TB 5. 12. 1951, Anm. 5 wiedergegebenen Auszug aus TMs Brief an Rudolph Wahl.

4. 12. 1951

145 1] *Landung in Korea:* Angriffe von Amphibienfahrzeugen auf Eisenbahnverbindungen längs der Küste zwischen Songjin und Tanchon.

5. 12. 1951

145 1] *Umkomponiert:* Das Handschriftkonvolut von Kapitel III, 5 zeigt die intensive Arbeit (s. auch TB 17. 12. und 28. 12. 1951). Auf dem Fundament der genauen Manuskript-Analyse des dritten Buches in TMS V, 520/521 lassen sich für III, 5 folgende Detailänderungen ergänzen: Gleich zu Anfang – auf Blatt 184 – wurde der zweite Satz gestrichen. GW VII, 522, nach dem Ausrufezeichen in der dritten Zeile des 5. Kapitels, hieß es ursprünglich: »Nimmt etwa den Leser dieses dem Weltraum und der Geschichte seiner Körper entnommene Gleichnis wunder? Sehr bald wird er es als Geschenk gewisser packender Bildungserlebnisse verstehen lernen, die mir nahe bevorstanden,

und die schon an dieser Stelle leise mitzusprechen [sic] zu lassen mir Freude macht. Doch jene Träume betreffend – wie . . . –«
Die zweite größere Änderung betrifft GW VII, 524 und ist vielleicht mit der TB 12. 12. 1951, Anm.3 verzeichneten Antwort von Herrn Lambert in Sachen Kreditbrief in Zusammenhang zu bringen. Der in der vierten Zeile von unten beginnende Satz hieß (Blatt 187) ursprünglich: »⟨Louis empfing mich mit der aufgeräumtesten [verbessert aus ›heitersten‹] Herzlichkeit⟩ und überhändigte mir nicht nur ungesäumt seine noch mit meiner, will sagen: seiner Unterschrift zu versehenden Kreditbriefe an die großen Banken von Lissabon, Buenos Aires, Rio, New York, Tokio, Stambul, Athen und Rom, nebst dem Eisenbahn-Billet nach der portugiesischen Hauptstadt, der Schiffskarte nach Buenos Aires, sondern hatte auch einige sehr angenehme [geändert aus: ›erfreute mich auch mit einigen sehr angenehmen‹] Abschiedsaufmerksamkeiten [geändert aus ›-geschenken‹ und ›-gebinden‹] für mich: ⟨eine flache goldene Remontoir-Uhr⟩. . .«
Zum dritten steckte Venosta seinem alter ego in der Urfassung nicht eine Kopie des Siegelrings, sondern den Ring selbst an den Finger. GW VII, 525, Z. 20 hieß zunächst: ». . .⟨ so erhob sich zu einer gewissen Feierlichkeit der Augenblick, als er⟩ seinen Siegelring vom Finger nahm und an meinen steckte«. Analog zu dieser Version hieß es dann im Manuskript (Blatt 188), 8 (stark korrigierte) Zeilen später: »Übrigens versicherte er mir, daß eine genaue Kopie des Ringes schon in Arbeit sei, und daß er nicht lange ohne Ritterwappen an seiner Hand werde herumlaufen müssen, dessen Gebrauch als Petschaft nun freilich meine, nicht seine Sache sei.« – Die GW VII, 529/530 entsprechenden Blätter 193/193a/194 sowie das GW VII, 534 entsprechende Manuskriptblatt 199 weisen dadurch, daß sie nicht vollständig, sondern nur bis zu einem Anschluß auf dem folgenden Blatt beschrieben sind, darauf hin, daß an diesen Stellen größere Änderungen vorgenommen wurden und TM Manuskriptseiten vernichtete. –
Die vierte rekonstruierbare Korrektur zeigt, ähnlich dem Passus über den Kreditbrief, wie TM in die Endfassung neue Informationen eingearbeitet hat. GW VII, 536/537 hieß auf Blatt 203 zunächst noch: »⟨›Wie auch den Menschen‹/ ›Den Menschen des Eozäns?‹⟩/ ›Darin kommt er bei Weitem noch nicht vor. Er zeigt sich erkennbarer Weise

erst im Diluvium, zu Beginn der jüngsten Eiszeit.‹/ ›Wie lange mag das her sein?‹/ ›Nicht mehr als fünfzehn bis zwanzigtausend Jahre, Der Mensch ist ein Neukömmling dahier. Die biblische Genesis ⟨hat vollkommen recht, in ihm die Schöpfung gipfeln zu lassen.‹⟩« – Auch ein zweiter Versuch mit derselben Stelle wurde zugunsten der verknappten Endfassung wieder gestrichen: »⟨›Den Menschen des Eozäns?‹⟩/ Das kennt ihn noch nicht. Übrigens ist sein Andenken ungenau begrenzt. Es reicht zurück ins Diluvium, in die Eiszeiten, vielleicht bis ins Jung-Tertiär, sodaß er zugleich mit dem Mastod [?], dem Mammut, dem dreizehigen Pferd den Schauplatz betreten hätte. Kurz, der Anfang [verbessert aus ›die Ursprünge‹] des Menschen ist ein wenig in Dunkel gehüllt. Daß seine Ausbildung sich erst im Rahmen der Entwicklung der Säugetiere vollzogen hat, liegt wissenschaftlich auf der Hand. Er ist eine neozäische Erscheinung, ein Neukömmling dahier, ⟨und die biblische Genesis⟩: . .« –

Die nächste Änderung hat vermutlich ähnliche Gründe wie die vorigen. Im Dialog über das Episodische des Lebens macht Krull, GW VII, 538, Z.16, ursprünglich statt des Liedes einen anderen Einwurf und »⟨setzt hinzu,⟩ ›daß gerade was Sie das Vorübergehende des Lebens [nennen] – und wenn es sich auch um eine Episode von tausend Millionen Jahren handelt – eine gewisse Herzlichkeit für dasselbe erregt. Es gibt da‹/ ›Und wie es sich beeilt hat‹, sprach Kuckuck weiter, ›seine Formen und Arten zu entwickeln, besonders in seiner Frühzeit! In der untersten Erdschicht, der tiefsten Formation der paläozäischen Periode, die wir das Kambrium nennen, tritt zwar die Pflanzenwelt nur mit Seetangen, Algen auf – ⟨das Leben stammt aus dem Salzwasser, dem warmen Urmeer, müssen Sie wissen. Aber das Tierreich ist da sofort‹. . .⟩« –

Auch die TB 29. 3. 1952, Anm. 8 erwähnte Änderung in bezug auf den Blauwal (GW VII, 539) ist dadurch zu erkennen, daß TM ein »Beiblatt« einlegt. Ursprünglich – Manuskriptblatt 206 – hieß der Text: »ein ⟨Übereifer zuweilen⟩, so kann man sagen. Sie hat darin zeitweise Ausschweifungen, abstruse Übertreibungen begangen, die sie bald als unpraktisch zurücknehmen mußte. Schon im frühen Mittelalter der Erde, ⟨Triasformationen, lange bevor ein Vogel sich in die Lüfte schwang oder die Alge es zum Laubbaum gebracht hatte, finden wir Ungeheuer⟩, die Dinosaurier – Fleischmassen, Zellenanhäufungen, wie es sie nie wieder gegeben hat. ⟨So ein Individuum . . .⟩« –

GW VII, 540, Z. 18, fehlte ursprünglich der Einschub »Ein alter Baumeister pflegte zu sagen ...« Der Text ging gleich so weiter, wie er ab Z. 21 gedruckt ist. Nur hieß es »Mystiker der Verhältnismäßigkeit wissen. ...« –

Das Bemühen um größere Stringenz und Veranschaulichung ist an den Änderungen der Passagen über die Entstehung des Menschen, GW VII, 541/542 abzulesen. Statt des letzten Absatzes auf Seite 541: »Lieber Marquis, sagen wir lieber: er stammt aus der Natur. ...« hieß es auf Blatt 208 a: »Vom Affen? Sagen Sie das nicht so geradehin, Marquis. Es steht Ihnen wenig zu Gesichte. [Geändert aus: ›Ja, ungefähr wie das Organische aus dem Unorganischen kam‹] Die fratzenhafte Ähnlichkeit der höheren Affen mit der Menschengestalt hat etwas recht Irreführendes. Eine gemeinsame Wurzel mag da vorhanden sein [geändert aus: ›Die Vorfahren dieser Larven werden mit denen des Menschen eine gemeinsame Wurzel haben‹], aber wo sie liegt, ist ungewiß, und ungewiß ist sogar, ob der Mensch nur *einen* Ursprung hat, oder ob nicht die Umbildung seiner tierischen Vorfahren zu Menschen bei verschiedenen Tierformen einsetzte. Die Natur bewegt sich ja eher in Verzweigungen, Gabelungen, die da und dorthin auseinandergehen, als geradlienig. Aus einer Stammesgruppe pflegen mehrere andere zu kommen – aus den Würmern zum Beispiel die Gliederfüßler sowohl wie die Weichtiere und Wirbeltiere, aus den Reptilien die Vögel und auch die Säugetiere. Aber diese, da Säuger – und der Mensch ist offenbar einer von ihnen – stehen in ihren höheren Ordnungen zugleich den Beuteltieren sehr nahe. Man könnte also ebenso gut sagen, der Mensch stamme vom Känguruh oder von der Beutelratte ab, wie daß sein Ahn ein Affe gewesen. Man könnte auch sagen, sein Bruder sei der Vogel, da er als Säugetier die Herkunft vom Reptil mit dem Urvogel teilt. Aber sagen wir lieber: vom Tier stammt der Mensch [geändert aus ›Der Mensch stammt vom Tiere, er stammt meinetwegen vom Affen ab‹], ⟨ungefähr wie das Organische aus dem Unorganischen stammt. Etwas kam hinzu.⟩« – TM hat diese Stelle noch dreimal – auf der Rückseite des Blattes 208 a – geändert. Dort hieß es zunächst: »Lieber Marquis, [geändert aus ›Sagen Sie das nicht‹,] die fratzenhafte Ähnlichkeit der höheren Affen mit der Menschengestalt hat etwas recht Irreführendes. Es wird da irgendwo eine gemeinsame Wurzel geben, aber die liegt einigermaßen im Dunkel. Es ist sogar ungewiß ...« Es folgt die Kurzfassung: »Lieber Marquis, vom Tier – und zwar vermutlich von verschiedenen Tierformen – stammt der Mensch ungefähr, wie das Organische aus dem Unorganischen stammt. 〈*Es kam etwas hinzu*〉« Und schließlich die dritte, gleichfalls verworfene Fassung, die aber jedenfalls zu Anfang mit dem gedruckten Text identisch ist: 〈»Lieber Marquis, sagen wir lieber: er stammt aus der Natur und hat seine Wurzel in ihr. Von der Ähnlichkeit seiner Anatomie mit der〉 der sogenannten Menschenaffen 〈sollten wir uns vielleicht nicht zu sehr blenden lassen.〉 Bei seinem Wachstum im Mutterleib rekapituliert er so manches Tierische und sieht zeitweise dem Schweine ähnlicher als dem Affen. Auch ein Fisch ist er für eine Weile, mit Kiemenspalten. Andererseits will alles Tierische uns, ist uns nur der Blick dafür aufgetan, als Larve und schwermütige Verzauberung des Menschlichen erscheinen. Der Mensch stammt vom Tier ungefähr 〈wie das Organische aus dem Unorganischen stammt. *Es kam etwas hinzu.*〉« –

GW VII, 543 weist im Vergleich mit dem Manuskripttext eine kleine Änderung des Zeile 7 beginnenden Satzes »Dieses sei ausdehnungslos in jedem Sinn ...« auf, der ursprünglich lautete: »Unendlich viel länger sei Nichts gewesen, als Sein, und unendlich viel länger werde nichts sein. 〈Mehr Frist, um Äonen mehr, sei dem Sein gegeben, als dem Leben; [geändert aus ›Unendlich viel länger sei Nichts gewesen als Sein und unendlich viel länger werde es dauern – wenn man von Dauer sprechen könne beim Inbegriff des Nichtseins‹] aber einmal, mit Sicherheit, werde es enden〉«.

Zwei Zeilen später die nächste Änderung – ein recht beachtlicher Strich. Nach GW VII, 543, Z. 16: »...〈kraft eines ›Es werde‹, das [...] bereits ein ›Es vergehe‹ in sich geschlossen habe〉?« fehlen im Druck folgende Sätze: »Wann habe sich aus dem Nichtsein die erste Schwingung und Welle, elektromagnetischer oder welcher Art immer, gelöst, woraus das unermeßliche Getümmel raum-zeitlichen Seins, die Allnatur, der Kosmos geworden, in den unsere Teleskope uns einen eng begrenzten Ausblick gewährten, – eng begrenzt, obgleich wir Scheine von Welteninseln erspähten, die in einer Ferne von hundert, von fünfhundert Millionen Lichtjahren ihr Dasein begingen – Raumjahren nämlich, welche die Strecken meinten, da das Licht in jedem von ihnen durcheile, rund sechs Trillionen Meilen? So fragte Kuckuck – natürlich nicht mich, noch jemanden sonst. Es war eine

Frage, die ihre Unbeantwortbarkeit in sich schloß, wie jenes ›Werde‹ das ›Vergehe‹.«

Die letzte Korrektur, die den letzten Absatz von GW VII, 544 betrifft, zeigt wiederum TMs Bemühen um Beschränkung und Präzisierung. Ursprünglich ging der Text nach »⟨wobei unser ganzes örtliches Sonnensystem sich im Rahmen einer etwas weiteren, immer noch sehr örtlichen Sternenzusammengehörigkeit⟩« wie folgt weiter: »in dem Zeitmaß von dreizehn Meilen in der Sekunde tummele, nicht ohne daß zugleich dieses Bezugssystem sich viel schneller noch [geändert aus ›mit 200 Meilen-Sekundengeschwindigkeit‹] ⟨innerhalb der Milchstraße tummele, diese aber, unsere Milchstraße,⟩ bezüglich ihrer entfernten, auswärtigen Schwestern in der Sekunde einhundert Meilen schnell hintreibe, ⟨wo doch, zu allem diese fernsten materiellen Seinskomplexe so hurtig, daß der Flug eines Granatsplitters verglichen mit ihrer Fahrt⟩ Bewegungslosigkeit sei, ⟨nach allen Richtungen⟩ dorthin [geändert aus ›ins Nichts‹] ⟨auseinanderstöben⟩ [geändert aus ‚auseinanderjagten'] wo nichts gewesen sei und wohin sie ⟨im Sturme Raum trügen und Zeit.⟩ [geändert aus ⟨›ins Nichts, wohinein sie im Sturme Raum trügen und Zeit‹⟩]«.

2] *Schrift von Mampell:* Klaus Mampell, ›Wandlung des Organischen‹, Genève 1951; Sonderdruck aus ›Revue Suisse de Zoologie‹, vol. 58, No. 34, 537–551; mit einer Widmung des Autors und Anstreichungen TMs im TMA. *145*

3] *Mampell:* Der Schriftsteller und Biologe Klaus Mampell (geb. 1916), der von 1947 bis 1953 als Dozent und Professor für Genetik und Evolution in den USA lehrte.

4] *Roman-Kapitel:* Vermutlich ein Kapitel aus dem 1952 in Mannheim erschienenen Roman ›Blender und Söhne‹, der sich mit einer Widmung an TM in der Zürcher Bibliothek befindet.

5] *[an] Wahl:* An Rudolph Wahl, P. P. 5. 12. 1951, Reg. IV, 51/486: »Ihr ›Heinrich IV.‹ ist wieder ein bewundernswertes Stück Arbeit. Ich habe mit außergewöhnlicher Teilnahme, ja mit Herzklopfen, gelesen. Auch mit Verblüffung: denn ›Canossa‹ als eine Art von politischem Geniestreich dargestellt, nein, nachgewiesen zu sehen, ist verblüffend. Seit wann sieht man es so? Noch Heine [,] in seinem grimmigen Gedicht, sieht es ganz anders.«

6] *Piper:* Das Schreiben an den Verlag R. Piper & Co. ist nach Reg. IV, 590, und Auskunft des Verlags verschollen.

145 7] *Artikel über den Colliers-Unfug:* Martin Kingsley, ›The War We Do Not Want‹, ›The New Statesman and Nation‹, vol. XLII, No. 1079 v. 10. 11. 1951, 521. Zur Sache s. TB 26. 11. 1951, Anm. 4.

6. 12. 1951

146 1] *Neudruck:* Frankfurt am Main: S. Fischer 1951, 25.–29. Tausend in der Stockholmer Ausgabe (= 55.–59. Tausend einschließlich der Lizenzausgabe des Suhrkamp Verlages).

2] *Guter Umschlag:* Der von TM gelobte Schutzumschlag stammte von Martin Kausche.

3] *Valentin-Platten:* In TMs Nachlaß fanden sich zahlreiche Schallplatten des Münchener Schriftstellers, Kabarettisten und Komikers Karl Valentin (1882–1948) aus den zwanziger und dreißiger Jahren.

4] *Price:* Vermutlich der TB 4. 12. 1951 erwähnte »Haus-Agent«.

12. 12. 1951

146 1] *an Fr. Strich:* An Fritz Strich, P. P. 9. 12. 1951, Reg. IV, 51/490: »Ich hätte, soviel weiß ich nun, mein Einkommen ganz wie bisher in Amerika zu versteuern und nur die – hier nicht existente – Vermögenssteuer (im Wesentlichen die Haussteuer also) in der Schweiz zu entrichten. / Nun fragt es sich aber – und darüber müssen wir unbedingt Sicherheit haben, bevor wir entscheidende Schritte tun –: Ist nach Schweizer Fremdenrecht diese Lebensform denn zulässig? Wie verhält sich unser Vorhaben zu dem, was man bei Ihnen die ›Niederlassungsgewährung‹ nennt? Kann ein Ausländer, der sein Einkommen (leider!) im Land seines Passes versteuern muß, in der Schweiz ein Haus kaufen und sich mit seiner Familie (Erika ist Engländerin) für die Dauer dort ›niederlassen‹? Das ist mir dunkel, und ich wäre Ihnen dankbar, wenn Sie sich an maßgebender Berner Stelle danach erkundigen wollten.« (Kopie im TMA)

2] *Bundesrat Nobs:* Der Sozialdemokrat Ernst Nobs (1886–1957), zunächst Redakteur des ›Volksrecht‹, dann Berufspolitiker, Bundesrat von Dezember 1943 bis Dezember 1951, war 1949 Präsident der Eidgenossenschaft gewesen und bekleidete 1951 das Amt des Vorstehers des eidgenössischen Finanz- und Zoll-Departements.

3] *von Herrn Lambert ausführliche Mitteilung:* S. TB 26. 10. 1951 und TB 5. 12. 1951, Anm. 1.

4] *Gedichtbände von P. Supf:* Peter Supf, ›Der lebendige Tod‹, Gedichte, o.O. 1951. Aus TMs Dankschreiben, P. P. 13. 12. 51, Reg. IV, 51/494 geht hervor, daß es sich offensichtlich nur um einen Band handelte. In der Zürcher Bibliothek befindet sich jedoch noch ein weiterer Band ›Strippestrill. Heitere Verse‹, Stuttgart o.J.
5] *P. Supf:* Der Lyriker, Erzähler und Ghostwriter Dr. jur. Peter Supf (1886–1961).
6] *»Der seltsame Liebesbund«:* S. TB 14. 4. 1951, Anm. 1. Krieger hat in einem Vorwort Rechenschaft gegeben über die Gründe, die ihn veranlaßten, den Dostojewski-Roman fortzuführen: »Der Nachdichter ergreift das Wort. Denn das Wort hat ihn ergriffen. Der Logos spermaticos dieses östlichen Allmenschen. Die Tragik, daß der Roman des jugendlichen Dostojewski durch das unterbrochen ward, was seine Fortführung durch den gereiften Dostojewski gebieterisch verlangte und zugleich despotisch verhinderte: die Verhaftung, das Todesurteil auf dem Semenowski-Platz, der Abtransport nach Sibirien, das zwischen Leben und Existenz schwankende Kettendasein des Sträflings, der mit Netzhaut und Nervatur so Schreckliches litt, daß sich die Epilepsie zu ihrer vollen, schäumenden, porphyrroten Blüte entfaltete.«
7] *»Is Another World Watching«:* Gerald Heard, ›Is Another World Watching? The Riddle of the Flying Saucers‹, New York 1951. Das Buch ist in der Zürcher Bibliothek erhalten.
8] *G. Heard:* Der amerikanische wissenschaftliche Schriftsteller Gerald Heard (1889–1971).
9] *Aufsätze von Dr. Anni Carlsson:* ›Die späte Stimme Knut Hamsuns‹, ›Die Pforte‹, 3/1951, 255–267.
10] *Angriff des Tillinger:* Eugene Tillinger, ›The Case against Tho- 147
mas Mann. The Moral Eclipse of a Great Writer‹, ›The American Mercury‹, New York, vol. LXXV, No. 334, October 1951, 51–61: Eine abermalige Zusammenstellung der bekannten Vorwürfe, jetzt erweitert um die Denunziation von TMs nationalistischen Äußerungen zur Zeit des Ersten Weltkriegs, mit dem erklärten Ziel, den Autor endgültig moralisch zu erledigen: »The myth [vom ›true liberal‹ und ›great humanitarian‹ TM] is wide spread, and it is therefore of some importance that Thomas Mann's real political record become known in this country./ Very few Americans are familiar, for example, with his deification of Prussian militarism and Pan-Germanism during

World War I [folgen die bekannten Zitate aus *Friedrich*...]./ But if this phase [...] is barely known to Americans, his early encounter with Nazism is almost entirely unknown in the United States. Here are some details [folgt das unselige Telegramm in Sachen ›Sammlung‹, 1933 und der aus dem Zusammenhang des Briefes an Frick, 1934 gerissene Satz: »Since history has spoken, I have kept silent. This is my decision – to live in complete seclusion devoted to my personal tasks«, der eingeleitet wird durch den Hinweis: »On the subject of Hitler's rise to power, Mann was most eloquent«, und kommentiert durch die Bemerkung: »later, of course, he was anti-Nazi, and this is the Mann with which the world is much more familiar.«] Es folgen Zitate, die TMs »high respect for the historic event of the Russian revolution« (*Meine Zeit*) bekunden sollen, sowie ein Satz von Ilja Ehrenburg aus ›Novy Mir‹ 1–2, Moskau, 1944: »Thomas Mann [...] has expressed his admiration for the integrity and justice of our cause.« Die »Kopie« aus den Akten des ›Un-American Committee‹ über TMs »sponsorship of communist front organizations« fehlt so wenig wie der Hinweis auf sein Engagement für Gerhart und – später – gegen die Ausweisung von Hanns Eisler, die Mitgliedschaft im Begrüßungskomitee für den ,roten Bischof von Canterbury', Hewlett Johnson, und die Unterstützung von Henry Wallace und seiner »Third Party«. Bei der Auflistung der Aktivitäten seit 1949 – beginnend mit der Grußadresse für die Cultural and Scientific Peace Conference im Waldorf Astoria nebst der Warnung, die ihm Sidney Hook (»Chairman of the Philosophy Department at New York University«) daraufhin zukommen ließ, über die »personal appearance at the ›Conference of Peace‹, held by the Hollywood branch of the Council of Arts, Sciences and Professions« bis zu Kostproben aus ostdeutschen Huldigungen – erreicht der Autor mit dem Wirbel um die Stockholmer Friedensdeklaration wieder bekannten Boden. Die Abhandlung schließt, nachdem Tillinger noch einmal Becher zitiert hat, mit einem Satz aus einem Statement , das die »›Neue Zeitung‹ of Munich, the official organ of the United States High Commission in Germany«, am 12. Oktober 1949 publizierte: »Thomas Mann presents us with the spectacle of a man who can no longer see reality, who abandons the truth, because he has become the prisoner of his ego. We agree with Thomas Mann: he is not a fellow traveler, he already belongs in a more dangerous category.«

11] *Wahl unter die 50 »Immortals«:* TMs Aufnahme in die ›American Academy of Arts and Letters‹ am 30. 11. 1951 in New York. *147*
12] *an Bundesrat Nobs:* An Ernst Nobs, P. P. 12. 12. 1951, Reg. IV, 51/492.
13] *Wagon-Restaurant-Kapitel:* Kapitel III, 5; das Gespräch mit Kuckuck im Speisewagen, GW VII, 529 bis Kapitelende 548.
14] *die in der Rundschau erschienenen Teile:* Das siebente Kapitel des zweiten Buchs, GW VII, 385–403, und die Zirkus-Impressionen aus dem ersten Kapitel des dritten Buches, a.a.O. 455–464, erschienen im 3. Heft 1951, 1–23.

13. 12. 1951
1] *an P. Supf:* An Peter Supf, P. P. 13. 12. 1951, Reg. IV, 51/494. *148*
2] *an H. Kesten:* An Hermann Kesten, P. P. 13. 12. 1951, Reg. IV, 51/493; Br. III, 235/236 (fragmentarisch). Der dort fehlende Passus lautet: »Dieser alte Marxist, Manfred George, ist ein ganz Gerissener.«
3] *H. W. Richter:* Im Text steht deutlich sichtbar »E. W. Richter«.
4] *»Neugestaltung Europas im 16. Jahrhundert«:* Gerhard Ritter, ›Die Neugestaltung Europas im 16. Jahrhundert. Die kirchlichen und staatlichen Wandlungen im Zeitalter der Reformation und der Glaubenskämpfe‹, Berlin 1950.
5] *Ellen:* Vermutlich Ellen Erby. Aber nicht sie, sondern Erika Manns zweite, gleichfalls mehrfach erwähnte, Freundin Nina Engelhardt war die Frau von Magnus Henning gewesen.
6] *Förster-Larrinaga:* Der Bühnenautor und Regisseur Robert Forster-Larrinaga (1880–1932).
7] *Magnus Hennings:* Der aus Lettland stammende Pianist Magnus Henning, Mitbegründer, musikalischer Leiter und Hauskomponist des Kabaretts ›Die Pfeffermühle‹ in Zürich.
8] *Nonchalance:* In der Handschrift steht »Nochchalance«.

14. 12. 1951
1] *von Fiedler:* St. Anthönien, 10. 12. 51. Die Skizze auf dem ersten Briefbogen zeigt das Haus »Orizzonte«, Castelrotto sopra Ponte Tresa, Ticino , das dann auf sieben DIN-A 5-Blättern ausführlich und mit detailliertem Bezug auf die vorgegebenen Bedingungen (»1. Das Haus muss geräumig sein, 2. es muss in einer landschaftlich schönen *148*

Gegend liegen, 3. es darf nicht zu sehr überlaufen sein, 4. es muss trotzdem bequem zugänglich sein, 5. Es darf nicht allzu viel kosten, 6. es muss sich baulich in gutem Zustand befinden (Ruinen gibt es im Tessin genug, darunter wunderschöne, aber ihre Instandsetzung ist ziemlich teuer), 7. Arzt und Schwestern müssen in erreichbarer Nähe leben«) beschrieben wird.

148 2] *College-Aufführung:* S. dazu den Brief an Martha Steinitz, Badgastein, 27. 8. 1951, Reg. IV, 51/368 und den Dank für Bilder von der Inszenierung, P. P. 22. 12. 1951, Reg. IV, 51/510: »Der junge Mensch von vor 51 Jahren liess es sich in seiner Einsamkeit nicht träumen, dass, was er da schrieb, einmal so weit in der Welt herumkommen und sogar dargestellt von Engländern vor einem englischen Publikum zu Fleisch und Blut würde.« (Kopie im TMA)

3] *Michelangelo-Übersetzungen von Mühlestein:* ›Michelangelo. Rime scelte di Michelangelo Buonarroti con versione libera in lingua tedesca per cura di Hans Mühlestein. Ausgewählte Dichtungen. Originale samt deutschen Nachdichtungen‹, Celerina 1950. Neuere Übersetzungen konnten nicht ermittelt werden.

4] *Betrachtungen [...] von Editha Klipstein:* ›Nachdenkliches zu Thomas Manns letztem Roman‹, ›Neue Rundschau‹, Jg. 62, 1951, H. 3, 140–145.

5] *über Jakob Burckhardt:* Axel von Harnack, ›Ranke und Burckhardt‹, ›Neue Rundschau‹, a.a.O., 73–88. Harnack hatte in seiner vergleichenden Betrachtung der beiden Historiker vieles über Burckhardt geschrieben, das TM in seiner damaligen Verfassung wie eine Analyse seiner eigenen Befindlichkeit lesen mußte. Die Stelle, auf die er sich in diesem TB-Eintrag direkt bezieht, lautet: »Leopold von Rankes Leben klingt harmonisch aus; [...] Er arbeitet bis zum letzten Atemzuge, indem er über Müdigkeit und Altersbeschwerden Tag für Tag Herr wird./ Jakob Burckhardt wird im achten Lebensjahrzehnt durch Schwäche und Krankheit schwer heimgesucht. Seine Produktionskraft erlischt vor dem Verfall seiner körperlichen Kräfte. Der furchtbare Ausruf, der aus seiner letzten Zeit berichtet wird: ›Nur nicht noch ein Erdenleben‹ weist auf tiefe Erschöpfung und Einsamkeit hin. Sein Lebenswerk liegt weit hinter ihm, und er fühlt sich von jeder Bindung daran frei.« (87/88)

6] *Jakob Burckhardt:* Der Basler Kunst- und Kulturhistoriker Jacob Burckhardt (1818–1897).

7] *Aufsatz über [...] Henry Green:* Friedrich Burschell, ›Der moderne englische Roman: Henry Green‹, ›Neue Rundschau‹, a.a.O., 56–72. 149

8] *Henry Green:* Der englische Schriftsteller Henry Green (ursprünglich Henry Vincent Yorke, 1905–1973).

9] *Burschell:* Der Literatur- und Kunsthistoriker Friedrich Burschell (1889–1970) emigrierte 1933 und gelangte über Spanien in die Tschechoslowakei, wo er in Prag Sekretär der 1936 gegründeten ›Thomas Mann Gesellschaft‹ war. 1939 floh er nach England.

10] *Aufsatz über Ranke und Burckhardt:* S. Anm. 5.

15. 12. 1951

1] *Radio-Vortrag von H. Green:* ›Verständigung. Ein Vortrag‹, ›Die Neue Rundschau‹, a.a.O., 48–55. 149

2] *Humperdincks »Hänsel und Gretel« :* Das 1893 in Weimar uraufgeführte ›Märchenspiel in drei Bildern‹ des Komponisten Engelbert Humperdinck (1854–1921).

16. 12. 1951

1] *Shooting-Geschichte:* Der Hollywood-Agent und fünfmalige Präsident der ›Academy of Motion Picture Arts and Sciences‹, Walter Wanger, hatte – vermutlich aus Eifersucht – auf den Agenten seiner Frau, der Schauspielerin Joan Bennett, geschossen und ihn verwundet, als das Paar von einer angeblich rein dienstlichen Autofahrt zurückkam. Den Zeitungen – selbst den NYT – war die Affäre ausführliche Bildreportagen wert. 150

17. 12. 1951

1] *Neffe des L. Lewison:* Nicht ermittelt. 150

2] *aus meinem Brief:* Im ›American Mercury‹ erschien kein Auszug aus TMs Brief an Walter Ulbricht (s. TB 10. 6. 1951, Anm. 3).

3] *Lang:* S. TB 16. 12. 1951, Anm. 1. Jennings Lang war der verwundete Agent.

4] *Schloß [...] noch einmal ab:* S. die TB 5. 12. 1951, Anm. 1 dargestellten Änderungen im Kapitel III, 5.

5] *Essay über das »Sein«:* Verwirklicht in dem als Beitrag zur Rundfunk-Serie ›This I Believe‹ geschriebenen Essay *Lob der Vergänglichkeit.* S. TB 27. 1. 1952.

18. 12. 1951

151 1] *an Lesser:* An Jonas Lesser, P. P. 18. 12. 1951, Reg. IV, 51/504, u.a. über die Auswahl für *Altes und Neues:* »[. . .] es ist schwer. Eine an sich nicht reizlose historische Charakterstudie wie ›Friedrich und die große Koalition‹ ist nicht mehr präsentabel wegen der militanten politischen Parallelisierung. Selbst eine so harmlose und recht hübsche Studie wie die über Eichendorffs ›Taugenichts‹ aus den ›Betrachtungen‹ läuft unerträglicher Weise auf den ›deutschen Menschen‹ hinaus und ist dadurch verdorben. Überhaupt bin ich [. . .] so heikel und reizbar gegen das alte Zeug, dass ich mich kaum überwinden kann, es nachzulesen, geschweige denn mit irgendeiner Freudigkeit eine Auswahl für den Neudruck daraus zu treffen. ›Russische Anthologie‹ aus ›Rede und Antwort‹, das gefällt mir noch. ›Okkulte Erlebnisse‹ ist amusant genug, es wieder vorzulegen, glaube ich. Aber sonst? Was meinen Sie, käme in Betracht?« (Kopie im TMA).

19. 12. 1951

151 1] *an Alfr. Neumann:* Das Schreiben ist nach Reg. IV, 590, verschollen.

2] *Lebenserinnerungen von H. Driesch:* Hans Driesch, ›Lebenserinnerungen. Aufzeichnungen eines Forschers und Denkers in entscheidender Zeit‹, München und Basel 1951.

3] *H. Driesch:* Der Leipziger Biologe und Philosoph Hans Driesch (1867–1941), dessen Haus TM 1925 anläßlich eines Vortrags besucht hatte. (Näheres TB 46–48, 632.)

4] *an den Minister Högner:* Das Schreiben an den Bayerischen Ministerpräsidenten, den SPD-Politiker Wilhelm Hoegner (1887–1980), ist nach Reg. IV, 590, verschollen und auch in den bayerischen Archiven nicht mehr auffindbar. Hingegen besitzt das Archiv für Zeitgeschichte in München die Antwort Hoegners, o.O. 23. 1. 1952, aus der das Anliegen in Umrissen deutlich wird: »Sehr verehrter Herr Thomas Mann!/ Auf Ihren Brief vom 19. Dezember 1951 habe ich die Räumung Ihres Anwesens von aufsichtswegen durch den Stadtrat München vornehmen lassen. Das Haus wurde dann wegen Einsturzgefahr am 18. 1. 1952 tatsächlich geräumt. / Mir war es ein Vergnügen, Ihnen, sehr verehrter Herr Thomas Mann, Ihren wohlbegründeten Wunsch zu erfüllen. / Mit der Versicherung meiner ausgezeichneten Hochachtung/ Ihr/ (Dr. Wilhelm Hoegner).«

5] *die Traubel:* Die amerikanische Sopranistin Helen Traubel (1898–1972). (Näheres TB 49/50, 446.)
6] *Wagner-Singen:* Der Text ist unklar. Ursprünglich hieß es: »die Traubel singen Wagner-Singen«. Offensichtlich hat TM zuerst »die Traubel singen« geschrieben, und dann das Objekt »Wagner« hinzugefügt, das erste »singen« gestrichen und im »Wagner-Singen« dann wieder ergänzt.

20. 12. 1951
1] *an Arn. Krieger:* Der Brief ist nach Reg. IV, 590, verschollen. *152*
2] *Prof. Fuchs:* Der französische Germanist Albert Fuchs, Professor an der Universität Straßburg.
3] *Lehrbuch:* Albert Fuchs, ›Deutsche Prosa seit der Vorklassik‹, Paris 1951 (›Publications de la Faculté des Lettres de Université de Strasbourg‹, ›Textes d'Etudes‹ 11). Darin XXXV–XXXVI ›Thomas Mann‹. Als Exempel für einen »Erzählstil von strengster Haltung und Überwachtheit«, bzw. einen »Stil der polemisch bewegten, doch wissenschaftlich bleibenden Auseinandersetzung« hatte der Herausgeber große Teile des zweiten Kapitels von *Der Tod in Venedig* (GW VIII, 450–456) und, betitelt ›Goethes deutsche Sendung‹, aus *Goethe und Tolstoi* den Passus GW IX, 123/124 ausgewählt.
4] *Rancke (Luther):* Aus Leopold von Ranke, ›Deutsche Geschichte im Zeitalter der Reformation‹, Bd. 1, Leipzig 1924, waren bei Fuchs als Beispiel für den deutschen »wissenschaftlichen Stil« die Seiten 205–212 über die ›Anfänge Luthers‹ und aus Theodor Mommsens ›Römischer Geschichte‹, Leipzig 1856/1857, der Anfang des Kapitels über ›Julius Caesar‹ als Beispiel für »wissenschaftlichen, klassisch beeinflußten Stil« abgedruckt.
5] *»The Universe and Dr. Einstein«:* Lincoln Barnett, ›The Universe and Dr. Einstein‹. With a Foreword by Albert Einstein, New York 1948. Das in der Zürcher Bibliothek erhaltene Buch enthält Anstreichungen von TM. Hans Wysling zitiert (TMS V, 385) eine der markierten Passagen und gibt 504–510 die TB 24. 12. 1951 erwähnten Exzerpte wieder, die sich TM aus dem Buch machte.

23. 12. 1951
1] *Barnett:* Der amerikanische Schriftsteller Lincoln Kinnear Barnett (1909–1979). *152*

2] *Danksagung:* An Martha Steinitz, P. P. 22. 12. 1951, Reg. IV, 51/510. S. auch TB 14. 12. 1951, Anm. 2.
3] *an Dr. Amann:* An Paul Amann, P. P. 23. 12. 1951, Reg. IV, 51/511; Br. III 234/235; TM/PA 74/75.
4] *Riemer-Aufsatz:* Das unveröffentlichte Manuskript befindet sich nicht mehr in der Zürcher Nachlaßbibliothek.
5] *»Klassische Walpurgisnacht«:* Zu der Bedeutung dieser Beschäftigung im Zusammenhang mit dem *Krull* s. Wyslings Interpretation ›Die Wiederholung der Klassischen Walpurgisnacht‹, TMS V, 288–299.

24. 12. 1951

153 1] *Exzerpte:* S. TB 20. 12. 1951, Anm. 5.
2] *von Albr. Goes:* Gebersheim/Württemberg, 18. 12. 1951; im TMA.
3] *an Kesten:* An Hermann Kesten, P. P. 24. 12. 1951, Reg. IV, 51/514.
4] *Amerika-Satiren*: Vermutlich Tonband-Sketches, von denen sich im TMA aber keine Kassetten mehr fanden.
5] *die Köstlin'sche Luther-Biographie:* Julius Köstlin, ›Martin Luther. Sein Leben und seine Schriften‹, Elberfeld 1875. TMs Exemplar ist in der Zürcher Bibliothek erhalten.
6] *Overbeck:* Der ab 1870 in Basel lehrende Theologe Franz Camille Overbeck (1837–1905), ein Freund Friedrich Nietzsches.
7] *Lenz' gesammelte Werke:* In TMs Nachlaßbibliothek befindet sich keine Gesamtausgabe der Werke von Johann Michael Reinhold Lenz (1751–1792).

25. 12. 1951

154 1] *Weihnachtsoratorium:* Nicht ermittelt.

26. 12. 1951

154 1] *Rede Rev. Fritschman:* So die Handschrift. Die in Frage kommenden Zeitungen aus Los Angeles und Umgebung enthalten keinen Hinweis – weder auf die Veranstaltung noch auf Fritchmans Rede.
2] *an den Verfasser:* Das Schreiben an Lincoln Barnett ist nach Reg. IV, 590, verschollen.

3] *Taschenausgabe*: 1952 im Verlag Pocket Books Inc., New York, erschienen.

4] *deutsche Verfilmung von »K. H.«:* Vgl. Gottfried Bermann Fischer an TM, Frankfurt am Main, 21. 12. 1951; TM/GBF 582/583. *Königliche Hoheit* wurde erst 1953 durch die ›Filmaufbau‹ Göttingen verfilmt. Unter der Regie von Harald Braun, der durch Erika Mann unterstützt wurde, spielten Dieter Borsche und Ruth Leuwerik, Mathias Wieman, Heinz Hilpert und Lil Dagover.

27. 12. 1951 155

1] *Las über Luther [. . .]:* Bei Ritter (s. TB 13. 12. 1951, Anm. 4) im 2. Buch ›Die Reformation‹ die Kapitel 1 und 2, besonders die Unterabschnitte 8–11 über »Kirche und geistiges Leben in Deutschland um 1517«, die »Tat Martin Luthers«, die »Kaiserwahl 1519« und die »Universalmonarchie« Kaiser Karls V. (1500–1558).

28. 12. 1951

1] *Besprechung [. . .] im »Observer«:* Philip Toynbee, ›Thomas Mann: 155
the Isolated World Citizen‹, ›Observer Foreign News Service‹, London, vol. 160, 1951, No. 5589, 1951. Ein Typoskript befindet sich im TMA.

2] *Neider's ›Stature‹:* ›The Stature of Thomas Mann‹, ed. by Charles Neider, New York 1947. (S. auch TB 46–48, 368.)

3] *Toinby:* So in der Handschrift. Gemeint ist der britische Romancier, Kritiker und Journalist Philip Toynbee (1916–1981), Sohn des Historikers Arnold Joseph Toynbee.

4] *Neufassung des Kapitels:* S. TB 5. 12. 1951, Anm. 1.

5] *an Frido:* Nach Reg. IV, 590, verschollen.

6] *Geschichte des 16. Jahrhunderts:* S. TB 13. 12. 1951, Anm. 4.

29. 12. 1951

1] *Professor Marck*: Der in Chicago lehrende ehemalige Breslauer 156
Philosophie-Professor Siegfried Marck (1889–1957). Näheres s. TB 44–46, 346.

2] *[von] Kahler:* Princeton, 24. 12. 1951; im TMA.

3] *an Bermann:* An Gottfried Bermann Fischer, P. P. 29. 12. 1951, Reg. IV, 51/521; TM/GBF 583–585: »[. . .] Briefe aus Ostdeutschland, vom Buchhändler Börsenverein und von Privaten, kommen jeden dritten Tag, worin diese Situation für unhaltbar erklärt wird, und deren Schreiber in mich dringen Remedur zu schaffen. Wer schuld daran sei, fragen sie. Die Schuld bleibt selbstverständlich an Ihnen hängen. Denn ich kann immer nur antworten, daß es mein dringender Wunsch ist, meine Bücher möchten den Deutschen der Ostzone, die schließlich ein Drittel der deutschen Gesamtbevölkerung ausmachen, endlich zugänglich gemacht werden, und daß ich bei Ihnen Schritt auf Schritt getan habe, dies herbeizuführen.« (584)

30. 12. 1951

156 1] *Barth:* Nicht ermittelt.

2] *an Rilla:* An Walter Rilla, P. P. 29. 12. 1951, Reg. IV, 51/523: Trostbrief wegen der offenbar nicht recht vorangehenden Arbeit an einem neuen Roman: »[...] bei dem, was ich zur Zeit unter den Händen habe, (es ist die Fortsetzung der Memoiren des Felix Krull) [...] tritt wieder die Neigung hervor all [!] und jedes, selbst etwas so Närrisches, ins Faustische ausarten zu lassen und eine unabsehbare Wanderung durch Himmel und Hölle daraus zu machen – als ob ich soviel Zeit hätte! Sie werden in drei, vier Monaten fertig sein mit Ihren tausend Seiten. Aber ich? Sehr möglicher Weise bin ich selber früher ›fertig‹, als das Buch.« (Kopie im TMA)

3] *Geschichte der Reformation:* S. TB 13. 12. 1951, Anm. 4.

4] *Zwingli:* S. TB 27. 12. 1951, Anm. 1. Der 16. Unter-Abschnitt über die »deutsch-schweizerische Reformation« beschäftigt sich mit des Schweizer Reformators Ulrich Zwingli (1484–1531) »großem Unionsplan und seinem Scheitern«.

31. 12. 1951

156 1] *von Prof. Hans Mayer:* Im TMA befindet sich nur noch ein Schreiben, Leipzig, 8. 10. 1951, das TM am 21. 11. 1951 beantwortete. Da aber auch dieser frühere Brief im Kontext mit einigen Tagebuchnotaten nicht uninteressant ist, wurde er, zusammen mit TMs Antwort im Anhang, Dok. 44 und 45, S. 821–824 wiedergegeben.

2] *Übersetzung von »Tom Jones«:* Irrtum TMs. Die 1951 im Verlag ›Volk und Welt‹ erschienene Übersetzung stammt von Paul Baudisch. Hans Mayer schrieb lediglich das Nachwort zu der Ausgabe.

157 3] *Mme Houpflé-Kapitel:* S. TB 24. 3. 1951, Anm. 2.

1952

1.1.1952

1] *an die Witwe Horch:* Das Schreiben an Maria Hirschman Horch ist nach Angaben in Reg. IV, 590, verschollen. Der ehemalige Reinhardt-Dramaturg Dr. Franz Horch (geb. 1901), nach seiner Emigration, 1938, in den USA als literarischer Agent tätig, war im Dezember 1951 gestorben. TM kannte Horch, der während seiner Wiener Jahre mehrfach über die ›Joseph‹-Bände geschrieben und als Agent in den USA verschiedene Werke TMs nach Südamerika vermittelt hatte (s. TB 44–46, 422), vermutlich seit Anfang der dreißiger Jahre. 161

2] *Vorträge von Gundolf:* Friedrich Gundolf (1880–1931), ›Hutten. Klopstock. Arndt‹, Heidelberg 1924. Der Band mit Anstreichungen TMs ist im TMA erhalten.

2.1.1952

1] *an Kahler:* An Erich von Kahler, P. P. 2.1.1952, Reg. IV, 52/5: 161
»[...] Ihr Brief vom Weihnachtsabend war uns allen dreien eine Freude, und von Herzen erwidern wir Ihre guten Wünsche für dieses nun schon leicht angeknabberte Jahr. Was wird es bringen, im Grossen und im Persönlichen? Uns möglicherweise, ja, fast schon gewiss, bedeutende Veränderungen. Es mag unweise sein, in unserem – in meinem – Alter unser Leben noch einmal umzustürzen und auf eine neue Grundlage zu stellen. Und doch ist es einmal so: je älter ich werde, desto mehr verstärkt sich in mir der irrationale und fast ängstliche Zug und Drang zurück zur alten Erde, deren Sohn ich bin, in deren Schoss ich einmal ruhen möchte, – nicht in dieser, nicht in dieser! Natürlich ist nicht von Deutschland die Rede. Aber wenn wir unser Haus hier anständig verkaufen können – Agenten versichern, dass es in einigen Monaten geschehen sein kann – so werden wir von unserer nächsten Europa-Reise nicht zurückkehren, sondern uns dauernd in der Schweiz niederlassen, wahrscheinlich im Tessin. Ich sehe

die Ravage, die das mit sich bringen wird, das Provisorium drüben, die Mühsal der Neu-Installierung. Aber die tapfere K. ist bereit, das auf sich zu nehmen, und Erika – sie hütet sich, ein Wort zugunsten des Entschlusses zu sagen, ist aber, wie übrigens Golo, der gerade drüben ist und uns zuredet, begreiflicher Weise brennend dafür, da ja dieses Land ihr jede Wirkungs- und Betätigungsmöglichkeit ihrer lebensvollen Persönlichkeit in seiner verblödeten und verfolgungssüchtigen Atmosphäre erstickt./ Bitte, behalten Sie für sich, was ich da schreibe. Die Ablösung von Amerika hat natürlich mit der grössten Rücksicht, ohne jede Ostentation und ganz im Zeichen des Vorübergehenden und Vorläufigen zu geschehen. Technisch ist sie möglich durch das schweizerisch-amerikanische Steuerabkommen, das den in der Schweiz lebenden amerik. Staatsbürger vor Doppel-Besteuerung schützt. Ich habe darüber mit Bern korrespondiert, wo man sich ›erfreut‹ und ›geehrt‹ zeigt – wenigstens der sozialdemokratische Bundesrat, der dem Finanz-Departement vorsteht. – [. . .]« (Kopie im TMA)

3. 1. 1952

161 1] *Presse-Meldung:* Die groß aufgemachte Mitteilung der LAT vom 1. 1. 1952, 6, kommentierte unter der Überschrift ›Detention Camps Planned for U. S.‹ eine AP-Meldung vom 31. 12. 1951. »Atty. Gen. McGrath is quietly taking the first steps toward setting up detention camps for dangerous subversives in this country, should the need arise./ It is a big scale operation, providing for a possible roundup of thousands of potential spies and saboteurs./ Federal prison labor already is at work – or soon will be – on three major installations with a combined capacity for housing more than 3000 persons. [. . .]/ The entire project is under the supervision of James V. Bennett, director of the Federal Bureau of Prisons, a division of the Attorney General's office./ Bennett, in response to a reporter's inquiries, says only that his division is at work on a series of standby prison camps for use in event of emergency. He says he is not authorized to say more at this time.« – Einer UP-Meldung vom 12. 1. 1952 zufolge waren Sinn und Zweck von fünf vom Kongreß genehmigten Lagern »for handling subversives who would be seized in event of a national security emergency« seit einem Jahr Gegenstand von hearings, die in der Öffentlichkeit zugänglichen Protokollen aufgezeichnet worden waren. Ob-

wohl sich das Department of Justice stets geweigert hatte, konkrete Aussagen über die Aufgabe dieser aus dem Zweiten Weltkrieg stammenden Camps zu machen, wußte UP Einzelheiten zu berichten: »As many as 15.000 persons are believed ticketed for immediate seizure as potential spies or saboteurs should there ever be such a declaration. Special boards would hear each detainee's case.« (NYT 13. 1. 1952, 43:5)

2] *Zbg.-Vortrag*: Thomas Manns Bearbeitung seiner Princeton-Vorlesung aus dem Jahre 1939, *Einführung in den ›Zauberberg‹*, GW XI, 602–617, erschien unter dem Titel ›The Making of ‚The Magic Mountain'‹ in ›Atlantic Monthly‹, vol. 191, No. 1, Jan. 1953, 41–45.

3] *E. Week's:* So im Text. Der amerikanische Essayist Edward Weeks (1898–1989), von 1938 bis 1966 Herausgeber der Monatsschrift ›The Atlantic Monthly‹, New York.

4] *von Bundesrat Nobs:* Bern, 26. 12. 1951; im TMA. Das Schreiben enthält neben der Zusicherung, daß ein hoher Beamter der Eidgenössischen Steuerverwaltung »immer zur Verfügung stehen wird für alle Auskünfte betreffend das Doppelbesteuerungsabkommen mit den USA«, das Versprechen, bei jeder eventuell auftauchenden »Schwierigkeit mit tessinischen oder schweizerischen Behörden« helfend einzugreifen: »Alle Schweizer, die Ihre Werke und Ihre Verdienste um die letzte politische Entwicklung in der Welt kennen, rechnen es unserem Lande zur hohen Ehre an, dass Sie in die Schweiz kommen, um hier sesshaft zu werden.«

5] *soziologische Kunstgeschichte:* Arnold Hausers ›Sozialgeschichte der Kunst‹ erschien zunächst auf Englisch: ›The Social History of Art‹, 2 vols., London 1951.

6] *Geschichte des Imperialismus:* Wolfgang Hallgarten, ›Imperialismus vor 1914‹, 2 Bde, München 1951.

7] *Hallgarten:* Der Historiker und Politikwissenschaftler Wolfgang (später George W.) Hallgarten (1901–1975) war der älteste Sohn von TMs Münchener Herzogpark-Nachbarn Robert und Constance Hallgarten und Bruder von Klaus und Erika Manns engem Freund Richard (Ricki).

4. 1. 1952

162 1] *an W. Hallgarten:* An Wolfgang Hallgarten, P. P. 4. 1. 1952, Reg. IV, 52/6.

5. 1. 1952

162 1] *Kapitel vom Sein:* Das Kuckuck-Kapitel, III, 5.

2] *Gespräche mit Kafka:* Gustav Janouch, ›Gespräche mit Kafka‹, Frankfurt am Main 1951. Das Buch ist in der Zürcher Bibliothek erhalten.

3] *für einen New Yorker »Forscher«:* Nach Reg. IV, 590, verschollen. Der gemeinte »Forscher« konnte nicht sicher ermittelt werden. Möglicherweise handelt es sich um den aus Ungarn stammenden Schriftsteller, in den zwanziger Jahren USA-Korrespondent verschiedener österreichischer Blätter und seit den dreißiger Jahren staff lecturer, später assistant professor für Geschichte und Wirtschaftswissenschaften an der New York University, Emil Lengyel (geb. 1895). S. dazu den Eintrag TB 17. 1. 1952, Text und Anm. 1.

6. 1. 1952

162 1] *Churchill in Washington:* Nach einem eisigen Empfang in Washington, der durch Trumans Ankündigung »Ich werde ihm sagen, daß ich mich abends um 9 Uhr zurückziehe und keine Pyjama-Politik à la Roosevelt zu machen gedenke«, gekennzeichnet war, gelang es dem britischen Politiker Sir Winston Spencer Churchill (1874–1965), von 1940 bis 1945 und von 1951 bis 1953 Premierminister, allen Warnungen zum Trotz (»Es besteht die Befürchtung, daß die US-Regierung seinem Charme erliegen wird«), während seines Aufenthalts in den USA, die Amerikaner auf seine Politik der Vermeidung einer direkten Konfrontation mit den »Reds« einzuschwören. S. dazu TB 17. 1. 1952, Text und Anm. 4.

8. 1. 1952

162 1] *einige Zeilen:* Vgl. den TB 29. 10. 1951, Anm. 2 nachgewiesenen und im Anhang, Dok. 46, S. 825 wiedergegebenen Brief TMs an den ostdeutschen Ministerpräsidenten. Nach Auskunft der Akademie der Künste zu Berlin bekam Schleifer (s. TB 29. 10. 1951, Anm. 3) eine Anstellung als Leiter des Volksmusikarchivs bei der Deutschen Aka-

demie der Künste (der DDR-Staatsakademie), in der er – den Protokollen zufolge – jedoch nicht sehr erfolgreich war.

2] *Essays [...] von Schneditz:* Wolfgang Schneditz, ›Rilkes letzte Landschaft‹, Salzburg 1951.

3] *Duineser Elegie*: Rainer Maria Rilkes von Picassos ›Les Saltimbanques‹ inspirierte fünfte Duineser Elegie.

4] *Camus über Nietzsche:* Albert Camus, ›Nietzsche und der Nihilismus‹, ›Der Monat‹, Jg. 4, H. 39, Dezember 1951, 227–236.

5] *Aufstellung eines Volksheers:* Der westdeutsche Beauftragte des Bundeskabinetts für militärische Fragen, Theodor Blank, hatte in einer Berliner Rede angekündigt, sein Land werde sich mit ca. 300 000–400 000 Heeres-, Marine- und Luftwaffen-Soldaten an der Aufstellung einer europäischen Armee beteiligen. Die Jahrgänge der 19- bis 21jährigen würden eingezogen werden; Westdeutschland beabsichtige, 12 der geplanten 43 europäischen Divisionen auszurüsten.

6] *an Knopf:* P. P. 8. 1. 1952, Reg. IV, 52/8. Statement über Arnold *163*
Hausers ›Sozialgeschichte der Kunst‹ nebst Begleitschreiben. Die Schriftstücke tragen den Vermerk: »nach Angabe geschr. Erika M«; das Statement ist im Anhang, Dok. 47, S. 826 abgedruckt.

7] *Brief [von] Heuß:* Bonn, 5. 12. 1951. Die Antwort auf TMs Petition für den in Not geratenen Journalisten Otto Galley (s. TB 28. 11. 1951, Anm.3 und 4), mit dem Nachsatz: »Darf ich die Gelegenheit wahrnehmen, Ihnen die stenographischen Wiedergaben einiger Ansprachen zuzusenden, die ich im Laufe der letzten Jahre gehalten habe und von denen ich glaube, daß sie Ihr sachliches Interesse finden könnten.« (Im TMA)

8] *Reden von ihm:* Das TM zugesandte Typoskript befindet sich im TMA. Es enthält die Reden ›Zum Aufbau Europas‹, ›Ansprache des Bundespräsidenten auf der öffentlichen Kundgebung des deutschen Philologentags‹, ›Ansprache des Bundespräsidenten bei der Verleihung des Friedenspreises des deutschen Buchhandels an Albert Schweitzer am 16. 9. 1951‹ und ›Ansprache des Bundespräsidenten vor dem Institut für Auslandsbeziehungen, Stuttgart, 2. 12. 1951‹.

9] *Brief über Vikkos Buch:* S. TB 11. 11. 1951, Anm. 1. TMs *Richtigstellung* (GW XI, 798–801) erschien am 12. 12. 1951 in der ›Deutschen Woche‹, München.

9. 1. 1952

163 1] *Lustigs:* Der Schriftsteller und Drehbuchautor Jan (Hans) Lustig (1902–1979) mit seiner Frau Charlotte. (Näheres s. TB 44–46, 437.)

2] *Peter Eysoldt:* Der Schauspieler und Kabarettist Peter Eysoldt; Näheres s. TB 46–48, 500.

3] *an Adorno:* An Theodor W. Adorno, P. P. 9. 1. 1952, Reg. IV, 52/10. Der Text ist im Anhang, Dok. 48, S. 827/828 abgedruckt.

10. 1. 1952

163 1] *Artikel:* R. H. S. Crossman, ›The Strange Case of Mr. X.‹, ›The New Statesman and Nation‹, vol. XLIII, No. 1087 v. 5. 1. 1952, 4/5, über George Kennans Buch ›American Diplomacy, 1900–1950‹, University of Chicago Press 1951.

2] *Kennan:* Der amerikanische Diplomat, Historiker und Rußlandexperte (Konzept der Politik des »Containment« gegenüber der UdSSR in den Jahren 1947–1949), von 1944 bis 1946 Botschaftsrat, 1952/1953 Botschafter der USA in Moskau, 1961–1963 in Belgrad, George Frost Kennan (geb. 1904), dessen 1950 unter dem Pseudonym »Mr. X.« publizierter Artikel ›Foreign Affairs‹ großes Aufsehen erregt hatte.

11. 1. 1952

164 1] *Knopf-Referat:* Vermutlich die *Bemerkungen zu dem Roman ›Der Erwählte‹*, s. TB 4. 4. 1951, Anm. 1. Ein Abdruck in Kriegers Zeitschrift ›Das eigentliche Leben‹ (s. TB 27. 11. 1951, Anm. 2) ist nicht nachweisbar.

12. 1. 1952

164 1] *Yale-Rede:* Eine Kontamination von Teilen der Rede *Zur Gründung einer Dokumentensammlung in Yale University* erschien in der ersten Ausgabe von Kriegers Zeitschrift auf Seite 16 unter dem Titel ›Von der Einheit des Künstlers und Menschen‹, und im zweiten Heft, S. 59/60, unter der Überschrift ›Vom Spieldrang des Schöpferischen‹.

2] *an ihn:* Das Schreiben ist nach Reg. IV, 590, verschollen.

3] *an den Berliner »Sonntag«:* Nach Reg. IV, 590, verschollen. Der ›Sonntag‹ druckte in seiner Sonderausgabe zu Beethovens 125. Todestag, 7. Jg., No. 12 vom 23. 3. 1952, 4 die Interpretation der ›Leonoren‹-Ouvertüre aus dem *Doktor Faustus*, GW VI, 107/108, mit folgender redaktioneller Vorbemerkung ab: »In Thomas Manns Doktor-Faustus-Roman ist Beethovens Werk an vielen Stellen gewürdigt. In einem Brief, den der Dichter vor kurzem an den ›Sonntag‹ richtete, schrieb er vor allem von jener Stelle des Romans, wo der Jüngling Adrian seinen Eindruck von Beethovens Leonoren-Ouverture No. 3 schildert. Thomas Mann sagte dazu: ›Es sind im Grunde meine eigenen Worte.‹ Thomas Mann hat uns ausdrücklich autorisiert, in unserer Festnummer die von ihm ausgewählte Stelle nachzudrucken, er bezeichnet sie als ›ein Geschenk von mir an den ‚Sonntag'‹.«

4] *Pianist Rebner:* Der Pianist und Dirigent Wolfgang Rebner (geb. 1910), Sohn des Geigers Adolf Rebner (1876–1967), war 1939 aus Frankfurt am Main in die USA emigriert. 1955 kehrte er nach Europa zurück und lehrte ab 1962 am Richard Strauss-Konservatorium in München.

13. 1. 1952

1] *Bertram: »Nardone«:* Ernst Bertram, ›Nardone. Aus der Saga Meister Nardos. Eine Gedenkmusik für 1952‹, Donauwörth 1951. Der Band mit einer Widmung Ernst Bertrams an TM ist im Zürcher Archiv erhalten. *164*

2] *Marek:* Der aus Österreich stammende New Yorker Musikschriftsteller und Journalist George R. Marek (1902–1987), später Vizepräsident und Generalmanager der Plattenfirma RCA, hatte TMs Novelle *Das Gesetz* für den von Armin L. Robinson 1943 herausgegebenen Sammelband ›The Ten Commandments‹ übersetzt.

3] *Eva Hermann:* Die Zeichnerin Eva Herrmann (s. auch TB 20.5. 1951, Anm. 1), eine langjährige Freundin von Erika und Klaus Mann, lebte in Santa Barbara, Kalifornien.

4] *Bob Nathan mit [...] Frau:* Der amerikanische Schriftsteller Robert Nathan (1894–1985) und seine fünfte Frau Clara May.

5] *an Klaus Unruh:* An Claus Unruh, P. P. 13. 1. 1952 (irrtümlich 1951 datiert), Reg. IV, 52/15; D. ü. D. I, 334/335.

6] *Klaus Unruh:* Nicht ermittelt.

14. 1. 1952

164 1] *Reduktion:* Der stark gekürzte Artikel ›Wagner without Blue Pencil‹ erschien unter dem Titel ›News of Wagner‹ am 20. 2. 1952 im ›Observer‹. Ein von Erika Mann korrigierter Fahnenabzug befindet sich im TMA.

2] *über Calvin:* Bei Ritter (›Die Neugestaltung Europas. . .‹, s. TB 13. 12. 1951, Anm.4) im vierten Abschnitt des dritten Kapitels: ›Der Genfer Gottesstaat. Calvin und sein Lebenswerk‹, a.a.O. 186–195.

15. 1. 1952

165 1] *Einstein hat geantwortet:* Im Jahrgang 1952 von ›Ladies' Home Journal‹ ließ sich kein Druck nachweisen.

2] *Louis Fischer:* Der amerikanische Historiker und Publizist Louis Fischer (1896–1970), Sozialist und ausgewiesener Kenner der Sowjetunion, Berichterstatter von dort zwischen 1921 und 1939.

3] *Buch über Ghandi:* Louis Fischer, ›Das Leben des Mahatma Gandhi‹, übersetzt von Georg Goyert, München 1951. Das Buch mit einer Widmung des Autors an TM ist in der Zürcher Bibliothek erhalten.

4] *review für den Observer:* S. TB 14. 1. 1952, Anm. 1.

16. 1. 1952

165 1] *Besprechung:* Vermutlich ist die Besprechung ›Dr. Thomas Mann‹ in der TLS vom 14. 12. 1951, 803, gemeint.

2] *an »Ladies' Home Journal«:* Nach Reg. IV, 590 verschollen. Auch ein Abdruck in der Zeitschrift konnte nicht gefunden werden.

3] *Symphonie von César Frank*: Die Symphonie d-Moll von César Franck gehörte zu den von TM sehr geschätzten Musikstücken. Er besaß eine Einspielung des San Francisco Symphony Orchestra unter Pierre Monteux von 1942.

4] *an Bertram:* An Ernst Bertram, P. P. 16. 1. 1952, Reg. IV, 52/16; TM/EB 192.

5] *Artikel von St. Spender:* Stephen Spender, ›Thomas Mann‹, ›The New Statesman and Nation‹, vol. XLIII, No. 1088 v. 12. 1. 1952, 46/47: »Some years ago, I was at a PEN Club congress in Switzerland, attended by Thomas Mann. It was difficult not to notice the antipathy which our Swiss colleagues seemed to feel for the great German writer. This was so striking that one day I asked a Swiss professor why he disliked Mann so much. ›Thomas Mann is so great‹, he replied, without apparent irony. ›In Switzerland we do not like that. We already have our mountains.‹/ *The Stature of Thomas Mann* is an attempt by a collection of writers, conscientiously acting up to their role of self-conscious dwarfs, to measure the greatness of this literary Mount Everest. [. . .]«

17. 1. 1952

1] *an Prof. Lengyel:* Nach Reg. IV, 590, verschollen. Ob Lengyel mit *166*
dem TB 5. 1. 1952 erwähnten Petenten Emil Lengyel identisch ist, konnte nicht ermittelt werden.

2] *Buch:* Vermutlich Hermann J. Weigand, ›Thomas Mann's Novel ‚Der Zauberberg'‹, New York und London 1933. In der Zürcher Bibliothek. Neufassung unter dem Titel ›The Magic Mountain. A Study of Thomas Mann's Novel ‚Der Zauberberg'‹, Chapel Hill 1964.

3] *Absage:* An Gilbert White, Haverford College, P. P. 17. 1. 1952, Reg. IV, 52/18.

4] *Rede Churchills:* Am 17. 1. 1952 vor dem Kongreß, der ihm einen Empfang bereitete »more affectionate [. . .] than ever it has given in late years to the President of the United States himself« (NYT 18. 1. 1952, 4:1). Die Rede selbst war – Berichten zufolge – konzipiert »with Congressional questions in mind« und vorgetragen mit einer Stimme, »which was certainly not as clear or firm as it was last time he addressed the Congress during World War II. It had lost both some of its tone and some of its pace, but the speech was well received, and, at the start and finish, the members and the packed galleries gave him an enthusiastic standing ovation.« (NYT 18. 1.1952, 4:3,4)

5] *über Ignaz von Loyola:* Bei Ritter a.a.O. im dritten Buch, ›Wiederbelebung und Aktivierung des Katholizismus‹, No. 27: ›Ignatius und der Jesuitenorden‹, a.a.O. 204–210.

18. 1. 1952

1] *Taft lobt:* Der republikanische Senator von Ohio hatte in seinem *166*
Kommentar zu Churchills Kongreß-Rede am 17. 1. 1952 gesagt: »I always thoroughly enjoy Mr. Churchill's speeches. I admire his forcible and humorous use of the English language.« (›Facts on File‹, 1952, 13 J)

166 2] *Vishinsky erklärt:* Der sowjetische Außenminister hatte am 17. 1. 1952 in einer »vitriolic speech« vor dem Sicherheitsrat der Vereinten Nationen den US-General James A. Van Fleet »a cannibal and a killer« genannt und erklärt, daß »unreasonable demands presented by the American command can give no hope for a successful conclusion of Korean armistice talks at Panmunjon«. (NYT 18. 1. 1952, 1:5)
3] *unter einem Radikal-Sozialisten:* Die französische Nationalversammlung hatte am 17. 1. 1952 mit 401 zu 101 Stimmen den Juristen und Radikalsozialisten Edgar Faure (1908–1988) zum neuen Ministerpräsidenten gewählt.
4] *von Frey:* Von Alexander Moritz Frey, Zürich, 12. 1. 1952; im TMA: »Ein Gedanke kehrt immer wieder. [...] ein Leben, das in grossen Etappen abläuft (und Ihres tat und tut es doch) in eben den Etappen des Werkes festzuhalten! Was für die Geburt des Faustus aus Glück und Mühsal, aus bestimmten Jahren und ihrem Angesicht und Atem gilt – das gilt gewiss auch für die Bücher des Joseph, für den Zauberberg, für die Buddenbrooks und alles andere. Hätte ich Ihr Leben gehabt und gelebt, so könnte ich es wohl als grossen Reiz empfinden, die Geschichte meines Daseins und Wirkens vom Zentralpunkt des jeweils fälligen, reifenden, schliesslich vollendeten Werkes her zu sehen und zu fassen – derart, dass über den Schöpfer hinweg die Wogen der Schöpfung gehen, in einer Landschaft, die sich ändert, im Kreis von Menschen, die wechseln und erkannt sein wollen. Botschaft und Auftrag – und immer ist es wieder das Werk, von dem aus alles seinen Anfang nimmt und seine Bestimmung findet.« (Im TMA)

19. 1. 1952

167 1] *Churchill opfert:* Eine im Kern nicht falsche, aber doch recht eigenwillige Interpretation bestimmter – in der Rede nicht in Zusammenhang gebrachter – Ausführungen und Forderungen des britischen Premiers, der im Interesse der gemeinsamen Verteidigungsbereitschaft dies- und jenseits des Atlantiks nicht um Geld für einen besseren Lebensstandard in Großbritannien, sondern um Stahl bat: »not for gold but for steel, not for favor but equipment.«
2] *an A. M. Frey:* An Alexander Moritz Frey, P. P. 19. 1. 1952, Reg. IV, 52/20; Br. III, 240–242 (fragmentarisch). Die dort fehlende Stelle lautet: »Mich hat man zwar kürzlich unter die 50 Immortals

der ›Academy of Arts and Letters‹ aufgenommen, aber das will auch nichts besagen, es ist eine nette, generöse Geste, nichts weiter.«
3] *[an] Frau Drevermann:* An Ria Drevermann, P. P. 20. 1. 1952, Reg. IV, 52/21.
4] *Frau Drevermann:* Nichts Näheres ermittelt.
5] *Buch [...] von Croce:* Benedetto Croce, ›Nuovi Saggi sul Goethe‹, Bari 1934. Das Buch steht, zusammen mit der 1949 in Düsseldorf unter dem Titel ›Goethe. Studien zu seinem Werk‹ erschienenen Übersetzung von Werner Ross, in der Zürcher Bibliothek.
6] *Croce:* Der italienische Philosoph, Historiker, Literaturwissenschaftler und liberale Politiker Benedetto Croce (1866–1952), mit dem TM seit 1930 in Verbindung stand und den er seit 1931 persönlich kannte.

21. 1. 1952
1] *Komposition:* Ein nach Sachgruppen gegliedertes Konzept von der Hand TMs, das von Erika Mann stark korrigiert, mit Kürzungsvorschlägen und Kommentaren versehen wurde, befindet sich im TMA. *167*

22. 1. 1952
1] *Denunziationsskandal:* AP meldete – einem ausführlichen Bericht der LAT vom 22. 1. 1952, 1, zufolge – daß »Dozens of doctors, lawyers, newspapermen and filmland figures in the Los Angeles area were accused of Communist Party activities in testimony before the House Un-American Activities Committee today«. Grund für diese Verhöre boten die Aussagen eines ehemals kommunistischen Ehepaares, der Orthopädin Dr. Louise Light Silver und ihres Mannes, des in Rußland geborenen Röntgentechnikers Max Silver. *168*
2] *Baruch:* Der amerikanische Wirtschaftsfachmann Bernard Mannes Baruch (1870–1965), maßgeblicher Mitgestalter des Rooseveltschen ›New Deal‹ und von 1945 bis 1949 Vertreter der USA im Atomenergieausschuß. S. TB 46–48, 377/378.
3] *Anordnung von ›Altes und Neues‹:* Vgl. dazu TB 21. 1. 1952, Anm. 1.
4] *was Churchill [...] hätte sagen sollen:* R. H. S. Crossman, ›Churchill Comes to Washington‹, ›The New Statesman and Nation‹, vol. XLIII, No. 1089 v. 19. 1. 1952, 55/56: eine Analyse der Gefahren der

amerikanischen China-Politik und deren Konsequenzen. »While America is quite definitely not thinking in terms of war against Russia, she does accept the inevitability of a show-down in the Pacific. [...] It is Mr. Acheson himself who has become the stern protagonist of this line, and who now believes that it is America's duty to persuade the United Nations, come what may, to punish China for her sins of aggression. I doubt if there was ever a chance, once the Korean war had started, of persuading the U. S. to seek a negotiated settlement with Communist China. If there was one, it has certainly disappeared now, at least until after the American elections. This means that, unless the cease-fire talk can be continued indefinitely, the risks of full-scale war in the Far East will steadily grow throughout 1952. [...] Mr. Churchill's task should be to warn the Americans of the consequences of this policy and to help them to find a way towards peaceful negotations. He could say things to them which they would tolerate from no one else, and give them the leadership which, at least until next November, no American can provide.«

23. 1. 1952

168 1] *Proteste gegen die [...] Enthüllungen:* Die Staatsanwaltschaft hatte von den LAT verlangt, ihre Serie ›I Led Three Lives‹, »a story of Communistic activity by Herbert A. Philbrick«, abzusetzen.

2] *Memoirenbuch von Trebitsch:* Siegfried Trebitsch, ›Chronik eines Lebens‹, Zürich 1951. Mit Notizen Thomas Manns und einer Widmung des Verfassers in der Zürcher Bibliothek erhalten. Zu TMs Eindruck vgl. den TB 29. 1. 1952, Anm. 2 nachgewiesenen Brief an Richard Schweizer: »Haben Sie Trebitschens Memoiren gelesen? Ein sonderbarer Fall. Lieb und deppert wie der ganze Mann. Das Buch wird sehr gelobt, ich habe ihm auch so warm wie möglich darüber geschrieben, und es ist da ja wirklich von einem Veteranen eine ganze Epoche wieder auf die Beine gestellt, – aber doch eigentlich nur mit Namen genannt, und man dürstet nach einem einzigen gescheiten, charakterisierenden, verlebendigenden Wort über all die, die [er] gekannt, und all das, was er mitgemacht hat. Trotzdem, ich habe den Band fast ganz gelesen.« (Kopie im TMA)

3] *Erikas Dokumenten-Katalog:* ›Thomas Mann. Complete List of Items Potentially Available for Purchase by Thomas Mann Collection of Yale University Library‹; im TMA.

4] *An Bermann:* An GBF, P. P. 25. 1. 1952, Reg. IV, 52/26; TM/GBF 587–589.

24. 1. 1952

1] *Vorladung der 15 Atorneys:* So, wie häufig (s. a. 7. 11. 1951, 24. 1., 1. und 27. 6. 1952), in der Handschrift. TM las den Bericht ›15 Attorneys Ordered to Face Inquiry‹ auf der ersten Seite der LAT vom 24. 2. 1952. »Fifteen Los Angeles attorneys have been ordered by the Congressional Committee on Un-American Activities to appear before it for examination Feb. 18 in Los Angeles and they have retained Attys. Robert W. Kenny and Daniel G. Marshall to represent them.« 169

2] *statement des Anwalts Kenny:* Das Statement, das Robert W. Kenny im Namen der 15 Anwälte abgab, enthielt, dem Bericht zufolge, »a vitriolic attack on the Congressional committee«. Die Vorladung der Anwälte, so Kenny, sei »an attack on members of the Bar without precedent in American history«. Sie sei ausgesprochen in der Absicht, alle Rechtanwälte einzuschüchtern: »We shall refuse to aid this committee in any way in its assaults on our fundamental freedoms.« Die Anwälte seien dem Gericht für eine furchtlose und unvoreingenommene Handhabung des Rechts verantwortlich: »We owe no accounting to this committee for our opinions, political beliefs, religious convictions, clientele or professional conduct and refuse to give such an accounting to this committee. [. . .] It is not only our right as citizens, but our duty as lawyers to eliminate this committee from the American scene.« (LAT 24. 1. 1952, 7)

3] *6. Kapitel von III:* Krulls Träume im Schlafwagen, die Ankunft in Lissabon, erster Kontakt mit der Stadt und die Begegnung mit den Damen Kuckuck; GW VII, 548–570.

4] *an »Sinn und Form«:* An Peter Huchel, P. P. 24. 1. 1952, Reg. IV, 52/25: »Wahrhaftig, Ihre Aufforderung zu diesem Beitrag [über Gogol] ist mir eine Ehre, und es fehlt nicht an innerem Anreiz, ihr zu folgen. Trotzdem muß ich Sie bitten, mich zu entschuldigen. Meine Gesundheit ist gar nicht die beste, und entgegen dem Schwur, den ich nach dem ›Faustus‹ leistete, nun ganz gewiß nie wieder einen großen Roman zu schreiben, habe ich mir doch noch einmal dergleichen aufgehalst: nämlich die Weiterführung jener vor 40 Jahren unterbrochenen Memoiren des Felix Krull. Das ist eine weite Wanderung, die ich gern noch vollenden möchte, und da sie ohnehin Anforderungen an Laune und Erfindung stellt, die eigentlich über meine Jahre gehen, so darf ich mich auf ›Nebendinge‹, wie Professor Unrat sagen würde, nicht einlassen, und seien sie noch so verlockend./ Verlockend, das weiß Gott, ist der Gegenstand, aber ihn zur eigenen Zufriedenheit und dieser Gelegenheit entsprechend zu behandeln, würde mich ein Maß an Zeit und Kräften kosten, über das ich einfach nicht gebiete. Sogar bezweifle ich, daß ich noch rechtzeitig bis zu Ihrem Redaktionsschluß damit fertig werden würde./ Vor vielen Jahren habe ich [eine] kleine Verherrlichung der russischen Literatur – und damit Gogols – geschrieben unter dem Titel ›Russische Anthologie‹. Der Aufsatz, der nicht schlecht ist, steht in dem sonst sehr überholten Essayband ›Rede und Antwort‹ [...], und über Gogol wären ihm allenfalls ein paar brauchbare Seiten zu entnehmen. Natürlich ergäben sie keinen repräsentativen Artikel, aber vielleicht eine aphoristische Aushilfe. Zum Zeichen meines guten Willens wollte ich Sie darauf hinweisen.« (›Sinn und Form‹, Jg. 7, 1955, 672/673)

25. 1. 1952

169 1] *Kozlitz:* Der Rechtsanwalt Dr. Milton S. Koblitz (1882–1967), ein Nachbar von Arnold Schönberg in Santa Monica, war ein guter Bekannter der Familie Mann.

2] *»Dämonen«:* TM besaß Dostojewskis Roman als Bände 18–20 der in der Nachlaßbibliothek erhaltenen Gesamtausgabe: F. M. Dostojewski, ›Sämtliche Romane und Novellen‹, übertragen von H. Röhl (Bd. 1–22) und Karl Nötze (Bd. 23–25), mit einer Einleitung von Stefan Zweig, Leipzig 1921.

26. 1. 1952

170 1] *an Trebitsch:* Der Brief ist nach Reg. IV, 590, verschollen.

2] *Marcuses:* Der Schriftsteller Ludwig Marcuse (1894–1971) und seine Frau Sascha (1903–1967) lebten nach ihrer Flucht aus Frankreich seit 1940 in Kalifornien, wo Marcuse an der University of Southern California in Los Angeles lehrte.

3] *Roths [...] Frau:* Friederike, geb. Reichler, die Frau des Schriftstellers Joseph Roth.

4] *schöne Negerin*: Roths Freundin und Lebensgefährtin in den Jahren 1929–1936, die in Hamburg geborene Tochter einer Deutschen und eines farbigen Kubaners, Andrea Manga Bell.

5] *»Anfänge des europäischen Pessimismus«:* Ludwig Marcuse arbeitete damals an seinem 1953 in Hamburg publizierten Buch ›Pessimismus. Ein Stadium der Reife‹, dessen IV. Kapitel, ›Positive Nihilisten‹, das von TM im TB angesprochene Problem behandelt.

27. 1. 1952

1] *an Jacob:* An Heinrich Eduard Jacob, P. P. 27. 1. 1952, Reg. IV, N 52/1. 170

2] *»Sommer in Lesmona«:* Marga Berck (Pseudonym für Magdalene Pauli), ›Sommer in Lesmona. Mädchenbriefe‹. Mit einem Nachwort von H. H. Biermann-Ratjen, Hamburg 1953.

3] *Bierman-Ratjens:* So im Manuskript.

4] *Radio-Serie »This I believe«:* Vgl. TB 17. 12. 1951, Anm. 5.

28. 1. 1952

1] *Artikel im »Aufbau«:* Robert M. W. Kempner, ›Ein Pass ist kein Geschäftspapier‹ und K[urt] R. G[rossmann], ›Ein neuer McCarran Act? Deportation ohne Verhör geplant‹, ›Aufbau‹, vol. XVIII, No. 4 v. 25. 1. 1952, 1 und 4: Während Kempner aus juristischer Sicht zu Vorfällen Stellung nahm, bei denen das State Department – ohne nach den Gründen der Abwesenheit zu fragen – naturalisierten Amerikanern nach länger als drei Jahre währenden Auslandsaufenthalten die US-Staatsangehörigkeit entzog, analysierte Grossmann das neue Immigrationsgesetz: »[In dieser Woche beginnen] vor dem Ausschuss des Judiciary Committee des Senats öffentliche Verhöre über einen zweiten McCarran-Akt, dem gegenüber der erste [s. TB 28. 11. 1951, Anm. 2] beinahe als milde angesehen werden kann. Dieser neue Akt soll das Department of Justice ermächtigen, Nichtbürger, die in den fünf Jahren nach ihrer Ankunft ›subversiven Organisationen‹ beitreten oder sich sonst ›subversiv‹ betätigen, zu verhaften und ohne jeden Rechtsschutz wie Verhöre, Appelle etc. zu deportieren.« Damit, so der Artikel, wäre durch die Ausschaltung einer gerichtlichen Instanz das Department of Justice Kläger und Richter in einer Person, was einem eklatanten Verfassungsbruch gleichkäme. Der Artikel berichtete weiter, daß Senator McCarran, der »Freund Francos«, außerdem vorgeschlagen habe, »Ausbürgerungen im abgekürzten Verwaltungsweg vorzunehmen, wenn es sich herausstellt, dass der Eingebürgerte während der ersten fünf Jahre seines Aufenthaltes in den Vereinigten

Staaten Mitglied einer subversiven Organisation war, diese Tatsache jedoch verschwieg und sie erst nach erfolgter Einbürgerung entdeckt wurde. Die automatische Folge wäre Deportation.«

170 2] *Vortrag über den Magic Mountain:* S. TB 3. 1. 1952, Anm. 2.

171 3] *The artist and Society:* TM schrieb den Vortrag *Der Künstler und die Gesellschaft*, GW X, 386–399, der in englischer Fassung, von Erika Mann – wie ein im TMA erhaltenes Typoskript zeigt – drastisch gekürzt und für den Vater ›sprechbar‹ gemacht, am 15. 5. 1952 im Dritten Programm der BBC gesendet wurde. S. Loewy I, 84.

4] *an Philipps:* An Georg Rudolf Philipps, P. P. 28. 1. 1952, Reg. IV, 52/27.

5] *Philipps:* Nichts Näheres ermittelt. Vgl. jedoch TB 17. 10. 1951, Anm. 10.

6] *»Mädchenbriefe«:* S. TB 27. 1. 1952, Anm. 2.

29. 1. 1952

171 1] *Artikel:* Editorial ›Where Labour Must Say ‚No'‹, ›The New Statesman and Nation‹, vol. XLIII, No. 1090 v. 26. 1. 1952, 85, und R. H. S. Crossman, ›The War Against China‹, a. a. O. 88.

2] *an R. Schweizer:* An Richard Schweizer, P. P. 29. 1. 1952, Reg. IV, 52/28: »Recht vielen Dank für Ihren interessanten und sogar durch die Entwicklung Ihres neuen Planes, etwas aufregenden Brief. [. . .] Wenn ich nur besser mit Ihnen über den nützlichen Entwurf nachdenken könnte! Aber was wollen Sie von einem armen Laokoon, der, von den Schlangen seiner eigenen Probleme umstrickt, zwar ›nicht schreiet‹, aber doch manchmal stöhnt, da die Anforderungen, die die Fort- und Zuendeführung des ›Krull‹ an Laune und Erfindung stellt, doch eigentlich über meine Jahre gehen. Weiss der Teufel, ich hatte es nach dem Faustus doch *abgeschworen*, je noch einmal einen grossen Roman zu schreiben, – und nun habe ich mir doch wieder dergleichen aufgehalst – bei meiner verfluchten Neigung, alles, auch etwas so Närrisches, ins ›Faustische‹ ausarten zu lassen und eine Wanderung vom Himmel durch die Welt zur Hölle daraus zu machen. Es ist ein Elend!« (Kopie im TMA)

30. 1. 1952

171 1] *Buch von Lion:* Ferdinand Lion, ›Der französische Roman im 19. Jahrhundert‹, Zürich 1952.

2] *K. W. Jonas:* Der emeritierte Professor an der University of Pittsburgh, Klaus W. Jonas (geb. 1920), Verfasser der maßgeblichen Bibliographie ›Die Thomas-Mann-Literatur, Bibliographie der Kritik 1896–1955‹, die 1955 auf englisch, 1972 auf deutsch erschien.
3] *»Herm. Hesse und Th. M.«:* Karl Schmid, ›Hermann Hesse und Thomas Mann‹, Ein Vortrag, Olten 1950. TMs Exemplar ist in der Zürcher Bibliothek erhalten.
4] *Gatte der Attenhofer:* Karl Schmid; s. TB 25. 9. 1951, Anm. 4.
5] *Buch von K. Kersten:* Kurt Kersten, ›Peter der Große‹, Nürnberg 1951. S. An Nest-Verlag, P. P. 16. 2. 1952, 52/48: »Das kraftvoll geschriebene Buch hat mich ausserordentlich beschäftigt und beeindruckt. Es reiht sich den früheren historischen Werken des Verfassers ebenbürtig, ja sie übertreffend an.«
6] *K. Kersten:* Der Schriftsteller und Journalist Kurt Kersten (1891–1962) war 1934 in die Schweiz, 1937 nach Frankreich und 1940 weiter nach Marokko und La Martinique geflohen. 1946 gelangte er in die USA, wo er u.a. in New York für den ›Aufbau‹ arbeitete.

31. 1. 1952
1] *»This I believe«:* S. TB 17. 12. 1951, Anm. 5 und 1. 2. 1952, *171*
Anm. 1.
2] *»Report on Germany«:* Nicht ermittelt.
3] *an Biermann-Ratjens:* An Hans Harder Biermann-Ratjen, P. P. 31. 1. 1952, Reg. IV, 52/31; Br. III, 243/244.

1. 2. 1952
1] *Kuckuckstatement: Lob der Vergänglichkeit;* s. TB 17. 12. 1951, *172*
Anm. 5.
2] *für den Essayband taugt:* Der Beitrag wurde in *Altes und Neues* aufgenommen.
3] *Rousseau:* Lion Feuchtwanger las aus seinem Roman ›Narrenweisheit oder Tod und Verklärung des Jean-Jacques Rousseau‹, der 1952 in Frankfurt am Main erschien.

2. 2. 1952
1] *Prozess gegen die 15 kommunistischen Führer:* Die Verhandlun- *172*
gen gegen 15 »top leaders of the California Communist Party on charges of conspiring to teach and advocate the overthrow of the Uni-

ted States government by force and violence« begannen am 1. 2. 1952 unter dem Vorsitz von U. S. Judge William C. Mathes, der ein panel von 100 potentiellen Geschworenen eingeladen hatte, denen, um Eignung und Unbefangenheit jedes einzelnen zu überprüfen, der Sprecher der Verteidigung einen Katalog von 310 Fragen vorlegte. – Den groß aufgemachten Berichten der LAT in den ersten Februartagen (TMs TB-Eintrag basiert auf den Artikeln vom 2. 2. 1952) ist zu entnehmen, daß die Verteidigung schließlich eine Jury von acht Frauen und vier Männern, dazu ein männlicher und drei weibliche Stellvertreter, sowie – im fünften Anlauf – die nötigen 48 Geschworenen akzeptierte, vom Vorsitzenden Richter jedoch verlangte, die Beschattung, die der FBI einigen ihrer Kollegen angedeihen lasse, unverzüglich zu unterbinden.

173 2] *Budapester Rede:* Das im Juni 1936 in Budapest vor dem ›Comité de la Coopération Intellectuelle‹ nach einem Entwurf von Golo Mann frei gehaltene Referat *Humaniora und Humanismus,* das später von TM nach dem Stenogramm seiner Frau für den Druck im ›Pester Lloyd‹ bearbeitet wurde. S. TB 5. 2. 1952, Anm. 4.

3] *Achtung Europa:* Die 1935 als Referat für die Tagung des ›Comité de la Coopération Intellectuelle‹ in Nizza geschriebene, dann aber nicht gehaltene Rede wurde – vermutlich weil sie 1938 bereits in der gleichnamigen Sammlung des Bermann-Fischer Verlags Stockholm erschienen war – nicht in *Altes und Neues* aufgenommen.

3. 2. 1952

173 1] *Abschrift für K.N.X.:* Von *This I Believe* für den Sender K.N.X.; s. TB 17. 12. 1951, Anm. 5.

2] *Smith [...] über den Zusammenbruch:* Die Kommentare des Journalisten Howard Kingsbury Smith (geb. 1919) aus England, die TM offensichtlich im Radio hörte, ließen sich nicht mehr ermitteln.

3] *»Scherzo«:* Vermutlich ist der 3. Satz von Tschaikowskis 6. Symphonie, h-Moll, »Pathétique«, gemeint.

4] *Après-midi d'un Faune:* Dem ›Prélude à l'après-midi d'un faune‹ von Claude Debussy (1862–1918) hatte TM schon im *Zauberberg,* in dem Kapitel ›Fülle des Wohllauts‹, GW III, 897/898, ein Denkmal gesetzt. Es gehörte, wie er noch 1954 in einer Sendung des Süddeutschen Rundfunks erklärte, zu seinen Lieblingsstücken: »Vor vielen wert ist dieses Musikstück mir geblieben.« (Loewy I, 101; 115)

4. 2. 1952

1] *H. Ickes gestorben:* Der amerikanische Politiker Harold Ickes (geb. 1874), Roosevelt-Weggefährte und von 1933 bis 1946 Innenminister seines Landes, war am 3. 2. 1952 gestorben. Zu Ickes s. auch TB 44–46, 657 und 786. *174*

2] *Aufsatz über Gogols »Nase«:* Paul Friedmann, ›The Nose: Some Psychological Reflections‹, ›American Imago‹, Boston, vol. 8, No. 4, December 1951, 337–350.

3] *Abhandlung:* Pierre-Paul Sagave, ›Activité économique et conscience bourgeoise dans le ‚Buddenbrooks' de Thomas Mann‹ in ›Bulletin de la Faculté des Lettres [Strasbourg]‹, vol. 30, 1951, 155 ff.; vol. 31, 1952, 177 ff. Die Abhandlung bildete das erste Kapitel von Pierre-Paul Sagaves 1954 als Bd. 124 der ›Publications de la Faculté des Lettres de l'Université de Strasbourg‹ erschienenem Buch ›Réalité sociale et idéologie religieuse dans les romans de Thomas Mann‹.

4] *P. P. Sagave:* Der Literarhistoriker und Germanist Pierre-Paul Sagave (geb. 1913) lehrte Deutsche Literatur in Aix-en-Provence.

5] *»Kunst des Romans«:* Der 1939 für die Studenten der Princeton University geschriebene Essay, GW X, 348–362, der erstmalig in *Altes und Neues* veröffentlicht wurde.

5. 2. 1952

1] *Korea-truce:* Waffenstillstandsverhandlungen in Korea. *174*

2] *Calif. Kommunisten-Prozess:* Die Beweisführung begann am 5. 2. 1952 mit einer Rede des Chief of the United States Attorney's Criminal Division, Ray Kinnison, die das Ziel der Anklage umriß: »We will show that these defendants are professional revolutionaries. They are specially trained in the teachings of Marx, Lenin and Stalin, they devote their entire time to the attainment of the goal set forth in these proceedings.« Die 50 000 trainierten Revolutionäre, die 1917 in Rußland den Umsturz herbeiführten, müßten als Modell für die Bemühungen der Kommunisten in den USA angesehen werden, die, wie die Beschuldigten, ihre Anhänger lehrten, »that by paralyzing power houses, the transportation system and the vast industrial machines at the heart of our economic system«, they »could, in the resultant chaos and confusion, bring about, by violent and unlawful means, the overthrow and destruction of our Government and the establishment of a dictatorship of the proletariat.« Diktatur der Proletariats aber hieße, nach der Definition von Stalin, »the unlimited power which directly rests on violence and is not limited or restricted by law«. (NYT, 6. 2. 1952, 13:1; LAT 6. 2. 1952, 1:1)

3] *Theologe Keller:* Der Schweizer Theologe Adolf Keller (1872–1963); s. auch TB 44–46, 781.

4] *»Pester Lloyd« mit meiner Budapester Rede:* ›Der Humanismus und Europa‹, ›Pester Lloyd‹, 11. 6. 1936; GW XIII, 633–635. Diese Rede wurde nicht in den Band *Altes und Neues* aufgenommen; an ihre Stelle trat die »Urfassung« *Humaniora und Humanismus* (s. TB 2. 2. 1952, Anm. 2). Über das Verhältnis beider Texte zueinander s. Potempa G 614/615.

5] *»Das deutsche Wunder«: Goethe, das deutsche Wunder,* TMs im 11. Heft des ›Monat‹, Jg. 1, Aug. 1949, 13–17 unter dem Titel *Die drei Gewaltigen* gedruckter Essay von 1949 (GW X, 374–383). S.auch TB 49/50, 47 und 401.

6] *Frankfurter Rede: Ansprache im Goethejahr 1949*; GW XI, 481–497.

6. 2. 1952

175 1] *Schauspieler Kalser:* Vermutlich der Schauspieler Erwin Kalser (1883–1958), der 1933 über Paris nach Zürich emigrierte und 1939 auf einer privaten Reise in den USA vom Krieg überrascht wurde. Kalser engagierte sich während seines unfreiwilligen Aufenthaltes in Hollywood für die Belange der jüdischen Kultur. Er kehrte 1946 nach Zürich zurück, wo er bis 1951 wieder am Schauspielhaus spielte. Ab 1952 war er in Berlin engagiert – insofern ist der Kontext der TB-Aufzeichnung nicht ganz klar.

2] *Tod Georg's VI:* George VI. (s. TB 23. 9. 1951, Anm. 4) war am 6. 2. 1952 gestorben. Damit ging die Krone automatisch an seine Tochter Elizabeth über, die am 2. 6. 1953 zur Königin Elizabeth II. von Großbritannien und Nordirland gekrönt wurde.

7. 2. 1952

175 1] *Tron:* So in der Handschrift.

2] *»Verdammt in alle Ewigkeit«:* Der kurz vor und kurz nach dem Angriff der Japaner auf Pearl Harbor (Hawaii) spielende Soldatenroman ›From here to Eternity‹ des amerikanischen Schriftstellers

James Jones (1921–1977) war 1951 in der Übersetzung von Otto Schrag bei S. Fischer in Frankfurt am Main erschienen.

8. 2. 1952

1] *Rede Churchills:* In einer Rundfunkrede am 7. 2. 1952 gedachte 175
der britische Politiker des tapferen Lebens seines Königs: »Die letzten Monate des Lebens König Georgs mit all ihrer Pein und körperlichen Anspannung – sein Leben hing an einem Faden – vermochten ihm auch nicht eine Zeitlang seine Zuversicht oder seinen Lebenswillen zu nehmen. Mit Krankheit geschlagen, aber ungebrochen im Geist, hat er auf uns einen tiefen und unvergeßlichen Eindruck gemacht. Ihm half sein ehrlicher und aufrichtiger christlicher Glaube.« (NZZ 9. 2. 1952, 1) »In the last months the King walked with death as if death were a companion, an acquaintance whom he recognized and did not fear. And at last death came like a friend.« (LAT 8. 2. 1952, 1)

2] *Windsor:* Der ehemalige britische König Edward VIII. (1894–1972), der im Dezember 1936 auf den Thron verzichtet hatte, um die geschiedene Amerikanerin Mrs. Wallis Simpson heiraten zu können, führte den Titel ›Herzog von Windsor‹. Vgl. TB 2. 10. 1951, Anm. 1 und die dort angegebenen Nachweise.

3] *Mr. X:* Die LAT berichtete unter der headline ›First Mr. X Hits Defense in Reds Trial‹ am 8. 2. 1952, 1:4, daß der einundvierzigjährige Handelskapitän David Saunders aus San Francisco, führender kommunistischer Funktionär von 1935 bis 1945, zum großen Schrekken der Beschuldigten als Überraschungszeuge der Anklage aufgetreten sei.

4] *über Heidegger:* Karl Löwith, ›Heideggers ‚Kehre'‹, ›Die Neue Rundschau‹, Jg. 62, 1951, H. 4, 48–79

5] *Heidegger:* Der Philosoph Martin Heidegger (1889–1977).

6] *an Haas:* Der Brief an den aus Prag stammenden Schriftsteller und Kritiker Willy Haas (1891–1975), 1925 Begründer und bis 1933 Leiter der ›Literarischen Welt‹, 1952 Mitarbeiter der ›Welt‹, ist, entgegen den Angaben in Reg. IV, 590, nicht verschollen. TM bittet in dem P. P. 8. 2. 1952 datierten Schreiben um den Brief, den er »vor ca. 1½–2 Jahren als Antwort auf eine Rundfrage über *Lyrik*« für das damals von Haas geleitete Blatt schrieb. »War es ›Die Welt‹? Ich glaube, der kleine Artikel war ganz hübsch und könnte in der Brief-

Sektion des Bandes Platz finden.« (Kopie im TMA) – Zu Willy Haas s. auch TB 46–48, 397/398.

7] *kl. Artikel über Lyrik:* ›Das Lieblingsgedicht‹. Antwort auf eine Rundfrage von Willy Haas für die ›Welt am Sonntag‹, Hamburg, 1. 8. 1948; GW X, 921–923; unter der Rubrik ›Miszellen‹ aufgenommen in *Altes und Neues*.

8] *»Kultur und Politik«:* TMs Artikel (GW XII, 853–861), der am 23. 7. 39 in der Basler ›National-Zeitung‹ erschienen war, wurde in *Altes und Neues* aufgenommen.

9] *mit ihrer alten Dame:* Herta Dörr, geb. Grombach.

176 10] *»Forch«:* Ein bewaldeter Höhenzug über dem linken Ufer des Zürichsees, hinter Küsnacht; bevorzugtes Ausflugsgebiet der Zürcher Bürger, Aufstieg zum Pfannenstiel. Der gleichnamige, zu Beginn der fünfziger Jahre noch kleine Weiler hat sich inzwischen zu einem bevorzugten Wohngebiet entwickelt.

11] *an F. Lion:* P. P. 8. 2. 1952, Reg. IV, 52/34: Dank für Lions Buch ›Der französische Roman im 19. Jahrhundert‹, ein Buch, das ihn, TM, »recht stolz« mache, vor allem »bei dem Gedanken, dass dieser [...] verwöhnte und fein-feine Kritiker es nicht für Raub erachtet hat, über mich einmal ein Büchlein zu schreiben. Es war sehr gut und doch wohl adäquater als die etwas gewalttätigen Würdigungen der Sowjet-Deutschen von der übrigens sehr respektablen Art des Prof. Hans Mayer in Leipzig.«

9. 2. 1952

176 1] *Lesser sendet lange Briefe:* London, 6. 2. 1952; im TMA. Der Plural bezieht sich auf die langen Brief-Beilagen: 1. Jonas Lesser an Wilhelm Grenzmann über dessen Buch ›Dichtung aus dem Glauben‹, speziell die TM geltenden Passagen. 2. Jonas Lesser an Max v. Brück über dessen Aufsatz ›Thomas Mann – das späte Werk‹. 3. Jonas Lesser an Albert J. Guérard über dessen Buch ›André Gide‹, vor allem zum Thema Thomas Mann und André Gide im Verhältnis zum Renouveau Catholique. 4. Jonas Lesser an Erich Brock über Adornos ›Minima Moralia‹ und Hermann Brochs Besprechung des ›Doktor Faustus‹.

2] *an Moni:* Das Schreiben an Monika Mann ist nach Reg. IV, 590, verschollen.

3] *Feuilleton:* Monika Mann, ›Vater liest vor‹, ›Aufbau‹, vol. XVIII, No. 39 v. 19. 9. 1952, 40. Der kleine Essay ist, wie der redaktionelle

Vorspann ausweist, identisch mit dem TB 8. und 22. 5. 1952 erwähnten Schallplattenhüllentext.
4] *[an] Krieger:* Nach Reg. IV, 590, verschollen.

10. 2. 1952
1] *Kronprinz Charles:* Der 1948 geborene älteste Sohn der englischen Königin Elizabeth II. 176
2] *B.B.C. Broadcast:* ›The Artist and Society‹; s. TB 28. 1. 1952, Anm. 3.
3] *Primrose:* Der Bratschist William Primrose (1903–1982), dessen Einspielung von Berlioz' ›Harold en Italie‹ TM besonders schätzte.
4] *an Lesser:* An Jonas Lesser, P. P. 10. 2. 1952: Dank für Lessers Brief »mit der Vorschlagsliste für jenen Sammelband – ganz stimmen meine Absichten mit Ihrer Aufstellung nicht überein, denn mit Dingen wie ›Leiden an Deutschland‹ möchte ich die Leute dort nicht wieder reizen, und ›Dieser Krieg‹ war nicht besonders gut, wohl aber ›Dieser Friede‹./ Ich richte Sektionen ein für ›Aufsätze‹, ›Reden‹, ›Einleitungen‹, ›Politisches‹, ›Briefe‹ und ›Miszellen‹. Alle sind reichlich besetzt, und Ihre Liste hat mich an Manches erinnert. Schlimm ist es mit den Wiederholungen und Überkreuzungen, auf die man achten muss. So werde ich ›Das deutsche Wunder‹ wieder nicht aufnehmen können, weil sich der Aufsatz grossen Teils mit der ›Frankfurter Ansprache im Goethejahr‹ deckt. – Und solcher Sorgen gibt es mehr./ Mir ist immer, alsob zwischenein noch etwas von Ihnen gekommen wäre [...] ich kann mich im Augenblick tatsächlich nicht daran erinnern. Es mag mir noch einfallen. Jedenfalls kam Ihre Sendung mit den erstaunlichen und rührenden Monstre-Briefen an Broch, Brück und Guérard. Ich kann Ihnen für Ihr Einstehen für meine ›Sache‹ d.h. für meine Existenz, Ihre kundigen Kommentare und geharnischten Zurechtweisungen nicht genug danken.« (Kopie im TMA)
5] *Alten Gelehrten:* Aus dem »alten Gelehrten« wurde schließlich der »wissenschaftliche Mitarbeiter« und spätere Schwiegersohn von Professor Kuckuck, Miguel Hurtado. 177

11. 2. 1952
1] *»das Zeichen«:* Ein Hinweis darauf, daß Haus und Grundstück zum Verkauf stehen. 177

2] *Artikel:* Reginald Thompson ›Korea Rehearsal‹, ›The New Statesman and Nation‹, vol. XLIII, No. 1091 v. 2. 2. 1952, 119.
3] *an den [...] Aufbau-Verlag:* An Walter Janka, P. P. 11. 2. 1952, Reg. IV, 52/41: Über das Problem von Lizenzdrucken und Vertrieb der Bücher TMs in der DDR: »...ohne meine unermüdlichen Mahnungen wäre mein Freund Bermann wohl kaum für die Sache überhaupt zu gewinnen gewesen.« Er, TM, habe immer gewollt, »dass diese Bücher die Möglichkeit haben, allen Deutschen, die Interesse daran nehmen, vor Augen zu kommen«. Deshalb freue er sich, daß jetzt alles nach Wunscherfüllung aussehe. »Es kann nicht meine Absicht sein, meinen Verleger einem anderen Verlag gegenüber irgendwie preiszugeben, aber im Vertrauen darf ich Ihnen wohl sagen, dass Bermanns Bedingungen mir etwas rigoros erscheinen, vor allem, was die Verquickung der Lizenzvergebung für meine Bücher mit Forderungen betrifft, die sich auf Werke meines Bruders beziehen. Ich möchte jedenfalls feststellen, dass diese Nachricht für mich überraschend kommt, und dass ich es ausgesprochen bedauern würde, wenn solche, von mir unerwarteten Schwierigkeiten die Verhandlungen über meine Bücher verzögern oder gar zum Scheitern bringen sollten.« – Mit Programm und Reihenfolge sei er einverstanden: »Dass mit ›Buddenbrooks‹ und ›Lotte in Weimar‹ der Anfang gemacht werde, war meine eigene Anregung.« (Kopie im TMA; s. auch AtV 282/283.)

12. 2. 1952

177 1] *Kafkas »Amerika«:* Von Franz Kafkas »amerikanischem Roman« ›Der Verschollene‹, den Max Brod zuerst 1927 unter dem Titel ›Amerika‹ bei Kurt Wolff veröffentlichte, ist in der Zürcher Bibliothek keine Ausgabe mehr erhalten.
2] *an Adorno:* P. P. 12. 2. 1952, Reg. IV, 52/45: »Sie haben mich wieder sehr reich beschenkt. Vielen Dank! Über den ›Unrat‹ ist nie so gut und treffend geschrieben worden – das kann ich beurteilen. Im Falle Bachs kann ich wenig mitreden, bin aber unter dem Eindruck, dass Sie auch da für das Rechte und Notwendige schlagenden Ausdruck gefunden haben. – ›Kulturkritik und Gesellschaft‹ will ich auch noch lesen, wenn ich weniger müde bin. Um Sie zu lesen, darf man nicht müde sein./ Wegen des ›Titels‹ habe ich übrigens selbst an Rowohlt einen geharnischten Brief geschrieben, der entschuldigend und kleinlaut beantwortet wurde.« (Kopie im TMA)

3] *seine Sendung:* Adorno hatte seine später in den ›Prismen‹ publizierten Essays ›Bach gegen seine Liebhaber verteidigt‹ und ›Kulturkritik und Gesellschaft‹ im Typoskript sowie seinen für die ›Neue Zeitung‹ geschriebenen Beitrag ›Ein Titel‹ und eine Rezension von Heinrich Manns ›Untertan‹ aus den ›Minima Moralia‹ geschickt.
4] *P. Eysoldt-Bernays:* Warum der Schauspieler Peter Eysoldt (s. TB 9. 1. 1952, Anm. 2) hier mit Doppelnamen erscheint, konnte nicht geklärt werden.

13. 2. 1952

1] *Trumann erklärt:* So im Manuskript. – In einer Unterredung mit *178*
einem demokratischen Geistlichen hatte der Präsident, den Berichten seines Gesprächspartners zufolge, erklärt, er werde sich um eine Wiederwahl bemühen, »if I come to the conclusion that it would be for the best interests of my country and would bring about early peace«. In diesem Fall sei er bereit, auch seine Gesundheit zu opfern, denn er sei überzeugt, daß die »honorous duties« eines Präsidenten sehr wohl geeignet seien, sein Leben zu verkürzen. Maßgebliche Demokraten verbuchten diese Äußerungen allerdings auf das Konto eines übereifrigen Interview-Partners, der seinen Eindruck mit den Äußerungen des Präsidenten vermischt habe. Offiziell – so die führenden Demokraten des Landes – habe sich Truman noch nicht festgelegt. (›Facts on File‹, 1952, 47 L)
2] *Lepari:* Der damals amtierende Polizeipräsident von Bellinzona, Giuseppe Lepori.
3] *Artikel von W. H. McClain:* William H. McClain, ›Irony and Belief in Thomas Mann's ‚Der Erwählte'‹, MfdU, Vol. 43, 1951, 319–323.
4] *W. H. McClain:* William H. McClain (geb. 1917), seit 1952 Ordinarius für deutsche Literatur an der Johns Hopkins University in Baltimore.
5] *Schrieb ihm:* An William H. McClain, P. P. 13. 2. 1952, Reg. IV, 52/46; Br. III, 245/246 (dort falsch mit »23. 2. 1952« datiert).
6] *über St. Zweig: Stefan Zweig zum zehnten Todestag,* GW X, 524/525.

14. 2. 1952

178 1] *Brief eines Siebzehnjährigen:* Von Martin Abramson, o.O. 2. 2. 1952: »At the risk of insulting you I must ask a question which is both the most tribe that I know and the most profound. Are you happy? That is, are you quite satisfied, with the part you have chosen and performed so magnificently? Do you truly believe that you have spent your life in the best and the only way you could have spent it? If I stand at the threshold of being a partial Thomas Mann should I attempt to turn the knob and enter?...No, no. I do not ask these questions in order to oblige you to answer this letter. I hardly expect, in fact I would be terribly frightened to receive one.« (Im TMA)

2] *Joseph ähnlich:* Martin Abramson hatte geschrieben: »I am, as I have said, seventeen, Joseph's age. In fact I like to fancy that there is some of Joseph in me. Here, at this new bit of vanity, I am truly troubled with myself. I begin to fear this is only one of a barrage of letters from adolescents who have claimed to be Joseph in the flesh, or who have perhaps claimed to be Thomas Mann in the flesh. Please excuse me. I would never go so far. Another Magic Mountain will never be written by any man again much less a haphazard and disorganized writer of nature verse like myself. As for being like Joseph, I will not stoop to modesty. I have been told by many sources, ones which would have no reason to over-praise me and ones which might well have a tendency to be over-critical that the symmetry, proportion and coloring of my features are extremely pleasing to the eye. This last you may believe or you may not. It doesn't matter a straw to me. I shall never gain my livelihood from my face. Another small link in my similarity to Joseph which I am forced to observe is my nationality which of course is Jewish. My very name which is common enough among our people is Abramson, a derivation of Abraham./ Enough about Joseph though. I am much too introverted to bear much resemblance to him psychologically anyhow. In any case, if you are convinced that I am seventeen I will consider the point as having been gained.« (Im TMA)

3] *an den kleinen Joseph:* Der Brief ist nach Reg. IV, 590, verschollen.

4] *an Dr. de Campagnolle:* An Roger de Campagnolle, P.P. 18. 2. 1952, Reg. IV, 52/49: Dank für einen durch Heinz Pringsheim vermittelten Artikel Campagnolles ›Der gekürzte Wagner‹: »Offen gestanden, ich bin nicht sehr eingenommen fuer irgend welche Bearbeitung, Adaptierung und Kuerzung von Wagners Werk. Ich finde in dem Fall von Wagner muss es heissen, wie einst unser Fuehrer von Streicher sagte: ›Streicher muesst ihr nehmen, wie er ist.‹/ Wagner ist die grosse Passion meiner Jugend, die nie ganz dahingeschwunden ist und sich noch jetzt in meinen hohen Jahren zuweilen stuermisch belebt. Geschrieben habe ich viel ueber ihn [...] Fuer das relativ Gelungenste halte ich den Aufsatz ›Leiden und Groesse Richard Wagners‹, der der Ambivalenz meiner Gefuehle diesem Phaenomen gegenueber ziemlich exakten Ausdruck gibt.« (Kopie im TMA)

5] *de Campagnolle:* Nichts Näheres ermittelt.

6] *an den Regierungsrat in Bellinzona:* Das Schreiben ist nach Reg. IV, 590, verschollen.

7] *im »Aufbau«:* Fritz Wahl, ›Achse Madrid–Buenos Aires. Spanischer Faschist als Leiter der ‚Prensa'?‹, ›Aufbau‹, vol. XVIII, No. 6 v. 8. 2. 1952, 13.

15. 2. 1952

1] *Poem Masefield's:* Der englische poeta laureatus John Masefield (1878–1967) hatte ein Poem auf den Tod des Königs verfaßt: ›At the Passing of a Beloved Monarch. Our Sovereign Lord King George VI of Blessed Memory‹, das die europäische Ausgabe der NYHT im Zusammenhang mit ihrem ausführlichen Bericht über die Trauerfeierlichkeiten in England, am 16.2.1952, 2, abdruckte. 178

2] *sein Buch für 1953*: Sagaves Buch erschien erst 1954 (s. TB 4. 2. 1952, Anm. 3). 179

3] *englischer Goldraub-Film:* ›The Lavender Hill Mob‹ (1951). Unter der Regie von Charles Crichton spielten in den Hauptrollen Alec Guinness, Stanley Holloway, Sidney James und Alfie Bass.

4] *Guinnan:* So im Text. Gemeint ist der englische Schauspieler Alec Guinness (geb.1914).

16. 2. 1952

1] *»Double Life« witness:* Die LAT konnte am 16. 2. 1952 unter der Überschrift ›Spy Against Reds Sets Trial Abuzz‹ mit einer neuen Sensation aufwarten: »Cloak-and dagger disclosures of Communist activities in California came yesterday in U. S. Judge William C. Mathes' court from another surprise witness for the prosecution in the Red conspiracy trial.« Der »dünne«, »schmale« siebenunddreißigjährige 179

Zeuge Lloyd Norman Hamlin wurde als ein Mann entlarvt, der seit 1945 ein Doppelleben geführt habe: »He was a San Diego leader in the Communist Party at the same time he worked for the Navy Intelligence and later for the FBI.«

17. 2. 1952

179 1] *Begleitbriefe:* Das Schreiben an die Redaktion der ›Neuen literarischen Welt‹ wegen des Nachdrucks von *Musik des Lebens,* GW XI, 549–552, ist nach Reg. IV, 591, verschollen. – Auch der zweite Brief konnte nicht nachgewiesen werden, da bis jetzt nicht feststeht, für welche Zeitschrift der Stefan-Zweig-Gedenkartikel geschrieben wurde.

2] *Rüstow:* Der deutsche Nationalökonom und Soziologe Alexander Rüstow (1885–1963) lebte und lehrte von 1933 bis 1949 in Istanbul, danach bis 1955 in Heidelberg.

3] *über Jonien und Sparta:* Alexander Rüstow, ›Zwei Wendepunkte Abendländischer Geistesgeschichte 546 v. Chr. und 1792/93 n. Chr.‹, Teil I: ›Die Katastrophe von 546 v. Chr.‹, ›Die Neue Rundschau‹, Jg. 62, 1951, H. 4, 1–24. (Teil II: ›Der Umbruch von 1792/93‹, ›Die Neue Rundschau‹, Jg. 63, 1952, H. 4, 331–370.)

18. 2. 1952

179 1] *ausgeschlossen […] mitreden:* Die Beschlüsse des Bonner Bundestages hinsichtlich der deutschen Beteiligung an einer europäischen Armee und die Forderungen nach Mitspracherecht und Stimme bei allen NATO-Angelegenheiten waren Gegenstand der Londoner Beratungen zwischen den Außenministern Acheson, USA, Eden, Groß-Britannien, Schuman, Frankreich, und dem westdeutschen Kanzler und Außenminister Konrad Adenauer. Es wurde entschieden: Die BRD hat in allen laufenden Verhandlungen zwischen NATO und der europäischen Armee die gleichen Rechte wie die anderen europäischen Staaten. »But the Germans will not become full-fledged NATO members for the time being – presumably until they had demonstrated sincerity as members of the Western democratic ›family‹.« (›Facts on File‹, 1952, 53 E) Die gleichfalls in der Sitzung vom 8. 2. 1952 erhobene Forderung des Bundestages, deutsche Kriegsverbrecher, die noch belastet oder inhaftiert seien, erneut gerichtlich zu überprüfen und ihnen gegebenenfalls die Freiheit zu geben, wurde in Form der

Zusage akzeptiert, daß man etwas für alle jene Gefangenen tun würde, von denen die Deutschen glaubten, daß sie aus der Haft entlassen werden sollten. (›Facts on File‹, 1952, 46 B)
2] *an Sagave:* An Pierre-Paul Sagave, P. P. 18. 2. 1952, Reg. IV, 52/51.
3] *Schriften:* Nicht mehr in der Zürcher Bibliothek.
4] *Wolfgang Borchert:* Der deutsche Schriftsteller Wolfgang Borchert (1921–1947), dessen ›Gesamtwerk‹ 1949 in Hamburg erschienen war.

19. 2. 1952
1] *von Pauli-Melcher:* Von Magdalene Pauli-Melchers, der Verfasse- 180
rin des von TM hochgeschätzten Buches ›Sommer in Lesmona‹ (s. TB. 27. 1. 1952, Text und Anm. 2), Hamburg, 13. 2. 1952: »Mit großer Ehrfurcht habe ich Ihren Brief an Dr. Biermann Ratjen in den Händen gehalten. Die Kritik, die Sie an meinen Mädchenbriefen üben, hat mich beglückt und erschüttert. Diese Briefe, die vor 60 Jahren von einem Kind in aller Ahnungslosigkeit – oft des Nachts mit Bleistift geschmiert – an eine geliebte Freundin aus dem Herzen aufs Papier gebracht sind, – erfuhren nun von dem größten deutschen Dichter eine so gütige Anerkennung. Christian Wegner hat Ihnen m. Namen verraten. Deshalb darf ich Sie daran erinnern, daß Sie mit meinem Mann (ich glaube 1927) in Kreuth waren und dort Spaziergänge mit ihm machten. Er war einer Ihrer größten Verehrer. [...] Da Sie in Ihrem Brief [...] einige Fragen stellen, möchte ich Ihnen diese selbst beantworten. ›Percy‹ liebte nach der Begegnung mit mir – Gott sei Dank – noch viele Andere. Leider heiratete er später sein Verhältnis, die in kurzen Jahren sein großes Vermögen durchbrachte. Verwandte verschafften ihm in Californien eine Stelle, wohin er mit der Frau übersiedelte und 1912 gestorben ist. [...] Mein Mann war ein wahrhaft edler Mensch. [...] Er starb im Kummer über Hitlers System 1938 in München. [...] Meine Eltern trugen mich in m. späteren Leben auf Händen. Was sie in m. Jugend verfehlt haben mögen, war der Fehler der damaligen Zeit. Ich wollte m. Mann heiraten und nicht Percy, weil Percy *ein Junge* war. Bertha sagt dies auch sehr deutlich in einem Briefe: ›Schiebe nicht d. Schuld auf Deinen Vater – wenn Du Rudi Retberg garnicht liebtest – hättest Du längst mit ihm gebrochen.‹« (TMA)

2] *Bermann über die Weigerung des »Aufbau«:* Frankfurt am Main, 14. 2. 1952; TM/GBF 589/590. In diesem Brief zitiert Bermann aus dem Schreiben des Aufbau-Verlags vom 8. 2. 1952, der, im Gegensatz zu den Angeboten und Zusagen in der bisherigen Korrespondenz (»Für den Transfer des Autorenhonorars in USA-Dollars ist die Zustimmung unseres Finanzministeriums erforderlich. Wir haben sofort alle notwendigen Anträge eingereicht und hoffen, in Bälde einen positiven Bescheid zu erhalten.«, 26. 1. 1952, AtV 280) nun plötzlich jede Zahlung nicht nur in US-Dollars, sondern in Valuta überhaupt für unmöglich erklärt: »Ablehnen müssen wir auch Ihre Forderung auf Zahlung der Lizenzgebühr in D-Mark West. Der herbeigeführte Abbruch jeglicher Wirtschaftsbeziehungen mit der DDR unterbindet eine solche Regelung und führte dazu, daß die Finanzbehörden der DDR Vereinbarungen auf Westmarkzahlungen untersagen.« (TM/GBF 589) Wenn in diesem Schreiben auch nur von Lizenzgebühren und nicht von Honoraren die Rede ist, so zeigt TMs scharfe Reaktion in seinem Schreiben an Walter Janka vom 18. 2. 1952 doch deutlich, daß er diese Regelung stillschweigend auch für seine Honorare als gültig voraussetzt: »Der Aufbau-Verlag hat in seinen Briefen immer eine Haltung eingenommen [...], als ob es ihm ein Leichtes sei, nicht nur meine und meines westdeutschen Verlegers finanzielle Bedingungen für die Lizenzdrucke zu erfüllen, sondern als ob gerade er auch in der Lage sei, die Beträge zu transferieren. Es mag nicht Schuld des Verlages sein, daß er diese Zusagen nicht einhalten kann, aber es ist weder dem S. Fischer Verlag zuzumuten, noch kann ich es mir leisten, auf die für uns nutzlosen Zahlungsbedingungen einzugehen, die Sie jetzt für notwendig erklären.« (AtV 248) – Die Korrespondenz zwischen TM und seinem Verleger läßt die Genese der Querelen erkennen, die Bermann am Schluß seines großen Rechtfertigungsbriefes vom 21. 2. 1952 noch einmal zusammenfaßte. Zu dem dort apostrophierten Angebot des thüringischen Greifenverlags fand sich ein Schreiben TMs vom 10. 2. 1951, das im Anhang, Dok. 49, S. 829 abgedruckt ist. Die Ausbootung des kleines Verlags durch den Staatsverlag, die sich in der Korrespondenz ab Ende 1951 verfolgen läßt, macht deutlich, daß die scheinbar rein verlegerische Angelegenheit dabei war, sich zu einer Staatsaffäre zu entwickeln. In der heutigen ›Stiftung Archiv der Parteien und Massenorganisationen der DDR im Bundesarchiv‹, dem ehemaligen Zentralen Partei-Archiv, in

Berlin fanden sich einige Schriftstücke, die jedenfalls indirekt über den Gang der Dinge Aufschluß geben. So existiert neben dem AtV 277/278 gedruckten Brief TMs an Willi Bredel vom 14. 12. 1951 (»Ich werde mich freuen, wenn der Aufbau-Verlag in einer allgemein zugänglichen Ausgabe allmählich meine Bücher veröffentlichen kann.«) eine Aktennotiz vom 19. 12. 1951: »Gen. Mißlitz und das Amt für Literatur empfiehlt, die Werke von *Thomas Mann* in folgender Reihenfolge herauszubringen:/ Lotte in Weimar/ Dr. Faustus [sic]/ Die Buddenbroks [sic]/ Der Zauberberg/« Darunter, handschriftlich von Egon Rentzsch, Leiter der Abteilung Kultur und Erziehung beim ZK der SED, »Wie steht es mit einem Band gesammelter fortschrittl. Essays? evtl. dazwischen einschieben./ Re.« Dieser Vermerk geht, wie auf demselben Blatt zu lesen, am 20. 12. »zur Erldg.« an das Amt für Kultur zurück. Ein Stempel ERLEDIGT nebst Vermerk »mit Gen. Mißlitz gesprochen, 21. 12. 1951« beendet den (in Bestand IV 2/906/23, Blatt 56 dokumentierten) Vorgang, zu dem noch ein am 20. 12. 1951 geschriebener Brief von Egon Rentzsch an Hans Lauter (Blatt 57), damals Sekretär für Kulturfragen beim ZK der SED, gehört, der Aufschluß über die östliche Kompetenzrangelei gibt und aus dem zu erschließen ist, daß es offenbar Johannes R. Becher war, der die Werke TMs für den Staatsverlag in Anspruch nahm. Das Schreiben ist im Anhang, Dok. 50, S. 829/830 wiedergegeben. – Interpretiert man die leider nur sehr unvollständig erhaltenen Dokumente der Staatsseite, so gewinnt man den Eindruck, der Aufbau-Verlag habe auf Grund der scharfen Reaktionen von TM und GBF doch noch einmal versucht, Devisen zur Zahlung von Lizenzen und Honoraren zu bekommen – allerdings vergeblich, wie aus einer »Hausmitteilung« des Politbüro-Mitglieds und Generalsekretärs der SED Walter Ulbricht an den »Genossen Hermann Axen« – später Chefredakteur des ›Neuen Deutschland‹ – vom 1. 3. 1952 (Blatt 10) hervorgeht, die folgenden Wortlaut hat: »Veranlasse bitte, daß man für Literatur unter keinen Umständen valuta an Schriftsteller im Ausland auszahlt. Sollte sie irgendwo gezahlt worden sein, so stelle fest, wer die Anweisung auf valuta gegeben hat, da eine solche Anweisung unrechtmäßig erfolgt ist./ gez. W. Ulbricht.« – Dabei war man sich der grundsätzlichen Bedeutung derartiger Mittelverweigerung, die ja de facto die Urheberrechtsfrage berührte, auf DDR-Seite durchaus bewußt, wie nicht zuletzt ein Schreiben von Fritz Apelt, Vorsitzender des bis 1956 bestehenden Amtes für Literatur und Verlagswesen, an den »Genossen Walter Ulbricht« (Bestand IV 2/906/298, Dok. 54) sowie die für den »Genossen Hans Lauter« verfaßte »Expertise« des Juristen Karl Polak zeigen, die gleichfalls im Anhang, Dok. 51 und 52, S. 830–832 abgedruckt sind. Auch Johannes R. Becher wandte sich in dieser Angelegenheit an Walter Ulbricht; es existiert eine Hausmitteilung, datiert 4. 3. 1952, von Walter Ulbricht an Hans Lauter: »Betr. Transfer für Thomas-Mann-Bücher/ Anbei ein Schreiben des Genossen Johannes R. Becher nebst Beilage zur Information. W. Ulbricht.« Da die Anlagen in der Akte IV 2/906/23 leider fehlen, kann hier nur auf den Vorgang an sich hingewiesen werden. – Interessant ist, daß das härtere Vorgehen der Staatsseite offenbar gezielt durch öffentliche Diskussionen in den großen Zeitungen der DDR vorbereitet und auf diese Weise der später dann tatsächlich erfolgende lizenzlose Druck sozusagen vorbeugend moralisch legitimiert, ja, als eine berechtigte Forderung der durch westliche Machenschaften von der Teilhabe an wesentlichen nationalen Bildungsgütern ausgeschlossenen DDR-Bevölkerung dargestellt wurde. Der fettgedruckte Vorspann zu einem Artikel in der renommierten Wochenzeitung ›Sonntag‹ (die im übrigen eine ganze Leserbrief-Kampagne zum Thema ›Wo bleiben die Werke von Hermann Hesse und Thomas Mann‹ inaugurierte), ›Thomas Mann muß gedruckt werden‹, mag das beispielhaft verdeutlichen: »Millionen Deutscher«, heißt es in diesem Vorspann, »haben nicht die Möglichkeit, die Werke eines der größten lebenden deutschen Schriftsteller zu lesen. Nicht etwa, weil es ihnen an Geld mangelte, seine Bücher zu kaufen, sondern weil ein Verlag, im Besitz der Rechte am Gesamtwerk von Thomas Mann, indem er auf seinen formalen Rechtstitel pocht, bisher verhindert hat, daß seine Bücher in der Deutschen Demokratischen Republik herauskommen. Wohlgemerkt wird dies nicht dadurch verhindert, daß klar und kategorisch erklärt wird: wir wünschen nicht, daß Thomas Manns Bücher bei euch erscheinen, sondern dadurch, daß man Forderungen stellt, die angesichts der Lage, in der sich das zwiegeteilte Deutschland heute befindet, nicht erfüllt werden können. Diese uns allen bekannte Situation mit ihren Folgen von Doppelwährung und Schranken aller Art haben nicht wir, sondern andere Kräfte verschuldet. Forderungen, die diese bedauernswerte Lage und ihre Konsequenzen ignorieren, kommen einer Verweigerung der Verhandlungsbereitschaft gleich, ohne die äußere Form einer Weigerung zu haben.« (›Sonntag‹, Jg. 7, No. 7 vom 17. 2. 1952, 1) Im gleichen Sinn eröffnete das in Leipzig erscheinende ›Börsenblatt für den deutschen Buchhandel‹ seine Nummer vom 26. 1. 1952 mit dem Faksimile-Abdruck eines Briefes von TM an die Redaktion (s. Anhang, Dok. 53, S. 833), der samt dem Begleittext unter dem als Überschrift gesetzten Zitat firmiert: »›Nichts unversucht lassen, dem unnatürlichen Zustand abzuhelfen‹. Die Werke Thomas Manns gehören dem gesamten deutschen Volke!« – Am 29. April 1952 unterrichtet dann Erich Wendt TM offiziell davon, daß sich der Aufbau-Verlag entschlossen habe, seine Bücher ohne vertragliche Absicherung herauszubringen. Das Schreiben mit der Rechtfertigung für das von TM als »literarische Freibeuterei« bezeichnete Vorgehen ist AtV 292–295 in extenso publiziert. Es wird des grundsätzlichen Interesses wegen, das es beanspruchen darf, im Anhang, Dok. 54, S. 834–837 noch einmal wiedergegeben – zusammen mit dem offiziellen Urteil des Landgerichts Berlin vom 7. 8. 1952, das den »Raubdruck« nachträglich höchstrichterlich rechtfertigt (Dok. 55, S. 837–842). – Zum weiteren Verlauf und schließlichem Vergleich s. die Kommentare zu den jeweiligen Tagebuch-Einträgen.

3] *an ihn und den Verlag:* Das Schreiben an GBF ist nach Reg. IV, 591, verschollen, der Brief an Walter Janka, der in den Regesten gleichfalls als verschollen angegeben wird, ist jetzt AtV 283/284 abgedruckt. Zum Gesamtproblem s. Anm 2. *180*

4] *»Lob der Vergänglichkeit«:* S. TB. 17. 12. 1951, Anm. 5. Die deutsche Fassung erschien zuerst in der Zeitschrift ›Eckart‹, Jg. 21, Juli–Sept. 1952, 377/378.

5] *an [...] E. Hilscher:* An Eberhard Hilscher, P. P. 20. 2. 1952, Reg. IV, 52/52; D. ü. D. III, 415/416.

6] *R. Straußen:* So im Text.

7] *»Don Quijote«:* Richard Strauss' ›Don Quixote. Fantastische Variationen über ein Thema ritterlichen Charakters für großes Orchester‹, op. 35 (1898).

20. 2. 1952

1] *Bild von Zouzou:* Die Bildvorlage der Zouzou, das Photo eines amerikanischen Mannequins, befindet sich bei den im TMA archivierten Materialien. Es ist wiedergegeben in: ›Bild und Text‹, 122/123. *180*

2] *gekürzte Besprechung:* S. TB 14. 1. 1952, Anm. 1.
3] *»The Devil in Boston«:* Lion Feuchtwangers 1948 beendetes Drama ›Wahn oder der Teufel in Boston‹ wurde nach mehreren Inszenierungen in Berlin und Frankfurt, 1949, am 20. 2. 1952 im Circle Theatre, Los Angeles, in englischer Sprache offenbar erfolgreich erstaufgeführt. Vgl. Lion Feuchtwanger an Arnold Zweig, P. P. 12. 5. 1952: »Hier in Los Angeles wird zur Zeit mein Stück ›Devil in Boston‹ gespielt, schon seit drei Monaten, Abend für Abend, was mich in jeder Hinsicht freut.« (Lion Feuchtwanger/Arnold Zweig, Briefwechsel, Fischer Taschenbuch 5784, 158)
4] *Witch-hunt-Drama:* In der Handschrift steht »Witsh-hunt-Drama«.
5] *Chaplin:* Der englisch-amerikanische Schauspieler Charles Chaplin (1889–1977).

21. 2. 1952

181 1] *über eine [. . .] Äußerung des Supreme Court:* Nach Reg. IV, 591, verschollen.
2] *»Coming Victory«: Vom kommenden Sieg der Demokratie* (1938), GW XI, 910–941.
3] *an [. . .] Magda Pauli-Melchers:* P. P. 22. 2. 1952, Reg. IV, 52/56; Br. III, 244/245.
4] *Kabel:* An Hans Werner Richter, P. P. o.D., Reg. IV, 52/63. Das Telegramm ist verschollen; der in den Regesten nachgewiesene Abdruck in der ›Schleswig-Holsteinischen Tagespost‹, Rendsburg, zitiert nur einen einzigen Satz: »Es blühe die junge deutsche Literatur.«
5] *Buch in England abgelehnt:* Richters Buch erschien 1956 – in der Übersetzung von Geoffrey Sainsbury – gleichzeitig in London und New York.
6] *In »Commentary«:* In der Februar-Ausgabe, vol. XIII, No. 2, standen zwei Artikel, auf die TMs Angaben zutreffen: 1. Norbert Mühlen, ›In the Backwash of the Great Crime. Today's Barriers Between Jew and German‹, 107–114; 2. Herbert Lüthy, ›Behind Reawakening German Nationalism. Which Path, Schumacher's or Adenauer's?‹, 115–123.

22. 2. 1952

1] *Kap. 5:* Schreibfehler TMs für III,6; s. Anm. 2. 181

2] *Portraits von Mutter und Tochter:* GW VII, 560 und 561 im Kapitel III, 6: Krulls Ankunft in Lissabon und seine Begegnung mit den Damen Kuckuck im Café, GW VII, 548–570. Für das Porträt der Mutter hatte TM sein frühes Anschauungsmaterial, Zeitungsbilder von Anna Pawlowa und der Baronin Antonia de Riseis, um eine weitere Vorlage, ein Porträt der Anna Magnani, erweitert. Vgl. ›Bild und Text‹ 124/125.

3] *deutsch-chilenischer Brief:* Nicht ermittelt.

4] *Estruth [...] Courts-Mahler:* Die deutschen Unterhaltungsschriftstellerinnen Nataly von Eschstruth (1860–1939) und Hedwig Courths-Mahler (1867–1950).

5] *Unruhen:* In Tokio und anderen japanischen Städten kam es am 21. und 22. 2. zu kommunistisch gesteuerten »›Anti-Colonization of Japan‹ riots against the USA [die gerade Verteidigungsbasen im Lande beanspruchten und am 28. 2. vertraglich zugesichert bekamen]. Red China's Peking radio broadcasted 21. 2. a Japanese CP [Communist Party] manifesto demanding overthrow of Premier Shigeru Yoshida's ›puppet‹ government.« (›Facts on File‹, 1952, 62 M)

6] *Brief Moni's an Kordan:* Das Schreiben an Wolfgang Cordan ist nicht mehr auffindbar.

23. 2. 1952

1] *B.B.C. Vortrag: Der Künstler und die Gesellschaft (The Artist and Society),* s. TB 28. 1. 1952, Anm. 3. 182

2] *an den Komponisten:* An Walter Louis Raedler, P. P. 23. 2. 1952, Reg. IV, 52/57: »Sie haben mir eine Freude gemacht mit Ihrer Komposition von Serachs Lied [Raedler hatte TM »den Versuch einer Vertonung von ›Serachs Lied‹ aus ›Joseph der Ernährer‹« zugesandt]. [...] Es ist ja schön, dass Sie die Worte des Liedermäulchens des wirklichen ›Schmucks der Töne‹ für wert erachtet haben, den ich eben nur imaginieren und loben konnte, und Sie haben in Ihrem Tonsatz die Kleine wirklich ungefähr so greifen und psaltern lassen, wie ich's mir vorgestellt habe. [...] Ich werde Ihr Notenblatt noch oft anschauen.« (Kopie im TMA)

3] *umzubenennen:* Krulls Lissabonner Hotel »Savoy Palace« hieß ursprünglich »Avenida-Palace«, dann »Savoy Palace Splendide«.

24. 2. 1952

182 1] *300 Milliarden Dollars:* Auf der NATO-Konferenz von Lissabon war offenbar ein etwas anderer Bedarf festgestellt worden: »$ 453,6 million worth of air bases and other defense installations were scheduled for construction in Europe.« Die Verteilung der Lasten blieb offen. Die USA »agreed to put 182 million (43%).« (›Facts on File‹, 1952, 62 B)

2] *an Knopf:* P. P. 24. 2. 1952, im Knopf-Archiv, New York: »The whole story is this: last fall I read two chapters from the newly written parts of Krull in the Zürcher Schauspielhaus, and on the request of Bermann-Fischer [...]. I gave him those chapters for the ›Neue Rundschau‹. Now Mr. Morgan must have seen this publication or have heard about it and wanted very much to have it for his revue. I told him that the publication of those fragments would not be very timely at a moment when the date of the termination of the novel was still so remote, but since he was so anxious to have it, I did not object./ I know full well that the Hudson Review has only a very small circulation among literati, but those young people have always behaved toward me in a very gentle and attentive way, they have published about ›Faustus‹ not one, but two long essays and are now preparing an article on the ›Holy Sinner‹. Why on earth should I not express them my gratitude by conceding them this anticipated publication. My literary reputation will no be harmed, and they may sell a few more copies of this particular issue.« – Knopf gab sich am 28. 2. 1952 mit TMs Entscheidung zufrieden: »I perfectly understand your attitude toward the *Hudson Review* and hope the young men will continue properly appreciative of your kindness.« (Im Knopf-Archiv)

3] *Krull-Fragmente an Hudson Review:* S. Anm. 2 und TM an Frederick Morgan, P. P. 10. 2. 1952, Reg. IV, 52/39.

25. 2. 1952

182 1] *Lissaboner Dokument:* Das Abschlußdokument der NATO-Tagung in Lissabon, das die internationale Presse allgemein als nichtssagend und dürftig bezeichnete, resümierte den Willen aller Beteiligten zum Aufbau überregionaler Streitkräfte, besonders der europäischen Verteidigungsgemeinschaft unter Einschluß der Bundesrepublik Deutschland.

2] *»Der Künstler und die Gesellschaft«:* S. TB 28. 1. 1952, Anm. 3.

3] *Cooper:* TMs Zahnarzt in Hollywood, Joseph Cooper.
4] *Kabel:* Nach Reg. IV, 591, verschollen.
5] *Hesse an Erika:* Hermann Hesse, ›Allerlei Post. Rundbrief an meine Freunde‹, NZZ 2. 2. 1952, Bl. 2 R.
6] *Indiana-University-Professor:* Der aus Nürnberg stammende, in Erlangen 1931 habilitierte Kunsthistoriker und Archäologe Otto Johann Brendel (1901–1973) war 1938 in die USA emigriert und lehrte seit 1941 zunächst als assistant professor, später als Ordinarius in Bloomington, Indiana.
7] *Aufsatz:* Otto J. Brendel, ›Iphigenie auf Tauris‹, in ›Goethe Bicentennial Studies by Members of the Faculty of Indiana University‹, ed. by H. J. Meessen, Bloomington, Ind. 1950; Indiana University Publications, Humanities Series No. 22.

26. 2. 1952
1] *Reinhardts:* Vermutlich der Filmproduzent Wolfgang Reinhardt (1908–1979), älterer Sohn von Max Reinhardt und Else Heims, mit seiner Frau Lally, geb. Siebert. 183
2] *Albrecht Joseph:* Der Regisseur, Drehbuchautor und Übersetzer Dr. Albrecht Joseph (1901–1991) arbeitete nach seiner Emigration als Filmcutter und Sekretär u.a. für Franz Werfel und, ein paar Monate lang, auch für TM. S. TB 46–48, 376/377.

27. 2. 1952
1] *Martin Buber:* Der jüdische Philosoph und Religionswissenschaftler Martin Buber (1878–1965). 183
2] *R. Kayser:* Der ehemalige Dramaturg an der Berliner Volksbühne, Literarhistoriker, biographische Schriftsteller und, nach dem Ersten Weltkrieg, Redakteur der ›Neuen Rundschau‹, Rudolf Kayser (1889–1964), hatte TM seinen Essay ›Kultur und Nationalismus‹ gesandt, der in der ›Neuen Schweizer Rundschau‹, NF 19, H. 9, Januar 1952, 531, erschienen war.

28. 2. 1952
1] *Der deutsche Text: Zur Gründung einer Dokumentensammlung in Yale University* (1938), GW XI, 458–467. 183
2] *Protest-Brief:* An den Internationalen PEN-Club, London, P.P. o.D., Reg. IV, 52/61. Das Schreiben, über das die ›Welt‹ am 7. 3. 1952 unter der Headline ›Thomas Mann macht nicht mit‹ berichtete, ist

auch beim Büro des Internationalen PEN nicht mehr auffindbar. Der »London, 6. März« datierte »eigene Bericht« der Hamburger Zeitung hat folgenden Wortlaut: »Aus einem an den Internationalen PEN-Club in London gerichteten Schreiben Thomas Manns geht hervor, daß dieser vor kurzem eine Aufforderung, dem von Johannes R. Becher und Johannes Tralow geleiteten ›PEN-Zentrum Deutschlands‹ als Mitglied beizutreten, abgelehnt hat./ In seinem Brief wendet sich Mann scharf gegen einen von Tralow unterzeichneten Antrag, der die Exekutive der Internationale ersucht, den PEN-Club deutscher Autoren im Ausland, Sitz London, aufzulösen. Der Dichter weist auf die Verdienste hin, die sich dieser deutsche Exil-PEN in den 18 Jahren seiner Existenz um die Rettung emigrierter deutscher Schriftsteller und das freie deutsche Schrifttum und nicht zuletzt um die rasche Wiedererrichtung eines PEN–Zentrums Deutschland erworben habe./ Über diesen Antrag und über die Anerkennung eines autonomen Zentrums in der Bundesrepublik wird am 11. März in einer Sitzung der Exekutive in Paris entschieden werden.« – Das Protokoll der Sitzung vom 11. März berichtet hingegen nur von Diskussionen über die Einrichtung eines Zentrums Bundesrepublik, der zugestimmt wurde, während das Problem Zentrum deutscher Autoren im Ausland gar nicht erwähnt ist.

183 3] *von Golo mit [. . .] literarischen Beilagen:* Nicht unter den Archivalien des TMA.

4] *an Bibi:* Der Brief ist nach Reg. IV, 591, verschollen.

184 5] *in Platens Gedichten:* TM besaß – als Geschenk von Ernst Bertram – ›Die Gesammelten Werke des Grafen August von Platen‹, Stuttgart/Tübingen 1853/54, sowie die von G. A. Wolff und V. Schweizer im Rahmen der Meyerschen Klassiker-Ausgaben herausgegebene zweibändige Edition ›Platens Werke‹, Wien 1895.

29. 2. 1952

184 1] *Lambert:* Nichts Näheres ermittelt. Die Namen der Lunch-Teilnehmer lassen die Vermutung zu, Lothar Frank könne die Verbindung zwischen TM und jenem Kreditbriefinformanten Lambert (s. TB 26. 10. und 12. 12. 1951), hergestellt haben.

2] *Lothar Frank:* Bruno Franks Bruder, der Nationalökonom Lothar Frank (1900–1985), war 1936 in die USA gekommen. Er lebte zunächst in New York und dann, bis zu seinem Tod, in Los Angeles.

3] *an Braungart:* An Richard Braungart, P. P. 29. 2. 1952, Reg. IV, 52/62: »Das schöne große Buch ist gekommen, und ich danke Ihnen sehr für das generöse Geschenk. War es auch recht, daß Sie sich meinetwegen davon trennten? Jedenfalls interessiert es mich sehr, schon wegen der Zeitstimmung – spätes 19.tes Jahrhundert, das mir jetzt produktiv gerade nahe liegt. [. . .] Das Malerleben zwischen Brunnen und New York ist ja wirklich eine Merkwürdigkeit und berührt mich natürlich etwas verwandt, obgleich ich mich in New York immer nur tageweise, auf der Durchreise oder zu Besuch aus Princeton kommend, aufgehalten habe.« (Kopie im TMA)

4] *Braungart:* Der Kunsthistoriker, Kunst- und Theaterkritiker und -schriftsteller Richard Braungart (1872–1963), den TM aus seiner Münchener Zeit kannte.

5] *illustr. Buch:* Richard Braungart, ›August Benziger. His Life and Work‹, Munich 1922. Der Band mit einer vom Februar 1952 datierten Widmung des Verfassers an Thomas Mann ist im Zürcher Archiv erhalten.

1. 3. 1952

1] *Acheson preist:* In seiner von allen Sendern der USA ausgestrahl- *184*
ten Radio- und Fernseh-Ansprache hatte der Außenminister die Bilanz des NATO-Rat-Treffens in Lissabon (25. –27. 2. 1952) gezogen und von den »gewaltigen Fortschritten« der geplanten Europäischen Verteidigungsgemeinschaft sowie den Vorteilen gesprochen, die eine Integration der Bundesrepublik in das Bündnis bedeuten würde. (S. auch TB 25. 2. 1952, Text und Anm. 1.)

2] *Galleys:* Druckfahnen.

3] *Buch von Stone:* J[sidor] F[einstein] Stone, ›The Hidden History of the Korean War‹, New York 1952.

4] *Rimsteiks:* Rombout und Lucile van Riemsdyck; s. TB 22. 2. 1951, Anm. 11.

5] *Der kleine Franzose:* Nicht ermittelt. S. jedoch TB 3. 3. 1952.

3. 3. 1952

1] *Hugo Wolf-Biographie:* Frank Walker, ›Hugo Wolf. A Biography‹, *185*
New York 1952. TMs Exemplar ist in der Nachlaßbibliothek erhalten.

2] *Victor Hugo:* Victor Hugo (1802–1885), Hauptvertreter der französischen Romantik; Mitglied der Académie Française; demokratischer Abgeordneter und 1848 Präsidentschaftskandidat. Als Gegner Napoléons III. 1851–1870 im Exil, danach bis zu seinem Tode in Paris lebend, wo er im Panthéon beigesetzt wurde.
3] *Del Vayo in der »Nation«:* J. Alvarez del Vayo, ›Needed – a Victor Hugo‹, ›The Nation‹, vol. 174, No. 9 v. 3. 3. 1952, 196/197.

5. 3. 1952

185 1] *Truman appelliert:* In einer Fernseh-Ansprache an die Nation unterstrich der Präsident am 6. 3. 1952 die Notwendigkeit einer vorausschauenden und großzügigen Finanz- und Unterstützungspolitik gegenüber den durch Hunger in die Arme des Kommunismus getriebenen Völkern der Welt.
186 2] *über de Maistre:* Georg Brandes, ›Die Hauptströmungen der Literatur des 19. Jahrhunderts‹, Berlin 1924, Bd. 1, Kap. 1: ›Die romantische Schule in Deutschland‹, 417–419: Gentz über de Maistre, und Bd. 2, Kap. 3: ›Die Reaktion in Frankreich‹.
3] *de Maistre:* Der konservative französische Diplomat, Staats- und Geschichtsphilosoph Joseph Marie Comte de Maistre (1753–1821).
4] *an Dr. R. Kayser:* An Rudolf Kayser, P. P. 5. 3. 1952, Reg. IV, 52/64; s. auch TB 27. 2. 1952, Anm. 2.

7. 3. 1952

186 1] *an Mr. Morton:* Der Brief an den damals als Lecturer an der University of California in Los Angeles beschäftigten, 1924 als Fritz Mandelbaum in Wien geborenen und 1940 in die USA gekommenen englischsprachigen Schriftsteller Frederic Morton, dessen Buch ›Darkness Below‹ TM 1949 mit großem Interesse gelesen hatte (s. TB 49/50, 466/467), ist nach Reg. IV, 591, verschollen.
2] *»Asphalt and Desire«:* Frederic Morton, ›Asphalt and Desire‹, New York 1952.
3] *Manuskript:* Elsa Hennings, ›Hamlet, Shakespeares ‚Faust'-Tragödie‹, Bonn 1954. Das Buch, dessen Manuskript TM las, ist mit Anstreichungen in der Zürcher Bibliothek erhalten.

8. 3. 1952

1] *Davidsons:* S. TB 27. 11. 1951, Anm. 3. *186*

2] *Mrs. Lawrence-Jaffee und ihr [...] Gatte:* Frieda von Richthofen (1879–1956), die Witwe von D. H. Lawrence, war seit 1950 in dritter Ehe mit dem Major Angelo Ravagli verheiratet. Die Frau des TM aus München als bayerischer Finanzminister bekannten Nationalökonomen Edgar Jaffé (1866–1921) hingegen war die zweite Richthofen-Schwester Else.

3] *»Andrai und der Fisch«:* Wilhelm Speyer, ›Andrai und der Fisch, Roman aus der Zeit Jesu‹, Köln und Berlin 1952. TMs Exemplar mit einer Widmung des Verfassers ist im Zürcher Archiv erhalten.

4] *Speyer:* Dem Schriftsteller Wilhelm Speyer (1887–1952), den TM bereits aus München kannte, war es 1940, nach einer Flucht durch mehrere europäische Länder, gelungen, in die USA zu entkommen. S. auch TB 46–48, 453 und 933–935.

9. 3. 1952

1] *zu ändern:* Weder im Manuskript noch in Abschriften läßt sich eine Änderung des Schlusses nachweisen. *187*

2] *Pascal:* ›Über Pascals politische Theorie‹ in dem Anm. 4 aufgeführten Buch von Erich Auerbach, 51–74.

3] *Courier:* ›Paul-Louis Courier‹, der dritte Essay des Anm. 4 nachgewiesenen Buchs, 75–106.

4] *Buch von Auerbach:* Erich Auerbach, ›Vier Untersuchungen zur Geschichte der französischen Bildung‹, Bern 1952.

5] *Arie der Delila:* Die »Des-Dur-Arie« der Dalila (›Mon cœur s'ouvre à ta voix‹) aus der Oper ›Samson und Dalila‹ von Camille Saint-Saëns (1835–1921) gehörte zu TMs Lieblingsstücken.

6] *Im Faustus gefeiert:* Im XXXVIII. Kapitel, GW VI, 548/549.

10. 3. 1952

1] *an Seelig:* An Carl Seelig, P. P. 10. 3. 1952, Reg. IV, 52/66. *187*

2] *Seelig:* Der Zürcher Schriftsteller und Journalist Carl Seelig, mit dem TM seit 1919 in Verbindung stand und der ihm seit den ersten Emigrationsjahren immer wieder behilflich war.

3] *in Sachen des Nietzsche-Schwindels:* Der Empfänger des Schreibens ist – wie aus einem Brief an den ›Aufbau‹ hervorgeht, den der Adressat in Nummer 18 vom 2. 5. 1952, 7 publizierte (s. TB

5. 5. 1952, Anm. 6) – der in New York lebende, aus Wien stammende Publizist Alfred Werner (geb. 1911), der sich am 3. 3. 1952 an TM gewandt hatte: »Ich wage es, Sie in Ihrer Arbeit zu stoeren – weil dem armen Nietzsche ein Unrecht geschehen ist. Haben Sie vielleicht von dem Buch *My Sister and I* gehoert, das kuerzlich in New York vom Verlag Boar's Head Books herausgebracht wurde und angeblich eine Autobiographie Nietzsches sein soll – in der psychiatrischen Klinik zu Jena verfasst./ Meiner bescheidenen Meinung nach handelt es sich um eine grobe Faelschung, doch kann ich Unrecht haben. Ist Ihnen, verehrter Herr Doktor, jenes Buch bekannt – falls nicht, darf ich es Ihnen einsenden?/ Ich wandte mich an Sie, weil Sie es sicherlich nicht gern sehen, dass mit Nietzsches Namen Missbrauch getrieben wird, und weil ich gern von Ihnen erfahren moechte, ob Ihrer Ansicht nach meine Befuerchtungen, dass es sich um eine riesige ,hoax' handelt, gerechtfertigt sind – falls Sie, verehrter Herr Doktor, Gelegenheit hatten, das unselige Buch zu lesen oder sich darueber von Freunden informieren zu lassen./ Wäre es vielleicht angebracht, dass Freunde und Verehrer Nietzsches gegen das Buch und seinen Verleger Stellung nehmen?« (Im TMA) – Werner dürfte durch eine Kritik des zur Columbia University Library gehörigen, gleich ihm aus Wien stammenden A. K. Placzek, ›Nietzsche Discovery‹, SRL, 2. 2. 1952, 19/20, auf das Buch aufmerksam geworden sein, die mit der Feststellung schloß: »If – as the publishers clearly believe – this is a genuine Nietzsche work it must rank as one of the greatest literary discoveries of the twentieth century; if all concerned, including Dr. Levy, have been deceived, it is the most skilful artistic hoax since the Van Meegeren Vermeers.« TM antwortete in einem von Werner im oben erwähnten Leserbrief fragmentarisch wiedergegebenen Schreiben vom 10. 3. 1952: »Das ist ja ein tolles Vorkommnis. Ich hatte noch gar nichts davon gehört. Hat denn die amerikanische Kritik selbst gar keinen Verdacht geschöpft? [. . .] Bitte, schicken Sie mir doch das Machwerk. Nach allem, was Sie sagen, bin ich im voraus ziemlich sicher, dass es sich um einen dreisten Schwindel handelt. [. . .] Vorerst besten Dank für den Hinweis.«

187 4] *sehr gut:* Zu TMs Gesamteindruck des Auerbachschen Büchleins vgl. den Brief an Emil Preetorius, P. P. 11. 3. 1952: »Mindestens zwei Stücke [. . .], ›Pascals politische Theorie‹ und ›Baudelaires Fleurs du Mal und das Erhabene‹, sind kritisch ersten Ranges. Besonders über

Pascal habe ich nie etwas so Erhellendes gelesen und überhaupt kaum je ein so intimes Verhältnis zur französischen Kultur gefunden.« (Br. III, 247)

11. 3. 1952

1] *Militärrevolution:* Der kubanische Ex-Präsident (im Amt 1940–1944) General Fulgencio Batista hatte in einem nur eine Stunde dauernden Putsch seinen Widersacher Carlos Prío Socarrás entmachtet und sich selbst zum Staatsoberhaupt proklamiert. Prío war mit seiner Familie in die mexikanische Botschaft und weiter nach Mexiko geflohen. 187

2] *Vorschläge der Russen:* Am 10. 3. 1952 hatten die Russen den Moskauer Vertretern der drei Westmächte Vorschläge übergeben, die auf möglichst baldige Friedensverhandlungen mit Gesamtdeutschland hinausliefen. Gesprächen zwischen den »Big Four« habe eine internationale Konferenz zu folgen. Die Sowjets plädierten in ihrem Vorschlag dafür, den Deutschen die für ihre Verteidigung notwendigen Streitkräfte sowie eine diese Truppen versorgende Rüstungsindustrie zu erlauben. Die Oder-Neiße-Grenze solle als verbindlich anerkannt und alle demokratischen Grundrechte auch für Ex-Nazis, soweit sie sich keiner Kriegsverbrechen schuldig gemacht hätten, garantiert werden. Einzige »Gegenleistung« sei der Verzicht auf eine Eingliederung Deutschlands in das NATO-Bündnis.

3] *an Preetorius:* An Emil Preetorius, P. P. 11. 3. 1952, Reg. IV, 52/67; Br. III, 246/247.

4] *Leibrich:* Der französische Germanist, Dozent an der Sorbonne, Louis Leibrich (1902–?) stand seit 1930 mit TM im Briefwechsel.

5] *über die »Considération«:* Louis Leibrich, ›L'engagement politique de Thomas Mann en 1914‹, ›Les Langues Modernes‹, Jg. 46, No. 1, Jan. 1952, 63–71. Zu TMs Eindruck von der Arbeit s. den 16. 3. 1952, Anm. 2 nachgewiesenen Brief an Leibrich.

6] *an A. Krieger:* Nach Reg. IV, 591, verschollen.

7] *Francescati:* Der französisch-amerikanische Violinvirtuose Zino Francescatti (1902–1991). 188

12. 3. 1952

1] *Vorwahlen:* Bei den Vorwahlen zur Nominierung des Präsidentschaftskandidaten der Republikaner am 11. 3. 1952 in New Hamp- 188 shire war der die Konservativen des Südens und mittleren Westens repräsentierende Senator von Ohio, Robert A. Taft, dem Kandidaten des an Ost- und Westküste zentrierten »internationalistisch« orientierten Flügels der Partei, Dwight D. Eisenhower, unterlegen.

2] *Ed. Knopf und Frau:* Der MGM-Produzent Edwin H. Knopf (1899–1981), ein Bruder von TMs Verleger Alfred A. Knopf, mit seiner Frau Mildred.

3] *Chef der »Daily News«:* Nicht ermittelt.

4] *an die Verfasserin:* Das Schreiben an Elsa Hennings ist nach Reg. IV, 591, verschollen.

13. 3. 1952

188 1] *Ein German Genius:* Der 1945 mit seinem Mitarbeiterstab in die USA übersiedelte, 1955 naturalisierte deutsche Physiker Wernher von Braun. S. TB 25. 4. 1951, Anm. 3.

2] *an Lion:* An Ferdinand Lion, P. P. 13. 3. 1952, Reg. IV, 52/70; Br. III, 248/249 (fragmentarisch) Die dort ausgelassenen Passagen lauten: 1. »Sie schreiben sehr hübsch und klug über Golo. Was mir an seinen Aufsätzen gefällt, ist das Anti-Zynische darin, die Ablehnung der Frechheit des Geistes, des Nihilismus und der ›kalten Teufelsfaust‹, die sich darin äußert. Er ist ein kurioser Junge, dessen historische Gestimmtheit oft die Form eines halb humoristischen Snobismus, der Adelsverehrung etc. annimmt. Er brachte es fertig, die Eltern seines Neffen Frido zu überreden, das Kind auf eine *deutsche Schule* und zwar ausgerechnet die Nazi-Schule Salem zu schicken, wodurch er uns allen vollkommen entfremdet worden wäre. Ich mußte einschreiten, und den Unfug einfach verbieten. Aber ein gescheiter Bursche ist er und zwar von einer gutartigen Gescheitheit, worauf ich, was sein geschichtsphilosophisches Buch-Unternehmen betrifft, meine besten Hoffnungen baue. Auch schreibt er ja sehr gut und hat Humor.« – 2. »Kennen Sie Erich Auerbachs ›Vier Untersuchungen zur Geschichte der französischen Bildung‹? Besonders der Abschnitt über Pascals politische Theorie ist vorzüglich.«

3] *Vorwort zu Erikas Buch:* Das 7. Mai 1938 datierte ›Geleitwort‹ zu Erika Manns Buch ›Zehn Millionen Kinder. Die Erziehung der Jugend im Dritten Reich‹, Amsterdam 1938, wurde nicht in den Band *Altes und Neues* aufgenommen.

14. 3. 1952

1] *Pfarrer Krause:* Nicht ermittelt. 188

15. 3. 1952

1] *Der Sunset:* Der von Hollywood bis nach Pacific Palisades führende Sunset Boulevard. 189

16. 3. 1952

1] *Fleisch-Gangster-Skandal:* In Chicago war Anfang Februar ein Fleisch-Betrug aufgedeckt worden, bei dem große Mengen von Pferdefleisch als Rindfleisch verkauft worden waren. Im Verlauf der Ermittlungen mußte sich auch der Präsident des Gesundheitsamtes in Chicago, Dr. Herman N. Bundesen, wegen schlechter Amtsführung – Nicht-Einschreitens gegen den illegalen Verkauf – vor Gericht verantworten. Er wurde am 29. 4. 1952 freigesprochen. 189

2] *an Leibrich:* An Louis Leibrich, P. P. 16. 3. 1952, Reg. IV, 52/74: »[. . .] Ich habe mit den ›Betrachtungen‹ nie recht brechen mögen. Sie sind ein Werk seelischer Not und ehrlich-mühsamer Selbsterforschung, dem ich schon darum dankbar bleiben muß, weil diese lange Plage den ›Zauberberg‹ überhaupt erst möglich gemacht hat. Ohne das vorangegangene polemische Ringen um das humane Problem in blutigem Ernst wäre das große Spiel des Romans nicht denkbar gewesen. – Daß es eine blöde Verleumdung der Nazis war, ich hätte durch die paar Auslassungen, die ich anläßlich der Gesamtausgabe vornahm, den Sinn des Buches in sein Gegenteil verkehrt, brauche ich Ihnen wohl nicht zu sagen. Diese Auslassungen änderten an der antidemokratischen (anti-politischen) Tendenz des Ganzen nicht das Geringste und betrafen eigentlich nur die Polemik gegen meinen Bruder, die mir ohnehin schwer genug gefallen war. Sie war *defensiv,* das scheinen Sie nicht zu wissen, sondern zu glauben, ich sei der erste Angreifer gewesen. Es war aber anders. Nach dem Erscheinen von ›Friedrich und die große Koalition‹, einer Arbeit, die Sie so hoch stellen, die aber meinen Bruder furchtbar gereizt hatte, brachte er seinen Zola-Aufsatz heraus, – eine gewiß glänzende Darbietung, die aber voller giftiger Spitzen gegen mich war, meine Haltung als gemeine Mitläuferei und Konjunkturrittertum hinstellte und mir ein frühes Verwelken voraussagte. Ich war furchtbar getroffen und beleidigt und reagierte erbittert mit jenem Kapitel, das beginnt: ›Mehr als befreundet, weniger als Freund‹. Vielleicht hätte ich die ganzen ›Betrachtungen‹ nie geschrieben ohne das Leid und Unrecht, das mir da geschah. – Oder wohl doch. Denn es wurden aufbringende Dummheiten damals gesagt über Deutschland. [...]«. (›Neue Rundschau‹, Jg. 77, 1966, H. 2, 227/228)

3] *Autobiographie Nietzsches:* ›My Sister and I‹, translated by Oscar Levy, New York 1952. S. auch TB 10. 3. 1952. Werner hatte, wie aus seinem Brief, New York, 13. 3. 1952, hervorgeht, TM offensichtlich unverzüglich das angebotene Exemplar des Buches zur Verfügung gestellt: »[...] Ich habe sofort den Pseudo-Nietzsche (oder ist doch was dran?) an Sie abgesendet; bitte behalten Sie das Buch als Kultur- oder vielmehr Unkultur-Kuriosum (leider ist der Umschlag, der koestlich marktschreierisch ist, verloren gegangen).« (Im TMA)

190 4] *»Emulation« Szene:* Vermutlich bezogen auf die gesponsorten Rundfunk-Konzerte, die TM allabendlich zu hören pflegte. Man kann annehmen, daß die unterstützenden Firmen sich in der Wahl der Aufnahmeräumlichkeiten zu überbieten trachteten, dabei aber mehr auf die Prominenz des Ortes denn auf die Qualität der jeweiligen Akustik Rücksicht nahmen.

17. 3. 1952

190 1] *»Wort im Gebirge«:* S. TB 1. 1. 1951, Anm. 3. Zu dem Horkheimer geltenden Sketch von etwa vier Minuten Länge s. TB 21. 5. 1952, Anm. 5.

2] *Horkheimer:* Der Philosoph und Soziologe Max Horkheimer (1895–1973), im kalifornischen Exil zeitweilig TMs Nachbar und Zeuge bei seiner Einbürgerung, war seit 1951 Rektor der Frankfurter Universität.

3] *Briefe Werners:* New York, 3. und 13. 3. 1952. S. TB 10. und 16. 3. 1952, Text und jeweils Anm. 3.

4] *Nietzsche-Material von Brann und Podach:* Die in der Zürcher Bibliothek erhaltenen Bücher von Hellmut (Henry) Walter Brann, ›Nietzsche und die Frauen‹, Leipzig 1931, und Erich Podach, 1. ›Nietzsches Zusammenbruch. Beiträge zu einer Biographie nach unveröffentlichten Dokumenten‹, Heidelberg 1930, 2. ›Gestalten um Nietzsche. Mit unveröffentlichten Dokumenten seines Lebens‹, Weimar 1932. – TM war überzeugt, daß der anonyme Verfasser von ›My Sister and I‹ seine Mystifikation auf die in den vorgenannten Büchern enthaltenen Materialien gestützt hatte.

18. 3. 1952

1] *Vorwort:* Zu *Altes und Neues;* s. TB 21. 1. 1952, Anm. 1. *190*

2] *gekürzte Fassung:* S. TB 17. 12. 1951, Anm. 5 und 1. 2. 1952, Anm. 1.

3] *Prof. Hermanns:* Der im TB (s. Eintrag 1. 6. 1952) auch Hermann genannte Professor konnte nicht ermittelt werden. Ein Brief TMs an ihn ist von Erika Mann in Br. III, 257/258 als an einen unbekannten Empfänger gerichtet aufgenommen worden.

4] *Im »New Yorker«:* Robert Rice, ›From Yasnaya Polyana to Valley Cottage‹, Teil 1: ›The New Yorker‹, 15. 3. 1952, 34–43; Teil 2: a.a.O. 22. 3. 1952, 36–53.

5] *Alexandra Tolstoi:* Die letzte überlebende Tochter von Leo N. Tolstoi, Alexandra Tolstoi (1884–1979). Näheres s. TB 40–43, 719.

6] *an W. Hirte:* An Werner Hirte, P. P. 18. 3. 1952, Reg. IV, 52/77.

7] *W. Hirte:* Der freie Schriftsteller und Verlagslektor Werner Hirte (geb. 1928).

19. 3. 1952

1] *Brief der Närr:* Das Schreiben von Klaus Pringsheim – im Familienkreis »die Närr« genannt – befindet sich nicht mehr unter den im TMA verwahrten Dokumenten. *190*

2] *Tauber-Platten:* S. TB 16. 6. 1951, Anm. 1. *191*

20. 3. 1952

1] *an Kerényi:* An Karl Kerényi, P. P. 20. 3. 1952, Reg. IV, 52/79; Br. III, 249/250; TM/KK 177–179. *191*

2] *Problem der Widmung:* An Fritzi Massary; s. TB 21. 3. 1952.

3] *Luxusausgabe:* Die in 300 Exemplaren in Leipzig gedruckte Ausgabe, von denen TM die ersten 90, denen eine Porträtradierung von Karl Dannemann beigelegt war, signierte, erschien 1924 in Berlin. S. dazu Potempa, G 186.1.

4] *Hatzfelds Ges. Gedichte:* Adolf von Hatzfeld, ›Melodie des Herzens‹, Gesammelte Gedichte, Hattingen/Ruhr 1951.

5] *Aufsatz über ihn: Adolf von Hatzfeld* (1923), GW X, 629–636; das Porträt wurde in *Altes und Neues* aufgenommen.

21. 3. 1952

191 1] *Auszug des Neuen:* Die Kürzungen des Vortrags für *Altes und Neues* sind durch einen Vergleich mit der in GW X, 386–399 gedruckten Langfassung ersichtlich. Der größte Strich betrifft die vier Seiten von GW X, 387, 2. Absatz, Zeile 4: »klein bis zum Unglauben« bis 391, 2. Absatz: »Das Wort...«, die durch eine neue Verbindung von ca. zwei Seiten ersetzt wurden; die zweite Kürzung gilt der Stelle von GW X, 391, 4. Zeile von unten, ab »Es ist die Stellung des geistigen Menschen...« bis 392, 2. Zeile von unten, »Gut und böse...«, die in *Altes und Neues* durch ca. zehn Zeilen ersetzt wurde. Die für diesen Druck vorgenommenen Kürzungen entsprechen nicht denen, die TM bzw Erika Mann für die BBC-Sendung vornahmen.

2] *die falschen Nietzsche-Memoiren:* Vgl. TB. 16. 3. 1952, Anm. 3.

3] *Schauspielerin Wehrbezirk:* Die österreichisch-ungarische Schauspielerin Gisela Werbezirk (1875–1956) war 1938 zunächst in die CSR, 1939 in die USA geflohen.

192 4] *an Mrs. Heller:* An Judith Heller, P. P. 21. 3. 1952, Reg. IV, 52/80.

5] *Mrs. Heller:* Judith Heller, eine Freundin von TMs Übersetzerin Helen Lowe-Porter, übersetzte gelegentlich kleinere Arbeiten für TM.

6] *»Man and his Gods«:* Das 1952 in New York mit einem Vorwort von Albert Einstein erschienene Buch des amerikanischen Physiologen und wissenschaftlichen Schriftstellers Homer William Smith (1895–1962) befindet sich nicht in TMs Zürcher Bibliothek.

22. 3. 1952

192 1] *Verfolgungen Lattimores:* Eine der wichtigsten Untersuchungen des ›Committee on Un-American Activities‹ galt ab 1951 den vermeintlichen kommunistischen Machenschaften am Institute of Pacific Relations (IPR), dessen »trustee« der China-Experte an der Johns Hopkins University, zeitweiliger (1941) Berater von Tschiang Kaischek und, 1944, Begleiter des US-Wirtschaftsministers Wallace auf seiner Reise nach China und Sibirien, Owen Lattimore (geb.1900), war. Während des von Senator McCarran geführten Verfahrens gegen Lattimore hatte Senator McCarthy erklärt, »in the case of Lattimore he would ›stand or fall‹«, und verlauten lassen, der Professor sei »the top of the ring of which Alger Hiss [s. TB 49/50, 519 u.a.]

was a part«, ja, »the top Russian spy« überhaupt. Der Wortwechsel zwischen Lattimore und McCarran war – Presseberichten zufolge – »often stormy«, und am Schluß eines zwölftägigen Kreuzverhörs durch Mitglieder des ›Senate Internal Security Subcommittee‹, auf das sich TMs Eintrag offensichtlich bezieht, hatte der Vorsitzende Senator das Benehmen des Vorgeladenen und die Art seiner Aussagen in einem statement gerügt, das den Ostexperten neun offenkundiger und ungeheuerlicher Falschaussagen zieh. Im Namen aller Ausschuß-Mitglieder nannte McCarran die Haltung des Angeklagten herausfordernd (»defiant«), aufsässig (»contumacious«), unverschämt (»insolent«), hochfahrend (»overbearing«), »arrogant« und verachtungsvoll (»disdainful«). Lattimore habe sich zu verantworten – nicht etwa, weil er mutmaßlich ein Kommunist mit verschwörerischen Absichten sei, sondern weil er entscheidend dazu beigetragen habe, die politische Einstellung der USA gegenüber China zum Nachteil Amerikas und Koreas und zugunsten der Kommunisten zu beeinflussen. – Nach jahrelangen, immer neuen Versuchen, Lattimore zu überführen, wurde das Verfahren gegen ihn 1955 endgültig eingestellt.

2] *Peace treaty mit Japan:* Am 20. März ratifizierte der Senat den Friedensvertrag von San Francisco mit Japan sowie drei weitere Sicherheitsabkommen mit Japan, Australien–Neuseeland und den Philippinen.

3] *gekürzten Vortrag:* S. TB 21. 3. 1952, Anm. 1.

4] *Für London:* Für die Lesung in der BBC am 15. 5. 1952, die am 28. und 30. 5. 1952 ausgestrahlt wurde.

5] *Darwin:* Der britische Naturforscher Charles Robert Darwin, (1809–1882), berühmt geworden durch seine 1859 publizierte Abhandlung ›On the origins of species by means of natural selection, or preservation of favoured races in the struggle of life‹.

6] *an J. Lesser:* An Jonas Lesser, P. P. 22. 3. 1952, Reg. IV, 52/82: »[. . .] richtig, es war der Hutten, für den ich noch zu danken hatte. Ich habe den Aufsatz gelesen und das Buch zu denen gereiht, die vielleicht einmal dienlich werden könnten. Vielleicht. Aber wozu werde ich noch kommen [. . .] Nach dem ›Erwählten‹ schrieb mir ein deutscher Studienrat, jetzt müßte ich Goethes ›Achilleis‹ als Prosa-Roman zu Ende dichten. Finden Sie das eine dumme Idee? Ich garnicht. Aber man kann nicht alles machen, während man doch weiß:

Wenn man's nicht selber macht, so macht es keiner. Bei der Bezugnahme auf ›Parzifal‹ dachte ich wohl hauptsächlich an den religiösen Einschlag, aber auch den Charakter des Späten, Letzten, Resümierenden, worin vieles von früher wieder vorkommt. Daß die Werke des ›Sinnlichkeitsrevolutionarismus‹ hätten vernichtet werden müssen, ist natürlich nur meine Bosheit und die gewohnte Künstlerverspottung. Was tue denn ich? Schamlos nehme ich ›Friedrich und die große Koalition‹ in die Essaysammlung auf, zu der ich jetzt das Vorwort geschrieben habe, nur weil es ein guter Aufsatz ist.« (Kopie im TMA)

7] *Horckheimer-Sendung:* S. TB 21. 2. 1952, Anm. 5.

8] *Gedicht:* Nicht mehr ermittelt.

23. 3. 1952

192 1] *Verbesserungen:* Das Manuskript von II, 9 zeigt auf Blatt 100 (entsprechend GW VII, 446/447), wie TM an den Versen feilte. Zeile 23 ff. auf S. 446, »La fleur de ta jeunesse. . .« bis hin zum Absatzende, ist gestrichen und auf der Rückseite des Blattes durch die spätere Druckfassung ersetzt. Es hieß dort ursprünglich: »L'aspect de ta jeunesse remplit mon cœur agé d'une éternelle ivresse. Ja, ewig ist der Rausch; ich werde mit ihm sterben; doch immer wird mein Geist [verbessert aus ›doch wird mein Geist‹] um euch, ihr Ranken [verbessert aus ›Holden‹, ›Jünglinge‹, ›Toren‹, gestrichen ›endlos‹] werben. Und du auch, bien aimé [verbessert aus »mein Armand«], du alterst hin zum Grabe gar bald, doch dies ist Trost und meines Herzens [verbessert aus ›meiner Seele‹] Labe: Ihr werdet immer sein, der Schönheit kurzes Glück, des Lebens Blütentraum und höchster Augenblick [verbessert aus ›Ihr werdet immer sein, die Jugend und das Leben und meiner Sehnsucht (geändert aus ›Liebe‹) schlanker Traum wird euch ewiglich umschweben‹]«.

2] *an Agnes Meyer:* P. P. 22. 3. 1952, Reg. IV, 52/83; TM/AM 765/766.

3] *an Dr. Heinitz:* An Anton W. Heinitz, P. P. 22. 3. 1952, Reg. IV, 52/81.

4] *Heinitz:* Der Jurist und Schriftsteller Dr. Anton Wolfgang Heinitz, Verfasser mehrerer Arbeiten über Richard Wagner, stand mit TM seit 1915 in Verbindung; s. TB 44–46, 608.

5] *Stellen über die Herkunft des Menschen:* Da TMs Exemplar des

Buches verloren ist, lassen sich die Stellen nicht mehr nachweisen. Die übersichtlichste Zusammenfassung bietet der ›Prologue‹, a.a.O. 2–7; der von TM apostrophierte zeitgenössische »Sturmlauf gegen die Genesis« findet sich besonders im VIII. und XI. Kapitel.
6] *Huxley:* Vermutlich der britische Zoologe, Anatom und Physiologe Thomas Henry Huxley (1825–1895), entschiedener Verfechter der Deszendenztheorie.
7] *Strauß:* Der evangelische Theologe David Friedrich Strauß (1808–1874), dessen Buch ›Das Leben Jesu‹ (1835) die historische Bibelkritik mitbegründete.

24. 3. 1952
Der Eintrag wurde im Manuskript versehentlich mit »23. 3.« datiert.
1] *von Brandeis-University:* Das Schreiben befindet sich nicht unter 193
den im TMA verwahrten Dokumenten, so daß der Zusammenhang über das Gesagte hinaus nicht mehr ermittelt werden konnte.
2] *Stelle in III, 5:* S. die Zusammenfassung der Änderungen von III, 5 TB 5. 12. 1951, Anm. 1.
3] *Zeitschrift »Südamerika«:* ›Südamerika‹, eine seit Juli 1950 in Buenos Aires erscheinende Monatsschrift in deutscher Sprache. TM war an den Heften im Hinblick auf Krulls Südamerika-Abenteuer interessiert. Hans Wysling weist TMS V, 515 und 540, jene Nummern der Zeitschrift nach, die sich bei den *Materialien zum Krull* fanden. Sie sind im TMA erhalten.
4] *Dazu ein Buch:* Im Text steht »Dazu Buch ein Buch«; es wäre also denkbar, daß TM »Dazu auch ein Buch« schreiben wollte.
5] *Franke:* F[riedrich] R[obert] Franke, ›Mein Inselparadies. Ein Buch von Tieren und nicht von Menschen‹, München 1952. TMs Exemplar mit einer Widmung des Autors ist in der Zürcher Nachlaßbibliothek erhalten.
6] *In »Nation«:* ›Russia's Latest Offer‹, ›The Nation‹, vol. 174, No. 12 v. 22. 3. 1952, 263/264.

25. 3. 1952
Im Manuskript versehentlich mit »24.3.« datiert.
1] *verursacht:* In der Handschrift steht »versucht«. 193
2] *Änderung:* Das Manuskriptblatt 229a läßt die Änderung – jedenfalls noch zum Teil – erkennen. Die letzten zwei Drittel der Seite sind

gestrichen, Blatt 230 setzt mit der Druckfassung ein, die ihrerseits noch einige Korrekturen erkennen läßt. Es ist anzunehmen, daß TM die ursprüngliche Fortsetzung von 229a vernichtete und seine Endfassung auf einem neuen Blatt begann. Der noch erkennbare gestrichene Passus lautete: »Die jüngere Person nämlich, ein höchlich charmantes [verbessert aus ›liebreizendes‹] Ding in schlichtem und ⟨lockeren, bläulich gestreiften und nur mit einem Bandes desselben Stoffes gegürteten Sommerkleid⟩ ein Mützchen statt des Hutes auf ihrem dunklen Bubenkopf mit keckem Stirnschopf [geändert aus ›die Ohren bedeckenden und schwer in den Nacken reichenden Haar von nicht recht bestimmbarer Frisur‹] ⟨erinnerte mich auf den ersten Blick zum Stutzen und Staunen *an Zaza,* – wobei allerdings ein ›Nur-daß‹ meiner Feder zur Pflicht wird. Ja, diese Kleine, achtzehnjährig, wie ich schätzte, sah Zaza sehr ähnlich, nur daß also ihre Schönheit, oder, wenn das ein zu stolzes Wort ist und eher (worüber ich mich sogleich erklären werde) ihrer Mutter gebührte, – nur daß also ihre Hübschheit sozusagen nachweisbarer war,⟩ als diejenige von Loulou's Geliebter, ⟨bei der alles bloß frou-frou, kleines feu d'artifice und besser nicht genau zu prüfendes [geändert aus ›pikantes‹] Blendwerk gewesen war. Hier war Verläßlichkeit – wenn dieses der moralischen Welt entliehene Wort Anwendung finden kann in der des Liebreizenden.⟩ Die Schelmerei dieser wie süße Kirschen so schwarzen Augen mit den zwei [geändert aus ›feinen‹] . . .«

193 3] *Bilder-Anschauung:* Vermutlich in den ›Südamerika‹-Heften, dem Buch von Franke (s. TB 24. 3. 1952, Anm. 6), sowie in den Prospekten und Materialien, die sich TM, wie man vermuten darf, bei seinem Besuch des Chicagoer Museums im Oktober 1951 mitgenommen hatte. S. dazu auch TMS V, 515. Einen Eindruck dieser optischen Vorlagen vermitteln die in ›Bild und Text‹ 127–133 zusammengestellten Beispiele.

4] *an Hatzfeld:* An Adolf von Hatzfeld, P. P. 25. 3. 1952, Reg. IV, 52/84.

5] *im Hause Lambert-Reitler*: Nicht genau ermittelt; vgl. jedoch TB 8. und 15. 6. sowie 12. 12. 1951.

26. 3. 1952

Im Manuskript versehentlich mit »25. 3.« datiert.

28. 3. 1952
1] *Zoologisches:* S. TB 25. 3. 1952, Anm. 3. *194*

29. 3. 1952
1] *Das Siebte Kapitel von III:* GW VII, 571–581: Krulls Museumsbesuch. *194*
2] *vom Berliner »Aufbau«:* Berlin, 22. 3. 1952; AtV 284–289. Ein Resümee der bisherigen Verhandlungen (s. TB 19. 2. 1952, Anm. 2) aus der Sicht des Verlages, und die Ankündigung: »Mit Rücksicht auf das öffentliche Interesse hat auf Grund der Kulturverordnung der Regierung der Deutschen Demokratischen Republik vom 16. März 1950 das Herausgeberkollegium der Bibliothek fortschrittlicher deutscher Schriftsteller [einer bevorzugt ausgestatteten, nicht frei verkäuflichen Sonderreihe des Aufbau-Verlags] die Drucklegung des Bandes ›Buddenbrooks‹ für die am 1. Mai dieses Jahres herauskommende 3. Serie angeordnet. Das Buch ›Lotte in Weimar‹ soll in die nächstfolgende Serie aufgenommen werden. Ihrem Wunsche Rechnung tragend, daß Ihre Werke allen Interessenten zugänglich sein müssen, haben wir uns entschlossen, zugleich eine Ausgabe für den Buchhandel herauszubringen./ Diese Entscheidung ist nötig geworden, weil die öffentliche Meinung unmißverständlich nach einer Lösung drängt, die unseren Notwendigkeiten gerecht wird./ Unter Aufrechterhaltung unseres Vertragsangebotes an den S. Fischer Verlag [...] werden wir selbstverständlich das von uns vorgeschlagene Honorar Ihrem Konto gutschreiben und bemüht sein, jede Möglichkeit auszuschöpfen, um in Übereinstimmung mit den gesetzlichen Bestimmungen vielleicht zu einem späteren Zeitpunkt wenigstens teilweise Ihr Guthaben zu transferieren. Selbstverständlich können Sie bzw. ein Bevollmächtigter schon jetzt jederzeit über Ihre Honorare disponieren; sei es, daß Sie die Guthaben in bar abheben oder daß Sie Einkäufe in der DDR tätigen lassen. [...]« (288/289)
3] *Joliot-Curies Kundgebung:* Die Auseinandersetzung um den vom sowjetischen Delegierten Malik behaupteten Einsatz bakterieller Waffen durch die USA in Korea wurde in der UN Disarmament Commission in New York geführt. Während die USA den ehrenrührigen Vorwurf scharf zurückwiesen und auf einer internationalen Untersuchungskommission bestanden, die die Ursachen der in Nordkorea wütenden Epidemien analysieren sollte, verweigerten die Sowjets

ihre Zustimmung zu einer Delegation, die »neither international nor impartial nor competent« sei. Die russischen Vorwürfe basierten auf einer Behauptung des französischen Physikers und Chairman des World Peace Council, Frédéric Joliot-Curie, der am 6. 4. 1952 von dem UN-Botschafter der USA, Warren R. Austin, beschuldigt wurde, die Anklage gegen die USA ins Werk gesetzt zu haben. Austin sagte, Joliot-Curie habe »the latest big lie of the Kremlin« propagiert, »without asking proof from an impartial source«. Der Franzose lehnte es in seinem Antwortbrief vom 5. 5. 1952 ab, die Vorwürfe zurückzuziehen. Während UN-Generalsekretär Trygve Lie Seuchenhilfe und Impfaktionen der Weltgesundheitsorganisation in Korea anbot, appellierten international renommierte Wissenschaftler an ihren Kollegen, die Einsetzung einer internationalen Untersuchungskommission zur Aufklärung der Vorgänge zu unterstützen. Diesem Aufruf schlossen sich einen Monat später die deutschen Nobelpreisträger Kurt Adler, Otto Hahn, Adolf Windaus, Werner Heisenberg und Max von Laue an.

194 4] *Klage Mc.Carthy's:* Im Gegenzug zu einem am 6. August 1951 vom demokratischen Senator von Connecticut, William Benton (s. TB 4. 8. 1952, Anm. 1), dem Senat vorgelegten Begehren, den republikanischen Senator von Wisconsin, Joseph McCarthy (s. TB 1. 7. 1952, Anm. 3), wegen Meineids und zweifelhafter finanzieller Machenschaften während der Maryland-Wahl von 1950 aus seinem Amt zu entfernen, hatte McCarthy seinerseits am 26. 3. 1952 eine Klage wegen Verleumdung und übler Nachrede gegen Benton angestrengt. Das mit der Benton-Klage befaßte Senatskomitee legte im Januar 1953 seinen Untersuchungsbericht vor, der McCarthy jedoch nicht direkt beschuldigte, sondern sich auf die Auflistung einer Anzahl von den Senator indirekt belastenden Detailfragen beschränkte und auch Benton der Annahme einer ungesetzlichen Wahlhilfe in Höhe von 600 Dollars zieh. – McCarthy ließ seine Verleumdungsklage gegen Benton im März 1954 fallen; Bentons Niederlage bei den Senatswahlen 1952 in Connecticut wurde jedoch in weiten Kreisen als Ergebnis seiner Auseinandersetzung mit McCarthy gedeutet.

5] *McCarran-Gesetzesvorlage:* S. TB 28. 11. 1951, Anm. 2 und 28. 1. 1952, Anm. 1.

6] *an Großhut:* An Friedrich Sally Grosshut, P. P. 29. 3. 1952, Reg. IV, 52/89: »[...] Ich habe große Achtung vor Ihrer Arbeit in der

Damenjacken-Fabrik und stelle mir vor, daß Literatur und Musik sehr gewinnen müssen bei solchem Leben. Wir haben hier auch einen Freund, Dr. Albrecht Joseph aus München-Tegernsee, der lange in einer Fabrik arbeitete und sich ganz glücklich dabei fühlte. Jetzt ist er, was er schon einmal gewesen, wieder ›cutter‹ beim Film. Das bringt mehr ein, ist ihm aber im Grunde nicht so lieb wie die Fabrik./ Von Benn ist es ja hübsch, daß er der verewigten Lasker-Schüler einen Gedenkabend widmete. Sinn für das Hochstehende und Erregende auf aesthetischem Gebiet hatte er immer. Schade, daß ihm in der Politik der Sinn für das Verworfene so ganz abging. [. . .]/ Holthusens Mein Kampf ist mir nie vor Augen gekommen, und ich habe mich auch nicht darum bemüht. Als jemand ihm Einwände machte, soll er geantwortet haben: ›Es mußte etwas geschehen. Er erdrückt uns ja alle!‹. – Nun, dann war es also berechtigte Notwehr.« (Kopie im TMA)

7] *»Zigeunerbaron«:* Von der 1885 in Wien uraufgeführten Operette ›Der Zigeunerbaron‹ von Johann Strauß Sohn (1825–1899) fand sich keine Aufnahme in TMs Plattensammlung.

8] *Stelle im Kuckuck-Kapitel:* S. TB 5. 12. 1951, Anm. 1, wo die Änderung im Rahmen der Gesamtrevisionen von III, 5 nachgewiesen ist. *195*

30. 3. 1952

1] *Dinner-Erklärung Trumans:* Der achtundsechzigjährige Präsident erklärte am 29. 3. 1952 während des jährlichen Jefferson-Jackson-Dinners in Washington, daß er für eine weitere Legislaturperiode nicht zur Verfügung stehe. *195*

2] *So »Life«:* Die Internationale Ausgabe von ›Life‹ enthielt in ihrer Nummer vom 7. 4. 1952 (vol. 12, No. 7, p. 22, 23 und 27) einen Artikel von Robert T. Elson: ›A Question For Democrats: If Not Truman, Who?‹, dessen Inhalt ungefähr mit dem Resümee TMs übereinstimmt. Die Dinnererklärung selbst war in der Internationalen Ausgabe, die nur vierzehntäglich erschien und so Artikel zeitverschoben zur Originalausgabe brachte, nicht nachweisbar.

3] *an Max Brod:* P. P. 30. 3. 1952, Reg. IV. 52/90: Die Bitte, Max Brod möge den vielfach geäußerten israelischen Wunsch unterstützen, Klaus Pringsheim, der wieder in Japan lebe, als Gastdirigenten nach Tel Aviv einzuladen. »Sie können das mit gutem Gewissen tun, denn der Mann, für den ich spreche, urspünglich Schüler, später Assistent Gustav Mahlers, ist ein hochfeiner Musiker, ein erprobter und vielseitiger Dirigent und außerdem eine überaus gewinnende Persönlichkeit von der lebendigsten, allgemeinen Kultur. Sein Besuch wäre zweifellos ein Gewinn für das musikalische und geistige Israel, und wenn ich das nicht glaubte, würde ich Sie nicht bemühen.« (Kopie im TMA)

195 4] *Max Brod*: Der Schriftsteller und Kafka-Editor Max Brod (1884–1968), mit dem TM bereits 1904 korrespondierte.

5] *Roman:* Nikos Kazantzakis, ›Alexis Sorbas‹ (1946), Berlin 1952. TM hatte den Roman des griechischen Schriftstellers Nikos Kazantzakis (1887–1957) auf Veranlassung von Max Tau durch den Verfasser zugesandt bekommen. Er befindet sich jedoch nicht in der Zürcher Bibliothek.

31. 3. 1952

195 1] *zu lesen war:* Eine derartige Meldung zu diesem Zeitpunkt konnte nicht ermittelt werden.

2] *Aufsatz von Golo:* Golo Mann, ›Von der Tyrannei historischer Erfahrungen. Die Politik des ‚Appeasement' und des ‚No-Appeasement'‹, ›Außenpolitik‹, Stuttgart, Jg. 3, H. 2, Februar 1952, 81–88.

3] *An den verbannten ung. Intellektuellen:* S. auch TB 1. 4. 1952. Das Schreiben an einen nicht ermittelten Empfänger gilt nach Reg. IV, 591, als verschollen.

1. 4. 1952

196 1] *New Statesman über:* Editorial ›A discordant Unanimity‹, ›The New Statesman and Nation‹, vol. XLIII, No. 1099 v. 29. 3. 1952, 361, und R. H. S. Crossman, ›Berlin, 1952‹, a.a.O. 366/367.

2] *Der Berliner »Aufbau«:* Unter dem Titel ›Die Erzählungen des Stotterers‹ druckte der ›Aufbau‹, Jg. 8, 1952, H. 3, 217–225, Kretzschmars Analyse von Beethovens Klaviersonate op. 111 aus dem VIII. *Faustus*-Kapitel, GW VI, 71–81.

3] *an den ungarischen Verschickten:* S. TB 31. 3. 1952, Anm. 5.

4] *Brief [...] des Janka:* S. TB 29. 3. 1952, Anm. 2.

5] *Janka:* Der Verleger Walter Janka (geb. 1914), 1933 verhaftet, 1935 abgeschoben. Exil in Mexiko, wo er bis 1946 den Verlag ›El libro libre‹ leitete. Nach der Rückkehr 1947/1948 persönlicher Mitarbeiter von Paul Merker im ZK der SED, dann Generaldirektor der DEFA, ab

1951 im Aufbau-Verlag, dessen Leitung er noch im selben Jahr übernahm. Im Dezember 1956 Verhaftung wegen Beteiligung an einer »staatsfeindlichen Gruppe«, bis 1960 Zuchthaus in Bautzen. Nach der Entlassung zunächst arbeitslos, dann, 1962–1972, Dramaturg bei der DEFA, seither freischaffend. – Vgl. Walter Janka, ›Spuren eines Lebens‹, Aufbau-Verlag, Berlin 1991, sowie die für den Herbst 1993 unter dem Titel ›Bis zur Verhaftung. Erinnerungen eines deutschen Verlegers‹ angekündigten Gespräche.
6] *Hugo Wolf-Biographie:* S. TB 3. 3. 1952, Anm. 1.

2. 4. 1952
1] *Englische Ausgabe:* Henry Hatfields Monographie ›Thomas 196
Mann‹ war 1952 auch in London erschienen.
2] *Brief nach Berlin:* An den Aufbau-Verlag, P. P. 3. 4. 1952, Reg. IV, 52/91; AtV 289–295: ein insgesamt versöhnliches, kompromißbereites Schreiben, das sich zum Schluß allerdings mit aller Schärfe gegen den Druck der in Frage stehenden Bücher ohne gültige Verträge wendet: »[Über den Transfer meiner Honorare] wäre noch zu reden. Für meine Person bestehe ich nicht darauf, daß die Tantiemen in Dollars auf mein kalifornisches Bankkonto überwiesen werden. Ich würde mich auch mit Schweizer Franken oder West-DMark begnügen, selbst wenn diese Transferierung vorläufig nur partiell, sagen wir zur Hälfte, geschehen könnte./ Die Hauptsache ist, daß die Verhandlungen wiederaufgenommen werden. [...]« Aus dem nun folgenden Absatz wurden einzelne Passagen in der westdeutschen Presse vielfach nachgedruckt: »Ich wiederhole: die Wiederaufnahme der Verhandlungen ist notwendig, und ich habe alle Hoffnung, daß sie schließlich zu einem Erfolg führen wird. Freilich war ich nicht wenig unheimlich berührt von dem Schluß Ihres Briefes. Ich hoffe, Sie mißverstanden zu haben, aber was Sie da sagen, klingt ja beinahe, als ob Sie nun entschlossen seien, auf Grund irgendwelcher einseitiger Verfügungen und Entscheidungen, meine Bücher vertraglos, freihändig, um nicht zu sagen freibeuterisch, herauszubringen. Ich kann die Folgen, die ein solcher Gewaltstreich hätte, nicht übersehen, zweifele aber nicht, daß er zu nichts Gutem führen könnte. Wozu denn haben Sie überhaupt Verhandlungen mit dem westdeutschen Verlag geführt, wenn Sie sich in der Lage glauben, ohne Vertrag zu handeln? Ich kann Sie nur vor übereilten Schritten warnen.« (291)

3. 4. 1952

197 1] *die Lissabonner und argentinischen Abenteuer*: Vgl. dazu die TMS V nachgewiesenen Pläne und Vorarbeiten.

2] *Nietzsches »Fall Wagner«*: Friedrich Nietzsche, ›Der Fall Wagner. Ein Musikanten-Problem‹, 1888.

3] *»Corregidor«*: Hugo Wolfs (1860–1903) 1896 in Mannheim uraufgeführte Oper ›Der Corregídor‹, Text von R. Mayreder nach einer Vorlage von Pedro António de Alarcón.

4. 4. 1952

197 1] *ihren Roman:* Helen Lowe-Porter, ›Sea Change‹. Nicht veröffentlicht.

2] *Beratungen:* Aus dem TB 10. 3. 1952, Anm. 3 erwähnten und TB 5. 5. 1952, Anm. 6 nachgewiesenen Leserbrief von Alfred Werner an den ›Aufbau‹ läßt sich schließen, daß TM nach den Beratungen mit Marcuse noch einmal an Werner schrieb, sich für das Buch bedankte und die erbetene Unterstützung in Aussicht stellte. Werner zitierte aus einem Schreiben TMs vom 5. 4. 1952: »Es ist ein grotesker und unverschämter Fall [. . .] Es handelt sich um einen offenkundigen Schwindel, dem man nicht mit wissenschaftlicher Diskussion, sondern nur mit Hohn und verachtungsvoller Blosstellung begegnen kann«, und fuhr dann fort: »Dr. Mann erwähnte auch, dass er mit Professor Marcuse den Fall literarisch bearbeite. Meine Bemühungen haben also, wie auch aus einem von Marcuse an mich gerichteten Brief hervorgeht – zur ›Enthüllung‹ beigetragen.«

3] *Artikel*: S. TB 21. 4. 1952, Anm. 1.

4] *Placierung:* Im TMA befinden sich zwei – bis auf die in spitze Klammern gesetzten Passus – fast gleichlautende Schreiben an die »Editors New York Sunday Times, Book Section« und an »Terrance Kilmartin, The Observer«, beide datiert 8. 4. 1952, in denen sich TM für einen Abdruck des Marcuse-Artikels verwendete und gleichzeitig noch einmal aus seiner Sicht auf die Wichtigkeit der Nietzsche-Angelegenheit hinwies: »While Professor Marcuse's piece is self-explanatory, I should like to add a few words which, I trust, will explain the extraordinary interest I take in the matter at stake. / It is my considered conviction that the book in question (›My Sister and I‹, allegedly by Friedrich Nietzsche) is an impudent and ludicrous hoax which must not go unnoticed as such. Both Nietzsche's genius and the name of that first-rate scholar Oscar Levy must be protected against this sort of idiotic degradation. Moreover, I firmly believe that this country should not permit its intellectual integrity to be charged throughout the world with the acceptance of a fabrication as nonsensical as ›My sister and I‹./ In a very small way the subject has been discussed in the columns of the S. R. L. To my mind, this discussion has been wholly insufficient – not only in range, but also and above all because the alleged Nietzsche book has been dealt with in all seriousness. In as far as doubts were expressed by correspondents, they served to cast suspicions upon Dr. Levy, – a most unjust procedure./ As you will notice, Professor Marcuse's arguments are striking and irrefutable. Dozens of equally irrefutable points could be made in addition./ No doubt, the Nietzsche specialists (of whom Dr. Marcuse is one) here and abroad will soon get together and brand ›My sister and I‹ as the fraud that it is. ⟨Let me repeat, though: What I have at heart while addressing you is America's intellectual honor. We shouldn't allow the German press to accuse the USA of swallowing this sort of thing in silence. Before the scandal breaks abroad, no lesser paper than the New York Times ought to call what would seem to be the publisher's bluff. For though the latter may have had or may have a partner, there is little doubt that he himself is involved. ⟩/ I need not say that this is a *strictly private* and *highly confidential* letter. I have no desire to get myself into a libel suit albeit as the winner. Professor Marcuse, too, – I believe – has been very careful to avoid anything remotely libelous./ ⟨In as far as the author has sent a copy of his article to the New York German Jewish weekly ›Aufbau‹ – a publication apparently eager to go ahead with printing the piece, I should be much obliged for a quick decision on your part. Professor Marcuse would withdraw his review from the ›Aufbau‹, or rather the ›Aufbau‹ would have to wait in case the piece were accepted by the Times⟩.«

5. 4. 1952

1] *Londoner Vortrag*: *The Artist and Society.* *198*

2] *Buch-Bearbeitung*: Die für den Druck von *Altes und Neues* von TM gekürzte Fassung von *Der Künstler und die Gesellschaft*; s. TB 21./22. 3. 1952, Text, und 21. 3. 1952, Anm. 1.

3] *Wahlergebnis:* Bei den englischen Kommunalwahlen vom 3. bis

9. 4. 1952 konnte die Labour Party ihren Stimmenanteil drastisch erhöhen, allein in London errang sie am 3. 4. 58% aller Stimmen.
4] *Verabredungskapitel:* Kapitel III, 4, GW VII, 499–522.

6. 4. 1952

199 1] *Smith aus London:* S. TB 3. 2. 1952, Anm. 2.
2] *Broschüre:* Nicht ermittelt.
3] *Flieger-Sohn des Generals van Fleet:* Der sechsundzwanzigjährige James A. Van Fleet jr., Sohn des Befehlshabers der 8. US-Armee, war am 5. 4. von einem Einsatz als Bomberpilot über Nordkorea nicht zurückgekehrt.
4] *Tod Rudi Ladenburg:* Der Physiker Rudolf Walter Ladenburg (geb. 1882), den TM bereits aus München kannte, war am 3. 4. 1952 gestorben. Zu Ladenburg s. TB 44–46, 595.
5] *Mrs. Shenstone:* Molly Shenstone (1897–1967), die Frau des Princetoner Physikers Allen Shenstone (1883–1980) aus Princeton. Näheres s. TB 46–48, 565.
6] *Schweizer Gulliver-Ausgabe:* Jonathan Swift, ›Lemuel Gullivers Reisen in verschiedene Länder der Welt‹. Neue vollständige Übertragung von Carl Seelig, mit einem Vorwort von Hermann Hesse, Zürich 1945. TMs Exemplar mit einer Widmung des Übersetzers ist in der Zürcher Bibliothek erhalten.
7] *Gräfs Sammlung:* Hans Gerhard Gräf, ›Goethe über seine Dichtungen. Versuch einer Sammlung aller Äusserungen des Dichters über seine poetischen Werke‹, Teil 1–3, 9 Bände, Frankfurt am Main, 1906 ff. Die Ausgabe ist in der Zürcher Bibliothek erhalten. Die Seiten über die Geschichte der Achilleis: Band 1, 1901, 1–33. S. dazu TMs eigenen Achilleis-Plan, D.ü.D III, 500.

7. 4. 1952

199 1] *Stalin und der indische Botschafter:* Der indische Botschafter in Moskau, Radhakrischnan, war – nach zwei Jahren Amtszeit – als erster nicht-kommunistischer Gesandter von Stalin zu einer halbstündigen Audienz empfangen worden. Nach der Unterredung hatte er erklärt, er habe das sichere Gefühl, daß es kein Weltproblem gebe, das nicht durch Verhandlungen bereinigt werden könnte. Eine Annäherung der Blöcke sei nicht unmöglich, und alle Anstrengungen müßten unternommen werden, um die Führer der Weltmächte an einen Tisch zu bringen.

8. 4. 1952

1] *Leitartikel:* Sehr wahrscheinlich las Thomas Mann den zweiten Teil eines am 28. und 29./30. März in den ›Luzerner Neuesten Nachrichten‹ erschienenen Artikels von Hans von Segesser, ›Europa als Wirklichkeit und als Schlagwort‹, dessen Fazit »Wer will bezweifeln, daß der Krise unseres europäischen und westlichen Bewußtseins und Lebens die *Mittel* der ›europäischen Einigung‹, die von den derzeitigen Führern, der amerikanischen Realpolitik präsentiert und von Europäern mit Manager-Qualitäten aufgegriffen werden, in gar keiner Weise gemäß sind?« ihm aus dem Herzen gesprochen gewesen sein und dessen Schlußthese seine besondere Zustimmung gefunden haben dürfte: »[. . .] der Versuch, die Einheit Europas statt im Geistigen und Sittlichen noch einmal in einer *militärischen Formel* zu suchen, kann nur die Auflösung dessen, was von Europa übrig geblieben ist, beschleunigen. Man kann Europa nicht dadurch ›einigen‹, daß man Hitlers Wehrmachtgeneräle deutsche Remilitarisierung betreiben und gleichzeitig den französischen Soldaten Frontstellung gegen Rußland nahelegen läßt.« 199

2] *an Frau Prof. Ladenburg:* Der Beileidsbrief an Else Ladenburg ist nach Reg. IV, 592, verschollen.

3] *[an] Mrs. Lowe:* An Helen Lowe-Porter, P. P. 8. 4. 1952, Reg. IV, 52/98: »Haben Sie Dank für Ihr Vertrauen! Es versteht sich von selbst, daß ich diesen Roman lesen und mein Bestes tun will, daß er das Licht der Welt erblickt. Für das Vorwort wäre eine günstige, muntere Stunde abzuwarten.« (im TMA)

4] *des Schauspielers Tochter*: Renée war die Tochter von Nina Engelhardt und Magnus Henning (s. TB 13. 12. 1951, Anm. 7) und nicht, wie TM schreibt, von Nina Engelhardt und Robert Forster-Larrinaga (s. TB 13. 12. 1951, Anm. 6).

9. 4. 1952

1] *Museumsbesuch, geändert:* Kapitel 7, Buch III (GW VII, 571–581) weist im Manuskript verschiedene Änderungen auf. Die erste betrifft Krulls Antwort auf Hurtados Frage, ob er Waidmann sei. Die ursprüngliche Replik (GW VII, 572, 4. Absatz) hieß: »Ganz [geändert aus ›Nur sehr‹] gelegentlich. Und offen gestanden, auf den hier könnte ich nicht anlegen. Ich glaube, ich würde dastehen wie der böse Jäger in der Geschichte, dem so Einer entgegentrat, [gestrichen: 200

›wenn ich mich recht erinnere‹] ein leuchtendes Kreuz auf dem Haupt, wenn ich [gestrichen ›mich‹] nicht irre.«/ »Zugegeben, er hat etwas Legendäres. Und doch – diese Wiederkäuer – sie verleugnen alle in ihrer Figur nicht den Familiencharakter – wer wollte sie schelten deswegen [geändert aus ›wie es sich übrigens gehört‹]. Sehen Sie, das Geläuf ist zierlich, aber der Körper müßte nervöser sein, um ihm zu entsprechen. Rumpf...« Die Fortsetzung fehlt. Offensichtlich hat TM wieder mindestens ein Blatt vernichtet. Die Druckfassung des Texts beginnt auf Blatt 246 oben und schließt an Hurtados Frage »Sie sind Waidmann, nehme ich an« (Blatt 245 Mitte) unmittelbar an. – Weitere Änderungen zeigen, wie TM an Krulls kompetent rekapitulierten Synopsen feilte: Blatt 248, entsprechend GW VII, 574, Ende des zweiten Absatzes, sind die Versuche im Manuskript sichtbar: »... und [eingefügt ›dazu empfand ich‹] als zarten Reiz den Kontrast zwischen meiner [gestrichen ›großen‹] Feinheit und Eleganz und der tiefen Urtümlichkeit der oft ungeheuerlich [geändert aus ›greulich‹] anzusehenden [gestrichen ›Geschöpfe‹] fossilen Naturexperimente, deren flüchtige Bekanntschaft ich machte, dieser Urkrebse, Kopffüßler, Armfüßler [nacheinander geschrieben und wieder ausgestrichen ›hochbetagten‹, ›ungeheuer‹, ›unglaublich‹; dann, neu eingefügt ›fürchterlich betagten‹] Schwämme [eingefügt und wieder gestrichen ›und Haarsterne ohne Eingeweide, zu denen Professor Kuckuck mir seine Kommentare gab‹] ⟨und eingeweidelose Haarstern-Tiere.⟩« Wenig später läßt sich das gleiche Bemühen ein zweites Mal erkennen (Blatt 249, GW VII, 574, 2. Zeile von unten/ 575: »Dieser Freund [eingefügt und wieder gestrichen ›Meeresungeheuer‹], ⟨der es weit über die hier gezeigte Größe hatte hinausbringen können, war ein Reptil, aber [eingefügt und wieder gestrichen ›denn also‹] von Fischgestalt, [gestrichen ›und glich dem Delphine‹; eingefügt und wieder gestrichen ›dem Delphine ähnelnd‹] und ähnelte dem Delphin, der jedoch ein Säugetier war. So zwischen den Gattungen schwebend glotzte [geändert aus ›Runden und starren Blicks sah‹] er mich von der Seite an, während meine eigenen Augen, unter Kuckucks Worten, schon in weitere Räume⟩ weiterglitten [geändert aus ›in den saalartigen Nebenraum abglitten‹], wo, durch mehrere hindurchschweifend, von einer rotsamtenen Sperrkordel [ursprünglich ›schnur‹] eingefaßt [geändert aus ›wie mir schien‹], wahrhaftig ein Dinosaurier in voller Lebensgestalt aufgebaut zu sein schien [geändert aus ›zur Anschauung gebracht wurde‹].« – Auf Blatt 251, GW VII, 576, Zeile 5 von unten, sind einige Zeilen gestrichen. Der Satz: »Sie hatte es mit beiden gehalten«, ging ursprünglich wie folgt weiter: » – und dann hatte sie beide im Stich gelassen. Was denkt die Natur sich [geändert aus ›sie sich‹]? Ihrem Walten kann man nur mit grimmiger Heiterkeit nachdenken [geändert aus ›gedenken‹], der es an einem Teil [geändert aus ›nicht‹] an Verachtung nicht fehlt [verbessert aus ›der ein Teil Verachtung beigemischt ist‹], weil sie sich so garnichts denkt./ Man kann sich auch bei ihr schlechterdings nichts denken, sondern nur staunen und nach rechts und links sein Herz verschenken, wenn man als Ehrengast unter ihren Gestalten wandelt, zu denen so wunderschöne Modelle, zum Teil von Herrn Hurtado hergestellt, die Zimmer von Kuckucks Museum füllen.« – Der Beginn des letzten Absatzes von GW VII, 577 wurde, wie die Handschrift zeigt, durch Einfügungen präzisiert: »Wie könnte ich alle Tiere nennen und loben, die das Museum zur Anschauung brachte, die Vögel, die [eingefügt ›nistenden‹] weißen Reiher, die [eingefügt ›grämlichen‹] Käuze, [eingefügt ›den dünngestelzten Flamingo‹, die] Geier und Papageien, [eingefügt ›das Krokodil‹; eingefügt und wieder gestrichen ›den menschenköpfigen See‹(hund?); eingefügt ›die Robben‹], Lurche, Molche und warzigen Kröten, kurz, alles, was da kreucht und fleucht!« – Ähnliche Korrekturen und öfters ansetzende ›Versuche‹, auch stilistische Verbesserungen, sind auf den folgenden Manuskriptblättern verschiedentlich zu sehen. Ein Strich ist auf Blatt 257, GW VII, 581, vorletzter Absatz des Kapitels, erkennbar: »⟨Fast hätte man es vergessen können über solcher Besichtigung⟩. Ich hatte noch nicht viele Museen in Augenschein genommen bei meiner Jugend [geändert aus ›besichtigt in meinen jungen Jahren‹], aber daß dieses eines der ergreifendsten sei, steht mir über jeder Frage. Stadt und Land schuldeten ihm Dank für seine Schöpfung und ich für die liebenswürdige Führung. Und ich nannte mich vom Glück begünstigt, weil ich ihm im Zuge begegnet und durch sein Gespräch . . .« Hier bricht der Text ab; TM knüpft an den ursprünglichen Satzanfang »Fast hätte man es vergessen können über solcher Besichtigung« wieder an und geht – mit Hilfe der Einfügung ⟨erwiderte ich und⟩ – in die später gedruckte Fassung über: ⟨hatte es doch keineswegs vergessen, vielmehr den Gang durchs Museum geradezu als Vorbereitung betrachtet zum Wiedersehen von Mutter und Tochter⟩, die nur noch einmal, in den letzten fünf Zeilen, Änderungsbemühungen erkennen läßt: ⟨Mutter und Tochter, – auch damit hat es eine ergreifende Bewandnis⟩ [geändert aus ›etwas Ergreifendes‹]. Die ursprüngliche Fassung des nächsten Satzes hieß: »Geschwister ebenfalls können [geändert aus ›sind ebenfalls‹ und ›mögen‹] reizend, entzückend, zauberhaft [alle drei Adjektive wurden wieder gestrichen] sein in ihrer Zweiheit. Wer leugnet es? ⟨Ein Geschwisterpaar, gut,⟩ gleichfalls mag es seinen Zauber haben. ⟨Aber Mutter und Tochter ...⟩ usf.

200 2] *von Lesser:* London, o.D.; im TMA.

3] *an [...] Goes:* An Albrecht Goes, P. P. 9. 4. 1952, Reg. IV, 52/99; Teildrucke in D. ü. D. I, 340 und D. ü. D. III, 501: »Gewiß, einige recht muntere und sogar merkwürdige Fortschritte haben die Memoiren seither gemacht. Aber ich gestehe Ihnen: meine Zweifel wachsen. Pan-Erotik und Juwelen-Diebstahl – ist das eigentlich ›de mon age‹? Und dem Ernst der Weltlage entspricht es auch nicht so recht. Sollte man wirklich die Kräfte seiner hohen Jahre an solche Scherze wenden? Und es sind so schwer zu ermöglichende, so viel Zeit beanspruchende Scherze. Ich mache mir Vorwürfe, daß ich mir das Wort nicht gehalten habe, das ich mir nach dem ›Faustus‹ gab: keinen großen Roman mehr zu schreiben. Nun habe ich mir doch wieder so etwas aufgehalst und frage mich jeden Tag, ob ich's nicht besser abweise und es bei einem erweiterten Fragment dieses ›picaresken‹ Versuchs sein Bewenden haben lasse. Von Weitem denke ich daran, Ihnen einmal alles neu Geschriebene davon zu schicken und um Ihre Meinung zu bitten. Vielleicht kann ich's Ihnen persönlich geben, denn wir wollen im Frühsommer jedenfalls wieder hinüberfahren./ Europa ist traurig demoralisiert, – aber merkwürdig, je elender es darum steht, desto entschiedener fühle ich mich als Europäer. Deutschland, obwohl auch seelisch verwüstet und zerrissen, steckt wohl noch in der besten Haut. Aber daß ich über Eisenhower–Adenauer genau denke wie Sie, brauche ich nicht zu sagen. ›Doch was kümmert es mich! Wer Waffen schmiedet bereitet Krieg und muß davon der Zither Klang nicht erwarten.‹ So steht es im Achilleis-Fragment, das ich kürzlich wieder las und stilistisch mit der Ilias verglich. Er homerisiert virtuos, ganz in der Sphäre eingelebt. Und doch, wieviel moderner, uns näher berührend, ist alles! Als Athene von Schmerz erfaßt wird über den verhängten frühen Tod des Achill, ›blickte sie schrecklich hinaus in den weiten/ Äther. *Schrecklich blicket ein Gott da, wo Sterbliche weinen.*‹

Der Vers haftet ganz anders in der Phantasie, als irgendein homerischer.« (Kopie im TMA)
4] *»Schrecklich blicket...«:* Johann Wolfgang von Goethe, ›Die Achilleis‹, 1. Gesang. In der von TM benutzten Artemis-Ausgabe Bd. III, 261.

10. 4. 1952
1] *Mr. Kaufmann:* Nicht ermittelt. *200*

11. 4. 1952
1] *Einführung ins Vorwort:* Die ersten, die Geschichte des Bandes erzählenden Seiten der Einleitung zu *Altes und Neues.* *200*
2] *Kerényi's Mythologie:* Karl Kerényi, ›Die Mythologie der Griechen. Die Götter- und Menschheitsgeschichten‹, Zürich 1951. In der Nachlaßbibliothek erhalten.
3] *an Lesser:* An Jonas Lesser, P. P., datiert 10. 4. 1952, Reg. IV, 52/101: D. ü. D. I, 340/341.

12. 4. 1952
1] *Interview:* Vermutlich handelt es sich um das bei Loewy irrtümlich auf Frühjahr 1950 datierte, im Auftrag der Radiodiffusion Française geführte Gespräch mit Pierre Sipriot. S. Loewy I, 66. *201*
2] *Pegasus-Ehrenzeichen:* Im TMA erhalten.
3] *Buch von Lion:* Ferdinand Lion, ›Lebensquellen französischer Metaphysik‹, Hamburg 1949. Darin ein Kapitel über Descartes, das, wie aus dem im TMA erhaltenen Brief Lions vom 12. 4. 1952 hervorgeht, der Autor TM und Emil Oprecht gesondert zugehen ließ.
4] *Nürnberg:* Der Schriftsteller und Journalist Rolf Nürnberg (1903–1949), bis 1933 Redakteur am ›Zwölf-Uhr-Blatt‹ in Berlin, war 1936 in die USA emigriert, wo er seinen Namen in Ralph Nunberg änderte. Für Erika Manns Hypothese ließen sich keine Beweise ermitteln.

13. 4. 1952
1] *Taft fordert Eisenhower auf:* Im Vorfeld der Präsidentschafts-Vorwahlen der Republikaner in New Jersey am 15. April, die Eisenhower klar vor Taft gewann. *201*
2] *Abschiedszusammenkunft:* Am 11. 4. 1952 gab das Weiße Haus bekannt, General Dwight D. Eisenhower habe mit Wirkung vom

1. 6. 1952 um seine Entlassung aus dem Amt des Oberbefehlshabers der alliierten Truppen in Europa gebeten.
3] *Montgommery*: So im Manuskript. – TM meint den britischen Generalfeldmarschall Bernard Law Montgomery (1887–1976), seit 1951 Stellvertreter des Oberbefehlshabers der NATO-Streitkräfte. Näheres TB 46–48, 84.
4] *an Agnes Meyer:* P. P. 13. 4. 1952, Reg. IV, 52/103; TM/AM 763/764.

14. 4. 1952
201 1] *Aufsatz [...] von F. H. Mautner:* Franz H. Mautner, ›Die griechischen Anklänge in Thomas Mann's ‚Tod in Venedig'‹, MfdU, vol. 44, 1952, 20–26.
202 2] *an Dr. Werner:* Das Schreiben ist nach Reg. IV, 591, verschollen.
3] *Schwiegersohn Dr. Levy's:* S. TB 5. 5. 1952, Anm. 6.

15. 4. 1952
202 1] *Angebot des Manesse-Verlages:* Das durch Basler übermittelte Angebot ist nicht mehr unter den Zürcher Archivalien. S. jedoch TMs Antwort, P. P. 16. 4. 1952, Reg. IV, 52/106: »... nur das eine Gerücht, nämlich dass wir die Absicht haben, uns in der Schweiz niederzulassen, ist wahr, – das andere, von dem ›endgültigen Bruch‹ mit Bermann dagegen nicht, und ich wüsste auch leider garnicht, wie es sich bewahrheiten sollte. [...]/ Sie haben recht, gerade im Zusammenhang mit unseren anderen Plänen, wäre es sehr glücklich, sehr richtig, ein Manesse-Autor zu sein. Sagen Sie Dr. Meier, dass ich mich unter seinen Fittichen herrlich und wohlig geborgen fühlen würde. Aber bevor nicht Bermann eines natürlichen Bankrottes stirbt, wird nichts zu machen sein. [...]« (Kopie im TMA)
2] *an Mautner:* An Franz H. Mautner, P. P. 15. 4. 1952, Reg. IV, 52/104; D. ü. D. I, 446/447.
3] *[an] Caroline Newton:* An Caroline Newton, P. P. 15. 4. 1952, Reg. IV, 52/105; TM/CN 56; D. ü. D. III, 417.
4] *Golo wehrt [...] Angriffe ab:* Golo Manns Anm. 5 nachgewiesene Besprechung hatte den Widerspruch zweier Wissenschaftler hervorgerufen, den ›Der Monat‹ unter dem Titel ›Zwei Lanzen für Reichenbach‹ im 42. Heft des 4. Jg, März 1952, 663/664 publizierte. Golo

Mann antwortete in dem hier von TM gemeinten Beitrag, a.a.O. 664–666.
5] *seine Kritik Reichenbachs:* Golo Mann, ›Wissenschaft statt Philosophie‹, ›Der Monat‹. Jg. 4, H. 40, Januar 1952, 420–424: eine kritische Besprechung des neuesten Buches, ›The Rise of Scientific Philosophy‹ von dem 1933 aus Berlin nach Istanbul und 1938 nach Los Angeles emigrierten Philosophen und Wissenschaftstheoretiker Hans Reichenbach (1891–1953).

16. 4. 1952
1] *von Reisiger:* Stuttgart, Karfreitag 52; Bl.TMG No. 8, 1968, 27/28. 202
2] *Kafkas Erzählungen:* Franz Kafka, ›Erzählungen und kleine Prosa‹, hrsg. von Max Brod in Gemeinschaft mit Heinz Politzer, Berlin 1935. Der Band mit einer Widmung von Max Brod an TM ist in der Zürcher Bibliothek erhalten.
3] *schwedischer Professor und Frau:* Nicht ermittelt.
4] *Alfred Manns Frau:* Anna Margarethe Catharina Mann, geb. Philippsen, die Frau des niederländischen Konsuls in Lübeck, Paul Alfred Mann (1860–1930), eines Vetters von TM.
5] *an Basler:* An Otto Basler; s. TB 15. 4. 1952, Anm. 1.

17. 4. 1952
1] *von Adorno:* Im Brief, Frankfurt am Main, 13. 4. 1952, appelliert 203
Adorno an TM, um der kontinuierlichen Arbeits-Fortsetzung und des Ernte-Einbringens willen auf einen Wechsel des Wohnsitzes, mit allen damit verbundenen Gefährdungen, zu verzichten.
2] *von Lion:* O. O. [Zürich], 12. 4. 1952: »Auf Ihren ›Erasmus‹ bin 203
ich aufs äusserste gespannt. Ich erwarte darin die schrittweise Entwicklung Ihres innersten Daseins, etwa durch intensivere, die Trias-Abwandlung von Pessimismus zum Optimismus und von diesem aus zurück zu etwas dem Pessimismus wieder näher Liegendem (die Worte der Antithese ›Optimismus – Pessimismus‹ gebrauche ich immer ungern, weil die Griechen, die doch alles bis zur Idee weiterzuführen verstanden, sie so gar nicht kannten, wodurch sie mir verdächtig wurden; ich sage lieber: das Rationale und Irrationale, oder noch lieber das Dunkle und das Helle. [. . .]/ Bei Ihnen bin ich unsicher, ob es sich um eine metaphysische Wandlung handelt, die

auf jeden Fall notwendig eintreffen müsste ›nach dem Gesetz, nach dem man antritt‹ wie es in den ›Urworten orphisch‹ heisst, oder ob es sich um eine bei Ihnen von aussen auferlegte reale Geschichtswandlung handelt, deren Erfahrung man sich nicht entziehen konnte. (Es ist wahrscheinlich praestabilisierte Harmonie zwischen dem Aussen und Ihrem Innersten [...] über all dieses wird mich Ihr Buch aufklären [...]« (Im TMA)

3] *»Die Verwandlung« [...] »In der Strafkolonie«:* In dem TB 16. 4. 1952 Anm. 2 nachgewiesenen Band.

18. 4. 1952

203 1] *an Reisiger:* An Hans Reisiger, P. P. 18. 4. 1952, Reg. IV, 52/110; Bl.TMG No. 8, 1968, 28/29.

2] *Japan[isch]er Erfolgsfilm:* Vermutlich der 1950 in Japan gedrehte und in der ganzen Welt vielfach ausgezeichnete Film ›Rashomon‹ des Regisseurs Akira Kurosawa.

19. 4. 1952

203 1] *Herr Kayser*: Nichts über die TB-Angaben Hinausgehendes ermittelt.

2] *an Fischer:* Die Bitten an den S. Fischer Verlag sind nach Reg. IV, 591, verloren.

20. 4. 1952

204 1] *die niederländische Königin*: Juliana (geb. 1909), seit 1948 Königin der Niederlande.

2] *»Schwierige Jugend«:* Joachim Maass, ›Schwierige Jugend. Aufzeichnungen eines Moralisten‹, Frankfurt am Main 1952.

3] *an Adorno:* P. P. 19. 4. 1952, Reg. IV, 52/111. TMs Antwort auf Adornos Brief vom 13. 4. 1952 (s. TB 17. 4. 1952, Anm. 1) lautet: »Für Ihren feinfühligen Brief danke ich Ihnen gleich. Sie haben herausgespürt, was in meinen guten Zeiten gedacht zu haben mir garnicht bewußt war. Wirklich ist mein Leben in eine Art von Krise geraten, und vornehmlich ist es eine Arbeitskrise. Diese Krull-Memoiren machen mir ein Maß von Sorge, das mit dem ihrer Würde nicht übereinstimmt. So ein Stil-Roman ist eine mer à boire, und ich hätte mir dergleichen nicht noch einmal aufhalsen sollen. In keiner Beziehung, weder dem Gegenstande noch den Ansprüchen nach, die er stellt, ist diese Aufgabe noch de mon âge. Pan-Erotik und Juwelendiebstahl – sollte man an solche Scherze die Kräfte seiner hohen Jahre wenden? Und es sind schwierige und langwierige Scherze! Es sind, seit ich – ohne Verbindlichkeit übrigens – das Ding wieder aufnahm, allerlei recht merkwürdige Stücke hinzugekommen./ [Die zweite Seite, in der TM offenbar auf seine abermaligen Emigrationspläne zu sprechen kommt, fehlt.] [. . .] die Mundtotmachung, die namenlose Heuchelei, Verlogenheit und Selbstgerechtigkeit, die hoffnungslose Schwäche und Verschüchterung derer, die es besser wissen, die Tatsache allein schon, daß ein McCarthy nicht zu beseitigen ist, daß Geld ihm zufließt, seine schmutzige Technik zur Einrichtung geworden ist – das alles weckt Fluchtgedanken. Flucht wohin, werden Sie sagen. Sie haben recht, man entkommt dem nirgends. Europa ist eine armselige Kolonie. Aber merkwürdig, je miserabler es um Europa steht, desto mehr fühle ich mich als Europäer, und, wie ich wohl sagte, es zieht mich zu der Erde, ›von der ich gekommen bin‹./ Deutschland kommt nicht in Betracht, es ist mir zu unheimlich, – wenn es auch das Einfachste wäre, uns auf unserem schönen Grundstück an der Isar (die Ruine ist abgerissen) ein neues kleineres Haus zu bauen, und ich ginge wieder zum Aumeister spazieren. Wäre aber doch zu gespenstisch. Die Schweiz liebe ich, habe Vertrauen zu dem wohlverwalteten Land, das schließlich neutraler Boden ist, und hatte eine Korrespondenz mit Bern, bei der sich viel Freude und Entgegenkommen zeigte. Andererseits haben Sie wieder recht mit Ihren Bedenken, daß es recht spät ist für einen neuen Umsturz unserer Existenz, eine neue Verpflanzung. Die Ravage steht mir beängstigend vor, und ich würde mir den Entschluß *noch* mehr überlegen, wenn nicht Erika wäre, die hier bei vollkommenem Entzug jeder Aktivitätsmöglichkeit einfach verkümmert. – So liegt die Sache ungefähr wie mit dem Roman – quälend. Übrigens hat alles gute Weile: Das Haus hier ist nicht leicht, nur gelegentlich zu verkaufen, und man muß warten können. Dieses Jahr wird es wohl nur noch einmal auf die übliche Europa-Reise mit Rückkehr im Herbst hinauslaufen – so scheint es, und also: auf Wiedersehen./ Mit Schönberg war es so: Er hatte in einem englischen Blatt noch einmal etwas völlig Insipides von sich gegeben (Die Redaktion nannte es ›a character document‹), und ich schrieb ihm, bevor ich unter seinen Schlägen endgültig zusammenbräche, müsse er mir erlauben, den Brief zu veröffentlichen, worin er mir seine volle Genugtuung über mein bereitwilliges Eingehen auf seine Wünsche ausgedrückt habe. Die Antwort lautete: Ich hätte ihn bezwungen und versöhnt, wir wollten das Kriegsbeil begraben und gute Freunde sein. Öffentlich wolle er die Aussöhnung nicht gerne machen, weil er dadurch gewissermaßen denen in den Rücken fiele, die sich seiner Sache angenommen; aber bei einer festlichen Gelegenheit, einem 80. Geburtstag etwa, wollten wir den Friedensschluß publik machen. Ausgezeichnet, sagte ich; ich sei immer entschlossen gewesen, die Feindschaft einseitig bleiben zu lassen. Das hatte er wohl schon meiner Replik in der S. R. L. angemerkt. Dabei blieb es. Ich habe ihn nicht mehr gesehen. Seinen Achtzigsten hat er leider nicht mehr erlebt./ Ihnen und Ihrer lieben Frau alles Gute von mir und meinem Hause./ [...] Verzeihen Sie die Manuskript-Schrift [Der Brief ist in Sütterlin-Schrift geschrieben]. Ich denke, Sie können sie lesen, und es geht geschwinder damit.«

21. 4. 1952

204 1] *Marcuses Artikel:* Ludwig Marcuse, ›Ein Stück aus dem literarischen Tollhaus. Nietzsches Autobiographie‹, Teil 1: ›Aufbau‹, vol. XVIII, No. 16 v. 18. 4. 1952, 11/12; Teil 2: ›Aufbau‹, vol. XVIII, No. 17 v. 25. 4. 1952, 11/12.

2] *Besprechung:* Frederick Morgan, ›Seven Novels‹, ›The Hudson Review‹, New York, vol. V, No. 1, Spring 1952, 154–160; über den *Holy Sinner* 154–156.

3] *an Dr. Benedikt:* Das Schreiben an den 1938 nach Stockholm entkommenen österreichischen Journalisten und Maler Dr. jur. Ernst Benedikt (1882–1973) ist nach Reg. IV, 591, verschollen. Näheres zu Benedikt s. TB 46–48, 594/595).

4] *Manuskript:* Nicht mehr zu ermitteln.

5] *Archibald Douglas:* Theodor Fontanes von Carl Loewe 1858 (op. 128) vertonte Ballade.

22. 4. 1952

204 1] *40 Shakespeare-Sonette:* ›Forty sonnets. The poet's own drama. Vierzig Sonette. Des Dichters eigenes Drama. Umdichtungen: Hans Mühlestein‹, Celerina 1952. Das TM zugesandte Exemplar mit einer Widmung des Übersetzers ist mit dem Begleitbrief Mühlesteins im TMA erhalten.

2] *Dinge von mir:* Die ›Neue Literarische Welt‹, Jg. 3, No. 6 v. 25. 3. 1952 widmete die Seite 3 Thomas Mann. Neben dem Anm. 3

nachgewiesenen Beitrag von Hans Brandenburg war – unter dem Titel ›Musik des Lebens‹ – das 1940 geschriebene ›Vorwort zu einer amerikanischen Schallplattenausgabe von ‚Buddenbrooks' für Blinde‹ (GW XI, 549–552) zu lesen.

3] *H. Brandenburg über:* Hans Brandenburg, ›Aus Thomas Manns Münchener Zeit‹, a.a.O. 3/4.

4] *H. Brandenburg:* Der Schriftsteller Hans Brandenburg (1885–1968); über seine Beziehungen zu TM vgl. den oben erwähnten Beitrag: »Meine persönlichen Beziehungen zu Thomas Mann reichten bis in jene frühen Jugendtage zurück, wo er nach unserer ersten Begegnung im Kreise Richard Dehmels meinem ersten Romanversuch eine freundlich-kritische Aufmunterung hatte zuteil werden lassen, und sie waren seitdem nie wieder ganz eingeschlafen.«

5] *an Bermann:* An Gottfried Bermann Fischer, P. P. 22. 4. 1952, Reg. IV, 52/112; TM/GBF 594/595.

6] *[an] Hatfield:* Das Schreiben an Henry Hatfield ist nach Reg. IV, 591, verschollen.

7] *[an] Knopf:* Weder unter den Materialien des TMA noch im Archiv des New Yorker Verlags.

8] *von Kerényi:* Ponte Brolla, 17. 4. 1952; TM/KK 179/180.

9] *College-Aufsatz:* Nicht ermittelt.

23. 4. 1952

1] *Chakravarty:* Der indische Lyriker und englischsprachige Essayist und Literaturkritiker Amiya Chakravarty (1901 – ?) war 1951/1952 official adviser der indischen UN-Delegation, 1952 Fellow am Institute for Advanced Study in Princeton, danach Philosophie-Professor an der Boston University, seit 1967 an der New York State University. S. auch TB 49/50, 108 und 464. 205

2] *Leonard:* S. TB 17. 4. 1952.

24. 4. 1952

1] *Artikel über Bismarck:* Werner Richter, ›Ein Bild Bismarcks‹, ›Die Neue Rundschau‹, Jg. 63, 1952, H. 1, 43–63. 205

25. 4. 1952

1] *in einem Monat zu absolvieren wäre:* Im Manuskript steht »möge«; es ist also denkbar, daß TM statt »wäre« »sein möchte« im Sinn hatte. 205

2] *Manuskript von Windham:* Das Manuskript, zu dessen Übersendung TM den Autor in einem Schreiben vom 17. 4. 1952 (Reg. IV, 52/109) ermuntert hatte, trägt den Titel ›Like a Flower‹. Es blieb unveröffentlicht. S. dazu den TB 15. 5. 1952, Anm. 3 zitierten Brief TMs an den Autor.

3] *Windham:* Der Schriftsteller Donald Windham (geb. 1920), dessen Buch ›The Dog Star‹ TM mit großem Interesse, ja, mit Faszination gelesen hatte. S. TB 49/50, 184 und 547.

206 4] *Prof. Carlson:* Nicht ermittelt.

5] *Dean Druel:* Gemeint ist der Chemie-Professor Harry Deuel, damals Dekan der Graduate School.

6] *mein Sprüchlein:* Richard Exner, damals als graduate student bei dem von TM beschriebenen Dinner dabei, erinnert sich an eine sehr kurze Ansprache, die mit dem Satz schloß: »And so I look forward with optimism to my friend Marcuse's lecture on pessimism.«

7] *The Rise of Pessimism:* Marcuses Vorlesung trug den Titel ›The Rise of European Pessimism‹.

26. 4. 1952

206 1] *Abschluß:* S. TB 9. 4. 1952, Anm. 1.

2] *Umarbeitung:* S. TB 25. 3. 1952, Anm. 2.

3] *Kind Gogoi:* Angelica Borgese, s. TB 7. 1. 1951, Anm. 1.

4] *Weigands [...] eingehende Analyse:* Hermann J. Weigand, ›Thomas Mann's ‚Gregorius'‹, ›The Germanic Review‹, New York, vol. 27, No. 1, Feb. 1952, 10–30, und No. 2, April 1952, 83–93, mit einem Anhang ›Thomas Mann an Erich Auerbach‹, 12. 10. 1951, und einem in den Zusammenhang einführenden Vorspann, a.a.O. 93–95. Die von TM apostrophierten »Torheiten über das Sprachliche« im zweiten Teil, a.a.O. 91–93.

27. 4. 1952

207 1] *Smith aus London:* S. TB 3. 2. 1952, Anm. 2.

2] *Kap. 6 und 7 von Buch III:* Krulls Ankunft in Lissabon, die erste Begegnung mit den Kuckuck-Damen sowie der Museumsbesuch.

3] *Plattenaufnahme:* S. Loewy I, 83, III, 9a, 9b, 10. ›Thomas Mann: ‚Selections from His Writings. Read by the Author'‹, LP Caedmon, New York. Enthält: ›Tonio Kröger‹, 1. Kapitel; ›Lob der Vergänglichkeit‹ und ›Die Buße‹ (aus *Der Erwählte*).

28. 4. 1952

1] *an Lion:* An Ferdinand Lion, P. P. 28. 4. 1952, Reg. IV, 52/114; Br. III, 251/252. 207

2] *Caedmon Publishers:* Die für die TB 27. 4. 1952, Anm. 3 nachgewiesene Schallplattenaufnahme zuständige New Yorker Firma, vertreten durch Miss Roney (s. TB 29. 4. 1952).

29. 4. 1952

1] *an Weigand:* An Hermann J. Weigand, P. P. 29. 4. 1952, Reg. IV, 52/115; D. ü. D. III, 417–422, ›Yale Review‹, 56/1967, 544 ff. 208

2] *Motzknödel-Dialoge:* Erika Manns Sketches ›Wort im Gebirge‹ (s. TB 1. 1. 1951, Anm. 3). Frau Motzknödel war die weibliche Protagonistin der Dialoge.

30. 4. 1952

1] *Stahlarbeiter-strike:* Nachdem ein Washingtoner Gericht die Verstaatlichung der Stahlindustrie durch den Präsidenten für ungesetzlich erklärt hatte, die Order zur Rückgabe an die Eigentümer jedoch – um der Regierung eine Einspruchsfrist zu garantieren – auf unbestimmte Zeit ausgesetzt worden war, folgten die Stahlarbeiter am 29.4. der Streik-Anweisung ihres Präsidenten Philip Murray. 208

2] *Londoner Vortrag:* S. TB 5. 4. 1952, Anm. 1.

1. 5. 1952

1] *Franz. Übersetzungen:* ›La Table Ronde‹, Paris, No. 52, Avril 1952, 100–135: Thomas Mann, ›La Rencontre‹, ›Le Duel‹ und ›Le Baise-Main‹; ›Die Begegnung‹, ›Der Zweikampf‹ und ›Der Handkuß‹ aus dem *Erwählten* in der Übersetzung von Louise Servicen. 208

2. 5. 1952

1] *an [...] Oprecht:* An Emil Oprecht, P. P. 2. 5. 1952, Reg. IV, 52/121. 208

2] *von Adorno:* In seinem Antwortbrief (vgl. TB 20. 4. 1952, Anm. 3), Frankfurt am Main, 28. 4. 1952, insistiert, Adorno auf der Fortsetzung des Krull: stilistische Brüche seien nicht zu scheuen; die berühmten Umschwünge in Werken der Weltliteratur möchten anspornend wirken und verhindern, daß der Autor des Krull sich vom Gesetz einer vermeintlich unverzichtbaren Werkeinheit schrecken ließe.

3. 5. 1952

209 1] *Excerpte:* Neben drei Halbseiten mit Entwurfsnotizen über Schloß Benrath, Schlösser im Bergischen Land, die weißen Dampfer der Köln-Düsseldorfer Rheinschiffahrt, über Kieswege, den kreisrunden Weiher mit Insel im Park, Holunder- und Erlengebüsch am Strom, befinden sich im TMA gut drei Seiten mit Personenpsychogrammen und einem Handlungsabriß sowie Aufzeichnungen über Botanisches im Verhältnis zum Jahresablauf und ein Blatt mit Definitionen von »Wechseljahren«, »Menopause«, »Menstruation« und »Gebärmutter«.

2] *Geschichte der Betrogenen:* S. TB 6. 4. 1952. TM nahm die von Katia Mann erzählte »Erinnerung an eine ältere Münchener Aristokratin« zum Vorwurf für seine Novelle ›Die Betrogene‹, um deretwillen er den *Krull* abermals unterbrach. Die am 14. 5. 1952 begonnene und am 18. 3. 1953 beendete Geschichte erschien 1953 bei S. Fischer in Frankfurt am Main.

3] *über die Umgegend von Lissabon:* TM hatte sich – worauf Hans Wysling in TMS V, 515 hinweist – als Ergänzung zu dem etwas mageren Material der frühen Jahre vom Portugiesischen Informationszentrum in Genf einen Reiseführer ›Le Portugal en un clin d'œil‹ beschafft, in dem Lissabons Prachtstraßen und das Kloster von Belem abgebildet sind. Das Buch ist – im Gegensatz zu einem gleichfalls benutzten englischen Reiseführer – im TMA erhalten. Vgl. TMS V, 510–513.

4] *an Mühlestein:* An Hans Mühlestein, P. P. 4. 5. 1952, Reg. IV, 52/123; Br. III 252/253.

4. 5. 1952

209 1] *Peau de Chagrin:* Honoré de Balzacs Roman befindet sich nicht unter den Büchern der Zürcher Bibliothek.

2] *Luther Heilig:* Die Wach- und Schließgesellschaft in Pacific Palisades.

3] *an Mampell:* An Klaus Mampell, P. P. 4. 5. 1952, Reg. IV, 52/122.

210 4] *Dog Star:* Donald Windham, ›The Dog Star‹, New York 1950.

5. 5. 1952

1] *an Dr. Rosenthal:* An Frederick Rosenthal, P. P. 5. 5. 1952, Reg. IV, 52/126; Br. III, 253/254. 210

2] *Rosenthal*: Der TM gut bekannte Arzt Dr. Frederick (Friedrich) Rosenthal aus Berlin. Näheres s. TB 49/50, 379.

3] *Artikel von Belzner:* Emil Belzner, ›Adel des Geistes‹, ›Rhein-Neckar-Zeitung‹, 30. 4. 1952.

4] *Belzner:* Der Schriftsteller Emil Belzner (1901–1979), 1946–1969 Feuilletonchef und stellvertretender Chefredakteur der in Heidelberg erscheinenden ›Rhein-Neckar-Zeitung‹.

5] *beantwortete:* An Emil Belzner, P. P. 5. 5. 1952, Reg. IV, 52/124: »[. . .] recht vielen Dank. Sie haben mir eine Freude gemacht. Aber wie kommt denn das Buch gerade jetzt zu der Ehre? Es ist doch schon lange da. Sollte sich ein Neudruck ereignet haben?/ Ihr Brief klingt melancholisch-resigniert. Wie sollte er auch anders klingen. ›Wozu die Kommentare eines allgemeinen Rückschrittes über den Ozean schicken?‹ Andersherum, lieber Freund, gilt die Frage auch schon recht weitgehend. Warum hat man auch den Fascismus geschlagen? Man muss das rückgängig machen! Und da hätte man seine Deutschen nicht kennen müssen, um nicht zu wissen, dass es mit der re-re-education flotter vorangehen würde, als mit der re-education. Meinen Gruss dem standhaften Zinnsoldaten!« (Kopie im TMA)

6] *A. Werner im »Aufbau«:* Alfred Werner, ›Der Pseudo-Nietzsche‹, ›Aufbau‹, vol. XVIII, No. 18 v. 2. 5. 1952, 7; ein Resümee der Bemühungen des Autors, den Nietzsche-Schwindel aufzudecken (s. dazu auch TB 10. und 16. 3., Text und jeweils Anm. 3 sowie 4. 4. 1952, Anm. 2), und ein Bericht über die Ergebnisse seiner Recherchen, der nun allerdings – durch die Kritik an gewissen Behauptungen Marcuses in dem TB 21. 4. 1952, Anm. 1 nachgewiesenen Artikel – die Diskussion um den Skandal in eine Auseinandersetzung der Gralshüter um die rechte Gewichtung der jeweiligen Verdienste verkommen ließ und so auch TMs Verärgerung und wachsendes Desinteresse an der Affäre plausibel macht: »Inzwischen hatte ich den Verleger, Herrn Samuel Roth gefragt, ob denn Dr. Levy keine Familie hinterlassen habe. Roth, der ein Manuskript, das niemals existiert hat, bei einer Polizei-Razzia eingebüsst haben will, erklärte mir, dass Levy als Junggeselle gestorben sei. Doch gelang es mir, festzustellen, dass Dr. Levy verheiratet war und dass seine Witwe und eine erwachsene

Tochter sich der blühendsten Gesundheit erfreuen. Von Levys Tochter, die in Oxford mit einem aus Deutschland stammenden Buchhändler verheiratet ist und zusammen mit ihrer Mutter viele Jahre lang Dr. Levy bei der Arbeit unterstützt hat, erfuhr ich, dass ihr Vater niemals jenes ›Manuskript‹ zu Gesicht bekommen und nicht das Geringste mit der ganzen Angelegenheit zu schaffen gehabt hat. / Uebrigens bezeichnet Marcuse den Dr. Levy zu Unrecht als den englischen Nietzsche-Übersetzer. Dr. Levy, der aus Freiburg im Breisgau stammte und als Erwachsener nach England kam, war wohl der *Herausgeber* der achtzehnbändigen englischen Nietzsche-Ausgabe, doch wurden die Werke des Philosophen nicht von ihm selbst, sondern von einer Reihe englischer Mitarbeiter übersetzt. (Dr. Levy hat übrigens zwei Romane Disraelis ins Deutsche übertragen.) / Marcuse hätte auch die medizinischen Gutachten der Psychiater sowie Berichte von Freunden Nietzsches zitieren können, aus denen klar hervorgeht, dass der Philosoph nach seinem Zusammenbruch keiner Arbeit, weder geistig noch physisch, fähig war. Komisch ist übrigens die Tatsache, dass ›Dr. Levy‹ nicht nur Aussprüche Thomas Manns über Spengler frei erfand, wie Dr. Marcuse dartut, sondern auch schon im Jahre 1927 die Parole ›Wenn ich das Wort Kultur höre, entsichere ich den Revolver‹ zitieren konnte, obgleich sie aus dem erst 1933 veröffentlichten Schlageter-Drama des Hanns Johst stammt. / Die Nietzsche-Fälschung muss – wenigstens zum Teil – bereits im Jahre 1927 bestanden haben, denn in einer Nummer der pornographischen Zeitschrift ›Beau‹ kündigte damals Redakteur Roth – der übrigens auch ein wüst antisemitisches Buch ›Jews Must Live‹ verfasst hat – den bevorstehenden Abdruck der Nietzsche-›Biographie‹ an. Damals führte sie den Titel ›The Dark Surmise‹. Zu jenem Abdruck kam es jedoch nicht, wahrscheinlich weil damals Nietzsches Schwester und Dr. Levy noch lebten.«

7] *Antwort [...] Ich [...] verspreche:* S. dazu: Ludwig Marcuse, ›Meine Nietzsche-Artikel und ihr Hintergrund‹ und Thomas Mann, ›Meine Meinung über ‚My Sister and I'‹, ›Aufbau‹, vol. XVIII, No. 20 v. 16. 5. 1952, 5; auch in Br. III, 256/257.

8] *Briefwechsel Hofmannsthal–Strauß:* ›Richard Strauss/Hugo von Hofmannsthal. Briefwechsel‹. Gesamtausgabe. Herausgegeben von Franz und Alice Strauss. Bearbeitet von Willi Schuh, Zürich 1952. Der Band mit einer Widmung von Willi Schuh für TM ist in der Zürcher Nachlaßbibliothek erhalten.

7. 5. 1952

1] *an den New Yorker »Aufbau«:* S. TB 5. 5. 1952, Anm. 7. 210

2] *Spanische Ausgabe:* ›Doctor Faustus por Thomas Mann‹ traducción por J[osé] Farran y Mayoral, primera edición, Barcelona 1951.

3] *verballhornte Namen:* Vorwiegend offensichtliche Druckfehler: Dordheim (statt: Dornheim), Coban Hesse (statt: Eoban Hesse), Seremis Zeitblom, Fresing (statt: Freising), Bismark, Neponuck, Nepumuceno etc.

4] *an Bermann:* An Gottfried Bermann Fischer, datiert P. P. 5. 5. 1952, Reg. IV, 52/125; TM/GBF 595–597.

5] *geschrieben:* An Ursula Aarburg, P. P. 6. 5. 1952, Reg. IV, 52/127.

6] *Marquise von O.:* In der im TMA erhaltenen Insel-Ausgabe ›Heinrich von Kleist. Sämtliche Werke und Briefe‹, hrsg. von Wilhelm Herzog, Leipzig 1908–1911, hat TM in sein Exemplar am Rand einer Seite aus der ›Marquise von O‹ notiert: »13 mal dann, kurz ›daß‹ dann ›und daß‹.«

8. 5. 1952

1] *von Bermann:* Zu dem von TM im TB beschriebenen Inhalt findet sich in TM/GBF nur ein Old Greenwich, 11. 5. 1952 datiertes Schreiben: TM/GBF, 597–599. 210

2] *»illegale« Ausgabe:* Die Nachricht von Arnold Zweig, die sich bisher in den einschlägigen Archiven nicht hat auffinden lassen, entsprach der Realität. Vgl. den Brief von Walter Janka an TM, Berlin, den 13. Mai 1952: »Wir freuen uns, Ihnen anbei ein Vorabexemplar des am 28. April 1952 in unserem Verlag erschienenen Bandes ›Buddenbrooks‹ senden zu können. Weitere Belegexemplare und jeweils eine in Leder und Leinen gebundene dreizehnbändige Serie der Bibliothek fortschrittlicher deutscher Schriftsteller, die am 1. Mai erschienen sind, erhalten Sie auf dem normalen Postweg. / Unsere Leser haben das Erscheinen Ihrer Bücher in der Deutschen Demokratischen Republik mit einer außergewöhnlich großen Begeisterung aufgenommen. / Die erste Auflage für den Buchhandel beträgt 30.000 Exemplare. Darüber hinaus sind weitere 30.000 Exemplare in der Reihe der BFDS erschienen. Schon am 2. Mai lagen bei uns Bestellungen auf 75.000 Exemplare vor. [. . .]« (AtV, 295/296) 211

3] *»L'eletto«:* Die 1952 bei Mondadori in Mailand erschienene italienische Übersetzung des *Erwählten* von Bruno Arzeni hatte auf die in den Kapiteln ›Sibylla's Gebet‹ und ›Die Wandlung‹ versteckten Verse keine Rücksicht genommen.

211 4] *höfliche Polemik:* Der Oxforder Historiker J. A. P. Taylor antwortete in einem Artikel ›Die Realität der Geschichte‹, ›Der Monat‹, Jg. 4, H. 43, April 1952, 40–44, auf einen im November 1951 (›Der Monat‹, Jg. 4, H. 38, 130–140) erschienenen Essay von Golo Mann, ›Geschichtsschreibung als Realpolitik. Über A. J. P. Taylor und die Tragödie Mitteleuropas‹ (s. TB 21. 11. 1951). In einem Schlußwort (a.a.O., H. 43, 44/45) resümierte Golo Mann im Anschluß an die Taylorsche Entgegnung noch einmal »den Unterschied der Methoden, der Anschauungen, der Gefühle«, bescheinigte seinem Kontrahenten jedoch abschließend: »Taylors ›Course of German History‹ [...] gehört zum Geistvollsten, Konzentriertesten, Lehrreichsten, was je über deutsche Geschichte geschrieben wurde.«

5] *Aufsatz über Hesse: Hermann Hesse zum siebzigsten Geburtstag* (1947), GW X, 515–529. Die Huldigung an Hermann Hesse wurde in *Altes und Neues* aufgenommen.

6] *von A. Placzek:* Von Adolf Placzek, N. Y. 6. 5. 1952: »Soeben habe ich Alfred Werner's Brief [s. TB 5. 5. 1952, Anm. 6] über das neue ›Nietzsche‹-Buch [...] zu Gesicht bekommen und darin auch Ihre Frage [s. den TB 10. 3. 1952, Anm. 3 zitierten Brief] gefunden, ob die amerikanische Kritik denn gar keinen Verdacht gehabt habe. Obgleich Österreicher von Geburt und Erziehung, trifft das nur mich, da ich meines Wissens der Einzige bin, der in einer amerikanischen Zeitschrift auf das anrüchige Buch hingewiesen hat [s. TB 10. 3. 1952, Anm. 3]; es hatte bis zu meiner Rezension [...] eine unbeachtete Hintertreppenexistenz geführt, in der Nietzsche nur ein zufälliger, bedeutungsloser Name für die Sammler von Schmutzliteratur war. [...]/ Ich habe keineswegs [...] die Vermutung ausgesprochen, dass das Buch ›letzten Endes authentisch sein könnte‹, sondern lediglich darauf hingewiesen, dass sich darin neben unglaubwürdigen und widerlichen Absurditäten auch Stellen von rührender Schönheit finden. Das Ganze ist in der Tat die tollste und bisweilen faszinierendste Mischung. Ich erwähnte auch [...] als Hypothese, dass diese Stellen von jemandem aus Nietzsche's engster Umgebung aufgezeichnet und später in skrupellose Hände gefallen sein könnten./ Inzwischen ist nun der Philosophiestudent [...] in einer bisnun unveröffentlichten Seminarsarbeit an der Columbia-Universität, wo ich selbst als Bibliothekar angestellt bin, auf die Lösung gekommen. Die Sexualphantasien sind freie Erfindung. Die Stellen aber, durch die Nietzsche's Genie wie durch eine trübe Scheibe durchscheint, sind, mit geringen Änderungen, einer englischen Sammlung ›The Selected Letters of Friedrich Nietzsche‹ entnommen. Der Fälscher-Compilator war offenbar der deutschen Sprache nicht mächtig – daher seine völlige Unwissenheit über Nietzsche's Krankheitsgeschichte, die in keinen englischen oder amerikanischen Werken hinreichend behandelt ist, und daher auch die plumpen Schnitzer in der Chronologie. [. . .]« (Im TMA)

7] *Findling, Zweikampf:* Im von TM mit Strichen und Anmerkungen versehenen 4. Band der TB 7. 5. 1952, Anm. 5 nachgewiesenen, im TMA erhaltenen Ausgabe.

8] *Rebner:* S. TB 12. 1. 1952, Anm. 4.

9] *Frau des Geigers:* Nicht ermittelt.

10] *Frau Feuchtwanger:* Marta Feuchtwanger, geb. Löffler (1891–1988).

11] *Neider:* Der 1915 in Odessa geborene, heute in Princeton lebende amerikanische Schriftsteller und Editor Charles Neider, einstiger Mitarbeiter an Klaus Manns Zeitschrift ›Decision‹, hatte 1947 die Essay-Anthologie ›The Stature of Thomas Mann‹ herausgegeben. (Vgl. TB 28. 12. 1951, Anm. 2.)

12] *Mrs. Nathan-Bingham:* Die geschiedene (vierte) Frau von Robert Nathan (s. TB 13. 1. 1952, Anm. 4), Janet McMillen Bingham.

13] *Beethoven opus 1:* Vermutlich eines der drei unter op. 1 zusammengefaßten Klaviertrios.

14] *Umschlagtext:* S. TB 9. 2. 1952, Anm. 3. *212*

10. 5. 1952

1] *Manuskript:* Walter Bauer, ›Das Nessoshemd‹, ein mythologisches Drama. *212*

2] *Bauer:* Der Hamburger Kaufmann und Schriftsteller Walter Bauer (1898–1970). Aus einer im TMA bewahrten Korrespondenz geht hervor, daß Bauer – offenbar erfolglos – sein Drama dem Zürcher Schauspielhaus eingereicht hatte. Die von einigen Lexika behauptete Sendung als Hörspiel ließ sich nicht nachweisen.

11. 5. 1952

212 1] *some remarks:* Nicht erhalten.

2] *Erzählungen deutscher Ausgewanderter:* ›Unterhaltungen deutscher Ausgewanderten‹, im 9., von Paul Stöcklein überwachten Band der von TM gelesenen Jubiläums-Ausgabe von Goethes Werken (Artemis-Ausgabe), 279–402.

12. 5. 1952

212 1] *Dr. Pauling:* Der amerikanische Chemiker Linus Pauling (geb. 1901), Professor am California Institute of Technology in Pasadena, 1954 mit dem Nobelpreis für Chemie ausgezeichnet, war entschiedener Gegner der Atombombenversuche und hatte einige Aufrufe mit TM gemeinsam unterzeichnet. Für seine Friedensbemühungen erhielt er 1963 den Friedensnobelpreis.

2] *Rosenthal schreibt:* Beverly Hills, 11. 5. 1952. Der Brief ist (samt einer mitgeschickten Expertise ›Zur Physiologie und Pathologie der Eierstoecke im Zusammenhang mit Erscheinungen in den Wechseljahren‹) im TMA erhalten und im Anhang, Dok. 56, S. 843–846 wiedergegeben.

213 3] *Foundation:* Die Künstlerkolonie ›Huntington Hartford Foundation‹ in Pacific Palisades, 2000 Rustic Canyon Road. Charles Neider, dem ich – durch Vermittlung von Klaus Jonas – diese Informationen verdanke, war zu dieser Zeit Stipendiat der Stiftung und hatte den Empfang für Katia und Thomas Mann arrangiert.

4] *Maler Feiß:* Der Maler, Plastiker, Holzschneider und Entwurfzeichner für Glasmalereien und Mosaiken, Fritz Faiss (geb. 1905), war, wie sein Freund Charles Neider, 1952 Fellow der Stiftung.

13. 5. 1952

213 1] *Artist and Society-Vortrag:* Für das Dritte Programm der BBC; s. TB 28. 1. 1952, Anm. 3.

2] *an Rosenthal:* An Frederick Rosenthal, P. P. 13. 5. 1952, Reg. IV, 52/134; Br. III, 255/256.

3] *Artikel von Prof. Kaufmann:* Walter Kaufmann, ›Nietzsche and the Seven Sirens‹, ›Partisan Review‹, vol. 19, No. 3, May–June 1952, 372–376. Kaufmann vertrat die These, TM habe mit seiner *Lotte* ein neues Genre kreiert: »half of the volume was given over to a recreation of Goethe's stream of consciousness, authenticated in very large measure by profuse allusions to his published works, and made interesting in part by the exploitation of a few might-have-beens ...«, eine nicht ungefährliche Technik, deren Risiko jedoch wesentlich verringert werden könnte, wenn man ein solches Werk nicht in des Schreibenden eigener Sprache darböte, »but in an alleged translation of a mysteriously recovered manuscript. And if the stylistic demands could be greatly lessened in this manner, the intellectual standards, as well as the requirements of factual accuracy, could be relaxed equally by finding a writer who had became insane, and by ascribing the work to his last years. If this should deprive the fabrication of much interest, it need merely be hinted (inconsistently, but nontheless sensationally) that the author may not really have been mad and that his mental disease might have been faked. Whatever the inspiration or authenticity of *My Sister and I* may be, this new book [...] fulfills all these conditions to perfection.« Zu TMs Meinung über diese These s. auch den TB 16. 5. 1952, Anm. 3 nachgewiesenen Brief an Henry Walter Brann: »No, I haven't read Kaufmann's *Nietzsche*, but should perhaps do so. Some think the compiler of Nietzsche's second autobiography, *My Sister and I*, took all his material from Kaufmann's book. Others believe that a volume entitled *Collected Letters of Friedrich Nietzsche* was the source. Dr. Werner was the first to detect the swindle. No, Professor Kaufmann did this. And he sees – delicately enough, I must say – the model and the instruction for such misuses in *The Beloved Returns* ... – It is deplorable that those who should unite in the fight against that dirty concoction now quarrel with each other in *Aufbau* and other periodicals.« (Zitiert nach ›Letters of Thomas Mann to Henry Walter Brann‹, ›The American Scholar‹, vol. 40, 1971, 260. S. ferner TMs Antwort an Walter Kaufmann, P. P. 3. 6. 1952, Reg. IV, 52/168: »[...] Aber den Autor von ›My Sister and I‹ überschätzen Sie doch, glaube ich, wenn Sie meinen, dem könne mein Goethe es angetan haben. Ich kann mir auch nicht vorstellen und jedenfalls stelle ich es mir ungern vor, dass er Ihren Nietzsche gelesen hat.« (Kopie im TMA)

4] *Prof. Kaufmann:* Der aus Freiburg im Breisgau stammende Philosoph und Nietzsche-Übersetzer Walter Kaufmann (1921–1980) war 1939 in die USA gelangt. Er studierte am Williams College und in Harvard und lehrte von 1947 bis zu seinem Tode an der Princeton University.

5] *Sein Buch über Nietzsche:* ›Nietzsche: Philosopher, Psychologist, Antichrist‹, Princeton 1950. In der Zürcher Bibliothek.

6] *Geschichten von Tschechow:* TM besaß mehrere Ausgaben des russischen Schriftstellers Anton Tschechow (1860–1904), dem er sich in den letzten Lebensjahren wieder intensiv zuwandte (s. *Versuch über Tschechow,* 1954, GW IX, 843–869): 1. die Gesammelten Werke in drei Bänden, Jena 1901–1910; 2. ›Gesammelte Romane und Novellen‹, hrsg. von Alexander Eliasberg, München 1920; 3. ›Gesammelte Werke in Einzelausgaben‹, Berlin 1952; 4. den hier vermutlich gemeinten Band ›Krankenstation No. 6 und andere Erzählungen‹, Aufbau-Verlag, Berlin 1952, den TM mit Notaten und Anstrichen versehen hat. Zur letzten Novelle ›Die Braut‹, datiert 1903, hat TM mit Bleistift in deutscher Schrift vermerkt: »ein Jahr vor seinem Tode«.

7] *Konsul Dr. Hertz mit Frau:* Dr. Richard Hertz (1898–1961), 1951–1955 Generalkonsul in Los Angeles, 1956–1960 Gesandter, später Botschafter in Seoul und, seit 1960, in Mexiko, mit seiner Frau Felizia Margareta, geb. Vorwerk. Hertz, der seit 1915 im diplomatischen Dienst tätig war, hatte Deutschland 1937 verlassen müssen. Zwischen 1938 und 1951 lehrte er an verschiedenen amerikanischen Universitäten, ehe er 1951 in den diplomatischen Dienst der Bundesrepublik zurückkehrte.

14. 5. 1952

213 1] *Anfang der Geschichte:* Die ersten Seiten der *Betrogenen.*

2] *von Bermann:* Old Greenwich, 11. 5. 1952, TM/GBF 597–599. Zum Problem s. TB 19. 2. 1952, Anm. 2.

3] *Beantwortet:* An Gottfried Bermann Fischer, P. P. 15. 5. 1952, Reg. IV, 52/ 137; TM/GBF 599–601.

214 4] *Mazzucchetti:* TMs italienische Übersetzerin Lavinia Mazzucchetti (1889–1963). S. TB 46–48, 393.

5] *römischer Preis:* Lavinia Mazzucchetti hatte TM den Feltrinelli-Preis in Aussicht gestellt, der ihm am 12. 6. 1952 offziell verliehen wurde.

6] *Ausschnitt:* ›Willkommen in Europa‹, ›Echo der Woche‹, München, Jg. 1952, No. 15 v. 26. 4. 1952, 9: »Wir wissen nicht, ob die Meldungen stimmen, daß Thomas Mann sein schönes Heim auf den Pacific Palisades bei Hollywood verlassen und sich endgültig wieder in

Europa niederlassen will. Aber wenn die Nachrichten zutreffen, so wollen wir nicht versäumen, dem greisen Meister ein herzliches ›Willkommen!‹ zuzurufen./ Nichts hat dem amerikanischen Ansehen in der freien Welt mehr geschadet als die permanenten Untersuchungen jenes ›House Un-American Activities Committee‹, das sich mit dem politischen Bekenntnis prominenter Männer des Kunstlebens befaßt. Es waren nicht die Urteile dieses Kongreßausschusses, die so viel Unheil anrichteten, wenn sich der Ausschuß neben vielen gefährlichen Staatsfeinden auch mit manchen Männern befaßte, deren Vergangenheit makellos ist. Das größte Unheil entstand dadurch, daß er an die menschliche Schwäche appellierte und daß sich vor seinem Tribunal manches erschütternde Schauspiel der Charakterlosigkeit abspielte./ Wenn der deutsche Nobelpreisträger, der größte Romancier unserer Zeit, das Gefühl hat, sich der Bedrängnis durch diesen Ausschuß entziehen zu müssen, so treibt ihn kein schlechtes Gewissen, sondern der Abscheu vor der Charakterlosigkeit mancher seiner Freunde, und vor einem Gericht, das Prämien für Charakterlosigkeit verleiht. Thomas Mann ist kein politischer Weiser, aber ein Mensch, dessen menschliche Sauberkeit stets ein Teil seines Werkes war./ ›Es gibt Stücke‹, schrieb Hebbel über Kleists ›Kätchen‹, ›denen gegenüber nur das Publikum durchfallen kann‹. Das bezieht sich auch auf Menschen. Gegenüber Thomas Mann konnte nur der parlamentarische Untersuchungsausschuß durchfallen.«

7] *Boris Godunow:* Von Modest Petrowitsch Mussorgskis (1839–1881) »Musikalischem Volksdrama in vier Aufzügen und einem Prolog«, ›Boris Godunow‹ (nach einer Dichtung von Puschkin und Karamsin) fand sich keine Aufnahme in TMs Plattennachlaß.

15. 5. 1952

1] *Geschichte mit den Generälen:* Gefangene des von den USA ein- *214*
gerichteten koreanischen Gefangenen-Camps Koje hatten am 7. 5. den Lagerkommandanten, Brigadegeneral Francis Dodd, als Geisel in ihre Gewalt gebracht: »The Reds demand immediate ceasing of the barbarous behavior, insults, torture, forcible protest with blood writing, threatening confinement, mass murdering, gun and machine gun shooting, using poison-gas, germ weapons, experiment of A-bomb by your command.« (›Facts on File‹, 1952, 149 J) Bereits in den vorangehenden Monaten waren aus dem Lager immer wieder Auf-

stände – offensichtlich Kämpfe zwischen den verschiedenen Gruppen der Gefangenen – gemeldet worden, die im Zusammenhang mit dem die Waffenstillstandsbemühungen blockierenden Problem des Gefangenenaustausches standen: Von den 117000 Inhaftierten hatten sich nur 70000 bereit erklärt, in ihre kommunistische Heimat zurückzugehen. Dodds Nachfolger, Brigadegeneral Charles Colson, hatte, um Dodd unverletzt zu befreien, den Gefangenen versprochen, »that there would be ›no more forcible screening or any rearming of prisoners in this camp nor will any attempt be made at nominal screening‹ of POWs on their willingness to be repatriated«. (›Facts on File‹, 149 H) Am 15. 5. – dem Tag von TMs TB-Eintrag – widerrief der neue UN-Oberkommandierende, General Mark W. Clark, diese Versprechungen und setzte den Lagerkommandanten mit der Begründung ab: »The reds had resorted to ›unadulterated blackmail‹ and put over a propaganda coup based on ›vicious and false charges‹ against UN treatment of POWs.« Auch Washington zeigte sich indigniert über Colsons Verhalten, obwohl dieser niemals versprochen hatte, daß die UN in ihren Waffenstillstandsverhandlungen die Zusage nach ausschließlich freiwilliger Rückführung der Gefangenen aufgeben würden.

214 2] *an [...] »Echo der Woche«:* An die Redaktion ›Echo der Woche‹, P. P. 17. 5. 1952, Reg. IV. 52/142. Das Manuskript hat sich, zusammen mit zwei Entwürfen, im TMA erhalten und ist im Anhang, Dok. 57, S. 847–849 abgedruckt. Schließlich abgeschickt wurde jedoch nicht TMs Entwurf, sondern eine von Erika Mann geschriebene »Kurzfassung« (s. TB 18. 5. 1952), die zur Erklärung des Sachverhalts hier wiedergegeben wird: »Unter der Schlagzeile ›Willkommen in Europa‹ berichtet Ihr Blatt von Gerüchten, denen zufolge ich im Begriffe sei, Amerika für immer zu verlassen. Meine Absicht, für längere Zeit in Europa Aufenthalt zu nehmen, wird politisch gedeutet und sowohl mit dem ›House Committee on Un-American Activities‹, wie mit der Charakterlosigkeit von Freunden in Verbindung gebracht, die mich – so klingt es – vor jenem Tribunal (oder auch sonst) belastet und im Stiche gelassen hätten./ Der freundliche Zuruf hat mich gefreut, die Deutung aber entbehrt jeder sachlichen Grundlage./ Über das ›Committee‹ mag man denken, wie man will. Mich, jedenfalls, hat es nie vorgeladen und macht, soweit ich sehe, keine Anstalten, es zu tun. Ich weiss auch von keinen ›Freunden‹, über deren Illoyalität ich

mich zu beklagen hätte./ Alles in allem, und abgesehen von ein paar journalistischen Angebereien und ›Beschmierungen‹, deren Gegenstand ich – auch ich – gelegentlich war, habe ich nichts als Freundlichkeit hier erfahren. Wollte ich die Ehrungen alle aufzählen, die ich im Lauf der Jahre hier empfangen, die Liste wäre lang. Aber eben noch, vor wenigen Wochen – dies glaube ich anführen zu sollen – hat die ›American Academy of Arts and Letters‹ mich unter ihre Mitglieder aufgenommen und mir damit die höchste geistige Auszeichnung gewährt, die das Land zu vergeben hat. Und ich sollte ihm vergrämt den Rücken kehren?/ Ich denke nicht daran. Alles, woran ich denke, ist ein Europa-Aufenthalt von einiger Dauer, – für mehrere Jahre vielleicht. Der Wunsch hat mit einer Arbeit zu tun, für die ich europäische Atmosphäre brauche; er mag auch mit tieferen Regungen, Mahnungen des Blutes zu tun haben, mit der alten Erde, deren Sohn ich schliesslich bin, wieder engere Fühlung zu nehmen. Mit Politik und ›House Committees‹ hat er nichts zu tun, und keineswegs bedeutet er die Trennung von den Vereinigten Staaten.« (Kopie im TMA)

3] *an Windham:* An Donald Windham, P. P. 21. 5. 1952, Reg. IV, 52/149: Ein detailliertes, insgesamt recht positives Urteil über das TM vom Autor zugesandte Manuskript ›Like a Flower‹ (s. TB 25. 4. 1952, Anm. 2) – einen Roman, den der Verleger offensichtlich abgelehnt hatte: »As was to be expected from the author of the ›Dog Star‹, your latest novel has a certain charme, and it is worth thinking about. I hope you will not become disheartened by the first rejection and undertake further efforts. But even if these should fail, the manuscript of ›Like a Flower‹ will not in the long run remain in your desk drawer. You will write a third novel, and I have little doubt that your talent will succeed and your name gain in fame, so that finally the publishers will accept also this work that appears so problematical to them now.« (Kopie im TMA)

4] *aus dem »Observer«:* Edwin Muir, ›The Fatal Chain: ‚The Holy Sinner' by Thomas Mann‹, ›Observer‹, 4. 5. 1952.

5] *Old Greenwich:* Vorort von New York, in dem Gottfried Bermann Fischer wohnte.

16. 5. 1952

1] *Artikel:* Nicht ermittelt. *214*

2] *Arnold Brecht:* Der Professor für politische Theorie, Rechtsphilosophie und vergleichende Verfassungswissenschaft Arnold Brecht (1884–1977) hatte – wie TM – das Lübecker Katharineum besucht. Er war 1933 in die USA emigriert, wo er an der New School for Social Research in New York und, als Gastprofessor, in Harvard lehrte. S. auch TB 46–48, 683.

3] *an Brann:* An Henry Walter Brann, P. P. 16. 5. 1952, Reg. IV, 52/139; s. TB 13. 5. 1952, Anm. 3.

4] *[an] Agnes Meyer:* An Agnes E. Meyer, P. P. 16. 5. 1952, Reg. IV, 52/140: »vielen Dank für die Übersendung des Artikels von Prof. Kaufmann. Besonders getröstet hat er mich nicht. Er wirkt ein bißchen eitel [...] und die Einleitung, wo dieser Gelehrte ›Lotte in Weimar‹ als Vorbild solcher schmutzigen Fälschungen und als Anregung dazu hinstellt, finde ich reichlich taktlos.« (TM/AEM 766/767)

215 5] *Albert Bassermann:* Der deutsche Schauspieler Albert Bassermann (geb. 1867) war am 15. 5. 1952 in Zürich an den Folgen einer Herzattacke gestorben.

17. 5. 1952

215 1] *an Frau Nikisch:* An Grete Nikisch, P. P. 17. 5. 1952, Reg. IV, 52/141: »Ich [...] schreibe da gerade eine kleine Geschichte mit rheinischem Hintergrund, spielt in Düsseldorf, das ich zwar kenne, aber doch nur wenig, und ein Stadtplan ist hier natürlich nicht aufzutreiben. Sind Sie dort etwas zu Hause? Könnten Sie mir sagen, wo man dort wohnt, eine Villenstrasse mit Gärtchen? Auch Ausflugsorte in der Umgegend, etwa einen, wo man mit guten Freunden, bei Gläserklang, seinen Geburtstag feiern könnte, in der Maienzeit? Könnten Sie mir nicht auch ein paar typisch rheinische Redewendungen, Dialekt oder Halbdialekt, angeben? Wäre für alles dankbar, was Ihnen über Düsseldorf, rheinisches Leben, Redensarten gerade einfällt, besonders wenn es *schnell* käme. Übrigens spielt die Geschichte zwischen den Kriegen, in den zwanziger Jahren; handelt von einer schon über 50jährigen Frau, Witwe, mit Tochter und Sohn, die von einer späten Leidenschaft für einen jungen Mann erfasst wird, wunderbar auflebt und dann am Gebärmutter-Krebs stirbt.« (Kopie im TMA)

18. 5. 1952

1] *an Wendt:* An Erich Wendt, P. P. o.D., Reg. IV, 52/155 [durch Druckfehler 24. 5. 1952 datiert]. Im TMA fand sich ein undatiertes, an Erich Wendt gerichtetes Konzept: der von TM in seinem Schreiben vom 15. 5. 1952 an Gottfried Bermann Fischer annoncierte Entwurf (TM/GBF, 601), der nur geringfügig von der dann abgeschickten, im Aufbau-Taschenbuch veröffentlichten Version, datiert P. P. 25. 5. 1952 (AtV 296–298), abweicht: »Ich danke Ihnen für Ihren Brief, den ich mit aller gebührenden Aufmerksamkeit gelesen habe. Mir wird aber bei Ihrem Idealismus und Ihrem Grundsatz: ›Die Volksbildung über alles!‹ nicht wohl, weil Sie diese gute Gesinnung mit Handlungen verbinden, durch die Ihr Verlag sich ausser aller rechtlichen Übereinkunft stellt und mir die Freude darüber, dass nun meinem langgehegten Wunsche gemäss auch in der Deutschen Demokratischen Republik meine Bücher unter die Leute gebracht werden, gründlich verleidet./ Ich sehe nicht ab, wohin Ihre Willkür führen soll. Wollen Sie for[t]an jedes Buch, das ihnen für die Volksbildung unentbehrlich scheint, kont[r]aktlos an sich reissen und ›wild‹ herausbringen? Das ist ohne Beispiel, auch in revolutionären Ländern, wie etwa der tschechoslovakischen Republik. Der S. Fischer Verlag wird nun Klage gegen Ihre Firma erheben und, gewiss nicht ohne eine starke moralische Wirkung, die rechtlich denkende Welt gegen Sie aufrufen. Wenn ich für meine Person mich öffentlich vorderhand nicht beteilige, so darum, weil es mir, wie hundertmal gesagt, an und für sich von grosser Wichtigkeit ist, dass mein Lebenswerk dem ostdeutschen Publikum, auf sein wahrnehmbares Verlangen, zugänglich gemacht wird, und weil ich nicht als derjenige dastehen mag, der sich aus materiellen Gründen – der Frage der Geld-Transferierung wegen – dagegen auflehnt. Ueber meine entschiedene Missbilligung Ihres – man kann wohl sagen – unerhörten Verhaltens aber dürfen Sie nicht im Zweifel sein. [...] Die gegenwärtige Lage ist unerträglich. So wenig wie mein westdeutscher Verleger kann ich sie einfach hinnehmen und Unrecht Unrecht sein lassen. Sie haben übereilt und ohne mir Zeit und Gelegenheit zur Vermittlung zu geben, gehandelt. Sie haben gewalttätig gehandelt. Ich hätte mir nie träumen lassen, je gegen das Erscheinen meiner Bücher in Ihrem Teil Deutschlands Einspruch erheben zu müssen. Aber wenn Sie sich weigern, Ihrem Unternehmen diesen nicht zu duldenden Charakter der

215

Gewalttätigkeit zu nehmen, müsste ich einen feindseligen Akt gegen mich darin sehen und wäre gezwungen, auch für meine Person vor aller Welt und auch in Ostdeutschland mich nachdrücklich davon zu distanzieren.« (Im TMA)

2] *dazu schrieb:* Das Begleitschreiben an Gottfried Bermann Fischer ist nach Reg IV, 592, verschollen.

3] *Erikas Kurzfassung:* S. TB 15. 5. 1952, Anm. 2.

19. 5. 1952

216 1] *Tory-England gibt [...] auf:* Die britische Regierung informierte am 19. 5. Rot-China darüber, daß britische Konzerne, »representing $ 840 million to $ 1,4 billion in investment« eine Fortführung ihrer Geschäfte im Lande als nicht mehr möglich erachteten und folglich alle Niederlassungen aufgeben und abreisen würden.

2] *Annullierung:* Im einzelnen nicht ermittelt. Vermutlich aber im Zusammenhang stehend mit der Blockade aller für China bestimmten Kriegsgüter und dem von den UN ausgehenden Embargo gegen die Aggressoren im Korea-Krieg.

3] *Frau von Tümmler:* Die Hauptperson in TMs Novelle *Die Betrogene.*

4] *Prof. Bandinelli:* Der Florentiner Archäologe und Kunsthistoriker Ranuccio Bianchi Bandinelli (1900–1975).

5] *von Krieger:* Ein Schreiben von Arnold Krieger, Riazzino bei Locarno, 23. 3. 1952, auf das die von TM verwendeten Attribute zuträfen, befindet sich im TMA. Näheres s. TB 21. 5. 1952, Anm. 3.

6] *Artikel von Belzner:* Emil Belzner, ›Illegale Ausgaben‹, ›Rhein-Neckar-Zeitung‹, 15. 5. 1952, mit dem Fazit: »Keineswegs wird bei Betrachtung über die illegalen Ausgaben von Thomas Mann und Hermann Hesse in der DDR der tragische deutsche Hintergrund verkannt, diese unmögliche, allem Explosiven der Politik ständig Nahrung gebende künstlich und zweckhaft inaugurierte Zweiteilung eines sich seiner Zusammengehörigkeit bewußten großen Volkes. Keineswegs wird das Mißliche unserer Existenz verkannt, das auf das feierlich verkündete Selbstbestimmungsrecht der Völker ein so melancholisches Licht wirft. Keineswegs. Von außen organisierte unzutreffende deutsche Verhältnisse, von denen jede Seite überdies behauptet, sie seien in der Tat nur ein Notbehelf und provisorisch – niemals dürfen gerade sie einen Vorwand dafür bilden, daß Deutsche

sich gegenseitig mit der Simplifikation der Rechtlosigkeit behandeln. Die hier erörterten verlegerischen Praktiken der DDR gegenüber westdeutschen Verlegern können, selbst in Anbetracht des ideellen Zweckes, bei keinem rechtlich gesinnten Menschen auf Verständnis stoßen. Sie verlangen eine sofortige energische Korrektur: Suspendierung der strittigen Ausgaben und Wiederherstellung der Rechtsverhältnisse. Daraus mag sich dann auf dem Verhandlungswege eine brauchbare Lösung ergeben, die frei von dem Geschmack eines Gewaltstreichs und des Willkürlichen ist.«
Die Münchener ›Neue Zeitung‹ hatte bereits in ihrer Ausgabe vom 11/12. 5. 1952, 2, eine Meldung über den Skandal der illegalen Ausgaben gebracht: »Wie der S. Fischer Verlag, der alleinige Inhaber der Verlagsrechte an den Werken Thomas Manns, mitteilt, hat der sowjetzonale Aufbauverlag Thomas Manns ›Buddenbrooks‹ herausgebracht und weitere Werke angekündigt. Diese Ausgaben sind weder vom Autor noch vom S. Fischer Verlag lizenziert worden. Nachdem die Verhandlungen mit dem Verlag, die im November vorigen Jahres begannen, abgebrochen worden waren, kündigte der Aufbau-Verlag am 26. März das Erscheinen der nicht autorisierten Ausgaben an. Gleich dem S. Fischer-Verlag hat Thomas Mann bereits mit einem Schreiben vom 3. April [s. TB 2. 4. 1952, Anm. 2] an den Aufbauverlag gegen diesen eklatanten Rechtsbruch protestiert: ›. . . auf Grund irgendwelcher einseitiger Verfügungen und Entscheidungen meine Bücher vertraglos, freihändig um nicht zu sagen freibeuterisch, herauszubringen. Ich kann die Folgen, die ein solcher Gewaltstreich hätte, nicht absehen, zweifle aber nicht, daß er zu nichts Gutem führen könnte.‹«

7] *dazu auch Hesse:* Die Postkarte scheint verloren zu sein.

8] *an L. Mazzucchetti:* An Lavinia Mazzucchetti, P. P. o.D., Reg. IV, 52/143. Inhaltlich ähnlich wie der unten zitierte Brief an Mühlestein, erweitert allerdings um die Ankündigung der noch geheimzuhaltenden Europa-Pläne:» [Ich] bin Rücksicht schuldig. Still wegbleiben ist etwas anderes, als laut weggehen.«

9] *an Mühlestein:* An Hans Mühlestein, P. P. 19. 5. 1952, Reg. IV, 52/144: »Dank für Ihre Nachrichten [von der definitiven Verleihung des Feltrinelli-Preises]. Ich muss sagen, ich freue mich ganz ausserordentlich. Stockholm in Ehren, aber Roma eterna und die Petrarca-Krönung, das ist doch noch etwas anderes. [. . .] Unbedingt will ich

nach Rom kommen. Aber welcher Termin ist für die Ueberreichung in Aussicht genommen? Welche Zeitdauer für die obligate Ansprache, die wohl überlegt sein und ins Französische oder Italienische übersetzt werden muss? Oder darf sie deutsch sein? Würden Sie unterderhand die Antworten auf diese Fragen für mich auskundschaften können? The readiness is all. Auch über die Geschichte des, wie Sie sagen ›jahrhundertealten [‹] Instituts wüsste ich gern etwas. Nach was für einem Feltrinelli hat der Preis seinen Namen? Wird er zum erstenmal verliehen? Und fortan jedes Jahr? oder wie?« (HOM)
10] *Der »Aufbau« mit den Briefen:* S. TB 5. 5. 1952, Anm. 7.

20. 5. 1952

216 1] *römische Tage mit Heinrich:* 1896/98 verbrachte TM – unterbrochen von einem Sommeraufenthalt in Palestrina – mehrere Monate zusammen mit seinem Bruder Heinrich in Rom. In der gemeinsamen Wohnung, Via Torre Argentina 34, begann er Ende Oktober 1897, seinen ersten Roman, *Buddenbrooks*, zu schreiben.
2] *Veröffentlichung der »Daily News«:* Sara Boynoff, ›Slums of Los Angeles‹, ›L. A. Daily News‹, 19. 5. 1952, 3 und 25. Dort die von TM aufgezeichnete Geschichte. Ein weiterer Artikel ›Foes of L. A. public housing lose in slum clearance plea‹, auf den sich der zweite Teil der TB-Eintragung bezieht, ebendort.

21. 5. 1952

217 1] *Anforderungen:* TM hatte dem ›Eckart‹ seinen Essay *Lob der Vergänglichkeit* versprochen. S. TB 19. 2. 1952, Anm. 4.
2] *Pariser Faustus Interview:* S. TB 12. 4. 1951, Anm. 1.
3] *Beschwerungen:* S. TB 19. 5. 1952, Anm. 5. In diesem Brief findet sich folgender Passus: »Haben Sie innigen Dank für die guten Worte, die Sie mir schenkten, und die mich befeuern! Verzeihen Sie jene Naivität, die mir eingab, es wären in Ihrer ferneren und nahen Umgebung einige Menschen, die für eine gute Sache ein paar hundert oder auch tausend Dollar hingeben würden. So bitte ich Sie, wenn sich doch einmal die Gelegenheit dazu ergeben sollte, ohne dass Sie auch nur einen Bruchteil Ihrer für anderes notwendigen Energien opfern müßten, einen solchen Mann auf meine Arbeit hinzuweisen. Und bitte, bitte tun Sie mir die Freude, für sich selber ein Jahresabonnement (24 Franken) zu bestellen [...]. Bei dieser Gelegenheit

möchte ich auch sagen, wie ich immer wieder in Gesprächen auf Ihre wahrhaft großzügige Haltung ringenden Künstlern gegenüber hingewiesen habe. Unvergessen wird Ihnen auch jene Pauschalspende bleiben, die Sie damals in München der Gesamtheit deutscher Schriftsteller zugutekommen ließen. (Ich kenne die Einzelheiten dieses Vorganges nicht.)«

4] *Mutter:* S. TB 8. 2. 1952, Anm. 9.

5] *Horckheimers Frankfurter Erhöhung:* Von der ›Rektoratsfeier in Frankfurt‹ betitelten Folge aus Erika Manns »Sendereihe« ›Wort im Gebirge‹ (s. TB 1. 1. 1951, Anm. 3; 17. 3. 1952, Anm. 1 und 2), die Horkheimers Stellung als Rektor der Frankfurter Universität zum Thema hat, existiert eine von der Zürcher Schallplattenfirma von der Mühll hergestellte Privataufnahme mit einem Geleitwort von Golo Mann.

22. 5. 1952

1] *Garfield:* Der amerikanische Schauspieler John Garfield (eigent- *217*
lich Jacob Julius Garfinkel, geb. 1913) war am 21. 5. 1951 gestorben. Ganz im Sinne der im TB notierten Dieterleschen »Warnung« kommentierte Manfred George eine Woche später im ›Aufbau‹ (vol. XVIII, No. 22 v. 30. 5. 1952, 5) die Todesursache: »Seine Herzattacke hatte dieselben Gründe, denen in relativ rascher Aufeinanderfolge drei andere Darsteller [. . .] erlegen sind: Mady Christians, [. . .] Edward C. Bromberg und [. . .] Canada Lee [. . .]. / Alle diese Darsteller sind, neben vielen anderen, in die Untersuchungen der verschiedensten bundesstaatlichen und staatlichen Komitees verwickelt gewesen, die sich mit der ›kommunistischen Unterminierung Hollywoods‹ beschäftigt haben. Zum Teil den spitzfindigen Kreuzverhören erprobter Investigatoren nicht gewachsen und dialektisch weder imstande, Fragen zu parieren noch immer ganz korrekte Begriffsunterscheidungen und logische Deduktionen zu geben, hat sich dieser oder jener Befragte oft in Widersprüche verwickelt. Das war umso einfacher zu erklären, als auch die sogenannte ›kommunistische Tätigkeit‹ oder ›Affilierung‹ unklaren Motiven entsprungen gewesen war. Sie hatte sich meistens in Geldzuwendungen für eine ganze Anzahl von Zwekken, die zu der betreffenden Zeit der Zuwendung nicht unter Verdacht standen, oder durch Rezitationen oder andere Beteiligungen beruflicher Art erschöpft. [. . .] Der Fall Garfield ist deshalb so interessant,

weil sich hier offenbar jemand in den Schlingen einer Gegenwart gefangen hat, die er einfach nicht verstand. Mit allen Wassern gewaschene Politiker können auch die schärfsten Feldzüge ihrer Gegner unversehrt überstehen. Im Bereich des Geistes und der Kunst gibt es zuviele Nervenmenschen, die aus Versehen in die Politik geraten und dann zugrunde gehen, wenn sie plötzlich in die ›Strassenkämpfe‹ des Tages geraten. [...]«

2] *Medi Christians:* Die von TM hochgeschätzte österreichisch-amerikanische Schauspielerin Mady Christians (geb. 1900) war am 28. 10. 1951 unerwartet gestorben.

3] *Monis Umschlag-Artikel:* S. TB 9. 2. 1952, Anm. 3.

4] *Zeitungsroman:* Charles Waldemar, ›Himmel und Hölle sind wir‹, Heidelberg 1953.

5] *Tristan-Platte:* Von der hier beschriebenen 2. Szene des 2. Aufzugs von Richard Wagners Musikdrama ›Tristan und Isolde‹ befand sich keine Aufnahme mehr in TMs Plattennachlaß.

23. 5. 1952

217 1] *»Schatten des Todes«:* Im ersten Band der TB 13. 5. 1952, Anm. 6 unter 2 angegebenen Ausgabe. TM hat diese Geschichte besonders geliebt; sie war ihm die »teuerste von Tschechows erzählerischen Schöpfungen, ein ganz und gar außerordentliches, faszinierendes Werk, das an stiller, trauriger Merkwürdigkeit in aller Literatur nicht seinesgleichen hat«. (GW IX, 853)

2] *an die Meyer:* An Agnes E. Meyer, P. P. 23. 5. 1952, Reg. IV, 52/152; TM/AEM 767–769. Agnes Meyer hatte TM das ihm geltende Kapitel ihrer Autobiographie ›Out of these Roots‹ geschickt.

3] *an den »Eckart«:* An Heinz Flügel, P. P. 23. 5. 1952, Reg. IV, 52/153: »[...] Ich bitte Sie, nicht zu glauben, daß ich je abschätzig über Ihre Zeitschrift gedacht und mir Vorstellungen von provinziell-konfessioneller Enge von ihr gemacht habe. Es hat in Deutschland immer Zeitschriften religiösen Charakters gegeben, die durchaus den Kontakt mit dem allgemeinen geistigen Leben, der Weltliteratur zu wahren wußten: so, in katholischer Sphäre das ›Hochland‹ und so, in evangelischer, der ›Eckart‹. Unter uns sei es auch gesagt, daß ich an den Besprechungen meines ›Dr. Faustus‹ in geistlich orientierten deutschen Blättern viel mehr Freude gehabt habe als an so manchem

Geschwätz ›profaner‹ Organe, einfach, weil bei jenen mehr kluger Instinkt und Gefühl für die religiösen, ja theologischen Gehalte des Romans am Werke war. / Mein Verhältnis zu der gewaltigen Gestalt Martin Luthers hatte immer dieselbe Ambivalenz wie das zu andern großen Deutschen, zu Bismarck, zu Wagner. Aber nie bin ich in meinem Herzen dreist gewesen gegen die schicksalhafte Mächtigkeit dieser Gestalt, und jener Landesbischof hat mich nicht gut gelesen, wenn er Ehrfurchtslosigkeit bei mir wahrzunehmen glaubte. Daß ein Geist wie Goethe mir näher steht als Luther, ist schließlich begreiflich. Der hätte sich zum Trubel der Reformation ungefähr so verhalten wie Erasmus und wäre aus Sympathie mit objektiven Ordnungen sicher bei der alten Kirche geblieben. Aber auch er hat gesagt: ›Wir protestieren all' mit Lust‹, und als sein aufblickender Nachkomme fühle ich mich als evangelischer Christ, dessen Bildung und Werk in deutscher protestantischer Kultur ihre Wurzeln haben. / Über all das und so vieles, was damit zusammengehört, kann ich Ihnen aber keinen Aufsatz schreiben. Es fehlt mir einfach die Arbeitskraft oder die überschüssige Arbeitskraft dazu.« (Privatbesitz)

4] *Veröffentlichung aus meinen Briefen:* Vermutlich sind die Publi- 218
kationen im Berliner ›Tagesspiegel‹ (14. 5. 1952 unter der Überschrift ›Um nicht zu sagen ‚freibeuterisch'‹) und in der ›Neuen Zeitung‹, München 10./11. 5. 1952 (s. TB 19. 5. 1952, Anm. 6) gemeint, die TMs Brief an den Aufbau-Verlag in Ost-Berlin fragmentarisch abdruckten.

5] *Schreiben eines [...] Pedanten:* Vermutlich von Bernt Richter; s. TM an B. R., P. P. 5. 6. 1952, Reg. IV, 52/173.

24. 5. 1952

1] *Die in [...] Gefangenschaft geratenen Generäle:* S. TB 218
15. 5. 1952, Anm. 1.

2] *an Bauer (Hamburg):* An Walter Bauer, P. P. 24. 5. 1952, Reg. IV, 52/154. Zur Sache s. TB 10. 5. 1952.

3] *Hase:* Der Schauspieler Friedrich Haase. S. dazu TMs Brief an Richard Braungart, P. P. 16. 3. 1951, mit der Münchener Retrospektive aus Anlaß der Festschrift für das Residenzthater: »Da war z.B. der alte Hase (oder Haase?) – haben Sie den gekannt. Wenn nicht, so ist es eine beklagenswerte Lücke in Ihrer theatralischen Erfahrung. Ich sah ihn im Residenztheater, als er eine seiner vielen Abschiedsvorstellungen gab, in einem unglaublichen alten englischen Schmöker. ›Sie ist wahnsinnig‹. Der Wahnsinnige war natürlich er, nicht sie, das kam im III. Akt an den Tag dadurch, dass er unter tausend Mätzchen ausrief: [›] Das grässliche weisse Tuch! Es fllätterrt!‹ Basil war der Doktor und sagte durch die Nase: ›Still! Keine Bewegung! Kein Laut! Oder alles ist verloren!‹ Mir ist nie so etwas Dummes vorgekommen, aber es war doch ein unvergesslicher Theaterabend.« (Kopie im TMA)

4] *Possart:* Der Schauspieler, Regisseur und Intendant des Münchener Hoftheaters, Begründer des Prinzregententheaters, Ernst von Possart (1841–1921).

5] *Kainz:* Der österreichische Schauspieler Josef Kainz (1858–1910) spielte seit 1883 am Deutschen Theater in Berlin, ab 1899 am Wiener Burgtheater.

25. 5. 1952

Im Manuskript versehentlich mit »24. 5. 1951« datiert.

218 1] *Replik im ›Aufbau‹:* S. TB 5. 5. 1952, Anm. 7.

219 2] *Erzählung von Frey:* Alexander Moritz Frey, ›Glückliche Ehe‹, ›Merkur‹, Stuttgart, Jg. 6, H. 4, April 1952, 352–367.

3] *Aufsatz über politische Gnostik:* Eric Voegelin, ›Gnostische Politik‹, ›Merkur‹, a.a.O. 301–317.

4] *Brief an Wendt:* S. TB 18. 5. 1952, Anm. 1.

5] *Antworten auf [...] Fragen zum »Faustus«:* S. TB 12. 4. 1952, Anm. 1.

26. 5. 1952

219 1] *Abkommen:* Am 26. 5. 1952 unterzeichneten die BRD, Großbritannien und die USA einen Friedensvertrag, der am nächsten Tag die Ratifizierung einer von fünf weiteren Nationen (Frankreich, Italien, Belgien, die Niederlande und Luxemburg) mitgetragenen Willenserklärung folgte, eine europäische Verteidigungsgemeinschaft mit einer gemeinsamen Europäischen Armee zu gründen. Im Gegenzug drohten die Russen, sie würden die DDR aufrüsten. Die Ostdeutschen antworteten mit Verstärkung ihrer Truppen an der Westgrenze, um die Infiltration subversiver Elemente, »spies and terrorists«, zu verhindern; sie kündigten ferner an, sie würden nach dem 30. Mai Reisen zwischen West-Berlin und der Bundesrepublik nur noch mit speziellen Passierscheinen zulassen.

2] *an Frey:* An Alexander Moritz Frey, P. P. 26. 5. 1952, Reg. IV, 52/159.

3] *[an] Waldemar:* Der Brief ist nach Reg. IV, 592, verschollen.

4] *[an] F. Neumann:* An Felix Neumann, P. P. 26. 5. 1952, Reg. IV, 52/160.

5] *Neumann:* Der Schriftsteller und Journalist Felix Neumann (1875–1968), ein Lübecker Klassenkamerad von TM.

27. 5. 1952

1] *Sygman Rhee [...] erklärt:* Aus Angst vor kommunistischen De- 219
monstrationen im Vorfeld der Präsidentschaftswahlen hatte das südkoreanische Verteidigungsministerium das erst einen Monat zuvor aufgehobene Kriegsrecht in einigen Regionen »for the purpose of ›rooting out Communists‹« wieder neu verhängt.

2] *Martial Law:* In der Handschrift steht »Marshall Law«.

3] *Problem Medi–Moni:* Der Zusammenhang konnte nicht mehr 220
rekonstruiert werden.

4] *Der »Wendepunkt«:* Die deutsche Fassung von Klaus Manns Autobiographie war 1952 bei S. Fischer in Frankfurt am Main erschienen.

5] *Breitkopf:* Nicht ermittelt.

6] *Mielein:* Koseform der Mann-Kinder für ihre Mutter.

7] *Brief:* Das Schreiben des französischen Atomphysikers Frédéric Joliot-Curie (1900–1958) – Nobelpreis für Physik (gemeinsam mit seiner Frau Irène Curie) 1935 –, 1950 Präsident des kommunistisch orientierten Weltfriedensrates, hat sich nicht ermitteln lassen. Zur Sache vgl. TB 29. 3. 1952, Anm. 3.

8] *Brief nach Paris:* Das vermutlich an Gallimard gerichtete Schreiben ist nach Reg. IV, 592, verschollen.

9] *Jean Genet:* Das ›Journal du Voleur‹ des französischen Schriftstellers Jean Genet (1910–1986) war 1949 bei Gallimard in Paris erschienen.

28. 5. 1952

1] *No man's Zone:* Die DDR-Regierung hatte eine »drei Meilen 220
breite« Sperrzone entlang der deutsch-deutschen Grenze angelegt und außerdem die Berliner Telefonverbindungen von West nach Ost unterbrochen. Der Kommentar der NYT: »The Soviet Union and the

East German Government began today to build two walls – one around West Berlin and the other between East and West Germany.« (NYT 28. 5. 1952, 1:5)

2] *Äußerung über Faustus:* S. TB 12. 4. 1952, Anm. 1.

3] *Dissertationsmanuskript:* Nicht ermittelt.

4] *»Psyche« von E. Neumann:* Vermutlich ›Apuleius. Amor und Psyche‹ mit einem Kommentar von Erich Neumann: ›Eros und Psyche: Ein Beitrag zur seelischen Entwicklung des Weiblichen‹, Zürich 1952.

29. 5. 1952

221 1] *Gratulation für Hesse:* P. P. datiert 14. 6. 1952, Reg. IV, 52/183; Br. III, 261/262; GW X, 529/530 (*An Hermann Hesse*). Geschrieben für die N. S. R., N. F., 20. Jg., H. 3, (Juli) 1952, Sonderheft ›Zum 75. Geburtstag von Hermann Hesse, 2. Juli 1952‹, 143.

1. 6. 1952

221 1] *statement:* An Robert W. Kenny, P. P. 30. 5. 1952, Reg. IV, 52/161. Der Text befindet sich in einer Abschrift im TMA. Das deutsche Original wurde von Klaus Hubert Pringsheim in den ›Neue[n] Deutsche[n] Hefte[n]‹, Jg. 13, 1966, H. 1, No. 109, S. 41/42 publiziert. Es ist im Anhang, Dok. 58, S. 849/850 abgedruckt.

2] *Kenny:* Robert Walker Kenny (s. TB 3. 4. 1951, Anm. 1) hatte TM bereits 1951 in der Tillinger-›Aufbau‹-Frage beraten.

3] *Anti-Ridgway-riots:* Die Proteste gegen General Matthew Bunker Ridgway, der nach Paris gekommen war, um die Nachfolge Eisenhowers als Oberbefehlshaber der alliierten Truppen in Europa anzutreten, galten in erster Linie seiner angeblichen Verantwortung für den von den Russen als erwiesen angesehenen Einsatz bakteriologischer Waffen in Korea, wo man ihn deshalb bereits »General Plague« genannt habe.

4] *Verhaftung [...] des Direktors der »Humanité«:* Zusammen mit dem Führer der kommunistischen Fraktion in der Nationalversammlung und – während der Abwesenheit von Maurice Thorez – amtierenden Generalsekretär der Kommunistischen Partei, Jacques Duclos, war auch der Herausgeber der führenden KP-Zeitung ›L'Humanité‹, André Stil, verhaftet worden. Die Gazetten berichteten von einem toten Kommunisten, 37 verwundeten Polizisten und 700 verhafteten Rebellen.

5] *Briefwechsel:* An Grete Nikisch, P. P. 31. 5. 1952, Reg. IV, 52/163. Aus dem Dankschreiben ist zu erschließen, daß Frau Nikisch TM die im Brief vom 17. 5. 1952 erbetenen Angaben für das Lokalkolorit in der *Betrogenen* übersandt hatte.

6] *Kahlers Essayband:* Erich von Kahler, ›Die Verantwortung des Geistes‹. Gesammelte Aufsätze, Frankfurt am Main 1952. Der Essayband enthält Kahlers ›Faustus‹-Aufsatz ›Die Säkularisierung des Teufels‹.

7] *Düfte der Natur: Die Betrogene*, GW VIII, 883–889.

8] *Angriff des Verlegers Roth:* Der »Angriff«, der sich weder in Mar- 222
bach bei der George-Korrespondenz noch im TMA finden ließ, ist nicht erschienen. Der ›Aufbau‹, vol. XVIII, No. 22 v. 30. 5. 1952, 10 gibt die Gründe an: »Der Verleger Samuel Roth hat uns einen langen Brief gesandt, in dem er u.a. die zehn Fragen von Ludwig Marcuse zu beantworten sucht. Wir waren bereit, diese Antworten zu publizieren. Wir konnten es aber nicht, da Herr Roth den gleichzeitigen Abdruck der anderen Teile seines Briefes zur Bedingung machte, die aus persönlichen und mit der Frage der Autorenschaft des Buches nicht zusammenhängenden Angriffen bestanden.« Über den »Verleger Roth« und seine zweifelhaften Publikationspraktiken s. den TB 5. 5. 1952, Anm. 6 nachgewiesenen Leserbrief von Alfred Werner. Erika Mann berichtet in den Anmerkungen zum dritten Briefband, Br. III, 563 – sich offenbar sowohl auf die Zuschrift Werners als auch auf den TB 8. 5. 1952, Anm. 6 erwähnten Leserbrief Adolf Placzeks stützend – Ähnliches.

9] *wohin sich von da wenden:* Im Manuskript steht »wohin sie sich da von da wenden«.

10] *an [...] Prof. Herrmann:* P. P. 1. 6. 1952, Reg. IV, 52/165; Br. III, 257/258. Über den Empfänger und das TM so irritierende Kapitel konnte nichts Näheres ermittelt werden. Zum Besuch Hermanns bei TM s. TB 18. 3. 1952.

11] *an Seelig:* An Carl Seelig, P. P. 1. 6. 1952, Reg. IV, 52/166.

12] *zurückzuziehen:* Klaus Hubert Pringsheim berichtet in einem Vortrag ›Erinnerungen an Thomas Mann in Amerika‹, gehalten am 2. 9. 1986 im Politischen Klub der Friedrich-Naumann-Stiftung in Königswinter, daß TM den Brief zunächst gegen den Rat seiner Frau in einem »Alleingang« abgeschickt und sich erst auf spätere Bedenken hin bereit erklärt habe, dem im TB skizzierten modus procedendi zuzustimmen. Katia Mann bat Kenny telegraphisch, von der Erklärung keinen Gebrauch zu machen, ehe sie ihn aufgesucht und gesprochen habe. Tatsächlich händigte der Anwalt der Petentin das Schreiben wieder aus.

13] *Erklärung der Tochter Lévy's:* ›Wer schrieb ‚My sister and I'? Oscar Levys Tochter [Maud Rosenthal] antwortet: Der Name meines Vaters wurde mißbraucht‹, ›Aufbau‹, vol. XVIII, No. 22 v. 30. 5. 1952, 10. Dort auch ›Eine Erwiderung‹ von Alfred Werner in Sachen seines Streites mit Ludwig Marcuse und das ›Schlußwort der Redaktion‹.

14] *Maria Magdalena-Film:* Der Zusammenhang hat sich nicht aufklären lassen. Wolfgang Reinhardt drehte keinen eigenen Maria-Magdalena-Film – weder nach Hebbels Drama noch nach einer anderen Vorlage. Ob er an der argentinischen ›Maria Magdalena‹-Produktion von 1954 beteiligt war, die sich auf die biblische Geschichte stützte, konnte nicht ermittelt werden.

3. 6. 1952

222 1] *[an] B. Richter:* An Bernt Richter, P. P. 5. 6. 1952, Reg. IV, 52/173: »[. . .] Ich muß [. . .] sagen: wenigstens vorübergehend war ich etwas irritiert durch die eingehenden Vorschläge, um nicht zu sagen Vorschriften, die Sie mir für eine politische Erklärung machen, die zu geben ich gut täte. Ich fand das nicht ganz angebracht, aber mir ist ja klar, daß es freundlich gemeint war, und so will ich es mit Schweigen übergehen, wie ich denn das Schweigen immer mehr zu schätzen lerne. Zum Glück bin ich ja aufs Reden und das Behaupten von Meinungen nicht angewiesen. Ich danke Gott, daß ich den Menschen durch reine Kunst Gutes tun kann, und als Künstler, nicht als Meinungsinhaber, wünsche ich fortzuleben./ Sie gedenken, über die Entwicklung meiner politischen Haltung zu schreiben. Tun Sie es immerhin. Lieber wäre es mir, Sie schrieben als echter Philologe über die Funktion des Semikolons in meiner Prosa. [. . .]« (Kopie im TMA)

2] *an Mühlestein:* An Hans Mühlestein, P. P. 2. 6. 1952, Reg. IV, 52/167; Br. III, 258–260.

3] *an Prof. Kaufmann:* An Walter A. Kaufmann, P. P. 3. 5. 1952, Reg. IV, 52/168. S. auch TB 13. 5. 1952, Anm. 3.

4. 6. 1952

1] *Dr. Oberloscamp:* Der Düsseldorfer Rechtsanwalt Dr. Rudolf 223
Oberloskamp (geb. 1910).

2] *Buch über die Stadt:* Nicht in der Zürcher Bibliothek.

3] *Entpolitisierung:* Im TMA befindet sich kein handschriftlicher Briefentwurf, anhand dessen man die Änderungen rekonstruieren könnte.

4] *über Gogols Dramen:* M. Chraptschenko, ›Gogols Dramen‹, ›Sinn und Form‹, Berlin, Jg. 4, 1952, H. 2, 9–81.

5. 6. 1952

1] *von Frido:* Im TMA. 223

2] *an Erich Kahler:* P. P. 5. 6. 1952, Reg. IV, 52/171; Br. III, 260/261.

3] *Schubert-Trio:* Vermutlich Franz Schuberts Klaviertrio Es-Dur, op. 100, von dem sich allerdings, wie von dem in früheren Jahren bereits mehrfach erwähnten Klaviertrio B-Dur, op. 99, keine Aufnahme in TMs Plattennachlaß befindet.

4] *»Einsam an trüben Tagen«:* Elsas Arie »Einsam in trüben Tagen/ hab ich zu Gott gefleht« aus der zweiten Szene des ersten Aktes von Richard Wagners ›Lohengrin‹.

6. 6. 1952

1] *Toyio mit Vornahmen:* So in der Handschrift. 224

2] *Bild:* Nicht mehr unter den in Zürich archivierten Bildbeständen.

3] *an die Bübchen:* Nach Angaben von Reg. IV, 592, verschollen.

7. 6. 1952

1] *Telegramm:* Nicht unter den in Zürich verwahrten Dokumenten. 224
S. jedoch TM an Lavinia Mazzucchetti, P. P. 17. 6. 1952: »Dank für Ihren Brief. Am Tage, da Sie ihn schrieben, am 7., einem Wochenende, habe ich das Telegramm aus Rom bekommen. [. . .] Auf publicity scheint die Accademia sich übrigens schlecht zu verstehen. Hier weiss kein Mensch von dem Ereignis und in Deutschland offenbar auch nicht. Ich habe nicht eine einzige Gratulation bekommen. Hat denn etwas in der Schweizer Presse gestanden? Es täte mir leid für

meine Herren Feinde, wenn die Demonstration so ganz unter den Tisch fiele.« (Kopie im TMA)

225 2] *night letter:* Telegramm an die Accademia Nazionale dei Lincei, Rom, P. P. 7. 6. 1952, Reg. IV, 52/175.

3] *Oliver Twist-Film:* David Leans 1948 entstandene Verfilmung des Dickens-Romans mit Alec Guinness, Robert Newton, Francis L. Sullivan, John Howard Davies, Kay Walsh, Anthony Newley, Henry Stephenson, Mary Clare, Gibb MacLaughlin, Diana Dors.

8. 6. 1952

225 1] *Smith [...] über die Lage:* S. TB 3. 2. 1952, Anm. 2.

2] *neue Platten:* In TMs Plattensammlung fanden sich – gesungen von Marian Anderson – eine Aufnahme von Gustav Mahlers ›Kindertotenliedern‹ mit dem San Francisco Symphony Orchestra unter Pierre Monteux, und von Johannes Brahms ›2 Lieder für Alt, Viola und Klavier‹, op. 91 (›Gestillte Sehnsucht‹, ›Geistliches Wiegenlied‹) mit William Primrose und Franz Rupp.

3] *Pringsheim-Neffe:* Klaus Hubert Pringsheim (s. TB 6. 1. 1951, Anm. 2).

9. 6. 1952

225 1] *Gefangenen-Skandal:* US-Fallschirmjäger hatten einen erneuten Aufstand der Gefangenen des Lagers Koje (s. TB. 15. 5. 1952, Anm. 1) nach zweieinhalbstündigem Kampf gebrochen und niedergeschlagen. Zeitungsberichten zufolge waren unter den 38 Toten mindestens 12, die von ihren fundamentalistischen Mitgefangenen umgebracht worden waren, weil sie sich kampflos hatten ergeben wollen. Die Amerikaner sprachen von aufgefundenen Fluchtgräben und Plänen zur Durchführung der Aktion mit Hilfe von Tränengas und neuen, nicht tötenden Granaten. Präsident Truman schlug darauf vor, eine unabhängige internationale Untersuchungskommission einzusetzen.

226 2] *Dissertationsmanuskripte:* 1. Eberhard Hilscher, ›Die Neugestaltung von Hartmanns Gregorius-Legende durch Thomas Mann‹, Ergänzungs-Staatsexamen der Humboldt-Universität, Berlin 1952; mit eingeklebtem Begleitschreiben in der Nachlaß-Bibliothek erhalten. 2. Frank Donald Hirschbach, ›The Role of Love in the Works of Thomas Mann‹, Ph.D. Diss., Yale University 1952; Typoskript im TMA. Verkürzte Druckfassung unter dem Titel ›The Arrow and The Lyre: A

Study in the Role of Love in the Works of Thomas Mann‹, The Hague 1955. 3. W. A. Glen-Doepel, ›Thomas Mann's ‚Doctor Faustus'‹, M. A. Univ. of Sidney, Australien, 1951. (Kurzfassung in ›Proceedings of the Australian Goethe Society‹, Oktober 1952.)

3] *über den östlichen »Bücherraub«:* Kurt Kersten, ›Literarische Freibeuterei‹, ›Aufbau‹, vol. XVIII, No. 23 v. 6. 6. 1952, 11, ein Artikel, in dem Becher als Leiter des Aufbau-Verlags dargestellt und die Schuld an der – Hesse und TM betreffenden – literarischen ›Freibeuterei‹ allein ihm zugeschrieben wird: »[...] Wie man jetzt erfährt, hatte der Fall eine Vorgeschichte. Vor einiger Zeit waren schon Verhandlungen [...] geführt worden. Neben den Honorarfragen hatten aber noch einige andere Fragen eine Rolle gespielt./ Es ist eine Eigenart östlicher Verlage, Werke von Autoren, die man rein aus propagandistischen Gründen umwirbt, mit Vorreden und Nachreden zu versehen, ferner werden solche Bücher aus politischen Gründen zusammengestrichen, weil nun einmal die Leser gegängelt werden müssen und ja nicht auf dumme Gedanken kommen [sollen]./ Hesse und Thomas Mann wie ihre Verleger hatten deshalb gefordert, der Aufbau-Verlag dürfe ihre Werke weder mit Vorreden noch mit Nachreden versehen und keine Streichungen vornehmen, müsse ferner die Ausgaben allgemein zugänglich machen und nicht etwa nur für ›Aktivisten‹ drucken./ ›Aktivisten‹ sind besonders ausgewählte Parteikadetten, die sich jeden Morgen nach der neuesten Parteilinie erkundigen müssen, um sich entsprechend zu benehmen. Diese Parteikadetten müssen auch Bücher Hesses und Manns lesen, um sich zu unterrichten, wie es um die ›verfaulende, dekadente Bourgeoisie‹ bestellt ist./ Nach einigem Hin und Her bequemte sich der Aufbau-Verlag auch, die Forderungen der Verleger [...] anzunehmen; aber dann gab es Schwierigkeiten in Honorarfragen, und nun hörte die Gemütlichkeit wie meist in finanziellen Angelegenheiten auf. Becher kümmerte sich nicht mehr um bereits eingegangene Verpflichtungen und setzte sich auch über ein Protestschreiben Thomas Manns hinweg. Ohne sich weiter auf Verhandlungen einzulassen, druckte der Verlag Bechers die beiden Werke Hesses und Manns [...], die Warnungen Manns blieben ungehört. Becher gefiel sich in der Rolle des Freibeuters und verübte Diebstahl am Eigentum zweier Kollegen, die ihm einst sehr freundliche Worte zu seinem Geburtstag geschrieben hatten. Als Becher zur Rede gestellt wurde, erklärte er, die Bücher seien ›mit dem besten Gewissen der Welt herausgegeben‹ und berief sich auf seine Verpflichtungen gegenüber den Anweisungen des Volksbildungsministeriums und einer sehr sonderbaren Institution: des ›Herausgeberkollegiums der Bibliothek fortschrittlicher deutscher Schriftsteller‹./ Dies Kollegium, mit dem Becher eng versippt ist, ist eine inquisitorische Kontrollinstanz, die, wie es in einem Polizeistaat üblich ist, nicht nur bestimmt, was gedruckt werden darf, sondern auch befiehlt, was gedruckt werden muss, gleichviel ob ein Autor es gestattet oder nicht./ Die Einrichtung ist ein Unikum, aber in jedem Fall ist sie für Becher die Gardine, hinter der er sich versteckt, um einen Diebstahl zu rechtfertigen.«

11. 6. 1952

226 1] *Herr u. Frau de Mendelssohn:* Peter de Mendelssohn (s. TB 22. 7. 1951, Anm. 4) und seine Frau, die österreichische Schriftstellerin und Journalistin Hilde Spiel (1911–1990).

2] *Ein [. . .] General [. . .] erklärt:* Der ins Zivilleben zurückkehrende Maj. Gen. Daniel H. Hudelson hatte in einem AP-Interview bei seiner Ankunft in Los Angeles gesagt, »he did not know how the United Nations could win the Korean war: ›We simply don't have the manpower to stand up against the Communist hordes‹ [. . .] and predicted: ›Our forces will be called home under pressure of public demand and Korea will belong to the Reds.‹« (NYT 10. 6. 1952, 1:2)

3] *Sygman Rhee-Skandal:* Als Antwort auf die scharfe internationale – besonders amerikanisch-britische – Kritik an den innenpolitischen Willkürakten des Präsidenten hatte Südkorea dem US-Sender ›Voice of America‹ die Sendemöglichkeiten genommen und die Zensur weiter verschärft.

227 4] *an Hilscher:* An Eberhard Hilscher, P. P. 11. 6. 1952, Reg. IV, 52/179: Dank für die Übersendung des TB 9. 6. 1952, Anm. 2,1 erwähnten Manuskripts: »[. . .] Es ist eine ganz vorzügliche Arbeit, gelehrt, allen akademisch-philologischen Forderungen durchaus entsprechend und dabei von so warmer, herzlich entgegenkommender Empfänglichkeit, so freundwilligem und intelligentem Eingehen auf die Absichten des kleinen Werkes, wie man es von verdrossenen Berufskritikern höchst selten erfährt, sondern eben nur von einer Jugend, die sich noch frisch entzücken kann. Denn, unter uns, es ist wirklich manches Entzückende an der Geschichte, mögen auch meine

Neubegierde und mein Hang zu Sprachscherzen unerlaubte Purzelbäume darin schlagen. Warum soll ich das nicht sagen, der ich bis ins hohe Alter das Entzücken, den bewundernden Aufblick, die Liebe nie verlernt habe.« (Eberhard Hilscher, ›Thomas Mann‹, Berlin [Ost] 1986, 278)

5] *Auch nicht übel:* S. TM an Eberhard Hilscher, a.a.O: »Es wird jetzt wirklich von jungen Leuten in verschiedenen Ländern sehr Gutes und Gescheites über mich geschrieben. Gerade sehe ich ein Manuskript von 300 Seiten durch [. . .] ›The Role of Love. . . [. . .]‹ by Frank Donald Hirschbach. Auch nicht übel. Da ist von Tadzio und Pribislav Hippe und Felix Krulls ›genauer Bekanntschaft‹ mit Genoveva so unumwunden die Rede, daß sich die Fakultät auf die Knie schlagen wird.«

13. 6. 1952

1] *Chadchi Murad:* S. TB 15. 5. 1951, Anm. 3. S. auch TM an Albrecht Goes, P. P. 16. 6. 1952, Br. III, 263: »Gerade habe ich wieder einmal ›Hadschi Murat‹ gelesen, wo das Erzählerische nun geradezu hypertrophiert. Ja, du mein Gott, eine Spitzmaus bin ich ja vor *solchem* Löwen. Da können Akademien mir noch mehrere Weltpreise verleihen für meine Taten – ich weiß doch, was groß ist und was bestenfalls mittelgroß. Wir wollen nur alle ganz klein beisammensitzen und *aufblicken*!« 227

2] *Glückwunsch an Hesse:* S. TB 29. 5. 1952, Anm. 1.

14. 6. 1952

1] *Einführung Ken Keatons:* Der junge Mann, dem Rosalie von Tümmler verfällt, wird für den Sohn Eduard als Hauslehrer engagiert, »der öfters zum Abendessen bleibt«. TM gab Ken Keaton Züge von Golo Manns Freund Ed Klotz. S. auch die Kurzcharakteristik in TMs Notizen zur *Betrogenen:* »Ken stammt aus einer kleinen amerik. Stadt im Osten. Vater verschiedene Berufe, Broker, Investment, business, Tankstellenleiter, hat High School und etwas College-Bildung, doesn't care very much for America, macht sich mit bescheidenen Mitteln (auf dem Schiff als Tellerwäscher) zu einer Reise nach Europa (Italien, Frankreich, Schweiz, Deutschland) auf und ist sehr eingenommen für den alten Erdteil, besonders für Deutschland. Ist ca 25, netter Junge, nicht besonders hübsch, gut gewachsen, an- 228 ständige Hände mit Ring. Viel Glück bei den Frauen überall.« (TMA)

2] *durchregiert:* So in der Handschrift.

3] *verbessert:* Die wichtigste Änderung betraf den Schluß des ersten Absatzes. Dort wurde folgender Passus gestrichen: »Nach Vollendung des wunderbaren ›Glasperlenspiel‹ [geändert aus ›Nach der Krönung Ihres erzählenden Werkes mit dem ›Glasperlenspiel'‹] haben Sie als Romandichter Feierabend gemacht. ›Romane?‹ ›Nein, das habe ich an den Nagel gehängt‹, höre ich Sie noch in gerührigem Schwäbisch-Schweizerisch sagen und erinnere mich, wie ich dachte: Wer auch so weise wäre!/ ⟨Verwirrende Lehre ...⟩«

4] *Flotows »Martha«:* Die 1847 in Wien uraufgeführte Oper des deutschen Komponisten Friedrich von Flotow (1812–1883).

15. 6. 1952

228 1] *Smith aus London:* S. TB 3. 2. 1952, Anm. 2.

2] *an den Doktoranden:* An Frank Donald Hirschbach, P. P. 14. 6. 1952, Reg. IV, 52/184; Br. III, 262/263.

3] *»Vater Sergius«:* S. TB 15. 9. 1951, Anm. 1.

16. 6. 1952

229 1] *Berliner Evakuierungs Orders:* Im Zuge der sowjetisch-ostdeutschen Bemühungen, Westberlin zu isolieren, hatte die Volkspolizei die Bewohner dreier kleinerer Ortschaften an der Grenze Berlins aufgefordert, ihre Wohnungen zu verlassen oder in Zukunft jeden Westkontakt aufzugeben; den Einwohnern der Enklave Steinstücken wurde bedeutet, ihre Kommune sei ab sofort Bestandteil der Deutschen Demokratischen Republik.

2] *an Goes:* An Albrecht Goes, P. P. 16. 6. 1952, Reg. IV, 52/187. S. auch TB 13. 6. 1952, Anm. 1.

3] *»Göttliches und Menschliches«:* Leo Tolstoi, ›Göttliches und Menschliches‹, a.a.O. im 6. Band ›Erzählungen und dramatische Gespräche aus dem Nachlaß‹.

4] *Schrift [...] von Jean Boyer:* ›A propos du rôle de la musique dans le ‚Doktor Faustus'‹, ›Annales publiées par la Faculté des Lettres de Toulouse‹, Dec. 1951, 119–143. Mit Widmung des Autors im TMA.

5] *Jean Boyer:* Der an der Sorbonne mit einer Arbeit über ›Le romantisme de Beethoven, études de la formation d'une légende‹ habilierte und in Toulouse lehrende französische Germanist und Musikologe Jean Boyer (1888–1950).

17. 6. 1952

1] *an die Mazzucchetti:* An Lavinia Mazzucchetti, P. P. 17. 6. 1952, Reg. IV, 52/190. S. auch TB 7. 6. 1952, Text und Anm. 1. 229

2] *[an] die Meyer:* An Agnes E. Meyer, P. P. 17. 6. 1952, Reg. IV, 52/191: »Lancieren Sie doch ins Blatt, dass die Accademia dei Lincei in Rom mir ihren – dieses Jahr zum erstenmal zu vergebenden – internationalen Literatur-Preis (Betrag 5 Millionen Lire) verliehen hat! Es würde mir leid tun für meine Herren Feinde, wenn die Demonstration so ganz unter den Tisch fiele.« (Anmerkung unter dem Briefende: »So hätte Hector Berlioz auch schreiben können.« TM/AEM 769/770). Agnes Meyer erfüllte TMs Wunsch: Die ›Washington Post‹ brachte am 29. 6. 1952 einen Artikel ›Thomas Mann Awarded New World Price‹; s. den Text in TM/AEM 1095.

3] *[an] Mühlestein:* P. P. 17. 6. 1952, Reg. IV, 52/192, mit dem gleichen Schlußpassus »Es täte mir leid ...«, der auch in anderen Briefen dieser Tage steht. (S. z.B. Anm. 2 und 3 sowie TB 20. 6. 1952, Anm. 3.)

4] *Fontanes Gedichte:* In der Zürcher Bibliothek befindet sich kein Band mit Gedichten von Fontane.

18. 6. 1952

1] *Nietzsche-Buch:* S. TB 13. 5. 1952, Anm. 5. 229

2] *an die Baronin Yxküll:* Das Kondolenzschreiben an die Witwe von Edgar Baron Uexküll (1884–1952), der im Zusammenhang mit dem Aufstand vom 20. Juli 1944 verhaftet, bis Kriegsende im KZ gefangengehalten wurde und 1947 nach Schweden emigrierte, ist nach Reg. IV, 592, verschollen. Zu Uexküll s. TB 49/50, 375.

3] *»Hadassah«:* Die 1912 gegründete jüdische Frauenorganisation, die sich insbesondere um Einrichtungen in der Gesundheitspflege kümmert.

19. 6. 1952

1] *an Bandinelli:* Das Schreiben ist nach Reg. IV, 592, verschollen. 230

2] *an Dr. Amann:* An Paul Amann, P. P. 19. 6. 1952, Reg. IV, 52/193; TM/PA 75.

20. 6. 1952

230 1] *Agnes Meyer erbittet:* Das Telegramm ist nicht erhalten. Zur Sache s. TB 17. 6. 1952, Anm. 2.

2] *an Mrs. M.:* An Agnes E. Meyer, P. P. 20. 6. 1952, Reg. IV, 52/199; Br. III, 264; TM/AEM 770/771: Detaillierte Auskünfte über den Feltrinelli-Preis, ähnlich dem unten zitierten Schreiben an Manfred George.

3] *an Manfred George:* P. P., 20. Juni 52: »Teilen Sie Ihren Lesern doch mit, daß die altehrwürdige ›Accademia dei Lincei‹ in Rom mir ihren großen Internationalen Literatur-Preis zuerkannt hat, den sie dieses Jahr zum erstenmal vergibt (Geldbetrag ungefähr 8000 Dollars, d.i. 5 Millionen Lire.)/ In der offiziellen Begründung heißt es, daß mit dem Preis nicht nur mein ›gewaltiges‹ (hm) literarisches Werk geehrt werden solle, sondern ›ganz besonders das seltene Beispiel eines erreichten lebendigen Humanismus, der geistig die Spaltung unserer Zeit überragt und somit eine Weisung allen geistig Schaffenden gibt.‹/ Diese Begründung nimmt sich umso rührender aus, als Charakter und Tätigkeit der Akademie von einem philologischen, antiquarisch-archäologischen Humanismus bestimmt sind./ Ich brauche wohl nicht zu sagen, daß dies als Nachricht, nicht etwa als persönliche Mitteilung zu bringen ist./ Es ist etwas für meine Herren Feinde.« (Marbach)

4] *Bearbeitungen:* Bis zum Auftauchen Ken Keatons, GW 893. Die Überarbeitungsspuren sind im Manuskript sichtbar. Dort hieß es, Blatt 17/18 (GW VIII, 890, 11. Zeile von unten) statt: »als weiblichen Lebensakt« ursprünglich: »⟨so mußt Du es nehmen⟩. An Deiner Stelle würd' ich es als eine Art von Wehen auffassen, warum denn auch nicht? [verbessert aus ›wie wäre das?‹ und ›was meinst Du dazu?‹] Ist ja doch, was Dir Mühsal macht, ein weiblicher Lebensakt, wie das Gebären auch. Ist ja doch jede Periode, die wir erleiden, etwas wie eine Geburt – eine Ersatz-, eine Leergeburt magst Du sagen, aber doch ein weiblicher Lebensakt wie das Gebären. – Immer, solange wir Weib sind, weder Kind mehr und noch keine unfähige alte Frau, – in der Zeit unseres Voll-Lebens also ist da immer wieder ein verstärktes, strotzendes Blutleben unseres mütterlichen Organs, wodurch die liebe Natur es vorbereitet zur Aufnahme des befruchteten Eies, und wenn keines da ist, so haben wir unsere Leergeburt vom Blut. Ist aber eines da, dann bleibt es aus, das Monatliche, und wir sind in gesegne-

ten Umständen. ⟨Himmel, wie freudig erschrak ich...⟩«. – Geändert, d.h. im wesentlichen verkürzt, wurde auch der letzte Absatz von GW VIII, 891 (Manuskript Blatt 19): »⟨Wenn ich Dich ein bißchen gaudiere damit, Kind, soll die einfältigste Theorie mir recht sein.⟩ Mit den Wehen aber, und daß Du die Plage so auffassen solltest, nämlich als redliche Weibesschmerzen, ⟨damit meine ich es ganz ernst und tröstlich.⟩ Wenn es immer so wäre und nicht eine vereinzelt dann und wann auftretende Eigentümlichkeit, ich wollte es der Natur nicht zum Vorwurf machen [geändert aus ›verargen‹], ich fände es richtig, da es sich ja doch bei der Reinigung um eine Art Ersatz-Art von Niederkunft handelt, um eine Ersatz-Geburt. ⟨Sei nur froh und stolz mit Deinen dreißig Jahren, daß Du in voller Blüte stehst Deines Blutes⟩, wenn auch ohne Mann und Frucht. Deine Schmerzen sind Leben und ⟨das glaube mir, ich wollte gern beliebiges Leibwehen in Kauf nehmen, wenn es mir noch so ginge wie Dir.⟩«
5] *Neffe Loel:* Eine über viele Sprachformen vom Namen Klaus abgeleitete Anrede für den Neffen Klaus Hubert Pringsheim.

21. 6. 1952
1] *Lou Albert-Lasard, »Wege mit Rilke«:* Der Lebensbericht der 231
Malerin Lou Albert-Lasard war 1952 bei S. Fischer in Frankfurt erschienen.
2] *Unsinniges:* Der von TM hier gemeinte Abschnitt a.a.O. 46/47 lautet: »In diesen Tagen sahen wir auch Wilhelm Herzog, Annette Kolb und viele andere, entrüstet über den Jubel, den die entsetzliche Nachricht von dem Ertrinken der russischen Armee in den masurischen Sümpfen hervorgerufen hatte. Annette Kolb hatte einen deutschen Vater und eine französische Mutter. Sie hielt überall pazifistische Reden, die ganz besonders eindrucksvoll waren durch den Schmerz ihres geteilten Herzens. Sie wurde angegriffen./ Nicht alle aber gaben denselben Klang. Thomas Mann zum Beispiel ließ sich hinreißen von der patriotischen Welle, und ich höre noch, wie während eines Vortrags sein Bruder Heinrich leise zu Rilke sagte: ›Mein Bruder hat druckfähigere Gedanken als ich‹.«
3] *Zola-Aufsatz:* Heinrich Mann, ›Zola‹, ›Die Weißen Blätter. Eine Monatsschrift‹, Leipzig, Jg. 2, 1915, H. 11, 1312–1382. Ein Exemplar des Heftes mit Anmerkungen von TM ist in Zürich erhalten.
4] *ostdeutsche Ausgabe:* Heinrich Mann, ›Der Untertan‹, Aufbau-

Verlag, Berlin, 1950. Das Widmungsexemplar ist nicht in der Zürcher Bibliothek.

231 5] *Dehmel:* Der Lyriker und Dramatiker Richard Dehmel (1863–1920), der TMs literarische Anfänge wohlwollend begleitet hatte, war – obwohl bereits 51 Jahre alt – 1914 als Freiwilliger in den Krieg gezogen. Viele seiner frühen Kriegsgedichte, auf die sich TM hier bezieht, sind im Band 229 der Insel-Bücherei: Richard Dehmel, ›Kriegs-Brevier‹, Leipzig o.J. [1917], abgedruckt.

6] *Scheler mit seinem »Deutschen Krieg«:* Max Scheler (1874–1928), ›Der Deutsche Krieg‹, geschrieben im November 1914: In: Max Scheler, ›Der Genius des Krieges und der Deutsche Krieg‹, Leipzig 1915: »Dieser Krieg ist nicht der ›Weltkrieg‹ – auch Amerika gehört zur ›Welt‹ – trotz seiner europäischen Bedeutung nicht der europäische Krieg (auch Italien, Schweden, Spanien, Portugal, Dänemark, Norwegen, Holland, die Schweiz usw. gehören zu Europa) – es ist der ›Deutsche Krieg‹ schlechthin. Vielleicht sehen jetzt die Parteien, die den deutschen ›Befreiungskrieg‹ von 1813 vorschnell mit dem Namen ›Freiheitskrieg‹ benannten, daß sie diesen Namen als zweite Bestimmung des Deutschen Krieges noch aufsparen mußten. Denn jetzt erst handelt es sich um die Freiheit des deutschen Volkes und Staates schlechthin [...] – um die Freiheit, die [...] die Wurzel seiner geistig politischen Existenz selber ist; ihr Grund und ihr Sinn zugleich! Diese Freiheit geht der Existenz voran, sie folgt ihr nicht! Gäbe es nichts weiteres zu sagen über unseren Glauben an unser höheres Recht in diesem Kriege – dies allein machte ihn zu einem ›heiligen‹ Krieg.« (a.a.O. 222/223)

7] *»Gott erhalte«:* Hugo von Hofmannsthal, ›Die österreichische Antwort‹: »Antwort gibt im Felde dort,/ Faust, die festgeballte,/ Antwort dir gibt nur *ein* Wort:/ Jenes *Gott erhalte*!/ Unsern Kindern eint uns dies,/ Wie's uns eint den Vätern,/ einet heut die Kämpferschar,/ Hier mit uns, den Betern.// Berge sind ein schwacher Wall,/ Haben Kluft und Spalte:/ Brust an Brust und Volk bei Volk/ Schallt es: Gott erhalte!// Helden sind wie Kinder schlicht,/ Kinder werden Helden,/ Worte nicht und kein Gedicht/ Können's je vermelden.// Ungeheueres umfaßt/ Heut' dies heilig' Alte,/ Und so dringt's zum Himmel auf:/ Unser Gott erhalte!« (›1914. Der Deutsche Krieg im Deutschen Gedicht‹, H. 3, Hrsg. v. Julius Bab, Berlin 1914, 24)

8] *Hesses Demian*: Hermann Hesses 1919 unter dem Pseudonym

Emil Sinclair in der ›Neuen Rundschau‹ publizierter Roman ›Demian. Geschichte einer Jugend‹. TM war damals von der Lektüre so beeindruckt, daß er sich bei Samuel Fischer nach dem Autor erkundigte.

9] *»Madame Legros«:* Heinrich Mann, ›Madame Legros‹, Drama in drei Akten, Berlin 1913. 232

10] *in einem Brief:* Lou Albert-Lasard zitiert aus einem Brief von Rilke an sie vom März 1916: »[. . .] Ich trage von allen Seiten Bücher zusammen [. . .] Und da entdeck ich mir langsam Heinrich Mann, was schon seine Wichtigkeit hat; wären wir voriges Jahr auf ›Pippo Spano‹ gekommen, wir hätten ganz anders gelesen und weiter gelesen. Kennst Du sie denn? Bei den Romanen kommen Stellen, an denen man etwas ablehnen möchte, was aber, wie es scheint, eher der Form des Romans, dem Roman als einem Grenzgebiet der Kunst, vorzuwerfen wäre, als der außerordentlich beherrschten Kunst Heinrich Manns. Die wunderbare Sättigung dieses ganz in die Sprache gelösten Lebens ist wohl nie vorher im Deutschen dagewesen, es muß die jungen Leute, die von der Natur unabhängig werden wollen, hinreißen, in Manns Büchern alles Geschaute so längst geschaut zu gewahren, so von jeher geschaut. Wann hat dieser große Künstler seine Lehrzeit gehabt? Darin übertrifft er selbst Flaubert: wenn der etwas vom Sammler hat, so ist Heinrich Mann schon wieder Ausgeber und Vergeuder – wer hat je Stücke Landschaft so glänzend gebildet, um sie dann einfach auf das treibende Blut einer Geschichte zu werfen – ja, dies ist mir das Wunderbarste, daß hier ein unendlich Bildender zugleich die Strömung schafft, die seine Dinge fortreißt von ihm.« (Lou Albert-Lasard, a.a.O. 129/130)

22. 6. 1952

1] *an Dr. R. Hirsch:* Das Schreiben an Rudolf Hirsch ist nach Reg. IV, 592, verschollen. 232

26. 6. 1952

1] *Wiederbesuch des Museums:* S. TB 4. 10. 1951, Text und Anm. 2. 233

27. 6. 1952

1] *Roman von:* Im Manuskript ist eine Lücke. Vermutlich handelt es sich um den Roman von Joachim Maass, ›Der Fall Gouffé‹, der 1952 bei S. Fischer in Frankfurt am Main erschien. 233

2] *an Senator Lehmann:* Es ist zu vermuten, daß der Brief nie geschrieben wurde.

3] *Senator Lehmann:* Der demokratische Senator von New York, Herbert H. Lehman (1878–1963).

4] *Tolstois »Kosacken«:* TM las die in seiner Bibliothek erhaltene Übersetzung des Romans von Johannes von Guenther, München 1913.

234 5] *Veto des Präsidenten [...] überrannt:* Am 25. 5. 1952 hatte der Präsident »with some of the strongest language he has used in recent messages to Congress« (NYT, 26. 6. 1952, 1:8) sein Veto gegen die ›McCarran-Walter Immigration and Nationality Bill‹ (s. TB 28. 11. 1951, Anm. 2 und 28. 1. 1952, Anm. 1) artikuliert, das zwei Tage später durch den Kongreß wieder zu Fall gebracht wurde.

6] *Musiker dalla Piccola:* Der italienische Komponist und Pianist Luigi Dallapiccola (1904–1975).

7] *Miss [Roney]:* Vermutlich handelt es sich um die TB 29. 4. 1952 erwähnte Vertreterin der Caedmon-Produktionsgesellschaft.

1. 7. 1952

235 1] *Golos Buch:* S. TB 24. 10. 1951, Anm. 1.

2] *Mc. Carran-Einwanderungsgesetz:* S. TB 27. 6. 1952, Anm. 5.

3] *Latimore-Skandal:* So im Manuskript. Zur Sache s. TB 22. 3. 52, Anm. 1.

4] *M. Gasser:* Der mit Klaus und Erika Mann befreundete Schweizer Schriftsteller und Journalist Manuel Gasser (1909–1979), Mitbegründer der Zürcher Wochenzeitung ›Die Weltwoche‹, später Chefredakteur der Zeitschrift ›du‹.

2. 7. 1952

235 1] *Prof. Mäder:* Bruno Mäder, Facharzt für Hals-Nasen-Ohren-Krankheiten, den TM nach seiner Rückkehr aus den USA häufig konsultierte.

236 2] *an Weber:* Das Schreiben an den Leiter des Feuilletons der NZZ, Werner Weber (geb. 1919), ist nach Reg. IV, 592, verschollen.

3. 7. 1952

236 1] *Nachricht vom römischen Preis:* NZZ (Fernausgabe), 4. 7. 1952, Bl. 12: »Thomas Mann ist von der ›Acccademia dei Lincei‹ in Rom

(gegründet 1603) der dieses Jahr zum ersten Mal ausgesetzte große internationale Literaturpreis, der ›Premio Feltrinelli‹ zuerkannt worden. In der öffentlichen Begründung heißt es, der Preis sei Thomas Mann nicht nur für das literarische Werk, sondern im besondern auch mit der Absicht verliehen worden, ›das seltene Beispiel eines erreichten lebendigen Humanismus zu ehren, der geistig die Spaltungen unserer Zeit überragt und so allen geistig Schaffenden eine Weisung gibt‹.«

2] *kaukasische Erinnerungen*: Im Manuskript steht »kaukasisische Erinnerungen«.

4. 7. 1952

1] *N.Z.Z. Bericht:* M. N., ›Hermann Hesse-Feier‹ (veranstaltet vom Schweizerischen Schriftstellerverein, dem PEN-Club, der Schauspielhausdirektion, der Büchergilde Gutenberg und dem Verlag Fretz und Wasmuth; Festredner Professor Karl Schmid), NZZ (Fernausgabe), 5. 7. 1952, Bl. 9. 236

2] *»Sewastopol«:* Leo Tolstois Novelle im 2. Band der TB 15. 5. 1951 nachgewiesenen Ausgabe.

3] *an Fiedler:* An Kuno Fiedler, Zürich, 4. 7. 1952, Reg. IV, 52/201.

5. 7. 1952

1] *Ferrarini:* Der Professor für Literatur und Philosophie an der Universität Padua, Pietro Ferrarino (geb. 1907). 237

2] *an Agnes Meyer:* Zürich, 5. 7. 1952, Reg. IV, 52/202; TM/AEM 771/772.

3] *Nationalrat Oprecht*: Der Schweizer sozialdemokratische Nationalrat Hans Oprecht (1894–1978), Bruder des Verlegers Emil Oprecht und Direktor der Büchergilde Gutenberg.

4] *Zbg.-Ausgabe der Gutenberg-Gemeinde:* Der Band der Büchergilde Gutenberg war 1951 in Zürich erschienen.

6. 7. 1952

1] *George-Buch von Boehringer:* Robert Boehringer, ›Mein Bild von Stefan George‹, München und Düsseldorf 1951. 237

2] *an Prof. Kaufmann:* An Walter A. Kaufmann über sein Nietzsche-

Buch, Zürich, 6. 7. 1952, Reg. IV, 52/203: »[...] Sein Hauptverdienst scheint mir in der endgültigen und fortan keinen Schwindel mehr zulassenden Abtrennung Nietzsches von der Nazi-Bäumler-Welt zu liegen und in der energischen Herausarbeitung von Nietzsche's Gedankenwelt als einer *einheitlichen,* im Frühesten schon keimweise vorhandenen Philosophie, im Gegensatz zu dem impressionistisch irrlichternden Aphoristiker, den man aus ihm hat machen wollen. Ansätze zu diesem Nachweis finden sich auch in meinem allzu improvisatorisch vom Zaun gebrochenen Vortrag vom Jahr 45 oder 46, und schade ist und bleibt es, dass Sie sich [...] zu allem Früheren so rein polemisch verhalten mussten und nicht auch ein wenig positive Bezugnahme walten lassen konnten. Das wirkt zuweilen schulmeisterlich und gelehrtenhaft abstreitend, korrigierend, besserwissend bis in solche Einzelheiten hinein, wie dass Nietzsche Tolstoi *sehr wohl* erwähnt habe. Wo und wie denn? Eine Erwähnung von irgendwelcher Wucht und Bedeutung kann es nicht gewesen sein im Vergleich mit den Aeusserungen über Dostojewsky. Gnade zu finden scheint nur Klages – der doch nicht viel weniger gefährlich war, als Bäumler./ Bertram wird zu hart angefahren. Seine Legendenbildung, zu der der Gegenstand wahrlich verlockt, war nicht von der schlechtesten Art und gewisse Kapitel seines Buches wie ›Venedig‹ und ›Judas‹ sind einfach *schön.*/ Philosophisch unanfechtbar und durchdringend, wie Ihr bewundernswertes Werk ist, lässt es viel Menschliches aus, die Tragödie, das Hoch- und Erbarmenswerte und Jammervolle, das grässlich Affektionierte (im Preise Heine's z.B.), das Möchte-gern-Verhältnis zu Goethe, von dem er so viel hatte, wie ich vom Herkules. Auch das Mythische, der bewusste Gang zum Kreuz. Zu sehr, finde ich, ist er ganz einfach ein grosser Denker bei Ihnen; vom Künstler-Märtyrer spürt man nicht viel./ Eine Erscheinung wie Nietzsche ist eine unendliche immer sich erneuernde Herausforderung an die Kritik. Ich glaube, dass Ihr Werk für eine Weile *das* regierende, *das* gültige Nietzsche-Buch sein wird – bis ein *noch* besseres kommt. Halten Sie das für möglich? [...]« (Kopie im TMA)

3] *Liebesbriefe Kafkas:* Franz Kafka, ›Briefe an Milena‹. Ausgewählt und eingeleitet von Willy Haas, ›Merkur‹, Stuttgart, Jg.6, H.6, Juni 1952, 515–529.

238 4] *Hofmannthals ehrerbietige Ablehnung:* Bei Boehringer, a.a.O. 48–57.

5] *Wolters:* Der Literaturwissenschaftler Friedrich Wolters (1876–1930). Über ihn bei Boehringer, a.a.O. 132–137.
6] *Derleth:* Bei Boehringer, a.a.O. 111/112. TM kannte den Schriftsteller Ludwig Derleth (1870–1948) aus seiner frühen Münchener Zeit. Die Gestalt Derleths gab ihm Anregungen zu der Novelle *Beim Propheten* und zur Figur des Dichters Daniel zur Höhe im *Doktor Faustus* (GW IV, 483).

7. 7. 1952
1] *Wolfskehl:* Bei Boehringer a.a.O. 95–102; die Fotos, auf die TM 238
Bezug nimmt, sind im Bildteil, 85–89, wiedergegeben. Sie zeigen den Münchener Lyriker, Hymniker und Essayisten Karl Wolfskehl (1869–1948) bei »Antiken Festen« des George-Kreises als Bacchus und Homer.
2] *Wort Michelangelos:* Michelangelo, ›Über die Malerei. Drei Gespräche von Francisco de Hollanda‹. Der von TM zitierte Passus steht im dritten Gespräch und lautet, in der Übersetzung von Heinrich Koch (›Michelangelo, Briefe, Gedichte, Gespräche‹, Fischer Bücherei No. 169, S. 195/196): »Die Kunst eines bedeutenden Mannes erkennt man an der Furcht, mit der er an sein Werk herangeht, so gut er seine Arbeit auch versteht. Die Unwissenheit des Stümpers zeigt sich in der verwegenen Kühnheit, mit der er Tafelbilder mit Dingen anfüllt, die seine Kräfte übersteigen. Ein Meister verdient unter Umständen, auch wenn er niemals mehr als eine Gestalt gemalt hat und auch nicht mehr schaffen wird, größeren Ruhm und höhere Ehrung als derjenige, welcher tausend Gemälde verfertigt hat. Der Meister versteht das, was er nicht getan hat, besser als die anderen das, was sie tun.«
3] *Brief über den »Erwählten«:* Von Adolf Pfanner (Pseudonym für Willy Hellpach). S. TMs Antwort, P. P. 10. 7. 1952, Reg. IV, 52/206.
4] *deutsche Kritik:* W. E. Süskind, ›Schöpferische Parodie?‹, ›Süddeutsche Zeitung‹, 12. 7. 1951.
5] *Süskind:* Der Münchener Schriftsteller W. E. (Wilhelm Emanuel) Süskind (1901–1970). Näheres TB 46–48, 366.

9. 7. 1952

239 1] *an H. Oprecht:* Das Schreiben ist nach Reg. IV, 592, verschollen.

2] *[an] den Münchener »Merkur«:* An die Redaktion des ›Merkur‹, Stuttgart, Kandersteg, 9. 7. 1952, Reg. IV, 52/205: Zusage, der Zeitschrift die Novelle ›*Die Betrogene*‹ zum Vorabdruck zur Verfügung zu stellen, wenn sie ihm nach Fertigstellung in Qualität und Umfang angemessen erscheine.

3] *Münchener »Merkur«:* TM verwechselt die in Stuttgart von Joachim Moras und Hans Paeschke herausgegebene »Zeitschrift für europäisches Denken« mit der Münchener Tageszeitung.

11. 7. 1952

239 1] *X-Hotel:* Das Hotel Viktoria in Kandersteg.

2] *Der Präsident [...] schrieb:* Weder das Schreiben noch die Anlagen befinden sich unter den in Zürich verwahrten Archivalien.

12. 7. 1952

239 1] *(Job):* Der Schweizer Schriftsteller Dr. Jakob Job (1891–1973) war Leiter des Schweizerischen Rundfunks in Zürich. TM kannte ihn bereits aus seiner ersten Zürcher Exilzeit.

240 2] *Rousseau:* Der Philosoph und Gesellschaftskritiker Jean-Jacques Rousseau (1712–1778).

3] *»L'Elu« in Nouvelles Littéraires:* René Lalou, ›Le livre de la semaine: L'Elu par Thomas Mann‹, ›Les Nouvelles Littéraires‹, Paris, 3. 7. 1952, 3.

13. 7. 1952

240 1] *Brief des jungen Busoni:* Der Brief von Rafaello Busoni, New York, 9. 6. 1952, der über den Stockholmer Verlag nach Kandersteg weitergeleitet wurde, befindet sich im TMA.

2] *der junge Busoni*: Der Maler, Grafiker und Kinderbuchautor Rafaello Busoni (1900–1962), Sohn von Ferruccio Busoni.

3] *Hesse-Heft der N.S.R.:* S. Anm. 4.

4] *Rede:* Karl Schmid, ›Rede zur Feier von Hermann Hesses 75. Geburtstag, gehalten am 29. Juni im Zürcher Schauspielhaus‹, NSR, N. F. 20, 1952/1953, ›Sonderheft zum 75. Geburtstag von Hermann Hesse‹, 131–139.

5] *Prof. Karl Schmid:* Der Schweizer Kulturpolitiker und Literarhistoriker Karl Schmid (1907–1974), seit 1947 Professor für Deutsche Sprache und Literatur an der ETH Zürich, 1953–1957 deren Rektor. S. auch TB 25. 9. 1951, Anm. 4.
6] *Chicagoer Convention:* Der republikanische Parteitag zur Wahl des Präsidentschaftskandidaten fand vom 7. bis 11. 7. 1952 in Chicago statt.
7] *Eisenhower:* Dwight D. Eisenhower (s. TB 7. 1. 1951, Anm. 2) gewann im ersten Wahlgang die Mehrheit und wurde als Kandidat der Republikaner für das Amt des Präsidenten nominiert.
8] *Dewy:* Der republikanische Politiker, Governor von New York, Thomas E. Dewey (1902–1971) war 1948 dem amtierenden Präsidenten Truman unterlegen und unterstützte in der Schlußentscheidung 1952 Dwight D. Eisenhower.
9] *Stassen:* Harold Edward Stassen (geb. 1907), 1939–1945 Governor von Minnesota, jüngster aller US-Governors, war nach dem Krieg Präsident der University of Pennsylvania.
10] *Vice-Präsidenten:* Der Parteitag wählte den kalifornischen Senator Richard M. Nixon (geb. 1913) für das Amt des Vizepräsidenten.
11] *Taft:* Der republikanische Senator von Ohio, Robert A. Taft (s. TB 5. 1. 1951, Anm. 3), war Eisenhower bereits in den Vorentscheidungen unterlegen.

15. 7. 1952
1] *an Klaus Pr.:* Nach Reg. IV, 592, verschollen. 241

16. 7. 1952
1] *Abrechnungsbrief Kafkas:* Franz Kafka, ›Brief an den Vater‹, ›Die 242
Neue Rundschau‹, Jg. 53, 1952, H. 2, 191–231.

19. 7. 1952
1] *»L'Elu«: Der Erwählte* war 1952 in der Übersetzung von Louise 242
Servicen bei Albin Michel in Paris erschienen.
2] *bei sehr angreifbarem Kopf:* So im Manuskript.
3] *Prof. Laufenburger:* Der Ökonom an der Faculté des Droits in Paris und Chevalier der Ehrenlegion, Henry Laufenburger (1897– ?).
4] *in der »Neuen Rundschau«:* Arthur March, ›Die Denkweise der heutigen Naturwissenschaften‹, ›Die Neue Rundschau‹, Jg. 53, 1952,

H. 2, 244–259; wo TM die Grenze zwischen »Literarischem« und »Literatenhaftem« zog, war anhand der Texte nicht eindeutig zu bestimmen.

243 5] *Im »Merkur«:* Willy Haas, ›Erinnerungen an Hofmannsthal‹, ›Merkur‹, Jg. 6, H. 7, Juli 1952, 643–659.

6] *Erzählung »Liane und Paul«:* Heinrich Manns 1926 erschienene Novelle. Hofmannsthal hatte in einem Brief an Willy Haas – vermutlich vom Dezember 1926 –, den Haas ohne Datierung in seinen ›Erinnerungen‹ wiedergab, mit Bezug auf diese Erzählung und ihren Autor geschrieben: »Wie kommt es eigentlich, lieber Herr Haas, daß man diesen Heinrich Mann überall mit einer Art Hochachtung behandelt? Nach Jahren nahm ich wieder einmal etwas von ihm in die Hand: eine Erzählung ›Liane und Paul‹. Das ist doch gar nichts als lumpiges Literatentum, weder Gestaltung noch Talent, noch Geist, noch Anstand; Sujet und Haltung (mehr Allure als Haltung) copiert von Wedekind, einzelnes abgestohlen von Strindberg, das Ganze so flau und schal und gemein und dumm wie nur möglich! Warum toleriert man solche Figuren? – Die äußerste Unkenntnis der Welt mit Anmaßung vermischt. Warum liest man nie ein *wahres* Wort über einen solchen Litteraten? Warum sind alle diese Zustände bei uns so verlogen? Mir kommt dieses litterarische Getue aller dieser älteren und jüngeren Menschen manchmal so ekelhaft vor, daß es nicht zu sagen ist!« (›Merkur‹, a.a.O. 657/658). – Der Abdruck des Briefes wird eingeleitet durch eine Reflexion über Hofmannsthals »Sorge [...] um die zeitgenössische deutsche Literatur«, so wie sie sich für Willy Haas in dem kleinen, seinerzeit in der ›Literarischen Welt‹ abgedruckten Dialog ›Die Mimin und der Dichter‹ äußerte, einer Szene aus dem Fragment gebliebenen Lustspiel ›Timon der Redner‹, die, in klassischem Gewand, eine Analyse der deutschen geistigen und politischen Zustände um das Jahr 1926 gibt: »Im Hintergrund steht der ›Führer‹ Timon, der aufgehende Stern des Kleinbürgertums, der hypnotisierende Redner und Herr des Wortes.« Aber auch für den Dichter Agathon »ist das Wort alles« – ein Wort allerdings, das, wie er sich von der Mimin Bacchis vorhalten lassen muß, nur sich selbst dient: »›Ihr habt eine Gaunersprache, eine schwindelhafte Übereinkunft! – das nennt ihr den Ruhm, das Gedächtnis der Welt! Schwätzer verleihen Schwätzern Ruhm, aus Worten, für Worte, das ist alles! O ihr Wortkünstler! – Ich weiß einen großen Wortkünstler in dieser

Stadt: Timon. Denn aus seinen Worten wird etwas!‹« – »Wer Timon ist, aus den Augen von 1926 gesehen«, so Willy Haas' Kommentar, den TM im ›Merkur‹ las, »ist also selbstverständlich. Aber es gibt in diesem Dialog, glaube ich, noch eine andere aktuelle Anspielung, wenn Agathon, der Dichter, den Zusammenhang zwischen Wort und Tat, oder Geist und Tat, betont – und hier liefert, nehme ich an, der [oben zitierte] Brief den Kommentar: Es ist Heinrich Mann. [...]/ Wenn der Dichter Agathon in dem Dialog sagt, daß er in seinen Werken ›das Handeln in seiner Reinheit‹, ›das Handeln in seiner Wahrheit, in seiner Idee‹ zeigt, weist die Mimin Bacchis ihn zurecht: ›Da zeigt ihr etwas, was es nicht gibt. Es wird immer sehr unrein gehandelt, Agathon‹, und ›das Handeln und die Liebe entziehen sich der Idee‹. Man könnte eigentlich nicht besser als mit dieser Definition gegen Heinrich Manns geistigen Aktivismus von 1926 polemisieren, für den die Einheit von Tat und Idee, von Wert und Tat das letzte angestrebte literarisch-ethische Ziel, gleichsam die wärmende, lebensspende Sonne im Zentrum des menschlichen Geistes selbst war.« (›Merkur‹, a.a.O. 654–656)

7] *Henri IV.:* Heinrich Manns in der Emigration entstandene, 1935 und 1938 bei Querido in Amsterdam erschienenen Romane ›Die Jugend des Königs Henri Quatre‹ und ›Die Vollendung des Königs Henri Quatre‹.

8] *von Hesse:* O. O. u. Dat. [Juli 1952], HH/TM 166.

21. 7. 1952

1] *Tschechows »Taugenichts«:* TM las Tschechows Novelle ›Ein Taugenichts‹ in der Übersetzung von Alexander Eliasberg im zweiten Band der TB 13. 5. 1952, Anm. 6 unter 2) angegebenen Ausgabe. Sie ist im TMA erhalten. 244

2] *Stück:* Gertrude Stein, ›Yes is for a Very Young Man‹, 1944/1945. In: Gertrude Stein, ›Last Operas and Plays‹, Edited and with an Introduction by Carl van Vechten, New York, Toronto 1949.

3] *Gertrude Stein:* Die amerikanische Schriftstellerin Gertrude Stein (1874–1946), die seit 1902 vorwiegend in Paris gelebt und eine ganze Gruppe junger Autoren ihres Landes maßgeblich beeinflußt hatte.

4] *demokr. Convention:* Vom 21. bis 26. 7. 1952, ebenfalls in Chicago.

5] *Governor Stevenson:* Der Politiker Adlai Ewing Stevenson (1900–1965), seit 1948 Governor von Illinois, »Truman's personal choice for the nomination«, hatte noch am 20. Juli geäußert, »that he had ›no desire‹ for presidency, ›mentally, temperamentally or physically‹«. Trotzdem erklärten viele Delegierte, ihn wählen zu wollen. Als am 24. Juli Trumans »alternate as a delegate from Missouri«, Thomas J. Gavin, erklärte, er werde auf Weisung des Präsidenten für Stevenson stimmen, und der außenpolitische Berater Trumans, Sonderbeauftragter für den Marshallplan und späterer Governor von New York, William Averell Harriman (1891–1986) am 26. 7. zugunsten von Stevenson auf eine eigene Kandidatur verzichtete, unterlag der bis dahin führende Senator von Tennessee, Estes Kefauver (1900–1963), im dritten Wahlgang mit 275 zu 617 Stimmen, und Stevenson wurde einstimmig als Präsidentschaftskandidat nominiert.

22. 7. 1952

244 1] *an Mlle Servicen über ihre tradition:* So in der Handschrift. Gemeint ist das Schreiben an Louise Servicen, Kandersteg, 22. 7. 1952, Reg. IV, 52/219, über einige Mißverständnisse in ihrer Übersetzung (»traduction«) des *Erwählten:* »[...] Mißverständnisse [...], die ich darum erwähne, um Ihnen zu zeigen, wie genau ich Ihre Arbeit gemustert habe [...]. Hauptsächlich finde ich, daß für die ›schlimmen Kinder‹ das Wort mauvais oder méchant durchaus genügt hätte. ›Pervers‹ ist mir entschieden zu stark. Ich bin meines Gefühls nicht ganz sicher, wie sich das Wort im Französischen ausnimmt, aber ich empfinde es mit Unbehagen als zu direkt, um nicht zu sagen sexualpathologisch. Schließlich ist die Verfehlung der ›ebenbürtigen‹ Geschwister, die es nicht zufällig in ihrer Kindheit verlangt, immer jung und klein zu bleiben, ausführlich psychologisch erklärt und menschlich so weit wie möglich entschuldigt. [...]/ Auch der ›lourdaud‹, Seite 26 unten, will mir nicht gefallen. Natürlich ist das altertümliche deutsche ›Michel‹, das groß und viel bedeutet, französisch nicht wiederzugeben; aber ›lourdaud‹ würde sich doch auf die ganze untere Erscheinung beziehen und diese als plump und schwerfällig bezeichnen. So geht verloren, was ich meinte.« (Im TMA)

2] *an Rosenthal:* Das Schreiben an den Antiquar Erwin Rosenthal ist nach Reg. IV, 592, verschollen.

3] *seinen Picasso* Erwin Rosenthal, ›Picasso. Painter and Engraver‹, San Francisco 1952.

4] *Artikel:* I. B. ›Rom diskutiert mit Moskau. Katholische Theologie und leninistische Philosophie‹, ›National-Zeitung‹, Basel, Beilage ›Forum der Woche‹, Sonntag, 20. 7. 1952 – eine außerordentlich kenntnisreiche, positiv akzentuierte Würdigung der umfangreichen Studie, die der Professor am Päpstlichen Ostinstitut in Rom Gustav A. Wetter S.J. unter dem Titel ›Der dialektische Materialismus, seine Geschichte und sein System in der Sowjetunion‹ im Herder-Verlag, Wien, vorgelegt hatte. 245

5] *Naphta nach 25 Jahren:* Die Besprechung begann mit einem Rekurs auf TMs *Zauberberg*: »In seinem vor mehr als einem Vierteljahrhundert erschienenen ›Zauberberg‹ liess Thomas Mann als Gegenspieler eines humanitären Rationalisten die seltsame Figur eines katholischen Ordenspriesters auftreten, der als Anhänger einer totalitären Ordnung Kommunist geworden ist, schliesslich jedoch an dem inneren Widerspruch der beiden autoritären Systeme, die er vereinen will, zugrunde geht. An diesen Pater Naphta und sein Bekenntnis zu Intellektualismus, überindividuellen Werten und objektiver Weltordnung wird man unwillkürlich erinnert, wenn man das scharfsinnige und gründliche Werk [...] des Jesuitenpaters Gustav A. Wetter [...] liest. [...] Im Gegensatz zu der hasserfüllten Bekämpfung und völligen Ablehnung der Lehren gerade der katholischen Kirche durch die russischen Kommunisten wird von diesem gläubigen Katholiken nämlich mit Billigung seiner kirchlichen Oberen eine verständnisvolle und bis zu einem gewissen Grade auch positive Würdigung der philosophischen Ansichten von Lenin, Stalin und ihren Gesinnungsgenossen in Russland versucht.«

23. 7. 1952

1] *Monolog:* Rosalie von Tümmlers Monolog, in dem sie sich ihre Liebe zu Ken Keaton eingesteht (GW VIII, 901–903). 245

2] *»'Habt«:* Zitat der Redewendung von Echo/Nepomuk Schneidewein aus dem *Doktor Faustus* im Sinne von: Nun ist genug, mehr nicht, es reicht.

3] *Beim Kaffe*: So, wie manchmal, in der Handschrift.

4] *von Agnes Meyer:* Seven Springs Farm, Mount Kisco, New York,

18. 7. 1952; TM/AEM 772/773. Der Text der »Preis-Story« ist dort, 1095, fragmentarisch wiedergegeben.
5] *von Lesser:* O. O. u. Dat., mit Durchschlägen umfassender (zwischen 3 und 27 Seiten langer), an verschiedene Empfänger gerichteter Expektorationen, Widersprüche und Richtigstellungen in Sachen TM.
6] *an Basler:* An Otto Basler, Kandersteg, 23. 7. 1952, Reg. IV, 52/220; Br. III, 265.

24. 7. 1952

245 1] *Tölzer Tage:* Katia und Thomas Mann besaßen von 1908 bis 1917 ein Landhaus in Bad Tölz.
2] *Dr. Blum:* Der Psychiater und Psychotherapeut Dr. Ernst Blum (1892–1981).
246 3] *»Psychologie der Arbeit«:* Ernst Blum, ›Zur Psychologie und Psychopathologie der Arbeit‹, ›Praxis. Schweizerische Rundschau für Medizin‹, Bd. 9, 1941.
4] *Reisiger:* Der Erzähler und Übersetzer Hans Reisiger (1884 bis 1968), den TM 1913 kennengelernt hatte, gehörte zu den engsten Freunden des Hauses Mann. TM porträtierte ihn in der Figur des Rüdiger Schildknapp, des charmanten Übersetzers und Freundes von Adrian Leverkühn, im *Doktor Faustus.* (Näheres dazu TB 46–48, 428, 433, 436, 608–610, 763–765 und 788.)

25. 7. 1952

246 1] *Arie der Delila:* S. TB 9. 3. 1952, Anm. 5.
2] *an Reisiger:* An Hans Reisiger, Kandersteg, 24. 7. 1952, Reg. IV, 52/224; nur unvollständig erhalten.

28. 7. 1952

247 1] *Governor [...] nominiert:* S. TB 21. 7. 1952, Anm. 5.
248 2] *an den Reviewer:* Das Schreiben an den nicht ermittelten Rezensenten in Kapstadt ist nach Reg. IV, 592, verloren.
3] *an Prof. Kaufmann:* An Fritz Kaufmann, Kandersteg, 28. 7. 1952, Reg. IV, 52/231.
4] *Aufsatz:* Fritz Kaufmann, ›Universelle Repräsentation‹, aufgenommen in: Fritz Kaufmann, ›Das Reich des Schönen. Bausteine zu einer Philosophie der Kunst‹, Stuttgart 1960, 312–322.

5] *Artikel über G. v. Lukász:* Georg Gerster, ›Der Fall Lukács‹, ›Die Weltwoche‹, Jg. 20, No. 976 v. 25. 7. 1952, 5.
6] *als Modell [...] bloßstellend*: Gerster hatte geschrieben: »Manche Leser, freilich, die nicht literaturgeschichtlich oder philosophisch interessiert sind, werden als Literaturliebhaber Lukács kennen, ohne es zu wissen: Als Thomas Mann im ›Zauberberg‹ Naphta ausführte, den kleinen ostjüdischen Jesuitenprofessor von ›ätzender Hässlichkeit‹, hatte er Lukács vor Augen, den antihumanistischen, antiliberalen kommunistischen Intellektuellen, den Fall Lukács: die Abdankung des Geistes vor dem sturen Gehorsam.«
7] *Stockers:* Nichts Näheres ermittelt.

29. 7. 1952
1] *Cohens:* Nichts Näheres ermittelt. *248*
2] *Kurzgeschichten von Tschechow:* S. TB 13. 5. 1952, Anm. 6.
3] *an [...] Lunau:* An Wilhelm H. V. Lunau, Kandersteg, 29. 7. 1952, Reg. IV, 52/232: »Ihr Brief war mir eine freundliche Überraschung. Ich kann mich Ihres Namens sehr wohl erinnern, aber nicht genau Ihrer Person. Aber den Unter-Tertianer von damals gibt es ja auch in Ihrem Falle so wenig mehr wie in meinem. – Ja, die Mehrzahl dieser Generationsgenossen gibt es überhaupt nicht mehr. Lange leben heißt Viele überleben. Emanuel Fehling war ja wohl mehrere Jahre älter als wir. Aber Julius Harms, den ich später noch bei feierlichen Gelegenheiten in Lübeck wieder traf, könnte gut noch leben. Es betrübt mich zur hören, daß er nicht mehr ist. / Direktor Schubring war ja schreckenerregend, aber freilich musikalisch. Einmal spielte er vor der Singstunde auf dem Harmonium etwas Sonderbares und sagte dann in seinem dumpfen Baß: ›Meistersinger‹! Das waren die ersten Akkorde, die ich aus dem Werk hörte. – Bei Hupe war ich in Pension, als meine Mutter als Witwe schon nach München gezogen war. Ein Mit-Pensionär war Franz Sucher, der Sohn Rosa Suchers. Ob der wohl noch lebt? [...]« (Stadtbibliothek Lübeck)
4] *Lunau:* Wilhelm Heinrich Victor Lunau (1876–1959), zunächst Buchhandlungsgehilfe, dann, ab 1902, Buchhändler in Hamburg.
5] *Hupe:* TMs Klassenlehrer in der 1891/1892 »doppelt absolvierten Untertertia« (Peter de Mendelssohn), Dr. Johann Heinrich Hupe (1852–1892), der kurzfristig ein Knabenpensionat leitete, das auch TM besuchte, ehe er, weil Hupe starb, zu dem Oberlehrer Dr. Johann

Heinrich Timpe (1837–1895) in der Fleischhauerstraße 33 wechselte.

6] *Schubring:* Der Direktor des Katharineums, Dr. Julius Schubring (1839–1914), den TM in den *Buddenbrooks* in ›Wulicke‹ umbenannte. Auch Heinrich Manns ›Professor Unrat‹ trägt Züge dieses ungeliebten Schulmannes.

7] *Julius Harms:* Der spätere Weinhändler und spanische Konsul in Lübeck, Julius Harms (1873–1949).

8] *Emanuel Fehling:* Der spätere Rechtsanwalt Emanuel Fehling (1873–1932), ältester Sohn des nachmaligen Lübecker Bürgermeisters Dr. Emil Ferdinand Fehling und Bruder des Regisseurs Jürgen Fehling, war ein Schulkamerad von TM, der sich – wie aus einem Brief TMs an Ida Boy-Ed vom 22. 2. 1904 hervorgeht – durch das literarische Porträt seiner Familie in den Hagenströms der *Buddenbrooks* sehr getroffen fühlte. Der literarisch interessierte Emanuel Fehling war Jugendfreund und Briefpartner von Fanny Reventlow in Lübeck (1890/91) und Mitglied der 1903 durch Ida Boy-Ed u.a. wieder neu gegründeten ›Literarischen Gesellschaft, Lübecker Leseabend von 1890‹.

30. 7. 1952

248 1] *leuchtende Flugkörper:* Zwischen dem 23. und 31. 7. 1952 berichteten amerikanische Zeitungen in relativ großer Aufmachung über verschiedene »Besuche« »fliegender Untertassen«. Die Objekte, so hieß es, seien in vier aufeinanderfolgenden Nächten erst an der Ostküste, später auch über der Hauptstadt und an verschiedenen anderen Orten gesehen worden. Die Air Force behauptete zunächst, sie habe, im Gegensatz zu früheren »Besuchen«, die Flugkörper zum erstenmal mit Radar erfassen und so beweisen können, daß sie von »actual substance rather than mere light« seien. Diese Nachricht wurde jedoch zwei Tage später vom Luftwaffen-Oberkommando dementiert. Jedenfalls meldeten die NYT am 30. 7. 1952 zweispaltig auf der ersten Seite: »Air Force Debunks ›Saucers‹ As Just ›Natural Phenomena‹. Intelligence Chief Denies a Menace Exists. – Objects Believed to Be Reflections, but ›Adequate‹ Guard Will be Kept.« – Dieser Version schloß sich die NZZ am 30. 7. 1952 an.

1. 8. 1952
1] *Tolstoi »Kindheit«:* In Leo Tolstois Trilogie mit den Teilen ›Kindheit‹, ›Knabenjahre‹, ›Jugendzeit‹, die unter dem – vermutlich nicht von Tolstoi stammenden – Titel ›Lebensstufen‹ zusammengefaßt sind. Im TMA befindet sich eine Übersetzung von E. Röttger, neu durchgesehen von Ludwig Berndl, Jena 1928. 249
2] *unvorstellbar:* In der Handschrift steht »unvorstellung«. 250

3. 8. 1952
1] *von W. Eber:* Nicht unter den Materialien des TMA. Vielleicht wegen einer ursprünglich geplanten Lesung vor dem PEN-Club in Wien, die dann in eine Dinner-Veranstaltung geändert wurde. S. TB 22. 11. 1952. 251
2] *W. Eber*: Vielleicht ein Pseudonym (Weber), das jedoch nicht entschlüsselt werden konnte.
3] *an die Gehrke:* Das Telegramm an die Besitzerin des Hotels ›Haus Gerke‹ in Badgastein ist nach Reg. IV, 592, verschollen.

4. 8. 1952
1] *Senator Benton meldet:* Das Schreiben vermutlich des demokratischen Politikers William Benton (1900–1973), 1945–1947 Assistant Secretary of State, 1949–1953 Senator von Connecticut, befindet sich nicht unter den Dokumenten des TMA. 251
2] *Aufnahme:* Die Aufnahme des Vortrags ist (mit Angabe der Varianten gegenüber der gedruckten Fassung) nachgewiesen bei Loewy I/85, S. 106. Sie ist in Zürich erhalten.

6. 8. 1952
1] *Einladung:* Rom, 22. 7. 1952; im TMA. 252
2] *Moravia:* Der italienische Schriftsteller Alberto Moravia (eigentlich: Alberto Picherle, 1907–1990).
3] *seiner Zeitschrift:* Die 1953 gegründete Gazette ›Nuovi Argomenti‹. S. Dazu Alain Elkann/Alberto Moravia, ›Vita di Moravia. Ein Leben im Gespräch‹, Freiburg 1991, 229: »Wir stellten uns eine linke Zeitschrift ähnlich Sartres *Les Temps Modernes* vor, die sich objektiv und nicht lyrisch, etwa in der Art der Neorealisten Vittorini und Pavese, mit der italienischen Wirklichkeit beschäftigen und zugleich versuchen sollte, die dogmatische Verkrustung des Marxismus aufzubrechen.«

4] *Danae-Szenarium:* Das Szenario zu Richard Strauss' letzter Oper, ›Die Liebe der Danae‹ (1944, uraufgeführt 1952 in Salzburg), befindet sich in TMs Nachlaßbibliothek: ›Hugo von Hofmannsthal, ‚Danae oder Die Vernunftheirat', Szenarium und Notizen‹, mit einem Geleitwort hrsg. von Willi Schuh, Frankfurt am Main 1952. Der Band enthält eine Widmung Schuhs an TM.

253 5] *»Jugendjahre«:* Leo Tolstoi, ›Jugendzeit‹, in ›Lebensstufen‹, a.a.O.

6] *Dr. Katzenstein:* Nettie Sutro-Katzenstein; s. TB 27. 7. 1951, Anm. 1.

8. 8. 1952

253 1] *Vortrag gesprochen:* Loewy I, 86 weist – allerdings für den 7. 8. 1952 – nur ein Interview mit dem Bayerischen Rundfunk (der hier gemeint sein dürfte) nach. Die entsprechende Karteikarte des Archivs im Bayerischen Rundfunk vermerkt: »Interview – anläßlich eines Besuches in München am 8. 8. 1952 über seine Amerika-Eindrücke u.a. Einfluß des New Deal auf den letzten Teil der Josephs-Tetralogie, Urteile über Hofmannsthal.« Im BR-Archiv fand sich auch noch die undatierte Kopie des Vortrags *Der Künstler und die Gesellschaft* – vermutlich das Dokument der hier im TB gemeinten Aufnahme. – Außerdem hat sich der im Folgesatz erwähnte »Dialog« von Erika Mann – ein Interview mit Ria Hans für die Sendereihe ›Frauen unserer Zeit‹ – erhalten.

254 2] *Nelly:* Nelly Mann, geb. Kilian (1895–1962) war seit 1914 mit Viktor Mann verheiratet gewesen.

3] *ihres Vaters Sammlung:* Gemeint ist vermutlich Alfred Pringsheims Sammlung von Silber- und Goldschmiedearbeiten, die 1938 beschlagnahmt, im Bayerischen Nationalmuseum eingelagert, 1945 als Restitutionsgut an die amerikanischen Besatzungsbehörden ausgeliefert und an den Collecting Point in Wiesbaden übergeben worden war. Nach dessen Auflösung gelangte sie an die Speditionsfirma Rettenmayer. – Aus der im TMA jedenfalls teilweise erhaltenen Korrespondenz TMs mit einem vermutlich im US-Headquarter tätigen Henry F. Waldstein ist zu erschließen, daß die hauptsächlich »old German silver but also a number of paintings, carpets and other works of art« umfassende Sammlung irgendwann vor dem 25. Oktober 1951 den Pringsheim-Erben (TM erwähnt seine Frau und Peter Pringsheim in Chicago) wenigstens nominell rückübereignet worden sein muß. Schwierigkeiten bereitete offensichtlich der Wunsch der in Amerika lebenden Pringsheim-Kinder, Katia Mann und Peter Pringsheim, die Sammlung aus Deutschland in die USA zu überführen. – TM hatte sich spätestens seit dem 25. 10. 1951 um diese Ausfuhrgenehmigung bemüht, offenbar jedoch, wie die mit einem Schreiben vom 13. 5. 1952 endende Korrespondenz ausweist, bis zu diesem Datum ohne Erfolg. Die Ausfuhr »wertvollen Kulturguts« war von einer Sondergenehmigung des Hessischen Kultusministeriums abhängig, die wiederum ohne die Entscheidung des Bonner Innenministeriums darüber, welche Stücke der Sammlung dem schützenswerten Bestand zugeordnet werden müßten, nicht erteilt wurde. – Die Geschichte endete schließlich damit, daß ein Holbein-Pokal ans Bayerische Nationalmuseum gehen mußte, der Rest jedoch nach Amerika ausgeführt werden durfte.

4] *Salzburger Vortrag: Der Künstler und die Gesellschaft*, für die Abendveranstaltung im Salzburger Mozarteum zugunsten der Mozart-Stiftung am 10. 8. 1952.

5] *Ehepaar Schwarzberg:* Gemeint sind der Journalist und Schriftsteller Günther Schwarberg (geb. 1926) und seine Frau, die Photographin Eva Schwarberg-Reinecke (geb. 1922).

6] *Interview:* Das ursprünglich im Auftrag des bald darauf eingegangenen Düsseldorfer Pressedienstes ›Vox‹ geführte Interview ist nicht archiviert. Eine gekürzte Fassung erschien unter dem Titel ›Sehnsucht nach Europa. Ein Gespräch mit Thomas Mann‹ am 21. 8. 1952 im ›Stader Tageblatt‹. Sie ist abgedruckt bei Hansen-Heine, 327–329.

7] *[von] Dr. P. A. Loos:* Der Brief befindet sich nicht mehr unter den Dokumenten des TMA. S jedoch TM an P. A. Loos, Badgastein, 27. 8. 1952, Reg. IV, 52/244.

8] *P. A. Loos*: Paul A. Loos. Näheres nicht ermittelt.

9] *Lessers Buch:* Jonas Lesser, ›Thomas Mann in der Epoche seiner Vollendung‹, Desch Verlag, München, 1952.

10] *Maughams Stück »Finden Sie, ...«:* ›Finden Sie, daß Constanze sich richtig verhält?‹ Komödie in drei Akten von W. Somerset Maugham.

11] *Poppe:* Gemeint ist die Schauspielerin Marianne Hoppe (geb. 1911), die mit Gustaf Gründgens verheiratet war.

9. 8. 1952

254 1] *Hellbrunn:* In der Handschrift steht eindeutig ›Heilbrunn‹.

2] *Hotel-Schlößl:* Das Hotel Maria-Theresia-Schlößl in Salzburg-Hellbrunn.

10. 8. 1952

255 1] *Kommunistisches Ehepaar:* S. TB 12. 8. 1952, Anm. 1.

2] *Buch über China:* Fritz Jensen, ›China siegt‹, Wien 1949; mit einer Widmung des Autors in der Zürcher Bibliothek erhalten.

3] *Bibi als Duo-Solist:* Michael Mann (Viola) spielte zusammen mit Joseph Schröcksnadel (Violine) und dem Orchester des Mozarteums unter Bernhard Paumgartner in der Salzburger Felsenreitschule Mozarts Konzertante Symphonie Es-Dur, KV 364.

4] *Interview der Strich-Schülerin:* Charlotte von Dach, ›Kleines Gespräch mit Thomas Mann‹, ›Der Bund‹, 18. 7. 1952, S. 2.

5] *Dr. Perl:* Der deutsche, 1938 über die Schweiz in die USA entkommene Germanist Walter H. Perl (1909–1975). S. TB 46–48, 389.

6] *Session:* Der amerikanische Komponist und Musikpädagoge Roger Huntington Sessions (1896–1985), ein Freund der Borgeses, war TM seit seiner Princetoner Zeit bekannt.

7] *Schwestersängerin:* Elisabeth Brahn-Moser. S. a. TB 2. 8. 1951.

12. 8. 1952

Pension Appenbach: So im Manuskript für »Appesbach«.

255 1] *Dr. Jensen:* Der Arzt – im Spanienkrieg Leiter eines Sanitätszentrums – Dr. Fritz Jensen. Er war zunächst mit der Schriftstellerin und Journalistin Ruth Lenz (geb. 1908) verheiratet, die während des Spanienkrieges als Krankenpflegerin gearbeitet hatte. Später heiratete er die chinesische Lehrerin Wang Wu An (geb. 1921).

256 2] *an K. Kersten:* An Kurt Kersten, St. Wolfgang, 12. 8. 1952, Reg. IV, 52/235: »In nächster Zeit wird von mir nur eine Essay-Sammlung erscheinen, allerdings eine sehr umfangreiche, unter dem Titel [›] Altes und Neues. Kleine Prosa aus fünf Jahrzehnten‹. Das Buch ist fertig redigiert, mit einem Vorwort versehen und befindet sich im Druck. In ihrer chronologischen Anordnung haben diese Aufsätze gewissermaßen autobiographischen Charakter./ Im Uebrigen beschäftigt mich die Fortsetzung des ›Felix Krull‹ (es ist zu dem alten Fragment viel neues Manuskript hinzugekommen) und augenblick-

lich eine Erzählung oder Novelle (Long short story), die ich auf der Reise zu beenden hoffe.« (Kopie im TMA)

3] *Umfrage über die gegenwärtige Arbeit:* Die von Kersten im Auftrag der Zeitschrift ›Die Literatur‹ durchgeführte Umfrage. TMs Antwort erschien auf der ersten Seite der No. 12, Jg. 1, vom 1. 9. 1952.

4] *Leonore Lichnowsky:* Die Wirtschafts- und Sozialwissenschaftlerin, in den dreißiger Jahren Lektorin für Nationalökonomie an der Peking Government University, Dr. Eleonore Gräfin Lichnowsky (geb. 1906), Tochter des Diplomaten Karl Max Fürst Lichnowsky (1860–1928) und der Schriftstellerin Mechtilde Fürstin Lichnowsky (1879–1958), war nach dem Krieg in verschiedenen Funktionen in Heidelberg und Rom tätig. TM lernte sie durch seinen Sohn Golo kennen, mit dem sie seit der gemeinsamen Heidelberger Studienzeit befreundet war.

5] *Vortrag in Salzburg:* Nicht ermittelt; es ist möglich, daß es sich um einen Auftritt als Musiker gehandelt hat.

6] *Musiker Fortner:* Der Komponist Wolfgang Fortner (geb. 1907).

13. 8. 1952

1] *schwühl*: So im Manuskript. 256

2] *Geheeb:* Der Pädagoge Paul Geheeb (1870–1961), gemeinsam mit 257
Gustav Wynecken 1906 Gründer der Freien Schulgemeinde Wickersdorf und, 1910, der Odenwaldschule. Dort war er Lehrer von Klaus Mann. Geheeb emigrierte 1934 in die Schweiz, wo er verschiedene neue Landerziehungsheime gründete.

3] *Pestalozzi-Kalender:* Jährlich erscheinender »Schweizer Schülerkalender«, herausgegeben vom Zentralsekretariat Pro Juventute, Zürich.

14. 8. 1952

1] *an Lesser:* An Jonas Lesser, P. P. 14. 8. 1952, Reg. IV, 52/236: 257
»Wir waren in Salzburg, wo ich, im Mozarteum, den Vortrag über den Künstler und die Gesellschaft in erweiterter Form zum Besten gab. Es war ein recht festlicher Abend./ [...] Wir bleiben [...] bis zum November, d.h. bis zur amerk. Präsidentenwahl, in Europa, von deren Ausgang wir unsere Zukunft abhängig machen.« (Kopie im TMA)

15. 8. 1952

258 1] *Heinz Pr. und Frau:* Katia Manns älterer Bruder, der Musikologe und Musikkritiker Heinz Pringsheim (1882–1974) mit seiner zweiten Frau Mara, geb. Duvé.

2] *»Ameisenbrüder«:* Vermutlich las TM in dem Band ›L. N. Tolstoi, Biographie und Memoiren‹, hrsg. von Paul Birukoff und durchgesehen von Leo Tolstoi, 1. Band, ›Kindheit und frühes Mannesalter‹, Wien und Leipzig 1906, wo auf Seite 86/87 Tolstois Erinnerungen an Kindheitsspiele um den Fanfaronof-Hügel und Erlebnisse der als »Ameisenbrüder« beschriebenen Geschwister zitiert werden, in denen das Wort »Ameisenbrüder« eine ganz besondere, fast symbiotische Vertrautheit zwischen den Brüdern »Wolodja« und »Nikolenka« umschreibt.

16. 8. 1952

258 1] *[an] Job, Berner Studenten, Regisseur Schuh, Bürgermeister von Eßlingen:* Alle Schreiben sind nach Reg. IV, 592, verschollen.

2] *Regisseur Schuh:* Der Regisseur und Theaterleiter Oscar Fritz Schuh (1904–1984).

3] *Bürgermeister von Eßlingen*: Dieter Roser (1911–1975).

4] *Laski:* Der amerikanische Publizist Melvin J. Lasky (geb. 1920), Gründer und Herausgeber der Zeitschrift ›Der Monat‹, Berlin.

259 5] *Dostojewskys »Werdejahre«:* S. TB 1. 1. 1951, Anm. 1.

17. 8. 1952

259 1] *englische Kurzfassung:* Das stark gekürzte Manuskript, das hier gemeint sein dürfte, befindet sich im TMA. Es ist vermutlich die Vorlage für den bei Potempa unter G 1121.6 vermerkten Druck in ›7 Arts‹.

18. 8. 1952

260 1] *an die Herz:* St. Wolfgang, 18. 8. 1952, Reg. IV, 52/237.

2] *an die Berner Studentenschaft:* Das Schreiben, das vielleicht, wie das gleichfalls verschollene vom 16.8., dem Vortrag am 23. 10. 1952 galt, ist nach Reg. IV, 592, verloren.

21. 8. 1952

1] *Sesson:* So, statt »Sessions«, in der Handschrift. *260*

2] *›Danae‹:* Richard Strauss' nachgelassene Oper ›Die Liebe der Danae‹, im Sommer 1944 uraufführungsreif geprobt und in einer offenbar glanzvollen Generalprobe in Gegenwart des Komponisten »und aller Persönlichkeiten von Rang und Namen auf dem Kultursektor und manchem anderen« – unter ihnen »Reichsminister Dr. Goebbels« (›Salzburger Nachrichten‹ am 14. 8. 1952 in ihrer historischen Genese der anstehenden Premiere) als persönliches »Geschenk« Hitlers zum 80. Geburtstag des Komponisten aus der Taufe gehoben, durfte damals bei den eigentlichen Festspielen mit Rücksicht auf die zu erwartende Mißbilligung des aufwendigen Unternehmens durch das kriegsgeplagte »Volk« nicht mehr gezeigt werden. – Jetzt, 1952, dirigierte, wie damals, Clemens Krauss; das Bühnenbild stammte von Emil Preetorius, die Regie führte Rudolf Hartmann. In den Hauptrollen sangen Annelies Kupper die Danae, Josef Gostic den Midas und Paul Schöffler den Jupiter.

3] *Gregor:* Der österreichische Theaterhistoriker und Schriftsteller Joseph Gregor (1888–1960), Begründer und bis zu seinem Tode Leiter der Theatersammlung der Österreichischen Nationalbibliothek, hatte den Hofmannsthalschen Text für die Salzburger Aufführung bearbeitet (s. TB 6. 8. 1952, Anm. 4). Zu TMs Kritik an der Aufführung s. den Brief an Emil Preetorius, Badgastein, 30. 8. 1952, Br. III, 267.

4] *Pam. Wedekinds Kabaret:* Nicht ermittelt.

5] *von A. Zweig:* Das Schreiben befindet sich nicht unter den im TMA archivierten Dokumenten und ist auch im Berliner Zweig-Archiv nicht mehr vorhanden. Dagegen fand sich ein Brief, Berlin, 2. 9. 1952 – offensichtlich das Begleitschreiben zu einer Photokopie des Anm. 8 nachgewiesenen Dokuments sowie einer von ›Sinn und Form‹ zum Zweck des Abdrucks vorgenommenen Transkription: »Obwohl unsere Photokopie Ihren Brief etwas vergrössert und die Schriftzüge infolgedessen undeutlicher macht, wird sie Ihnen, die hier beiliegt, sicherlich ohne Schwierigkeiten zeigen, ob unsere Abschreiberin sich an wesentlichen Stellen geirrt hat. Hoffentlich macht Ihnen die Korrektur nicht zuviel Mühe und mindestens ebensoviel Vergnügen an dem wundervollen Dokument, das wir unseren Lesern vorlegen werden und das ihnen einen Eindruck von der Atmosphäre *261* geben soll, die nach der Überwindung der Inflation zwischen zweien unserer bedeutendsten Dichter waltete. Dass der eine dabei dem anderen für eine wichtige Gestalt Modell sitzen musste, wird unsere jungen Germanisten vielleicht auf den ›Zauberberg‹ lenken und Abhandlungen, vielleicht sogar Dissertationen erzeugen.« (Im TMA)

6] *A. Zweig:* Der Schriftsteller Arnold Zweig (1887–1968) mußte 1933 emigrieren und lebte, nach einigen Zwischenaufenthalten in verschiedenen europäischen Ländern, in Palästina, von wo er 1948 in die damalige sowjetisch besetzte Zone Deutschlands zurückkehrte. Nach Gründung der DDR war er von 1949 bis 1967 Abgeordneter der Volkskammer und zeitweilig Präsident des PEN-Zentrums. 1950, nach Heinrich Manns Tod, wurde er erster Präsident der neugegründeten ostdeutschen Akademie der Künste. Die briefliche Verbindung mit Zweig, den TM spätestens seit 1929 persönlich kannte und den er während des südfranzösischen Exils öfter sah, reicht zurück bis ins Jahr 1910 (s. Reg. IV, N10/1).

7] *von mir an Hauptmann:* München, 11. 4. 1925, Reg. I, 25/62; Br. I, 234–236; GW XI, 597–599.

8] *in »Sinn und Form« abdrucken:* Es geschah im Rahmen eines Essays von Hans Mayer, ›Zu einem Brief Thomas Manns an Gerhart Hauptmann‹, in ›Sinn und Form‹, Berlin, Jg. 4, H. 6, Nov./Dez. 1952, 9–22; der Brief 16–18.

9] *Novellen von Kipling, in R.'s Übersetzung:* Vermutlich ›Die schönste Geschichte der Welt‹, München 1948, als Taschenbuch 1952.

10] *Seeschlange:* In der Erzählung ›Die Tatsache‹ in dem Anm. 9 nachgewiesenen Band.

22. 8. 1952

262 1] *Wiederholung des Vortrages:* TM wiederholte seinen Vortrag *Der Künstler und die Gesellschaft* am 29. 9. 1952 im Zürcher Schauspielhaus.

2] *An die Wiener Agentur:* Das Schreiben an die Wiener Konzert-Agentur Cieplik ist nach Reg. IV, 592, verschollen. Dr. Theo Cieplik (1899–1985) hatte TM eingeladen, im Rahmen des Veranstaltungszyklus ›Berühmte Stimmen‹ seinen Vortrag über den ›Künstler und die Gesellschaft‹ im Großen Konzerthaussaal zu halten.

23. 8. 1952

1] *Copie della relazione concernente il Premio Feltrinelli*: Exemplare des Berichtes über den Feltrinelli-Preis. Um welchen Bericht es sich hier handelte, konnte nicht ermittelt werden. 262

24. 8. 1952

1] *Dialog Mutter–Tochter: Die Betrogene*, GW VIII, 888–893. 263
2] *Dr. Goeken:* Der Gymnasialdirektor und Leiter der Düsseldorfer Goethe-Gesellschaft, Walter Goeken.
3] *Zeitschrift »Eckart«:* TMs Essay erschien in Jg. 21, Heft Juli–September 1952, 377–378 der in Witten/Ruhr herausgegebenen Zeitschrift.

25. 8. 1952

1] *Dissertation:* Bernt Richter, ›Thomas Manns Stellung zu Deutschlands Weg in die Katastrophe‹, Diss. F. U. Berlin, 1960. 263

26. 8. 1952

1] *Reinhardts erste Frau:* Die Schauspielerin Else Heims (1878 bis 1958). 263

28. 8. 1952

Im Manuskript versehentlich »27. 8.« datiert.
1] *Arbeit für den »Eckart«:* Eine Arbeit von Walter Goeken über den Joseph ließ sich im ›Eckart‹ nicht nachweisen. Zu dem Gespräch s. TM an Heinz Flügel, Badgastein, 9. 9. 1952: »[. . .] es war mir lieb und interessant, mit diesem theologisch so gebildeten und kundigen Mann ein Gespräch über den Joseph-Roman zu führen. Um diesen Gegenstand nämlich war es ihm zu tun, weil er eine größere kritische Studie darüber zu schreiben plant, als deren Erscheinungsort er sich frisch und fröhlich – den ›Eckart‹ denkt. Nun, ich bin gespannt und glaube, man *darf* gespannt sein. [. . .]« (In Privatbesitz) 264
2] *Aufsatz von Frey:* Alexander M. Frey, ›Begegnungen: Thomas Mann 1952‹, ›St. Galler Tagblatt‹, 20. 8. 1952.
3] *Bericht über den Salzburger Vortrag:* Edwin Kuntz, ›Thomas Mann sprach. Salzburger Tagebuch 1952‹, ›Rhein-Neckar-Zeitung‹, 23. 8. 1952: »Von dieser Stunde an, in der Thomas Mann den Boden der Stadt betrat, begann, so wurde allgemein versichert, Salzburg zu leben.«

29. 8. 1952

265 1] *herausbringt: Doktor Faustus* und *Lotte in Weimar* erschienen in unlizenzierten Ausgaben 1952 im Aufbau-Verlag, (Ost-)Berlin.

2] *an Lesser:* An Jonas Lesser, Badgastein, 28. 8. 1952, Reg. IV, 247; Br. III, 265/266.

3] *apologetischer Broschürenplan:* Im Detail nicht zu rekonstruieren, da Lessers Brief nicht mehr erhalten ist. S. jedoch das Anm. 2 nachgewiesene Schreiben TMs: »Dank für Ihre Zeilen vom 21. Ihre polemische Idee habe ich viel hin und her gewandt, möchte nun aber schließlich doch lieber davon abraten. Mit Ihrem Buch tun Sie auf positive Art in Deutschland alles Erdenkliche für mich. Die Geiferer sind nicht zu bekehren und zu versöhnen, und wenn Sie mit Engelszungen redeten. [...] In letzter Zeit ist eine gewisse Beruhigung meinetwegen eingetreten. [...] Die Schmähungen sind, soviel ich weiß, zeitweise verstummt. Würde eine Schrift, wie Sie sie planen, nicht wieder Entgegnungen hervorrufen, alles wieder aufregen, die Patrioten, Frömmler, Zeloten veranlassen, mir mein ganzes Sündenregister wieder vorzuhalten? Ich frage nur und gebe zu bedenken. Zunächst hätte ich natürlich meine Freude an Ihrer Apologie. Aber ich fürchte, Unannehmlichkeiten würden nachfolgen für mich und Sie, – der Sie dann eigentlich wieder antworten müßten, und der Streit nähme kein Ende [...].« (Br. III, 266)

30. 8. 1952

265 1] *Gedicht der Ricarda Huch:* Aus dem Zyklus ›Herbstfeuer‹, 2. Aufl. Leipzig 1947: »Tief in den Himmeln verklingt/ Traurig der letzte Stern,/ Noch eine Nachtigall singt/ Fern, – fern./ Geh schlafen, mein Herz, es ist Zeit./ Kühl weht die Ewigkeit.// Matt im Schoß liegt die Hand,/ Einst so tapfer am Schwert,/ War, wofür du entbrannt,/ Kampfes wert?/ Geh schlafen, mein Herz, es ist Zeit./ Kühl weht die Ewigkeit.« (Zitiert nach Ricarda Huch, ›Gesammelte Werke‹, Bd. 5, ›Gedichte, Dramen, Reden, Aufsätze und andere Schriften‹, Köln, Berlin 1971, 289.)

2] *Ricarda Huch:* Die Schriftstellerin Ricarda Huch (1864–1947), Kollegin TMs in der Abteilung für Dichtung der Preußischen Akademie der Künste, Berlin, aus der sie – neben dem Baurat Martin Wagner als einziges »unbelastetes« Mitglied – 1933 aus Protest gegen

den Ausschluß Heinrich Manns und der jüdischen Mitglieder mit einem berühmt gewordenen Schreiben (s. TB 49/50, 22. 3. 1949, Text und Anm. 4) austrat.
3] *drollige Aufsätze:* Nicht unter den Zürcher Archivalien.
4] *an Goes*: An Albrecht Goes, Badgastein, 30. 8. 1952, Reg. IV, 52/250.
5] *[an] Preetorius*: An Emil Preetorius, Badgastein, 30. 8. 1952, Reg. IV, 52/251; Br. III, 267 (fragmentarisch). S. auch TB 21. 8. 1952, Anm. 3.

31. 8. 1952
1] *Das »Talkathon«:* Die Redeschlachten nach Beginn des Wahlkampfes am Labor Day. 266
2] *Wiederwahl Mc Carthy's:* S. TB 4. 10. 1952, Anm. 2.
3] *an Frey:* An Alexander Moritz Frey, Badgastein, 31. 8. 1952, Reg. IV, 52/252.

1. 9. 1952
1] *Ehepaar Schneditz:* Wolfgang Schneditz (s. TB 5. 8. 1951, Anm. 4) mit seiner Frau Clary. Schneditz hat in seinem Buch ›Begegnung mit Zeitgenossen‹, München 1959, 20–25, über diesen und den vorjährigen Besuch bei TM berichtet. 266

3. 9. 1952
1] *der junge Werner:* Nichts Näheres ermittelt. 267

4. 9. 1952
1] *Herald*: Vermutlich Georg-Heinz Herald (bis 1920 Georg Pinner; 1890–1964), Dramaturg und Regisseur, Mitbegründer und Sekretär von Max Reinhardts Theatergesellschaft ›Das Junge Deutschland‹, Mitherausgeber der gleichnamigen Zeitschrift. Herald mußte 1933 emigrieren und ging über England in die USA, wo er sich in Hollywood bei der Flüchtlingshilfsgemeinschaft ›European Film Fund‹ engagierte und ein erfolgreicher Drehbuchautor wurde. 1953 kehrte er endgültig nach Europa zurück und arbeitete vorwiegend in Berlin und München. 267
2] *Mattrey:* Vermutlich der aus Budapest stammende Tänzer, Choreograph und Schauspieler Ernst Matray (1891–1978), in den zwan-

ziger Jahren Choreograph für Max Reinhardt, Direktor einer eigenen Tanztruppe und einer eigenen Filmproduktion. Matray emigrierte 1934 mit ungarischem Paß über Frankreich und England in die USA, wo er zunächst am Max Reinhardt Workshop in Hollywood Tanz unterrichtete und später Choreographien für Filme der M. G. M und der Paramount verantwortete. Anfang der fünfziger Jahre arbeitete er einige Zeit in Hamburg und bei verschiedenen westdeutschen Film- und Fernseh-Produktionsgesellschaften, kehrte dann aber nach Kalifornien zurück und widmete sich vorwiegend der Malerei.

3] *Lessers Buch:* S. TB 8. 8. 1952, Anm. 9.

4] *Verbesserung:* TM änderte den TB 20. 6. 1950 (TB 49/50, 564) zitierten letzten Satz aus dem Brief an Kurt Desch, mit dem er dem Verleger Lessers Buch empfahl, so daß er sich für den »Waschzettel« eignete. Dort hieß der letzte Halbsatz jetzt: (nach: »mit einer Akribie, Um- und Einsicht« ... usf.) »die nach meiner Erfahrung etwas Einzigartiges darstellt.« (Statt, wie ursprünglich im Brief: »die etwas Unvergleichliches und ich möchte sagen: Sensationelles darstellt.«)

5] *Fall Auerbach:* Nachdem er durch ein ordentliches Gericht wegen »verschiedener in seiner amtlichen Stellung begangener Vergehen« zu zweieinhalb Jahren Gefängnis verurteilt worden war, hatte, einer dpa-Meldung vom 16. 8. 1952 aus München zufolge, der ehemalige Präsident des bayerischen Landesentschädigungsamtes, Philipp Auerbach, in einer Münchener Privatklinik durch eine Überdosis Schlaftabletten Selbstmord verübt. In einem Abschiedsbrief an seine Frau schrieb Auerbach, daß er den Schuldspruch nicht überleben könne, da seine Ehre zerstört und seine Existenz überflüssig geworden sei. – Die Rechtmäßigkeit des Urteils blieb umstritten. Nicht nur der ›Aufbau‹, sondern auch die gesamte liberale Presse in Deutschland berichtete an prominenter Stelle über die fragwürdige Prozeßführung und die mutmaßlichen politischen Hintergründe der Affäre.

268 6] *an Desch:* Das Schreiben an den Verleger Kurt Desch ist nach Reg. IV, 592, verschollen.

7] *[an] Flügel:* An Heinz Flügel, Badgastein, 3. 9. 1952: »Heute sind nun auch Ihre beiden Belegexemplare des Heftes, in dem ich den Führer spiele, zu mir gelangt. Es ist wirklich viel Schönes und Kluges darin. Der bedeutendste, für die geistige und geistliche Situation charakteristische Beitrag ist wohl Weinstocks ›Humanitas tragica‹. Man kann daraus lernen, dass ein Humanismus, der vom Unteren, Dunklen, Dämonischen, Bösen nichts weiss und wissen will, nicht der rechte ist. Erasmus wirkt natürlich dünn und fade im Vergleich [zu] Luther, – obgleich die Welt sehr wahrscheinlich besser, d.h. weniger blutig gefahren wäre, wenn es nach ihm und nicht nach diesem gegangen wäre. Er hat gewusst, was da kommen würde und gesagt: ›Denkt dann an Erasmus!‹ – Ganz glücklich war wohl die Grösse beider nicht. Das Glückliche, durchaus Liebenswerte sehe ich in Goethe, der beides war, Erasmus und Luther auf einmal.« (In Privatbesitz)

5. 9. 1952

1] *Meine Kriegssendungen*: *Deutsche Hörer!* (GW XI, 983–1123). 268

2] *Chateaubrief von Reisiger:* Im nachweisbaren Briefbestand des TMA nicht erhalten.

3] *Cieplek:* S. TB 22. 8. 1952, Anm. 2.

4] *»der Mittlere«:* Der Mittlere Konzerthaussaal; s. TB 19. 11. 1952.

6. 9. 1952

1] *Photokopie:* S. TB. 21. 8. 1952, Anm. 5. 268

2] *an A. Zweig:* An Arnold Zweig, Badgastein, 7. 9. 1952, Reg. IV, 52/257.

3] *von Mme de Dostojewsky:* Nicht unter den Dokumenten des TMA; s. jedoch TM an Otto Basler, Badgastein, 7. 9. 1952, Reg. IV, 52/256: »Gestern hatte ich plötzlich einen Brief aus Menton von Dostojewskijs Schwiegertocher, Mme Cathérine de Dostojewskij. Sie schreibt ein Buch über ihre Schwieger*mutter*, Anna Grigorjewna, die eine kluge, reizvolle Frau gewesen sein soll. / Wunderlich war diese Anrede mir doch, besonders, da ich gerade ›wieder einmal, zum erstenmal‹ den ›Jüngling‹ (›ein Werdender‹) wieder lese.« (Kopie im TMA)

7. 9. 1952

1] *an Basler:* An Otto Basler, s. TB 6. 9. 1952, Anm. 3. 269

2] *Besprechung des »Wendepunkt«:* Otto Basler, ›Klaus Mann, ‚Der Wendepunkt'‹, NSR, N. F. 20, 1952/1953, 308–311: »Man kann den Bericht dieses intensiven Lebens wohl von einem dutzend Standpunkten aus betrachten und bewerten, aber von allen Aspekten zählt doch nur der exemplarisch Menschliche. Man spricht in der Kritik vielfach von ›morbider Intellektualität‹ und übersieht gerade in diesem Intellektuellen den viel größeren *Naiven*, im Ahnungsreichen den Arglosen; man spricht von ›unzeitgemäßer romantischer Todessucht‹ und beachtet nicht, daß der früh Verblichene in seiner Lebensraserei doppelt soviel Welt und Leben aufgenommen hat, wie erlaubt und zuträglich ist.«

269 3] *Korrodi verworfen:* Eduard Korrodi, ›Klaus Manns Memoiren‹, NZZ (Fernausgabe), 21. 8. 1952: »In Nizza schlich der Sohn Thomas Manns sich aus der Welt. Er mißachtete den Rat seines Freundes Leonhard Frank: ›Das Leben ist nicht wert, daß man es sich nimmt.‹ [. . .] Die Flucht trieb ihn in die Weltneugierde, die einem kugelsicheren Reporter mehr versprochen hätte. Als Phänomen eines jungen Deutschen, der nach 1933 nicht geschnappt wurde, mehr Meere befahren hat als irgendwelcher deutsche Dichter, zerrannen ihm in der Hand die Erdkrumen als einem, der die Mutter Erde nie erlebt hatte.«

4] *Th. F. Čokor:* Der österreichische Schriftsteller Franz Theodor Csokor (1885–1969), von 1947 bis 1969 Präsident des österreichischen PEN-Clubs, war 1946 aus dem Exil in Polen, Rumänien und Italien nach Wien zurückgekehrt. TM kannte Csokor durch seine Kinder Klaus und Erika, die 1926 unter Csokors Regie Theater gespielt hatten.

5] *Gedichte:* Im TMA hat sich nur die zweite, veränderte Auflage von Csokors Gedichtsammlung ›Das schwarze Schiff‹, Wien 1947, erhalten; sie trägt eine 31. 8. 1952 datierte Widmung des Autors an TM. Von dem 1952 erschienenen Band ›Immer ist Anfang‹ steht kein Exemplar in TMs Bibliothek.

6] *die Wiener Vortragsabende:* Am 18.November 1952 im Mozartsaal und eine Woche später im Großen Konzerthaussaal. S. dazu TMs Eintrag TB 19. 11. 1952.

7] *Entwurf eines Romans:* Vielleicht ein Exposé des 1955 in Hamburg erscheinenden Romans ›Der Schlüssel zum Abgrund‹, der sich mit einer Widmung Csokors an TM, datiert Wien, 10. 5. 1955, in der Zürcher Bibliothek befindet.

8] *Zitter-Musik*: So im Manuskript.

8. 9. 1952

1] *Frau Heims:* Else Heims; s. TB 26. 8. 1952, Anm. 1. 269

2] *an Reisiger:* An Hans Reisiger, Badgastein, 8. 9. 1952, Reg. IV, 52/258.

3] *an Schumann:* Das Schreiben an den Stuttgarter Kultur- und Hochschulreferenten Dr. Hans Schumann (geb. 1912) hat, nach Auskunft des Adressaten, seinen Empfänger nie erreicht. Herr Dr. Schumann hatte bei TMs erstem Deutschlandbesuch, 1949, an dem Mittagessen teilgenommen, das die Stadt Stuttgart dem durchreisenden Dichter (s. TB 4. 8. 1949) gab, und ihn während des Aufenthaltes 1955 anläßlich der Schillerrede betreut. Das Problem des Schriftwechsels von 1952, das hier zur Debatte steht, ließ sich leider nicht mehr ermitteln. Vermutlich war es eine auf Anraten von Hans Reisiger ausgesprochene Vortragseinladung des Stuttgarter ›Kulturbunds‹, die TM abschlägig beschied. Eintragungen vom 1. 10. und 4. 10. 1952 lassen es als möglich erscheinen, daß Schumann zunächst in eigenem Namen für den Stuttgarter Kulturbund geschrieben hatte, dann aber, als er keine Antwort erhielt, seine Einladung mit Hilfe von Hans Reisiger wiederholte. 270

9. 9. 1952

1] *(Triumpfszene)*: Manuskript Blatt 56 ff.; GW VIII, 922 ff.: »Triumph, Anna, Triumph, es ist mir wiedergekehrt ...« 270

2] *Mereschkowskys [...] Buch:* Dimitri Mereschkowski, ›Tolstoi und Dostojewskij als Menschen und als Künstler‹, Berlin 1903. TMs mit vielen Anstreichungenen versehenes Exemplar ist in der Zürcher Bibliothek erhalten.

3] *Mereschkowsky:* Der russische Schriftsteller Dimitri Mereschkowski (1865–1941). Zu Anm. 2 und 3 s. TB 44–46, 662.

12. 9. 1952

1] *»Toten Seelen«:* TM besaß Nikolai Gogols Roman von 1842 in zwei in Zürich erhaltenen Ausgaben: 1. ›Gogols Sämtliche Werke in fünf Bänden‹, hrsg. von Otto Buek, Berlin 1923, Bd. 3: ›Die Abenteuer Tschitschikows oder die Toten Seelen‹; 2. Nikolaus Gogol, ›Die Toten Seelen. Ein satirisches Zeitgemälde‹, aus dem Russischen übertragen von Philipp Löbenstein, 2 Teile in einem Band, Leipzig, Reclams Universal Bibliothek 413–414 a. 271

13. 9. 1952

272 1] *Büchergilden-Vorlesung:* TM las auf Einladung der Büchergilde Gutenberg am 17. 9. 1952 im Kleinen Tonhalle-Saal in Zürich aus dem *Felix Krull.*

2] *Vorspruch: [Einführung in ein Kapitel der ›Bekenntnisse des Hochstaplers Felix Krull‹],* GW XI, 704–706.

3] *Kapitulation Eisenhowers vor Taft:* Am 12. 9. 1952 hatten Eisenhower und Taft nach einem Treffen auf dem Campus der Columbia University eine Übereinkunft in allen Grundfragen künftiger republikanisch bestimmter Politik bekanntgegeben, die von Eisenhower-Kritikern als weitgehende Kapitulation des Generals vor seinem Kontrahenten gedeutet wurde. Tatsächlich identifizierte sich Eisenhower – obwohl seine Politik auch weiterhin von vielen Republikanern als immer noch zu liberal und international orientiert angesehen wurde – nie mehr völlig mit den Ansichten des fortschrittlichen Ostküsten-Partei-Flügels, dem er seinen Wahlerfolg verdankte.

4] *Artikel in der N. Z. Z.:* Bruno Boesch, ›Das Mittelalter in Thomas Manns Roman ‚Der Erwählte'‹, NZZ (Fernausgabe), 13. 9. 1952, Bl. 4.

5] *Bruno Boesch:* Der Zürcher Germanist, Universitätsprofessor und »Head of the Central Office of the Swiss Universities«, Bruno Boesch (geb. 1911).

14. 9. 1952

272 1] *an Bermann:* An Gottfried Bermann Fischer, Zürich, 14. 9. 1952, Reg. IV, 52/261; TM/GBF 603.

2] *neue »Joseph«-Ausgabe: Joseph und seine Brüder. Die vier Romane in zwei Bänden* erschien 1952 bei S. Fischer in Frankfurt am Main.

15. 9. 1952

273 1] *an Dr. Br. Boesch:* An Bruno Boesch, Zürich, 15. 9. 1952, Reg. IV, 52/262.

2] *vom Frankfurter Schauspielhaus:* Das Schreiben mit den näheren Angaben zu der Frankfurter Bitte, bei der Gedenkfeier für Gerhart Hauptmann im November 1952 die Festrede zu halten, befindet sich nicht mehr unter den Zürcher Archivalien. S. jedoch die spätere Kor-

respondenz mit Rudolf Bach, beginnend mit TMs Antwort vom 22. 9. 1952, TB 22. 9. 1952, Text und Anm. 3.
3] *Dr. Piedermann:* Dr. med. Guido Pidermann hatte eine chirurgische Praxis in der Zürcher Talstraße.
4] *Schwarze Spinne:* Die Novelle aus ›Bilder und Sagen aus der Schweiz‹ von Jeremias Gotthelf (Albert Bitzius, 1797–1854); s. auch TB 46–48, 543.

16. 9. 1952
1] *Das [...] »Fünfte Kapitel«:* Das Kuckuck-Kapitel aus dem dritten Buch des *Krull*. 274
2] *Gasser:* Der Schweizer Schriftsteller und Journalist Manuel Gasser; s. TB 1. 7. 1952, Anm. 4.
3] *Oltener Goethe-Rede:* Albrecht Goes, ›Im Dornburger Licht‹, Olten 1952, 250 Exemplare auf weißem Offsetpapier. TMs mit einer Widmung des Autors versehenes Exemplar befindet sich in der Zürcher Nachlaßbibliothek.

18. 9. 1952
1] *Prof. Schmied:* So in der Handschrift. 274
2] *Einführungsrede:* In der Zürcher Bibliothek erhalten. 275
3] *Vorwort:* Von TMs einleitenden Bemerkungen, mit denen er – so Werner Weber in der NZZ – »den Rahmen« skizzierte, »in dem das neue Kapitel [...] zu denken ist«, hat sich kein Manuskript im TMA erhalten.
4] *Beidlers:* Franz W. Beidler (s. TB 19. 9. 1951, Anm. 2) vermutlich mit seiner Tochter Dagny.
5] *Frau Kerényi:* Magdalena Kerényi, die Frau von TMs Briefpartner, dem ungarischen Philosophen und Religionswissenschaftler Karl Kerényi.
6] *Trebitsch:* Der Wiener Schriftsteller und erste deutsche Shaw-Übersetzer Siegfried Trebitsch (1869–1956) war 1938 in die Schweiz emigriert. TM kannte Trebitsch und seine Frau Antoinette seit einer Wienreise 1919.
7] *Elizabeth Montague:* Eine Freundin von Erika und Klaus Mann, in dessen Tagebüchern nach 1945 sie verschiedentlich erwähnt wird.

8] *Schrift über den »Erwählten«:* Bruno Boesch, ›Die mittelalterliche Welt und Thomas Manns Roman ‚Der Erwählte'‹, ›Wirkendes Wort‹, Jg. 2, Aug./Sept. 1952, 340–349.

9] *Hauptmann-Rede: Gerhart Hauptmann,* GW IX, 804–815; Rede zu Hauptmanns 90. Geburtstag, gehalten am 9. 11. 1952 im Schauspielhaus Frankfurt.

10] *Abdruck:* Die NZZ druckte die Rede in ihrer Wochenend-Beilage vom 15./16. 11. 1952.

19. 9. 1952

276 1] *Bericht in der Zeitung:* S. TB 20. 9. 1952, Anm. 3.

20. 9. 1952

276 1] *»Die vier Obersten»:* Die Premiere von Peter Ustinovs Schauspiel ›Die Liebe der vier Obersten‹ hatte am 11. 9. 1952 im Zürcher Schauspielhaus stattgefunden. Unter der Regie von Erwin Piscator spielten Walter Richter, Ernst Ginsberg, Erwin Parker, Willem Holsboer, Kurt Horwitz, Anneliese Römer u.a.

2] *»The man in the white suit«:* 1951 in England gedrehter Lustspiel-Film nach einem Theaterstück von Roger MacDougall. Unter der Regie von Alexander Mackendrick spielten in den Hauptrollen Alec Guinness, Joan Greenwood und Cecil Parker.

3] *erfreuliche Besprechung:* [Werner] W[e]b[er], ›Neues von Felix Krull‹, NZZ, 20. 9. 1952, 1/2: »In der Erscheinung gespannt, heiter, auf dem Gesicht Erzählerlust, erschien Thomas Mann am Lesetisch [. . .]. Er las eine Stunde und hatte während dieser Zeit die paar hundert Zuhörer am Band. Er war der Hexenmeister; ihm standen alle Zauber zur Verfügung: Zauber des Stoffs, der Sprache, des Vortrags.«

4] *Herr Matheson aus Olten:* Der Kaufmann und Sammler von Goetheana, William Matheson (1895–1978), gab die bibliophilen Drucke der Vereinigung Oltner Bücherfreunde heraus.

5] *Luxusausgabe:* S. hierzu den Eintrag TB 23. 9. 1952.

6] *der Nationalrat:* Hans Oprecht. S. TB 5. 7. 1952, Anm. 3.

7] *Schrieb ihm:* An Werner Weber, Zürich, 20. 9. 1952, Reg. IV, 52/266.

21. 9. 1952

1] *von Bermann:* Nicht in TM/GBF; s. jedoch Gottfried Bermann Fischer an TM, Frankfurt, 22. 9. 1952: »Durch die Antwort meiner Sekretärin und durch mein nachfolgendes Telegramm [...] ist, wie ich hoffe, Ihre Besorgnis wegen des Erscheinens der ›Joseph‹-Bände beschwichtigt.« 277

2] *an Reisiger:* An Hans Reisiger, Zürich, 21. 9. 1952, Reg. IV, 52/267; Br. III, 267–269: die Bitte um Hilfe für die Hauptmann-Rede: »Wollen Sie nicht so lieb und gut sein und mir mit ein paar Tips, Notizen, Winken, Ideen, Erinnerungen, tatsächlichen Angaben zur Hand gehen, die mir den Geist erwecken, und die ich mit eigenem zusammenkochen kann? Sie haben Hauptmann früher und näher gekannt, als ich, haben mit ihm gelebt, kennen auch sein Werk, besonders sein Greisenwerk, besser und wissen, wie diese Iphigenien etc. etwa zu charakterisieren sind. Sie sprachen mir gelegentlich davon, daß er aus dem Traume schrieb, aus einer gewissen brodelnden Fülle seines Inneren heraus, die garnicht ganz Werk und Figur geworden sein mag. Das ist ein Motiv. Können Sie es etwas ausführen?«

22. 9. 1952

1] *Hiß-Mörder Nixon:* Das Weiße Haus hatte zunächst bestätigt, später verneint, daß der Präsident seinen Justizminister beauftragt habe, gegen den von den Republikanern als Vizepräsident nominierten Senator Richard M. Nixon ein Ermittlungsverfahren wegen Annahme von Bestechungsgeldern zu eröffnen. TM nennt Nixon ›Hiss Mörder‹, weil der Senator in dem Spionageprozeß gegen Alger Hiss (s. TB 49/50. 599) in enger Kooperation mit dem Hauptbelastungszeugen, Whittacker Chambers, die Überführung und Verurteilung des allseits beliebten und für unschuldig gehaltenen Hiss erreicht hatte. Wie recht TM mit seiner – im übertragenen Sinn zu verstehenden – Nixon-Charakteristik hatte, beweist das Telegramm, das FBI-Chef J. Edgar Hoover post festum an Nixon sandte: »Diese Verurteilung von Alger Hiss ist allein Ihrer Geduld und Ausdauer zu verdanken. Endlich wird der vormals in unserer Regierung bestehende Verrat in einer für alle glaubwürdigen Weise offengelegt.« (Zitiert nach Nixons ›Memoiren‹, deutsche Ausgabe Köln o.J., S. 57, und Fawn M. Brodie, ›Richard Nixon. The Shaping of his Character‹, Harvard Univ. Press, Cambridge, Mass./London 1983, 197–210.) Dort 277 auch Nixons süffisantes Fazit des weiteren Hiss-Schicksals: »Nachdem er 44 Monate [seiner fünfjährigen Strafe] abgesessen hatte, wurde er bedingt freigelassen und verschwand von der Bildfläche. Er arbeitete als Schreib- und Druckwaren-Verkäufer in New York.«

2] *von Kitty Neumann:* Nicht in TM/AN; s. jedoch TM an Alfred Neumann, Zürich, 23. 9. 1952, Reg. IV, 52/273: »eben, morgens, las Katja mir einen Brief unserer Kitty vor, worin sie von einer nicht günstigen Wendung berichtet, einer kritischen, die zur Zeit Ihr Leiden, lieber Freund, genommen habe. Ich kann nicht sagen und möchte Ihnen doch sagen [...], mit wie schmerzlichem Kummer, mit wieviel sorgender Teilnahme mich diese Nachricht erfüllt.« (TM/AN 98)

3] *an R. Bach:* An Rudolf Bach, Zürich, 22. 9. 1952, Reg. IV, 52/269: »[...] Ihre ehrenvolle Aufforderung schlug recht beunruhigend in mein ohnehin jetzt unruhiges Leben ein. Ich gestehe, daß ich in den nächsten paar Wochen [...] lieber an der gerade laufenden Erzählung weiter geschrieben und sie beendet hätte, war aber viel zu gerührt von dem Wunsch der Witwe und den schönen Anstrengungen Ihrer Bühne bei dieser wehmütig-festlichen Gelegenheit, als daß ich eine Absage über mich gebracht hätte. Es gibt ja auch besondere, kuriose Gründe, weshalb ich dem Andenken Hauptmanns diese Huldigung schuldig bin.« (Photokopie HOM)

4] *Rudolf Bach:* Der Essayist, Lyriker, Übersetzer und Dramaturg Rudolf Bach (1901–1957), 1952 an den Städtischen Bühnen in Frankfurt am Main tätig.

23. 9. 1952

278 1] *Kuckuck-Kapitel:* Erschienen unter dem Titel ›Die Begegnung. Ein Kapitel aus ‚Bekenntnisse des Hochstaplers Felix Krull'‹, als 58. ›Pfingstpublikation‹ auf Veranlassung von William Matheson in 765 numerierten Exemplaren, Olten 1953.

2] *Hitler-Lied von 1932:* Vermutlich das von Ernst Busch gesungene ›Lied des Kampfbundes‹: »Wer zahlt das Geld für Hitler ...«, Text von Erich Weinert, Musik von Hanns Eisler (op. 28,5). Es existiert eine Aufnahme, die im Februar/März 1932 bei der Berliner Schallplattenfirma ›Gloria‹ unter Mitwirkung von Ernst Busch und Mitgliedern des ›Kampfbundes gegen den Faschismus‹ hergestellt wurde.

25. 9. 1952

1] *meinen Brief:* S. TB 22. 9. 1952, Anm. 2. 278

2] *vom Klub:* Das Schreiben des PEN-Clubs Wien befindet sich nicht unter den in Zürich verwahrten Materialien. 279

3] *vom Unternehmer:* Von Dr. Theo Cieplik, s. TB 22. 8. 1952, Anm. 2; nicht unter den Zürcher Dokumenten.

4] *Diner des Pen:* S. TB 22. 11. 1952, Text und Anm. 2.

5] *Hauptmann-Brief:* o. O. [Stuttgart], 24. 9. 1952. Im TMA. In diesem Brief lieferte Reisiger die erbetenen Hinweise und Zitate, die TM in seiner Hauptmann-Rede ausgiebig verwendete. – Die Geschichte von der Entstehung des »klassischen Meisterwerks« ›Fuhrmann Henschel‹, der auf »schlesisch = naturalistisch etwas von der attischen Tragödie« habe, verdankte TM ebenso seinem getreuen Gehilfen »Rüdiger Schildknapp« wie die Kenntnis der ›Schluck und Jau‹-Verse und des »kleinen Gedichts von 1934«, der Rechnung des Henkers Görg aus ›Magnus Garbe‹, des Fontane-Urteils über ›Vor Sonnenaufgang‹ oder der »im Alptraum [...] zu mächtiger Bildhaftigkeit gesteigerten« »grandiosen Passagen [...] besonders im ›Großen Traum‹«.

6] *»Romanzo d'un Romanzo«:* Die von Ervino Pocar übersetzte italienische Ausgabe der *Entstehung des Doktor Faustus. Roman eines Romans,* Mailand 1952.

26. 9. 1952

1] *von Kitty Neumann:* Nicht mehr auffindbar. 279

2] *Basler [...] über den »Wendepunkt«:* S. TB. 7. 9. 1952, Anm. 2.

3] *an Reisiger:* An Hans Reisiger, Zürich, 26. 9. 1952, Reg. IV, 52/276; Br. III, 270: »Sie sind ein ghost-writer, um den die Truman und Eisenhower mich beneiden könnten. Dies neben mir, werde ich schon irgend etwas ›herauswürgen‹, – was übrigens, wie mir immer deutlicher vorkommt, auf eine Apologie meines Hauptmann-Portraits im Zbg. hinauslaufen wird.«

4] *[an] Lesser:* An Jonas Lesser, Zürich, 26. 9. 1952, Reg. IV, 52/275.

5] *»Danton«:* Georg Büchner (1813–1837) ›Dantons Tod‹. In der Inszenierung von Oskar Wälterlin und in einem Bühnenbild von Teo Otto spielten Walter Richter (Danton) und Ernst Ginsberg (Robespierre).

6] *von [...] Arseni:* Der Brief von Bruno Arzeni, der die *Joseph*-Romane und den *Erwählten* übersetzt hatte, befindet sich nicht unter den Dokumenten des TMA.

27. 9. 1952

280 1] *an die Mazzucchetti:* An Lavinia Mazzucchetti, Zürich, 27. 9. 1952, Reg. IV, 52/277.

2] *an [...] Bandinelli:* Nach Reg. IV, 592, verschollen.

28. 9. 1952

280 1] *schwedischer Dichter:* Nicht ermittelt.

2] *»Eritis sicut etc.«:* 1. Mose, 3,5. Goethe wandelte in der Schülerszene des ›Faust‹ das Dictum etwas ab: »Und werdet sein wie Gott und wissen, was gut und böse ist.«

3] *Mosers:* Der Diplomingenieur Fritz Moser und seine Frau Paula, die Eltern von TMs Schwiegertochter Gret.

29. 9. 1952

281 1] *Heer schreibt:* Der Brief des Schweizer Schriftstellers Gottlieb Heinrich Heer (1903–1967), eines Freundes von Alfred Neumann, befindet sich nicht mehr unter den Dokumenten des TMA. Zu Heer s. auch TB 46–48, 592.

2] *ostdeutschen Aktion:* Durch ein Geschäfts- und Handelsabkommen zwischen der DDR und der BRD war es möglich geworden, statt der Transferierung von DDR-Guthaben in Valuta eine Verrechnung der Gelder mit Aufträgen an die Wirtschaft der DDR vorzunehmen. Für TM bedeutete dies: Gottfried Bermann Fischer konnte Druckaufträge an Betriebe der DDR vergeben, diese mit den Ostmark-Guthaben seiner Autoren zahlen und dann den Betroffenen die Ostmark-Beträge in D-Mark auf ihre Konten gutschreiben. Vgl. dazu Gottfried Bermann Fischer an TM, Frankfurt, 10. 10. 1952, TM/GBF 604/605: Ich möchte »noch einmal darauf hinweisen, daß wir alle Möglichkeiten für einen Transfer der Ostmarkbeträge nach Westdeutschland untersucht hatten. Sowohl unsere allgemeinen Versuche als auch unsere direkten Verhandlungen mit dem Aufbau-Verlag in allerletzter Zeit haben zu keinem Ergebnis geführt, und wir wissen ja auch, daß der Aufbau-Verlag jede derartige Möglichkeit genutzt hätte, um die scharfe Auseinandersetzung mit Ihnen und uns zu vermeiden./ Auf der anderen Seite scheint es mir erfreulich, daß sich nunmehr durch das interzonale Abkommen, das die Benutzung des Guthabens für Druckaufträge zuläßt, der Transfer im Verhältnis 1:1 auf diese umständliche Weise durchführen läßt.« Bermann gelang es indes nur sehr unvollkommen, seinen Autor von der Zweckmäßigkeit dieser Transaktionen zu überzeugen. Das geht aus dem Schreiben an Rudolf Hirsch, Zürich, 15. 10. 1952, hervor, in dem TM seine Bedenken noch einmal darlegte: »Ich schreibe Ihnen heute in einer Angelegenheit, die mich schon seit Längerem beschäftigt und in zunehmendem Masse beunruhigt; ich meine die Frage der Verwendung meiner ostdeutschen Honorare./ Gelegentlich seines letzten Besuches in Zürich hat Dr. Bermann mir seine Pläne in dieser Sache entwickelt und mir einen Brief vorgelegt, der als Vertrag gelten sollte. [...] Gleich am nächsten Tag hatte ich das Gefühl, meine Zusage etwas übereilt gegeben zu haben. [...] Inzwischen haben sich diese Bedenken auf Grund von Umständen, die mir damals nicht bekannt waren, so sehr verstärkt, dass ich den dringenden Wunsch habe, sie Ihnen gegenüber noch einmal zur Sprache zu bringen./ Vor allem war mir nicht bekannt, dass Bermann dieses Geschäft nicht allein, sondern in Gemeinschaft mit einem Verlagsbuchhändler Toth unternimmt, der sich eines besonders schlechten Rufes erfreut und schon mehrere Verlage schwer geschädigt hat. [s. dazu auch TMs Eintrag TB 13. 12. 1952]. Unter anderen soll die Schweizer Firma Scherz sehr beträchtliche Summen an ihn verloren haben. Offenbar bringt die Verbindung mit Toth für mich ein Risiko mit sich, das zu tragen ich nicht wünschen kann./ Schwerer aber noch wiegt in meinen Augen ein anderer Einwand, den ich Dr. Bermann von Anfang an gemacht habe, den er aber nicht für begründet hielt. Ich rechnete mit der Möglichkeit, dass solche durch die Herstellung im Osten verbilligte Ausgaben im Westen Anstoss erregen würden, dass das Sortiment sie als unlauteren Wettbewerb ablehnen könnte und dass überhaupt das Ansehen des Verlages darunter leiden könnte. Genau in diesem Sinne informiert mich jetzt Dr. Hans Oprecht nach seiner Deutschlandreise. Er erzählt mir, er habe von verschiedenen Vertretern des Buchhandels schärfste Proteste gegen die geplanten Ausgaben gehört und feststellen müssen, dass man das Unternehmen nicht nur dem S. Fischer Verlag, sondern auch mir persönlich ausserordentlich übel nehmen werde. Dass mir das in einem Augenblick, wo sich gerade ein leidliches Verhältnis zu

Deutschland hergestellt hat, höchst unwillkommen wäre, brauche ich kaum zu sagen.« (Kopie im TMA)

3] *der deutsche K. H.-Film:* S. TB 26. 12. 1951, Anm. 4.

4] *Vortrag:* TM hielt am 29. 9. 1952 im Zürcher Schauspielhaus seinen Vortrag *Der Künstler und die Gesellschaft*.

5] *Hirschfelds:* Der Dramaturg des Zürcher Schauspielhauses, Kurt Hirschfeld (1902–1964), der 1933 in die Schweiz emigriert und mit TM aus den ersten Zürcher Exiljahren gut bekannt war, mit seiner Frau Tetta.

30. 9. 1952

281 1] *Schwager Grets:* Franz Brahn.

1. 10. 1952

282 1] *Tod Hans Feists:* Hans Feist (s. TB 14. 3. 1951, Anm. 2) war während der Berliner Premiere des von ihm übersetzten Schauspiels ›Der Erstgeborene‹ von Christopher Fry an einem Herzschlag gestorben.

2] *Reisiger vermittelt Einladung:* S. TB 8. 9. 1952, Anm. 3.

3] *mit Korrodi [...] breche:* Vermutlich wegen der TB 7. 9. 1952, Anm. 3 nachgewiesenen Kritik an Klaus Manns Autobiographie.

3. 10. 1952

283 1] *Frau Heer:* Vermutlich ist hier die Frau des Schweizer Schriftstellers Gottlieb Heinrich Heer (s. TB 29. 9. 1952, Anm. 1) gemeint.

2] *an die Witwe:* Zürich o. D., Reg. IV, 52/285; TM/AN 98.

3] *Dr. X., Psycholog:* Nicht ermittelt.

4] *Nachruf auf Feist:* Die von TM so gelobte Charakterisierung des Freundes in Erika Manns Text ›Hans Feist zum Gedächtnis‹ lautet: »[...] Unser ›Nebel‹, wie wir ihn nannten und wie er sich in vielerlei Sprachen stolz unterschrieb, war ein sehr eigen-, ja einzigartiger Fall. Wer immer ihn kannte, beruflich mit ihm zu tun hatte, oder ihm nah und befreundet war, wird bezeugen, dass die Mischung aus extremer Zerstreutheit und unglaublicher Insistenz, die seinem Wesen eignete, den Partner häufig die Geduld verlieren liess. Und zwar war es so, dass die Zerstreutheit ihm gestattete, jedes Nein konsequent zu überhören, während die Insistenz ihn nötigte, den längst und definitiv abgelehnten Vorschlag immer wieder zu machen, Dutzende von Malen neu anhebend jedesmal, mit frischer Stimme, und als käme er ihm jetzt in den Sinn. – In München, Berlin, Zürich, Paris, London, New York und überall, wo er seine vornehm-geistesabwesende Miene, das Bourbonenhaupt mit der grossen betrübten Nase, dem undeutlichen Blick und dem schütteren, rötlichen Haar schnuppernd umher trug, hat man sich oft und gewaltig über ihn geärgert. Und doch: die vielen Gespräche, deren Gegenstand er war, wirkten animierend, erheiternd und erwärmend auf fast jede Gesellschaft. Sie brachten die Teilnehmer einander näher; lachend erzählte man sich gegenseitig, was man alles mit ihm durchgemacht, und schliesslich gestand man einander, wie gern man ihn habe, wie unvergleichlich er sei und wie völlig unersetzlich. [...]«

Im EMA der Stadtbibliothek München fand sich außerdem ein Manuskript von Christopher Fry ›Dank an meinen Übersetzer‹, das offensichtlich von Erika Mann übersetzt wurde. Jedenfalls weist das Typoskript mehrere Korrekturen von der Hand Erika Manns auf.

5] *an die Feuilleton-Redakteure:* Das Schreiben an den Feuilleton-Redakteur der ›Neuen Zeitung‹ ist nach Reg. IV, 592, verschollen; der Brief an Werner Weber, den Feuilletonchef der NZZ, Zürich 3. 10. 1952, ist Reg. IV, 52/286 nachgewiesen.

4. 10. 1952

1] *Oberküfer:* Der Direktor des Hotels Waldhaus Dolder. *284*

2] *Eisenhower an der Seite McCarthy's:* So die Überschrift der NZZ vom 5. 10. 1952 auf Seite 2, allerdings mit dem von TM nicht mitgenannten Untertitel: »Solidarität mit Vorbehalten.« Während des Wahlkampfes hatte Eisenhower die Wiederwahl McCarthys empfohlen und war sogar mit ihm zusammen bei einer Veranstaltung der Republikaner in Wisconsin aufgetreten. Gleichzeitig aber hatte er sich in offenen Aussprachen über die Differenzen, die zwischen ihnen bestünden, deutlich von dem Senator distanziert und erklärt, daß er, im Falle seiner Wahl zum Präsidenten, keine Fortführung der McCarthy-Methoden dulden werde.

3] *Absage nach Stuttgart:* Die Absage an eine Einladung des Stuttgarter Kulturbundes legte TM einem Schreiben an Hans Reisiger bei; s. Reg. IV, 52/289. Der Absagebrief selbst ist verschollen. Vgl. auch TB 8. 9. 1952, Anm. 3, und TB 1. 10. 1952.

5. 10. 1952

284 1] *Mütter-Film:* Möglicherweise Schweizers Film ›Palace Hotel‹. Es kann sich aber auch um ein – später aufgegebenes – Projekt handeln.

6. 10. 1952

284 1] *Salten:* Der österreichische Schriftsteller und Journalist Felix Salten (1869–1947), den TM seit 1919 kannte, war 1938 zunächst nach Zürich und dann nach Hollywood emigriert. Seit seiner Rückkehr nach Europa lebte er bis zum Tode in Zürich.

2] *Karl Krauß:* S. TB 9. 9. 1951, Anm. 5. – Die Beziehung zwischen Salten und Kraus im Zusammenhang mit einem Frühstücksei und Tee konnte nicht ermittelt werden.

9. 10. 1952

285 1] *an Manuskript-Sender:* 1. An Adolf Schaer, Zürich, 6. 10. 1952, Reg. IV, 52/290; 2. An Irmgard Bidl-Perfahl, Zürich, 8. 10. 1952, Reg. IV, 52/295; 3. An Walter Hof, Zürich, 8. 10. 1951, Reg. IV, 52/296.

2] *Vorlesung dort:* TM las am 10. 11. 1952 in der Frankfurter Universität das Kuckuck-Kapitel aus dem *Krull.* S. TB 12. 11. 1952, Text und Anm. 9 und 10.

3] *Peeperkorn-Passage:* GW IX, 813/814.

4] *Änderungen:* Weder das Manuskript noch die im TMA verfügbaren Typoskripte weisen für diese Passage – außer kleinen stilistischen Korrekturen – bemerkenswerte Änderungen auf. Es scheint, daß es TM gelungen ist, die Bedenken seiner Frau zu zerstreuen.

5] *Das Buch von Lesser:* S. TB 8. 8. 1952, Anm. 9.

10. 10. 1952

285 1] *Abermalige Änderungen:* Blatt 2 und 3 des Manuskripts zeigen größere Korrekturen. Sie betreffen zunächst den Beginn des 2. Absatzes von GW IX, 805: »Dreizehn Jahre jünger als er ....« bis zu »Hauptmanns wachsendes Werk ...« (Z. 13 v.u.). Neben stilistischen Verbesserungen, namentlich verkürzenden Präzisierungen, verzichtete TM hier auf einen Fontane-Hinweis: »... als der schallende theatergeschichtliche Sieg des Weber-Dramas Ereignis wurde, als der klarsehende alte Konservative Theodor Fontane das Weber-Drama als genial, bahnbrechend, epochemachend begrüßte ...«

Die zweite Änderung betrifft Blatt 3 des Manuskripts, GW IX, 806, wo der ganze zweite Absatz neu geschrieben wurde: Ursprünglich hieß es dort – mehrfach korrigiert: »Und ich fand, daß viele von diesen scheinbar heterogenen Elementen sich in Hauptmann vereinigten: vor allem Realismus und Neuromantik, die kämpferische Enthüllung der Wirklichkeit und die in diesen Kampf verflochtene Poesie, Auflösung abgenutzter Formen und neue Verpflichtung, Wahrheit und Rhythmus, Umsturz und Kunst – ⟨oder, wie der alte Theodor Fontane an seine Tochter über das ‚sociale Drama' ›Vor Sonnenaufgang‹ geschrieben hatte: ›Er gibt das Leben, wie es ist, in seinem vollen Graus; er tut nichts zu, aber er zieht auch nichts ab.‹ Dabei (und das ist der Hauptwitz und der Hauptgrund meiner Bewunderung) spricht sich in dem, was dem Laien einfach als abgeschriebenes Leben erscheint, ein Maß von *Kunst* aus, wie es nicht größer gedacht werden kann.⟩«

2] *»Wagner« von Adorno:* Theodor W. Adorno, ›Versuch über Wagner‹, Berlin/Frankfurt am Main 1952. Zu TMs Lektüre der Adornoschen Wagner-Interpretationen s. auch TB 44–46, 494/495.

11. 10. 1952

1] *Gedächtnisrede für Oprecht: Abschied von Emil Oprecht*, GW X, 526–528. *286*

13. 10. 1952

1] *Prof. von Salis:* Der Schweizer Historiker Jean Rodolphe von Salis (geb. 1901) war von 1953 bis 1968 Ordinarius für Geschichte an der ETH in Zürich. Von 1940 bis 1947 sprach er wöchentlich einen politischen Kommentar ›Weltchronik‹ in Radio Beromünster. *286*

2] *Pocket-Ausgabe:* In den Cardinal Editions, New York, Pocket Books Inc., 1952.

14. 10. 1952

1] *Schwab:* Der Berner Nationalbank-Direktor Max Schwab (1882–1969) war von 1944 bis 1953 Direktionspräsident der unter Bundesaufsicht stehenden halbamtlichen, vorwiegend mit Clearingproblemen befaßten Schweizerischen Verrechnungsstelle. *286*

2] *beim reichen Nachbarn:* Im Hause des mit Trebitsch befreundeten Bankiers Felix Somary (1880–1966).

3] *Mc.Carthy [...] gegen Stevenson:* In einer von allen Radio- und Fernseh-Stationen übertragenen Rede während eines eigens arrangierten ›McCarthy Broadcast Dinners‹ beschuldigte der Senator seinen Kontrahenten Adlai Stevenson ausgedehnter kommunistischer Kontakte und verwies in diesem Zusammenhang auch auf dessen »Freundschaft mit Alger Hiss«: »[Stevenson] ›invited, sought out and brought‹ Hiss to speak at Northwestern University Nov. 12, 1946, and [...] later defended his deposition on Hiss loyality by saying ›I said his reputation was good. I did not say his reputation was very good.‹« (NYT 28. 10. 52, 1:7 und 27:4; Zitat 27:4)

287 4] *Television-Komödie:* Gemeint ist die berühmte, von der Nixon-Literatur ausführlich beschriebene ›Checkers‹-Rede vom 23. 9. 1952. Während eines minutiös inszenierten Rechtfertigungs-Spektakels wiederholte der als republikanischer Vize-Präsident nominierte Nixon in einem leeren 750-Plätze-Auditorium (Dick und Pat allein vor den Kameras) vor 60 Millionen TV-Zuschauern seine Erklärung, daß er das – ihm im Wahlkampf immer wieder vorgehaltene (s. TB 22. 9. 1952, Anm. 1) – Zusatz-Honorar von jährlich 20000 Dollars, aufgebracht von reichen kalifornischen Industriellen, ausschließlich für Dienstreisen, Porti, Weihnachtspostkarten etc. verwendet habe. Die Behauptung hatte viele Amerikaner veranlaßt, während etlicher Nixon-Wahlveranstaltungen Spott-Aktionen zu inszenieren, bei denen sie als ›Drei-Groschen-Oper‹-Bettler mit Krücken und Blech-Sammelbüchsen (»Spenden für Nixon«) aufgetreten waren. Um diesem Hohn offensiv zu begegnen, hatte Nixon – mit Hilfe des republikanischen Wahlkomitees – für den 23. September sein Auditorium gemietet und jenen von Thomas Mann apostrophierten Auftritt inszeniert, in dem er sich als ehrlichen Amerikaner ausgab, der keinen Spott verdiene. Seine Vermögensverhältnisse könnten offen ausgebreitet werden: Er habe ein zwei Jahre altes Automobil, bescheidene Immobilien, eine kleine Lebensversicherung sowie einen Cocker-Spaniel namens Checkers (!), den Pat und er – komme, was da wolle – auf keinen Fall preiszugeben gedächten. Nixons Resümee: »It isn't very much, but Pat and I have the satisfaction that every dime we've got is honestly ours.« (Vgl. die ausführliche Dokumentation der ›Chekkers‹-Rede bei Brodie, a.a.O. 271–290.)

17. 10. 1952

1] *Nachruf für Neumann: Für Alfred Neumann,* GW X, 530/531. 287
Der von Hans Schweikart verlesene Nekrolog erschien am 25./26. 10. 1952 in der ›Neuen Zeitung‹: »Diese Worte schrieb der Dichter für die Feier zum Gedenken an Alfred Neumann, zu der der PEN-Club und die Münchener Kammerspiele für Freitag abend [24. 10. 1952] eingeladen hatten.« Es sprachen Erich Kästner für den PEN, Hans Werner Richter für die junge Generation; den Freund würdigten Hermann Kesten, Richard Friedenthal und Leonhard Frank, ehe Therese Giehse und Peter Lühr »die nächtliche Gedenkfeier« mit Lesungen aus Neumanns Werk beschlossen.

2] *an Bach:* An Rudolf Bach, Zürich, 16. 10. 1952, Reg. IV, 52/299: »Ich würde doch sehr raten, die Feier mit einem, wenn auch kurzen Musikstück einzuleiten. Denn eine Feier soll es doch sein, kein gewöhnlicher literarischer Vormittag, und ganz allein sollte das Wort nicht herrschen. Obendrein fängt mein Vortrag an: ›Musik und des Verewigten eigenes Wort‹ – und geht weiter dahin, daß man doch wohl besser getan hätte, die Feier ganz auf dies beides zu stellen./ Wenn Herr Buckwitz die Güte haben will, mich mit ein paar Worten einzuführen, so werde ich ihm sehr dankbar sein./ Beim Vorlesen aus einem Roman [. . .] sitze ich gern am Lesetisch. Bei einem Vortrag finde ich es richtiger, zu stehen: an einem Pult, womöglich mit verdeckter Beleuchtung [. . .], dessen Platte hoch genug ist, daß ich das Manuskript nicht aufzunehmen brauche. Dieses soll möglichst verborgen bleiben. Auch soll die Platte breit genug sein, daß man die Blätter beiseite legen kann./ Gewissenssorgen mache ich mir wegen des für die Rezitationen verbleibenden Zeitraums. [. . .] Die Rede [. . .] dauerte eine halbe Stunde – im Zimmer. Der Saal aber dehnt etwas, und so muß man mit 35 Minuten wohl rechnen, – ›men‹, das ist auch der Rundfunk. Aber ich fahre morgen nach München, wo ich Erika treffe, die eine gewiegte Kürzerin ist. Zwar ist der Vortrag schrecklich *dicht,* aber sie findet doch vielleicht Ansatzpunkte für den Blaustift und erspart mir so den Vorwurf unbescheidener Verfügung über die verfügbare Zeit.« (Photokopie HOM) – Wie ernst TM seinen Beitrag zur Hauptmann-Ehrung nahm, zeigt auch ein Brief an Rudolf Bach vom 2. 10. 1952: »Ich möchte vorsorglich eine technische Frage mit Ihnen besprechen. [. . .] Das Haus ist gross und seine Akustik ist notorisch mangelhaft nach allem, was ich höre. Ohne einen Lautverstärker, ein Mikrophon, würden meine Stimmittel zweifellos nicht ausreichen, mich bei Leuten, die auch nur in einiger Entfernung sitzen, verständlich zu machen. Ich muss Sie darauf hinweisen, dass mir bei dieser Gelegenheit unbedingt ein Mikrophon zur Verfügung stehen muss./ Nun habe ich freilich in Europa mit dieser Vorrichtung, die so ungeheuer wohltätig sein kann und es einem in Amerika ermöglicht, frei und leicht zu tausenden von Zuhörern zu sprechen, sehr schlechte Erfahrungen gemacht. [...] Die Apparate hallten, gaben ein Echo und wirkten so denaturierend auf Stimme und Vortrag, dass man sogar mitten im Sprechen lieber darauf verzichtete. Ich mache mir schon heute Sorgen deswegen und möchte Sie um beruhigende Versicherungen bitten. Nach meiner Ansicht wäre es das Beste, wenn sich das Schauspielhaus für diesen Vormittag einen amerikanischen Apparat ausleihen könnte, was, denke ich, gerade in Frankfurt zu machen sein sollte. [...]« (Abschrift HOM)

3] *München-Fahrt:* Vom 18. 10. bis 21. 10. 1952.

22. 10. 1952

287 1] *»Philomela X«:* TM sah die deutsche Erstaufführung der neapolitanischen Dialektkomödie ›Philomena Marturano‹ (1946) von Eduardo de Filippo (1900–1984). In der Inszenierung von Paul Verhoeven spielten Therese Giehse und Friedrich Domin die Hauptrollen.

288 2] *Vorlesung im [...] Schauspielhaus:* TM las am 19. 10. 1952 in einer Matinee der Münchener Kammerspiele: »München [...] war eine wahre ›festivitas‹. Unglaublich, wie das Publikum der Kammerspiele auf das Krull-Kapitel einging. Noch das Türchen des eisernen Vorhangs mußte mir geöffnet werden, und auf der Straße setzte sich das fort mit ›Wiederkommen!‹ und ›Dableiben!‹ Nun, dies doch lieber nicht.« (An Werner Weber, Zürich, 26. 10. 1952; Br. III, 274)

3] *Schweickart:* Der Schauspieler, Regisseur und Theaterleiter Hans Schweikart (1895–1975) war 1952 Intendant der Münchener Kammerspiele.

4] *im Hause des Herrn Fink:* Über TMs Besuch im Haus von Hermann Fink, einem Pionier der Stereo-Technik, existiert im Deutschen Rundfunkarchiv und in der Sammlung Fink die Aufnahme eines improvisierten Gesprächs von ca. 12 Minuten, an dem sich neben TM, Katia und Erika Mann auch Hermann Kesten nebst Frau sowie der Hausherr beteiligten. S. Loewy I, 87, 106/107.

5] *des jungen Schweizers [...] Hörspiel:* Das 1952 vom Bayerischen Rundfunk gesendete Hörspiel ›Nächtliches Gespräch mit einem verachteten Menschen‹ von Friedrich Dürrenmatt (1921–1990) wurde als »szenisches Lehrstück« unter dem Titel ›Nächtlicher Besuch. Ein Kurs für Zeitgenossen‹ mit Paul Verhoeven und Peter Lühr unter der Regie von Hans Schweikart in den Münchener Kammerspielen aufgeführt.
6] *Büchners »Wozzek«:* Georg Büchner (1813–1837), ›Woyzek‹, Fragment. TM sah die Inszenierung von Hans Schweikart in den Münchener Kammerspielen. Neben Hans Christian Blech spielten Marie-Luise Willi, Therese Giehse und Friedrich Domin.
7] *Töchter:* Gabriella (1926–1972), Gisela (geb. 1929) und Annette (geb. 1931) Bermann-Fischer.

25. 10. 1952
1] *Vortrag:* TM hielt den Vortrag *Der Künstler und die Gesellschaft* *289*
auf Einladung der Freistudentenschaft am 23. 10. 1952 in der Aula der Universität Bern.
2] *Bruno Bruhn:* Der promovierte Chemiker Bruno Bruhn (1872–1958), von 1917 bis 1927 Direktor, später Aufsichtsratsmitglied der Firma Fried. Krupp AG in Essen, danach in verschiedenen Firmen in den USA tätig, nach dem Kriege in Freiburg im Breisgau lebend, entstammte einer Lübecker Familie. Er war TM als Klassenkamerad von Heinrich und Bruder der von ihm adorierten Ina von Kardorff, geb. Bruhn (1880–1970; s. TB 18–21, 722) aus Lübecker, später – nachdem die Familie Bruhn fast zur gleichen Zeit wie die Familie Mann nach München übersiedelt war – auch aus seinen frühen Münchener Tagen gut bekannt.
3] *Frau:* Eva Bruhn. Zu Anm. 2 und 3 vgl. Otto Flake, ›Es wird Abend‹, Fischer Taschenbuch 2272, 221, wo Flake, der eine Schwester von Bruno und Ina Bruhn zur Frau hatte, über die schwägerliche Familie berichtet: »Bruno war ein Mann von einer überdurchschnittlichen Begabung, die sich auf die Musik erstreckte. Seine Frau, Eva Bruhn, sang im Konzertsaal und in der Kirche Bach, als Oberstentochter jedoch nicht auf der Bühne.«
4] *Leo Putz:* Der Maler Leo Putz aus Thomas Manns frühem Münchener Freundeskreis – »ein alter Bekannter noch aus dem Salon der Senatorin in der Rambergstraße« (Peter de Mendelssohn). »Er war

einer der amüsantesten Gesellschafter Münchens und verdankte diesem seinem Charme nicht viel weniger Erfolge, als seiner Malkunst, die ihm später den Professorentitel einbrachte.« (Viktor Mann, ›Wir waren fünf‹, Konstanz 1949, 38/39)

5] *Lula*: TMs Schwester Julia, verheiratete Löhr (1877–1927, Suizid).

290 6] *an Marianne Hoppe:* Zürich, 25. 10. 1952. Der bisher unbekannte Brief ist mit Erlaubnis von Marianne Hoppe im Anhang, Dok. 59, S. 851, abgedruckt.

7] *einen Band Reuter*: Fritz Reuter, ›Olle Kamellen. Zwei lustige Geschichten‹ enthält ›Ut de Franzosentid‹ und ›Ut mine Festungstid‹, Wismar 1862.

8] *an H. W. Brann:* An Henry Walter Brann, Zürich, 25. 10. 1952, Reg. IV, 52/302. Abgedruckt in ›Letters of Thomas Mann to Henry Walter Brann‹, ›The American Scholar‹, vol. 40, 260/261.

9] *Versandt*: So in der Handschrift.

26. 10. 1952

290 1] *Besprechung:* W. E. Süskind, ›Gespräch mit einem Toten‹, ›Süddeutsche Zeitung‹, 17. 10. 1952, 3.

2] *An Weber:* An Werner Weber, Zürich, 26. 10. 1952, Reg. IV, 52/305; Br. III, 274; s. auch das Zitat TB 22. 10. 1952, Anm. 2.

3] *an Hirsch:* Das Schreiben an Rudolf Hirsch ist nach Reg. IV, 592, verschollen.

4] *Interview der »Weltwoche«:* S. TB. 15. 11. 1952, Anm. 1.

27. 10. 1952

291 1] *Carte grise:* Kraftfahrzeugschein.

2] *Im »Merkur«:* Donat O'Donnell, ›Der Faust des Bernanos‹, ›Merkur‹, No. 56, H. 10, Oktober 1952, 924–943.

28. 10. 1952

291 1] *Von Weber:* Zürich, 27. 10. 1952: »Ich habe Ihre Rede auf Gerhart Hauptmann mit höchster Teilnahme gelesen. Das ist nun ganz einfach nicht zu wiederholen: auf einem Dutzend Seiten diesen Fels (für den ich als Aelpler doch einige Masstäbe habe) in seinem Ragen, in seinem Versagen, in seiner Härte und in seiner weicheren Schicht so vollkommen vorzustellen. Und so ganz gerecht. Und faszinierend, wie Sie das Nebengelände mitgeben, so dass denn dieser Fels durchaus in der Geschichte des Geistes und auch der Formen dieses Geistes steht und nicht in einsamer Konstruktion für sich allein.« (Im TMA)

2] *Nekrolog für Hans Feist: Hans Feist zum Gedächtnis*, GW X, 532/533.

29. 10. 1952

1] *Groß-Veranstaltung:* S. die Beschreibungen TB 19. 11. 1952 und 27. 11. 1952. *291*

2] *Reisiger: »Salamis«:* Hans Reisiger, ›Aeschylos bei Salamis‹, Hamburg 1952. TMs Exemplar mit einer Widmung des Autors und einigen Anstreichungen TMs ist in der Zürcher Bibliothek erhalten.

3] *Architekt Muhl:* Arthur Muhl. Näheres nicht ermittelt. *292*

4] *Bericht der »Neuen Zeitung«:* Armin Eichholz, ›Thomas Mann *293* inszeniert Thomas Mann: Bericht von einer Matinee‹, ›Neue Zeitung‹, 25./26. 10. 1952. – Eichholz' Charakterisierung des Vorlesers Thomas Mann gehört zu den besten und erhellendsten Beschreibungen; deshalb sei sie hier in Auszügen, aber doch ausführlich zitiert: »[. . .] Sobald Thomas Mann zu sprechen anhebt [. . .], beginnt keine Lesung, sondern es geht ein Vorhang hoch über einer Riesenszenerie des Geistes, auf der beziehungsreiche Helden und Kobolde in Starbesetzung agieren; das Bühnenbild reicht von der Tertiärzeit bis zum Inneren eines Pullmanspeisewagens, Requisiten aus Laboratorien und Zirkussen liegen verstreut umher und im Hintergrund erklingen die Töne eines Klavizimbels und einer gestopften C-Trompete. – Der Dichter hat übrigens schon zu lesen begonnen, bevor er zu hören ist: die beiden Augenbrauen haben sich gehoben, ein besorgter Zug erscheint auf dem Gesicht, er neigt den Kopf seitwärts; die Mundstellung läßt darauf schließen, daß er bereits in die Rolle jenes Paläontologen Kuckuck geschlüpft ist, der dem Hochstapler-Marquis Felix Krull eine Lebensfrage zu stellen gedenkt; man sieht auch: die erste Silbe wird einen hellen Vokal enthalten./ ›Haben Sie je von Urzeugung gehört?‹ fragt der sternäugige Professor bedeutsam, um dann sofort das Kostüm abzuwerfen und als Marquis de Venosta mit großen Augen ehrfürchtig zu beteuern: ›Mir liegt außerordentlich daran, von derselben zu hören!‹ Die Maske des Marquis verschwindet wieder, es erscheint ein pfiffiges Onkelgesicht und ein paar Hände mit emporgestreckten Daumen: der Marquis, so heißt es, habe daraufhin nicht versäumt, einen Schluck Vichy zu sich zu nehmen, wobei er – und da sieht man plötzlich Tommy, auf dem Lübecker Schulhof seine Kameraden kritisierend – das Glas mit beiden Händen anfassen mußte, weil der Speisewagen gerade in eine Kurve ging. Und auch Tommy hat genug Zeit, bis zum nächsten Satz eine andere Gestalt anzunehmen. Soviel Zeit läßt sich der Dichter, daß er beispielsweise einmal das Wort ›Vornehmheit‹ mit fünfmaligem Kopfnicken begleiten kann, gleichsam als präge er soeben mit handwerklicher Wichtigkeit einen ganz neuen Begriff./ Die Zuhörer sind für die gepflegte Neuinszenierung bekannter Wörter besonders empfänglich. Ein Ausdruck wie ›fragwürdige Elemente‹, mit der bekümmerten Miene eines überlasteten Kriminalinspektors gesprochen, erregt eine Heiterkeit, die im Geschriebenen viel schwerer aufzuspüren wäre; in Schrift und Wort gleichwertig sind dagegen Kombinationen wie ›noble Unwissenheit‹, deren innere Spannung auch ohne die anzüglich gesenkten Lider des Dichters zutage tritt. Ein Bissen für Feinschmecker ist die Begegnung Thomas Manns mit einem für seine Prosa so sperrigen Wort wie ›Kampfbereitschaft‹. Er spricht es mit übertrieben energischem Kopfschütteln aus, wobei ein entfernt schnarrender Unterton mitschwingt; einige Falten seiner Stirn besagen, daß er leider diese Monstrosität aus einem nicht ganz standesgemäßen Idiom entlehnen mußte, um eine sonst kaum definierbare Situation anzudeuten; selbstverständlich wolle er damit nicht literarisch auf die Höhe des Tages geraten ... Das Wort ist also unter der Last seiner vielen Anführungszeichen zusammengebrochen./ Überhaupt hat der Dichter seine mimische Zeichengebung bis zur Perfektion entwickelt. Man entdeckt mit einem Male, wieviele verschiedene Kommata es gibt (ob er nur die rechte Augenbraue verzieht, eine Hand zur Seite führt oder gar aufblickt), man teilt mit ihm die Wonnen eines Punktes und genießt zugleich die Vorfreude auf den einschränkenden Satz, den er mit leisem Schmatzen ankündigt. Vertrauliche Klammern, erstaunte, hämische, bedächtige und alberne Gedankenstriche, spektakuläre Ausrufezeichen, wehmütige Fragezeichen zaubert der Dichter sekundenlang vor sein Publikum, und Mimen und Stilisten sind gleichermaßen fasziniert./ Während sich dieses Ordnen und Deuten oberhalb der Tischplatte scheinbar gelassen abspielt, verraten die allen Zuhörern ebenso sichtbaren Beine, mit welch bestürzend hoher Tourenzahl dieser Geist zu arbeiten genötigt ist. Wie die Unruhe eines Uhrwerks geht die linke Fußspitze auf und ab; der auf der Absatzkante wippende Fuß dreht sich in längeren Abständen etwas zur Seite, bleibt aber, als Standfuß sozusagen, fest an einem Fleck. Beim rechten, dem Spielfuß, heben sich in ähnlichen Intervallen abwechselnd Spitze und Ferse. Manchmal, wenn die Arbeit der beiden Füße zu verkrampfen droht, wird der rechte am Stuhlbein zur Ruhe gebracht. Merkwürdig ist, daß sich keine einzige dieser motorischen Bewegungen auf den Oberkörper überträgt. Die willkürliche, groteske Teilung des Dichters durch die Tischplatte scheint also doch einem Gesetz über Willen und Form zu entsprechen./ Als Thomas Mann das neue Kapitel des komischen Romans mit einem freundlichen ›Recht gute Nacht‹ seines sternenäugigen Professors Kuckuck beschließt, hat er wohl eine Weile vergessen, daß er gewohnt ist, ›eine vollendete Arbeit in achselzukkender Resignation, ohne die geringste Zuversicht in ihre Weltmöglichkeit aus der Hand zu geben‹. Die erste Inszenierung des Kapitels in der Lesestunde der Kammerspiele ist meisterlich gelungen, und als Thomas Mann dann doch in achselzuckender Resignation vor dem klatschenden Publikum steht, so gilt das Zucken nicht dem Hochstapler Krull, sondern der etwas zu engen Tür des starren Vorhangs, der ihn an weiteren Danksageverbeugungen hindert.«

5] *Schrieb diesem Mann:* An Armin Eichholz, Zürich, 29. 10. 1952, Reg. IV, 52/307: »Das haben Sie glänzend gemacht! Es ist ein glücklicher Schnappschuß und ich danke Ihnen, daß Sie mich teilnehmen ließen an dem Vergnügen Ihrer Leser./ Meine Füße werde ich künftig besser im Zaum halten müssen. Dieses Zeichen von Anspannung muß verschwinden./ Aber hören Sie: Der ›Marquis‹ trinkt doch kein Vichy-Wasser, sondern Kuckuck tut das, und der ›Marquis‹ trinkt erst Ale und dann zuviel Kaffee./ Ich denke gern an den erfrischenden Verlauf des Vormittags zurück.« (Kopie im TMA)

6] *an [...] Heer:* Das Schreiben an Gottlieb Heinrich (oder, wie die Reg. sagen, den Wiener Friedrich) Heer ist nach Reg. IV, 592, verschollen.

30. 10. 1952

293 1] *an Adorno:* An Theodor W. Adorno, Zürich, 30. 10. 1952, Reg. IV, 52/311; Br. III, 274–276.

2] *an Gret M.:* Der Brief an die Schwiegertochter befindet sich nicht unter den Zürcher Dokumenten.

31. 10. 1952

293 1] *Herr v. Vegesack:* Der Lehrer, Dozent, Dramaturg und – schließlich – freie Schriftsteller Siegfried von Vegesack (1888–1974) emigrierte 1933 nach Schweden und von dort nach Südamerika. 1938 kehrte er nach Deutschland zurück und wurde 1941 als Dolmetscher in Rußland eingesetzt. Sein Bericht über den Umgang des Militärs mit der einheimischen Bevölkerung, ›Als Dolmetscher im Osten‹, erschien 1965. Seit 1944 lebte er zurückgezogen im Bayerischen Wald.

1. 11. 1952

294 1] *Brief von Fleets:* General Eisenhower hatte in den letzten Tagen der Wahlkampagne durch die Verbreitung seines Plans, den Kriegsschauplatz in Korea zu besuchen, die Demokraten in die Defensive gedrängt und seine Offensive am 31. Oktober noch einmal dadurch verschärft, daß er einen am 10. Oktober geschriebenen, angeblich persönlichen und vertraulichen Brief des in Korea stationierten Generals Van Fleet an seinen ehemaligen Stabschef General Mood verlas, in dem sich Fleet über die mangelnde Unterstützung beschwerte, die er in Washington für seine Pläne zur Erhöhung der südkoreanischen Kampfstärke erfahren habe.

2] *Rede Ramske's:* Der frühere deutsche Fallschirmjägergeneral Ramcke hatte als Gast auf einem Treffen der ehemaligen »Waffen-SS« in Verden an der Aller eine Agitationsrede gehalten, in der er versuchte, die Ressentiments und Haßgefühle von 6000 »Ehemaligen« dadurch erneut zu mobilisieren, daß er die Alliierten als die eigentlichen Kriegsverbrecher bezeichnete (»Eisenhower ist ein Schweinehund«) und erklärte, es werde für einen Deutschen bald als Ehre gelten, auf der alliierten Kriegsverbrecherliste gestanden zu haben.

3] *Der deutsche Geheimbund-Skandal:* In Bayern waren zwei paramilitärische Geheimbundorganisationen, der sogenannte ›Technische

Dienst des BDJ‹ und der ›Deutsche Heimatschutz‹ des ›Stoßtrupps gegen bolschewistische Zersetzung‹ aufgeflogen, deren bundesweite Vernetzung und gelegentliche Unterstützung durch amerikanische Dienststellen für teilweise stürmisch verlaufende Debatten in den Länderparlamenten und im Bundestag sorgten.
4] *Högner*: Der Jurist und SPD-Politiker Wilhelm Hoegner (1887 bis 1980) kehrte 1945 aus der Schweizer Emigration nach München zurück und war zunächst bayerischer Justizminister, dann, 1945/1946 (und noch einmal 1954–1957), Ministerpräsident. Von 1950 bis 1954 war er bayerischer Innenminister.
5] *an Reisiger:* Zürich, 1. 11. 1952, Reg. IV, 52/314; Br. III, 276–278 (fragmentarisch); Bl.TMG No. 8, 1968, 31/32. Die in Br. III fehlenden Sätze lauten: »München war eine erstaunliche festivitas mit letztem Erscheinen in der Tür des eisernen Vorhangs und auf der Straße sich fortsetzendem Applaus.« Und: »Der spätbürgerliche Terrorismus und der des ›Neuen‹ liegen einander schwer gewappnet gegenüber, und durch ein unvorhersehbares Versehen kann plötzlich alles in die Luft fliegen. Gott verhüt' es.«
6] *Eisler:* Der Komponist Hanns Eisler (1898–1962) war 1935 auf Umwegen in die USA entkommen, lehrte mit Unterbrechungen bis 1942 an Alvin Johnsons New School for Social Research in New York und lebte anschließend bis zu seiner Ausweisung 1947 in Malibu/Kalifornien, wo er häufiger mit TM zusammentraf. Näheres TB 44–46, 533.
7] *Faustus-Libretto:* Hanns Eisler, ›Johann Faustus‹, Berlin 1952. Das TM dedizierte Exemplar ist in der Zürcher Bibliothek erhalten.

2. 11. 1952
1] *an Frau H. Eulenberg:* An Hedda Eulenberg, Zürich, 2. 11. 1952, 294
Reg. IV, 52/315.
2] *Frau H. Eulenberg:* Die Übersetzerin Hedda Eulenberg, die Frau des TM seit seiner Münchener Zeit verbundenen Dramatikers und Essayisten Herbert Eulenberg (1876–1949).
3] *an Hanns Eisler:* Zürich, 5. 11. 1952, Reg. IV, 52/320: »[...] Was für eine wunderlich-merkwürdige Arbeit! Eine neue, *sehr* neue Version des Faust-Stoffes, der sich tatsächlich als unerschöpflich, immer wieder inspirierend, immer wieder wandelbar erweist. Ihre Formung ist sehr neu, sehr kühn, sehr eigentümlich und kommt der Musik, wie

auch dem Theater, auf vielerlei Art entgegen – wenn auch mir altem Herrn manches darin unkomponierbar und unsingbar vorkommen muß. Aber das wissen Sie besser, und an mehr als einer Stelle spürte ich, daß Sie die Musik dazu schon im Kopf hatten, als Sie sie schrieben./ Hübsch provokant ist ja das Ganze und wird es wahrscheinlich noch mehr werden durch die Musik, die neue, ›an die man sich so schwer gewöhnt‹. (Heiterkeit.) Hat aber einen guten, derben, deutschen Humor, besonders in der Figur des Hanswurst, dessen Erklärung ›Ich hab nur eine kleine, bescheidene, verfressene Seele, aber ich häng an ihr, weil mir sonst das Essen nicht schmecken tät‹ mir sehr gefallen hat. Der Volkston, besonders in den Verspartien, ist oft ausgezeichnet getroffen. Und die neue Wendung des Teufelsbetrugs dahin, daß das Verderben die Form der weltlichen ›Anerkennung‹ und Vorbildhaftigkeit annimmt, ist tief und stark. – Ein großes Schaustück wird es zudem, wenn das Theater alles machen kann, was Sie ihm vorschreiben, und das kann es heute wohl./ [...]« (›Sinn und Form‹, Sonderheft 4, Hanns Eisler, 1964, 247)

4] *»Wohlgeboren Wolfgang Wundersam«:* Der 1952 in Frankfurt am Main erschienene Roman von Klaus Mampell.

3. 11. 1952

294 1] *an Mampell:* An Klaus Mampell, Zürich, 3. 11. 1952, Reg. IV, 52/317.

295 2] *Bilder von Schneditz:* S. dazu auch TM an Wolfgang Schneditz, Zürich, 3. 11. 1952, Reg. IV, 52/319: »Über die gelungenen Bilder haben wir uns herzlich gefreut, und besonders finde ich, dass Ihre Gattin ihre Sache vortrefflich gemacht hat.« (›Jahrbuch des Wiener Goethe-Vereins‹, N.F. 72, 1968, 134)

3] *Jugend-Zeichnung [...] von Prof. Stanger:* Weder Zeichnung noch Künstler ermittelt.

4. 11. 1952

295 1] *nach München:* An Richard Riemerschmid, Zürich, 5. 11. 1952, Reg. IV, N 52/1: »Ein ›Brieflein‹ ist es wirklich nur, das ich beitragen kann zur Feier des 85. Geburtstags von Münchens großem Bürger, Richard Riemerschmid, und des 80. der Frau, die er einst [...] der Münchner Hofbühne entführte.« Der Brief, dessen Text in einer Festschrift für Riemerschmid, ›Wir fingen einfach an. Arbeiten und

Aufsätze von Freunden und Schülern um Richard Riemerschmid‹, hrsg. von Heinrich Thiersch, München 1953, S. 12/13 abgedruckt wurde, ist im Anhang, Dok. 60, S. 851/852 wiedergegeben.
2] *Ida Hofmann:* Die Schauspielerin Ida Hofmann (1873–1963), die TM einst an der Münchener Hofbühne unter Possart bewunderte, ehe sie den Architekten Richard Riemerschmid (1867–1957) heiratete.
3] *»Le Diable et le bon Dieu«:* Das 1951 in Paris uraufgeführte »Stück in drei Teilen« des französischen Philosophen, Dramatikers und Essayisten Jean-Paul Sartre (1905–1980).

5. 11. 1952
1] *Wahl Eisenhowers:* Dwight D. Eisenhower hatte einen klaren 295
Wahlsieg für die Republikaner errungen: Nur neun der 48 Staaten stimmten für Stevenson. Die Mehrheit gegenüber dem Mitbewerber betrug 6 621 242 Stimmen.
2] *McCarthy, der erklärt:* TMs Quelle war die NZZ vom 5. 11. 1952, 296
die auf S. 2 berichtete, McCarthys Freunde in Wisconsin hätten eine landesweit ausgestrahlte Radiosendung finanziert, in deren Verlauf der Senator seine Version von der Entstehung des Koreakrieges entwickelte. Er sagte, dieser Krieg sei auf Grund eines finsteren »Planes« ausgebrochen, den Acheson mit den Kommunisten geschmiedet habe, um die von einer Wirtschaftsdepression bedrohten USA in eine neue Prosperität zu führen. Im Winter 1949/50 habe Arbeitslosigkeit geherrscht, die für Acheson Anlaß genug gewesen sei, eine »Einladung« an die Kommunisten zu richten, Südkorea anzugreifen, die prompt befolgt worden sei.
3] *Einladung des Südd. Rundfunks:* Belege für eine über den Rundfunk ausgestrahlte Neujahrsbotschaft von TM haben sich weder beim Süddeutschen noch beim Bayerischen Rundfunk ermitteln lassen.
4] *Brief über Ida Hofmann:* S. TB 4. 11. 1952, Anm. 1 und Dok. 60, S. 851/852.
5] *an Knopf:* Zürich, 5. 11. 1952; im Archiv des Verlags A. A. Knopf in New York: »For too long a time you have not heard from us [...]. As you see we are still here, and we have decided to stay for quite some time. For a year at least we are going to live the same way we did fifteen years ago and we have rented a little house in Erlenbach-Zürich, quite near to our former residence in Küsnacht. I hope to terminate there quietly the memoirs of Felix Krull and a long short

story three quarters of which are already written./ All this, of course, does not mean any unfaithfulness toward America, or the intention to leave for ever the country, to which I owe so many happy and deeply satisfactory experiences. I would hate it to give the impression of having deserted the United States. But I have the desire to get again in closer contact with Europe. So far we have visited it nearly every year; the trip both ways is exerting and expensive, and so we have chosen this solution./ Let us hope that we shall see you and Blanche nevertheless in the coming year. You are young and alert and will certainly come over during our European sojourn./ [...]«.
Knopfs ebenso noble wie witzige, »seelenruhige« (TB 15. 11. 1952) Antwort sei um des Zusammenhangs willen ebenfalls bereits hier zitiert: »Dear Tommy,/ I am indeed delighted to have you break your long silence for I haven't heard from you, apart from your charming birthday greeting, in ages and ages./ I am glad to have your news and to know that you are comfortably settled and living the kind of life you want to live at the present time. And I am pleased, though not at all surprised, that you are as usual writing industriously./ Blanche will certainly be coming abroad, but I am not at all certain about myself: I seem to become more and more involved with the U.S.A. and particularly with the West as I grow older. As a matter of fact, Blanche and I had a most charming short trip last month to Mt. Desert Island in Maine and then across northern New Hampshire and Vermont into upper New York State and Cornell University./ With regard to your share of the royalties on the pocket-book editions of BUDDENBROOKS, I am prepared to do just exactly what you prefer [...]«

6] *Schweizer Sekretärin:* Fräulein Hirsch (s. TB 5. 12. 1952), eine Schwester der Pianistin Valeska Hirsch, der Frau des Regisseurs Leopold Lindtberg.

6. 11. 1952

296 1] *an Agnes Meyer:* Zürich, 7. 11. 1952, Reg. IV, 52/324; TM/AEM 773–775: »[...] Poor old Europe zeigt sich sehr empfänglich für meine Wiederkehr, – die aber wahrhaftig keine Abkehr von Amerika bedeuten soll, dem Lande, dem ich soviel Gutes und Freundliches verdanke. Wir wollen zwar unser kalifornisches Haus, das uns längst zu groß geworden war, verkaufen [...]. Aber nichts wünsche ich

weniger, als dass drüben der Eindruck entstünde, dass ich Amerika den Rücken kehrte. Bitte, helfen auch Sie, wenn es nötig sein sollte, diesen Eindruck hintanzuhalten! Ich bleibe ja American citizen und bin hier schon ebenso befreundet mit dem amerikanischen Consul wie mit den Schweizer Behörden. [...]«.

2] *»Perspektiven«:* Die deutsche Ausgabe der in vier Sprachen (englisch, französisch, italienisch und deutsch) erscheinenden amerikanischen Zeitschrift ›Perspectives‹: ›Perspektiven. Literatur, Kunst, Musik‹ erschien ab Oktober 1952 bei S. Fischer in Frankfurt am Main.

3] *Über »Pragmatismus«:* Joachim G. Leithäuser, ›Der mißliebige Pragmatismus. Seitenblick auf eine vernachlässigte Denkrichtung‹, ›Perspektiven‹, H. 1, Okt. 1952, 67–75.

4] *J. Barzun [...] in der »Nation«:* Der Beitrag des Romanisten der 297
Columbia University, Jacques Barzun, trug den Titel ›Das Abenteuer Amerikas mit dem Praktischen. Gibt Amerika seiner Philosophie des Praktischen den Abschied?‹, ›Perspektiven‹, a.a.O. 140–156. Barzun hatte im Juli 1948 (!) in der ›Nation‹ einen von TM als »schnöde und ignorant« (TB 6. 7. 1948) bezeichneten Artikel über den Band *Essays of Three Decades* publiziert. (Näheres TB 46–48, 775.)

7. 11. 1952

1] *»Bund«:* Die Zeitung ›Der Bund‹ in Bern brachte in seiner Beilage 297
›Der kleine Bund‹ vom 12. 12. 1952 TMs Hommage an Fritz Strich, Zürich, 7. 11. 1952, Reg. IV, 52/325, als Faksimile.

2] *in extenso bringt:* Die ›Neue Zeitung‹ publizierte – allerdings gekürzt – die Hauptmann-Rede in ihrer Wochenendausgabe vom 15./16. 11. 1952, 11.

3] *Tod der alten Frau Fischer:* Hedwig Fischer, geb. Landshoff (geb. 1871), die Witwe von TMs Verleger Samuel Fischer (1859–1934), war am 4. 11. 1952 in Königstein im Taunus gestorben.

4] *Telegramm:* Das Beileidstelegramm an Gottfried und Brigitte Bermann Fischer ist nach Reg. IV, 592, verschollen.

5] *Fertigstellung des Ballets:* Mondadori hatte am 9. 3. 1951 bei TM angefragt, ob der Verlag mit dem Komponisten Franco Mannino und dem Regisseur Luchino Visconti wegen der Benutzung von *Mario und der Zauberer* als Vorlage für ein Ballett verhandeln dürfe. Das Schreiben befindet sich im TMA.

6] *François Mauriac:* Der französische Schriftsteller François Mauriac (1885–1970).

7] *Brief über Strich:* S. Anm. 1.

8] *Meldungen der deutschen Presse:* Die ›Neue Zeitung‹ hatte am 6. 11. 1952 unter der Überschrift ›Thomas Mann bleibt in der Schweiz‹ gemeldet: »Wie die Neue Zeitung erfährt, hat sich Thomas Mann nun endgültig entschlossen, wieder seinen dauernden Wohnsitz in der Schweiz zu nehmen. Am 15. Dezember wird er ein Haus beziehen, das er in Erlenbach bei Zürich gemietet hat. Der Dichter wird sein neues Heim zum Teil mit Möbeln einrichten, die noch aus Lübeck stammen.« Vier Tage später, am 10. 11. 1952, publizierte die ›Frankfurter Rundschau‹ eine undatierte dpa-Meldung folgenden Inhalts: »Thomas Mann hat sich entschlossen, vorläufig in der Schweiz zu bleiben und hat für ein Jahr in Erlenbach am Zürichsee eine Villa gemietet. Der Dichter will wieder in engeren Kontakt mit dem deutschsprachigen geistigen Leben kommen, um seinen Verpflichtungen nachkommen zu können. Er legt aber Wert auf die Feststellung, daß er keine Trennung von Amerika vollzieht, das ihm einst Asyl gegeben hat.« – TM selbst gab seinen Entschluß, in Europa zu bleiben, offiziell erst auf der TB 19. 11. 1952, Anm. 5 erwähnten Pressekonferenz in Wien bekannt. – Meldungen über die endgültige Rückkehr waren bereits im Juli/August 1952 verbreitet und später auch von ausländischen Zeitungen übernommen worden.

9] *Anfrage aus Hamburg [...] beantwortet:* Der Vorgang ließ sich nicht mehr rekonstruieren.

10] *In Kafkas Briefen an »Milena«:* Franz Kafka, ›Briefe an Milena‹, Frankfurt am Main 1952.

12. 11. 1952

297 1] *gut bestanden:* Vgl. in diesem Zusammenhang auch die ausführlich resümierende Rückschau in der TB 12. 12. 1952, Anm. 1 zitierten Stelle des Briefes an Rudolf Bach, Zürich, 12. 12. 1952, Reg. IV, 52/359.

298 2] *Hauptmanns »Iphigenie in Delphi«:* Die von der Kritik mit Vorbehalt aufgenommene und allenfalls als ein ›Akt der Pietät‹ gewertete Inszenierung des Hauptmannschen Alterswerks (1941) durch Lothar Müthel mit Liselotte Schreiner als Iphigenie, Lola Müthel als Elektra,

Hannsgeorg Laubenthal als Orest und Emil Lohkamp als Pylades bildete den »festlichen Auftakt« der Frankfurter Gerhart-Hauptmann-Woche.

3] *Oberbürgermeister Kolb:* Der während der NS-Zeit wiederholt inhaftierte Jurist und SPD-Politiker Walter Kolb (1902–1956), von 1946 bis zu seinem Tode Oberbürgermeister von Frankfurt. Kolb hatte 1949 TM zu der Goethe-Feier eingeladen.

4] *Intendant Buckwitz:* Der Schauspieler und Regisseur Harry Buckwitz (1904–1987) war seit 1951 Generalintendant der Städtischen Bühnen Frankfurt.

5] *jungen ungarischen Dirigenten:* Georg Solti (geb. in Budapest 1912), 1952 Generalmusikdirektor in Frankfurt, 1961–1971 musikalischer Direktor des Royal Opera House, Covent Garden, London, dirigierte die Ouverture aus der Suite Nr. 3 D-Dur von Johann Sebastian Bach.

6] *Vorspruch:* Buckwitz sagte – einem Bericht der ›Frankfurter Rundschau‹ vom 12. 11. 1952 zufolge –, daß die Frankfurter Hauptmann-Woche sich vor den Veranstaltungen anderer deutscher Städte dadurch auszeichne, »daß der größte deutsche Epiker unserer Zeit hier über seinen toten Kollegen, den größten deutschen Dramatiker unserer Epoche« spreche.

7] *Müthel:* Der Schauspieler und Regisseur Lothar Max Müthel (eigentlich L. M. Lütcke; 1896–1964) war seit 1951 Schauspieldirektor in Frankfurt. Er las aus dem achten Abenteuer von Gerhart Hauptmanns Vers-Epos ›Till Eulenspiegel‹ die von TM in seiner Rede evozierte Szene, da die Sonne nicht aufgehen wollte: »Man kann, wenn man wahr, wahrhaft pietätvoll sein will, das Hexameter-Epos von ›Till Eulenspiegel‹ als Ganzes nicht unbedingt preisen, – mir ist, als sei es ein Vergehen am Leiden, es leichten Herzens ins Selig-Ruhmvolle zu versetzen. Aber als Beispiel für das irrationale Traum-Heraufquellen, das ich meine, soll die Vision von der nicht mehr aufgehenden Sonne, im achten Abenteuer, genannt sein – höchst großartig, höchst schaudervoll wie sie ist, von der Nachtangst, dem kosmischen Schrecken zeugend.« (GW IX, 809/810)

8] *hessischer Kultusminister:* Der SPD-Politiker Ludwig Metzger (1902–1992) hatte das Amt von 1951 bis 1953 inne.

9] *Kuckuck-Vorlesung:* Am 10. 11. 1952 in der laut Presseberichten »überfüllten« Aula der Frankfurter Universität.

10] *Rektor Horckheimer:* S. TB 17. 3. 1952, Anm. 2. – Über die »philosophische Einführungsrede« des Rektors der Frankfurter Universität berichtete Rolf Schroers in der ›Frankfurter Allgemeinen Zeitung‹: »Professor Horkheimer gab eine knappe, bedeutsame Würdigung des Dichters, den man als Repräsentanten der individuellen Aera zu sehen gewohnt sei, ohne zu bedenken, daß der Inhalt des Begriffs ›Individuum‹ nicht statisch sei, vielmehr mit dessen Situation zusammengedacht werden müsse. In diesem Sinne habe sich Thomas Mann um die Erweiterung seiner individuellen Natur bemüht, sich dem Fremden und Entgegengesetzten geöffnet, beispielhaft im Sinne der Hegelschen Entäußerung. Auf solche Weise sei aber das Individuum in die Gesellschaft eingetreten, auf solche Weise habe Thomas Mann die Position Nietzsches überhöht zu einer Humanität frei von Ideologie und Lüge zu einer phrasenlosen Menschlichkeit.«

11] *J. Maas:* Der Schriftsteller Joachim Maass (1901–1972), den TM seit 1936 kannte und 1939 in New York wiedertraf, lehrte seit 1940 deutsche Literatur am Mount Holyoke College, Massachusetts.

299 12] *Pianist:* Vermutlich Wolfgang Rebner; s. TB 12. 1. 1952, Text und Anm. 4.

13] *Frau Klippstein:* Editha Klipstein; s. TB 2. 12. 1951, Anm. 2.

14] *Sonderausgabe der Rede:* Zusammen mit zwei Gedichten Gerhart Hauptmanns 1953 bei Bertelsmann in Gütersloh unter dem Titel *Gerhart Hauptmann* erschienen.

15] *Andringen der Kommunisten:* Vermutlich im Zusammenhang mit den Vorbereitungen für die ›Weltfriedenskonferenz‹, die am 12. 12. 1952 in Wien eröffnet werden sollte und in der Wiener Presse mit »pro« und »contra« große Beachtung fand. Es scheint, daß TM aus Wien vor Mißdeutungen seines Besuchs just zu diesem Zeitpunkt gewarnt wurde. S. den Brief an Martha Hofmann, Zürich, 14. 11. 1952, Reg. IV, 52/328: »[Ich] bin Ihnen aufrichtig dankbar für Ihr fürsorgliches Interesse. Ihre Warnung ist gewiß nicht unberechtigt und ich werde während meines Wiener Aufenthaltes alles von mir fernhalten, was irgendwie missdeutet oder böswillig ausgenutzt werden könnte. Eine vorbeugende Erklärung an die Presse würde ich nicht gern abgeben, weil dadurch unter Umständen ein eher unliebsames Aufsehen erregt werden könnte. Immerhin habe ich sofort Herrn Csokor einige Sätze zur Verfügung gestellt, die meine Stellung eindeutig charakterisieren, und ihn ermächtigt, jeden Gebrauch davon zu machen, den er für nützlich hält, das heisst, sie eventuell an die Presse [zu] geben, oder aber, was mir lieber wäre, sie nur einigen massgebenden Personen zu zeigen und auch bei seinen einführenden Worten in beschwichtigendem Sinne zu sprechen.« (Kopie im TMA) – Die Csokor zur Verfügung gestellte »Erklärung« fand sich in einer Abschrift unter der Korrespondenz H. A. Fiechtner, Wien, im TMA. Sie ist – wiewohl schon einmal, an entlegenem Ort, in der Fiechtnerschen Retrospektive ›Thomas Mann in Wien‹ am 7. 6. 1975 in der Zeitschrift ›Die Furche‹, publiziert – im Anhang, Dok. 61, S. 852/853 wiedergegeben.

14. 11. 1952

1] *Goethe »Divan« mit seiner Einleitung:* Johann Wolfgang von Goethe, ›West-östlicher Divan‹, Vorwort und Erläuterungen von Max Rychner, Zürich 1952. TMs Exemplar mit einer Widmung des Autors ist in der Nachlaßbibliothek erhalten. *299*

2] *Bedankt:* An Max Rychner, Zürich, 14. 11. 1952, Reg. IV, 52/329.

3] *großer Huldigungsdruck:* Nicht der Berliner ›Aufbau‹, sondern die Zeitschrift ›Sinn und Form‹ brachte ein Sonderheft zu Arnold Zweigs 65. Geburtstag heraus.

4] *Kerstin Strindberg:* August Strindbergs Tochter, die Malerin Kerstin Strindberg (1894–1954).

5] *Zersetzungssymptome:* Nach Auseinandersetzungen über seinen Budgetvorschlag und Angriffen der Russen auf seine ohne Ratsbeschluß bis 1954 verlängerte Dienstzeit war der seit 1946 amtierende Generalsekretär der UN, der norwegische Politiker und Jurist Trygve Halvdan Lie (1896–1968) zurückgetreten. Wenige Tage später, am 12. 11. 1952, verübte der amerikanische Leiter der UN-Rechtsabteilung und juristische Generalbeirat des Sekretariats, Abraham Howard Feller (geb. 1904), durch Sturz aus dem Fenster seiner im 12. Stockwerk gelegenen Wohnung Suizid. Trygve Lie äußerte die Vermutung, daß Feller, der in der Sowjetunion als – wenn auch liberaler, so doch entschiedener – Antikommunist angesehen wurde, in den USA wegen seiner als zu behutsam gebrandmarkten Untersuchungen im Rahmen des McCarran-Committees und einer Grand Jury, die über kommunistenfreundliche Verbindungen amerikanischer UN-Sekretariatsmitglieder recherchieren mußte, keinen Ausweg mehr aus der Flut »wahlloser Beschimpfungen und übertriebener Beschuldigungen« (NZZ 15. 11. 1952, Fernausgabe, Bl. 2) gewußt habe. Die NZZ meldete ferner, Feller habe seinerzeit einer Equipe junger amerikanischer Diplomaten und Juristen angehört, die 1945 an der Ausarbeitung der Charta der Vereinten Nationen in San Francisco beteiligt waren. Auch Alger Hiss sei damals Mitglied dieser Gruppe gewesen.

15. 11. 1952

300 1] *Interview:* ›Trunken von Gedichten. Aus einem Gespräch mit Thomas Mann‹, ›Die Weltwoche‹, 14. 11. 1952, 5. Dieses ›Gespräch‹ variiert die Antwort auf eine Rundfrage der ›Welt am Sonntag‹ aus dem Jahr 1948; s. dazu TB 8. 2. 1952, Anm. 7.

2] *Rundschau-Kapitel:* ›Die Verabredung‹; das vierte Kapitel des Dritten Buches erschien unter der Überschrift ›Neues aus den Bekenntnissen Felix Krulls‹ in der ›Neuen Rundschau‹, Jg. 63, H. 4, 1952, 473–492.

TM gab im Vorspann eine kurze Einführung in den bisherigen Inhalt der Erzählung: »Über die Ursprünge und frühesten Erlebnisse Felix Krulls darf ich bei den Lesern der Neuen Rundschau die unerläßlichsten Vorkenntnisse voraussetzen. Nach dem Tode seines ›armen Vaters‹ eröffnet seine Mutter in Frankfurt am Main eine kleine Fremdenpension, und der Junge treibt sich schauend, gierig die Bilder der Welt in sich aufnehmend, auch auf die eine oder die andere Weise etwas Geld verdienend in der großen Stadt herum. Vom Militärdienst, als die Stunde kommt, simuliert er sich unter vollem Einsatz seiner besonderen Gabe, Krankheit vorzutäuschen, frei und kann nun also, circa neunzehnjährig, in Paris eine Stellung antreten, die ihm sein Pate Schimmelpreester durch alte Verbindungen in einem großen Hotel verschafft hat. Auf der Reise, bei der Douane, entwendet er einer Dame ein Juwelenkästchen und hat, als Liftboy, dann mit eben dieser Dame ein weiter einträgliches Liebesverhältnis. Er besitzt also einige Rücklagen. Vom Lift wird er nach einiger Zeit, unter dem Rufnamen Armand, als Kellner in den Speisesaal versetzt und lernt dort einen jungen Luxemburger Aristokraten, den Marquis de Venosta, kennen, der häufig das Restaurant besucht, entweder allein oder mit seiner Geliebten, der reizenden Zaza. Man steht untereinander auf fast freundschaftlichem Fuß, und da Felix (oder Armand) seine dienstfreien Nachmittage in der ihm so natürlichen Maske des Kavaliers verbringt, kann es zwischen den beiden jungen Männern zu der folgenden, für Krulls Zukunft entscheidenden ›Verabredung‹ kommen.«

3] *In Herald Tribune:* In der europäischen Ausgabe nicht nachweisbar und auch bei Potempa nicht angegeben.

4] *hier:* ›Vorschläge zu einem Buchgeschenk‹, ›Die Weltwoche‹, Jg. 20, No. 996 v. 12. 12. 1952, 19: »Die beiden Bücher, die mich in jüngster Zeit am meisten beschäftigt haben, sind:/ 1. Die Manesse-Ausgabe von Goethes wunder- und geheimnisreichem ›Westöstlichen Divan‹ mit der ausserordentlich schönen Einleitung Max Rychners nebst Goethes prachtvollen ›Noten und Abhandlungen zu besserem Verständnis‹ und einer Fülle kundiger Erläuterungen des Herausgebers. Ein Buch unausschöpfbarer Schönheit, worin das Persönliche und das Universelle eine mystische Hochzeit eingehen./ 2. (Die Zusammenstellung mag anstössig sein) Hermann Kestens bei Kurt Desch in München erschienene, wissenschaftlich wohlfundierte und mit grosser Verve geschriebene *Casanova-Biographie*, ein hoch-amüsantes Buch, dessen Darstellung eines auf unbedingten Genuss gerichteten Abenteurerlebens sich zu einem Panorama des liederlichen, sinnlich-geistreichen 18. Jahrhunderts mit seinen Einschlägen humanen Menschheitsbeglückungswillens erweitert, und bei dessen Lektüre man sich fühlt wie in einem Kohlensäure-Bad. Der Erfolg ist ihm sicher.«

5] *von Knopf:* New York, 12. 11. 1952; im Archiv A. A. Knopf in New York. Zum Text s. TB 5. 11. 1952, Anm. 5.

6] *Äußerungen Trygve Lies:* »He has worked tirelessly day and night under my direction to uphold due process of law and justice in the investigation against discriminate smear and exaggerated charges. This placed him under a prolonged and serious strain. The terrible tragedy of his death today is the result.« S. auch TB 14. 11. 1952, Anm. 5.

7] *Minister Schumann:* Der französische Außenminister Robert Schuman (1886–1963).

16. 11. 1952

300 1] *an Fiedler:* An Kuno Fiedler, Zürich, 16. 11. 1952, Reg. IV, 52/331: »In Eile tausend Dank für Ihren Brief. Erst seit ein paar Tagen von Frankfurt zurück, wo es, wie in München, recht festlich zuging, fliegen wir morgen nach Wien, für neun Tage, die auch munter zu werden versprechen. Ich habe das etwas unheimliche Gefühl, mich im Aeusseren aufzubrauchen (unter Hurrahoch und Blumen) und frage mich, wann ich wieder einmal ein bißchen arbeiten werde. Nun, dann hoffentlich, wenn wir, Mitte Dezember, in unser neues Heim, ein schön hoch gelegenes Haus in Zürich-Erlenbach [...] mit weitem Blick über den ganzen See, eingezogen sein werden. Ich liebe die Landschaft hier herum, und wir haben uns doch für Wiederaufnahme der Lebensform von 1933–38 entschlossen./ 1933 schrieb uns Annette Kolb: ›nach Deutschland kehre ich nicht zurück.‹ Ich citiere das jetzt immer, mutatis mutandis, und sage: ›Nach Amerika kehre ich nicht zurück.‹ Es ist sehr weitgehend die Wiederkehr des Gleichen.«

17. 11. 1952

300 1] *Beisetzung des Abr. Feller:* Die Trauerfeier für Abraham Feller (s. TB 14. 11. 1952, Anm. 5) geriet zu einer großen Demonstration des demokratischen Amerika gegen die immer weiter um sich greifende Hexenjagd. Unter der Führung des Außenministers marschierten zahlreiche Delegationen, um für die Liberalität der Vereinigten Staaten zu zeugen. Ein Farbiger, der amerikanische Diplomat Ralph Johnson Bunche (1904–1971), – als erster Nicht-Weißer im Dienst des US-Außenministeriums – hielt die Trauerrede. Bunche war 1950 für seine in der Nachfolge des Grafen Bernadotte erfolgreichen Vermittlungsbemühungen zwischen Israel und Palästina mit dem Friedensnobelpreis ausgezeichnet worden.

19. 11. 1952

301 1] *Autor:* Der britische Dramatiker Roger MacDougall. S. TB 20. 9. 1952, Anm. 2.

2] *Dr. Berger:* Dr. Josef Berger (1910–1984) leitete den Bermann-Fischer Verlag, Wien, von 1947 bis 1953. Nach dessen Fusionierung mit dem Frankfurter S. Fischer Verlag widmete er sich bis zu seinem Tod einer ererbten Großmühle in Laa (Niederösterreich).

3] *Staeps:* Der Wiener Musiker Hans-Ulrich Staeps. Vgl. TB 8. 10. 1947.

4] *Presse-Konferenz:* AP gab am 20. 11. 1952 folgenden zusammenfassenden Bericht: »Thomas Mann erklärte bei seinem ersten Besuch seit fünfzehn Jahren in Wien, daß er seinen Lebensabend in Europa verbringen wolle, in dessen alter Erde er verwurzelt sei. Er habe jedoch nicht die Absicht, seine amerikanische Staatsbürgerschaft aufzugeben. Zu seinem früheren Besuch in der Sowjetzone Deutschlands sagte der Dichter, daß dort ›dem Geistigen gegenüber viel Respekt vorhanden sei, sofern es dem Regime nicht feindlich gegenübersteht‹. Er gab jedoch zu, daß ein Widerstand, so wie er sich in den Vereinigten Staaten äußere, ›wohl zu kostspielig ist‹. Auf die Frage, ob er ein friedliches Nebeneinanderleben der zwei dominierenden Weltanschauungen für möglich halte, erwiderte er: ›Man muß hoffen, daß dies möglich ist, weil ein dritter Weltkrieg eine unabsehbare Katastrophe bedeuten würde.‹ [. . .] Auf die Frage, ob er auf Grund seiner Erkenntnisse dem politischen System des Westens oder jenem des Ostens den Vorzug gebe, erwiderte Mann, daß er eine solche Frage im gegebenen Rahmen nicht beantworten könne. Dies wäre bestenfalls in Form eines Buches möglich. Unter dem Hinweis, daß er ein Mann des Friedens sei, sagte er: ›Man darf den Frieden nicht zu einer Parteiparole, sondern muß ihn zu einer Menschheitsparole machen.‹ Zu dem Wiener Weltfriedenskongreß im Dezember, an dem Sartre, Cocteau und Picasso teilnehmen werden, erklärte Mann: ›Ich kann mir nichts anderes denken, als daß Sartre, Cocteau, Picasso und die anderen Intellektuellen der Sache des Friedens anhängen. Man kann das Erscheinen dieser Intellektuellen nur begrüßen.‹« (Zitiert nach der ›Frankfurter Allgemeinen Zeitung‹, 20. 11. 1952, 6) – Daß sich nicht alle Wiener Zeitungen an diesen sachlich-freundlichen Tenor der Berichterstattung hielten, TMs mehrfach geäußerte Bedenken also nicht ganz unbegründet waren, geht aus dem Report der ›Neuen Wiener Tageszeitung‹ hervor, die in einem »Eigenbericht«, datiert 18. 11. 1952, in ihrer Ausgabe vom 19. 11. 1952, 2, schrieb: »Thomas Mann, der zur Zeit in Wien weilt, stellte sich Dienstag in den Räumen des Hotels Sacher den Wiener Pressevertretern mit einem doppelten Gesicht vor. Einleitend verlas Mann eine Erklärung, die er sich offenbar für seinen Wiener Besuch vorbereitet hatte: Seine Reise nach Wien diene keinen parteipolitischen Sonderzwecken. Im selben

Atemzug aber stellte Mann auch schon fest, er werde in einem seiner Vorträge auch Themen ›anklingen‹ lassen, die ›einem Heute entnommen sind, in dem es so ganz ohne Politik im weitesten Sinne nicht abgeht‹./ Man braucht nicht im besonderen festzustellen, was er damit gemeint hatte. Er exerzierte dieses ›Heute, in dem es ohne Politik nicht abgeht‹, in diesem Jahr schon einmal in Salzburg und schon früher bei seiner von den ostzonalen KP-Herren arrangierten ›Triumphfahrt‹ in der Sowjetzone Deutschlands vor. Was er damals sagte und das Bekenntnis, das er damit offen zum Kommunismus und seiner Tyrannei ablegte, bewog die Pressevertreter in Wien, Thomas Mann danach zu fragen, ob er die ›Volksdemokratie‹ oder die Demokratie westlicher Prägung persönlich vorziehe. Nach einer Verlegenheitspause erklärte Mann, er könne darauf keine Antwort geben, denn darüber ließen sich zwar Bücher schreiben, jedoch keine kurzen Erklärungen abgeben. [. . .]/ Mann hat mit seinem Auftreten in Wien und mit dem Doppelgesicht, das er zur Schau trug, offensichtlich den Eindruck erwecken wollen, daß er eine akzeptable, über den Dingen stehende Persönlichkeit sei. Mit einer Haltung wie der seinen aber steht man nicht über den Dingen, sondern einwandfrei im Lager der Diktatur und Tyrannei. Als bester Beweis dafür dürfte die Aufmachung dienen, in der der kommunistische ›Abend‹ die kryptokommunistischen Äußerungen Thomas Manns noch am Dienstag wiedergab.«

301 5] *Erikas statement:* Das von Erika Mann verfaßte Eingangsstatement ist nicht unter den Zürcher Archivalien. Teile dürften der Csokor zur Verfügung gestellten ›Erklärung‹ (s. Dok. 61, S. 852/853) entnommen worden sein. Ein Referat, gezeichnet ›Hubalek‹, erschien am 19. 11. 1952 in der ›Arbeiter-Zeitung‹, 5: »[TM] gab auch eine Erklärung ab, in der er ausdrückte, daß ihn keine politische Richtung für sich reklamieren oder seine Anwesenheit für sich ausnützen könne. In allem, was er sagte, kam zum Ausdruck, daß er inmitten der in zwei Lager gespaltenen Welt – ein Zustand, den er als Tragik unserer Zeit bezeichnete – sich völlig frei in seiner Stellung halten will, gleichsam zwischen den Gegenkräften vermittelnd, deren kriegerischen Zusammenstoß er für das Ende von Kultur und Zivilisation ansieht. Man muß hoffen, daß beide Mächte nebeneinanderleben können, sagte er auf eine diesbezügliche Frage. Der kategorische Imperativ unserer Zeit heißt Frieden, aber dieser Frieden darf niemals eine Parteiparole sein, sondern muß eine Menschheitsparole werden. [. . .] Der Dichter sprach auch von den Einschränkungen der Freiheit der Meinung, die die amerikanische Demokratie, um sich zu schützen, ihren Bürgern auferlegen zu müssen glaube, stellte aber mit Freude fest, daß vor allem an den Universitäten Präsidenten, Professoren und Studenten einen unentwegten und erfolgreichen Kampf gegen diese Einschränkungen führen. Daß sie dies tun und tun können, scheint uns ebensosehr für die amerikanische Demokratie zu sprechen wie eine andere Antwort des Dichters gegen die Volksdemokratie sprach, nämlich, als Mann erklärte, daß gleiche Versuche, sich für die Freiheit der Meinung gegen die Staatsmeinung zu stellen und zu betätigen, in Ostdeutschland für den Betreffenden ungleich kostspieliger sein würden als in Amerika. / Schließlich gab Thomas Mann noch auf eine Frage über seine Einstellung zur kommunistischen Menschenräuberei und zum Fall Linse seinem Abscheu über jede Art Menschenraub Ausdruck, ehe er seine eigene Aufgabe in dieser Zeit präzisierte: durch seine künstlerischen Gaben auf die Menschen zu wirken, ihren Sinn für Verständigung, Freundschaft und Heiterkeit durch Kunst zu wecken und zu nähren und so zu ihrem Glücke beizutragen.« – Nimmt man den Bericht dazu, den die ›Österreichische Volksstimme‹, Wien, am 19. 11. 1952, 3, unter der Überschrift ›Thomas Mann: ‚Ich bin und war immer ein Mann des Friedens'‹ publizierte (s. Dok. 62, S. 854–856, so ergibt sich ein vermutlich recht vollständiges Bild vom Verlauf der vom österreichischen PEN veranstalteten Pressekonferenz.

6] *»Ellen«:* Erika Manns Freundin Ellen Erby.

7] *Schonende Weglassung:* Nicht mehr rekonstruierbar.

8] *Die Ezra-Pound-Stelle:* GW X, 396/397; vgl auch TMs Brief an Max Tau, P. P. 12. 3. 1952, Reg. 52/69; zitiert TB 49/50, 370.

9] *Pressestimmen:* Positiv berichteten die kommunistische ›Volks- *302*
stimme‹, 20. 11. 1952, 2: ›Thomas Mann am Vortragstisch. Eine Huldigung für den großen Künstler und Humanisten‹, und die ›Arbeiter-Zeitung‹, 20. 11. 1952, 4: ›Thomas Mann oder: die Fascination durch den Geist‹, mit dem Fazit: »Was immer man Thomas Mann zu sagen hat, wie immer man zu ihm steht: hier vollzog sich die Manifestation eines ›verzweifelt deutschen‹ und zugleich weltweiten Geistes, in dem sich Güte und Größe des Künstlers gleichermaßen verkörpert.« – Negativ und von dem Vorurteil bestimmt, über einen

Kommunisten reden zu müssen, urteilte das ÖVP-Organ ›Neue Wiener Tageszeitung‹, s. auch Anm. 4.

10] *das sozialdem. Regierungsblatt:* Gemeint ist wohl der »Hubalek« gezeichnete, Anm. 5 nachgewiesene Bericht in der ›Arbeiter-Zeitung‹.

20. 11. 1952

302 1] *Buchhandlung am Graben:* Die Buchhandlung Gerold, Graben 31, veranstaltete für TM eine Signierstunde.

2] *Monstre-Oesterreich-Film:* ›1. April 2000‹. Der von Wolfgang Liebeneiner mit Hilde Krahl, Josef Meinrad, Paul Hörbiger, Hans Moser, Curd Jürgens und vielen anderen, unter Assistenz der Wiener Philharmoniker, des Staatsopernballetts, der Wiener Sängerknaben, der Spanischen Hofreitschule und der Deutschmeisterkapelle gedrehte, die historische Situation des Landes rekapitulierende und den »konkreten Zustand permanenter Friedlosigkeit« (ohne »Friedensschluß« oder »Staatsvertrag«) bis zum 1. April des Jahres 2000 utopisch verlängernde Film wurde von der Kritk sehr zwiespältig aufgenommen – nicht zuletzt wegen des operettenhaften Schlusses, in dem es althergebrachter Staatsklugheit der Regierenden gelingt, unter Aufbietung erprobter publikumswirksamer Mittel die herrschenden Weltmächte zu veranlassen, die österreichische Tragödie endlich zu beenden.

3] *General Deutsch:* Der Jurist Julius Deutsch (1884–1968), österreichischer, aus der Gewerkschaftsbewegung kommender sozialdemokratischer Politiker, 1923 Organisator des Republikanischen Schutzbundes, als dessen Obmann er im Februar 1934 den gescheiterten Putschversuch befehligte. 1936–1938 General der Republikanischen Brigaden im Spanischen Bürgerkrieg, 1940–1946 in den USA u.a. beim Office of War Information (OWI), seither wieder in Wien, wo er bis 1951 die SPÖ-Verlage leitete. Klaus und Erika Mann kannten Deutsch, der mit der Schriftstellerin Adrienne Thomas verheiratet war, aus der Zeit der Spanienkämpfe (s. KM TB 30. 6. 1938 und KM BR/Antw. II, 304–306).

4] *Höflichkeitsbesuch:* Vgl. den Bericht der ›Arbeiter-Zeitung‹, 21. 11. 1952, 3: »Thomas Mann und seine Frau wurden Donnerstag von Bürgermeister Jonas im Rathaus empfangen. Der Zusammenkunft wohnten Vizebürgermeister Weinberger, Stadtrat Mandl sowie für den PEN-Club die Schriftsteller Brunngraber, Csokor, Frieberger und Professor Hauser bei. Thomas Mann hob im Laufe des Gespräches hervor, daß ihm bei der Neubautätigkeit in Wien vor allem der soziale Charakter der Bauwerke aufgefallen sei. Während besonders in deutschen Städten meist nur Geschäftshäuser errichtet werden, wendet man in Wien das Hauptaugenmerk dem Wohnhausbau zu. Beim Abschied überreichte Bürgermeister Jonas dem Dichter das Wien-Buch.«

5] *Oberbürgermeister:* Der österreichische SPD-Politiker Franz Jonas (1899–1974), von 1951 bis 1965 Bürgermeister und Landeshauptmann von Wien.

6] *Koslik:* Der österreichische Dirigent Gustav Koslik (1902–1987) war 1952–1962 Chefdirigent des Niederösterreichischen Tonkünstlerorchesters. In Wien dirigierte er zwischen 1945 und 1950 verschiedene Opern am Theater an der Wien.

22. 11. 1952

1] *Grete Wiesenthal:* Die österreichische Tänzerin und Choreographin Grete Wiesenthal (1885–1970). 303

2] *Rede Csokors:* ›Rede an Thomas Mann‹ mit den Schlußsätzen: »Aber eines ist und bleibt sie, unsere Begegnung, – und damit will ich meinen Gruß an Sie beschließen: Nicht politisch gemeint, sondern menschlich gefühlt. Wir, die wir Sie lieben, sind hier jetzt parteimäßig so wenig eingetragen wie Sie. Und was sich in uns nun links vor Ihnen regt und rührt, das sind unsere Herzen, die sich vor Ihnen öffnen, Thomas Mann, und Ihrem weltbrüderlichen schöpferischen Geist.« (Die TM am 23. 11. 1952 gewidmete Abschrift der Rede, in der Csokor anfangs anderslautenden »irrigen Auslegungen« gegenüber betont hatte, daß sich TM bereits im Juli 1952 bereit erklärt habe, im November im PEN-Club zu lesen, befindet sich im TMA.)

3] *Meine Antwort:* Offenbar frei gesprochen. Unter den im TMA verwahrten Dokumenten findet sich weder ein Konzept noch ein ausgeführtes Manuskript.

27. 11. 1952

1] *Vorlesung des Kuckuck-Kapitels:* Auch diese Lesung wurde durch 303
eine Ansprache Csokors eingeleitet, die gleichfalls mit einer Widmung, datiert 23. 11. 1952, in der Zürcher Bibliothek erhalten ist:

›Gruß an Thomas Mann. (Vorspruch zu des Dichters erster Wiener Lesung)‹. Der Schlußabsatz lautet: »Versuche neuer Ordnung regten sich, doch auch die einst gemeinsame Front gegen das Unrecht geriet ins Wanken. Noch hadern die Meinungen, noch steht nichts endgültig fest. Aber dass Sie heute unter uns weilen, Thomas Mann, das bedeutet die Hoffnung auf die Rückkehr eines Humanismus, der uns jetzt nötiger täte denn je. Es muss dies freilich ein Humanismus sein, der mit der Aufrichtung des Einzelmenschen wieder beginnt im Gegensatz zu dem Angriff auf den Humanismus, der mit der Entwertung des Einzelmenschen eröffnet wurde. Und vielleicht darf ich in den Schluss dieser Begrüssung dazu einen Satz des Ihnen, hochverehrter Gast, in seinem Verantwortungsgefühl vor einer zerrütteten und nach Erneuerung drängenden Welt so wesensverwandten Tolstoj einflechten, den jener, dessen Todestag sich eben jährt, am Ausgang seines Lebens in einer Erzählung ›Der Durchreisende und der Bauer‹ am 12. Oktober 1909 niederschrieb: / ›Wollten die Menschen, statt die Welt zu retten, sich selber retten; statt die Menschheit zu befreien, sich selber befreien; wieviel würden sie da zur Rettung der Welt und zur Befreiung der Menschheit beitragen.‹/ Das bedeutet: Gebt ein Beispiel, statt zu fordern! Und Sie, hochverehrter Thomas Mann, haben es uns gegeben durch Ihr Werk, und Sie geben es uns noch, fort und fort.«

303 2] *Physiker Thirring:* Der Wiener Professor für theoretische Physik Hans Thirring (1888–1976).

3] *Artikel von Thorberg:* In zwei (im September und Oktober 1952) für die Rubrik ›Post Scriptum‹ des ›Kurier‹ geschriebenen Beiträgen hatte Friedrich Torberg TM wegen seiner unentschiedenen »ironischen« Haltung gegenüber dem Kommunismus zwar respektvoll, aber in der Sache scharf angegriffen: Im September wegen des Vortrags *Der Künstler und die Gesellschaft*, im Oktober wegen des Glückwunsches an Johannes R. Becher, der in der ›Österreichischen Zeitung‹, dem offiziellen Organ der sowjetischen Besatzungsmacht in Wien, zu lesen gewesen war. Der Torbergsche Oktober-Beitrag wiederum war offensichtlich in einem anderen linken Blatt nicht gerade zimperlich kritisiert worden; jedenfalls nahm Torberg diese Kritik in seinem November-Artikel (›Kurier‹, 29. 11. 1952) zum Anlaß für eine Polemik, die – obwohl in erster Linie gegen den kommunistischen Schreiberling (»Buberl«) gerichtet – sich die Gelegenheit nicht entgehen ließ, TMs in Wien gesprochenen Satz: »Ich bin und war immer ein Mann des Friedens« durch Hinweis auf des gleichen Autors nationalistische Begeisterung während des Ersten Weltkriegs nachdrücklich zu relativieren. – Doch diesen letzten Artikel kann TM zur Zeit des TB-Eintrags noch nicht gekannt haben. Er bezieht sich offensichtlich auf einen – vermutlich den zweiten – der beiden vorgenannten Beiträge. – Alle drei Artikel sind abgedruckt in Friedrich Torberg, ›P.P.P. – Pamphlete, Parodien, Post Scripta‹, München–Wien 1964.

4] *Thorberg:* Der österreichische Schriftsteller Friedrich Torberg (1908–1971) mußte 1938 emigrieren und gelangte über die Schweiz und Frankreich 1941 in die USA. 1951 kehrte er nach Wien zurück.

5] *die kommunistische Presse:* S. die zitierten Berichte der ›Volkszeitung‹ sowie den Artikel von Bruno Frei, ›Thomas Mann über das Gute‹, ›Der Abend‹, Wien, 20. 11. 1952: eine Hommage an den »im überfüllten Mozartsaal« mit »nicht endenwollenden Ovationen, die sich schließlich zu einer denkwürdigen Huldigung steigerten« überschütteten »Meister der Dialektik«. »Er erkennt zugleich mit der Einheit des Aesthetischen und Moralischen auch ›die Widersprüchlichkeit des Geistes in seinem Verhältnis zur Humanität‹. Man kann nämlich auch mit Talent Lobredner des Reiches der Finsternis werden. Thomas Mann schwebt nicht in den Wolken; er sieht die ideologische Zerrissenheit unserer Zeit und – das ist das Entscheidende – er weicht dem Dilemma nicht aus, er nimmt Stellung./ Galt der Beifall dem Dichter, dem Denker, dem formvollendeten Vortragskünstler, dem Architekten der Sprache, der Jubel galt dem Bekenner. In einer Zeit und an einem Ort, wo das Ausweichen und Rücksichtnehmen zur krankhaften Norm geworden sind, ist es beglückend, den größten deutschen Dichter der Gegenwart aussprechen zu hören, daß ihn persönlich der Faschismus auf die ›linke Seite‹ gebracht und zum ›Wanderredner der Demokratie‹ gemacht habe./ Thomas Mann sagt ›Faschismus‹. Er bemüht sich nicht eine unverbindliche Umschreibung für das Schreckliche zu finden, das ihn so bestimmend geformt hat. Darin allein liegt ein Vorbild. Thomas Mann ist zu groß, um zu fürchten, man werde ihn mißverstehen. Er ist souverän in seiner Entscheidung und an seiner Größe prallen die üblichen Versuche der Einschüchterung und Etikettierung ab. So selten ist heutzutage der

Charakter geworden, daß dies Phänomen allein den Jubel jedes moralischen Auditoriums rechtfertigen würde./ [...] Es soll daran erinnert werden, daß Thomas Mann mit der Vieldeutigkeit des Wortes ›gut‹ die Brücke schlug zwischen dem Reich der Kunst und dem der Gesellschaft. Gut – das ist das Schöne, das Wahre, alles Zustimmungswürdige, alles Zukunftsträchtige. Zu diesem ›Guten‹ gehört auch der moralische Mut, der den Dichter und Denker Thomas Mann zu einem der größten unserer Zeitgenossen macht.« – S. ferner die kurze, den Aufenthalt resümierende Notiz der ›Volksstimme‹, 27. 11. 1952, 5: »Mit der Wiederholung seines Vortrags ›Der Künstler und die Gesellschaft‹ verabschiedete sich Thomas Mann unter Ovationen, wie sie noch selten in Wien einem Dichter zuteil geworden sind.« Auch dürften die Definition und Anerkennung seiner Position, die die ›Volksstimme‹ sozusagen als »Einstimmung« zu Beginn des Aufenthaltes am 20. 11. 1952 publizierte, trotz aller Zustimmung bei TM doch ein Gefühl des Unbehagens hinterlassen haben: »Resümieren wir: Da kommt der größte Meister der deutschen Sprache nach Wien. Er nimmt für sich kein größeres Recht in Anspruch als das ›jedem Erdenbürger‹ zustehende Recht, frei über die Dinge der Menschheit zu reden. Drei dieser Dinge liegen ihm besonders am Herzen: der menschheitsverbindende, freundliche und gütige Charakter der Kunst; die großen Traditionen der bürgerlichen Kultur, die nicht vergehen sollen; und daß die Menschheit gegen die Wiederkehr von Krieg und Faschismus auf der Hut sei. Thomas Mann betont, daß er kein Kommunist ist; sein ganzes Werk beweist, daß er ein großer Bürger ist. Aber des Dichters Worte beweisen auch, daß er ein freier Mensch ist, der die Menschheit liebt. Und das genügt auch schon! Die ganze Meute, sie alle, die die Phrasen von der Freiheit der Persönlichkeit ständig im Mund herumwälzen wie die amerikanischen Landknechte das Kaugummi, sie alle fallen über ihn her. Respekt und Ehrfurcht vor einem großen Mann gibt es für sie nicht. In der Gegenwart eines Künstlers, der sich zu Menschlichkeit und Frieden bekennt, fällt mit der Phrase von der Freiheit der Persönlichkeit auch aller Anstand, alle Ehrfurcht, alles Interesse für Geist und Kultur von ihnen ab, wie dürre Blätter im Herbstwind des bürgerlichen Zeitalters./ Thomas Mann ist kein Kommunist. Er macht kein Hehl aus manchem Vorbehalt, mit dem er die Länder des Sozialismus betrachtet. Aber die einzigen, die Thomas Mann aus vollem Herzen zustimmen, wenn er von den großen Traditionen der bürgerlichen Kultur spricht, die er bewahren will, *sind die Kommunisten*. Die einzigen, die aus vollem Herzen mit ihm und für ihn sind, wenn er sich bemüht, die Menschen besser, gütiger und friedlicher zu machen, *sind die Kommunisten.*/ Der Friede, hat Thomas Mann gesagt, darf keine Parteiparole, sondern muß eine Menschheitsparole sein. Das ist wahr, und der überwiegende Teil der Menschheit bekennt sich auch zum Frieden. Daß die amerikanischen Parteien Österreichs es nicht tun, stempelt Thomas Mann nicht zum Kommunisten, sondern sie selbst zu Barbaren. Daß sich mit Thomas Mann gerade die Kommunisten aus vollem Herzen für die Größe der bürgerlichen Tradition und für die Menschlichkeit bekennen, unterstreicht nur die Worte *Stalins*, die sich im Fall dieses großen Dichters mit besonderer Deutlichkeit als wahr erwiesen haben: die sogenannte Freiheit der Persönlichkeit und das Banner der bürgerlichen demokratischen Freiheiten sind von der Bourgeoisie über Bord geworfen worden. Wir Kommunisten und mit uns alle ehrlichen Demokraten heben dieses Banner auf und tragen es voran.«

6] *ihre Kinderbücher:* Erika Manns Kinderbücher erschienen alle zwischen 1952 und 1955 im Franz Schneider Verlag, München. *304*

7] *Großmama:* Elisabeth Mann, geb. Marty (1811–1890). TM hat ihren qualvollen Erstickungstod in den *Buddenbrooks* im ersten Kapitel des Neunten Teils (GW I, 555–568) geschildert.

29. 11. 1952

1] *Zahnarzt Guldener:* Dr. Adolf Guldener, dessen Praxis am Bleicherweg 23 in Zürich TM bereits 1937 und dann noch einmal von Ende 1952 bis 1953 konsultierte. *305*

2] *Fords »Perspektiven«:* S. TB 6. 11. 1952, Anm. 2.

30. 11. 1952

1] *an Leibrich:* An Louis Leibrich, Zürich, 30. 11. 1952, Reg. IV, 52/338: »Alles was ich liefern kann, ist ein Bild. Ich kann kein Vorwort schreiben. Dergleichen erschöpft mich zu schwer, und ich bin erschöpft und überanspruchtt. Ich bin auch ratlos wegen der ›unveröffentlichten Blätter‹. Sie machen einige Vorschläge. Wählen Sie selbst darunter, was Ihnen am geeignetsten erscheint.« (Kopie im TMA) *305*

2] *in Sachen des Büchleins:* S. TB 23. 12. 1952, Anm. 2.

1. 12. 1952

306 1] *psychiatrische Versorgung:* Näheres s. TM an Tor Bonnier, Zürich, 17. 11. 1952, Reg. IV, 52/333; Br. III, 278/279.

2] *Kestens »Casanova«:* Hermann Kesten, ›Casanova‹, München 1952. Das Buch mit einer Widmung des Autors an TM ist in der Zürcher Bibliothek erhalten. S. auch TB 15. 11. 1952, Anm. 4.

3] *Ausgang der Saar-Wahlen:* Die Wahlen zum saarländischen Landtag, die bereits im Vorfeld zu erbitterten Kontroversen zwischen Frankreich und der Bundesrepublik geführt hatten, bestätigten den Kurs einer Frankreich nahen Politik von Ministerpräsident Johannes Hoffmann (1890–1967).

2. 12. 1952

306 1] *[an] Faesi:* An Robert Faesi, Zürich, 2. 12. 1952, Reg. IV, 52/342; TM/RF 99/100.

2] *[an] Vegesack:* An Siegfried von Vegesack, Zürich 2. 12. 1952, Reg. IV, 52/343: »Frankfurt war ein glücklicher Aufenthalt. Auch in Wien erfuhr ich viel Freundliches; aber es ist ein heisser Boden, und ich bin froh, wieder Schweizer Luft zu atmen.« (Kopie im TMA)

3] *Neujahrsvortrag:* S. TB 5. 11. 1952, Anm. 3.

4] *Casanovas Flucht aus den Bleikammern:* In Kestens TB 1. 12. 1952, Anm. 2 nachgewiesenem Casanova-Roman.

3. 12. 1952

307 1] *Novelle: Die Betrogene.*

2] *Widmer*: Der Basler Lehrer, Literat und Übersetzer – vorwiegend aus dem Französischen – Walter Widmer (1903–1965), mit dem TM seit 1946 in Verbindung stand.

4. 12. 1952

307 1] *an die »Weltwoche«:* An die Redaktion der ›Weltwoche‹, Zürich, o.D., Reg. IV, 52/348: Vorschläge für ein weihnachtliches Buchgeschenk. S. TB 15. 11. 1952, Anm. 4.

5. 12. 1952

308 1] *an das Niederlassungs-Amt:* Verschollen; s. Reg. IV, 592.

2] *an Medi:* Ebenfalls verschollen; s. Reg. IV, 592.

3] *Meldungen der Ass. Press:* S. dazu die TB 19. 11. 1952, Anm. 5 zitierte, von der ›Frankfurter Allgemeinen Zeitung‹ am 20. 11. 1952 übernommene AP-Meldung, in erster Linie den Passus, der im englischen Original lautet: »Pressed by newspapermen what political system he preferred [...] Mann declined to answer ...«

4] *Drängen M. Georges:* Manfred Georges Brief ist verloren.

5] *an ihn [...] [an] A.P:* S. TB. 6. 12. 1952, Anm. 4.

6] *Fräulein Hirsch:* S. TB 5. 11. 1952, Anm. 5.

6. 12. 1952

1] *von Willoughby:* Das Schreiben des Londoner Germanisten Leonard Ashley Willoughby (1885–1977) befindet sich nicht unter den im Zürcher Archiv verwahrten Dokumenten. *308*

2] *Abdruck der Hauptmann-Rede:* ›Gerhart Hauptmann‹, ›German Life and Letters‹, Oxford, n.s., vol. 6, 1953, 161–168.

3] *von Preetorius:* Nicht im nachgewiesenen Briefbestand.

4] *statement gegen die A.P.-Agentur:* Das von Erika Mann entworfene Statement, GW XII, 971–973, erschien zuerst in Form eines 12. 12. 1952 datierten Briefes an Manfred George unter dem Titel ›Thomas Manns Bekenntnis zur westlichen Welt‹ im ›Aufbau‹, vol. XVIII, No. 51 v. 19. 12. 1952, 3/4, dann, am 31. 12. 1952 in der NYHT: ›Mann Declares Himself a ‚Loyal Son of the West'‹. Es wurde in vielen Zeitungen veröffentlicht und in EMs Briefausgabe aufgenommen: An Manfred George, Zürich, 10. 12. 1952, Reg. IV, 52/356; Br. III, 280–282. *309*

In einer Meldung aus Zürich vom 20. 12. 1952 wies AP den von TM erhobenen Vorwurf inkorrekter Berichterstattung mit Witz und Entschiedenheit zurück: »Mann [...] said the question was one ›that was never asked me and that I never heard‹. The Associated Press account of the news conference did not differ from those published in Vienna newspapers and broadcasts. Kurt Hampe, the Associated Press representative who was present, commented:/ ›In such cases it would seem more likely the great man himself erred or was forgetful, as great men sometimes are.‹/ Hampe said the question was asked by Peter Weiser, correspondent of the Red-White-Red radio network in Vienna as follows:/ ›But don't you think that democratic government of western design is to be preferred a thousand times to those other forms of government we have learned to know as people's democracies during the last few years?‹/ The reply was:/ ›Young friend, permit me to refrain from answering your question.‹«

5] *von Adorno:* Adornos Antwort auf TMs Schreiben vom 30. 10. 1952 (Br. III, 274–276), Santa Monica, 1. 12. 1952, ist in erster Linie eine große Analyse des geschichtsphilosophischen Unterschieds zwischen Wagner und TM unter dem Aspekt des – hier ungebrochenen, dort reflektierten – Glaubens an die Vollkommenheit des Kunstwerks, dessen reine Positivität dem Unwahren Vorschub leiste. Dienst am Positiven sei allein die mutige und entschiedene – und eben deshalb der konkreten Utopie Raum eröffnende – Negation.
6] *Corriere über:* Nicht ermittelt. Nachrufe auf Borgese erschienen damals in vielen Zeitungen; u.a. brachte auch die ›Neue Zeitung‹ vom 9. 12. 1952 eine kurze Würdigung.
7] *von Kerstin Strindberg:* Nach Auskunft des Erika Mann-Archivs der Stadtbibliothek München befindet sich der Brief nicht im dortigen Nachlaß.
8] *»Dichtung der Krise, Mythos und Psychologie«:* Das Buch des österreichischen Literarhistorikers und langjährigen Direktors der Wiener (nach 1945 Österreichischen) Nationalbibliothek, Robert Mühlher (geb. 1910), ›Dichtung in der Krise. Mythos und Psychologie in der Dichtung des 19. und 20. Jahrhunderts‹, Wien 1951, ist in der Zürcher Bibliothek erhalten. S. dazu auch TMs Urteil in dem TB 9. 12. 1952, Anm. 1 nachgewiesenen Brief.

7. 12. 1952

309 1] *W. Speyer:* Der TM aus seiner Münchener Zeit und dem amerikanischen Exil gut bekannte Romancier Wilhelm Speyer (s. TB 8. 3. 1952, Anm. 4) war am 1. 12. 1952 gestorben. Zu Speyer s. auch TB 46–48, 453 und 933–935.
2] *Repliken*: S. TB 6. 12. 1952, Anm. 4.
3] *an K. Strindberg:* Der Brief an Kerstin Strindberg ist nach Reg. IV, 592, verschollen.
4] *an Preetorius:* An Emil Preetorius, Zürich, 7. 12. 1952, Reg. IV, 52/351; Br. III, 279/80 (fragmentarisch). Der dort fehlende Passus lautet: »Mit meinen beiden Brüdern, als ich noch drüben war, fing es an dieses Jahr. Dann schieden hier Oprecht, Alfred Neumann, Hans Feist.«
5] *Kapitel:* ›Conrad Ferdinand Meyer und der Manierismus‹, Mühlher a.a.O. 147–230; die Vergleiche C. F. Meyer/TM 211–226. Vor allem die Zustimmung zu gewissen Grundthesen der *Betrachtungen*

dürften TM auch dann noch wohlgetan haben, wenn er sich gegen ihre Deutung als »Apologie [und] Credo manieristischen Desinteressements an der Schönheit, an allem Aesthetizismus« wehrte, während die Klassifizierung des Buches als »bis heute unübertroffene Abfertigung« des Vorweltkriegs-Protestes gegen alle Ästheten seine uneingeschränkte Zustimmung gefunden haben dürfte.

6] *Mit Meyer als ›Manierist‹ eingereiht:* Mühlher, a.a.O., 211–227; s. dazu den TB 9. 12. 1952, Anm. 1 nachgewiesenen Brief TMs an Robert Mühlher: »›Dichtung in der Krise‹ ist eines der geistvollsten Bücher, die mir seit Jahren vorgekommen, – das ist mein Eindruck nach der ersten, schon recht eingehenden Beschäftigung damit. [...] Bisher erscheint mir unter diesen erstaunlichen Aufsätzen derjenige über C. F. Meyer und den ›Manierismus‹ als der bedeutendste und kritisch merkwürdigste, – ein Urteil, zu dem allerdings eine gewisse persönliche Betroffenheit beitragen mag, die sogar tiefer reicht, als die, mit der ich das Stück las, über welchem mein eigener Name steht. [Gemeint ist das Kapitel ›Thomas Mann und die mythische Realität‹, Mühlher, a.a.O. 231–253.] Von ›Betroffenheit‹ kann ich wohl reden: auch im Sinn eines nachdenklichen Staunens, darüber nämlich, mich und das Meine in die geistige Kategorie des ›Manierismus‹ auf eine bestechende Weise eingeordnet zu sehen. Wie wenig weiß man von sich! [...] Wird man von kundiger Klugheit bei Namen gerufen, so ist man vollkommen verblüfft und weiß zunächst keinen Einwand. ›Schön, ich bin definiert.‹ Aber bald will es einem dann doch scheinen, als ob Leben und Wirklichkeit in solcher Definition nicht recht aufgingen. Sicher, meine Natur steht dem Manierismus, wie Sie ihn historisch ableiten, analysieren und an Meyer glänzend exemplifizieren, sehr nahe; zu drei Vierteln gehört sie ihm an. Aber da und dort hapert es dann doch wieder mit dieser Unterbringung. Einen Satz wie ›Jetzt will man einen Roman von mir, und dabei hasse ich die Breite, die sogenannte Fülle‹ hätte ich nie schreiben können. Und was die Humorlosigkeit betrifft... Mir ist, bei aller Sympathie mit Kreuz, Tod und Gruft, nichts lieber, als die Leute zum Lachen zu bringen, – womit freilich nicht bewiesen ist, daß es sich da um eigentlichen Humor und nicht vielmehr um einen Hang zur Komik handelt, der mit Gogols ›phantastischem Realismus‹ mehr zu tun hat, als mit Jean Paul./ Sei dem wie immer. Man muß sich hinnehmen und wünschen, daß man hingenommen werde.« (Kopie HOM)

8. 12. 1952

309 1] *Wocester-Sauce*: So im Manuskript.

310 2] *Huguenin:* Confiserie an der Zürcher Bahnhofstraße.

9. 12. 1952

310 1] *an Mühlher:* An Robert Mühlher, Zürich, 9. 12. 1952; Reg. IV, 52/355; s. TB 7. 12. 1952, Anm. 6.

2] *Hommage à Emile Zola:* S. TB 12.12.1952, Anm. 2.

3] *[an] Loos:* An Paul Arthur Loos, Zürich, 9. 12. 1952; Reg. IV, 52/354; Dank für die Übersendung des Buches ›Richard Wagner, Vollendung und Tragik der deutschen Romantik‹: »[Das Buch] weiß *viel* von seinem enormen Gegenstand, Gutes und Schlimmes, – viel vom Zauber des Schlimmen. Am meisten liebe ich bisher und schätze am höchsten den IX. Abschnitt, wo vom Künstler-Magier, vom dompteur d'âmes, vom Mythos und vom Märchen die Rede ist. Das ist vorzüglich, und am dankbarsten bin ich Ihnen für die beschreibende Verherrlichung des Lohengrin-Vorspiels, eines Mirakels tatsächlich, das ich immer als den Gipfel und die Erfüllung aller Romantik empfunden habe.« (Kopie im TMA)

10. 12. 1952

311 1] *Goethe-Buch von Falk:* Hans Gabriel Falk, ›Und sei dir selbst ein Traum. Ursprung und Gestalt der dichterischen Welt Goethes‹, Stuttgart 1952. In der Zürcher Bibliothek erhalten.

11. 12. 1952

311 1] *sein ›Pilatus‹:* Csokors 1954 publiziertes Drama.

2] *Besprechung:* Unter dem Titel ›Ein Mann geht durch die Welt‹ veröffentlichte die Wiener Wochenschrift ›Die Österreichische Furche‹, Jg. 8, No. 48 v. 29. 11. 1952, zwei Artikel: 1. eine Betrachtung genereller Art über TMs heutige Stellung von Friedrich Heer (»Und da scheint es uns, als vertrete kaum einer so sehr Europa und seinen notwendigen Eigenstand in der Welt als dieser ›ungläubige Thomas‹«), 2. eine Studie von Robert Mühlher, speziell über den Vortrag *Der Künstler und die Gesellschaft*. Vermutlich hat TM den Verfasser dieses Beitrags für den Autor auch des ersten Artikels gehalten.

3] *an Flinker:* An Martin Flinker, Zürich, 11. 12. 1952, Reg. IV,

52/357: »Mit meinem Dank für Ihr Telegramm und Ihren Brief glaubte ich warten zu sollen, bis der mir in Aussicht gestellte Brief von Schuman eingetroffen sein würde. Damit dauert es nun doch etwas lange. Kein Wunder. Der Mann hat hundert Geschäfte im Kopf und kann dieser dekorativen Nebensache nicht viel Aufmerksamkeit schenken, misst ihr auch nicht, wie ich, einen Zusammenhang mit dem Weltgeschäft zu. Pazienza!!« (Kopie im TMA)
4] *Absagen:* Verschollen.

12. 12. 1252
1] *handschr. Korrespondenz:* Ein Passus aus dem an diesem Tag geschriebenen Brief an Rudolf Bach (Reg. IV, 52/359) ist auf der Folie der im TB notierten Entschlossenheit, sich etwaiger Pressionen des Un-American Committee nicht zu beugen, vielleicht aufschlußreich: »[...] Ich denke gern an Frankfurt zurück – viel lieber als an den ersten Besuch dort im Jahr 49. Seitdem hat sich im Verhalten des deutschen Publikums zu mir doch vieles verändert. Ich merke das auch an den vielen Einladungen, die jetzt aus deutschen Städten (Heidelberg, Marburg, Hamburg, Berlin etc.) laufend an mich gelangen.« (Photokopie HOM) *311*
2] *Äußerung über Zola: Fragment über Zola,* GW X, 930–932. *312*
3] *Brief über Hofmannsthal:* An Helmut Albert Fiechtner, Zürich, 12. 12. 1952, Reg. IV, 52/360: »[...] Ich habe diesen kostbaren Geist, dessen Menschlichkeiten ich mit amüsierter Ehrerbietung hinnahm, sehr geliebt, und beim Lesen erneuerte sich mir das Gefühl, der eigentümliche Stoss gegen das Herz, den ich bei der Nachricht von seinem Tode empfand. Dieser Tod war wirklich, nach einem guten Wort Arthur Schnitzlers, ›die Geburt der Unsterblichkeit‹.« (Im TMA)

13. 12. 1952
1] *[von] Preetorius:* Nicht im nachgewiesenen Briefbestand. *312*
2] *Verbindung Bermanns mit »Toth«:* S. den TB 29. 9. 1952, Anm. 2 zitierten Brief TMs an Rudolf Hirsch, Zürich 15. 10. 1952, Reg. IV, 52/298. Der aus Ungarn stammende, in den dreißiger und vierziger Jahren als Übersetzer tätige Verlagsbuchhändler Joseph Paul Toth (1903–1966) war 1952 im Versandbuchhandel tätig. Er hatte zwischen 1940 und 1952 verschiedene, vorwiegend in Hamburg ansässige

Verlage geführt, von denen nach 1955 jedoch keiner mehr existierte.

14. 12. 1952

312 1] *Stendhal »Chartreuse«:* Der Roman ›Chartreuse de Parme‹ von Stendhal (Henri Beyle, 1783–1842) befindet sich nicht unter den Bänden der Nachlaßbibliothek.

16. 12. 1952

312 1] *Motion Picture Television-Angebot:* TM hatte ein neues Angebot der Agentur William Herndon/Mitchell Gertz erhalten, mit der er bereits im November 1951 verhandelte. Im TMA befindet sich die Kopie einer Antwort an Gertz, Zürich, 17. 11. 1952: »Your proposal sounds fair enough. In fact, I feel a package television program called ›Prestige Theatre‹ (or something similar) to be quite an important project for the U.S.A. I am therefore awaiting your contract which, I am sure, will cover all points not gone into your note.« Dieser Vertragsentwurf war offenbar inzwischen eingegangen und bot die Grundlage für die Konsultation des Film-Fachmanns Richard Schweizer. Jedenfalls läßt die am darauffolgenden Tag, Zürich 17. 12. 1952, geschriebene, generelle Zustimmung signalisierende Antwort TMs den Rat des Experten deutlich erkennen: »As for your proposition, it sounds quite acceptable, provided of course, the actual motion picture rights are to remain in my possession. While I naturally assume this to be the case, I have no experience whatever in dealing with TV, and should therefore wish expressly to be reassured in this point. [...] Should the whole deal come through and both Mr. Huxley and Mr. Hemingway agree personally to introduce their respective pictures, there would be no objection on my part to doing the same.«

313 2] *auch Chaplin:* Charles Chaplin war während einer Europareise 1952 von den amerikanischen Behörden wegen angeblicher »unamerikanischer« – sprich nicht-antikommunistischer – Haltung die Wiedereinreise in die USA verweigert worden. Er kaufte sich daraufhin ein Anwesen in Vevey in der Schweiz, wo TM ihn 1953 besuchte.

3] *zusammen genannt worden:* Nicht ermittelt. S. jedoch TM an Lion Feuchtwanger, Zürich, 28. 12. 1952, Reg. IV, 52/384: »Chaplin ist [...] in der Schweiz. Man hört, dass er hier bleiben will, und wir freuen uns darauf, ihn zu sehen. ›Schon der Zweite!‹ heisst es hier.

Will sagen: man stellt unsere Namen zusammen und verhehlt nicht sein Vergnügen. Es besteht eine Art von Wiederkehr des amerikanischen ›Thank you, Mr. Hitler!‹ der dreissiger Jahre. Ueberhaupt liegt viel von Wiederkehr in der Luft.« (Lion Feuchtwanger, ›Briefwechsel mit Freunden 1933–1948‹, hrsg. von Harold von Hofe und Sigrid Washburn. Bd. I, Aufbau Verlag, Berlin 1991, 146.)

17. 12. 1952
Der Eintrag wurde versehentlich mit »Donnerstag« (statt »Mittwoch«) überschrieben.
1] *Ausgaben von Turgenjew und Puschkin:* In der Zürcher Bibliothek *313*
fand sich lediglich die vierbändige Puschkin-Ausgabe: ›Alexander Puschkin, Ausgewählte Werke‹, hrsg. und übersetzt von Johannes von Guenther, Berlin 1952.
2] *Zeitungsartikel:* U. a. ›Neu erschienen – kurz belichtet. Thomas Mann: ‚Buddenbrooks' und ‚Lotte in Weimar'‹, ›National-Zeitung‹, (Ost-)Berlin 30. 7. 1952, 5.
3] *Karl Kraus' Nachlaß-Buch:* Karl Kraus, ›Die dritte Walpurgisnacht‹, München 1952, ist in TMs Zürcher Bibliothek erhalten.
4] *Lattimore [...] angeklagt:* dpa hatte schon am 3. 12. aus Washington gemeldet, daß der amerikanische Fernost-Experte Owen Lattimore sich wegen angeblicher Falschaussagen während der Verhöre erneut vor einem Schwurgericht zu verantworten habe. S. auch TB 22. 3. 1952, Anm. 1.
5] *kühnes Auftreten:* Die ›Nation‹ hatte vol. 175, No. 23 vom 6. 12. 1952, 512–514 einen Artikel von Owen Lattimore, ›Inner Asia: Sino-Soviet Bridge‹ abgedruckt.
6] *Frankfurter Studenten wollen:* Nicht mehr unter den Dokumenten des TMA. Der Inhalt des Schreibens geht jedoch aus TMs Antwortbrief, Zürich, 18. 12. 1952, Reg. 52/370 hervor, den die Studenten – zusammen mit einem Interview und einem Bericht über ihren Besuch in Erlenbach – in der Zeitschrift ›Diskus‹, H. 3, April 1953, 5–7 abdruckten: »Liebe junge Freunde,/ recht herzlichen Dank für Ihren guten, mich ehrenden Brief! Er hat mir Freude gemacht (wie auch die Durchsicht Ihrer ›DISKUS-Blätter‹), und doch kommt er in einem ungünstigen Augenblick. Ermüdet von den absolvierten Vortragsreisen und ernstlich erkältet, muß ich vielen Anforderungen mitten im Trubel der Übersiedlung in unser neues Heim in Erlenbach

genügen... Wir müssen diese Zusammenkunft verschieben./ Ab 23. Dezember also ist mein dauernder Wohnsitz Erlenbach-Zürich, Glärnischstraße. Unbehaglich wird es notwendig zunächst dort noch zugehen. Aber in einigen Wochen, sagen wir: zweite Hälfte Januar, wird es gewiß so weit sein, daß ich Ihre Vertreter, die Redaktoren Ihrer schönen, jugendlich lebensvollen Zeitung zu einem Gespräch willkommen heißen kann./ Nehmen Sie meine besten Grüße und Wünsche!«

313 7] *Zitaten-Manuskript:* Der Rostocker Professor Adolf Havlik hatte TM um die Erlaubnis gebeten, aus seinem Werk eine Art Florilegium zusammenstellen zu dürfen – ein Vorhaben, zu dem TM am 26. 7. 1952 aus Kandersteg seine Einwilligung signalisierte (s. Reg. IV, 52/225). Zu TMs Meinung über das druckfertige opus, von dem sich ein Typoskript in der Zürcher Bibliothek befindet, vgl. das TB 20. 12. 1952, Anm. 2 zitierte Schreiben. Havlik hatte zur Verteidigung seines Vorhabens geltend gemacht: »[...] die Wirkung, die von diesem [...] ›Kurzgefaßten‹ ausgeht, ist erstaunlich. Glauben Sie mir, verehrter Thomas Mann, daß selbst bei Ihren besten und eingeweihtesten Lesern immer noch das Interesse: wie wird es enden?, das epische Interesse so dominiert, daß sie über vieles, Wesentliches hinweglesen und des Gehaltes sowie der formalen Präzision eines Gedankens erst erstaunt und beglückt innewerden, wenn man diesen als Selbstständiges darbietet. Wie viele sehr gescheite Menschen, in deren Bücherschrank Ihre Werke stehen, haben mir nicht schon die Blätter aus der Hand gerissen und sich in die Tasche gestopft, so daß ich immer wieder neu schreiben mußte./ Gewiß – das Ganze! Aber tut man dem Garten Unrecht, wenn man einmal die einzelne Blume aufhebt und betrachtet? Und reproduziert man nicht von einem Gemälde mitunter den einzelnen Kopf, die einzelne Hand, um vom Detail aus den Beschauer das Ganze noch besser begreifen zu lehren?« (Im TMA)

8] *an Agnes Meyer:* Der Brief an Agnes E. Meyer ist nach Reg. IV, 592, verschollen.

9] *Geburtstagsbrief:* S. TB 7. 11. 1952, Anm. 1.

19. 12. 1952

314 1] *»O wehe, wie hast Du die Tage verbracht!«:* August Graf Platen, ›Lieder und Romanzen‹, Aus dem Jahre 1820, Gedicht vom 14. De-

zember, ›Wie rafft' ich mich auf in der Nacht, in der Nacht‹, vierte und letzte Strophe: »Ich blickte hinauf in der Nacht, in der Nacht,/ Ich blickte hinunter aufs neue:/ O wehe, wie hast du die Tage verbracht,/ Nun stille du sacht/ In der Nacht, in der Nacht,/ Im pochenden Herzen die Reue!«

2] *Aufsätze im Münchener »Merkur«:* Vermutlich sind Artikel in der Stuttgarter Zeitschrift ›Merkur‹ gemeint. Im Dezemberheft konnte TM u. a. einen Aufsatz Mircea Eliades ›Von der Unteilbarkeit Europas‹ sowie Rudolf Bultmanns Essay ›Das deutsche Volk und Israel‹ lesen; ferner Gerhart Hauptmanns Romanfragment ›Der Neue Christopherus‹ und C. F.W. Behls ›Erinnerungen an Hauptmann‹.

3] *offener Brief:* Claude Bourdet, ›Letter to America‹, ›Nation‹, vol. 175, No. 23 v. 6.12.1952, 510/511.

20. 12. 1952

1] *als Festgruß*: »Ein Weihnachts- und Neujahrsgruß für unsere Freunde. 1952/53«, S. Fischer Verlag o. D.; s. Potempa G 1119.2. *315*

2] *an Prof. Havlik:* An Adolf Havlik. Zürich, 19. 12. 1952, Reg. IV, 52/372: »Dialektisch und geistig experimentell ist wohl mehr oder weniger mein ganzes Erzählwerk, und seine ›Gedanken‹ haben eine Bezogenheit und Relativität, die sie für mein Gefühl untauglich machen, als absolut präsentiert zu werden. Kaum was ich selber, als Autor, innerhalb eines Romans sage, geschweige was ich meine Figuren sagen lasse, hat eigentlichen philosophischen Ernst. Was seine Funktion innerhalb des Ganzen hatte, aus seinem Rahmen gebrochen und unter den und den Gesichtspunkten, ›Kirche‹, ›Natur und Geist‹, ›Mensch und Leben‹, oder was es nun sei, als ›Gedankenperlen‹ aufgereiht zu sehen, ohne daß auch nur angemerkt wäre, *wer* da überhaupt denkt und spricht, macht mir angst und bange. Gewiß, ich könnte einen Liebhaber der Formulierung denken, der aus Freude an dieser sich dergleichen auszöge, und es zu seinem Privatvergnügen zusammenstellte. Aber recht mutlos begegne ich der Idee, eine solche Kollektion der Oeffentlichkeit vorzulegen, – *stumm* sogar, ohne ein Vorwort, das darüber Auskunft gäbe, warum, zu welchem Zweck das geschieht. Etwa um eine geistige oder moralische Entwicklung darzustellen, einen spirituellen Lebensabriß zu geben? Das jedenfalls nicht. Denn die Sammlung springt ja chronologisch zwischen den Werken herum und ordnet sich nicht nach dem Leben, sondern nach jenen

Gesichtspunkten, – eine Auswahl von ›Aphorismen‹, die in der Mehrzahl keine sind, und eine Auswahl, die als solche auch noch anfechtbar sein könnte. Der ›Tod in Venedig‹, der einen besonderen stilistischen Hang zur Sentenz hat, kommt, soviel ich sehe, einmal vor. In dieser Geschichte steht der Satz: ›Glück des Schriftstellers ist der Gedanke, der ganz Gefühl, ist das Gefühl, das ganz Gedanke zu werden vermag.‹ Das ist noch der hellste meiner aphoristischen Blitze, – und er *fehlt*, soviel ich sehe./ Da haben Sie meine Zweifel.« (Kopie im TMA)

21. 12. 1952

316 1] *an Dr. Hirsch:* Das Begleitschreiben zu der Havlikschen Aphorismen-Sammlung ist nach Reg. IV, 592, verschollen.

2] *Prof. Keller*: Der Schweizer Theologe Adolf Keller (1872–1963), von 1937 bis 1948 Vizepräsident des Reformierten Weltbundes und maßgeblich am Entstehen des Ökumenischen Rates beteiligt, hatte TM bereits im Januar 1946 (s. TB 44–46, 304) in Pacific Palisades besucht. Seither war die Verbindung nie ganz abgerissen.

22. 12. 1952

317 1] *Berner Meldung:* Die Berner Meldung konnte nicht ermittelt werden. Wohl aber fand sich im TMA ein nicht näher ausgewiesener Presseausschnitt – vermutlich aus der ›Neuen Zeitung‹ –, in dem (»Frankfurt, 29. Dezember«) die hier gemeinte Nachricht zitiert wird: »Am Tage nach der Eröffnung der von den Kommunisten mit großem propagandistischem Aufwand aufgezogenen sogenannten ›Friedenskonferenz‹ in Wien veröffentlichte die in Ostberlin erscheinende Zeitung ›BZ am Abend‹ unter der Schlagzeile ›Thomas Mann grüßt Wien‹ eine angebliche Erklärung des Dichters folgenden Inhalts: ›Der Völkerkongreß wird eine Tribüne der gesamten friedlichen Menschheit sein und die Wünsche und Sehnsüchte aller Menschen guten Willens zum Ausdruck bringen. Der Frieden ist eine lebensnotwendige Forderung unserer Zeit. Wenn man dieser Forderung nicht folgt, droht der Welt Gefahr. Ich bin ein Mensch des Friedens. Der Frieden ist eine Angelegenheit der gesamten Menschheit.‹« – Diese Meldung, die unschwer als eine Klitterung von Aussagen zu erkennen ist, die auf der Wiener Pressekonferenz gefallen waren, wurde vom Verlag S. Fischer auf Bitten TMs umgehend und nachdrücklich dementiert.

23. 12. 52

1] *Serbische Ausgabe:* ›Mario i madioničar‹, übersetzt von Milos Dordevic, Novi Sad: Matica srpska 1952. 317

2] *Band über mich:* Louis Leibrich (Hrsg.), ›Thomas Mann‹, Paris/Brüssel 1954, ›Classiques du XXe siècle‹, Bd. 12. S. auch TB 30. 11. 1952.

3] *Der Brief:* Der auf offiziellem Briefbogen geschriebene, »Paris, le 17 décembre 1952« datierte und an »Monsieur Thomas Mann, Wolckaus Rolder, Zurich (Suisse)« adressierte Brief hat folgenden Wortlaut: »Monsieur,/ J'ai une satisfaction particulière à vous annoncer que, par décret du 16 courant, le Gouvernement Français vous a conféré la Croix d'Officier dans l'Ordre de la Légion d'Honneur./ Cette distinction est un hommage rendu par la France à l'exceptionnelle valeur et à la signification mondiale de votre œuvre littéraire ainsi qu'à la lutte que vous n'avez cessé de mener dans l'intérêt de la liberté et de la dignité humaine./ Veuillez agréer, Monsieur, l'expression de ma plus haute considération.« (Im TMA)

4] *Dankesbrief Schumans:* Handschriftlicher Brief von Robert Schuman, Affaires Etrangères, [Paris], 21. 12. 1952: »Ihre handschriftliche ›Widmung‹ war für mich ein Ereignis, eine überaus grosse und wertvolle Überraschung./ Von Herzen danke ich Ihnen für diese Gabe und insbesondere für die darin zum Ausdruck gebrachten Gedanken und Gefühle.« (Im TMA)

5] *Kabinett Pinay demissioniert:* Nach Mißerfolgen in Budget- und Steuerreformfragen und Intrigen innerhalb der regierenden Koalition war das französische Kabinett unter dem Premier- und Finanzminister Antoine Pinay (geb. 1891) zurückgetreten, ohne die Abstimmung über die Vertrauensfrage abzuwarten.

6] *meine Charakteristik Nadlers:* Im XXXIV. Kapitel (Fortsetzung) des *Doktor Faustus* hatte TM Josef Nadler und sein Werk in der Person des zum Kridwiß-Kreis gehörenden Professors Georg Vogler, so, wie er sich dem Chronisten Serenus Zeitblom darstellt, charakterisiert: »Woher mein Mißtrauen [...] gegen Professor Georg Vogler, den Literarhistoriker, der eine vielbeachtete Geschichte des deutschen Schrifttums unter dem Gesichtspunkt der Stammeszugehörigkeit geschrieben hatte, worin also der Schriftsteller nicht so geradehin als Schriftsteller und universell erzogener Geist, sondern als blut- und landschaftsgebundenes Echt-Produkt seines realen, konkreten, spezifischen, für ihn zeugenden und von ihm bezeugten Ursprungswinkels behandelt und gewertet wurde?« (GW VI, 482) – S. dazu auch den Brief von Jonas Lesser, London, 18.12.1952: »Ich habe erfahren, dass Professor Josef Nadler, der im ›Doktor Faustus‹ figuriert, sich privat und öffentlich darüber beklagt hat. So nahm ich denn die Gelegenheit wahr, in einem an einen Wiener Freund gerichteten Brief zu zeigen, daß er mit gutem Recht in Ihrem Buch gebrandmarkt worden ist.« (im TMA) – Auch das in Lessers Brief erwähnte Schreiben an den Freund Gruenberg – eine zehn eng beschriebene Schreibmaschinenseiten lange Expertise – befindet sich in Zürich.

318 7] *Nadler:* Der österreichische Literarhistoriker Josef Nadler (1884–1963) lehrte von 1931 bis 1945 in Wien. Nadler hatte eine immer wieder aufgelegte dreibändige ›Literaturgeschichte der deutschen Stämme und Landschaften‹ geschrieben, auf die sich Serenus Zeitblom bezieht.

8] *N.'s saure Reaktion:* Im Nachwort zu Nadlers 1951 in Wien erschienener einbändiger ›Geschichte der deutschen Literatur‹: »Es hat sich der juristisch ziemlich bemerkenswerte Sachverhalt ergeben, daß ich wegen jenes Buches [der Anm. 7 nachgewiesenen Literaturgeschichte] unter kontradiktorischen Gesichtspunkten zweimal, 1944 und 1945, in Buße genommen worden bin. Ich fühle mich für mein Buch sehr beschämt, daß Thomas Mann uns in seinem ›Doktor Faustus‹ so überschätzt. Als wir beide wirklich in München waren, waren wir noch kleiner als jetzt und völlig außerstande, Schaden anzurichten, aus Gründen der Chronologie. Und später hatten wir das Gegenteil von Einfluß. Ich fürchte, Thomas Mann hat uns beide überschätzt, weil er uns gänzlich mißverstanden hat. Wir sind nur aus Mißverständnis durch Thomas Mann in die Dichtung dieses Aeons eingegangen. Nicht die vorenthaltenen, sondern die unverdienten Ehren sind es, die uns bedrücken.«

9] *Münchener Marie*: Maria Färber, verheiratete Fröhlich, oder Marie Benzinger; s. die Korrektur S. 330.

25. 12. 1952

319 1] *an Schumann:* An Robert Schuman, Erlenbach, 26. 12. 1952, Reg. IV, 52/379; Br. III, 282.

27. 12. 1952
1] *Closets*: Begehbare Wandschränke. 320
2] *Garbage Disposer*: Müllschlucker.
3] *an das Pariser Ministerium:* Le Ministre des Affaires Etrangères, Paris, Erlenbach, 27. 12. 1952, Reg. IV, 52/381.
4] *an Fiedler:* An Kuno Fiedler, Erlenbach, 27. 12. 1952, Reg. IV, 52/380: »[. . .] Eine amüsante und doch eindrucksvolle Weihnachtsüberraschung erfuhr der Heimkehrer in Europa. Die französische Regierung (im Augenblick freilich ein etwas vager Begriff) hat mich zum Offizier der Ehrenlegion (bei Überspringung des ›Chevalier‹) ernannt. Sehr hübsch, sehr dekorativ – und etwas wie eine Demonstration ist es auch. Ich gönne es den Deutschen, gönne es Amerika – und gönne es auch der Schweiz, die sich dadurch in dem betonten Entgegenkommen bestätigt und bekräftigt fühlen mag, mit dem sie mich empfangen und mir sogleich die Niederlassung gewährt. / Unser kalifornisches Haus haben wir um die Hälfte des Preises abgestossen, den es wert ist. Es sieht drüben böse und gefahrdrohend aus, dessen kann ich Sie versichern. Vielleicht noch mehr närrisch – aber so war es in Deutschland auch. Sie haben es gewusst, und ich habe es in dem kleinen Begleitbuch zum ›Faustus‹ auch so ziemlich vorausgesagt.« (Kopie im TMA)
5] *[an] von Salis:* An Jean Rodolphe von Salis, Erlenbach, 27. 12. 1952, Reg. IV, 52/382; Br. III, 284.
6] *[an] Lion:* Der Brief ist nach Reg. IV, 592, verschollen.
7] *Klagen und Vorhaltungen:* Nicht ermittelt.

28. 12. 1952
1] *an Feuchtwanger:* An Lion Feuchtwanger, Erlenbach, 28.12.1952, s. TB 16. 12. 1952, Anm. 3. 320
2] *Frau Düby mit Sohn:* S. TB 26. 9. 1951, Anm. 6.

29. 12. 1952
1] *Neue Rundschau mit dem Krull-Kapitel:* S. TB 15. 11. 1952, Anm. 2. 320
2] *Stück aus Golos [. . .] Buch:* Golo Mann, ›Kontinuität und Spontaneität‹. ›Die Neue Rundschau‹, Jg. 63, 1952, H. 4, 612–629. S. auch TB 24. 10. 1951, Anm. 1. 321

3] *Curtius über Du Bos:* Ernst Robert Curtius, ›Charles Du Bos‹, ›Die Neue Rundschau‹, a.a.O. 500–524.
4] *Curtius:* Der Romanist Ernst Robert Curtius (1886–1956), mit dem TM seit 1920 korrespondierte und den er seit den zwanziger Jahren persönlich kannte.
5] *Du Bos:* Der französische Literat und Kritiker Charles Du Bos (1882–1939).
6] *Notiz über die Ehrung:* NZZ, 29. 12. 1952: »Thomas Mann ist, durch Dekret vom 16. Dezember, die ›Croix d'Officier dans l'Ordre de la Légion d'Honneur‹ verliehen worden mit der Begründung ›Cette disctinction est un hommage rendu par la France à l'exceptionnelle valeur et à la signification mondiale de votre œuvre littéraire ainsi qu'à la lutte que vous n'avez cessé de mener dans l'intérêt de la liberté et de la dignité humaine.‹«

30. 12. 1952

321 1] *Bidault:* Der einstige französische Premierminister Georges Bidault (1899–1983), dessen Kabinett im Juni 1950 gestürzt worden war, bemühte sich um die Bildung einer vom Rassemblement du peuple bis zu den Sozialisten reichenden neuen Regierungskoalition.
2] *Geschichte von Huxley:* Aldous Huxley, ›Das Tillotson-Bankett‹, ›Die Neue Rundschau‹, a.a.O. 554–575.

31. 12. 1952

321 1] *von Reisiger:* [Stuttgart], 29. 12. 1952; im TMA.
2] *der junge Moser:* Der 1952 in Brüssel lebende Ingenieur Hans Moser (geb. 1912), ein Bruder von Gret Mann.
3] *Musils »Mann ohne Eigenschaften«:* Robert Musils (1880–1942) Roman ›Der Mann ohne Eigenschaften‹ ist in zwei Ausgaben in der Zürcher Bibliothek erhalten. 1., mit einer Widmung des Verfassers an TM, die Ausgabe des Rowohlt-Verlags, Berlin 1931–1935; 2. als erster Band der von Adolf Frisé betreuten Edition: ›Robert Musil, Gesammelte Werke in Einzelausgaben‹, Hamburg 1952.

DOKUMENTE

Dok. 1
TB 10. 1. 1951, Anm. 2
Thomas Mann an Robert J. Havighurst, Committee for Peaceful Alternatives
Pacific Palisades, 11. 1. 1951

Dear Mr. Havighurst:

Your telegram arrived yesterday. A few days ago, I co-signed a letter from the Committee for Peaceful Alternatives to the President of the United States, – a strong and very well put warning against German rearmament, a document which, I presume, will also be released to the press. I thus took a stand on the issue at stake, and can only repeat that I share the grave apprehension with which you view the proposed remilitarization of a country that – according to solemn decisions but five years of age – was to remain demilitarized for ever. Your appeal, moreover, rightly stressed the fact that it is precisely the best elements within Germany itself who vigorously oppose remilitarization.

The demonstration you plan to stage against a project so dangerous in every respect has my full approval.

Even so, and much to my sincere regret, I cannot come to Chicago in the foreseeable future. You mention some »schedule« of mine into which this trip might be fitted. Well, there is no such thing. I am a writer, chained, as it were, to his desk; and I am also an old man who could not, during the winter, leave California for the east without impairing his health. Besides – *and more important*: if this country is to be told, resoundingly and in public, that she has taken a wrong and pernicious road, then, to my mind, it should be a clear-sighted native, a one-hundred-percent-American who should do the telling, rather than an immigrant with a European accent and a novelist to boot, to whose political credit precious little is being placed.

With every good wish
Yours very sincerely
Thomas Mann.

Dok. 2
TB 10. 1. 1951, Anm. 2
Von Thomas Mann mitunterzeichnetes ›Statement drafted by representatives of the New York Committee for Peaceful Alternatives with Albert Einstein, original signer‹

Public Statement to the people of the U. S. and our government.

Now is the time for all men of decency to speak out strongly in favor of efforts of the United Nations to settle the conflict in Korea as the first step in negotiating East-West tensions and establishing an atmosphere for peace and stability. The charter of the U. N. provides the principles by which this can be achieved.

We believe that peace is possible only if the U. S. adopts a give and take attitude towards negotations. We support the intentions and efforts of the smaller nations in the United Nations, so ably led by the delegation from the Government of India, for a cease-fire in Korea coupled with commitments for further negotations and the establishment of a suitable committee from the world body comprising mainly Asian governments to govern in Korea in the interim after the withdrawal of all foreign troops.

We support the efforts to obtain the recognition for the Central People's Government of China in the U. N. and reaffirmation of the Cairo and Potsdam agreements for self-determination of the colonial peoples, and for an independent Korea and the return of Formosa to China.

Unless the U. S. adopts policies which make these solutions possible, it will have to bear a major part of the responsibility for bringing on the world a new and terrible war.

Signed: Albert Einstein

Dok. 3
TB 17. 1. 1951, Anm. 7
Einführungsansprache zur Lesung im Fairfax-Tempel am 17. 1. 1951

Meine Damen und Herren, – der Besuch, den ich heute dem Jewish Club of 1933 abstatte, ist eine Dankesvisite. Ich möchte mich dem Club und seinen Leitern dankbar erweisen für die Ehrung, die er mir im vergangenen Sommer zu meinem 75. Geburtstage erwiesen hat mit einer Veranstaltung, der ich leider fern bleiben mußte – ich war in Europa damals –, über deren Verlauf ich aber sehr Schönes gehört habe – kein Wunder, da so geistvolle Männer wie Lion Feuchtwanger und Ludwig Marcuse die Redner waren. So werden Sie verstehen, daß ich mit Vergnügen diese Gelegenheit ergriffen habe, mich für so viel Aufmerksamkeit erkenntlich zu zeigen, indem ich Ihnen, den Mitgliedern des Clubs, wieder einmal, wie schon vor Jahren einmal, etwas aus einer neuen, kürzlich abgeschlossenen und gerade in Druck gegangenen Arbeit vorlese, aus der bisher, von ein paar Proben abgesehen, die in der ›Neuen Rundschau‹ erschienen sind, nur nahen Freunden Einzelnes bekannt geworden ist.

Es handelt sich um einen legendären Roman, der sich nach den Hauptzügen seiner Handlung – es sind allerdings nur die Hauptzüge – auf das Versepos ›Gregorius vom Steine‹ des mittelhochdeutschen Dichters Hartmann von Aue gründet. Hartmann hat seine ritterliche Mär aus dem Altfranzösischen übernommen, aber es gibt auch mittelenglische und mehrere lateinische Bearbeitungen des Stoffes, sogar eine koptische. Viele Dichter also, überall, haben sich von der Fabel angezogen gefühlt, und hier nun, in meiner Erzählung ›Der Erwählte‹, gewinnt sie noch einmal Form, – wohl zum letzten Mal – eine ganz andere natürlich, als in früheren Zeiten. Mein Verhältnis dazu ist ungefähr das meiner Josephsromane zu dem knappen Bericht der Genesis: es ist eine Amplifizierung und Realisierung, ein genau machendes Heranbringen der alten Geschichte von Gregorius oder Grigorß, der, ein mittelalterlicher Ödipus, aus Versehen seine Mutter heirat[et], aber, schlimmer als Ödipus, selbst schon die Frucht der Sünde, des Inzestes, das Kind zweier sehr hochmütiger, nur vom eigenen Blute angezogener Geschwister ist, sodaß ein wahrer Knäuel von Sündhaftigkeit und verwandtschaftlichem Unheil vorliegt, was aber die ewige Gnade nicht hindert, Grigorß, der ein ebenso großer

Büßer wie Sünder ist, schließlich auf den päpstlichen Stuhl zu erhöhen.

Wieder einmal will nicht ich es sein, der die Geschichte vorträgt, sondern ein Erzähler ist vorgeschoben; kein deutscher Gymnasialprofessor diesmal, sondern ein irischer Mönch, ein frommer und dabei nicht ganz humorloser Mann, der als Gast des Klosters Sankt Gallen im Allemannenland die Tragödie mit dem happy end zu seiner und seiner Leser Unterhaltung und Erbauung aufzeichnet. Ihn hören Sie nun also von einem Reiche Flandern-Artois berichten, dessen Herzog Grimald und dessen Herzogin Frau Baduhenna bitter lange auf Nachkommenschaft haben warten müssen. Endlich wird ihre Ehe mit einem Zwillingspärchen, Knabe und Mädchen gesegnet, aber der Mutter kostet die Geburt das Leben, und Herzog Grimald bleibt mit den Kindern allein auf seiner in den Hügeln des Artois gelegenen Burg ›Belrapeire‹ zurück. Von diesem zur Sünde vorbestimmten Kinderpaar also ist in dem Kapitel, das ich zuerst lesen möchte, die Rede. [Es folgte die Lesung GW VII, 20 ff.]

Nun vollzieht sich also, kaum daß Herzog Gr[imald] das Zeitliche gesegnet hat, das höchst Anstößige, und Sibylla trägt von ihrem Bruder ein Kind unter dem Herzen, das sie nach dem Tode des alten Herzogs auf dem Wasserschloß eines treuen Lehnsmannes ihres Vaters zur Welt bringt. Wiligis ist beim Versuch einer Bußfahrt ins Heilige Land ums Leben gekommen. Für das Kind – einen Knaben – ist keine Stätte auf Erden. Es wird in einem Fäßchen, das einem Kahn verbunden ist, aufs Meer ausgesetzt, aber seine Mutter gibt ihm eine Tafel mit, auf der die Bewandtnisse seiner Geburt in allgemeinen Zügen geschrieben stehen; außerdem ein paar mit Gold gefüllte Brote und einige kostbare Stoffe aus Morgenland. Das folgende Kapitel erzählt nun, wie das verstoßene Sündenkind glücklich zu Lande geführt wird. Es heißt ›Die Fischer von Sankt Dunstan‹ und spielt auf einer Kanal-Insel, einer der zwischen Frankreich u[nd] England gelegenen sogenannten Normannischen Inseln, wo ein frommer Abt namens Gregorius seines Amts als Vorsteher eines Klosters ›Agonia Dei‹ waltet. Der Erzähler hat für diesen Mann eine besondere Sympathie. Er schildert ihn so:
[Es folgte die Lesung GW VII, 66 ff.].

Dok. 4
TB 22. 1. 1951, Anm. 1
Statement of Principles of the American Peace Crusade

Our country and all humanity stand now at a critical turning point in history. After five years of promises of peace, we are heading toward war; and yet the world cries out that it wishes peace; the supposed »enemies« we fear insist that they wish negotiation; our own people have suddenly awakened to the very great danger, and are demanding as never before some way to peace.

Here at home, the emergency mobilization is provoking widespread dislocation and is threatening living standards. The war atmosphere is undermining basic civil liberties, above all resulting in a heightened assault on the already unequal position of the Negro people.

It is time to heed this universal call. It is high time for Americans to lay aside whatever differences they have of philosophy, religion and social and political convictions for the supreme objective of saving America from the threatened catastrophe of wars with the peoples of Europe and Asia. We are convinced that there is still time. We are convinced that the American people, Negro and white, are more prepared today than ever to unite and act for peace.

The principles on which we take our stand are simple and conform to the most urgent national interest – PEACE.

We affirm that the co-existence of many social systems is possible and necessary; we maintain that all problems between our country and the Soviet Union are fully capable of being solved by negotiation. Sincere efforts to understand each other by the people of both the United States and the Soviet Union are essential for speeding such negotiations.

We affirm that peace can be achieved only by recognizing that great social changes are in process in the colonial countries; we insist that the crisis in Asia can be resolved by abandoning the attempt to ignore the Chinese People's Republic, and recognizing its right as the only government in being in China to sit in the United Nations and to carry on normal trade and diplomatic relations. Only thus will we solve the problem of Korea. But even before these steps are taken, we must abandon the futile conflict in Korea with its needless destruction of that country and its people and the sacrifice of American soldiers.

We declare that the way to peace cannot lie in the fearfully burdensome armaments race in which we are engaged together with the peoples of Europe. The military revival of a reactionary Germany is not the answer. The striving to create »areas of strength« only leads to a fatal test of strength. The answer lies in negotiation, in atomic arms control, in new plans for verified and mutual general disarmament, in a fundamental American-Soviet settlement.

We maintain that a program of full use of our technological resources, including atomic power, for peacetime development is the alternative to the present waste of the genius and toil of our people for destruction. A new era of peaceful trade, expanded economic relations, and cultural and scientific exchange awaits us – if only we can achieve a peaceful settlement of the crisis. And we are convinced that such a solution of the world's great problem is possible. It has not yet been tried.

Therefore, we call on all like-minded men and women from all walks of life to join in launching a new and great AMERICAN PEACE CRUSADE, in forming a center for peace action and education that will help to stimulate the search for peace on all levels. We propose to catalyze the question for peace in all sections of society, to help unify the movement for peace, to give it greater clarity, and to initiate projects for specific actions from time to time. We propose an educational program and a technique whereby all Americans can cooperate with each other to meet this great crisis and to resolve it in peace.

As a first step in these anxious weeks, we call on all Americans of good will to join in taking part in a People's Referendum for Peace, a national straw vote on the basic issues of foreign policy which will determine whether or not the world will be plunged into destruction.

We also propose a People's Peace Lobby to be held in Washington on March 1st, so that our Senators, our Congressmen and our President can learn of the will to peace among all Americans, regardless of creed, color, occupation or political opinion.

Out of these actions, we are confident there will be generated a mighty people's movement for peace, stemming from the grass roots in every section of our country, from factories and farms, from homes and churches, echoing the universal demand of the American people for a genuine peace. To help give this movement form and substance, together with the many other movements for peace, we propose a People's Congress of Peace to be held in the mid-west, the great heart of our country, in the spring of 1951.

The conscience of America will not permit us to evade our responsibility to humanity, to our loved ones, and to ourselves. We cannot wait for peace – we must win it through our own efforts.

Initiating Committee
American Peace Crusade

To let you know who we are . . .

Prof. Philip Morrison:	Nuclear physicist, Cornell University, Ithaca, N.Y.
Dr. Linus Pauling:	Chairman, Department of Chemistry, California Institute of Technology; former President, American Chemical Society, Pasadena, California.
Dr. W.E.B. DuBois:	Historian, sociologist and anthropologist, New York, N.Y.
Ernest de Maio:	Vice-President, United Electrical, Radio and Machine Workers of America, Chicago, Illinois.
Hon. Charles P. Howard:	Attorney and publisher; former member, Republican State Committee, Des Moines, Iowa.
Dr. Clementina J. Paolone:	Obstretician and gynecologist; Chairman, American Women for Peace, New York, N.Y.
Dr. Lucius C. Porter:	Former Professor of Philosophy at Yenching University, China; retired Congregational missionary, Beloit, Wisconsin.

Dok. 5
TB 3. 2. 1951, Anm. 2
Meldung der ›New York Times‹ vom 1. 2. 1951

Robeson, Mann Join New ›Peace Crusade‹

A new organization called »American Peace Crusade«, sponsored by a group including Thomas Mann, the writer, and Paul Robeson, singer, urged yesterday a »Peace Pilgrimage« to Washington.

It announced that the pilgrimage would take place March 1 to tell President Truman and Congress of »the will to peace among all Americans, regardless of creed, color, occupation or political opinion.«

Its statement also called for withdrawal of American troops from Korea, an end to war in the Far East and recognition of the right of the »Chinese People's Republic« to representation in the United Nations.

The statement asserted that the way to peace »cannot lie in the fearfully burdensome armaments race in which we are engaged together with the peoples of Europe, nor in the military revival of a reactionary Germany.«

Other listed sponsors of the pilgrimage include Elmer Benson, former Governor of Minnesota and national chairman of the Progressive party; Hugh Bryson, president of the National Union of Marine Cooks and Stewards; author Howard Fast; Ben Gold, president of the Fur and Leather Workers' Union; Rockwell Kent, artist; Fred Stover, president of the Iowa Farmers Union of Hampton, Iowa, and Abram Flaxer, president of the United Public Workers.

The »initiating committee« includes Prof. Philip Morrison of Cornell University, a nuclear physicist.

Dok. 6
TB 3. 2. 1951, Anm. 5
Entwurf eines Briefes von Thomas Mann an den Editor der ›New York Times‹, Arthur Sulzberger, wegen des Artikels ›Robeson, Mann Join New ‚Peace Crusade'‹ in der NYT vom 1. Februar 1951

Sir,
man schickte mir einen Artikel Ihres Blattes zu, der unter dem Titel ›Robeson, Mann Join New ‚Peace Crusade'‹ von einer amerikanischen Organisation zur Erhaltung des Friedens berichtet, welche für den 1. März eine sogenannte ›Peace Crusade‹ nach Washington planen soll. Von dieser Pilgrimage – an anderer Stelle wird sogar von einem ›March‹ auf Washington gesprochen – war mir nichts bekannt, und ich weiß nicht, in welcher Form die Ankündigung ergangen ist, die Ihr Blatt citiert. Vor allem aber bin ich überrascht von der Namen-Zusammenstellung in der Überschrift, die Sie Ihren Mitteilungen gaben. Sie zerrt [verb. aus ›zieht‹] mich in eine politische Nachbarschaft und comradeship, die mir nicht zukommt, und die ich wiederholt öffentlich abgelehnt habe. Der angesehene Amerikaner, der sich vor einigen Wochen mit dem noch skizzenhaften Plan einer eindeutigen Aktivierung des im amerikanischen Volk – wie in jedem anderen – tief wurzelnden Friedensverlangens an mich wandte [verbessert aus: ›eindeutigen Volksbewegung zur Erhaltung des Friedens an mich wandte‹], war Professor Philip *Morrison*, der als nuclear-physicist der Cornell University unmöglich Kommunist sein kann. Sein ›Statement of Principles‹ entsprach durchaus meinen eigenen politischen Überzeugungen, und ich stellte ihm meinen Namen zur Verfügung – umso bereitwilliger, als die Mitgliederliste des Initiating Committee nicht die geringste Verwandtschaft aufwies mit der jetzt veröffentlichten Sponsorenliste. [gestr.: ›die mit kommunistisch abgestempelten Namen durchsetzt ist.‹] Mit ungewöhnlicher und geflissentlicher Genauigkeit (›To let you know who we are‹) waren die Persönlichkeiten der sieben Initiatoren bestimmt. Außer Professor Morrison selbst war da der von mir besonders hochgeschätzte Dr. Linus *Pauling*, Chairman des Departments of Chemistry des California Institutes of Technology, ferner der bekannte Historiker, Soziologe u[nd] Anthropologe Dr. *DuBois;* dazu der Vice-Präsident der United Electrical, Radio and Maschine [sic] Workers of America, *De Maio;* der Hon.

Charles S. *Howard*, Attorney and publisher, früher Mitglied des Republican State Committee in Des Moines; Dr. Clementina J. *Paolone*, Obstretician and gynecologist, Chairman der American Women for Peace in New York; endlich der frühere Professor der Philosophie an der chinesischen Jenching Universität und retired Congressional Missionary, Dr. Lucius *Porter*.

Kann man sich wundern, daß ich dem Ruf dieser Männer und Frauen folgte? Ihre Namen schienen jede Gewähr zu bieten, daß das Unternehmen *nicht* unter kommunistischem Einfluß oder gar unter kommunistischer Führerschaft stehe, und offenbar sollten sie darüber beruhigen, daß dies hier nun einmal wirklich ganz und garnicht der Fall sei. Die von Ihnen veröffentlichte Liste der Sponsoren aber ist von kommunistisch abgestempelten Namen durchsetzt, unter denen Sie den des Herrn Paul Robeson besonders hervorheben und ihn auf mich schädigende Weise mit dem meinen verkoppeln. Mr. Robeson ist gewiß ein guter Sänger und Schauspieler, aber er hat im Auslande und zwar in Moskau, auf dem ›Roten Platz‹, öffentlich gegen sein Land demonstriert und agitiert – eine Handlungsweise, die mir bei allen Einwänden, die ich gegen die gegenwärtige amerikanische Außenpolitik auf dem Herzen haben mag, durchaus fremd ist.

Es ist mir unbegreiflich, daß diese Leute nicht den Verstand und die Selbstbeherrschung besitzen, sich von Unternehmungen fernzuhalten, [gestr. ›die sie bei der‹] deren moralischen Erfolg sie bei der im Lande herrschenden Stimmung durch ihre aufdringliche Beteiligung notwendig im Keime ersticken. Ich verstehe auch die Initiatoren der Friedensbewegung nicht, die es nicht fertig bringen, ihre Sache von solcher sponsorship frei zu bewahren um sie so vor dem sofort bereiten Vorwurf kommunistischen Ursprungs zu schützen.

Das Schlimmste ist, daß dieser Vorwurf vielleicht nicht zu Unrecht [verb. aus ›mit Recht‹] erhoben wird. Vielleicht waren, wieder einmal, die Kommunisten die eigentlichen Initiatoren und die Mitglieder des vorgeschobenen ›Initiatory Committee‹ sind ebenso getäuscht worden, wie ich. [gestr. ›Mir bleibt nicht übrig, als mich hiermit von einer Sache zurückzuziehen, die bereits hoffnungslos kompromittiert und entwertet‹] Die kommunistischen Praktiken sind tückisch, jesuitisch und widerwärtig.

Mir bleibt nichts übrig, als mich hiermit von einer Sache zurückzuziehen, die mir bereits hoffnungslos kompromittiert, entwertet und um ihren Sinn gebracht erscheint. Ich gehe aber weiter und gebe [eingefügt: ›ein für allemal‹] zur Kenntnis, daß ich in Zukunft überhaupt keine sponsorship mehr übernehmen [verb. aus ›gewähren‹ und ›präsentieren‹] und keine politische [eingefügt: ›oder kulturell getarnte‹] Kundgebung irgendwelcher Art, sie sei auch noch so unverfänglich, mehr unterzeichnen werde. Das [eingefügt: ›etwaige‹] Vorkommen meines Namens unter dergleichen Manifesten und Aufrufen ist fortan [eingefügt: ›ohne weiteres‹] als Fälschung zu betrachten.

4. Jan. [Februar] 1951
Thomas Mann

Dok. 7
TB 4. 2. 1951, Anm. 1
Alfred A. Knopf an Thomas Mann
New York, 2. 2. 1951

Dear Tommy,

I would have written you yesterday but I was in New Haven all day. What I read in the *Times* yesterday morning disturbs me enormously. I should think that you would keep away from anything which involves even the *name* of Paul Robeson as you would from the Bubonic Plague. I cannot imagine any kind of publicity for you which could be more damaging in every single respect, personal and professional, than this – particularly in this time.

Of course, as we say over here, you are free, white, and twenty-one, and it would be a gross impertinence on my part to attempt to control your behavior but as an old and devoted friend, I would not be fair to either of us if I did not send you this letter.

I most urgently advise you to disassociate yourself publicly and emphatically, and immediately from this benighted group. Already I am feeling the reaction here.

With best love to you and Katia, I am
as ever
[A. A. Knopf]

Dok. 8
TB 4. 2. 1951, Anm. 1
Thomas Mann an Alfred A. Knopf
Pacific Palisades, 4. 2. 1951

Dear Alfred.

When your special delivery letter arrived, a few hours ago, I had already prepared a letter to the TIMES copy of which I enclose. Please believe that the shock you felt at the sight of that heading could not have been worse than that experienced by myself upon beholding the dispatch in question. I must say, though, that, quite apart from my disgust with the way I have been fooled, I find the TIMES' performance most objectionable and can only hope that they'll make up for it (as far as that is possible) by printing my denial promptly and in full, and in as prominent a place as the one selected for the original story.

Since you have been so kind as to concern yourself with this affair, perhaps you'd be willing to call Mr. Sulzberger and tell him how serious a view we both take of the matter. I have yet to consult my lawyer regarding any additional steps it might be advisable for me to take. At any rate, however, I trust that the TIMES will at least be fair enough to let me have my say.

Many thanks for this new token of your friendship.

Yours as ever cordially
Thomas Mann.

Dok. 9
TB 4. 2. 1951, Anm. 3
Thomas Mann an Philip Morrison
Pacific Palisades, 4. 2. 1951

Dear Professor Morrison.

It is with sincere regret and much to my earnest disappointment that I herewith announce my withdrawal as an initial sponsor of the AMERICAN PEACE CRUSADE. The enclosed copy of the letter to the Editor of the TIMES which I felt compelled to write will explain my action.

Yours very truly
Thomas Mann.

Dok. 10
TB 11. 2. 1951, Anm. 1
Statement given to the U.P. on February 12, 1951

I wish publicly to announce my resignation as an initial sponsor of the AMERICAN PEACE CRUSADE. When I agreed to co-sponsor said organisation, I had not been told that by doing so I should be collaborating with men such as Paul Robeson, Howard Fast, Ben Gold etc. Without questioning the sincerity of anyone's desire for peace but considering the prevailing political mood and atmosphere, I am convinced that any peace movement generally believed to be communist inspired or controlled, is bound to hurt rather than help the cause of peace in this country.

Since, moreover, it has of late become increasingly difficult if not impossible promptly to discern the true character of any group one is asked to join, I also wish to announce my determination not to sponsor any more »causes«, »movements«, »crusades« and the like, whether they concern things political or present themselves in a »cultural« guise. Unless I were the sole signer, my signature appearing under any »protest«, »appeal«, »petition« etc. must henceforth be considered a forgery.
Thomas Mann
1550 San Remo Drive
Pacific Palisades, Calif.

Dok. 11
TB 14. 2. 1951, Anm. 1
Alfred A. Knopf an Thomas Mann
New York, 12. 2. 1951

Dear Tommy,

As I told you, I got in touch with Mr. Sulzberger at the *Times* as soon as I received your letter of February 4th with a carbon of your letter of the same date to the *Times*. I wanted in the first instance to be sure that you would be given special consideration by that paper. A little later, I spoke over the telephone with our mutual friend, Agnes

Meyer, who knows a good deal about newspaper publicity and is certainly devoted to your interests no less than I am. What gave me great pause was the second paragraph of that letter to the *Times*. I had an uneasy feeling then, and it has not left me, that you were attempting to explain too much and that you might find yourself out of the frying pan into the fire, or perhaps I ought to say out of the fire and into the frying pan. The list of names you give in that paragraph is not sufficiently impressive. These people are not nearly enough known to the general public to make it wise, I think, for you to bring them into the story. Furthermore, and perhaps more important, newspaper publicity is a short-lived affair at best and I am convinced, too, that to print this letter will simply call further attention to a business that a great many people have already forgotten. All of your troubles stem from what your fellow Americans cannot fail to regard as a certain political naivety on your part and I think that what is important is not to print a letter in the *Times* denouncing that story, but to live up to the last paragraph of that letter and say nothing.

At any rate, this is my considered advice and I think the publisher of *The New York Times* thinks it is sound advice. Nevertheless, if you still want the *Times* to print this or any other letter, I am sure they will do so, but I hope you will decide to let the whole business drop at this point.

In any case, please let me hear from you by return because I will be away from the office for three weeks after Friday of this week.

With best love to you and Katia, I am

As ever,

[A. A. Knopf]

P. S. Needless to say, you will see a certain contradiction between what I have written above and the last paragraph of my letter of February 2nd. I am simply recommending what I regard as much the lesser of two evils and am taking into consideration the fact that your position has been made clear anyway in the story printed in *Time* Magazine this week.

AAK

Dok. 12
TB 14. 2. 1951, Anm. 1
Alfred A. Knopf an Thomas Mann
New York, 13. 2. 1951

Dear Tommy,
I wrote you yesterday about that letter to the *Times* before I had received information for which I was waiting because I had to write in fairness to the *Times* so that you would not think that they were trying to treat you unfairly.

What really bothered me from the beginning was an intuition that the names you listed in the second paragraph of your letter to the *Times* were not the names of creditable and worthy people, but the names, for the most part, of people almost as bad as those with whom you became associated in the public print. I am assured, on the very best possible authority, that my suspicion was in every way justified and that for the *Times* to print this letter would be even more damaging to you than was the original story which they did print.

There's absolutely no way for you to keep your peace of mind and that of your friends except to live scrupulously up to your resolution not to sign anything or allow your name to be used in any way.

If you question anything that I have written above, I am sure that an inquiry to the editor or publisher of any paper in which you have confidence will confirm and document my statement. The Communists, unfortunately, have always worked in this manner. By doing so, they have made it very hard for a great many honorable, honest and well-meaning people. But of course that's part of their game.

I suggest, therefore, that it would be a good thing for you to write a letter to the *Times* withdrawing your letter and telling them that you are quite eager for them not to print it. As Arthur Sulzberger is going to be away, you should address this letter to Edwin L. James.

With best love,
As ever,
[A. A. Knopf]

Dok. 13
TB 14. 2. 1951, Anm. 1
Thomas Mann an Alfred A. Knopf
Pacific Palisades, 14. 2. 1951

Dear Alfred.

While your telegram arrived on Monday afternoon, your letter came only today. The riddle has thus been solved. For a whole week and from issue to issue, I had been waiting for the TIMES to print my letter. I telegraphed – and received no reply. Then we put through a long-distance call to Mr. Markel who was not, on Saturday afternoon, able to enlighten me. Finally it was a telegram from him that told me about your having prevented the publication of my rejoinder. Your special delivery letter complements this news by informing me that you acted following a talk with Mrs. Meyer. Well, – I gladly grant you (though not Mrs. Meyer!) the right to take the law into your own hands and to counteract certain steps of mine which you know about in advance and which you deem inappropriate. Even so – and notwithstanding my gratitude for your concern –, I would have thought it more natural for you to send me a wire kindly advising me to withdraw my letter, than to put me under tutelage, as it were, and silently to deny me any voice in the matter. Never before, to my mind, had I been so miserably treated than I seemed to be during that week, when I was left in complete darkness as to the fate of my letter to the TIMES. Quite conceivably (and I wonder, whether this possibility never occur[r]ed to you?), I might have published the letter somewhere else, accusing the TIMES of having suppressed it.

Your first note was alarming enough, although it did not, of course, come anywhere near the hysteria lavished on me by Mrs. Meyer. She threatened me with the loss of my citizenship; accused me of being a traitor to my country; predicted that I would plunge both myself and all those near me into disaster and perdition; and wound up by offering to save my soul. You, at least, refrained from doing any such thing. Thanks.

For the rest, I was not completely satisfied with the story carried by TIME. Hence, I gave a brief statement to U.P., saying merely that I had resigned as an initial sponsor of the American Peace Crusade, and adding that – as it was becoming increasingly difficult to identify the true initiators of any »movement« – I would not, henceforth, participate in any American group activity whatsoever. Which condensed announcement may have been published by one paper or another. At any rate, I now consider the incident to be closed.

With best wishes for your vacation,
yours as ever cordially
Thomas Mann.

Dok. 14
TB 17. 2. 1951, Anm. 5
Thomas Mann an Philip Morrison
Pacific Palisades, 18. 2. 1951

Dear Professor Morrison:

Your letter has touched me deeply, and I sincerely thank you for it. It is the most likeable communication I received in this unfortunate matter.

I fully understand your viewpoint, and I sympathize with it, without, however, being able to share it. Unlike a pure work of art which must be created exactly to the artist's innermost design and not with a view to the greatest popular success imaginable, a political action, if it is to make sense, must primarily strive to be successful. No American peace movement generally believed to be communist inspired or controlled could at present possibly succeed. The communists, to my mind, should be the first to realize this. They should not only not insist on prominently figuring on each and every list naming America's fighters for peace, but should also formally decline any invitation to initiate, sponsor or co-sponsor any peace crusade or the like in this country. Rightly or wrongly, their manifold activities in the asserted service of peace have not for years past been accepted as so many expressions of either their love of humanity or their spontaneous, sincere and unalterable hatred of war, instead they keep being discounted and attacked as the »comrades'« faithful execution of certain plans by the Politbureau.

I know well that the Times has, indirectly, lied and falsified as only a newspaper can. But the trouble is that they were given the chance to do so, and you cannot imagine how many friends and acquaintances sent me the Times story with its sensational headline, accompanied by exclamations of horror and fear lest I might possibly be deprived of my passport or even my young citizenship. My decision, however, to keep away from any and all collective actions from now on, and to say what I have to say absolutely on my own, – this decision is not based so much on fear and the desire for security, although, of course, I would not like to experience again what I went through in 1933 and in my old age find myself without a place to hang my hat, – this decision, as stated in a short notice to the United Press, is based rather on the fact that of late it has become increasingly difficult, if not impossible, promptly to discern the true character of any group one is asked to join. Furthermore, as I must admit to you in confidence, it is due to a true inner withdrawal of my interest from the destinies of this country which, in my opinion, has embarked on a wrong and ruinous course. If it refuses to hear this, I don't want to impose.

Of course, I have no objection to your having shown your kind letter to me among your friends.

With the expression of my sincere esteem, I remain, dear Professor Morrison,

Cordially yours

Thomas Mann.

Dok. 15
TB 17. 2. 1951, Anm. 5
Thomas Mann an Philip Morrison
(Von Erika Mann nach Angaben ihres Vaters geschrieben)

CONFIDENTIAL

Dear Professor Morrison,

Your letter has touched me deeply, and I wish sincerely to thank you for it. It is the most likeable communication I received in this unfortunate matter.

As you may have noticed, I withdraw my Letter to the TIMES. Since TIME has made *l'affair* nationwide, I felt that a brief statement given to the U.P. would be more serviceable. Enclosed, please, find copy of that announcement which, needless to say, strictly corresponds with the ›line‹ taken by my daughter Erika in answering TIME's telephoncall on my behalf. But then, what mattered to that magazine, was the good news that I had ›once again‹ been ›duped‹ and by no means did they want to acquaint their readers with the true reasons for my withdrawal.

For the rest, I understand your viewpoint without being able to agree with it. Unlike any work of art which must be created according to the artist's innermost design and not with a view to achieving the greatest popular success imaginable, any political action, in order to make sense – and no matter how ›pure‹ and ethical the sentiments by which it may be motivated – must primarily strive to be *successful*. No American peace movement generally believed to be communist inspired or controlled could at present possibly succeed. The communists, to my mind, should be the first to realize this. Consequently, and presuming it is actually the cause of world peace – and not, say, any laurels from Moscow – which they have at heart, they should not only not insist on prominently figuring on each and every list naming America's fighters for peace, but should also firmly decline to initiate, sponsor or co-sponsor any ›Peace Crusade‹ in this country. Rightly or wrongly, their manifold activities in this asserted service of peace have not, for years past, been accepted as so many expressions of either their love of humanity or their spontaneous and unalterable hatred of war. Instead, such activities have been discounted and attacked as the ›comrades'‹ faithful execution of certain plans formed by the ›Politburo‹ and aimed – not at peace, but at the eventual destruction of an America caught asleep, unprepared, and hence unable to defend herself. Having ›clicked‹ (rightly or wrongly) with the rank and file of the American people, this interpretation is bound to render all communist sponsored ›peace offensives‹ wholly ineffective, and will also cause them to be considered treacherous.

I know well that THE NEW YORK TIMES lied and falsified – if ›only‹ indirectly. They had, however, been given ›the tools to finish the job‹. – You can hardly imagine how many friends and acquaintances sent me that clipping, accompanied by exclamations of horror and fear lest I should lose not only my passport but also my young citizenship. You may be quite sure, though, that my decision not to participate in any more American group activities is not based on fear.

True, I am not particularly eager once more to experience what I went through in 1933, and in my old age to find myself without a hook to hang my hat on. Even so, I would never permit any desire for ›security‹ to determine the course of my actions. But I do hold that whatever weight my name may yet carry would surely get lost, if I kept signing that name to documents the ›tainted‹ character of which I had failed promptly to discern.

Which is far from meaning that I shall not for my own person continue to serve the cause of peace to the best of my abilities. Nor shall I ever cease to hope for a broad and militant American peace movement, run by clearsighted natives such as yourself, and free, at last, from influences certain fatally to discredit it in the eyes – not merely of the professional witchhunters but of the nation at large.

With every good wish and the renewed expression of my regret, I remain, dear Professor Morrison,

Yours very sincerely
Thomas Mann

Dok. 16
TB 4. 3. 1951, Anm. 1
Thomas Mann an Wilhelm Herzog
Pacific Palisades, 5. 3. 1951 [Poststempel]

Lieber Herr Wilhelm Herzog,

es freut mich sehr, zu hören, dass man in der Schweiz unserem Alexander M. Frey zu seinem siebzigsten Geburtstag eine Ehrung bereiten will. Seit »Solneman der Unsichtbare«, dem Buch, das ihm weithin einen Namen machte, seit den »Pflasterkästen«, einem der besten Kriegsromane, und seit so mancher gespenstischen Kurzgeschichte habe ich grosse Achtung vor seinem hochoriginellen Erzählertalent, und den Menschen Frey halte ich wert wegen der Lauterkeit seines Charakters, besonders um der Kompromisslosigkeit willen, mit der er verwarf und mied, was mir (bitte tausendmal um Entschuldigung) noch immer als die infamste Kreation der politischen Geschichte erscheint – den National-Sozialismus.

Goethe meinte, es zu hohen Jahren zu bringen, sei doch immer eine

Leistung. Nun, ich finde, es kommt darauf an. Vitalität ist immer erfreulich, nur ist im Falle der Mittelmässigkeit, die sich ja einer gewissen Stumpfheit erfreut, weiter kein Aufhebens davon zu machen. Hält aber eine sensitive und differenzierte, dem Leiden vertraute Natur, wie unser Freund, es dahin aus bis ins achte Jahrzehnt, so ist, meine ich, in den beglückwünschenden Händedruck wirkliche Anerkennung zu legen.

Er bleibe noch lange. Aus meinem Leben sind schon so viele zugehörige Gestalten verschwunden; soviele Postamente stehen leer. A. M. Frey's Gesicht, anziehend wie das Merkwürdig-Einmalige, möchte ich immer wiedersehen, wenn ich in die Schweiz komme.

Ihr

Thomas Mann

Dok. 17
TB 13. 3. 1951, Anm. 3
Thomas Mann an Arnold Zweig
Pacific Palisades, 14. 3. 1951

Lieber, sehr verehrter Herr Arnold Zweig!

Ihr Brief vom 6. d. M. ist in meinen Haenden, und es war mir eine wirkliche Freude, wieder von dem Mann zu hoeren, dem in Weimar wieder zu begegnen zu den erfreulichsten Episoden der Reise von damals gehoerte.

Dem Pfarrer John Darr habe ich absagen muessen. Ihnen die Gruende dafuer zu erklaeren, dazu beduerfte es einer ganzen Abhandlung ueber die hiesigen Verhaeltnisse und die Schwierigkeiten, die sie fuer einen Menschen meiner Art mit sich bringen. Ich habe mich gezwungen gesehen, oeffentlich zu erklaeren, dass ich mich ueberhaupt an keiner politischen Kollektivaktion irgend einer Art mehr beteiligen sondern es fortan vorziehen werde, das, was ich zu sagen habe, auf eigene Hand und nur im eigenen Namen zu sagen. Dass dies nicht heissen will, dass ich mich von der Sache des Friedens, der Freiheit und des sozialen Fortschritts zurueckziehe, werden Sie und alle Gutwilligen mir glauben. Aber mein Name, den es klugerweise ein wenig zu schonen gelte, ist vielfach missbraucht und vorgespannt worden, und das Unglueck ist, dass jeder Versuch, in diesem Lande eine populaere Friedensbewegung in Gang zu bringen, wie die Dinge heute nun einmal liegen von vorneherein dem Vorwurf des Landesverrats ausgesetzt und zum Misserfolg verurteilt ist, wenn er kommunistisch getoent oder gar kommunistischer Initiative entsprungen scheint. Die Kommunisten sollten die Ersten sein, das einzusehen und zu begreifen, dass ihre Beteiligung an solchen Bewegungen oder auch gleich der Versuch, sie zu fuehren, der Sache des Friedens hier mehr schadet als nuetzt. Ich glaube diesen Maennern herzlich gern, dass sie fuer den Frieden um der Menschheit und nicht um der party-line willen eintreten. Aber es ist nun einmal so, dass die grosse Menge es ihnen nicht glaubt und darum jede Sache perhorresziert oder sich von den Feinden des Friedens beschmieren und verderben laesst, an der solche Namen beteiligt sind.

So habe ich mich von einer sog. peace crusade, die urspruenglich von rein liberaler Seite ins Leben gerufen schien, zurueckziehen muessen, da sie bei der Veroeffentlichung ein Bild zeigte, das sie jeder leisesten Moeglichkeit auf Erfolg beraubte, und auf den Erfolg kommt es in der Politik doch an. Lieb ist mir ein solches Mich-Zurueckziehen und mich Distanzieren keineswegs, weil es nur zu gegenteiligen Verwechslungen fuehren kann. Aber ich bin eben zu der Ueberzeugung gelangt, dass ich besser tue, der Sache des Friedens und der Kultur auf eigene Hand und auf meine eigene Art zu dienen. Die Freundschaft der Einsichtigen hoffe ich dadurch nicht zu verlieren, auch Ihre nicht.

Mit Ruehrung las ich von Ihrer Beschaeftigung mit meinem Faustus-Roman und hoffe, dass ich Ihnen den »Gregorius«, an dem Sie freundliches Interesse zeigen, werde schicken koennen, wenn er zu Ostern erscheint.

Mit Freude hoere ich auch von den grossartigen Ehrungen, die Ihre Deutsche Akademie dem Andenken meines verewigten Bruders bereiten will an dem Tage, wo er seinen 80. Geburtstag begangen haben wuerde. An einem Ausdruck meiner Ergriffenheit davon und meiner innersten Anteilnahme daran soll es nicht fehlen.

Mit vielen guten Wuenschen und Gruessen, auch von meiner Frau,

Ihr sehr ergebener
Thomas Mann.

Dok. 18
TB 14. 3. 1951, Anm. 1
Thomas Mann an Allan M. Butler
(Von Erika Mann nach Angaben geschrieben)
Pacific Palisades, 18. 3. 1951

Dear Dr. Butler,

Of all those who received your letter I am likely to be the last to thank you for it. But then, my correspondence keeps growing more and more complicated. It is not, for instance, a simple task to explain to young Japanese and German questioners why they should have to submit – so soon – to another »re-education« with militarism once again the guiding principle. Let us not, however, go into that.

Your letter is excellent. And what I admire particularly, is the clearness and conscientiousness with which you think things out, going to their respective bottoms, as it were – a practice followed by few. Thus, having advanced every valid argument, for expelling communistically tainted names from mass-movements aimed at the preservation of peace, you rightly pose the question of whether »the denial of such (communistic) support (might not) involve such discrimination as to deny the principles one wishes to defend.« I have often asked myself this question, only to conclude just as often that one cannot yield to such scruples and yet make political sense. Not as if I subscribed to the maxim of the ends which justify all means. But I do hold that means certain to prevent any desired end from being achieved must not be employed. As matters unhappily stand, any American peace movement capable of being denounced as communist inspired, sponsored or controlled is doomed – not to ultimate failure but to prenatal strangulation. The communists should be the first to realize this; they ought to have enough tactical instinct and exercise enough self-control to stay away from movements they are bound to ruin by crowding into them. I for one do not wish to question the sincerity of anyone's desire for peace. These men, however, cannot help knowing that the American people at large believe their every peace-effort to be made in Moscow, and in the interest – not of humanity but of »Soviet Imperialism«. Considering the prevalence of this belief and quite regardless of its merits, they should refrain – and might best prove their sincerity by doing so – from mingling their signatures with names in whose bearers the nation might have a measure of confidence.

If, under the circumstances, the communists' obtrusiveness is hard to understand, I find it even harder to conceive of the initiators of an American peace movement who'd fail at least to try to protect their cause against the ever-ready accusation of communistic derivation.

True, it is very doubtful whether your question: »Is it really impossible for a liberal group to speak [Auslassung im Text, markiert durch 10 Punkte] without being smeared?« may be answered with »No«. The concept of communism has come to be extremely flexible, and there are among your addressees men such as Linus Pauling and Harlow Shapley – let alone myself – who, in the eyes of Senator McCarthy and even in those of the State Department are surely nothing but »reds«. – Liberalism, free thinking and feeling – one doesn't get away with that sort of thing any longer. No matter how alien totalitarianism and its methods may be to a man; no matter how grave his apprehension at the prospect of a mass-world wherein the individual, bent under the yoke of rigid dogmata, would – on the lowest spiritual level – live a life totally estranged from freedom; if he inclines nevertheless to deem the Russian Revolution of 1917 a great historical event, none the less decisive for all the distortions it has long since suffered; if he tends to recognize in China's communistic government the best regime ever enjoyed by that country; if he is deeply unhappy about America's present foreign policy – her collaborating against socialism with all that is foul and decayed on this planet; if he wished, the United States might be privileged to spread »freedom and happiness« by means other than jellied gasoline bombs and the innihilation of entire populations, – if these be his thoughts and feelings, he is a traitor to his country, and, at the latest upon the outbreak of World War III and the establishment of the fascist dictatorship which will then be quick in forming itself, he will be sent to a concentration camp.

Nor, on the other hand, had he better expect mercy from the Communists. What we are faced with today, is the inevitable »Either, Or« of the 16th century, the riotous time of the Reformation, Luther's time, when Erasmus wrote: »For the rest, I see that it is my fate to be stoned by both sides while striving to serve the whole.« To serve the whole, »to join the human race«, as you put it, has been my endeavour for many years past. But it has not in my particular case proved fortunate that I permitted myself to get entangled in a variety of group-activities, movements, crusades, and the like. The ensuing diminution of my name through both misusage and sheer wear and tear finally caused me not merely to withdraw that name from the overly colourful list of sponsors of the American Peace Crusade, but also publicly to announce that I would not participate in any more collective activities at all. By saying henceforth on my own and in my own name only, whatever I might have to say and what it may yet be possible to say, I hope to enhance rather, than to weaken, the effectiveness of my personal efforts in the service of peace, freedom and social progress.

None of which means that I wish to dissuade clearsighted Americans dreading a world-wide »Horen« and the accompanying destruction of democracy by its alleged defenders from the attempt to organize a truly popular peace-movement on a broad, liberal basis. On the contrary, I consider some such attempt – the like of which has never as yet been made – to be urgently needed and most desirable. I should, therefore, be very interested in the respective reactions of those who received your letter to that which you had to say.

Sincerely yours
Thomas Mann

Dok. 19
TB 19. 3. 1951, Anm. 1
Thomas Mann an den Leiter der Grundschule in Trebitz/Elbe
Pacific Palisades, 26. 3. 1951

Sehr geehrter Herr Scholz!

Nehmen Sie fuer Ihren schoenen Brief, der erst gestern bei mir eintraf, meinen herzlichen Dank. Ich habe mit aufrichtigem Interesse von Ihrer Schule und den erzieherischen Bestrebungen dieser Anstalt gehoert und mich gefreut, dass man meiner dort mit Sympathie gedenkt. Mit grossem Vergnuegen willige ich darein, dass Ihre Grundschule auf meinen Namen getauft wird.

Nehmen Sie und alle Ihre Schueler fuer Ihre Arbeit und Ihr Leben meine herzlichen Wuensche!
Ihr ergebener
Thomas Mann

Dok. 20
TB 29. 3. 1951, Anm. 2
Lyle C. Wilson, UP-Meldung aus ›Santa Monica Evening Outlook‹, 29. 3. 1951, p. 1

For 11 years, until 1945, when Hitler killed himself in his Wilhelmstrasse rat hole, Thomas Mann was a fugitive from Nazi vengeance.

He was and still is one of the world's great novelists. Like many other European intellectuals, he fled the Hitler terror to sanctuary in the United States. Since 1944 novelist Mann has been a U. S. citizen living comfortably on his royalties in Pacific Palisades, Cal.

If that were the whole story of Thomas Mann the United States would be fortunate to have won his presence and his pledge of allegiance to this country.

But there is more to the story of Thomas Mann, wo finds safety among Americans, and the rest of his story is not good nor, in its light, does it demonstrate that the United States got a bargain when the novelist paid into the Treasury his naturalization fees.

Mann is joiner of Communist fronts or he is being imposed upon by those who use his name. His latest is the American Committee for Protection of the Foreign Born.

A mimeographed release from that organization's New York Headquarters lists Dr. Thomas Mann as cochairman of a campaign to incite a mass protest in Washington, a protest against efforts of the Justice Department to deport various characters whose talents for subversion and love of the Soviet Union make their continued domicile here undesirable or even dangerous.

The committee is a notorious outfit.

It was cited as Communist and subversive on June 1 and again on September 21, 1948 by the attorney general, now Associate Justice Tom C. Clark.

Of it the California Un-American Committee said in reports dated 1947 and 1948:

»Among the Communist-front organizations for racial agitation which also serve as money-collecting media and as special political organizing centers for the racial minority they pretend to champion.

Works closely with the International Labor Defense, which is the legal arm of the Communist Party, in defense of foreign-born Communists and sympathizers.«

In 1942 and 1944 reports, the *House* Un-American Activities Committee said of the outfit: »One of the oldest auxiliaries of the Communist Party in the United States.«

So by official interpretation, the organization is subversive and, in pretending to help the foreign born, is a fraud. Furthermore, it is an arm of the Communist conspiracy to obtain bloody revolution in the United States.

FBI Director J. Edgar Hoover has said that membership in a single Communist front may not mean anything but that membership in several is the mark of the stooge or fellow traveler or party member – all dangerous and undesirable.

Mann's connection with the Committee for the Foreign Born came to light coincident with a review of his Communist-front activities in [t]his Magazine, The Freeman, which devotes considerable skill and knowledge to belting communists where they will feel it most.

The Freeman cites other Communist-front connections formed by novelist Mann. It cites, also, his denials of some of those connections.

Without making use of the ugly word itself, the magazine says Mann lied on at least two occasions in denying specific Communist-front activity. All the fronts assigned to Mann by the magazine were Moscow-inspired operations designed to wreck the nation where he has found safety and prosperity for many years and to which in 1936 [!] he swore allegiance.

There was no charge that Mann was a Communist, only that he kept disreputable company and persisted in so doing.

Dok. 21
TB 29. 3. 1951, Anm. 2
Interview von Sidney Swirsky mit Thomas Mann

»I am not a Communist. I am not a fellow traveler.

I have never knowingly joined a Communist-front organization. I have never taken any action which was unworthy of the responsibility of citizenship in this country, which is my country.«

This was world-renowned novelist Thomas Mann's reply today at his Pacific Palisades home when told of a syndicated news story labeling him a willing joiner of Red-inspired groups.

He pointed out that he had, in an article in the recent Harper's magazine centennial issue, placed himself on record as opposed to any and all kinds of totalitarianism.

The syndicated story today, which refers to Mann's connection with the American Committee for the Protection of the Foreign Born, he denounced as a ›malicious slander‹. He said that he had joined the group shortly after his arrival in America, and »long before it had anything of radicalism.«

On February 12, he said, he had made his position clear regarding such groups in a statement to the same syndicate distributing today's report.

In this statement he had declared, he said, that when he »agreed to cosponsor the American Peace Crusade I had not been told that by doing so I should be collaborating with men such as Paul Robeson, Howard Fast, Ben Gold, etc.

Since, moreover it has of late become increasingly difficult, if not impossible, promptly to discern the true character of any group one is asked to join«, the statement continues, »I also wish to announce my determination not to sponsor any more causes political, or present themselves in a cultural guise.

Unless I were sole signer, my signature appearing under any protest, appeal, petition etc., must henceforth be considered a forgery«, the statement concluded.

Several requests for the use of his name received since February 12 have been answered with virtually a form letter to this effect, the novelist pointed out.

Responding to a reporter's suggestion that this withdrawal was subject of misinterpretation, Mann said that he had repeatedly declared in published articles and in letters to leading intellectuals in the United States that the presence of Communists spelled certain doom for any American organization sincerely seeking to advance the cause of world peace.

Further to explain his withdrawal from group movements, he quoted from a letter written to a personal friend on March 18: »To join the human race has been my endeavor for many years past. But it has not in my particular case proved fortunate that I permitted myself to get entangled in a variety of group activities, movements, crusades and so like.

The ensuing diminution of my name through both misusage and sheer wear and tear finally caused me not merely to withdraw my name from the overly colorful list of sponsors of the American Peace Crusade, but also publicly to announce that I would not participate in any more collective activities at all.

By saying henceforth on my own and in my own name only, whatever I might have to say and what it may yet be possible to say, I hope to enhance rather than to weaken the effectiveness of my personal efforts in the service of peace, freedom and social progress.«

Asked if he were inclined further to make a direct denunciation of communism in America, the novelist declared that since he was neither a Communist nor a fellow traveler any interrogation of him in this point lacked validity.

He said that while he did not subscribe to the doctrines of communism he would refuse to let »this kind of pressure« force him to make a denunciation of something which he had never embraced.

Reminded that current public opinion was highly intolerant of fence-straddling on the communism versus democracy issue, Mann replied that his statements should make his position abundantly clear. In a recent letter to a friend he recalled, he had repeated the often-quoted statement of Erasmus, greatest of Renaissance humanists and theologians who wrote:

»I see that it is my fate to be stoned by both sides while seeking to serve the whole.«

Dok. 22
TB 7. 4. 1951, Anm. 2
Thomas Mann/Eugene Tillinger, Brief und Anwort
in der Zeitschrift ›The Freeman‹

In his article, »Thomas Mann's Left Hand« (the *Freeman*, March 26), Mr. Eugene Tillinger succeeds in proving two things only: 1) His total lack of interest in and utter ignorance of public affairs in this country (or, if he prefers, his utter dishonesty in claiming such ignorance); and 2) his uncanny familiarity, instead, with the writings of the Comintern of which he is not only an avid reader but also a blindly trusting student.

As for 1), Mr. Tillinger assaults me as a backer of the American Peace Crusade, six weeks after the UP announced my withdrawal from that organization. »With amazing consistency,« he also says, »he [Thomas Mann] continues to back every Stalinist organization that carries the word ›peace‹ in it.« This sentence, too, appears in the *Freeman* of March 26 (though it may have been printed as »early« as on March 12) in spite of the fact that on February 12 I publicly stated that I would not henceforth participate in any group activities whatsoever. There follows a reference by your contributor to »a series of lectures« which, he alleges, I delivered last summer »in his [my] native German...« – behind America's back, as it were. Mr. Tillinger does not know, then, that this address (there was only one) was initially given in English to thousands of Americans jamming the University of Chicago's huge Rockefeller Chapel. Nor is he aware of the fact that it was the Centennial issue of *Harper's Magazine* (October 1950) where I chose cowardly to hide my lecture in print.

As for 2), your witch-hunter's religious faith in his »witches« prompts him in effect to accuse me of having lied on two recent occasions:

a) I publicly denied having signed the so-called Stockholm Peace Declaration, whereas according to Mr. Tillinger – according to the Communists, that is – I did sign that document. His main »evidence« consists of a photostat of the declaration's text (French version) apparently bearing my signature. Originally published by French communists, this picture is a primitive forgery, as I am able to prove conclusively – though not within the framework of a 600 word rebuttal. Suffice it to state that Mr. Tillinger accepts as fact a childish piece of French Communist propaganda against the solemn word of an American citizen such as myself – a liberal, in truth, of some repute who never in the 75 years of his life has been publicly accused, let alone convicted, of lying.

b) I publicly denied maintaining any relation with the communist-sponsored Second World Peace Congress, and by doing so »gave the impression« that I had »finally seen the light.« »Unfortunately for Mann, however«, cries out the bewitched hunter, »there is documentary evidence to the contrary.« And again he proceeds to serve his readers a chunk of Communist propaganda. I had refused, in a private letter to Mr. Joliot-Curie, either to attend the Congress or in any way to collaborate with that group. My firm refusal was preceded by a few sentences of formal cordiality, assuring the great French scientist of my »respectful sympathy.« His unauthorized attempt to make the most of my refusal by providing *L'Humanité* with the »friendly« part of my private letter may be inexcusable. But what I find despicable is the performance of one who will trust so blindly where he hates so fiercely and who will do so in an effort to smear a man whose integrity at least has never as yet been questioned.

Pacific Palisades, California, 8. 4. 51

Thomas Mann

Mr. Tillinger Replies

Unable to refute my facts or answer my questions, Dr. Mann calls me names and evades my main points. He makes much of the fact that he had resigned from the »American Peace Crusade« before the article appeared. That magazines schedule their articles weeks ahead is apparently unknown to him. He says he stated publicly on February 12 that he »would not henceforth participate in any group activities whatsoever.« But does he deny having backed Communist-inspired »peace« organizations? According to official government documents, he has been affiliated with from 11 to 20 Communist fronts. Has he officially resigned from these Stalinist groups or publicly expressed regret that he ever sponsored them?

In my article I wrote: »In a series of lectures delivered last summer ... in Zurich, Stockholm and other European cities, *as well as in New*

York City, Thomas Mann proclaimed ›humanistic communism‹ as his answer to the world's ills.« Why does he read into my words the implication that he spoke »behind America's back«?

Dr. Mann says he »publicly denied having signed the so-called Stockholm peace declaration.« In his interview with Claude Morgan in *Les Lettres Françaises* (May 18, 1950), he was quoted as saying: »I signed the Stockholm Appeal, because I support every movement whose goal is to further peace.« The Communist press gave this interview a tremendous build-up. At the same time the Communists reproduced the photostat of the Appeal, with Mann's signature, not only in Europe but also in the New York *Daily Worker*.

Five and a half months later, on October 31, 1950, Mann denied to the AP having signed the Appeal, but did not refer to his allegedly forged signature. In *Aufbau*, April 13, 1951, he conceded that the photostat had been known to him for some time, but said he had not thought it interesting enough to look into. He must have known that his silence gave the Communists an opportunity to use his signature for a propaganda campaign throughout Europe. Would he, I wonder, have ignored a similar misuse of his name by Dr. Joseph Goebbels?

Dr. Mann states that in his letter to Joliot-Curie (whose authenticity he does not deny) his refusal to participate in the second (Communist) World Peace Congress was preceded by a formal expression of »respectful sympathy.« He appears to forget that he also expressed his sympathy and respect for Joliot-Curies's co-workers of the »Partisans of Peace,« whose activities were branded by the State Department as »the most concentrated and farflung propaganda effort of the international Communist movement in the postwar period.«

In conclusion I may quote from an editorial published on October 12, 1949 by the *Neue Zeitung* (Munich), official organ of the U. S. High Commission in Germany:

». . . Thomas Mann presents us with the spectacle of a man who can no longer see reality, who abandons the truth, because he has become the prisoner of his ego. We agree with Thomas Mann: he is not a fellow-traveler, he already belongs in a more dangerous category.«

New York City
Eugene Tillinger

Dok. 23
TB 11. 4. 1951, Anm. 3
Alvin Johnson an Thomas Mann mit der Bitte, Hermann Broch für den Nobelpreis vorzuschlagen
New York, 6. 4. 1951

Dear Dr. Mann:

You wrote appreciatively of Hermann Broch, but you had committed yourself to some one else for the next Nobel Prize.

But you are not committed for the following year, are you? And your nomination is equivalent to election. May I beg a few words, not committing yourself, to be sure, for your position is too responsible for commitments, but expressing an opinion that the prize for the later year could hardly do better than Broch.

You are a great genius, Dr. Mann, and a genius, in common experience, is a man who has outgrown his heart. When I read you, I doubt that your heart was ever aborted, authentic as your genius is. Therefore I dare to appeal to you.

Hermann Broch is in hospital, with coronary complications. He is gravely, profoundly discouraged. In his pathologic pessimism he is sure that you will never consider him worth your backing.

But Hermann Broch is a genius, too. Next after you, Dr. Mann, do you know any living writer who answers so truly the qualifications of genius? If you do, please share your knowledge with me, that I may add another star to the small but brilliant gallaxy.

I have just read what Hermann Broch depreciates as an unimportant book, *Die Unschuldigen*. It is not on the whole a great book. But no one but a genius could have conceived it.

And so I repeat my appeal: a word from you for Hermann Broch. It may not check the progress of coronary degeneration, but it can lift the cloud of cosmic discouragement.

Sincerely,
Alvin Johnson

Dok. 24
TB 11. 4. 1951, Anm. 3
Thomas Mann an Alvin Johnson
Pacific Palisades, 18. 4. 1951

Dear Dr. Johnson:

I have read your letter over and over again. Here is my reply:

I do not like too much open-handedness in the use of the word »genius«, particularly in reference to myself. It is almost with impatience that I reject such appellation. As an artist, I was not without courage, but in my deepest heart I have always been a modest person whose best and most fruitful gift was the power of admiration which made it possible for me to learn. Now as in my youth, I am looking up to the truly great creations of the past which I see high above my own, and which alone deserve the name of »genius«. Even the remotest connection with these stars is meritorious. It creates a certain intimacy with greatness, such as I have expressed in my Goethe novel. But my self-esteem had enough sense never to go beyond the »Anch'io sono pettore«.

It is doubtful to me whether greatness and genius exist at all at the present time. Even in our most fortunate moments, we all have but a trace of it. And here, perhaps above all others, I think of our friend Hermann Broch. From my previous letter you know the high esteem in which I hold him. He is a noble and prolific thinker and a frequently auspicious poet. His »Schlafwandler« is an admirable work, and I consider his »Vergil« one of the most extraordinary and profound experiments ever to have been undertaken with the flexible medium of the novel. When occasionally expressing this opinion publicly, I encountered much frowning opposition, even from people who should have had more understanding. How, they asked, could I praise his books? Abstruse and sophistical, they called them, almost impossible to read. I remained firm in my conviction, and shall always come out for this conviction and for our important contemporary, – of that both you and Broch may be assured.

I am deeply grieved to learn that Broch is ill and discouraged by his illness. I also regret that his condition leads him to believe »I never will consider him worth my backing«. What hypochondria! Good heavens, I am sure I need his »backing« more than he does mine. He belongs with those minds upon whose good opinion we base our belief in ourselves and in the benign judgement of posterity. But now we are concerned with the backing of his candidacy for next year's Nobel prize. How could I refuse it? You are exaggerating, indeed, when you say that »my nomination is equivalent to election«. My influence is by no means strong enough to persuade the committee in Stockholm to give the prize to an intellectual figure that is probably quite foreign to them and which it may not consider to be sufficiently world-renowned and acknowledged as to be suitable for the honor. This board never had the ambition to *establish* a world reputation; its task, rather, seemed the confirmation and crowning of an already existing one. Too narrow a goal, maybe. But then the board never set out to surprise the world nor did it ever consider it the purpose of the prize to assist needy writers financially.

In certain scholarly American circles, Broch enjoys great respect. He was awarded several fellowships, as well as the title of Poet Resident of Yale, and as he could not live on that, he was also given a lectorship. To the broader public, his name has an esoteric quality that inspires reserve and, I am afraid, is not encouraging to the Stockholm committee. Bearing in mind that Joyce and Kafka passed away without receiving the prize, one dares hardly hope for it in Broch's case. Altogether the »pride« of us Nobel prize winners is greatly dampened by the thought of who did *not* get it. Certainly the by-passing of Broch (or at least a delay in his choice) would be more excusable than is the omission of Ibsen, Strindberg and Tolstoy. In the opinion of the Swedish trustees, the outline of Broch's stature may not yet be sharp and distinct enough to assure them of world-wide approval in case of his selection. Much of what he has to say to mankind is still buried within himself, it has not yet completely ripened, not yet become fully audible and penetrated the consciousness of the world. His readers and admirers form an elite – and the judges in Stockholm are not used to basing their decisions on the opinion of an elite.

Despite all this, I think it possible that the energetic intervention by an American group of prominent scholars might make an impression on the Stockholm board. As for myself, I am so thoroughly convinced of the important place his two chief works, and particularly his »Vergil« are occupying in the history of literature of whose development they are representative, that I would not exclude myself from such an action because of any faint-heartedness. My name, dear Dr. Johnson, is at your disposal when you and the other American friends of Hermann Broch will appeal to the Stockholm Prize Committee for next year's Nobel Prize.

Very sincerely yours
Thomas Mann.

Dok. 25
TB 11. 4. 1951, Anm. 3
Alvin Johnson an Thomas Mann
New York, 24. 4. 1951

Dear Dr. Mann:

I am deeply appreciative of your letter of April 18.

I withdraw the unfortunate word »genius«. It is a word I have used so little, in most of my life, that I could not be expected to use it with security. The reason I have avoided the word is that it carries a mystical connotation. I like better the word »seer«. Yet that too carries a confusion of meaning. One sees an object – matter of sense perception. One »sees« a meaning, a Gestalt. Gestalt formation is just as mysterious in small matters as in great.

What distinguishes you among the writers of our day is the tremendous sweep of your Gestalt, the amazing penetrating power of your seer vision.

You mention Ibsen. I have been a passionate admirer of Ibsen for fifty years. I have read him in English, in German and in the original Norwegian. Dare I say that your Potiphar's wife is a greater feat of Gestalt formation than Hedda Gabler or any other heroine of Ibsen?

As a social scientist I have always regarded culture as a web endlessly weaving, with many craftsmen working together, some bungling, most contributing just a few square inches anonymously; some masters achieving greatly, and inspiring activity all about them. Your work has reached deeply into the thought and life of even a resistant economist like me. For that I am profoundly grateful.

Sincerely,
Alvin Johnson

Dok. 26
TB 12. 4. 1951, Anm. 2
Thomas Mann an Atwood H. Townsend. Antwort auf eine Umfrage
Pacific Palisades, 18. 4. 1951

Dear Mr. Townsend:

According to your wish, I am sending you below a list of books which, as you say, I would buy first if my own library were somehow destroyed.

English and American literature:

E. A. Poe, Short Stories.
Walt Whitman, Leaves of Grass.
Melville, Moby Dick.
Thackeray, Vanity Fair.
Meredith, The Egoist.
Joseph Conrad, Lord Jim.

Russian literature:

Puschkin, Stories in Prose.
Gogol, Dead Souls.
Tolstoy, Anna Karenina.
Dostojewsky, The Demons.
Nikolai Lesskow, Tales.
Turgenjew, Fathers and Sons.

French Literature:

Pascal, Pensées.
Voltaire, Candide.
Balzac, Père Goriot.
Les Frères Goncourt: Renée Mauperin.
Prosper Merimée, Tales.
Gustave Flaubert, Education Sentimentale.

German literature:

Grimmelshausen, Simplicius Simplizissimus.
Goethe, Wilhelm Meisters Lehrjahre.
Adalbert Stifter, Bunte Steine.
Schopenhauer, Die Welt als Wille und Vorstellung.
Nietzsche, Jenseits von Gut und Boese.

Gottfried Keller, Der gruene Heinrich.
Theodor Fontane, Effi Briest.
Freud, Totem und Tabu.
Knut Hamsun, Pan, Victoria, two short novels.
Hans Christian Andersen, Fairy Tales.

Sincerely yours
Thomas Mann.

Dok. 27
TB 13. 4. 1951, Anm. 2
Thomas Mann an Edgar Kirsch
Pacific Palisades, 14. 4. 1951

Sehr geehrter Herr Doktor Kirsch,

Für Ihren Brief vom 6. März sage ich Ihnen ohne Aufschub, mit wendender Post, den freundlichsten Dank. Er hat mich gestern erreicht, hat also volle fünf Wochen gebraucht für seine Reise, und nun muss sich zeigen, ob meine Antwort, wenn ich sie per Luftpost schicke, rechtzeitig zu Ihrer schon auf den 27. und 28. dieses Monats angesetzten Landeskonferenz bei Ihnen eintrifft. Wenn das freundliche Vorhaben, mich in das Ehrenpräsidium der Konferenz zu wählen etwa unterdessen schon ausgeführt ist, so musste es ohne meine Zustimmung geschehen, die ich als ein Emigrant, der seit vielen Jahren von Deutschland weit entfernt lebt und einem Lande von äusserst gespannter und reizbarer politischer Atmosphäre angehört, nicht in der Lage bin zu gewähren.

Meine guten Wünsche für einen harmonischen und ergebnisreichen Verlauf der Landeskonferenz Ihres Kulturbundes werden Sie also zur Zeit erreichen. Es kann wohl nicht fehlen, dass die Erhaltung des Friedens ein oder das Hauptthema Ihrer Gespräche sein wird. Denn die Begriffe Kultur und Frieden hängen ja nah zusammen, und die moralischen und geistigen Zerstörungen – von den physischen zu schweigen –, die ein neuer Krieg anrichten würde, sind unausdenkbar. Darum ehrt es mich, dass Sie auch in mir einen Verfechter der Sache des Friedens, der Freiheit und des sozialen Fortschritts sehen, und ich kann Sie nur versichern, dass ich immer nach meinen besten Kräften dieser Sache zu dienen versuchen werde.

Ihre Nachricht von der Benennung des Gebäudes, in dem die Landesleitung Sachsen-Anhalt ihren Sitz hat, und von dem Namen, den die Schule Wengelsdorf sich wählte, freut mich aufrichtig. Mehrere Schulen der Deutschen Demokratischen Republik haben sich letzthin in diesem Sinne an mich gewandt, und ich habe ihnen immer meine dankbare Zustimmung erteilt.

Ebenso war ich ergriffen von den Ehrungen, welche die Stadt Berlin, die Deutsche Akademie und der Kulturbund dem Andenken meines verewigten Bruders Heinrich erwiesen haben an dem Tage, an dem er 80 Jahre alt geworden wäre. Ich habe, als ich davon erfuhr, eine Botschaft nach Berlin geschickt, die hoffentlich rechtzeitig zu den Feierlichkeiten am 27. März eingetroffen ist.

Mit den besten Wünschen und Grüssen
Ihr sehr ergebener
Thomas Mann

Dok. 28
TB 15. 4. 1951, Anm. 2
Thomas Mann an Hans Joachim Mette
Pacific Palisades, 15. 4. 1951

Sehr geehrter Herr Dr. Mette,

recht vielen Dank für Ihre schöne, grundgelehrte Abhandlung, die mich bereichert und mir Freude gemacht hat. Denn natürlich muss es mich freuen, mich auf so geistreiche Weise in eine weitläufigste abendländische Tradition eingeordnet zu sehen. Tatsächlich fühle ich mich als Traditionalist und als ein Spätgekommener, dem es zufällt und dem es gefällt, hundertmal erzählte Geschichten zum letzten Mal, abschliessend, sozusagen, und endgültig zu erzählen: so die Josephsgeschichte, die Faust-Sage und kürzlich die Gregorius-Legende. Wirklich glaube ich nicht, dass nach mir noch einmal jemand diese Geschichten erzählen wird. Das ist weniger anmasslich als melancholisch gemeint. Oft habe ich das Gefühl, dass unsere gegenwärtige höhere Literatur nichts anderes ist, als das Resümee einer langen abendländischen Vergangenheit, rasch noch, bevor die Nacht einfällt, die Barbarei, vielleicht ein langes, tiefes Vergessen. Ich habe Spengler, den bösen Oberlehrer nie gemocht, aber vieles Kommende hat er schon richtig, wenn auch mit selbstgefällige[r] Schadenfreude gesehen.

Mit verbindlichem Gruss
Ihr sehr ergebener
Thomas Mann

Dok. 29
TB 15. 4. 1951, Anm. 3
Bericht der ›New York Times‹ vom 11. 4. 1951, 15:1: »Mann Again Denies He is a Communist«. Untertitel: »Says Article by an Accuser Appeared After He Quit Peace Crusade Group«.

Thomas Mann denied yesterday he is or ever has been a Communist. He also said he is not, and never could be, a fellow traveler, »as long as the destination is totalitarianism«.

The German-born novelist, now an American citizen, made his denial in a statement given to Aufbau, a German-American magazine published here.

Mr. Mann specifically denied charges of Communist-front activities contained in an article by Eugene Tillinger published in the Freeman, a weekly magazine on March 26.

»Mr. Tillinger did not know on March 26«, Mr. Mann wrote, »that on Feb. 12 I had publicly resigned from the American Peace Crusade, to which I belonged for a few days. Thus one of my most incriminating Communist-front activities consists in holding on to a group which lists a great many good and liberal Americans among its members in addition to a few allegedly Communist sponsors.«

The novelist protested against being charged by Mr. Tillinger with two instances of untruthfulness in previous denials of specific charges of front activities.

In the first instance, Mr. Mann yesterday repeated previous denials that he had signed his name to last year's Stockholm Peace Appeal, despite The Freeman's publication of a photostatic reproduction of a

French version of the document with his signature. The Stockholm Peace Appeal has been denounced by the State Department as a Communist propaganda trick.

In the second instance, he repeated denials of having taken part in the Soviet sponsored Second Congress for World Peace »in any way or sense whatever«. Referring to a clipping from ›L'Humanité‹, French Communist publication, which quoted parts of a private letter from Mr. Mann to Prof. Frederic Joliot-Curie, French Communist, and what was mentioned by Mr. Tillinger, Mr. Mann said these excerpts were »misleading« and designed merely to »soften« his refusal to take part.

Replying to Mr. Mann's statement, Mr. Tillinger said:

»Every word I wrote came from original sources in interviews and statements by Thomas Mann in European papers and I have the originals in my possession. The photostatic reproduction of his signature was taken from an illustrated article published by The Daily Worker, the New York Communist publication, on May 30, 1950. This was also published in the French Communist press, but Mr. Mann did not deny it at that time.«

Miss Suzanne La Follette, managing editor of The Freeman, said the magazine was backing up Mr. Tillinger and was satsified both with his material and the way he had used it.

Dok. 30
TB 21. 4. 1951, Anm. 1
Begleitbrief Thomas Manns an Manfred George, eine Erwiderung auf die Angriffe von Eugene Tillinger betreffend
Pacific Palisades, 21. 4. 1951

Lieber Herr Manfred George:

Hier ist das Angekuendigte. Lassen Sie mich hoffen, dass es Ihnen moeglich sein wird, es zur Gaenze zu bringen. Wie telegrafisch bereits vermerkt, liegt mir sehr an dieser Arbeit, die, selbst, soweit sie scheinbar nur Herrn Tillinger betrifft, den ganzen Typus meint und, scheint mir, »erledigt«. Und ueberdies: unserem Freund nochmals zu erwidern, ohne beizufuegen, was mir im Augenblick auf den Naegeln brannte, schien mir zu viel der Ehre fuer jenen. Auch nutze ich gern die Gelegenheit, ein paar Worte »zur Lage« zu sagen. Ich weiss, dass ich Ihnen und dem »Aufbau« etwas zumute mit dieser Sendung. Wo aber irgend moeglich, lassen Sie sich die Zumutung nicht verdriessen und drucken Sie von A bis Z. Fuer den mir unwahrscheinlichen Fall, dass Sie trotz rechtzeitiger Benachrichtigung voellig ausser Stande sind, mir den noetigen Raum zur Verfuegung zu stellen, rufen Sie bitte an.

In zwei unwesentlichen Punkten bin ich meiner Sache nicht ganz sicher. 1.) Trifft es zu, dass, wie ich glaube und schreibe, auch *nach* dem Austritt Rex Stouts Tillinger »sich noch eine Weile festgehalten«? Sollte ich irren, so hiesse auf Seite 3 der betreffende Satz einfach: ». . . Rex Stout verliess sie, und unser Freund sah ein, dass er sich nach einem anderen Auskommen umtun muesse.«

2.) Auf Seite 6 zitiere ich T., wie er mich zitiert: »I naturally *assured* . . .« Hat er das defacto geschrieben, oder handelt es sich hier vielleicht um einen dem Aufbau beim Kopieren unterlaufenen Tippfehler? Im letzteren Falle traete die Klammer in Kraft, wie ich sie angegeben. Die Stelle hiesse dann: »Was er sonst noch hier absondert, ist nicht appetitlicher. Zeter und Mordio . . . etc.« (kein Absatz nach »appetitlicher«!) Steht aber »assured« in T.'s Manuskript, so bitte ich, hier – wie im uebrigen – nichts zu aendern.

Ich bin Ihnen wirklich dankbar.

Ihr sehr ergebener
Thomas Mann.

P. S. Der »Freeman« hat meinen »Letter to the Editors« zunaechst ueberhaupt nicht beantwortet, um schliesslich, vor ein paar Tagen, meinem Anwalt auf telegrafische Anfrage telegrafisch zu bedeuten, er sei bereit, von den etwa 1250 Worten, die ich eingesandt, ein Maximum von 600 Worten aufzunehmen. Diese Nachricht erreichte mich so spaet, dass die gekuerzte Fassung, wenn ich sie denn hergestellt haben werde, keinesfalls mehr in die Ausgabe vom 23. April (schon sie die uebernaechste nach derjenigen, die den Angriff enthielt), und wahrscheinlich nicht einmal in die folgende gelangen wird. Durchaus also »covere« ich mit Beiliegendem nicht ein »field«, das bereits im »Freeman« beackert worden waere.

Dok. 31
TB 21. 4. 1951, Anm. 1
Ungedruckte Replik Thomas Manns auf Angriffe
von Eugene Tillinger (Entwurf)

Gut, ich lege noch einmal meine Arbeit beiseite, um mit Herrn Tillinger, dem großen amerikanischen Patrioten und Moralisten [geändert aus ›politischen‹ Pu⟨blizisten⟩] zu korrespondieren. Vergnügen macht es mir nicht, es ist mir sogar recht [geändert aus ›ein bißchen‹] widerlich. Auch gehe ich kaum fehl in der Annahme [geändert aus ›könnte ich mir denken‹], es sei den Herausgebern dieses Blattes ein bißchen peinlich, daß gerade ein deutscher Jude es ist, der ihnen und mir diese Unbequemlichkeiten bereitet. Es ist ja nicht unbekannt, daß ich Israel immer gut war, daß ich, was Hitler-Deutschland diesem Stamm [Änderungsvorschlag Erika Mann: ›Volk‹] angetan, hundertmal als eine Menschheitsschande gebrandmarkt und alles getan habe, was in meinen Kräften stand, dem einzelnen Opfer zu helfen, es zu retten, ihm neue Lebensmöglichkeit zu bereiten. [Einschub, stark und wiederholt korrigiert, von E. M.: unleserlich bis auf einzelne Worte wie ›Committee for the Protection of the Foreign Born‹ oder ›ein Mitbegründer von‹ und ›Mitglied des Emergency Rescue Committee 1940‹, die darauf schließen lassen, daß hier die Organisationen aufgelistet werden sollten, in denen TM in Sachen Judenrettung tätig war.] Ich war ein Mitbegründer und höchst aktives Mitglied des Emergency Rescue Committee von 1940, das nach dem Falle Frankreichs zahllosen am Leben bedrohten Emigranten in die Vereinigten [von E. M. ergänzt: ›Staaten‹] herüberhalf. Vielleicht, wer weiß, bin ich direkt oder indirekt schuld daran – ich wollte sagen: Darf ich mir das Verdienst daran zuschreiben, daß Amerika überhaupt diese geistige Leuchte, [geändert aus ›Schreibkraft namens‹] Tillinger genannt, gewann. Aber gleichviel. Jedenfalls ist er nun da und bekämpft den Kommunismus, – also vor allem mich.

Oder bekämpfe ich ihn? Wenn man ihn liest, so sieht es so aus. ›Der Angriff Thomas Manns gegen mich‹, schreibt er. ›Ich werde in einem Brief T. M.s im ‚Aufbau' in der schärfsten Weise angegriffen.‹ Wie ist das? Wer hat wen angegriffen, wer gegen wen einen moralischen Mordversuch unternommen? Wer ist die Kröte, die, in ihrer Winkel-Redaktion hockend, ihr organisches Gift absondert gegen einen Menschen, der sein ganzes, langes, von Vielen wert gehaltenes Leben lang nichts anderes getan hat, als in Kunst und Leben nach dem Wahren und Rechten zu streben und in Heiterkeit und Ernst seinen Mitmenschen ein Gutes zu tun?

Es ist Herr Eugen Tillinger, der seit er ›rescued‹ ist, seinem Vornamen ein ur-amerikanisches e angefügt hat und nun also Jutschien heißt. [von E. M. geändert in: ›(rescued ist,) Missionen für sich entdeckt hat‹ ⟨verb. aus ›Talente in sich entdeckt hat‹⟩, ›von dem er sich bisher nichts träumen ließ. In Berlin, höre ich, war er‹] Früher einmal, höre ich, war er in Berlin etwas wie ein journalistischer Laufjunge der Theater-Brüder Rotter, nicht sehr geachtet in seiner Sphäre. Von Gesinnungen, die er im Busen hegte, hat nie jemand etwas vernommen [geändert aus: ›gemerkt‹]. Er half sich durch, -- und das tut er auch hier. Jahre lang war er von dem ›Committee to prevent World War III‹ dafür angestellt, in Deutschland [von E. M. eingefügt: ›auch nach seiner Niederlage noch‹] den Weltfeind No. 1, den einzigen Bedroher des Völkerfriedens zu sehen, für den er damals sein edles Herz schlagen ließ. Schließlich ging das nicht mehr. Deutschland rückte ja in eine ganz andere Rolle ein, die Stellung der Zeitschrift wurde schief, Rex Stout verließ sie, und nachdem unser Freund sich noch eine Weile festgehalten [die Worte ›nachdem‹ und ›sich noch eine Weile festgehalten‹ sind von E. M. gestrichen], sah er ein, daß er sich nach einem anderen Auskommen umtun müsse.

Er fand es im Lager der ordinärsten Russenfresserei und der Kommunistenhatz, der Gesinnungsspionage und Denunziation, der niederträchtigen Beschmierung eines Jeden, der überhaupt einen Gedanken im Kopfe hat und fähig ist, sich Sorgen zu machen um das Schicksal dieses Landes, um sein moralisches Ansehen in der Welt, um seine zweifelhaften Freundschaften, um den Weg, auf dem es, nicht ohne eigene tiefe Sorge, vorwärtsgetrieben wird, und auf dem nicht allzu harte Prüfungen es erwarten mögen [geändert aus: ›und von dem man nur hoffen kann, daß es nicht zu den furchtbarsten Prüfungen führen möge‹]. Er fand, sage ich, seinen Unterhalt als Lehrling bewährter und durch Bewährung zu Ansehen gelangter Mc.Carthy Methoden, lernte fast mühelos, wie eine amerikanische Smear-Campaign zu führen ist, konnte ›files‹ anlegen über des Nachdenkens Verdächtige, um mit Hilfe von Zeitungsausschnitten ›dokumentierte Artikel‹ zu schreiben und damit dem Un-American

Committee als Zutreiber und informer zu dienen. [ab ›damit‹ von E. M. geändert: ›Denunzianten-und Informer-dienste zu tun!‹] Il faut vivre, parbleu. Ich will ihm aber Eines sagen. Ich habe es auch gar nicht so leicht, wie er denkt, mir in diesem Land mein Brot zu verdienen. Aber lieber würde ich Teller waschen oder betteln gehen, als das Gewerbe zu betreiben, das er sich erwählt hat [geändert aus: ›das schändliche Gewerbe zu treiben‹, dann: ›als mich dem schändlichen Gewerbe zu ergeben, dem er sich ergeben hat‹, dann: ›als dem schändlichen Gewerbe, dem er sich ergeben hat, nachgehen‹].

Seine Verteidigung hier gegen meinen ›Angriff‹ ist ein wirres Gestümper, in das er unschicklicherweise Teile eines Briefes hineinzieht, den ich an seinen Brotgeber, den ›Freeman‹, gerichtet habe. Von diesem Brief, der als Ganzes wohl selbst für die Leser des Freeman allzu auffällig gegen Tillinger und seine Dokumentierungen gesprochen hätte, will das Blatt notgedrungen 600 Worte drucken, – während der ›Aufbau‹ generös genug ist und die journalistische Gewissenhaftigkeit so weit treibt, Tillingers elendem analphabetischem [geändert aus ›inferiorem‹] Quark Raum zu opfern [geändert aus: ›den Absonderungen Tillingers von Anfang bis zu Ende‹, oder: ›der Prosa Tillingers von ihrem elenden Anfang bis zu ihrem unverschämten Ende Raum zu opfern‹]. Was aus seiner ›Antwort‹ hervorgeht, ist nichts, als daß ich den gegen mich frech erhobenen Vorwurf der Lügenhaftigkeit mit Recht zurückgewiesen habe. Es bleibt bestehen, daß ich das Stockholmer Friedensmanifest nicht unterschrieben habe – zufälliger Weise meinetwegen; denn ich hätte es ebensogut unterschreiben können, wie Millionen von Amerikanern und Europäern es unterschrieben haben, da sein Text es jedem Bischof und jedem Atom-Physik-Professor erlaubte, ihn zu unterschreiben. [gestr.: ›Es bleibt bestehen‹] Ich tadle wahrhaftig niemanden, der es unterschrieben hat, tu' es so wenig wie Papst Pius XII, der am 23. Februar im ›Osservatore Romano‹ schreiben ließ: ›Es ist kein Unterschied, oder doch zum mindesten kein wesentlicher, zwischen dem Frieden, den die Bewegung der Friedenspartisanen fordert, und dem Frieden, nach dem die Katholiken streben. Niemand kann leugnen, daß zwei Bewegungen bestehen können, die, von zwei Straßen zum gleichen Ziel führend, den allgemeinen Frieden ohne Hintergedanken, ohne Einschränkung zu verwirklichen versuchen. Die Kirche hat keinerlei Interesse an einem Krieg. Ebensowenig wie er den Triumph des Katholizismus, des Christentums und der Religion sichern würde, ebensowenig würde ein Krieg den Kommunismus vernichten... Alle wahrhaften Freunde des Friedens, mögen sie sich nun auf der einen oder der anderen Straße bewegen, werden gemeinsam zum Ziel gelangen.‹ – Evviva il papa – re!

Es bleibt bestehen, daß ich die Teilnahme am zweiten, von Kommunisten einberufenen Weltfriedenskongreß abgelehnt habe, im Gegensatz zu den Worten Herrn Tillingers: ›Unfortunately for Mann however there exists documentary proof to the contrary.‹ Dieser documentary proof besteht in dem Ausdruck natürlicher Ehrerbietung [von E. M. in ›Hochachtung‹ geändert], die ich den politischen [von E. M. gestr.] Überzeugungen eines großen französischen Gelehrten darbringe und dem uneigennützigen, opfervollen Eifer, mit dem er ihnen dient. [Die beiden letzten Absätze sind von E. M. gestrichen und wie folgt ersetzt: ›Es bleibt bestehen, daß ich – wie die Antwort de facto gelautet haben mag, die ich M. Claude Morgan auf seine Fallfragen (?) gegeben habe, die er mir im Hotel zur Unterschrift vorgelegt hatte, daß ich das Stockholmer Friedensmanifest nicht unterschrieben habe, ganz einfach weil ⟨gestr. ›wie die Dinge liegen‹⟩ der Sache des Friedens mit ›peace appeals‹ kommunistischer Provenienz in diesem Lande nicht gedient ist. Es bleibt bestehen, daß ich es – wie im Falle der Stockholmer Deklaration – aus guten, wohlüberlegten Gründen abgelehnt habe, mit dem zweiten, von Kommunisten einberufenen Weltfriedenskongreß das geringste zu tun zu haben, – im Gegensatz zu den Worten Herrn Tillingers ⟨folgt das Zitat⟩. Diese ›documentary evidence‹ besteht in dem Ausdruck natürlicher Hochachtung, die ich den Leistungen eines großen französischen Gelehrten entgegenbringe und dem uneigennützigen opfervollen Eifer, mit dem er ihnen dient.‹]

Bestehen bleibt ferner (worauf ich neulich aus Zeit- und Raummangel die Sprache nicht bringen konnte), daß ich den Vortrag ›Meine Zeit‹ (The Years of my Life), worin ich mich von allem Totalitarismus grundsätzlich distanzierte, aber dem Frieden zwischen den beiden ›gutmütigen Riesen‹ Amerika und Rußland im Namen ihrer so vielfach verwandten Menschlichkeit das Wort redete, *nicht*, wie Tillinger seinen armen Lesern vorgemacht hat, hinter dem Rücken Amerikas, heimlich, nur ›in my native German‹ vor deutschen, schwedischen und schweizerischen Zuhörerschaften gehalten, sondern ihn zuerst vor einem tausendköpfigen amerikanischen Publikum, das die ›Rockefeller Chapel‹ der Universität Chicago füllte, in englischer Sprache vorgetragen und ihn dann in der Hundertjahr-Jubiläumsausgabe von Harper's Magazine veröffentlicht habe. Gegen besseres Wissen fügt der mordlüsterne Denunziant zum Vorwurf der Lüge den der Feigheit und einer Heimtücke, die seine Sache, nicht meine ist.

Er schwindelt erbärmlich [verb. aus ›Es ist ein erbärmlicher Schwindel‹], wenn er behauptet, er habe bei seinen Anwürfen auf meinen längst verkündeten Rücktritt von der zum Scheitern verurteilten ›American Peace Crusade‹ keine Rücksicht mehr nehmen können. Aus seinem eigenen Gestammel geht hervor, daß er volle vier Wochen Zeit hatte, sein Manuskript mit den Tatsachen in Einklang zu bringen; und da überdies meine Austrittserklärung mit der weiterreichenden [verb. aus ›allgemeineren‹] verbunden war, ich sei entschlossen, mich in Zukunft überhaupt an keiner Kollektivaktion mehr zu beteiligen, nichts mehr zu unterschreiben [von E. M. in ›co-signieren‹ geändert], für nichts mehr den sponsor abzugeben, sondern in eigenem Namen zu sagen, was ich etwa zu sagen habe, und was zu sagen noch möglich ist, nur noch auf eigene Hand tun, so war seinem Geschmier [verb. aus: ›dem Geschmier des Tillinger‹] überhaupt der Boden entzogen, – was ihn nicht hinderte, es drucken und sich dafür bezahlen zu lassen.

Was er sonst noch hier absondert, ist nicht appetitlicher [verb. aus ›wohlriechender‹]. Er läßt mich sagen: ›When a French journalist asked me ‚why' I had endorced [!] a peace appeal drawn in Stockholm ... I naturally *assured* that I had done so.‹ Das ist Eutschiens [verb. aus ›Tillingersches‹] Englisch. Kein Mensch sagt ›I assured that‹. Ich habe geschrieben ›I *assumed* that I had done so.‹ Ein kleiner Unterschied, ein kleiner Lesefehler, eine kleine Verdrehung [verb. aus: ›Fälschung‹]. Und eine leise Mahnung [verb. aus: ›kleine Warnung‹] zur Vorsicht im Umgang mit Tillinger'schen Dokumentierungen.

Zeter und Mordio, sagt er, hätte ich schreien müssen, als mir die Photo-Montage zu Gesichte kam, die mich (in einem vorjährigen Anzug) zeigt, wie ich, ausgerechnet in Paris, ausgerechnet die französische Fassung des Stockholmer Friedensmanifestes unterzeichne [verb. aus: ›unterschreibe‹] – mit einem hastigen Krickel-Krackel von Namenszug [verb. aus ›Unterschrift‹], wie man ihn nach einer Vorlesung, um wegzukommen, rechts und links auf vorgehaltene Autogrammzettel wirft, wie ich ihn aber *nie* als Unterschrift unter ein mir wichtiges Dokument setzen würde [verb. aus: ›aber nicht als Unterschrift unter ein wichtiges Dokument setzte‹]. Das Bild ist eine kindische [verb. aus: ›offenbar recht liederliche‹] Fälschung, ja! [Erg. von E. M.: ›und gewiß weder die erste noch die letzte, die aus eurer Ecke kommt, in der jedes Mittel als durch den Zweck geheiligt gilt‹] Photographien [von E. M. geändert in ›Faked photos‹] sind keine kommunistische Spezialität; sie kommen in den feinsten und reinsten, gegen alle Korruption gefeiten [geändert aus: ›von aller Korruption absolut freien‹] Demokratien vor. In Amerika, habe ich sagen hören, werden gelegentlich [verb. aus: ›zuweilen‹] Senatswahlen damit gewonnen [gestr.: ›werden‹]. Die Amerikaner scheinen sich nicht besonders darüber aufzuregen. ›That's one of those things‹. Und ich soll mich aufregen über ein Ding, das westeuropäische Kommunisten gedreht haben, wenn ich [Erg. E. M. ›viele‹] Monate nach frischer Tat, durch puren Zufall seiner in Form irgend eines ostdeutschen Zeitungsausschnittes gewahr werde – zu einem Zeitpunkt also, wo ich die darauf dargestellte Handlung längst dementiert habe? Es hätte den Tillingers und Killingers, es hätte der ganzen War lobby so passen können, wenn ich [Erg. E. M.: ›gellend‹] losgelegt, Oel ins Feuer gegossen [gestr. ›die Kommunisten in aller Welt als eine große Fälscherbande gebrandmarkt‹ ⟨verb. aus: ›verschrieen‹⟩] und zum Kreuzzug der Unschuld [von E. M. in ›Tugend‹ geändert] mit Atombomben gegen das Höllenreich aufgefordert hätte, das mich darstellt, wie ich ein Dokument unterschreibe, [gestr.: ›das ich ebensogut wirklich hätte unterschreiben können‹] [Erg. E. M.: ›das Millionen ⟨Hinweis auf ›S. 3‹ TM-Text⟩ von Amerikanern und Europäern unterschrieben haben, da sein Text‹ . . . usf.]. Ich habe ihnen den Gefallen nicht getan – was Killinger eine ›unentschuldbare Nachlässigkeit‹ nennt. Es war das Gegenteil von Nachlässigkeit. Es entsprang dem festen Entschluß, mich weder durch die Dreckwürfe inferiorer Domestiken des Hasses noch durch die primitiven Plumpheiten der Kommunisten, die törichte Strapazierung, die sie meinem Namen zufügen, aus meiner freien, persönlich-menschlichen Position auf die Seite der Faschisten und Kriegshetzer drängen zu lassen.

Tillinger hat zum Schlusse die Unverschämtheit, mir eine Reihe inquisitorischer Fragen zu stellen, mit denen er mich zu ›fangen‹ gedenkt. Sie lassen sich alle auf die eine zurückführen: ›Bist du bereit, dich [gestr.: ›blind, taub und stumm‹ und ›einem Gesinnungs-‹] mit Haut und Haar, blind, taub und stumm einem politischen Konformismus zu unterwerfen, wie wir Rohlinge ihn von jedem [gestr.: ›freien‹] verlangen, der nicht von uns vor die Fehme geschleppt, des Verrats überführt und mitsamt den Seinen in den Hungerturm gestoßen sein will? Auf diese Fragen antworte ich – nicht ihm, aber den Lesern dieses Blattes, dem Lande und der ganzen Welt mit einem runden *Nein*. Nein, ich bin nicht gewillt, mich zum Sklaven eines Konformismus zu machen, der nur in terroristischen Diktaturstaaten, und auch dort nur dem Oberflächenschein nach, möglich ist, nicht aber in einem noch freien Lande, dessen Verfassung seinen Bürgern noch heute Gedankenfreiheit gewährleistet. Ich behalte mir vor, mich über die Kulturkrise und Endzeit, in die wir ›geworfen‹ sind, über den Zustand unserer spätkapitalistischen Gesellschaft und das relative historische Recht, das dem [gestr. ›revolutionären‹] Sozialismus gegen sie zukommen mag, meine eigenen Gedanken zu machen. Ich behalte mir vor, mich zu fragen [verb. aus: ›mir Gedanken darüber zu machen,‹ und ›daran zu zweifeln‹], ob uns das unabsehbare und zehrende Koreanische Abenteuer wirklich ›aufgezwungen‹ war [gestr.: ›und daran, daß‹ und ›darüber ob‹], ob Rußland uns wirklich zu überfallen und zu ›zerstören‹ beabsichtigt, da es doch sehr angestrengt [verb. aus: ›stark‹] mit seinem inneren Aufbau beschäftigt, jede Gelegenheit dazu verstreichen läßt und auch angesichts unserer ungeheueren Rüstungen an einen Vorbeugungskrieg nicht zu denken scheint. [Von ›Ich behalte mir vor, mir über die Kulturkrise ...‹ bis zum Ende des letzten Satzes: ›... nicht zu denken scheint‹ von E. M. gestrichen und durch folgenden Text ersetzt: ›Ich behalte mir vor, mir meine eigenen Gedanken zu machen über Kulturkrise und Endzeit, in die wir ›geworfen‹ sind, über den Zustand unserer spätkapitalistischen Gesellschaft und das relative historische Recht, das dem revolutionären Sozialismus gegen sie zukommen mag. Von dem steht nirgends geschrieben, daß er im Westen Formen annehmen werde, wie die russische Geschichte weit eher als die sozialistische Idee sie im Osten gezeitigt.‹] Ich behalte mir vor, denjenigen für einen schlechten Amerikaner zu halten, der diesem Lande und seinem grundguten, tief beunruhigten Volk nicht von Herzen wünscht, es möchte ihm vergönnt sein, ›freedom and happiness‹ mit anderen Mitteln in der Welt zu verbreiten, als mit jellied Gasoline-Bomben und der Austilgung ganzer Bevölkerungen; [gestr. ›jeden, der vielmehr‹ und ›sondern der‹] an der gesunden Vernunft eines jeden zu zweifeln, der glaubt, Amerika sei von Gott beauftragt, den Erdkreis in Asche zu legen, nur, um den Kommunismus darauf zu vertreiben. Was diesen betrifft, [Erg. E. M.: ›so bin ich nicht ohne leidendes Gefühl für das Schaurige seiner gegenwärtigen Verwirklichung. Und doch habe ich in der Tat einmal gesagt‹] so habe ich tatsächlich einmal gesagt, daß schwerlich die Zukunft der menschlichen Gesellschaft [Erg. E. M.: ›unter einer Weltregierung etwa‹] ohne kommunistische Züge denkbar – und daß der blindwütige Haß gegen ihn eine große Narrheit sei. Ich tat das, weil ich mir das Recht vorbehalte, mit Goethe zu denken, zu sagen und zu hoffen:

›Laßt alle Völker unter gleichem Himmel
sich gleicher Gabe wohlgemut erfreuen!‹

Dok. 32
TB 21. 4. 1951, Anm. 1
Ungedruckte Replik Thomas Manns auf Angriffe
von Eugene Tillinger (Abgeschickte Fassung)
Pacific Palisades, 21. 4. 1951

Gut, ich lege noch einmal meine Arbeit beiseite, um mit Herrn Tillinger, dem grossen amerikanischen Patrioten und Moralisten zu korrespondieren. Vergnuegen macht es mir nicht, es ist mir sogar recht widerlich. Auch gehe ich kaum fehl mit der Annahme, es sei den Herausgebern dieses Blattes ein bisschen peinlich, dass gerade ein deutscher Jude es ist, der ihnen und mir diese Unbequemlichkeiten bereitet. Es ist ja nicht unbekannt, dass ich Israel immer gut war, dass ich, was Hitler-Deutschland diesem Volke angetan, hundertmal als eine Menschheitsschande gebrandmarkt und alles getan habe, was in meinen Kraeften stand, dem einzelnen Opfer zu helfen, es zu retten, ihm neue Lebensmoeglichkeit zu bereiten. Fluechtlinge vor Hitler waren es vor allem, um derentwillen ich, nicht lange nach meiner Niederlassung hier, dem sehr viel spaeter (am Ende des Jahres 1944) vom »Un-American Activities Committee« als »communist front«

bezeichneten Komitee »for the Protection of the Foreign Born« meinen Namen zur Verfuegung stellte. Ich war ein Mitbegruender und ein hoechst aktives Mitglied des »Emergency Rescue Committee« von 1940, das nach dem Falle Frankreichs zahllosen am Leben bedrohten Emigranten in die Vereinigten Staaten herueberhalf. Vielleicht, wer weiss, bin ich direkt oder indirekt schuld daran – ich wollte sagen: darf ich mir das Verdienst daran zuschreiben, dass Amerika ueberhaupt diese geistige Leuchte, Tillinger genannt, gewann. Aber gleichviel. Jedenfalls ist er nun da und bekaempft den Kommunismus, – also vor allem mich.

Oder bekaempfe ich ihn? Wenn man ihn liest, so sieht es so aus. »Der Angriff Thomas Manns gegen mich«, schreibt er. »Ich werde in einem Brief T. M.s im Aufbau in der schaerfsten Weise angegriffen.« Wie ist das? Wer hat wen angegriffen, wer gegen wen einen moralischen Mordversuch unternommen? Wer ist die Kroete, die, in ihrer Winkel-Redaktion hockend, ihr organisches Gift absondert gegen einen Menschen, der sein ganzes, langes, von Vielen wert gehaltenes Leben lang nichts anderes getan hat, als in Kunst und Leben nach dem Wahren und Rechten zu streben und in Heiterkeit und Ernst seinen Mitmenschen ein Gutes zu tun?

Es ist Herr Eugen Tillinger, der seit er »rescued« ist, Missionen fuer sich entdeckt hat, von denen er sich frueher nichts traeumen liess. In Berlin, hoere ich, war er etwas wie ein journalistischer Laufjunge der Theater-Brueder Rotter, nicht sehr geachtet in seiner Sphaere. Von Gesinnungen, die er im Busen hegte, hat nie jemand etwas vernommen. Er half sich durch – und das tut er auch hier. Jahre lang war er von dem Magazin der »Society for the Prevention of World War III« dafuer angestellt, in Deutschland – auch nach der Niederlage noch – den Weltfeind Nummer 1, den einzigen Bedroher des Voelkerfriedens zu sehen, fuer den er damals sein edles Herz schlagen liess. Schliesslich ging das nicht mehr. Deutschland rueckte ja in eine ganz andere Rolle ein, die Stellung der Zeitschrift wurde schief, Rex Stout verliess sie, und nachdem unser Freund sich noch eine Weile festgehalten, sah er ein, dass er sich nach einem anderen Auskommen umtun muesse.

Er fand es im Lager der ordinaersten Russenfresserei und der Kommunistenhatz, der Gesinnungsspionage und Denunziation, der niedertraechtigen Beschmierung eines Jeden, der ueberhaupt einen

Gedanken im Kopfe hat und faehig ist, sich Sorgen zu machen um das Schicksal dieses Landes, um sein moralisches Ansehen in der Welt, um seine zweifelhaften Freundschaften, um den Weg, auf dem es, nicht ohne eigene tiefe Sorge, vorwaertsgetrieben wird, und auf dem nicht allzuharte Pruefungen es erwarten moegen. Er fand, sage ich, seinen Unterhalt als Lehrling bewaehrter und durch Bewaehrung zu Ansehen gelangter McCarthy-Methoden, lernte fast muehelos, wie eine amerikanische Smear Campaign zu fuehren ist, lernte »files« anlegen ueber des Nachdenkens Verdaechtige, um mit Hilfe von Zeitungsausschnitten »dokumentierte Artikel« zu schreiben und damit Denunzianten- und Informer-Dienste zu tun. Il faut vivre, parbleu. Ich will ihm aber Eines sagen. Ich habe es auch gar nicht so leicht, wie er denkt, mir in diesem Land mein Brot zu verdienen. Aber lieber wuerde ich Teller waschen oder betteln gehen, als das Gewerbe betreiben, das er sich erwaehlt hat.

Seine Verteidigung hier gegen meinen »Angriff« ist ein wirres Gestuemper, in das er unschicklicherweise Teile eines Briefes hineinzieht, den ich an seinen Brotgeber, den »Freeman« gerichtet habe. Von diesem Brief, der als Ganzes wohl selbst fuer die Leser des »Freeman« allzu auffaellig gegen Tillinger und seine Dokumentierungen gesprochen haette, will das Blatt notgedrungen 600 Worte drucken – waehrend der Aufbau generoes genug ist und die journalistische Gewissenhaftigkeit so weit treibt, Tillingers analphabetischem Quark seinen Raum fuer mehr als das Doppelte zu opfern. Was aus seiner »Erwiderung« hervorgeht, ist nichts, als dass ich den gegen mich frech erhobenen Vorwurf der Luegenhaftigkeit mit Recht zurueckgewiesen habe. Es bleibt bestehen, dass ich, wie immer meine Antwort auf die Suggestivfrage des französischen Journalisten woertlich gelautet haben mag, das Stockholmer Friedensmanifest *nicht* unterschrieben habe, – ganz einfach, weil der Sache des Friedens mit »peace appeals« kommunistischer Provenienz in diesem Lande nicht gedient ist.

Es bleibt bestehen, dass ich es – wie im Falle der Stockholmer Deklaration, aus guten, wohlueberlegten Gruenden – abgelehnt habe, mit dem zweiten, von Kommunisten einberufenen Weltfriedenskongress das geringste zu tun zu haben – im Gegensatz zu den Worten Herrn Tillingers: »Unfortunately for Mann, however, there is documentary evidence to the contrary.« Diese »documentary evidence«

besteht in dem privaten Ausdruck natuerlicher Hochachtung, die ich den Ueberzeugungen eines grossen franzoesischen Gelehrten entgegenbringe und dem uneigennutzigen, opfervollen Eifer, mit dem er ihnen dient.

Bestehen bleibt ferner (worauf ich neulich aus Zeit- und Raummangel die Sprache nicht bringen konnte), dass ich den Vortrag »Meine Zeit« (»The Years of My Life«), worin ich mich von allem Totalitarismus grundsaetzlich distanzierte, aber dem Frieden zwischen den beiden »gutmuetigen Riesen«, Amerika und Russland, im Namen ihrer so vielfach verwandten Menschlichkeit das Wort redete, *nicht*, wie Tillinger seinen armen Lesern vorgemacht hat, hinter dem Ruecken Amerikas, heimlich, nur »in my native German« vor deutschen, schwedischen und schweizerischen Zuhoererschaften gehalten, sondern ihn zuerst vor einem tausendkoepfigen amerikanischen Publikum, das die »Rockefeller Chapel« der Universitaet Chicago fuellte, in englischer Sprache vorgetragen und ihn dann in der Hundertjahr-Jubilaeumsausgabe von Harper's Magazine veroeffentlicht habe. Gegen besseres Wissen fuegt der mordluesterne Denunziant zum Vorwurf der Luege den der Feigheit und einer Heimtuecke, die seine Sache, nicht meine ist.

Er schwindelt erbaermlich, wenn er behauptet, er habe bei seinen Anwuerfen auf meinen laengst verkuendigten Ruecktritt von der zum Scheitern verurteilten »American Peace Crusade« keine Ruecksicht mehr nehmen koennen. Aus seinem eigenen Gestammel geht hervor, dass er volle vier Wochen Zeit hatte, sein Manuskript mit den Tatsachen in Einklang zu bringen; und da ueberdies meine Austrittserklaerung mit der weitergehenden verbunden war, ich sei entschlossen, mich in Zukunft ueberhaupt an keiner Kollektiv-Aktion mehr zu beteiligen, nichts mehr »mit« zu unterschreiben, fuer nichts mehr den »sponsor« abzugeben, sondern, was ich etwa zu sagen habe und was zu sagen noch moeglich ist, nur mehr auf eigene Hand und im eigenen Namen zu sagen, so war seinem Geschmier ueberhaupt der Boden entzogen – was ihn nicht hinderte, es drucken und sich dafuer bezahlen zu lassen.

Was er sonst noch hier absondert, ist nicht appetitlicher. Zeter und Mordio, sagt er, haette ich schreien muessen, als mir die Photomontage zu Gesicht kam, die mich (in einem vorjaehrigen Anzug) zeigt, wie ich, ausgerechnet in Paris, ausgerechnet die franzoesische Fassung des Stockholmer Friedensmanifestes unterzeichne – mit einem hastigen Krickel-Krackel von Namenszug, wie man ihn nach einer Vorlesung, um wegzukommen, rechts und links auf vorgehaltene Autogrammzettel wirft, wie ich ihn aber nie als Unterschrift unter ein mir wichtiges Dokument setzen wuerde. Das Bild ist eine kindische Faelschung, ja. Aber »faked photos« sind keine kommunistische Spezialitaet. Sie kommen in den feinsten und reinsten, gegen alle Korruption gefeiten Demokratien vor. In Amerika, habe ich sagen hoeren, werden gelegentlich Senatswahlen damit gewonnen. Die Amerikaner scheinen sich nicht besonders darueber aufzuregen. »That's one of those things.« Und ich soll mich aufregen ueber ein Ding, das westeuropaeische Kommunisten gedreht haben, wenn ich, sieben Monate nach frischer Tat, durch puren Zufall seiner in Form irgendeines ostdeutschen Zeitungsausschnittes gewahr werde – zu einem Zeitpunkt also, da ich die darauf dargestellte Handlung laengst dementiert habe? Es haette den Tillingers und Killingers, es haette der ganzen war lobby so passen koennen, wenn ich gellend losgelegt, Oel ins Feuer gegossen und zum Kreuzzug der Tugend mit Atombomben gegen das Hoellenreich aufgefordert haette, das mich darstellt, wie ich ein Dokument unterschreibe, das Millionen von Amerikanern und Europaern unterschrieben haben, da sein Text es jedem Bischof und jedem Atomphysik-Professor erlaubte, ihn zu unterschreiben. Ich habe ihnen den Gefallen nicht getan – was Killinger eine »unentschuldbare Nachlaessigkeit« nennt. Es war das Gegenteil von Nachlaessigkeit. Es entsprang dem festen Entschluß, mich weder durch die Dreckwuerfe inferiorer Domestiken des Hasses noch durch die Plumpheit der Kommunisten, die toerichte Strapazierung, die sie meinem Namen zufuegen, aus meiner freien, persoenlich-menschlichen Position auf die Seite der Faschisten und Kriegshetzer draengen zu lassen.

Tillinger hat zum Schluss die Unverschaemtheit, mir eine Reihe inquisitorischer Fragen zu stellen, mit denen er mich zu »fangen« gedenkt. Sie lassen sich alle auf die eine zurueckfuehren: »Bist du bereit, dich mit Haut und Haar, blind, taub und stumm einem politischen Konformismus zu unterwerfen, wie wir Rohlinge ihn von jedem verlangen, der nicht von uns vor die Fehme geschleppt, des Verrats ueberfuehrt und mitsamt den Seinen in den Hungerturm gestossen sein will?« Auf diese Frage antworte ich – nicht ihm, aber den

Lesern dieses Blattes, dem Lande und der ganzen Welt mit einem runden *Nein*. Nein, ich bin nicht gewillt, mich zum Sklaven eines Konformismus zu machen, der nur in terroristischen Diktaturstaaten und auch dort nur dem Oberflaechenschein nach moeglich ist, nicht aber in einem noch freien Lande, dessen Verfassung seinen Buergern noch heute Gedankenfreiheit gewaehrleistet. Ich behalte mir vor, mir meine eigenen Gedanken zu machen ueber die Kulturkrise und Endzeit, in die wir »geworfen« sind, ueber den Zustand unserer spaetkapitalistischen Gesellschaft und das relative historische Recht, das dem revolutionaeren Sozialismus gegen sie zukommen mag. Von dem steht nirgends geschrieben, dass er im Westen Formen annehmen wuerde, wie die russische Geschichte weit eher als die sozialistische Idee sie im Osten gezeitigt. Ich behalte mir vor, mich zu fragen ob uns das unabsehbare und zehrende koreanische Abenteuer wirklich »aufgezwungen« war. Ich behalte mir vor, denjenigen fuer einen schlechten Amerikaner zu halten, der diesem Lande und seinem grundguten, tief beunruhigten Volk nicht von Herzen wuenscht, es moechte ihm vergoennt sein, »freedom and happiness« mit anderen Mitteln in der Welt zu verbreiten als mit jellied gasoline Bomben und der Austilgung ganzer Bevoelkerungen; an der gesunden Vernunft eines jeden zu zweifeln, der glaubt, Amerika sei von Gott beauftragt, den Erdkreis in Asche zu legen, nur um den Kommunismus daraus zu vertreiben. Was diesen betrifft, so bin ich nicht ohne leidendes Gefuehl fuer das Schaurige seiner gegenwaertigen Verwirklichungen. Und doch habe ich in der Tat einmal gesagt, dass schwerlich die Zukunft der menschlichen Gesellschaft (unter einer Weltregierung etwa) ohne kommunistische Zuege denkbar und dass der blindwuetige Hass gegen ihn eine grosse Narrheit sei. Ich tat das, weil ich mir das Recht vorbehalte, mit Goethe zu denken, zu sagen und zu hoffen:

»Lasst alle Voelker unter gleichem Himmel
Sich gleicher Habe wohlgemut erfreuen!«

Thomas Mann

Dok. 33
TB 27. 4. 1951, Anm. 1
Brief von Manfred George mit Monenda zu Thomas Manns »Schlußreplik« in der Auseinandersetzung mit Eugene Tillinger
New York, 24. 4. 1951

Lieber Herr Doktor Mann:

Wie ich Ihnen bereits im Telegramm mitteilte, bin ich an sich natuerlich bereit, Ihre Erwiderung voll zu veroeffentlichen.

Bei unserer alten Freundschaft werden Sie mich auch sicherlich fragen, wie ich diese Erwiderung finde, und ob ich sie fuer wirksam halte.

Wenn ich ganz offen sein soll, so glaube ich, dass sie zwei Maengel hat:

Der erste besteht darin, dass ich – soweit es mir moeglich ist, mich in Sie hineinzudenken – Ihrem Angreifer nicht die Ehre einer so ausführlichen Polemik erwiesen haette. Ich haette gedacht, dass Sie ihn mit zehn Zeilen so ›von oben herab zudecken‹ wuerden, dass kein weiteres Wort mehr noetig waere. Auf der anderen Seite ist es mir begreiflich, dass Ihr gerechter Zorn Sie zu einem regelrechten Auspunkten veranlasst hat, obwohl ich nicht recht sehe, warum ein Riese soviel Schlaege fuehren muss, um einen Zwerg zu erledigen.

Mein zweiter Einwand bezieht sich auf einige allgemein-politische Ausfuehrungen, die mir im Gegensatz zu den langen Ausfuehrungen über die Qualitaeten des Herrn Tillinger zu kurz formuliert erscheinen, um nicht missverstanden zu werden. So wird man Ihnen z. B. erwidern, dass die Tatsache, dass ein Dokument von Millionen unterschrieben werden konnte, weil sein Text ›es jedem Bischof und jedem Atom-Physiker erlaubte‹, kein Beweis dafuer ist, dass dieses Dokument nicht von ›boesen Menschen‹ gerade zu Duepierungszwecken solchen unschuldig klingenden und allgemein gueltigen Text hatte. Das ist doch gerade der alte kommunistische Dreh, dass man ›einwandfreie Texte‹ unterschreiben laesst, um sie nachher zu anderen Zwecken zu missbrauchen.

Darf ich Ihnen ein kleines Beispiel geben, das eben in meine Haende kommt: es ist ein Flugblatt der kommunistischen Partei Frankreichs, das seinen Lesern in Frankreich klar macht, dass die Entlassung MacArthurs durch den Stockholmer Aufruf und andere Friedens-Resolutionen erzwungen worden sei.

Ich moechte mir auch erlauben, darauf hinzuweisen, dass ich die Stelle ueber den Ausbruch des koreanischen Krieges fuer missverstaendlich formuliert halte. Was Sie schreiben, verehrter Herr Doktor, wird von Ihren Gegnern als Behauptung Ihrerseits ausgelegt werden, dass der Korea-Krieg von uns entfesselt worden ist, eine Hypothese, die ich persoenlich in keiner Weise teile. Das tut an und fuer sich nichts zur Sache; aber ich glaube auch nicht, dass Sie Ihren Gegnern gegenueber sich ›solche Bloessen‹ geben sollten.

Aehnliches gilt fuer Ihre Bemerkung ueber die Zukunft der menschlichen Gesellschaft, wo es vielleicht eine klarere Begruendung Ihrer Gedanken waere, wenn Sie sagen wuerden, dass diese Zukunft schwerlich ohne sozialistische – und nicht kommunistische – Zuege denkbar ist.

Ich erlaube mir, Ihnen in der Anlage ein paar Vorschlaege zu machen und moechte hinzufuegen, dass vor allem gewisse Worte auf jeden Fall eliminiert werden muessen, weil diese uns sofort eine Libel Suit auf den Hals bringen wuerden, die – wie immer sie ausgeht – uns allein tausende Dollars an Prozessgebuehren kosten und in vielen Faellen wahrscheinlich zur Verurteilung zu hohen Geldstrafen fuehren wuerden.

Mit herzlichem Gruss
Ihr
Manfred George

Anlage:

Seite 2, Zeile 9 [in vorstehendem Text: S. 805, Z. 15]: statt Mordversuch – Dolchstoss

Seite 2, Zeile 10 [in vorstehendem Text: S. 805, Z. 15]: herausbleiben muss: die Kroete; statt dessen: der Mann, der Gift spritzt gegen einen Menschen . . .

Seite 2, Zeile 19 [in vorstehendem Text: S. 805, Z. 24]: herausbleiben muss: »nicht sehr geachtet in seiner Sphaere«

Seite 3, Zeile 7 [in vorstehendem Text: S. 805, Z. 37]: herausbleiben muss: »und Denunziationen«

Seite 3, Zeile 8 [in vorstehendem Text: S. 805, Z. 37/38]: herausbleiben muss: »niedertraechtig«

Seite 3, Zeile 19 [in vorstehendem Text: S. 806, Z. 11]: herausbleiben muss: »Denunzianten- und Informerdienste zu tun«

Seite 3, Zeile 22 [in vorstehendem Text: S. 806, Z. 14]: statt: »das Gewerbe betreiben, das er sich erwaehlt hat« – »zu tun, was Herr Tillinger tut.«

Seite 5, Zeile 10 [in vorstehendem Text: S. 807, Z. 18]: aus dem Satz, der beginnt, »Gegen besseres Wissen« muß »mordluesterner Denunziant« heraus, und »seine Sache«. Vielleicht koennen Sie den Satz umbauen.

Seite 7, Zeile 1 [in vorstehendem Text: S. 808, Z. 16]: zu meinem grossen Bedauern muessen Sie auch ›Killinger‹ wegstreichen, denn Killinger ist nun einmal der Begriff für einen Feme-Moerder.

Seite 8 [in vorstehendem Text: S. 809, Z. 13 ff.]: bitte formulieren Sie die Stelle ueber das koreanische Abenteuer und die Bomben, sowie die ›Sendung Amerikas‹ doch so, dass Sie und der ›Aufbau‹ nicht durch alle Gassen neuer Verleumdungen geschleift werden koennen. Ich moechte nicht mit dem Blatt vor das Un-American Committee des House kommen, was noch [muß heißen: mich] ausserdem noch meine Stellung kosten wuerde. Ich nehme an, dass Sie meinen Standpunkt billigen werden.

Dok. 34
TB 27. 4. 1951, Anm. 3
Konzept eines nicht abgeschickten Schreibens von Thomas Mann an Manfred George, o. D. [27. 4. 1951]

Sehr geehrter Herr Manfred George,

verzeihen Sie, aber ich habe es mir aus dem Sinn geschlagen, irgendwie einzugehen auf den Beitrag von Tillinger (No. des ›Aufbau‹), worin er sich so tapfer gegen den ›schweren Angriff‹ verteidigt, den ich gegen ihn gerichtet habe. Ich gegen ihn! Hätte der Mensch nicht einen oder zwei dumme kleine moralische Mordversuche gegen mich verübt, so hätte ich nie seinen Namen gehört, und nie wäre es mir eingefallen, sein bißchen Existenz anzutasten. Ich habe Besseres zu tun, als weiter mit Tillinger zu korrespondieren. Nur ein paar Citate aus Briefen möchte ich anführen, die ich in diesen Tagen von ehrbaren Amerikanern bekommen habe. Sie haben mir Freude gemacht, und etwas allgemein Tröstliches mag davon ausgehen auf andere.

In dem einen ist die Rede von dem ›absurd and malicious charges of Communist activity which have been made by irresponsible persons against you.‹ Und es heißt dann weiter: ›This letter is being written merely to let you know that tens of thousands of people throughout the country respect and admire you as one of the truly great artists now living and that these people are indignant and distressed that you should be subjected to the foolish excesses of the current witch hunt. You have the sympathy and support of many of us, whether we write or not. We understand how abhorrent totalitarianism must be to a man for your wideranging intellect and universal gifts. May you have many productive years.‹

Der andere lautet:

›It seems that, in these hysterical times, every liberal who opens his mouth or lends his name to any organization is attacked as a party member. Those of us who have followed your political and social development in novel, essay and speech know how false such an imputation can be. We want you to know that we understand the trying position in which you, an American of whom Washington, Lincoln and F. D. R. would be proud, find yourself. Apparently, the war of nerves finds us all-too-susceptible. But not all Americans have been stampeded into hysteria.‹

Dok. 35
TB 6. 5. 1951, Anm. 2
Thomas Mann an Manfred George
Pacific Palisades, 6. 5. 1951

Lieber Herr Manfred George,

Dank für Ihren Brief und das sehr würdige Schlusswort. Man konnte keinen verständigeren Endstrich ziehen unter die läppische Affaire. Meine Replik war im Zorn geschrieben, aber sobald sie auf dem Papier stand, hatte ich genug davon und sah nicht ein, weshalb ich mich vom ersten besten Tillinger zu irgendwelchen heissen Äusserungen provozieren lassen sollte, wo ich mir doch gerade geschworen hatte, nichts mehr zu sagen und nichts mehr zu tun. Ihre Änderungswünsche spielten dabei kaum eine Rolle. Freilich nahm der »Dolchstoss« sich stilistisch recht schwächlich aus, und »character assassination« ist ein so gebräuchlicher Ausdruck, dass ich das sich damit deckende »Moralischer Mordversuch« nicht für einklagbar halten kann. Ebenso das allein zutreffende Wort »Denunziation«. Und wenn schon MacArthur selber sagt, er habe sich beim Anblick des Zustandes von Korea erbrechen müssen, warum soll ich nicht Ähnliches sagen? Das Erbrechen ist der einzige Punkt, in dem ich voll und ganz mit ihm übereinstimme. Und so weiter. Aber das alles ist ja ganz gleichgültig.

Ich danke Ihnen auch für die Veröffentlichung des schönen Aufsatzes von H. E. Jacob über den Erwählten. Ihm selbst habe ich schon geschrieben. Leider ist er schwer krank, wie ich von seiner Frau höre, die mir, in Sorge, drohende Not vor Augen, statt seiner antwortete. Vielleicht werde ich mich noch wieder an Sie wenden müssen, ob nicht etwas Organisiertes geschehen kann für den verdienten Kollegen.

Gestern erzählte mir Bruno Walter, dass man dem Geiger Szigetti die Einbürgerung verweigert hat, weil er im Jahre 1944 durch die russische Botschaft von Prokowjew das Notenmaterial zu einer Violinsonate bekommen hat, die er kreier[e]n sollte. Ist das Geisteskrankheit oder nicht?

Fluchtdrang kann einen überkommen. Aber wohin? Sie kennen gewiss die ins Schwarze treffende Anekdote, die jetzt kursiert. Zwei Freunde segeln, der eine von Europa nach Amerika, der andere in umgekehrter Richtung. Die Schiffe treffen sich mitten auf dem Ozean, die beiden stehen an der Reling, und gleichzeitig ruft einer dem anderen zu: »Bist Du wahnsinnig?«

Dok. 36
TB 24. 4. 1951, Anm. 6
Thomas Mann an Johannes R. Becher
Pacific Palisades, 25. 4. 1951

Sehr verehrter Herr Becher,

Aus Wiesbaden schreibt man mir, dass Joachim Langewiesche, Inhaber der gleichnamigen Buchhandlung in Eberswalde, die dort eine Art von geistigem und kulturellem Mittelpunkt gewesen sein soll, verhaftet worden ist. Natürlich herrscht bei den Angehörigen, der Frau und im Freundeskreis des Langewiesche grosse Aufregung, und man hat mich beschworen, doch den Versuch zu machen, bei einflussreichen Personen der Ostzone in Erfahrung zu bringen, welches die Gründe der Verhaftung sind und was man zu befürchten und zu erhoffen hat. Vertrauensvoll wende ich mich an Sie, da ich sonst nicht weiss, was tun, und doch gern etwas tun möchte. Man versichert mir hoch und teuer, dass es dem Joachim Langewiesche ausschliesslich um literarische und künstlerische Dinge zu tun gewesen sei, und dass ihm alles Politische durchaus fern gelegen habe. Um Geschäftliches könne es sich auch nicht handeln, was daraus hervorgehe, dass bei der Haussuchung die Buchhandlung völlig unberührt geblieben und nur aus der Wohnung ein paar Dinge, ich weiss nicht welcher Art, entfernt worden seien. Ich belästige Sie ungern und weiss ja auch garnicht, ob es Ihnen möglich ist, dem Manne zu helfen oder auch nur irgend etwas über den Fall in Erfahrung zu bringen. Aber wahrscheinlich werden Sie doch wissen, wer da zuständig ist, und wo man etwas erfahren kann, und sind in der Lage, die Sache weiter zu geben. Bitte geben Sie mir doch Nachricht über den weiteren Verlauf.

Mit vielen guten Grüssen und Wünschen
Ihr ergebener
Thomas Mann

Daten: Joachim Langewiesche
geboren 23. VII. 1906
wohnhaft in Eberswalde
verhaftet daselbst am 15. März des Jahres von K. W. [sic]

Dok. 37
TB 24. 4. 1951, Anm. 6
Johannes R. Becher an Thomas Mann
Berlin, 4. 5. 51

Sehr verehrter Herr Thomas Mann!
Ich danke für Ihren Brief vom 25. April, den ich sofort mit einigen entsprechenden begleitenden Worten Herrn Justizminister Fechner übergeben habe. Ich hoffe, dass ich Ihnen bald eine Mitteilung zukommen lassen kann. Bitte seien Sie überzeugt, dass ich solche Schreiben wie das Ihre auch nicht im geringsten als eine Art von Belästigung auffasse. Es ist für mich ganz selbstverständlich in Fällen, bei denen es sich möglicherweise um einen Irrtum oder Missgriffe handeln kann, das meine zu tun, dass sie geklärt werden.

Mit den allerbesten Grüssen
Ihr
[Joh. R. Becher]

Dok. 38
TB 24. 4. 1951, Anm. 6
Johannes R. Becher an Thomas Mann
Berlin, 19. Juni 1951

Lieber, sehr verehrter Herr Thomas Mann!

Ich bekam heute vom Ministerium der Justiz, und zwar von Herrn Minister Fechner persönlich, die Mitteilung, dass seiner Feststellung nach die Straftat des Beschuldigten (Joachim Langewiesche aus Eberswalde) nicht der Zuständigkeit der deutschen Gerichte unterliegt. Langewiesche ist auch nicht von deutschen Dienststellen inhaftiert worden. Der Minister bedauert, dass er infolge dieser Sachlage nicht weiter behilflich sein kann.

Ich bedaure, dass unter diesen Umständen auch meine Mittel zu einer weiteren Verfolgung dieser Angelegenheit nicht ausreichen.

Mit den besten Grüssen
[Joh. R. Becher]

Dok. 39
TB 24. 9. 1951, Anm. 1
Ansprache anläßlich einer Vorlesung im Zürcher Schauspielhaus am 24. September 1951

Kaum brauche ich zu sagen, meine Damen und Herren, wie sehr es mich freut, daß doch auch meine diesjährige Europareise nicht vergeht, ohne eine Vorlesung an dieser mir lieben Stätte – dieser *uns allen* lieben Stätte, an die sich so schöne dankenswerte Erinnerungen knüpfen. *Herzliche Glückwünsche*, gerichtet ans Zürcher Schauspielhaus, sind immer am Platz, auch unter dunkeln, vorläufig undurchsichtigen Umständen, wie sie gestern durch einen demokratischen Entscheid, vor dem wir uns beugen müssen, geschaffen worden sind. Beglückwünschen wir dieses Theater zu seiner glänzenden Vergangenheit *und* zu seiner Zukunft, voller Zuversicht, Zürichs guter Genius werde so oder so dafür sorgen, daß es eine Zukunft, würdig seiner Vergangenheit, habe und aus einer Periode der Unsicherheit und des Notbehelfs zu seiner freudespendenden Tätigkeit wieder erstehe!

Dok. 40
TB 20. 10. 1951, Anm. 3
Über Karl Kerényis Buch ›The Gods of the Greek‹
Pacific Palisades, 27. 10. 1951

Dear Mr. Neurath:

Your letter of October 6th is in my hands. Simultaneously, or only a few days later, I received Carl Kerenyi's book, »The Gods of the Greeks«. This publication makes a very beautiful and valuable contribution to the Anglo-Saxon book market and will certainly find a grateful reception.

Kerenyi's prestige as a humanist of profound erudition with the happiest gift of literary communication has been growing steadily for the past decade and longer on the European Continent. It gives me a great deal of satisfaction that, through this book, which is his most popular, and, I might add, most easily accessible one, the reputation of a man to whom I owe much inspiration will spread to England and the United States.

It is hard to describe the pleasure I derived from reading his Greek mythology – this storybook of extensive knowledge, incorporating the latest scientific findings, which might frighten the layman if it weren't for the very human and at the same time precise and casual way of presentation that makes it enjoyable for everybody, young and old. The artistry of this presentation lies in the fact that the author does not appear as a professor lecturing from the platform, but that he amuses us by assuming the role of an inhabitant of the ancient world, a native Greek from the islands, intimately familiar with their ways, who tells a foreigner, a barbarian, desiring instruction, the story of »our« gods, the pre-Olympian and the Olympian ones, in all their variety, and of »our« sacred knowledge about the origin of mankind. Thus he depicts in a number of short chapters, in a few hundred pages, the whole mythical world of ideas of »his« people in their archaic monstrosity, touched with the sweet magic or eroticism, and delights his reader while richly instructing him at the same time.

One need hardly wish this book success. Ist is predestined for success. I need not recommend it, it recommends itself – through its fascinating topic and the charming way of its treatment.

Very sincerely yours,
(Signed) Thomas Mann

Dok. 41
TB 20. 11. 1951, Anm. 1
Zur Neuauflage von Bruno Frank, ›Politische Novelle‹

Die deutsche Verlagsanstalt hat Bruno Franks »Politische Novelle«, sechs Jahre nach des Dichters Hinscheiden, neu herausgebracht, – das ist gut, schoen und lobenswert. Dies kleine Meisterwerk, so warm in seiner Gekonntheit, bedeutend in seiner Eleganz, so klug, so warnend und vorwissend, durfte nicht der Vergessenheit verfallen, einem vermutlich desto bereitwilligeren Vergessen, da die Melancholie der bewundernswerten Geschichte sich als prophetisch erwiesen hat. Einem ihrer beiden Protagonisten, dem franzoesischen Minister fuer auswaertige Angelegenheiten und alten Voltairianer Derval, ist das dialogische bon-mot zugeteilt, er »sehe nicht ein, dass wir ewig leiden sollen, nur weil die Soehne Karls des Grossen sich damals benommen haben wie Dummkoepfe«. Nun, dieses Benehmen hat sich blind und bloede fortgesetzt, bis endlich Europa sich gruendlichst auf den Hund gebracht, sich so entehrt und entmachtet hat, so klaeglich dasteht in der Bloesse seines Bettlerkleides, dass dem das Herz blutet, der immer staerker nur sich als Sohn Europas empfinden lernt, je schlechter es dem edel geborenen Erdteil ergeht . . .

Wird Europa, wird Deutschland, das doch wohl – ich bitte um Verzeihung – das Meiste getan hat, dies Elend herbeizufuehren, das Wiedersehen mit einem zarten, von Wissen wunden Kunstwerk scheuen und verweigern, das, unfaehig wie aller Geist, das Verhaengnis zu wenden, im letzten, spaetesten, schon kaum noch der Hoffnung gehoerigen Augenblick bildnerisch davor warnte und Europa zu sich selber zu rufen versuchte? Wird es wieder »Verrisse« dieses nicht bloss gutgemeinten, sondern auch *guten*, kuenstlerisch hochgeschulten und dichterisch ergreifenden Erzaehlwerkes geben, wie bei seinem ersten Erscheinen die schon instinktlos gewordene »liberale« Presse Deutschlands sie sich zuschulden kommen ließ?

Ich kann es kaum glauben. Fuer seinen Schmerz und seine Schoenheit sollte unterdessen eine reifere Empfaenglichkeit sich ausgebildet haben. Auf jeden Fall war man es ihm schuldig, es in das Licht des heutigen Tages zu stellen. In makellosem Deutsch spricht es die Sprache Europas und erinnert an seine Wuerde.

Dok. 42
TB 30. 11. 1951, Anm. 8
Neujahrsbotschaft nach Japan

Wieder soll ein neues Jahr beginnen, und es ist mir ein Beduerfnis, Ihren Lesern, die mir einen ungefaehren Querschnitt darstellen durch das japanische Volk und es gewissermassen fuer mich repraesentieren, aus diesem Anlass meine besten Gruesse zu senden.

Dass uns anno 1952 der Friede nicht nur erhalten bleibe, sondern dass er sich festige, um maehlich unzerstoerbar zu werden, ist mein Wunsch fuer uns alle. Nur im Frieden kann die Menschheit den vielen und grossen Aufgaben gerecht werden, die ihr heute gestellt sind. Sich an der Loesung dieser Aufgaben aus allen Kraeften zu beteiligen, scheint das neue Japan mir sehr geneigt. Zahlreiche Aeusserungen, die mich von dort erreichen – Briefe, haeufig von jungen Leuten, sowohl, wie Publikationen – erwecken den Eindruck, als haette man dort aus dem Unglueck des Krieges gelernt. Der militaristische Imperialismus, der uns ins Elend gebracht, ich glaube, man will ihn bei Ihnen nicht mehr. Und wenn ich also meinen Neujahrswunsch insbesondere an Ihre Leser richte, so deshalb, weil ich Ihr Land besonders bereit meine, die Sache des Friedens zu foerdern und ihr geduldig zu dienen.

Dok. 43
TB 3. 12. 1951, Anm. 4
Entwurf einer Antwort an ›Voice of the Free World‹

Dear Sir.

Many thanks for your letter of November 23rd and its interesting news of the mighty new propaganda weapon now in preparation.

If my answer to your invitation to join the Board of Honorary Advisers comes with some slight delay it is because I should naturally have been very proud to belong to this illustrious circle of generals, statesmen, big industrialists and influential political writers. I have, however, arrived at the conclusion that I fail quite to deserve the honour. My existence being primarily that of an artist should hardly fit into this powerful group.

But more particularly and above all, I have to decline your offer because of my publicly stated determination henceforth to abstain from all things political; not to participate in any more collective ventures; not to co-sign any more manifestos and the like and not to sponsor any more »causes«. In acceding to your request I should be acting in direct contradiction to that firm declaration.

May I be permitted to spend the last years of my life solely as an individual tending to my own personal tasks the solution of which I see my most promising chance to serve that which is good on earth.

Sincerely yours
Thomas Mann

Dok. 44
TB 31. 12. 1951, Anm. 1
Hans Mayer an Thomas Mann
Leipzig, 8. 10. 1951

Sehr verehrter Herr Professor,
da ich nicht weiß, wo Sie sich im Augenblick in der Schweiz aufhalten, vertraue ich diesen Brief abermals der Vermittlung durch Emil oder Emmy Oprecht an. Ich las hier vor einigen Tagen, daß Sie nach wie vor in der Schweiz sind, und daß Sie dort neue Kapitel aus dem ›Krull‹ vorgelesen haben.

Sie können sich natürlich denken, wie sehr es mich (und natürlich zahllose Leser in der ganzen Welt) erfreut, daß Sie auch hier dem romantischen Kult des Fragmentarischen abhold sind und nun offenbar darangehen, die ›Bekenntnisse des Hochstaplers‹ weiterzuführen. Vielleicht erinnern Sie sich noch daran, daß ich Sie vor zwei Jahren in Weimar eben danach fragte und die Hoffnung aussprach, eines Tages auch den ›Krull‹ als abgeschlossenes Werk in der Gesamtausgabe erblicken zu dürfen.

Nun steht es so, *daß die 15 000 Exemplare der ersten Auflage* meines Buches im wesentlichen verkauft sind. Das Buch hat einigen Lärm auf der Gasse gemacht, aber doch überaus viel Zustimmung erhalten. Es war mir sehr interessant, daß auch die New Yorker ›Staatszeitung‹ nicht umhin konnte, lobende Bemerkungen über dieses ›östliche‹ Produkt zu machen. Der Verlag möchte nun, daß ich zum *Frühjahr eine zweite erweiterte und in gewissen Punkten überarbeitete Auflage vorbereite*. Ihre *Rede über ›Meine Zeit‹* muß eingearbeitet werden, die *Analyse des ›Erwählten‹* steht noch aus, das Kapitel über die ›Brüder‹ kann ich jetzt besser dokumentieren, da wir im Heinrich-Mann-Archiv bei unserer Deutschen Akademie der Künste aus Heinrich Manns Nachlaß wichtige *Stücke des Briefwechsels aus der Kriegszeit besitzen,* die selbstverständlich mit vieler Zurückhaltung ausgewertet werden sollen, dem Literarhistoriker aber doch heute gestatten, den Umriß klarer zu zeichnen. Ich bin außerdem zu dem Ergebnis gelangt, daß die frühen Werke bei der Anlage meines Buches zu kurz gekommen sind, besonders die ›Buddenbrooks‹ und der ›Tonio Kröger‹. Mit der künftigen Vollendung des ›Krull‹ wird ja ohnehin wieder ein ganz neues Licht auf diese immer wieder überraschenden Frühwerke fallen. Kurz, an Arbeit für die zweite Auflage wird es nicht fehlen. Auch viele Nachlässigkeiten, die damals mit dem raschen Abschluß des Manuskripts im Hinblick auf den 75. Geburtstag zusammenhingen, werden getilgt werden müssen.

Und damit komme ich eigentlich zu meinem Anliegen: es wäre begreiflicherweise für mich ungemein wichtig, doch möglichst *mit einigem Vorzug eine Kenntnis der neuen Partien des ›Krull‹ zu erhalten.* Natürlich kann keine Rede davon sein, daß vor der Publikation dieser neuen Arbeit davon in der zweiten Auflage geredet werden könnte. Aber man ist bekanntlich ein sehr schlechter Schriftsteller, wenn man in einem Buch das zur Verfügung stehende Kapital bis zum letzten Pfennig investiert. Je besser ich also über die allgemeine Richtung Ihrer laufenden Arbeit mir ein Bild machen kann, umsoweniger hoffe ich in meinen Analysen ›danebenzuhauen‹. Daher die Frage, ob es möglich sein könnte, daß mir, nur zum eigenen Gebrauch, *ein Einblick wenigstens in jene neuen Kapitel gewährt werden kann, die Sie auch bereits öffentlich in Zürich vorlasen?*

Hier im Wintersemester steht bei meinen Studenten der ›Zauberberg‹ auf dem Studienplan. Er wird in Referaten erarbeitet und außerdem von mir in der Vorlesung ausführlich behandelt. Da mein Kolleg diesmal mit der deutschen Literatur zwischen 1914 und 1933 zu tun hat, sind zudem auch ›Unordnung und frühes Leid‹ neben ›Mario und der Zauberer‹ im besonderen Gegenstand des Vortrags.

Mit großer Freude und Erwartung sehen wir alle für die nächsten Wochen dem Erscheinen von Heinrich Manns ›Henri Quatre‹ entgegen. Es ist endlich möglich geworden, daß uns die Verlagsrechte eingeräumt wurden. [Der ganze Absatz ist von TM am Rande angestrichen.]

Aber nach wie vor fehlen Ihre Bücher auf dem Büchermarkt unserer Deutschen Demokratischen Republik. Das ist – und es gilt ebenso für die Bücher Hermann Hesses – ein unhaltbarer und unwürdiger Zustand. [Der Absatz ist bis hierher am Rand von TM angestrichen.] Wir sprechen zwar in den Vorlesungen von ›Buddenbrooks‹ und ›Faustus‹, vom ›Glasperlenspiel‹ und vom ›Steppenwolf‹, aber unsere Studenten müssen sich darauf beschränken, das auf Treu und Glauben niederzuschreiben, ohne sich selbst die Werke verschaffen zu können. *Gibt es denn keine Möglichkeit, daß Dr. Bermann und Peter Suhrkamp endlich die Lizenzausgaben bewilligen? Ich weiß sehr genau, daß es von Seiten unserer Regierung und unserer Verlage an finanziellen Bedingungen nicht scheitern würde.* Aber der Unterschied zwischen unserem Staatswesen und dem erschreckend neu militarisierten und auf Nazibahnen wandelnden Westdeutschland besteht eben darin, daß hier Hunderttausende mit Sehnsucht und Dankbarkeit Ihre Bücher, Ihr Gesamtwerk entgegennehmen würden. Der bescheidene Erfolg meines Buches ist dabei als Indiz zu werten.

Darf ich Ihnen, sehr verehrter Herr Professor, von Herzen weitere Gesundheit und die Vollendung der wundervollen Schelmengeschichte wünschen? Und darf ich gleichfalls bitten, Frau Katja Mann meine besten Grüße zu übermitteln?

Ihr dankbar ergebener
[Hans Mayer]

(Die kursiv gesetzten Passagen sind im Original von TM unterstrichen.)

Dok. 45
TB 20. 11. 1951, Anm. 2, und 31. 12. 1951, Anm. 1
Thomas Mann an Hans Mayer
Pacific Palisades, 21. 11. 1951

Sehr verehrter Herr Professor,

Ihr freundlicher Brief vom 8. November [Oktober] erreichte mich heute, von Zürich her, mit enormer Verspätung. Ich beantworte ihn sogleich.

Alle Ihre Mitteilungen haben mich sehr interessiert, und besonders beglückwünsche ich Sie zu dem ausserordentlichen Erfolg Ihres Buches, der zugleich doch auch eine Ehre für mich und mein Werk bedeutet. Sie haben vollkommen recht: ich darf und muss diesen Erfolg als ein Zeichen dafür auffassen, dass ein breites Publikum der Ostzone wirklich Verlangen nach meinen Schriften trägt, und ich kann Sie versichern, dass ich es nicht an wiederholten Versuchen habe fehlen lassen, den jetzt wieder so genannten S. Fischer Verlag zu Lizenzausgaben für den Osten zu bestimmen. Nach einem scheinbaren ersten Entgegenkommen Bermanns sind diese Versuche immer wieder im Sande verlaufen, und immer wieder bin ich auf die Befürchtung, ja sichere Voraussage gestossen, dass es unmöglich sein werde, die Westgrenze gegen das Eindringen der Ost-Ausgaben abzudichten, und dass diese infolge der Währungsdifferenz so sehr viel billigeren Bücher den Verkauf der Originalausgaben empfindlich, ja unerträglich schädigen würden. Wie weit dies zutrifft, und wie weit nicht etwa auch politische Bedenken mitspielen, kann ich nicht beurteilen. Jedenfalls sollen weitere Versuche und Mahnungen folgen, wobei ich mich auch auf Ihren Brief stützen werde. Sie können mir glauben, dass es mein aufrichtiger Wunsch ist, meine Bücher der empfänglichen Leserschaft des Ostens zugänglich zu machen.

Es ist sehr schön, dass es gelungen ist, das Erscheinen des Henri Quatre bei Ihnen zu ermöglichen. Der Briefwechsel mit meinem verewigten Bruder wird wohl durch den unautorisierten Verkauf dieser Briefe durch Heinrichs Tochter in Prag in das Archiv gelangt sein, wo sie, wie ich mir denke, auch nach meines Bruders Sinn, noch am besten aufgehoben sind. Ihr Gefühl, dass die Auswertung mit Zurückhaltung zu geschehen hat, tut mir wohl und entspricht zweifellos auch dem Wunsch des Verstorbenen. Jedenfalls sollte eine volle literaturhistorische Ausnützung einer späteren Zeit vorbehalten bleiben.

Dass eine neue, überarbeitete und vervollkommnete Auflage Ihres Buches bevorsteht, war mir erfreulich und rührend zu hören. Was die Krull-Memoiren betrifft, aus deren Fortsetzung ich kürzlich im Zürcher Schauspielhaus zum sichtlichen Vergnügen der Zuhörerschaft vorlas, so schreibe ich langsam daran weiter, ohne versprechen zu können, dass ich dieses Mal damit fertig werde. Es ist jedenfalls eine weitschauende Sache. Ich glaube, dass einige Teile des Neuen wohl auf der Höhe des Alten stehen, wenn auch die vierzig Jahre, über die ich den Bogen schlage, stilistisch sich unvermeidlich bemerkbar machen werden. Die Teile, die ich in Zürich las, hat Bermann sich für die Rundschau ausgebeten, das Heft muss, wenn diese Zeilen zu Ihnen gelangen, schon erschienen sein. Ich werde übrigens bei dem Verlag Weisung geben, dass man es Ihnen schickt. Eigentlich sehe ich keinen Grund, weshalb nicht von dem Fragment und dem, was schon öffentlich darüber hinausgeht, in Ihrem Buch die Rede sein sollte, und zwar im Zusammenhang mit dem so ganz andersartigen, mit dem Schelmenroman aber doch verwandten Joseph.

Mit den freundlichsten Grüssen und Wünschen
Ihr ergebener
Thomas Mann

Dok. 46
TB 8. 1. 1952, Anm. 1
Thomas Mann an den Ministerpräsidenten der DDR,
Otto Grotewohl
Pacific Palisades, 29. 11. 1951

Sehr verehrter Herr Ministerpräsident:

Erlauben Sie mir bitte, Ihnen einen Namen zu nennen und seinen Traeger herzlich zu empfehlen.

Es handelt sich um Herrn Karl Schleifer, den Muenchner Dirigenten und Musiker, der, wie ich höre, den Wunsch hat, sich in Berlin niederzulassen und dort zu wirken.

Wenn ich freilich Herrn Schleifer seit vielen Jahren nicht begegnet bin, so habe ich ihn doch frueher – sowohl persoenlich wie kuenstlerisch – recht gut gekannt und bin ueberdies kuerzlich auf dem Wege über seine musikliterarische Produktion wieder mit ihm in Kontakt gekommen.

Vor allem erinnere ich mich gern der deutschen Urauffuehrung einer Oper des elfjaehrigen Mozart, die Muenchen der Initiative des damals sehr jungen Schleifer verdankte und die er als Dirigent mit groesster Musikalitaet und Umsicht betreute. Überhaupt glaube ich, nicht fehl zu gehen, wenn ich in Herrn Schleifer einen aeusserst faehigen, ernsten und lebendigen Musiker sehe, der auch geistig seinen Mann steht. Sein Ruf, uebrigens, ist ja ueber Muenchen laengst hinausgedrungen und er hat begonnen, sich in Berlin einen Namen zu machen.

Dass ein Vortrag, den er, so viel ich weiss, neulich für den »Kulturbund« gehalten, sich mit meinem Werk und seiner Beziehung zur Musik befasste, wie Schleifer sich mit diesem Gegenstand schon vordem befasst hat, sollte mich, scheint mir, nicht hindern, Ihnen, sehr verehrter Herr Ministerpraesident, diesen Kuenstler vorzustellen. Ihn auf geeignetem Posten in Berlin taetig zu wissen, waere mir eine wirkliche Freude.

Mit hochachtungsvoller Begruessung
Ihr sehr ergebener
Thomas Mann.

Dok. 47
TB 8. 1. 1952, Anm. 6
Thomas Mann an Alfred A. Knopf über Arnold Hauser, ›Sozialgeschichte der Kunst‹
Pacific Palisades, 8. 1. 1952

Dear Alfred,

mit der »Social History of Art« von Arnold Hauser macht Ihr Verlag dem amerikanischen Publikum ein grossartiges Geschenk. Das Werk, das mich dieser Tage viel beschaeftigt hat, ist von einer inneren Spannweite, gegen die der aeussere Umfang, diese beiden praechtig ausgestatteten Baende, fast gering erscheint. Eine kuehne Konzeption, wahrhaftig, eine Geschichte der Literatur und Kunst von ihren fruehesten Anfaengen bis zu ihren modernsten Auslaeufern zu schreiben, gestellt gegen den jeweiligen gesellschaftlichen Hintergrund, vor dem ihre Bewegungen sich abspielen, und von dem noch das groesste schoepferische Individuum mitbestimmt ist, – zugleich als unbewusstes Produkt und als kritischer Durchleuchter der gesellschaftlichen Umstaende, unter denen es schafft.

Die kulturelle Umsicht des Verfassers ist zu bewundern. Und bei aller Gedraengtheit, die die ungeheuere Weite und Breite seines Gegenstandes ihm auferlegte, erreicht seine Charakteristik des geistigen Einzel-Phaenomens in seiner Kompliziertheit und Widerspruechlichkeit mehr als einmal eine ergreifende Tiefe. So ist es bei seiner glaenzenden Shakespeare-Studie, so bei seinem Tolstoi-Portrait, – wenigen Seiten, die zum Besten gehoeren, was ich je ueber den problematischen Riesen gelesen.

Das Urteil, das Sie gehoert haben wollen, das Werk sei »hopelessly difficult«, ist mir ganz unverstaendlich. Es ist ein hoechst zugaengliches Buch, klar, bestimmt und mit groesster Objektivität geschrieben und eine sprudelnde Quelle der Information. Mit Genuss kann man es studieren von Anfang bis zu Ende, oder man kann es mit Hilfe seines universellen »Index of Names« als Nachschlagewerk benutzen. Es hat das Zeug, ein amerikanisches Hausbuch zu werden. Es sollte eines werden.

Herzlich
Ihr
Thomas Mann

Dok. 48
TB 9. 1. 1952, Anm. 3
Thomas Mann an Theodor W. Adorno
Pacific Palisades, 9. 1. 1952

Lieber Dr. Adorno,
dass der vielbeschäftigte Ordinarius die Zeit zu einem so lieben langen Neujahrsbrief gefunden hat! Ich danke Ihnen sehr – besonders natürlich für die guten Worte über die Krull-Kapitel. Wozu zeigt man solche Proben her, wenn nicht, um ein wenig Zuspruch zu erfahren und sich wenigstens für den Augenblick über den argen Verdacht hinweghelfen zu lassen, ob, was man da treibt, nicht kindisches, eines würdigen alten Mannes unwürdiges Zeug ist. Uebrigens wäre ich garnicht auf den Gedanken gekommen, die Fragmente zu veröffentlichen; aber sie waren es, die ich im Sommer im Zürcher Schauspielhaus vorlas, und dann hat Bermann sie eingefordert. Sie können ganz »beruhigt« sein: soweit ich überhaupt etwas tue, tue ich *dies*. Das Gerücht von der Wendung zu einem anderen Plan ist falsch – entstanden nur, wahrscheinlich, durch briefliche Anmerkungen dahin und dorthin: ›Kinder, ich kann nicht versprechen, dass ich diesmal damit fertig werde. Vielleicht unterbreche ich mich wieder – oder werde unterbrochen.‹ Nach dem ›Faustus‹ hatte ich's abgeschworen, je wieder noch einen grossen Roman zu schreiben. Nun tu ich's doch – und habe mir damit etwas aufgehalst, dessen Anforderungen an Laune und Erfindung wahrscheinlich über meine Jahre gehen. Wenn wenigstens nicht die verdammte Neigung wäre, alles und jedes, selbst etwas so Närrisches ins ›Faustische‹ ausarten zu lassen und eine Wanderung durchs Unendliche daraus zu machen! Nun, Gott befohlen. Machen wollte ich es ja immer einmal und hätte mich fast schon damals darauf geworfen, als ich statt dessen den ›deutschen‹ Roman zu schreiben begann. Einiges Amüsant-Merkwürdige ist zustande gekommen, so die *nicht* im Zürcher Schauspielhaus vorzutragende Liebesbegehung mit der Frau, der er die Juwelen gestohlen hat, eine Fabrikantengattin, Mme Houpflé aus Strassburg.

Was für eine glückliche Form, der long aphorism oder short essay Ihrer Minima Moralia! Habe ich Ihnen je für das Buch gedankt? Ich halte alles für möglich. Ich habe tagelang an dem Buch magnetisch festgehangen, es ist jeden Tag wieder eine faszinierende Lektüre, aber doch nur in kleinen Schlucken zu geniessen, konzentrierte Kost. Man sagt, der Begleiter des Sirius, weiss von Farbe, sei von dermassen dichter Materie, dass ein Kubik-Zoll davon bei uns eine Tonne wiegen würde. Darum hat er auch ein ungeheuer starkes Gravitationsfeld, ähnlich dem, das Ihr Buch umgibt. Und dabei die traulich einladenden Titel von den atemberaubendsten Denkgebilden. Kaum hat man sich gesagt: ›Reichlich genug für heute!‹, so kommt eine so nette Volksmärchen-Ueberschrift, dass man sich in ein neues Abenteuer stürzt.

Nein, ich habe ›Bach gegen seine Liebhaber verteidigt‹ nicht zu sehen bekommen und bin sehr ernstlich gespannt – heiter abwartungsvoll dagegen auf die Abhandlung über den Strauss Richardl, die unfehlbar höchst amüsant werden muss. Der Revolutionär als Sonntagskind. Es ist doch ein einmaliger Fall und belustigend im besten Sinn. Ich habe immer viel für ihn übrig gehabt, wohl ansichtig seiner Erfolgswindbeutelei. Seine Nonchalance war sympathisch, und er hatte bei seinem armen Talent viel Liebe und Aufblick. ›Der Mozart! Wie der schreibt! I kann's net!‹

Es ist lächerlich, wie wir an einander vorbei und um einander herumgefahren sind. Einiger Grund zur Besorgnis liegt vor, dass es *so weiter* gehen wird. Denn wenn Sie im Herbst nach Californien kommen – ob wir dann da sein werden? Wir denken stark daran, unseren nächsten Europa-Besuch etwas länger auszudehnen, vielleicht auf ein Jahr, vielleicht auf ein paar Jahre, oder wie man es nennen will . . . Die Sache ist mit grosser Rücksicht und Diskretion zu behandeln, darf nur ein Minimum an Aufsehen erregen und ist auch noch kaum recht in die Wege geleitet. Jedenfalls vertraue ich, dass man sich irgendwie wieder einmal zusammenfindet.

Alle guten Wünsche Ihnen und Ihrer lieben Frau! Ihr
Thomas Mann

Dok. 49
TB 19. 2. 1952, Anm. 2
Thomas Mann an den Greifenverlag, Rudolstadt/Thüringen
Pacific Palisades, 10. 2. 1951

Sehr geehrte Herren:

Die Antwort auf Ihr freundliches Schreiben vom 8. Januar hat sich leider etwas verzoegert. Mit bestem Dank bestaetige ich Ihnen heute den Empfang.

Es ist nicht das erste Mal, dass der Wunsch, meine Buecher moechten auch in der Ostzone erhaeltlich sein, an mich herantritt, und ich brauche Sie kaum zu versichern, dass ich diesen Wunsch durchaus teile. Die Erteilung von Lizenzrechten haengt ja aber leider nicht ausschliesslich von mir ab. Ich habe Ihr Schreiben an meinen Verleger, Dr. Bermann, weitergegeben, und die Erfuellung des darin ausgesprochenen Wunsches dringend befuerwortet. Ich hoffe sehr, dass wir zu einer Einigung gelangen werden.

Mit freundlicher Begruessung
Ihr sehr ergebener
Thomas Mann.

Dok. 50
TB 19. 2. 1952, Anm. 2
Egon Rentzsch an Hans Lauter
20. 12. 1951

Betr.: Herausgabe einiger Thomas-Mann-Werke

Lieber Hans!

Genosse Dietz, der Leiter des privaten Greiffenverlages in Rudolstadt ist, ist mit dem westdeutschen Herausgeber der Werke Thomas Manns soweit einig, daß sie kurz vor Abschluß des Vertrages stehen.

Nicht Genosse Mißlitz hat die Werke Thomas Manns an diesen Verlag »geschoben«, sondern der Aufbau-Verlag versucht seit 1½ Jahren vergebens, wegen der Herausgabe der Werke Thomas Manns einig zu werden, ohne zum Erfolg zu kommen, während es dem

Greiffen-Verlag geglückt ist, mit dem westdeutschen Verleger einig zu werden. Gen. Mißlitz bezweifelt, daß der westdeutsche Verleger zustimmen wird, wenn dem Genossen Dietz die Herausgabeberechtigung abgenommen und dem Aufbau-Verlag übertragen wird, d. h. praktisch: Lösung des Vertrages.

Aus diesem Grunde halte ich es für zweckmäßig, die wichtigsten Bücher Thomas Manns doch im Greiffen-Verlag erscheinen zu lassen in der Reihenfolge: »Lotte in Weimar«, »Dr. Faustus«, »Die Buddenbroks« und »Der Zauberberg«, wobei ich noch vorschlage, zwischendurch einen Band fortschrittlicher Essays und kleinere Arbeiten von Thomas Mann – besonders für die breiten Massen des Volkes – herauszugeben, denn, wie ich schon sagte, sind die beiden erstgenannten Romane durch die überaus große Zahl aus dem althochdeutschen abgeleiteten Fremdwörter den breiten Massen sehr schwer zugänglich.

Darüber hinaus besteht die Möglichkeit, ein oder zwei Mann-Bände in der Bibliothek fortschrittlicher deutscher Schriftsteller ohne besonderen Vertrag nur mit Zustimmung des Greiffen-Verlages (die bereits gesichert ist) herauszubringen.

Aus diesen Gründen halte ich den Sturm, den Genosse Becher vom Aufbau-Verlag läuft, für unberechtigt.

Mit sozialistischem Gruß
Rentzsch

Dok. 51
TB 19. 2. 1952, Anm. 2
Fritz Apelt an das Zentralkomitee der SED
3. 3. 1952

Verlags- und Urheberrechte für belletristische, wissenschaftliche und künstlerische Werke.

Werter Genosse Ulbricht!
Die vom Aufbau-Verlag geplante Herausgabe der Werke von Thomas Mann und Hermann Hesse ruft die Frage auf:

Sollen wir uns an die Bestimmungen der Verlags- und Urheberrechte, wie sie in der »Berner Konvention« festgelegt sind, halten oder nicht?

1. Halten wir uns nicht an die Bestimmungen der »Berner Konvention«, dann kann der Fall eintreten, dass westdeutsche Verlage daraus das Recht ableiten, ebenfalls Werke nachzudrucken, deren Verlagsrechte sich bei Verlagen der Deutschen Demokratischen Republik befinden. Das wäre für politische und schöngeistige Bücher kein grosser Schaden. Ich möchte aber zu bedenken geben, dass sich auch die Verlagsrechte für wichtige wissenschaftliche, künstlerische und musikalische Werke bei uns befinden.
   Nachweisbar exportieren wir in nicht geringer Anzahl solche Werke nach Westdeutschland und in das Ausland über die Firma Koehler & Volckmar in Leipzig, wofür wir Devisen erhalten.
   Es müsste festgestellt werden, wie gross der Devisenbetrag ist, den wir bei dem Export dieser Bücher einnehmen gegenüber dem Devisenbetrag, den wir für den Erwerb der Verlagsrechte zum Nachdruck westdeutscher und ausländischer Werke ausgeben.
2. Es ist mir bekannt, dass das Ministerium für Justiz, Hauptabteilung Gesetzgebung sich bereits seit einiger Zeit mit der Behandlung des Urheberrechtes deutscher Autoren im Ausland beschäftigt. Feststellungen, die das Ministerium des Innern bei den Volksdemokratien machte, ergaben, dass sich einige von ihnen noch an die »Berner Konvention« halten, andere wie z. B. Bulgarien, die Autorenrechte insofern beachtet, dass in jedem Fall mit dem Autor verhandelt wird und er mit seiner Zustimmung das Honorar in der bestimmten Valuta durch das Komitee für Wissenschaft, Kunst und Kultur zugewiesen erhält.
   Im allgemeinen sind die Urheberrechte der deutschen Schriftsteller zumindest durch Einzelverträge sowohl in der UdSSR, in den Volksdemokratien und durch die »Berner Konvention« auch in den kapitalistischen Ländern gewahrt.
3. Entscheidend ist jedoch wohl die politische Frage.
   Eine Verletzung der Bestimmungen über das Verlags- und Urheberrecht, die z. Zt. für ganz Deutschland Gültigkeit haben, schafft in dieser Beziehung zweierlei Rechte.
   Es würde zweifellos zu öffentliche Angriffen in der Westpresse gegen uns führen, wobei sich die westdeutschen Autoren, Autorenverbände und Verlage auf die Seite der gegen uns gerichteten Hetze schlagen würden.
   Selbst diejenigen Autoren und Verleger, mit denen zur Zeit noch

einigermaßen gute Beziehungen bestehen, würden durch diese Hetze zumindest unter Druck gesetzt werden.
Der ganze, damit zusammenhängende Fragenkomplex, ist meines Erachtens von großer politischer Tragweite, sodass eine eingehende Beratung mit allen dafür in Frage kommenden Stellen und unter Beachtung aller einschlägigen Gesichtspunkte geführt werden müsste.
Notwendig wäre es unter allen Umständen, eine öffentliche Erörterung dieser Fragen in der Presse zu führen, vor allem dann, wenn wir die Absicht haben, uns nicht mehr an die Bestimmungen der »Berner Konvention« zu halten, um von vornherein der zu erwartenden Hetze aus dem Westen entgegenzutreten.

Mit sozialistischem Gruss
Fritz Apelt

Dok. 52
TB 19. 2. 1952, Anm. 2
Hausmitteilung von Karl Polak an Hans Lauter
Berlin, 29. 5. 52

Mit bestem Dank das anliegende Buch zurück. Mir scheint es ratsam, in dem Falle »Buddenbrocks« den Standpunkt zu vertreten, daß der Konflikt gar nicht die Fragen des Urheberrechts berührt, sondern ein Konflikt zwischen dem Fischer-Verlag, Frankfurt/Main, und dem Aufbau-Verlag ist.

Sollte es zu einer Klage kommen, so muß man versuchen, in diesem besonderen Fall das Gericht dazu zu bewegen, eine angemessene Vergütung für den Fischer-Verlag festzusetzen. Der Fischer-Verlag hat ja durch seine Geldforderungen sich grundsätzlich mit dem Druck und der Verbreitung des Buches durch den Aufbau-Verlag einverstanden erklärt.

Ich versuche in Erfahrung zu bringen, wie die weiteren Publikationspläne des Aufbau-Verlages sind. Eventuell wird es sich dann doch als notwendig erweisen, eine besondere Verordnung zu erlassen über die Frage des Druckes.

Polak

Dok. 53
TB 19. 2. 1952, Anm. 2
Titelseite des ›Börsenblatts für den Deutschen Buchhandel‹, 119. Jahrgang, No. 4, Leipzig, 26. Januar 1952

›»Nichts unversucht lassen, dem unnatürlichen Zustand abzuhelfen«.
Die Werke Thomas Manns gehören dem gesamten deutschen Volke!‹

Ende vorigen Jahres schrieb die Redaktion des Börsenblattes für den Deutschen Buchhandel an Thomas Mann und bat ihn um seine Meinung zu dem ehrlichen Wunsch aller nationalgesinnten Deutschen, seine Bücher auch in der Deutschen Demokratischen Republik erscheinen zu lassen. Denn das ist bis heute noch nicht möglich gewesen, weil sich die Verlagsrechte in Westdeutschland befinden. Nun hat Thomas Mann dem Börsenblatt geantwortet. Seine Meinung, die in dem nebenstehenden Brief [er ist im Anschluß an den redaktionellen Kommentar abgedruckt] zum Ausdruck kommt, ist eindeutig und klar. Sie ist nicht nur eine unmißverständliche Absage an alle, die an der Aufrechterhaltung der Spaltung Deutschlands interessiert sind, sondern sie läßt vor allem auch keinen Zweifel darüber, daß Thomas Mann selbst auf die Verbreitung seiner Werke in ganz Deutschland den größten Wert legt. Und diese Äußerung des großen deutschen Dichters sollte entscheidend für die weiteren Lizenzverhandlungen sein.
Das als Faksimile wiedergegebene Schreiben Thomas Manns an das Leipziger Börsenblatt des Deutschen Buchhandels, Pacific Palisades, 1. Januar 1952, hat folgenden Wortlaut:
Sehr geehrte Herren,
haben Sie Dank für Ihr Schreiben vom 1. Dezember. Ich kann darauf nur erwidern, dass es mein aufrichtiger, oft bekundeter Wunsch ist, meine Bücher möchten dem Publikum der deutschen Ostzone zugänglich gemacht werden. Nicht weniger als Sie, empfinde ich den gegenwärtigen Zustand als unnatürlich und versichere, dass ich – ohne die entgegenstehenden Schwierigkeiten zu unterschätzen – nichts unversucht lasse, ihm abzuhelfen.
Ihr sehr ergebener
Thomas Mann

Dok. 54
TB 19. 2. 1952, Anm. 2
Erich Wendt an Thomas Mann
Berlin, 29. 4. 1952

Sehr verehrter Herr Thomas Mann!
Herr Janka, der stellvertretende Leiter des Aufbau-Verlages, hat mir Ihr Schreiben vom 9. April 1952 über die Herausgabe Ihrer Werke in der DDR übersandt, dessen Erhalt er Ihnen bereits bestätigt hat. Ich schreibe Ihnen heute diese Antwort in der Hoffnung, bei Ihnen, dem großen deutschen Schriftsteller, für die Entschlüsse Verständnis zu finden, zu denen wir nach langem Erwägen, nach zweieinhalb Jahren Zögern und Verhandeln gekommen sind.

Seit der Währungsreform, die Deutschland in zwei Teile zerrissen hat, ist die Bevölkerung der DDR von einem wesentlichen Teil der deutschen Literatur, einem wesentlichen Teil deutschen Geistes wie durch eine unübersteigbare Mauer getrennt. Zu diesem Teil unserer Literatur gehören vor allem Ihre Werke, gehören die Werke von Hermann Hesse, gehörte der Teil des Werkes Ihres Bruders, über den er nicht selbst verfügen konnte. Und dem gingen zwölf lange Jahre der Naziherrschaft voraus, in denen dem ganzen deutschen Volk diese und viele andere Schätze der deutschen Literatur vorenthalten blieben.

In den letzten zwei Jahren haben wir wiederholt Versuche gemacht, diesen Übelstand, der unerträglich geworden ist, zu beseitigen. Verhandlungen zwischen den Börsenvereinen der Buchhändler von Frankfurt und Leipzig zur Wiederherstellung des gesamtdeutschen Buchhandels durch Schaffung eines Clearing-Verkehrs blieben ergebnislos. Die Frankfurter Herren schlugen den Buchhändlern der DDR einen Buchaustausch in der Höhe von DM 30 000,– jährlich vor. Eine lächerliche Summe, für die die DDR nicht einmal 10 000 Bücher im Jahr erhalten würde! Doch selbst für diesen Betrag wurde die Zahlungsgenehmigung bei den westdeutschen Behörden nicht eingeholt.

Anfragen und Angebote unseres Verlages an Herrn Dr. Bermann blieben Jahre lang ohne Antwort. Endlich kam es zu Verhandlungen mit dem S. Fischer-Verlag über Ihr Werk. Herr Janka, an dessen Wahrhaftigkeit ich nicht den geringsten Zweifel hege, hat mich davon unterrichtet, daß Herr Dr. Bermann Bedingungen stellte, die der ganzen bisherigen verlegerischen Praxis widersprechen, und von diesen Bedingungen nicht abzubringen war. Herr Janka hat Sie über die Folgen des Verhaltens von Dr. Bermann unterrichtet, und ich habe dem nichts hinzuzufügen. Inzwischen sind die durch die Einstellung des Handels zwischen den beiden Teilen Deutschlands ohnehin schweren Verhältnisse noch mehr erschwert worden: die Regierung der Vereinigten Staaten hat die Guthaben der DDR beschlagnahmt.

Das ist nur das letzte Glied in der Kette jener Maßnahmen, die den Handel zwischen Osten und Westen abwürgen und einen geregelten Zahlungsverkehr unmöglich machen. Das alles versetzt unsere Regierung in die Notwendigkeit, mit ihren Devisen hauszuhalten. Und ein Glied in derselben Kette ist der Kurs der beiden deutschen Währungen im geteilten Berlin, der durch üble Machenschaften und mit Dollarstützung fabriziert wird und der nichts zu tun hat mit dem wirklichen Wert des Geldes auf beiden Seiten der Sektorengrenzen, der aber unter anderem zur Folge hat, daß die Bevölkerung im östlichen Teil Berlins Ihre Werke nicht kaufen kann. Sollen wir – Gott weiß wieviele – Jahre warten, bis dieser Wirtschaftsboykott eingestellt wird, und Ihre Bücher bis dahin nicht herausbringen?

Die westdeutschen Verleger und Buchhändler sind offensichtlich der Ansicht, sie könnten es verantworten, dem Leser in Westdeutschland die Werke von Arnold Zweig, Anna Seghers, Ihres Bruders und anderer vorzuenthalten (wenige hundert Exemplare des »Henri Quatre« auf dem Lager des Querido-Verlages in Holland dienen Herrn Dr. Bermann zum Vorwand, die Bände nicht in Deutschland herauszubringen).

Wir dagegen wollen und können nicht dulden, daß unsere Jugend ohne Ihr Werk, ohne Hermann Hesse, ohne Heinrich Mann heranwächst, daß Ihre Bücher in unseren Betriebsbibliotheken, an unseren Oberschulen und Universitäten fehlen, daß in den oberen Klassen Ihr Werk nicht behandelt werden kann, weil es in der DDR nicht erhältlich ist. Wir können das nicht, weil es dem Wesen und Sinn von allem widerspricht, was wir hier tun, weil wir gebildete, von Humanismus durchdrungene Menschen heranziehen müssen. Wie aber sollen wir das tun, wie sollen wir in den Menschen das üble Erbe der Nazis überwinden, wie sollen wir die deutsche Jugend erziehen in Achtung vor den Mitmenschen, vor anderen Völkern, in der Liebe zum Frieden, wenn wir dabei einen Teil unserer Literatur entbehren, der das Schönste und Größte, was Deutsche in der Vergangenheit geschaffen haben, fortsetzt und in lebendiger Gegenwärtigkeit verkörpert? Um der Zukunft ganz Deutschlands willen sind wir verpflichtet, Ihr Werk in der DDR herauszubringen. Und für uns ist diese Verpflichtung doppelt groß, weil wir sehen, welche unheilvollen Einflüsse sich im Westen Deutschlands geltend machen. Wir brauchen Ihr Werk für unseren Aufbau und können nicht auskommen ohne dieses Werk, das ein wesentliches Element deutschen humanistischen Geistes bildet.

Deshalb sind wir nicht imstande, uns Ihrer Auffassung anzuschließen, die Herausgabe Ihrer Bücher müsse angesichts der gegenwärtigen Umstände besseren Zeiten vorbehalten bleiben. Wir meinen umgekehrt: die Bücher müssen jetzt erscheinen – zu lange haben wir bereits gezögert – und die strittigen kommerziellen Fragen sollten in weiteren Verhandlungen geregelt werden.

Sie nennen das *Freibeutertum.* Ich antworte Ihnen: wir verstehen das nicht. Niemand erwirbt hier mit Ihren Werken materielle Reichtümer. Das Gesetz, das den Autor gegen den Mißbrauch seines Werkes durch gewissenlose Verleger schützt, hat nicht den Sinn, Teile der Nation vom Genuß des Werkes auszuschließen. Wie aber sollen wir das Verhalten Ihres Verlegers nennen, der einem Drittel seiner deutschen Landsleute das entzieht, was sie für den heutigen und noch dringender für den morgigen Tag brauchen, worauf sie ein Recht haben, der, nachdem er Verhandlungen nicht mehr ausweichen kann, unerfüllbare Bedingungen stellt, um neue Schwierigkeiten zu schaffen.

Wir haben uns entschlossen, Ihr Werk in der DDR herauszubringen, und werden dafür sorgen, daß viele Zehntausend Menschen Ihre Bücher erhalten, und diese Menschen werden Ihrer in Dankbarkeit und Verehrung gedenken.

Nach wie vor sind wir bereit, einen Vertrag mit Herrn Dr. Bermann abzuschließen, der nicht im Widerspruch zu unseren Gesetzen steht. Bis dahin werden wir für Sie ein Honorar von 15% und für Herrn Dr. Bermann die höchste übliche Lizenzgebühr, 5% des Verkaufspreises, sicherstellen. Wir werden nichts unversucht lassen und jede sich bietende legale Möglichkeit ausnützen, um Ihr Honorar oder Teile des Honorars zu transferieren. Soweit es in unseren Kräften steht, werden wir den Schleichhandel mit Ihren Ausgaben in Westdeutschland unterbinden.

Wir haben diese Entschlüsse schweren Herzens gefaßt. Wir bitten Sie, den Menschen, den wir alle verehren, um Verständnis für diesen Schritt, ja um Unterstützung, denn was wir tun, geschieht aus dem Bewußtsein der Verantwortung heraus, die wir alle vor unserem Volke haben.

In aufrichtiger Verehrung
Ihr
Erich Wendt

Dok. 55
TB 19. 2. 1952, Anm. 2
Urteil des Landgerichts Berlin vom 7. August 1952 in Sachen unlizenzierter Drucke von Werken Thomas Manns in der Deutschen Demokratischen Republik.

Ein westdeutscher Verleger, der durch unerfüllbare Bedingungen die lizenzierte Verbreitung der Werke Thomas Manns in der Deutschen Demokratischen Republik zu verhindern sucht, verstößt gegen die Verfassung der Deutschen Demokratischen Republik und macht sich der mißbräuchlichen Ausnutzung eines Urheberrechts schuldig. Hierfür kann er keinen urheberrechtlichen Schutz in Anspruch nehmen.

LG Berlin, Urt. vom 7. August 1952 — 1 Q 12/52

Die Antragstellerin ist Inhaberin der Verlagsrechte von Werken Thomas Manns, hinsichtlich deren sich die Antragsgegnerin um eine Lizenz zwecks Veranstaltung einer Neuausgabe in der Deutschen Demokratischen Republik bemühte. Bei den sich jahrelang hinziehenden Lizenzverhandlungen hatte die Antragsgegnerin obwohl die in Deutschland übliche Lizenzgebühr nur 3% des Verkaufspreises beträgt, eine Lizenzgebühr von 5% und ein Autorenhonorar in Höhe von 15% angeboten. Die Antragstellerin verlangte jedoch eine Lizenzgebühr von 10% und darüber hinaus die Zahlung sämtlicher Gebühren in Deutscher Mark der Bank Deutscher Länder bzw. in Dollar.

Da die Antragsgegnerin infolge der Sperre von Dollar- und Westmarkguthaben der Deutschen Demokratischen Republik diesem Verlangen nicht nachkommen konnte, hat sie die Ausgabe von Werken Thomas Manns ohne Lizenz seitens der Antragstellerin veranstaltet und die von ihr angebotenen Lizenzgebühren und Autorenhonorare zugunsten der Berechtigten bei der Deutschen Notenbank eingezahlt.

Die Antragstellerin hat daraufhin den Erlaß einer einstweiligen Verfügung beantragt mit dem Ziele, der Antragsgegnerin die Vervielfältigung und Verbreitung der im einzelnen aufgeführten Werke von Thomas Mann zu untersagen.

Das LG Berlin hat den Antrag auf Erlaß einer einstweiligen Verfügung zurückgewiesen.

Aus den Gründen:

Der Antrag auf Erlaß einer einstweiligen Verfügung ist nicht begründet.

Im Potsdamer Abkommen haben sich die Alliierten verpflichtet, Deutschland als eine politische und wirtschaftliche Einheit zu erhalten und zu behandeln und dem deutschen Volk die Möglichkeit zu geben, sein Leben auf einer demokratischen und friedlichen Grundlage aufzubauen. Sie legten dem deutschen Volke die Verpflichtung auf, die eigenen Anstrengungen unablässig auf die Erreichung dieses Ziels zu richten, erkannten somit das Recht des deutschen Volkes auf eigene Gestaltung seines staatlichen Lebens auf demokratischer Grundlage an. Das Potsdamer Abkommen ist nach wie vor in Kraft, wenngleich die westlichen Alliierten ihre darin übernommenen Verpflichtungen mehrfach gebrochen haben, indem sie Deutschland spalteten, die Remilitarisierung und die Renazifizierung betrieben und auf wirtschaftlichem Gebiet Monopolvereinigungen von bisher in Deutschland unbekannten Ausmaßen errichteten. Dabei haben sie die Unterstützung antinationaler westdeutscher Kreise gefunden. Im Gegensatz hierzu hält die Sowjetunion ihre im Potsdamer Abkommen übernommenen Verpflichtungen ein und findet hierbei die Unterstützung aller echten deutschen Patrioten, die sich um die Regierung der Deutschen Demokratischen Republik sammeln. In der Deutschen Demokratischen Republik und im demokratischen Sektor von Groß-Berlin ist das Potsdamer Abkommen die Rechtsgrundlage aller staatlichen Maßnahmen und Handlungen und daher auch die Rechtsgrundlage aller Entscheidungen, die die Gerichte in Angelegenheiten zu treffen haben, die die politischen, wirtschaftlichen und kulturellen Interessen des gesamten deutschen Volkes berühren. Dieser Rechtsstreit wirft Grundfragen der kulturellen Entwicklung des ganzen deutschen Volkes auf. Seiner Entscheidung muß daher der sich aus dem Potsdamer Abkommen ergebende Rechtsgrundsatz, daß die kulturelle Einheit der deutschen Nation zu wahren ist, zugrunde gelegt werden. Die kulturelle Einheit unserer Nation wird aber gefährdet, wenn die Werke Thomas Manns, des größten lebenden Dichters, einem großen Teil des deutschen Volkes unzugänglich bleiben.

Die unstreitige Tatsache, daß die Antragsgegnerin allein von dem großen Werk des Dichters ›Die Buddenbrooks‹ [!] 60 000 Stück nachgedruckt und bereits verkauft hat und daß Bestellungen auf 75 000 Exemplare dieses Werkes vorliegen, zeigt, wie stark breite Schichten der werktätigen Bevölkerung der Deutschen Demokratischen Republik nach den Werken des Dichters verlangen. Es gibt andererseits in Westdeutschland keinen Kenner und Verehrer der Werke des Dichters, der nicht in aufrichtiger nationaler und damit kultureller Verbundenheit mit den Werktätigen in der Deutschen Demokratischen Republik von dem tiefen Wunsche beseelt wäre, daß des Dichters Bücher allen deutschen Menschen zugänglich gemacht werden, der nicht stolz und beglückt wäre über die breite Aufnahme, die sie in ganz Deutschland nunmehr gefunden haben.

Dem gemeinsamen Streben aller an einer gesamtdeutschen kulturellen Entwicklung interessierten Kreise entspricht die Aufgabenstellung unseres demokratischen Staates, der nach Art. 34 der Verfassung der Deutschen Demokratischen Republik verpflichtet ist, an der Pflege der Kunst teilzunehmen und ihr Schutz zu gewähren. Wirkungsvoll wird bei uns die Schund- und Schmutz-Literatur bekämpft. Bewußt werden die Werktätigen mit den großen Schöpfungen der deutschen Kultur vertraut gemacht. In hohen Auflagezahlen werden die Werke der Klassiker und moderner Autoren, darunter auch die besten Werke der deutschen Schriftsteller im Westen unserer Heimat, an einen stets breiteren Leserkreis herangetragen.

Zu den Bedingungen, die die Antragsgegnerin der Antragstellerin vorgeschlagen hatte, wurden bereits viele Lizenzverträge mit bedeutenden und namhaften westdeutschen Verlegern abgeschlossen, so

u. a. mit dem Bertelsmann-Verlag, Inhaber der Verlagsrechte der Werke Gerhart Hauptmanns, mit der Nymphenburger Verlagsbuchhandlung, der Inhaberin der Verlagsrechte der Werke Leonhard Franks, und mit der Frankfurter Verlagsanstalt, Inhaberin der Verlagsrechte der Werke Lion Feuchtwangers. Die westdeutschen Schriftsteller haben daher mit Befriedigung feststellen können, daß ihre Werke in der Deutschen Demokratischen Republik eine viel großzügigere Aufnahme gefunden haben als in der Bundesrepublik, deren wirtschaftliche Verhältnisse eine kulturelle Förderung unmöglich machen. Die Deutsche Demokratische Republik wird daher immer mehr zum Hort der Fortentwicklung der humanistischen deutschen Kultur.

Die Wahrung der kulturellen Einheit der deutschen Nation gemäß den Rechtsgrundsätzen des Potsdamer Abkommens, die Fortentwicklung von Kunst und Literatur in allen Teilen unserer Heimat, unter allen Schichten unseres Volkes begegnet uneingeschränkt der Überzeugung und den Intentionen des Dichters Thomas Mann. Das bestätigt sein Brief an die Antragsgegnerin vom 14. Dezember 1951, in dem es u. a. heißt:

»Ich habe wiederholt den Aufbau-Verlag wissen lassen, daß ich das Fehlen meiner Bücher in der Ostzone schmerzlich empfinde, es vergeht keine Woche, wo ich nicht Briefe von Deutschen erhalte, die dringend nach der Möglichkeit, meine Bücher zu lesen, verlangen. Schon früher habe ich meinem Verleger, Dr. Hermann[!] Fischer, den Wunsch ausgesprochen, Lizenzausgaben meiner Bücher im östlichen Deutschland zu genehmigen. Gerade in den letzten Tagen aber habe ich mit vollem Nachdruck noch einmal darum ersucht; auf diesen Brief habe ich noch keine Antwort, hoffe aber bestimmt, daß es nunmehr zu einer Abmachung zwischen ihm und dem Aufbau-Verlag kommen wird.«

Im offenen Gegensatz zu Thomas Mann hat die Antragstellerin durch ihr Verhalten zum Ausdruck gebracht, daß sie nicht gewillt ist, den für jeden Deutschen verbindlichen Rechtsgrundsatz des Potsdamer Abkommens anzuerkennen.

Während es selbst der allgemeinen internationalen Praxis entspricht, Honorar und Lizenzgebühren nur in der Währung des Landes zu fordern, in der die Auswertung der Rechte erfolgen soll, hat die Antragstellerin von vornherein darauf bestanden, daß diese Gebühren in Deutscher Mark der Bank deutscher Länder bzw. in Dollar gezahlt werden. Nach dem Bruch des Abkommens über den innerdeutschen Handel durch die Bundesregierung war die Antragsgegnerin, die vorher bereit war, dem Verlangen der Antragstellerin auf Zahlung von Deutscher Mark der Bank deutscher Länder nachzukommen, weder tatsächlich noch rechtlich in der Lage, die ihr gestellten Zahlungsbedingungen anzunehmen. Denn die Bundesregierung hatte allen juristischen und natürlichen Personen mit Sitz in der Deutschen Demokratischen Republik die Verfügung über ihre in Westdeutschland befindlichen Guthaben verboten und die Regierung der USA die Dollarguthaben der Deutschen Demokratischen Republik beschlagnahmt. Gleichwohl verlangte die Antragstellerin weiterhin die Zahlung der Lizenz- und Honorargebühren in Deutscher Mark der Bank deutscher Länder bzw. in Dollar.

Diese Forderungen der Antragstellerin verstoßen gegen den im Potsdamer Abkommen von allen vier Besatzungsmächten niedergelegten Grundsatz von der Einheit Deutschlands. Die Übertragung der Lizenzrechte an Werken, die zum unvergänglichen Bestand der deutschen Kultur gehören, von Bedingungen abhängig zu machen, die für die Antragsgegnerin offensichtlich unerfüllbar sind, bedeutet, diese Kulturgüter einem großen Teil des deutschen Volkes vorzuenthalten. Solche Forderungen und die sich aus ihnen ergebenden notwendigen Auswirkungen sind ein Beitrag zur Zerstörung der kulturellen Einheit Deutschlands und somit als Verstoß gegen das Potsdamer Abkommen rechtswidrig.

Gleichzeitig bedeuten die Forderungen der Antragstellerin einen Mißbrauch der von ihr erworbenen Urheberrechte. Wie die Antragstellerin richtig ausgeführt hat, ist das Urheberrecht ein absolutes Recht und daher rechtlich wie das Eigentum zu behandeln. Im Art. 22 der Verfassung der Deutschen Demokratischen Republik, der unmittelbar geltendes Recht ist und das Eigentum garantiert, wird festgelegt, daß sich der Inhalt und die Schranken des Eigentums aus den Gesetzen und den sozialen Pflichten gegenüber der Gemeinschaft ergeben. Ein Gesetz im Sinne dieses Artikels ist auch das Potsdamer Abkommen. Dies folgt insbesondere aus Art. 5 der Verfassung der Deutschen Demokratischen Republik, in dem hervorgehoben wird, daß die allgemein anerkannten Regeln des Völkerrechts die Staatsgewalt und jeden Bürger binden. Es unterliegt darüber hinaus keinem

Zweifel, daß es zu den höchsten sozialen Pflichten jedes Deutschen gehört, für die Einheit unserer Nation auf allen Lebensgebieten, also auch auf dem Gebiet der Kultur, einzutreten. Im Art. 24 der Verfassung der Deutschen Demokratischen Republik wird weiterhin der Rechtssatz aufgestellt, daß der Gebrauch des Eigentums dem Gemeinwohl nicht zuwiderlaufen darf. Auch die Verfassung der Bundesrepublik proklamiert im Art. 14 den Grundsatz, daß der Gebrauch des Eigentums dem Wohle der Allgemeinheit dienen soll. Da sich die Antragstellerin über die Schranken hinwegsetzen will, die durch das Potsdamer Abkommen und die Verfassungen beider Teile Deutschlands dem Eigentum und damit entsprechend auch dem Urheberrecht auferlegt werden, mußte ihr nach dem in ganz Deutschland geltenden Recht der Schutz für die mißbräuchliche Ausnutzung der ihr an den Werken von Thomas Mann zustehenden Rechte versagt werden. Der Anspruch auf die bereits der Antragstellerin gutgeschriebenen Lizenzgebühren in Höhe von 23 026,50 DM der Deutschen Notenbank und auf die für Thomas Mann eingezahlten Honorargebühren in Höhe von 69 079,86 DM der Deutschen Notenbank, die sich beide in Zukunft noch bedeutend erhöhen werden, bleibt selbstverständlich bestehen. Somit ist der Antragstellerin ein materieller Schaden nicht entstanden und wird ihr auch nicht entstehen.

Ihr Antrag auf Erlaß einer einstweiligen Verfügung war daher zurückzuweisen. Mit seiner Entscheidung genügt das Gericht der hohen Verpflichtung, die dem gesamten deutschen Volke dienende Entwicklung der Kunst und Literatur mit den Mitteln der demokratischen Gesetzlichkeit zu schützen und zu fördern.

(Zitiert nach ›Neue Justiz. Zeitschrift für Recht und Rechtswissenschaft‹. Herausgeber: Das Ministerium für Justiz. Das Oberste Gericht. Der Generalstaatsanwalt der Deutschen Demokratischen Republik, 6. Jahrgang, No 13 vom 20. 11. 1952, S. 557/558.)

Dok. 56
TB 12. 5. 1952, Anm. 2
Antwort von Frederick Rosenthal auf Thomas Manns medizinische Anfragen über Gebärmutterkrebs
Beverly Hills, 11. 5. 1952

Sehr verehrter Herr Dr. Mann!

Ihre freundliche Aufforderung zur medizinischen Mitarbeit an einem neuen Roman ist fuer mich ehrenvoll wie es zur Zeit des »Faustus« war. Das diesmalige Thema bedeutet fuer mein Denken als Arzt eine so grosse Fascinierung, dass ich nicht umhin kann, viel eingehender zu Ihren Fragen Stellung zu nehmen, als Sie es wahrscheinlich beabsichtigten. In dem neuen Roman ist die Rede von Liebe und Tod, und ich zitiere aus dem 2. Band des Zauberbergs von Seite 41, wenn ich sage, dass dieses Thema zu mancher Betrachtung teils zart-poetischen, teils aber unerbittlich wissenschaftlichen Gepraeges Anlass gibt. In dem neuen Roman sehe ich eine Frau vor mir, *der es schon nicht mehr nach der Weiber Weise geht. Diese Frau von 50 Jahren empfindet, nachdem sie bereits die koerperlichen und seelischen Symptome der Wechseljahre* an sich erlebt hatte, ploetzlich *wieder Gefuehle leidenschaftlicher* Liebe und projiziert diese *auf einen im Hause anwesenden jungen Mann*, in einem von der Norm abweichenden, medizinisch *psychopathologisch zu nennenden Zustand. Bald darauf faellt sie einer boesartigen, mit erneuten Blutungen einhergehenden Frauenkrankheit zum Opfer*, einem tragischen *organpathologischen* Ereignis, das Sie, Herr Dr. Mann, als Gebaermutterkarzinom aufgefasst und dementsprechend symptomatologisch erklaert haben moechten.

Ich habe anliegend einige Zitate aus dem Zauberberg abgeschrieben und die dort ausgesprochenen Gedanken belehren mich, dass der Dichter *Vorgaenge der Seele* und *Vorgaenge des Koerpers* absolut *getrennt* behandeln kann und, von diesem Gedanken ausgehend, ist die Entwicklung des Krankheitsbildes, als einem primaeren Gebaermutterkarzinom angehoerend, durchaus moeglich. *Der Dichter behandelt dann die in dem Roman zu entwickelnden seelischen und koerperlichen Vorgaenge dualistisch als getrennte Ereignisse.* Der Arzt jedoch ist geneigt, diese ungewoehnlichen seelischen und koerperlichen Dinge *in den Wechseljahren als auf einer einheitlichen*

Grundlage beruhend zu betrachten und sieht die Psychopathologie durch Organpathologie bedingt. Der Arzt sieht in dem Krankheitsbild ein einheitliches, endocrinologisch-hormonal, organpathologisch bedingtes Ereignis, dessen erste psychologische Phase scheinbaren Wiederaufbluehens abgeloest wird von der zweiten, mit Koerperverfall einhergehenden und zum Tode fuehrenden Phase.

Dualistisch betrachtet kann natuerlich eine Frau zu irgend einer Zeit ein Wiederaufbluehen leidenschaftlicher Liebe erleben und kurze Zeit darauf an irgend einer boesartigen Krankheit, zum Beispiel einem Uteruskarzinom, zu Grunde gehen. Medizinisch erleben wir diese Vorgaenge, praktisch nicht, wenn die boesartige Erkrankung ein primaeres Gebaermutterkarzinom ist. Wir sehen diese Frauen gewoehnlich sehr frueh in einem Zustand morbider Melancholie, sexueller Frigiditaet und der Neigung zur Abgeschlossenheit von der Aussenwelt, bedingt durch frueheinsetzende koerperliche Schwaechezustände. – *Wir sehen praktisch die Kombination eines sexuellen Wiedererwachens im ersten Stadium und eines nachfolgenden Zugrundegehens an einer Krebskrankheit nur dann, wenn der primaere Krebs vom Eierstock ausgeht.*

Ich weiss nicht, wie Sie im Verlauf des Romanes *die psychologischen und organischen Beziehungen zueinander* gestalten wollen, und da meine Beantwortung der Fragen in Ihrem Brief vom 5. Mai von der Klaerung dieser Grundeinstellung abhaengt, verwende ich in meinem heutigen Brief so viel Zeit fuer diese Fragestellung. Wenn Sie im Zusammenhang des Romans meine vereinheitlichende Auffassung nicht brauchen koennen, sondern die seelischen Vorgaenge dichterisch getrennt von den koerperlichen Symptomen oder psychoanalytisch behandeln wollen, dann lassen Sie mich dies bitte wissen, und ich werde sehr gern in meinem nachfolgenden Briefe Ihre Fragen so beantworten, wie Sie sie an mich in Ihrem Briefe richteten.

Wenn es aber den Zwecken des Romans dient, das psychologische und organische Bild von einheitlicher Grundlage ausgehend darzustellen, dann – und jetzt komme ich zum Punkte meines Briefes – dann koennen wir nicht mit dem Gebaermutterkrebs beginnen, sondern muessen ein von den Eierstoecken ausgehendes Karzinom als Grundursache betrachten. Im Beginn dieser Erkrankung erscheinen koerperliche Krankheits-Symptome praktisch ueberhaupt nicht; sondern nur die ueberraschende Erscheinung neuen sexuellen Interesses, neuer Liebesgefuehle, neuen koerperlichen Aufbluehens beherrschen die erste Phase, in der die sich entwickelnden Eierstockskarzinomzellen das wieder tun, was die normalen Eierstockzellen bereits aufgehoert hatten zu produzieren, naemlich grosse Mengen neuer Frauenhormone in den Blutkreislauf der Frau zu senden. Dieses Stadium wird Hyperestrogenismus (Ueberproduktion von Estrogen = Frauenhormon) genannt. Im zweiten Stadium treten erneute Blutungen ein, die entweder rein hormonal erklaert werden koennen und dann bei einer Auskratzung der Gebaermutter in fruehen Stadien keine Krebszellen produzieren und das Krankheitsbild unerkannt im Dunkeln lassen, oder bei der Gebaermutterauskratzung Krebszellen produzieren, die histologisch den Charakter von Eierstockskrebszellen haben (metastatisches Uebergreifen des Eierstockskarzinoms auf die Gebaermutter) und anzeigen, dass die boesartige Erkrankung schon ziemlich weit vorgeschritten ist. Im dritten Stadium, in dem der Krebs auf viele andere Organsysteme uebergegriffen hat, zeigt sich dann das Bild allgemeinen, mehr oder weniger rapiden Kraefteverfalls.

Die »wirkliche« Patientin ist nun anscheinend nicht operiert worden, *oder bei der Gebaermutterkuerettage wurden Karzinomzellen nicht gefunden, und bei einer schliesslich im Endstadium vorgenommenen Operation ist wahrscheinlich eine Entfernung des Krankheitsprozesses nicht mehr moeglich gewesen.* Daher ist es tatsaechlich ganz gut moeglich, dass *die »wirkliche Patientin« gelitten hat an einer Eierstockserkrankung,* die im Jahre 1855 in *Wien von Rokitansky* entdeckt und 1859 erstmalig in der Wiener Allgemeinen Zeitung veroeffentlicht wurde. – Die medizinische Welt erfuhr mehr ueber die Krankheit im Jahre 1915 als R. Meyer in der Zeitschrift fuer Geburtshilfe und Frauenheilkunde nachwies, dass dieser *Eierstockstumor, granuloeses Zellkarzinom genannt, ausgeht von unbenutzten granuloesen Zellen, die seit der Geburt im Eierstock ruhten und nach dem Einsetzen der Wechseljahre zur boesartigen Entwicklung kommen.* Im Jahre 1934 haben E. Novak und J. N. Brawner im American Journal of Obstetrics and Gynecology (28: 637) in einem Studium von 36 Faellen die Boesartigkeit und Symptomatologie nachgewiesen von dieser eigenartigen Erkrankung, *die im Anfang nur Symptome des Hyperestrogenismus mit dem ueberraschend erfreulichen Wiederaufbluehen der Patientin zeigt, aber nicht lange diese grausige*

Taeuschung aufrecht erhaelt und sehr bald die tragischen Illusionen zerstoert und den Koerper vernichtet.

Sowie ich Ihre Antwort erhalte, ob es bei dem ursprünglich angenommenen Gebaermutterkrebs bleiben soll, oder ob Sie die von mir dargestellte Version wuenschen, werde ich einen Brief folgen lassen, in dem ich, je nach der Version, Ihre frueher gestellten Fragen im einzelnen beantworten werde. Um diese Information dem der *Zeit des Romans entsprechenden Stand der medizinischen* Wissenschaft anzupassen, teilen Sie mir bitte noch mit, *welches der Zeitpunkt ist, in dem der Roman erzaehlt wird, und welches die Zeit, die den Raum der neuen Handlung bildet,* wer im Roman der Erzaehler ist, *das ungefaehre Milieu bezueglich Stadt und Land und die Art der zu konsultierenden Aerzte* (Internisten, Gynaekologen, Psychologen), ferner *wie kurz oder ausfuehrlich über die medizinischen Details (Diagnose, Therapie und Verlauf) referiert werden soll, ob in dem neuen Roman die Karzinomerkrankung einen mehr bedeutenden Raum einnehmen wird wie etwa die Tuberkulose-Krankheit im Zauberberg oder einen kleinen lokalen Raum* wie die Meningitis-Erkrankung im Faustus.

Es gibt mir so viel wissenschaftliches Vergnuegen, all diese Fragen zu analysieren, dass ich Sie bitte, jederzeit ueber mich zu verfuegen, in welcher Weise auch immer ich Ihnen dienen kann.

Mit vorzueglicher Hochachtung
Ihr Ihnen sehr ergebener
Fritz Rosenthal.

(Die kursiv gesetzten Passagen sind im Original von TM unterstrichen oder am Rand markiert, die unterstrichenen Worte von Dr. Rosenthal im Typoskript hervorgehoben. – Dem Schreiben war eine siebenseitige Expertise ›Zur Physiologie und Pathologie der Eierstöcke im Zusammenhang mit Erscheinungen in den Wechseljahren‹ beigefügt.)

Dok. 57
TB 15. 5. 1952, Anm. 2
Entwurf eines Briefes an die Münchener Zeitschrift
›Echo der Woche‹
Pacific Palisades, 16. 5. 1952

Sehr geehrte Herren,
Man hat mir den liebenswürdigen Artikel zugeschickt, in dem Ihr Blatt sich, unter dem Titel ›Willkommen in Europa!‹ mit meiner geplanten Rückkehr nach dem alten Kontinent beschäftigt. Der herzliche Zuruf hat mich gefreut. Er ist aber mit Erläuterungen meines Vorhabens verbunden, die nicht zutreffen, und die ich nicht unberichtigt lassen kann. Es wäre mir höchst unlieb, wenn dieses Vorhaben als ein Bruch mit Amerika gedeutet würde, herbeigeführt durch politische Verfolgungen, denen ich hier ausgesetzt wäre. Ueber das Wirken des ›House Un-American Activities Committee‹ mag man denken, wie man will, – mich hat es jedenfalls vollkommen in Ruhe gelassen, mich nie vorgeladen (man hätte davon in der Welt, einschliesslich Deutschlands, ja auch gehört) und macht, soweit ich sehe, keine Anstalten, es zu tun. Ich weiss auch von keinen ›charakterlosen Freunden‹, die mich vor diesem Tribunal belastet oder im Stich gelassen hätten, weiss von keiner ›Bedrängnis‹, der ich mich fluchtartig entziehen müsste.

⟨Ein paar schon recht weit zurückliegende journalistische Angebereien und ›Beschmierungen‹ beiseite gelassen, wie sie heute gang und gäbe sind und um die kein Mensch, wenigstens in literarisch gesitteter Sphäre, sich kümmerte, habe ich in dem grossen Lande, dessen Bürger ich nun schon seit 9 Jahren bin, bis zum heutigen Tag nichts als Freundlichkeit und [gestr. ›Ehre‹] Auszeichnung empfangen.⟩

Wahrscheinlich denken Sie bei Ihrer politischen Auslegung meiner Träume an ein paar journalistische Angebereien und ›Beschmierungen‹, deren Gegenstand ich – auch ich – gelegentlich gewesen bin. Ich kann Sie versichern, dass sie wenig Eindruck, in literarisch gesitteter Sphäre garkeinen, gemacht haben. Nie habe ich von Zeitschriften und grossen Zeitungen mehr Aufforderung zur Mitarbeit erhalten, als gerade damals, und wie zum Trotz wählte zu der Zeit der ›Book of the Month Club‹ zum dritten Mal einen Roman von mir – den ›Holy Sinner‹ (›Der Erwählte‹) – zum Buch des Monats. Es haben ja ein paar meiner Erzählwerke, ›Death in Venice‹ etwa oder der ›Magic Mountain‹, das Glück gehabt, hierzulande zu ›classics‹ von unantastbarem Ansehen aufzuwachsen, und jede neue Arbeit von mir wird – oft genug mit kritischer Schärfe, oft auch mit warmer Zustimmung, jedenfalls aber in voller Objektivität besprochen. Alles in Allem darf und muss ich sagen – nicht aus Selbstgefälligkeit, sondern weil es in diesem Zusammenhang denn doch gesagt sein will –, dass ich dem grossen Lande, dessen Bürger ich nun schon seit neun Jahren bin, bis zum heutigen Tage nichts als Freundlichkeit und Auszeichnung empfangen habe. Ich bin Ehrendoktor seiner bedeutendsten Universitäten und, seit Jahren Mitglied des ›National Institutes of Arts and Letters‹ in New York, erhielt ich nach dem Erscheinen des ›Doktor Faustus‹, den Romanpreis, den dies Institut für die ihm am wichtigsten erscheinende Leistung auf diesem Gebiet im Lauf von fünf Jahren vergibt. Eben noch, vor wenigen Wochen, erfuhr ich die Freude, in den engeren und höheren Kreis seiner Mitglieder, die ›American Academy of Arts and Letters‹, aufgenommen zu werden, was ausdrücklich nichts Geringeres bedeutet, als dass das Lebenswerk des Gewählten als ein vom geistigen Leben des Landes resorbierter, bleibender Beitrag zur nationalen Kultur betrachtet wird.

Das alles sieht nicht nach Verfolgung, Verfehmung[!] und zur Flucht treibender Bedrängnis aus, sondern es ist vielmehr danach angetan, mir einen Entschluss innerlich schwer zu machen, den es denn auch noch immer in zögernder Schwebe hält. Aber können Sie sich nicht vorstellen, dass den weit Verschlagenen, der in ein paar Jahren achtzig sein wird, und der, je kümmerlicher es Europa geht, sich desto mehr als Europäer fühlt, zuweilen ein unruhiges, ja ängstliches Verlangen ankommen kann zurück zur alten Erde, ›von der er gekommen ist‹, und in deren Schoss er einmal ruhen möchte – nicht in dieser hier, die doch zuletzt nichts von ihm weiss?

Das hat mit keinem House Committee zu tun, es ist ein rein menschlich, rein seelisch zu verstehender Trieb, und wenn er sich nach der Schweiz richtet, so darum, weil ich dies Klein-Europa liebe von jungauf, immer dort gute Freunde hatte und, als Deutschland für mich versank, dort in tröstlicher Geborgenheit fünf glückliche, fruchtbare Jahre verlebt habe. Der Gedanke, in dem herrlichen, vertrauenswürdigen Lande, nahe allen Centren Europas, nahe auch Deutschland, am Abend meines Lebens wieder zu siedeln, hat nun einmal in mir Wurzeln geschlagen, und die erhaltene Versicherung, dass man sich freuen würde, mich auch als Träger eines amerikanischen Passes dort wieder zu begrüssen, ›sitzt‹, wie es im Hamlet heisst, ›lächelnd um mein Herz‹.

Auch technisch aber ist die Ablösung von hier nicht so einfach, und allem Anschein nach wird es dieses Jahr noch einmal auf die obligate Europa-Reise mit Rückkehr im Herbst hinauslaufen. Doch wie es sich füge, – es lag mir daran, die Vorstellung nicht aufkommen zu lassen, als wollte ich in irgendwelcher Vergrämtheit die im Lauf von vierzehn Jahren recht fest gewordenen Bande zwischen mir und dem grossartigen Lande hier zerreissen. Schliesslich habe ich es schon während jener fünf Schweizer Jahre nicht weniger als viermal besucht, und jetzt ist da die löbliche Swiss Air, die den von umgekehrtem Heimweh Ergriffenen beinahe über Nacht vom mondänen Zürich nach dem gemütlichen New York verbringt.

Ihr sehr ergebener
[Thomas Mann]

(Der in spitze Klammern gesetzte Passus ist im Typoskript bereits getilgt)

Dok. 58
TB 1. 6. 1952, Anm. 1
Statement für den Rechtsanwalt Robert W. Kenny zugunsten der vom ›Committee on Un-American Activities‹ verfolgten und mit Gefängnis bedrohten Rechtsanwälte, o. D. [1. 6. 1952]

Sehr geehrter Herr Kenny:
Vielen Dank für Ihren Brief vom 26. Mai mit der Einladung die von Ihnen und Herrn Carey McWilliams unterzeichnet und zur Veröffentlichung bestimmt war. Ich habe öffentlich erklärt, daß ich mich entschlossen hatte, meinen Namen nicht mehr für Kollektivappelle politischer Art herzugeben. Ich würde es aber als ein Zeichen tadelnswerter Indifferenz gegenüber dem Geist und der Moral dieses Landes, dessen Bürger ich bin, betrachten, wenn ich nicht mit Wort und Tat die Männer unterstützen würde, die für die freie Ausübung des Anwaltsberufs in Amerika unter den jetzigen schwierigen politischen Bedingungen kämpften.

Das Vorrecht jedes Angeklagten, vor dem Gericht von einem Rechtsexperten vertreten zu sein, dessen Amt und Pflicht es ist, der Anklage entgegenzuwirken, indem er jeden Punkt, der für den Angeklagten spricht, mit allem ihm zur Verfügung stehenden Scharfsinn und Temperament vorbringt, um für seine Mandanten ein mildes Urteil oder einen Freispruch zu erreichen – dieses Vorrecht ist eine grundsätzliche Institution aller zivilisierten Nationen. Kein Rechtsanwalt sollte durch das Gesetz in seiner Berufsausübung gehindert oder beschränkt werden, auch nicht, wenn sein Klient einer Überzeugung ist, die von der Mehrheit des Volkes als staatsgefährdend angesehen wird. Es ist absurd und unverzeihlich, wenn sich nun auch noch der Haß und die Verachtung gegen den Anwalt eines solchen Mandanten selbst richtet, er der Verfolgung und dem Ausschluß aus seiner berufsständischen Organisation ausgesetzt ist und sogar Gefahr läuft, ins Gefängnis geworfen zu werden. Wenn ein Verteidiger, der sich für seinen unpopulären Mandanten einsetzt, auch noch bestraft werden soll – wohin würde uns das führen? Es würde uns genau in einen nationalsozialistischen Volksgerichtshof führen, dessen Präsident ein gewisser Roland Freisler war, Ankläger und Richter in einer Person, und in dessen Verhandlungen keine andere Stimme zu vernehmen war als seine, welche am Ende auch seine Bluturteile verkündete. Ich brauche nicht zu sagen, wie undenkbar eine solche Verfahrensweise in einem freien Lande wie Amerika erscheinen würde.

Ich bin überzeugt, daß die überwältigende Mehrheit des amerikanischen Volkes eine solche Beschränkung und Bedrohung der öffentlichen Aufgaben der Rechtsanwälte nicht gutheißt. Wer fühlte keine Sympathie mit denen, die den Mut haben, zu den traditionellen Regeln einer zivilisierten Gerichtsverhandlung zu stehen, und jeden zu verteidigen, sei er schuldig oder unschuldig, der wegen gefährlicher politischer Anschauungen angeklagt wird. Die fünf tapferen Anwälte aus Los Angeles, die sich für die Gruppe angeblicher Kommunisten, die auf Grund des Smith-Acts angeklagt wurden, eingesetzt haben, verdienen unsere Hochachtung. Ich würde es persönlich als Pflichtvernachlässigung oder gar als Geständnis meiner eigenen Einschüchterung ansehen, wenn ich Ihrem Bankett meine Zustimmung versagte.

Mit vorzüglicher Hochachtung
Thomas Mann

Dok. 59
TB 25. 10. 1952, Anm. 6
Thomas Mann an Marianne Hoppe
Zürich, 15. 10. 1952

Liebe Gnädige Frau,
Was für eine liebenswürdige Aufmerksamkeit von Ihnen, mir den Band von ›Olle Kamellen‹ zu schicken! Ich hätte Ihnen schon früher dafür gedankt, wenn ich nicht gleich nach dem Münchener Besuch nach Bern hätte fahren müssen, um auch da auf dem Seil zu tanzen. Gottlob, daß ich nun vierzehn Tage Ruhe habe, bevor es nach Frankfurt geht – und dann nach Wien. Old Europe ist sehr anspruchsvoll.

Das Buch weckt viele Kindheitserinnerungen. Unsere Mutter, obgleich Brasilianerin, konnte sehr gut plattdeutsch und las uns oft abends Fritz Reuter vor.

Schade, daß wir Ihnen diesmal in München nicht begegneten, weder auf der Bühne noch persönlich. Die Kammerspiele zogen uns an. Gleich nach unserer Ankunft haben wir dort jene merkwürdige italienische Theater-Improvisation mit der familienfrommen Prostituierten und noch am letzten Abend den ›Wozzek‹ gesehen, ein Stück, das ich sehr liebe. Und dieser mir bis dahin ganz unbekannte Herr Blech ist ja *vorzüglich* darin, man kann sagen: unübertrefflich. Es war ein starker Eindruck – aber Ihre Konstanze soll darum doch nicht vergessen sein!

Ihr ergebener
Thomas Mann

Dok. 60
TB 4. 11. 1952, Anm. 1
Beitrag zur Festschrift für Richard Riemerschmid mit der Erinnerung an Ida Hofmann

Ein ›Brieflein‹ ist es wirklich nur, das ich beitragen kann zur Feier des 85. Geburtstags von Münchens großem Bürger, Richard Riemerschmid, und des 80. der Frau, die er einst, unter Possarts wohllautendem Widerspruch (den ich gern gehört hätte!) der Münchner

Hofbühne entführte. Daß ich mich gut, *sehr* gut an sie erinnere aus der Zeit, da wir beide so fabelhaft jung waren, sie, die zur Schau schimmernde süddeutsche Mädchenblüte, und ich als der scheue Gast aus dem Norden, das habe ich kürzlich schon einmal merken lassen: in der Festschrift zur Eröffnung des neuen Residenztheaters. Viel mehr tun kann ich auch hier und heute nicht. Ich kann nur sagen, daß Ida Hofmann zum wirklich Lieblichsten gehörte – Jugenderinnerung versucht mich, schlechthin zu sagen: das Lieblichste war, was die Schaubühne meinen Augen (und Ohren, – kurzum meinem ganzen aesthetischen Sinn) je geboten hat. Sie hat mich nie gesehen und ich sie hundertmal, in allen ihren Rollen, den großen, wie Hannele Mattern, und den kleinen, wo sie nichts zu leisten hatte, als reizend auszusehen, wie als joli tambour in ›Madame sans Gène‹. Ich habe ihr Bild – kein wirkliches Bild, eben nur das Gedenken an ihre süße Wirklichkeit von damals – mit mir geführt durch ein langes, bewegtes Leben bis in mein hohes, dem ihren nahekommendes Alter, und ich wünschte wohl, ich könnte sie jetzt wiedersehen in ihrem Würdenstande. Gewiß würde ich jene lieben Augen wiedererkennen, den beweglichen Mund, die holde Stimme und Sprechweise. Vielleicht fügt es sich einmal, wenn ich wieder in München bin. Jedenfalls möge sie lächelnd erfahren, daß sie einst, in ihrer von Kunst verklärten Jugend, das Herz eines einsamen, in der Menge verlorenen jungen Dichters hat zärtlich höher schlagen lassen.

Dok. 61
TB 12. 11. 1952, Anm. 15
Die Franz Theodor Csokor als Vorbereitung des Wien-Besuchs zur Verfügung gestellte Erklärung

Freundschaftliche Warnungen erreichen mich, es bestehe gewissen Ortes die Absicht, meinen Besuch in Wien parteipolitischen Sonderzwecken dienstbar zu machen. Zwar sehe ich kaum, wie solch ein Plan – gesetzt, er existierte – irgend ausführbar wäre. Zweimal in Wien spreche ich unter den Auspizien des PEN-Clubs, einer betonter- und bekannterweise un-, über-, ja anti-politischen Organisation. Und in grösserem Rahmen, sozusagen auf eigene Faust, mich ein drittes mal hören zu lassen, habe ich erst zugestimmt, als eine erhebliche Anzahl von Interessenten im Mozartsaal keine Unterkunft hatte finden können. Um aber Missverständnissen vorzubeugen, erkläre ich jedenfalls:

Ich komme nach Wien aus Anhänglichkeit und Treue für die schwergeprüfte, doch immer noch herrliche Stadt, mit der mich von jungauf eine im Seelischen eigentümlich gegründete Sympathie verband. Ich komme in der Hoffnung, den Wiener Freunden meiner künstlerischen Arbeit ein wenig Freude zu bereiten. Für zwei meiner Abende sind denn auch rein literarische Programme vorgesehen, – ich lese Neues aus dem Roman »Bekenntnisse des Hochstaplers Felix Krull«. Und wenn der Vortrag, den zu allererst der PEN-Club mich zu halten bat, und der denn auch im Mozartsaal stattfinden wird, gelegentlich Themen anklingen lässt, einem Heute entnommen, in dem es ganz ohne »Politik« im weitesten Sinne nun einmal nicht abgeht, so darf ich im voraus daran erinnern, dass weder in London, noch in Salzburg, Zürich, Bern, oder München – Städten, wo ich, persönlich, oder durch das Medium des Rundfunks, dies Stückchen Gedankenprosa bereits zu Gehör gebracht – solche Anklänge missdeutet worden sind. – Wer, wie ich – als Mensch nämlich, als Erdenbürger und nicht als Politiker –, zu seinen Mitmenschen spricht, muss frei sein, Menschheitsdinge bei Namen zu nennen, ohne sich dem unsinnigen Vorwurf auszusetzen, es sei besonders ein Teil der Menschheit – und überdies ein ihm zugestandenermassen von Geburts-, Erziehungs- und Traditions- wegen besonders fremder –, der ihm dabei am Herzen liege.

Was mir am Vorabend der Reise wirklich und vor allem am Herzen liegt, ist der Wunsch, man möchte mir, der ich diesem späten Wiedersehen mit so aufrichtiger Freude entgegenschaue, die gerechte Freundlichkeit tun, mich so aufzunehmen und zu nehmen, wie ich bin, – und nicht, wie die einen oder anderen wohl möchten – oder argwöhnen –, dass ich sei.

Thomas Mann
Zürich,
13. XI. 1952

Dok. 62
TB 19. 11. 1952, Anm. 5
Bericht der ›Volksstimme‹, Wien, vom 19. 11. 1952, S. 5

›Thomas Mann: »Ich bin und war immer ein Mann des Friedens«
Der große Dichter sprach vor der Wiener Presse über Fragen der Kunst und der Politik‹

»Der Friede erscheint mir der kategorische Imperativ unserer Zeit zu sein, bei dessen Nichtbefolgung Barbarei und äußerstes Elend droht. Ich bin und war immer ein Mann des Friedens.« Das war Thomas Manns Antwort auf einer gestern vom PEN-Klub veranstalteten Pressekonferenz, als er gefragt wurde, ob er das friedliche Nebeneinanderleben zweier Gesellschaftssysteme für möglich halte. »Man muß es hoffen«, fügte er hinzu, »denn ein dritter Weltkrieg wäre eine unsagbare Katastrophe.«

Thomas Mann begann seine Ansprache an die Vertreter der Presse mit der Versicherung, er habe der Stadt Wien, mit der ihn von Jugend auf Sympathie verbinde, Anhänglichkeit und Treue bewahrt. Mit einer deutlichen Anspielung auf die Angriffe, denen er seit seinem Aufenthalt in Österreich ausgesetzt war, sagte er, jeder Erdenbürger müsse frei sein, Menschheitsdinge frei zu behandeln. In keiner der Städte, in denen er seine Vorträge gehalten habe, sei sein Aufenthalt mißdeutet worden.

Thomas Mann wird in die Schweiz übersiedeln, denn es ist ihm, wie er sagte, »ein Bedürfnis, seinen Lebensabend auf der alten Erde zu verbringen«.

Der Dichter liebt es, von der Kunst und von seinen Werken zu sprechen. So sagte er: »Man ist jedesmal ein Anfänger. Ich glaube nicht an die Meisterschaft des Handgelenks. Man fängt immer von neuem zu schreiben an.«

Als aber die Fragen mehr und mehr politisches Gesicht annahmen, zögerte der große Dichter und Vertreter der Menschlichkeit nicht, sich unzweideutig zu dem Prinzip zu bekennen, für das er auch mit seinem ganzen Werk immer eingetreten ist: Darauf hinzuwirken, daß die Menschheit klüger, friedlicher und glücklicher werde.

Befragt, wie es mit der geistigen Freiheit in Amerika stünde, sagte er, in Amerika ist die freie Meinungsäußerung weitgehend eingeschränkt, es wird »Konformismus« verlangt. In derselben Antwort aber bezeugte Thomas Mann seine Achtung vor jenen namhaften und ihm persönlich bekannten Vertretern des geistigen Lebens Amerikas, die dort durch ihr tapferes Verhalten die geistige Freiheit verteidigen.

Befragt, was für eine Haltung er zu dem Erscheinen solcher berühmter Männer, wie der französischen Dichter Cocteau und Sartre und des französischen Malers Matisse, zum Völkerkongreß für den Frieden einnehme, sagte er:

»Ich kann mir's nicht anders denken, als daß diese Persönlichkeiten der Sache des Friedens anhänglich sind; man kann das Erscheinen dieser bedeutenden Persönlichkeiten auf dem Völkerkongreß nur begrüßen.«

Im Gegensatz dazu tat er den bekannten amerikanischen Hetzkongreß »Für kulturelle Freiheit«, der in Paris getagt hatte, als eine Organisation ab, die die »Gegensätze nur verschärfen könne und letzten Endes nicht dem Frieden diene«.

Thomas Mann erklärte, daß wir ja alle fühlen, daß wir uns in einer Zeit der Umwälzung, in einer Zeit des Heraufkommens von etwas Neuem befinden. »Eine Epoche geht zu Ende«, sagte er, »und das geht nicht ohne Konvulsionen ab.« Er verband seine Erklärung, er wisse, daß etwas Neues heraufzieht, mit einem tiefempfundenen Bekenntnis zu den großen Zügen, welche die bürgerliche Epoche, die nun zu Ende geht, im letzten Drittel des vergangenen Jahrhunderts aufgewiesen hat und deren persönlicher Zeuge gewesen zu sein er sich glücklich schätzt. »Denken Sie nur an den deutschen, den russischen, den französischen Roman, an die deutsche Musik, die Naturwissenschaft – ein ganzer Wald von großen Männern.«

Einem besonders eifrigen Frager, der Thomas Mann aufforderte, sich über die besonderen Vorzüge der »Demokratie amerikanischer Prägung« gegenüber den Volksdemokratien zu äußern, antwortete Thomas Mann, er werde sich – »mit des Fragers gütiger Erlaubnis« – dazu nicht äußern.

Die letzte Frage, die Thomas Mann gestellt wurde, war: »Es wird hier versucht, Thomas Mann für die Weltanschauung gewisser Frager zu rekrutieren. Dieser Versuch kann nicht gelingen. Sind Sie, Herr Thomas Mann, nicht der Meinung, daß die beiden Lager, in welche die Welt gespalten ist, so hitzig diskutieren mögen wie nur immer nötig, daß es aber doch die Hauptsache bleibt, daß diese Diskussion zu einer Verständigung führe und nicht zu einer gewaltsamen Auseinandersetzung, daß sie zum Frieden führe und nicht zum Krieg?«

»Ausgezeichnet«, sagte Thomas Mann, »gerade so einem Ziel will ich dienen, und zwar auf meine persönlichste Weise, mit meiner Kunst.

Die Kunst ist ein Freundschaftsdienst, ein Liebesdienst am Menschen.

Sie mag die Sphäre sein, wo eine Verständigung am besten möglich wird. Sie erstrebt Freundschaft, Heiterkeit, Friede und Glück, und ich werde mit meiner Gabe darauf hinwirken, daß die Menschheit klüger, friedlicher und glücklicher werde.«

REGISTER

Kursiv gesetzte Seitenzahlen verweisen auf den Anhang. Der Name von Katia Mann, die, mit dem Kürzel K., sehr häufig erwähnt wird, ist nicht aufgenommen. Orte und Hotels sind nur im Zusammenhang mit einem Aufenthalt TMs verzeichnet, die Registrierung fremder Werke bezieht sich auf TM's Eintragungen; kleinere Aufsätze und Rezensionen sind nur in Ausnahmefällen einzeln aufgeführt.

I WERKE VON THOMAS MANN

II ALLGEMEINES VERZEICHNIS

Das Register wurde zusammengestellt von Wolfgang Kloft

INHALT

Register

P.P., Dienstag, den 23. I. 1951

»Schrieb nachmittags ausführlich an Bermann über die schwebenden Fragen: Schutzumschlag für Gregor, Defizit der mimeogr. Ausgabe hier.«

P.P., Freitag, den 30. III. 1951

»Telegramm an Bermann: schwere Beunruhigung durch das Ausbleiben des Copy rights.«

P.P., Sonnabend, den 29. XII. 1951

»Diktierte neuen insistenten Brief in Sachen ostdeutscher Ausgaben an Bermann.«

THOMAS MANN

Briefwechsel mit seinem Verleger Gottfried Bermann Fischer

1932–1955

Herausgegeben von Peter de Mendelssohn

Fischer Taschenbuch Verlag

P.P., Mittwoch, den 26. XII. 1951
»Knopf schreibt, daß er ›Buddenbrooks‹ an einen Verlag als Taschenausgabe verkauft hat, wofür ich 5000 Dollars und mehr erhalten werde.«

THOMAS MANN

Buddenbrooks. Verfall einer Familie. Roman
Königliche Hoheit. Roman
Der Zauberberg. Roman
Lotte in Weimar. Roman
Doktor Faustus. Das Leben des deutschen Tonsetzers Adrian Leverkühn erzählt von einem Freunde
Joseph und seine Brüder. Roman in vier Bänden
Der Erwählte. Roman
Bekenntnisse des Hochstaplers Felix Krull. Der Memoiren erster Teil
Betrachtungen eines Unpolitischen
Sämtliche Erzählungen in vier Bänden
Deutsche Hörer! Radiosendungen nach Deutschland aus den Jahren 1940 bis 1945
Herr und Hund. Ein Idyll
Mario und der Zauberer. Ein tragisches Reiseerlebnis
Der Tod in Venedig. Novelle
Der Tod in *Venedig und andere Erzählungen*
Tonio Kröger / Mario und der Zauberer. Zwei Erzählungen
Über mich selbst. Autobiographische Schriften

Fischer Taschenbuch Verlag

P.P., Montag, den 9. IV. 1951
»Aufarbeitung vieler Briefe, womit auch heute noch fortzufahren, da zum Weiterversuchen der Arbeit der Mut und die Laune fehlen. ... Weitere Brief-Erledigungen vor- und nachmittags.«

P.P., Donnerstag, den 31. I. 1952
»Brief an Biermann-Ratjens über die Marga-Briefe.«

Zürich, Sonntag, den 21. IX. 1952
»Brief an Reisiger, um Tips und Assistenz bittend.«

THOMAS MANN
Briefe
Herausgegeben und mit einer Einleitung von Erika Mann

Briefe 1889–1936

Briefe 1937–1947

Briefe 1948–1955

Fischer Taschenbuch Verlag

P.P., Freitag, den 19. X. 1951

»K. und Golo zur Musik. Soirée bei Menuhins. Mit Erika über eine Sammlung von Klaus' essays.«

P.P., Dienstag, den 20. V. 1952

»Gedenke meiner früheren römischen Tage mit Heinrich und der Umstände, unter denen ich die Stadt wiedersehen soll.«

P.P., Donnerstag, den 29. V. 1952

»Früh mit K. über die glückliche Kindheit der Geschwister in Tölz und München. Unsere eigenen wechselnden Verhältnisse.«

Zürich, Sonnabend, den 29. XI. 1952

»Ankunft Medis mit ihren Kindern, von Erika geholt. Abendessen zu Sechsen. Nachher mit Medi viel über E. und Golo, E. und sie, E.'s (ganz begreifliche) Verfinsterung und ›Bösheit‹. Die Redaktion von Fords ›Perspektiven‹, deutsche Ausgabe, würde sie finanziell unabhängig machen. Sie wird es nicht annehmen. – Besprechung der heiter-praktischen Idee von Golos Heirat mit Emmy Oprecht.«

P.P., Mittwoch, den 9. IV. 1952
»K. nahm Briefe auf. Ich begann einen an den guten Goes.«

Zürich, Dienstag, den 16. IX. 1952
»Zum Thee in der Halle Lavinia Mazzucchetti und Albr. Goes. Nach dem Abendessen am reservierten Tisch. Las die Oltener Goethe-Rede von Goes.«